OUTLANDER

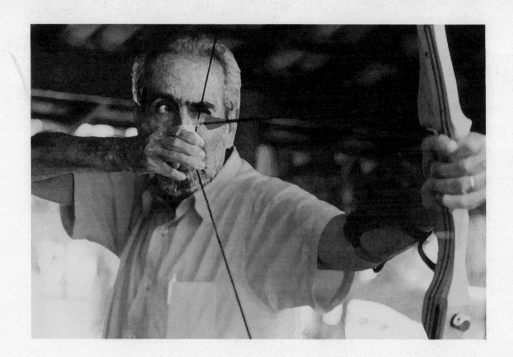

O ARQUEIRO

GERALDO JORDÃO PEREIRA (1938-2008) começou sua carreira aos 17 anos, quando foi trabalhar com seu pai, o célebre editor José Olympio, publicando obras marcantes como O menino do dedo verde, de Maurice Druon, e Minha vida, de Charles Chaplin.

Em 1976, fundou a Editora Salamandra com o propósito de formar uma nova geração de leitores e acabou criando um dos catálogos infantis mais premiados do Brasil. Em 1992, fugindo de sua linha editorial, lançou Muitas vidas, muitos mestres, de Brian Weiss, livro que deu origem à Editora Sextante.

Fã de histórias de suspense, Geraldo descobriu O Código Da Vinci antes mesmo de ele ser lançado nos Estados Unidos. A aposta em ficção, que não era o foco da Sextante, foi certeira: o título se transformou em um dos maiores fenômenos editoriais de todos os tempos.

Mas não foi só aos livros que se dedicou. Com seu desejo de ajudar o próximo, Geraldo desenvolveu diversos projetos sociais que se tornaram sua grande paixão.

Com a missão de publicar histórias empolgantes, tornar os livros cada vez mais acessíveis e despertar o amor pela leitura, a Editora Arqueiro é uma homenagem a esta figura extraordinária, capaz de enxergar mais além, mirar nas coisas verdadeiramente importantes e não perder o idealismo e a esperança diante dos desafios e contratempos da vida.

OUTLANDER
OS TAMBORES DO OUTONO
LIVRO QUATRO

DIANA GABALDON

Título original: *Drums of Autumn*

Copyright © 1997 por Diana Gabaldon.
Publicado originalmente no Canadá por Anchor Canada, 2002.
Copyright da tradução © 2016 por Editora Arqueiro Ltda.

Todos os direitos reservados. Nenhuma parte deste livro pode
ser utilizada ou reproduzida sob quaisquer meios existentes
sem autorização por escrito dos editores.

tradução: Carolina Caires Coelho
preparo de originais: Flávia de Lavor
revisão: Ana Grillo, Ana Kronemberguer, Gypsi Canetti, Luis Américo Costa e Renata Dib
capa: Saída de Emergência
adaptação de capa: Ana Paula Daudt Brandão
adaptação de miolo: Ana Paula Daudt Brandão e Gustavo Cardozo
impressão e acabamento: Lis Gráfica e Editora Ltda.

CIP-BRASIL. CATALOGAÇÃO NA PUBLICAÇÃO
SINDICATO NACIONAL DOS EDITORES DE LIVROS, RJ

G111o   Gabaldon, Diana
Outlander: os tambores do outono/ Diana Gabaldon; tradução
de Carolina Caires Coelho. São Paulo: Arqueiro, 2018.
880 p.; 16 x 23 cm.   (Outlander; 4)

Tradução de: Drums of autumn
Sequência de: Outlander: o resgate no mar
Continua com: Outlander: a cruz de fogo
ISBN 978-85-8041-898-9

1. Ficção americana. I. Coelho, Carolina Caires. II. Título. III. Série.

18-53008   CDD: 813
                                          CDU: 82-3(73)

Todos os direitos reservados, no Brasil, por
Editora Arqueiro Ltda.
Rua Funchal, 538 – conjuntos 52 e 54 – Vila Olímpia
04551-060 – São Paulo – SP
Tel.: (11) 3868-4492 – Fax: (11) 3862-5818
E-mail: atendimento@editoraarqueiro.com.br
www.editoraarqueiro.com.br

Este livro acabou tendo muita relação com pais, por isso eu o dedico ao meu pai, Tony Gabaldon, que também conta histórias.

PRÓLOGO

Nunca tive medo de fantasmas. Afinal, vivo com eles todos os dias. Quando me vejo no espelho, os olhos de minha mãe estão fixos em mim; minha boca esboça o sorriso que atraiu meu bisavô.

Não, como poderia temer o toque daquelas mãos que se foram, pousadas em mim com amor desconhecido? Como poderia temer aqueles que moldaram minha carne, deixando seus traços vivos em mim muito depois de partirem?

Temo ainda menos aqueles fantasmas que invadem meus pensamentos. Qualquer biblioteca está cheia deles. Posso pegar um livro de uma estante empoeirada e ser assombrada pelos pensamentos de um falecido há muito tempo, ainda vivo como sempre nas longas páginas repletas de palavras.

Claro que não são esses fantasmas familiares e costumeiros que perturbam nosso sono e nos fazem acordar. Olhe para trás, segure uma tocha para iluminar os cantos escuros. Ouça os passos que ecoam por onde você veio, quando caminha sozinho.

Os fantasmas passam por nós e através de nós o tempo todo, escondendo-se no futuro. Ao olharmos no espelho, vemos as sombras de outros rostos olhando para trás no decorrer dos anos; vemos a silhueta da lembrança, sólida numa entrada vazia. Por sangue e por escolha, criamos nossos fantasmas; nós nos assombramos.

Cada fantasma vem de forma espontânea de locais cheios de névoas de sonho e silêncio.

Nosso lado racional diz: "Não, não é."

Mas outra parte de nossa mente, mais antiga, sempre rebate, de forma suave, no escuro: "Sim, mas *poderia* ser."

Nós entramos e saímos da esfera do mistério e, nesse meio-tempo, tentamos esquecer. Mas há uma brisa que entra em uma sala tranquila e sopra meus cabelos de vez em quando com carinho. Acho que ela é a minha mãe.

PARTE I

Admirável Mundo Novo

1
UM ENFORCAMENTO NO ÉDEN
Charleston, junho de 1767

Ouvi os tambores muito antes de eles aparecerem. As batidas ecoaram na boca do meu estômago, como se eu também fosse oca. O som percorreu a multidão. O forte ritmo militar deveria ser ouvido acima de discursos ou tiros. Vi pessoas olharem para os lados enquanto se calavam, encarando a extensão da East Bay Street, que partia da estrutura mal erguida da nova Customs House em direção aos Jardins de White Point.

Era um dia quente, até mesmo para Charleston em junho. Os melhores lugares eram perto do mar, onde a brisa soprava, mas onde eu estava, era como se eu estivesse sendo assada viva. Meu vestido estava ensopado, e o corpete de algodão grudava em meus seios. Sequei o rosto pela décima vez em poucos minutos e ergui a trança pesada, esperando que o vento frio soprasse em meu pescoço.

No momento, eu estava morbidamente atenta a pescoços. Sem disfarçar, levei a mão ao meu, envolvendo-o com os dedos. Conseguia sentir o batimento em minhas artérias carótidas, junto com os tambores, e quando respirei, o ar quente e úmido tomou minha garganta como se me sufocasse.

Afastei minha mão e respirei o mais fundo que consegui – o que acabou sendo um erro. O homem à minha frente não devia tomar banho havia pelo menos um mês; ao redor do pescoço grosso, a gola de sua camisa estava escura de sujeira e suas roupas exalavam um odor azedo e rançoso, forte até mesmo em meio ao cheiro de suor da multidão. O cheiro de comida que vinha das barracas – pão quente e porco frito – se misturava ao forte odor almiscarado da grama apodrecida do pântano, e a brisa salgada que vinha do porto pouco fazia para suavizá-lo.

Havia várias crianças à minha frente, esticando o pescoço para espiar, correndo à sombra dos carvalhos e palmeiras a fim de olhar para a rua, e os pais ansiosos as chamavam de volta. A garota mais próxima a mim tinha um pescoço muito branco e comprido, que me fez pensar num talo de aipo.

Houve uma onda de comoção pela multidão; dava para ver a procissão de forcas no fim da rua. As batidas dos tambores ficaram mais altas.

– Onde ele está? – murmurou Fergus ao meu lado, dobrando o pescoço para ver. – Eu sabia que devia ter ido com ele!

– Ele virá – respondi.

Quis ficar na ponta dos pés, mas pensei que isso seria indigno. Porém olhei ao redor, procurando. Sempre conseguia localizar Jamie em meio à multidão; ele era mais alto do que a maioria dos homens e a luz refletia em seus cabelos com um brilho dourado-avermelhado. Ainda não havia sinal dele, apenas um mar de toucas e tricórnios que protegiam do calor os cidadãos que chegavam tarde demais para encontrar um lugar à sombra.

As bandeiras vieram primeiro, esvoaçando acima das cabeças da multidão animada, com as flâmulas da Grã-Bretanha e da Colônia Real da Carolina do Sul. E outra com os brasões da família do governador da colônia.

Logo depois vieram os tocadores de bumbo, caminhando de dois em dois no mesmo ritmo, com as baquetas se alternando entre batida e movimento. Era uma marcha lenta, tristemente inexorável. Parecia uma marcha fúnebre – muito adequada, naquelas circunstâncias. Todos os outros barulhos foram abafados pelo rufar dos tambores.

Então veio o pelotão de soldados de casacos vermelhos e, em meio a eles, os prisioneiros.

Eram três, com as mãos amarradas à frente do corpo, unidas por uma corrente que passava por anéis nos grilhões de ferro que envolviam seus pescoços. O primeiro homem era baixo e idoso, atordoado e cambaleante, uma ruína que se arrastava, de modo que o clérigo de roupas pretas que caminhava ao lado dos prisioneiros era obrigado a segurar o braço dele para que não caísse.

– Aquele é Gavin Hayes? Ele parece doente – murmurei a Fergus.

– Ele está bêbado. – A voz suave veio de trás de mim, e eu me virei e vi Jamie, com os olhos fixos na triste procissão.

O desequilíbrio do homenzinho atrapalhava o progresso do cortejo, uma vez que seu caminhar trôpego forçava os dois homens acorrentados a ele a andar em zigue-zague para se manterem de pé. A impressão que davam era a de serem três bêbados voltando para casa depois de saírem de uma taverna; totalmente discrepante da solenidade da ocasião. Consegui ouvir os risos acima do som dos tambores e gritos da multidão nas varandas de ferro forjado das casas na East Bay Street.

– Você é responsável por isso? – perguntei baixinho, para não chamar atenção, mas eu poderia ter gritado e balançado os braços; ninguém prestava atenção em mais nada além da cena à nossa frente.

Eu mais senti do que vi o dar de ombros de Jamie ao se apressar para ficar ao meu lado.

– Foi o que ele me pediu – disse Jamie. – E é o melhor que eu poderia fazer por ele.

– Conhaque ou uísque? – perguntou Fergus, avaliando a aparência de Hayes com olhos experientes.

– O homem é escocês, Fergus. – A voz de Jamie estava tão calma quanto seu rosto, mas senti o leve estresse nela. – Ele quis uísque.

– Escolha sábia. Com sorte, pode ser que nem perceba quando for enforcado – murmurou Fergus.

O homem pequeno escapara da mão do pároco e tinha caído de cara na estrada de terra, puxando junto um de seus companheiros, que caiu de joelhos; o último prisioneiro, um jovem alto, permaneceu de pé, mas se balançou de um lado a outro, tentando manter o equilíbrio desesperadamente. A multidão na rua gritou de entusiasmo.

O capitão da guarda estava muito vermelho entre o branco de sua peruca e o metal da gorjeira, tanto pela fúria quanto pelo sol. Ele vociferou uma ordem enquanto os tambores continuavam rufando, e um soldado se aproximou depressa para tirar a corrente que mantinha os prisioneiros juntos. Hayes foi puxado sem qualquer cerimônia para ficar de pé, um soldado segurando cada braço, e a procissão foi retomada em melhor ordem.

Ninguém ria quando eles chegaram às forcas – uma carroça puxada por uma mula posicionada embaixo dos galhos de um enorme carvalho. Eu conseguia sentir o toque dos tambores pelas solas dos meus pés. Sentia-me um pouco mal com o sol e os cheiros. Os tambores pararam de repente e o silêncio ressoou em meus ouvidos.

– Não precisa ver isso, Sassenach – sussurrou Jamie para mim. – Volte para a carroça.

Ele olhava sem piscar para Hayes, que sacolejava e resmungava enquanto era mantido preso pelos soldados, e olhava ao redor, confuso.

A última coisa que eu queria era ver aquilo. Mas também não podia deixar Jamie presenciar tudo sozinho. Ele estava ali por Gavin Hayes; e eu, por ele. Segurei sua mão.

– Vou ficar.

Jamie se endireitou, ajeitando os ombros. Deu um passo à frente, tomando o cuidado de permanecer à vista na multidão. Se Hayes ainda estivesse sóbrio o bastante para ver alguma coisa, a última coisa que veria na Terra seria o rosto de um amigo.

Ele ainda estava; Hayes olhava de um lado a outro enquanto o colocavam na carroça, virando o pescoço, procurando desesperadamente.

– *Gabhainn! A charaid!* – gritou Jamie de repente.

Os olhos de Hayes se voltaram para ele no mesmo instante e o prisioneiro parou de lutar.

O homem baixo ficou balançando devagar de um lado a outro enquanto a acusação era lida: roubo da quantia de 6 libras e 10 xelins. Estava coberto por uma poeira avermelhada, e gotas de suor se prendiam trêmulas à sua barba grisalha. O pároco estava se inclinando, murmurando depressa no ouvido dele.

Então os tambores começaram de novo, em um rufar constante. O algoz passou o laço por cima da cabeça careca e o prendeu com força, posicionando o nó de modo preciso, logo abaixo da orelha. O capitão da guarda permaneceu ao lado, com o sabre em riste.

De repente, o condenado se endireitou. Olhando para Jamie, ele abriu a boca como se pretendesse falar.

O sabre reluziu ao sol da manhã e os tambores pararam.

Eu olhei para Jamie; ele estava com os lábios pálidos e os olhos arregalados. Pelo canto do olho, vi a corda se esticando e o baque débil e involuntário do saco de roupas pendurado. Um fedor forte de urina e fezes pairava no ar pesado.

Do meu outro lado, Fergus observava, sereno.

– Acho que ele percebeu – murmurou com pesar.

O corpo balançou um pouco, um peso morto oscilando como um fio de prumo. A multidão suspirou, surpresa e aliviada. Andorinhas-do-mar gralharam no céu avermelhado, e os sons do porto surgiram fracos e se espalharam pela atmosfera pesada, mas o silêncio prevaleceu. De onde eu estava, conseguia ouvir o leve respingar das gotas que caíam da ponta do sapato do cadáver.

Eu não conhecia Gavin Hayes e não senti tristeza por sua morte, mas fiquei feliz por ter sido rápida. Olhei brevemente para ele, com uma sensação esquisita de intrusão. Era uma maneira muito pública de realizar um ato muito particular, e eu me senti um pouco envergonhada por estar olhando.

O algoz sabia o que estava fazendo; não houve luta indigna, olhos arregalados nem língua para fora; a cabeça pequena de Gavin se inclinou de uma vez para o lado, com o pescoço esticado de modo grotesco e totalmente quebrado.

Foi uma lesão limpa em mais de um sentido. O capitão da guarda, satisfeito por Hayes estar morto, fez um gesto com o sabre para que o próximo homem fosse levado ao patíbulo. Vi seus olhos percorrerem a fila de capas vermelhas e se arregalarem, surpresos.

No mesmo instante, ouviu-se um grito da multidão, e uma onda de animação que logo se espalhou. As pessoas viraram as cabeças e se empurraram umas contra as outras, esforçando-se para ver onde não havia nada a ser visto.

– Ele se foi! Lá vai ele! Parem-no! – diziam elas.

O terceiro prisioneiro, o jovem alto, aproveitara o momento da morte de Gavin para fugir e se salvar, passando pelo guarda que deveria tê-lo vigiado, mas que não fora capaz de resistir ao fascínio da forca.

Vi um leve movimento atrás de uma barraca de produtos, cabelos louro-escuros de relance. Alguns dos soldados também viram e correram para lá, mas muitos outros estavam correndo em outras direções, e entre as colisões e a confusão, nada era alcançado.

O capitão da guarda estava gritando, o rosto vermelho, sua voz quase inaudível acima da comoção. O prisioneiro restante, assustado, foi pego e arrastado de volta na direção da Corte da Guarda enquanto os casacos vermelhos começavam a se reorganizar sob as ordens do capitão.

Jamie passou um braço pela minha cintura e me tirou do caminho de uma onda de pessoas. A multidão voltou à frente do avanço de pelotões de soldados, que se formaram e marcharam depressa para vigiar a área, sob o comando sério e furioso de seu sargento.

– É melhor encontrarmos Ian – disse Jamie, afastando um grupo de aprendizes animados. Ele olhou para Fergus e meneou a cabeça em direção à forca e sua carga melancólica. – Cuide do corpo, está bem? Nós nos encontramos no Willow Tree mais tarde.

– Você acha que eles o pegarão? – perguntei enquanto passávamos pela multidão, caminhando por uma rua de pedras rumo ao cais onde ficavam os vendedores.

– Acho que sim. Aonde ele poderia ir? – Jamie falava de modo distraído, com uma leve ruga na testa. Era claro que ainda pensava no morto e que, naquele momento, tinha pouca atenção a dar aos vivos.

– Hayes tinha família? – perguntei.

Ele balançou a cabeça, negando.

– Perguntei isso a ele quando lhe dei o uísque. Hayes acreditava que podia ter um irmão vivo, mas não sabia onde. O irmão foi deportado logo depois da Revolta. Ele achava que o irmão estava na Virgínia, mas não soubera de nada desde então.

Não era de surpreender que não soubesse; um trabalhador contratado não teria meios de se comunicar com parentes deixados na Escócia, a menos que o empregador do homem fizesse a gentileza de enviar uma carta em seu nome. E com ou sem gentileza, era improvável que uma carta chegasse a Gavin Hayes, que passara dez anos na prisão de Ardsmuir antes de ser deportado.

– Duncan! – gritou Jamie, e um homem magro e alto virou-se e ergueu a mão para cumprimentá-lo. Passou pela multidão em zigue-zague, com seu único braço formando um arco que afastava quem passava.

– *Mac Dubh* – disse ele, fazendo um meneio de cabeça para Jamie. – Sra. Claire.

O rosto comprido e estreito estava marcado pela tristeza. Duncan já tinha sido prisioneiro em Ardsmuir com Hayes e Jamie. Mas a perda do braço devido a uma infecção impedira sua partida com os outros. Inadequado para ser vendido para trabalhar, ele fora perdoado e solto, para morrer de fome, até Jamie encontrá-lo.

– Que Deus dê descanso ao pobre Gavin – disse Duncan, balançando a cabeça, triste.

Jamie murmurou algo em gaélico em resposta e se benzeu. Então endireitou-se, afastando a opressão do dia com esforço visível.

– Bem, tenho que ir às docas cuidar da travessia de Ian, e então pensaremos no enterro de Gavin. Mas preciso definir as coisas para o rapaz primeiro.

Passamos com dificuldade pela multidão em direção às docas, espremendo-nos entre os fofoqueiros animados, esquivando-nos das charretes e carrinhos de mão que seguiam com a indiferença típica do comércio.

Uma fila de soldados de casacos vermelhos apareceu em marcha rápida do outro lado do cais, separando a multidão como vinagre na maionese. O sol brilhava forte na fila de pontas de baioneta e o ritmo das batidas reverberava pela multidão como um tambor abafado. Até mesmo os trenós estrondeantes e as carriolas paravam abruptamente para permitir que eles passassem.

– Vigie seu bolso, Sassenach – murmurou Jamie em meu ouvido, levando-me por um espaço estreito entre um escravo de turbante que segurava duas crianças pequenas e um pregador de rua empoleirado em cima de uma caixa. Ele gritava algo sobre pecado e arrependimento, mas, em meio ao barulho, eu conseguia compreender apenas uma palavra a cada três.

– Eu o costurei – disse a ele, mas mesmo assim levei os dedos ao pequeno peso pendurado contra a minha coxa. – E o seu?

Ele sorriu e inclinou o chapéu para a frente, estreitando os olhos azul-escuros sob a forte luz do sol.

– É onde minha bolsa de couro estaria se tivesse uma. Desde que eu não encontre uma meretriz de mão rápida, estarei seguro.

Olhei para a parte da frente levemente protuberante de sua calça, que ia até a altura dos joelhos, e então para ele. De ombros largos e alto, com traços firmes e marcados e uma postura orgulhosa de homem das Terras Altas, Jamie chamava a atenção de todas as mulheres pelas quais passava, mesmo com os cabelos cobertos por um tricórnio azul-claro. A calça, que era emprestada, estava bastante justa e não diminuía em nada o efeito geral, que era intensificado pelo fato de Jamie ser totalmente alheio a ele.

– Você é um incentivo ambulante para meretrizes – eu disse. – Fique perto de mim, vou proteger você.

Ele riu e pegou meu braço enquanto chegávamos a um pequeno espaço aberto.

– Ian! – gritou ele ao ver o sobrinho por cima das cabeças das pessoas.

Um momento depois, um garoto alto e magro apareceu em meio à multidão, afastando dos olhos uma mecha de cabelos castanhos e abrindo um sorriso largo.

– Pensei que nunca fosse encontrar você, tio! – exclamou ele. – Por Cristo, tem mais gente aqui do que no Lawnmarket em Edimburgo! – Ian passou a manga do casaco no rosto comprido e meio rústico, deixando um rastro de sujeira em uma das bochechas.

Jamie olhou para o sobrinho de esguelha.

– Você está parecendo indecentemente contente para quem acabou de ver um homem morrer, Ian.

Ian logo alterou a expressão em uma tentativa de parecer decentemente sério.

– Ah, não, tio Jamie – disse ele. – Não vi o enforcamento. – Duncan ergueu a sobrancelha e Ian corou. – Eu... eu não estava com medo de ver; é só que... eu queria fazer outra coisa.

Jamie sorriu e deu um tapinha nas costas do sobrinho.

– Não se preocupe, Ian. Eu preferia não ter visto, mas Gavin era um amigo.

– Eu sei, tio. Sinto muito por isso. – Um sinal de solidariedade passou pelos olhos grandes e castanhos do garoto, o único traço de seu rosto com certa beleza. Ele olhou para mim. – Foi horrível, tia?

– Sim – respondi –, mas acabou. – Tirei o lenço úmido de meu colo e fiquei na ponta dos pés para limpar a sujeira de seu rosto.

Duncan Innes balançou a cabeça com pesar.

— Ah, pobre Gavin. Ainda assim, é uma morte mais rápida do que morrer de fome e restava pouco para ele além disso.

— Vamos — interrompeu Jamie, sem querer perder tempo com lamentações inúteis. — O *Bonnie Mary* deve estar perto da ponta do desembarcadouro.

Vi Ian olhar para Jamie e se posicionar como se quisesse falar alguma coisa, mas Jamie já havia se virado em direção ao porto e passava entre a multidão. Ian olhou para mim de relance, deu de ombros e me ofereceu o braço.

Seguimos Jamie atrás dos galpões que pontuavam as docas, desviando de marinheiros, carregadores, escravos, passageiros, clientes e mercadores de todos os tipos. Charleston era um importante porto de remessa, e os negócios estavam a toda, com cerca de cem navios chegando e partindo para a Europa todos os meses na temporada.

O *Bonnie Mary* pertencia a um amigo do primo de Jamie, Jared Fraser, que partira para a França para fazer sua fortuna no ramo de vinhos e fora muito bem-sucedido. Com sorte, o capitão do *Bonnie Mary* poderia ser convencido, em nome de Jared, a levar Ian de volta a Edimburgo, permitindo que o rapaz trabalhasse como ajudante para pagar a passagem.

Ian não se animara com a ideia, mas Jamie estava determinado a mandar seu sobrinho errante de volta à Escócia na primeira oportunidade que tivesse. As notícias a respeito da presença do *Bonnie Mary* em Charleston, além de outros assuntos, é que nos tiraram da Geórgia, o primeiro local dos Estados Unidos a que tínhamos ido — por acidente —, dois meses antes.

Quando passamos por uma taverna, uma atendente mal-arrumada saiu com uma bacia de lavagem. Ela viu Jamie e ficou de pé, com a bacia apoiada no quadril, erguendo a sobrancelha e sorrindo. Ele passou sem olhar, concentrado em seu objetivo. Ela jogou a cabeça para trás, despejou a lavagem para o porco que dormia perto de um degrau e entrou de novo.

Jamie parou, protegendo os olhos para enxergar a fileira de mastros de navios, e eu parei ao seu lado. Levou a mão à frente da calça sem perceber, ajeitando o volume, e eu segurei seu braço.

— As joias da família continuam seguras, certo? — murmurei.

— Desconfortáveis, mas seguras — disse ele. Jamie puxou o cordão da braguilha, fazendo uma careta. — Acho que teria sido mais fácil escondê-las em meu traseiro.

— Antes você do que eu, amigo — falei, sorrindo. — Eu preferiria correr o risco de ser roubada.

Nós tínhamos sido levados para a costa da Geórgia por um furacão e chegamos ensopados, acabados e miseráveis, só com algumas pedras preciosas — grandes e valiosas.

Eu esperava que o capitão do *Bonnie Mary* tivesse consideração suficiente em relação a Jared Fraser para aceitar Ian como ajudante, porque, caso contrário, teríamos dificuldades com a travessia.

Em teoria, dentro do saco de Jamie e do meu bolso, havia uma fortuna razoável. Na prática, pensávamos nelas como pedras da praia, pois para nós eram indiferentes. Apesar de as pedras preciosas serem um modo fácil e compacto de transportar riquezas, o problema era trocá-las por dinheiro.

A maioria do comércio nas colônias do Sul era realizada por meio de permuta. Quando não, era feito com trocas de notas promissórias emitidas em nome de um mercador rico ou de um banqueiro. Havia poucos banqueiros ricos na região da Geórgia; os dispostos a prender seu capital disponível em pedras preciosas eram menos ainda. O próspero fazendeiro de arroz com quem havíamos nos hospedado em Savannah garantira que ele próprio mal conseguia pôr as mãos em 2 libras esterlinas em dinheiro. De fato, provavelmente não havia 10 libras em ouro ou prata em toda a colônia.

Também não havia nenhuma chance de vender uma das pedras nas extensões infindáveis de lodaçais e florestas de pinheiros pelas quais tínhamos passado em nossa ida ao norte. Charleston foi a primeira cidade que havíamos alcançado de tamanho suficiente para receber mercadores e banqueiros que poderiam ajudar a transformar em dinheiro pelo menos uma parte de nossos bens, congelados na forma de pedras preciosas.

Não que alguma coisa pudesse permanecer congelada por muito tempo em Charleston no verão, refleti. Gotas de suor escorriam por meu pescoço e a combinação de linho por baixo do corpete estava ensopada e amassada contra a pele. Mesmo tão perto do porto, não ventava naquela hora do dia, e o cheiro de alcatrão quente, peixe morto e trabalhadores suados era quase insuportável.

Apesar dos protestos deles, Jamie insistira em dar uma de nossas pedras preciosas como um sinal de agradecimento ao sr. e à sra. Olivier, as pessoas gentis que haviam nos abrigado quando praticamente saímos do naufrágio direto para a porta da casa deles. Em troca, eles nos deram uma carroça, dois cavalos, roupas limpas para a viagem, alimentos para a jornada e uma pequena quantia em dinheiro.

Desse dinheiro, 6 xelins e 3 pence permaneciam em meu bolso, constituindo a totalidade de nossa fortuna disponível.

– Por aqui, tio Jamie – disse Ian, virando-se e fazendo um gesto ao tio. – Tenho algo para lhe mostrar.

– O que é? – perguntou Jamie, abrindo caminho por vários escravos suados que estavam colocando blocos empoeirados de anileira seca em um navio de carga ancorado. – Algo seu? E como conseguiu? Não tem dinheiro nenhum, tem?

– Não, eu o ganhei jogando – respondeu Ian, já oculto atrás de uma carga de milho.

– Jogando! Ian, pelo amor de Deus, você não pode estar apostando quando não tem dinheiro nenhum para se manter! – Segurando o meu braço, Jamie passou pela multidão para acompanhar seu sobrinho.

– O senhor faz isso o tempo todo, tio Jamie – disse o menino, parando para nos esperar. – Tem feito isso em todas as tavernas e hospedarias em que ficamos.

– Meu Deus, Ian, são cartas, não dados! E eu sei o que estou fazendo!

– Eu também sei – disse Ian, tímido. – Afinal, eu ganhei, não foi?

Jamie revirou os olhos para o céu, implorando por paciência.

– Nossa, Ian, estou feliz por você estar indo para casa antes de perder a cabeça. Prometa que não vai mais apostar com os marinheiros. Não tem como escapar deles em um navio.

Ian não estava prestando atenção; caminhou até um poste meio destruído, ao redor do qual havia uma corda grossa. Ian parou e olhou para nós, apontando para um animal a seus pés.

– Estão vendo? É um cão – disse Ian com orgulho.

Dei um passo rápido para trás de Jamie, segurando seu braço.

– Ian, isso não é um cão – eu disse. – É um lobo. É um maldito lobo *grande*, e eu acho que você deveria se afastar antes que ele morda seu traseiro.

O lobo mexeu uma orelha de modo despreocupado na minha direção, me ignorou e voltou a orelha à posição inicial. Continuou sentado, ofegante de calor, os grandes olhos amarelos fixos em Ian com uma intensidade que poderia ser entendida como devoção por alguém que não tivesse visto um lobo antes. Eu já tinha visto.

– Essas coisas são perigosas – falei. – Eles mordem assim que nos veem.

Ignorando o comentário, Jamie inclinou-se para inspecionar a fera.

– Não é bem um lobo, é?

Parecendo interessado, ele estendeu a mão para o suposto cachorro, convidando-o a cheirar seus dedos. Fechei os olhos, esperando a iminente amputação da mão. Não ouvi gritos, então abri os olhos de novo e o vi agachado no chão, espiando dentro das narinas do animal.

– É uma bela criatura, Ian – comentou Jamie, acariciando o animal embaixo do queixo, à vontade. Os olhos amarelos se estreitaram um pouco, ou por prazer com a atenção recebida ou, o que pensei ser mais provável, esperando para arrancar o nariz de Jamie. – Mas é maior que um lobo. É mais largo na cabeça e no peito e tem as patas bem mais compridas.

– A mãe dele era uma cadela de caça irlandesa. – Ian estava abaixado ao lado de Jamie, explicando, alegre, enquanto acariciava as enormes costas marrom-acinzentadas. – Ela partiu para a floresta no cio e quando voltou para dar cria...

– Ah, sim, eu entendi – interrompeu Jamie.

Agora, ele cantarolava em gaélico para o monstro enquanto pegava sua pata enorme e mexia em seus dedos peludos. As garras pretas e curvas tinham cerca de 5 centímetros de comprimento. O animal semicerrou os olhos, e a brisa suave soprava os pelos grossos de seu pescoço.

Olhei para Duncan, que arqueou as sobrancelhas para mim, deu de ombros e suspirou. Duncan não gostava de cães.

– Jamie... – falei.

– *Balach Boidheach* – disse Jamie ao lobo. – Então, você não é um garoto bonito?

– O que ele comeria? – perguntei, um pouco mais alto do que o necessário.

Jamie parou de acariciar a fera.

– Ah! – exclamou ele. Observou o animal de olhos amarelos com certo arrependimento. – Bem... – Ficou de pé, balançando a cabeça com relutância. – Acho que sua tia tem razão, Ian. Como vamos alimentá-lo?

– Ah, isso não é problema, tio Jamie – Ian lhe garantiu. – Ele sabe caçar sozinho.

– Aqui? – Olhei ao redor para os galpões e para a fileira de lojas com fachada de gesso que se estendia adiante. – O que ele caça? Crianças pequenas?

Ian pareceu um pouco magoado.

– Claro que não, tia. Peixes.

Ao ver três rostos desconfiados ao seu redor, Ian se ajoelhou e segurou o focinho da fera com as duas mãos, abrindo sua boca.

– Ele caça, sim! Eu juro, tio Jamie! Venha, sinta o hálito dele!

Jamie lançou um olhar duvidoso para a fileira dupla de presas incrivelmente reluzentes à mostra e esfregou o queixo.

– Eu... hã, acredito no que você diz, Ian. Mas, mesmo assim, pelo amor de Deus, cuidado com os dedos, rapaz!

Ian diminuiu a força, e as mandíbulas enormes se fecharam, espalhando gotas de saliva pelo cais de pedra.

– Estou bem, tio – disse Ian com animação, passando as mãos no calção. – Ele não me morderia, tenho certeza. O nome dele é Rollo.

Jamie passou os nós dos dedos pelo lábio superior.

– Hummmm. Bom, qualquer que seja o nome dele, e seja lá o que ele coma, não acho que o capitão do *Bonnie Mary* vá aceitar de bom grado sua presença nos aposentos da tripulação.

Ian não disse nada, mas sua cara de felicidade não diminuiu. Na verdade, aumentou. Jamie olhou para ele, viu seu rosto iluminado e se retesou.

– Não – disse ele horrorizado. – Ah, não.

– Sim – disse Ian. Um sorriso amplo de felicidade se abriu no rosto ossudo. – Ele partiu há três dias, tio. Estamos atrasados demais.

Jamie disse algo em gaélico que eu não entendi. Duncan parecia escandalizado.

– Droga! – disse Jamie. – Maldição!

Jamie tirou o chapéu e passou a mão pelo rosto com força. Parecia estar com calor, despenteado e totalmente descomposto. Abriu a boca, pensou melhor no que pretendia dizer, fechou-a e correu os dedos pelos cabelos, tirando o laço que os mantinha presos para trás.

Ian parecia desconcertado.

– Sinto muito, tio. Tentarei não ser um incômodo para o senhor, eu juro. E eu posso trabalhar. Ganharei o bastante para pagar minha comida.

O rosto de Jamie suavizou-se quando ele olhou para o sobrinho. Suspirou profundamente e deu um tapinha no ombro de Ian.

– Não é que eu não o queira, Ian. Você sabe que o que eu mais gostaria seria mantê-lo comigo. Mas o que diabos sua mãe dirá?

O brilho voltou ao rosto de Ian.

– Não sei, tio – disse ele –, mas seja lá o que for, ela dirá na Escócia, não? E estamos aqui.

Ian passou o braço ao redor de Rollo e o abraçou. O lobo pareceu levemente surpreso com o gesto, mas depois de um instante, colocou a língua cor-de-rosa e comprida para fora e graciosamente lambeu a orelha de Ian. Sentindo o sabor dele, pensei com cinismo.

– Além disso – acrescentou o garoto –, ela sabe muito bem que estou em segurança. Você escreveu da Geórgia para dizer que eu estava com você.

Jamie deu um sorriso irônico.

– Não posso dizer que saber disso seja muito reconfortante para ela, Ian. Ela me conhece há muito tempo.

Ele suspirou e voltou a colocar o chapéu na cabeça, virando-se para mim.

– Preciso muito de uma bebida, Sassenach – afirmou Jamie. – Vamos procurar aquela taverna.

A Willow Tree estava escura e talvez estivesse fresca se houvesse menos gente ali dentro. Mas os bancos e as mesas estavam lotados com espectadores do enforcamento e marinheiros das docas, e a atmosfera era a de uma sauna. Inspirei ao subir para o bar e então soltei a respiração depressa. Foi como cheirar roupas sujas molhadas de cerveja.

Rollo logo provou seu valor, separando a multidão como o Mar Vermelho ao passar, com a boca arreganhada, mostrando os dentes num rosnado constante e inaudível. Evidentemente, ele estava familiarizado com tavernas. Depois de esvaziar um espaço no canto, ele se enrolou embaixo da mesa e pareceu adormecer.

Fora do sol, com uma grande caneca de cerveja escura espumando delicadamente à sua frente, Jamie logo recuperou seu jeito controlado.

– Temos duas opções – disse ele, afastando os cabelos molhados de suor das têmporas. – Podemos ficar em Charleston tempo suficiente para tentar encontrar um comprador para uma das pedras e talvez conseguir uma passagem para Ian voltar para a Escócia em outro navio ou podemos ir ao norte para Cabo Fear e tentar encontrar um navio para ele em Wilmington ou New Bern.

– Eu prefiro o norte – anunciou Duncan, sem hesitação. – Você já esteve em Cabo Fear, certo? Não gosto da ideia de permanecer muito tempo entre desconhecidos. E seu parente cuidaria para que não fôssemos enganados nem roubados. Aqui... – Ele ergueu um ombro numa indicação eloquente dos não escoceses, aquele bando de desonestos, que nos cercavam.

– Ah, vamos para o norte, tio! – disse Ian rapidamente, antes que Jamie pudesse responder. Ele secou um pequeno bigode de espuma de cerveja com a manga. – A viagem pode ser perigosa; você precisará de um homem a mais para proteção, não é?

Jamie escondeu sua expressão com o copo, mas eu estava sentada perto o bastante para sentir um tremor tomar conta dele. Ele realmente gostava muito do sobrinho. A verdade é que Ian era o tipo de pessoa que atraía as coisas. Em geral, não era culpa dele, mas ainda assim, ele as atraía.

O garoto fora sequestrado por piratas no ano anterior, e a necessidade de resgatá-lo nos levara, por meios tortuosos e, de maneira geral, perigosos, à América. Nada acontecera recentemente, mas eu sabia que Jamie estava ansioso para levar o sobrinho de 15 anos de volta à Escócia e à sua mãe antes que algo acontecesse.

– Ah... certamente, Ian – concordou Jamie, abaixando o copo. Ele evitou meu olhar, mas eu vi o canto de seu lábio tremer. – Você ajudaria muito, tenho certeza, mas...

– Podemos encontrar índios vermelhos! – disse Ian com os olhos arregalados. Seu rosto, já bronzeado, brilhou de prazer e expectativa. – Ou feras selvagens! O dr. Stern me disse que a mata da Carolina é cheia de criaturas selvagens: ursos, felinos e panteras, e uma coisa fedorenta que os índios chamam de gambá!

Engasguei com a cerveja.

– Tudo bem, tia? – Ian inclinou-se ansiosamente sobre a mesa.

– Sim – falei, limpando meu rosto com o lenço. Sequei as gotas de cerveja espirrada do meu colo, afastando o tecido de meu corpete discretamente do corpo na esperança de deixar ventilar um pouco.

Então vi o rosto de Jamie de relance, e a expressão de descontração reprimida dera lugar a um pequeno franzir de cenho de preocupação.

– Os gambás não são perigosos – afirmei, apoiando uma mão em seu joelho.

Como caçador habilidoso e destemido das Terras Altas, Jamie costumava considerar a fauna desconhecida do Novo Mundo com cautela.

– Hummmm. – O franzir diminuiu, mas uma linha estreita permaneceu entre as sobrancelhas. – Talvez sim, mas e as outras coisas? Não posso dizer que quero encontrar um urso ou um bando de selvagens só com isto à mão. – Ele tocou a grande faca embainhada pendurada em seu cinto.

Por não termos armas, Jamie se preocupou bastante na viagem da Geórgia, e os comentários de Ian a respeito de índios e animais selvagens tinham trazido a preocupação à tona mais uma vez. Além da faca de Jamie, Fergus tinha uma lâmina menor, adequada para cortar cordas e aparar galhos que usávamos em fogueiras. Eram suas únicas armas, e os Olivier não tinham armas nem espadas extras.

No caminho da Geórgia para Charleston, tivemos a companhia de um grupo de agricultores de arroz e anileira cheios de facas, pistolas e mosquetes, levando seus produtos ao porto para serem enviados ao norte para a Pensilvânia e Nova York. Se partíssemos para Cabo Fear agora, estaríamos sozinhos, desarmados e desprotegidos contra qualquer coisa que pudesse surgir das densas florestas.

Ao mesmo tempo, havia motivos urgentes para seguirmos para o norte, e nossa falta de capital disponível era um deles. Cabo Fear era o maior assentamento de escoceses das Terras Altas nas colônias americanas, ostentando várias cidades cujos habitantes tinham emigrado da Escócia nos últimos vinte anos, depois da Batalha de Culloden. E, entre esses emigrantes, estavam os parentes de Jamie, que eu sabia que nos ofereceriam refúgio de boa vontade; um teto, uma cama e tempo para nos estabelecermos nesse novo mundo.

Jamie tomou mais um gole e assentiu com a cabeça.

– Devo dizer que penso como você, Duncan. – Ele se recostou na parede da taverna, olhando casualmente ao redor do salão lotado. – Não sente que estamos sendo observados?

Um arrepio desceu pelas minhas costas, apesar de o rastro de suor fazer a mesma coisa. Duncan arregalou os olhos, e então os estreitou, mas não se virou.

– Ah! – exclamou ele.

– Por *quem*? – perguntei, olhando meio nervosa ao redor.

Não vi ninguém nos observando, mas qualquer um podia estar espreitando sorrateiramente; a taverna estava cheia de pessoas encharcadas em álcool, e o burburinho era alto o suficiente para abafar as conversas, exceto as mais próximas.

– Por qualquer um, Sassenach – respondeu Jamie. Ele olhou para mim de canto de olho e sorriu. – Mas não fique tão assustada com isso. Não estamos em perigo. Não aqui.

– Ainda não – disse Duncan. Ele se inclinou para a frente para servir mais uma caneca de cerveja. – *Mac Dubh* gritou para Gavin na forca, entende? Há quem possa ter percebido. *Mac Dubh*, sendo o homem discreto que é – acrescentou ele de modo seco.

– E os agricultores que vieram conosco da Geórgia já venderam seus suprimentos a esta altura e estarão à vontade em locais como este – disse Jamie, evidentemente absorto em examinar os desenhos de sua caneca. – Todos eles são homens honestos, mas falam, Sassenach. É uma boa história, não? Aqueles que naufragaram num furacão. E quais são as chances de pelo menos um deles saber um pouco sobre o que trazemos?

– Compreendo – murmurei.

Nós tínhamos atraído o interesse das pessoas devido à nossa associação com um criminoso e não podíamos mais tentar passar por viajantes discretos. Se demorássemos para encontrar um comprador, como era provável, corríamos o risco de ser roubados por pessoas inescrupulosas ou passar pelo escrutínio de autoridades inglesas. Nenhuma das opções era interessante.

Jamie ergueu a caneca, tomou um longo gole e então a pousou com um suspiro.

– Não, acho que talvez não seja inteligente permanecermos na cidade. Veremos Gavin ser enterrado decentemente e então encontraremos um local seguro na mata fora da cidade para dormir. Podemos decidir amanhã se ficamos ou se vamos.

A ideia de passar várias outras noites na mata, com ou sem gambás, não era muito boa. Eu não tirava meu vestido havia oito dias, e lavava só minhas partes íntimas sempre que parávamos perto de um riacho.

Estava ansiosa por uma cama de verdade, ainda que infestada de pulgas, e por uma oportunidade para tirar a sujeira da viagem da última semana. Mas, ainda assim, ele tinha razão. Suspirei, olhando para a barra da minha manga, cinza e suja por ter sido usada por tanto tempo.

Nessa hora a porta da taverna se abriu de repente, interrompendo a minha contemplação, e quatro soldados de casacos vermelhos entraram no salão lotado. Vestiam uniformes completos, empunhavam mosquetes com baionetas fixas e claramente não queriam beber nem jogar.

Dois dos soldados percorreram o salão depressa, olhando embaixo das mesas, enquanto outro entrou na cozinha mais à frente. O quarto permaneceu de guarda na porta, os olhos claros examinando as pessoas. Seu olhar passou por nossa mesa e parou em nós por um momento, tomado de especulação, mas então seguiu, procurando sem parar.

Jamie parecia tranquilo, bebericando a cerveja com aparente calma, mas vi a mão em seu colo se cerrar. Duncan, menos capaz de controlar seus sentimentos, abaixou a cabeça para esconder sua expressão. Nenhum dos dois jamais se sentiria tranquilo na presença de um casaco vermelho, e por um bom motivo.

Ninguém mais pareceu se incomodar com a presença dos soldados. O grupinho de cantores no canto da chaminé continuou cantando uma versão interminável de "Encha todos os copos", e uma discussão em voz alta começou entre o atendente do bar e alguns aprendizes.

O soldado voltou da cozinha, evidentemente sem encontrar nada. Pisoteando e atropelando um jogo de dados no piso em frente à lareira, ele voltou a se unir com os colegas na porta. Quando os soldados saíam da taverna, o corpo esguio de Fergus entrou, pressionando-se contra a maçaneta para evitar cotoveladas e cabos de mosquetes.

Vi um dos soldados notar o brilho do metal e observar com interesse o gancho que Fergus usava no lugar da mão esquerda. Olhou para Fergus, mas então apoiou o mosquete no ombro e partiu atrás de seus companheiros.

Fergus passou pelas pessoas e se sentou no banco ao lado de Ian. Parecia sentir calor e irritação.

– Sanguessuga *salaud* – disse ele sem pestanejar.

Jamie ergueu a sobrancelha.

– O padre – disse Fergus.

Ele pegou a caneca que Ian empurrou em sua direção e a esvaziou, engolindo a cerveja. Depois a abaixou, soltou o ar pesadamente e permaneceu ali piscando, parecendo mais feliz. Suspirou e secou os lábios.

– Ele quer 10 xelins para enterrar o homem no pátio da igreja – reclamou Fergus. – Uma igreja anglicana, claro. Não há igrejas católicas aqui. Mercenário de uma figa! Ele sabe que não temos escolha. O corpo mal se manterá até o pôr do sol do jeito que está.

Ele passou um dedo por dentro da gola, puxando o tecido molhado de suor para longe do pescoço e então bateu o punho na mesa várias vezes para chamar a atenção da atendente, que estava muito ocupada com os pedidos dos clientes.

– Eu disse ao gorducho desgraçado que você decidiria se pagaria ou não. Poderíamos simplesmente enterrá-lo na mata. Mas teríamos que ter uma pá – acrescentou Fergus, franzindo o cenho. – Esses moradores daqui sabem que somos de fora; pegarão até a nossa última moeda, se puderem.

Última moeda era algo perigosamente próximo da verdade. Eu tinha o suficiente para pagar uma refeição decente na taverna e para comprar comida para a viagem ao norte; ou talvez para pagar por algumas noites numa estalagem. Mas era só. Vi os olhos de Jamie percorrerem o salão, avaliando as possibilidades de conseguir um pouco de dinheiro jogando.

Soldados e marinheiros eram os melhores para fazer apostas, mas havia menos deles no bar. Provavelmente, a maioria da guarnição ainda vasculhava a cidade atrás do fugitivo. Em um canto, um pequeno grupo de homens estava animado bebendo muitas canecas de vinho com conhaque; dois deles estavam cantando, ou tentando, e as tentativas faziam os companheiros gargalharem. Jamie fez um meneio de cabeça quase imperceptível a eles e virou-se para Fergus.

– O que você fez com Gavin enquanto isso? – perguntou Jamie.

Fergus ergueu um ombro.

– Eu o coloquei na carroça. Troquei as roupas que ele estava vestindo por uma mortalha com uma mulher maltrapilha, e ela concordou em lavar o corpo como parte do acordo. – Ele sorriu discretamente para Jamie. – Não se preocupe, milorde. Ele está apresentável. Por enquanto – acrescentou, levando uma caneca de cerveja gelada aos lábios.

– Pobre Gavin. – Duncan Innes ergueu a própria caneca em saudação ao companheiro morto.

– *Slàinte* – respondeu Jamie, e ergueu a própria caneca em resposta. Voltou a pousá-la e suspirou. – Ele não gostaria de ser enterrado na mata.

– Por que não? – perguntei, curiosa. – Acho que para ele tanto faz.

– Ah, não, não podemos fazer isso, sra. Claire. – Duncan balançava a cabeça de modo enfático. Em geral, Duncan era um homem muito reservado, e eu me surpreendi ao ver tamanho sentimento.

– Ele tinha medo do escuro – disse Jamie delicadamente. Eu me virei para olhar para ele, e Jamie sorriu para mim com o canto da boca. – Vivi com Gavin Hayes quase o mesmo tempo que tenho vivido com você, Sassenach, e em locais muito menores. Eu o conhecia bem.

– Certo, ele tinha medo de ficar sozinho no escuro – disse Duncan. – Ele tinha um medo mortal de *tannagach*, de espírito, não?

Seu rosto triste e pesaroso mostrou uma expressão retraída, e eu sabia que ele estava se lembrando da cela da prisão que ele e Jamie tinham dividido com Gavin Hayes e outros quarenta homens durante três longos anos. – Você se lembra, *Mac Dubh*, que ele nos contou, certa noite, do *tannasq* que ele encontrou?

– Sim, Duncan, e gostaria de não me lembrar. – Jamie estremeceu apesar do calor. – Depois que ele nos contou aquilo, passei metade da noite acordado.

– O que foi, tio? – Ian estava inclinado sobre seu copo de cerveja, com os olhos arregalados. O rosto estava vermelho, a gola da blusa encharcada de suor.

Jamie passou a mão pelos lábios, pensando.

– Ah! Bem, era um dia no fim do outono frio das Terras Altas, quando a estação muda e o vento indica que o chão será coberto por uma camada de gelo na madrugada – disse ele. Jamie se endireitou na cadeira e se recostou, com o copo de cerveja na mão. Ele sorriu ironicamente, levando a mão ao pescoço. – Não como está agora, sim?

Jamie fez uma pausa e continuou:

– Bem, o filho de Gavin trouxe de volta as vacas naquela noite, mas faltava um animal. O rapaz subira e descera os montes, mas não conseguia encontrá-lo em lugar nenhum. Então Gavin fez o rapaz ordenhar as outras duas e partiu para procurar a vaca perdida.

Jamie rolou o copo lentamente entre as mãos, olhando para a cerveja escura como se visse nela os montes escoceses negros como a noite e a névoa que cobre os vales no outono.

– Gavin percorreu certa distância, e a cabana atrás dele desapareceu. Quando olhou para trás, não conseguia mais ver a luz da janela e não havia som nenhum, exceto o sopro do vento. Estava frio, mas ele continuou, passando pela lama e pela urze, ouvindo o quebrar dos galhos sob suas botas. Viu um pequeno arvoredo pela névoa e, pensando que a vaca poderia ter se abrigado embaixo das árvores, seguiu em direção a elas. Disse que as árvores eram bétulas sem folhas, mas com os galhos unidos de modo que ele tinha que abaixar a cabeça para passar entre eles. Gavin foi ao arvoredo e viu que não se tratava de um arvoredo, e sim de um círculo de árvores. Eram grandes e altas, espaçadas igualmente ao redor dele, e as menores, árvores novas, cresciam no meio criando uma parede de galhos. E no centro do círculo, havia um dólmen.

Por mais quente que estivesse na taverna, eu senti que uma pedra de gelo descia pela minha espinha. Eu já vira dólmens antigos nas Terras Altas e os considerava bem assustadores à luz do dia.

Jamie tomou um gole da cerveja e secou o suor que escorria de sua têmpora.

– Gavin se sentiu um idiota porque ele conhecia o lugar. Todo mundo conhecia e se mantinha afastado dele. Era um local estranho. E parecia ainda pior no escuro e no frio do que à luz do dia. Era um dólmen antigo, feito com pedaços de rocha, todo empilhado e cercado de pedras, e Gavin viu diante dele a abertura escura do túmulo. Ele sabia que era um lugar aonde nenhum homem deveria ir, e ele não tinha um talismã poderoso. Gavin não tinha nada além de uma cruz de madeira no pescoço. Então ele se benzeu com ela e se virou para partir.

Jamie parou para beber a cerveja e então prosseguiu:

– Mas quando Gavin saiu do arvoredo – disse Jamie baixinho –, ouviu passos atrás dele. Vi o pomo de adão de Ian subir quando ele engoliu. Mecanicamente, pegou a própria caneca, com os olhos fixos no tio.

– Ele não se virou para ver – continuou Jamie. – Em vez disso, continuou andando. E os passos o acompanharam em certo ritmo, sempre o seguindo. Gavin passou pela turfa de onde a água surge, e ela estava coberta com gelo, já que fazia tanto frio. Ele conseguia ouvir a turfa rachar sob seus pés, e atrás dele, o barulho do gelo se quebrando.

Jamie fez uma pausa e prosseguiu:

– Ele caminhou muito, pela noite fria e escura, olhando para a frente à procura da luz de sua janela, onde sua esposa havia colocado a vela. Mas a luz não apareceu, e Gavin começou a ficar com medo de ter se perdido entre a terra e os montes escuros. E, durante todo o tempo, se manteve o ritmo dos passos que ressoavam alto em seus ouvidos. Por fim, não suportou mais aquilo e, segurando o crucifixo que levava no pescoço, virou-se gritando para enfrentar o que o seguia.

– O que ele viu? – As pupilas de Ian estavam dilatadas, pesadas pela bebida e pela dúvida. Jamie olhou para o rapaz e então para Duncan, assentindo para que este desse continuidade à história.

– Ele disse ser uma figura como um homem, mas sem corpo – disse Duncan em voz baixa. – Todo branco, como se fosse feito de névoa. Mas com grandes buracos vazios e negros onde deveriam estar os olhos, feitos para arrancar a alma de seu corpo com terror.

– Mas Gavin segurou a cruz diante do rosto dele e orou em voz alta para a Virgem Abençoada. – Jamie retomou a história, inclinando-se para a frente de propósito, a luz fraca do fogo contornando seu perfil, deixando-o dourado. – E a coisa não se aproximou, só ficou ali, olhando para ele. Então Gavin começou a andar para trás, sem ousar se virar de novo. Andou de costas, tropeçando e escorregando, temendo cada segundo, pois podia se queimar ou cair de um penhasco e quebrar o pescoço, mas com um medo ainda maior de dar as costas para a coisa fria. Ele não sabia quanto tempo havia caminhado, só que suas pernas tremiam de cansaço quando finalmente viu um raio de luz em meio à névoa. Ali estava sua casa, com a vela na janela. Gritou de alegria e se direcionou para a porta, mas a coisa fria foi mais rápida, e passou por ele, se posicionando entre Gavin e a porta.

Jamie fez outra pausa e continuou:

– A esposa de Gavin estava à espera dele, e quando o ouviu gritar, foi até a porta. Ele gritou para que ela não saísse, mas que pelo amor de Deus pegasse um amuleto para afastar o *tannasq*. Rápida, ela pegou o vaso que estava debaixo da cama e um ramo de murta amarrado com fios vermelhos e pretos que ela fizera para benzer as vacas. Jogou a água contra o umbral e a coisa fria deu um pulo e se pendurou na soleira da porta. Gavin correu por baixo do *tannasq* e fechou a porta, permanecendo do lado de dentro nos braços da esposa até o amanhecer. Eles deixaram a vela queimar a noite toda, e Gavin Hayes nunca mais saiu de casa depois do pôr do sol, até o dia em que foi lutar pelo príncipe Tearlach.

Até mesmo Duncan, que conhecia a história, suspirou quando Jamie parou de falar. Ian se benzeu e então olhou para todos com atenção, mas ninguém pareceu notar.

– Então, agora Gavin foi para o escuro – disse Jamie com delicadeza. – Mas não permitiremos que ele permaneça em solo não consagrado.

– Eles encontraram a vaca? – perguntou Fergus, com sua praticidade de sempre.

Jamie ergueu a sobrancelha para Duncan, que respondeu.

– Sim. Na manhã seguinte, encontraram a pobre coitada com as patas cheias de lama e pedras, brava e espumando pela boca, respirando tão forte como se fosse explodir. – Duncan olhou para mim e para Ian e então de novo para Fergus antes de acrescentar: – Gavin disse que ela parecia ter ido ao inferno e voltado.

– Jesus! – Ian tomou um grande gole de cerveja, e eu fiz a mesma coisa. No canto, a sociedade beberrona tentava cantar "Capitão Trovão", e começavam a rir todas as vezes.

Ian pousou a caneca na mesa.

– O que aconteceu com eles? – perguntou, com o rosto preocupado. – Com a esposa e o filho de Gavin?

Jamie olhou em meus olhos e levou a mão à minha coxa. Eu sabia, sem que ninguém me dissesse, o que acontecera com a família Hayes. Sem a coragem e a austeridade de Jamie, a mesma coisa provavelmente teria acontecido comigo e com a nossa filha Brianna.

– Gavin nunca soube – disse ele em voz baixa. – Ele nunca soube nada da esposa. Ela deve ter morrido de fome ou talvez tenha sido abandonada no frio para morrer. O filho lutou ao lado dele na Batalha de Culloden. Sempre que um homem que havia lutado em Culloden entrava em nossa cela, Gavin perguntava: "Por acaso viu um jovem corajoso chamado Archie Hayes, mais ou menos desta altura?" – E ele ergueu a mão automaticamente, a 1,5 metro do chão, imitando o gesto de Hayes. – "Um rapaz de uns 14 anos", dizia ele, "que usa uma roupa verde e um pequeno broche dourado." Mas nunca apareceu ninguém que o tivesse visto com certeza, morrendo ou fugindo em segurança.

Jamie tomou um gole da cerveja, com os olhos fixos em dois oficiais britânicos que tinham entrado e se ajeitado em um canto. Escurecera lá fora, e era evidente que eles não estavam mais trabalhando. Os casacos de couro estavam abertos devido ao calor, e eles levavam apenas armas no cinto, brilhando sob os casacos. Elas eram quase pretas à luz fraca, exceto onde a luz da fogueira as deixava vermelhas.

– Às vezes, ele esperava que o rapaz tivesse sido capturado e deportado – disse Jamie. – Assim como o irmão.

– Certamente isso estaria registrado em algum lugar, não? – perguntei. – Eles mantinham, ou melhor, mantêm listas?

– Mantinham – disse Jamie, ainda observando os soldados. Ele esboçou um sorriso fraco e amargo. – Foi uma lista assim que me salvou, depois da Batalha de Culloden, quando perguntaram meu nome antes de atirar em mim, para adicioná-lo a seu rol. Mas um homem como Gavin não teria como ver as listas inglesas de mortes. E se pudesse ter descoberto, acho que não o faria. – Ele olhou para mim. – Você escolheria ter certeza se fosse seu filho?

Balancei a cabeça, e ele deu um sorriso fraco e apertou minha mão. Nossa filha estava segura, afinal. Ele pegou a caneca e a esvaziou, e então fez um gesto para a atendente.

A moça trouxe a comida, mantendo-se afastada da mesa para evitar Rollo. O animal permanecia imóvel embaixo da mesa, com a cabeça para fora e a grande cauda peluda pesando sobre meus pés. Mas seus olhos amarelos estavam arregalados, observando tudo. Eles acompanharam a garota com atenção, e ela recuou nervosa, de olho nele até se afastar o suficiente para se sentir segura.

Ao ver isso, Jamie lançou um olhar dúbio ao animal chamado de cachorro.

– Ele está com fome? Devo pedir um peixe para ele?

– Ah, não, tio – disse Ian. – Rollo pega seus peixes.

Jamie ergueu as sobrancelhas, mas só assentiu, e com um olhar cauteloso lançado a Rollo, pegou um prato de ostras assadas da bandeja.

– Ah, que pena! – Duncan Innes já estava bem embriagado. Sentou-se encolhido contra a parede, o ombro sem braço subindo mais do que o outro, dando a ele uma aparência corcunda e estranha. – Um homem como Gavin ter esse fim! – Ele balançou a cabeça de modo lúgubre, de um lado para o outro por cima da caneca de cerveja como o badalo de um sino fúnebre.

– Não havia familiares para chorar por ele, sozinho em uma terra selvagem, enforcado como um criminoso e prestes a ser enterrado em uma cova não benzida. Nem mesmo um lamento cantado em seu nome!

Ele pegou a caneca e, com certa dificuldade, levou-a à boca. Deu um grande gole e a pousou com um baque abafado.

– Bem, vamos fazer uma *caithris*! – Ele olhou de modo agressivo de Jamie para Fergus e depois para Ian. – Por que não?

Jamie não estava bêbado, mas também não estava totalmente sóbrio. Sorriu para Duncan e ergueu a própria caneca num brinde.

– Por que não, realmente? – perguntou ele. – Mas você terá que cantar, Duncan. Nenhum dos outros conhecia Gavin e eu não sou cantor. Mas posso gritar com você.

Duncan assentiu, olhando para nós com os olhos vermelhos. Sem que esperássemos, ele jogou a cabeça para trás e emitiu um uivo horrível. Eu me sobressaltei e derramei metade da cerveja da caneca no colo. Ian e Fergus, que evidentemente já tinham ouvido lamentos em gaélico antes, nem pestanejaram.

Em todo o salão, bancos foram empurrados para trás, os homens se levantaram assustados, levando a mão à pistola. A atendente se inclinou no balcão com os olhos arregalados. Rollo acordou com um explosivo "Au!" e olhou ao redor muito bravo, mostrando os dentes.

– *Tha sinn cruinn a chaoidh ar caraid, Gabhainn Hayes!* – gritou Duncan, num barítono cansado.

Eu sabia gaélico suficiente para traduzir isso como: "Estamos reunidos para chorar e gritar aos céus pela perda de nosso amigo, Gavin Hayes!"

– *Èisd ris!* – disse Jamie.

– *Rugadh e do Sheumas Immanuel Hayes agus Louisa N'ic a Liallainn an am baile Chill-Mhartainn, ann an sgire Dhun Domhnuill, anns a bhliadhnaseachd ceud deug agus a haon!* – Ele era filho de Seaumais Emmanuel Hayes e de Louisa Mclellan, no vilarejo de Kilmartin na paróquia de Dodanil, no ano de nosso Senhor, 1701!

– *Èisd ris!* – Dessa vez, Fergus e Ian se uniram ao refrão, que eu traduzi livremente como: "Ouçam-no!"

Rollo parecia não se importar nem com o verso nem com o refrão. Suas orelhas estavam abaixadas contra a cabeça, e os olhos amarelos, estreitados. Ian acariciou a cabeça dele para acalmá-lo, e Rollo se deitou de novo, ganindo baixinho como os lobos fazem.

A plateia, ao ver que não havia violência envolvida e, sem dúvida, entediada com os esforços vocais fracos da sociedade beberrona no canto, sentou-se para aproveitar o show. Quando Duncan começou a dizer vários nomes dos carneiros que Gavin Hayes possuíra antes de sair de seu sítio para seguir seu proprietário de terras a Culloden, muitas pessoas das mesas ao redor começaram a repetir o refrão animadamente, gritando "*Èisd ris!*" e batendo as canecas na mesa, sem entenderem nada do que estava sendo dito, o que também era uma coisa boa.

Duncan, mais bêbado do que nunca, olhou para os soldados da mesa ao lado com pesar, e o suor escorria de seu rosto.

– *A Shasunnaich na galladh, 's olc a thig e dhuibh fanaid air bàs gasgaich. Gun toireadh an diabhul fhein leis anns a bhàs sibh, direach do Fhirinn!* – Malditos cães ingleses, comedores de carne morta! Vocês riem e se alegram com a morte de um homem cortês! Que o diabo pegue vocês na hora de sua morte e os leve direto ao inferno!

Ian empalideceu um pouco ao ouvir isso e Jamie lançou a Duncan um olhar significativo, mas eles gritaram potentemente: "*Èisd ris!*", com o restante das pessoas.

Fergus, inspirado, levantou-se e passou o chapéu pelas pessoas, que, afetadas pela cerveja e pela animação, jogaram cobres dentro dele pelo privilégio de participarem da própria acusação.

Eu conseguia beber tanto quanto a maioria dos homens, mas não prendia o xixi tão bem. Com a cabeça meio zonza pelo barulho, pela fumaça e pelo álcool, eu me levantei e saí de trás da mesa, em meio às pessoas, chegando ao ar fresco do início da noite.

Ainda estava com calor e me sentia sufocada, apesar de o sol ter se posto fazia muito tempo. Mas ainda assim, havia muito mais ar do lado de fora e bem menos pessoas para dividi-lo.

Depois de aliviar a pressão interna, eu me sentei no bloco de cortar lenha da taverna com minha caneca, respirando profundamente. A noite estava clara, com uma meia-lua espalhando o tom prateado à beira do porto. Nossa carroça estava próxima; eu só discernia seu contorno à luz das janelas da taverna. Presumi que o corpo decentemente amortalhado de Gavin Hayes estivesse ali dentro. Acreditei que ele tivesse aproveitado sua *caithris*, ou vigília.

Do lado de dentro, o canto de Duncan havia terminado. Uma voz clara de tenor, meio mole pela bebida, mas meiga mesmo assim, cantava uma canção familiar, que se destacava acima do barulho das conversas.

> *A Anacreonte no céu, onde ele encontrou alegria plena,*
> *Alguns filhos da harmonia enviaram um pedido,*
> *Que ele fosse seu inspirador e patrono!*
> *Quando essa resposta chegou do velho e alegre grego:*
> *'Voz, violino e flauta*
> *que não fiquem mais calados!*
> *Emprestarei meu nome e inspirarei vocês'.*

A voz do cantor desafinou dolorosamente em "voz, violino e flauta", mas ele seguiu cantando, apesar do riso da plateia. Sorri com ironia para mim mesma quando ele chegou ao verso final:

> *'E, além disso, instruirei vocês a misturar como eu,*
> *a murta de Vênus com o vinho de Baco!'*

Ergui minha caneca num brinde ao caixão com rodas, ecoando levemente a melodia das últimas frases do cantor.

> *Ah, diga, aquela bandeira de estrelas ainda se balança*
> *sobre a terra dos livres e o lar dos bravos?*

Terminei de beber e fiquei parada, esperando os homens saírem.

2

QUANDO ENCONTRAMOS UM FANTASMA

— Dez, onze, doze... e dois, e seis... uma libra, oito xelins, seis pence, meio pence! — Fergus derrubou a última moeda de modo cerimonioso dentro do saco de tecido, puxou os cordões e o entregou a Jamie. — E três botões — acrescentou —, mas preciso ficar com eles — e deu um tapinha na lateral do casaco.

– Você combinou a nossa refeição com o senhorio? – perguntou-me Jamie, pesando o saco.

– Sim – garanti a ele. – Tenho 4 xelins e 6 pence, além do que Fergus pegou.

Fergus sorriu modestamente, com os dentes brancos e quadrados brilhando sob a luz fraca da janela da taverna.

– Então, temos dinheiro necessário para o enterro – concluiu Fergus. – Vamos levar monsieur Hayes ao padre agora ou esperaremos até amanhã cedo?

Jamie franziu o cenho para a carroça, em silêncio à beira do quintal da hospedaria.

– Não acredito que o padre esteja acordado a esta hora – disse ele, olhando para a lua crescente. – Ainda assim...

– Eu só não o levaria conosco – falei. – Sem querer ser grosseira – acrescentei de modo a me desculpar –, mas se vamos dormir na mata, o... bem, o cheiro... – Não estava forte, mas longe da fumaça da taverna, um odor distinto pairava ao redor da carroça. A morte não fora tranquila e o dia tinha sido *quente*.

– Tia Claire está certa – disse Ian, passando os nós dos dedos embaixo do nariz, discretamente. – Não queremos atrair animais selvagens.

– Mas não podemos deixar Gavin aqui! – protestou Duncan, escandalizado com a ideia. – Deixá-lo na frente da hospedaria nessa mortalha, como um rejeitado envolvido em faixas? – Ele oscilou de forma alarmante, pois o álcool afetava seu equilíbrio sempre ruim.

Vi Jamie esboçar um sorriso com a boca larga, a lua branca refletindo sobre seu nariz afilado.

– Não – afirmou ele. – Não vamos deixá-lo aqui. – Jamie passou o saco de mão em mão com um som fraco e metálico, e então, decidindo-se, enfiou-o no casaco. – Nós mesmos vamos enterrá-lo – disse. – Fergus, pode ir ao estábulo para ver se conseguimos comprar uma pá bem barata?

O curto trajeto até a igreja pelas ruas calmas de Charleston foi, de certo modo, menos digno do que o cortejo fúnebre normal, já que tinha sido marcado pela insistência de Duncan de repetir as partes mais interessantes de seu lamento como um cântico de procissão.

Jamie conduzia devagar, gritando incentivos aos cavalos de vez em quando. Duncan caminhava atrás do grupo, cantando com a voz rouca e segurando um animal pelo cabresto enquanto Ian segurava o outro para impedir batidas. Fergus e eu seguíamos atrás com respeito, e Fergus segurava a pá recém-comprada diagonalmente em frente ao corpo, murmurando previsões assustadoras em relação à possibilidade de todos nós passarmos a noite na prisão por perturbarmos a paz de Charleston.

A igreja ficava afastada em uma rua calma, a certa distância da casa mais próxima. Isso era bom para evitar chamar atenção, mas significava que o pátio da igreja era assustadoramente escuro, sem luz de tocha nem de vela para quebrar a escuridão.

Grandes magnólias cobriam o portão, com folhas coriáceas soltando-se no calor, e os pinheiros ao redor, que serviam para oferecer sombra e alívio durante o dia, à noite serviam para bloquear todos os indícios da lua e da luz das estrelas, deixando o pátio em si escuro como... bem, como uma cripta.

Caminhar pela névoa era como afastar cortinas de veludo pretas, perfumadas com incenso de terebintina dos pinheiros esquentados pelo sol; camadas infindáveis de afagos macios e pungentes. Nada era mais distante da pureza das Terras Altas do que a atmosfera sufocante do sul. Ainda assim, partes claras de névoa pairavam sob os muros de tijolos escuros, e eu queria não me lembrar com tanta clareza da história de Jamie sobre o *tannasq*.

– Vamos encontrar um lugar. Fique e segure os cavalos, Duncan. – Jamie saiu do assento da carroça e segurou meu braço.

– Talvez encontremos um bom lugar perto do muro – disse ele, guiando-me em direção ao portão. – Ian e eu vamos cavar enquanto você segura a luz, e Fergus pode ficar de guarda.

– Mas e Duncan? – perguntei, olhando para trás. – Ele vai ficar bem? – O escocês estava fora do nosso campo de visão, pois seu corpo alto e esguio se misturara com o grupo maior de cavalos e com a carroça, mas ainda era possível ouvi-lo.

– Ele vai ser o principal pranteador – disse Jamie com a voz levemente animada. – Cuidado com a cabeça, Sassenach. – Eu me abaixei de forma automática sob um galho baixo de magnólia; não sabia se Jamie conseguia enxergar na escuridão ou se só sentia as coisas por instinto, mas eu nunca o vi tropeçar, por mais escuro que fosse o ambiente.

– Você não acha que alguém vai perceber uma cova recente? – Não estava totalmente escuro no pátio da igreja, afinal. Ao sairmos de debaixo das magnólias, consegui ver as formas claras dos túmulos, parecendo abstratas, mas sinistras no escuro, uma névoa fraca subindo da grama densa aos pés deles.

As solas dos meus pés formigaram quando passamos pelas pedras. Senti ondas silenciosas de repressão vindas do solo diante da intrusão inadequada. Bati a canela em um túmulo e mordi o lábio, contendo o ímpeto de me desculpar com seu dono.

– Imagino que sim. – Jamie soltou meu braço para enfiar a mão no casaco. – Mas se o padre queria dinheiro para enterrar Gavin, acho que ele não pensaria em desenterrá-lo por nada, certo?

O jovem Ian se materializou na escuridão ao meu lado e me assustou.

– Há um espaço aberto perto do muro ao norte, tio Jamie – sussurrou ele, apesar do fato óbvio de que não havia ninguém por perto para ouvir. Fez uma pausa e se aproximou de mim. – Está muito escuro aqui, não?

O garoto parecia nervoso. Bebera quase tanto quanto Jamie ou Fergus, mas apesar de o álcool ter dado aos homens mais velhos um humor irônico, claramente teve um efeito mais deprimente no ânimo de Ian.

– Está, sim. Tenho um toco de vela que peguei da taverna. Espere um pouco – falei. Leves roçares indicavam que Jamie procurava a pederneira e o isqueiro.

A escuridão do local fez com que eu me sentisse deslocada, como um fantasma. Olhei para cima e vi as estrelas, tão debilmente visíveis pelo ar denso que não iluminavam o chão, só davam uma sensação de distância imensa e afastamento infinito.

– É como a vigília de Páscoa. – A voz de Jamie saiu baixinha, acompanhada dos leves sons de arranhões na pederneira. – Vi o serviço uma vez, na Notre Dame, em Paris. Cuidado, Ian, tem uma pedra bem ali.

Um baque e um resmungo abafado indicavam que Ian descobrira a pedra tarde demais.

– A igreja estava toda escura – continuou Jamie –, mas as pessoas que vinham à missa compravam velas das mulheres nas portas. Era algo assim. – Eu senti mais do que vi o movimento que ele fez em direção ao céu. – Um grande espaço acima, tomado pelo silêncio, e pessoas reunidas em todos os lados.

Por mais quente que estivesse, eu estremeci involuntariamente com as palavras dele, que criavam uma imagem dos mortos ao nosso redor, reunidos em silêncio um ao lado do outro, esperando uma ressurreição iminente.

– E então, quando pensei que não conseguiria mais aguentar o silêncio e a multidão, veio a voz do padre da porta. "*Lumen Christi!*", gritou ele, e os acólitos acenderam a grande vela que ele carregava. E dela, eles passaram a chama para suas próprias velas e percorreram os corredores repassando o fogo para as velas dos fiéis.

Eu podia ver suas mãos, iluminadas fracamente pelas pequenas faíscas de sua pederneira.

– Então, a igreja ganhou vida com mil pequenas chamas, mas foi aquela primeira vela que rompeu a escuridão.

Os sons pararam, e Jamie afastou a mão em concha que protegia a chama recém-nascida. A chama se endireitou e iluminou o rosto dele por baixo, clareando as maçãs do rosto e a testa, e criando sombra nas órbitas fundas de seus olhos.

Ele ergueu a vela, observando as lápides dos túmulos, assustadoras como um círculo de pedras em pé.

– *Lumen Christi* – sussurrou ele, inclinando a cabeça na direção de um pilar de granito sobre o qual havia uma cruz, "*et reguiescat in pace, amice*". O tom meio brincalhão havia deixado sua voz; ele falava com seriedade total, e eu me senti estranhamente reconfortada, como se uma presença atenta tivesse se retirado.

Jamie sorriu para mim nessa hora, e me deu a vela.

– Veja se consegue encontrar um pedaço de madeira para usar como tocha, Sassenach – disse ele. – Ian e eu nos revezaremos cavando.

Eu não estava mais nervosa, mas me sentia como uma ladra de túmulos, sob um pinheiro com a minha tocha, observando o jovem Ian e Jamie se revezando para aprofundar o buraco, as costas nuas brilhando suadas sob a luz da tocha.

– Estudantes de medicina costumavam pagar a homens para roubar corpos frescos dos pátios da igreja – falei, entregando meu lenço sujo a Jamie enquanto ele saía do buraco, gemendo pelo esforço. – Era a única maneira que tinham de praticar a dissecação.

– Eles faziam isso? – perguntou Jamie. Ele secou o suor do rosto e me lançou um olhar rápido e irônico. – Ou ainda fazem?

Felizmente, apesar da luz da tocha, estava escuro demais para Ian notar meu rosto corado. Não era o primeiro deslize que eu dava e provavelmente não seria o último, mas inadvertências desse tipo costumavam resultar em nada além de um olhar confuso, quando eram notadas. A verdade simplesmente não era uma possibilidade que ocorria a alguém.

– Imagino que façam agora – admiti.

Estremeci levemente pensando em ver um corpo recém-exumado e não preservado, ainda sujo com a terra da cova aberta. Cadáveres embalsamados e dispostos em uma superfície de aço inoxidável também não eram muito agradáveis, mas a formalidade da apresentação deles servia para manter a realidade devastadora da morte a certa distância.

Soltei o ar pelo nariz com intensidade, tentando me livrar dos odores, imaginários e lembrados. Quando inspirei, minhas narinas foram tomadas pelo cheiro de terra úmida e de resina da minha tocha de pinheiro, e também pela presença mais fraca e fria dos pinheiros vivos acima da minha cabeça.

– Eles pegam mendigos e criminosos das prisões também.

O jovem Ian, que evidentemente ouvira a conversa, se não a compreendeu, aproveitou a oportunidade de parar por um momento, secando a testa enquanto se apoiava na pá.

– Meu pai me contou sobre uma vez em que foi preso, quando o levaram a Edimburgo e o mantiveram na Tolbooth. Ele ficou numa cela com outros três homens, e um deles tossia de modo horroroso, sem deixar os outros dormirem durante o dia e durante a noite. Então, numa noite, a tosse parou e eles souberam que o homem tinha morrido. Mas meu pai disse que estavam tão cansados que não conseguiram rezar nada além de um pai-nosso, e depois dormiram.

O rapaz parou e esfregou o nariz que coçava.

– Meu pai disse que ele acordou de repente com alguém segurando suas pernas e outra pessoa segurando seus braços, levantando-o. Ele se debateu e gritou, e o homem que o segurava pelos braços berrou e o largou, e meu pai caiu, batendo a cabeça nas pedras. Sentou-se esfregando a cabeça e viu um médico do hospital e dois colegas que ele trouxera para levar o cadáver embora para a sala de dissecação.

Ian abriu um sorriso ao se lembrar, afastando os cabelos molhados de suor do rosto.

– O pai disse não saber quem ficou mais aterrorizado, se foi ele ou se foram os homens que tinham pegado o corpo errado. Falou que o médico parecia aborrecido, porque meu pai seria uma espécie muito mais interessante para estudo, com a perna amputada e tudo o mais.

Jamie riu, esticando os braços para aliviar os ombros. Com o rosto e o torso sujos de terra vermelha e os cabelos presos para trás com um lenço ao redor da testa, ele parecia tão mal-encarado quanto qualquer ladrão de túmulos.

– Eu gosto dessa história – disse Jamie. – Ian chegou a falar depois que, como todos os médicos eram carniceiros, ele não queria nem saber deles.

Ele sorriu para mim; eu já fora médica, cirurgiã, na minha época, mas aqui, eu não passava de uma curandeira, habilidosa no uso de ervas.

– Felizmente, não tenho medo de carniceirazinhas – disse ele, e se inclinou para me beijar.

Seus lábios estavam quentes, com gosto de cerveja. Gotas de suor estavam presas nos pelos enrolados de seu peito, e seus mamilos eram pontos escuros na luz clara. Um tremor que não tinha nada a ver com o frio nem com a estranheza do local que nos cercava percorreu minha espinha. Jamie notou e seus olhos encontraram os meus. Ele deu um longo suspiro e, de imediato, eu percebi como meu corpete era justo, e o peso de meus seios no tecido encharcado de suor. Jamie se remexeu levemente, puxando o tecido do calção.

– Maldição – disse ele com delicadeza.

Então olhou para baixo e se virou, esboçando um leve sorriso.

Eu não esperava, mas reconheci. Uma onda de desejo era uma reação comum, ainda que peculiar, à presença da morte. Os soldados a sentiam depois da batalha; assim como os curadores que lidam com sangue e esforço. Talvez Ian estivesse mais certo do que pensei a respeito da lugubridade dos médicos.

Jamie tocou minhas costas e eu me sobressaltei, espalhando faíscas da tocha acesa. Ele a pegou de mim e acenou em direção a uma lápide próxima.

– Sente-se, Sassenach – disse ele. – Você não deveria passar tanto tempo de pé. – Eu havia trincado a tíbia da perna esquerda no naufrágio, e apesar de ter curado depressa, a perna ainda doía de vez em quando.

– Eu estou bem. – Ainda assim, me movi em direção à pedra, resvalando nele ao passar. Jamie irradiava calor, mas a carne nua estava fria ao toque, com o suor evaporando de sua pele. Consegui sentir seu cheiro.

Olhei para ele, e vi que a parte de seu corpo onde eu o havia tocado estava arrepiada. Engoli em seco, lutando contra uma visão repentina de nós dois rolando no escuro, em um gozo intenso e cego em meio à grama amassada e à terra.

Ele segurou meu cotovelo enquanto me ajudava a me sentar na pedra. Rollo estava deitado de lado, gotas de saliva brilhando sob a luz da tocha enquanto ele ofegava. Os olhos amarelos puxados se estreitaram ao me olhar.

– Nem pense nisso – falei, estreitando os meus olhos para ele. – Se me morder, enfiarei meu sapato tão fundo na sua garganta que você vai engasgar.

Rollo deu um latido baixo. Apoiou o focinho nas patas, mas as orelhas peludas estavam de pé, viradas para localizar o menor som que fosse.

A pá se afundava com facilidade na terra aos pés de Ian, e ele se endireitou, enxugando o suor com a palma da mão, que deixou uma sujeira preta em seu rosto. Soltou o ar e olhou para Jamie, imitando exaustão, com a língua para fora num canto da boca.

– Certo, acho que está fundo o suficiente. – Jamie respondeu ao pedido não expressado com um meneio de cabeça. – Trarei Gavin, então.

Fergus franziu o cenho inquieto, seus traços marcados à luz da tocha.

– Você não vai precisar de ajuda para carregar o cadáver? – Sua relutância foi evidente; mas, ainda assim, ele se oferecera.

Jamie lançou a ele um sorriso fraco e irônico.

– Eu vou conseguir – afirmou. – Gavin era um homem pequeno. Mas você pode levar a tocha para me acompanhar.

– Também vou, tio! – O jovem Ian saiu de qualquer jeito do buraco, os ombros magros brilhando por causa do suor. – Para o caso de você precisar de ajuda – disse ele sem fôlego.

– Está com medo de ficar no escuro? – perguntou Fergus com sarcasmo.

Imaginei que o ambiente o estivesse deixando inquieto; apesar de provocar Ian algumas vezes, a quem ele considerava um irmão mais novo, raramente era cruel com ele.

– Sim, estou – confessou ele. – Você não está?

Fergus abriu a boca com as sobrancelhas arqueadas, voltou a fechá-la e virou-se sem dizer nada em direção à abertura escura da entrada, por onde Jamie havia desaparecido.

– Não acha que este lugar é horrível, tia? – murmurou Ian nervoso atrás de mim, mantendo-se próximo enquanto passávamos pelas pedras grandes, seguindo a luz da tocha de Fergus. – Fico pensando naquela história que o tio Jamie me contou. E pensando que agora que Gavin está morto, talvez a coisa fria... quero dizer, você acha que talvez... ela virá atrás dele?

Depois da pergunta, ele engoliu em seco de modo audível, e senti um arrepio na espinha.

– Não – respondi, um pouco alto demais. Segurei o braço de Ian, menos para me equilibrar do que para sentir a solidez de seu corpo e me acalmar. – Com certeza não.

Sua pele estava pegajosa com o suor que evaporava, mas sentir a musculatura magra do braço embaixo da minha mão foi reconfortante. Sua presença meio visível me fazia lembrar vagamente de Jamie. Ele era quase tão alto quanto o tio, e quase tão forte, apesar de ainda ser magro e desengonçado por estar na adolescência.

Entramos, aliviados, no ponto iluminado pela luz lançada pela tocha de Fergus. A luz tremeluzente reluzia em meio às rodas da carroça, lançando sombras que se estendiam como teias de aranha na poeira. Estava tão quente na estrada quanto no pátio da igreja, mas o ar parecia mais livre, mais fácil de respirar, longe das árvores sufocantes.

Para minha surpresa, Duncan ainda estava acordado, sentado no assento da carroça como uma coruja sonolenta, com os ombros encolhidos na altura das orelhas. Ele sussurrava, mas parou quando nos viu. A longa espera parecia tê-lo deixado um pouco sóbrio. Ele desceu do assento com firmeza e deu a volta por trás da carroça para ajudar Jamie.

Prendi um bocejo. Ficaria feliz de acabar com essa missão melancólica e ir descansar, ainda que a única cama à nossa espera fosse um monte de folhas.

– *Ifrinn an Diabhuil! A Dhia, thoir cobhair!*
– *Sacrée Vierge!*

Levantei a cabeça. Todo mundo estava gritando, e os cavalos, assustados, relinchavam e se remexiam em seus cabrestos, fazendo a carroça se balançar e chacoalhar como um besouro bêbado.

Rollo latiu ao meu lado.

– Jesus! – disse Ian, olhando para a carroça. – Jesus Cristo!

Eu me virei na direção para onde ele olhava e gritei. Uma pessoa pálida estava na parte da carga da carroça, balançando com o chacoalhar. Eu não tive tempo de ver mais nada antes de o inferno começar.

Rollo apoiou-se nas patas de trás e se ergueu no escuro com um rosnado, acompanhado pelos gritos de Jamie e Ian, e um grito terrível do fantasma. Atrás de mim, ouvi o som de palavrões em francês quando Fergus voltou correndo para o pátio da igreja, tropeçando e batendo nas lápides no escuro.

Ele largara a tocha. Ela brilhou e assoviou na estrada de terra, ameaçando se apagar. Eu me ajoelhei e a peguei, soprando-a, desesperada para mantê-la acesa.

O coro de gritos e resmungos aumentou, e eu me levantei, com a tocha na mão, e encontrei Ian lutando com Rollo, tentando mantê-lo afastado das pessoas brigando em uma nuvem de poeira.

– *Arrêtes espèce de cochon*!

Fergus saiu galopando do escuro, empunhando a pá que tinha ido buscar. Ao acreditar que sua ordem fora ignorada, ele deu um passo à frente e bateu a pá, com uma das mãos, na cabeça do invasor com um baque seco. Então, virou-se na direção de Ian e Rollo.

– Você também deve ficar quieto – disse Fergus ao cão, ameaçando-o com a pá. – Cale-se agora mesmo, sua fera estúpida, ou acabarei com você!

Rollo rosnou, mostrando os dentes impressionantes que eu interpretei que queriam dizer "Você e mais quem?", mas foi afastado da confusão por Ian, que passou o braço pelo pescoço do cão e impediu mais comentários.

– De onde *ele* veio? – perguntou Ian, surpreso. Virou o pescoço, tentando olhar para o corpo caído sem soltar Rollo.

– Do inferno – disse Fergus. – E eu o convido a voltar para lá de uma vez.

Ele tremia de choque e cansaço; a luz brilhou fraca do seu gancho enquanto ele afastava uma mecha densa de cabelos negros dos olhos.

– Não do inferno; das forcas. Você não o conhece?

Jamie se levantou devagar, batendo a poeira do calção. Respirava ofegante e estava sujo de terra, mas parecia ileso. Pegou o lenço caído e olhou ao redor, limpando o rosto.

– Onde está Duncan?

– Aqui, *Mac Dubh* – disse uma voz rouca na frente da carroça. – Os animais não estavam gostando muito de Gavin, para começo de conversa, e eles estavam certos em pensar que ele era um ressuscitado. Não – acrescentou ele –, mas eu também me assustei um pouco. – Ele olhou para o corpo no chão com desprazer e deu um tapinha no pescoço de um cavalo nervoso. – Ah, não passa de um tolo à toa, *luaidh*, pare com o barulho, sim?

Eu dei a tocha a Ian e me ajoelhei para observar os danos ao nosso visitante. Parecia ser pouco; o homem já estava agitado. Jamie tinha razão; era o homem que escapara do enforcamento mais cedo naquele dia. Era jovem, cerca de 30 anos, musculoso e forte, os cabelos claros estavam molhados de suor e duros de sujeira. Recendia à prisão e ao cheiro almiscarado do medo prolongado. Não era à toa.

Passei uma mão por baixo do braço dele e o ajudei a se sentar. Ele resmungou e levou a mão à cabeça, estreitando os olhos sob a luz da tocha.

– Você está bem? – perguntei.

– Agradeço pela gentileza, senhora. Eu ficarei melhor. – Ele tinha um leve sotaque irlandês e a voz era suave e profunda.

Rollo, com o lábio superior erguido o suficiente para mostrar os dentes ameaçadores, enfiou o focinho na axila do visitante e então jogou a cabeça para trás e espirrou com força. Um leve tremor de riso percorreu o círculo, e a tensão diminuiu por um momento.

– Há quanto tempo você está na carroça? – perguntou Duncan.

– Desde o meio da tarde – O homem se ajoelhou de modo desajeitado, balançando um pouco pelos efeitos do golpe. Tocou a cabeça de novo e fez uma careta. – Ai, Jesus! Eu entrei aqui logo depois de o francês colocar o pobre e velho Gavin.

– Onde estava antes disso? – perguntou Ian.

– Escondido embaixo da forca. Foi o único lugar onde pensei que eles não procurariam.

O homem se levantou com esforço, fechou os olhos para se equilibrar e então os abriu. Sob a luz da tocha, eles eram verde-claros, a cor dos mares rasos. Eu os vi passar de um rosto a outro e pararem em Jamie. O homem fez uma reverência, tomando cuidado com a cabeça.

– Stephen Bonnet. A seu dispor, senhor. – Ele não se moveu para estender a mão em cumprimento, nem Jamie.

– Sr. Bonnet. – Jamie assentiu em resposta, com o rosto cuidadosamente inexpressivo.

Eu não sabia como Jamie poderia parecer autoritário, usando nada além de calças úmidas e sujas de terra, mas ele conseguiu. Examinou o visitante, observando cada detalhe de sua aparência.

Bonnet era o que as pessoas do campo chamavam de "bem-apessoado", com corpo alto e forte e um peito amplo. Seus traços eram pesados, mas rusticamente belos. Alguns centímetros mais baixo do que Jamie, ele se movimentava com tranquilidade, equilibrado nos calcanhares, os punhos semicerrados, preparados.

Estava acostumado a brigas, a julgar pelo nariz levemente torto e uma pequena cicatriz no canto da boca. As pequenas imperfeições não conseguiam prejudicar a impressão geral do magnetismo animal. Ele era o tipo de homem que atraía as mulheres com facilidade. Algumas mulheres, corrigi, quando ele lançou um olhar especulativo para mim.

– Por qual crime foi condenado, sr. Bonnet? – perguntou Jamie.

Ele estava tranquilo, mas com um olhar atento que me fazia lembrar do próprio Bonnet. Era a pose de orelhas para trás com que os cães machos se olham antes de decidir se vão brigar ou não.

– Contrabando – disse Bonnet.

Jamie não respondeu, mas inclinou a cabeça levemente. Ergueu uma sobrancelha de modo questionador.

– E pirataria. – Um músculo se contraiu perto de sua boca; um leve esboço de sorriso ou um tremor involuntário de medo?

– E matou alguém durante seus crimes, sr. Bonnet? – O rosto de Jamie estava inexpressivo, exceto por seus olhos atentos. *Pense duas vezes*, seus olhos diziam claramente. *Ou talvez três.*

– Ninguém que não tenha tentado me matar antes – respondeu Bonnet. As palavras saíam com facilidade, o tom era quase petulante, mas ele se contradisse ao cerrar o punho com força ao lado do corpo.

Percebi que Bonnet deveria estar se sentindo diante de juiz e júri, como certamente já acontecera. Ele não tinha como saber que estávamos quase tão relutantes em nos aproximar dos soldados da guarnição quanto ele.

Jamie olhou para Bonnet por muito tempo, inspecionando-o com atenção à luz tremeluzente da tocha, então assentiu e deu um passo para trás.

– Vá, então – disse ele baixinho. – Não vamos impedi-lo.

Bonnet respirou fundo. Percebi seu corpo grande relaxar, os ombros curvados embaixo da camisa de linho.

– Obrigado – disse ele. – Passou a mão pelo rosto e respirou fundo de novo. Os olhos verdes passaram de mim a Fergus e a Duncan. – Mas talvez vocês possam me ajudar?

Duncan, que havia relaxado com as palavras de Jamie, rosnou em surpresa.

– Ajudar? Um ladrão?

Bonnet virou a cabeça na direção de Duncan. O grilhão de ferro era uma linha escura em seu pescoço, dando a impressão assustadora de que sua cabeça decepada ficava vários centímetros acima dos ombros.

– Ajudem-me – repetiu. – Haverá soldados nas estradas esta noite para me caçar. – Ele fez um gesto em direção à carroça. – Vocês poderiam me ajudar a passar em segurança por eles... se quiserem. – Voltou-se para Jamie e endireitou as costas, os ombros retesados. – Estou implorando por ajuda, senhor, em nome de Gavin Hayes, que era meu amigo também, e do ladrão que sou.

Os homens o estudaram em silêncio por um momento. Fergus lançou um olhar duvidoso para Jamie; a decisão era dele.

Mas Jamie, depois de um longo olhar pensativo para Bonnet, virou-se para Duncan.

– O que diz, Duncan? – Duncan olhou para Bonnet com o mesmo olhar pensativo, e assentiu, por fim.

– Por Gavin – disse ele, e virou-se em direção à entrada.

– Certo, então – disse Jamie.

Ele suspirou e prendeu uma mecha solta dos cabelos atrás da orelha.

– Ajude-nos a enterrar Gavin – disse ele a nosso novo convidado –, e então iremos.

Uma hora depois, a cova de Gavin era um retângulo de terra recém-remexida, escuro entre os tons acinzentados da grama ao redor.

– Precisamos deixar o nome dele para que seja identificado – disse Jamie.

Com dificuldade, ele riscou as letras do nome de Gavin e as datas em um pedaço de pedra lisa da praia, usando a ponta da faca. Esfreguei cinza da tocha nas letras entalhadas, criando uma mancha grosseira, mas legível, e Ian a colocou com firmeza em um pequeno dólmen de pedregulhos reunidos. Em cima do minúsculo monumento, Jamie cuidadosamente colocou o toco de vela que pegara da taverna.

Todos ficaram parados meio desajeitados diante do túmulo por um momento, sem saber como se despedir. Jamie e Duncan se aproximaram juntos, olhando para baixo. Eles já deviam ter se despedido de muitos amigos desde a Batalha de Culloden, mas geralmente com menos cerimônia.

Por fim, Jamie assentiu a Fergus, que pegou um galho de pinheiro seco e, acendendo-o com uma tocha, inclinou-se e o encostou no pavio da vela.

– *Requiem aerternam dona ei, et lux perpetua luceat ei...* – sussurrou Jamie.

– Que ele tenha descanso eterno, ó Deus, e que a luz perpétua brilhe sobre ele. – O jovem Ian repetiu baixinho, com o rosto sério à luz da tocha.

Sem dizer uma palavra, nós nos viramos e saímos do pátio da igreja. Atrás de nós, a vela brilhava sem tremelicar na atmosfera pesada, como uma vela votiva em uma igreja vazia.

...

A lua estava alta no céu quando chegamos ao posto militar perto dos muros da cidade. Era só uma meia-lua, mas lançava luz suficiente para vermos a trilha de terra do caminho de carroças que se estendia à nossa frente, amplo o bastante para duas carroças viajarem lado a lado.

Tínhamos encontrado vários pontos assim na estrada entre Savannah e Charleston, principalmente vigiados por soldados entediados que faziam gestos para que passássemos sem se darem ao trabalho de conferir as passagens que obtivemos na Geórgia. Os postos se preocupavam mais com a interceptação de produtos contrabandeados e com a prisão dos servos ou escravos fugidios de seus donos.

Mesmo imundos e malvestidos, passamos sem problemas. Poucos viajantes estavam em condições melhores. Fergus e Duncan não podiam ser escravos, mutilados como eram, e a presença de Jamie falava mais do que suas roupas. Com casaco sujo ou não, nenhum homem diria que ele era um servo.

Mas naquela noite foi diferente. Havia oito homens no posto, não os dois de sempre, e todos muito bem armados e em alerta. Canos de mosquete brilhavam à luz da lua enquanto o grito de "Pare! Diga seu nome e a que veio!" vinha do escuro. Uma lanterna estava erguida a 15 centímetros de meu rosto, cegando-me por um instante.

– James Fraser, seguindo em direção a Wilmington, com minha família e meus servos. – A voz de Jamie era calma, e suas mãos estavam firmes quando ele me deu as rédeas e pegou as passagens em seu casaco.

Mantive a cabeça baixa, tentando parecer cansada e indiferente. Estava cansada, sim – seria capaz de me deitar na estrada e dormir –, mas longe de indiferente. O que faziam com quem ajudava um fugitivo da forca?, eu tentei imaginar. Uma única gota de suor desceu serpenteando atrás de meu pescoço.

– Viu alguém na estrada quando passou, senhor?

O "senhor" saiu um pouco relutante; o mau estado do casaco de Jamie e de meu vestido ficaram evidentes sob a luz amarela da lanterna.

– Uma carroça que passou por nós vinda da cidade. Imagino que o senhor tenha visto – respondeu Jamie.

O sargento respondeu com um grunhido, conferindo as passagens com cuidado, estreitando os olhos no escuro para contar e ver se o número de pessoas condizia com o número de passagens.

– Quais produtos estão levando? – Ele entregou as passagens, fazendo um gesto para que um dos subordinados procurasse na carroça. Mexi nas rédeas sem querer e os cavalos resfolegaram e balançaram a cabeça. Jamie encostou o pé no meu, mas não olhou para mim.

– Pequenos itens domésticos – respondeu ele, ainda calmo. – Meio veado e um saco de sal, mantimentos. E um corpo.

O soldado que estava olhando na parte de trás da carroça parou abruptamente. O sargento olhou para ele no mesmo instante.

– Um o quê?

Jamie pegou as rédeas de minhas mãos e as enrolou casualmente em seu punho. De soslaio, vi Duncan inclinar-se para a escuridão da mata. Fergus, com sua habilidade de ladrão, já tinha desaparecido de vista.

– O corpo do homem que foi enforcado esta tarde. Ele era meu conhecido. Pedi permissão do coronel Franklin para levá-lo a seus parentes no norte. É por isso que estamos viajando à noite – acrescentou ele com delicadeza.

– Compreendo. – O sargento fez um gesto para chamar um homem que segurava uma lanterna. Olhou para Jamie por um longo tempo, pensativo, com os olhos estreitados e assentiu. – Eu me lembro de você – disse ele. – Você o chamou no fim. É um amigo, certo?

– Eu o conhecia há alguns anos – acrescentou.

O sargento assentiu a seu subordinado sem desviar os olhos de Jamie.

– Dê uma olhada, Griswold.

Griswold, que devia ter 14 anos, demonstrou grande falta de entusiasmo com a ordem, mas obedientemente levantou a capa de lona e ergueu a lanterna para espiar a carroça. Eu me controlei para não me virar e olhar.

O cavalo mais próximo resfolegou e jogou a cabeça para trás. Se tivéssemos que sair em disparada, os cavalos demorariam muito para colocar a carroça em movimento. Ouvi Ian remexer-se atrás de mim, levando a mão ao taco de nogueira enfiado atrás de seu assento.

– Sim, senhor, é um corpo – disse Griswold. – Em uma mortalha. – Ele soltou a lona com um ar de alívio e expirou com força pelas narinas.

– Prepare a baioneta e dê um tiro nele – disse o sargento, ainda olhando para Jamie. Eu devo ter emitido algum som, porque o sargento olhou para mim.

– Vai sujar minha carroça – disse Jamie. – O homem está bem passado, depois de um dia ao sol.

O sargento resmungou com impaciência.

– Então dê um tiro na perna dele. Vamos, Griswold!

Com relutância, Griswold preparou a baioneta e, na ponta dos pés, começou a mirar no chão da carroça. Atrás de mim, Ian começara a assoviar baixinho. Uma canção gaélica cujo título era traduzido como "Na aurora, morremos", e eu achei muito de mau gosto da parte dele.

– Não, senhor, ele está morto mesmo. – Griswold deu um passo para trás, parecendo aliviado. – Eu cutuquei com força, mas ele nem se mexeu.

– Certo, então. – Dispensando o jovem soldado com um movimento da mão, o sargento acenou com a cabeça para Jamie. – Pode seguir, sr. Fraser. Mas aconselho o senhor a escolher seus amigos com mais cautela no futuro.

Vi os nós dos dedos de Jamie brancos nas rédeas, mas ele se endireitou e ajeitou o chapéu na cabeça. Estalou a língua e os cavalos partiram, deixando nuvens de poeira clara flutuando à luz da lanterna.

A escuridão parecia sufocante depois da luz. Apesar da presença da lua, eu não conseguia ver quase nada. A noite nos envolveu. Senti o alívio de um animal caçado que encontra um esconderijo seguro e, apesar do calor opressor, respirei mais livremente.

Percorremos uma distância de quase meio quilômetro antes de alguém falar.

– Está ferido, sr. Bonnet? – perguntou Ian sussurrando alto, só para que fosse ouvido em meio ao barulho da carroça.

– Sim, ele me cutucou na coxa, o maldito garoto. – A voz de Bonnet estava lenta, mas calma. – Graças a Deus ele parou antes de o sangue escorrer pela mortalha. Homens mortos não sangram.

– Está muito ferido? Devo ir até aí para olhar? – Eu me virei. Bonnet havia afastado a capa de lona e estava sentado, uma figura muito clara na escuridão.

– Não, mas agradeço, senhora. Passei a meia ao redor da perna e ela vai me ajudar, espero.

Minha visão noturna voltava. Eu conseguia ver os cabelos claros quando ele abaixou a cabeça para concluir a tarefa.

– Acha que podemos conversar? – Jamie fez os cavalos diminuírem o ritmo para que caminhassem e se virou para ver nosso convidado. Apesar de não estar contrariado, ficou claro que preferiria se livrar de nossa carga perigosa assim que possível.

– Não, tudo bem. Sinto muito, senhor.

Bonnet também notou a vontade de Jamie de se livrar dele. Com certa dificuldade, ele se sentou na traseira da carroça, levantando o joelho da perna ilesa atrás do assento. A parte inferior de seu corpo estava invisível no escuro, mas consegui sentir o cheiro de sangue nele, um odor mais forte do que o leve fedor da mortalha de Gavin.

– Uma sugestão, sr. Fraser. Daqui a 6 quilômetros, chegaremos à estrada Ferry Trail. Dois quilômetros depois do cruzamento, outra estrada leva em direção à costa. Há algumas casas, mas é possível passar. Chegaremos à beira de um riacho com uma saída para o mar. Alguns parceiros meus chegarão ali para ancorar esta semana. Se puder me dar alguns mantimentos, poderei esperar por eles em razoável segurança, e você pode partir, livre do peso de minha companhia.

– Parceiros? Está dizendo piratas? – A voz de Ian demonstrava certa desconfiança. Por ter sido retirado da Escócia por piratas, ele não via essas pessoas com o mesmo romantismo comum a um garoto de 15 anos.

– Depende de sua perspectiva, rapaz. – Bonnet parecia estar se divertindo. – Certamente, os governadores das Carolinas diriam que eles são piratas. Mas talvez os mercadores de Wilmington e Charleston os chamem de outra coisa.

– Contrabandistas, certo? E com o que esses seus parceiros negociam, então? – resmungou Jamie.

– Qualquer coisa que tenha mercado para valer a pena o risco da entrega. – Bonnet ainda parecia estar bem-humorado, mas agora, também parecia cínico. – Deseja alguma recompensa pela ajuda? Podemos resolver isso.

– Não. – A voz de Jamie era fria. – Poupei você por Gavin Hayes e por mim. Não esperaria recompensa por esse serviço.

– Não quis ofender, senhor. – Bonnet inclinou a cabeça levemente em nossa direção.

– Não me ofendi – rebateu Jamie. Ele balançou as rédeas e as segurou de novo, mudando de mãos.

A conversa parou depois dessa pequena discussão, mas Bonnet continuou ajoelhado atrás de nós, espiando por cima de meu pescoço para a estrada escura à frente. Não havia mais soldados. Nada se moveu, não havia nem um sopro de vento para mexer as folhas. Nada perturbava o silêncio da noite de verão, exceto o ruído baixo de um pássaro noturno que passava ou o pio de uma coruja.

O bater ritmado e suave dos cascos dos cavalos na terra e o ranger e chacoalhar da carroça começaram a me dar sono. Tentei ficar ereta, observando as sombras escuras das árvores pela estrada, mas me vi cada vez mais inclinada para Jamie, e meus olhos se fechavam apesar de eu me esforçar para mantê-los abertos.

Jamie passou as rédeas para a mão esquerda, e passando os braços pelas minhas costas, me puxou para encostar em seu ombro. Como sempre, eu me senti segura quando o toquei. Fiquei relaxada com o rosto pressionado contra o tecido empoeirado de seu casaco, e caí de vez naquele cochilo inquieto que é consequência de uma mistura de puro cansaço e da incapacidade de deitar.

Abri os olhos uma vez e vi Duncan Innes, magro e esguio, andando ao lado da carroça com seu passo incansável de montanhista, com a cabeça baixa como se pensasse muito. Então, eu os fechei de novo e cochilei, e as lembranças do dia se misturaram aos fragmentos incipientes dos sonhos. Sonhei com um gambá gigante dormindo embaixo da mesa de uma taverna, que acordou para participar do refrão do hino norte-americano, e também com um cadáver que se remexia e levantou a cabeça e sorriu com olhos vazios. Acordei com Jamie me sacudindo levemente.

– É melhor você ir para a traseira e se deitar, Sassenach – disse ele. – Está falando enquanto dorme. Vai acabar escorregando para fora.

Assentindo sonolenta, eu passei, desajeitada, por cima do encosto do assento, mudando de lugar com Bonnet, e encontrei um lugar no chão da carroça ao lado do jovem Ian, que se espalhara ali.

O cheiro ali era de mofo e coisa pior. Ian apoiava a cabeça em um pacote de carne de veado, coberto pela pele não curtida do animal. Rollo estava um pouco melhor, com o focinho peludo apoiado confortavelmente na barriga de Ian. Eu escolhi o saco de sal. O couro liso era duro sob minha face, mas não tinha cheiro.

As tábuas soltas da carroça não podiam ser consideradas confortáveis nem com muita imaginação, mas o alívio por poder esticar todo o corpo foi tão grande que quase não notei os solavancos e baques. Deitei de barriga para cima e olhei para a intensa escuridão do céu do sul, tomado por estrelas brilhantes. Cristo Iluminado, pensei, e me consolei na ideia de Gavin Hayes encontrando o caminho seguro para casa com as luzes do céu, e adormeci mais uma vez.

Não poderia dizer por quanto tempo dormi, envolta num misto de calor e exaustão. Acordei quando o ritmo da carroça mudou, voltando à consciência, encharcada de suor.

Bonnet e Jamie estavam conversando, no tom tranquilo e baixo de homens que tinham passado pela estranheza inicial de terem acabado de se conhecer.

– Você disse que me poupou por Gavin Hayes e por você – dizia Bonnet. Sua voz era suave, quase inaudível em meio ao barulho das rodas. – O que quis dizer com aquilo, senhor, e me perdoe por perguntar...

Jamie não respondeu na hora; quase adormeci de novo antes disso, mas ele finalmente falou, uma resposta solta no ar quente da noite.

– Você não deve ter dormido muito ontem à noite, creio eu. Sabendo o que aconteceria hoje.

Bonnet riu baixinho, mas não estava exatamente se divertindo.

– Isso mesmo – disse ele. – Duvido que me esquecerei dessas coisas logo.

– Também não esquecerei. – Jamie disse algo baixinho em gaélico para os cavalos e eles diminuíram o ritmo. – Certa vez, passei uma noite assim, sabendo que seria enforcado quando amanhecesse. Mas vivi, graças a um homem que arriscou muito para me salvar.

– Compreendo – disse Bonnet baixinho. – Então, você é um *asgina ageli*, certo?

– Hein? O que seria isso?

Ouvi um barulho de folhas sendo raspadas contra a lateral da carroça e o cheiro apimentado das árvores se tornou mais forte de repente. Algo leve tocou meu rosto. Eram folhas, caindo de cima. Os cavalos andaram mais devagar e o ritmo da carroça mudou claramente, pois as rodas passavam por uma superfície irregular. Nós havíamos entrado na estrada pequena que levava ao riacho de Bonnet.

– *Asgina ageli* é um termo que os índios usam, os cherokees das montanhas. Ouvi um deles dizer isso quando trabalhei como guia certa vez. Quer dizer "meio fantasma", uma pessoa que já deveria ter morrido, mas que, ainda assim, permanece na Terra: uma mulher que sobrevive a uma doença mortal, um homem pego pelos inimigos, mas que consegue escapar. Dizem que um *asgina ageli* tem um pé na Terra e outro no mundo espiritual. Ele consegue falar com espíritos e ver as Nunnahee, ou Pessoas Pequenas.

– Pessoas Pequenas? Seriam as fadas? – Jamie parecia surpreso.

– Algo assim. – Bonnet se endireitou no assento, que rangeu quando ele se esticou. – Os índios dizem que as Nunnahee vivem dentro das rochas das montanhas e saem para ajudar seu povo em épocas de guerra ou outros males.

– É mesmo? Seria algo como as histórias que eles contam nas Terras Altas da Escócia, então... dos Auld.

– Isso mesmo. – Bonnet parecia se divertir. – Bem, pelo que ouvi dos escoceses das Terras Altas, eles e os índios têm um comportamento bárbaro bem parecido.

— Bobagem — disse Jamie, sem se ofender nem um pouco. — Os índios comem o coração de seus inimigos, pelo que ouvi. Prefiro um bom prato de mingau de aveia.

Bonnet emitiu um som, rapidamente reprimido.

— Você é das Terras Altas? Bem, posso dizer que, para um bárbaro, eu o considerei como um civil comum, senhor — disse ele a Jamie, num tom bem-humorado.

— Sinto-me profundamente agradecido por sua gentil opinião, senhor — respondeu Jamie com a mesma polidez.

As vozes deles foram encobertas pelo ranger ritmado das rodas e eu dormi de novo sem conseguir ouvir mais nada.

A lua estava baixa sobre as árvores quando paramos. Acordei com os movimentos do jovem Ian, passando sonolento pela lateral da carroça para ajudar Jamie a cuidar dos cavalos. Levantei a cabeça e vi uma extensão de água passando pelas barrancas de terra e lodo, e o riacho era uma parte escura com brilho prateado onde as folhas se prendiam às rochas perto da margem. Bonnet, com o eufemismo típico do Novo Mundo, poderia chamá-lo de riacho, mas a maioria dos barqueiros o consideraria um bom rio, pensei.

Os homens caminhavam de um lado para outro nas sombras, realizando as tarefas murmurando poucos comentários. Eles se movimentavam com uma lentidão incomum, pareciam sumir na noite, desanimados pela fadiga.

— Procure um lugar para dormir, Sassenach — disse Jamie, parando para me ajudar a descer da carroça. — Preciso cuidar para que nosso convidado parta com provisões, e os animais precisam descansar e pastar.

A temperatura não havia diminuído desde que a noite caíra, mas o ar parecia mais fresco aqui perto da água, e eu me animei um pouco.

— Não posso dormir se não tomar banho — disse, afastando do corpo o corpete encharcado do meu vestido. — Eu me sinto péssima. — Meus cabelos estavam grudados com suor em minhas têmporas e eu sentia o corpo sujo e com coceira. A água escura parecia fria e convidativa.

Jamie lançou um olhar desejoso a ela, ajeitando a calça amassada.

— Não posso dizer que não a entendo. Mas seja cuidadosa. Bonnet disse que o canal na parte do meio é fundo o bastante para permitir que um brigue flutue. E é um riacho caudaloso, tem corrente forte.

— Ficarei perto da margem. — Apontei rio abaixo, onde um ponto pequeno de terra marcava uma curva no riacho, seus salgueiros brilhando prateados à luz da lua. — Está vendo aquele pequeno ponto? Deve haver uma contracorrente ali.

— Bem, então tome cuidado — disse ele de novo, e apertou meu cotovelo para se despedir.

Quando me virei, um corpo claro e grande apareceu à minha frente. Era nosso convidado, com uma das pernas da calça manchada com o sangue escuro e seco.

– A seu dispor, senhora – disse ele, fazendo uma reverência decente, apesar da perna ferida. – Posso me despedir? – Ele estava parado um pouco mais perto de mim do que eu gostaria, e controlei a vontade de recuar um passo.

– Pode – disse, e meneei a cabeça para ele, afastando uma mecha solta de cabelo. – Boa sorte, sr. Bonnet.

– Agradeço pelos gentis votos, senhora – respondeu ele delicadamente. – Mas descobri que, na maioria das vezes, um homem faz sua sorte. Boa noite, senhora. – Ele se abaixou mais uma vez e se virou, mancando muito, como o fantasma de um urso aleijado.

O correr do riacho mascarava a maior parte dos sons comuns da noite. Vi um morcego piscar no meio de uma parte iluminada pela luz da lua sobre a água, em busca de insetos pequenos demais para ver, e desaparecer na noite. Se mais alguma coisa se embrenhava no escuro, estava em silêncio.

Jamie resmungou baixinho para si mesmo.

– Bem, tenho minhas dúvidas em relação ao homem – disse ele, como se respondesse à pergunta que eu não fizera. – Espero ter sido bom de coração e não ruim da cabeça por tê-lo ajudado.

– Você não poderia tê-lo deixado para morrer enforcado, afinal – falei.

– Ah, sim, eu poderia – respondeu ele, me surpreendendo.

Jamie me viu olhar para ele e sorriu, e o esboço do sorriso quase não foi visto na escuridão.

– A Coroa nem sempre escolhe o homem errado para enforcar, Sassenach – disse ele. – Com muita frequência, o homem na ponta da corda merece estar ali. E eu não gostaria de achar que ajudei um vilão a se livrar. – Ele deu de ombros e afastou os cabelos do rosto. – Bem, está feito. Vá tomar seu banho, Sassenach. Acompanharei você assim que puder.

Eu me levantei na ponta dos pés para beijá-lo e percebi que ele sorria. Minha língua tocou seus lábios num convite sutil e ele mordeu meu lábio inferior com delicadeza, em resposta.

– Podemos ficar acordados um pouco mais, Sassenach?

– Quanto precisar – disse a ele. – Mas não demore, está bem?

Havia uma área gramada ao redor do ponto abaixo dos salgueiros. Eu me despi lentamente, aproveitando a sensação da brisa vinda da água passando pelo tecido úmido do corpete e das meias, e a liberdade final quando as últimas peças de roupa caíram no chão, deixando-me nua.

Entrei alegre na água, que estava surpreendentemente fria em comparação com o ar quente noturno. O chão sob meus pés era formado por lodo, em sua maior parte, mas se tornava uma areia fina a 1 metro da margem.

Apesar de ser um riacho caudaloso, estávamos na parte alta e a água era fresca e doce. Eu bebi e lavei o rosto, tirando a poeira da garganta e do nariz.

Entrei até o meio das coxas, pensando nos alertas de Jamie a respeito de canais e correntes. Depois do calor sufocante do dia e do ar pesado da noite, a sensação de frieza na pele nua foi um grande alívio. Peguei a água fria formando conchas com as mãos e molhei o rosto e os seios. As gotas desciam por minha barriga e escorriam geladas entre minhas pernas.

Pude sentir a pressão da água vindo, passando delicadamente contra minhas panturrilhas, levando-me em direção à margem. Mas eu ainda não estava pronta para sair. Não tinha sabão, mas me ajoelhei e molhei os cabelos várias vezes na água clara e esfreguei o corpo com punhados de areia fina até sentir a pele fina e reluzente.

Por fim, saí da água e me deitei em cima de uma rocha, lânguida como uma sereia, à luz da lua, com o calor do ar e a pedra quente pelo sol confortando meu corpo agora frio. Penteei meus cabelos grossos e encaracolados com os dedos, espalhando gotas de água. A pedra molhada tinha cheiro de chuva, empoeirada e formigante.

Eu me sentia muito cansada, mas, ao mesmo tempo, muito viva, naquele estado de leve consciência no qual o pensamento se torna mais lento e as leves sensações físicas aumentam. Passei os pés descalços mais devagar sobre a rocha sedimentária, aproveitando a leve fricção, e corri a mão levemente pela lateral interna de minha coxa, com um arrepio surgindo depois do meu toque.

Meus seios eram iluminados pelo luar, domos brancos e frios salpicados por gotas transparentes. Acariciei um mamilo e o observei lentamente enrijecer, como num passe de mágica.

Que lugar mágico, pensei. A noite estava silenciosa e calma, mas com uma atmosfera lânguida que era como flutuar em um mar quente. Perto da costa, o céu estava claro, e as estrelas brilhavam como diamantes, com uma luz clara e intensa.

Um barulho na água me fez olhar na direção da corrente. Nada se movia na superfície além do piscar das estrelas, presas como vaga-lumes em uma teia de aranha.

Enquanto eu observava, uma cabeça grande irrompeu na água no meio da corrente, e a água escorria no focinho pontudo. Havia um peixe se debatendo na boca de Rollo. Sua cauda e o brilho das escamas apareceram brevemente quando ele balançou a cabeça com força para quebrar sua coluna. O cachorro enorme nadou devagar para a margem, balançou o corpo para se enxugar e se afastou, com a refeição da noite pendurada, imóvel e reluzente, em suas mandíbulas.

Ele parou por um momento no lado mais distante do riacho, olhando para mim, e o pelo de seu pescoço era uma sombra escura emoldurando os olhos amarelos e o peixe brilhoso. Como uma pintura primitiva, pensei. Algo de Rousseau, com seu contraste de total selvageria e imobilidade.

Então, o cachorro se foi, e não restou mais nada na margem além de árvores, escondendo o que podia haver atrás delas. E o que havia?, eu me perguntei. Mais árvores, respondeu a parte lógica de minha mente.

– *Muito* mais – murmurei, olhando para a escuridão misteriosa.

A civilização, mesmo aquela primitiva com a qual eu me acostumara, não passava de uma linha fina e crescente à beira do continente. A 400 quilômetros da costa, você ficava além das redondezas da cidade e do campo. E além daquele ponto, havia 5 mil quilômetros... do quê? De mata, certamente, e de perigo. De aventura também... e de liberdade.

Era um mundo novo, afinal, sem medo e tomado de alegria, pois agora Jamie e eu estávamos juntos para o resto de nossas vidas. A separação e o pesar tinham ficado para trás. Nem mesmo pensar em Brianna me causava remorso. Sentia muita saudade dela e pensava nela toda hora, mas sabia que Brianna estava em segurança em sua própria época, o que tornava sua ausência mais fácil de suportar.

Permaneci deitada na rocha, o calor preso do dia irradiava de sua superfície para meu corpo, feliz por apenas estar viva. As gotas de água secavam em meus seios enquanto eu olhava, transformando-se em uma camada de umidade, desaparecendo totalmente em seguida.

Pequenas nuvens de maruins sobrevoavam a água. Não conseguia vê-los, mas sabia que estavam ali devido aos barulhos de peixes saltando para pegá-los no ar.

Os insetos eram uma praga onipresente. Eu examinava a pele de Jamie cuidadosamente todas as manhãs, arrancando carrapatos vorazes e pulgas de seus vincos, e cobria todos os homens com o sumo das folhas de tabaco e poejo amassadas. Isso impedia que eles fossem devorados vivos pelas nuvens de mosquitos, maruins e mosquitos-pólvora que ficavam nas sombras escurecidas pelo sol na mata, mas não impedia que grupos de insetos intrometidos os enlouquecessem com zunidos e invasões aos ouvidos, olhos, narizes e bocas.

Estranhamente, a maioria dos insetos não me atacava. Ian brincava dizendo que o forte cheiro das ervas que ficavam ao meu redor deveria afastar todos eles, mas eu achava que era algo além disso. Mesmo depois de eu acabar de tomar banho, os insetos não demonstravam interesse em me perturbar.

Eu deduzia que pudesse ser uma manifestação da estranheza evolucionária que me protegia dos resfriados e de doenças simples ali. Os insetos sedentos de sangue, como os micróbios, tinham uma evolução parecida com a dos seres humanos, e eram sensíveis aos sinais químicos leves de seus anfitriões. Como vinha de outra época, eu não tinha mais exatamente os mesmos sinais, e, consequentemente, os insetos não me viam mais como presa.

– Ou talvez Ian esteja certo e meu cheiro seja péssimo – disse em voz alta.

Enfiei os dedos na água e espirrei algumas gotas em uma libélula pousada em minha rocha, apenas uma sombra transparente, pois suas cores tinham sido tomadas pela escuridão.

Queria que Jamie se apressasse. Viajar durante dias na carroça ao lado dele, observar os movimentos sutis de seu corpo enquanto ele guiava, ver a luz mudando nos ângulos de seu rosto enquanto falava e sorria bastava para fazer as palmas de minhas mãos formigarem de vontade de tocá-lo. Há dias não fazíamos amor, tomados pela pressa de chegar a Charleston e pelas minhas inibições em relação à intimidade ao alcance dos ouvidos de uma dúzia de homens.

Um sopro de brisa quente passou por mim, e meus pelos púbicos pequenos se eriçaram com a sensação. Não havia pressa agora nem ninguém para ouvir. Desci a mão pela curva suave de minha barriga e pela pele ainda mais suave do lado interno de minhas coxas, onde o sangue pulsava lentamente no ritmo do meu coração. Fiz uma concha com a mão, sentindo a região úmida e inchada doer de desejo.

Fechei os olhos, esfregando devagar, aproveitando a sensação de urgência cada vez maior.

– E onde diabos está *você*, Jamie Fraser? – murmurei.

– Aqui – foi a resposta rouca.

Sobressaltada, abri os olhos. Ele estava dentro do riacho, a 2 metros, com água até as coxas, a genitália rígida e escura contra o brilho pálido de seu corpo. Seus cabelos estavam soltos ao redor dos ombros, emoldurando um rosto branco como ossos, olhos que não piscavam e atentos como os de um cão-lobo. Completamente selvagem e imóvel.

Então Jamie se mexeu e caminhou em minha direção, ainda determinado, porém não mais parado. Suas coxas estavam frias como a água quando me tocou, mas em poucos segundos, ele se aqueceu e esquentou. O suor surgiu de uma vez onde suas mãos tocavam minha pele e uma onda de umidade quente encharcou meus seios mais uma vez, deixando-os redondos e escorregadios contra seu peito firme.

Então, seus lábios se moveram em direção aos meus e eu derreti – quase literalmente – em seus braços. Não me importei com o calor nem em pensar se a umidade de minha pele era o suor dele ou o meu. Até mesmo as nuvens de insetos se tornaram insignificantes. Ergui o quadril e ele se encaixou, liso e firme, e o último vestígio de frieza nele foi envolvido pelo meu calor, como o metal frio de uma espada, saciado no sangue quente.

Minhas mãos tocaram uma camada de umidade nas curvas de suas costas e meus seios tremeram contra o peito dele, um regato descendo entre eles para untar a fricção das barrigas com as coxas.

– Meu Deus, sua boca está úmida e salgada como sua vagina – murmurou ele, e tocou com a língua as gotas salgadas em meu rosto, com toques suaves nas têmporas e nos cílios.

Eu mal notava a rocha dura sob meu corpo. O calor acumulado do dia subia e passava por minha pele, e a superfície áspera raspava minhas costas e nádegas, mas eu não me importei.

– Não aguento esperar – disse ele em meu ouvido, sem fôlego.

– Não espere – respondi, e envolvi seu quadril com minhas coxas, carne a carne na loucura breve da dissolução. – Já ouvi falar de derreter de paixão – falei, um pouco ofegante –, mas isso é absurdo.

Ele levantou a cabeça do meu seio com um leve som de aderência quando desgrudou o rosto. Ele riu e escorregou levemente para o lado.

– Meu Deus, está quente! – disse ele. Afastou os cabelos encharcados de suor da testa e suspirou, com o peito ainda ondulante devido ao esforço. – Como as pessoas fazem isso quando está assim?

– Do mesmo modo que acabamos de fazer – respondi, também ofegante.

– Não podem – disse ele com certeza. – Não o tempo todo. Elas morreriam.

– Bem, talvez façam mais devagar – falei. – Ou dentro da água. Ou esperem até o outono.

– Outono? – perguntou ele. – Talvez eu não queira morar no sul, então. É quente em Boston?

– Nessa época do ano, sim – garanti. – E absurdamente frio no inverno. Tenho certeza de que você se acostumará com o calor e com os insetos.

Ele afastou um mosquito irritante de seu ombro, olhou para mim e depois para o riacho próximo.

– Talvez – disse ele –, e talvez não, mas por enquanto... – Ele me abraçou com firmeza e rolou. Com a graça de um tronco pesado, rolamos pela beira da rocha e caímos na água.

Permanecemos deitados e refrescados sobre a rocha, quase desencostados, e as últimas gotas de água evaporavam de nossas peles. Do outro lado do riacho, os salgueiros deitavam as folhas na água, seus topos contra o escuro da lua que se punha. Além daquele ponto, os salgueiros tomavam toda a área, metros e quilômetros de floresta virgem, e a civilização agora não ocupava mais do que um ponto de apoio à beira do continente.

Jamie viu a direção de meu olhar e adivinhou meus pensamentos.

– Será bem diferente agora do que da última vez que você viu, não? – Ele assentiu na direção das folhas escuras.

– Ah, um pouco. – Dei a mão a ele, e meu polegar acariciava os nós grandes e ossudos de seus dedos. – As estradas estarão pavimentadas.Não com paralelepípedos, mas cobertas por aquela coisa dura e lisa, inventada por um escocês chamado MacAdam, na verdade.

Ele resmungou achando graça.

– Então haverá escoceses na América? Que bom!

Eu o ignorei e continuei, olhando para as sombras em movimento como se pudesse enxergar as cidades enormes que um dia surgiriam ali.

– Haverá muita gente na América. Toda a terra estará colonizada, daqui até o lado oeste da costa, a um lugar chamado Califórnia. Mas por enquanto... – Eu tremi levemente, apesar do ar quente e úmido –, são 5 mil quilômetros de deserto. Não há nada lá.

– Sim, nada além de milhares de selvagens sedentos por sangue – disse ele com desenvoltura. – E animais selvagens, com certeza.

– Ah, sim – concordei. – Acho que sim. – Aquela ideia era perturbadora. É claro que eu sabia, de modo acadêmico e vago, que as matas eram habitadas por índios, ursos e outros moradores da floresta, mas essa ideia geral de repente fora substituída por uma consciência particular e mais forte de que poderíamos com facilidade, e de modo inesperado, dar de cara com um desses moradores.

– O que acontece com eles? Com os índios selvagens? – perguntou Jamie com curiosidade, espiando na escuridão como eu, como se tentasse adivinhar o futuro entre as sombras em movimento. – Eles serão derrotados e repelidos, não?

Mais um arrepio leve passou por mim, e meus dedos do pé se torceram.

– Sim, serão – disse eu. – Mortos, muitos deles. Muitos serão levados como prisioneiros e trancados.

– Bem, isso é bom.

– Depende muito do seu ponto de vista – falei de modo meio seco. – Acho que os índios não pensarão assim.

– Acredito que sim – falou ele. – Mas quando um maldito demônio está fazendo o melhor que pode para arrancar a minha cabeça, não me preocupo muito com esse ponto de vista, Sassenach.

– Bem, não podemos culpá-los – protestei.

– Eu posso, certamente – assegurou ele. – Se um dos brutos ferir você, vou culpá-lo muito.

– Ah... hum – falei. Pigarreei e tentei de novo. – Bem, e se um monte de desconhecidos viesse e tentasse matar você e jogá-lo para fora da terra onde sempre viveu?

– Fizeram isso – disse ele, de modo muito seco. – Se não tivessem feito, eu ainda estaria na Escócia, certo?

– Bem... – falei hesitando. – Mas o que quero dizer é... você também lutaria sob essas circunstâncias, não?

Ele respirou fundo e soltou o ar com força pelo nariz.

– Se um dragão inglês fosse à minha casa e começasse a me importunar, certamente eu lutaria contra ele – afirmou ele. – Eu não hesitaria nem um pouco em matá-lo. Não cortaria seu escalpo nem o balançaria por aí, e não comeria suas partes íntimas. Não sou um selvagem, Sassenach.

– Eu não disse que você é – protestei. – Só disse que...

– Além disso, não pretendo matar nenhum índio – acrescentou ele com uma lógica inexorável. – Se eles cuidarem da própria vida, não precisarão se preocupar nem um pouco comigo.

– Tenho certeza de que eles ficarão aliviados em saber disso – murmurei, desistindo por enquanto.

Permanecemos deitados muito próximos na depressão da rocha, levemente grudados com suor, olhando para as estrelas. Ao mesmo tempo, eu me sentia muito feliz e um pouco apreensiva. Será que esse estado de exaltação poderia durar? Antes, eu já havia acreditado no "para sempre" entre nós, mas eu era mais jovem naquela época.

Em breve, pela vontade de Deus, estaríamos estabelecidos. Encontraríamos um lugar para construir um lar seguro e também uma vida. Eu não queria nada além disso, mas, ao mesmo tempo, me preocupava. Desde minha volta, nós nos conhecíamos havia apenas alguns meses. Cada toque, cada palavra ainda era tomada pela lembrança e era nova com a redescoberta. O que aconteceria quando estivéssemos totalmente acostumados um com o outro, vivendo dia a dia em uma rotina de tarefas cotidianas?

– Você acha que vai se cansar de mim? – murmurou ele. – Quando estivermos estabelecidos?

– Eu estava pensando a mesma coisa a seu respeito.

– Não – disse ele, e eu percebi o sorriso em sua voz. – Não vou, Sassenach.

– Como sabe?

– Já sabia. Antes. Estávamos casados havia três anos e eu quis você no último dia tanto quanto quis no primeiro. Talvez mais – disse ele com delicadeza, pensando, assim como eu, na última vez que havíamos feito amor antes de eu passar através das pedras.

Eu me inclinei e o beijei. Seu cheiro era de limpeza e frescor, com um leve toque de sexo.

– Eu também – respondi.

– Então não se preocupe com isso, Sassenach, e também não me preocuparei. – Ele acariciou meus cabelos, afastando as mechas encaracoladas de minha testa. – Acho que poderia conhecer você a vida toda e ainda amá-la. E quando me deito ao seu lado, você ainda me surpreende muito às vezes, como fez hoje.

– Surpreendo? Por quê? O que fiz? – Olhei para ele, surpresa.

– Ah...bem. Eu não quis dizer... ou melhor...

De repente, ele pareceu tímido, e ficou tenso de um modo incomum.

– Hum? – Beijei a ponta de sua orelha.

– Ah... quando vi você... o que você estava fazendo... Quero dizer, você estava fazendo o que pensei?

Sorri com o rosto encostado em seu ombro na escuridão.

– Acho que depende do que você pensou, certo?

Ele se apoiou em um cotovelo, e sua pele se afastou da minha com um leve som de sucção. O ponto úmido onde Jamie estava encostado esfriou repentinamente. Ele se virou de lado e sorriu para mim.

– Você sabe muito bem o que pensei, Sassenach.

Toquei seu queixo, escurecido pela barba que nascia.

– Sei. E você também sabe perfeitamente bem o que eu estava fazendo, então por que está perguntando?

– Bem, eu só não sabia que as mulheres faziam isso.

A lua estava clara o suficiente para eu poder ver sua sobrancelha meio erguida.

– Bom, os homens fazem – falei. – Ou você faz, pelo menos. Você me contou... quando estava na prisão, disse que...

— Era diferente! — Vi sua boca se entortar enquanto ele tentava decidir o que dizer. — Eu... quero dizer, não tinha como evitar. Afinal, eu não podia...

— Você não fez isso outras vezes? — Eu me sentei e chacoalhei os cabelos úmidos, virando a cabeça para olhar para ele. Não dava para ver no escuro, mas acho que ele corou.

— Sim, bem — murmurou ele. — Acho que sim. — Um pensamento lhe ocorreu de repente e seus olhos se arregalaram olhando para mim. — Você.... tem feito isso... com frequência? — A última palavra saiu rouca e ele foi obrigado a parar e pigarrear.

— Acho que depende do que você quer dizer com "com frequência" — disse, mostrando um pouco de acidez em meu tom de voz. — Passei dois anos viúva, você sabe.

Jamie passou um nó do dedo sobre os lábios, olhando para mim com interesse.

— Sim, eu sei. É só que... bem, eu não pensei que as mulheres fizessem isso. — Um fascínio cada vez maior superava sua reação surpresa. — Você consegue.... terminar? Quero dizer, sem um homem?

Aquilo me fez rir alto, e o eco soou das árvores ao nosso redor, repetido pela água.

— Sim, mas é muito melhor com um homem — garanti a ele. Estiquei o braço e toquei seu peito. Conseguia ver os arrepios na pele do peito e dos ombros, e Jamie estremeceu levemente enquanto eu passava a ponta do dedo num círculo ao redor de seu mamilo. — Bem melhor.

— Ah — disse ele, parecendo feliz. — Bem, isso é bom, não?

Ele estava quente, ainda mais quente do que o ar úmido, e meu primeiro instinto foi me afastar, mas não obedeci. O suor surgiu onde as mãos dele tocavam minha pele e escorreu pelo meu pescoço.

— Nunca fiz amor com você assim antes — disse ele. — Como enguias, sabe? Com seu corpo escorregando por minhas mãos, escorregadia como alga marinha. — As duas mãos desceram lentamente por minhas costas, seus polegares pressionando o sulco de minha espinha, fazendo os pelinhos na base de meu pescoço se eriçarem de prazer.

— Hum. Porque faz frio demais na Escócia e não suamos como porcos — falei. — Por falar nisso, os porcos suam? Sempre quis saber.

— Não sei dizer. Nunca fiz amor com um porco. — Ele abaixou a cabeça e encostou a língua em meu seio. — Mas você tem gosto de truta, Sassenach.

— Tenho gosto do *quê*?

— Fresca e doce, com um toque de sal — explicou ele, levantando a cabeça por um momento. Voltou a abaixá-la e retomou o caminho para baixo.

— Isso faz cócegas — disse, estremecendo sob sua língua, mas sem tentar fugir.

— Bom, eu queria que fizesse mesmo — respondeu ele, levantando o rosto molhado para respirar antes de voltar ao que fazia. — Não gostaria de pensar que você consegue se virar completamente sem mim.

— Não consigo — garanti a ele. — Ah!

– Hein? – perguntou ele, confuso.

Eu me deitei na rocha, arqueando as costas enquanto as estrelas giravam de modo estonteante no céu.

– Eu disse... ah! – respondi sem forças.

E então não disse mais nada coerente durante algum tempo, até ele se deitar ofegante, com o queixo apoiado levemente em meu osso púbico. Estiquei o braço e acariciei os cabelos molhados de suor de seu rosto, e Jamie virou a cabeça para beijar a palma da minha mão.

– Eu me sinto como Eva – disse baixinho, observando a lua se pôr atrás dele, sobre a escuridão da floresta. – À beira do jardim do Éden.

Ouvi uma risada perto de meu umbigo.

– Sim, acho que sou Adão – disse Jamie. – No portão para o paraíso. – Ele virou a cabeça para olhar para o outro lado do riacho, em direção ao vasto desconhecido, encostando o rosto na elevação da minha barriga. – Só gostaria de saber se estou entrando ou saindo.

Eu ri e ele se sobressaltou. Segurei-o pelas duas orelhas para que subisse pela expansão escorregadia da minha pele nua.

– Entrando – disse. – Não vejo um anjo com uma espada de fogo, afinal.

Jamie se encostou em mim, sua pele quente como se ele estivesse febril, e eu estremeci sob seu corpo.

– Não? – murmurou ele. – Bem, acho que você não olhou muito de perto.

E então a espada de fogo me tirou a consciência e incendiou meu corpo. Nós ardemos juntos, brilhantes como estrelas no céu do verão, e então voltamos queimados e sem controle, cinzas dissolvidas em um mar primordial de sal cálido, surgindo com os movimentos nascentes da vida.

PARTE II

Passado imperfeito

3
O GATO DO MINISTRO
Boston, Massachusetts, junho de 1969

– Brianna?

– Hein? – Ela se sentou com o coração aos pulos, o som de seu nome soando em seu ouvido. – Quem... o quê?

– Você estava dormindo. Droga, sabia que deveria ser a hora errada! Desculpa, devo desligar?

Foi um leve zumbido na voz dele que fez as conexões confusas e um pouco atrasadas do sistema nervoso dela se encaixarem. Telefone. Telefone tocando. Ela o havia atendido num reflexo, ainda sonhando.

– Roger! – A onda de adrenalina de ter sido acordada estava sumindo, mas o coração ainda batia muito forte. – Não, não desligue! Está tudo bem, estou acordada. – Ela passou uma mão no rosto, tentando desenrolar o fio do telefone e, ao mesmo tempo, ajeitar as roupas de cama amassadas.

– Tem certeza? Que horas são aí?

– Não sei. Está escuro demais para eu ver o relógio – disse ela, ainda sonolenta.

Uma risada profunda e relutante foi a resposta.

– Me desculpa. Tentei calcular a diferença do fuso, mas devo ter feito ao contrário. Não queria acordar você.

– Tudo bem, tive que acordar para atender o telefone mesmo – disse ela, e riu.

– Sim. Bem... – Ela percebeu o sorriso na voz dele e se recostou nos travesseiros, afastando as mechas de cabelo dos olhos, ajustando-se lentamente ao aqui e agora. A sensação de seu sonho ainda estava presente, mais real do que as formas escuras de seu quarto.

– É bom ouvir sua voz, Roger – disse ela baixinho. Ficou surpresa ao ver *como* era bom. A voz dele estava distante e ainda assim parecia muito mais presente do que os gemidos distantes das sirenes e o barulho dos pneus no asfalto molhado do lado de fora.

– A sua também. – Ele parecia um pouco tímido. – Olha... talvez eu vá a uma conferência no próximo mês em Boston. Pensei em ir, se... Droga, não tem um modo bom de dizer isso. Você quer me ver?

Ela segurou o telefone com força e seu coração acelerou.

– Desculpa – disse ele antes que ela pudesse responder. – Estou forçando a situação, né? Eu... olha, é só dizer de uma vez se preferir não me encontrar.

– Eu quero. É claro que quero ver você!

– Ah, então você não se importa? É que... não respondeu a minha carta. Pensei que eu pudesse ter feito algo...

– Não, não fez. Desculpa. Eu só estava...

– Tudo bem, eu não tive a intenção...

As frases dos dois se colidiram, e ambos pararam, tomados pela timidez.

– Não queria forçar...

– Não queria ser...

Aconteceu de novo, e dessa vez ele riu, um som lento de bom humor escocês vindo da distância ampla de espaço e tempo, reconfortante como se ele a tivesse tocado.

– Tudo bem, então – disse Roger com firmeza. – Eu compreendo.

Brianna não respondeu, mas fechou os olhos, uma sensação indefinível de alívio tomando conta dela. Roger Wakefield provavelmente era a única pessoa no mundo que *podia* entender. O que ela não tinha percebido antes era como essa compreensão podia ser importante.

– Eu estava sonhando – disse ela. – Quando o telefone tocou.

– Com o quê?

– Com meu pai. – A garganta de Brianna se contraía só um pouco quando ela dizia a palavra. A mesma coisa acontecia quando ela dizia "mãe". Ainda conseguia sentir o cheiro dos pinheiros aquecidos pelo sol de seu sonho, e sentia as agulhas de pinheiro sendo amassadas por suas botas. – Não consegui ver o rosto dele. Estava caminhando com ele nas matas de algum lugar. Eu o seguia subindo por um caminho e ele conversava comigo, mas eu não ouvia o que ele estava dizendo. Continuei apressada, tentando acompanhar para poder ouvir, mas não consegui.

– Mas você sabia que o homem era seu pai?

– Sim, mas talvez só tenha pensado isso porque subia as montanhas. Eu costumava fazer isso com meu pai.

– É mesmo? Eu também fazia isso com o meu. Se vier para a Escócia, vou levar você ao Munro.

– Você vai me levar pra onde?

Roger riu e ela se lembrou dele de repente, jogando para trás os cabelos negros e densos que não costumava cortar sempre, os olhos verde-escuros semicerrados ao sorrir. Brianna percebeu que passava a ponta do polegar pelo lábio inferior e se deteve. Ele a beijara quando eles se separaram.

– Um munro é qualquer pico escocês com mais de 900 metros. Há muitos deles. É um esporte ver quantos podemos escalar. Nós os colecionamos, como selos ou livros de adesivos.

– Onde você está agora? Na Escócia ou na Inglaterra? – perguntou ela, e então voltou a falar antes que ele pudesse responder. – Não, quero ver se consigo adivinhar. É... Escócia. Você está em Inverness.

– Isso mesmo. – A surpresa ficou clara em sua voz. – Como você sabia?

Brianna se alongou, abrindo e fechando as pernas compridas embaixo dos lençóis.

– Você enrola os erres quando fala com escoceses, o que não faz quando está entre ingleses. Percebi isso quando nós... fomos para Londres. – Ela hesitou brevemente; estava ficando mais fácil, pensou.

– E eu já estava pensando que você errra vidente! – disse ele, rindo.

– Gostaria que estivesse aqui agora – falou ela num impulso.

– Gostaria? – Ele pareceu surpreso e repentinamente tímido. – Ah. Bem... isso é bom, não?

– Roger... por que eu não escrevi...

– Não se preocupe com isso – disse ele rapidamente. – Estarei aí em um mês. Poderemos conversar quando eu chegar. Bree, eu...

– Sim?

Ela o ouviu puxar o ar e teve uma lembrança clara da sensação de seu peito subindo e descendo enquanto ele respirava, quente e firme sob a mão dela.

– Estou feliz por você ter dito sim.

Brianna não conseguiu voltar a dormir depois de desligar. Sem sono, jogou os pés para fora da cama e caminhou até a cozinha do pequeno apartamento a fim de pegar um copo de leite. Depois de passar vários minutos olhando para dentro da geladeira, ela percebeu que não estava vendo fileiras de frascos de ketchup e latas meio usadas, e sim rochas altas, pretas contra o céu claro do amanhecer.

Endireitou-se com uma leve exclamação de impaciência e bateu a porta com força. Estremeceu levemente e esfregou os braços, com frio devido ao ar condicionado. De modo impulsivo, ela estendeu o braço e o desligou, então foi até a janela e levantou a esquadria, deixando entrar a umidade quente da noite chuvosa de verão.

Ela deveria ter escrito. Na verdade, *tinha* escrito... várias vezes, todas tentativas mal-acabadas e descartadas com frustração.

Ela sabia por que, ou pensava saber. Explicar de modo coerente a Roger era algo diferente.

Em parte, era um instinto simples de um animal ferido; a vontade de fugir e se esconder da dor. O que havia acontecido um ano antes não era culpa de Roger, mas ele estava intensamente envolvido.

Ele tinha sido tão delicado e tão gentil depois, tratando-a como uma recém-enlutada... algo que ela era. Mas que luto estranho! Sua mãe partira para sempre, mas com certeza – ela esperava –, não estava morta. No entanto, de certo modo, tinha sido assim quando seu pai morreu; como acreditar em uma pós-vida abençoada, imaginando com fervor que seu ente querido estivesse seguro e feliz, e ser forçada a sentir as dores da perda e da solidão do mesmo jeito.

Uma ambulância passou do outro lado do parque com a luz vermelha piscando no escuro, a sirene silenciosa pela distância.

Brianna se benzeu por hábito e murmurou *Miserere nobis*. A irmã Marie dissera na quinta série que os mortos e moribundos precisavam de orações. Ela havia inculcado essa ideia tão profundamente na cabeça dos alunos que nenhum deles jamais conseguira passar pela cena de uma emergência sem fazer uma oração silenciosa e rápida para socorrer as almas dos que iminentemente estavam indo para o céu.

Ela rezava por eles todos os dias, para a mãe e o pai – seus pais. Era a outra parte da situação. O tio Joe sabia a verdade a respeito de seus pais também, mas só Roger conseguia realmente compreender o que havia acontecido. Só Roger também ouvia as pedras.

Ninguém poderia passar por uma experiência como aquela e não ser marcado por ela. Nem ele nem ela. Ele queria que Brianna ficasse depois da partida de Claire, mas ela não conseguiu.

Havia coisas a fazer aqui, ela lhe dissera, coisas a serem cuidadas, seus estudos para concluir. Isso era verdade. Porém mais importante, é que ela tinha que ir embora. Tinha que se afastar da Escócia e dos círculos de pedras, de volta a um lugar onde pudesse se curar e começar a reconstruir sua vida.

Se ela tivesse ficado com Roger, não haveria como esquecer o que acontecera nem mesmo por um momento. E essa fora a última parte disso, a peça final de seu quebra-cabeça de três lados.

Ele a havia protegido e valorizado. A mãe dela a deixara sob os cuidados de Roger, e ele fizera jus àquela confiança. Mas será que ele fizera isso para cumprir sua palavra a Claire ou porque realmente se importava? De qualquer modo, não era uma base para um futuro compartilhado, com o peso enorme da obrigação dos dois lados.

Se houvesse um futuro para eles... E era isso o que ela não podia escrever para ele, por que como poderia dizer aquilo sem parecer presunçosa e idiota?

– Vá embora, para poder voltar e fazer as coisas direito – murmurou ela, e fez uma careta ao dizer aquilo.

A chuva ainda caía, esfriando o ar o suficiente para que a respiração se tornasse confortável. Faltava pouco para o amanhecer, pensou, mas o ar ainda estava quente o bastante a ponto de a umidade se condensar na pele fria de seu rosto. Pequenas gotas de água se formaram e escorregaram fazendo cócegas em seu pescoço, uma por uma, umedecendo a camiseta de algodão com a qual ela dormia.

Ela quisera deixar para trás os acontecimentos de novembro para começar do zero. E então, depois de muio tempo, talvez eles pudessem se unir de novo. Não como coadjuvantes no drama da vida de seus pais, mas, dessa vez, como os atores em uma peça que escolheram.

Não. Se alguma coisa tivesse que acontecer entre ela e Roger Wakefield, seria por escolha. Parecia que ela teria a chance de escolher agora, e a perspectiva fez com que sentisse um frio na barriga.

Passou a mão pelo rosto molhado de chuva e a deslizou casualmente pelos cabelos para domar as mechas esvoaçantes. Se não conseguiria dormir, era melhor que trabalhasse.

Deixou a janela aberta sem se importar com a chuva empoçando no chão. Sentia-se inquieta demais para ficar em um local fechado, esfriado pelo ar artificial.

Acendeu a luminária de sua mesa, pegou o livro de cálculo e o abriu. Um pequeno e inesperado bônus de sua mudança de estudo era a descoberta tardia dos efeitos calmantes da matemática.

Quando voltara a Boston sozinha, e também à escola, a engenharia parecera uma escolha muito mais segura do que história. Era sólida, baseada em fatos, consoladoramente imutável. Acima de tudo, controlável. Ela pegou um lápis, apontou-o devagar, aproveitando a preparação e então inclinou a cabeça e leu o primeiro problema.

Lentamente, como sempre acontecia, a lógica inexorável e calma dos números teceram sua rede dentro da cabeça dela, aprisionando todos os pensamentos aleatórios, envolvendo as emoções distrativas em fios sedosos como moscas. Ao redor do eixo central do problema, a lógica tecia sua teia, de modo ordeiro e bonito como uma confecção decorada de uma órbita. Só um pensamento se mantinha longe de seus fios, voando em sua mente como uma borboleta clara e minúscula.

"Estou feliz por você ter dito sim", dissera ele. Ela também estava.

Julho de 1969

– Ele fala como os Beatles? Ai, eu vou morrer se ele falar como o John Lennon! Você sabe como ele diz "It's me grandfather". Isso acaba comigo!

– Ele não fala como o John Lennon, pelo amor de Deus! – disse Brianna. Ela espiou com cuidado ao redor de um pilar de concreto, mas o portão de voos internacionais ainda estava vazio. – Não sabe a diferença entre um morador de Liverpool e um escocês?

– Não – disse sua amiga Gayle despreocupadamente, remexendo os cabelos loiros. – Todos os ingleses, na minha opinião, falam da mesma maneira. Poderia ouvi-los para sempre!

– Ele não é inglês! Já disse, ele é escocês!

Gayle lançou um olhar a Brianna, claramente sugerindo que a amiga havia enlouquecido.

– A Escócia faz parte da Inglaterra. Eu olhei no mapa.

– A Escócia faz parte da Grã-Bretanha, não da Inglaterra.

– Qual é a diferença? – Gayle esticou o pescoço e espiou ao redor da coluna. – Por que estamos de pé aqui atrás? Ele nunca nos verá.

Brianna passou uma mão pelos cabelos para alisá-los. Elas estavam atrás de uma coluna porque ela não tinha certeza de que *queria* que ele as visse. Mas não adiantou muito. Passageiros desgrenhados estavam começando a passar pelas portas duplas, cheios de bagagem.

Ela deixou Gayle levá-la para a área principal da recepção, ainda tagarelando. A língua de sua amiga tinha vida dupla; apesar de Gayle ser capaz de manter um discurso calmo e razoável na sala de aula, sua principal habilidade social era falar sem parar. Por isso Bree havia pedido a Gayle para ir com ela ao aeroporto para pegarem Roger. Não haveria o risco de enfrentarem pausas desconfortáveis na conversa.

– Você já fez aquilo com ele?

Ela se virou para Gayle, assustada.

– Eu fiz *o quê*?

Gayle revirou os olhos.

– Já brincou de amarelinha? Fala sério, Bree!

– Não. Claro que não. – Ela sentiu o sangue subir ao seu rosto.

– Mas *vai fazer*?

– Gayle!

– Bom, sei lá, você tem seu apartamento e tudo, e ninguém vai...

Naquele momento constrangedor, Roger Wakefield apareceu. Ele usava uma camisa branca e jeans batidos, e Brianna devia ter ficado tensa ao vê-lo. Gayle virou a cabeça a fim de ver para onde Brianna estava olhando.

– Ah – disse ela, encantada. – É ele? Ele parece um *pirata*!

Parecia, sim, e Brianna sentiu um frio ainda maior na barriga. Roger era o que sua mãe chamava de Celta Negro, com pele morena, cabelos negros e "olhos encaixados com dedos sujos"; cílios grossos e pretos ao redor de olhos que você pensaria serem azuis, mas que eram de um verde profundo e surpreendente. Com os cabelos longos o bastante a ponto de chegarem à gola, despenteado e com a barba por fazer, ele parecia não só desleixado, mas levemente perigoso.

Brianna sentiu um arrepio de tensão na espinha ao vê-lo e passou as palmas das mãos suadas nas laterais de seu jeans bordado. Não deveria tê-lo deixado vir.

Então Roger a viu, e o rosto dele se acendeu como uma vela. Sem se controlar, Brianna sentiu um sorriso enorme e idiota aparecer em seu rosto em resposta, e sem parar para pensar nos receios, atravessou o salão correndo, desviando de crianças perdidas e de carrinhos com bagagem.

Ele a encontrou no meio do caminho e a levantou do chão, abraçando-a com força suficiente para quebrar suas costelas. Ele a beijou, parou e a beijou de novo, com a barba por fazer raspando no rosto dela. Roger cheirava a sabonete e suor e tinha gosto de uísque escocês, e ela não queria que ele parasse.

Então, ele parou e a soltou, os dois meio ofegantes.

– *A-ham* – disse uma voz alta ao lado de Brianna.

Ela se virou de costas para Roger e viu Gayle, que sorria de forma angelical para ele por baixo da franja loira, e acenou como uma criança dizendo adeus.

– Olá-á – cumprimentou ela. – Você deve ser o Roger, porque se não for, ele certamente vai ficar chocado quando chegar, não é?

Ela olhou para ele de cima a baixo com aprovação.

– Tudo isso e ainda toca violão?

Brianna nem notara a capa que ele havia soltado. Roger se abaixou e pegou-a de novo, jogando-a sobre o ombro.

– Bom, tenho que trabalhar nessa viagem – respondeu ele, sorrindo para Gayle, que levou uma mão ao peito, fingindo estar extasiada.

– Ai, diga isso de novo – implorou.

– O quê? – Roger parecia confuso.

– Trabalhar – disse Brianna, passando a alça de uma de suas bolsas no ombro. – Ela quer ouvir você enrolar o "erre" de novo. Gayle tem uma coisa com sotaques britânicos. Ah... esta é a Gayle – Ela fez um gesto para a amiga com resignação.

– Sim, entendi. Bem... – Ele pigarreou, olhou para Gayle de modo intenso e falou mais baixo: – O rrato rroeu a rroupa do rrei de Rroma. Gostou?

– Quer parar com isso? – Brianna olhou para a amiga com cara feia, pois ela havia caído sentada de modo dramático em uma das cadeiras de plástico. – Ignore-a – aconselhou a Roger, virando-se em direção à porta.

Lançando um olhar de cautela a Gayle, ele seguiu o conselho de Brianna e, pegando uma caixa grande amarrada com um barbante, seguiu-a até o saguão.

– O que quis dizer com ter que trabalhar? – perguntou ela, procurando uma maneira de voltar a conversa a um ponto normal.

Ele riu, um pouco tímido.

– Bem, a conferência histórica está pagando a passagem, mas eles não puderam pagar as despesas. Então dei alguns telefonemas e arrumei um trabalho para conseguir pagar o restante.

– Um trabalho tocando violão?

– Durante o dia, o historiador bem-educado Roger Wakefield é um acadêmico inofensivo de Oxford. Mas à noite, ele pega suas paraferrrnálias escocesas e se torna o incrível... Roger MacKenzie!

– Quem?

Ele sorriu ao vê-la surpresa.

– Bem, eu canto canções do folclore escocês para festivais e *ceilidhs*, jogos das Terras Altas e coisas assim. Vou me apresentar em um festival celta nas montanhas no fim da semana, só isso.

– Canções escocesas? Você usa um kilt quando canta? – Gayle havia aparecido do outro lado de Roger.

– Uso, sim. De que outra maneira eles saberiam que sou um escocês?

– Adoro joelhos de fora – disse Gayle de modo sonhador. – Mas me diga, é verdade que um escocês...

– Vá buscar o carro. – Brianna deu a ordem, entregando as chaves de qualquer modo a Gayle.

...

Gayle apoiou o queixo na janela do carro, esperando Roger entrar no hotel.

– Nossa, espero que ele não faça a barba antes de nos encontrar hoje na hora do jantar. Adoro homens que ficam sem se barbear por um tempo. O que você acha que está dentro daquela caixa grande?

– Um *bodhrán*. Eu perguntei – respondeu Brianna.

– Um *o quê*?

– É um tambor de guerra celta. Ele o toca em algumas de suas canções.

Gayle abriu a boca, curiosa.

– Você não quer que eu o leve ao festival? Sei lá, você deve ter muito o que fazer e...

– Ha ha. Você acha que eu deixaria você chegar perto dele, ainda mais de kilt?

Gayle suspirou de modo desejoso e colocou a cabeça para dentro do carro quando Brianna deu a partida.

– Bem, talvez lá haja outros homens de kilt.

– Acho que é bem provável.

– Mas aposto que eles não têm tambores de guerra celtas.

– Talvez não.

Gayle recostou-se no assento e olhou para a amiga.

– Então, você vai fazer aquilo com ele?

– Como vou saber? – Mas o sangue fervia sob sua pele e as roupas pareciam justas demais.

– Bem, se não fizer, você é louca.

– O gato do Ministro é um... gato andrógino.

– O gato do Ministro é um... gato arrasado.

Bree ergueu uma sobrancelha, desviando os olhos brevemente da estrada.

– Escoceses de novo?

– É um jogo escocês – disse Roger. – Arrasado: triste ou cansado. Sua vez. Letra B.

Ela semicerrou os olhos para ver a estrada montanhosa estreita à frente. O sol da manhã estava virado para eles, enchendo o carro de luz.

– O gato do Ministro é um gato branco – falou Brianna.

– O gato do Ministro é um gato bonito – rebateu Roger.

– Bom, isso está fácil demais para nós dois. Certo, o gato do Ministro...

Roger percebeu que ela estava pensando muito, então reconheceu o brilho da inspiração em seus olhos azuis estreitados.

– ... tem coccigodínia – completou Brianna.

Roger também semicerrou os olhos, tentando entender.

– Um gato com um traseiro grande?

Ela riu, freando levemente quando o carro fez uma curva.

– Um gato que tem uma dor na bunda.

– Essa palavra existe?

– Sim. – Ela acelerou em seguida. – Era um dos termos médicos da mamãe. Coccigodínia é uma dor na região do cóccix. Ela sempre dizia que a administração do hospital era uma coccigodínia.

– E eu achando que era um de seus termos de engenharia. Bom, certo... o gato do Ministro é um gato canhestro. – Ele riu ao ver as sobrancelhas dela erguidas. – Briguento. Quem causa coccigodínia é canhestro por natureza.

– Certo, acho que empatamos. O gato do Ministro é...

– Espere – interrompeu Roger, apontando. – Vire ali.

Diminuindo a velocidade, ela saiu da estrada estreita e entrou em outra mais estreita ainda, sinalizada por uma placa pequena com uma seta vermelha e branca na qual se lia: FESTIVAL CELTA.

– Você é um amor por me trazer aqui – disse ele. – Não sabia que era tão longe. Se soubesse, não teria pedido.

Ela lançou a ele um olhar bem-humorado.

– Não é tão longe.

– São 240 quilômetros!

Ela sorriu, mas com leve ironia.

– Meu pai sempre disse que essa era a diferença entre um norte-americano e um inglês. Um inglês acha que 240 quilômetros é muito distante; um norte-americano acha que duzentos anos é muito tempo.

Roger riu, tomado pela surpresa.

– Certo. Então você é norte-americana?

– Acho que sim. – Mas seu sorriso desaparecera.

Assim como a conversa, eles dirigiram em silêncio por alguns minutos, sem barulho além dos pneus e do vento. Era um belo dia de verão e a umidade de Boston diminuía conforme eles subiam em direção ao ar mais claro das montanhas.

– O gato do Ministro é um gato distante – disse Roger, baixinho. – Eu disse alguma coisa errada?

Ela olhou para ele depressa, entortando os lábios.

– O gato do Ministro é um gato devaneador. Não, não é você. – Brianna contraiu os lábios ao diminuir a velocidade atrás de outro carro e então relaxou. – Não, não é bem isso. *É você*, mas não é sua culpa.

Roger se ajeitou, virando-se no assento a fim de olhar para ela.

– O gato do Ministro é um gato enigmático.

– O gato do Ministro é um gato envergonhado... Eu não deveria ter dito nada, desculpe.

Roger sabia que não devia pressioná-la. Então ele se inclinou para a frente e procurou a garrafa térmica de chá quente com limão embaixo do assento.

– Quer um pouco? – Ele lhe ofereceu a xícara, mas ela recusou balançando a cabeça.

– Não, obrigada. Detesto chá.

– Então definitivamente não é uma inglesa – disse ele, mas se arrependeu.

Brianna segurou o volante com força. Mas não disse nada, e ele bebeu o chá em silêncio, observando-a.

Ela não parecia inglesa, apesar da ascendência e da cor da pele. Ele não sabia se a diferença era mais do que uma questão de roupas, mas acreditava que sim. Os norte-americanos pareciam muito mais... o quê? Vibrantes? Intensos? Maiores? Só *mais*. Brianna Randall era mais, sem dúvida.

O tráfego ficou mais intenso, tornando-se mais lento em uma fila rastejante de carros quando eles chegaram à entrada do resort onde o festival estava acontecendo.

– Olhe – disse Brianna de modo abrupto. Ela não se virou para ele, mas olhou pelo para-brisa para a placa de Nova Jersey do carro à frente deles. – Eu preciso me explicar.

– Não para mim.

Ela ergueu uma sobrancelha levemente irritada.

– A quem mais? – Contraiu os lábios e suspirou. – Sim, certo. Para mim também. Mas preciso.

Roger sentiu a acidez do chá, amargo no fundo de sua garganta. Era agora que ela lhe diria que sua vinda tinha sido um erro? Ele também pensara nisso durante todo o trajeto sobrevoando o Atlântico, apertado no assento minúsculo do avião. Então, ele a vira atravessar o lobby do aeroporto e todas as dúvidas desapareceram no mesmo instante.

E tampouco haviam voltado durante a semana seguinte. Ele a vira pelo menos brevemente todos os dias; até conseguiu ir a um jogo de beisebol com ela no parque Fenway na quinta à tarde. Roger achou o jogo confuso, mas o entusiasmo de Brianna pelo esporte era encantador. Ele se pegou contando as horas que restavam antes que tivesse que partir, ansioso ao mesmo tempo pelo único dia inteiro que eles teriam juntos.

Isso não queria dizer que ela se sentia da mesma forma. Ele olhou rapidamente para a fileira de carros. O portão era visível, mas ainda estava a 500 metros. Talvez ele tivesse três minutos para convencê-la.

– Na Escócia – dizia ela –, quando tudo aquilo aconteceu com a minha mãe, você foi ótimo, Roger. Maravilhoso de verdade. – Ela não olhou para ele, mas ele viu seus cílios castanho-avermelhados úmidos.

– Não foi nada de mais – disse ele. Cerrou as mãos em punhos para não tocá-la. – Eu estava interessado.

Ela riu um pouco.

– Sim, aposto que estava. – Ela diminuiu a velocidade e virou a cabeça para olhar para ele. Mesmo totalmente abertos, seus olhos eram um pouco puxados, como os de um gato.

– Você voltou ao círculo de pedra? A Craigh na Dun?

– Não – respondeu Roger depressa. Tossiu e acrescentou, casualmente: – Não vou a Inverness com frequência. Era semestre de aulas na faculdade.

– O gato do Ministro não é fracalhão? – perguntou ela, mas sorriu ao dizer isso.

– O gato do Ministro morre de medo daquele lugar – disse Roger com franqueza. – Ele não botaria o pé ali nem se o local fosse lotado de sardinhas.

Brianna riu, e a tensão entre eles diminuiu perceptivelmente.

– Eu também – disse ela, e respirou fundo. – Mas eu me lembro. Todo o problema que você enfrentou para ajudar, e então... quando... quando ela, quando a mamãe passou...

Brianna mordeu o lábio inferior com força e pisou no freio de um modo mais forte do que o necessário.

– Está vendo? – perguntou ela com a voz contida. – Não posso passar mais de meia hora ao seu lado que tudo volta. Não falo sobre meus pais há mais de seis meses, e assim que começamos com essa brincadeira boba, já mencionei os dois em menos de um minuto. Tem acontecido a semana toda.

Ela tirou uma mecha solta de cabelos ruivos do ombro. Ficava lindamente corada quando animada ou triste, e a cor se mostrava intensa em seu rosto.

– Imaginei que pudesse ser algo assim quando você não respondeu à minha carta.

– Não foi só isso. – Ela prendeu o lábio inferior entre os dentes, como se quisesse conter as palavras, mas era tarde demais. Uma onda vermelha surgiu da gola V de sua camiseta branca, deixando-a da cor do molho de tomate que ela insistia em comer com batatas fritas.

Ele estendeu o braço e delicadamente afastou os cabelos de seu rosto.

– Eu era muito a fim de você – disse ela, olhando diretamente para a frente, pelo vidro do para-brisa. – Mas não sabia se você estava sendo só gentil comigo porque a mamãe havia pedido ou se...

– *Se.* – Roger a interrompeu e sorriu quando ela arriscou um olhar de relance para ele. – Definitivamente *se.*

– Ah. – Ela relaxou, diminuindo um pouco a pressão no volante. – Que bom.

Ele queria segurar sua mão, mas não tinha a intenção de tirá-la do volante e causar um acidente. Então passou o braço por cima do banco e deixou seus dedos acariciarem o ombro dela.

– Bem, eu não pensei... eu pensei... Bom, eu poderia me jogar nos seus braços ou sumir de Dodge. Então foi o que fiz, mas não soube explicar sem parecer uma idiota, e então, quando você escreveu, foi pior... veja, eu *pareço* uma idiota!

Roger tirou o cinto de segurança.

– Você vai bater no carro da frente se eu beijar você? – perguntou.

– Não – respondeu Brianna.

– Ótimo. – Roger deslizou pelo assento, segurou o queixo dela com uma mão e a beijou. Eles entraram tranquilamente na estrada de terra e no estacionamento.

Brianna respirava com mais calma e o vermelho de seu rosto diminuíra um pouco. Ela estacionou com calma, desligou o carro e permaneceu ali por um momento, olhando para a frente. Então também tirou o cinto de segurança e se virou para ele.

Só quando eles saíram do carro, vários minutos depois, foi que Roger notou que ela mencionara os pais mais de uma vez, mas era provável que o verdadeiro problema tivesse mais a ver com aquele pai que ela cuidadosamente *não* havia mencionado.

Ótimo, pensou ele, admirando distraidamente o traseiro dela quando Brianna se inclinou para abrir o porta-malas. *Ela está tentando não pensar em Jamie Fraser e onde diabos você a traz?* Ele olhou para a entrada do resort, onde a Union Jack e a bandeira da Escócia balançavam à brisa do verão. Da encosta da montanha adiante vinha o som pesaroso das gaitas de foles.

4
UM SOPRO DO PASSADO

Por mais acostumado que estivesse a se trocar dentro da van de alguém ou dentro do banheiro dos homens de um pub, o pequeno cubículo dos fundos reservado ao uso pessoal de Roger parecia especialmente luxuoso. Era limpo, tinha ganchos para que as roupas de usar na rua fossem penduradas e não havia clientes embriagados roncando na entrada. Claro, ele estava nos Estados Unidos, pensou, desabotoando a calça jeans e deixando-a no chão. Eram padrões diferentes, pelo menos no que dizia respeito a confortos materiais.

Roger tirou a camisa de mangas largas, pensando no nível de conforto com que Brianna estava acostumada. Não entendia nada sobre roupas femininas – qual seria o preço de uma calça jeans? –, mas entendia um pouco sobre carros. O dela era um Mustang azul novinho que despertara nele uma vontade muito grande de dirigir.

Estava claro que seus pais tinham deixado bastante dinheiro para ela. Claire Randall havia cuidado disso. Roger só esperava que não tivesse sido tanto a ponto de ela achar que ele estivesse interessado naquilo. Lembrando dos seus pais, ele olhou para o envelope marrom. Deveria entregá-lo a ela, afinal?

O gato do Ministro quase morrera de susto quando eles passaram pela entrada dos artistas e deram de cara com a banda de gaita do Canadá, a 78th Frasers Highlanders, ensaiando a toda atrás dos camarins. Brianna havia empalidecido quando ele a apresentara ao líder, um velho conhecido. Não que Bill Livinsgtone fosse intimidante, mas o brasão do clã Fraser em seu peito surtira esse efeito.

Je suis prêt, estava escrito. *Estou pronto*. Não pronto o suficiente, Roger pensou, e arrependeu-se por tê-la levado.

Ainda assim, ela lhe garantira que ficaria bem explorando sozinha o local enquanto ele se vestia e se preparava para sua apresentação.

E seria melhor que ele se preparasse mesmo, pensou, ajeitando as fivelas do kilt na cintura e no quadril, e pegando as meias de lã compridas. Ele se apresentaria no início da tarde, por 45 minutos, e então faria um solo mais curto no *ceilidh* da noite.

Tinha uma lista de canções em mente, mas sempre precisava pensar na plateia. Se houvesse muitas mulheres, então as baladas iam bem. Se houvesse mais homens, entoava mais temas de guerra: "Killiecrankie" e "Montrose", "Guns and Drums". As canções indecentes faziam mais sucesso quando a plateia estava bem aquecida, de preferência depois de um pouco de cerveja.

Ele virou a ponta das meias para baixo de modo organizado e escorreu o *sgian dhu* para dentro, bem na panturrilha direita. Fez os laços nos borzeguins depressa. Queria encontrar Brianna de novo, ter um tempinho para passear com ela, levá-la para comer alguma coisa, cuidar para que ela conseguisse um bom lugar para assistir às apresentações.

Roger jogou o tartã sobre o ombro, prendeu-o com um broche, acertou o cinto da adaga e da bolsa de couro e estava pronto. Ou não muito. Ele parou a caminho da porta.

As antigas ceroulas verde-oliva eram militares, da época da Segunda Guerra Mundial – uma das poucas lembranças que Roger tinha de seu pai. Ele não se importava muito com cuecas normalmente, mas as usava com o kilt às vezes para poder se defender da coragem incrível de algumas espectadoras. Ele fora alertado por outros artistas, mas não acreditaria se não tivesse vivido a experiência. As moças alemãs eram as piores, mas Roger já tinha visto algumas norte-americanas tomarem liberdades.

Não acreditava que precisaria de tais medidas ali. A plateia parecia civilizada, e ele viu que o palco ficava a uma distância segura. Além disso, fora do palco ele estaria com Brianna, e se ela quisesse tomar certas liberdades... Ele deixou a cueca dentro da bolsa, por cima do envelope marrom.

– Deseje-me sorte, papai – sussurrou, e saiu à procura dela.

– Uau! – Ela caminho ao redor dele, com os olhos arregalados. – Roger, você está *incrível*! – Brianna deu um sorriso levemente torto. – Minha mãe sempre disse que homens de kilt ficam irresistíveis. Acho que ela tinha razão.

Roger viu que ela engolira em seco e sentiu vontade de abraçá-la por sua coragem, mas ela já havia se virado, fazendo um gesto em direção à área principal de alimentação.

– Está com fome? Eu dei uma olhada enquanto você se trocava. Temos as seguintes opções: polvo no espeto, tacos de peixe, cachorro-quente polonês...

Ele pegou o braço de Brianna e a puxou para olhar para ele.

– Ei – sussurrou –, desculpe. Eu não teria trazido você aqui se soubesse que seria um choque.

– Está tudo bem. – O sorriso dela estava melhor. – Eu... fiquei feliz por ter me trazido.

– Sério?

– Sim, é sério. É que... – Ela acenou para a multidão vestida de xadrez ao seu redor.
– É só muito... escocês.

Ele sentiu vontade de rir. Nada podia ser menos parecido com a Escócia do que aquela mistura de bugigangas para turistas e a divulgação cara de pau de tradições meio corretas. Ao mesmo tempo, ela tinha razão, *era* unicamente escocês; um exemplo do velho talento dos escoceses para sobreviver; a habilidade de se adaptar a qualquer coisa e lucrar com isso.

Ele a abraçou naquele momento. Seus cabelos tinham cheiro de limpos, como grama fresca, e Roger sentiu o coração de Brianna batendo pela camiseta branca que ela vestia.

– Você também é escocesa, você sabe – disse ele no ouvido dela, e se afastou.

Os olhos dela ainda brilhavam, mas agora com uma emoção diferente, pensou ele.

– Acho que você tem razão – disse ela, e sorriu de novo, um bom sorriso. – Isso não quer dizer que tenho que comer *haggis*, certo? Vi um pouco ali e acho que prefiro experimentar o polvo no espeto.

Ele pensou que ela estava brincando, mas não estava. O único negócio do resort, aparentemente, eram "as feiras étnicas", como um dos vendedores das barracas de alimentos explicou.

– Polacos dançando polcas, canto à tirolesa suíço. Minha nossa, eles devem ter dez milhões de relógios cuco aqui! Festivais de cerejeiras espanholas, italianas, japonesas... Você não acreditaria em todas as câmeras que os japoneses têm, não teria como acreditar.

Ele balançou a cabeça animado, deslizando dois pratos de papel cheios de hambúrgueres e batatas fritas.

– Bem, agora é algo diferente a cada duas semanas. Nunca há um momento de tédio. Mas nós, vendedores de alimentos, só nos mantemos nos negócios, independentemente do tipo de comida. – O homem olhou para o kilt de Roger com certo interesse.

– Então, você é escocês ou só gosta de usar saia?

Tendo ouvido dezenas de variações daquele gracejo, Roger olhou sem expressão para o homem.

– Bem, como meu velho avô dizia – respondeu ele, enfatizando o sotaque –, quando usamos um kilt, rapaz, sabemos que somos homens!

O homem riu, divertindo-se, e Brianna revirou os olhos.

– Piadas de kilt – disse ela. – Olha, se você começar a contar piadas de kilt, vou embora sem você. Juro que vou.

Roger sorriu para ela.

– Ah, você não faria isso, certo, moça? Não iria embora e deixaria um homem para trás só porque ele disse o que usa por baixo do kilt, certo?

Ela estreitou os olhos azuis.

– Ah, aposto que você não usa nada por baixo *desse* kilt – disse ela, meneando a cabeça em direção ao *sporran* de Roger. – Aposto que tudo embaixo dele está em perrrrfeito estado, não?

Roger engasgou com uma batata frita.

– Você deve dizer "Me dê sua mão para eu mostrar" – disse o vendedor da barraca. – Cara, aprendi essa uma vez e a ouvi cem vezes esta semana.

– Se ele disser isso agora – interrompeu Brianna com seriedade –, vou embora e o deixarei isolado nesta montanha. Ele pode ficar aqui e comer polvo, não me importo.

Roger tomou um gole de refrigerante e foi esperto o bastante para se manter calado.

Houve tempo para eles andarem entre os corredores de barracas que vendiam de tudo, desde gravatas de tartã a flautas, peças de prata, mapas dos clãs da Escócia, caramelos e biscoitos amanteigados, abridores de cartas no formato da espada *claymore*, bonecos de chumbo dos líderes das Terras Altas, livros, discos e todos os itens pequenos imagináveis sobre os quais o brasão ou o lema de um clã pudesse ser impresso.

Roger não atraía nada além de um breve olhar de curiosidade. Apesar da qualidade superior à da maioria, sua roupa não era estranha ali. Mas a maioria da multidão era formada por turistas, vestidos com shorts e calças jeans, com algumas peças xadrez aqui e ali.

– Por que MacKenzie? – perguntou Brianna ao parar perto de uma vitrine de chaveiros com brasões de clãs. Ela tocou um dos discos de prata no qual se lia *Luceo non uro*, o lema em latim marcado ao redor de uma imagem que lembrava um vulcão. – Wakefield não parecia suficientemente escocês? Ou você achou que o pessoal em Oxford não gostaria que você fizesse... isso? – Ela fez um gesto para o ambiente ao redor deles.

Roger deu de ombros.

– Em parte, isso. – Mas é o nome da minha família também. Meus pais foram mortos durante a guerra e meu tio-avô me adotou. Ele me deu o nome dele, mas fui batizado Roger Jeremiah MacKenzie.

– Jeremiah? – Brianna não riu alto, mas a ponta de seu nariz enrubesceu porque ela tentou se controlar. – Como o profeta do Antigo Testamento?

– Não ria – disse ele, segurando o braço dela. – Recebi o nome de meu pai, ele era chamado de Jerry. Minha mãe me chamava de Jemmy quando eu era pequeno. Velho nome de família. Afinal, poderia ser pior: eu poderia ter sido batizado Ambrose ou Conan.

Ela riu sem conseguir se segurar.

– Conan?

– Um nome celta perfeitamente bom, antes de os escritores se apropriarem dele. Bom, Jeremiah parece ter sido a escolha da maioria por um bom motivo.

– Qual seria?

Eles se viraram e seguiram lentamente de volta ao palco, onde um grupo de menininhas sérias faziam a coreografia das Terras Altas de modo muito bem ensaiado.

– Ah, é uma das história que papai... o Reverendo, eu sempre o chamava de papai. Bem, ele costumava me contar isso enquanto mostrava minha árvore genealógica e apontava as pessoas nela.

Ambrose MacKenzie, esse é seu bisavô, Rog. Ele foi um barqueiro em Dingwall. E esta é Mary Oliphant. Eu conheci sua bisavó Oliphant, já contei? Viveu até os 97 e estava muito lúcida até o suspiro final; era uma mulher maravilhosa.

Ela se casou seis vezes – todos morreram de causas naturais, ela me garantiu –, mas só coloquei Jeremiah MacKenzie aqui, já que ele foi seu ancestral. O único de quem ela teve filhos, eu me surpreendi com isso.

Perguntei a ela, e ela fechou os olhos e assentiu para mim, dizendo: "Is fhearr an giomach na bhi gun fear tighe". É um velho provérbio gaélico: "Melhor uma lagosta do que nenhum marido." Ela disse que alguns serviam para casar, mas Jeremiah era o único rapaz belo o bastante para levá-la para a cama todas as noites.

– O que será que ela dizia aos outros? – perguntou Brianna, pensativa.

– Bem, ela não falou que não dormia com eles de vez em quando – respondeu Roger. – Mas não toda noite.

– Uma vez basta para engravidar – disse Brianna. – Ou foi isso que minha mãe garantiu na minha aula de saúde no ensino médio. Ela fazia desenhos de espermatozoides no quadro-negro, todos correndo em direção a um óvulo enorme com olhares lascivos. – Ela corou de novo, mas claramente por estar se divertindo, não por ter se lembrado de algo ruim.

De braços dados, ele sentiu o calor que emanava da camiseta fina de Brianna, e um formigamento por baixo do kilt fez com que ele pensasse que não vestir a cueca fora um erro.

– Deixando de lado a questão de espermatozoides terem rosto ou não, o que esse assunto tinha a ver com saúde?

– Saúde é um eufemismo americano para qualquer coisa relacionada a sexo – explicou ela. – Eles ensinam meninas e meninos separadamente. A aula das meninas se chama "Os Mistérios da Vida, e Dez Maneiras de Dizer Não a um Garoto".

– E a dos meninos?

– Bom, não tenho certeza, porque não tive irmãos que pudessem me contar. Mas algumas de minhas amigas tinham, e uma delas disse que eles aprendiam dezoito sinônimos diferentes para ereção.

– Muito útil – disse Roger, tentando entender por que era preciso mais de um. Felizmente, a bolsa de couro na frente do kilt escondia vários pecados.

– Acredito que isso ajude a manter uma conversa, sob certas circunstâncias – falou ela.

O rosto de Brianna estava corado. Ele conseguia sentir o calor subindo por seu pescoço e imaginou que os dois estavam começando a atrair olhares curiosos de quem passava. Roger não deixava uma garota envergonhá-lo em público desde os 17 anos, mas ela estava indo bem. No entanto, ela havia começado aquilo... então, que terminasse.

– Hummm. Eu nunca notei muita conversa sob essas certas circunstâncias.

– Pensei que você saberia – respondeu Brianna.

Não fora uma pergunta. Um pouco tarde demais, Roger notou o que ela estava insinuando. Ele contraiu o braço e a puxou para mais perto.

– Se quer saber se já tive, sim. Se quer saber se tenho, não.

– Se tem o quê? – Os lábios dela tremiam levemente, controlando a vontade de rir.

– Você quer saber se eu tenho uma namorada na Inglaterra, certo?

– Quero?

– Não tenho. Ou melhor, tenho, mas nada sério. – Eles se encontravam do lado de fora dos vestiários; estava quase na hora de pegar os instrumentos. Ele parou e se virou para olhar para ela. – E você? Tem alguém?

Ela era alta o suficiente para olhar nos olhos dele e estava perto o bastante para seus seios resvalarem no antebraço de Roger quando se virou para encará-lo.

– O que foi que sua bisavó disse? *"Is fhearr an giomach..."*?

– *"...na bhi gun fear tigher."*

– Isso. Bem, melhor ter uma lagosta do que nenhum namorado. – Ela ergueu a mão e tocou o broche dele. – Então, sim, há pessoas com quem saio. Mas não tenho um rapaz belo... ainda.

Ele segurou os dedos dela e os levou aos lábios.

– Dê tempo ao tempo, moça – disse Roger, e eles se beijaram.

A plateia estava incrivelmente calada. Nem um pouco parecido com um show de rock. Claro, eles não podiam fazer barulho, pensou ela. Não havia guitarras nem amplificadores, só um pequeno microfone em uma base. Mas algumas coisas não precisavam ser amplificadas. Seu coração, por exemplo, martelava em seus ouvidos.

– Aqui – dissera ele, saindo de repente do vestiário com o violão e o tambor. Roger lhe entregara um envelope marrom. – Encontrei isto ao arrumar uns velhos papéis de meu pai em Inverness. Pensei que talvez você as quisesse.

Ela percebeu que eram fotografias, mas não as olhou de cara. Sentou-se com elas queimando seus joelhos, assistindo à apresentação de Roger.

Ele era bom. Mesmo distraída, percebeu isso. Tinha uma voz grave de barítono e sabia como usá-la. Não apenas em termos de tom e melodia; Roger tinha a verdadeira habilidade de um artista de afastar a cortina entre cantor e plateia, de olhar para a multidão, de olhar nos olhos de alguém e deixar que a pessoa visse o que havia entre as palavras e a música.

Ele havia começado com "The Road to the Isles", uma canção rápida e animada na qual as pessoas acompanhavam batendo palmas num refrão empolgante, e quando a coisa esfriou depois da música, deu continuidade com "The Gallowa' Hills", e uma bela passada a "The Lewis Bridal Song", com um refrão adorável e cadenciado em gaélico.

Ele deixou a nota final terminar em "Vhair Me Oh" e sorriu diretamente para ela, pensou Brianna.

– E aqui vai uma de 1745 – disse ele. – Esta é da famosa Batalha de Prestonpans, na qual o exército de Charles Stuart combateu uma força inglesa muito maior, sob o comando do general Jonathan Cope.

A plateia murmurou em reconhecimento. Estava claro que, para muitos, a canção era uma velha favorita, e logo se calaram quando Roger dedilhou o início.

Cope enviou um desafio a Dunbar
Dizendo 'Charlie, encontre a mim e a sua sina,
E mostrarei a arte da guerra
Se me encontrar pela manhã'

Ele abaixou a cabeça em direção às cordas, assentindo para que a plateia cantasse o refrão irônico.

Ei, Johnnie Cope, está caminhando?
E seus tambores estão tocando?
Se estivesse caminhando, eu esperaria,
Até ver os carvões pela manhã!

Brianna sentiu um formigamento repentino nas raízes dos cabelos que não tinha nada a ver com o cantor nem com a plateia, mas com a canção em si.

Quando Charlie leu a carta,
Tirou da bainha sua lâmina,
Venham, sigam-me, homens de bem,
E encontraremos Johnnie Cope pela manhã!

– Não – sussurrou ela, passando os dedos frios no envelope marrom. *Venham, sigam-me, homens de bem...* Eles estiveram lá, seus pais. Foi o pai dela quem atacou o campo em Preston, com a espada de lâmina larga e o escudo nas mãos.

... Será uma manhã sangrenta!
Ei, Johnnie Cope, já está caminhando?
E seus tambores estão tocando?...

As vozes ao seu redor aumentaram em gritos de aprovação quando se uniram ao coro. Ela teve um momento de pânico, quando teria fugido como Johnnie Cope, mas passou, deixando-a tomada pela emoção e também pela música.

Na Fé, Johnnie, tenho essas bandeiras,

> *Com suas espadas e seus kilts,*
> *Se eu os enfrentar de novo, quebrarão minhas pernas,*
> *Então, eu lhe desejo um bom dia!*
> *Ei, Johnnie Cope, já estamos caminhando?...*

Sim, ele estava progredindo, como dizia a música, e assim seria enquanto a música continuasse. Algumas pessoas tentavam preservar o passado. Outras tentavam escapar dele. E aquela era, até então, a maior lacuna entre ela e Roger. Por que ela não percebera antes?

Não sabia se Roger notara seu incômodo momentâneo, mas ele abandonou o perigoso território dos jacobitas e começou "MacPherson's Lament", cantada com poucos toques de cordas. A mulher ao lado de Brianna soltou um longo suspiro e fitou o palco com olhos tristes.

> *Então, aos gritos e aos brados, ele se assustou,*
> *Tocou uma música e dançou... que venha a forca!*

Ela pegou o envelope, sentindo o peso em seus dedos. Deveria esperar, talvez, até chegar em casa. Mas a curiosidade lutava contra a relutância. Roger não sabia ao certo se deveria entregá-lo a ela. Brianna notou isso nos olhos dele.

– ... um *bódhan* – dizia Roger. O tambor não passava de um aro de madeira com alguns centímetros de largura, uma pele estendida sobre ele e cerca de 45 centímetros de um lado a outro. Ele manteve o objeto equilibrado nos dedos de uma mão, com uma baqueta de ponta dupla na outra. – Um dos instrumentos mais antigos de que se tem registro, este é o tambor com o qual as tribos celtas assustaram as tropas de Júlio César em 52 a.C.

A plateia deu uma risadinha, e Roger tocou a superfície do tambor com a baqueta várias vezes num ritmo leve e rápido como batimentos cardíacos.

– E agora, "Sheriffmuir Fight", da primeira Revolta Jacobita, em 1715.

O ritmo da baqueta mudou e a batida diminuiu, tornou-se militar no tom, um trovão por trás das palavras. A plateia ainda estava bem-comportada, mas agora se sentava na beira da cadeira e se inclinava para a frente, acompanhando a música que descrevia a batalha de Sheriffmuir e todos os clãs que haviam lutado nela.

> *... e eles continuavam correndo, sangrando, e muitos caíram rapaz...*
> *Eles avançavam e atacavam, e as espadas se chocavam...*

Quando a música terminou, ela colocou os dedos dentro do envelope e tirou um monte de fotografias. Fotos antigas, em preto e branco, que já tinham ganhado um toque amarronzado. Seus pais. Frank e Claire Randall, absurdamente jovens e muito felizes.

Eles estavam em um jardim em algum lugar. Havia cadeiras e uma mesa com bebidas em um fundo com pontos de luz entre as folhas das árvores. Mas os rostos estavam claros: risonhos, iluminados pela juventude, com os olhos apenas um para o outro. Posando de modo formal, de braços dados, brincando com a própria formalidade.

Rindo, Claire se curvava achando graça de algo que Frank dissera, segurando a saia que voava ao vento, os cabelos encaracolados soltos. Frank dando uma xícara a Claire, ela olhando no rosto dele ao pegá-la, com um olhar de esperança e confiança que apertou o coração de Brianna.

Então, ela olhou para as últimas fotos e percebeu o que estava vendo. Os dois perto da mesa, de mãos dadas sobre uma faca, rindo enquanto cortavam um bolo obviamente caseiro. Um bolo de casamento.

– E para a última, uma antiga favorita que vocês conhecem. Dizem que essa canção foi enviada por um prisioneiro jacobita, a caminho de Londres para ser enforcado, a sua esposa nas Terras Altas...

Ela apoiou as mãos abertas em cima das fotos, como se quisesse impedir que as pessoas as vissem. Sentiu um choque forte. Fotos de casamento. Imagens do dia do casamento dos dois. É claro! Eles tinham se casado na Escócia. O Reverendo Wakefield não teria celebrado a cerimônia, pois não era um padre católico, mas era um dos amigos mais antigos do pai dela. A recepção devia ter sido realizada no presbitério.

Sim. Espiando entre seus dedos, ela conseguia ver partes familiares da casa antiga ao fundo. Então, ao deslizar a mão para o lado relutantemente, olhou de novo para o rosto jovem da mãe.

Dezoito. Claire havia se casado com Frank Randall aos 18 anos, talvez isso explicasse. Como uma pessoa poderia saber o que queria sendo tão jovem?

> *Às belas margens e às belas encostas,*
> *Onde o sol brilha intensamente no lago Lomond,*
> *Aonde eu e meu amor verdadeiro nunca mais iremos...*

Mas Claire tivera certeza... ou assim pensara. As sobrancelhas grossas e claras e a boca delicada não deixavam dúvidas. Os olhos grandes e luminosos estavam fixos em seu novo marido sem sinal de reserva ou erro. E ainda assim...

> *Mas eu e meu amor verdadeiro nunca mais nos veremos*
> *Às belas margens do lago Lomond.*

Sem notar que pisava nos pés de algumas pessoas, Brianna saiu do meio da multidão e correu, antes que alguém visse suas lágrimas.

...

– Posso ficar com você durante parte do chamado dos clãs – disse Roger –, mas tenho coisas para fazer no fim, então terei que deixá-la. Você vai ficar bem?

– Sim, claro – afirmou ela. – Estou bem. Não se preocupe.

Ele olhou para ela com um pouco de ansiedade, mas deixou passar. Nenhum dos dois havia comentado sobre sua saída mais cedo; quando Roger passou pelas pessoas que lhe davam parabéns e a procurou, Brianna já tinha encontrado um banheiro feminino e se recomposto com água fria.

Passaram o resto da tarde passeando pelo festival, comprando algumas coisas, saindo para ver a competição das bandas de gaita, voltando meio surdos para ver um jovem dançar entre duas espadas cruzadas no chão. As fotografias permaneceram cuidadosamente escondidas dentro da bolsa dela.

Já estava quase escuro. As pessoas saíam da área de alimentação e seguiam para as barracas a céu aberto do lado de fora, à base da montanha.

Ela pensou que as famílias com crianças pequenas iriam embora, e algumas foram, mas havia corpos pequenos e cabecinhas sonolentas entre as pessoas mais velhas nas barracas. Uma menininha estava relaxada, adormecida no ombro do pai quando eles entraram em um dos corredores mais superiores. Havia um espaço vazio na frente das arquibancadas onde um enorme monte de madeira fora empilhado.

– O que é o chamado dos clãs? – Ela ouviu uma mulher perguntar a seu companheiro na fileira da frente. O homem deu de ombros, e Brianna olhou para Roger para entender, mas ele só sorriu.

– Você verá – respondeu ele.

Estava totalmente escuro, e a lua não havia surgido. A encosta da montanha apareceu com um tom mais escuro contra o céu apinhado de estrelas. Ouviu-se uma exclamação e agitação em meio às pessoas, e então as notas de uma única gaita de foles surgiram suaves pelo ar, silenciando todo o resto.

Um ponto de luz apareceu perto do topo da montanha. Enquanto eles observavam, ele desceu e outro surgiu atrás dele. A música ficou mais forte e outra luz apareceu no topo da montanha. Durante quase dez minutos, a ansiedade aumentou conforme a música ficava mais alta e a série de luzes se tornou mais longa, uma corrente iluminada descendo a encosta.

Perto do fim da descida, uma trilha aparecia entre as árvores mais acima. Brianna a vira durante a exploração mais cedo. Agora, um homem aparecia entre as árvores, segurando uma tocha acesa acima da cabeça. Atrás dele havia um tocador de gaita, e o som agora era forte o bastante para encobrir até mesmo as exclamações de surpresa da multidão.

Conforme os dois desceram a trilha em direção ao espaço aberto à frente das arquibancadas, Brianna viu que havia mais homens atrás deles; uma fila comprida de homens, cada um com uma tocha, todos vestidos com as roupas finas dos líderes das Terras Altas. Eles pareciam bárbaros e estavam incríveis, enfeitados com penas de tetrazes, o brilho prateado das espadas e dos punhais com um tom avermelhado sob a luz da tocha, aparecendo entre os tecidos xadrez.

As gaitas pararam de repente, e o primeiro dos homens entrou em uma clareira e parou diante das barracas. Ergueu sua tocha acima da cabeça e gritou: "Os Cameron estão aqui!"

Gritos altos de alegria soaram das barracas, e o homem jogou a tocha na madeira encharcada de querosene que se incendiou com um rugido, em um pilar de fogo de 3 metros de altura.

Contra a parede de fogo que chegava a cegar, outro homem saiu e gritou:

– Os MacDonald estão aqui!

Houve gritos e reações de surpresa daqueles na plateia que afirmavam ter relação com o clã MacDonald, e então...

– Os MacLachlan estão aqui!

– Os MacGillivray estão aqui!

Ela estava tão envolvida com o espetáculo que quase não notou a presença de Roger. E então, outro homem deu um passo à frente e gritou:

– Os MacKenzie estão aqui!

– *Tulach Ard!* – gritou Roger, e ela se sobressaltou.

– O que foi *isso*? – perguntou Brianna.

– *Isso* – disse ele, sorrindo – é o grito de guerra do clã MacKenzie.

– Foi o que pareceu.

– Os Campbell estão aqui! – Devia haver muitos Campbell; a reação fez as arquibancadas chacoalharem. Como se aquele fosse o sinal pelo qual ele esperava, Roger ficou de pé e balançou o tecido xadrez por cima do ombro.

– Encontro você mais tarde perto dos vestiários, está bem? – Ela assentiu, e ele se inclinou de repente e a beijou.

– Se precisar – disse ele –, o grito dos Fraser é *Caisteal Dhuni*!

Ela o observou partir, descendo a arquibancada como um bode da montanha. O cheiro de madeira queimada tomou o ar da noite, misturando-se com o cheiro mais fraco do tabaco de cigarros na multidão.

– Os MacKay estão aqui!

– Os MacLeod estão aqui!

– Os Farquardon estão aqui!

Ela sentiu o peito apertado pela fumaça e pela emoção. Os clãs tinham morrido ou não na Batalha de Culloden? Sim, tinham morrido. Aquilo não passava de lembrança, de evocação de fantasmas. Nenhuma das pessoas que gritavam de modo tão entusiasmado era parente, nenhuma delas ainda vivia como escocesa, mas...

– Os Fraser estão aqui!

O pânico tomou conta de Brianna e ela segurou com força a alça da bolsa.

Não, pensou ela. *Ah, não. Não estou.*

Então, o momento passou e ela pôde respirar de novo, mas ainda sentia a adrenalina fervendo seu sangue.

– Os Graham estão aqui!

– Os Innes estão aqui!

Os Ogilvy, os Lindsey, os Gordon... e então, finalmente, os ecos do último grito desvaneceram. Brianna segurou a bolsa no colo, com força, como se quisesse evitar que seu conteúdo escapasse como o gênio da lâmpada.

Como ela poderia?, pensou. E então, ao ver Roger aparecer à luz, com fogo na cabeça e o *bódhran* na mão, pensou de novo: *Como ela poderia evitar?*

5

DUZENTOS ANOS DESDE ONTEM

– Você não está usando seu kilt! – Os lábios de Gayle se entortaram numa demonstração de desapontamento.

– Século errado – disse Roger, sorrindo para ela. – Muito antiquado para o *moonwalk*.

– Você precisa me ensinar a fazer isso. – Ela colocou o peso na planta dos pés, inclinando-se em direção a ele.

– Fazer o quê?

– Enrolar os "erres" desse jeito. – Ela franziu o cenho e fez uma tentativa, parecendo um barco a motor em marcha lenta.

– Marrravilhoso – disse ele, tentando não rir. – Continue. A prática leva à perfeição.

– Bom, você trouxe o violão, pelo menos? – Ela ficou na ponta dos pés, tentando olhar atrás dele. – Ou aquele tambor bacana?

– Está no carro – disse Brianna, guardando as chaves ao se aproximar de Roger por trás. – Vamos ao aeroporto depois daqui.

– Ah, que pena! Pensei que poderíamos sair e fazer uma comemoração depois. Você conhece "This Land Is Your Land", Roger? Ou gosta mais das canções de protesto? Mas eu acho que não, já que você é inglês, ou melhor, escocês. Vocês não têm motivo para protestar, certo?

Brianna lançou à amiga um olhar de desespero.

– Onde está o tio Joe?

– Na sala de estar, chutando a TV – disse Gayle. – Devo entreter Roger enquanto você procura por ele? – Ela entrelaçou o braço no de Roger, piscando.

– Temos metade do Instituto Tecnológico de Massachusets aqui e ninguém consegue consertar a maldita *televisão*? – O dr. Joseph Abernathy olhou de modo acusatório para os grupos de jovens espalhados pela sala de estar.

– É engenharia *elétrica* para consertar a TV, pai – disse o filho. – Somos todos engenheiros mecânicos. Pedir a um engenheiro mecânico para tentar consertar sua TV em cores é como pedir a um ginecologista-obstetra para curar seu pin... ai!

– Ah, desculpa – disse o pai, olhando por cima dos óculos de aros dourados. – Acertei seu pé, Lenny?

Lenny saiu pulando pela sala e todos riram, enquanto ele segurava um dos pés numa agonia exagerada.

– Bree, querida! – O médico a viu e abandonou a televisão, sorrindo. Ele a abraçou animado, ignorando o fato de ela ser cerca de 10 centímetros mais alta do que ele, e então a largou e olhou para Roger, seus traços contidos numa expressão de cordialidade.

– Esse é o seu namorado?

– Este é Roger Wakefield – disse Brianna, estreitando os olhos levemente para o médico. – Roger, Joe Abernathy.

– Dr. Abernathy – cumprimentou Roger.

– Pode me chamar de Joe.

Eles trocaram um aperto de mãos em reconhecimento mútuo. O médico olhou para ele de cima a baixo com olhos castanhos intensos, mas não menos sagazes por serem calorosos.

– Bree, querida, você quer dar uma olhada nesse lixo para ver se consegue ressuscitá-lo? – Ele apontou para a televisão RCA de 24 polegadas, disposta na estrutura de ferro como se desafiasse a todos. – Estava funcionando bem ontem à noite, mas hoje... pffft!

Brianna olhou incerta para a grande TV em cores e enfiou as mãos nos bolsos da calça jeans, de onde tirou um canivete suíço.

– Bem, posso conferir as conexões, eu acho. – Ela pegou a parte de metal da chave de fenda. – Quanto tempo temos?

– Meia hora, talvez – disse um aluno com corte de cabelo escovinha na porta da cozinha. Ele olhou para as pessoas ao redor do pequeno aparelho branco e preto sobre a mesa. – "Ainda estamos em contato com a base de controle em Houston. Tempo estimado de chegada: 34 minutos." – A alegria abafada do comentarista da TV veio em intervalos em meio à animação mais vívida dos espectadores.

– Ótimo, ótimo – disse o dr. Abernathy. Ele apoiou uma das mãos no ombro de Roger. – Tempo suficiente para uma bebida, então. É escocês, sr. Wakefield?

– Pode me chamar de Roger.

Abernathy serviu uma boa dose de uísque e a entregou.

– Imagino que não beba com água, certo, Roger?

– Não. – Era Lagavulin; incrível encontrá-lo em Boston. Roger bebericou apreciando, e o médico sorriu.

– Claire me deu... a mãe de Bree. Aquela era uma mulher com bom gosto para uísque de qualidade. – Ele balançou a cabeça com nostalgia, e ergueu o copo em homenagem.

– *Slàinte* – disse Roger baixinho, e inclinou o próprio copo antes de beber.

Abernathy fechou os olhos para aproveitar em silêncio – Roger não soube dizer se o uísque ou a lembrança da mulher.

– Água da vida, não? Acredito que isso poderia ressuscitar os mortos. – Ele devolveu a garrafa ao armário das bebidas com mãos reverentes.

O que Claire havia contado a Abernathy? O suficiente, Roger imaginou. O médico pegou seu copo e olhou para ele como se o avaliasse.

– Já que o pai de Bree está morto, acho que posso fazer as honras. Temos tempo para amenidades ou devemos ir direto ao ponto?

Roger ergueu uma sobrancelha.

– Suas intenções – explicou o médico.

– Ah. Estritamente respeitáveis.

– É mesmo? Telefonei para Bree ontem à noite para saber se ela viria hoje. Ela não atendeu.

– Nós fomos a um festival celta nas montanhas.

– Sei. Telefonei de novo às onze da noite. E à meia-noite. Não atendeu. – Os olhos do médico ainda estavam sagazes, mas bem menos calorosos. Ele pousou o copo com um leve clique.

– Bree está sozinha – disse ele. – E vive sozinha. E é adorável. Eu não gostaria de ver ninguém se aproveitando disso, sr. Wakefield.

– Nem eu... dr. Abernathy. – Roger bebeu tudo de uma vez e colocou o copo na mesa com força. O calor subiu por suas faces, e não era devido ao Lagavulin. – Se o senhor acha que eu...

"AQUI É HOUSTON", ouviu-se pela televisão. "BASE TRANQUILIDADE, TEREMOS POUSO EM VINTE MINUTOS."

As pessoas da cozinha vieram depressa, balançando garrafas de refrigerante e comemorando. Brianna, corada pelo esforço que fazia, estava rindo e recebendo os parabéns enquanto guardava o canivete. Abernathy pousou uma mão no braço de Roger, para chamar sua atenção.

– Ouça o que digo, sr. Wakefield – advertiu Abernathy, a voz baixa para não ser ouvido pelos outros. – Não quero ouvir que você fez essa menina infeliz. Nunca.

Roger afastou o braço com cuidado.

– O senhor acha que ela parece infeliz? – perguntou ele, do modo mais educado que conseguiu.

– N-não – respondeu Abernathy, apoiando o peso do corpo nos calcanhares enquanto olhava para ele com intensidade. – Pelo contrário. É como ela está hoje que me faz pensar que talvez eu devesse lhe dar um soco no nariz, pelo pai dela.

Roger não conseguiu deixar de olhar para ela. Era verdade. Brianna tinha olheiras, mechas de cabelos se soltavam de seu rabo de cavalo, e a pele brilhava como a cera de uma vela acesa. Ela parecia uma mulher que tivera uma longa noite... e a aproveitara bastante.

Como se fosse um radar, ela virou a cabeça e olhou para ele, por cima da cabeça de Gayle. Continuou conversando com a amiga, mas com os olhos grudados nele.

O médico pigarreou alto. Roger parou de olhar para ela e viu Abernathy olhando para ele, com a expressão pensativa.

– Ah – falou o médico, num tom diferente. – Desse jeito, é?

O primeiro botão da camisa de Roger estava aberto, mas ele se sentia como se estivesse usando uma gravata apertada demais. Olhou diretamente nos olhos do médico.

– Sim – afirmou Roger. – Desse jeito.

Dr. Abernathy pegou a garrafa de Lagavulin e encheu os dois copos.

– Claire disse mesmo que ela gostava de você – disse ele resignado. Então ergueu um copo. – Certo. *Slàinte*.

– Vire-o do outro lado... Walter Cronkite está laranja! – Lenny Abernathy obedientemente girou o botão, tornando o apresentador verde. Sem se afetar pela mudança repentina de cor de pele, Cronkite continuou falando.

Em aproximadamente dois minutos, o Comandante Neil Armstrong e a tripulação da Apollo 11 farão história no primeiro pouso do homem na Lua...

A sala de estar estava escura e repleta de gente, e todo mundo prestava atenção na televisão grande enquanto a gravação voltava a transmitir o lançamento da Apollo.

– Estou impressionado – disse Roger no ouvido de Brianna. – Como conseguiu consertar? – Ele se recostou na ponta de uma estante e puxou Brianna contra si, com as mãos em seu quadril, o queixo em seu ombro.

Ela olhava para a televisão, mas ele sentiu o rosto dela se mexer contra o dele.

– Alguém tirou o fio da tomada – respondeu ela. – Só voltei a ligá-lo.

Ele riu e beijou a lateral do pescoço dela. Estava calor na sala, mesmo com o ar-condicionado ligado, e a pele dela estava úmida e salgada.

– Você tem o traseiro mais redondo do mundo – sussurrou ele.

Ela não respondeu, mas de propósito, aninhou o traseiro no corpo dele.

Muitas vozes vieram da tela acompanhadas das fotos da bandeira que os astronautas fincariam na Lua.

Ele olhou para o outro lado da sala, mas Joe Abernathy estava tão hipnotizado como qualquer um deles, olhando para o brilho da tela. Seguro na escuridão, ele envolveu Brianna com os braços e sentiu o peso leve de seus seios. Ela suspirou profundamente e relaxou contra ele, colocando a mão sobre a dele e apertando com força.

Os dois seriam menos corajosos se houvesse qualquer perigo ali. Mas ele partiria em duas horas. Não havia como aquilo ir além. Na noite anterior, eles sabiam que estavam brincando com fogo e tinham sido mais cuidadosos. Ele tentou imaginar se Abernathy teria realmente lhe dado um soco se ele tivesse admitido que Brianna passara a noite em sua cama.

Ele descera a montanha com o carro, dividido entre tentar ficar do lado direito da estrada e a excitação do peso leve de Brianna pressionado contra ele. Eles pararam para tomar café, conversaram por muito tempo depois da meia-noite, tocando-se sem parar, mãos, coxas, cabeças próximas. Dirigiram para Boston de madrugada, a conversa morrendo, a cabeça de Brianna pesando em seu ombro.

Sem conseguir manter-se acordado tempo suficiente para encontrar o caminho até o apartamento dela em meio ao labirinto de ruas desconhecidas, ele dirigira em direção ao seu hotel, subiu as escadas com Brianna e a deitou em sua cama, onde ela adormeceu segundos depois.

Roger passou o resto da noite no chão duro do quarto, usando a blusa de lã de Brianna sobre os ombros para se aquecer. Ao amanhecer, ele se levantou e se sentou na cadeira, envolvido pelo cheiro dela, silenciosamente observando a luz se espalhar pelo seu rosto adormecido.

Sim, foi desse jeito.

"Base Tranquilidade... a Águia pousou." O silêncio na sala foi interrompido pelo suspiro de todos, e Roger sentiu os pelos de sua nuca se arrepiarem.

"Um... pequeno... passo para o homem", disse a voz distante, "um grande salto... para a humanidade".

A imagem estava embaçada, mas não era defeito da televisão. As pessoas se inclinaram para a frente, dispostas a ver a figura corpulenta descer a escada, pisando pela primeira vez em solo lunar. Lágrimas brilhavam no rosto de uma garota, prateadas sob a luz.

Até mesmo Brianna se esqueceu de todo o resto. Ela soltara o braço dele e estava inclinada para a frente, envolvida no momento.

Era um lindo dia para ser norte-americano.

Ele sentiu um receio momentâneo ao ver todos eles tão atentos, tão fervorosamente orgulhosos, e ela fazendo parte de tudo aquilo. *Era* um século diferente, há duzentos anos de ontem.

Poderia haver um ponto em comum entre eles, um historiador e uma engenheira? Ele olhando para trás, para os mistérios do passado, e ela para o futuro e seu brilho chamativo?

E então, as pessoas da sala relaxaram comemorando e conversando, e ela se virou nos braços dele para beijá-lo com intensidade e se agarrar a ele, e Roger pensou que talvez não importasse o fato de eles estarem voltados para direções opostas desde que olhassem um para o outro.

PARTE III

Piratas

6

ENCONTRO UMA HÉRNIA

Junho de 1767

– Odeio barcos – disse Jamie entre dentes. – Detesto barcos. Vejo os barcos com a mais profunda repulsa.

O tio de Jamie, Hector Cameron, vivia em um local chamado River Run, acima de Cross Creek. Por sua vez, Cross Creek ficava em algum ponto rio acima de Wilmington; cerca de 320 quilômetros. Nessa época do ano, pelo que nos disseram, a viagem de barco poderia levar de quatro dias a uma semana, dependendo do vento. Se fôssemos por terra, a viagem poderia durar duas semanas ou mais, dependendo de fatores como estradas alagadas, lama e eixos quebrados.

– Rios não têm ondas – falei. – E pensar em andar a pé na lama por 320 quilômetros me deixa muito mais irritada. – Ian abriu um sorriso, mas logo mudou para uma expressão de indiferença quando Jamie olhou na direção dele. – Além disso – eu disse a Jamie –, se você ficar enjoado, ainda tenho minhas agulhas. – Apalpei o bolso onde meu conjunto de agulhas douradas de acupuntura estavam dentro do estojo de marfim.

Jamie soltou o ar com força pelo nariz, mas não disse mais nada. Aquele assunto se resolveu, e o maior problema continuava sendo pagar a passagem do barco.

Não éramos ricos, mas tínhamos um pouco de dinheiro como resultado de um momento de sorte no caminho. Andando para o norte a partir de Charleston e acampando longe da estrada à noite, descobrimos uma propriedade abandonada na mata, sua clareira quase tomada pelas plantas que cresciam.

Mudas de choupo-do-canadá se esticavam como lanças pelas frestas do telhado caído, e um azevinho passava por uma abertura grande na parede de argila. As paredes estavam meio caídas, apodrecidas e tomadas por lodo verde e ferrugem. Não havia como saber há quanto tempo o local estava abandonado, mas a cabana e a clareira seriam engolidas pela mata em alguns anos, sem nada para marcar sua existência, exceto um dólmen tombado de pedras de chaminé.

No entanto, florescendo de modo incongruente entre as árvores que invadiam o local, estavam os restos de um pequeno pomar de pêssegos, cujos frutos estavam muito maduros, repletos de abelhas. Comemos o máximo que conseguimos, dormimos no abrigo das ruínas, acordamos antes do amanhecer e enchemos a carroça com montes do fruto dourado e macio, suculento e aveludado.

Vendemos as frutas pelo caminho e chegamos em Wilmington com as mãos grudentas, um saco de moedas – a maioria formada por pence – e um cheiro de fermentação que se prendia em nossos cabelos, nossas roupas e nossa pele, como se todos tivéssemos mergulhado em licor de pêssego.

– Leve isto – Jamie me aconselhou, entregando o pequeno saco de couro dentro do qual estava nossa fortuna. – Compre o que puder para provisões, mas não compre nenhum pêssego, entendeu? E compre também mais umas coisinhas para que não pareçamos *muito* mendigos quando chegarmos à casa dos meus parentes. Linha e agulha, talvez?

Ele ergueu uma sobrancelha e assentiu na direção do rasgo grande no casaco de Fergus, provocado quando este caiu de um pessegueiro.

– Duncan e eu andaremos por aí para ver se conseguimos vender a carroça e os cavalos, e perguntar onde encontramos um barco. Se houver um ourives por aqui, talvez eu veja quanto ele daria por uma das pedras – falou Jamie.

– Tome cuidado, tio – alertou Ian, franzindo o cenho ao ver as pessoas indo e vindo do porto próximo dali. – Não deixe que ninguém tire proveito do senhor, nem que alguém o roube na rua.

Jamie, com seriedade, garantiu ao sobrinho que ele tomaria o devido cuidado.

– Leve Rollo – disse Ian a ele. – Ele vai protegê-lo.

Jamie olhou para Rollo, que observava as pessoas que passavam com um olhar de atenção que sugeria pouco interesse social e muito apetite.

– Ah, sim – disse ele. – Vamos, então, cachorrinho. – Ele olhou para mim ao se virar para partir. – Talvez você devesse comprar alguns peixes secos também.

Wilmington era uma cidade pequena, mas devido à sua situação privilegiada como porto em um rio navegável, orgulhava-se não só de uma feira e uma doca de despacho, como também de várias lojas de artigos de luxo importados da Europa, além de produtos da região para suprir as necessidades do dia a dia.

– Feijões, tudo bem – disse Fergus. – Gosto de feijões, mesmo em grande quantidade. – Ele jogou o saco de pano sobre o ombro, equilibrando o peso. – E pão, claro que devemos ter pão... e farinha, sal e gordura. Carne salgada, cerejas secas, maçãs frescas, tudo do bom e do melhor. Peixe, com certeza. Também acho que agulhas e linha são necessárias. Até a escova de cabelos – continuou, olhando de soslaio para meus cabelos que, inspirados pela umidade, faziam um grande esforço para escapar do confinamento imposto por meu chapéu de aba larga. – E os remédios do boticário, tudo bem. Mas *renda*?

– Renda – afirmei. Enfiei o pequeno pacote de papel dentro do qual havia três metros de renda de Bruxelas no cesto grande que ele carregava. – Assim como fitas. Um metro de cada fita larga de seda – eu disse à jovem que transpirava atrás do balcão. – A vermelha é sua, Fergus, então não reclame. Verde para Ian, amarela para Duncan e azul-escura para Jamie. E não, não é extravagância. Jamie não quer que pareçamos maltrapilhos quando encontrarmos seus tios.

– E você, tia? – perguntou Ian, sorrindo. – Certamente, não permitirá que os homens fiquem bonitos e você fique como um pardal?

Fergus soltou o ar, ao mesmo tempo exasperado e divertido.

– Aquela – disse ele, apontando para um rolo de rosa-escuro.

– É uma cor para moça – protestei.

– As mulheres nunca estão velhas demais para vestir roupas cor-de-rosa – respondeu Fergus. – Já ouvi *les mesdames* dizerem isso muitas vezes. – Eu já tinha ouvido as opiniões de *les mesdames*. Fergus passara sua juventude em um bordel e, a julgar pelos vestígios, boa parte de sua vida adulta também. Pensei que ele superaria esse hábito agora que estava casado com a enteada de Jamie, mas com Marsali ainda na Jamaica à espera do nascimento do primeiro filho do casal, tive minhas dúvidas. Fergus era francês, afinal de contas.

– Acredito que as madames saibam das coisas – falei. – Certo, vou levar a rosa também.

Cheios de cestos e sacos com provisões, entramos na rua. Estava quente e muito úmido, mas vinha uma brisa do rio, e depois de ficarmos confinados dentro da loja, o ar parecia doce e refrescante. Olhei em direção ao porto, onde dava para ver os mastros de várias pequenas embarcações, balançando lentamente ao ritmo da corrente, e vi o corpo alto de Jamie passar entre dois prédios, com Rollo logo atrás.

Ian gritou e acenou, e Rollo desceu a rua, balançando a cauda sem parar ao ver seu dono. Havia poucas pessoas do lado de fora a essa hora do dia; aquelas com comércios na rua estreita se encolhiam contra a parede mais próxima para evitar encontrões.

– Minha nossa! – Ouvi uma voz arrastada em algum ponto acima de onde eu estava. – Acho que é o maior cachorro que já vi. – Eu me virei e vi um senhor sair da frente de uma taverna, erguendo o chapéu educadamente para mim. – A seu dispor, senhora. Espero que ele não goste de carne humana.

Olhei para o homem que se dirigia a mim e depois para cima. Evitei expressar a opinião de que Rollo dificilmente seria uma ameaça para ele.

Meu interlocutor era um dos homens mais altos que eu já vira. Era vários centímetros mais alto do que Jamie. Esguias e magras, suas mãos enormes terminavam na altura dos meus cotovelos, e o cinto de couro decorado na cintura dele batia em meu peito. Eu poderia ter pressionado o nariz em seu umbigo se ele tivesse me atacado, o que felizmente não aconteceu.

– Não, ele come peixe – garanti a meu novo conhecido.

Percebendo que eu erguia o pescoço, ele gentilmente se abaixou, e seus joelhos estalaram como tiros de fuzil. Os traços do seu rosto eram obscurecidos por uma barba preta volumosa. Um nariz incongruentemente empinado aparecia e, acima dele, dois olhos castanhos arregalados e gentis.

– Bem, fico contente por saber disso. Não gostaria que me arrancassem um pedaço da perna logo cedo. – Ele tirou um chapéu desabado com uma desajeitada pena de peru enfiada na aba, fez uma reverência para mim, e seus cachos negros caíram sobre os ombros. – John Quincy Myers, a seu dispor, senhora.

– Claire Fraser – eu disse, estendendo a mão, fascinada.

Ele estreitou os olhos por um momento, levou meus dedos ao nariz e os cheirou, e então olhou para a frente e abriu um amplo sorriso, charmoso apesar de não ter metade dos dentes.

– Ora, você é uma mulher sábia, não?

– Sou?

Ele virou minha mão com cuidado, traçando com os dedos as manchas de clorofila ao redor das cutículas.

– Uma mulher de dedos verdes pode apenas estar cuidando de suas rosas, mas uma mulher cujas mãos cheiram a raiz de sassafrás e a ipecacuanha sabe mais do que apenas fazer as flores desabrocharem. Não acha que é isso mesmo? – perguntou ele, olhando de modo simpático para Ian, que encarava o sr. Myers com interesse não disfarçado.

– Ah, sim! – Ian garantiu a ele. – A tia Claire é uma curadora famosa. Uma sábia! – Ele olhou para mim com orgulho.

– É mesmo, rapaz? Bem, puxa. – O sr. Myers olhou ao redor com interesse e voltou-se para mim. – Minha nossa! Que sorte! E eu pensando que teria que esperar até chegar às montanhas e encontrar um xamã para cuidar da situação.

– Está doente, sr. Myers? – perguntei.

Ele não parecia, mas era difícil saber, pois a barba, os cabelos e uma camada fina e oleosa de sujeira pareciam cobrir tudo que não podia ser escondido pelas peças puídas. A única exceção era sua testa. Normalmente protegida do sol pelo chapéu de feltro preto, ela agora estava exposta, uma faixa bem branquinha.

– Não diria doente – respondeu ele. De repente, ficou de pé e começou a puxar a barra de sua camisa de camurça. – Mas não é gonorreia nem varíola, porque já vi como é.

O que pensei serem calças eram, na verdade, leggings compridas de camurça, com proteções por cima. Ainda falando, o sr. Myers segurou a peça de couro que escondia as roupas íntimas e começou a mexer no nó do cordão.

– Mas é uma maldição. De repente, ocorre um grande inchaço que começa atrás das minhas bolas. Totalmente inconveniente, como pode imaginar, apesar de não causar dor alguma, exceto quando estou montado num cavalo. Talvez a senhora possa dar uma olhada e me dizer o que devo usar para melhorar.

– Ah... – falei, olhando rapidamente para Fergus, que apenas mudou a posição do saco de feijões e parecia estar se divertindo. Desgraçado.

– Posso ter a honra de conhecer o sr. John Myers? – Ouvi uma voz escocesa e educada atrás de mim.

O sr. Myers parou de mexer na roupa e olhou para a frente com um olhar inquiridor.

– Não sei se é um prazer ou não, senhor – respondeu ele de modo cortês. – Mas se está procurando o Myers, acabou de encontrá-lo.

Jamie se colocou atrás de mim, posicionando-se cuidadosamente entre mim e a proteção das pernas do sr. Myers. Ele se inclinou para a frente de modo formal, com o chapéu embaixo do braço.

– James Fraser, a seu dispor, senhor. Disseram-me que eu deveria mencionar o sr. Hector Cameron ao me apresentar.

O sr. Myers olhou para os cabelos ruivos de Jamie com interesse.

– É escocês, certo? Seria habitante das Terras Altas?

– Sou escocês, sim, e das Terras Altas.

– É parente do velho Hector Cameron?

– Ele é tio de minha esposa, senhor, mas eu não o conheci pessoalmente. Soube que é seu conhecido e que o senhor pode concordar em levar meu grupo à propriedade dele.

Os dois homens observavam um ao outro de cima a baixo enquanto falavam, avaliando a postura, a roupa e o armamento. Os olhos de Jamie se fixaram com aprovação na comprida faca embainhada no cinto do marceneiro, e as narinas do sr. Myers se entreabriram com interesse.

– *Comme deux chiens* – disse Fergus em voz baixa atrás de mim. Como dois cães. – ... *aux culs.* – Quando se der conta, eles estarão cheirando o traseiro um do outro.

O sr. Myers olhou para Fergus e eu vi um brilho repentino de bom humor em seus olhos castanhos antes de ele voltar a analisar Jamie. Por mais ignorante que o marceneiro pudesse ser, era evidente que sabia um pouco de francês.

Devido às inclinações olfativas do sr. Myers e à sua falta de recato, eu não me surpreenderia se ele se colocasse de quatro e agisse do modo sugerido por Fergus. Mas ele se contentou com uma cuidadosa análise que envolveu não apenas Jamie, mas também Ian, Fergus, Rollo e eu.

– Belo cão – disse ele descontraído, mostrando a mão grande ao animal. Rollo, apesar de estar sendo convidado, fez a inspeção como quis, cheirando dos mocassins à proteção da calça enquanto a conversa prosseguia.

– Seu tio, é? Ele sabe que você está vindo?

Jamie balançou a cabeça, negando.

– Não sei dizer. Enviei uma carta da Geórgia há um mês, mas não tenho como saber se ele já a recebeu.

– Acho que não – disse Myers de modo pensativo. Ele observou o rosto de Jamie e então olhou rapidamente para nós.

– Conheci sua esposa. Este é seu filho? – Ele fez um meneio de cabeça a Ian.

– Meu sobrinho, Ian. Meu filho de criação, Fergus. – Jamie fez as apresentações balançando a mão. – E um amigo, Duncan Innes, que virá em breve.

Myers resmungou, assentindo, e se decidiu.

– Bem, imagino que posso levá-los à propriedade de Cameron sem problema. Queria ter certeza de que o senhor é parente dele, mas tem a mesma feição da viúva Cameron. O garoto também, um pouco.

Jamie levantou a cabeça depressa.

– A *viúva* Cameron?

Um sorriso irônico surgiu em meio à barba volumosa.

– O velho Hector pegou uma grave infecção de garganta e morreu no fim do último inverno. Imagino que ele não receba muitas correspondências, independentemente de onde esteja agora.

Deixando os Cameron de lado por motivos de interesse pessoal mais imediato, Myers retomou as escavações interrompidas.

– É uma coisa grande e roxa – explicou ele, mexendo no calção largo. – Quase tão grande quanto uma de minhas bolas. A senhora não pode achar que, de repente, eu decidi deixar uma bola extra crescer, não é?

– Bem, não – falei, mordendo o lábio. – Duvido. – Ele se movia muito lentamente, mas já tinha quase desfeito o nó de sua roupa. As pessoas na rua estavam começando a parar e olhar.

– Por favor, não se incomode – falei. – Acho que sei o que é... é uma hérnia inguinal.

Os olhos castanhos se arregalaram mais.

– É? – Ele parecia impressionado e nem um pouco decepcionado com a notícia.

– Eu teria que examinar... em algum lugar reservado, quero dizer – acrescentei depressa –, para ter certeza, mas parece que é isso. É bem fácil de resolver por meio de cirurgia, mas... – Hesitei, olhando para o Colosso. – Eu não poderia... quero dizer, o senhor precisaria estar adormecido, inconsciente. Teria que cortá-lo e costurá-lo de novo, sabe? Talvez uma faixa, um suporte, fosse melhor.

Myers passou a mão lentamente pelo rosto, pensativo.

– Não, já tentei isso, não adianta. Mas cortar... Vocês ficarão aqui na cidade durante um tempo até irem à propriedade de Cameron?

– Não muito – interrompeu Jamie. – Devemos subir o rio para a propriedade de minha tia assim que a passagem for arranjada.

– Ah. – O gigante pensou nisso por um momento, e então assentiu, sorrindo.

– Conheço o homem certo para o senhor. Vou agora mesmo buscar Josh Freeman no Sailor's Rest. O sol ainda está alto, ele não estará embriagado demais para trabalhar. – Myers fez uma reverência, levando o chapéu à barriga. – E então, será que sua esposa poderia ter a gentileza de me encontrar na taverna de lá? É um pouco mais calma que o Sailor's... para poder olhar esta... esta... – Vi seus lábios tentarem pronunciar as palavras "hérnia inguinal", e então desistirem do esforço e relaxarem. – Esta obstrução.

Ele colocou o chapéu de novo na cabeça e, fazendo uma reverência a Jamie, foi embora.

Jamie observou o gigante descer a rua mancando, sendo interrompido pelos cumprimentos cordiais de todos pelos quais passava.

– O que você tem, Sassenach? – perguntou ele de modo tranquilo, ainda olhando para Myers.

– O que *eu* tenho?

Ele se virou e estreitou os olhos para mim.

– O que você tem que faz todos os homens que a veem quererem tirar a roupa depois de cinco minutos de conversa?

Fergus riu baixinho e Ian ficou corado. Eu fiz cara de recatada.

– Bem, se você não sabe, meu caro, ninguém mais sabe – falei. – Parece que *eu* consegui um barco para nós. E o que você fez hoje cedo?

Esforçado como sempre, Jamie encontrou um possível comprador de pedras. E não apenas um comprador, mas um convite para jantar com o governador.

– O governador Tryon está na cidade agora – explicou ele. – Está na casa de um tal sr. Lillington. Conversei hoje cedo com um comerciante chamado MacEachern, que me colocou em contato com um homem chamado MacLeod, que...

– Que o apresentou a MacNeill, que o levou a beber com MacGregor, que contou tudo sobre seu sobrinho Bethune, que é primo em segundo grau do garoto que limpa as botas do governador – sugeri, familiar com os caminhos bizantinos das negociações escocesas.

Coloque dois escoceses das Terras Altas em uma sala juntos e, em dez minutos, eles saberão a história de suas famílias nos últimos duzentos anos e também descobrirão um número interessante de parentes e conhecidos em comum.

Jamie sorriu.

– Era o secretário da esposa do governador – corrigiu ele –, e seu nome é Murray. É o filho mais velho da prima de seu pai, Maggie, de Loch Linnhe – disse ele a Ian. – O pai dele emigrou depois da Revolta. – Ian assentiu casualmente, sem dúvida armazenando a informação em sua própria versão da enciclopédia genética, guardada para o dia em que fosse útil.

Edwin Murray, o secretário da esposa do governador, recebera Jamie de modo caloroso como parente – ainda que apenas pela parte da esposa – e havia obtido um convite para que jantássemos no Lillington naquela noite, para deixar o governador por dentro dos negócios nas Índias. Na verdade, queríamos conhecer o barão Pezler, um nobre alemão bem de vida que também estaria jantando ali. O barão era não só um homem rico, como também de bom gosto, com fama de colecionador de objetos finos.

– Bem, parece uma boa ideia – falei, incerta. – Mas acho melhor você ir sozinho. Não posso jantar com governadores *deste* jeito.

– Ah, você está f... – Ele parou de falar quando olhou para mim. Percorreu meu corpo com o olhar, viu meu vestido puído e sujo, os cabelos despenteados e o chapéu sem forma.

Ele franziu o cenho.

– Não. Quero você lá, Sassenach. Posso precisar de uma distração.

– Por falar em distração, de quanta bebida precisou para conseguir um convite para jantar? – perguntei, pensando em nossas finanças cada vez menores. Jamie não hesitou, mas segurou meu braço e me virou em direção à fila de lojas.

– Seis, mas ele pagou metade. Venha, Sassenach. O jantar é às sete, e precisamos encontrar algo decente para você usar.

– Mas não podemos comprar...

– É um investimento – afirmou Jamie. – Além disso, o primo Edwin me adiantou um pouco pela venda de uma pedra.

O vestido estava fora de moda havia dois anos, em comparação aos padrões da Jamaica, mas estava limpo, o que era o principal, na minha opinião.

– A senhora está pingando, madame. – A voz da costureira era fria. A mulherzinha de meia-idade era a principal costureira de Wilmington, e pelo que entendi, estava acostumada a ver suas ordens de moda obedecidas sem questionamentos. Quando rejeitei usar um chapéu com babados, preferindo deixar os cabelos recém-lavados soltos, ela não gostou e previu pleurisia, e os grampos que ela mantinha na boca se eriçaram como os espinhos de um porco-espinho diante da minha insistência de substituir o corpete pesado normal por uma peça leve, moldada no topo para levantar os seios sem apertá-los.

– Desculpe. – Enfiei a mecha ofensora dentro da toalha de linho que envolvia minha cabeça.

Os quartos de hóspedes da grande casa do sr. Lillington estavam totalmente ocupados pelo grupo do governador, e fui relegada ao pequeno sótão do primo Edwin em cima do estábulo. Enquanto eu me vestia, ouvia patas batendo no chão e animais relinchando, sons pontuados pelos esforços monótonos do assovio do cavalariço que limpava as baias.

Ainda assim, não senti vontade de reclamar. Os estábulos do sr. Lillington eram bem mais limpos do que a pousada onde Jamie e eu havíamos deixado nossos companheiros, e a sra. Lillington gentilmente oferecera uma bacia grande com água e uma pedra de sabão com cheiro de lavanda, uma consideração ainda maior do que o vestido limpo. Eu esperava nunca mais ver um pêssego na vida.

Fiquei na ponta dos pés tentando espiar pela janela para ver se Jamie estava chegando, mas desisti ao ouvir um gemido de reclamação da costureira, que tentava ajustar a barra da minha saia.

O vestido em si não era tão ruim. Era de seda cor de creme, com meia manga e muito simples, mas com faixas de seda cor de vinho no quadril, e duas tiras de seda da mesma cor que subiam em duas fileiras da cintura aos seios. Com a renda de Bruxelas que eu havia comprado costurada nas mangas, pensei que estaria bem, apesar de o tecido não ser exatamente da melhor qualidade.

A princípio, eu me surpreendi com o preço, incrivelmente baixo, mas agora percebia que o tecido do vestido era mais áspero do que o normal, com fios grossos que refletiam a luz. Curiosa, eu o esfreguei entre os dedos. Não sabia muito bem como avaliar uma seda, mas um conhecido chinês havia passado a maior parte de uma tarde a bordo de um navio me explicando o trabalho dos bichos-da-seda, e a variação sutil no resultado.

– De onde vem essa seda? – perguntei. – Não é seda da China. É da França?

A costureira olhou para cima, com a carranca temporariamente aliviada pelo interesse.

– Não, na verdade não. É da Carolina do Sul. Uma madame, a sra. Pinckney, investiu metade de sua terra em amoreiras e criou bichos-da-seda nelas. O pano pode não ser tão fino quanto o da China – reconheceu ela de modo relutante –, mas também não chega à metade do preço.

Ela estreitou os olhos para mim, assentindo devagar.

– Vai servir e os detalhes são bons; eles trazem cor a seu rosto. Perdoe-me, madame, mas a senhora precisa de algo acima do colo, para não parecer simples demais. Se não tiver um chapéu nem uma peruca, teria uma fita?

– Ah, uma fita! – falei, lembrando. – Sim, que boa ideia! Olhe no cesto ali e você verá uma fita que deve servir.

Nós duas conseguimos prender meus cabelos num penteado frouxo com a fita cor-de-rosa, com cachos úmidos e encaracolados descendo ao redor das orelhas e da sobrancelha. Eu não tinha como detê-los.

– Não está muito infantil, está? – perguntei, subitamente preocupada. Alisei a frente do corpete, que se ajustava confortavelmente, e com bom caimento, ao redor da minha cintura.

– Ah, não, madame – disse a costureira. – Está muito apropriado, eu garanto. – Ela franziu o cenho ao olhar para mim, calculando. – Só o colo está meio *nu* ainda. Não tem nenhuma joia?

– Só esta. – Nós nos viramos surpresas quando Jamie espiou pela porta, pois nenhuma de nós ouvira sua aproximação.

Ele conseguira tomar um banho e encontrar uma camisa limpa e um lenço para o pescoço. Além disso, alguém havia ajeitado seus cabelos em uma trança presa com a nova fita azul de seda. Seu casaco de uso comum tinha sido escovado e decorado com botões prateados, cada um deles com uma pequena flor no centro.

– Muito bonito – falei, tocando uma delas.

– Alugados do ourives – disse ele. – Mas servem. Isto também, eu acho. – Ele pegou um lenço imundo do bolso e, de dentro dele, tirou uma fina corrente de ouro. – Ele não tinha tempo para nada, apenas para o mais simples – disse ele, franzindo o cenho, concentrado, enquanto prendia a corrente no meu pescoço. – Mas acho que assim é melhor, não é?

O rubi brilhava logo acima do vinco entre meus seios, lançando um brilho rosado e claro contra a minha pele branca.

– Que bom que escolheu essa pedra – falei, tocando-a com cuidado. Ela estava quente por causa do corpo dele. – Combina muito mais com o vestido do que a safira ou a esmeralda.

A costureira ficou levemente surpresa. Olhou para mim e para Jamie, com uma impressão muito melhor a respeito de nossa posição social.

Jamie parou para observar o resto da minha roupa. Seus olhos desceram devagar da minha cabeça à barra do vestido e ele abriu um sorriso amplo.

– Você parece uma caixa de joias, Sassenach – disse ele. – Uma bela distração, não?

Ele olhou pela janela, onde um tom coral fraco manchava o céu da noite, e então se virou para mim e fez uma reverência.

– Poderia me conceder o prazer de sua companhia para o jantar, madame?

7
GRANDES OPORTUNIDADES CHEIAS DE PERIGOS

Apesar de estar familiarizada com a disposição do século XVIII de se comer qualquer coisa que pudesse ser fisicamente dominada e arrastada para a mesa, eu não havia me acostumado à mania de apresentar carnes de animais selvagens como se eles não tivessem passado pelos processos intermediários de serem mortos e cozidos antes de serem servidos no jantar.

Então olhei para o esturjão à minha frente com total falta de apetite. Com olhos, escamas, nadadeiras e cauda, o peixe de 60 centímetros estava disposto de forma majestosa sobre um consomê de ovas, decorado com grande quantidade de pequenos caranguejos apimentados, que tinham sido fervidos inteiros e espalhados de modo artístico pelo prato.

Tomei mais um grande gole de vinho e me virei para meu companheiro de jantar, tentando desviar o olhar dos olhos grandes do esturjão a meu lado.

– ... o sujeito mais impertinente! – dizia o sr. Stanhope ao descrever um cavalheiro que ele conhecera em um restaurante a caminho de Wilmington, saindo de sua propriedade perto de New Bern. – E no meio de nosso lanche, ele começou a falar de suas hemorroidas e do tormento que elas lhe causavam com os solavancos constantes da carroça. E então, o mal-educado puxou um lenço do bolso, todo manchado de sangue, para provar! Acabou com o meu apetite, senhora, posso lhe garantir – disse ele, enchendo um garfo com fricassê de frango. Mastigou devagar, olhando para mim com seus olhos grandes e claros, que desconfortavelmente me faziam lembrar os do esturjão.

Do outro lado da mesa, os lábios de Phillip Wylie esboçaram um sorriso.

– Cuidado para a sua conversa não provocar um efeito parecido, Stanhope – falou ele, meneando a cabeça para o meu prato intocado. – Mas uma certa grosseria das pessoas é um dos perigos do transporte público, admito.

Stanhope fungou, afastando migalhas das dobras do lenço no pescoço.

– Não precisa dizer, Wylie. Não é qualquer um que consegue ter um condutor de carruagem, principalmente com os preços de hoje em dia. Não está fácil para ninguém! – Ele balançou o garfo indignado. – Tabaco, vinho, conhaque, tudo bem, mas uma taxa sobre *jornais*, já ouviu algo assim? Ora, o filho mais velho da minha irmã conseguiu se formar na Universidade de Yale no ano passado – ele inflou o peito sem perceber, falando um pouco mais alto do que o normal –, e ela teve que pagar meio xelim apenas para que o diploma dele fosse carimbado oficialmente!

– Mas isso não acontece mais agora – disse o primo Edwin sem paciência. – Desde a derrubada da Lei do Selo...

Stanhope pegou um dos pequenos caranguejos do prato e o balançou na frente de Edwin de modo acusatório.

– Nós nos livramos de uma taxa e aparece outra no lugar. Como cogumelos! – Ele enfiou o caranguejo na boca e murmurou algo ininteligível sobre cobrar impostos sobre o ar.

– A senhora veio recentemente das Índias, certo, madame Fraser? – O barão Penzler, do meu outro lado, aproveitou a oportunidade momentânea para interromper. – Duvido que esteja familiarizada com assuntos tão banais... ou que se interesse por eles – acrescentou, meneando a cabeça de modo simpático a Stanhope.

– Ah, certamente todos se interessam por impostos – falei, e virei um pouco para o lado como se quisesse mostrar meu busto para conseguir um efeito melhor. – Ou não acha que os impostos são o preço de uma sociedade civilizada? Mas depois de ouvir a história do sr. Stanhope – assenti para o meu outro lado –, talvez ele concorde que o nível da civilização não seja igual ao nível de impostos.

– Ha ha! – Stanhope engasgou com o pão, cuspindo migalhas. – Ah, muito bom! Não é igual a... ha ha ha, não, certamente não!

Phillip Wylie me lançou um olhar irônico de reconhecimento.

– A senhora deve tentar não ser tão divertida, sra. Fraser – aconselhou ele. – Pode causar a morte do pobre Stanhope.

– Hum... qual o senhor acredita que seja o índice atual de impostos? – perguntei, cuidadosamente afastando a atenção das incoerências de Stanhope.

Wylie contraiu os lábios, pensativo. Um janota, ele usava as perucas da moda e um pequeno adesivo em forma de estrela ao lado da boca. Mas por baixo do pó, pensei ter visto um rosto belo e um cérebro muito sagaz.

– Ah, levando em consideração todas as despesas, eu diria que isso não responde por dois por cento de toda a renda, se incluíssemos os impostos sobre os escravos. Acrescentando os impostos sobre as terras e plantações talvez aumente um pouco mais.

– Dois por cento! – exclamou Stanhope, assustado, batendo no próprio peito. – Injusto! Simplesmente injusto!

Com lembranças vívidas do meu último imposto de renda, concordei de modo compreensivo que o índice dos impostos era realmente um ultraje, e refleti sobre o que acontecera com o espírito corajoso dos pagadores de impostos norte-americanos nos duzentos anos seguintes.

– Mas talvez devêssemos mudar de assunto – falei, vendo que cabeças começavam a girar em nossa direção na mesa. – Afinal, falar de impostos na mesa do governador é meio como falar da corda na casa do enforcado, não?

Com isso, o sr. Stanhope engoliu um caranguejo inteiro e engasgou.

Seu companheiro do outro lado bateu em suas costas para ajudar, e o garotinho negro que se ocupava afastando as moscas perto das janelas abertas foi buscar água a pedido de alguém. Observei uma faca afiada e comprida ao lado do prato de peixe, se precisasse, mas esperava não ter que realizar uma traqueostomia ali. Não era o tipo de atenção que eu pretendia atrair.

Felizmente, medidas tão drásticas não se fizeram necessárias. O caranguejo foi retirado com um tapa, deixando a vítima arroxeada e sem fôlego, mas ilesa.

– Alguém tinha falado algo sobre jornais – eu disse, assim que o sr. Stanhope foi salvo de seus excessos. – Estamos aqui há tão pouco tempo que não vi nenhum. Há algum jornal impresso em Wilmington?

Eu tinha segundas intenções ao fazer essa pergunta, além do desejo de dar um tempo ao sr. Stanhope para que se recuperasse. Entre os poucos bens materiais que Jamie tinha, havia uma prensa, que no momento estava guardada em Edimburgo.

Wilmington, pelo que parecia, tinha duas prensas, mas apenas um daqueles cavalheiros – um tal de sr. Jonathan Gillette – produzia um jornal com regularidade.

– E em breve pode deixar de ser tão frequente – disse Stanhope com seriedade. – Soube que o sr. Gillette recebeu um alerta do Comitê de Segurança de que... Ah! – Ele fez uma breve exclamação, o rosto redondo retorcido pela desagradável surpresa.

– Tem um interesse em especial, sra. Fraser? – perguntou Wylie de modo educado, lançando um olhar contido para o amigo. – Soube que seu marido tinha ligações com um negócio de impressão em Edimburgo.

– Sim – falei, um tanto surpresa por ele saber tanto sobre nós. – Jamie possuía um negócio de impressão lá, apesar de não editar um jornal, mas sim livros, panfletos, peças e coisas do gênero.

Wylie arqueou a sobrancelha fina.

– Então seu marido não tem inclinações políticas? Geralmente, os impressores veem suas habilidades sujeitadas a pessoas cujas paixões procuram uma maneira de se mostrar por impresso, ainda que eles não compartilhem dessas opiniões.

Isso me deixou muito em alerta. Wylie sabia alguma coisa sobre as ligações políticas de Jamie em Edimburgo – a maioria totalmente subversiva – ou aquela era apenas uma conversa despretensiosa durante o jantar? A julgar pelos comentários de Stanhope, era óbvio que os jornais e a política estavam relacionados na mente das pessoas – e dada a época em que viviam, isso não era uma grande surpresa.

Jamie, na ponta da mesa, ouvira seu nome e agora virava a cabeça levemente para sorrir para mim, antes de voltar a conversar com o governador, que estava sentado ao seu lado direito. Eu não sabia ao certo se aquele posicionamento tinha sido coisa do sr. Lillington, sentado à esquerda do governador, que acompanhava a conversa com a expressão inteligente e um pouco pesarosa de um basset, ou do primo Edwin, sentado à minha frente, entre Phillip Wylie e sua irmã, Judith.

– Ah, um comerciante – disse a moça num tom significativo de voz. Ela sorriu para mim, tomando o cuidado de não expor os dentes. Provavelmente eram podres, pensei. – E esse – ela fez um aceno vago com a cabeça, comparando meu laço com a peruca alta dela – é o estilo em Edimburgo, sra. Fraser? Que... charmoso.

Seu irmão estreitou os olhos para ela.

– Acredito também ter ouvido falar que o sr. Fraser é sobrinho da sra. Cameron de River Run – disse ele de modo agradável. – Fui corretamente informado, sra. Fraser?

O primo Edwin, que sem dúvida fora a fonte da informação, passou manteiga no pão com muita concentração. Ele se parecia muito com um secretário, um rapaz alto e contido com olhos castanhos vívidos – e um deles agora sugeria uma leve piscada.

O barão, tão entediado com os jornais quanto com os impostos, se empertigou um pouco ao ouvir o nome Cameron.

– River Run? – perguntou ele. – Tem parentesco com a sra. Jocasta Cameron?

– Ela é a tia do meu marido – respondi. – O senhor a conhece?

– Ah, sim! Uma mulher muito charmosa! – Um amplo sorriso fez as faces flácidas do barão se erguerem. – Há muitos anos sou amigo da sra. Cameron e de seu marido, infelizmente já morto.

O barão se lançou a um relato entusiasmado dos prazeres de River Run, e aproveitei o ensejo para aceitar um pequeno pedaço de torta de peixe, cheia não só de peixe, mas de ostras e camarões em um molho cremoso. O sr. Lillington certamente não poupara esforços para impressionar o governador.

Quando me inclinei para trás a fim de permitir que o lacaio servisse mais molho em meu prato, percebi que Judith Wylie olhava para mim, com os olhos estreitos numa cara de desprazer que ela não se deu ao trabalho de disfarçar. Sorri alegremente para ela, mostrando meus dentes excelentes, e me voltei para o barão com a confiança renovada.

Não havia espelhos nos aposentos de Edwin, e apesar de Jamie ter me garantido que eu estava bem, seus padrões eram muito diferentes dos da moda. Eu recebera muitos elogios de admiração dos homens à mesa, mas podiam não ter passado de educação. O galanteio extravagante era comum entre homens de classe superior.

Mas a srta. Wylie era 25 anos mais nova que eu, vestia roupas e usava joias muito modernas, e ainda que não fosse bela, tampouco era feia. Sua inveja era um reflexo melhor de minha aparência do que qualquer espelho, pensei.

– Que pedra bonita, sra. Fraser. Posso observá-la mais de perto? – O barão se inclinou na minha direção, com os dedos gordos delicadamente posicionados sobre meu decote.

– Ah, claro – disse com espontaneidade, e rapidamente abri o fecho, colocando o rubi na palma de sua mão grande e suada. O barão pareceu um pouco decepcionado por não poder examinar a pedra *in situ*, mas ergueu a mão, estreitando os olhos para o objeto reluzente com ar de conhecedor – o que ele era, evidentemente, pois enfiou a mão no bolso e retirou um pequeno aparelho que era uma combinação de lentes óticas, incluindo uma lente de aumento e uma lupa de joalheiro.

Relaxei ao ver aquilo, e aceitei uma porção de algo quente e com um cheiro muito bom de um prato de vidro que foi passado pelo mordomo. O que dava nas pessoas para servirem alimentos quentes quando a temperatura no salão devia ser de pelo menos 30 graus?

– Linda – disse o barão, rolando a pedra delicadamente na palma da mão. – *Sehr schön*.

Eu não confiava muito em Geillis Duncan para várias coisas, mas confiava em seu bom gosto para joias.

– Deve ser uma pedra de primeira classe – disse ela, explicando sua teoria da viagem no tempo por meio das pedras. – Grande e totalmente perfeita.

O rubi era grande, de fato; quase do tamanho dos ovos de codorna que cercavam o faisão emplumado na tábua. Quanto à sua perfeição, eu não tinha dúvidas. Geilie acreditava que sua pedra a levaria para o futuro; eu achava que ela provavelmente nos levaria a Cross Creek. Experimentei a comida em meu prato, um tipo de guisado, pensei, muito macio e saboroso.

– Que delícia – falei ao sr. Stanhope, erguendo o garfo cheio mais uma vez. – O senhor sabe que prato é esse?

– Ah, é um dos meus preferidos, senhora – respondeu ele, inspirando o vapor que saía do próprio prato. Ensopado de cabeça de porco. Um deleite, não?

Fechei a porta do quarto do primo Edwin e me recostei nela, aliviada por não ter mais que sorrir. Agora eu podia tirar o vestido que se grudava em meu corpo, soltar o corpete apertado e tirar os sapatos suados.

Paz, solidão, nudez e silêncio. Não conseguia pensar em mais nada que tornasse minha vida melhor naquele momento, exceto um pouco de ar fresco. Eu me despi, fiquei só com a roupa de baixo e fui abrir a janela.

O ar do lado de fora estava tão pesado, que pensei que seria capaz de andar sobre ele. Os insetos entraram de imediato e voaram ao redor da chama da vela, loucos pela luz e sedentos por sangue. Eu a soprei e me sentei perto da janela no escuro, deixando o ar quente e suave passar por cima de mim.

O rubi ainda estava pendurado em meu pescoço, escuro como uma gota de sangue contra a minha pele. Eu o toquei e deixei-o balançando entre meus seios. A pedra estava quente como o meu próprio sangue.

Do lado de fora, os convidados começavam a partir. Havia uma fila de carruagens esperando na rua.

O som das despedidas, das conversas e o riso suave me envolveram de repente.

– ... muito sábia, achei – resmungou Phillip Wylie.

– Ah, *sábia*, foi certamente *sábia*! – Os tons estridentes da irmã deixavam claro sua opinião acerca da sabedoria como qualidade social.

– Bem, sabedoria em uma mulher pode ser tolerada, minha cara, desde que ela seja bonita aos olhos. Da mesma maneira, uma mulher que tenha beleza pode até não ser esperta, desde que tenha o bom senso de esconder sua ausência se calando.

A srta. Wylie podia não ser acusada de sabedoria, mas certamente tinha sensibilidade adequada para perceber o comentário cruel. Ela resmungou de modo pouco feminino.

– Ela deve ter mil anos, pelo menos – respondeu ela. – Bonita, de fato. E seu pingente também era bonito – acrescentou meio contrariada.

– Ah, muito – disse uma voz mais profunda que reconheci como sendo a de Lloyd Stanhope. – Mas, na minha opinião, foi o conjunto, e não a joia, o mais interessante.

– Conjunto? – A srta. Wylie parecia inexpressiva. – Não havia conjunto. A joia estava simplesmente pousada no colo dela.

– É mesmo? – perguntou Stanhope. – Eu não tinha notado.

Wylie começou a rir, mas parou de repente, quando a porta se abriu com a saída de mais convidados.

– Bem, se não notou, senhor, outros notaram – disse ele com entonação irônica. – Venha, ali está a carruagem.

Toquei o rubi de novo, observando Wylie se afastar. Sim, outros tinham notado. Eu ainda sentia o olhar do barão em meu colo, claramente ganancioso. Acho que ele é conhecedor de mais do que apenas pedras preciosas.

A pedra esquentou em minha mão. Ela estava muito mais quente do que a minha pele, embora aquilo pudesse ser uma ilusão. Não costumo usar outras joias além dos meus anéis de casamento. Nunca liguei muito para elas. Seria um alívio me livrar de pelo menos parte de nosso tesouro perigoso. Mas ainda assim, fiquei ali segurando a pedra, protegendo-a na mão, até quase conseguir senti-la batendo como um coração à parte, no ritmo do meu sangue.

Só havia sobrado uma carruagem, com o condutor ao lado das cabeças dos cavalos. Cerca de vinte minutos depois, o ocupante saiu, acrescentando a sua despedida um bem-humorado *"Gute Nacht"* ao entrar na carruagem. Era o barão. Ele tinha esperado até a última hora e saía de bom humor. Isso me pareceu um bom sinal.

Um dos lacaios, sem o uniforme, apagava as tochas da entrada. Consegui ver o borrão claro de sua camisa quando ele voltou para a casa no escuro, e o brilho repentino na varanda quando a porta se abriu para que ele entrasse. E então, este também se apagou, e o silêncio da noite tomou conta da propriedade.

Pensei que Jamie viria logo, mas os minutos se passaram sem sinal de seus passos. Eu olhei para a cama, mas não senti vontade de me deitar.

Finalmente, eu me levantei e botei o vestido de novo, sem me preocupar com sapatos nem meias. Saí da sala, caminhando devagar pelo corredor com os pés descalços, desci a escada pelo espaço descoberto até a casa principal e entrei pela varanda lateral do jardim. Estava escuro, exceto pelos quadrados claros de luar que apareciam pelos caixilhos. A maioria dos servos deveria ter se retirado, assim como os donos da casa e os convidados. Mas ainda era possível enxergar uma luz pelos balaústres da escada. As arandelas estavam acesas na sala de jantar mais à frente.

Ouvi o murmúrio de vozes masculinas quando passei na ponta dos pés pela escada polida e também o forte sotaque escocês de Jamie alternado com o inglês do governador, nas cadências íntimas de um tête-à-tête.

As velas tinham derretido bastante nos candeeiros. No ar, dava para sentir o cheiro adocicado da cera de abelha derretida, e nuvens baixas de fumaça fragrante de charutos pairavam do lado de fora da sala de jantar.

Movendo-me em silêncio, parei na frente da porta. Do lugar onde estava, consegui ver o governador, de costas para mim, com o pescoço esticado enquanto acendia um charuto com a vela sobre a mesa.

Se Jamie me viu, não deu nenhum sinal. Seu rosto mantinha a expressão de sempre, bem-humorada e calma, mas as linhas ao redor dos olhos e da boca estavam suavizadas, e eu percebi por seus ombros curvados que ele estava relaxado e tranquilo. Meu coração se acalmou no mesmo instante. Ele fora bem-sucedido.

– Um lugar chamado River Run – dizia ele ao governador. – No topo dos montes depois de Cross Creek.

– Conheço o lugar – comentou o governador Tryon, um pouco surpreso. – Minha esposa e eu passamos vários dias em Cross Creek no ano passado. Fizemos um passeio pela colônia na ocasião em que assumi meu escritório. River Run fica bem no topo dos montes, não na cidade. Bom, fica na metade do caminho para as montanhas, eu acho.

Jamie sorriu e bebericou seu conhaque.

– Sim, bem – disse ele –, minha família é das Terras Altas, senhor. Somos familiarizados com as montanhas.

– De fato.

Uma pequena nuvem de fumaça surgiu acima do ombro do governador. Então ele tirou o charuto da boca e se inclinou de modo confiante na direção de Jamie.

– Já que estamos sozinhos, sr. Fraser, há outro assunto que eu gostaria de discutir com o senhor. Posso servir mais? – Ele pegou a garrafa sem esperar por uma resposta e serviu mais conhaque.

– Obrigado, senhor.

O governador soltou a fumaça com força por um momento, enviando nuvens azuis para cima e, ao ver a fumaça bem alinhada, recostou-se com o charuto aceso em uma das mãos.

– O senhor chegou há pouco às Colônias, pelo que o jovem Edwin me contou. Está familiarizado com as condições aqui?

Jamie deu de ombros.

– Eu me esforcei para aprender o que pude, senhor – afirmou Jamie. – A que condições o senhor se refere?

– A Carolina do Norte é uma terra de considerável riqueza – respondeu o governador. – Mas ainda não chegou ao mesmo nível de prosperidade de seus vizinhos, devido, em grande parte, à falta de trabalhadores para aproveitar suas oportunidades. Não temos um grande porto, como o senhor sabe. Então os escravos são trazidos a um preço alto da Carolina do Sul ou da Virgínia e não podemos competir com Boston nem com a Filadélfia em relação à escravidão.

O governador fez uma pausa e prosseguiu.

– Há muito tem sido a política da Coroa, e a minha, sr. Fraser, incentivar o assentamento de terras na Colônia da Carolina do Norte por famílias inteligentes, esforçadas e de bem, para progresso da prosperidade e da segurança de todos.

Ele levantou o charuto, deu uma longa tragada e soltou a fumaça de modo lento, parando para tossir.

– Para isso, senhor, existe um sistema estabelecido de concessões de terras, no qual uma grande extensão pode ser dada a um cavalheiro com recursos, que empreenderá a tarefa de convencer um bom número de emigrantes a virem e se estabelecerem numa parte dela sob sua proteção. Essa política tem sido muito bem-sucedida nos últimos trinta anos. Muitos escoceses das Terras Altas e muitas famílias das Ilhas da Escócia foram persuadidos a vir morar aqui. Quando cheguei, fiquei surpreso ao ver as margens do Cape Fear cheias de MacNeils, Buchanans, Grahams e Campbells!

O governador experimentou o charuto de novo, mas dessa vez muito pouco. Ele estava ansioso para falar.

– Mas ainda há muita terra boa para ser cuidada, terras em direção às montanhas. É meio afastado, mas, como você mesmo disse, para homens acostumados aos confins das Terras Altas escocesas...

– Eu soube dessas concessões, senhor – interrompeu Jamie. – Mas não é verdade que as pessoas que receberem tais concessões devam ser homens brancos, protestantes e ter mais de 30 anos? E essa decisão não é baseada na lei?

– É o que diz a lei, sim. – O sr. Tryon se virou e ficou de perfil, batendo a cinza do charuto em um pequeno cinzeiro de porcelana. Ele esboçou um sorriso ansioso; o rosto de um pescador que sente o peixe morder a isca.

– A oferta é consideravelmente interessante – falou Jamie de modo formal. – Mas devo dizer que nem eu nem a maioria de meus parentes é protestante.

O governador contraiu os lábios em desaprovação, erguendo uma sobrancelha.

– O senhor não é judeu nem negro. Posso falar de cavalheiro para cavalheiro, certo? Com toda a franqueza, sr. Fraser, existe a lei e existe o que é feito. – Ele ergueu o copo com um leve sorriso, jogando o anzol. – E tenho certeza de que o senhor entende isso tão bem quanto eu.

– Possivelmente até melhor – murmurou Jamie com um sorriso educado.

O governador olhou para ele com olhos penetrantes, mas então riu. Ergueu seu copo de conhaque em reconhecimento e bebericou.

– Nós nos entendemos, sr. Fraser – disse ele, assentindo com satisfação. Jamie inclinou a cabeça levemente.

– Então não haveria dificuldades em relação às qualificações pessoais daqueles que podem ser convencidos a aceitar sua oferta?

– Nenhuma – respondeu o governador, pousando o copo com um baque. – Desde que eles sejam homens fortes, capazes de trabalhar a terra, não peço mais nada. E o que não é solicitado não precisa ser dito, certo? – Ele ergueu uma sobrancelha fina de modo questionador.

Jamie virou o copo nas mãos, como se admirasse o tom profundo do líquido.

– Nem todos que passaram pela Revolta dos Stuarts tiveram a mesma sorte que eu, Excelência – disse ele. – Meu filho de criação perdeu a mão; outro de meus companheiros tem só um braço. Mas são homens de bom caráter e esforçados. Eu não poderia, conscientemente, aceitar uma proposta que não oferecesse uma parte a eles.

O governador afastou o assunto balançando a mão.

– Desde que eles sejam capazes de ganhar o próprio pão e não sejam um problema para a comunidade, são bem-vindos.

Então, como se temesse ter sido descuidado em sua generosidade, ele se endireitou, deixando o charuto queimar na beira do cinzeiro.

– Como mencionou os jacobitas... esses homens terão que fazer um juramento de lealdade à Coroa, se é que ainda não o fizeram. Se posso perguntar, sr. Fraser, como diz ser papista... o senhor...

Os olhos de Jamie devem ter se estreitado um pouco por causa da fumaça, mas achei que não. Nem os do governador Tryon, que tinha apenas 30 e poucos anos, mas era um bom crítico do caráter alheio. Virou-se de frente para a mesa de novo, e só enxerguei suas costas, mas percebi que ele olhava atentamente para Jamie, observando os movimentos rápidos da truta dentro da água.

– Não pretendo lembrá-lo de sua indignidade passada – sussurrou o governador. – Nem ofender sua honra. Ainda assim, o senhor deve entender que é minha tarefa perguntar.

Jamie sorriu, quase sem humor.

– E a minha é responder, espero – disse ele. – Sim, sou um jacobita perdoado. E, sim, eu fiz um juramento, como os outros que pagaram esse preço por suas vidas.

De repente, ele pousou o copo ainda cheio e afastou a cadeira pesada. Ficou de pé e fez uma reverência ao governador.

– Está ficando tarde, Excelência. Peço licença para me retirar.

O governador se sentou na cadeira e levou o charuto aos lábios devagar. Tragou com força, fazendo a ponta brilhar enquanto olhava para Jamie. Então, ele assentiu, deixando uma fumaça fraca sair de seus lábios contraídos.

– Boa noite, sr. Fraser. Pense em minha oferta, está bem?

Não precisei esperar para ouvir a resposta. Atravessei o corredor depressa, sobressaltando um lacaio que cochilava em um canto escuro.

Voltei para o nosso quarto emprestado na ala do estábulo sem encontrar mais ninguém e caí na cama. Meu coração batia acelerado, não só por ter corrido para subir a escada, mas pelo que eu ouvira.

Jamie pensaria na proposta do governador, é claro. E que proposta! De reaver de uma vez tudo o que havia perdido na Escócia... e mais.

Jamie não nascera dono de terras, mas a morte de seu irmão mais velho fizera com que ele se tornasse proprietário de Lallybroch, e desde os 8 anos, era criado para assumir a responsabilidade por uma propriedade, para cuidar da terra e dos arrendatários, para colocar o bem-estar deles acima do seu. Então, viera Charles Stuart e sua marcha insana à glória, uma cruzada que levara seus seguidores à ruína e à destruição.

Jamie nunca havia falado mal dos Stuart nem nunca falara nada sobre Charles Stuart. Tampouco falara sobre o que aquela empreitada havia lhe custado pessoalmente.

Mas agora... ter aquilo de volta. Novas terras, cultiváveis e cheias de caça, assentadas por famílias sob seu patrocínio e sua proteção. Era como o livro de Jó, pensei – todos aqueles filhos e filhas, camelos e casas, destruídos tão casualmente, e então substituídos por presentes extravagantes.

Sempre enxerguei essa parte da Bíblia com certa dúvida. Um camelo era igual ao outro, mas os filhos eram algo bem diferente. E ainda que Jó tenha considerado a troca dos filhos como simples justiça, sempre achei que a mãe dos filhos mortos devia pensar de outra forma a respeito.

Sem conseguir me sentar, fui de novo até a janela, olhando na direção do jardim escuro.

Não era apenas a animação que fazia meu coração bater forte e minhas mãos transpirarem; era o medo. Do jeito como os assuntos estavam na Escócia desde a Revolta, não seria difícil encontrar emigrantes dispostos.

Eu já tinha visto navios chegarem ao porto nas Índias e na Geórgia, despejando a carga de emigrantes, tão cansados e abatidos pela viagem que mais pareciam vítimas dos campos de concentração; esqueletos vivos, brancos como lesmas devido aos meses presos nos porões escuros dos navios.

Apesar do custo, da dificuldade da viagem e da dor da separação de amigos e familiares, distantes da terra natal para sempre, os imigrantes chegavam, em centenas e em milhares, trazendo seus filhos, aqueles que tinham sobrevivido à travessia, e seus pertences em trouxas pequenas e puídas; fugindo da pobreza e da desesperança, não à procura de fortuna, mas só de uma base para a vida. Apenas uma chance.

Eu passara pouco tempo em Lallybroch no inverno anterior, mas sabia que havia arrendatários ali que sobreviviam apenas graças à boa vontade de Ian e do jovem Jamie, seus sítios não oferecendo o suficiente para viverem. Apesar de haver boa vontade, ela não era inesgotável. Eu sabia que os parcos recursos da propriedade costumavam ser usados ao máximo.

Além de Lallybroch, havia contrabandistas que Jamie conhecera em Edimburgo, e os fabricantes ilegais de uísque escocês – todos homens, na verdade, que se viram obrigados a recorrer à ilegalidade para alimentar suas famílias. Não, encontrar emigrantes dispostos não seria problema nenhum para Jamie.

O problema era que, para poder recrutar homens adequados para o propósito, ele teria que ir à Escócia. E, em minha mente, aparecia a imagem de uma lápide de granito num terreno escocês em um monte acima das marés e do mar.

JAMES ALEXANDER MALCOLM MACKENZIE FRASER, estava escrito, e abaixo disso, meu nome estava entalhado: *Amado marido de Claire.*

Eu o enterraria na Escócia. Mas não havia data na lápide quando a vi, duzentos anos no futuro. Não tinha como saber de onde viria o golpe.

– Ainda não – sussurrei, cerrando os punhos na seda de minha anágua. – Eu o tenho há pouco tempo... Ai, Deus, por favor, ainda não!

Como se fosse uma resposta, a porta se abriu, e James Alexander Malcolm MacKenzie Fraser entrou, trazendo uma vela.

Ele sorriu para mim, afrouxando o colarinho.

– Você é muito sutil, Sassenach. Pelo visto, preciso ensiná-la a caçar um dia, pois você sabe perseguir.

Não me desculpei por ouvir a conversa, mas o ajudei com os botões do colete. Apesar de ser tarde e do conhaque, seus olhos estavam claros e em alerta, o corpo firme quando o toquei.

– É melhor você apagar a vela – falei. – Os insetos comerão você vivo. – Tirei um pernilongo do pescoço dele para demonstrar, e o frágil corpo se desfez em uma mancha de sangue entre meus dedos.

Em meio aos cheiros de conhaque e fumaça de charuto, senti o cheiro da noite nele, e o odor almiscarado e leve da nicotina. Jamie estivera caminhando entre as flores do jardim. Ele fazia isso quando se sentia estressado ou ansioso – e não parecia estressado.

Ele suspirou e flexionou os ombros quando peguei seu casaco. A camisa estava molhada de suor por baixo, e ele a puxou para longe da pele com um resmungo de desprazer.

– Não sei como as pessoas conseguem viver com tanto calor vestidas assim. Faz sentido os selvagens andarem nus, com panos apenas para as partes íntimas.

– Seria muito mais barato, ainda que esteticamente menos atraente – falei. – Imagine o barão Penzler com uma tanga. – O barão devia pesar cerca de 150 quilos e tinha a pele bem clara.

Ele riu, o som abafado pela camisa que ele despia.

– Você, em contrapartida... – Eu me sentei ao lado da janela, admirando a vista enquanto ele tirava as calças, equilibrando-se em uma perna para descer a meia.

Com a vela apagada, o quarto estava escuro, mas com os olhos adaptados, eu ainda conseguia vê-lo, os membros compridos e pálidos contra o veludo da noite.

– E por falar no barão... – comecei.

– Trezentas libras esterlinas – respondeu ele com tom de satisfação. Endireitou-se e jogou as meias enroladas em um banquinho e então se inclinou para me beijar. – O que se deve, em grande parte, a você, Sassenach.

– Pelo meu valor como decoração, você quer dizer? – perguntei de modo seco, lembrando da conversa dos Wylie.

– Não – disse ele, brevemente. – Por manter Wylie e os amigos dele ocupados no jantar, enquanto eu conversava com o governador. Peça de decoração... Ah! Stanhope quase deixou os olhos em seu colo, o safado. Pensei em repreendê-lo por isso, mas...

– A discrição é a melhor qualidade – falei e me levantei para beijá-lo. – Não que eu já tenha conhecido um escocês que parecesse pensar assim.

– Sim, bem, havia meu avô, o velho Simon. Acho que podemos dizer que foi a discrição que o matou, por fim.

Percebi tanto o sorriso quanto a tensão em sua voz. Ele pouco falava sobre os jacobitas e os acontecimentos da Revolta, mas não significava que ele havia se esquecido deles. A conversa com o governador obviamente fizera com que ele se lembrasse das duas coisas.

– Eu diria que discrição e velhacaria não são a mesma coisa. E seu avô vinha pedindo aquilo havia cinquenta anos, no mínimo – respondi.

Simon Fraser, o senhor de Lovat, morrera decapitado na Torre de Londres aos 78 anos, depois de levar uma vida de fraude sem precedentes; tanto pessoal quanto política. Mesmo assim, eu lamentava muito a morte do velho trapaceiro.

– Hummm. – Jamie não discutiu comigo. Em vez disso, parou ao meu lado na janela e respirou fundo, como se sentisse o cheiro perfumado da noite.

Eu conseguia ver seu rosto com clareza sob o brilho das estrelas. Estava calmo e tranquilo, mas com um olhar retraído, como se seus olhos não vissem o que havia diante deles, mas algo totalmente diferente. O passado?, pensei. Ou o futuro?

– O que dizia? – perguntei de repente. – Seu juramento?

Eu mais senti do que vi seus ombros se encolhendo um pouco.

– "Eu, James Alexander Malcolm MacKenzie Fraser, juro, e responderei a Deus no dia do juízo final, que não tenho nem terei em minha posse nenhum revólver, espada, pistola ou arma que seja, e juro nunca usar tartã, xadrez ou qualquer peça de vestimenta das Terras Altas; e se o fizer, serei amaldiçoado em minhas atitudes, família e propriedade." – Jamie respirou fundo e prosseguiu, falando de modo preciso. – "Nunca verei minha esposa, meus filhos, meu pai, minha mãe e meus parentes. Que eu seja morto em batalha como um covarde e sem enterro cristão, longe dos túmulos de meus antepassados e parentes. Que tudo isso ocorra a mim se eu quebrar meu juramento."

– E você se importou muito? – perguntei depois de um instante.

– Não – disse ele delicadamente, ainda olhando para fora. – Naquela época, não. Existem coisas pelas quais vale a pena morrer ou passar fome... mas não palavras.

– Talvez não essas palavras.

Ele se virou para olhar para mim, os traços tênues à luz das estrelas, mas esboçava um sorriso.

– Você sabe quais palavras?

A lápide tinha seu nome, mas não a data. Eu poderia impedi-lo de voltar à Escócia, pensei. Se tentasse.

Eu me virei para olhar para ele, recostada na janela.

– E quanto a... "Eu te amo"?

Ele pegou minha mão e tocou meu rosto. Uma brisa passou por nós, e eu vi os pelos de seu braço se eriçarem.

– Sim – sussurrou ele. – Essas, sim.

Havia um pássaro cantando ali perto. Algumas notas claras, seguidas de uma resposta; um gorjear breve, e então silêncio. O céu lá fora ainda estava muito negro, mas as estrelas estavam menos brilhantes do que antes.

Eu me revirei sem conseguir dormir. Estava nua, coberta apenas por um lençol de linho, mas, mesmo de madrugada, o ar da noite estava quente e abafado, e a leve depressão na qual eu estava deitada parecia úmida.

Eu tinha tentado dormir, mas não consegui. Até mesmo fazer amor, o que normalmente me ajudava a relaxar de satisfação, havia me deixado apenas inquieta e grudenta dessa vez. Ansiosa e preocupada ao mesmo tempo pelas possibilidades do futuro, e sem conseguir confidenciar os meus sentimentos conturbados, eu me sentia separada de Jamie; afastada e alienada, apesar da proximidade dos nossos corpos.

Eu me virei de novo, dessa vez na direção de Jamie. Ele estava na posição de sempre, de costas, o lençol amassado ao redor do quadril, as mãos delicadamente unidas sobre a barriga lisa. A cabeça estava um pouco virada no travesseiro, o rosto relaxado no sono. Com a boca entreaberta e os cílios escuros e longos tocando as faces, sob a luz fraca, ele parecia ter 14 anos.

Senti vontade de tocá-lo, sem saber se queria acariciá-lo ou cutucá-lo. Apesar de ter me dado prazer físico, tomara minha paz de espírito, e eu me senti irracionalmente brava com seu descanso tão tranquilo.

Não fiz nem uma coisa nem outra, e simplesmente me deitei de costas, onde permaneci com os olhos fechados, contando carneirinhos – que me desobedeciam por serem carneiros escoceses, pulando felizes em um cemitério, saltando lápides com alegria.

– Alguma coisa está incomodando você, Sassenach?

Ouvi a voz sonolenta ao meu lado e abri os olhos.

– Não – disse, tentando parecer igualmente grogue. – Estou bem.

Ouvi um ronco baixo e o farfalhar do colchão de palha quando ele se virou.

– Você mente muito mal, Sassenach. Está pensando tão alto que eu consigo ouvir daqui.

– Não há como ouvir as pessoas pensando!

– Mas eu consigo. Ouço você, pelo menos. – Ele riu e estendeu uma mão, que preguiçosamente se aninhou em minha coxa. – O que foi? O caranguejo apimentado lhe causou flatulência?

– Não! – Tentei retirar a minha perna, mas a mão dele estava presa como uma sanguessuga.

– Ah, que bom. O que foi então... você finalmente pensou numa resposta sarcástica aos comentários do sr. Wylie a respeito das ostras?

– Não – respondi irritada. – Se quer saber, eu estava pensando na oferta que o governador Tryon fez a você. Pode soltar a minha perna?

– Ah – disse ele, sem soltar, mas parecendo menos sonolento. – Bem, para falar a verdade, eu também estava pensando nisso.

– O que *você* acha? – Desisti de tentar tirar a mão dele e rolei de barriga para baixo, apoiando-me no cotovelo para olhar para ele. A janela ainda estava escura, mas as estrelas já tinham deixado de brilhar tanto, desaparecendo com a aproximação do dia.

– Primeiro, gostaria de saber por que ele a fez – respondeu Jamie.

– Mesmo? Mas pensei que ele tivesse explicado.

Ele resmungou um pouco.

– Bem, ele não está me oferecendo terra por causa dos meus lindos olhos azuis, isso posso garantir. – Jamie abriu os olhos em questão e ergueu uma sobrancelha para mim. – Antes de fazer um acordo, Sassenach, quero saber o que há dos dois lados, entende?

– Você não acha que ele está dizendo a verdade? A respeito de a Coroa oferecer concessões para ajudar a assentar a terra? Mas ele disse que isso acontece há trinta anos – protestei. – Ele não poderia mentir sobre algo assim, tenho certeza.

– É verdade – concordou ele. – Até onde sei. Mas abelhas com mel na boca têm ferrões no traseiro, certo? – Ele coçou a cabeça e afastou os cabelos soltos do rosto, suspirando. – Pergunte a si mesma, Sassenach: por que eu?

– Bem... porque ele quer um cavalheiro de porte e autoridade – falei lentamente. – Precisa de um bom líder, e está claro que o primo Edwin disse a ele que você é esse líder, e um homem razoavelmente abastado...

– O que eu não sou.

– Mas ele não sabe disso – rebati.

– Não mesmo? – disse Jamie com sarcasmo. – O primo Edwin deve ter dito a ele tudo o que sabe, e o governador sabe que eu fui um jacobita. Sim, alguns conseguiram fortunas nas Índias depois da Revolta, e eu poderia ser um deles... mas ele não tem motivos para pensar isso.

– Ele sabe que você tem *algum* dinheiro – falei.

– Por causa do Penzler? Sim – disse ele de modo pensativo. – O que mais ele sabe sobre mim?

– Só o que você disse a ele no jantar, até onde sei. E ele não pode ter ouvido muitas coisas sobre você de mais ninguém. Afinal de contas, você está na cidade há menos de... O quê, você acha que é isso? – eu disse quase gritando, incrédula, e ele sorriu, um pouco sombrio. A luz ainda estava muito distante, mas ao se aproximar, seus traços ficaram claros na penumbra.

– Sim, isso mesmo. Tenho ligações com os Cameron, que, além de ricos, são bem respeitados na colônia. Mas, ao mesmo tempo, sou novo aqui, com poucas relações e nenhuma parceria conhecida.

– Exceto, talvez, com o governador, que está oferecendo a você um bom pedaço de terra – falei devagar.

Ele não respondeu no mesmo instante, mas rolou para se deitar de costas, ainda segurando minha perna. Seus olhos estavam fixos no branco do teto acima, com as guirlandas e os cupidos fantasmagóricos.

– Conheci um ou dois alemães na minha época, Sassenach – contou ele, pensativo. Seu polegar começou a se mover lentamente, de um lado a outro sobre a pele macia da parte interna da minha coxa. – Não os considero descuidados com seu dinheiro, sejam judeus ou gentios. E apesar de sua beleza hoje à noite, não consigo acreditar que só o seu charme tenha feito o cavalheiro me oferecer 100 libras a mais do que o ourives.

Ele olhou para mim.

– Tryon é um soldado. Ele sabe que também sou. E houve aquele probleminha com os Reguladores há dois anos.

Minha mente estava tão distraída com as possibilidades intrínsecas no discurso dele que quase não percebi a familiaridade cada vez maior da mão entre as minhas coxas.

– Quem?

– Ah, eu me esqueci. Você não ouviu essa parte da conversa, pois estava ocupada com o grupo de admiradores.

Deixei o comentário passar porque queria saber quem eram os Reguladores. Pelo que parecia, eram uma associação qualquer de homens, formada pelos menos favorecidos da colônia, que haviam se ofendido com o que eles viam como um comportamento caprichoso e injusto – e até mesmo ilegal – por parte dos oficiais, xerifes, vigilantes, cobradores de impostos e assim por diante.

Sentindo que as reclamações deles não eram suficientemente abordadas pelo governador e pela assembleia, eles tinham começado a resolver os assuntos por conta própria. Os homens dos xerifes tinham sido atacados, e os vigilantes, expulsos de casa pela multidão e forçados a pedir demissão.

Um comitê de Reguladores havia escrito ao governador, implorando que ele desse uma solução às injustiças que eles sofriam, e Tryon, um homem de ação e diplomacia, respondera de modo calmo, chegando a substituir um ou dois dos xerifes mais corruptos e emitir um ofício aos representantes da corte a respeito dos efeitos.

– Stanhope disse algo sobre um Comitê de Segurança – falei, interessada. – Mas pareceu bem recente.

– O problema foi encoberto, mas não resolvido – respondeu Jamie, dando de ombros. – E pode ficar encoberto por um tempo, Sassenach, e então reaparecer com bastante força.

Tryon acreditaria valer a pena o investimento de comprar a lealdade e a obrigação de um soldado experiente, que, por sua vez, comandaria a lealdade e o serviço dos homens sob sua proteção, todos estabelecidos em uma área distante e problemática da colônia?

Eu achei a oportunidade mesquinha, à custa de 100 libras e alguns hectares de terras do rei. Sua Majestade tinha muita terra, afinal.

– Então, você está pensando nisso. – Nesse momento, estávamos um de frente para o outro, minha mão sobre a dele, não segurando, mas em reconhecimento.

Ele sorriu preguiçosamente.

– Não vivi tanto acreditando em tudo o que me dizem, Sassenach. Então, talvez eu aceite a gentil oferta do governador e talvez não, mas quero saber muito mais sobre ela antes de me decidir.

– Sim, parece um pouco esquisita a ideia de ele fazer tal oferta conhecendo você tão pouco.

– Eu deveria me surpreender por saber que fui o único cavalheiro que ele abordou – disse Jamie. – E não é um grande risco, certo? Você me ouviu dizendo a ele que sou católico? Ele não ficou surpreso com isso.

– Sim, mas ele não pareceu achar que fosse um problema.

– Ah, ouso dizer que seria. A menos que o governador não queira.

– Minha nossa. – Minha opinião a respeito do governador estava mudando depressa, mas eu não sabia dizer se era para melhor ou pior. – Então, se as coisas não funcionarem como ele quer, ele só terá que contar que você é católico e uma corte poderá reaver as terras por isso. No entanto, se ele decidir se calar...

– E se eu decidir fazer o que ele quer, certo?

– Ele é muito mais esperto do que pensei – falei, admirada. – Praticamente escocês.

Ele riu ao ouvir aquilo e afastou os cabelos do rosto.

As cortinas compridas da janela, soltas, de repente esvoaçaram para dentro, trazendo com elas aquele cheiro de terra salgada, água do rio e o odor distante de pinheiros frescos. A aurora estava vindo, anunciada pelo vento.

Como se tivesse sido um sinal, Jamie formou uma concha com a mão, e um leve arrepio passou dele para mim quando o frio bateu em suas costas nuas.

– Eu não acreditei antes – disse ele delicadamente –, mas se você tem certeza de que não há nada lhe incomodando...

– Nada – respondi, observando o brilho vindo da janela tocar a linha da cabeça e do pescoço dele, deixando-os dourados. Sua boca ainda era grande e delicada, mas ele não parecia mais ter 14 anos. – Nadinha, neste momento.

8
HOMEM DE VALOR

– Nossa! Odeio barcos!

Com essa despedida emocionante soando em meus ouvidos, nós navegamos lentamente as águas do porto de Wilmington.

Dois dias de compras e preparações nos colocaram a caminho de Cross Creek. Com o dinheiro da venda do rubi, não precisamos vender os cavalos. Duncan partira com a carroça e os produtos mais pesados, com Myers a bordo como guia, e o resto de nós faríamos uma viagem mais rápida e confortável com o capitão Freeman a bordo do *Sally Ann*.

Uma embarcação indescritível, o *Sally Ann* era quadrado, comprido, de lateral baixa e proa arredondada. Tinha uma pequena cabine com cerca de 2 metros quadrados, deixando apenas 60 centímetros para as passagens laterais, e uma área um pouco maior do deque da proa à popa, agora parcialmente escondida por caixas, sacos e barris.

Com uma única vela em um mastro acima da cabine, o *Sally Ann* parecia, de longe, um caranguejo em uma pedra balançando uma bandeira de paz. As águas escuras do Cabo Fear chegavam a apenas 10 centímetros abaixo do gradil, e as tábuas do fundo estavam sempre úmidas pelo lento vazamento.

Ainda assim, eu estava feliz. Com pouco espaço ou não, era bom estar na água, partindo – ainda que temporariamente – do canto de sereia do governador.

Jamie não estava contente. De fato, ele odiava barcos, com muita intensidade, e sofria com enjoos tão fortes que observar a água girando dentro de um copo já o deixava verde.

– Está muito calmo – observei. – Talvez você não passe mal.

Jamie estreitou os olhos de modo desconfiado para a água amarronzada ao nosso redor, e então fechou os olhos quando outro barco acertou o *Sally Ann* de lado, chacoalhando-o com força.

– Talvez não – disse Jamie, com um tom de voz que indicava que apesar de a sugestão ser esperançosa, ele também acreditava que a possibilidade era remota.

– Você quer as agulhas? É melhor eu colocá-las antes de você vomitar. – Resignada, apalpei o bolso de minha saia, onde havia colocado a caixinha contendo as agulhas de acupuntura chinesa que tinham salvado a vida dele em nossa travessia no Atlântico.

Jamie estremeceu levemente e abriu os olhos.

– Não – respondeu ele. – Talvez eu consiga. Converse comigo, Sassenach, tire minha atenção do meu estômago, sim?

– Tudo bem – concordei. – Como é sua tia Jocasta?

– Eu não a vejo desde os meus 2 anos, então minhas impressões não são muito exatas. – Ele falou distraidamente, os olhos fixos em uma embarcação grande que descia o rio em uma aparente rota de colisão com nosso barco. – Você acha que aquele negro consegue? Talvez eu devesse ajudá-lo.

– Talvez você não devesse – falei, olhando o barco com atenção. – Ele parece saber o que está fazendo.

Além do capitão, um velho de má fama que fedia a tabaco, o *Sally Ann* tinha um ajudante, um velho negro livre que lidava sozinho com a direção de nossa embarcação, com um único timão grande.

Os músculos firmes do homem se flexionavam e inchavam num ritmo constante. Com a cabeça grisalha abaixada devido ao esforço, ele pareceu não notar a vinda do outro barco, mas se movimentava de modo fluido e fazia o timão parecer um terceiro braço.

– Deixe-o em paz. Acho que você não sabe muito sobre sua tia, certo? – perguntei, na esperança de distraí-lo.

O barco seguia forte e inexorável em nossa direção.

A cerca de 100 metros da colisão, ele se abaixou na água, puxado para baixo por barris e montes de couro, amarrados dentro de redes. Um odor pungente veio em seguida, de almíscar, sangue e gordura apodrecida, forte o bastante para encobrir temporariamente todos os outros odores do rio.

– Não. Ela se casou com o Cameron of Erracht e saiu de Leoch um ano antes de minha mãe se casar com meu pai. – Jamie falava de modo distraído, sem olhar para mim. Sua atenção estava totalmente voltada para o barco que se aproximava. Os nós de seus dedos estavam brancos. Consegui perceber sua vontade de saltar para a frente, pegar o timão do homem e virar a embarcação. Pousei uma mão em seu braço para impedi-lo.

– E ela nunca foi visitar Lallybroch?

Vi o brilho do sol no ferro, na lateral do barco, e as formas seminuas dos três homens da embarcação, suando mesmo sob o sol da manhã. Um deles balançou o chapéu e sorriu, gritando algo parecido com "Ah, você!", enquanto se aproximavam.

– Bem, John Cameron morreu de desidratação, e ela se casou com o primo, Black Hugh Cameron de Aberfeldy, e então...

Jamie fechou os olhos num reflexo quando o barco passou por nós, com a ponta a menos de 15 centímetros da nossa, em meio a gritos animados e comemorações de sua tripulação. Rollo, com as patas da frente apoiadas no teto da cabine baixa, latia como um louco, até Ian segurá-lo e mandar que parasse.

Jamie abriu um olho, e então, ao ver que o perigo já havia passado, abriu o outro e relaxou, tirando a mão do teto.

– Sim, bem, Black Hugh... ele era chamado assim porque tinha um cisto escuro no joelho, foi morto enquanto caçava, e então, ela se casou com Hector Mor Cameron, de Loch Eilean...

– Ela parecia gostar bastante dos Cameron – falei, fascinada. – Existe algo de especial neles como um clã, além de serem fáceis de se acidentar?

– Eles são bons de lábia, eu acho – disse ele, sorrindo de modo irônico. – Os Cameron são poetas e engraçados. Às vezes, as duas coisas. Você se lembra de Lochiel, não?

Sorri, pensando em Donald Cameron de Lochiel, um dos líderes do clã Cameron na época da Revolta. Um homem bonito com um olhar penetrante, seu comportamento gentil e elegante escondia um grande talento para a criação de repentes vulgares, com os quais, *sotto voce*, ele já havia me divertido muitas vezes em bailes em Edimburgo durante o breve apogeu do golpe de Charles Stuart.

Jamie estava recostado no teto da pequena cabine do barco observando o tráfego no rio com atenção. Ainda não tínhamos saído do porto de Wilmington, e pequenas zingas e barcos passavam por nós como insetos aquáticos, de um lado a outro da embarcação maior e mais lenta. Ele estava pálido, mas ainda não verde.

Também apoiei os cotovelos no teto da cabine e alonguei as costas. Apesar de estar muito quente, o sol intenso era reconfortante aos músculos doloridos por causa dos locais inadequados em que dormimos. Eu passara a noite anterior enrolada sobre uma tábua de carvalho na área do bar de uma taverna ao lado do rio, dormindo com a cabeça no joelho de Jamie enquanto ele cuidava dos detalhes da nossa viagem.

Resmunguei e me alonguei.

– Hector Cameron é poeta ou piadista?

– Nenhum dos dois no momento – respondeu Jamie, automaticamente levando a mão ao meu pescoço e massageando-o. – Ele está morto, sabia?

– Isso é ótimo – falei, gemendo de êxtase quando ele afundou o polegar em um ponto especialmente sensível. – Eu me refiro ao que você está fazendo, não ao fato de seu tio estar morto. Ah, não pare. Como ele chegou à Carolina do Norte?

Jamie resmungou contente e se colocou atrás de mim para poder usar as duas mãos em meu pescoço e nos ombros. Recostei meu traseiro nele e suspirei feliz.

– Você é uma mulher muito barulhenta, Sassenach – disse ele, inclinando-se para a frente a fim de sussurrar em meu ouvido. – Está emitindo os mesmos sons de quando eu massageio seu pescoço enquanto... – Jamie movimentou o corpo, encostando a pelve em mim de modo discreto, mas explícito, deixando bem claro a que ele se referia. – Hum?

– Hum – respondi e o chutei discretamente na canela. – Ótimo. Se alguém me ouvir atrás de portas fechadas, vai pensar que você está massageando meu pescoço, o que será tudo o que você fará até sairmos desta embarcação. Mas e então, e seu tio falecido?

– Ah, ele. – Jamie afundou os dedos dos dois lados da minha coluna, esfregando lentamente, subindo e descendo enquanto desenrolava mais uma teia da história de sua família. Pelo menos, a conversa fazia com que ele não pensasse em seu enjoo.

Mais sortudo, e mais observador ou cínico do que seu famoso parente, Hector Mor Cameron havia se preparado sabiamente para a eventualidade de um desastre com os Stuarts. Ele escapara da Batalha de Culloden sem ferimentos e conseguira chegar em casa. Lá, colocou a esposa, o servo e as coisas portáteis que possuía dentro de uma carruagem, fugiram para Edimburgo e então foram para a Carolina do Norte de barco, escapando por pouco das garras da Coroa.

Quando chegaram ao Novo Mundo, Hector adquiriu uma grande extensão de terra, derrubou a floresta e construiu uma casa e um moinho, comprou escravos para cuidar do local, plantou tabaco e anileira e – sem dúvida exausto por tanto trabalho –, sucumbiu a uma infecção de garganta aguda à avançada idade de 73 anos.

Depois de decidir que três vezes bastavam, Jocasta MacKenzie Cameron Cameron Cameron havia – até onde Myers sabia – se recusado a se casar de novo, mas permaneceu sozinha como administradora de River Run.

– Você acha que o mensageiro levando a sua carta chegará antes de nós?

– Ele chegaria lá antes de nós ainda que fosse rastejando – respondeu o jovem Ian, aparecendo repentinamente ao nosso lado. Ele olhou com leve desagrado para o ajudante paciente, afundando e erguendo o remo na água. – Demoraremos *semanas* para chegar lá nesse ritmo. Eu disse que teria sido melhor ir de carroça, tio Jamie.

– Não se aflija, Ian – disse Jamie, tirando as mãos de meu pescoço e sorrindo para o sobrinho. – Você poderá usar o remo em breve, e espero que nos faça chegar a Cross Creek antes do anoitecer, está bem?

Ian olhou para o tio com desprezo e se afastou para perturbar o capitão Freeman com perguntas a respeito dos índios e dos animais selvagens.

– Espero que o capitão não jogue Ian na água – falei, observando Freeman encolher os ombros magros de modo defensivo enquanto Ian se aproximava. Meu pescoço e meus ombros tinham gostado da atenção, assim como partes mais inferiores.

– Obrigada pela massagem – disse, erguendo uma sobrancelha para ele.

– Deixarei que você retribua o favor, Sassenach... quando anoitecer. – Ele tentou rir com malícia, mas não conseguiu. Incapaz de fechar um olho por vez, sua habilidade de piscar de modo malicioso era muito prejudicada, mas Jamie conseguiu se fazer entender mesmo assim.

– Pode deixar – respondi, piscando para ele. – E onde você gostaria de ser massageado quando anoitecer?

– Quando anoitecer? – perguntou Ian, aparecendo como um fantasma antes que seu tio pudesse responder. – O que acontece quando anoitecer?

– É quando vou afogar você e cortar seu corpo para que sirva de isca aos peixes – respondeu o tio. – Pelo amor de Deus, não consegue sossegar, Ian? Está se debatendo como uma mosca dentro de um copo. Vá dormir ao sol, como seu animal, que é um cão sensato. – Ele meneou a cabeça para Rollo, que estava espalhado como um tapete no teto da cabine com os olhos semicerrados, mexendo a orelha de vez em quando para afastar as moscas.

– Dormir? – Ian olhou para o tio, surpreso. – *Dormir?*

– É o que as pessoas normais fazem quando estão cansadas – respondi a ele, controlando um bocejo.

O calor cada vez mais forte e o movimento lento do barco eram ótimos soporíferos depois da noite curta, já que tínhamos acordado antes do amanhecer. Infelizmente, os bancos e tábuas estreitos do *Sally Ann* não pareciam nem um pouco mais convidativos do que a área da taverna.

– Não estou nem um pouco cansado, tia! – garantiu Ian. – Acho que passarei dias sem dormir!

Jamie olhou para o sobrinho.

– Veremos se sua opinião continuará a mesma depois de usar o remo. Enquanto isso, talvez eu consiga encontrar algo que ocupe sua mente. Espere um pouco... – Jamie parou de falar, entrou na cabine baixa e começou a mexer em sua bagagem.

– Meu Deus, está quente! – comentou Ian, abanando-se. – O que o tio Jamie está procurando?

– Só Deus sabe – respondi.

Jamie havia levado uma caixa grande para o barco, e fora evasivo ao responder o que havia lá dentro. Ele estava jogando baralho quando eu fora dormir ontem à noite, e eu imaginava que ele tinha adquirido algum objeto embaraçoso durante o jogo, e agora estava relutante em mostrá-lo a Ian.

Ian tinha razão. Estava muito quente. Eu torcia para que soprasse uma brisa mais tarde. Por enquanto, a vela continuava parada como um pano de prato, e o tecido da minha combinação estava úmido contra as minhas pernas. Com um murmúrio para Ian, passei e escorreguei em direção à proa, onde ficava o barril de água.

Fergus estava de pé na popa, com os braços cruzados e a aparência esplêndida de um nobre, com o belo perfil voltado rio acima, os cabelos escuros e grossos esvoaçantes.

– Ah, milady! – Ele me cumprimentou mostrando os dentes brancos. – Não é um país maravilhoso?

O que eu podia ver naquele momento não era muito maravilhoso, pois a paisagem era de um grande rio de lama, fedendo ao sol, e um enorme grupo de gaivotas e aves marinhas, todas bastante agitadas por causa de algo fétido que tinham encontrado à beira da água.

– Milorde me disse que qualquer homem pode entrar com uma petição por 20 hectares de terra, desde que construa uma casa na área e prometa trabalhá-la por um período de dez anos. Imagine... 20 hectares! – Ele enrolou as palavras na boca, saboreando-as com admiração. – Um camponês de origem francesa se sentiria abençoado com dois.

– Bem, sim – falei, um tanto desconfiada. – Acho que você deve escolher seus 20 hectares com cuidado. Algumas partes deste lugar não são muito boas para a agricultura. – Não arrisquei adivinhar a dificuldade que Fergus encontraria para plantar e cuidar da terra naquela mata selvagem com uma mão só, por mais que o solo fosse fértil.

Ele não estava prestando atenção de qualquer modo, os olhos brilhando, sonhadores.

– Pode ser que eu peça a construção de uma pequena casa por Hogmanay – disse ele a si mesmo. – Então, poderia buscar Marsali e a criança na primavera. – Sua mão tocou o ponto vazio em seu peito, onde a medalha esverdeada de São Dimas ficara desde a infância.

Ele se unira a nós na Geórgia, deixando a jovem mulher grávida na Jamaica, aos cuidados de amigos. Ele me garantiu que não temia por sua segurança, pois também a deixara sob a proteção de seu santo patrono, com ordens rígidas para que a velha medalha não fosse retirada do pescoço dela antes do parto.

Eu não poderia imaginar que mães e bebês estivessem na esfera de influência do santo patrono dos ladrões, mas Fergus vivera como ladrão de carteiras durante toda a infância, e sua confiança em Dimas era total.

– Vocês chamarão o bebê de Dimas, se for um menino? – perguntei, rindo.

– Não – respondeu ele, sério. – Vou chamá-lo de Germaine. Germaine James Ian Aloysius Fraser. James Ian em homenagem a meu milorde e *monsieur* – explicou ele, pois sempre se referia assim a Jamie e ao cunhado, Ian Murray. – Marsali gosta de Aloysius – acrescentou distraidamente, deixando claro que não tinha nada a ver com a escolha de um nome tão comum.

– E se for uma menina? – perguntei com uma lembrança vívida e repentina. Vinte e poucos anos antes, Jamie havia me mandado de volta pelas pedras, grávida. E a última coisa que me disse, certo de que a criança que eu esperava era um menino, foi: "Dê a ele o nome Brian, em homenagem a meu pai."

– Ah – Fergus claramente não havia considerado essa possibilidade, pois pareceu um pouco desconcertado. E então, sua expressão ficou mais clara.

– Genevieve – afirmou ele. – Por causa da madame. – E com isso, ele se referia a Jenny Murray, a irmã de Jamie. – Genevieve Claire, acho – acrescentou com mais um sorriso encantador.

– Ah. – Eu me senti surpresa e estranhamente honrada. – Puxa, obrigada. Tem certeza de que não deveria voltar para a Jamaica para ficar com Marsali, Fergus? – perguntei, mudando de assunto.

Ele negou balançando a cabeça com decisão.

– Milorde pode precisar de mim – respondeu ele. – E eu sou mais útil aqui do que seria lá. Os bebês são tarefa das mulheres, e como saber quais perigos podemos encontrar neste lugar desconhecido?

Como se respondessem a essa pergunta retórica, as gaivotas levantaram voo grasnindo e sobrevoando o rio e as poças de lama, revelando o objeto de seu apetite.

Uma tora grande de pinheiro fora levada das margens do rio, e a parte de cima tinha uma marca cerca de 30 centímetros mais escura, onde a água já batera antes. A maré ainda estava baixa, não havia alcançado nem metade da tora. Acima das ondas de água lodosa estava o corpo de um homem, preso à tora com uma corrente ao redor do peito. Ou do que já fora seu peito.

Eu não soube determinar há quanto tempo ele estava ali, pela aparência. Um corte branco estreito mostrava a curva do crânio onde pele e cabelos tinham sido arrancados. Impossível dizer como ele era. Os pássaros já tinham atacado.

Ao meu lado, Fergus disse algo muito obsceno em francês, baixinho.

– Pirata – disse o capitão Freeman de modo lacônico, parando ao meu lado por tempo suficiente para cuspir o sumo marrom de tabaco no rio. – Quando não são levados a Charleston para serem enforcados, às vezes são deixados na maré baixa para que o rio suba e os mate.

– Há... muitos assim? – Ian também vira. Ele já era grande demais para segurar minha mão, mas ficou bem do meu lado, o rosto pálido.

– Não tantos, não mais. A Marinha consegue fazer um bom trabalho mantendo-os embaixo d'água. Mas alguns anos atrás, dava para ver quatro ou cinco piratas por aí de uma vez. As pessoas pagavam para passear de barco, para vê-los se afogar. É muito bonito aqui quando a maré sobe no pôr do sol – observou ele, movendo a mandíbula num ritmo lento e nostálgico. – Deixa a água vermelha.

– Veja! – exclamou Ian, que, deixando de lado a dignidade, segurou meu braço.

Houve um movimento perto da margem do rio e vimos o que assustara os pássaros.

Uma forma comprida e escamosa, de cerca de 1,80 metro, entrara na água abrindo um buraco profundo na lama macia da margem. Do outro lado do barco, o ajudante murmurava algo, mas não parou de remar.

– É um crocodilo – disse Fergus aborrecido, e fez um sinal de chifres.

– Não, acho que não – disse Jamie atrás de mim, e eu me virei e o vi espiando por cima do teto da cabine para a figura imóvel na água e a coisa em forma de V que avançava em sua direção.

Ele segurava um livro, com o polegar entre as páginas para marcar onde tinha parado, e agora abaixava a cabeça para ler o volume.

– Acredito ser um jacaré. Está escrito aqui que eles comem carniça, e não carne fresca. Quando pegam um homem ou um carneiro, puxam a vítima para debaixo da água para afogá-la, mas depois a colocam na terra e a deixam ali até apodrecer o suficiente para atingir o ponto que gostam. Claro – disse ele, com um olhar vago à margem –, às vezes eles têm a sorte de encontrar a refeição preparada.

O corpo na tora pareceu tremer brevemente enquanto algo o atingia por baixo, e Ian engasgou um pouco ao meu lado.

– Onde você conseguiu esse livro? – perguntei sem desviar o olhar da tora.

A parte de cima do pedaço de madeira vibrava, como se algo por baixo das ondas o mexesse. E então, a tora ficou imóvel, e a coisa em forma de V pôde ser vista de novo, voltando em direção à margem. Eu me virei antes que o animal pudesse emergir.

Jamie me deu o livro, os olhos ainda fixos na lama e no bando de pássaros.

– O governador me deu. Disse que achava poder ser de nosso interesse na viagem.

Olhei para o livro. Encapado em entretela, o título estava estampado na coluna com letras douradas: *A história natural da Carolina do Norte*.

– Credo! – disse Ian ao meu lado, observando, horrorizado, a cena na margem. – É a coisa mais terrível que já...

– De nosso interesse – repeti, olhos fixos no livro. – Sim, acho que será.

Fergus, impérvio a enjoos de qualquer tipo, observava o réptil avançar pela lama com interesse.

– Um jacaré, você diz. Ainda assim, é quase a mesma coisa que um crocodilo, não é?

– Sim – falei, estremecendo apesar do calor.

Dei as costas para o animal. Eu já vira um crocodilo de perto nas Índias, e não estava ansiosa para conhecer seus parentes.

Fergus secou o suor do lábio superior, com os olhos fixos na criatura assustadora.

– O dr. Stern falou a milorde e a mim, certa vez, a respeito das viagens de um francês chamado Sonnini, que visitou o Egito e escreveu muito do que havia visto e os costumes que tinha aprendido. Ele dizia que naquele país os crocodilos copulam nas margens de lama dos rios, e a fêmea se deita de costas e, nessa posição, não consegue se erguer sem a ajuda do macho.

– É mesmo? – Ian era todo ouvidos.

– Sim. Ele disse que alguns homens ali, tomados pelos impulsos da depravação, se aproveitavam da situação forçada da fêmea e matavam o macho, tomavam o lugar dele e aproveitavam o abraço não humano do réptil, que dizem ser algo que dá sorte para a obtenção de posição e riqueza.

Ian estava boquiaberto.

– Você está falando sério, homem? – perguntou a Fergus, incrédulo. Virou-se para Jamie. – Tio?

Jamie deu de ombros, divertindo-se.

– Preferiria viver pobre, mas virtuoso. – Ele ergueu uma sobrancelha para mim. – Além disso, acho que sua tia não gostaria de me ver trocando os abraços dela pelos de um réptil.

O negro, ao ouvir a conversa de onde estava na proa, balançou a cabeça e disse sem olhar ao redor:

– Qualquer homem que tenha se metido com um jacaré para ficar rico mereceu o que conseguiu, na minha opinião.

– Acho que você está certo – falei, com uma lembrança clara do sorriso charmoso e cheio de dentes do governador.

Olhei para Jamie, mas ele não estava mais prestando atenção. Seus olhos estavam fixos rio acima, concentrados na possibilidade, esquecendo-se do livro e do jacaré por enquanto. Pelo menos, ele se esquecera de ficar enjoado.

A subida da água nos pegou a quase 2 quilômetros acima de Wilmington, acalmando os medos de Ian sobre a nossa velocidade. O Cape Fear era um rio de maré, cuja subida diária era de dois terços de sua extensão, quase a mesma distância de Cross Creek.

Senti o rio acelerar, o barco erguendo-se alguns centímetros, e lentamente começar a ganhar velocidade conforme a força da maré era afunilada no porto e no canal estreito do rio. O escravo suspirou aliviado e tirou o remo da água.

Não haveria necessidade de remar até que a água baixasse, em cinco ou seis horas. Depois desse tempo, ancoraríamos à noite e pegaríamos a subida da próxima maré pela manhã, ou usaríamos a vela para progredir mais, se o vento permitisse. A impulsão com a vara ou o remo, pelo que entendi, era necessária apenas no caso de bancos de areia ou dias sem vento.

Uma sensação de sonolência calma tomou conta da embarcação. Fergus e Ian se encolheram na proa para dormir, enquanto Rollo mantinha guarda no teto, com a língua pingando enquanto ele ofegava, olhos semicerrados sob a luz do sol. O capitão e seu ajudante – que costumava ser chamado de "você, Troklus", mas cujo nome era, na verdade, Eutroclus – entraram na pequena cabine, de onde eu ouvia o som musical de líquido sendo servido.

Jamie também estava na cabine, depois de ir buscar algo de sua caixa misteriosa. Eu esperava que fosse algo de beber. Mesmo sentada na popa com os pés na água e com a brisa suave soprando os pelos da minha nuca, eu conseguia sentir o suor se formando nas dobras do corpo.

Ouvi murmúrios indistintos e risadas na cabine. Jamie saiu e se virou em direção à popa, pisando delicadamente entre as pilhas de produtos, como um garanhão em um campo de sapos, segurando uma caixa grande de madeira.

Ele a colocou com cuidado em meu colo, tirou os sapatos e as meias e se sentou ao meu lado, enfiando os pés na água e suspirando de prazer ao sentir o frio.

– O que é isso? – Passei a mão com curiosidade sobre a caixa.

– Ah, só um presentinho. – Ele não olhou para mim, mas as pontas de suas orelhas estavam cor-de-rosa. – Abra.

Era uma caixa pesada, larga e profunda. Entalhada em uma madeira grossa e escura, trazia as marcas de uso, que tinham envelhecido, mas não estragado, sua beleza polida. Tinha espaço para uma trava, mas não havia nenhuma. Ergui a tampa com facilidade com as dobradiças de latão oleadas, e senti um cheiro de cânfora, vaporoso como o gênio da lâmpada de Aladim.

Os instrumentos brilhavam sob o sol, ainda claros apesar de opacos pela falta de uso. Cada um tinha seu próprio espaço, cuidadosamente encaixado no veludo verde.

Um serrote pequeno e de dentes grandes, tesouras, três bisturis – de lâminas redonda, reta e curva –, a lâmina de prata de uma espátula, um tenáculo...

– Jamie! – Encantada, peguei um cabo pequeno escuro, na ponta do qual havia uma bola de lã, envolvida em um veludo já roído pelas traças. Eu já vira um daqueles antes, em Versalhes; a versão do século XVIII de um martelo de reflexo. – Ah, Jamie! Que maravilha!

Ele remexeu os pés, contente.

– Você gostou?

– Adorei! Ai, veja... tem mais na tampa, embaixo desta aba... – Olhei por um momento para os tubos soltos, parafusos, plataformas e espelhos, até ver algo muito bem-arrumado. – Um microscópio! – Toquei o objeto com respeito. – Meu Deus, um microscópio.

– Tem mais – disse ele, disposto a me mostrar. – A frente se abre e há pequenas gavetas dentro.

Havia, entre outras coisas, uma balança em miniatura e um conjunto de pesos de latão, uma peça para armazenar comprimidos e um pilão de mármore manchado, seu socador envolvido em tecido para impedir que se quebrasse no transporte. Na parte interior frontal, acima das gavetas, havia fileiras de garrafas pequenas e com rolha feitas de pedra ou vidro.

– Ah, são lindos! – falei, pegando o pequeno bisturi com reverência. A madeira polida do cabo se encaixava na minha mão como se tivesse sido feita para mim, e a lâmina tinha um peso que equilibrava tudo. – Ah, Jamie, obrigada!

– Então você gostou? – Suas orelhas estavam muito vermelhas de prazer. – Pensei que talvez a agradariam. Não faço ideia de como usá-las ou para que servem, mas percebi que foram feitas de modo muito fino.

Nem mesmo eu fazia ideia de como usar ou para que serviam algumas das peças, mas todas elas eram lindas de qualquer jeito; feitas por ou para um homem que amava suas ferramentas e o que elas faziam.

– Gostaria de saber de quem elas eram. – Respirei profundamente na superfície arredondada de uma lente e a limpei com a barra da minha blusa.

– A mulher que vendeu para mim não sabia. No entanto, o homem deixou para trás seu livro de medicina e eu o peguei também. Talvez apareça o nome dele.

Erguendo a bandeja de instrumentos, Jamie revelou outra mais rasa, da qual tirou um livro de cerca de 20 centímetros de largura, coberto com couro preto escovado.

– Pensei que você quisesse um livro também, como aquele que tinha na França – explicou. – Aquele no qual você mantinha as fotos e as anotações das pessoas que examinava no Hôpital. Ele escreveu um pouco neste, mas há muitas páginas em branco no fim.

Talvez um quarto do livro tivesse sido usado. As páginas eram cobertas por uma caligrafia unida, organizada, com tinta preta, intercalada com desenhos que chamaram minha atenção pela familiaridade clínica. Um dedo ulcerado, uma rótula quebrada, a pele cuidadosamente retirada ao lado, o inchaço grotesco de bócio e uma dissecação de músculos da panturrilha, cada parte muito bem identificada por nomes.

Abri o livro na primeira página. Como esperava, o nome dele estava escrito ali, decorado com um pequeno floreio masculino: *Dr. Daniel Rawlings*.

– O que será que aconteceu com o dr. Rawlings? A mulher que estava com a caixa disse?

Jamie assentiu, franzindo o cenho levemente.

– O médico se hospedou com ela por uma noite. Disse que morava na Virgínia e tinha vindo para realizar alguma tarefa, e levava a bolsa consigo. Estava à procura de um homem chamado Garver, ou pelo menos era o nome que ela acreditava ter ouvido. Mas naquela noite depois do jantar, ele saiu e nunca mais voltou.

Fiquei olhando para Jamie.

– Nunca mais voltou? Ela descobriu o que aconteceu com ele?

Jamie negou com a cabeça, afastando alguns mosquitos. O sol estava forte, deixando a superfície da água laranja e dourada, e os insetos começavam a se reunir conforme a tarde se transformava em noite.

– Não. Ela foi à polícia e à justiça, e houve buscas a torto e a direito, mas não havia nem sinal do homem. Eles procuraram por uma semana e desistiram. Ele não dissera à dona da pensão em qual cidade vivia na Virgínia, por isso eles não puderam ir além nas buscas.

– Que estranho. – Sequei uma gota de suor do queixo. – Quando o médico desapareceu?

– Há um ano, segundo ela. – Ele olhou para mim, um pouco ansioso. – Você se importa em usar as coisas dele?

– Não. – Fechei a tampa e passei a mão sobre ela com delicadeza, a madeira escura e lisa sob meus dedos. – Se se isso acontecesse comigo, eu gostaria que alguém as usasse.

Eu me lembrava vividamente da sensação da minha velha maleta de médica – couro Cordovan com minhas iniciais impressas em dourado na alça. Originalmente impressas em dourado na alça, quero dizer; há muito elas já tinham se apagado, e o couro se tornara liso e brilhante pelo uso. Frank havia me dado a maleta quando eu me formei na faculdade de medicina. Eu a dei a meu amigo Joe Abernathy, esperando que ela fosse utilizada por alguém que a valorizasse tanto quanto eu.

Jamie viu a seriedade em meu rosto – percebi que isso fez com que sua expressão ficasse mais séria –, mas segurei sua mão e sorri ao apertá-la.

– É um presente maravilhoso. Como a encontrou?

Ele retribuiu o sorriso. O sol estava baixo, uma bola laranja brilhante que aparecia brevemente entre os topos das árvores.

– Eu já tinha visto a caixa quando fui à oficina do ourives. O objeto estava com a esposa dele. Então, voltei ontem, com a intenção de comprar uma joia para você, talvez um broche, e enquanto a mulher me mostrava as peças, trocamos amenidades e ela me contou sobre o médico e... – Ele deu de ombros.

– Por que você queria comprar uma joia para mim? – Olhei para ele, confusa. A venda do rubi havia nos rendido um pouco de dinheiro, mas Jamie não era dado a extravagâncias, e naquelas circunstâncias... – Ah! Para compensar ter mandado todo aquele dinheiro a Laoghaire? Eu não me importei. Eu disse que não me importava.

Ele conseguira – com certa relutância –, mandar a maior parte dos lucros da venda da pedra à Escócia, para pagar uma promessa feita a Laoghaire MacKenzie Fraser – a maldita –, com quem ele havia se casado após ser convencido com o argumento razoavelmente lógico da irmã de que se eu não estivesse morta, pelo menos não voltaria. Minha aparente ressuscitação entre os mortos tinha causado muitas complicações, incluindo Laoghaire.

– Sim, você disse isso – respondeu ele, totalmente irônico.

– E estava sendo sincera... bem, mais ou menos – falei e ri. – Você não poderia ter deixado aquela desgraçada morrer de fome, por mais que a ideia seja interessante.

Jamie sorriu.

– Não. Eu não queria ter esse acontecimento pesando em minha consciência. As coisas que eu tenho já me bastam. Mas não foi por isso que eu queria lhe comprar um presente.

– Por que, então? – indaguei.

A caixa estava pesada; um peso substancial e satisfatório em minhas pernas, um prazer em minhas mãos. Naquele momento, ele virou a cabeça para olhar para mim, com os cabelos avermelhados sob o sol que se punha, o rosto escuro de perfil.

– Há exatos 24 anos, eu me casei com você, Sassenach – sussurrou ele. – Espero que você ainda não tenha motivos para se arrepender.

...

Na beira do rio havia plantações de Wilmington a Cross Creek. Os baixios eram muito cheios, com pequenas áreas abertas nas quais um intervalo nas árvores mostrava plantações e, de vez em quando, uma doca de madeira, meio escondida na folhagem.

Nós seguimos lentamente rio acima, acompanhando a subida da água, e paramos para passar a noite quando a maré baixou. Comemos o jantar à frente de uma pequena fogueira na margem, mas dormimos no barco, e Eutroclus havia mencionado, de modo casual, a existência de cobras, que, segundo ele, viviam em buracos na margem do rio, mas que gostavam de sair e esquentar o sangue frio ao lado dos corpos de quem dormia por perto, desavisado.

Acordei logo depois do amanhecer, tensa e com o corpo dolorido por ter dormido em cima de tábuas, ouvindo o som suave de uma embarcação que passava no rio próxima a nós, sentindo seu puxar contra o nosso casco. Jamie se remexeu ao sentir o movimento, virou-se e me puxou contra seu peito.

Senti o corpo dele enrolado atrás do meu, em seu estado matinal paradoxal de sono e excitação. Ele emitiu um grunhido e chegou mais perto de mim de modo sugestivo, levando a mão à barra de minha combinação amarrotada.

– Pare – sussurrei, afastando a mão dele. – Pelo amor de Deus, lembre-se de onde estamos!

Ouvi os gritos e resmungos de Ian e Rollo, correndo de um lado para outro na margem, e barulhos na cabine, com pigarros e cuspidas, indicando que o capitão Freeman tinha se levantado.

– Ah – resmungou Jamie, recobrando a consciência. – Ah, sim. É uma pena.

Jamie estendeu os braços, apertou meios seios com as duas mãos e espreguiçou o corpo de um modo lento e voluptuoso contra o meu, dando uma ideia detalhada do que eu estava perdendo.

– Ah, bem – disse ele, relaxando com relutância, mas sem tirar as mãos do meu corpo. – *Foeda est in coitu*, hum?

– O quê?

– "*Foeda est in coitu et brevis voluptas*" – recitou ele. – "*Et taedat Veneiis statim peractae.*" Ao fazer, um prazer é sujo e curto. E feito, nós nos arrependemos da prática.

Olhei para as tábuas manchadas sob nós.

– Bem, talvez "sujo" não seja uma palavra totalmente errada, mas...

– Não é a sujeira que me incomoda, Sassenach – interrompeu Jamie, fechando a cara para Ian, que estava pendurado na lateral do barco, gritando incentivos a Rollo enquanto nadava. – É o curto.

Ele olhou para mim, e a cara fechada se transformou em aprovação ao ver meu estado desalinhado.

– Gosto de demorar, sabe?

...

Aquele início clássico do dia pareceu ter tido influência duradoura na mente de Jamie. Eu os ouvia enquanto estava sentada ao sol da tarde, folheando o livro de Daniel Rawlings, que era divertido, cheio de informações e interessante ao mesmo tempo, por todas as coisas registradas ali.

Ouvi a voz de Jamie mais alta e mais baixa enquanto falava grego antigo. Eu já ouvira aquela parte antes, um trecho de *Odisseia*. Ele fez uma pausa com uma alteração expectante.

– Ah... – disse Ian.

– O que vem em seguida, Ian?

– Ahn...

– Mais uma vez – disse Jamie, com a voz meio alterada. – Preste atenção, homem. Não estou falando pelo prazer de ouvir a minha voz, sim? – Jamie começou de novo, o verso elegante e formal ganhando vida enquanto ele falava.

Jamie podia não sentir prazer em ouvir a si mesmo, mas eu sentia prazer em ouvi-lo. Não sabia grego, mas a entonação das sílabas naquela voz suave e grave era tão calmante como o bater da água contra o casco.

Aceitando relutantemente a presença constante do sobrinho, Jamie assumiu a guarda de Ian com a devida seriedade, e vinha tutelando o rapaz enquanto viajávamos, aproveitando alguns momentos de descanso para ensinar, ou tentar, ao rapaz os rudimentos do grego e da gramática do latim, e para melhorar sua matemática e seu francês para conversação.

Por sorte, Ian aprendeu rapidamente os princípios da matemática, assim como o tio. A lateral da pequena cabine ao meu lado era coberta por provas euclidianas elegantes, feitas com madeira queimada. Quando o assunto passava a ser idiomas, no entanto, eles tinham menos afinidade.

Jamie era um poliglota nato. Ele aprendia línguas e dialetos sem qualquer esforço, entendendo expressões como um cão fareja sua caça num passeio pelos campos. Além disso, ele aprendera os clássicos na *Université* em Paris, e, apesar de discordar de vez em quando de alguns dos filósofos romanos, considerava Homero e Virgílio seus amigos pessoais.

Ian falava o gaélico e o inglês com os quais fora criado, e um tipo de francês vulgar aprendido com Fergus, e sentia que essas opções eram suficientes para suas necessidades. Sim, ele tinha um repertório impressionante de palavrões em seis ou sete outros idiomas – graças à exposição a diversas influências no passado recente, entre elas, a de seu tio –, mas não tinha nada além de uma leve compreensão a respeito dos mistérios da conjugação do latim.

Menor ainda era seu entendimento acerca da necessidade de aprender idiomas que para ele não estavam apenas mortos, mas – conforme ele pensava claramente – havia muito inutilizados. Homero não poderia competir com a animação desse novo país, e a aventura se abria das duas margens com mãos selvagens.

Jamie terminou o trecho em grego, e com um suspiro audível de onde eu estava, pediu a Ian que pegasse o livro de latim que ele havia tirado da biblioteca do governador Tryon. Sem recitação para me distrair, voltei à minha leitura cuidadosa do livro do dr. Rawlings.

Assim como eu, era óbvio que o doutor já sabia um pouco de latim, mas preferia usar o próprio idioma na maioria de suas anotações, voltando ao latim apenas para um registro formal.

> *Paciente: sr. Beddoes. Noto diminuição distinta da bile, e sua pele melhorou muito, está menos amarelada e sem as pústulas que o afligiam. Administrei laxante para ajudar a purificar o sangue.*

– Idiota – murmurei, não pela primeira vez. – Não consegue ver que o homem tem doença hepática? – Provavelmente uma cirrose leve. Rawlings percebera um leve aumento e endurecimento do fígado, apesar de atribuir isso à produção excessiva da bile. Era mais provável que fosse a embriaguez. As pústulas no rosto e no peito eram características de uma deficiência nutricional comumente associada ao consumo excessivo de álcool – e meu Deus, *isso* era epidêmico.

Se Beddoes estivesse vivo – uma perspectiva que eu ainda considerava duvidosa – provavelmente consumia até 1 litro de bebida misturada por dia e nem sequer se aproximara de um legume em meses. Talvez as pústulas de cujo desaparecimento Rawlings se gabava tivessem diminuído porque ele havia usado folhas de nabo como agente colorante em sua receita especial de "laxante".

Envolvida em minha leitura, ouvi um pouco da rendição hesitante de Ian de *Vidularia*, de Plauto, do outro lado da cabine, interrompido de duas em duas linhas pela voz mais profunda de Jamie, encorajando e corrigindo.

– "*Virtus praemium est optimus...*"
– *Optium.*
– "... *est optium. Virtus omnibus rebus*" e... ah... e...
– *Anteit.*
– Obrigado, tio. "*Virtus omnibus rebus anteit... profectus*"?
– *Profecto.*
– Ah, sim, *profecto.* Hum... *Virtus*?
– *Libertas.* "*Libertas salus vita res et parentes, patria et prognati...*". Você se lembra do significado de "*vita*", Ian?
– Vida – respondeu Ian, aproveitando de bom grado aquele assunto em um mar de dificuldades.
– Sim, bom, porém é mais do que vida. Em latim, quer dizer não só estar vivo, mas também é a força de um homem, aquilo do que ele é feito. Veja, e então é "... *libertas salus vita res et parentes, patria et prognati tutantur, servantur; virtus omnia*

in sese habet, omnia adsunt bona quem penest virtus". O que você acha que ele está dizendo aqui?

– Ahn... que a virtude é algo bom? – disse Ian.

Houve um silêncio momentâneo, durante o qual eu quase ouvi a pressão sanguínea de Jamie subir. Uma inspiração enquanto ele pensava melhor no que estava prestes a dizer e uma expiração sofrida e longa.

– Hum. Veja, Ian: "*Tutantur, servantur*." O que ele quis dizer usando esses dois juntos em vez de colocá-los como... – Minha atenção voltou ao livro, onde o dr. Rawlings agora fazia um relato de um duelo e de suas consequências.

> *15 de maio. Fui chamado de madrugada, enquanto dormia, para atender um senhor que estava no Red Dog. Eu o encontrei em estado deplorável, com um ferimento na mão causado pelo mau uso de uma pistola. O polegar e o indicador tinham sido totalmente destruídos com a explosão, o dedo do meio estava muito afetado e dois terços da mão estavam tão lacerados que mal pareciam um membro humano.*
>
> *Determinando que só uma amputação urgente resolveria o caso, mandei o dono do local conseguir uma garrafa de conhaque, faixas para os curativos e a ajuda de dois homens fortes. Tudo foi providenciado depressa e o paciente foi contido de modo adequado, então comecei a cortar a mão do paciente – a direita, para seu azar –, acima do pulso. Com sucesso, liguei duas artérias, mas o interósseo anterior me escapou, e foi enfiado na carne depois de eu serrar os ossos. Fui forçado a soltar o torniquete para encontrá-lo, então o sangramento foi intenso – um acidente que veio em boa hora, uma vez que a hemorragia deixou o paciente inconsciente e, assim, pôs fim à sua dor, e também aos seus movimentos, o que estava prejudicando demais meu trabalho.*
>
> *Com a amputação feita com sucesso, o cavalheiro foi colocado na cama, mas eu fiquei por perto, pois caso ele recobrasse a consciência abruptamente, poderia desfazer os pontos que fiz.*

A narrativa fascinante foi interrompida pela explosão repentina de Jamie, que evidentemente estava no limite de sua paciência.

– Ian, seu latim envergonharia um cachorro! E quanto ao resto, você não tem compreensão suficiente do grego para saber a diferença entre água e vinho!

– Se estiverem bebendo, não é água – murmurou Ian, parecendo revoltado.

Fechei o livro e me levantei depressa. Parecia que em breve precisariam de um intermediário ali. Ian emitia sons escoceses de descontentamento quando dei a volta na cabine.

– Sim, hummm, mas eu não me importei muito...

– Sim, você não se importa! É esse o problema! Você não tem nem a decência de sentir vergonha de sua ignorância!

Fez-se silêncio depois disso, interrompido apenas pelo barulho da vara de Troklus na proa. Espiei em um canto e vi Jamie olhando com os olhos arregalados para o sobrinho, que parecia envergonhado. Ian olhou para mim, tossiu e pigarreou.

– Bem, vou dizer, tio Jamie, se eu acreditasse que a vergonha ajudaria, eu não hesitaria em corar.

Ele parecia tão arrependido que não controlei o riso. Jamie se virou para me ouvir, e sua carranca se suavizou um pouco.

– Você não está ajudando, Sassenach – disse ele. – Você sabe latim, não? Por ser médica, precisa saber. Talvez eu devesse deixar que você ensinasse latim a ele.

Balancei a cabeça, negando. Por mais que eu conseguisse ler em latim – com dificuldade –, eu não queria tentar enfiar as sobras do que aprendi na cabeça de Ian.

– Só me lembro de *Arma virumque cano*. – Olhei para Ian e traduzi, sorrindo. – "Um cão mordeu meu braço".

Ian começou a rir, e Jamie olhou para mim com grande decepção.

Ele suspirou e passou uma mão pelos cabelos. Apesar de Jamie e Ian não serem parecidos fisicamente, além da altura, os dois tinham cabelos grossos e o hábito de passar a mão por eles quando se sentiam agitados ou pensativos. Devia ter sido uma aula estressante. Os dois pareciam ter sido surrados.

Jamie sorriu para mim com sarcasmo, e então se voltou para Ian, balançando a cabeça.

– Ah, bem. Sinto muito por gritar com você, Ian, de verdade. Mas você tem uma boa mente, e eu não gostaria que a desperdiçasse. Meu Deus, garoto, na sua idade eu estava em Paris, começando a estudar na *Université*!

Ian ficou ali, olhando para a água que passava ao lado do navio em ondas calmas e escuras. Apoiava as mãos grandes, amplas e bronzeadas no gradil.

– Sim – disse ele –, e na minha idade, meu pai também estava na França. Lutando.

Fiquei um pouco surpresa ao ouvir isso. Eu sabia que o pai de Ian servira na França por um tempo, mas não que tivesse ido tão cedo como soldado – nem que tivesse permanecido por tanto tempo. O jovem Ian tinha apenas 15 anos. O Ian pai tinha servido como mercenário estrangeiro daquela idade até os 22, quando um tiro de canhão machucara tanto sua perna a ponto de ela precisar ser amputada logo acima do joelho – e então, voltara para casa para sempre.

Jamie olhou para o sobrinho por um momento, franzindo o cenho. Então, colocou-se ao lado de Ian, recostando-se, apoiando as mãos no gradil para se equilibrar.

– Eu sei disso – Jamie sussurrou. – Porque fui atrás dele, quatro anos depois, quando fui proscrito.

Ian olhou para a frente ao ouvir isso, assustado.

– Vocês estavam juntos na França?

Com nosso movimento, causamos uma leve brisa, mas ainda estava quente. Talvez a temperatura tivesse feito com que ele decidisse que era melhor deixar o assunto sobre o aprendizado por um tempo, pois Jamie assentiu, erguendo o rabo de cavalo para esfriar o pescoço.

– Em Flandres. Por mais de um ano, antes de Ian ser ferido e mandado para casa. Lutamos com um regimento de mercenários escoceses naquela época... sob o comando de Fergus Mac Leodhas.

Os olhos de Ian se acenderam com interesse.

– Foi de onde Fergus, nosso Fergus, tirou seu nome, então?

Seu tio sorriu.

– Sim, eu dei a ele o nome de Mac Leodhas; um homem corajoso e um grande soldado. Ele gostava de Ian. Seu pai nunca contou sobre ele?

Ian negou balançando a cabeça, franzindo o cenho levemente.

– Ele nunca me disse nada. Sei que ele perdeu a perna lutando na França porque minha mãe me disse quando perguntei, mas ele próprio nunca disse nada a respeito.

Com a descrição da amputação feita pelo dr. Rawlings ainda vívida em minha mente, eu achei provável que o velho Ian não gostasse de relembrar a ocasião.

Jamie deu de ombros, puxando a camisa molhada de suor para longe do peito.

– Sim, bem. Acho que ele quis esquecer essa época quando voltou para casa e se estabeleceu em Lallybroch. E então... – Ele hesitou, mas Ian foi insistente.

– E então o quê, tio Jamie?

Jamie olhou para o sobrinho e esboçou um sorriso.

– Bem, acho que ele não queria contar muitas histórias de guerra e lutas, para que vocês não pensassem muito no assunto e decidissem ser soldados também. Ele e sua mãe queriam o melhor para vocês, não é?

Eu acreditava que o velho Ian tinha sido sábio; estava claro, ao olhar para o rosto do jovem Ian, que ele não conseguia pensar em nada mais interessante do que guerras e lutas.

– Isso deve ter sido coisa da minha mãe – disse Ian, com um ar de descontentamento. – Ela me colocaria dentro do bolso do avental, se eu deixasse.

Jamie sorriu.

– Ah, é? E você acha que ela colocaria você dentro do bolso do avental e o encheria de beijos se você estivesse em casa neste minuto?

Ian deixou de lado a pose de desdém.

– Bem, não – respondeu ele. – Acho que ela me esfolaria vivo.

Jamie riu.

– Você entende um pouco as mulheres, Ian, ainda que não tanto quanto pensa.

Ian olhou desconfiado para o tio e para mim, e para ele de novo.

– Então, tio, você deve saber tudo?

Ergui uma sobrancelha, pedindo uma resposta àquilo, mas Jamie só riu.

– Um homem sábio conhece os limites do seu conhecimento, Ian. – Ele se abaixou e beijou minha testa úmida, e então deu as costas ao sobrinho, acrescentando: – Mas gostaria que seus limites fossem um pouco além.

Ian deu de ombros, parecendo entediado.

– Nunca quis ser um cavalheiro – disse ele. – Afinal, o jovem Jamie e Michael não sabem ler em grego e passam bem!

Jamie esfregou o nariz, observando o sobrinho de modo pensativo.

– O jovem Jamie tem Lallybroch. E Michael está bem com Jared em Paris. Eles se ajeitarão. Fizemos o melhor que pudemos pelos dois, mas havia pouco dinheiro para pagar as viagens ou os estudos quando eles se tornaram adultos. Eles não tiveram muita escolha, não é?

Ele se afastou do gradil e ficou de pé.

– Mas seus pais não querem isso para você, Ian, se o melhor puder vir. Eles querem que você se torne um homem de conhecimento e influência; *duine uasal*, talvez. – Era uma expressão gaélica que eu já tinha ouvido antes, literalmente, "um homem de valor". Era o termo para donos de terra, os homens de propriedade e seguidores que vinham abaixo apenas dos líderes dos clãs das Terras Altas.

Um homem que Jamie fora antes da Revolta. Mas não era mais.

– Hummm. E você fez o que seus pais queriam, tio Jamie?

Ian olhou para o tio de modo direto, com apenas um tremor nos olhos, indicando que ele sabia que estava pisando em território perigoso. Jamie teve que ser um *duine uasal*, sim; Lallybroch era dele por direito. Apenas em um esforço de salvar a propriedade de ser confiscada pela Coroa, ele a transmitira legalmente ao jovem Jamie.

Jamie olhou para ele por um tempo, mas passou um nó do dedo pelo lábio superior antes de responder.

– Eu disse que você tem uma boa mente, não? – respondeu ele com seriedade. – Mas já que pergunta... Eu fui criado para fazer duas coisas, Ian. Para cuidar da minha terra e do meu povo, e para cuidar da minha família. Faço essas duas coisas da melhor maneira que posso.

O jovem Ian pareceu envergonhado nesse momento.

– Bem, eu não queria... – disse ele, olhando para os pés.

– Não se preocupe, rapaz – interrompeu Jamie, dando um tapa no ombro dele. Sorriu de modo irônico para o sobrinho. – Você vai ser alguém pela sua mãe... ainda que tenhamos que morrer para isso. E agora acho que é a minha vez com o remo.

Ele olhou para a frente, para onde os ombros de Troklus brilhavam como cobre oleado, com músculos obtidos com o trabalho. Jamie abriu a calça – diferentemente dos outros homens, ele não podia tirar a camisa, mas tirou a calça para se refrescar e trabalhou com a camisa amarrada entre as coxas, no estilo das Terras Altas, e assentiu para Ian.

– Pense nisso, rapaz. Sendo o filho mais jovem ou não, sua vida não deve ser desperdiçada.

Ele sorriu para mim nesse momento com uma alegria de fazer o coração saltar, e me deu as calças. E então, ainda segurando minha mão, ficou de pé e, com a mão sobre o coração, declamou:

> *Amo, amas, amo uma moça,*
> *alta e esguia;*
> *muito graciosa*
> *em sua determinação,*
> *e é do sexo feminino.*

Ele assentiu alegre para Ian, que começou a rir, e levou minha mão a seus lábios, e os olhos azuis estavam cheios de malícia.

> *Posso declinar uma ninfa tão divina?*
> *Sua voz é como uma flauta doce;*
> *Os olhos brilhantes, as mãos claras*
> *E macias, quando eu as toco, seu pulso se acelera.*
> *Tão linda, minha moça*
> *Eu a beijarei por séculos.*
> *E se eu tiver sorte, senhor, ela será minha esposa,*
> *Para sempre.*

Fez uma reverência a mim, hesitou com seriedade tentando piscar e se afastou, vestindo a camisa.

9
DOIS TERÇOS DE UM FANTASMA

A superfície do rio brilhava como óleo, a água passando delicadamente sem qualquer problema. Havia uma única lanterna pendurada na viga da proa. Sentada num banquinho no deque mais à frente, eu via a luz abaixo, refletida na água e presa dentro dela, movimentando-se devagar, de lado a lado com o barco.

A lua era de um brilho fraco, passando sobre os topos das árvores. Além das árvores densas que se estendiam pelo rio, o chão estava tomado pela escuridão, que cobria as plantações de arroz e os campos de tabaco. O calor do dia estava na terra, que brilhava com uma energia nunca antes vista sob a superfície do solo, com campos férteis e ricos sob o calor por trás da cobertura de pinheiros e liquidâmbares, trabalhando a alquimia de água e sol.

Um simples movimento já causava transpiração. O ar estava tangível, e cada onda de calor era um carinho em meu rosto e em meus braços.

Ouvi um leve farfalhar no escuro atrás de mim e estendi uma mão, sem me virar para olhar. A grande palma de Jamie se fechou delicadamente sobre a minha, apertou-a e a soltou. Até mesmo esse toque suave deixou meus dedos úmidos de suor.

Ele se abaixou ao meu lado com um suspiro, puxando a gola da camisa.

– Acho que não respiro ar desde que saímos da Geórgia – disse ele. – Sempre que respiro, acho que vou me afogar.

Eu ri, sentindo o suor escorrer entre meus seios.

– Estará mais fresco em Cross Creek; é o que todos dizem. – Respirei profundamente, só para provar que conseguia. – Mas o cheiro não é delicioso? – A escuridão soltava todos os cheiros fortes das árvores e das plantas à beira da água, misturando-se à lama úmida na margem do rio e ao cheiro de madeira esquentada pelo sol do deque do barco.

– Você seria um bom cachorro, Sassenach. – Jamie se recostou na parede da cabine, suspirando. – Não é à toa que esse animal gosta tanto de você.

O bater de unhas nas tábuas do deque anunciou a chegada de Rollo, que avançou com cuidado em direção ao gradil, parou a alguns centímetros dele e se abaixou num movimento rápido. Ele repousou o focinho nas patas e suspirou profundamente. Rollo odiava barcos quase tanto quanto Jamie.

– Olá – falei. Estendi a mão para Rollo cheirar, e ele educadamente permitiu que eu coçasse suas orelhas. – Onde está seu dono, hein?

– Na cabine, aprendendo novas maneiras de roubar nos jogos – disse Jamie com ironia. – Só Deus sabe o que vai acontecer com o rapaz. Se ele não levar um tiro nem uma pancada na cabeça em alguma taverna, provavelmente virá para casa com um avestruz que ganhou no pôquer.

– Certamente não existem avestruzes nem pôquer nas montanhas. Se não existem cidades, tampouco existem tavernas.

– Bem, eu acho que não – admitiu. – Mas se um homem quer ser mau, ele encontrará uma maneira de ser, independentemente de onde estiver estabelecido.

– Tenho certeza de que Ian não vai para o inferno. Ele é um bom garoto.

– Ele é um homem – corrigiu Jamie. Prestou atenção ao som que vinha da cabine, e eu ouvi risos abafados e alguns palavrões. – Bem jovem e bem tolo. – Ele olhou para mim com um sorriso visível à luz da lanterna. – Se ainda fosse um menino pequeno, eu poderia controlá-lo. Mas desse jeito... – Ele deu de ombros. – Ele tem idade suficiente para cuidar da própria vida, e não vai querer que eu me meta.

– Ele sempre ouve o que você diz – protestei.

— Hummm. Espere até eu dizer algo que ele não quer ouvir. — Jamie encostou a cabeça na parede e fechou os olhos. O suor brilhava em seu rosto e uma gota descia pela lateral de seu pescoço.

Estiquei a mão e delicadamente peguei a gota com o dedo, antes que ela molhasse sua camisa.

— Você está há dois meses dizendo a Ian que ele precisa ir para casa, para a Escócia. Pelo visto, ele não quer ouvir.

Jamie abriu um dos olhos e me observou.

— Ele está na Escócia?

— Bem...

— Hummm — disse ele, e fechou os olhos de novo.

Fiquei em silêncio por um tempo, secando o suor do meu rosto com uma ponta da blusa. O rio havia se estreitado onde estávamos. A margem estava a menos de 3 metros. Vi um movimento entre os arbustos, e um par de olhos brilhou de relance com a luz de nossa lanterna.

Rollo ergueu a cabeça latindo baixo, as orelhas em pé, atentas. Jamie abriu os olhos e olhou para a margem, e então se endireitou abruptamente.

— Meu Deus! É o maior rato que já vi!

Eu ri.

— Não é um rato, é um gambá. Não está vendo os filhotes em suas costas?

Jamie e Rollo observaram o gambá com olhares idênticos de avaliação, analisando seu corpo gordinho e sua possível velocidade. Quatro pequenos gambás olhavam com seriedade para eles, focinhos pontudos em movimento acima das costas da mãe, que estava indiferente. Obviamente não considerava o barco uma ameaça, então saltou na água, virou-se e entrou no arbusto devagar, com a ponta da cauda grossa e sem pelos desaparecendo quando a luz da lanterna passou.

Os dois caçadores suspiraram aliviados e relaxaram de novo.

— Myers disse que eles são bons para comer — comentou Jamie.

Suspirei, enfiei a mão no bolso da minha roupa e entreguei a ele um saco de pano.

— O que é isto? — Ele espiou com interesse dentro do saco, e então despejou os pequenos objetos marrons na palma da mão.

— Amendoins tostados — falei. — Eles crescem dentro da terra por aqui. Encontrei um agricultor vendendo-os a um preço barato e pedi para a mulher na taverna assar um pouco para mim. Tire as cascas para comê-los. — Sorri para Jamie, gostando da nova sensação de, pela primeira vez, saber mais sobre o ambiente em que estávamos do que ele.

Ele olhou para mim com uma leve carranca e amassou uma casca entre o indicador e o polegar, retirando três grãos.

— Sou ignorante, Sassenach — disse ele. — Mas não sou burro. Tem diferença, sim? — Ele enfiou um amendoim na boca e mordeu rapidamente. — Seu olhar passou de desconfiança para satisfação, e ele mastigou com grande entusiasmo, enfiando os outros grãos na boca.

– Gostou? – Sorri, aproveitando o prazer dele. – Farei manteiga de amendoim para você passar no pão quando nos estabelecermos e meu pilão for retirado da bagagem.

Jamie sorriu para mim e engoliu antes de abrir outra casca.

– Se isto é um pântano, pelo menos a terra é boa. Nunca vi tantas coisas serem cultivadas com tamanha facilidade.

Ele comeu mais um amendoim.

– Tenho pensado, Sassenach – disse ele, olhando para a palma da mão. – O que você acharia de nos estabelecermos aqui?

A pergunta não era totalmente inesperada. Eu já o vira avaliando os campos e as plantações fartas como um agricultor, os olhos brilhando, e flagrara sua expressão sonhadora ao observar os cavalos do governador.

De qualquer modo, não podíamos voltar à Escócia de imediato. O jovem Ian podia, mas Jamie e eu, não, devido a certas complicações – e uma delas atendia pelo nome de Laoghaire MacKenzie.

– Não sei – respondi. – Tirando os índios e os animais selvagens...

– Bem – interrompeu ele, levemente envergonhado. – Myers me disse que eles não são um problema se você ficar longe das montanhas.

Evitei dizer que a oferta do governador nos levaria justamente para aquelas montanhas.

– Sim, mas você se lembra do que eu lhe disse, não? A respeito da Revolução? Estamos em 1767, e você ouviu a conversa na mesa do governador. Daqui a nove anos, Jamie, vai ser um inferno. – Nós dois já tínhamos sobrevivido à guerra, e nenhum de nós achara fácil. Pousei uma mão no braço dele, forçando-o a olhar para mim. – Sabe, eu estava certa... antes. – Eu sabia o que aconteceria na Batalha de Culloden. Eu lhe contara o destino de Charles Stuart e seus homens. E nem o meu conhecimento nem o dele haviam sido suficientes para nos salvar. Vinte dolorosos anos de separação e o fantasma de uma filha que ele nunca veria continuavam por trás daquele conhecimento.

Jamie assentiu lentamente e levantou uma das mãos para tocar o meu rosto. O brilho suave de uma pequena lanterna acima de nós atraiu nuvens de maruins minúsculos. Eles voavam sem parar, perturbados pelo movimento feito por Jamie.

– Sim, sim, estava. Mas pensávamos que podíamos mudar as coisas. Ou pelo menos tentar. Mas aqui... – Ele se virou, indicando a terra vasta que não víamos além das árvores. – Eu não pensaria que é minha obrigação ajudar ou atrapalhar.

Afastei os insetos do meu rosto.

– Pode ser que seja nossa obrigação, se vivêssemos aqui.

Ele passou um dedo embaixo do lábio inferior, pensando. Sua barba estava crescendo, um brilho ruivo com fios grisalhos sob a luz da lanterna. Ele era um homem grande, bonito e forte no ápice de sua vida, mas não era mais jovem, e eu percebi isso com repentina gratidão.

Os homens escoceses eram criados para lutar. Os garotos se tornavam homens quando conseguiam erguer as espadas e ir para a batalha. Jamie nunca tinha sido descuidado, mas durante a maior parte da vida, fora um guerreiro e um soldado. Com 20 e poucos anos, nada podia impedi-lo de lutar, fosse a batalha sua ou não. Agora, aos 40, a razão poderia falar mais alto do que a emoção... ou, pelo menos, eu esperava que sim.

E era verdade. Além da tia que não conhecia, ele não tinha parentes aqui, nenhum laço que pudesse trazer envolvimento. Talvez, sabendo o que viria, pudéssemos nos manter longe do pior.

– É um lugar muito grande, Sassenach. – Jamie olhou por cima da proa do barco, para a extensão ampla de pântano, com a terra invisível. – Desde que saímos da Geórgia, já percorremos mais do que a extensão da Escócia e da Inglaterra juntas.

– É verdade – admiti.

Na Escócia, mesmo entre os altos rochedos das Terras Altas, não conseguimos escapar das consequências da guerra. Mas não era a mesma coisa aqui. Se escolhêssemos o lugar com cuidado, poderíamos escapar do olhar atento do deus da guerra.

Ele inclinou a cabeça para o lado, sorrindo para mim.

– Eu consigo ver você como agricultora, Sassenach. Se o governador encontrar um comprador para as outras pedras, terei o suficiente, creio eu, para mandar a Laoghaire todo o dinheiro que prometi e ainda ter o suficiente para comprar uma boa casa para nós... onde poderemos prosperar. – Jamie pegou minha mão direita, passando o polegar devagar pela aliança prateada de casamento. – Talvez, um dia, eu possa cobri-la com rendas e joias – disse ele suavemente. – Nunca consegui lhe dar muita coisa, exceto esta aliança de prata e as pérolas da minha mãe.

– Você me deu muito mais do que isso – disse. Envolvi seu polegar com meus dedos e apertei. – Brianna, para começar.

Ele sorriu levemente, olhando para o deque.

– Sim, é verdade. Talvez ela seja o motivo real... para ficar, quero dizer.

Eu o puxei para mim, e ele apoiou a cabeça em meu pescoço.

– Este é o lugar dela, não? – perguntou ele baixinho. Ergueu uma das mãos, fazendo um gesto na direção do rio, das árvores e do céu. – Ela nascerá aqui, viverá aqui.

– Isso mesmo – respondi com delicadeza. Acariciei os cabelos dele, alisando as mechas grossas que se pareciam tanto com as de Brianna. – Este é o país dela. – Dela, de um modo que nunca seria meu nem dele, independentemente do tempo que vivêssemos aqui.

Jamie assentiu, passando a barba suavemente em minha saia.

– Eu não gostaria de lutar nem de colocar você em perigo, Sassenach, mas se eu puder fazer alguma coisa... construir, talvez, deixar tudo seguro, uma boa terra para ela... – Ele deu de ombros. – Eu gostaria – concluiu.

Permanecemos em silêncio por um tempo, juntos, observando o brilho na água e o progresso lento da lanterna.

– Deixei as pérolas para ela – falei, por fim. – Parecia ser a coisa certa. Elas eram uma herança, afinal. – Passei a mão pelos lábios dele. – E só preciso da aliança.

Jamie segurou minhas mãos e então as beijou – a esquerda, que ainda levava a aliança de ouro do meu casamento com Frank, e então a direita, com a aliança de prata dele.

– *Da mi basia mille* – sussurrou ele, sorrindo.

"Dê-me mil beijos." Era a inscrição dentro da minha aliança, uma breve citação de uma canção de amor de Catulo. Eu me inclinei e o beijei.

– *Dein mille altera* – falei. "Então, mais mil."

Já era quase meia-noite quando paramos perto de um arvoredo para descansar. O clima mudara. Ainda estava quente e abafado, mas agora havia sinais de trovão, e percebíamos pequenos movimentos na mata rasteira: correntes de ar aleatórias ou o trânsito de pequenos insetos noturnos correndo para casa antes da tempestade.

Estávamos quase no fim da subida da maré. Dali, teríamos que usar a vela e o remo, e o capitão Freeman tinha esperança de que pegaríamos uma boa brisa com a tempestade. Por isso, nosso descanso compensaria. Eu me enrolei em nosso ninho na popa, mas não consegui dormir de imediato, apesar de ser tarde.

Pelos cálculos do capitão, chegaríamos a Cross Creek na noite do dia seguinte – com certeza até a manhã do outro dia. Fiquei surpresa ao perceber que estava muito ansiosa para chegar. Após dois meses vivendo de qualquer jeito na estrada, um desejo urgente de encontrar um porto seguro, ainda que temporário, despertara em mim.

Como estava familiarizada com as noções de hospitalidade e parentesco nas Terras Altas, eu não tinha receio sobre como seríamos recebidos. Jamie claramente não achava que o fato de não ver essa tia havia quarenta e poucos anos estragaria a recepção cordial, e eu tinha certeza de que ele estava certo. Ao mesmo tempo, eu estava curiosa a respeito de Jocasta Cameron.

Havia cinco irmãos MacKenzie, filhos do velho Red Jacob, que construíra Castle Leoch. A mãe de Jamie, Ellen, era a mais velha, e Jocasta, a mais jovem. Janet, a outra irmã, morrera, como Ellen, muito antes de eu conhecer Jamie, mas eu havia conhecido os dois irmãos, Colum e Dougal, muito bem, na verdade, e por tê-los conhecido, eu queria saber como era essa última MacKenzie de Leoch.

Alta, pensei, olhando para Jamie, deitado tranquilamente no deque ao meu lado. E talvez ruiva. Todos eles eram altos – até mesmo Colum, vítima de uma doença degenerativa, fora alto –, com a pele clara dos vikings e cabelos avermelhados que iam desde o ruivo forte de Jamie até o castanho-avermelhado de seu tio Dougal. Colum era o único que tinha cabelos escuros.

Ao me lembrar de Colum e Dougal, fiquei um pouco nervosa. Colum havia morrido antes da Batalha de Culloden, vitimado por uma doença. Dougal morrera na véspera da batalha – por Jamie. Fora uma questão de autodefesa – *minha*, na verdade – e só uma das muitas mortes naquele abril sangrento. Ainda assim, eu me perguntei se Jamie pensara no que poderia dizer, quando a chegada deixasse de ser novidade em River Run e a família começasse a perguntar: "Ah, e qual foi a última vez que você viu fulano e sicrano?"

Jamie suspirou e se espreguiçou. Ele conseguia dormir – e dormiu – bem em qualquer lugar, acostumado a pernoitar em urzes e cavernas abafadas, passando pelo chão frio de pedra das celas da prisão. Eu imaginava que a madeira do deque devia ser bastante confortável, se comparada aos outros locais.

Eu não era nem tão flexível nem tão endurecida, mas aos poucos o cansaço tomou conta de mim, e nem mesmo a curiosidade com o futuro conseguiu me manter acordada.

Acordei confusa. Ainda estava escuro e barulhento, e eu ouvia gritos e roncos, e o deque abaixo de onde estávamos tremia com a vibração de passos. Levantei-me depressa, pensando que estava em um navio invadido por piratas.

E então, com a mente clara, descobri que *tínhamos* sido invadidos por piratas. Vozes desconhecidas gritavam imprecações e ordens, e ouvi o barulho de botas pisando no deque. Jamie não estava ali.

Eu me levantei de qualquer jeito, sem me preocupar com as roupas ou outras coisas. Já era quase manhã, o céu estava escuro, mas iluminado o bastante para vermos a cabine como uma mancha mais escura. Quando me levantei apoiando-me na cabine, quase fui derrubada por corpos que eram jogados ali.

Seguiu-se uma confusão de pelos e rostos pálidos, um grito, um tiro e um baque forte, e Ian estava deitado no deque, lívido, em cima do corpo de Rollo. Um homem desconhecido, sem chapéu e despenteado, se levantou.

– Maldição! Ele quase me pegou! – Desconcertado com o golpe quase certeiro, o ladrão levou a mão trêmula à pistola no cinto. Apontou-a para o cachorro, o rosto retorcido numa careta.

– Tome isso, seu merda!

Um homem mais alto apareceu do nada, derrubando a pistola antes que a pederneira entrasse em ação.

– Não desperdice o tiro, idiota. – Ele fez um gesto a Troklus e ao capitão Freeman, este muito irritado, sendo levado em minha direção. – Como pretende prendê-los com uma arma descarregada?

O homem mais baixo lançou um olhar maldoso a Rollo, mas virou a pistola para acertar a barriga de Freeman.

Rollo estava fazendo um barulho esquisito, um resmungo baixo misturado com gemidos de dor, e eu vi uma mancha escura e molhada nas tábuas sob seu corpo que ainda se retorcia. Ian se abaixou sobre ele, acariciando sua cabeça, sem poder fazer nada. Ele olhou para a frente, e as lágrimas molhavam seu rosto.

– Ajude-me, tia. Por favor, ajude-me!

Eu me movi de modo impulsivo, e o homem alto deu um passo à frente, levantando um braço para me impedir.

– Quero ajudar o cachorro – falei.

– *O quê?* – perguntou o ladrão baixo, com um tom incrédulo.

O homem alto estava mascarado – todos estavam, percebi quando meus olhos se ajustaram à penumbra. Quantos havia? Era impossível dizer sob a máscara, mas eu tinha a clara impressão de que o homem alto sorria. Ele não respondeu, mas mexeu a pistola e me deu permissão.

– Olá, garotão – sussurrei, caindo de joelhos ao lado do cão. – Não morda, cachorro bonzinho. Onde ele está ferido, Ian? Você sabe?

Ian balançou a cabeça, contendo as lágrimas.

– Está embaixo dele. Não consigo virá-lo.

Eu também não tentaria virar o corpo enorme do animal. Procurei a pulsação no pescoço, mas meus dedos se afundaram na pelagem grossa de Rollo, procurando sem encontrar. Tomada pela inspiração, peguei uma pata da frente e subi a mão por ela, tocando a parte oca entre a pata e o corpo.

E ali estava. Uma pulsação constante, reconfortante sob meus dedos. Comecei a contar por hábito, mas logo deixei o esforço de lado, pois não fazia ideia de qual era a frequência cardíaca normal para um cão. Mas *estava* constante. Não havia excesso, arritmia nem fraqueza. Era um bom sinal.

Outro bom sinal era Rollo não ter perdido a consciência. A pata grande que eu mantinha embaixo de meu cotovelo tinha a tensão de uma mola encolhida, só não estava mole devido ao choque. O cão emitiu um som longo e estridente, entre um gemido e um rosnado, e começou a arranhar com as garras, puxando a pata da minha mão para poder se endireitar.

– Não acho que seja muito grave, Ian – falei, aliviada. – Veja, ele está se virando.

Rollo ficou de pé, balançando-se. Chacoalhou a cabeça violentamente e fez o mesmo da cabeça à cauda, e uma chuva de gotas de sangue cobriu o deque com o mesmo barulho de uma chuva forte. Os olhos amarelos grandes se fixaram no homem baixo com um olhar que era óbvio para qualquer um.

– Ei! Vocês precisam segurá-lo ou juro que darei um tiro na cabeça dele! – O pânico e a sinceridade eram percebidos na voz do ladrão, quando o cano da pistola passou do pequeno grupo de prisioneiros para a cara brava de Rollo, que rosnava mostrando os dentes.

Ian, que estava tirando a camisa, enrolou-a na cabeça de Rollo, cegando-o temporariamente, e o animal balançava a cabeça como louco, emitindo rosnados. O sangue manchava o linho amarelo. Consegui ver que vinha de um corte raso no ombro do cachorro. Evidentemente, o tiro tinha passado de raspão.

Ian o segurava firme, forçando Rollo a permanecer deitado, murmurando ordens perto da cabeça coberta do animal.

– Quantos estão a bordo? – Os olhos atentos do homem mais alto se viraram para o capitão Freeman, cuja boca estava tão fechada que mais parecia um traço em seu rosto, e então se virou para mim.

Eu o conhecia. Conhecia aquela voz. Esse reconhecimento deve ter ficado claro em meu rosto, porque ele parou por um momento e então virou a cabeça e deixou o pano cair de seu rosto.

– Quantos? – perguntou Stephen Bonnet de novo.

– Seis – respondi.

Não havia motivo para não responder. Eu podia ver Fergus na praia, com as mãos erguidas quando um terceiro pirata o levou, sob a mira de uma arma, em direção ao barco. Jamie havia se materializado na escuridão ao meu lado, sério.

– Sr. Fraser – disse Bonnet com simpatia ao vê-lo. – Um prazer vê-lo de novo. Mas o senhor não tinha outro companheiro? O homem de um braço.

– Não aqui – respondeu Jamie rapidamente.

– Vou dar uma olhada – murmurou o ladrão baixo, mas Bonnet o impediu com um gesto.

– Ah, sim, e duvidaria da palavra de um cavalheiro como o sr. Fraser? Não, você deve ficar aqui vigiando essas boas pessoas, Roberts. Eu vou dar uma olhada. – Assentindo para seu companheiro, ele desapareceu.

Cuidar de Rollo me distraíra momentaneamente da comoção que ocorria em outro ponto no barco. Barulhos de coisas sendo quebradas vinham de dentro da cabine, e eu fiquei de pé, lembrando-me da minha caixa de remédios.

– Ei! Aonde você vai? Pare! Vou atirar! – A voz do ladrão era de desespero, mas também de incerteza. Eu não parei para olhar para ele. Entrei na cabine e trombei com um quarto ladrão, que estava vasculhando minha caixa de remédios.

Na colisão, eu fui para trás e então segurei o braço dele com um grito de ultraje. Sem cuidado, ele abria caixas e frascos, sacudindo o conteúdo e jogando-os no chão. Um monte de garrafas, muitas delas quebradas, estavam no meio dos restos dos remédios espalhados do dr. Rawlings.

– Não *ouse* tocar neles! – disse, e peguei o frasco mais próximo da caixa. Abri a tampa e joguei o líquido na cara dele.

Como a maioria das misturas de Rawlings, aquela continha uma alta proporção de álcool. Ele se assustou quando o líquido o acertou e se jogou para trás, com os olhos molhados.

Aproveitei a vantagem, peguei uma garrafa de bebida em meio à bagunça e a acertei na cabeça dele. Ouvi um baque forte, mas eu não batera nele com muita força. O ladrão titubeou, mas permaneceu de pé, saltando na minha direção.

Afastei o braço para mais um golpe, mas uma mão que parecia de ferro me segurou por trás.

– Peço perdão, cara sra. Fraser – disse uma voz educada e familiarmente irlandesa. – Mas não posso permitir que a senhora quebre a cabeça dele. Ela não é muito bonita, eu sei, mas ele precisa da cabeça para segurar o chapéu.

– Maldita cadela! Ela me *bateu*! – O homem em quem eu havia batido levou a mão à cabeça, o rosto retorcido de dor.

Bonnet me levou ao deque, torcendo meu braço para trás. Já estava quase claro. O rio brilhava como uma peça plana de prata. Olhei com intensidade para os assaltantes. Queria reconhecê-los de novo, se os visse com ou sem máscaras.

Infelizmente, a luz permitia que os ladrões também enxergassem melhor. O homem em quem eu havia batido, que parecia muito irritado, pegou minha mão e puxou minha aliança.

– Ei, vamos pegar isso!

Afastei a minha mão e tentei bater nele, mas fui impedida por uma tossida forte de Bonnet, que se aproximara de Ian e agora segurava a pistola a poucos centímetros da orelha esquerda do rapaz.

– É melhor entregá-las, sra. Fraser – disse ele educadamente. – Receio que o sr. Roberts mereça uma compensação pelo dano que a senhora lhe causou.

Tirei a aliança de ouro, com as mãos tremendo de raiva e medo. A prateada foi mais difícil de tirar. Ela se prendeu no nó do dedo como se não quisesse se afastar de mim. As duas alianças estavam úmidas e escorregadias por causa do suor, o metal mais quente do que meus dedos repentinamente frios.

– Entregue-as. – O homem me cutucou no ombro e então virou a palma grande da mão para cima, à espera das alianças. Estiquei a mão na direção dele, relutante, com as alianças lá dentro – e então, com um impulso, levei a mão à boca.

Bati a cabeça na parede da cabine quando o homem me empurrou. Seus dedos cheios de calos seguraram meu rosto e se enfiaram em minha boca, à procura das alianças. Eu me retorci e me assustei, com a boca cheia de saliva e um gosto metálico que podia ser por causa das alianças ou do sangue.

Mordi com força e me joguei para trás, gritando. Uma aliança deve ter voado da minha boca, pois ouvi um baque metálico em algum lugar e então engasguei, pois a segunda aliança escorregou pela minha garganta.

– Cadela! Vou cortar sua garganta maldita! Você vai para o inferno sem suas alianças, sua vaca traiçoeira! – Vi o rosto do homem, contorcido de ira, e o brilho repentino da lâmina. E então, algo me atingiu com força e me derrubou, e eu caí no deque, embaixo do corpo de Jamie.

Estava muito atordoada para me mover, mesmo sabendo que não me moveria de jeito nenhum. O peito de Jamie estava pressionando minha nuca, amassando meu rosto contra o deque. Ouvi muitos gritos e confusão, abafados pelo lenço de linho úmido ao redor de minha cabeça. Ouvi um baque suave e senti Jamie se mexer e gemer.

Ai, meu Deus! Eles o apunhalaram!, pensei, em uma agonia de terror. Outro baque e um gemido mais alto indicaram só um chute nas costelas. Jamie não se mexeu, apenas pressionou mais o corpo contra o deque, amassando ainda mais o meu.

– Saia! Roberts! Eu disse para você deixá-lo! – A voz de Bonnet era autoritária, aguda o suficiente para penetrar o tecido que me cobria.

– Mas ela... – começou Roberts, mas seu resmungo foi interrompido abruptamente com um golpe forte.

– Levante-se, sr. Fraser. Sua esposa está segura... Não que mereça estar. – Na voz grave de Bonnet era possível reconhecer o tom de diversão e de irritação.

O peso de Jamie foi retirado lentamente de mim, e eu me sentei, tonta e um pouco enjoada pelo golpe na cabeça. Stephen Bonnet ficou olhando para mim, observando-me com desgosto, como se eu fosse um cervo sarnento que alguém tivesse lhe oferecido para compra. Ao lado dele, Roberts observava com ira, com a mão em uma mancha de sangue em seus cabelos.

Bonnet piscou por fim e olhou para Jamie, que havia se levantado.

– Uma tola – disse Bonnet sem ânimo –, mas suponho que você não se importe com isso. – Ele assentiu, mostrando um sorriso fraco. – Eu me sinto grato pela oportunidade de pagar minha dívida com o senhor. Uma vida por uma vida, como diz o Bom Livro.

– Pagar? – perguntou Ian com raiva. – Depois do que fizemos por você? Você nos roubou e nos feriu, atacou minha tia e meu cachorro, e ainda tem coragem de dizer isso?

Os olhos claros de Bonnet se fixaram no rosto de Ian. Eles eram verdes, da cor de uvas sem pele. Ele tinha uma covinha profunda em uma face, como se Deus tivesse pressionado o polegar ali ao criá-lo, mas os olhos eram frios como a água do rio na madrugada.

– Ora, você nunca leu as Escrituras, rapaz? – Bonnet balançou a cabeça de modo reprovador, estalando a língua. – Uma mulher virtuosa vale mais do que rubis. O preço dela é mais alto do que o das pérolas.

Ele abriu a mão, ainda sorrindo, e a luz da lanterna reluziu em três pedras: uma esmeralda, uma safira e um diamante negro.

– Tenho certeza de que o sr. Fraser concordaria, não acha, senhor?

Bonnet enfiou a mão no casaco e a tirou dali vazia.

– E afinal – continuou ele, com os olhos frios em direção a Ian –, há pagamentos de tipos diferentes. – Ele sorriu, não muito contente. – Mas não acho que você tenha idade suficiente para saber disso. Fique feliz por eu ter me dado ao trabalho de lhe dar uma lição.

Bonnet se virou, fazendo um gesto a seus companheiros.

– Pegamos o que viemos buscar – disse ele abruptamente. – Vamos. – Apoiou o pé no gradil e pulou, pousando com um resmungo na margem cheia de lama. Seus seguidores foram atrás, e Roberts lançou um olhar malvado para mim antes de sair do barco.

Os quatro homens desapareceram de uma vez na mata, e eu ouvi o relincho estridente de um cavalo em algum ponto da escuridão. Dentro do barco, estava tudo em silêncio.

O céu era da cor do carvão, e o trovão ecoava fraco a distância, com raios no horizonte.

– Malditos!

O capitão Freeman cuspiu para o lado e virou-se para seu companheiro.

– Pegue as varas, Troklus – ordenou ele, e caminhou em direção ao timão, erguendo as calças enquanto andava.

Lentamente, os outros se mexeram. Fergus, olhando para Jamie, acendeu a lanterna e entrou na cabine, onde o ouvi começar a ajeitar as coisas. Ian estava sentado no deque, com a cabeça de cabelos escuros inclinada na direção de Rollo enquanto passava a camisa no pescoço do animal.

Não quis olhar para Jamie. Rolei e engatinhei lentamente até o jovem Ian. Rollo me observou, com os olhos amarelos atentos, mas não fez nenhuma objeção à minha presença.

– Como ele está? – perguntei com a voz rouca.

Sentia a aliança na garganta, uma obstrução desconfortável, e engoli em seco várias vezes.

O jovem Ian olhou para a frente uma vez. Seu rosto estava pálido e sério, mas os olhos estavam alertas.

– Ele está bem, eu acho – sussurrou ele. – Tia... você está bem? Não está machucada, está?

– Não – falei, tentando sorrir de modo reconfortante. – Estou bem.

Havia um ponto sensível em minha cabeça e meus ouvidos ainda zuniam um pouco. O aro amarelo de luz ao redor da lanterna parecia oscilar, inchar e diminuir de modo constante com a batida do meu coração. Uma face estava arranhada; o cotovelo, machucado; e havia uma lasca de madeira em uma das mãos, mas eu parecia estar bem fisicamente, de modo geral. Em outros aspectos, eu tinha minhas dúvidas.

Não olhei para Jamie, a cerca de 2 metros de mim, mas conseguia sentir sua presença, ameaçadora como uma tempestade que se anuncia. Ian, que claramente *conseguia* vê-lo por cima do meu ombro, parecia levemente apreensivo.

Ouvimos um leve ranger no deque, e a expressão de Ian se acalmou. Ouvi a voz de Jamie dentro da cabine, totalmente calma quando ele fez uma pergunta a Fergus, e então ela sumiu, perdida nos sons de batidas e farfalhar enquanto os homens arrumavam a mobília e reuniam os objetos espalhados. Soltei o ar lentamente.

– Não se preocupe, tia – disse Ian, tentando me acalmar. – Acho que o tio Jamie não é o tipo de homem que bateria em você.

Eu não tinha tanta certeza disso, dadas as vibrações vindas da direção de Jamie, mas esperava que ele estivesse certo.

– Ele está muito bravo, não acha? – perguntei com a voz baixa.

Ian deu de ombros de modo incerto.

– Bem, da última vez que o vi olhando para *mim* daquele jeito, ele me levou para casa e me bateu. Mas tenho certeza de que não a trataria desse modo – acrescentou depressa.

– Acho que não – falei, um pouco inexpressiva. Não tinha certeza se preferiria que ele não o fizesse.

– Também não é muito bom ouvir o que o tio Jamie diz quando está bravo – disse Ian, balançando a cabeça de modo solidário. – Eu preferiria uma surra.

Olhei para Ian de modo calmo e me inclinei na direção de Rollo.

– Já aconteceram muitas coisas ruins hoje. O sangramento parou?

O sangramento tinha parado. Apesar do pelo manchado de sangue, o ferimento tinha sido pequeno, só atingira a pele e um pouco de músculo perto do ombro. Rollo abaixou as orelhas e mostrou os dentes enquanto eu o examinava, mas não protestou.

– Bom garoto – murmurei. Se eu tivesse uma maneira de anestesiar a pele, teria dado os pontos no ferimento, mas teríamos que proceder sem essas comodidades. – É preciso passar um pouco de pomada aqui, para manter os insetos afastados.

– Eu vou buscar, tia. Sei onde sua caixinha está. – Ian tirou a cabeça de Rollo de seu pescoço e se levantou. – É aquela pomada verde que você passou no dedo de Fergus? – Quando assenti, ele entrou na cabine, deixando-me sozinha com o estômago embrulhado, a dor de cabeça e a garganta obstruída. Engoli várias vezes, mas sem sucesso. Toquei minha garganta, tentando imaginar qual aliança eu ainda tinha.

Eutroclus apareceu, dando a volta na cabine, carregando uma vara comprida de madeira branca, profundamente manchada de um lado, e as marcas eram prova do uso frequente. Fincando a vara com firmeza ao lado do barco, ele apoiou o peso nela, ofegante pelo esforço.

Eu me sobressaltei quando Jamie saiu das sombras com uma vara parecida na mão. Eu não ouvira sua aproximação em meio às batidas e aos gritos. Jamie não olhou para mim, mas tirou a camisa, e ao sinal do ajudante, fincou sua vara.

Na quarta tentativa, senti a vibração do casco, um leve tremor de algo sendo erguido. Animados, Jamie e o ajudante empurraram com mais força e, de repente, o casco se livrou com um baque abafado da madeira que fez Rollo levantar a cabeça e latir.

Eutroclus assentiu para Jamie, com um sorriso no rosto suado e brilhante, e pegou a vara dele. Jamie assentiu, sorrindo, e ao pegar a camisa do deque, virou-se na minha direção.

Fiquei tensa, e Rollo ergueu as orelhas em alerta, mas Jamie não demonstrou vontade de me atacar nem de me lançar à água. Apenas se inclinou para a frente, franzindo o cenho ao olhar para mim sob a luz inconstante da lanterna.

– Como está se sentindo, Sassenach? Não sei se você está meio verde ou se é só o efeito da luz.

– Estou bem, talvez um pouco trêmula.

Mais do que um pouco. Minhas mãos ainda estavam suadas e eu sabia que meus joelhos trêmulos não me sustentariam se eu tentasse me levantar. Engoli em seco, tossi e bati em meu peito.

– Provavelmente é só minha imaginação, mas parece que a aliança está presa em minha garganta.

Jamie estreitou os olhos para mim, pensativo, e então se virou para Fergus, que saíra da cabine e estava ali perto.

– Pergunte ao capitão se posso ver o cachimbo dele por um momento, Fergus. – Ele se virou, puxando a camisa para cima, e desapareceu, voltando momentos depois com uma xícara de água.

Eu tentei pegá-la, mas ele a manteve fora de meu alcance.

– Ainda não, Sassenach – disse ele. – Pegou? Obrigado, Fergus. Pegue um balde vazio agora, sim? – Pegando o cachimbo imundo da mão de um confuso Fergus, ele enfiou o polegar no espaço manchado e começou a raspar o resíduo grudento e queimado que estava dentro dele.

Virando o cachimbo para baixo, ele o bateu sobre o copo de água, causando uma pequena chuva de crostas marrons e pedaços úmidos de tabaco semiqueimado, que ele misturou na água com o polegar escuro. Ao terminar, ele olhou para mim por cima da borda da xícara de um modo estranhamente sinistro.

– Não – falei. – Ah, não.

– Ah, sim – disse ele. – Venha, Sassenach. Isso vai curá-la.

– Vou só... esperar – falei. Cruzei os braços sobre o peito. – Mas obrigada mesmo assim.

Fergus voltava com um balde, as sobrancelhas erguidas. Jamie o pegou dele e o colocou no deque ao meu lado.

– Já fiz a coisa do jeito que você pretende fazer, Sassenach, e é bem mais sujo do que você pensa. Além disso, não é algo agradável de se fazer em um barco, com pessoas por perto, não é mesmo? – Ele pousou uma mão em minha nuca e pressionou a xícara contra meu lábio inferior. – Será rápido. Vamos. Só precisa de um golinho.

Fechei bem a boca. O cheiro da xícara já era suficiente para fazer meu estômago revirar, combinando-se com o fedor do tabaco, a superfície marrom do líquido, as crostas nadando por baixo da superfície e a lembrança dos catarros marrons do capitão Freeman escorregando pelo deque.

Jamie não se importou em argumentar nem em me convencer. Simplesmente soltou minha mão, apertou meu nariz e quando abri a boca para respirar, virou o líquido fedorento da xícara.

– Hum!

– Engula! – disse ele, fechando minha boca com força e ignorando meus movimentos e os sons abafados de protesto que eu fazia. Ele era muito mais forte do que eu, e não pretendia me soltar. Era engolir ou sufocar.

Então eu engoli.

...

– Novinha em folha. – Jamie terminou de polir a aliança prateada na barra de sua camisa e a levantou, admirando-a sob o brilho da lanterna.

– É mais do que se pode dizer a meu respeito – respondi com timidez. Eu estava deitada no deque, e apesar da água calma no rio, ainda parecia um pouco tumultuado sob meu corpo. – Você é um sádico de marca maior, Jamie Fraser!

Ele se inclinou sobre mim e afastou os cabelos úmidos do meu rosto.

– Espero que sim. Se você se sente bem o bastante para me xingar, Sassenach, ficará boa. Descanse um pouco, está bem? – Ele me deu um beijo suave na testa e se recostou.

Sem a comoção e com a ordem restabelecida, os outros homens tinham voltado para a cabine para se recomporem com a ajuda de uma garrafa de rum que o capitão Freeman conseguira salvar das garras dos piratas, pois a enfiara no barril de água. Havia um copo pequeno da bebida no deque perto da minha cabeça. Eu ainda estava enjoada demais para conseguir engolir o que quer que fosse, mas o cheiro de fruta era um tanto agradável.

Estávamos com a vela pronta. Todos estavam dispostos a ir embora, como se ainda houvesse algum perigo à espreita no local do ataque. Estávamos nos movendo mais depressa agora. A nuvem pequena de insetos que sempre voava ao redor das lanternas desaparecera, reduzida a poucos mosquitos nas vigas, os corpos verdes e delicados lançando sombras pequenas. Dentro da cabine, as pessoas riram de repente, e Rollo rosnou no deque ao lado – as coisas estavam voltando ao normal.

Uma brisa suave e bem-vinda soprou pelo deque, evaporando o suor que umedecia meu rosto e levantando as pontas dos cabelos de Jamie, soprando-os contra seu rosto. Eu vi a pequena linha vertical entre as sobrancelhas dele e sua cabeça inclinada, o que indicava que Jamie estava pensando muito.

Eu não fazia ideia de quais eram seus pensamentos. Em um momento, estávamos ricos – ricos em potencial, pelo menos – e no outro, voltávamos a ser pobres, nossa expedição bem equipada reduzida a um saco de feijões e uma caixa de remédios usados. Não havia mais como conseguir o intuito de Jamie, o de não parecermos mendigos ao chegarmos à casa de Jocasta Cameron, pois não passávamos disso no momento.

Senti um aperto na garganta por ele, e a pena substituiu a irritação. Além da questão de seu orgulho, havia agora um vão naquele território desconhecido chamado de "O Futuro". O futuro estava em aberto antes, mas pelo menos tínhamos a ideia reconfortante de que teríamos dinheiro para atingir nossos objetivos, não importava quais fossem.

Até mesmo nossa penosa viagem ao norte tinha parecido uma aventura, com a certeza de que tínhamos uma fortuna, independentemente de ela poder ser usada ou não. Eu nunca tinha me considerado uma pessoa que dava muito valor ao dinheiro, mas ter a certeza da segurança arrancada desse modo violento me dera um ataque repentino e muito inesperado de vertigem, como se eu estivesse caindo dentro de um poço escuro, incapaz de parar.

Como Jamie estaria, já que sentia o medo dele e o meu e também a responsabilidade por tantas vidas? Ian, Fergus, Marsali, Duncan, os habitantes de Lallybroch e até mesmo aquela maldita Laoghaire. Eu não sabia se devia rir ou chorar, pensando no dinheiro que Jamie tinha enviado a ela. No momento, a criatura vingativa estava muito melhor do que nós.

Ao pensar em vingança, senti uma nova pontada que substituiu todos os medos menores. Apesar de Jamie não ser muito vingativo – para um escocês –, nenhum morador das Terras Altas sofreria tamanha perda com resignação e silêncio. Uma perda não apenas de dinheiro, mas de honra. O que ele poderia querer fazer a respeito?

Jamie olhou fixamente para a água escura, com os lábios contraídos. Será que mais uma vez ele estava vendo o cemitério onde, tomado pelo sentimentalismo afetado de Duncan, ele concordara em ajudar Bonnet a escapar?

Mais tarde, pensei que os aspectos do desastre provavelmente ainda não tinham entrado na mente de Jamie. Ele estava ocupado com um pensamento mais amargo. Jamie ajudara Bonnet a escapar da forca e o libertara para caçar os inocentes. Quantos além de nós sofreríamos por causa disso?

– Você não teve culpa – falei, tocando seu joelho.

– E quem tem? – perguntou ele baixinho, sem olhar para mim. – Eu sabia como ele era. Poderia tê-lo deixado à sorte que ele procurou... mas não fiz isso. Fui um tolo.

– Você foi bondoso. Não é a mesma coisa.

– Mas é quase – rebateu Jamie.

Ele respirou fundo. O ar estava refrescante com o cheiro de ozônio, a chuva se aproximava. Jamie pegou o copo de rum e bebeu, e então olhou para mim pela primeira vez, segurando o copo para me oferecer.

– Sim, obrigada. – Eu me esforcei para me sentar, mas Jamie me segurou pelos ombros e me levantou para que eu me recostasse contra ele. Ofereceu o copo para que eu bebesse, e o líquido quente como sangue desceu pela minha língua e virou fogo em minha garganta, queimando os vestígios de enjoo e tabaco, deixando o gosto de rum e de cana queimada.

– Está melhor?

Assenti e levantei a mão direita. Ele deslizou o anel em meu dedo, e o metal estava quente. Então, dobrando meus dedos, ele apertou minha mão com força e a manteve ali.

– Ele estava nos seguindo desde Charleston? – perguntei.

Jamie balançou a cabeça. Seus cabelos ainda estavam soltos, ondas pesadas caindo para a frente e escondendo seu rosto.

– Acho que não. Se ele soubesse que tínhamos joias, teria nos atacado na estrada antes de chegarmos a Wilmington. Não, acho que ele soube por um dos servos de Lillington. Pensei que estaríamos seguros, pois iríamos para Cross Creek antes que alguém soubesse das pedras. Mas alguém abriu a boca. Um lacaio ou talvez a costureira que fez seu vestido.

Seu rosto estava muito calmo, o que acontecia quando ele escondia fortes emoções. Uma rajada repentina de ar quente soprou pelo deque. A chuva se aproximava. O vento soprou os fios soltos dos cabelos dele em seu rosto, e Jamie os afastou, passando os dedos pelas mechas densas.

– Sinto muito pela outra aliança – disse ele, após um momento.

– Ah, tudo... – Comecei a dizer "tudo bem", mas as palavras ficaram presas em minha garganta, engasgada pela repentina percepção da perda.

Eu usara aquela aliança durante quase trinta anos. Era um símbolo de promessas feitas, esquecidas, renovadas e, por fim, absolvidas. Um símbolo de casamento, de família, de uma grande parte da minha vida. E o último vestígio de Frank – a quem, apesar de tudo, eu havia amado.

Jamie não disse nada, mas pegou minha mão esquerda e a segurou, acariciando os nós dos meus dedos delicadamente com seu polegar. Eu também não falei. Respirei fundo e virei o rosto para a popa. As árvores da margem balançavam com o vento cada vez mais forte, folhas farfalhando alto o bastante para abafar o som da passagem da embarcação.

Uma pequena gota bateu em meu rosto, mas não me mexi. Minha mão permaneceu parada e branca na dele, parecendo estranhamente frágil. Era um pouco chocante vê-la daquele modo.

Eu estava acostumada a prestar muita atenção às minhas mãos, de um jeito ou de outro. Eram minhas ferramentas, meu canal de toque, misturando a delicadeza e a força por meio das quais eu curava. Elas tinham uma certa beleza, que eu admirava de modo indiferente, mas era a beleza da força e da competência, a certeza do poder, que a tornavam admiráveis.

Era a mesma mão agora, pálida e de dedos compridos, os nós um pouco ossudos – estranhamente nua sem minha aliança, mas, de fato, era a minha mão. Porém estava em uma mão muito maior e mais grossa a ponto de parecer pequena e frágil.

A outra mão dele apertou mais, pressionando o metal da aliança de prata em minha pele, fazendo com que eu me lembrasse do que restara. Ergui o punho e o pressionei com força contra meu coração em resposta. A chuva começou a cair em gotas grandes e molhadas, mas nenhum de nós se mexeu.

Ela veio de repente, derrubando um véu sobre o barco e a margem, batendo e fazendo barulho nas folhas, no deque e na água, dando a ilusão temporária de que estávamos escondidos. Bateu fria e macia em minha pele, um bálsamo momentâneo nas feridas do medo e da perda.

Eu me senti, de uma vez, muito vulnerável e ainda totalmente segura. Mas sempre me senti assim com Jamie Fraser.

PARTE IV

River Run

10
JOCASTA
Cross Creek, Carolina do Norte, junho de 1767

River Run ficava à beira de Cabo Fear, acima da confluência que dava a Cross Creek seu nome. Cross Creek em si tinha um bom tamanho, com um trânsito local intenso e diversos galpões grandes à beira da água. Enquanto o *Sally Ann* passava lentamente pela rota de despacho, um cheiro forte de resina pairava sobre a cidade e o rio, preso no ar quente e grudento.

– Meu Deus, é como respirar terebintina! – Ian expirou quando uma nova onda do cheiro forte tomou conta de nós.

– Você *está* respirando terebintina, homem. – O raro sorriso de Eutroclus apareceu e logo desapareceu. Ele assentiu indicando uma barcaça acorrentada a uma pilha em um dos cais. Estava cheia de barris, alguns dos quais mostravam uma mistura preta e densa pelas frestas. Outros, barris maiores, tinham as marcas de seus donos, com um "T" grande queimado na madeira.

– Isso – concordou o capitão Freeman. Ele estreitou os olhos sob a forte luz do sol, acenando a mão lentamente na frente do nariz, como se isso pudesse afastar o fedor. – É a época do ano em que os carregadores de piche aparecem. Piche, terebintina, alcatrão... tudo vem de barcaça para Wilmington, e então enviam tudo para o sul, para os carregamentos em Charleston.

– Não acho que seja *tudo* terebintina – disse Jamie. Ele secou a nuca com um lenço e assentiu em direção ao galpão maior, a porta tomada por soldados de casacos vermelhos. – Está sentindo o cheiro, Sassenach?

Inspirei com cuidado. *Havia* algo mais no ar aqui, um odor quente e familiar.

– Rum? – perguntei.

– E conhaque. E um pouco de vinho do Porto também. – Jamie mexeu o nariz comprido, sensível como o de um mangusto. Olhei para ele achando graça.

– Você não perdeu o olfato, não é? – Vinte anos antes, ele havia gerenciado o negócio de vinhos de seu primo Jared em Paris, e seu nariz e palato eram os melhores nas salas de degustação.

Ele sorriu.

– Ah, acho que ainda sei diferenciar Moselle de urina de cavalo, se sentisse o cheiro dos dois. Mas diferenciar rum de terebintina não é muito difícil, certo?

Ian inspirou o ar com força e o soltou, tossindo.

– O cheiro é o mesmo para mim – disse ele, balançando a cabeça.

– Ótimo – falou Jamie. – Darei terebintina para você da próxima vez que formos beber. Vai ficar bem mais barato. Só poderia comprar terebintina agora – acrescentou, sob as risadas causadas pelo comentário. Ele se endireitou, batendo a mão no casaco. – Chegaremos logo. Estou com cara de mendigo, Sassenach?

Com o sol brilhando em seus cabelos bem presos, o perfil enegrecido contra a luz, eu o achava lindo, mas percebi o leve tom de ansiedade em sua voz, e sabia muito bem a que ele se referia. Podia não ter dinheiro, mas não queria aparentar pobreza.

Eu sabia que a ideia de aparecer na casa da tia como um parente pobre que chegou para mendigar fazia muito mal a seu orgulho. O fato de Jamie ter sido forçado a assumir esse papel não deixava as coisas mais fáceis.

Olhei para ele com atenção. O casaco e o colete não estavam espetaculares, mas bastante aceitáveis, graças ao primo Edwin. Era um tecido fino cinza-claro com um bom corte e excelente ajuste, botões não de prata, mas tampouco de madeira ou ossos – uma liga de estanho discreta, como a de um próspero quacre.

Mas o restante de sua aparência não tinha nenhuma semelhança com um quacre, pensei. A camisa de linho estava bem amassada, mas se ficasse vestido com o casaco, ninguém notaria, e o botão que faltava no colete estava escondido pela prega de renda, a única extravagância que ele permitira em suas roupas.

As meias estavam boas. Eram de seda azul-clara, sem furos visíveis. As calças de linho branco estavam justas, mas não muito indecentes, e razoavelmente limpas.

Os sapatos eram a única falha nele. Não houvera tempo para conseguir um melhor. Estavam desgastados, e fiz o melhor que pude para esconder as marcas com uma mistura de terra e fuligem, mas estava evidente que eram sapatos de um agricultor, não os de um cavalheiro; sola grossa, feito de couro duro e com prendedores de chifre. Ainda assim, eu duvidava que sua tia Jocasta olharia para os pés dele logo de cara.

Fiquei na ponta dos pés para ajeitar a camisa dele, e passei as mãos com delicadeza sobre os seus ombros.

– Vai dar tudo certo – falei, sorrindo para ele. – Você está lindo.

Jamie pareceu surpreso. Então, a expressão de indiferença se transformou em um sorriso.

– *Você* é linda, Sassenach. – Ele se inclinou e me beijou na testa. – Você está corada como uma maçãzinha, muito linda. – Ele se endireitou, olhou para Ian e suspirou.

– Quanto a Ian, talvez eu possa dizer que ele é um ajudante que contratei para cuidar dos porcos.

Ian era uma daquelas pessoas cujas roupas, por mais que fossem de boa qualidade, pareciam ter sido tiradas de uma lata de lixo. Metade dos cabelos dele tinham escapado do laço verde, e um cotovelo ossudo aparecia de um rasgo em sua camisa nova, cujas mangas já estavam claramente sujas nos punhos.

– O capitão Freeman está dizendo que chegaremos logo! – exclamou ele, os olhos brilhando ansiosos enquanto se inclinava para o lado, espiando rio acima para ser o primeiro a ver nosso destino. – O que você acha que jantaremos?

Jamie observou o sobrinho sem paciência.

– Espero que você receba os restos com os cachorros. Você não tem um casaco, Ian? Nem um pente?

– Ah, sim – disse Ian, olhando ao redor vagamente, como se esperasse que um dos objetos se materializasse à sua frente. – Tenho um casaco aqui em algum lugar, eu acho.

O casaco finalmente foi encontrado embaixo de um dos bancos, e retirado com certa dificuldade de Rollo, que fizera uma cama confortável com ele. Depois de escovar a peça para retirar pelo menos alguns dos pelos, Ian foi obrigado a vesti-lo, e pentearam seus cabelos em uma trança enquanto Jamie lhe dava algumas orientações sobre bons modos, que consistiram apenas no conselho para que ele ficasse calado pelo maior tempo possível.

Ian assentiu com simpatia.

– Então você vai contar à tia-avó Jocasta sobre os piratas? – perguntou ele.

Jamie olhou para as costas do capitão Freeman por um breve momento. Era inútil pensar que tal história não seria contada em todas as tavernas de Cross Creek assim que eles nos deixassem. Seria uma questão de dias – horas, talvez – até que ela se espalhasse por River Run.

– Sim, vou contar a ela – respondeu Jamie. – Mas não no mesmo instante de nossa chegada, Ian. Deixe que ela se acostume conosco antes.

O ancoradouro de River Run ficava a alguma distância de Cross Creek, separado do barulho e do fedor da cidade por vários quilômetros de um rio tranquilo e cheio de árvores. Ao ver Jamie, Ian e Fergus muito bonitos, até onde a água, o pente e as fitas conseguiram ajudar, eu entrei na cabine, tirei minha blusa de musselina, tomei um banho rápido de esponja e vesti a peça de seda creme que usei para jantar com o governador.

O tecido macio estava leve e frio contra minha pele. Talvez um pouco mais formal do que o comum para uma tarde, mas era importante para Jamie que estivéssemos decentes – principalmente agora, depois de nosso encontro com os piratas – e minhas únicas alternativas eram a blusa imunda ou um vestido simples que eu trouxera da Geórgia.

Não havia muito o que fazer com os meus cabelos. Eu os penteei como sempre e então os prendi na nuca, deixando as pontas se enrolarem como quisessem. Não precisava me preocupar com joias, pensei pesarosamente, e esfreguei minha aliança prateada para deixá-la brilhando. Ainda evitava olhar para a mão esquerda, tão nua. Se eu não olhasse, ainda conseguia sentir o peso imaginário do ouro nela.

Quando saí da cabine, vi o ancoradouro. Em contraste com os ancoradouros em meio à mata pelos quais tínhamos passado, River Run ostentava um deque grande e bem construído de madeira. Um menino pequeno e negro estava sentado na ponta dele, balançando as pernas nuas com tédio. Quando ele viu o *Sally Ann* se aproximar, ficou de pé e correu, provavelmente para anunciar nossa chegada.

Nossa embarcação parou em um deque. Pela folhagem das árvores próximas ao rio, uma passarela de tijolos nos levou através de uma série de gramados e jardins, que se dividiam em dois para dar a volta em um par de estátuas de mármore com seus próprios canteiros de flores, e se uniam e dispersavam em uma praça ampla diante de uma casa imponente de dois andares, com colunas e várias chaminés. Em um dos lados dos canteiros de flores havia uma construção em miniatura feita de mármore branco. Algum tipo de mausoléu, pensei. Refleti mais um pouco na adequação do vestido cor de creme e toquei meus cabelos com nervosismo.

Eu a vi logo entre as pessoas que saíam da casa e atravessavam o caminho. Eu a reconheceria como uma MacKenzie, mesmo que não soubesse quem ela era. Jocasta tinha ossos fortes, o rosto amplo dos vikings e a testa alta e lisa dos irmãos, Colum e Dougal. E, assim como seu sobrinho e sua sobrinha-neta, era extraordinariamente alta, uma das características que os marcavam como descendentes do mesmo sangue.

Mais alta do que o grupo de servos negros que a cercavam, ela desceu o caminho que partia da casa, de braço dado com seu mordomo, mas era a mulher mais capaz de se manter sozinha que eu já vira.

Era alta e ágil, com um passo firme que não condizia com seus cabelos grisalhos. Ela já devia ter sido ruiva como Jamie. Os cabelos ainda tinham um toque avermelhado, com aquele branco macio e rico que os ruivos têm, com um pouco de fios dourados.

Um dos garotos na vanguarda gritou, e dois deles saíram correndo, pulando pelo caminho em direção ao ancoradouro, onde nos rodearam, gritando como cachorrinhos. No começo, não entendi nada. Só quando Ian respondeu de modo brincalhão, percebi que eles gritavam em gaélico.

Eu não sabia se Jamie tinha pensado no que fazer ou dizer nesse primeiro encontro. Ele só deu um passo à frente, aproximou-se de Jocasta MacKenzie e a abraçou, dizendo:

– Tia... sou o Jamie.

Só vi o rosto de Jamie quando ele a soltou e deu um passo para trás, com uma expressão que eu nunca vira antes. Um misto de entusiasmo, alegria e surpresa. Pensei, com um leve choque, que Jocasta MacKenzie devia ser muito parecida com sua irmã mais velha, a mãe de Jamie.

Achei que Jocasta tinha os olhos azuis profundos dele, mas não consegui ver. Os olhos dela estavam embaçados enquanto ela ria em meio às lágrimas, segurando-o pela manga e levantando a mão para tocar seu rosto e alisar as mechas de cabelo que não estavam soltas ao redor dele.

– Jamie! – dizia ela, sem parar. – Jamie, pequeno Jamie! Ah, estou feliz por você ter vindo, rapaz! – Jocasta estendeu a mão de novo e tocou os cabelos dele, com um olhar de encantamento. – Minha nossa, ele é um gigante! Você será tão alto quanto meu irmão Dougal, pelo menos!

A expressão de felicidade no rosto de Jamie diminuiu um pouco com aquelas palavras, mas ele manteve o sorriso, virando-a com ele para que ela me visse.

– Tia, posso apresentar-lhe minha esposa? Esta é Claire.

Ela estendeu a mão, sorrindo, e eu a segurei, sentindo um leve susto por reconhecer os dedos compridos e fortes. Apesar de os nós dos dedos estarem marcados pela idade, sua pele era macia e seu toque era estranhamente como o de Brianna.

– Estou muito feliz em conhecê-la, minha querida – disse ela, e me puxou para perto para beijar meu rosto. O cheiro de menta e verbena exalavam fortes de seu vestido, e eu me senti emocionada de um jeito esquisito, como se de repente eu me visse sob a proteção de uma divindade benévola. – Tão linda! – exclamou com admiração, os dedos compridos tocando a manga do meu vestido.

– Obrigada – respondi, mas Ian e Fergus estavam vindo para serem apresentados. Ela recebeu os dois com abraços e simpatia, rindo quando Fergus beijou a mão dela com seu estilo francês.

– Venham – chamou Jocasta, afastando-se por fim, secando as faces molhadas com as costas de uma mão. – Venham, meus queridos. Tomem chá e comam um pouco. Vocês devem estar famintos, sem dúvida, depois de uma viagem tão longa. Ulysses! – Ela se virou, procurando, e o mordomo deu um passo à frente, fazendo uma reverência.

– Madame – disse ele a mim, e "senhor" a Jamie. – Está tudo pronto, srta. Jo – disse ele com delicadeza para sua patroa, e ofereceu um braço a ela.

Quando eles começaram a caminhar, Fergus se virou para Ian e fez uma reverência, imitando a maneira cortês do mordomo, e ofereceu seu braço, com bom humor. Ian deu um chute em seu traseiro e subiu pelo caminho, olhando de um lado a outro para ver tudo. A fita verde se soltara, e estava pendurada no meio de suas costas.

Jamie resmungou reprovando a brincadeira, mas riu mesmo assim.

– Madame? – Ele me ofereceu um braço, que aceitei, atravessando o caminho até as portas de River Run, que estavam abertas para nos receber.

A casa era espaçosa e arejada por dentro, com tetos altos e portas francesas amplas em todos os cômodos do andar de baixo. Vi peças de prata e de cristal quando passamos por uma sala de jantar grande e formal, e pensamos que, pelo visto, Hector Cameron devia ter sido muito bem-sucedido com as plantações.

Jocasta nos levou a uma sala particular, menor e mais íntima, com a mesma quantidade de mobília das salas maiores, mas com toques caseiros entre o brilho dos móveis polidos e das decorações. Havia um cesto grande de lã cheio de novelos em uma pequena mesa de madeira polida, ao lado de um vaso de vidro com flores de verão e um sino pequeno, prateado e decorado. Uma roda de fiar girava sozinha e lentamente na brisa que entrava pelas portas francesas abertas.

O mordomo nos levou para o cômodo, ajudou sua patroa a se sentar e então se virou para uma cristaleira com uma coleção de jarros e garrafas.

– Vamos tomar um trago para comemorar sua vinda, Jamie? – Jocasta balançou a mão comprida e magra na direção da cristaleira. – Imagino que você não tenha experimentado um uísque decente desde que saiu da Escócia, não é?

Jamie riu, sentando-se na frente dela.

– De fato, não, tia. E como você o consegue aqui?

Ela deu de ombros e sorriu, parecendo complacente.

– Seu tio teve a sorte de fazer um bom estoque há alguns anos. Ele negociou metade de um carregamento de vinho e licor em troca de um armazém de tabaco, pretendendo vendê-lo, mas então, o Parlamento emitiu um ato tornando ilegal que alguém além da Coroa vendesse bebida alcoólica mais forte do que cerveja nas Colônias, e assim acabamos com duzentas garrafas da bebida na adega!

Ela estendeu a mão na direção da mesa ao lado de sua cadeira, sem se importar em olhar. Ela não precisava. O mordomo pousou ali um copo de cristal, onde os dedos dela alcançavam. Jocasta o segurou e o ergueu, passando-o sob o nariz e cheirando-o, os olhos fechados de prazer.

– Sobrou bastante ainda. Muito mais do que consigo beber, pode acreditar! – Ela abriu os olhos e sorriu, erguendo o copo na nossa direção. – A você, sobrinho, e à sua querida esposa. Que os dois encontrem um lar nesta casa! *Slàinte!*

– *Slàinte mharl!* – respondeu Jamie, e todos nós bebemos.

Era um bom uísque, suave como seda e forte como o sol. Consegui senti-lo chegar ao fundo de meu estômago, criar raiz e se espalhar pela minha coluna.

Pareceu ter um efeito parecido em Jamie. Vi o leve franzir de cenho diminuir, e então seu rosto relaxou.

– Pedirei a Ulysses que escreva hoje à noite, para contar à sua irmã que vocês chegaram em segurança. – Jocasta estava dizendo. – Ela deve ter se preocupado muito com seu garoto, com certeza, pensando em todos os perigos que podem tê-los acometido pelo caminho.

Jamie pousou o copo e pigarreou, preparando-se para a confissão.

– Quanto aos perigos, tia, receio que devo contar...

Desviei o olhar, sem querer aumentar o desconforto dele enquanto o observava explicar de modo conciso o estado deplorável em que nos encontrávamos financeiramente. Jocasta ouviu com atenção, murmurando sons de surpresa diante do que ele contava a respeito de nosso encontro com os piratas.

– Maldito, maldito! – exclamou ela. – Retribuir sua gentileza desse modo! O homem deveria ser enforcado!

– Bem, eu me culpo, tia – disse Jamie com pesar. – Ele *seria* enforcado, se não fosse por mim. E como eu sabia que o homem era um ladrão, não posso me surpreender ao vê-lo roubar.

– Hummm. – Jocasta se endireitou no assento, olhando por cima do ombro esquerdo de Jamie enquanto falava. – Seja como for, sobrinho. Eu disse que você deve pensar em River Run como sua casa, e estava falando sério. Você e os seus são bem-vindos aqui. E tenho certeza de que encontraremos uma maneira de refazer suas riquezas.

– Agradeço, tia – murmurou Jamie, mas não quis olhar nos olhos dela. Ele olhou para o chão, e eu vi a mão ao redor do copo de uísque, segurando com força suficiente para deixar os nós dos dedos brancos.

O assunto da conversa felizmente passou para notícias de Jenny e de sua família em Lallybroch, e a vergonha de Jamie diminuiu um pouco. O jantar tinha sido pedido. Eu sentia o cheiro delicioso de carne assada vindo da cozinha, trazido pela brisa da noite que atravessava os gramados e os canteiros de flores.

Fergus se levantou e pediu licença, enquanto Ian caminhava pela sala, pegando coisas e devolvendo-as a seus lugares. Rollo, entediado com a situação ali dentro, farejava o ar da porta, observado com clara insatisfação pelo mordomo meticuloso.

A casa e toda a mobília eram simples, mas bem cuidadas, bonitas e organizadas com algo mais do que só bom gosto. Percebi o que estava por trás de proporções elegantes e decorações graciosas quando Ian parou abruptamente ao lado de um grande quadro na parede.

– Tia Jocasta! – exclamou ele, virando-se para ela. – A senhora pintou isto? Tem seu nome aqui.

Pensei ter visto a expressão dela ficar mais sombria, mas ela logo sorriu de novo.

– A vista das montanhas? Ah, sempre adorei vê-las. Eu ia com Hector, e então ele subia para comercializar os couros. Acampávamos nas montanhas e montávamos uma fogueira enorme, e os empregados a mantinham acesa dia e noite, como um sinal. E depois de alguns dias, os índios selvagens desciam a floresta e se sentavam ao redor da fogueira para conversar, beber uísque e permutar... eu me sentava com meu caderno de desenho e gizes de cera, desenhando tudo que conseguia ver.

Ela se virou, acenando em direção ao lado mais distante da sala.

– Veja aquele do canto, rapaz. Veja se consegue encontrar o índio que coloquei ali, escondido nas árvores.

Jocasta terminou o uísque e pousou o copo na mesa. O mordomo se ofereceu para enchê-lo de novo, mas ela o dispensou sem olhar para ele. Ele repousou o decantador e saiu depressa para o corredor.

– Sim, eu adorava ver as montanhas – repetiu ela. – Não são tão escuras e áridas como na Escócia, mas o sol nas rochas e a névoa nas árvores me lembravam de Leoch de vez em quando.

Ela balançou a cabeça de novo e sorriu um pouco feliz demais para Jamie.

– Mas este é meu lar há muito tempo, sobrinho... e eu espero que você o considere seu lar também.

Não tínhamos muita escolha, mas Jamie mexeu a cabeça, murmurando um agradecimento em resposta. No entanto, foi interrompido por Rollo, que levantou a cabeça latindo assustado.

– O que foi, cachorro? – perguntou Ian, de pé ao lado do cachorro-lobo. – Está sentindo algum cheiro?

Rollo estava gemendo, olhando para a borda de flores escuras e arrepiando os pelos grossos, nervoso.

Jocasta virou a cabeça na direção da porta aberta e farejou o ar, as narinas se abrindo.

– É um gambá – disse ela.

– Um gambá! – Ian se virou para olhar para ela, assustado. – Eles chegam tão perto da casa?

Jamie se levantara depressa para espiar a noite.

– Eu ainda não o vi – disse ele. Levou a mão automaticamente ao cinto, mas é claro que não estava carregando uma faca com seu terno bom. Ele se dirigiu a Jocasta. – Tem alguma arma na casa, tia?

Jocasta ficou boquiaberta.

– Sim, muitas, mas...

– Jamie, um gambá não é... – Comecei a falar.

Mas antes que conseguíssemos terminar, ouvimos um barulho em meio aos arbustos, e os galhos altos balançavam de um lado a outro. Rollo rosnou, e os pelos do seu pescoço se eriçaram.

– Rollo! – Ian olhou ao redor à procura de uma arma improvisada, pegou o atiçador da lareira e o ergueu acima da cabeça, partindo em direção à porta.

– Espere, Ian! – Jamie segurou o braço erguido do sobrinho. – Veja. – Ele abriu um grande sorriso e apontou para a porta.

Os arbustos se abriram e um gambá bonito e gordo apareceu, com belas listras pretas e brancas, e obviamente com a sensação de que tudo estava bem em seu mundo.

– *Aquilo* é um gambá? – perguntou Ian sem acreditar. – Puxa, mas é pequeno como um furão! – Ele enrugou o nariz, numa expressão dividida entre diversão e nojo. – Ufa! E eu pensando se tratar de uma fera enorme e perigosa!

A atitude despreocupada do gambá foi demais para Rollo aguentar, e ele avançou, latindo de modo curto e forte. Correu de um lado para outro na varanda, rosnando e partindo brevemente atrás do gambá, que olhava com irritação para ele.

– Ian – chamei, escondendo-me atrás de Jamie. – Repreenda seu cachorro. Os gambás *são* perigosos.

– São? – Jamie olhou confuso para mim. – Mas o que...

– Os furões só fedem – expliquei. – Os gambás... Ian, não! Deixe-o em paz e entre!

Ian, curioso, estava cutucando o gambá com o atiçador. O gambá, irritado com essa intimidade indesejada, bateu a pata e ergueu a cauda.

Ouvi o barulho de uma cadeira sendo arrastada e olhei para trás. Jocasta havia se levantado e parecia assustada, mas não se mexeu para ir à porta.

– O que é isso? – perguntou ela. – O que eles estão fazendo?

Para minha surpresa, ela estava olhando dentro da sala, virando a cabeça de um lado para outro, como se tentasse localizar alguém no escuro.

De repente, eu me dei conta. Sua mão no braço do mordomo, o fato de ela tocar o rosto de Jamie ao recebê-lo, o copo servido pronto para que ela pegasse e a sombra em seu rosto quando Ian falou do quadro. Jocasta Cameron era cega.

Um grito estridente me sobressaltou e chamou minha atenção para assuntos mais urgentes na varanda. Uma onda de cheiro fétido entrou na sala, se espalhou pelo chão e subiu ao meu redor como uma nuvem em forma de cogumelo.

Tossindo com os olhos marejados pelo fedor, eu procurei Jamie, que fazia comentários ofegantes em gaélico. Mais alto do que a cacofonia de ruídos do lado de fora, mal ouvi o leve tilintar do sino de Jocasta atrás de mim.

– Ulysses? – disse ela, parecendo resignada. – É melhor você dizer ao cozinheiro que o jantar irá atrasar.

– Que sorte por estarmos no verão, pelo menos – disse Jocasta no café da manhã do dia seguinte. – Imaginem se fosse inverno e tivéssemos que deixar as portas fechadas! – Ela riu, mostrando dentes em condições surpreendentemente boas para sua idade.

– Ah, sim – murmurou Ian. – Por favor, pode me passar mais torrada, senhora?

Ele e Rollo tinham se banhado no rio, esfregando tomates das vinhas fartas do fundo da casa no corpo. As propriedades de redução de odor dessas frutas funcionavam tão bem quanto óleo de gambá em cheiros mais suaves de dejetos humanos, mas em nenhum caso o efeito neutralizante era completo. Ian ficou sentado sozinho em uma das pontas da mesa comprida, ao lado de uma porta francesa aberta, mas eu vi a empregada que levou a torrada para ele torcer o nariz ao pousar o prato diante do garoto.

Talvez inspirada pela proximidade de Ian e a vontade de andar ao ar livre, Jocasta sugeriu que fôssemos à região de destilação de resina para produção de terebintina na floresta acima de River Run.

– É um dia para ir e outro para voltar, mas acredito que o clima continuará bom. – Ela se virou para a janela francesa aberta, onde abelhas sobrevoavam um arbusto de vara-de-ouro e flox. – Vocês as ouvem? – perguntou ela, abrindo o sorriso levemente torto a Jamie. – As abelhas dizem que ficará quente e claro.

– A senhora tem ouvidos apurados, madame Cameron – disse Fergus com educação. – Mas se eu puder pegar emprestado um cavalo de seu estábulo, prefiro ir à cidade.

Eu sabia que ele estava desesperado para enviar notícias a Marsali na Jamaica. Eu o ajudara a escrever uma longa carta na noite anterior, descrevendo nossas aventuras e a chegada em segurança. Em vez de esperar que um escravo a levasse com a correspondência da semana, ele preferia postá-la com as próprias mãos.

– De fato, e pode pegar, sr. Fergus – disse Jocasta com graça. Ela sorriu olhando para as pessoas da mesa. – Como eu disse, vocês todos devem considerar River Run seu próprio lar.

Jocasta quis nos acompanhar na viagem. Ela usava um vestido de musselina verde-escuro, com a menina Phaedre logo atrás, carregando um chapéu enfeitado com uma fita de veludo que combinava com o vestido. Parou no corredor, mas em vez de colocar logo o chapéu, ficou de pé enquanto Phaedre amarrava uma faixa de linho branco ao redor de sua cabeça, cobrindo seus olhos.

– Não vejo nada além de luz – explicou ela. – Não consigo identificar os objetos. Mas a luz do sol me causa dor, por isso devo cobrir meus olhos quando saio. Estão prontos, meus caros?

Aquilo respondia a algumas de minhas dúvidas a respeito de sua cegueira, mas não todas. Retinite pigmentosa? Pensei com interesse enquanto a seguia pelo amplo hall de entrada. Ou talvez degeneração macular, ainda que glaucoma pudesse ser a possibilidade mais forte. Não era a primeira nem a última vez, eu tinha certeza, que meus dedos se curvavam ao redor do cabo de um oftalmoscópio invisível, desejando enxergar o que não podia ser visto apenas a olho nu.

Para minha surpresa, quando chegamos ao estábulo, uma égua estava selada, pronta para Jocasta, e não a carruagem que eu pensei que veríamos. O dom de amansar cavalos era forte na família MacKenzie. A égua levantou a cabeça e relinchou ao ver sua dona, e Jocasta se aproximou do animal, o rosto tomado de prazer.

– *Ciamar a tha tu*? – perguntou ela, acariciando o focinho macio do animal. – Esta é minha doce Corinna. Não é uma moça muito querida?

Enfiando a mão no bolso, ela pegou uma maçã verde pequena, que a égua aceitou com prazer.

– E eles cuidaram de seu joelho, *mo chridhe*? – Jocasta correu uma mão pelo ombro e pela pata da égua até a parte interna do joelho, encontrando e explorando uma cicatriz com dedos ágeis. – O que me diz, sobrinho? Ela está bem? Consegue aguentar uma viagem de um dia?

Jamie estalou a língua, e Corinna obedientemente deu um passo na direção dele, claramente reconhecendo alguém que falava sua língua. Ele olhou a pata, segurou a crina e com uma ou duas palavras em gaélico incitou-a a caminhar. Então, ele a mandou parar, subiu na sela e trotou delicadamente duas vezes ao redor do campo do estábulo, parando ao lado de Jocasta, que esperava.

– Sim – disse ele, apeando. – Ela está bem, tia. O que causou o ferimento?

– Foi uma cobra, senhor – disse o cuidador, um jovem negro que estava mais para trás, observando Jamie atentamente com a égua.

– Não foi uma picada, foi? – perguntei, surpresa. – Parece um corte, como se ela tivesse prendido a pata em alguma coisa.

Ele olhou para mim com as sobrancelhas erguidas, mas assentiu com respeito.

– Sim, senhora, foi isso. Há um mês, ouvi a égua relinchar como nunca, e uma confusão tão grande que pensei que o estábulo estivesse desabando sobre a minha cabeça. Quando corri para ver o que era, encontrei o corpo ensanguentado de uma enorme cobra venenosa amassado na palha onde eles dormem. A palha estava toda espalhada, e a égua estava tremendo no canto, com sangue na pata devido a um corte causado na confusão. – Ele olhou para o animal com aparente orgulho. – Um animal tão corajoso, essa égua!

– A "enorme cobra venenosa" devia ter 30 centímetros de comprimento – me disse Jocasta com um tom seco. – E era uma cobra inofensiva. Mas a tola tem pavor de cobras. Quando vê uma, perde totalmente as estribeiras. – Inclinou a cabeça na direção do jovem cuidador e sorriu. – E Josh também não é muito fã delas, né?

O ajudante sorriu em resposta.

– Não, senhora. Não gosto das criaturas tanto quanto a égua.

Ian, que ouvia a conversa, não conseguiu mais segurar a curiosidade.

– De onde você veio, rapaz? – perguntou ao cuidador, olhando para ele fascinado.

Josh enrugou a testa.

– De onde venho? Não vim, ah sim, agora entendi. Eu nasci rio acima, na casa do sr. George Burnett. A srta. Jo me comprou há dois anos, em Eastertide.

– E acredito que podemos dizer que o próprio sr. Burnett foi concebido perto de Aberdeen – Jamie sussurrou para mim. – Certo?

River Run ocupava um grande território, incluindo não só a extensão em frente ao rio, como também uma boa parte da floresta de pinheiros que cobria um terço da colônia. Além disso, Hector Cameron adquirira terras nas quais passava um rio, um dos muitos que corriam por Cabo Fear.

Isso providenciava não apenas artigos valiosos, como madeira, resina e terebintina, mas um meio conveniente de levá-los ao mercado, por isso não surpreende que River Run tenha prosperado, apesar de produzir apenas quantidades modestas de tabaco e anileira – embora os campos fragrantes de tabaco verde pelos quais passávamos fossem, para mim, mais do que modestos.

– Há um pequeno moinho. – Jocasta estava explicando enquanto andávamos. – Acima do riacho que se une ao rio. A serragem e o molde são feitos lá, e então as tábuas e barris são enviados rio abaixo por barcaça a Wilmington. Não é uma grande distância da casa até o moinho pela água, se escolhermos remar contra a corrente, mas pensei em mostrar a vocês um pouco das terras. – Ela respirou o ar com cheiro de pinheiro com prazer. – Faz um tempo desde que saí.

Era um lugar agradável. Na floresta de pinheiros, era muito mais frio, pois o sol era bloqueado pela folhagem de agulhas. Acima, os troncos das árvores subiam por 6 a 9 metros antes de os galhos aparecerem – por isso não fiquei surpresa ao saber que a maior parte da produção do moinho eram mastros e vergas feitos para a Marinha Real.

Aparentemente, River Run negociava muito com a Marinha, a julgar pela conversa de Jocasta. Mastros, vergas, sarrafos, paus, terebintina e alcatrão. Jamie se mantinha perto dela, ouvindo com atenção enquanto ela explicava tudo com detalhes, deixando Ian e a mim para trás. Evidentemente, ela trabalhara junto com o marido na construção de River Run. Eu me perguntei como ela conseguia cuidar do local sozinha, agora que ele partira.

– Vejam! – disse Ian, apontando. – O que é aquilo?

Eu apeei e caminhei com o cavalo, juntamente com o dele, até a árvore para a qual ele apontara. Um pedaço grande de casca tinha sido arrancado, expondo a madeira por baixo por uma extensão de 1,20m na lateral. Naquela área, a madeira branca-amarelada era traçada num padrão de espinha de peixe, como se tivesse sido riscada com uma faca.

– Estamos perto – disse Jocasta. Jamie havia nos visto parar, e eles tinham voltado para nos acompanhar. – É uma árvore da resina de terebintina que vocês estão vendo. Consigo sentir o cheiro.

Todos sentimos. O cheiro pungente de madeira cortada e resina era tão forte que até mesmo *eu* teria encontrado a árvore com os olhos vendados. Agora que tínhamos parado, eu ouvia barulhos a distância: os sons de homens trabalhando, o bater de um machado e vozes chamando de um lado a outro. Respirando fundo, eu também senti o cheiro de algo queimando.

Jocasta aproximou Corinna das árvores cortadas.

– Aqui – disse ela, tocando a parte de baixo do corte, onde havia uma parte oca devido à madeira retirada da árvore. – Chamamos isso de caixa. É onde a seiva e a terebintina crua caem e são reunidas. Esta está quase cheia. Em breve, um escravo virá drená-la.

Assim que ela disse isso, um homem apareceu em meio às árvores. Um escravo vestido com apenas uma tanga, levando uma mula branca e grande com uma vara comprida nas costas, um barril suspenso de cada lado. A mula parou quando nos viu, jogou a cabeça para trás e relinchou, histérica.

– Esse é Clarence – disse Jocasta, alto o suficiente para ser ouvida acima do barulho. – Ele gosta de ver as pessoas. E quem está com ele? É você, Pompey?

– Sim, sou eu. – O escravo puxou a mula pelo lábio superior e virou-a com força. – Vam, safá!

Enquanto eu traduzia a expressão em minha mente, como "Vamos, safada", o homem se virou na nossa direção, e vi que ele falava daquele jeito porque não tinha o lado esquerdo inferior da mandíbula. Seu rosto abaixo do osso da face simplesmente se afundava em uma depressão profunda tomada por cicatrizes na pele esbranquiçada.

Jocasta deve ter ouvido quando puxei o ar, chocada – ou deve ter esperado tal reação –, porque se virou na minha direção.

– Foi uma explosão de piche. Felizmente, ele não morreu. Vamos, estamos perto das máquinas. – Sem esperar pelo ajudante, ela virou a cabeça da égua com habilidade e passou entre as árvores em direção ao cheiro de queimado.

O contraste das máquinas de terebintina com o silêncio da floresta era incrível; uma grande clareira cheia de pessoas, todas em atividade. A maioria era formada por escravos, usando o mínimo de roupas possível, membros e corpos manchados de carvão.

– Tem alguém nos barracões? – Jocasta virou a cabeça na minha direção.

Eu me levantei nos estribos para olhar. No lado mais distante da clareira, perto de uma fileira de casebres, vi uma cor de relance; três homens com o uniforme da Marinha Britânica, e mais um com um casaco verde-garrafa.

– Aquele é meu amigo particular – disse Jocasta, sorrindo com satisfação ao ouvir minha descrição. – O sr. Farquard Campbell. Vamos, sobrinho. Gostaria que você o conhecesse.

Visto de perto, Campbell era um homem de cerca de 60 anos e estatura mediana, mas com a postura severa que alguns escoceses têm quando envelhecem – não tanto pelo desgaste da idade, mas pelo processo de bronzeamento do sol, que resulta em uma superfície parecida com um escudo de couro, capaz de conter as lâminas mais afiadas.

Campbell cumprimentou Jocasta com alegria, inclinou-se de modo cortês para mim, ergueu uma sobrancelha para Ian e então voltou os olhos cinza para Jamie.

– Estou muito contente por vê-lo aqui, sr. Fraser – disse ele, estendendo a mão. – Muito feliz mesmo. Ouvi muitas coisas a seu respeito desde que a sua tia soube de suas intenções de visitar River Run.

Ele parecia realmente feliz por conhecer Jamie, o que achei estranho. Não que poucas pessoas gostassem de Jamie – posso afirmar que ele era um homem muito simpático –, mas havia um ar quase de alívio no cumprimento efusivo de Campbell, o que me parecia incomum para alguém cuja aparência era de reserva e taciturnidade.

Se Jamie notou algo estranho, escondeu a surpresa atrás de uma fachada de simpatia.

– Eu me sinto honrado por saber disso, sr. Campbell. – Jamie sorriu de modo agradável e fez uma reverência em direção aos oficiais da Marinha. – Cavalheiros? Fico feliz em conhecê-los também.

Nesse momento, um homem gorducho, carrancudo e pequeno chamado tenente Wolff e seus dois acompanhantes se apresentaram e, depois de reverências superficiais, passaram a ignorar Jocasta e eu, voltando sua atenção para uma discussão sobre galões.

Jamie ergueu uma sobrancelha para mim, meneando a cabeça delicadamente em direção a Jocasta, sugerindo que eu a tirasse dali enquanto as negociações eram feitas.

Jocasta, no entanto, não demonstrou nenhuma vontade de se afastar.

– Vá em frente, minha cara – disse ela. – Josh lhe mostrará tudo. Eu esperarei na sombra enquanto os cavalheiros realizam os negócios. O calor está forte demais para mim.

Os homens tinham se sentado para falar de negócios em um barracão aberto no qual havia uma mesa de madeira com diversos banquinhos. Provavelmente era onde os escravos faziam as refeições, aturando as moscas em troca de ar. Outro barracão servia para estocagem; o terceiro, que ficava fechado, eu deduzi ser o dormitório.

Além dos barracões, em direção ao centro da clareira, havia duas ou três fogueiras grandes, sobre as quais caldeiras enormes soltavam vapor à luz do sol, suspensas em tripés.

– Eles vão ferver a terebintina e misturar no piche – explicou Josh, mostrando uma das caldeiras. – Uma parte é colocada em barris como este – ele acenou em direção aos barracões, onde havia uma carroça parada, cheia de barris –, mas o resto é misturada ao piche. Os homens da Marinha dizem quanto irão precisar para que a gente saiba.

Um garoto de 7 ou 8 anos estava de pé em um banquinho alto, mexendo a panela com uma vara comprida. Outro mais alto estava ao lado com uma concha enorme, com a qual tirou a camada mais leve de terebintina pura na superfície da caldeira e a colocou em um barril ao lado.

Enquanto eu os observava, um escravo saiu da floresta com uma mula e seguiu em direção à caldeira. Outro homem se aproximou para ajudar e, juntos, eles descarregaram os barris – que pareciam muito pesados – da mula e os viraram dentro da caldeira, um por vez, despejando a seiva amarelada e de cheiro forte dos pinheiros.

– Senhora, chegue um pouco mais para trás – disse Josh, segurando meu braço para me afastar do fogo. – O líquido espirra um pouco, e se pegar fogo, a senhora não se queimará.

Após ver o homem na floresta, eu certamente não queria me queimar. Afastei-me e olhei para os barracões. Jamie, o sr. Campbell e os homens da Marinha continuavam no mesmo lugar, bebendo algo de uma garrafa e lendo uma pilha de papéis sobre a mesa.

Encostada na parede do barracão, fora do campo de visão dos homens, estava Jocasta Cameron. Depois de parar de fingir estar cansada, ela estava claramente ouvindo tudo o que podia.

Josh viu a expressão de surpresa que fiz e virou-se para ver o que eu estava olhando.
– A srta. Jo odeia não ficar por dentro dos assuntos – murmurou ele com tristeza. – Eu nunca vi, mas Phaedre já me disse que a senhora fica muito brava quando não consegue controlar alguma coisa. Ela diz que a srta. Jo reclama sem parar e se torna agressiva.

– Deve ser uma cena bem interessante – respondi. – Mas o que ela não consegue controlar? – Pelo que parecia, Jocasta Cameron tinha sua casa, os campos e as pessoas na palma da mão, cega ou não.

Agora foi a vez de Josh parecer surpreso.
– Ah, é a maldita Marinha. Ela não disse por que viemos hoje?

Antes que eu fizesse a interessante pergunta sobre o porquê de Jocasta Cameron querer controlar a Marinha Britânica, fomos interrompidos por um grito de susto do outro lado da clareira. Eu me virei para olhar e quase fui pisoteada por vários homens seminus correndo em pânico em direção aos barracões.

No lado mais afastado da clareira, havia um monte peculiar. Eu já o notara antes, mas não tivera chance de perguntar a respeito. Apesar de o chão da clareira ser quase todo de terra, o monte era coberto por grama –, mas de um tipo diferente, em tufos.

Uma parte era verde, outra amarela, e em um ponto ou outro, havia uma área ovalada de cor marrom.

Quando notei que aquele efeito era resultado de o monte ser coberto por turfas cortadas, a coisa toda explodiu. Não houve som de explosão, apenas o tipo de som abafado como um espirro enorme, e uma onda leve de ar que passou pelo meu rosto.

Se não teve som de explosão, teve aparência. Pedaços de turfa e de madeira queimada começaram a se espalhar por toda a clareira. Ouvi muitos gritos, e Jamie e seus companheiros vieram correndo do barracão parecendo um grupo de camponeses assustados.

– Você está bem, Sassenach? – Ele segurou meu braço, parecendo ansioso.

– Sim, estou bem – respondi, meio confusa. – O que diabos acabou de acontecer?

– Eu não sei! – disse ele rapidamente, já olhando ao redor. – Onde está Ian?

– Não sei. Você não acha que ele teve algo a ver com isso, acha? – Afastei vários pedaços de carvão que tinham se acumulado em meu colo. Com manchas pretas decorando meu decote, segui Jamie até um pequeno grupo de soldados, todos falando numa mistura confusa de gaélico, inglês e dialetos africanos.

Encontramos Ian com um dos jovens oficiais da Marinha. Eles estavam espiando interessados o buraco negro que agora ocupava o lugar onde o monte ficava.

– Acontece com frequência, até onde eu sei – o rapaz dizia quando chegamos. – Nunca tinha visto, apesar de ter sido uma bela explosão, não?

– *O que* acontece com frequência? – perguntei, olhando ao redor de Ian. O buraco estava cheio de pedaços de casca preta de pinheiro, todos espalhados pela força da explosão. A base do monte continuava ali, em destaque no buraco como a borda da massa de uma torta.

– Uma explosão de piche – explicou o rapaz, virando-se para mim. Ele era pequeno e corado, de idade aproximada à de Ian. – Eles fazem uma fogueira com carvão embaixo do piche, senhora, e a cobrem com terra e turfas cortadas para manter o calor e, ao mesmo tempo, permitir que o ar passe pelas aberturas para que o fogo não se apague. O piche ferve e escapa pela madeira oca para dentro do barril de alcatrão... está vendo?

Ele apontou para um pedaço de madeira sobre os restos de um barril destruído com o líquido preto escorrendo. O fedor de madeira queimada e de alcatrão tomou o ar, e eu tentei respirar apenas pela boca.

– A dificuldade está em regular o fluxo do ar – continuou o rapaz, excedendo-se um pouco em seu conhecimento. – Ar de menos, e o fogo se apaga. Ar de mais, e ele queima com tanta energia que é impossível ser contido, e pode incendiar o buraco e explodi-lo, como pode ver, senhora.

Ele gesticulou com veemência em direção a uma árvore próxima, onde uma das turfas fora lançada com tanta força que tinha se enrolado no tronco como um fungo amarelo.

– É uma questão de ajuste – disse ele, e ficou na ponta dos pés, olhando ao redor com curiosidade. – Onde está o escravo responsável pela fogueira? Espero que o coitado não tenha morrido.

Ele não tinha morrido. Eu estava espiando com cuidado entre as pessoas enquanto conversávamos, procurando feridos, mas todos pareciam ter escapado ilesos – desta vez.

– Tia! – exclamou Jamie, lembrando de Jocasta de repente. Ele se virou na direção dos barracões, mas parou, relaxando. Ela estava ali, claramente visível com o vestido verde, de pé ao lado do barracão.

Tensa e furiosa, como descobrimos quando nos aproximamos. Esquecida por todos na confusão da explosão, ela não conseguia se mexer, e permaneceu ali, impotente, ouvindo a confusão, mas sem poder fazer nada.

Eu me lembrei do que Josh dissera a respeito do temperamento de Jocasta, mas ela era elegante demais para brigar em público, por mais irritada que estivesse. Josh se desculpou no idioma de Aberdeen por não estar por perto no momento para ajudá-la, mas ela o afastou com impaciência gentil, mas brusca.

– Cale-se, rapaz. Você fez o que mandei. – Ela virou a cabeça sem parar de um lado para outro, como se tentasse enxergar por baixo da venda. – Farquard, onde você está?

O sr. Campbell se aproximou e colocou a mão dela em seu braço, dando um tapinha delicado.

– Não aconteceu nada de mais, minha cara. – Ele a confortou. – Ninguém se feriu, e só um barril de alcatrão foi destruído.

– Bom – disse ela, e a tensão em seu corpo alto diminuiu um pouco. – Mas onde está Byrnes? Não estou ouvindo a voz dele.

– O feitor? – O tenente Wolff tirou resíduos do rosto suado com um grande lenço de linho. – Eu me perguntei a mesma coisa. Não encontramos ninguém para nos receber hoje cedo. Felizmente, o sr. Campbell chegou logo depois.

Farquard Campbell pigarreou de forma discreta, diminuindo o próprio envolvimento.

– Creio que Byrnes esteja no moinho – disse ele. – Um dos escravos me disse que houve um problema com a lâmina principal da serra. Sem dúvida, ele está cuidando disso.

Wolff parecia irritado, como se considerasse lâminas com defeito uma desculpa ruim para não ter sido recebido de modo adequado. Pelos lábios contraídos de Jocasta, ela pensava a mesma coisa.

Jamie tossiu, estendeu o braço e tirou um pedaço de grama dos meus cabelos.

– Acredito ter visto uma cesta de almoço, não é, tia? Talvez possa ajudar o tenente a se refrescar um pouco enquanto ajeito as coisas aqui.

Foi a sugestão certa. Jocasta relaxou um pouco, e Wolff parecia bem mais feliz ao ouvir falar de almoço.

– De fato, sobrinho. – Ela se endireitou, o ar autoritário de volta, e assentiu na direção da voz de Wolff. – Tenente, faria a gentileza de me acompanhar?

...

Durante o almoço, eu descobri que a visita do tenente à região de produção de terebintina era algo que ele fazia de três em três meses, e nessas ocasiões, um contrato era assinado para a compra e entrega em vários comércios navais. O trabalho do tenente era fazer e revisar tais acordos com donos de plantações de Cross Creek até a fronteira da Virgínia, e o tenente Wolff deixava claro qual lado da colônia ele preferia.

– Se há uma área de atuação na qual admito a eficiência escocesa – disse o tenente de modo pomposo, tomando um grande gole de seu terceiro copo de uísque – é na produção da bebida.

Farquard Campbell, que bebericava de seu copo, abriu um sorrisinho seco e nada disse. Jocasta estava sentada ao lado dele em uma cadeira de balanço, sobre cujos braços seus dedos estavam pousados delicadamente, sensíveis como um sismógrafo, sentindo as vibrações subterrâneas.

Wolff tentou, sem sucesso, controlar um arroto, e tardiamente virou o que parecia considerar seu charme para mim.

– Na maioria dos outros aspectos – continuou, inclinando-se para mim como se estivesse fazendo uma confissão –, eles são uma raça preguiçosa e teimosa, duas características que os tornam incapazes de...

Nesse momento, o oficial mais jovem, vermelho de vergonha, derrubou uma tigela de maçãs, criando uma distração suficiente para impedir que o tenente concluísse seu pensamento – mas não o suficiente, infelizmente, para interromper tudo.

O tenente secou o suor que pingava por baixo da peruca e olhou para mim com os olhos vermelhos.

– Mas vejo que a senhora não é escocesa, madame. Posso afirmar que sua voz é melodiosa e bem composta. Não tem sinal do sotaque bárbaro, apesar das pessoas que a acompanham.

– Ah... obrigada – murmurei, tentando imaginar qual parte da incompetência administrativa fizera o tenente ficar responsável pelos negócios da Marinha em Cabo Fear, possivelmente, a maior reunião de escoceses das Terras Altas que podia ser encontrada no Novo Mundo. Comecei a entender o que Josh pretendera dizer com: "Ah, é a maldita Marinha!"

O sorriso de Jocasta parecia engessado. O sr. Campbell, ao lado dela, ergueu a sobrancelha grisalha para mim e mostrou-se austero. Evidentemente, apunhalar o tenente no peito com uma faca de cortar fruta não era uma opção – pelo menos não enquanto ele não assinasse a ordem de pedido –, então fiz a melhor coisa em que pude pensar: peguei a garrafa de uísque e enchi o copo dele até a borda.

– É incrivelmente bom, não é? Quer mais um pouco, tenente?

Era bom, sim. Suave e quente. E também muito caro. Eu me virei para o oficial mais jovem, sorri com simpatia para ele e deixei o tenente beber tudo.

A conversa prosseguiu estranha, mas sem mais incidentes, apesar de os dois oficiais permanecerem atentos ao "Progresso do Beberrão" que estava acontecendo do outro lado da mesa. Não era à toa, já que seria responsabilidade deles colocar o tenente em um cavalo para voltar para Cross Creek inteiro. Comecei a perceber por que eram dois acompanhantes.

– O sr. Fraser parece estar se saindo bem – disse o oficial mais velho, acenando em uma tentativa fraca de retomar a conversa sem rumo. – Não acha, senhor?

– Ahn? Ah, sem dúvida – respondeu Wolff. Ele tinha perdido o interesse em qualquer coisa além do seu copo, mas era verdade. Enquanto nós nos sentávamos para almoçar, Jamie – com a ajuda de Ian –, conseguira restaurar a ordem na clareira, ajeitar as caldeiras e colocar as bacias de seiva em funcionamento de novo, e reunir os destroços da explosão. No momento, ele estava no lado distante da clareira, de camisa e calças, ajudando a virar madeiras meio queimadas dentro do caldeirão de alcatrão. Eu o invejei um pouco. O trabalho parecia ser muito mais agradável do que almoçar com o tenente Wolff.

– Sim, ele está indo bem. – Os olhos ágeis de Farquard Campbell se voltaram para a clareira e então para a mesa. Ele observou a condição do tenente e apertou a mão de Jocasta brevemente. Sem virar a cabeça, ela falou com Josh, que estava calado no canto.

– Coloque aquela segunda garrafa no alforje do tenente, rapaz – disse ela. – Não quero que ela se perca. – Jocasta abriu um sorriso charmoso para o tenente, mais convincente por ele não poder ver os olhos dela.

O sr. Campbell pigarreou.

– Já que vocês nos deixarão em breve, senhor, talvez possamos resolver a questão dos seus pedidos agora?

Wolff pareceu vagamente surpreso ao ouvir que ele estava prestes a sair, mas seus acompanhantes se levantaram com vivacidade e começaram a reunir papéis e alforjes. Um pegou um tinteiro e uma pena apontada e se sentou na frente do tenente. O sr. Campbell pegou um papel dobrado do casaco e o colocou sobre a mesa, pronto para assinar.

Wolff franziu o cenho para o papel e se remexeu um pouco.

– Assim, senhor – murmurou o oficial mais velho, colocando a pena na mão mole do seu superior e apontando para o papel.

Wolff pegou seu copo, inclinou a cabeça e tomou as últimas gotas. Batendo o copo ao pousá-lo, ele sorriu vagamente, sem focar o olhar. O oficial mais jovem fechou os olhos em resignação.

– Ora, por que não? – perguntou o tenente, e afundou a pena no tinteiro.

– Não quer se lavar e trocar de roupa, sobrinho? – As narinas de Jocasta se abriram delicadamente. – Você está fedendo a alcatrão e carvão.

Pensei que era bom ela não conseguir vê-lo. Estava mais do que fedendo. As mãos dele estavam pretas, a nova camisa se reduzira a um trapo imundo, e seu rosto estava tão sujo que ele parecia ter limpado chaminés. Algumas partes dele que não estavam pretas, estavam vermelhas. Jamie havia tirado o chapéu enquanto trabalhava ao sol do meio-dia, e a ponte de seu nariz estava vermelha como um tomate. Mas não achava que a cor se devia apenas ao sol.

– Minha limpeza pode esperar – respondeu ele. – Primeiro, quero saber o sentido dessa charada. – Ele olhou fixamente para o sr. Campbell com os olhos azul-escuros. – Sou atraído à floresta com o pretexto de cheirar terebintina, e quando me dou conta, estou sentado com a Marinha Britânica, dizendo sim e não a assuntos sobre os quais não entendo nada, com seus homens chutando minhas canelas embaixo da mesa como um macaco treinado!

Jocasta sorriu ao ouvir as palavras do sobrinho.

Campbell suspirou. Apesar do cansaço do dia, seu casaco bonito não mostrava sinais de poeira, e a peruca antiquada estava bem-arrumada em sua cabeça.

– Peço que aceite minhas desculpas, sr. Fraser, pelo que deve ser uma imposição monstruosa à sua boa natureza. Sua chegada veio bem a calhar, mas não me deu tempo suficiente para que as comunicações fossem feitas. Eu estava em Averasboro até ontem à noite, e quando recebi notícias de sua chegada, já era tarde demais para eu familiarizá-lo com a situação.

– É mesmo? Bem, mas temos um pouco de tempo no momento, e convido vocês a fazerem isso agora – disse Jamie, estalando os dentes depois de dizer "agora".

– Pode se sentar primeiro, sobrinho? – perguntou Jocasta, mexendo a mão graciosamente. – Vai demorar um pouco para explicar, e você teve um dia cansativo, não? – Ulysses aparecera do nada com um lençol de linho sobre o braço. Ele o espalhou sobre uma cadeira com um floreio e fez um gesto a Jamie para que ele se sentasse.

Jamie olhou para o mordomo com atenção, mas o dia fora cansativo. Eu via bolhas entre a sujeira de suas mãos, e o suor havia escorrido na sujeira de seu rosto e pescoço. Ele se afundou lentamente na cadeira e permitiu que um copo de prata fosse colocado em sua mão.

Um copo parecido apareceu em minha mão como num passe de mágica, e sorri agradecida ao mordomo. Eu não havia carregado madeira, mas a viagem longa e quente tinha me exaurido. Tomei um grande gole, apreciando a bebida, uma sidra deliciosa e gelada, que esfriava a língua e acabava com a sede de uma vez.

Jamie deu um grande gole e pareceu um pouco mais calmo.

– E então, sr. Campbell?

– É um problema da Marinha – começou Campbell, e Jocasta resmungou.

– Um problema do tenente Wolff, você quer dizer – corrigiu ela.

– Para seus propósitos, é a mesma coisa, Jo, e você sabe muito bem disso – disse o sr. Campbell, um pouco grosseiro. Ele se virou para Jamie para explicar.

A maioria dos rendimentos de River Run era, como Jocasta nos contara, originada da venda de seus produtos de madeira e terebintina, e o maior e mais rentável cliente era a Marinha Britânica.

– Mas a Marinha não é mais como antes – explicou o sr. Campbell, balançando a cabeça com tristeza. – Durante a guerra com os franceses, eles mal conseguiam manter a frota abastecida, e qualquer homem com um moinho era rico. Mas os últimos dez anos têm sido pacíficos, e os navios estão apodrecendo. O Almirantado não traz um novo há cinco anos. – Ele suspirou ao pensar nas infelizes consequências econômicas da paz.

A Marinha ainda precisava de um estoque de piche, terebintina e mastros – com uma frota para manter, o alcatrão sempre encontraria mercado. No entanto, o mercado diminuíra seriamente, e a Marinha agora podia escolher os donos de terra com quem negociar.

A Marinha exigia lealdade acima de tudo. Seus contratos eram renovados de três em três meses, sob inspeção e aprovação de um oficial naval graduado, no caso, Wolff. Sempre difícil de lidar, Wolff fora habilmente controlado por Hector Cameron, até a morte deste.

– Hector bebia com ele – disse Jocasta de maneira direta. – E quando ele partia, havia uma garrafa em sua bolsa e um pouco mais. – A morte de Hector Cameron, no entanto, tinha afetado muito os negócios da propriedade.

– E não só porque há menos para se oferecer em subornos – falou Campbell com um olhar de soslaio a Jocasta. Ele pigarreou.

O tenente Wolff, ao que parecia, chegara para dar suas condolências à viúva Cameron pela morte do marido, adequadamente uniformizado, ajudado por seus acompanhantes. Ele voltara no dia seguinte, sozinho – com uma proposta de casamento.

Jamie, que estava engolindo a bebida, engasgou.

– Não era em minha pessoa que o homem tinha interesse – disse Jocasta ao ouvir isso. – Era em minha terra.

Jamie sabiamente decidiu não comentar, apenas olhou para a tia com interesse renovado.

Por ter ouvido outras histórias, pensei que era provável que ela estivesse certa. O interesse de Wolff estava em conseguir terras rentáveis, que poderiam se tornar ainda mais lucrativas por meio de contratos navais que sua influência poderia proporcionar. Ao mesmo tempo, a pessoa de Jocasta Cameron não era um estímulo qualquer.

Cega ou não, ela era uma mulher atraente. No entanto, além da beleza simples de carne e osso, ela exalava uma vitalidade sensual que fazia alguém tão seco quanto Farquard Campbell pegar fogo quando ela se aproximava.

– Acho que isso explica o comportamento ofensivo do tenente durante o almoço – falei, interessada. – O inferno não conhece fúria maior do que a de uma mulher rejeitada, mas os homens também não gostam nada disso.

Jocasta virou a cabeça para mim, assustada. Acho que ela tinha se esquecido de que eu estava ali, mas Farquard Campbell riu.

– De fato, não gostam, sra. Fraser – concordou ele, olhos brilhando. – Somos frágeis, coitados de nós. Vocês brincam com nossos sentimentos.

Jocasta riu de um modo pouco feminino ao ouvir aquilo.

– Sentimentos, por favor! – rebateu ela. – O homem não tem afeição por nada que não venha numa garrafa.

Jamie olhava para o sr. Campbell com certo interesse.

– Já que falou em sentimentos, tia – disse ele, com certa emoção –, posso perguntar quais são os interesses de seu amigo?

O sr. Campbell olhou para ele também.

– Tenho uma esposa em casa – respondeu ele de modo seco –, e oito filhos, e o mais velho deles talvez seja um pouco mais velho do que o senhor. Mas conheci Hector Cameron por mais de trinta anos, e farei o melhor que puder por sua esposa em nome da amizade dele... e dela.

Jocasta apoiou a mão em seu braço e virou a cabeça para ele. Mesmo sem poder usar os olhos para impressionar, ainda sabia qual era o efeito do bater de cílios.

– Farquard tem ajudado muito, Jamie – disse ela com um toque de repreensão. – Eu não teria conseguido sem sua ajuda, depois da morte do pobre Hector.

– Ah, sim – falou Jamie, com um leve toque de desconfiança. – E tenho certeza de que devo ser tão grato ao senhor quanto minha tia é. Mas ainda quero saber onde entro nessa história.

Campbell pigarreou discretamente e seguiu com sua história.

Jocasta tinha dispensado o tenente, fingindo estafa pelo estresse e fora para o quarto, de onde não saíra até ele terminar a negociação em Cross Creek e partir para Wilmington.

– Byrnes cuidou dos contratos daquela vez, e fez uma bela bagunça com eles – contou Jocasta.

– Ah, sr. Byrnes, o feitor invisível. E onde ele estava hoje cedo?

Uma empregada apareceu com uma bacia de água quente perfumada e uma toalha. Sem pedir, ela se ajoelhou ao lado da cadeira de Jamie, pegou uma de suas mãos e começou a lavar a sujeira com delicadeza. Jamie pareceu levemente surpreso com aquela atenção, mas estava ocupado demais com a conversa para afastá-la.

Um sorriso seco passou pelo rosto de Campbell.

– Receio que o sr. Byrnes, apesar de normalmente ser um feitor competente, compartilhe uma pequena fraqueza com o tenente. Mandei um escravo ao moinho para procurá-lo, mas ele voltou e disse que Byrnes estava inconsciente em seus aposentos, cheirando a bebida, e não era possível levantá-lo.

Jocasta emitiu mais um som estranho, o que fez Campbell olhar para ela com carinho antes de voltar-se para Jamie.

– Sua tia é mais do que capaz de cuidar dos negócios da propriedade com Ulysses para ajudá-la com os documentos. No entanto, como você já viu – ele fez um gesto delicado para a bacia de água, que agora parecia uma bacia de tinta –, existem preocupações físicas no gerenciamento também.

– Foi o que o tenente Wolff me disse – falou Jocasta, contraindo os lábios ao se lembrar. – Que eu não podia esperar cuidar da minha propriedade sozinha, por ser uma mulher e também por não enxergar. Ele disse que eu não poderia depender de Byrnes, pois eu não teria como ir à floresta e ao moinho para ver o que o homem estava fazendo. Ou deixando de fazer. – Seus lábios se apertaram quando ela pensou nisso.

– O que é verdade – afirmou Campbell. – Existe um provérbio que diz: "A felicidade é um filho velho o bastante para ser importante." Pois quando se trata de dinheiro ou escravos, não é possível confiar em ninguém, exceto pessoas de sua família.

Respirei fundo e olhei para Jamie, que assentia. Pelo menos, havíamos chegado ao ponto.

– E é aí que Jamie entra – comentei. – Certo?

Jocasta já tinha pedido a Farquard Campbell que cuidasse do tenente Wolff em sua próxima visita, querendo que Campbell evitasse que Byrnes fizesse confusão com os contratos. Mas como chegamos num momento tão oportuno, Jocasta encontrou um plano melhor.

– Mandei uma mensagem a Farquard para que ele informasse ao tenente que meu sobrinho tinha chegado para assumir a gerência de River Run. Isso faria com que ele agisse com cuidado – explicou ela –, pois ele não ousaria me pressionar com um parente interessado por perto.

– Compreendo. – Apesar de tudo, Jamie parecia estar começando a se divertir. – Então, o tenente pensaria que sua tentativa de um bom acordo aqui seria usurpada pela minha chegada. Não foi à toa que o homem pareceu não gostar nem um pouco de mim. Pensei que fosse algo generalizado com escoceses, pelo que ele disse.

– Imagino que agora ele não goste mesmo de escoceses – disse Campbell, limpando a boca com o guardanapo.

Jocasta estendeu o braço em cima da mesa, procurando, e Jamie estendeu a mão instintivamente para ela.

– Você pode me perdoar, sobrinho? – perguntou ela.

Com a mão dele guiando-a, ela podia olhar na direção do rosto dele. Ninguém saberia que ela era cega naquele momento, devido à expressão de súplica em seus belos olhos azuis.

– Eu não sabia nada sobre seu caráter antes da sua chegada. Não podia correr o risco de você se recusar a participar se eu contasse logo de cara. Pode dizer que não tem mágoa em relação a mim, Jamie, nem que seja pela doce Ellen?

Jamie apertou a mão dela com delicadeza, garantindo que não havia mágoas. De fato, ele estava feliz por ter chegado a tempo de ajudar, e sua tia podia contar com sua ajuda como quisesse.

O sr. Campbell sorriu e tocou o sino. Ulysses trouxe o uísque especial, com uma bandeja de taças de cristal e um prato de guloseimas, e bebemos em homenagem à Marinha Britânica.

Ao olhar para aquele rosto bonito, mas tão cheio de eloquência cega, eu me lembrei da breve sinopse das maravilhosas características que Jamie me dera a respeito dos membros de sua família.

– Os Fraser são teimosos como portas – dissera ele. – E os MacKenzie são charmosos como potros no campo, mas espertos como raposas.

– E onde *você* esteve? – perguntou Jamie, olhando para Fergus de cima a baixo. – Não acho que tenha dinheiro suficiente para fazer o que parece que andou fazendo.

Fergus passou as mãos pelos cabelos despenteados e se sentou, meio ofendido.

– Encontrei dois franceses comerciantes de pele na cidade. Por eles falarem pouco inglês e por eu ser fluente, tive que concordar em ajudá-los em suas transações. Se eles me convidassem depois para comer na hospedaria deles...

Fergus ergueu um ombro e voltou a assuntos mais imediatos, procurando uma carta dentro da camisa.

– Isto chegou em Cross Creek para você – disse ele, entregando a carta a Jamie. – O carteiro pediu para que eu a entregasse.

Era um pacote volumoso de papel com um selo desgastado, e parecia estar em melhores condições do que Fergus. O rosto de Jamie se iluminou ao vê-lo, mas ele o abriu com certo temor. Três cartas caíram: uma na qual reconheci a caligrafia de Jenny, e as outras duas claramente remetidas por outra pessoa.

Jamie pegou a carta de sua irmã, olhou para ela como se ali dentro pudesse haver algo explosivo, e a colocou com cuidado ao lado da tigela de frutas na mesa.

– Vou começar com a de Ian – disse ele, pegando a segunda carta com um sorriso. – Não sei bem se quero ler a de Jenny sem um copo de uísque na mão.

Ele tirou o selo com a ponta de uma faca de fruta e abriu a carta, observando a primeira página.

– Será que ele... – Sua voz sumiu quando começou a ler.

Curiosa, eu me levantei e me coloquei atrás da cadeira dele, olhando sobre seu ombro. Ian Murray tinha uma caligrafia clara e grande, e era fácil ler, mesmo a distância.

Caro irmão,
Tudo está bem aqui, e dou graças a Deus pela notícia de sua chegada em segurança nas Colônias. Envio esta carta aos cuidados de Jocasta Ca-

meron. Se você estiver com Jocasta, Jenny pede para você mandar à tia os cumprimentos dela.

Você verá pela carta anexa que voltou a cair nas graças de minha esposa. Ela deixou de falar de você da mesma maneira com que fala de Auld Scratch, e não ouvi nenhuma referência recente à Emasculação, o que pode aliviar sua mente.

Deixando as brincadeiras de lado, digo que o coração dela está muito feliz com a notícia da segurança do jovem Ian, assim como o meu. Você verá o tamanho de nossa gratidão com sua liberdade, creio. Então não vou cansá-lo com repetições, ainda que eu pudesse escrever um romance sobre esse assunto.

Conseguimos manter todos aqui alimentados, apesar de a cevada ter sofrido muito com a neve, e uma doença no vilarejo ter levado duas crianças este mês, para o pesar de seus pais. Perdemos Annie Fraser e Alasdair Kirby, e que Deus tenha piedade da inocência deles.

Porém, uma notícia mais feliz é que soubemos de Michael em Paris. Ele continua a prosperar no negócio de vinhos e pensa em se casar em breve.

Fico feliz em dar a você a notícia do nascimento de meu neto mais novo, Anthony Brian Montgomery Lyle. Vou me contentar em dizer apenas isso, e deixarei que Jenny faça um relato mais completo. Ela está encantada com ele, assim como todos nós, ele é um homenzinho querido. O pai dele, Paul – marido de Maggie –, é um soldado, então Maggie e o pequeno Anthony estão aqui em Lallybroch. Paul está na França no momento. Oramos todas as noites para que ele continue lá em segurança e relativa paz, e que não seja enviado aos perigos das Colônias nem para as matas do Canadá.

Tivemos visitas esta semana: Simon, senhor de Lovat, e seus acompanhantes. Ele está procurando recrutas para o regimento que ele comanda de novo. Talvez você tenha notícias deles nas Colônias, onde sei que eles firmaram certa reputação. Simon conta grandes histórias a respeito da coragem deles contra os índios e os cruéis franceses, e algumas sem dúvida são verdadeiras.

Jamie sorriu ao ler isso e virou a página.

Ele envolveu Henry e Matthew com suas histórias, e também as meninas. Josephine ("a mais velha de Kitty", Jamie disse para mim) foi tão inspirada que arquitetou uma busca no galinheiro, de onde ela e os primos saíram cheios de penas, e a lama do chão foi usada como pintura de guerra.

Como todos queriam brincar de índio, o jovem Jamie, o marido de Kitty, Geordie e eu fomos obrigados a entrar no regimento das Terras Altas, e sujeitados a sofrer investidas dos moicanos (colheres e conchas) e outras formas de ataques entusiásticos, enquanto nos defendíamos corajosamente com espadas (sarrafos e galhos de salgueiro).

> *Impedi a sugestão de que o sapê do telhado devesse ser incendiado com flechas em chamas, mas fui obrigado, no fim, a me submeter a ser escalpelado. Eu me sinto bem em dizer que sobrevivi a essa operação de um jeito melhor do que as galinhas.*

A carta continuou assim, dando mais notícias da família mas abordando com mais frequência o negócio da fazenda e relatórios de acontecimentos no distrito. A emigração, segundo Ian, havia "se tornado epidêmica", com quase todos os moradores do vilarejo de Shewglie tendo optado por essa solução.

Jamie terminou de ler a carta e a colocou sobre a mesa. Ele sorria, os olhos levemente sonhadores, como se visse as névoas e pedras de Lallybroch, e não a mata úmida e vívida que nos cercava.

A segunda carta também estava endereçada com a letra de Ian, mas com a palavra "Particular" embaixo do selo azul.

– E o que será isto? – murmurou Jamie, rompendo o selo e abrindo-a.

Começava sem saudação, obviamente com a intenção de ser uma continuação para a carta maior.

> *Irmão, tenho um assunto preocupante para expor, sobre o qual escrevo separadamente, para poder mostrar minha carta maior a Ian sem tocar neste assunto.*
>
> *Sua última carta falava sobre colocar Ian em um barco em Charleston. Se isso acontecer, claro que veremos a vinda dele com alegria. No entanto, se por acaso ele ainda não tiver deixado sua companhia, desejamos que ele permaneça com você, se você e Claire não se opuserem.*

– Não me oponho – murmurou Jamie, com as narinas se abrindo levemente enquanto olhava da página para a janela. Ian e Rollo estavam lutando na grama com dois jovens escravos, rolando de um lado a outro numa confusão divertida de braços, pernas, patas, roupas e cauda balançando. – Hummm. – Ele deu as costas para a janela e voltou a ler.

> *Mencionei Simon Fraser e a razão de sua presença aqui. Os recrutamentos regimentares têm nos preocupado há algum tempo, apesar de o assunto não ter sido muito urgente, nossa localização sendo remota, e, felizmente, de difícil acesso.*
>
> *Lovat não encontra problemas em induzir os rapazes a aceitar os xelins do rei. O que há para eles aqui? Pobreza e necessidade, sem esperança de melhoria. Por que ficariam aqui, onde não têm nada a herdar, onde não têm direito a usar suas roupas de escoceses nem a carregar armas de homem?*

> *Por que não aproveitariam a chance de retomar a noção da virilidade – mesmo que isso signifique usar o tartã e levar uma espada a serviço de um usurpador alemão?*
>
> *Às vezes, acho que isso é o pior. Não só que o assassinato e a injustiça tenham sido impostos a nós, sem a esperança de cura ou recurso, mas que nossos jovens, nossa esperança e nosso futuro sejam retirados para benefício do conquistador, e pagos com a moeda pouco importante de seu orgulho.*

Jamie olhou para mim, levantando uma sobrancelha.

– Você não pensaria, olhando para ele, que Ian é dado à poesia, não é?

Houve uma quebra no texto nesse ponto. Quando foi retomado, mais para o fim da página, a letra, que havia se tornado uma escrita nervosa com erros frequentes e riscos, mais uma vez estava controlada e bonita.

> *Perdoe-me pela intensidade de minhas palavras. Não pretendia dizer tanta coisa, mas a tentação de abrir meu coração a você, como sempre fiz, é enorme. São coisas que eu não diria a Jenny, apesar de imaginar que ela tem conhecimento delas.*
>
> *Então, vamos direto ao ponto. Eu me torno loquaz. O jovem Jamie e Michael estão muito bem no momento – pelo menos, não tememos que eles sejam tentados a viver uma vida de soldado.*
>
> *A mesma coisa não pode ser dita sobre Ian. Você conhece o rapaz e seu espírito de aventura, tão parecido com o seu. Não há trabalho de verdade para Ian aqui, apesar de ele não ser estudioso nem dado aos negócios. Como ele vai se virar em um mundo onde tem que escolher entre viver de esmola ou ir para a guerra? Porque não há muito além disso. Desejaríamos que ele permanecesse com vocês, se quiserem ficar com ele. Pode ser que haja uma oportunidade maior no Novo Mundo para ele do que há aqui. Ainda que isso não aconteça, a mãe dele não terá que ver o filho partindo com o regimento de guerra.*
>
> *Não há melhor guardião nem exemplo para ele do que você. Sei que estou pedindo um grande favor com esse assunto. Ainda assim, espero que a situação não seja totalmente desfavorável a você, além do suposto grande prazer da companhia de Ian.*

– Não só um poeta, mas irônico também – observou Jamie ao olhar para os garotos no gramado.

Houve mais uma pausa no texto antes de as palavras voltarem a ser escritas, dessa vez com uma pena afiada, palavras escritas com cuidado, refletindo o pensamento por trás delas.

Eu tinha parado de escrever, irmão, desejando que meus pensamentos ficassem claros e livres do cansaço para poder abordar este assunto. Peguei minha pena e a deixei de lado várias vezes, sem saber o que dizer. Temo ofendê-lo ao mesmo tempo que peço esse favor. Mas devo falar.

Escrevi sobre Simon Fraser acima. Ele é um homem honrado, apesar de ser filho de quem é, mas é um bom homem. Eu o conheço desde que nós éramos garotos (às vezes, parece que foi ontem. Às vezes, parece que faz muitos anos), e existe uma dureza nele agora, uma expressão de aço em seus olhos, que não existia antes da Batalha de Culloden.

O que me preocupa, e o fato de você saber que amo você é o que me dá força para dizer isto, é que já vi esse mesmo aço em seus olhos, irmão.

Conheço muito bem as imagens que congelam o coração de um homem, que podem endurecer seus olhos desse modo. Acredito que você perdoará minha franqueza, mas tenho temido pela sua alma muitas vezes desde a Batalha de Culloden.

Não falei com Jenny sobre o assunto, mas ela também percebeu. Ela é mulher e conhece você de modos que não conheço. Acredito ter sido o medo que fez com que ela jogasse Laoghaire em cima de você. Eu achava a união malfeita, mas (aqui, um rabisco grande riscado várias vezes). Você tem sorte por estar com Claire.

– Hummm – disse Jamie, olhando para mim.

Eu apertei o ombro dele e me inclinei para a frente para ler o resto.

Está tarde e estou falando demais. Eu falei sobre Simon – o cuidado por seus homens agora é seu único elo com a humanidade. Ele não tem esposa nem filho, vive sem rumo, seu patrimônio é refém do conquistador a quem ele serve. Há fogo em um homem assim, mas não há coração. Espero nunca dizer a mesma coisa a seu respeito nem do jovem Ian.

Assim, entrego vocês um ao outro, e que a bênção de Deus – e a minha – esteja com os dois.

Escreva assim que puder. Desejamos receber notícias suas, e seus relatos a respeito dos locais exóticos em que agora vive.

Seu irmão muito carinhoso,

Ian Murray

Jamie cuidadosamente dobrou a carta e a guardou dentro do casaco.

– Humm – repetiu ele.

11

A LEI DA MATANÇA

Julho de 1767

Aos poucos, eu me acostumei ao ritmo de vida em River Run. A presença dos escravos me perturbava, mas havia pouco que eu pudesse fazer a respeito, exceto contar com os serviços deles o mínimo possível, buscando e carregando as coisas de que precisava.

River Run tinha uma sala "simples", basicamente um armário pequeno no qual ervas secas e remédios eram guardados. Não havia muito ali dentro, nada além de alguns jarros de raízes de dente-de-leão e casca de salgueiro, e alguns cataplasmas empoeirados pela falta de uso. Jocasta afirmou estar feliz por eu querer usar o espaço. Ela não tinha talento com plantas medicinais, disse-me dando de ombros, assim como nenhum dos escravos.

– Há uma nova mulher que talvez demonstre alguma habilidade nesse aspecto – falou ela, dedos compridos traçando a linha de lã na agulha enquanto o tear girava. – Mas ela não é uma escrava doméstica. Veio da África há apenas alguns meses e não sabe falar nem se comportar. Eu tinha pensado em treiná-la, talvez, mas como você está aqui... Ah, agora a linha está fina demais, está vendo?

Enquanto eu passava um tempo todos os dias conversando com Jocasta e tentando aprender com ela a arte da fiação de lã, Jamie passava uma hora ou duas com o mordomo, Ulysses, que além de servir como olhos para Jocasta e como administrador da casa, evidentemente também vinha cuidando das contas da terra desde a morte de Hector Cameron.

– E fazendo um belo trabalho – Jamie me contou em particular, depois de um desses encontros. – Se ele fosse um homem branco, minha tia não teria dificuldades em entregar seus assuntos a ele. Mas sendo como é... – Ele deu de ombros.

– Sendo como é, ela tem sorte por você estar aqui – falei, aproximando-me para cheirá-lo.

Ele passara o dia em Cross Creek, organizando um complicado negócio envolvendo blocos de anileira, madeira, seis mulas, 5 toneladas de arroz e um relógio de ouro e, assim, vários cheiros fascinantes impregnavam suas roupas e seus cabelos.

– É o mínimo que posso fazer – respondeu Jamie, com os olhos nas botas que esfregava. Ele contraiu os lábios brevemente. – Eu não estou ocupado com outros assuntos, certo?

– Um jantar – declarou Jocasta, alguns dias depois. – Quero organizar uma festa adequada para apresentar vocês dois às pessoas da região.

– Não precisa disso, tia – disse Jamie com calma, desviando os olhos do livro. – Acho que devo ter encontrado a maioria das pessoas daqui na venda semana passada. Ou a parte masculina, pelo menos – acrescentou ele, sorrindo para mim. – Mas, pensando bem, talvez fosse bom para Claire conhecer as mulheres do distrito.

– Eu gostaria de conhecer mais algumas pessoas – admiti. – Não que eu não tenha ocupações aqui – garanti a Jocasta –, mas...

– Mas não algo que lhe interesse – respondeu ela, mas com um sorriso para não deixar o comentário muito pesado. – Você não gosta muito do tear, eu acho. – Ela levou a mão ao grande cesto de lãs coloridas e tirou um novelo verde, para ser incluído no xale que ela tricotava.

Os novelos de lã eram cuidadosamente organizados todas as manhãs por uma das empregadas em um espectro espiral, para que Jocasta pudesse pegar um novelo da cor certa.

– Sim, bem, não *esse* tipo de costura – disse Jamie, fechando o livro e sorrindo para mim. – Claire gosta mais de costurar carne. Imagino que ela esteja ficando inquieta esses dias, com nada além de um corte na cabeça ou um caso de hemorroidas para cuidar.

– Ha ha – respondi, mas na verdade ele estava certo.

Apesar de eu ficar contente em ver que os habitantes de River Run eram saudáveis e bem cuidados de modo geral, não havia muito campo de trabalho para um médico. Eu não desejava doenças a ninguém, mas não tinha como negar que estava me sentindo inquieta. Assim como Jamie, mas pensei que seria melhor deixar esse assunto de lado por enquanto.

– Espero que Marsali esteja bem – comentei, mudando de assunto.

Finalmente convencido de que Jamie não precisaria de sua ajuda durante um tempo, Fergus partira um dia antes, descendo o rio em direção a Wilmington, para pegar o navio para a Jamaica. Se tudo desse certo, ele voltaria na primavera com Marsali e, se Deus permitisse, o filho deles.

– Eu também – disse Jamie. – Eu disse a Fergus que...

Jocasta virou a cabeça em direção à porta.

– O que foi, Ulysses?

Absorvida pela conversa, eu não notara os passos no corredor. Não pela primeira vez, eu me surpreendi com a boa audição de Jocasta.

– Sr. Farquard Campbell – disse o mordomo baixinho, e recostou-se na parede.

Era um indício da familiaridade de Farquard Campbell com a casa, pensei, de que ele não precisava esperar Ulysses voltar com um convite para que ele entrasse. Ele entrou na sala de visitas logo atrás do mordomo, com o chapéu cuidadosamente enfiado debaixo do braço.

– Jo, sra. Fraser – disse ele com uma reverência rápida a Jocasta e a mim, e "A seu dispor, senhor" a Jamie.

O sr. Campbell andara cavalgando, e muito. As barras de seu casaco estavam tomadas de poeira e o suor pingava no seu rosto por baixo de uma peruca torta.

– O que foi, Farquard? Aconteceu alguma coisa? – Jocasta se inclinou para a frente na beira da cadeira, o rosto refletindo sua ansiedade.

– Sim – respondeu ele abruptamente. – Um acidente no moinho. Vim perguntar à sra. Fraser...

– Sim, claro. Deixe-me pegar minha caixa. Ulysses, pode pedir a alguém para buscar um cavalo? – Levantei-me de repente, procurando os chinelos que chutara para longe. Eu não estava vestida para cavalgar, mas pela cara de Campbell, não havia tempo para trocar de roupa. – É sério?

Ele estendeu a mão para me deter quando me apoiei para calçar os chinelos.

– Sim, bastante ruim. Mas não precisa vir, sra. Fraser. Se seu marido puder levar um pouco de seus remédios e coisa assim...

– Claro que vou – falei.

– Não! – Ele exclamou abruptamente, e todos olhamos para ele. Seus olhos buscaram os de Jamie, e ele fez uma careta, contraindo os lábios. – Não é um assunto para mulheres – continuou ele. – Mas ficaria muito grato com sua companhia, sr. Fraser.

Jocasta se levantou antes que eu pudesse protestar, segurando o braço de Campbell.

– O que foi? – perguntou ela. – Foi um dos meus negros? Byrnes fez alguma coisa?

Ela era mais alta do que ele cerca de 5 centímetros. Campbell tinha que olhar para cima para responder a ela. Eu via as rugas de tensão em seu rosto, e ela também sentiu a situação. Seus dedos apertaram o tecido da manga do casaco dele.

Ele olhou para Ulysses e então para Jocasta. Como se tivesse recebido uma ordem direta, o mordomo se virou e saiu da sala, caminhando suavemente como sempre.

– Foi uma matança, Jo – sussurrou ele. – Não sei quem, nem como, nem a gravidade. O garoto de MacNeill me chamou. Mas quanto ao outro... – Ele hesitou e então deu de ombros. – É a lei.

– E você é o juiz! – rebateu ela. – Pelo amor de Deus, não consegue fazer nada? – Sua cabeça se virou, tentando fixar os olhos cegos nele para convencê-lo.

– Não! – respondeu ele de forma brusca, e então, mais delicadamente, repetiu: – Não. – Tirou a mão dela da manga de seu casaco e a segurou com força. – Você sabe que eu não posso – continuou ele. – Se eu pudesse...

– Se você pudesse, não faria – disse ela com amargura. Puxou a mão que ele segurava e deu um passo para trás, punhos fechados ao lado do corpo. – Vá em frente, então. Eles o chamaram para ser o juiz. Vá e faça o julgamento. – Ela se virou e saiu da sala, com as saias farfalhando.

Campbell a observou se afastar e então, quando a porta foi fechada, suspirou com uma careta e se virou para Jamie.

– Hesito em pedir tal favor, sr. Fraser, já que nos conhecemos há pouco. Mas eu gostaria muito de sua companhia para essa tarefa. Já que a sra. Cameron não pode estar presente, ter o senhor lá como representante dela no assunto...

– Qual é o assunto, sr. Campbell? – perguntou Jamie.

Campbell olhou para mim, desejando que eu saísse. Como não me mexi, ele deu de ombros, tirou um lenço do bolso e secou o rosto.

– É a lei desta colônia, senhor, que se um negro ataca um branco e o fere, ele deve morrer por esse crime. – Ele parou, relutante. – Felizmente, essas coisas são raras. Mas quando ocorrem...

Campbell parou, contraindo os lábios. Então, suspirou, e com um tapinha no rosto corado, guardou o lenço.

– Tenho que ir. Vem comigo, sr. Fraser?

Jamie permaneceu mais um tempo parado, observando o rosto de Campbell.

– Vou – disse ele abruptamente.

Dirigiu-se ao armário e abriu a gaveta de cima, onde o falecido Hector Cameron guardava as pistolas.

Ao ver isso, eu me virei para Campbell.

– Há perigo?

– Não sei dizer, sra. Fraser. – Campbell encolheu os ombros. – Donald MacNeill me disse apenas que houve um conflito no moinho e que se tratava de um derramamento de sangue, de acordo com a lei. Ele pediu para que eu fosse fazer o julgamento e supervisionasse a execução, e então partiu para reunir os outros donos de propriedades antes que eu pudesse conseguir mais detalhes.

Ele parecia triste, mas conformado.

– Execução? Está dizendo que pretende executar um homem mesmo sem saber o que ele fez? – Na minha agitação, eu havia derrubado o cesto de novelos de Jocasta. Bolinhas de lã colorida se espalharam por todos os lados, pulando no carpete.

– Eu sei o que ele fez, sra. Fraser! – Campbell levantou o queixo, corado, mas, controlando-se, engoliu em seco. – Peço seu perdão, senhora. Sei que chegou há pouco tempo. Considerará algumas de nossas atitudes difíceis e até bárbaras, mas...

– Isso mesmo, eu as considero bárbaras! Que tipo de lei condena um homem...

– Um escravo...

– Um homem! Condena um homem sem um julgamento, sem nem ao menos uma investigação? Que tipo de lei é essa?

– Uma lei ruim, madame! – respondeu ele. – Mas, ainda assim, é a lei, e tenho que cumpri-la. Sr. Fraser, está pronto? – Campbell colocou o chapéu na cabeça e se virou para Jamie.

– Estou. – Jamie terminou de ajeitar a pistola e a munição nos bolsos fundos do casaco, e se endireitou, alisando as saias pelas coxas. – Sassenach, pode ir e...

Eu já havia atravessado a sala e segurado seu braço antes que ele pudesse terminar.

– Jamie, por favor, não vá! Você não pode fazer parte disso!

– Shhh. – Ele pousou a mão na minha e a apertou com força. Olhou em meus olhos e me impediu de falar.

– Eu já faço parte disso – sussurrou ele. – É a propriedade da minha tia, os homens dela estão envolvidos. O sr. Campbell está certo. Sou o representante dela. Será minha tarefa ir... para ver, pelo menos. Para estar ali. – Então ele hesitou, como se pudesse dizer mais, porém apenas apertou minha mão de novo e soltou.

– Então eu vou com você – falei com muita calma, com o tranquilo senso de distanciamento que vem com a consciência de que um desastre está prestes a acontecer.

Sua boca tremeu brevemente.

– Achei que quisesse ir, Sassenach. Vá pegar sua caixinha, está bem? Eu trarei os cavalos.

Não esperei para ouvir o que o sr. Campbell poderia dizer. Saí correndo em direção ao quarto, com os chinelos batendo no piso como os batimentos de um coração ansioso.

Encontramos Andrew MacNeill na estrada, descansando o cavalo na sombra de uma castanheira. Ele estava à nossa espera. Saiu das sombras ao ouvir as batidas dos cascos. Assentiu a Campbell quando paramos perto dele, mas manteve os olhos em mim, franzindo o cenho.

– Você não contou a ele, Campbell? – perguntou ele, e virou a carranca para Jamie. – Não é assunto para uma mulher, sr. Fraser.

– Disseram ser uma questão de derramamento de sangue, não? – perguntou Jamie, com a voz um pouco alterada. – Minha esposa é *ban-lighiche*. Ela viveu a guerra comigo, e mais: se quiserem que eu esteja lá, ela estará comigo.

MacNeill contraiu os lábios, mas não disse mais nada. Virou-se abruptamente e subiu no cavalo.

– Conte-nos, MacNeill, a história desse triste caso. – Campbell virou a cabeça de sua égua para o lado do cavalo de Jamie, colocando-se habilmente entre MacNeill e Jamie. – O sr. Fraser chegou há pouco tempo, como sabe, e seu garoto só me disse se tratar de um derramamento de sangue. Não tenho mais detalhes.

MacNeill ergueu os ombros levemente, mexendo o rabicho grisalho. Seu chapéu estava afundado na cabeça, reto como os ombros, como se ele tivesse usado uma régua de carpinteiro para acertá-lo. MacNeill era um homem direto e quadrado, tanto em palavras quanto em aparência.

Contada de modo ofegante enquanto trotávamos, a história era simples. O feitor do moinho, Byrnes, tivera uma discussão com um dos escravos da terebintina. Este homem estava armado com uma faca grande apropriada a seu trabalho e tentara resolver o assunto decapitando Byrnes. Fracassando na tentativa, conseguiu arrancar apenas uma orelha do feitor.

– Ele a ceifou como um pinheiro – falou MacNeill, com um sorriso de satisfação aparente na voz. – Tirou a orelha e uma parte da lateral do rosto também. Não que isso tenha estragado muito sua beleza, pois ele já era feio.

Olhei para Jamie, que ergueu uma sobrancelha em resposta. Ficou claro que Byrnes não era muito querido entre os trabalhadores.

O feitor gritara por ajuda, e com a assistência de dois clientes e vários escravos, conseguira dominar o agressor. O ferimento foi estancado e o escravo, preso em um barracão, e o jovem Donald MacNeill – que viera buscar uma serra e se viu, inesperadamente, no meio do drama – fora mandado para dar a notícia aos donos de propriedades próximas.

– Vocês não sabem – explicou Campbell, virando-se na sela para falar com Jamie. – Mas quando um escravo tem que ser executado, os escravos das plantações vizinhas são trazidos para assistir. É um aviso, sabe? Para evitar atitudes indesejadas no futuro.

– Compreendo – disse Jamie educadamente. – Acredito que essa tenha sido a determinação da Coroa para executar o meu avô na Torre de Londres depois da Revolta. É muito eficiente também. Todos os meus parentes têm se comportado muito bem desde então.

Eu já vivera com os escoceses por tempo suficiente para reconhecer os efeitos daquela atitude. Jamie poderia ter vindo a pedido de Campbell, mas o neto da Velha Raposa não obedecia às ordens de um homem à toa, nem respeitava muito a lei inglesa.

MacNeill entendera a mensagem. Sua nuca ficou muito vermelha, mas Farquard Campbell parecia divertir-se. Ele riu baixinho e se virou.

– Você sabe que escravo é? – perguntou ele ao homem mais velho.

MacNeill balançou a cabeça.

– O jovem Donald não disse. Mas o senhor sabe tão bem quanto eu. Deve ser aquele maldito Rufus.

Os ombros de Campbell se encolheram.

– Jo ficará muito chateada ao saber disso – murmurou ele, balançando a cabeça.

– É culpa dela – disse MacNeill, batendo num mosquito que pousara em sua perna acima da bota. – Byrnes não é capaz de cuidar nem de porcos, muito menos de negros. Já disse isso a ela várias vezes. Você também.

– Sim, mas Hector contratou o homem, não Jo – protestou Campbell. – E ela não poderia dispensá-lo de repente. O que ela deve fazer? Cuidar das coisas por conta própria?

A resposta foi um resmungo quando MacNeill ajeitou o traseiro grande na sela. Olhei para Jamie, e o vi com o rosto inexpressivo, olhos escondidos na sombra por baixo da aba do chapéu.

– Poucas coisas são piores do que uma mulher caprichosa – disse MacNeill, um pouco mais alto do que o necessário. – Elas não podem culpar ninguém além delas mesmas quando algo vai mal.

– Mas – interrompi, inclinando-me para a frente e erguendo a voz o suficiente para ser ouvida acima dos passos dos cavalos –, se algo for mal por causa de um homem, a satisfação de culpá-lo será compensação adequada?

Jamie resmungou, se divertindo. Campbell riu alto e cutucou MacNeill nas costelas com seu cajado.

– Bem feito, Andrew! – exclamou ele.

MacNeill não respondeu, mas seu pescoço ficou ainda mais vermelho. Cavalgamos em silêncio depois disso, e MacNeill manteve os ombros encolhidos.

Apesar de ter sido levemente satisfatória, minha resposta não ajudou em nada a acalmar meus nervos. Eu sentia um nó de medo no estômago em relação ao que poderia acontecer quando chegássemos ao moinho. Apesar de eles não gostarem de Byrnes e de acreditarem que o que acontecera provavelmente fora culpa do feitor, não houvera qualquer sugestão de que isso alteraria o destino do escravo de qualquer modo que fosse.

"Uma lei ruim", dissera Campbell, mas ainda assim, a lei. De qualquer modo, não era medo nem horror de pensar na atrocidade que fazia minhas mãos tremerem e as rédeas de couro escorregarem com o suor, era pensar no que Jamie faria.

Não consegui adivinhar nada olhando para o rosto dele. Jamie andou mais devagar, com a mão esquerda nas rédeas, a direita sobre a coxa, perto do volume da pistola em seu casaco.

Eu não sabia nem se podia me consolar com o fato de Jamie ter permitido que eu viesse com ele. Aquilo podia significar que ele não esperava cometer violência – mas nesse caso, significava que ele ficaria olhando, deixando a execução acontecer?

E se ele...? Minha boca estava seca, meu nariz e minha garganta tampados pela poeira marrom que subia em nuvens das patas dos cavalos.

Eu já faço parte disso. Mas parte do quê? Do clã e da família, sim, mas *disso*? Os escoceses das Terras Altas lutavam até a morte por qualquer causa que tocasse sua honra e esquentasse seu sangue, mas, na maioria do tempo, eram indiferentes a assuntos externos. Séculos de isolamento nas montanhas haviam tirado a paciência deles de se meter nos assuntos de outras pessoas – mas ai de quem se metesse nos assuntos deles!

Era óbvio que Campbell e MacNeill viam aquele assunto como sendo de Jamie, mas e ele? Jamie não era um escocês isolado. Ele era viajado, educado, um homem culto. E sabia muito bem o que *eu* pensava dos assuntos atuais. Mas eu tinha a terrível sensação de que minha opinião contaria muito pouco no resultado daquele dia.

Era uma tarde quente e sem vento, com cigarras zunindo alto nas matas pela estrada, mas meus dedos estavam frios e duros nas rédeas. Tínhamos passado por um ou dois grupos. Bandos pequenos de escravos, andando na direção do moinho. Eles não olharam para cima quando passamos, mas se enfiaram na mata, deixando espaço para passarmos.

O chapéu de Jamie voou, derrubado por um galho baixo. Ele o pegou habilmente e o recolocou na cabeça, mas vi seu rosto antes, desprotegido por um momento, e sua expressão tensa de ansiedade. Chocada, percebi que ele também não sabia o que faria. E isso me assustou mais do que qualquer coisa até aquele instante.

De repente, estávamos na floresta de pinheiros. O brilho verde-amarelado das folhas deram espaço a um tom mais escuro, como passar da superfície do mar para as profundezas mais calmas.

Coloquei a mão para trás a fim de tocar a caixa de madeira presa na minha sela, tentando evitar pensar no que aconteceria mais adiante, fazendo preparações mentais para o único papel que eu poderia desempenhar de modo razoável nesse desastre incipiente. Eu provavelmente não seria capaz de impedir o dano, mas poderia tentar reparar o que já acontecera. Desinfetar e limpar – eu tinha um frasco de álcool destilado e uma mistura feita de suco de alho e menta. Depois, eu faria um curativo sobre a ferida – sim, eu tinha bandagens de linho –, mas certamente precisaria dar pontos antes.

Enquanto pensava a respeito do que tinha acontecido com a orelha arrancada de Byrnes, parei. O zunido em meus ouvidos não era das cigarras. Campbell, na frente, cavalgava depressa, ouvindo, e o restante de nós seguia atrás dele.

Vozes a distância, muitas vozes, em uma grande confusão, como uma colmeia virada de cabeça para baixo e chacoalhada. E então, o som fraco de gritos e berros, e o estampido alto de um tiro.

Descemos a última ladeira, desviando das árvores, e entramos na clareira do moinho. O campo aberto estava repleto de pessoas: escravos e empregados, mulheres e crianças, caminhando em pânico em meio às pilhas de serragem, como cupins expostos pela ação de um machado.

Então, perdi a consciência da multidão. Toda a minha atenção se voltou para a lateral do moinho, onde estava um guindaste com um gancho curvo enorme para levantar toras ao nível da base da serra.

Preso ao gancho estava o corpo de um homem negro, revirando-se como uma minhoca. O cheiro de sangue soprava doce e quente pelo ar. Havia uma poça dele na plataforma, embaixo do guindaste.

Meu cavalo parou, irritado, bloqueado pelas pessoas. Os gritos tinham se tornado gemidos e berros breves e aleatórios das mulheres ali. Vi Jamie apear à minha frente, e abrir caminho entre a multidão em direção à plataforma. Campbell e MacNeill estavam com ele, empurrando as pessoas para poderem passar. O chapéu de MacNeill caiu e foi pisoteado.

Permaneci parada na sela, sem conseguir me mexer. Havia outros homens na plataforma perto do guindaste. Um homem pequeno cuja cabeça estava tomada por bandagens, com sangue escorrendo de um lado. Vários outros homens, brancos e mulatos, armados com porretes e mosquetes, fazendo movimentos ameaçadores na direção da multidão de vez em quando.

Não havia pressa em se chegar à plataforma. Pelo contrário, parecia haver pressa de modo geral para escapar dali. Os rostos ao meu redor estavam tomados por expressões que variavam de medo a incredulidade, e alguns poucos com raiva – ou satisfação.

Farquard Campbell surgiu, subiu na plataforma ao lado do ombro forte de Mac-

Neill e avançou de uma vez em direção aos homens com porretes, balançando os braços e gritando algo que não consegui ouvir, apesar de os gritos e gemidos ao meu redor estarem diminuindo no silêncio do choque. Jamie segurou a borda da plataforma e subiu depois de Campbell, fazendo uma pausa para dar uma mão a MacNeill.

Campbell estava cara a cara com Byrnes, o rosto magro tomado pela fúria.

– ... uma brutalidade indescritível! – gritava ele.

Suas palavras saíam de modo inconstante, meio engolidas na confusão e nos murmúrios ao meu redor, mas eu o vi apontar um dedo com ênfase para o guindaste e sua carga. O escravo havia parado de lutar, estava inerte.

O rosto do feitor estava invisível, mas seu corpo permanecia tenso de ira em pose desafiadora. Um ou dois de seus amigos se movimentaram lentamente em direção a ele, desejando oferecer apoio.

Eu vi Jamie parar por um momento, analisando os acontecimentos. Pegou as duas pistolas do casaco e calmamente conferiu os dois objetos. Então, deu um passo à frente e encostou uma delas na cabeça coberta por bandagens de Byrnes. O feitor ficou tenso, surpreso.

– Desça-o – ordenou Jamie ao capanga mais próximo, alto o suficiente para ser ouvido acima dos resmungos baixos da plateia. – Ou estouro o que restou do rosto do seu amigo. E então... – Ele ergueu a segunda pistola e mirou no peito do homem. A expressão no rosto de Jamie dispensou mais ameaças.

O homem se moveu de maneira relutante, com os olhos estreitos fixos na pistola. Segurou o cabo do mecanismo que controlava o guindaste e o puxou para trás. O gancho desceu lentamente, o cabo esticado devido ao peso. Os espectadores suspiraram quando o corpo imóvel tocou o chão.

Eu conseguira passar com meu cavalo entre a multidão, até ficar a cerca de 50 centímetros do fim da plataforma. O cavalo relinchou e bateu a pata, jogando a cabeça para trás devido ao cheiro forte de sangue, mas era bem treinado e não fugiria. Eu apeei, ordenando a um homem próximo a mim que trouxesse minha caixa.

As tábuas da plataforma pareciam estranhas sob meus pés, balançando como a terra firme quando saímos de um navio. Eu estava a poucos passos do escravo. Quando cheguei até ele, a clareza do pensamento frio, que é o recurso principal de um cirurgião, me ocorreu. Não prestei atenção às discussões acaloradas atrás de mim nem à presença dos espectadores que ainda permaneciam ali.

Ele estava vivo. Seu peito se mexia com a respiração curta e ofegante. O gancho perfurara o estômago, passando pela parte inferior da caixa torácica e saindo por trás na altura dos rins. A pele do homem tinha um estranho tom azul-acinzentado, e os lábios tinham cor de argila.

– Calma – falei delicadamente, apesar de o escravo não emitir som algum além do leve zunido de sua respiração. Seus olhos estavam tomados pela incompreensão, as pupilas dilatadas, cheias de escuridão.

Não havia sangue em sua boca. Os pulmões não tinham sido perfurados. A respiração era fraca, mas ritmada. O diafragma não fora atingido. Passei as mãos com cuidado sobre ele, minha mente tentando acompanhar o caminho dos danos. O sangue saía das duas feridas, cobrindo os músculos rígidos das costas e da barriga, brilhando vermelho como rubi no aço polido. Não jorrava. De algum modo, eles tinham conseguido errar a aorta abdominal e a artéria renal.

Atrás de mim, uma discussão intensa havia começado. Uma parte pequena da minha mente percebeu que os acompanhantes de Byrnes eram outros feitores de propriedades vizinhas, sendo repreendidos com vigor por Farquard Campbell.

– ... total desrespeito à lei! Vocês responderão por isso no tribunal, senhores, podem ter certeza disso!

– Que importa? – perguntou alguém. – É um derramamento de sangue e mutilação! Byrnes tem direitos!

– Direitos que pessoas como você não devem decidir. – O ronco de MacNeill foi ouvido. – Lixo, é o que vocês são, não são melhores do que...

– E por que veio meter o nariz escocês onde não é chamado, senhor?

– Do que você vai precisar, Sassenach?

Eu não ouvi a aproximação dele, mas ele estava ali. Jamie se agachou perto de mim, e minha caixa estava aberta nas tábuas ao seu lado. Ele segurava uma pistola em uma das mãos, prestando atenção ao grupo atrás de mim.

– Não sei – falei.

Eu ouvia a discussão ao fundo, mas as palavras se misturavam e não faziam sentido. A única realidade estava em minhas mãos.

Lentamente, fui percebendo que era possível que a ferida do homem que eu tocava não fosse mortal, apesar da grave lesão. Por tudo que podia sentir e perceber, acreditava que a curva do gancho tinha ido para cima, atravessando o fígado. Possivelmente o rim direito estava ferido, e o jejuno ou a vesícula poderia ter sido atingido – mas nada disso o mataria de imediato.

O choque poderia matá-lo depressa. Mas senti sua pulsação no abdômen molhado de suor, logo acima do metal. Estava rápida, mas constante como um tambor. Sentia o eco na ponta dos dedos onde minha mão estava. Ele perdera sangue – o cheiro dele era forte, superando o cheiro do suor e do medo –, mas não o suficiente para deixá-lo inconsciente.

Um pensamento perturbador me ocorreu: eu poderia manter aquele homem vivo. Talvez não. Quando o pensamento ocorreu, com ele vieram todas as coisas que poderiam dar errado: a hemorragia quando eu retirasse o gancho poderia ser apenas a mais imediata. Sangramento interno, choque tardio, intestino perfurado, peritonite, entre outros.

Na Batalha de Prestonpans, eu vira um homem com o corpo atravessado por uma espada, e a localização da ferida era muito parecida com esta. Ele não recebera nenhum tratamento além da bandagem ao redor do corpo, e mesmo assim havia se recuperado.

– Desrespeito à lei! – dizia Campbell, erguendo a voz acima do murmurinho. – Não pode ser tolerado, independentemente do motivo. Eu vou responsabilizar todos vocês. Podem ter certeza!

Ninguém prestava atenção ao verdadeiro objeto da discussão. Poucos segundos haviam se passado, mas eu só tinha poucos segundos a mais para agir. Pousei uma mão no braço de Jamie, tirando a atenção dele do debate.

– Se eu salvá-lo, eles permitirão que ele viva? – perguntei-lhe, bem baixinho.

Jamie olhou para cada um dos homens atrás de mim, calculando as possibilidades.

– Não – disse ele com delicadeza. Olhou em meus olhos, tomados pela compreensão. Seus ombros se endireitaram levemente, e ele colocou a pistola sobre a coxa. Eu não podia ajudá-lo a tomar sua decisão. Ele não podia me ajudar com a minha, mas me defenderia independentemente da escolha.

– Passe para mim o terceiro frasco da esquerda, primeira fileira – falei, indicando a tampa da caixa, onde três fileiras de frascos de vidro muito bem fechados com rolhas guardavam diversos remédios.

Eu tinha dois frascos de álcool puro e outro de conhaque. Despejei uma boa dose da raiz em pó de cor marrom no conhaque e mexi com vigor, e então fui até a cabeça do homem e a pressionei contra seus lábios.

Seus olhos estavam vidrados. Tentei olhar dentro deles, para fazer com que ele me visse. Por quê?, pensei enquanto me inclinava para a frente e dizia o nome dele. Não podia perguntar se essa seria sua escolha, pois eu a fizera por ele. E por tê-la feito, não podia pedir sua permissão nem perdão.

Ele engoliu. Uma vez. Duas. Os músculos perto da boca esbranquiçada se contraíram. Gotas de conhaque escorreram por sua pele. Mais uma vez, um gole profundo e convulsivo, e então, o pescoço relaxou, sua cabeça pesou em meu braço.

Permaneci com os olhos fechados, apoiando sua cabeça, os dedos na pulsação sob a orelha dele. Forte, falhou um batimento e voltou. Um arrepio tomou conta do corpo dele, e a pele inchada se arrepiou como se milhares de formigas corressem por ela.

A descrição do manual me ocorreu:

Adormecimento. Formigamento. Sensação de arrepio, como se a pele fosse afetada por insetos. Náusea, dor epigástrica. Respiração difícil, pele fria e suada, rosto pálido. Pulso fraco e irregular, mas a mente permanece clara.

Nenhum desses sintomas visíveis eram discerníveis daqueles que ele já tinha mostrado. Dor epigástrica, principalmente.

Um quinto do grão mata um pardal em segundos. Um décimo do grão, um coelho em cinco minutos. Dizem que o acônito era o veneno no copo que Medeia preparou para Teseu.

Tentei não ouvir nada, não sentir nada, não saber nada além do batimento forte sob os meus dedos. Tentei, com todas as minhas forças, bloquear as vozes que vinham de cima, o murmúrio próximo, o calor, a poeira e o cheiro de sangue, esquecer onde eu estava e o que estava fazendo.

Mas a mente permanece clara.

Ah, meu Deus, pensei. Permanecia, sim.

12

O RETORNO DE JOHN QUINCY MYERS

Embora profundamente abalada pelos acontecimentos no moinho, Jocasta declarou a intenção de dar andamento ao jantar que havia planejado.

– Isso nos distrairá da tristeza – afirmou ela.

Jocasta se virou para mim, e estendendo a mão, tocou de forma crítica o tecido da minha manga.

– Vou pedir a Phaedre para fazer um novo vestido para você – disse ela. – A garota é uma boa costureira.

Eu achava que precisaria de mais do que um vestido novo e um jantar para distrair a minha mente, mas vi Jamie olhar para mim e fiquei de boca fechada para não dizer o que pensava.

Devido ao pouco tempo e à falta de um tecido adequado, Jocasta decidiu que um de seus vestidos seria ajustado para mim.

– Como está, Phaedre? – Jocasta franziu o cenho em minha direção, como se pudesse enxergar se quisesse. – Vai servir?

– Vai servir muito bem – disse a costureira com a boca cheia de alfinetes. Ela enfiou três em rápida sequência, estreitou os olhos para mim, prendeu uma dobra do tecido na cintura e enfiou mais dois. – Vai ficar muito bom – afirmou ela, com a boca livre dessa vez. – Ela é mais baixa que a senhorita, srta. Jo, e um pouco mais magra na cintura. Mas tem mais peito – acrescentou Phaedre baixinho, sorrindo para mim.

– Sim, eu sei disso – respondeu Jocasta, pois ouviu o sussurro. – Corte o corpete. Podemos cobri-lo com renda valenciana sobre seda verde. Pegue um pedaço daquela roupa velha do meu marido. Será a cor perfeita para complementar este. – Ela tocou a manga com a faixa verde brilhante. – Costure a faixa na seda verde também. Assim, o colo dela ficará em evidência. – Os dedos compridos e pálidos indicavam a linha de costura, passando por cima de meus seios quase distraidamente. O toque foi calmo, impessoal, e eu quase não o senti, mas por pouco não dei um passo para trás.

– A senhora tem uma boa memória para cores – falei, surpresa e meio incomodada.

– Ah, eu me lembro muito bem do vestido – disse ela. Tocou a manga suavemente. – Um cavalheiro certa vez me disse que eu fazia com que ele pensasse em Perséfone quando o vestia. A primavera encarnada, ele dizia.

Um sorriso leve de lembrança apareceu em seu rosto e então sumiu quando ela levantou a cabeça na minha direção.

– Qual é a cor de seus cabelos, minha cara? Não pensei em perguntar. Você me parece loira, não sei por que, mas não sei se é, de fato. Por favor, não me diga que você tem cabelos pretos e é pálida! – Jocasta sorriu, mas a piada mais pareceu uma ordem.

– É mais ou menos castanho – falei, tocando meus cabelos. – Mas ficou mais claro, tem mechas mais suaves.

Ela franziu o cenho ao ouvir isso, parecendo pensar se castanho era adequado. Sem conseguir decidir, ela se virou para a costureira.

– Como ela é, Phaedre?

A mulher deu um passo para trás e olhou para mim. Percebi que ela – assim como as outras empregadas ali – tinha o hábito de fazer descrições completas à sua senhora. Os olhos escuros passaram rapidamente por mim, parando em meu rosto por um longo momento de avaliação. Ela pegou dois grampos da boca antes de responder.

– Bonita, srta. Jo – disse Phaedre. Assentiu uma vez, lentamente. – Bem bonita – repetiu. – Tem pele clara, branca como leite. Fica muito bonita com esse verde.

– Hum. Mas a saia de baixo é pérola. Se ela for clara demais, não vai parecer desbotada?

Eu não gostava de ser avaliada como se fosse um objeto de arte – e um objeto com defeito, possivelmente –, mas engoli minhas objeções.

Phaedre negava com a cabeça, sem dúvida.

– Ah, não, senhora – afirmou Phaedre. – Ela não é desbotada. Tem um bom corpo. E olhos castanhos, mas não pense que são da cor de lama. A senhora se lembra daquele livro que tinha, com fotos de todos os animais estranhos?

– Se você se refere ao *Relatos de uma exploração do subcontinente indiano* – disse Jocasta –, sim, eu me lembro. Ulysses o leu para mim mês passado. Você está dizendo que a srta. Fraser faz com que você se lembre de uma das ilustrações? – Ela riu, se divertindo.

– Hum-hum. – Phaedre não havia parado de olhar para mim. – Ela se parece com aquele felino grande. Aquele tigre que olhava entre as folhas.

Uma expressão de surpresa apareceu brevemente no rosto de Jocasta.

– De fato – disse ela, e riu. Mas não me tocou de novo.

Permaneci no hall inferior, alisando a renda em faixas verdes no meu colo. A fama de Phaedre como costureira era merecida. O vestido serviu como uma luva, e as faixas grossas de cetim esmeralda brilhavam contra os tons mais claros de pérola e verde.

Orgulhosa de seus cabelos grossos, Jocasta não usava perucas, então felizmente não houve a sugestão para que eu usasse uma. Phaedre havia tentado passar pó de arroz em meus cabelos, uma tentativa à qual resisti com firmeza. Sem conseguir esconder sua opinião a respeito de minha falta de tato para a moda, ela começara a cuidar dos cachos com uma fita branca de seda e a prendê-los no alto da minha cabeça.

Não sabia muito bem por que eu resistira à série de badulaques que ela queria usar para me enfeitar. Talvez fosse apenas por não gostar de excessos, ou por ser uma objeção mais sutil a ser tratada como objeto, ser enfeitada e exposta para agradar a Jocasta. De qualquer modo, eu recusei. Não usei nenhum enfeite além de minha aliança de casamento, um par de brincos de pérolas e uma fita verde de veludo ao redor do pescoço.

Ulysses desceu a escada, impecável em seu uniforme. Eu me mexi e ele virou a cabeça, vendo o brilho de minhas saias.

Ele arregalou os olhos demonstrando claramente ter gostado do que viu, e eu olhei para baixo, sorrindo timidamente, como acontece com quem está sendo admirado. Então, eu o ouvi puxar o ar e levantei a cabeça para ver seus olhos ainda arregalados, mas agora com medo. Sua mão segurava o corrimão com tanta força que os nós dos dedos brilhavam.

– Perdão, madame – disse ele, parecendo reprimido, e desceu a escada correndo, passando por mim, deixando a porta para o salão aberta.

– O que diabos... – falei em voz alta, e então me lembrei onde, e em que época, estávamos.

Sozinho por tanto tempo, em uma casa com uma dona cega e sem dono, ele se tornara descuidado. Momentaneamente, ele havia se esquecido da proteção essencial e mais básica – a única proteção verdadeira que um escravo tinha: o rosto inexpressivo e calmo que escondia todos os seus pensamentos.

Não foi à toa que ele se assustou quando percebeu o que fizera. Se tivesse sido qualquer outra mulher que não eu a interceptar aquele olhar descuidado... Minhas mãos ficaram frias e suadas, eu engoli em seco e o cheiro de sangue e de terebintina voltou à minha garganta.

Mas tinha sido comigo, eu lembrei a mim mesma, e ninguém mais vira. O mordomo podia estar com medo, mas estava seguro. Eu me comportaria como se nada tivesse acontecido – nada *havia* acontecido – e as coisas seriam... Bem, as coisas seriam o que eram. O som de passos na galeria acima interrompeu meus pensamentos. Olhei para cima e me surpreendi, e todos os outros pensamentos fugiram de uma vez de minha mente.

Um escocês das Terras Altas com a vestimenta completa é uma visão muito impressionante, por mais velho ou por mais desagradável que sua aparência fosse. Um escocês alto, de corpo esguio e nem um pouco desagradável na aparência no auge de sua vida é de tirar o fôlego.

Jamie não usava o kilt desde a Batalha de Culloden, mas seu corpo não havia se esquecido de como era.

– Ah! – falei.

Ele me viu naquele momento, e dentes brancos apareceram quando ele sorriu para mim e fez uma reverência, as fivelas prateadas do sapato reluzindo. Jamie se endireitou e se virou para ajeitar a roupa, e então desceu lentamente com os olhos fixos em meu rosto.

Por um momento, eu o vi como ele estivera na manhã em que nos casamos. A estampa de seu tartã era muito parecida com a que ele usara no dia: xadrez preto sobre um fundo rubro, com um broche prateado no ombro, o kilt descendo até a panturrilha com uma meia fina e comprida cobrindo-a.

O tecido era mais fino dessa vez, assim como o de seu casaco. O punhal que ele levava na cintura tinha faixas douradas no cabo. *Duine uasal* era o que ele parecia, um homem de valor.

Mas o rosto acima da roupa era o mesmo, mais velho agora, porém mais sábio também – e o inclinar de sua cabeça e os lábios largos e firmes, os olhos claros e puxados como os de um gato que olhavam dentro dos meus eram exatamente os mesmos. Ali estava um homem que sempre soubera seu valor.

– Ao seu dispor, senhora – disse Jamie. E então, abriu um sorriso iluminado ao descer os últimos poucos degraus.

– Você está lindo – falei, quase sem conseguir engolir o nó na minha garganta.

– De fato não estou nada mal – concordou, sem qualquer sinal de falsa modéstia. Ele ajeitou uma dobra no ombro com cuidado. – Claro, essa é a vantagem de usar tartã. Não há problema nenhum com o caimento.

– É de Hector Cameron? – Eu me sentia ridiculamente tímida em tocá-lo vestido tão bem. Mexi no cabo do punhal. Tinha um pequeno objeto dourado na ponta, com o formato de um pássaro em pleno voo.

Jamie respirou fundo.

– É meu agora. Ulysses o trouxe para mim com os cumprimentos da minha tia.

Percebi um tom estranho na voz dele, e olhei em seu rosto. Apesar de claramente estar muito orgulhoso por vestir o kilt de novo, algo o incomodava. Toquei sua mão.

– O que aconteceu?

Ele abriu um meio sorriso para mim, mas franziu o cenho, preocupado.

– Nada, exatamente. É só...

O som de pés na escada o interrompeu, e ele me colocou de lado, para sair do caminho de um escravo apressado que levava uma pilha de lençóis. A casa estava tomada pelos preparativos de última hora. Mesmo agora, eu conseguia ouvir o som de rodas no chão de pedras no fundo da casa, e sentia cheiros deliciosos enquanto bandejas eram trazidas depressa da cozinha.

– Não podemos conversar aqui – murmurou Jamie. – Sassenach, pode ficar atenta durante o jantar? Se eu fizer um sinal a você – e nesse momento, levou a mão ao lóbulo da orelha –, pode causar uma distração? Não importa o que seja. Derrube o vinho, desmaie, fure a pessoa ao seu lado com um garfo... – Ele sorriu para mim e eu me acalmei. Independentemente do que o preocupava, não era uma questão de vida ou morte.

– Posso fazer isso – garanti a ele. – Mas o que...

Uma porta se abriu no andar de cima, e ouvimos a voz de Jocasta, dando ordens de última hora a Phaedre. Com isso, Jamie se inclinou depressa e me beijou, e então se afastou com a roupa xadrez e as fivelas prateadas dos sapatos, desaparecendo depressa entre dois escravos que carregavam bandejas cheias de taças de cristal para o salão. Eu o observei surpresa, quase sem conseguir sair do caminho na rota de colisão com os empregados.

– É você, doce Claire? – Jocasta parou no último degrau, com a cabeça virada para mim, os olhos fixos logo acima do meu ombro. Ela era muito perspicaz.

– Sou eu – afirmei, e toquei seu braço para mostrar precisamente onde eu estava.

– Senti o cheiro de cânfora do vestido – disse ela, como se respondesse à pergunta que eu não fizera, apoiando a mão na dobra de meu cotovelo. – Pensei ter ouvido a voz de Jamie. Ele está próximo?

– Não – respondi, sendo sincera. – Acredito que ele tenha saído para cumprimentar os convidados.

– Ah. – Ela apertou meu braço e suspirou, um ponto entre a satisfação e a impaciência. – Não sou de lamentar o que não pode ser consertado, mas juro que daria um dos meus olhos se a visão do outro pudesse ser reparada tempo suficiente para ver o rapaz com o kilt hoje!

Jocasta balançou a cabeça, rejeitando o pensamento, e os diamantes em suas orelhas brilharam sob a luz. Ela usava seda azul-escura, um contraste com seus cabelos bem brancos. O tecido era bordado com libélulas que pareciam voar entre as dobras enquanto ela se movimentava sob as luzes dos candeeiros na parede e dos candelabros com velas grossas.

– Ah, bem. Onde está Ulysses?

– Aqui, senhora. – Ele apareceu do outro lado, havia voltado tão silenciosamente que não o ouvi.

– Vamos – ordenou ela, e segurou o braço dele.

Eu não sabia se a ordem se aplicava a ele ou a mim, mas a segui obedientemente, desviando de dois ajudantes de cozinha que levavam o prato principal – um porco selvagem assado inteiro, com a cabeça e presas intactas e olhar fixo, as costas suculentas brilhando com a gordura, prontas para a faca. O cheiro era divino.

Alisei meus cabelos e me preparei para encontrar os convidados de Jocasta, com a sensação de que também estava sendo apresentada em uma bandeja de prata com uma maçã na boca.

...

A lista de convidados seria a coluna social de Cabo Fear, se houvesse uma. Campbell, Maxwell, Buchanan, MacNeill, MacEachern... nomes das Terras Altas, nomes das Ilhas. MacNeill de Barra Meadows, MacLeod de Isles... muitos dos nomes de propriedades tinham o sabor das origens de seus donos, assim como seu discurso. O teto alto de gesso ecoava a cadência do gaélico falado.

Muitos dos homens vinham com kilt ou com tecidos xadrez sobre os casacos e as calças de seda, mas não vi nenhum tão bonito quanto o de Jamie, que se destacava com sua ausência. Ouvi Jocasta murmurar algo a Ulysses. Ele chamou uma ajudante batendo palmas e mandou que ela partisse para a penumbra dos jardins com uma lanterna na mão, provavelmente à procura dele.

Quase tão visíveis eram os poucos convidados não escoceses. Um quacre de ombros largos e sorriso gentil com o nome pitoresco de Hermon Husband, um senhor alto e esquelético chamado Hunter, e – para minha surpresa – Phillip Wylie, com um terno impecável, peruca e pó.

– E aqui nós nos encontramos novamente, sra. Fraser – disse ele, segurando minha mão por muito mais tempo do que o socialmente correto. – Confesso que estou encantado em vê-la de novo!

– O que você está fazendo aqui? – perguntei de um modo meio grosseiro.

Ele sorriu descaradamente.

– Fui trazido pelo meu anfitrião, o nobre e poderoso sr. MacNeill de Barra Meadows, de quem acabei de comprar um par excelente de cavalos. Por falar nisso, cavalos selvagens não teriam conseguido me impedir de participar desta noite, quando soube que este evento está sendo realizado em sua honra.

Ele me observou lentamente, com o ar de um conhecedor apreciando uma obra de arte rara.

– Posso comentar, senhora, que esse tom de verde lhe cai muito bem?

– Acho que não posso impedi-lo – respondi.

– Sem falar do efeito da luz de velas sobre sua pele. "Teu pescoço parece uma torre de marfim" – citou ele, passando o polegar de modo insinuante na palma da minha mão –, "teus olhos são como os lagos de peixes em Heshbon."

– "Teu nariz é como a torre do Líbano, que dá para Damasco" – falei, com um olhar significativo para o nariz aristocraticamente pronunciado.

Ele começou a rir, mas não me soltou. Olhei para Jocasta, que estava a poucos metros de mim. Ela parecia envolvida numa conversa com alguém que havia chegado, mas a experiência me ensinara que seus ouvidos eram muito apurados.

– Quantos anos você tem? – perguntei, estreitando os olhos para ele e tentando retirar minha mão disfarçadamente.

– Vinte e cinco, senhora – respondeu ele, surpreso. Wylie deu um tapinha no remendo em forma de estrela perto dos lábios com um dedo da mão livre. – Estou indecentemente malvestido?

– Não. Eu só queria ter certeza de que estava dizendo a verdade ao informá-lo que tenho idade para ser sua mãe!

A informação não pareceu surpreendê-lo nem um pouco. Ele levou minha mão aos lábios e os pressionou com intensidade.

– Estou encantado – disse ele. – Posso chamá-la de *mamãe*?

Ulysses estava atrás de Jocasta, com os olhos escuros fixos nos convidados que subiam o caminho iluminado do rio. Ele se inclinava para a frente de vez em quando para sussurrar no ouvido dela. Eu tirei a mão da de Wylie com força e a usei para dar um tapinha no ombro do mordomo.

– Ulysses – falei, sorrindo encantadoramente para Wylie –, você faria a gentileza de cuidar para que o sr. Wylie se sente perto de mim durante o jantar?

– Claro, madame. Cuidarei disso – garantiu ele, e voltou à sua vigilância.

O sr. Wylie fez uma reverência extravagante, jurando gratidão eterna, e deixou-se levar para dentro da casa por um dos empregados. Eu acenei de forma simpática para ele, pensando que adoraria apunhalá-lo com um garfo quando fosse a hora certa.

Não sabia se fora sorte ou planejamento bem-feito, mas eu me vi entre o sr. Wylie e o quacre, sr. Husband. O sr. Hunter – o outro que não falava gaélico – estava do outro lado da mesa, de frente para mim. Formamos uma pequena ilha de ingleses em meio ao mar de escoceses.

Jamie aparecera no último minuto, e agora estava sentado à cabeceira da mesa, com Jocasta à sua direita. Pela décima segunda vez, eu tentei imaginar o que estava acontecendo. Fiquei de olho nele, com um garfo limpo ao lado do meu prato, pronta para agir, mas já estávamos no terceiro prato sem qualquer ocorrência desagradável.

– Estou surpreso por ver um senhor com a sua influência participando de uma ocasião como essa, sr. Husband. Tamanha frivolidade não o ofende? – Sem conseguir chamar minha atenção durante os dois primeiros pratos, Wylie passou a se inclinar para mim, e o movimento fez com que sua coxa resvalasse casualmente na minha.

Hermon Husband sorriu.

– Até mesmo os quacres devem comer, amigo Wylie. E eu tive a honra de aproveitar a hospitalidade da sra. Cameron em muitas ocasiões. Não devo recusá-la agora, só porque ela a estende a outros.

Ele voltou a atenção para mim, retomando nossa conversa interrompida.

– Perguntaste sobre os Reguladores, sra. Fraser? – Ele meneou a cabeça para o outro lado da mesa. – Devo repassar tuas perguntas ao sr. Hunter, pois se os Reguladores aproveitam os benefícios da liderança, é porque observam esse cavalheiro.

O sr. Hunter fez uma reverência diante do elogio. Um indivíduo alto, de mandíbula quadrada, ele estava vestido de modo mais simples do que a maioria dos presentes, apesar de não ser quacre. Ele e o sr. Husband estavam viajando juntos, os dois voltando de Wilmington para suas casas no interior. Com a oferta do governador Tryon em mente, eu queria descobrir tudo o que podia a respeito dos assuntos naquela região.

– Somos um grupo desigual – disse ele com modéstia, pousando a taça de vinho. – Na verdade, eu deveria relutar em pedir qualquer título que fosse. É só que tenho a sorte de ter uma casa localizada em um ponto de encontro conveniente.

– Dizem que os Reguladores são gentalha. – Wylie limpou a boca, tomando o cuidado de não tirar o remendo em forma de estrela. – Fora da lei e dados à violência contra os representantes da Coroa.

– Não somos, não – disse o sr. Husband, ainda com gentileza. Fiquei surpresa ao ouvi-lo afirmar a associação com os Reguladores. Talvez o movimento não fosse tão violento e ilegal quanto Wylie dizia. – Procuramos apenas a justiça, e essa não é uma virtude que pode ser obtida através da violência, pois onde entra a violência, a justiça com certeza foge.

Wylie riu, um som surpreendentemente profundo e masculino, apesar do seu comportamento tolo.

– Pelo visto a justiça *deveria* fugir! Essa sem dúvida foi a impressão que tive do sr. Justice Dodgson quando falei com ele semana passada. Ou talvez ele estivesse enganado, senhor, em sua identificação dos rufiões que invadiram o seu quarto, derrubaram-no e o arrastaram para a rua?

Wylie sorriu para Hunter, que ficou corado apesar da pele bronzeada ao longo do tempo pelo sol. Ele segurou com mais força a haste da taça de vinho. Olhei de modo esperançoso para Jamie. Nenhum sinal.

– O sr. Justice Dodgson – disse Hunter precisamente – é um usurpador, um ladrão, uma desgraça à profissão da lei, e...

Eu estava ouvindo alguns barulhos do lado de fora, mas pensei se tratar de uma crise na cozinha, que era separada da casa principal por um vão. Os barulhos se tornaram mais claros, e eu reconheci uma voz familiar que me distraiu das acusações do sr. Hunter.

– Duncan! – Levantei-me levemente do assento, e as cabeças próximas a mim se viraram de modo questionador.

Houve uma breve confusão de movimento na varanda, com sombras passando pelas janelas francesas abertas, e vozes chamando, discutindo e incitando.

A conversa no salão diminuiu, e todo mundo olhou para ver o que estava acontecendo. Vi Jamie afastar a cadeira, mas antes que conseguisse se levantar, uma aparição surgiu na porta.

Era John Quincy Myers, o gigante, que preenchia a porta aberta dupla de cima a baixo e de um lado a outro, resplandecente com a mesma roupa que usava quando o vi pela primeira vez. Ele se recostou no batente, observando a reunião com os olhos injetados. Seu rosto estava corado, a respiração forte, e, em uma das mãos, ele levava uma garrafa comprida de vidro.

Seus olhos se iluminaram ao me ver, o rosto contorcido em uma careta assustadora de satisfação.

– Aí está você – disse ele, em tom de profunda satisfação. – Bem que me disserrram. Duncan não aguentou. Disse sim, a srta. Clairrre disse serrr melhorrr beberrr antes que ela me corte. Então, estou bêbado. Bêbado... – Ele fez uma pausa, remexendo-se perigosamente, e ergueu a garrafa. – Como um GAMBÁ! – concluiu de forma triunfante. Deu um passo para dentro da sala, caiu de cara no chão e não se mexeu.

Duncan apareceu na porta, muito malvestido. Sua camisa estava rasgada, o casaco pendurado no ombro, e apresentava os primeiros indícios de um olho roxo.

Ele viu a forma prostrada aos seus pés, e então olhou para Jamie como se quisesse se desculpar.

– Eu tentei impedi-lo, *Mac Dubh*.

Eu me levantei da cadeira e cheguei ao corpo ao mesmo tempo que Jamie, seguido por uma onda de convidados curiosos. Jamie olhou para mim com as sobrancelhas erguidas.

– Bem, você disse que ele deveria estar inconsciente – observou ele. Inclinou-se sobre o homem enorme e puxou uma pálpebra para cima, mostrando um globo ocular branco. – Eu diria que ele fez um bom trabalho.

– Sim, mas não quis dizer tão bêbado assim! – Eu me agachei ao lado do corpo inconsciente e encostei dois dedos sobre a carótida. Constante e forte. Ainda assim... – O álcool não é um bom anestésico – falei, balançando a cabeça. – É um veneno. Deprime o sistema nervoso central. O choque da operação com a embriaguez poderia matá-lo com facilidade.

– Não é uma grande perda – comentou alguém entre os convidados, mas essa opinião cáustica foi afogada em uma torrente de pedidos reprovadores de silêncio.

– Que vergonha desperdiçar tanto conhaque – disse outra pessoa, para risada geral. Era Phillip Wylie. Vi seu rosto coberto de pó por cima do ombro de Jamie, sorrindo de modo maléfico. – Ouvimos muito a respeito de sua habilidade, sra. Fraser. Agora é sua chance de provar a si mesma, com testemunhas! – Ele acenou uma mão com graça para a multidão reunida ao nosso redor.

– Ah, não me irrite – respondi meio contrariada.

– Ora, obedeça à senhora! – alguém retrucou atrás de mim, não sem admiração. Wylie piscou, alarmado, mas então abriu um sorriso mais largo do que nunca.

– Seu desejo é uma ordem, senhora! – murmurou ele, e recuou para a multidão.

Eu me levantei, tomada pela dúvida. Poderia dar certo. Era uma operação tecnicamente simples e não deveria demorar mais do que alguns minutos se eu não enfrentasse complicações. Era uma incisão pequena, mas era preciso chegar ao peritônio, com todos os riscos de infecção que poderiam ocorrer.

Além disso, havia poucas chances de encontrar melhores condições do que eu tinha aqui: muito álcool para desinfecção, muitos assistentes dispostos. Não havia outro meio de anestesia disponível, e eu não podia, em nenhuma circunstância, fazer isso com um paciente consciente. Acima de tudo, Myers tinha me pedido para fazer.

Procurei o rosto de Jamie, desejando obter conselhos. Ele estava ali, de pé ao meu lado, e viu a pergunta em meus olhos. Bem, ele quisera uma distração, inferno.

– Melhor fazer isso, Sassenach. – Jamie olhou para o corpo prostrado. – Pode ser que ele nunca tenha coragem nem dinheiro para se embriagar de novo.

Eu me abaixei e conferi sua pulsação de novo, forte e constante como um galope.

A cabeça imponente de Jocasta apareceu entre os rostos curiosos sobre o ombro de MacNeill.

– Traga-o ao salão – disse ela. Então se afastou e a decisão foi tomada por mim.

Eu já havia operado em condições estranhas antes, pensei, lavando as mãos rapidamente com vinagre trazido da cozinha, mas nenhuma tinha sido tão estranha quanto aquela.

Sem as roupas inferiores, Myers estava deitado sobre a mesa de mogno, largado e quase tão ornamental quanto um faisão assado. Mas em vez de estar na bandeja, ele estava no cobertor do estábulo, uma peça central chamativa com camisa e colar de garras de urso, cercado por guarnições de garrafas, trapos e faixas.

Não havia tempo para trocar minhas roupas. Um avental de açougueiro de couro foi retirado da dispensa para cobrir meu vestido, e Phaedre enrolou minhas mangas longas e cheias de babados para deixar meus braços livres.

Mais velas tinham sido trazidas para iluminar o ambiente. Candelabros brilhavam nas mesas de canto e do lustre em uma extravagância de cera fragrante. Mas nem de perto tão fragrante quanto Myers. Sem hesitar, peguei o decantador do canto e derramei muito conhaque fino, que valia muitos xelins, sobre a genitália de pelos escuros e enrolados.

– Um modo caro de matar piolhos – comentou alguém de modo crítico atrás de mim, observando o êxodo intenso de várias pequenas formas de vida que apareceram depois do dilúvio.

– Ah, mas eles morrerão felizes – rebateu alguém cuja voz reconheci como sendo a de Ian. – Trouxe sua caixa, tia. Ele colocou a caixa de objetos cirúrgicos perto do meu cotovelo e a abriu para mim.

Peguei minha garrafa azul de álcool destilado e o bisturi de lâmina reta. Segurando o bisturi acima de uma tigela, despejei álcool sobre ele, enquanto procurava assistentes adequados em meio às pessoas. Não haveria falta de voluntários. Os espectadores estavam segurando o riso e os comentários sussurrados, o jantar interrompido completamente esquecido pela excitação.

Dois robustos condutores de carruagem foram chamados da cozinha para segurar as pernas do paciente. Andrew MacNeill e Farquard Campbell se voluntariaram para segurar os braços e o jovem Ian foi colocado ao meu lado, segurando um castiçal comprido para oferecer iluminação adicional. Jamie assumiu a posição de anestesista-geral ao lado da cabeça do paciente, com um copo cheio de uísque próximo à sua boca aberta e ronquejante.

Conferi se meus equipamentos e minhas agulhas de sutura estavam prontos, respirei fundo e assenti para minhas tropas.

– Vamos.

O pênis de Myers, embaraçado com a atenção, já tinha se retraído, espiando de forma tímida entre os arbustos. Com as pernas compridas do paciente erguidas e abertas, Ulysses afastou o escroto flácido com delicadeza, e a hérnia foi claramente revelada, um inchaço do tamanho de um ovo de galinha, sua curva arroxeada no ponto em que se pressionava contra a pele inguinal firme.

– Deus do Céu! – exclamou um dos condutores, com os olhos arregalados para o que viu. – É verdade... ele tem três bolas!

Os espectadores se assustaram e riram, mas eu estava ocupada demais para corrigir enganos. Passei álcool puro em todo o períneo, mergulhei meu bisturi no líquido, passei a lâmina de um lado para outro pela chama de uma vela para esterilização final e fiz um corte rápido.

Nem grande nem profundo. Só o suficiente para abrir a pele e ver a volta do intestino cinza rosado aparecendo pelo corte na camada de músculo. Uma linha fina e escura, cheia de sangue, descia manchando o cobertor.

Estendi a incisão, lavei os dedos muito bem na bacia de desinfetante e então coloquei dois dedos na volta e a empurrei delicadamente para cima. Myers se movimentou em uma convulsão repentina, quase me tirando de onde eu estava, e de repente relaxou. Ele ficou tenso de novo, levantando as nádegas, e meus assistentes quase largaram as pernas dele.

– Ele está acordando! – gritei a Jamie, mais alto do que os vários berros de susto. – Dê mais a ele, depressa! – Todas as minhas dúvidas a respeito do uso de álcool como anestésico estavam sendo confirmadas, mas era tarde demais para mudar de ideia agora.

Jamie segurou a mandíbula do gigante, abriu sua boca e despejou o uísque. Myers engasgou, tossiu e fez barulhos como um búfalo se afogando, mas uma parte suficiente do álcool desceu por sua garganta e o corpo enorme relaxou. O homem começou a murmurar, imóvel, e então a roncar pesadamente.

Eu conseguira manter meus dedos no lugar. Havia mais sangramento do que eu gostaria, mas seus esforços não tinham abaixado a hérnia. Peguei um pano limpo embebido em conhaque e molhei o local. Sim, eu conseguia ver a beira da camada de músculo. Esquelético como Myers era, havia uma camada fina de gordura amarela por baixo da pele, separando-a das fibras vermelhas abaixo.

Eu sentia o movimento de seus intestinos enquanto ele respirava, o calor de seu corpo cercando meus dedos sem luva naquela estranha intimidade unilateral que é o domínio do cirurgião. Fechei os olhos e abandonei todo o meu senso de urgência, toda a consciência das pessoas que assistiam diminuiu.

Inspirei lentamente e acertei meu ritmo com os roncos audíveis. Acima do fedor do conhaque e dos aromas levemente nauseantes dos alimentos, eu sentia os odores terrosos de seu corpo; suor, pele suja, um leve fedor de urina e o cheiro metálico de sangue. Para a maioria das pessoas, eles teriam sido muito fortes, mas não para mim, não agora.

Aquele corpo *estava ali*. Não estava bom, não estava ruim, simplesmente estava. Eu sabia disso agora. Ele era meu.

Eles eram todos meus: o corpo inconsciente em minhas mãos, seus segredos abertos para mim, os homens que o seguravam, seus olhos grudados em mim. Nem sempre acontecia, mas quando acontecia, a sensação era inesquecível. Uma síntese de mentes em um único organismo. E enquanto assumia o controle desse organismo, eu me tornei parte dele, e me perdi.

O tempo parou. Eu percebia cada movimento, cada respiração, o puxar das suturas do categute quando apertei o anel inguinal, mas minhas mãos não me pertenciam. Minha voz estava alta e clara, dando instruções obedecidas instantaneamente, e em algum ponto distante, um pequeno observador em meu cérebro via o progresso da operação com remoto interesse.

Quando acabou, o tempo recomeçou. Dei um passo para trás, desfazendo o elo, e sentindo-me levemente zonza com a solidão com a qual não estava acostumada.

– Pronto – falei, e o murmúrio dos espectadores se tornou um aplauso alto. Ainda me sentindo intoxicada – teria me embriagado por osmose, por causa de Myers? –, eu me virei e fiz uma reverência para os convidados do jantar.

Uma hora depois, eu me embriaguei por meus próprios méritos, vitimada por uma dúzia de brindes em minha homenagem. Consegui escapar brevemente, com a desculpa de checar meu paciente, e subi para o quarto de hóspedes onde ele estava.

Parei na galeria, segurando-me ao corrimão enquanto me firmava. Havia um murmúrio alto de conversa e riso vindo lá de baixo. A festa ainda estava acontecendo, mas havia se dissolvido em grupos menores espalhados pelo piso do hall e do salão. Do meu ponto de vista, parecia uma colmeia, cabeças com perucas e vestidos com faixas esvoaçantes se movendo de um lado a outro pelas tábuas do piso de seis lados, zunindo com copos cheios de néctar de conhaque e vinho do Porto.

Se Jamie queria uma distração, pensei confusa, ele não poderia ter pedido uma melhor. O que quer que fosse acontecer tinha sido eficazmente adiado. Mas o que era – e por quanto tempo poderia ser impedido? Balancei a cabeça para clareá-la, sem sucesso, e fui ver meu paciente.

Myers ainda estava dormindo profundamente e feliz, respirando de modo lento e longo, fazendo os lençóis de algodão se mexerem. A escrava Betty assentiu para mim, sorrindo.

– Ele está bem, sra. Claire – sussurrou ela. – Não daria para acordar o homem nem com uma arma, acredito.

Não precisei examinar seu coração. A cabeça dele estava virada, e eu conseguia ver a veia enorme que descia pela lateral de seu pescoço, pulsando lentamente e pesada como um golpe de martelo. Eu o toquei, sentindo sua pele fria e úmida. Sem febre, sem sinais de choque. Todo o corpo enorme radiava paz e bem-estar.

– Como ele está?

Se eu estivesse menos embriagada, teria me sobressaltado. Mas, naquela situação, só fiquei abalada ao ver Jamie atrás de mim.

– Ele está bem – falei. – Não seria possível matá-lo nem com um canhão. Assim como você. – Eu me recostei nele, braços ao redor de sua cintura, meu rosto corado enterrado nas dobras frias de seu linho. – Indestrutível.

Ele beijou o topo da minha cabeça, alisando os poucos cachos que tinham escapado da touca durante a operação.

– Você foi muito bem, Sassenach – sussurrou ele. – Muito bem, moça bonita.

Ele cheirava a vinho e cera de vela, a ervas e lã das Terras Altas. Desci mais as mãos, sentindo as curvas de suas nádegas, lisas e livres sob seu kilt. Ele se movimentou levemente e sua coxa pressionava a minha.

– Você precisa de um pouco de ar, Sassenach... e precisamos conversar. Pode deixá-lo por um tempo?

Olhei para a cama e seu ocupante.

– Sim. Desde que a Betty continue ao lado dele para ter certeza de que Myers não vomitará enquanto dorme, pois ele pode se engasgar. – Olhei para a escrava, que parecia surpresa por eu perguntar, mas assentiu.

– Encontre-me na horta, e cuidado para não cair da escada e quebrar o pescoço, sim? – Levantando meu queixo, Jamie me beijou de modo rápido e profundo, e me deixou zonza, fazendo com que eu me sentisse mais sóbria e mais embriagada do que antes.

13
UM EXAME DE CONSCIÊNCIA

Algo escuro aterrissou no caminho à nossa frente com um suave baque e eu parei abruptamente, segurando seu braço.

– Sapos – disse Jamie sem se perturbar. – Você não os ouve cantar?

"Cantar" não seria a palavra em que pensaria ao ouvir o coro de sapos coaxando no mato perto do rio. Por outro lado, Jamie não reconhecia tons e não fazia nada a respeito.

Ele esticou o bico do sapato e cutucou a forma escura e atarracada.

– Croac, croac! – imitou ele.

A forma deu um salto e desapareceu nas plantas úmidas do caminho.

– Eu sempre soube que você tinha dom para idiomas – falei, divertindo-me. – Mas não sabia que falava a língua dos sapos.

– Não sou fluente, mas tenho um bom sotaque, posso afirmar.

Eu ri, e ele apertou minha mão e a soltou. A piada passou, sem conseguir alimentar a conversa, e continuamos caminhando, fisicamente juntos, mas quilômetros separados nos pensamentos.

Eu deveria estar exausta, mas a adrenalina ainda corria pelas minhas veias. Senti a exultação que vem com a realização de uma cirurgia bem-sucedida, isso sem falar da leve embriaguez. O efeito disso tudo foi me deixar meio mal das pernas, mas com uma forte e vívida consciência de tudo ao meu redor.

Havia um banco decorado sob as árvores perto da doca, e foi a ele que Jamie me levou, nas sombras. Ele se sentou no banco de mármore suspirando fundo, fazendo com que eu me lembrasse de que não era a única para quem a noite tinha sido agitada.

Olhei ao redor com atenção exagerada e então me sentei ao lado dele.

– Estamos sozinhos e sem ninguém nos observando – falei. – Você quer me dizer o que diabos está acontecendo agora?

– Ah, sim. – Ele se endireitou, esticando as costas. – Eu deveria ter dito algo a você mais cedo, mas não esperava que ela fosse fazer isso.

Jamie estendeu a mão e encontrou a minha no escuro.

– Não tem nada de errado, na verdade, como eu disse. É só que quando Ulysses me trouxe o kilt e o broche, ele disse que Jocasta pretendia fazer um anúncio no jantar desta noite, para contar a todos que pretendia me tornar herdeiro dela... disso tudo.

O gesto dele abrangia a casa e os campos atrás de nós, e todo o resto: o rio, o pomar, os jardins, os estábulos, os infindáveis hectares de pinheiros, o moinho, o campo de terebintina e os quarenta escravos que trabalhavam nele.

Vi a coisa toda se desdobrar como Jocasta planejara, sem dúvida. Jamie sentado à cabeceira da mesa, vestido com o tartã de Hector Cameron, com a faca e o broche – aquele broche com o lema nada sutil do clã Cameron: "Uni-vos!" –, rodeado pelos antigos colegas e camaradas de Hector, todos ansiosos para dar as boas-vindas ao parente mais jovem do amigo em sua nova casa.

Se deixássemos que ela fizesse um anúncio naquela companhia de escoceses leais, bem lubrificados com o uísque fino do falecido Hector, no mesmo instante, eles o teriam aclamado como o senhor de River Run, ungido com gordura de porco selvagem e coroado com velas de cera de abelha.

Tinha sido um plano totalmente parecido com o dos MacKenzie, pensei. Audacioso, dramático, sem levar em consideração os desejos das pessoas envolvidas.

– E se ela fizesse isso – continuou ele, ecoando meus pensamentos com precisão –, eu acharia muito complicado recusar essa honra.

– Sim, muito – concordei.

Jamie ficou de pé de repente, inquieto demais. Sem falar, estendeu uma mão para mim. Eu fiquei ao lado dele e nos viramos para o caminho da horta, circundando os jardins formais. As lanternas acesas para a festa tinham sido retiradas, e as velas foram guardadas para serem usadas posteriormente.

– Por que Ulysses contou a você? – perguntei, pensando alto.

– Faça essa pergunta a si mesma, Sassenach – disse ele. – Quem é o senhor de River Run agora?

– É? – perguntei. E então: – É!

– É, sim – respondeu ele com secura. – Minha tia é cega. Quem está cuidando das contas e administrando a casa? Ela pode decidir quais coisas devem ser feitas, mas quem sabe se elas *são* feitas? Quem está sempre perto dela para dizer o que acontece, cujas palavras estão em seu ouvido e em cuja opinião ela confia acima de qualquer outra?

– Compreendo. – Olhei para o chão, pensando. – Você não quer dizer que ele está roubando nas contas ou qualquer coisa assim, certo?

Eu esperava que não. Gostava muito do mordomo de Jocasta e pensava haver carinho e respeito entre eles. Não gostava de pensar que ele pudesse enganá-la a sangue-frio.

Jamie balançou a cabeça.

– Não está. Eu verifiquei as contas e está tudo em ordem, muito em ordem, na verdade. Tenho certeza de que ele é um homem honesto e um empregado fiel, mas ele é humano para aceitar abrir mão de seu espaço para um desconhecido. – Jamie riu de leve. – Minha tia pode ser cega, mas o negro vê com clareza. Ele não disse nada para me impedir nem me convencer. Só me contou o que minha tia pretendia, e então deixou para mim a decisão sobre o que fazer. Ou não fazer.

– Você acha que ele sabia que você não... – Parei aqui, porque não tinha certeza de que ele não aceitaria. Orgulho, cuidado ou as duas coisas poderiam fazer com que ele quisesse frustrar o plano de Jocasta, mas isso não significava que ele pretendia rejeitar a oferta dela.

Jamie não respondeu, e um arrepio percorreu meu corpo. Estremeci apesar do ar quente do verão, e segurei o braço dele enquanto andávamos, buscando apoio no corpo macio sob meus dedos.

Era fim de julho, e o cheiro de frutas amadurecendo na horta era doce, tão forte que eu quase sentia o gosto de maçãs frescas e crocantes. Pensei na tentação e no verme que se escondia por baixo da casca brilhante.

Tentação não apenas para ele, mas para mim. Para ele, a chance de ser o que deveria ser por natureza, o que o destino havia negado. Ele tinha nascido e crescido para isto: para cuidar de uma grande propriedade, cuidar das pessoas, ter um lugar de respeito entre homens de valor, seus companheiros. Mais importante ainda, a restauração do clã e da família. "Eu já faço parte disso", dissera ele.

Ele não se importava com riqueza, eu sabia disso. Tampouco acreditava que ele quisesse poder. Se esse fosse o caso, sabendo o que eu sabia a respeito do futuro, ele teria escolhido ir para o norte e procurar um lugar entre os fundadores de uma nação.

Mas Jamie já fora dono de terras. Ele havia me contado muito pouco sobre seu tempo na prisão, mas uma coisa permanecera em minha lembrança. Dos homens com quem ele dividira a sela, ele dizia: "Eles eram meus. E tê-los me mantinha vivo." E eu me lembrei do que Ian dissera a respeito de Simon Fraser: "O cuidado por seus homens agora é seu único elo com a humanidade."

Sim, Jamie precisava de homens. Homens para liderar, de quem cuidar, para defender e com quem lutar. Mas não para que fossem dele. Depois da horta, ainda em silêncio, descemos o longo caminho de canteiros de ervas, com o cheiro de lírio e lavanda, anêmonas e rosas, tão pungente e inebriante que simplesmente passar pelo ar quente e pesado era como se jogar de cabeça em um canteiro de pétalas fragrantes.

Ah, River Run era um jardim de delícias, de fato... mas eu havia chamado um negro de amigo e deixado minha filha a seus cuidados.

Pensar em Joe Abernathy e em Brianna me deu uma sensação estranha de visão dupla deslocada, de existir em dois lugares de uma vez. Eu via o rosto deles em minha mente, ouvia suas vozes. E, ainda assim, a realidade era o homem ao meu lado, o kilt balançando com seus passos, a cabeça abaixada num pensamento ansioso.

E esta era a minha tentação: Jamie. Não as inconsequências de camas macias ou salas graciosas, vestidos de seda e deferência social.

Se ele não aceitasse a oferta de Jocasta, deveria fazer outra coisa. E "outra coisa" provavelmente seria a sedução perigosa de William Tryon de terras e homens. Melhor do que a oferta generosa de Jocasta, de certo modo. O que ele construiria seria dele, o legado que ele queria deixar para Brianna. Se vivesse para construí-lo.

Eu ainda vivia em dois planos. Neste, conseguia ouvir o farfalhar de seu kilt quando resvalava em minha saia, sentia o calor úmido de seu corpo, ainda mais quente do que o ar aquecido. Sentia o cheiro almiscarado dele que me fazia querer arrancá-lo de seus pensamentos, abrir seu cinto, deixar o tecido xadrez cair de seus ombros, abaixar meu corpete e pressionar meus seios contra ele, recebê-lo seminu e totalmente excitado entre as plantas e forçá-lo a parar de pensar para se concentrar em mim.

Mas no plano da lembrança, eu sentia o cheiro de teixos e da brisa que vinha do mar, e sob meus dedos, não havia um homem quente, mas o granito frio e liso de um túmulo com seu nome.

Eu não falei. Nem ele.

Nós tínhamos feito um círculo completo, e voltamos para a beira do rio, onde degraus de pedra cinza desciam e desapareciam por baixo de uma superfície agitada de água. Mesmo contra a corrente, era possível sentir os ecos fracos da maré.

Havia um barco ancorado ali; um barco a remo pequeno, adequado para pesca solitária ou passeios.

– Você quer sair com o barco a remo?

– Sim, por que não? – Acreditei que ele tivesse o mesmo desejo que eu: fugir da casa e de Jocasta, ficar a uma distância suficiente para pensar com clareza, sem perigo de ser interrompido.

Eu me abaixei, apoiando a mão em seu braço para me equilibrar. Antes de eu entrar no barco, Jamie se virou para mim. Puxando-me, ele me beijou delicadamente, e então me prendeu contra seu corpo, com o queixo apoiado na minha cabeça.

– Não sei – sussurrou ele em resposta às minhas perguntas não expressadas. Entrou no barco e me ofereceu a mão.

Jamie permaneceu em silêncio enquanto seguíamos para o rio. Era uma noite escura, sem lua, mas os reflexos da luz das estrelas na superfície do rio iluminavam o suficiente para eu enxergar, quando meus olhos se adaptaram ao brilho inconstante da água e à sombra das árvores.

– Você não quer dizer nada? – perguntou Jamie de repente.

– Não é uma escolha minha – falei, sentindo um aperto no peito que não tinha nada a ver com ficar.

– Não?

– Ela é sua tia. A vida é sua. A escolha tem que ser sua.

– E você só vai assistir, é isso? – Ele resmungou ao falar, remando contra a corrente. – Não é a *sua* vida? Ou não quer ficar comigo, afinal?

– Como assim, não quero ficar? – Eu me sentei, assustada.

– Talvez seja demais para você.

A cabeça dele se inclinou sobre os remos. Não conseguia ver seu rosto.

– Se está se referindo ao que aconteceu no moinho...

– Não, não me refiro àquilo. – Jamie se apoiou nos remos, com os ombros crescendo embaixo da roupa, e abriu um sorriso torto. – A morte e o desastre não perturbariam muito você, Sassenach. Mas as coisas pequenas, o dia a dia... Eu vejo você se retrair quando as empregadas negras penteiam seus cabelos, ou quando o garoto leva seus sapatos para limpar. E os escravos que trabalham na produção de terebintina. Essas coisas perturbam você, não?

– Sim, perturbam. Eu não sou... não posso ter escravos. Já disse...

– Sim, já disse.

Jamie se apoiou nos remos por um momento, afastando uma mecha de cabelos do rosto. Os olhos se voltaram diretamente para os meus.

– E se eu escolher fazer isso, Sassenach? Você poderia ficar comigo e observar, sem fazer nada? Pois não há nada que possa ser feito, até que minha tia morra. Talvez nem quando isso acontecer.

– Como assim?

– Ela não vai libertar seus escravos. Como poderia? E eu não poderia fazer isso enquanto ela estivesse viva.

– Mas quando você herdar o lugar...

Hesitei. Além dos aspectos macabros de se discutir a morte de Jocasta, havia a consideração mais concreta de que isso era improvável de acontecer em breve.

Ela tinha pouco mais de 60 anos e, à exceção de sua cegueira, era totalmente saudável.

De repente, percebi o que ele queria dizer. Eu conseguiria viver, dia após dia, mês após mês, ano após ano, como dona de escravos? Eu não podia fingir, não podia me refugiar na ideia de que era apenas uma hóspede, uma pessoa de fora.

Mordi meu lábio para não negar aos gritos.

– Mesmo assim – disse ele, respondendo ao meu argumento parcial. – Você não sabia que um senhor não pode libertar seus escravos sem a permissão por escrito da Assembleia?

– Como assim? – Olhei para ele inexpressiva. – Por que não?

– Os donos de plantações temem uma insurreição armada dos negros. E tem como culpá-los? – perguntou Jamie de modo sarcástico. – Os escravos são proibidos de carregar armas, à exceção de ferramentas como facões para cortar mato, e existem as leis de proteção para impedir seu uso. – Ele balançou a cabeça. – Não, a última coisa que a Assembleia permitiria é um grupo grande de negros livres por aí. Ainda que um homem deseje emancipar um de seus escravos, e tenha permissão para isso, o escravo livre deve sair da colônia em pouco tempo – ou pode ser preso e escravizado por qualquer pessoa que decida levá-lo.

– Você pensou nisso – falei lentamente.

– Você não?

Não respondi. Passei a mão na água, e uma pequena onda subiu pelo meu pulso. Não, eu não tinha pensado a respeito. Não conscientemente, porque não quis enfrentar a decisão que agora estava sendo colocada à minha frente.

– Imagino que seria uma grande chance – falei com a voz esganiçada e pouco natural aos meus ouvidos. – Você seria responsável por tudo...

– Minha tia não é tola. – Jamie me interrompeu com a voz um pouco alterada. – Ela me tornaria seu herdeiro, mas não dono no lugar dela. Ela me usaria para fazer algumas das coisas que não consegue, mas eu seria apenas seu braço direito. Sim, ela pediria minha opinião e ouviria meu conselho, mas nada seria feito se ela não quisesse. – Ele balançou a cabeça. – O marido dela está morto. Independentemente de ela ter gostado dele ou não, ela é a dona de River Run agora, sem contas a prestar. E ela aprecia demais o gosto pelo poder para deixá-lo de lado.

Ele estava totalmente correto em sua avaliação a respeito do caráter de Jocasta Cameron, e ali estava a chave do seu plano. Ela precisava de um homem. Alguém que fosse aos lugares aonde ela não podia ir, que lidasse com a Marinha, que cuidasse das tarefas de uma grande propriedade que ela não conseguia realizar devido à cegueira.

Ao mesmo tempo, ela *não* queria um marido. Alguém que usurpasse seu poder e lhe desse ordens. Se não fosse um escravo, Ulysses poderia agir por ela, mas apesar de ele ser seus olhos e ouvidos, não podia ser suas mãos.

Não, Jamie era a escolha perfeita. Um homem forte e competente, capaz de obter respeito entre seus semelhantes e conseguir a obediência dos subordinados. Alguém que soubesse administrar a terra e os homens. Além disso, um homem ligado a ela por parentesco e obrigação, que estivesse ali para fazer o que ela queria – mas essencialmente impotente. Ele seria envolvido e mantido dependente da herança dela e de River Run em si. Uma dívida que não precisaria ser paga até que a questão deixasse de ser da alçada de Jocasta Cameron.

Senti minha garganta apertar mais enquanto procurava palavras. Não conseguiria, pensei. Não conseguiria lidar com isso. Mas tampouco seria capaz de enfrentar a alternativa: não podia pedir a ele para que recusasse a oferta de Jocasta, sabendo que ele iria para a Escócia encontrar uma morte que não sabíamos qual seria.

– Não posso dizer o que você deve fazer – disse por fim, minha voz baixa em meio aos sons regulares dos remos.

Havia um redemoinho no qual uma árvore grande caíra, com os galhos formando uma armadilha para todos os entulhos que desciam o rio. Jamie desviou, guiando o barco para águas calmas. Ele soltou os remos e passou uma manga na testa, respirando ofegante devido ao esforço.

A noite estava silenciosa ao nosso redor, com poucos sons além da água e do raspar de galhos de árvores submersos contra o casco. Por fim, ele estendeu a mão e tocou meu queixo.

– Seu rosto é meu coração, Sassenach – sussurrou –, e o seu amor é a minha alma. Mas você tem razão. Você não pode ser a minha consciência.

Apesar de tudo, eu senti meu espírito se elevar, como se um peso enorme tivesse sido erguido.

– Ah, que bom – falei, acrescentando impulsivamente –, seria um sofrimento.

– É mesmo? – Jamie pareceu meio assustado. – Você me acha muito mau, então?

– Você é o melhor homem que conheci. Só quis dizer... que é um sofrimento tentar viver por duas pessoas. Tentar fazê-las aceitar a sua noção sobre o que é certo. Fazemos isso pelas crianças, claro, temos que fazer, mas mesmo assim, é um trabalho terrivelmente difícil. Não poderia fazer isso por você, seria errado sequer tentar.

Eu fiz com que ele se retraísse bastante. Jamie permaneceu sentado por alguns instantes, com o rosto meio virado.

– Você acha mesmo que sou um bom homem? – perguntou ele, finalmente. Havia algo diferente em sua voz que não consegui decifrar.

– Sim – respondi, sem hesitar. E disse, meio de brincadeira: – Você não acha?

Depois de uma longa pausa, Jamie disse com seriedade:

– Não, acho que não.

Olhei para ele, sem conseguir falar, sem dúvida boquiaberta.

– Sou um homem violento, e eu sei bem disso – disse ele baixinho. Apoiou as mãos nos joelhos. Mãos grandes, que poderiam segurar espada e adaga com facilidade, ou estrangular um homem. – Você também sabe... ou deveria saber.

– Você nunca fez nada que não fosse forçado a fazer!

– Não?

– Acho que não – respondi, mas enquanto respondia, a dúvida tomou minhas palavras. Mesmo quando feitas por necessidade, tais coisas não deixavam uma marca na alma?

– Você não me consideraria, por exemplo, como Stephen Bonnet? Ele também poderia dizer que agiu por necessidade.

– Se você acha que tem qualquer coisa em comum com Stephen Bonnet está redondamente enganado – afirmei.

Ele deu de ombros, meio impaciente, e se remexeu no banco estreito.

– Não há muita diferença entre Bonnet e eu, exceto que eu tenho um senso de honra que ele não tem. O que me impede de me tornar um ladrão? – perguntou Jamie. – De roubar quem eu quiser? Está na minha natureza. Um dos meus avôs ergueu Leoch com o ouro daqueles que ele roubou. O outro juntou sua fortuna com os corpos das mulheres a quem ele forçou por suas riquezas e seus títulos.

Jamie se esticou, os ombros fortes escuros contra o brilho da água atrás dele. Então, de repente, segurou os remos sobre os joelhos e os jogou no fundo do barco, com um barulho que me sobressaltou.

– Tenho mais de 45! Um homem já deveria ter se estabelecido nessa idade, não? Deveria ter uma casa, terra onde plantar e um pouco de dinheiro para passar a velhice, pelo menos.

Ele respirou fundo. Vi a parte da frente da camisa subir quando seu peito inflou.

– Bem, não tenho uma casa. Nem terra. Nem dinheiro. Não tenho nada, nem uma vaca, nem carneiro, porco ou bode! Não tenho teto, cama nem penico onde mijar!

Ele bateu o punho no banco, fazendo a madeira vibrar sob meu corpo.

– Não sou nem dono das roupas que estou vestindo!

Fez-se um longo silêncio, interrompido apenas pela canção fraca dos grilos.

– Você tem a mim – falei, com a voz baixa. Não parecia muita coisa.

Ele emitiu um som que podia ser uma risada ou um soluço.

– Sim, tenho – disse ele. A voz estava falhando, mas eu não sabia se era por emoção ou diversão. – Esse é o problema, não é?

– É?

Jamie ergueu os braços em um gesto de grande impaciência.

– Se eu fosse sozinho, que importaria? Eu poderia viver como Myers. Ir para a mata, caçar e pescar para viver, e quando ficasse velho, poderia me deitar embaixo de uma árvore calma e morrer, e deixar as raposas roerem meus ossos. Quem se importaria?

Ele deu de ombros com irritação, como se a camisa estivesse justa demais.

– Mas não sou *só eu* – continuou ele. – Tem você, tem Ian, Duncan, Fergus, Marsali... Meu Deus, tenho até que pensar em Laoghaire!

– Ah, não – eu disse.

– Você não compreende? – perguntou ele, quase desesperado. – Eu daria o mundo a você, Claire... mas não tenho nada para lhe dar!

Jamie sinceramente achava que isso tinha importância.

Permaneci sentada olhando para ele, buscando as palavras. Ele estava meio virado, com os ombros encolhidos em desespero.

Em uma hora, eu tinha passado da angústia de pensar em perdê-lo na Escócia a um forte desejo de me deitar com ele na mata e depois para uma vontade enorme de bater na cabeça dele com o remo. Agora, eu voltava à delicadeza.

Por fim, segurei sua mão grande e áspera e escorreguei para a frente de modo a ficar ajoelhada entre as pernas dele. Encostei a cabeça em seu peito e senti sua respiração soprar meus cabelos. Eu não tinha palavras, mas já tomara minha decisão.

– "Aonde quer que tu fores irei eu, e onde quer que pousares, ali pousarei eu; o teu povo é o meu povo, o teu Deus é o meu Deus; onde quer que morreres morrerei eu, e ali serei sepultada." Seja nos montes escoceses ou na floresta do sul. "Faça o que tiver que fazer; eu estarei com você."

A água corria depressa e rasa perto do meio do riacho. Eu conseguia ver o fundo preto logo abaixo da superfície brilhante. Jamie também viu, e empurrou o barco com força para o outro lado, fazendo com que parássemos em um banco de cascalho, uma piscina formada pelas raízes de um salgueiro-chorão. Eu me inclinei, peguei um galho do salgueiro e amarrei o proiz nele.

Pensei que voltaríamos a River Run, mas evidentemente aquela expedição iria além. Continuamos subindo, Jamie remando com força contra a corrente lenta.

Sozinha com meus pensamentos, só conseguia ouvir a respiração ofegante dele, e me perguntei o que ele faria. Se decidisse ficar... bem, podia não ser tão difícil quanto ele pensava. Eu não depreciava Jocasta Cameron, mas tampouco subestimava Jamie Fraser. Tanto Colum quanto Dougal MacKenzie tinham tentado curvá-lo perante as suas vontades... e ambos haviam fracassado.

Tive um momento de receio ao me lembrar da última vez que vira Dougal MacKenzie, dizendo palavrões sem emitir som algum, enquanto se afogava no próprio sangue, com o punhal de Jamie enterrado na base de sua garganta. "Sou um homem violento", dissera ele, "você sabe disso."

Mas Jamie ainda estava enganado. Havia uma diferença entre ele e Stephen Bonnet, pensei, observando seu corpo se mover com os remos, a graça e o poder do movimento de seus braços. Ele tinha várias coisas além da honra: bondade, coragem... e consciência.

Percebi aonde estávamos indo quando ele usou um remo para nos afastar, conduzindo pela corrente em direção à embocadura de um amplo riacho, tomado por choupos-brancos. Eu nunca havia chegado ali pela água antes, mas Jocasta dissera que não era longe.

Eu não deveria ter me surpreendido. Se Jamie tivesse escolhido o dia de hoje para confrontar seus demônios, o local era bem apropriado.

Um pouco acima da embocadura, o moinho apareceu escuro e silencioso. Havia um brilho leve atrás dele. Era a luz dos barracões de escravos perto da mata. Estávamos cercados pelos barulhos comuns da noite, mas o local estava estranhamente silencioso, a não ser pelo som das árvores, dos sapos e da água. Apesar de ser noite, a enorme construção parecia lançar uma sombra, embora evidentemente não passasse da minha imaginação.

– Locais que são muito movimentados durante o dia sempre parecem assustadores à noite – falei, num esforço para romper o silêncio do moinho.

– É mesmo? – Jamie parecia distraído. – Eu não gosto muito daqui durante o dia.

Eu estremeci com a lembrança.

– Nem eu. Só quis dizer...

– Byrnes está morto. – Ele não olhou para mim. Seu rosto estava virado em direção ao moinho, meio escondido pela sombra do salgueiro.

Soltei a ponta da corda.

– O feitor? Quando? – perguntei, mais chocada com o comentário abrupto do que com a notícia. – E como?

– Hoje à tarde. O rapaz mais novo de Campbell trouxe a notícia um pouco antes do pôr do sol.

– Como? – voltei a perguntar. Levei as mãos aos joelhos e senti a seda marfim em meus dedos.

– Foi o tétano. – Sua voz saiu casual, sem ânimo. – Um modo muito ruim de morrer.

Ele tinha razão. Eu nunca vira ninguém morrer de tétano, mas conhecia os sintomas muito bem: inquietação e dificuldade para engolir, passando a um endurecer progressivo conforme os músculos dos braços, das pernas e do pescoço começavam a sofrer espasmos. Os espasmos pioravam na gravidade e na duração até o corpo do paciente ficar duro como madeira, arqueado numa agonia que vinha e passava, e voltava de novo, passava, e finalmente voltava até tomar o corpo numa tetania sem fim que só relaxava com a morte.

– Ronnie Campbell disse que ele morreu sorrindo. Mas não acredito que tenha sido uma morte feliz.

Era um comentário de humor negro, mas Jamie não parecia se divertir muito.

Eu me endireitei, sentindo um arrepio descer pela espinha apesar do calor da noite.

– Tampouco foi uma morte rápida – observei. A desconfiança espalhava seus tentáculos pela minha mente. – A morte por tétano demora dias.

– David Byrnes demorou cinco dias, do primeiro ao último. – Qualquer vestígio de humor que pudesse haver na voz de Jamie havia desaparecido.

– Você o viu – falei, um pouco de raiva começando a diminuir o arrepio interno. – Você o viu! Por que não me contou?

Eu fizera o curativo de Byrnes – horroroso, mas não colocava sua vida em risco – e soube que ele ficaria em um local "seguro" até que a comoção por causa do linchamento diminuísse. Chateada como eu estava por causa do assunto, não tentei perguntar mais sobre o destino do feitor, tampouco sobre seu bem-estar. Minha culpa por esse descaso me deixava brava, e eu sabia disso, mas o conhecimento não ajudava.

– Você poderia ter feito alguma coisa? Pensei que você tivesse me dito que o tétano era uma das doenças que não poderia ser curada, mesmo na sua época. – Ele não estava olhando para mim. Eu via seu perfil virado para o moinho, com a cabeça em silhueta contra a sombra mais clara das folhas pálidas.

Forcei-me a soltar minha saia. Alisei as partes amassadas sobre o joelho, pensando que Phaedre teria muita dificuldade para passá-la.

– Não – respondi com certo esforço. – Não, não poderia tê-lo salvado. Mas deveria tê-lo visto. Poderia ter diminuído um pouco a sua dor.

Nesse momento, Jamie olhou para mim. Vi sua cabeça virar e senti o movimento de seu corpo no barco.

– Talvez – disse ele.

– E você não me deixou... – Parei, lembrando de suas ausências na semana anterior e das respostas evasivas quando eu lhe perguntava por onde estivera. Conseguia imaginar a cena com clareza: o quarto pequeno e abafado no sótão da casa de Farquard Campbell onde eu havia feito o curativo de Byrnes. A figura na cama, morrendo aos poucos sob os olhos frios daqueles que a lei tornou seus aliados relutantes, sabendo que morria sendo desprezado. A sensação de frio voltou, arrepiando meus braços.

– Não, eu não deixaria Campbell chamar você – disse ele com delicadeza. – Existe a lei, Sassenach... e existe a justiça. Conheço bem a diferença.

– Há algo chamado misericórdia também – rebati.

E se alguém tivesse me perguntado, eu diria que Jamie Fraser era um homem misericordioso. Já tinha sido. Mas os anos entre o antes e o agora tinham sido difíceis, e a compaixão era uma emoção delicada, facilmente desgastada pelas circunstâncias. Pensei que ele ainda tivesse gentileza, e senti uma dor estranha ao pensar que ele a perdera. *Eu não deveria pensar assim.* Aquilo não tinha sido mais do que honestidade?

O barco dera meia-volta, de modo que o galho puxado estava agora entre nós. Ouvi um resmungo em meio à escuridão atrás das folhas.

– Bem-aventurados os misericordiosos – disse ele –, pois eles alcançarão misericórdia. Byrnes não era e não a alcançou. E quanto a mim, Deus deixou claro o que pensava sobre o homem. Eu não achei certo interferir.

– Você acha que *Deus* deu tétano a ele?

– Não consigo pensar em mais ninguém que pudesse fazer isso. Além disso – continuou de modo lógico –, onde mais há justiça?

Tentei pensar no que dizer, mas não havia nada. Desistindo, voltei ao único ponto possível de discussão. Eu me sentia enjoada.

– Você deveria ter me contado. Mesmo sem acreditar que eu pudesse ajudar, a decisão não era sua...

– Não queria que você fosse. – A voz dele ainda era baixa, porém mais endurecida agora.

– Sei que não queria! Mas não importa se você achava que Byrnes merecia sofrer ou...

– Não por ele! – O barco chacoalhou de repente quando Jamie se moveu, e eu me segurei nas bordas para manter o equilíbrio. Ele falava de modo violento. – Não me importaria nem um pouco se Byrnes tivesse uma morte tranquila ou ruim, mas não sou um monstro de crueldade! Não mantive você longe de Byrnes para que ele sofresse. Eu a mantive longe para protegê-la.

Fiquei aliviada ao ouvir aquilo, porém cada vez mais brava à medida que a verdade do que ele havia feito se tornava mais clara.

– A decisão não era sua. Se não sou sua consciência, você não pode ser a minha! – Passei a mão com raiva pelas folhas do salgueiro entre nós, tentando vê-lo.

De repente, uma mão apareceu entre as folhas e agarrou meu pulso.

– É minha decisão manter você em segurança!

Tentei me afastar, mas Jamie me segurava com força e não soltaria.

– Não sou uma menininha que precisa de proteção, nem uma idiota ainda! Se houver algum motivo para que eu não faça alguma coisa, é só me dizer que eu vou ouvir. Mas você não pode decidir o que devo fazer e aonde vou sem sequer me consultar. Não vou tolerar essa atitude e você sabe muito bem disso!

O barco se mexeu e, com um forte farfalhar das folhas, ele enfiou a cabeça entre os galhos, de olhos arregalados.

– Não estou tentando dizer aonde você vai!

– Você decidiu aonde *não devo* ir, e é igualmente ruim!

As folhas do salgueiro escorregaram pelos ombros dele quando o barco se mexeu, perturbado pela sua violência, e nós viramos lentamente, saindo da sombra da árvore.

Jamie ficou na minha frente, enorme como o moinho, a cabeça e os ombros tomando uma boa parte do cenário atrás dele. O nariz comprido e reto estava a 2 centímetros do meu, e seus olhos tinham se estreitado. Eles eram de um azul-escuro o suficiente para parecerem negros àquela luz, e olhar dentro deles de perto era perturbador.

Pisquei. Ele, não.

Ele havia soltado meu pulso quando passou entre as folhas. Agora, segurava meus braços. Eu sentia o calor de sua mão pelo tecido. As mãos de Jamie eram grandes e muito fortes, e de repente eu percebi a fragilidade de meus ossos em comparação a ele. *Sou um homem violento.*

Jamie já havia me chacoalhado uma ou duas vezes antes, e eu não gostara. Para o caso de ele ter algo do tipo em mente naquele momento, enfiei um pé entre suas pernas e me preparei para dar uma joelhada onde mais doeria.

– Eu estava errado – disse ele.

Tensa por causa da violência, eu tinha começado a levantar o pé, quando ouvi o que ele disse. Antes que pudesse parar, ele uniu as pernas, prendendo meu joelho entre suas coxas.

– Eu *disse* que estava errado, Sassenach – repetiu ele, com um pouco de impaciência na voz. – Você entendeu?

– Ah... não – respondi, e me senti meio tímida. Mexi o joelho, mas ele manteve as coxas unidas.

– Você poderia me soltar? – perguntei com educação. Meu coração ainda batia acelerado.

– Não, não poderia. Você vai me ouvir agora?

– Acho que sim – falei, ainda educada. – Não parece que estou muito ocupada no momento.

Eu estava perto o suficiente e vi os lábios de Jamie tremerem. Ele uniu as coxas com mais força por um momento, e então relaxou.

– Esta discussão é muito tola. E você sabe disso tão bem quanto eu.

– Não, não sei. – Minha raiva diminuíra de certo modo, mas eu não podia permitir que ele a ignorasse totalmente. – Talvez não seja importante para você, mas é para mim. Não é tola. E você sabe disso, caso contrário não admitiria estar errado.

O tremor dos lábios foi mais forte dessa vez. Ele respirou fundo e tirou as mãos de meus ombros.

– Bem, talvez eu devesse ter contado sobre Byrnes, admito. Mas se tivesse, você o teria procurado, ainda que eu tivesse dito que era tétano. E sei que era, já vi casos como aquele antes. Mesmo que não houvesse nada que você pudesse fazer, você iria. Não é?

– Sim. Mesmo se... sim, eu teria ido.

Na verdade, não havia nada que eu pudesse ter feito por Byrnes. O anestésico de Myers não teria ajudado num caso de tétano. Nada que não fosse curare injetável suavizaria aqueles espasmos. Eu não poderia ter lhe dado nada além do conforto de minha presença, e tinha dúvidas de que ele se sentiria grato por isso – ou que sequer perceberia. Ainda assim, eu teria oferecido.

– Eu teria que ter ido – falei, mais delicadamente. – Sou médica. Você não entende?

– Claro que entendo – respondeu ele. – Acha que eu não conheço você, Sassenach? – Sem esperar uma resposta, ele continuou. – Houve rumores a respeito do que aconteceu no moinho. Normal, não é? Mas com o homem morrendo em suas mãos como morreu... Bem, ninguém disse que você poderia tê-lo matado de propósito... mas é fácil ver que as pessoas pensaram isso. Não que você o tenha matado... mas apenas que você possa ter pensado em permitir que ele morresse, para salvá-lo do enforcamento.

Olhei para as minhas mãos dispostas sobre os joelhos, quase tão pálidas quanto o cetim cor de marfim embaixo delas.

– Eu pensei nisso.

– Eu sei disso. – disse ele de modo seco. – Vi seu rosto, Sassenach.

Respirei profundamente, mesmo que apenas para me assegurar de que não havia mais o cheiro forte de sangue no ar. Não havia nada além do cheiro de terebintina da floresta de pinheiros, limpo e adstringente em minhas narinas. Tive uma lembrança clara do hospital, do cheiro de desinfetante de pinho que pairava no ar, que se misturava, mas não conseguia encobrir o cheiro de doença.

Respirei profundamente mais uma vez, e levantei a cabeça para olhar para Jamie.

– E *você* imaginou que eu o havia matado?

Jamie pareceu levemente surpreso.

– Você teria feito o que achasse melhor. – Ele ignorou a questão sobre a possibilidade de eu ter matado um homem para falar sobre o assunto principal. – Mas não parecia inteligente de sua parte se ligar às duas mortes, se é que me entende.

Eu entendia, e não pela primeira vez tive noção das redes sutis das quais ele fazia parte de um modo que eu nunca poderia. Aquele lugar era tão estranho para ele quanto para mim. E, ainda assim, ele sabia não só o que as pessoas estavam dizendo – qualquer um poderia descobrir isso, quem fosse às tavernas ou ao mercado –, mas também o que estavam pensando.

O mais irritante era que ele sabia o que *eu* estava pensando.

– Então, veja – disse ele, olhando para mim. – Eu sabia que Byrnes morreria e você não poderia evitar. Mas se você soubesse o que estava acontecendo com ele, certamente iria até lá. E então, ele morreria, e talvez as pessoas não comentassem que tinha sido muito estranho os dois homens terem morrido em suas mãos, por assim dizer, mas...

– Mas estariam pensando isso – concluí para ele.

O tremor dos lábios se tornou um sorriso torto.

– As pessoas ficam de olho em você, Sassenach.

Mordi o lábio. Para o bem ou para o mal, elas ficavam de olho, sim, e essa atenção já quase me matara mais de uma vez.

Ele se levantou, e segurando-se em um galho para se equilibrar, pisou nas pedras e cobriu o ombro com o tecido xadrez.

– Eu disse à sra. Byrnes que pegaria as coisas do marido dela no moinho. Você não precisa me acompanhar, se não quiser – disse ele.

O moinho aparecia contra o céu apinhado de estrelas. Não poderia ser mais assustador. *Aonde quer que fores, irei eu.*

Pensei que ele soubesse o que estava fazendo. Jamie quisera ver tudo antes de se decidir; ver a propriedade sabendo que podia ser dele. Ao atravessar os jardins e as hortas, remar pelos hectares de pinheiros densos visitar o moinho, Jamie estava observando o domínio que lhe haviam oferecido, pensando e avaliando, determinando as complicações com as quais teria de lidar, e se poderia ou aceitaria o desafio.

Afinal, pensei de modo amargurado, o diabo insistira em mostrar a Jesus tudo que Ele poderia ter, levando-O a um monte muito alto para ver todos os reinos do mundo. A única dificuldade era que, se Jamie decidisse recusar, não haveria uma legião de anjos por perto para impedi-lo de enfiar o pé – e todo o resto – numa peça de granito escocês.

Só eu.

– Espere – falei, saindo do barco. – Também vou.

A lenha ainda estava empilhada na área. Ninguém havia removido nenhuma peça desde a última vez que eu estivera ali. O escuro retirava todo o senso de perspectiva. As pilhas de madeira fresca eram retângulos claros que pareciam flutuar acima de um chão invisível, primeiro distantes, depois, repentinamente aproximando-se o bastante para resvalar em minhas saias. No ar, eu sentia o cheiro de seiva de pinheiro e de serragem.

Eu não conseguia ver o chão sob meus pés, pois ele estava obscurecido tanto pela escuridão quanto pela saia volumosa cor de marfim. Jamie segurou meu braço para impedir que eu tropeçasse. Ele nunca tropeçava, claro. Talvez viver a vida toda sem nem pensar em luz do lado de fora depois do pôr do sol lhe tivesse dado um tipo de radar, pensei. Como um morcego.

Havia uma fogueira acesa em algum ponto entre os barracões dos escravos. Era muito tarde. A maioria devia estar dormindo. Nas Índias, haveria o som de tambores e batidas. Os escravos teriam lamentado a morte de um amigo, uma cerimônia de luto que durava a semana toda. Aqui, não havia nada. Nenhum som além do farfalhar dos pinheiros, nenhum sinal de movimento além da leve luz da floresta.

– Eles têm medo – sussurrou Jamie, parando para ouvir o silêncio, como eu.

– Não é à toa – falei, meio discretamente. – Eu também tenho.

Ele emitiu um som leve que podia ser de descontração.

– Eu também – murmurou ele –, mas não de fantasmas. – Ele segurou meu braço e empurrou a pequena porta lateral do moinho antes que eu pudesse perguntar *o que* ele temia.

O silêncio do lado de dentro era quase palpável. No começo, pensei que fosse o silêncio assustador de campos de batalhas vazios, mas então, percebi a diferença. O silêncio estava vivo. E independentemente do que vivesse no silêncio aqui, não estava quieto. Pensei ter sentido o cheiro de sangue pesando no ar.

Então, respirei fundo e pensei de novo, e o horror frio percorria minha espinha. Eu *conseguia* sentir o cheiro de sangue. Sangue fresco.

Segurei o braço de Jamie, mas ele também havia sentido o cheiro. Seu braço se tornara tenso em minha mão, músculos contraídos em alerta. Sem dizer nada, ele se livrou de minha mão e desapareceu.

Por um momento, eu pensei que ele de fato *havia* desaparecido, e quase entrei em pânico, tentando pegá-lo, a mão buscando o espaço vazio onde Jamie estivera. Então, percebi que ele simplesmente havia jogado o tecido xadrez sobre a cabeça, escondendo a palidez do rosto e da camisa de linho. Ouvi seus passos rápidos e leves no chão de terra, e então isso também sumiu.

O ar estava quente e parado, com cheiro de sangue. Um cheiro adocicado e rançoso, com um gosto metálico no fundo da língua. Exatamente a mesma coisa que tinha acontecido uma semana antes, invocando alucinações. Ainda com frio, eu me virei e estreitei os olhos em direção ao lado mais distante do espaço cavernoso, meio esperando ver a cena marcada em minha memória materializada de novo na escuridão. A corda esticada no guindaste de lenha, o gancho enorme que balançava com o peso aos gemidos...

Um gemido surgiu, e mordi minha boca quase dividindo meu lábio em dois. Senti um nó na garganta ao conter um grito. Só o medo de atrair atenção me manteve em silêncio.

Onde estava Jamie? Eu queria chamá-lo, mas não ousei. Meus olhos tinham se acostumado o suficiente ao escuro para ver a sombra da lâmina da serra, uma figura amorfa a 3 metros, mas o lado mais distante do espaço era um muro de escuridão. Estreitei os olhos para enxergar, percebendo, tarde demais, que, com meu vestido claro, eu estava, sem dúvida, visível a qualquer pessoa no local.

O gemido veio de novo, e me sobressaltei. As palmas de minhas mãos suavam. *Não é!*, eu disse a mim mesma com intensidade. *Não é! Não pode ser!*

Fiquei paralisada de medo, e precisei de alguns momentos para perceber o que meus ouvidos tinham me dito. O som não viera da escuridão do espaço, onde o guindaste estava com seu gancho. E sim de algum lugar atrás de mim.

Eu me virei. A porta por onde havíamos entrado ainda estava aberta, um retângulo pálido no escuro total. Nada aparecia, nada se movia entre mim e a porta. Dei um passo rápido em direção a ela e parei. Todos os músculos de minhas pernas se prepararam para fugir correndo, mas eu não podia abandonar Jamie.

Ouvi o som mais uma vez, aquele mesmo gemido de angústia física. Uma dor que ia além do choro. Com ela, um novo pensamento surgiu em minha mente: e se fosse Jamie emitindo aquele som?

Chocada, eu me virei em direção ao som e gritei o nome dele, causando ecos no teto.

– Jamie! – gritei de novo. – *Onde* você está?

– Aqui, Sassenach. – A voz abafada de Jamie veio de algum lugar à minha esquerda, calma, mas urgente, de certo modo. – Venha aqui, sim?

Não era ele. Quase tremendo de alívio ao ouvir sua voz, andei pela escuridão, não me importando agora com o que causara o som, desde que não fosse Jamie.

Minha mão bateu numa parede de madeira, apoiando-se no escuro, e finalmente encontrou uma porta aberta. Ele estava dentro dos aposentos do feitor.

Passei pela porta e senti a mudança de uma vez. O ar estava ainda mais pesado, e muito mais quente do que o do moinho. O chão aqui era de madeira, mas não havia eco em meus passos. O ar estava parado ainda, sufocante. E o cheiro de sangue era ainda mais forte.

– Onde você está? – perguntei de novo, com a voz mais baixa dessa vez.

– Aqui. – Veio a resposta. – Perto da cama. Venha e me ajude. É uma moça.

Ele estava no pequeno quarto, que não tinha janelas nem luz. Eu os encontrei tateando, Jamie ajoelhado no chão de madeira ao lado de uma cama estreita, e na cama, um corpo.

Era uma mulher, como ele dissera. Ao tocá-la, percebi. O toque também indicava que ela estava sangrando. A face que toquei estava fria e pegajosa. Todo o resto que toquei estava quente e molhado: suas roupas, as roupas de cama, o colchão embaixo dela. Eu sentia a umidade passando por minha saia onde eu estava ajoelhada.

Tentei sentir a pulsação dela no pescoço mas não a encontrei. O peito se movia de leve sob a minha mão, o único sinal de vida além do leve suspiro que o acompanhava.

– Está tudo bem agora – falei, e minha voz saiu calma, sem nenhum vestígio de pânico, ainda que, na verdade, houvesse mais motivo para temer. – Estamos aqui, você não está sozinha. O que aconteceu, pode me dizer?

Durante todo o tempo, eu passava as mãos sobre a cabeça, o pescoço, o peito e o estômago, afastando as roupas úmidas, procurando desesperadamente uma ferida para estancar. Nada, nenhum vazamento de artéria, nenhum ferimento aberto. E durante todo o tempo, eu ouvia um pingar constante, como o som de pés pequenos correndo.

– Diga... – Não foi exatamente uma palavra, mas um suspiro. E então, ela puxou o ar.

– Quem fez isto com você, moça? – A voz de Jamie saiu baixa e urgente. – Diga quem foi.

– Diga...

Toquei todos os pontos onde grandes artérias se localizam sob a pele e percebi que tudo estava normal. Eu a segurei por um dos braços e a ergui, passando uma mão em suas costas para sentir. Todo o calor do corpo dela estava ali. O corpete estava úmido de suor, mas não de sangue.

– Vai ficar tudo bem – repeti. – Você não está sozinha. Jamie, segure a mão dela. – O desespero tomou conta de mim. Eu sabia o que podia ser.

– Já estou segurando – respondeu ele. – Não se preocupe, moça. Vai ficar tudo bem, está me ouvindo?

Ping, ping, ping. Os pezinhos estavam se tornando mais lentos.

– Diga...

Não consegui evitar, mas, mesmo assim, escorreguei a mão por baixo da saia dela de novo, dessa vez deixando meus dedos se curvarem entre as coxas afastadas. Ela ainda estava quente ali. O sangue escorreu lentamente sobre a minha mão e pelos meus dedos, quente e úmido como o ar ao nosso redor, impossível de parar como a água que escorria da comporta do moinho.

– Eu... morrer...

– Acho que você foi atacada, moça – insistiu Jamie. – Não vai me dizer quem a atacou?

Sua respiração saiu mais alta agora, um grasnado na garganta. *Ping. Ping.* Os pés pisavam levemente agora.

– Sar... gento. Diga... ele...

Tirei a mão do meio de suas coxas e segurei sua outra mão, sem pensar no sangue. Agora, não importava muito.

– ... *diga*... – falou com intensidade repentina, e então, veio o silêncio. Um longo silêncio, e então, mais uma respiração suspirante. Um silêncio, mais longo ainda. E uma inspiração.

– Farei isso – assegurou Jamie. A voz dele não passava de um sussurro no escuro. – Farei. Eu prometo.

Ping.

Ping.

Nas Terras Altas, eles chamava aquilo de "gota da morte"; o som da água pingando, ouvida em uma casa quando um dos moradores estava prestes a morrer. Não havia água pingando aqui, mas era um sinal, mesmo assim.

Não houve mais som na escuridão. Não consegui ver Jamie, mas senti o leve movimento da cama contra as minhas coxas quando ele se inclinou para a frente.

– Deus a perdoará – sussurrou ele para o silêncio. – Vá em paz.

Ouvi o zumbido assim que entramos nos aposentos do feitor na manhã seguinte. No silêncio total do moinho, tudo fora abafado no espaço e na serragem. Mas naquela área separada e pequena, as paredes captavam todos os sons e os devolviam. Nossos passos ecoaram do chão de madeira até o teto. Eu me senti como uma mosca presa dentro de um tambor, e sofri de claustrofobia momentânea por estar presa em uma passagem estreita entre os dois homens.

Havia apenas dois cômodos, separados por uma passagem curta que levava da área externa até o moinho. À nossa direita, havia uma sala maior que servira aos Byrnes como moradia e área de estar e de cozinhar, e à esquerda, o quarto menor, do qual o barulho vinha. Jamie respirou fundo, levou o pano xadrez ao rosto e abriu a porta do quarto.

Parecia haver um cobertor sobre a cama, de um azul-metalizado com brilhos em tons de verde. E então, Jamie deu um passo para dentro e as moscas saíram voando da refeição, glutonas protestando contra a interrupção.

Contive um grito de nojo e me abaixei, afastando-as. Corpos lentos e inchados bateram em meu rosto e braços e se afastaram, circundando preguiçosamente pelo ar pesado. Farquard Campbell emitiu um som escocês de asco que pareceu um "Heuch!", e então abaixou a cabeça e passou por mim, olhos estreitados e lábios contraídos, fechando as narinas.

O quartinho era pouco maior do que o caixão no qual havia se transformado. Não havia janelas, apenas frestas entre as tábuas que deixavam uma luz fraca entrar. A atmosfera era quente e úmida como a de uma estufa tropical, tomada pelo cheiro adocicado da putrefação da morte. Conseguia sentir o suor serpenteando ao descer por meu rosto, formigando como patas de moscas, e tentei respirar apenas pela boca.

Ela não era grande. Seu corpo formava um monte pequeno por baixo do cobertor que tínhamos colocado sobre ela na noite anterior, para proteger sua decência. A cabeça parecia grande em comparação ao corpo pequeno, como um desenho de criança, com membros de palitos e uma cabeça redonda.

Espantando várias moscas famintas demais para voar, Jamie afastou o cobertor. Este, como todo o resto, estava manchado, duro e encharcado. O corpo humano, em média, contém 4 litros de sangue, mas parece muito mais quando o líquido está espalhado.

Eu já tinha visto o rosto dela brevemente na noite anterior, e a luz da tocha que Jamie fizera com uma ripa de pinheiro emprestava um brilho artificial aos traços mortos. Agora, ela estava pálida e úmida como um cogumelo, com os traços finos emergindo de uma teia de finos cabelos castanhos. Era impossível saber sua idade, apenas que ela não era velha. Eu também não conseguia definir se ela tinha sido atraente. Não tinha um corpo chamativo, mas a vida poderia corar as faces redondas e emprestar aos olhos fundos um brilho que os homens podiam achar bonito. Um homem a considerara atraente, pensei. Pelo menos um pouco.

Os homens sussurravam inclinados sobre o corpo inerte. O sr. Campbell virou-se para mim, franzindo o cenho por baixo da peruca formal.

– Tem certeza, sra. Fraser, da causa da morte?

– Sim. – Tentando não respirar o ar fétido, peguei a barra do cobertor e o virei, expondo as pernas do cadáver. Os pés estavam um pouco azulados e começavam a inchar. – Desci a saia dela, mas deixei todo o resto como estava – expliquei, puxando-o para cima de novo.

Os músculos de meu estômago se contraíram automaticamente quando a toquei. Eu já vira cadáveres antes, e aquele estava longe de ser o mais assustador, mas o clima quente e o ambiente fechado tinham impedido que o corpo esfriasse muito. A carne de sua coxa ainda estava tão quente quanto a minha, mas desagradavelmente flácida.

Eu o havia deixado onde estava, na cama entre suas pernas. Um espeto de cozinha, com mais de 30 centímetros de comprimento. Estava coberto por sangue seco também, mas claramente visível.

– Eu... hum... não encontrei ferimentos no corpo – disse, do modo mais delicado possível.

– Ah, compreendo. – O franzir de cenho do sr. Campbell pareceu diminuir um pouco. – Bem, pelo menos não deve ter sido um assassinato.

Abri a boca para responder, mas Jamie olhou para mim me alertando. Sem perceber, o sr. Campbell continuou.

– A questão que permanece é se a pobre mulher fez isso a si mesma ou se outra pessoa o fez. O que acha, sra. Fraser?

Jamie estreitou os olhos para mim por cima do ombro de Campbell, mas o alerta era desnecessário. Nós tínhamos discutido o assunto na noite anterior e chegamos às nossas conclusões – de que nossas opiniões não precisavam ser compartilhadas com as forças da lei e da ordem em Cross Creek; ainda não. Apertei meu nariz levemente fingindo ser devido ao cheiro, para disfarçar qualquer alteração de minha expressão. Eu mentia muito mal.

– Tenho certeza de que ela fez isso sozinha – afirmei. – Demora muito pouco para sangrar até a morte deste modo, e como Jamie disse, ela ainda estava viva quando a encontramos. Estávamos fora do moinho, conversando, e assim ficamos por um bom tempo antes de entrar. Ninguém teria saído sem que o víssemos.

Por outro lado, uma pessoa poderia ter se escondido no outro cômodo, e saído discretamente no escuro enquanto estávamos ocupados em confortar a mulher que morria. Se essa possibilidade não ocorrera ao sr. Campbell, não vi motivos para chamar sua atenção.

Jamie havia mudado de expressão, adotando um ar de seriedade adequado à ocasião quando o sr. Campbell voltou-se para ele. O homem mais velho balançou a cabeça com tristeza.

– Ah, pobre moça infeliz! Acredito que podemos nos sentir aliviados por ninguém mais ter causado esse pecado.

– E o homem que seria o pai do filho de quem ela tentava se livrar? – perguntei, com uma certa acidez. O sr. Campbell parecia assustado, mas se recompôs depressa.

– Hum... certo – disse ele, e pigarreou. – Mas não sabemos se ela era casada...

– Então o senhor não conhece a mulher? – perguntou Jamie antes que eu pudesse fazer qualquer comentário imprudente.

Campbell balançou a cabeça.

– Ela não é serva do sr. Buchanan nem dos MacNeill, tenho certeza. Nem do juiz Alderdyce. Essas são as únicas propriedades próximas o suficiente das quais ela poderia ter saído. Mas gostaria de saber por que ela veio a este lugar em especial para cometer um ato tão desesperado...

Eu e Jamie também queríamos saber. Para impedir que o sr. Campbell fizesse a próxima pergunta nessa linha de questionamento, Jamie interveio de novo.

– Ela disse muito pouco, mas mencionou um "sargento". "Diga ao sargento", foram as palavras dela. O senhor tem ideia de quem ela poderia estar falando?

– Acredito haver um sargento do exército responsável pela guarda no galpão real. Sim, tenho certeza – disse o sr. Campbell, animando-se um pouco. – Ah! Sem dúvida, a mulher tinha uma ligação de algum tipo com o estabelecimento militar. Pode ser a explicação. Mas ainda me pergunto por que ela...

– Sr. Campbell, me perdoe... estou me sentindo um pouco tonta – interrompi, pousando a mão na manga dele. Não era mentira. Eu não havia dormido nem comido. Sentia-me tonta por causa do calor e do cheiro, e sabia que devia estar pálida.

– Pode conversar com a minha esposa do lado de fora, senhor? – perguntou Jamie. Ele fez um gesto para a cama e para o que estava sobre ela. – Eu levarei a pobre mulher.

– Peço que não se incomode, sr. Fraser – protestou Campbell, já virando-se a fim de me levar para fora. – Meu empregado pode buscar o corpo.

– É o moinho da minha tia, senhor. Por isso, é problema meu – disse Jamie com educação, mas firmeza. – Eu devo cuidar disso.

Phaedre esperava do lado de fora, perto da carroça.

– Eu disse que aquele lugar é mal-assombrado – comentou ela, observando-me com um ar de satisfação. – Está branca como papel, senhora.

Ela me deu um pouco de vinho, enrugando o nariz delicadamente na minha direção.

– Está com um cheiro pior do que o de ontem à noite e parece ter saído de um matadouro de porcos. Sente-se aqui e beba esse vinho. Vai se sentir melhor.

Ela olhou por cima de meu ombro. Também olhei para trás e vi que Campbell chegara à sombra dos sicômoros à beira do riacho, e conversava com seu empregado.

– Encontrei a mulher – disse Phaedre de uma vez, falando mais baixo. Olhou para o lado, em direção ao pequeno grupo de barracões dos escravos, quase invisíveis de onde estávamos no moinho.

– Tem certeza? Você não teve muito tempo. – Tomei um gole de vinho e o mantive na boca, contente por senti-lo no fundo da minha garganta, limpando meu palato do gosto da morte.

Phaedre assentiu, olhando para os homens embaixo das árvores.

– Não precisei de muito tempo. Desci pelas casas, vi uma porta aberta e pedaços de lixo espalhados como se alguém tivesse partido com pressa. Encontrei um homem pegando as coisas e perguntei quem morava ali, e ele me disse que era Pollyanne, mas que ela partira, e ele não sabia para onde. Perguntei quando ela partira, ele disse que ela havia jantado ali na noite anterior, partido essa manhã e ninguém a vira. – Ela olhou em meus olhos e parecia confusa. – Agora que sabe, o que pretende fazer?

Era uma ótima pergunta, para a qual eu não tinha resposta. Engoli o vinho e, junto com ele, um pânico cada vez maior.

– Todos os escravos aqui devem saber que ela se foi. Quanto tempo até que mais alguém descubra? Quem saberá dessas coisas, agora que Byrnes morreu?

Phaedre deu de ombros de modo gracioso.

– Quem perguntar vai descobrir depressa. Mas quem deve perguntar... – Ela acenou em direção ao moinho.

Nós havíamos deixado a porta pequena para os quartos aberta. Jamie estava saindo carregando uma carga envolvida em um cobertor.

– Imagino que seja ele – completou ela.

Eu já faço parte disso. Ele soubera, antes mesmo do jantar interrompido. Sem anúncio formal, sem convite nem aceitação, ele assumira o lugar, o papel, como uma peça se encaixando em um quebra-cabeça. Ele já era o senhor de River Run... se quisesse ser.

O empregado de Campbell havia chegado para ajudar com o corpo. Jamie se abaixou e apoiou um joelho à beira do moinho, dispondo o corpo na terra com cuidado. Devolvi o cantil a Phaedre, meneando a cabeça em agradecimento.

– Pode pegar as coisas da carroça?

Sem dizer nada, Phaedre saiu para pegar as coisas que eu havia trazido: um cobertor, um balde, trapos limpos e um jarro de ervas. E eu me aproximei de Jamie.

Ele estava abaixado perto do riacho, lavando as mãos, um pouco mais para cima de onde o corpo estava. Era tolice me lavar antes do que faria, mas era a força do hábito. Eu me ajoelhei ao lado dele e mergulhei as mãos também, deixando o frio da água lavar a pele suada.

– Eu tinha razão – disse a ele, baixinho. – Era uma mulher chamada Pollyanne. Ela fugiu à noite.

Ele fez uma careta, esfregando as palmas das mãos, e olhou por cima do ombro. Campbell estava de pé ao lado do cadáver, olhando-o com nojo.

Jamie franziu o cenho concentrado, voltando a olhar para as mãos.

– Bem, isso põe um fim à questão, não? – Ele se inclinou e lavou o rosto, e então balançou a cabeça com força, espalhando gotas como um cachorro molhado. Em seguida, assentiu para mim e ficou de pé, secando o rosto com a ponta do tecido xadrez.

– Cuide da moça, está bem, Sassenach? – Ele caminhou decidido em direção ao sr. Campbell, com o tecido xadrez balançando.

Não havia motivo para guardar nenhuma das roupas dela, então eu as cortei. Despida, ela parecia ter 20 e poucos anos. Desnutrida, costelas aparentes, braços e pernas magros e pálidos como galhos sem folhas. Apesar de tudo isso, ela ainda estava surpreendentemente pesada, e os vestígios do *rigor mortis* faziam com que fosse difícil manipulá-la. Phaedre e eu estávamos suando muito antes de terminarmos, e mechas de cabelos escapavam do meu coque e grudavam em meu rosto corado.

Pelo menos, o trabalho pesado fez com que conversássemos muito pouco, o que me deixou em paz com meus pensamentos. Não que meus pensamentos fossem muito pacíficos.

Uma mulher querendo "se livrar da barriga", como Jamie diz, faria isso em seu quarto ou em sua cama, se estivesse fazendo sozinha. A única razão para a desconhecida ter vindo a um lugar tão distante como aquele seria para encontrar a pessoa que faria o trabalho por ela, uma pessoa que não podia ir à sua casa.

Devemos procurar uma escrava na região do moinho, eu dissera a ele. Uma mulher que talvez tenha a fama de parteira, alguém sobre quem as outras mulheres falavam entre si, que recomendavam aos sussurros.

O fato de eu aparentemente estar certa sobre as coisas não me deixava satisfeita. A pessoa que fizera o aborto havia fugido, temendo que a mulher nos contasse quem tinha feito aquilo. Se ela tivesse permanecido ali sem dizer nada, Farquard Campbell poderia ter acreditado em mim quando disse que a mulher deveria ter feito aquilo sozinha – ele não podia provar outra teoria. Mas se mais alguém descobrisse que a escrava Pollyanne fugira – e é claro que descobririam! –, e ela fosse pega e interrogada, a questão toda, sem dúvida, apareceria de uma vez. E então o que aconteceria?

Eu estremeci, apesar do calor. A lei do derramamento de sangue se aplicaria nesse caso? Devia ser aplicada, pensei, jogando mais um balde de água sobre os membros brancos esticados, como se a quantidade mudasse alguma coisa.

Maldita mulher, pensei, usando a irritação para cobrir uma piedade inútil. Eu não podia fazer nada por ela agora, exceto tentar limpar a sujeira que ela fizera – em todos os sentidos da palavra. E talvez tentar salvar a outra personagem dessa tragédia; a infeliz que cometera assassinato sem querer, disfarçado de ajuda, e que agora teria que pagar por esse erro com a própria vida.

Percebi que Jamie havia pegado o cantil de vinho. Ele o dividia com Farquard Campbell, e os dois conversavam distraídos, às vezes virando-se para fazer um gesto para o moinho ou em direção ao rio ou à cidade.

– Tem algo com que eu possa penteá-la, senhora?

A pergunta de Phaedre chamou minha atenção de volta ao trabalho que fazia. Ela se agachou perto do corpo, tocando os cabelos embaraçados de modo crítico.

– Não gostaria de enterrá-la com essa aparência, coitadinha – disse ela, balançando a cabeça.

Pensei que Phaedre provavelmente não era muito mais velha do que a mulher morta – e, de qualquer modo, pouco importava que o cadáver fosse para a cova bem-

-arrumado. Mas mesmo assim, enfiei a mão no bolso e tirei um pequeno pente de marfim, com o qual Phaedre começou a pentear a mulher, murmurando baixinho.

O sr. Campbell estava se retirando. Ouvi o ranger dos arreios e as patas dos cavalos batendo no chão enquanto ele se ajeitava. Ele me viu e fez uma profunda reverência, tirando o chapéu. Fiz uma reverência em resposta e observei aliviada enquanto ele se afastava.

Phaedre também interrompera o trabalho e via o grupo partir.

Ela disse algo baixinho e cuspiu na terra. Isso foi feito sem maldade aparente. Um feitiço contra o mal que eu já tinha visto antes. Ela olhou para mim.

– É melhor o sr. Jamie encontrar Pollyanne antes do pôr do sol. Há animais selvagens nas montanhas, e o seu Ulysses disse que aquela mulher valia 200 libras quando a srta. Jocasta a comprou. Aquela Pollyanne não conhece a mata. Ela veio direto da África, há menos de um ano.

Sem dizer mais nada, ela abaixou a cabeça e voltou à tarefa, com os dedos movendo-se depressa como uma aranha entre a seda fina dos cabelos do cadáver.

Eu me inclinei para o trabalho da mesma forma, percebendo meio chocada que a rede de circunstâncias que envolvia Jamie havia me tocado também. Eu não ficara do lado de fora, como havia pensado, e não poderia se quisesse.

Phaedre me ajudara a encontrar Pollyanne não por confiar ou gostar de mim, mas porque eu era a esposa do senhor. Pollyanne deveria ser encontrada e escondida. E ela pensou que era óbvio que Jamie encontraria Pollyanne e a esconderia – ela era propriedade dele. Ou de Jocasta, o que, aos olhos de Phaedre, era a mesma coisa.

Finalmente, a desconhecida estava limpa sobre o lençol gasto de linho que eu havia trazido para ser sua mortalha. Phaedre penteara e trançara seus cabelos. Peguei o jarro grande de ervas. Eu as comprara tanto por hábito como por motivos práticos, mas agora estava contente com elas. Não tanto pela ajuda contra o progresso da decomposição, mas como o único – e necessário – toque cerimonial.

Era difícil relacionar aquele corpo inerte com a mão pequena e fria que tinha segurado a minha, com o sussurro angustiado que havia pedido "Diga..." no escuro do quarto. Mas, ainda assim, havia a lembrança dela, do resto do seu sangue escorrendo em minha mão, mais vívido em minha mente do que essa visão do seu corpo vazio, nu nas mãos de desconhecidas.

O pastor mais próximo se encontrava em Halifax. Ela seria enterrada sem ritos, mas por que precisaria de ritos? Os rituais funerários são para o conforto dos enlutados. Era improvável que ela tivesse deixado alguém que choraria por ela, pensei. Se ela tivesse alguém próximo – família, marido ou até um amante –, acredito que não estaria morta agora.

Eu não a conhecera, não sentiria sua falta, mas me entristeci por ela e por seu filho. E mais por mim do que por ela, eu me ajoelhei ao lado do corpo e espalhei ervas: fragrantes e amargas, folhas de arruda, hissopo, alecrim, tomilho e lavanda. Um buquê da viva para a morta, um pequeno símbolo de reconhecimento.

Phaedre observou em silêncio, ajoelhada. Então esticou a mão e, com dedos delicados, cobriu o rosto da garota morta com a mortalha. Jamie viera assistir. Sem dizer nada, ele se abaixou, pegou-a, e a levou à carroça.

Ele só falou quando entrei e me sentei ao seu lado. Bateu as rédeas nas costas dos cavalos e estalou a língua.

– Vamos encontrar o sargento – disse ele.

Havia, claro, algumas coisas a serem feitas primeiro. Voltamos a River Run para deixar Phaedre, e Jamie desapareceu para encontrar Duncan e trocar suas roupas manchadas, enquanto eu fui examinar meu paciente e contar a Jocasta os acontecimentos da manhã.

Eu não precisaria ter me preocupado. Farquard Campbell estava sentado na sala de estar bebericando chá com Jocasta. John Myers, com o corpo escondido pelo xadrez dos Cameron, estava deitado no sofá de veludo verde, comendo bolinhos, satisfeito. A julgar pela limpeza incomum das pernas e dos pés à mostra, alguém havia tirado vantagem de seu estado temporário de inconsciência na noite anterior para lhe dar um banho.

– Minha cara. – A cabeça de Jocasta se virou quando entrei, e ela sorriu, apesar de eu ter visto as linhas duplas de preocupação entre as sobrancelhas. – Sente-se, menina, e descanse. Você não descansou ontem à noite e teve uma manhã terrível, pelo que parece.

Normalmente, eu consideraria engraçado ou ofensivo ser chamada de "menina", mas, naquelas circunstâncias, foi estranhamente reconfortante. Desabei em uma poltrona e deixei Ulysses me servir uma xícara de chá, pensando, enquanto isso, nas informações que Farquard tinha fornecido a Jocasta – e quanto ele sabia.

– Como está se sentindo hoje? – perguntei a meu paciente. Ele parecia estar em ótimas condições, considerando a ingestão de álcool da noite anterior. Sua coloração estava boa, assim como o apetite, a julgar pela quantidade de migalhas no prato ao seu lado.

Ele assentiu de modo cordial para mim, contraindo a mandíbula, e engoliu com certo esforço.

– Excelente, senhora, eu agradeço muito. Só sinto uma dor na região íntima... – Ele levou a mão com cuidado à área em questão –, mas foi o melhor trabalho com pontos que tive o privilégio de ver. O sr. Ulysses fez a gentileza de buscar um espelho para mim – explicou ele. Balançou a cabeça surpreso. – Nunca tinha visto meu traseiro antes. Pela quantidade de pelos que tenho ali, seria de imaginar que meu pai era um urso!

Ele riu muito ao dizer isso, e Farquard Campbell escondeu um sorriso ao levar a xícara de chá aos lábios. Ulysses se virou com a bandeja, mas vi que ele também esboçava um sorriso.

Jocasta riu alto, os olhos cegos estreitados no momento de diversão.

– Dizem que é esperto quem conhece o próprio pai, John Quincy. Mas conheci sua mãe muito bem e eu digo que é pouco provável.

Myers balançou a cabeça, mas seus olhos brilharam acima da barba farta.

– Bem, minha mãe gostava de homens peludos. Dizia que era um raro conforto em uma noite fria de inverno. – Ele espiou pela gola aberta de sua camisa, olhando para os pelos à mostra com certa satisfação. – Talvez estivesse certa. As índias parecem gostar, mas talvez seja apenas a novidade, pensando bem. Os índios mal têm pelos nas bolas, muito menos nas costas.

O sr. Campbell engasgou com um pedaço de bolinho e tossiu com força no guardanapo. Eu sorri para mim mesma e tomei um grande gole de chá. Era uma mistura indígena forte e fragrante, e apesar do calor opressor daquela manhã, mais do que bem-vinda. Uma camada fina de suor surgiu em meu rosto enquanto eu bebia, mas o calor se assentou de modo confortável em meu estômago inquieto, o perfume do chá levava embora o fedor do cheiro de sangue e excrementos do meu nariz e a conversa animada afastava a lembrança das cenas mórbidas da manhã.

Olhei para o tapete pensando que poderia me deitar ali e dormir tranquila por uma semana. Mas não há descanso para os cansados.

Jamie entrou, recém-barbeado e com os cabelos penteados, vestindo um casaco sóbrio e uma camisa de linho limpa. Ele assentiu a Farquard Campbell sem surpresa. Devia ter ouvido a voz dele vinda do corredor.

– Tia. – Ele se inclinou e beijou o rosto de Jocasta para cumprimentá-la e então sorriu para Myers.

– Como está, *a charaid*? Ou devo dizer como estão?

– Isso mesmo – concordou Myers. Levou a mão cuidadosamente entre as pernas. – Mas acho que preciso esperar um ou dois dias para conseguir montar.

– Eu esperaria – disse Jamie. Então virou-se para Jocasta e perguntou: – Viu Duncan hoje cedo, tia?

– Ah, sim. Ele saiu para fazer uma tarefa para mim, ele e o rapaz. – Ela sorriu e estendeu a mão para ele. Eu vi seus dedos apertarem o pulso dele. – Um querido, o sr. Innes. Muito solícito. E um homem muito rápido e esperto. É um prazer falar com ele. Não acha, sobrinho?

Jamie olhou para ela com curiosidade e então para Farquard Campbell. O homem mais velho evitou olhar para ele, bebericando seu chá enquanto fingia examinar o grande quadro pendurado acima da lareira.

– De fato – concordou Jamie com seriedade. – Um homem muito solícito, o Duncan. E Ian foi com ele?

– Para buscar um pacote para mim – disse a tia com calma. – Você precisa de Duncan?

– Não. Posso esperar – respondeu Jamie, olhando para ela.

Ela soltou a manga dele e pegou sua xícara. A asa delicada estava virada precisamente para ela, pronta para sua mão.

– Que bom! – exclamou ela. – Você quer tomar café da manhã, então? E Farquard... quer mais um bolinho?

– Ah, não. *Cha ghabh mi 'n còrr, tapa leibh*. Tenho assuntos na cidade, é melhor eu ir. – Campbell pousou a xícara e se levantou, fazendo uma reverência a mim e a Jocasta. – Ao seu dispor, senhoras. Sr. Fraser – acrescentou, erguendo uma sobrancelha. Fazendo uma reverência, ele saiu com Ulysses.

Jamie se sentou com as sobrancelhas erguidas e pegou uma torrada.

– Sua tarefa, tia... Duncan saiu para encontrar a escrava?

– Sim. – Jocasta virou os olhos cegos na direção dele, franzindo o cenho. – Você se importa, Jamie? Sei que Duncan é seu empregado, mas parecia um assunto urgente e eu não tinha certeza de quando você viria.

– O que Campbell disse a você? – Percebi o que Jamie estava pensando. Parecia incomum ao rígido e íntegro sr. Campbell, juiz do distrito, que não moveria um dedo para impedir um linchamento horroroso, conspirar para a proteção de uma escrava. E uma que fazia abortos, ainda por cima. Mesmo assim, talvez ele quisesse fazer uma compensação pelo que não tinha sido capaz de impedir antes.

Os belos ombros se ergueram levemente e um músculo se contraiu no canto de sua boca.

– Conheço Farquard Campbell há vinte anos, *a mhic mo pheathar*. Eu ouço o que ele não diz melhor do que o que diz.

Myers estava acompanhando a conversa com interesse.

– Não posso dizer isso, pois meus ouvidos são bons – disse ele. – Só o ouvi dizer que uma pobre mulher se matou por acidente no moinho, tentando se livrar de um fardo. Ele disse que não a conhecia. – Ele sorriu levemente para mim.

– E isso, por si só, me diz que a moça é uma desconhecida – observou Jocasta. – Farquard conhece as pessoas no rio e na cidade tão bem quanto conheço meu povo. Ela não é filha de ninguém, não é serva de ninguém.

Ela pousou a xícara e recostou-se na cadeira com um suspiro.

– Vai ficar tudo bem – afirmou ela. – Coma sua comida, rapaz. Você deve estar morto de fome.

Jamie olhou para ela por um momento, com a torrada intacta na mão. Inclinou-se para a frente e a devolveu ao prato.

– Não posso dizer que estou com apetite agora, tia. Moças mortas me deixam meio deprimido. – Ele se levantou, ajeitando as barras de seu casaco. – Talvez ela não seja filha nem serva de ninguém, mas está no quintal agora, atraindo moscas. Gostaria de saber o nome dela antes de enterrá-la.

Jamie se virou e saiu.

Bebi o resto do meu chá e pousei a xícara com um leve tilintar da louça na bandeja.

– Com licença – falei de modo a me desculpar. – Acho que também não estou com fome.

Jocasta não se moveu nem mudou de expressão. Quando saí da sala, vi Myers se inclinar do sofá e agarrar o último dos bolinhos.

Era quase meio-dia quando chegamos ao galpão da Coroa no fim da Hay Street. Ele ficava no lado norte do rio, com um píer próprio para carregamento, um pouco acima da cidade em si. Parecia haver pouca necessidade para um guarda no momento. Nada se movia nos arredores da construção, exceto algumas borboletas que, alheias ao calor sufocante, voavam entre os arbustos de flores que cresciam pela margem.

– O que eles guardam aqui? – perguntei a Jamie, olhando com curiosidade para a enorme estrutura.

As grandes portas duplas estavam fechadas e trancadas, e o único sentinela de casaco vermelho estava imóvel como um soldado de lata na frente delas. Uma construção menor ao lado do galpão exibia uma bandeira inglesa, murcha no calor. Presumi que aquele era o local ocupado pelo sargento que estávamos procurando.

Jamie deu de ombros e afastou uma mosca de sua sobrancelha. Atraíamos cada vez mais moscas conforme o calor do dia aumentava, apesar de a carroça estar em movimento. Respirei fundo discretamente, mas só consegui sentir o cheiro fraco de tomilho.

– O que a Coroa considera valioso. Peles, arquivos navais... piche e terebintina. Mas a guarda é por causa da bebida.

Apesar de toda hospedaria fabricar a própria cerveja, e toda casa ter suas receitas de destilado de maçã e vinho de cereja, os destilados mais potentes eram domínio da Coroa: conhaque, uísque e rum eram importados para a colônia em pequenas quantidades sob vigilância pesada, e vendidos a preço alto com o selo da Coroa.

– Acho que eles não têm muito em estoque no momento – falei, acenando para o único guarda.

– Não, os carregamentos vêm da parte alta do rio de Wilmington uma vez por mês. Campbell diz que eles escolhem um dia diferente a cada vez, para diminuir o risco de roubos.

Ele falava distraído, um leve franzir de cenho tomando sua expressão.

– Você acha que Campbell acreditou em nós? Sobre ela mesma ter feito? – Sem querer, lancei um rápido olhar para a carroça atrás de mim.

Jamie emitiu um som de escárnio no fundo da garganta.

– Claro que não, Sassenach. O homem não é tolo. Mas ele é um bom amigo da minha tia. Não vai causar problemas se não precisar. Vamos esperar que a mulher não tivesse ninguém que possa causar confusão.

– Uma esperança fria – sussurrei. – Achei que você pensasse de modo diferente na sala de estar da sua tia. Mas você provavelmente tem razão. Se ela tivesse alguém, não estaria morta agora.

Ele percebeu a amargura em minha voz e olhou para mim.

– Não pretendi ser insensível, Sassenach – disse ele suavemente. – Mas a pobre moça *está* morta. O que posso fazer por ela é cuidar para que seja enterrada de forma decente. Preciso cuidar dos vivos, certo?

Suspirei e apertei o braço dele brevemente. Meus sentimentos eram uma coisa complexa demais para tentar explicar. Eu conhecera a moça minutos antes de sua morte e não poderia ter impedido que ela morresse, mas ela havia morrido em minhas mãos, e eu sentia a raiva fútil dos médicos em circunstâncias desse tipo. A sensação de que, de alguma forma, eu havia falhado, que tinha sido derrotada pelo Anjo Negro. E além da raiva e da pena, havia um eco de culpa não expressada. A moça tinha aproximadamente a idade de Brianna – que, em circunstâncias parecidas, também não teria ninguém.

– Eu sei. É só que... me senti responsável por ela, de certo modo.

– Eu também – disse ele. – Não se preocupe, Sassenach. Vamos cuidar para que ela seja enterrada com decência. – Ele guiou os cavalos para debaixo de uma castanheira e apeou, oferecendo-me uma mão.

Não havia obstáculos. Campbell dissera a Jamie que os dez homens da guarda do galpão estavam abrigados em diversas casas na cidade. Quando perguntamos ao atendente no escritório, fomos direcionados para o outro lado da rua para a placa do Golden Goose, onde o sargento podia ser encontrado naquele momento, almoçando.

Vi o tal sargento assim que entrei na taverna. Ele estava sentado em uma mesa perto da janela, com a jaqueta de couro branca aberta e a túnica desabotoada, parecendo totalmente relaxado com uma caneca de cerveja e as migalhas de um bolo de milho. Jamie entrou depois de mim, sua sombra momentaneamente bloqueando a luz da porta aberta, e o sargento olhou para cima.

Escuro como estava dentro do aposento, vi o rosto do homem ficar pálido de susto. Jamie parou abruptamente atrás de mim. Disse algo em gaélico baixinho que eu reconheci como sendo uma obscenidade, mas então, começou a passar por mim, sem sinal de hesitação em seu comportamento.

– Sargento Murchison – falou ele, em tom de surpresa, como uma pessoa que cumprimentava um conhecido qualquer. – Não pensei que voltaria a vê-lo. Não neste mundo, pelo menos.

A expressão do sargento sugeria fortemente que o sentimento era mútuo. E também que qualquer reunião daquele lado do céu seria cedo demais. O sangue corou seu rosto gordo e cheio de cicatrizes, e ele afastou o banco com um ruído da madeira contra o chão de terra.

– Você! – disse ele.

Jamie tirou o chapéu e inclinou a cabeça com educação.

– Ao seu dispor, senhor – respondeu ele.

Consegui ver seu rosto naquele momento, totalmente agradável, mas com uma tensão que fazia os cantos de seus olhos se franzirem. Ele demonstrou bem menos, mas o sargento não foi o único surpreendido.

Murchison estava recobrando o controle. A cara de susto foi substituída por uma leve careta.

– Fraser. Ah, me perdoe, *sr.* Fraser agora, certo?

– Certo. – Jamie manteve a voz neutra, apesar do tom de insulto. Ainda que houvesse conflitos no passado entre eles, a última coisa que ele queria agora era problema. Não com o que havia na carroça do lado de fora. Sequei as palmas suadas discretamente na saia.

O sargento havia começado a fechar os botões de sua túnica, lentamente, sem tirar os olhos de Jamie.

– Eu sabia que havia um homem chamado Fraser, que veio explorar a sra. Cameron em River Run – disse ele, com um tremor desagradável dos lábios carnudos. – É o senhor, certo?

Os olhos de Jamie ganharam um tom azul frio como as geleiras, mas seus lábios permaneceram curvados em um sorriso agradável.

– A sra. Cameron é minha parenta. É em nome dela que venho agora.

O sargento inclinou a cabeça e coçou a garganta. Havia marcas vermelhas ao longo de sua carne clara e gorda, como se alguém tivesse tentado enforcá-lo sem êxito.

– Sua parenta. Bem, é fácil dizer isso, não é? Pelo que soube, a mulher é cega como um morcego. Não tem marido nem filhos. É presa fácil para qualquer sem-vergonha que venha procurando uma família. – O sargento abaixou a cabeça e sorriu para mim, com o autocontrole totalmente retomado.

– E esta é sua puta, não é? – Era malícia gratuita, uma ofensa aleatória. O homem mal havia olhado para mim.

– Esta é minha esposa, a sra. Fraser.

Vi os dois dedos rígidos da mão direita de Jamie apertarem a barra de seu casaco, o único sinal claro de seus sentimentos. Ele inclinou a cabeça um pouco para trás e ergueu as sobrancelhas, observando o sargento com um ar de desinteresse.

– E quem é o senhor? Peço desculpas por não me lembrar, mas confesso que não saberia diferenciá-lo de seu irmão.

O sargento parou como se tivesse sido baleado, paralisado enquanto fechava o casaco.

– Maldito! – xingou ele, engasgando-se com as palavras. Seu rosto tinha ficado corado, de um tom estranho de ameixa, e eu pensei que ele deveria cuidar da pressão arterial. Mas não disse isso.

Nesse momento, o sargento pareceu notar que todo mundo no salão olhava para ele com grande interesse. Olhou ferozmente ao redor, pôs o chapéu e saiu em direção à porta, passando perto de mim, então dei um passo para trás.

Jamie segurou meu braço para me equilibrar e então se abaixou sob a soleira da porta. Eu o segui, a ponto de vê-lo chamar o sargento.

– Murchison! Uma palavrinha!

O soldado se virou, com as mãos em punhos contra as barras de seu casaco rubro. Era um homem grande e forte, e o uniforme parecia fazer parte de seu corpo. Os olhos eram ameaçadores, mas ele havia se recomposto.

– Uma palavrinha, é? – perguntou ele. – E o que você pode ter para falar comigo, *senhor* Fraser?

– Uma palavra segundo sua opinião profissional, sargento – disse Jamie com frieza. Ele assentiu em direção à carroça, que havíamos deixado sob uma árvore próxima. – Trouxemos um cadáver.

Pela segunda vez, o rosto do sargento ficou inexpressivo. Ele olhou para a carroça. Moscas e mosquitos tinham começado a se reunir em pequenas nuvens, circundando preguiçosamente a traseira exposta.

– É mesmo?

Ele *era* um profissional. Sua hostilidade diminuiu, o sangue quente desapareceu de seu rosto e os punhos cerrados relaxaram.

– Um cadáver? De quem?

– Não tenho ideia, senhor. Esperava que pudesse nos dizer. Quer dar uma olhada? – Ele acenou na direção da carroça, e o sargento, depois de hesitar brevemente, assentiu e caminhamos até ela.

Eu me apressei logo atrás de Jamie e cheguei a tempo de ver o rosto do sargento quando ele afastou a ponta da mortalha improvisada. Ele não sabia esconder seus sentimentos – talvez, em sua profissão, isso não fosse necessário. O choque tomou seu rosto como a luz do sol.

Jamie conseguiu ver o rosto do sargento tão bem quanto eu.

– O senhor a conhece? – perguntou ele.

– Eu... ela... ou melhor... sim, eu a conheço. – O sargento fechou a boca de modo abrupto, como se estivesse com medo de deixar mais palavras saírem. Continuou olhando para o rosto da garota, e seu próprio rosto se contraía, afastando todos os sentimentos.

Alguns homens tinham nos acompanhado na saída da taverna. Enquanto permaneciam numa distância discreta, dois ou três esticavam o pescoço com curiosidade. Não demoraria muito para que o distrito todo soubesse o que havia acontecido no moinho. Eu esperava que Duncan e Ian estivessem bem longe.

– O que aconteceu com ela? – perguntou o sargento, olhando para o rosto pálido e fixo. O dele estava quase tão sem cor quanto o dela.

Jamie o observava com atenção, sem fingir desinteresse.

– Então, o senhor a conhece? – perguntou de novo.

– Ela é... ela era... uma lavadeira. Lissa... Lissa Garver é seu nome. – O sargento disse mecanicamente, ainda olhando para a carroça como se fosse incapaz de afastar o olhar. Seu rosto estava inexpressivo, mas os lábios estavam pálidos e as mãos estavam cerradas nas laterais do corpo. – O que aconteceu?

– Ela tem parentes na cidade? Um marido, talvez?

Era uma pergunta razoável, mas Murchison ergueu a cabeça como se Jamie o tivesse apunhalado.

– Não é da sua conta, é? – perguntou ele. Olhou para Jamie, uma borda branca visível ao redor da íris de seu olho. Ele mostrou os dentes no que poderia ter sido educação, mas não era. – Conte-me o que aconteceu com ela.

Jamie olhou para o sargento sem piscar.

– Ela pretendia se livrar da barriga e a coisa deu errado – disse ele baixinho. – Se ela tiver um marido, ele deve ser avisado. Mas, se não tiver família, vou cuidar para que seja enterrada de forma decente.

Murchison virou a cabeça para olhar para a carroça mais uma vez.

– Ela tem alguém – falou ele rapidamente. – Vocês não devem se preocupar. – Ele se virou e passou uma mão sobre o rosto, esfregando todo o sentimento de forma violenta. – Vá ao meu escritório – disse Murchison, com a voz meio abafada. – Vocês devem fazer uma declaração. Falem com o atendente. Agora!

O escritório estava vazio, o atendente certamente saíra para almoçar. Eu me sentei para esperar, mas Jamie andou inquieto pela sala pequena, os olhos passando das flâmulas do regimento na parede para o armário com gavetas no canto atrás da mesa.

– Que azar – disse ele, meio para si mesmo. – Tinha que ser o Murchison.

– Pelo visto, você conhece bem o sargento.

Ele olhou para mim com um tremor dos lábios.

– Muito bem. Ele era da guarnição da prisão de Ardsmuir.

– Compreendo. – Não era uma relação de amizade, então. Estava quente no escritório pequeno. Sequei uma gota de suor que escorria entre meus seios. – O que acha que ele está fazendo aqui?

– Isso eu sei. Ele foi enviado para cuidar dos prisioneiros quando eles foram transportados para serem vendidos. Imagino que a Coroa não tenha visto um bom motivo para levá-lo de volta à Inglaterra, quando havia necessidade de soldados aqui. Isso teria sido durante a guerra com os franceses, certo?

– Qual foi a história com o irmão dele?

Ele bufou, um som breve e sem humor.

– Eles eram dois... gêmeos. Billy e Bobby, era assim que nós os chamávamos. Muito parecidos, mas não só na aparência.

Ele fez uma pausa, retomando as lembranças. Não era sempre que falava sobre o tempo passado em Ardsmuir, e vi seu rosto ficar sério.

– Talvez você conheça o tipo de homem que é decente sozinho, mas que se torna um lobo quando está com outros como ele.

– Coitados dos lobos – falei, sorrindo. – Pense em Rollo. Mas sim, eu sei o que você quer dizer.

– Porcos, então. Mas feras, quando estão juntas. Não faltam homens assim em nenhum exército. É por isso que os exércitos funcionam. Os homens fazem coisas terríveis em grupos, coisas que eles nem sonhariam em fazer se estivessem sozinhos.

– E os Murchison nunca estavam sozinhos? – perguntei lentamente.

Ele meneou a cabeça, concordando.

– Ah, é isso. Eles eram dois, sempre. E quando um tinha escrúpulos em relação a algo, o outro não tinha. E claro, era sempre no caso de algum problema. E não havia como saber quem era o culpado.

Ele ainda estava andando de um lado para outro, inquieto como uma pantera enjaulada. Parou em frente à janela, olhando para fora.

– Eu... os prisioneiros... podíamos reclamar de maus-tratos, mas os oficiais não podiam repreender os dois pelos erros de um, e um homem raramente sabia qual dos dois Murchison o derrubara com um chute nas costelas, ou qual deles o havia pendurado em um gancho pelas algemas e o deixado ali até que ele defecasse nas roupas para entretenimento da guarnição.

Os olhos dele estavam fixos em algo lá fora, a expressão sem disfarces. Ele havia falado das feras. Eu conseguia ver que as lembranças tinham acordado uma delas. A luz da janela refletiu em seus olhos, azuis e sem piscar.

– Os dois estão aqui? – perguntei, tanto para desfazer aquele olhar perturbador quanto porque queria saber. Deu certo. Jamie se virou abruptamente da janela.

– Não – respondeu ele, de modo rápido. – Este é Billy. Bobby morreu em Ardsmuir. – Seus dois dedos tensos tremeram contra o tecido do kilt.

Eu tentara entender por que ele havia vestido o kilt naquela manhã, em vez de usar calça. O tartã rubro poderia ser quase uma bandeira vermelha para um touro, agitada diante de um soldado inglês. Agora eu sabia.

Eles o haviam tirado de Jamie antes, pensando tirar com ele o seu orgulho e a sua masculinidade. Fracassaram na tentativa, e Jamie pretendia revelar aquele fracasso, fosse um ato de bom senso ou não. Bom senso tinha pouco a ver com o tipo de orgulho teimoso que conseguia sobreviver a anos de tamanho insulto – e apesar de ele ter mais do que o necessário das duas coisas, eu vi que o orgulho prevalecia no momento.

– Pela reação do sargento, acho que é certo concluir que não foi por causas naturais – comentei.

– Não – disse ele. Suspirou e deu de ombros levemente, relaxando-os dentro do casaco apertado. – Nós marchávamos para uma pedreira todas as manhãs e voltávamos ao anoitecer, com dois ou três guardas em cada carroça. Um dia, Bobby Murchison era o sargento responsável. Ele saiu conosco pela manhã, mas não voltou à noite. – Jamie olhou para a janela mais uma vez. – Havia uma piscina muito funda no fim da pedreira.

Seu tom tranquilo era quase tão aterrorizante quanto o conteúdo desse relato cru. Eu senti um arrepio percorrer minha espinha, apesar do calor sufocante.

– Você... – comecei, mas ele levou um dedo aos lábios, virando a cabeça em direção à porta. Um momento depois, ouvi passos que seus ouvidos mais apurados já tinham ouvido.

Era o sargento, não seu atendente. Tinha transpirado muito. Gotas de suor desciam por seu rosto por baixo da peruca, e ele estava todo vermelho, cor de fígado bovino fresco.

O sargento olhou para a mesa vazia e emitiu um som ameaçador com a garganta. Temi pelo atendente ausente. O sargento empurrou com o braço as coisas que estavam em cima da mesa, e os papéis caíram no chão.

Pegou um tinteiro e uma folha de papel almaço do monte espalhado e os colocou sobre a mesa com um baque.

– Escrevam – ordenou ele. – Onde vocês a encontraram e o que aconteceu. – Ele empurrou uma pena de ganso em direção a Jamie. – Assine e coloque a data.

Jamie olhou para ele com os olhos semicerrados, mas não se movimentou para pegar a pena. Eu senti meu estômago se contrair.

Jamie era canhoto, mas tinha sido ensinado, à força, a escrever com a mão direita, mas a mão direita tinha sido ferida posteriormente. Escrever, para ele, era algo lento e trabalhoso que deixava as páginas borradas, manchadas de suor e amassadas, e ele próprio não ficava muito melhor depois do esforço. Não havia força nenhuma na Terra que faria com que ele se humilhasse daquele modo diante do sargento.

– Escreva. Agora. – O sargento disse as palavras entre dentes.

Jamie semicerrou os olhos ainda mais, mas antes que pudesse falar, eu estiquei a mão e peguei a pena da mão do sargento.

– Eu estava lá. Deixem que eu escrevo.

A mão de Jamie segurou a minha antes que eu pudesse mergulhar a pena no tinteiro. Puxou a pena da minha mão e a jogou no meio da mesa.

– Seu atendente pode me procurar mais tarde, na casa da minha tia – disse ele brevemente a Murchison. – Venha comigo, Claire.

Sem esperar uma resposta do sargento, ele pegou meu cotovelo e só faltou me puxar para que eu me levantasse. Saímos antes mesmo de eu perceber o que tinha acontecido. A carroça continuava embaixo da árvore, mas agora estava vazia.

– Bem, por enquanto ela está segura, *Mac Dubh*, mas o que diabos devemos fazer com a mulher? – Duncan coçou a barba no queixo. Ele e Ian tinham passado três dias na floresta, procurando, até encontrarem a escrava Pollyanne.

– Não será fácil transportá-la – disse Ian, mordendo um pedaço de bacon da mesa do café da manhã. Ele o quebrou em dois e entregou um pedaço a Rollo. – A pobre senhora quase morreu de terror quando Rollo a cheirou, e precisamos de muito tempo para levantá-la. Não conseguimos colocá-la em um cavalo. Tive que caminhar escorando-a, para impedir que caísse.

– Precisamos tirá-la daqui, de algum modo. – Jocasta franziu o cenho, os olhos claros meio escurecidos enquanto ela pensava. – Murchison esteve no moinho de novo ontem de manhã, perturbando, e à noite, Farquard Campbell mandou alguém para me dizer que o homem declarou ter sido assassinato e que ele chamou homens para vascular o distrito à procura do escravo que causou aquilo. Farquard estava tão irritado, pensei que sua cabeça fosse explodir.

– Você acha que ela *poderia* ter feito isso? – Mastigando, Ian olhou de Jamie para mim. – Quero dizer, por acidente?

Apesar da manhã quente, eu estremeci, lembrando da rigidez do metal do espeto em minha mão.

– Você tem três possibilidades: acidente, assassinato ou suicídio – falei. – Existem *muitos* modos mais fáceis de cometer suicídio, pode acreditar. E nenhum motivo para assassinato, pelo menos até onde sabemos.

– Seja como for – disse Jamie, administrando a conversa –, se Murchison pegar a escrava, ele vai enforcá-la ou açoitá-la até a morte em um dia. Ele não precisa de julgamento. Não, devemos tirá-la do distrito. Já combinei isso com nosso amigo Myers.

– O que você combinou com Myers? – perguntou Jocasta de uma vez, sua voz interrompendo as perguntas e exclamações causadas pelo anúncio.

Jamie terminou de passar manteiga na torrada que estava segurando e a entregou a Duncan antes de falar.

– Nós precisamos levar a mulher para as montanhas – disse ele. – Myers disse que ela será bem recebida pelos índios. Ele disse que conhece um bom lugar para ela. E ali, ela estará protegida de Billy Murchison.

– *Nós?* – perguntei educadamente. – E quem somos *nós*?

Ele sorriu para mim em resposta.

– Myers e eu, Sassenach. Preciso ir ao interior para dar uma olhada antes que o tempo frio venha, e esta será uma boa chance. Myers é o melhor guia que eu poderia ter.

Ele cuidadosamente evitou dizer que poderia ser bom para *ele* ficar um tempo longe da esfera de influência do sargento Murchison, mas eu percebi.

– Você vai me levar, não vai, tio? – Ian afastou os cabelos molhados do rosto, ansioso. – Vai precisar de ajuda com aquela mulher, pode acreditar. Ela é do tamanho de um barril.

Jamie sorriu para o sobrinho.

– Certo, Ian. Acho que podemos precisar de mais um homem.

– Uhum – falei, olhando para ele com cara feia.

– Para ficar de olho em sua tia, claro – continuou Jamie, olhando para mim com cara feia também. – Partimos em três dias, Sassenach... se Myers puder montar num cavalo até lá.

Três dias não era muito tempo, mas com a ajuda de Myers e Phaedre, meus preparativos foram arranjados rapidamente. Eu tinha uma pequena caixa de medicamentos e ferramentas para viagem, e as bolsas da sela estavam cheias de alimentos, cobertores e utensílios de cozinha. A única questão que restava resolver era a das roupas.

Cruzei de novo as pontas da faixa comprida de seda sobre o peito, amarrei-as em um nó entre os seios e analisei os resultados em um espelho.

Nada mau. Estiquei os braços e mexi o peito de um lado a outro, testando. Sim, assim está bom. Mas talvez se eu der mais uma volta no peito antes de cruzar as pontas...

– O que, exatamente, você está fazendo, Sassenach? E o que, pelo amor de Deus, você está vestindo? – Jamie, de braços cruzados, estava recostado na porta, observando-me com as duas sobrancelhas erguidas.

– Estou improvisando um sutiã – disse com dignidade. – Não quero andar a cavalo pelas montanhas de vestido, e se não vestir faixas, não quero que meus seios fiquem balançando o caminho todo. É bem desconfortável.

– Imagino. – Ele entrou no quarto e caminhou ao meu redor a uma distância segura, olhando para os membros inferiores com interesse. – E o que é isso?

– Gostou? – Coloquei as mãos nos quadris, desfilando com a calça de cordões de couro que Phaedre fizera para mim – rindo histericamente enquanto a fazia –, com pele macia de gamo fornecida por um dos amigos de Myers em Cross Creek.

– Não – respondeu ele com sinceridade. – Você não pode sair com... com... – Ele fez um gesto sem dizer nada.

– Calças – completei. – É claro que posso. Eu usava calça o tempo todo em Boston. São muito práticas.

Ele olhou para mim em silêncio por um momento. E então, muito lentamente, caminhou ao meu redor. Por fim, sua voz soou atrás de mim.

– Você as usava fora de casa? – perguntou ele, incrédulo. – Onde as pessoas viam?

– Sim – respondi contrariada. – Assim como a maioria das outras mulheres. Por que não?

– Por que *não*? – perguntou ele, escandalizado. – Consigo ver a forma das suas nádegas e até a divisão entre elas, pelo amor de Deus!

– Também vejo as suas – falei, virando-me de frente para ele. – Tenho visto seu traseiro de calça todos os dias há meses, mas só de vez em quando essa visão faz com que eu aja de modo indecente em relação a sua pessoa.

Jamie contraiu os lábios, sem saber se deveria rir ou não. Aproveitando a indecisão, eu dei um passo à frente e envolvi a cintura dele, apertando seu traseiro com vontade.

– Na verdade, é o seu kilt que me dá vontade de jogar você no chão e cometer loucuras – disse a ele. – Mas você não fica nada mau de calça.

Ele riu e, inclinando-se, beijou meus lábios com fervor, as mãos cuidadosamente explorando os contornos das minhas nádegas, confinadas na pele de gamo. Jamie me apertou devagar, e eu pressionei meu corpo contra o dele.

– Tire essas calças – ordenou ele, parando para respirar.

– Mas eu...

– Tire essas calças – repetiu com firmeza. Deu um passo para trás e soltou o cordão da braguilha. – Pode vesti-las de novo depois, Sassenach, mas se alguém vai cometer loucuras aqui, esse alguém sou eu, está bem?

PARTE V

Strawberry Fields Forever

14

FUGINDO DA IRA

Agosto de 1767

Eles esconderam a mulher em um barracão para secagem do tabaco à beira dos campos mais distantes de Farquard Campbell. Havia pouca chance de alguém notar – além dos escravos de Campbell, que já sabiam –, mas tomamos o cuidado de chegar depois do anoitecer, quando o céu cor de lavanda tinha ganhado um tom quase cinza, mal deixando à mostra o volume do barracão de secagem.

A mulher saiu como um fantasma, com capa e capuz, e foi levada ao cavalo extra, colocada sobre ele como o pacote de contrabando que era. Ela levantou as pernas e se segurou à sela com as duas mãos, encolhida em uma bola de pânico. Evidentemente, nunca montara em um cavalo antes.

Myers tentou entregar as rédeas, mas ela não prestou atenção, só segurou com força e gemeu com uma agonia melódica de terror. Os homens estavam se tornando inquietos, olhando para trás para o campo vazio, como se esperassem a chegada iminente do sargento Murchison e seus homens.

– Deixe que ela vá comigo – sugeri. – Talvez ela se sinta mais segura assim.

A mulher foi tirada do seu cavalo com certa dificuldade e posta na garupa do meu, atrás da minha sela. Ela cheirava a folhas frescas de tabaco, pungentemente narcóticas, e a algo um pouco mais almiscarado. Ela envolveu minha cintura com os braços, segurando com força. Dei um tapinha em uma das mãos na minha cintura e ela apertou mais forte, mas não fez nenhum outro movimento nem emitiu nenhum outro som.

Não era à toa que ela estava aterrorizada, pensei, virando a cabeça do meu cavalo para seguir o de Myers. Ela podia não saber sobre o pandemônio que Murchison estava causando no distrito, mas sabia muito bem o que podia acontecer se fosse pega. Certamente estivera na multidão do moinho duas semanas antes.

Como alternativa à morte certa, fugir para os braços dos índios selvagens podia ser um pouco preferível, mas não tanto, a julgar pelo modo como ela tremia. O clima não estava nem um pouco frio, mas ela se sacudia como se estivesse congelando.

Ela me apertou muito forte quando Rollo apareceu, saindo dos arbustos como um demônio da floresta. Meu cavalo também não gostava dele e se afastou, relinchando e batendo as patas, tentando tirar as rédeas de mim.

Eu tinha que admitir que Rollo era bem assustador, mesmo quando era amigável, como no momento, já que adorava expedições. Ainda assim, sua aparência era sinistra. Ele mostrava os dentes num sorriso de satisfação, estreitava os olhos a ponto de quase fechá-los ao farejar o ar. Unindo a isso o fato de seus pelos cinza e pretos se misturarem às sombras, ficávamos com a ilusão estranha e perturbadora de que ele havia se materializado do escuro, o próprio apetite encarnado.

Ele passou correndo por nós, a 30 centímetros, e a mulher se assustou. Senti sua respiração quente em meu pescoço. Dei um tapinha em sua mão de novo e falei com ela, mas ela não respondeu. Duncan dissera que ela tinha nascido na África e falava poucas coisas em inglês, mas certamente deveria entender algumas palavras.

– Vai ficar tudo bem – falei de novo. – Não tenha medo.

Ocupada com o cavalo e a passageira, eu não notara Jamie até ele aparecer de repente ao lado da sela, sorrateiro como Rollo.

– Tudo bem, Sassenach? – perguntou ele com delicadeza, pousando uma mão em minha coxa.

– Acho que sim. – Indiquei a mão que apertava minha cintura. – Se eu não morrer sufocada.

Ele olhou e sorriu.

– Bem, pelo menos ela não corre o risco de cair.

– Gostaria de saber o que dizer a ela. Coitada, está com muito medo. Você acha que ela sabe aonde vamos levá-la?

– Acredito que não, nem *eu* sei aonde vamos. – Ele usava calça para montar, mas mantinha o tecido xadrez por cima, com a ponta jogada por cima do ombro. O tartã escuro se misturava às sombras da floresta assim como às sombras das urzes escocesas. Eu só conseguia enxergar uma mancha branca na frente, sua camisa, e o rosto pálido e ovalado.

– Você sabe o que dizer em *taki-taki* para ajudá-la? – perguntei. – Claro que ela pode não entender também, se não tiver sido trazida das Índias.

Ele virou a cabeça e olhou para a minha passageira, pensando.

– Ah – disse ele. – Bem, tem uma coisa que todos sabem, independentemente de onde são. – Jamie estendeu a mão e apertou o pé da mulher. – Liberdade – disse ele, e parou. – *Saorsa*. Você me entende?

Ela não diminuiu a pressão em minha cintura, mas suspirou estremecendo, e eu pensei ter sentido que ela assentia.

Os cavalos iam um atrás do outro, com Myers na frente. A trilha não era nem um caminho de carroças, apenas um tipo de vegetação rasteira desgastada, mas pelo menos oferecia um caminho livre pelas árvores.

Eu duvidava que o sargento Murchison nos seguiria até tão longe para se vingar – se é que nos seguiria em algum momento –, mas a sensação de fuga era forte demais para ignorar. Compartilhávamos de um senso de urgência não expressado, mas dominante, e sem discussão concordamos em seguir para o ponto mais longe que conseguíssemos.

Minha passageira estava perdendo o medo ou simplesmente ficando cansada demais para se importar. Depois de uma parada à meia-noite para nos refrescarmos, ela permitiu que Ian e Myers a colocassem de novo sobre o cavalo sem protestar, e apesar de não soltar minha cintura, parecia cochilar de vez em quando, com a testa pressionada contra meu ombro.

A fadiga pela viagem longa também tomou conta de mim, aumentada pelas batidas hipnóticas das patas dos cavalos e o farfalhar infindável dos pinheiros acima de nós. Ainda estávamos na floresta e os troncos altos e retos nos cercavam como mastros de navios havia muito afundados.

Versos de uma antiga canção escocesa surgiram em minha mente – *Quantos morangos crescem no mar salgado; quantos navios navegam pela floresta?* – e eu me perguntei se seu compositor tinha passado por um lugar assim, sobrenatural sob a meia-lua e o brilho das estrelas, parecendo um sonho no qual os limites entre os elementos se perdiam. Podíamos até estar boiando, e os movimentos sob meu corpo podiam ser o tremor da prancha, e o som dos pinheiros, o vento nas nossas velas.

Paramos de madrugada, apeamos, amarramos os cavalos e deixamos que eles se alimentassem na grama alta de um pequeno campo. Encontrei Jamie e me aninhei em um tufo de grama ao lado dele, e a última coisa que ouvi foi o ruminar pacífico dos cavalos.

Dormimos pesado em meio ao calor do dia, e acordamos quase ao pôr do sol, retesados, sedentos e cobertos por carrapatos. Fiquei muito feliz por perceber que os carrapatos pareciam não gostar da minha carne, assim como os pernilongos, mas eu aprendera, em nossa viagem ao norte, a checar Jamie e os outros sempre que dormíamos. Sempre havia transgressores.

– Eca – falei, examinando uma espécie particularmente grande, do tamanho de uma uva, alojado entre os pelos cor de canela da axila de Jamie. – Nossa, estou com medo de puxar esse. Está tão grande que provavelmente vai estourar.

Ele deu de ombros, ocupado examinando o couro cabeludo com a outra mão, à procura de mais invasores.

– Deixe-o aí enquanto cuida dos outros – sugeriu ele. – Talvez ele caia sozinho.

– Acho melhor – concordei com relutância.

Eu não tinha nenhuma objeção a estourar o carrapato, mas não enquanto ele ainda estivesse grudado à carne de Jamie. Eu já tinha visto infecções causadas pela retirada forçada de carrapatos, e não eram algo com que eu quisesse lidar no meio de uma floresta. Eu só tinha levado um pequeno estojo de medicamentos, mas dentro dele havia uma pinça de pontas muito finas que peguei da caixa do dr. Rawlings.

Myers e Ian pareciam estar se virando bem. Os dois estavam sem camisa, Myers agachado sobre o rapaz como um babuíno enorme, mexendo nos cabelos de Ian.

– Aqui tem um pequeno – disse Jamie, inclinando-se e afastando os cabelos para que eu pudesse pegar a bolinha preta atrás de sua orelha. Eu estava ocupada tentando tirar a criatura com cuidado, quando percebi uma presença ao meu lado.

Eu estava cansada demais para dar atenção à nossa fugitiva quando montamos acampamento, certa de que ela não partiria pela floresta sozinha. Mas ela fora a um riacho próximo e voltou com um balde de água.

Ela o colocou no chão e pegou a água com as mãos. Encheu a boca e mastigou de modo vigoroso por um momento, bochechas cheias. Então, ela me moveu para o lado e, erguendo o braço de um Jamie surpreso, cuspiu com força em sua axila.

Levou a mão aos pelos molhados e, com dedos delicados, pareceu pegar o parasita. Fez cócegas em Jamie, pois ele tinha muita sensibilidade naquela região. Ele ficou corado e se retraiu com o toque, todos os músculos do torso se contraindo.

Ela segurou o pulso dele com força e, segundos depois, o carrapato grande caiu na palma de sua mão. Ela o jogou fora com desdém e se virou para mim com um leve ar de satisfação.

Pensei que ela parecia uma bola, encolhida dentro de sua capa. Sem ela, continuava parecendo uma bola. Ela era muito baixa, não tinha mais do que 1,20m, e era quase da mesma largura, com a cabeça quase raspada, parecendo uma bola de canhão, as faces tão redondas que os olhos eram quase esticados.

Ela era igualzinha a uma das imagens de fertilidade africanas que eu vira nas Índias, com peitos enormes, quadril largo e a cor intensa de café queimado de uma congolesa, a pele tão perfeita que parecia pedra polida sob a camada fina de suor. Ela estendeu a mão para mim, mostrando objetos em sua mão, do tamanho e formato de feijão-de-lima.

– Paw-paw – disse ela, com uma voz grave que fez até Myers se virar para ela, assustado. Era uma voz forte e intensa, reverberante como um tambor. Ao ver minha reação a ela, ela sorriu um pouco tímida, e disse algo que eu não entendi, apesar de saber que era gaélico.

– Ela disse que você não deve engolir as sementes, pois são venenosas – traduziu Jamie, olhando para ela meio assustado enquanto secava a axila com a ponta do pano.

– Hau – concordou Pollyanne, assentindo vigorosamente. – Ven-neno. – Ela se abaixou sobre o balde para encher a boca de novo, lavou ao redor dos lábios e cuspiu em uma pedra com um barulho parecido com um tiro.

– Você poderia ser perigosa com isso – disse a ela.

Eu não sabia se ela me entendia, mas percebeu, pelo meu sorriso, que eu pretendia ser simpática. Sorriu para mim, enfiou mais duas sementes na boca e fez um gesto para Myers, já mastigando, as sementes estalando enquanto ela as pulverizava com os dentes.

Quando terminamos de jantar e estávamos prontos para partir, ela ficou nervosa, mas disposta a tentar seguir sozinha no cavalo. Jamie a ajudou e mostrou que ela deveria deixar o animal cheirá-la. Ela tremeu quando o focinho enorme encostou nela, mas então o cavalo bufou. Ela se sobressaltou, rindo com uma voz gostosa como mel despejado de um jarro, e permitiu que Jamie e Ian a ajudassem a montar.

Pollyanne continuava com vergonha dos homens, mas logo ganhou confiança suficiente para falar comigo, numa mistura poliglota de gaélico, inglês e seu idioma. Eu não teria conseguido traduzir, mas seu rosto e seu corpo eram tão expressivos que eu sempre conseguia entender o que ela estava dizendo, apesar de só compreender uma palavra a cada dez. Uma pena eu não ser igualmente fluente em linguagem corporal. Ela não entendia a maioria das minhas perguntas e dos meus comentários, por isso eu tinha que esperar até montarmos acampamento, quando podia contar com a ajuda de Jamie ou Ian nas partes em gaélico.

Liberta – pelo menos temporariamente – das pressões do medo e tornando-se cada vez mais calma em nossa companhia, uma personalidade naturalmente efervescente surgiu, e ela começou a falar sem parar enquanto seguíamos, independentemente de eu compreender ou não, e ria de vez em quando com um som baixo como o vento soprando pela entrada de uma caverna.

Ela só se retraiu uma vez: quando passamos por uma ampla clareira na qual a grama subia em estranhos montes ondulantes, como se uma grande serpente estivesse enterrada por baixo. Pollyanne se calou ao vê-los e, numa tentativa de fazer o cavalo avançar, só puxou as rédeas e fez com que ele parasse. Eu voltei para ajudá-la.

– *Droch àite* – murmurou ela, olhando pelo canto do olho para os montes silenciosos. Um lugar ruim. – *Djudju*. – Ela fez uma carranca e um gesto rápido com a mão, um sinal contra o mal, pensei.

– É um cemitério? – perguntei a Myers, que havia voltado para ver por que tínhamos parado. Os montes tinham espaços iguais entre eles, mas eram distribuídos ao redor da margem da clareira de um modo que não parecia uma formação natural. Eles pareciam grandes demais para serem túmulos... a menos que fossem dólmens, como aqueles que os antigos escoceses construíam, ou valas comuns, pensei, lembrando com tristeza de Culloden.

– Não diria um cemitério – respondeu ele, puxando o chapéu para trás na cabeça. – Aqui já foi um vilarejo. Tuscarora, acredito. Aquelas elevações ali – ele fez um gesto com a mão – são casas derrubadas. A grande mais para o lado deve ter sido a casa do líder. Em pouco tempo, a grama tomou conta de tudo. Mas pelo que dá pra ver, esse local foi coberto há muito tempo.

– O que aconteceu? – Ian e Jamie tinham parado também e voltado a fim de olhar para a clareira.

Myers coçou a barba de modo pensativo.

– Eu não sei ao certo. Pode ser que uma doença tenha matado todas as pessoas, pode ser que eles tenham sido expulsos pelos índios cherokees ou pelos creeks, apesar de estarmos um pouco mais ao norte das terras dos cherokees. Mas provavelmente aconteceu durante a guerra. – Ele coçou a barba ainda mais e tirou outro carrapato que encontrou ali. – Não posso dizer que este é um lugar onde eu escolheria ficar.

Era óbvio que Pollyanne pensava a mesma coisa, e seguimos em frente. Quando anoiteceu, já tínhamos passado totalmente pelos pinheiros e pelos carvalhos dos montes. Subíamos num bom ritmo agora, e as árvores começaram a mudar. Pequenas áreas de castanheiras, grandes campos de carvalho e nogueira, com cornisos espalhados e caquizeiros, mais pés de castanhas e de choupo-branco nos cercavam em meio à mata.

O cheiro e a atmosfera também mudaram conforme subimos. As resinas quentes dos pinheiros deram lugar a cheiros mais suaves e variados, folhas de árvores se misturavam com arbustos e flores que cresciam por todas as rachaduras das rochas. Ainda estava úmido, mas não tão quente. O ar deixara de parecer uma estufa, e começamos a respirar melhor – e a respirar com prazer, pois sentíamos os perfumes de folhas esquentadas pelo sol e de musgo úmido.

No pôr do sol do sexto dia, nós nos encontrávamos nas montanhas, e o ar estava tomado pelo som da água que corria. Riachos cruzavam os vales, descendo pelos penhascos e pelas rochas íngremes, passando pela névoa e pelo musgo como uma franja verde. Quando demos a volta pelo lado de uma ladeira, eu parei surpresa. Na lateral de uma montanha distante, uma queda-d'água descia em arco por cerca de 20 metros até o desfiladeiro lá embaixo.

– Olhem só para isso! – Ian estava boquiaberto de encantamento.

– Bem bonito – concordou Myers, com autoridade complacente. – Não é a maior queda-d'água que já vi, mas é bem bonita.

Ian virou a cabeça, olhos arregalados.

– Há maiores?

Myers riu, o riso baixo de um homem da montanha, que não passava de um suspiro forte.

– Rapaz, você ainda não viu nada.

Acampamos em uma depressão perto de um riacho de tamanho razoável – grande o suficiente para haver trutas. Jamie e Ian entraram nele com entusiasmo, pegando os peixes com aparatos feitos com o salgueiro negro. Eu esperava que eles tivessem sorte. Nossas provisões estavam acabando, apesar de ainda termos bastante farinha de milho.

Pollyanne subiu a ribanceira trazendo um balde de água com o qual poderíamos fazer mais bolinhos de milho. Eram biscoitos pequenos de milho feitos para viagem. Deliciosos quando frescos e quentes, e pelo menos comestíveis no dia seguinte. Eles se tornavam cada vez menos gostosos com o tempo, parecendo pequenos pedaços de cimento no quarto dia. Ainda assim, eram fáceis de transportar e não mofavam com facilidade, por isso nós os levávamos conosco, além da carne de boi e de porco secas.

O ânimo natural de Pollyanne parecia um pouco menos intenso, e seu rosto redondo estava mais sério. Suas sobrancelhas eram tão finas que quase não existiam, com o efeito paradoxal de aumentar a expressividade de seu rosto em movimento e de tirar toda a sua expressão quando em repouso. Ela sabia ser impassível como uma porta quando queria, uma habilidade útil para um escravo.

Acredito que sua preocupação se devia, pelo menos em parte, ao fato de aquela ser nossa última noite juntos. Nós havíamos chegado ao interior, ao limite da terra da Coroa. No dia seguinte, Myers viraria para o norte, levando-a pelas montanhas até as terras indígenas, para encontrar a segurança e a vida que ela pudesse ter ali.

Sua cabeça redonda e escura estava abaixada sobre a tigela de madeira, os dedos grossos misturando a farinha de milho com a água e a banha de porco. Eu me abaixei à frente dela, colocando gravetos dentro da fogueira pequena, a grelha de ferro preto já untada ao lado. Myers havia se afastado para fumar um cachimbo. Eu ouvia Jamie chamar Ian de algum ponto rio abaixo, e também uma risada abafada em resposta.

Estava muito escuro agora. Nossa depressão era cercada por montanhas, e a escuridão parecia preencher o vale raso, subindo pelos troncos das árvores ao nosso redor. Eu não fazia ideia do lugar de onde ela tinha vindo, se era uma floresta ou uma selva, se tinha mar ou era desértico, mas imaginei que dificilmente seria como aquele lugar.

Em que ela poderia estar pensando? Ela sobrevivera à viagem da África e à escravidão. Acredito que, independentemente do que houvesse mais à frente, não poderia ser muito pior. Mas era um futuro desconhecido entrar numa mata tão vasta e absoluta que eu sentia cada momento como se pudesse desaparecer nele, consumida sem nenhum vestígio. Nossa fogueira parecia um simples brilho contra a vastidão da noite.

Rollo caminhou em direção à luz da fogueira e se balançou, espalhando água em todas as direções, fazendo a fogueira tilintar. Pude ver que ele ajudara na pesca.

– Vá embora, cachorro horroroso – falei.

Ele não foi, claro. Simplesmente se aproximou e me cutucou com o focinho, para ter certeza de que eu ainda era quem ele achava que eu fosse, e então se virou e fez a mesma coisa com Pollyanne.

Sem nenhuma expressão, ela virou a cabeça e cuspiu no olho dele. Ele gritou, se afastou e ficou balançando a cabeça, parecendo totalmente surpreso. Ela olhou para mim e sorriu, os dentes muito claros no rosto.

Eu ri e decidi não me preocupar muito. Qualquer pessoa capaz de cuspir no olho de um lobo conseguiria lidar com os índios, com a selva e com o que aparecesse pela frente.

A tigela estava quase vazia, uma fileira organizada de bolinhos de milho sobre a grelha. Pollyanne limpou os dedos em um monte de grama, observando os bolinhos amarelos começarem a assar e se tornarem marrom conforme a banha derretia. Um cheiro quente e reconfortante subiu da fogueira, misturado ao da madeira queimada, e minha barriga roncou de fome. O fogo parecia mais forte agora, e o cheiro da comida espalhava seu calor em um círculo mais amplo, mantendo a noite afastada.

Seria assim no lugar de onde ela viera? Será que as fogueiras e a comida mantinham afastada a escuridão de uma selva e detinham os leopardos em vez de ursos?

Será que a luz e a companhia davam conforto e a ilusão de segurança? Pois seria apenas ilusão, uma vez que o fogo não protegia contra os homens, nem a escuridão que a tomara. Eu não tinha palavras para perguntar.

– Nunca vi uma pesca assim, nunca – repetia Jamie pela quarta vez, com uma cara de felicidade enquanto abria uma truta frita com farinha de milho. – Elas estavam fervilhando na água, não é, Ian?

Ian assentiu com um olhar que parecia de respeito.

– Meu pai daria a outra perna para ver algo assim – disse ele. – Elas pulavam no gancho, tia, de verdade!

– Os índios não costumam usar ganchos e linhas – disse Myers, espetando seu peixe com a faca. – Eles constroem armadilhas para os peixes, e às vezes colocam gravetos e obstáculos no rio para impedir que os peixes passem. Então param acima deles com uma lança afiada e apenas os tiram da água espetando-os.

Aquilo foi o suficiente para Ian. Qualquer comentário sobre os índios e seus modos de vida causava várias perguntas interessantes. Depois de exaurir os métodos de pesca, ele perguntou de novo sobre o vilarejo abandonado que tínhamos visto mais cedo em nossa viagem.

– Você disse que pode ter acontecido na guerra – disse Ian, tirando as espinhas de uma truta fumegante, balançando a mão para esfriá-la. Passou um pedaço do peixe sem espinhas para Rollo, que engoliu tudo de uma vez, apesar da quentura. – Foi na guerra com os franceses, então? Eu não tinha conhecimento de conflitos tão ao sul.

Myers balançou a cabeça, mastigando e engolindo antes de responder.

– Ah, não. Eu me referia à Guerra Tuscarora. Pelo menos é assim que eles a chamam do lado branco.

A Guerra Tuscarora, ele explicou, fora um conflito de curta duração, porém brutal, ocorrido cerca de quarenta anos antes, causado por um ataque a colonizadores do interior. O então governador da colônia havia enviado tropas aos vilarejos tuscaroras em retaliação, e o desfecho fora uma série de batalhas que os colonos, com muito mais armas, tinham vencido – até a devastação da nação tuscarora.

Myers acenou na direção da escuridão.

– Não há mais do que sete vilarejos tuscaroras agora, e não mais do que cinquenta ou cem almas no maior deles. – Tão reduzidos, os tuscaroras rapidamente se tornariam alvos das tribos próximas e desapareceriam por completo se não tivessem sido formalmente adotados pelos moicanos, e assim se tornado parte da poderosa Liga dos Iroqueses.

Jamie voltou para a fogueira com uma garrafa em seu alforje. Era uísque escocês, um presente de Jocasta. Ele encheu um copo pequeno e então ofereceu a garrafa pela metade a Myers.

– A terra dos moicanos não fica muito longe ao norte? – perguntou Jamie. – Como eles podem oferecer proteção a seus semelhantes aqui, com tribos hostis por todos os lados?

Myers tomou um gole de uísque e o passou de modo prazeroso por toda a boca antes de responder.

– Hum. É uma bebida boa, amigo James. Ah, os moicanos estão longe, sim. Mas os iroqueses são um nome de peso, e de todas as seis nações, a dos moicanos é a mais feroz. Ninguém – vermelho ou branco – mexe com os moicanos sem um bom motivo. Não, senhor.

Eu fiquei fascinada com isso. E também muito feliz por saber que o território dos moicanos ficava bem longe de onde estávamos.

– Por que os moicanos quiseram adotar os tuscaroras, então? – perguntou Jamie, erguendo uma sobrancelha. – Não parece que eles precisam de aliados, se são tão durões quanto você diz.

Os olhos castanhos de Myers tinham se tornado embaçados sob a influência do bom uísque.

– Ah, eles são durões, sim, mas são mortais – disse ele. – Os indígenas são homens de sangue forte, ainda mais os moicanos. São homens de honra, saiba disso... – ele ergueu um dedo em alerta –, mas matam por vários motivos, alguns razoáveis, outros não. Eles atacam entre eles e matam por vingança. Nada detém um moicano que procura vingança, a não ser que ele seja morto. E mesmo assim, seu irmão, filho ou sobrinho irá atrás de quem o matou.

Myers lambeu os lábios pensativo, saboreando o uísque em sua pele.

– Às vezes, os índios não matam por nenhum motivo razoável para um branco. Sobretudo quando há álcool no meio.

– Parecem os escoceses – murmurei a Jamie, que me lançou um olhar frio.

Myers pegou a garrafa de uísque e a rolou devagar entre as palmas das mãos.

– Qualquer homem pode beber uma gota a mais e fazer coisas erradas por isso, mas com os índios, a primeira gota é demais. Já soube de mais de um massacre que não teria acontecido se o homem não estivesse tomado pela bebida.

Ele balançou a cabeça, relembrando o que dizia.

– Mas é uma vida dura e sangrenta. Algumas tribos são eliminadas por completo, e nenhuma tem homens para desperdiçar. Então, eles adotam pessoas para a tribo, a fim de substituir aqueles que são mortos ou que morrem por alguma doença. Eles fazem prisioneiros, às vezes – e os aceitam na família, tratam como se fosse um deles. É o que farão com a srta. Polly.

Ele fez um meneio de cabeça para Polly, que estava em silêncio sentada ao lado do fogo, sem prestar atenção ao que ele dizia.

– Cinquenta anos atrás, os moicanos aceitaram e adotaram a tribo inteira dos tuscaroras. Poucas tribos falam a mesma língua – explicou Myers. – Mas algumas são mais próximas do que outras. Os tuscaroras são mais parecidos com os moicanos do que com os creeks ou os cherokees.

– Sabe falar a língua dos moicanos, sr. Myers? – As orelhas de Ian estavam atentas à explicação. Fascinado com cada pedra, árvore ou pássaro de nossa viagem, Ian estava ainda mais encantado com o relato sobre os índios.

– Ah, bastante. – Myers deu de ombros de modo modesto. – Qualquer comerciante aprende algumas palavras aqui e ali. Sai, cachorro.

Rollo, que havia se aproximado o suficiente para cheirar a última truta de Myers, balançou as orelhas com a repreensão, mas não afastou o focinho.

– Você está dizendo que vamos levar a sra. Polly aos tuscaroras? – perguntou Jamie, separando um bolinho de milho em pedaços mastigáveis.

Myers assentiu, mastigando devagar. Com poucos dentes na boca, até mesmo mastigar bolinhos frescos de milho era difícil.

– Sim. Ainda temos quatro ou cinco dias de viagem – explicou ele. Voltou-se para mim com um sorriso tranquilizador. – Cuidarei para que ela se estabeleça por lá, sra. Claire, não se preocupe com ela.

– O que será que os índios pensarão dela? – perguntou Ian. Ele olhou para Pollyanne, interessado. – Será que já viram uma negra?

Myers riu.

– Rapaz, muitos índios tuscaroras nunca viram um *branco*. A sra. Polly não vai chocá-los mais do que a sua tia faria. – Myers tomou um grande gole de água e lavou a boca, olhando para Pollyanne de maneira pensativa. Ela sentiu que ele a observava, e olhou também, sem piscar.

– Eu diria que eles a considerariam bela. Eles gostam de uma mulher rechonchuda. – Era quase óbvio que Myers tinha a mesma admiração. Ele observou Pollyanne apreciando-a, com um toque de malícia inocente.

Ela percebeu e uma mudança extraordinária ocorreu. Ela mal se mexeu, mas se concentrou totalmente em Myers. O branco de seus olhos não apareciam. Eles eram negros e impenetráveis, brilhando à luz da fogueira. Ela continuava baixinha e pesada, mas com apenas uma leve mudança na postura, o tamanho de seus seios e a largura de seu quadril foram enfatizados, repentinamente indicando uma promessa de abundância obscena.

Myers engoliu em seco, uma reação audível.

Desviei o olhar da situação e vi Jamie observando também, com uma expressão dividida entre diversão e preocupação. Eu o cutuquei discretamente e o encarei, em uma expressão que dizia do modo mais explícito possível: "Faça alguma coisa!"

Ele estreitou um dos olhos.

Arregalei os meus e olhei para ele fixamente, um olhar que podia ser traduzido como: "Não sei, mas faça alguma coisa!"

– Hummm.

Jamie pigarreou, inclinou-se para a frente e pousou a mão no braço de Myers, tirando o homem enorme de seu transe momentâneo.

– Eu não gostaria que a mulher fosse abusada de nenhuma maneira – disse ele, educadamente, mas com um toque escocês no "abusada" que indicava a possibilidade de indecência sem limites. Ele pressionou um pouco mais. – O senhor garante a segurança dela, sr. Myers?

Myers olhou para ele com cara de incompreensão, que claramente foi se desfazendo, substituída pelo entendimento em seus olhos castanhos e injetados. O homem grande puxou o braço devagar, e então pegou seu copo, tomou um último grande gole de uísque, tossiu e limpou a boca. Ele poderia estar corando, mas era impossível dizer por causa da barba.

– Ah, sim. Ou melhor, ah, não. Não, de fato. As mulheres moicanas e as tuscaroras escolhem com quem se deitam, até com quem se casam. Não há estupro entre elas. Ah, não. Não, senhor. Ela não será abusada, posso prometer isso.

– Ótimo, fico feliz em saber. – Jamie se recostou, tranquilo, e me lançou um olhar de "Acredito que esteja satisfeita". Eu sorri de forma recatada.

Ian podia não ter nem 16, mas era observador demais e não perdeu a cena. Ele tossiu de um modo significativo e escocês.

– Tio, o sr. Myers foi muito gentil em me convidar para ir com ele e a sra. Polly conhecer o vilarejo indígena. Eu vou cuidar para que ela receba bom tratamento lá.

– Você... – começou Jamie, mas parou. Ele lançou ao sobrinho um olhar longo e duro do outro lado da fogueira. Eu conseguia ver os pensamentos girando em sua mente.

Ian não pedira permissão para ir. Ele anunciara que iria. Se Jamie o proibisse, teria que apresentar um motivo, e não poderia simplesmente dizer que era muito perigoso, pois isso seria como admitir que estava disposto a mandar a escrava para uma situação de perigo e também que não confiava em Myers e em suas relações com os indígenas da região. Jamie estava sem saída, de fato.

Ele respirou fundo pelo nariz. Ian sorriu.

Eu olhei para o outro lado da fogueira. Pollyanne ainda estava sentada como estivera, sem se mexer. Seus olhos ainda estavam fixos em Myers, mas esboçava um leve sorriso convidativo. Levantou uma mão devagar, segurando um dos enormes peitos, quase distraidamente.

Myers estava olhando, enfeitiçado como um veado com a lanterna de um caçador mirada em seus olhos.

E eu faria de modo diferente se soubesse que minha vida dependia de um homem?, pensei mais tarde, ouvindo os barulhos discretos e os pequenos gemidos que vinham dos cobertores de Myers. Eu não faria qualquer coisa que pudesse para garantir minha proteção diante do perigo desconhecido?

Ouvi um estalar e um farfalhar nos arbustos, não muito distante. Foi alto, e eu fiquei tensa. Assim como Jamie. Ele tirou a mão de baixo da minha blusa, pegando seu punhal, e então relaxou quando sentimos o cheiro de um gambá.

Enfiou a mão por dentro da minha blusa de novo, apertou meu seio e voltou a dormir, a respiração quente em meu pescoço.

Talvez não houvesse diferença. Meu futuro era mais certo do que o dela? E eu não dependia de um homem ligado a mim – pelo menos em parte – pelo desejo que sentia por meu corpo?

Um vento leve soprou entre as árvores, e eu subi mais o cobertor em meus ombros. A fogueira já tinha se apagado e, no topo das montanhas, a noite era fria. A lua aparecera, mas estava muito claro. O brilho das estrelas estava fraco, uma rede de luzes sobre os picos das montanhas.

Não, havia diferença. Por mais incerto que fosse meu futuro, ele seria compartilhado, e o elo entre mim e meu homem ia muito além da carne. E, além de tudo isso, havia uma outra grande diferença: eu estava ali por vontade própria.

15

NOBRES SELVAGENS

Nós nos despedimos dos outros pela manhã, e Jamie e Myers fizeram questão de combinar um encontro em dez dias. Olhando ao redor para a imensidão da floresta e das montanhas, eu não conseguia imaginar como alguém poderia ter a certeza de encontrar um local específico de novo. Eu teria que confiar no senso de direção de Jamie.

Eles viraram para o norte, e nós para o sudeste, passando pelo rio à beira do qual acampamos. Pareceu muito silencioso à primeira vista, e estranhamente solitário, com apenas nós dois. Mas, em pouco tempo, nós nos acostumamos com a solidão e começamos a relaxar, observando o ambiente com interesse. Afinal, ali poderia ser nosso lar.

Pensar nisso era um pouco assustador. O local era de incrível beleza e riqueza, mas tão selvagem que parecia quase impossível que pessoas morassem ali. Entretanto, não expressei esse pensamento, só segui o cavalo de Jamie enquanto ele nos levava mais para dentro das montanhas, parando, finalmente, no fim da tarde para levantar um pequeno acampamento e pegar um peixe para o jantar.

A luz desapareceu lentamente em meio às árvores. Os troncos grossos e musgosos iam sendo tomados pela sombra, e as beiradas ainda eram circundadas por uma luz fugidia que se escondia entre as folhas, sombras verdes mudando de acordo com a brisa do pôr do sol.

De repente, uma pequena luz iluminou a grama a alguns metros dali, fria e reluzente. Vi mais uma e outra, e a beira da floresta ficou cheia delas, preguiçosamente caindo, e então desaparecendo, faíscas frias dançando na escuridão crescente.

– Sabe, nunca vi vaga-lumes antes de ir morar em Boston – falei, tomada pelo prazer de vê-los, brilhos cor de esmeralda e topázio na grama. – Não há vaga-lumes na Escócia, certo?

Jamie balançou a cabeça negando, reclinando-se preguiçosamente na grama, um braço atrás da cabeça.

– Coisinhas bonitinhas – observou ele, e suspirou feliz. – Este é o meu período preferido do dia. Quando morava na caverna, depois da Batalha de Culloden, eu saía quando era quase noite e me sentava em uma pedra, esperando a escuridão.

Seus olhos estavam semicerrados, observando os vaga-lumes. As sombras subiram conforme a noite saiu da terra e foi para o céu. Um momento antes, a luz que passava pelas folhas de carvalho pintava-o de castanho-claro. Agora que a claridade diminuíra, ele permanecia em um tipo de brilho verde e leve, as linhas de seu corpo sólidas e intangíveis ao mesmo tempo.

– Os pequenos insetos saem agora, as mariposas e os mosquitos-pólvora. Todas as coisinhas que se mantêm em nuvens sobre a água. Sabe, as andorinhas os comem, e depois os morcegos, sobrevoando a água. E o salmão, subindo à noite e formando anéis na água.

Os olhos dele estavam abertos agora, fixos no mar de grama na encosta, mas eu sabia que ele via a superfície do pequeno lago perto de Lallybroch, tomado pelas marolas passageiras.

– É só um momento, mas temos a sensação de que durará para sempre. Estranho, não? – disse ele de modo pensativo. – Quase dá para ver a luz sumir enquanto observamos, e ainda assim não há um instante em que você possa olhar e dizer: "Agora! Esta é a noite." – Ele fez um gesto para a abertura entre os carvalhos e o vale abaixo, suas depressões tomadas pela escuridão.

– Não. – Eu me deitei na grama ao lado dele, sentindo a umidade morna da grama moldar a pele de gamo ao meu corpo. A atmosfera estava pesada e fria sob as árvores, como o ar em uma igreja, fraca e fragrante com um cheiro que lembrava incenso. – Você se lembra do padre Anselm da abadia? – Olhei para a frente. A cor estava passando das folhas de carvalho acima de nós, deixando a vegetação prateada de baixo cinza como pelo de rato. – Ele dizia que sempre havia uma hora no dia quando o tempo parecia parar… mas era diferente para todo mundo. Ele acreditava que era a hora em que a pessoa tinha nascido.

Eu virei a cabeça para olhar para ele.

– Você sabe quando nasceu? – perguntei. – Eu me refiro à hora do dia.

Ele olhou para mim e sorriu, rolando para me olhar.

– Sim, eu sei. Talvez ele estivesse certo, então, pois eu nasci na hora do jantar. No anoitecer do primeiro dia de maio.

Ele afastou um vaga-lume e sorriu para mim.

– Eu nunca contei essa história a você? Que minha mãe tinha colocado uma panela de *brose* no fogo, e então as dores vieram tão depressa que ela não teve tempo para pensar, e ninguém se lembrou até sentir o cheiro de queimado, e o jantar e a panela ficaram arruinados? Não havia mais nada na casa para comer, exceto uma torta grande de groselha. Então, todos comeram aquilo, mas havia uma nova empregada e as groselhas estavam verdes, e todos eles – exceto minha mãe e eu, claro –, passaram a noite sofrendo de indigestão.

Ele balançou a cabeça, ainda sorrindo.

– Meu pai disse que demorou meses para conseguir olhar para mim sem sentir cólicas intestinais.

Eu ri, e ele estendeu o braço para pegar uma folha de meus cabelos.

– E a que horas você nasceu, Sassenach?

– Não sei – falei, com o peso comum da tristeza pela minha família perdida. – Não estava em minha certidão de nascimento, e se o tio Lamb sabia, ele não me contou. Mas sei quando Brianna nasceu – acrescentei, mais animada. – Ela nasceu três minutos depois das três da manhã. Havia um relógio enorme na parede da sala de parto, e eu vi.

Fraca como estava a luz, eu conseguia claramente ver seu olhar de surpresa.

– Você estava acordada? Pensei que tivesse me dito que as mulheres são drogadas para não sentir a dor.

– A maioria, sim. Mas não deixei que eles me dessem nada. – Olhei para cima. As sombras estavam pesadas ao nosso redor, mas o céu ainda estava claro e leve acima, um azul suave e brilhante.

– Por que não? – perguntou Jamie, incrédulo. – Nunca vi uma mulher dar à luz, mas já *ouvi* mais de uma vez, posso dizer. E não consigo entender por que uma mulher em sã consciência faria isso, tendo a opção de escolher não fazer.

– Bem... – Eu fiz uma pausa, sem querer parecer melodramática. Mas era a verdade. – Bem – falei de modo desafiador –, pensei que ia morrer e não queria morrer dormindo.

Ele não ficou chocado. Só ergueu uma sobrancelha e bufou se divertindo.

– Não queria?

– Não, você gostaria? – Virei a cabeça para olhar para ele, que passou a mão na ponte do nariz, ainda se divertindo com a pergunta.

– Sim, bem, talvez. Cheguei perto de morrer enforcado e não gostei nem um pouco da espera. Quase fui morto em batalha algumas vezes. Não posso dizer que me preocupei muito com a morte naquela ocasião, porque estava ocupado demais para pensar nisso. E então, quase morri de ferimentos e febre, e isso foi sofrimento suficiente para eu querer muito morrer. Mas, de modo geral, se pudesse escolher, acho que talvez não me importaria em morrer dormindo.

Ele se inclinou e me deu um beijo suave.

– De preferência na cama, ao seu lado. Numa idade muito avançada, saiba disso. – Jamie encostou a língua com delicadeza em meus lábios, ficou de pé e bateu as folhas secas de carvalho das calças. – Melhor fazermos uma fogueira enquanto há luz suficiente para enxergarmos – disse ele. – Você vai pegar os peixinhos?

Eu o deixei cuidando do fogo e desci o pequeno monte até o rio, onde havíamos deixado as trutas recém-pescadas penduradas em uma rede na corrente gélida. Quando subi o monte, já estava escuro o suficiente a ponto de eu vê-lo apenas de perfil, agachado diante de uma pequena pilha de lenha em brasa. Um pouco de fumaça subiu como incenso, pálida entre as mãos dele.

Coloquei os peixes na grama e me agachei ao lado de Jamie, observando enquanto ele dispunha lenhas frescas na fogueira, aumentando-a pacientemente, uma barricada contra a noite que chegava.

– Como você acha que é morrer? – perguntei de repente.

Ele olhou para o fogo, pensando. Um galho em chamas estalou com o calor, espalhando faíscas no ar, que voaram e se apagaram antes de tocar o chão.

– "O homem é como a grama que murcha e é jogada na fogueira. Ele é como as faíscas que sobem... e seu lugar não mais o conhecerá." – citei baixinho. – Você acha que não existe nada depois?

Jamie balançou a cabeça, olhando para o fogo. Eu o vi olhar mais adiante, onde as faíscas claras dos vaga-lumes piscavam entre os galhos escuros.

– Não sei – sussurrou ele. Seu ombro tocou o meu e eu inclinei a cabeça na direção dele. – É o que a Igreja diz, mas... – Ele ainda olhava fixamente para os vaga-lumes que apareciam entre a grama, com a luz constante. – Não, não sei. Mas acho que talvez fique tudo bem.

Jamie inclinou a cabeça, pressionando o rosto em meus cabelos por um momento, e então se levantou, pegando o punhal.

– A fogueira está bem alimentada agora.

A atmosfera pesada da tarde havia melhorado com a vinda do anoitecer, e uma brisa suave soprava os fios úmidos dos cabelos para longe do meu rosto. Permaneci sentada com o rosto virado para cima, olhos fechados, aproveitando o frescor depois do calor do dia.

Ouvia Jamie trabalhando ao redor da fogueira, e o deslizar rápido e macio de sua faca enquanto ele descascava galhos verdes de carvalho para assar o peixe.

Acho que talvez fique tudo bem. Eu também achava. Não havia como saber o que nos esperava do outro lado da vida, mas eu permanecera muitas horas como se o tempo tivesse parado, sem pensar, com a alma calma, olhando para... o quê? Para algo que não tinha nem nome nem rosto, mas que parecia bom para mim, e cheio de paz. Se a morte estivesse ali...

Jamie tocou meu ombro de leve ao passar, e eu sorri, sem abrir os olhos.

– Ai! – murmurou ele do outro lado da fogueira. – Eu me cortei. Que atrapalhado!

Abri os olhos. Ele estava a 2,5 metros de distância, com a cabeça baixa chupando um corte pequeno no nó do polegar. Senti um arrepio subir pelas minhas costas.

– Jamie – falei. Minha voz parecia diferente até mesmo para mim. Senti um ponto frio, pequeno e redondo, centralizado como um alvo na minha nuca.

– Sim?

– Tem... – Engoli, sentindo os pelos se eriçarem em meus braços. – Jamie, tem... alguém... atrás de mim?

Ele olhou para as sombras sobre meu ombro e arregalou os olhos. Não esperei para olhar para trás, mas me joguei no chão, uma atitude que provavelmente salvou minha vida.

Ouvi um barulho alto e senti um cheiro forte e repentino de amônia e peixe. Algo bateu em minhas costas com um impacto que tirou meu fôlego, e então pisou com força em minha cabeça, batendo meu rosto no chão.

Eu me levantei, puxando o ar, tirando as folhas úmidas dos olhos. Um urso grande e preto, rápido como um gato, estava na clareira, e com as patas, espalhava os gravetos em brasa.

Por um momento, meio cega pela terra, não consegui ver Jamie. Mas então eu o localizei. Estava embaixo do urso, um dos braços envolvendo o pescoço dele, a cabeça encaixada na junção com o ombro logo abaixo das presas cheias de baba.

Um dos pés dava chutes sem parar embaixo do urso, batendo no chão para conseguir impulso. Ele havia tirado as botas e as meias quando acampamos. Eu me assustei quando um pé descalço chutou os restos da fogueira, levantando uma chuva de faíscas.

Seu braço estava retesado pelo esforço, meio enterrado no pelo grosso. O braço livre batia sem parar. Pelo menos, ainda segurava o punhal. Ao mesmo tempo, agarrava o pescoço do animal com toda a força, puxando-o para baixo.

O urso estava avançando, batendo uma das patas, tentando tirar o peso pendurado em seu pescoço. Pareceu perder o equilíbrio e caiu com todo o peso do corpo para a frente com um urro de raiva. Eu ouvi um barulho abafado que não parecia vir do urso, e olhei desesperadamente ao redor à procura de algo para usar como arma.

O urso se levantou de novo, chacoalhando-se violentamente.

Eu vi o rosto de Jamie de relance, contorcido pelo esforço. Ele arregalou um olho ao me ver, e se livrou dos pelos.

– Corra! – gritou. Então, o urso caiu sobre ele de novo, e Jamie desapareceu sob os 150 quilos de pelos e músculos.

Pensando vagamente em Mogli e na Flor Vermelha, eu procurei sem parar na terra úmida da clareira e encontrei apenas pedaços pequenos de gravetos queimados e brasas que queimaram meus dedos, mas eram pequenos demais para eu conseguir pegar.

Sempre pensei que ursos urravam quando perturbados. Esse estava fazendo muito barulho, mas mais parecia um porco grande, com gritos e grunhidos intercalados com urros de arrepiar. Jamie também estava fazendo muito barulho, o que era reconfortante naquelas circunstâncias.

Minha mão caiu em algo frio e grudento. Era o peixe, deixado à beira da fogueira.

– Que se dane a Flor Vermelha – murmurei. Peguei uma das trutas pela cauda, corri e bati no focinho do urso com o máximo de força que consegui.

O urso fechou a boca e pareceu surpreso. Então, olhou na minha direção e avançou, movendo-se mais depressa do que pensei ser possível. Eu caí para trás, sentada, e apliquei um golpe final e corajoso com o peixe antes de o urso me atacar, com Jamie ainda agarrado ao seu pescoço.

Foi como entrar em um moedor de carne. Um breve momento de caos total, pontuado por golpes fortes no corpo e a sensação de ser sufocada em um cobertor fedorento de pelos. E então, ele se foi, deixando-me deitada na grama, de costas, fedendo a urina de urso e olhando para a estrela da noite, que brilhava serenamente no céu.

As coisas estavam bem menos serenas no chão. Eu me apoiei nas mãos e nas pernas gritando "Jamie!" para as árvores, onde uma massa grande e amorfa rolava de um lado a outro, amassando os galhos de carvalho e emitindo uma cacofonia de grunhidos e palavrões em gaélico.

Já estava bem escuro no chão, mas ainda havia luz suficiente vinda do céu para que eu visse as coisas com clareza. O urso havia caído de novo, mas em vez de se levantar e atacar, estava rolando de barriga para cima dessa vez, e as patas de trás se debatiam em um esforço para conseguir apoio. Uma pata da frente fez um movimento forte, e ouvi um gemido alto que não parecia ter sido emitido pelo urso. O cheiro de sangue tomou conta do ar.

– Jamie! – gritei.

Não houve resposta, mas o monte rolou e se inclinou lentamente para o lado em direção às sombras negras sob as árvores. Os barulhos misturados se acalmaram e se tornaram rosnados e respiração ofegante, pontuados por gemidos baixos.

– JAMIE!

Os golpes e ruídos de galhos quebrados diminuíram até se tornarem um farfalhar suave. Algo se movia por baixo dos galhos, de um lado a outro, de quatro.

Lentamente, respirando com dificuldade, Jamie saiu da clareira.

Ignorando meus próprios ferimentos, corri para ele, e caí de joelhos a seu lado.

– Meu Deus, Jamie! Você está bem?

– Não – respondeu Jamie brevemente, e caiu no chão, gemendo baixinho.

Seu rosto não passava de uma mancha pálida sob a luz das estrelas. O resto de seu corpo era tão escuro a ponto de ser quase invisível. Descobri o motivo ao passar as mãos habilmente sobre ele. Suas roupas estavam tão encharcadas de sangue que se grudavam ao corpo, e a camisa desgrudou do peito com certa dificuldade quando a puxei.

– Você está com o mesmo cheiro de um matadouro – falei, procurando sua pulsação sob o queixo. Estava rápida, o que não surpreendia, mas forte, e senti um grande alívio. – O sangue é seu ou é do urso?

– Se fosse meu, Sassenach, eu estaria morto – disse ele com esforço, abrindo os olhos. – Mas não estou morto e não é graças a você. – Ele rolou gemendo de dor para o lado e lentamente se apoiou nas mãos e nos joelhos, resmungando. – O que deu em você, mulher, para bater em minha cabeça com um peixe enquanto eu lutava para me manter vivo?

– Fique parado, pelo amor de Deus! – Ele não deveria estar muito ferido se estava tentando se levantar. Eu o segurei pelo quadril para detê-lo e, ajoelhada atrás dele, passei a mão rapidamente pelas laterais de seu corpo. – Tem alguma costela quebrada? – perguntei.

– Não, mas se você fizer cócegas em mim, Sassenach, não vou gostar nem um pouco – disse ele, com a respiração ofegante entre as palavras.

– Não farei isso – garanti a ele. Passei as mãos com cuidado sobre o arco de suas costelas, apertando levemente. Não havia pontas protuberantes sob a pele nem depressões sinistras ou pontos delicados. Fraturas, talvez, mas ele estava bem, sem nada quebrado. Jamie gritou e se remexeu sob minha mão. – Está doendo aqui?

– Está – respondeu ele entre dentes. Começava a tremer, e eu corri para pegar seu tartã, com o qual cobri seus ombros. – Estou bem, Sassenach – disse ele, recusando minhas tentativas de ajudá-lo a se sentar. – Vá ver os cavalos. Eles devem estar agitados.

E estavam. Nós havíamos amarrado os cavalos um pouco longe da clareira. Eles tinham se afastado bastante assustados, a julgar pelo bater de patas e pelos relinchos que eu ouvia a distância.

Ainda ouvia gemidos vindos das sombras profundas sob as árvores. O som era tão humano que os pelos de minha nuca se eriçaram. Seguindo os sons com cuidado, encontrei os cavalos acuados em uma área de bétulas a alguns metros. Eles relincharam ao sentir meu cheiro, felizes por me verem, com urina de urso e tudo.

Quando acalmei os cavalos e os levei de volta na direção da clareira, os barulhos vindos das sombras tinham diminuído. Havia um leve brilho na clareira. Jamie conseguira reacender a fogueira.

Estava agachado perto da chama pequena, ainda tremendo. Coloquei muitos gravetos para que ela não se apagasse, e então olhei para ele de novo.

– Você não está muito machucado? – perguntei, ainda preocupada.

Ele me deu um sorriso torto.

– Vou ficar bem. Ele me acertou com força nas costas, mas acho que não foi nada grave. Quer olhar? – Jamie se endireitou, fazendo uma careta, e passou a mão na lateral do corpo enquanto eu me posicionava atrás dele. – Por que ele fez isso? – perguntou, virando a cabeça na direção do corpo do animal. – Myers disse que os ursos pretos não costumam atacar se não forem provocados.

– Talvez outra pessoa o tenha provocado – sugeri. – E foi embora. – Levantei o tartã e assoviei baixinho.

A parte de trás da camisa estava em farrapos, manchada de terra e cinzas, com rastros de sangue. Sangue dele próprio, não do urso, mas não muito, felizmente. Puxei os pedaços com cuidado, abrindo-os, e expus suas costas curvadas. Quatro marcas de garras corriam do ombro à axila. Cortes profundos e terríveis que terminavam em arranhões vermelhos superficiais.

– Ai! – disse em solidariedade.

– Bem, eu sei que minhas costas não são muito bonitas – respondeu ele, numa piada sem graça. – Está muito ruim? – Virou-se, tentando ver, e então parou, gemendo porque o movimento colocava pressão em suas costelas machucadas.

– Não. Mas estão sujas. Vou precisar limpar.

O sangue já havia começado a coagular, os ferimentos teriam que ser limpos de uma vez. Cobri com o tartã e coloquei uma panela com água para ferver, pensando em outras coisas que poderia usar.

– Vi algumas plantas cabeça-de-flecha perto do riacho – comentei. – Acho que consigo encontrar de novo. – Entreguei a ele a garrafa de cerveja que eu trouxera dos alforjes e peguei seu punhal. – Você pode ficar sozinho? – Parei e olhei para ele. Jamie estava muito pálido, e ainda tremia. O fogo reluzia vermelho em suas sobrancelhas, destacando seus traços.

– Sim, posso. – Ele tentou sorrir. – Não se preocupe, Sassenach. Pensar em morrer dormindo na cama parece ainda melhor para mim agora do que parecia há uma hora.

A lua em quarto crescente subia brilhando forte sobre as árvores, e eu não tive dificuldade para encontrar o local de que me lembrava. O rio corria frio e prateado à luz da lua, esfriando minhas mãos e meus pés enquanto eu permanecia dentro da água até as panturrilhas, pegando alguns tubérculos das plantas.

Sapinhos coaxavam ao meu redor, e as folhas duras de tifas farfalhavam suavemente à brisa da noite. Estava muito, muito pacífico, e de repente eu me peguei tremendo tanto que tive que me sentar na beira do rio.

A qualquer momento. Poderia acontecer a qualquer momento, e bem rápido. Eu não sabia o que parecia mais irreal: o ataque do urso ou isto, a noite suave de verão, cheia de promessas.

Descansei a cabeça nos joelhos, deixando o enjoo, o resto do choque, sumir. Não importava, disse a mim mesma. Não só a qualquer momento, mas em qualquer lugar. Doença, acidente, bala perdida. Não havia como ninguém escapar, mas como a maioria das pessoas, eu conseguia não pensar nisso na maior parte do tempo.

Estremeci, pensando nas marcas de garras nas costas de Jamie. Se ele tivesse sido mais lento na reação, menos forte... se os ferimentos tivessem sido mais profundos... a infecção ainda era a maior ameaça. Mas pelo menos contra aquele perigo eu conseguia lutar.

Pensar nisso me trouxe de volta à realidade, às folhas amassadas e às raízes frias e úmidas em minha mão. Joguei água fria no rosto e comecei a subir o monte em direção ao acampamento, sentindo-me um pouco melhor.

Via Jamie em meio aos galhos finos, o perfil contra o fogo. Estava sentado ereto, de um modo que certamente devia ser doloroso, considerando seus ferimentos.

Parei e fiquei em alerta quando ele falou.

– Claire? – Ele não se virou, e sua voz estava calma. Não esperou a minha resposta, mas continuou com a voz calma e constante: – Venha por trás de mim, Sassenach, e coloque sua faca em minha mão esquerda. Depois, fique atrás de mim.

Com o coração aos pulos, eu dei os três passos que me levaram a um ponto alto o bastante para que eu visse acima de seu ombro. Do outro lado da clareira, dentro da luz da fogueira, estavam três índios fortemente armados. Evidentemente o urso *fora* provocado.

Os índios olharam para nós com um interesse que foi mais do que recíproco. Havia três deles. Um homem mais velho, cujo rabo de cavalo com pena era grisalho, e dois mais jovens, com cerca de 20 e poucos anos. Pai e filhos, pensei, pois havia uma certa semelhança entre eles, mais de corpo do que de rosto. Os três eram bem baixos, de ombros largos e tinham as pernas arqueadas, com braços compridos e fortes.

Olhei para as armas. O mais velho levava uma arma na curva do braço: uma espingarda francesa antiga, com o cano hexagonal contornado pela ferrugem. Parecia que explodiria em seu rosto caso ele atirasse, mas eu esperava que ele não tentasse.

Um dos jovens levava um arco, com a flecha casualmente encaixada. Os três tinham machados indígenas de aparência assustadora e facas nos cintos. Por mais comprido que fosse, o punhal de Jamie parecia meio inadequado perto daquelas armas.

Jamie deveria ter chegado à mesma conclusão, pois se inclinou para a frente e colocou o punhal casualmente no chão a seus pés. Recostando-se, ele abriu as mãos vazias e deu de ombros.

Os índios riram. Foi um barulho tão diferente de um grito de guerra que eu me vi esboçando um sorriso em resposta, apesar do meu estômago, menos fácil de desarmar, ter permanecido contraído de tensão.

Vi os ombros de Jamie relaxarem, e me senti um pouco mais calma.

– *Bonsoir, messieurs* – disse ele. – *Parlez-vous français?*

Os índios riram de novo, trocando olhares tímidos. O homem mais velho deu um passo incerto à frente e abaixou a cabeça para nós, balançando as contas de seus cabelos.

– Não... Fransh – disse ele.

– Inglês? – perguntei de modo esperançoso.

Ele olhou para mim com interesse, mas balançou a cabeça. Disse algo a um de seus filhos, que respondeu com a mesma língua ininteligível. O homem mais velho se virou para Jamie e perguntou algo, erguendo as sobrancelhas em questionamento.

Jamie balançou a cabeça sem entender, e um dos jovens avançou à luz da fogueira. Flexionando os joelhos e curvando os ombros, ele jogou a cabeça para a frente e balançou de um lado a outro, espiando numa imitação perfeita de um urso, e Jamie riu alto. Os outros índios sorriram.

O jovem se endireitou e apontou para a manga molhada de sangue da camisa de Jamie, como se perguntasse algo.

– Ah, sim, está ali – disse Jamie, fazendo um gesto em direção à escuridão sob as árvores.

Sem demora, os três desapareceram no escuro, de onde vieram exclamações e murmúrios.

– Está tudo bem, Sassenach – disse Jamie. – Eles não vão nos machucar. São apenas caçadores. – Fechou os olhos brevemente, e eu vi a camada fina de suor em seu rosto. – E é algo bom também, porque acho que vou desmaiar.

– Nem pense nisso. Não *ouse* desmaiar e me deixar sozinha com eles! – Independentemente das possíveis intenções dos selvagens, pensar em enfrentá-los sozinha perto do corpo inconsciente de Jamie era o suficiente para fazer meu estômago doer ainda mais, de pânico. Apoiei a mão em sua nuca e forcei sua cabeça para baixo, para que ficasse entre os joelhos. – Respire – falei, torcendo água fria do meu lenço em sua nuca. – Pode desmaiar mais tarde.

– Posso vomitar? – perguntou ele, a voz abafada no kilt.

Reconheci o tom de brincadeira e respirei aliviada.

– Não – respondi. – Sente-se, eles estão voltando.

Os índios voltaram arrastando a carcaça do urso. Jamie se sentou e passou o lenço molhado no rosto. Apesar de a noite estar quente, ele tremia um pouco por causa do choque, mas estava razoavelmente firme.

O homem mais velho se aproximou de nós e apontou com as sobrancelhas erguidas primeiro para a faca que estava aos pés de Jamie, e então para o urso morto. Jamie assentiu modestamente.

– Não foi fácil, saibam disso – disse ele.

O índio ergueu ainda mais a sobrancelha. Então, ele abaixou a cabeça, com as mãos estendidas num gesto de respeito. Fez um movimento a um dos mais jovens, que se aproximou, desamarrando um saco de seu cinto.

Empurrando-me para o lado sem cerimônia, o jovem rasgou a camisa de Jamie, tirou-a de seu ombro e observou o ferimento. Despejou um punhado de uma substância grumosa, com pó, na mão, cuspiu copiosamente nela, mexeu para transformá-la em uma pasta de cheiro forte e a espalhou sobre as feridas.

– Agora, vou mesmo vomitar – murmurou Jamie, fazendo uma careta para o unguento nada higiênico. – O que é isso?

– Se tivesse que adivinhar, eu diria trílio misturado com banha de urso – falei, tentando não sentir o cheiro forte. – Acho que não mata, pelo menos espero que não.

– Somos dois, então – sussurrou Jamie. – Não, eu me viro agora, muito obrigado pela gentileza. – Ele recusou mais aplicações, sorrindo de modo educado para o candidato a médico.

Brincando ou não, seus lábios estavam pálidos, mesmo sob a luz fraca da fogueira. Apoiei uma mão em seu ombro não machucado e senti seus músculos tensos com o esforço.

– Pegue o uísque, Sassenach. Preciso muito dele.

Um dos índios pegou a garrafa quando a tirei da bolsa, mas eu a puxei de modo grosseiro. Ele resmungou surpreso, mas não me seguiu. Apenas pegou a bolsa e começou a vasculhá-la como um porco procurando comida. Eu não o impedi, mas corri de volta a Jamie com o uísque.

Ele tomou um gole pequeno, e então outro maior, estremeceu uma vez e abriu os olhos. Respirou profundamente uma ou duas vezes, bebeu de novo, secou a boca e ofereceu a garrafa ao homem mais velho.

– Você acha que é uma boa ideia? – murmurei, lembrando das histórias de Myers a respeito de massacres e os efeitos da bebida alcoólica nos índios.

– Posso dar a eles ou deixar que peguem, Sassenach – respondeu ele, sem convicção. – Eles são três, certo?

O homem mais velho cheirou a boca da garrafa e suas narinas se abriram em apreciação ao cheiro. Eu conseguia sentir o do uísque de onde estava, e fiquei um pouco surpresa quando a bebida não fez a narina dele arder.

O homem abriu um sorriso contente no rosto enrugado. Disse algo a seus filhos parecido com "*Haroo!*", e aquele que segurava nossa bolsa se aproximou do irmão, com alguns bolinhos de milho na mão.

O homem mais velho ficou de pé com a garrafa na mão, mas, em vez de beber, levou-a até onde estava a carcaça do urso, escura no chão. Tranquilamente, despejou um tanto de uísque na palma da mão, inclinou-se e despejou o líquido na boca entreaberta do urso. Então, virou-se devagar, chacoalhando gotas de uísque de forma cerimoniosa dos dedos. As gotas ganhavam um tom dourado e amarelo quando a luz batia nelas, e caíam no fogo fazendo barulho.

Jamie se sentou, esquecendo-se da tonteira.

– Pode dar uma olhada agora? – perguntou ele.

– Olhar o quê? – perguntei, mas ele não respondeu, distraído com o comportamento dos índios.

Um dos homens mais jovens pegara um saco pequeno dentro do qual havia tabaco. Cuidadosamente forrando a base de um pequeno cachimbo de pedra, ele o acendeu com um galho seco que enfiou nas chamas da fogueira e tragou com força. A folha de tabaco brilhou e soltou fumaça, espalhando seu aroma pela clareira.

Jamie estava recostado em mim, com as costas contra minhas coxas. Minha mão estava em seu ombro são de novo, e senti o tremor de seu corpo começar a diminuir conforme o calor do uísque se espalhava em sua barriga. Jamie não estava gravemente ferido, mas o esforço da luta e de se manter alerta estavam cobrando seu preço.

O homem mais velho pegou o cachimbo, tragou várias vezes de modo profundo e exalou com evidente prazer. Então, ele se ajoelhou e, puxando a fumaça de novo, cuidadosamente a soprou nas narinas do urso morto. Repetiu o processo diversas vezes, murmurando algo enquanto exalava.

Então, ele se levantou, sem qualquer sinal de rigidez, e entregou o cachimbo a Jamie.

Jamie tragou como os índios tinham feito – um ou dois tragos longos e cerimoniosos –, e então ergueu o cachimbo, virando-se para entregá-lo a mim.

Ergui o cachimbo e traguei com cuidado. A fumaça encheu meus olhos e nariz de uma vez, e minha garganta se fechou com uma vontade forte de tossir. Eu me controlei e entreguei o cachimbo a Jamie depressa, sentindo o rosto ficar vermelho enquanto a fumaça serpenteava preguiçosamente pelo meu peito, atiçando e ardendo enquanto procurava uma maneira de passar pelos canais dos meus pulmões.

– Não deve *inalá-la*, Sassenach – murmurou ele. – Simplesmente deixe que ela suba pelo fundo do seu nariz.

– E você... só me diz isso... agora – falei, tentando não sufocar.

Os índios me observaram com olhos arregalados de interesse. O homem mais velho inclinou a cabeça para o lado, franzindo o cenho como se tentasse entender alguma coisa. Ele ficou de pé e deu a volta na fogueira, agachando-se para olhar para mim com curiosidade, perto o bastante para que eu sentisse o cheiro de fumaça de sua pele. Ele não usava nada além de um tapa-sexo e um tipo de avental curto de couro, apesar de seu peito estar coberto por um colar grande e decorado com conchas, pedras e os dentes de um grande animal.

Sem avisar, ele estendeu a mão e apertou meu seio. Não havia nada nem de longe lascivo em seu gesto, mas eu me sobressaltei. Jamie também, levando a mão à faca.

O índio se acocorou calmamente, acenando a mão para tirar a importância do momento. Ele pousou a mão no peito, e então fez um movimento como se indicasse uma protuberância e apontou para mim. Ele não teve intenção alguma, apenas quis ter certeza de que eu era realmente uma mulher. Apontou para mim e para Jamie, e ergueu uma sobrancelha.

– Sim, ela é minha – Jamie assentiu e abaixou o punhal, mas continuou segurando-o, franzindo o cenho para o índio. – Cuidado com o que faz, sim?

Sem se interessar pelo que estava acontecendo, um dos índios mais novos disse algo e então fez um gesto impaciente para a carcaça no chão. O homem mais velho, que não havia prestado atenção à irritação de Jamie, respondeu, tirando a faca da bainha em seu cinto ao se virar.

– Aqui... esse trabalho é meu.

Os índios se viraram surpresos quando Jamie ficou de pé. Ele fez um gesto com o punhal para o urso, e então mirou a ponta com firmeza para o próprio peito.

Sem esperar por nenhuma resposta, ele se agachou no chão ao lado da carcaça, benzeu-se e disse algo em gaélico, com a faca acima do corpo inerte. Eu não conhecia todas as palavras, mas já o vira fazer isso antes, quando tinha matado um veado na estrada da Geórgia.

Era a oração que ele aprendera na infância, enquanto aprendia a caçar nas Terras Altas da Escócia. Era antiga, ele me contou. Tão antiga que algumas das palavras não eram mais usadas, então não parecia familiar. Mas devia ser dita para qualquer animal morto que fosse maior do que uma lebre, antes de o pescoço ser cortado ou de a barriga ser aberta.

Sem hesitação, ele fez um corte raso pelo peito – não era preciso sangrar o corpo, o coração já tinha parado muito tempo antes – e rasgou a pele entre as pernas, de modo que as tripas pálidas do intestino saíram do corte estreito e cheio de pelos pretos, brilhando sob a luz.

Eram necessárias força e considerável habilidade para rasgar e afastar a pele sem penetrar na membrana mesentérica que mantinha o saco visceral fechado. Eu, que abrira corpos humanos mais macios, reconhecia competência cirúrgica quando a via. Assim como os índios, que observavam os procedimentos com muito interesse.

A habilidade de Jamie de tirar a pele não era o que tinha chamado a atenção deles – essa era uma habilidade comum aqui. Não, era a oração – eu tinha visto os olhos do homem mais velho se arregalarem, e seu olhar para os filhos quando Jamie se agachou sobre a carcaça. Talvez eles não soubessem o que ele estava dizendo, mas ficou claro pela expressão nos rostos deles que sabiam exatamente o que ele estava fazendo – e ficaram surpresos, impressionados de um jeito favorável.

Uma gota de suor escorreu atrás da orelha de Jamie, vermelha à luz da fogueira. Despelar um animal grande é um trabalho pesado, e pequenos pontos de sangue fresco apareciam pelo tecido de sua camisa.

Antes que eu pudesse me oferecer para pegar a faca, ele se acocorou e ofereceu o punhal pelo cabo a um dos índios mais jovens.

– Vá em frente – disse ele, fazendo um gesto para o corpo meio dilacerado, num convite. – Você não pode estar pensando que vou comer tudo sozinho, assim espero.

O homem pegou a faca sem hesitar e, ajoelhando, voltou a tirar a pele. Os outros dois olharam para Jamie, e ao verem que ele assentia, uniram-se à tarefa.

Ele permitiu que eu o sentasse no tronco mais uma vez para limpar e cobrir seu ombro, enquanto observava os índios realizarem um trabalho rápido despelando e cortando.

– O que ele fez com o uísque? – perguntei baixinho. – Você sabe?

Jamie assentiu, os olhos distraidamente fixos no trabalho sangrento perto da fogueira.

– É um encanto. Você espalha água benta nos quatro cantos da terra, para se proteger do mal. E eu acho que uísque é um substituto muito adequado para a água benta, nas circunstâncias.

Olhei para os índios, manchados até os cotovelos com o sangue do urso, conversando casualmente. Um deles estava construindo uma pequena plataforma perto da fogueira, uma camada de gravetos dispostos sobre as rochas formando um quadrado. Outro cortava pedaços de carne e os enfiava em um graveto verde descascado para assar.

– Do mal? Você quer dizer que eles têm medo de *nós*?

Ele sorriu.

– Não acho que somos tão temíveis, Sassenach. Eles têm medo dos espíritos.

Por mais assustada que eu estivesse com a aparência dos índios, nunca teria me ocorrido que eles podiam se sentir da mesma maneira com a nossa. Mas ao olhar para Jamie agora, pensei que seu nervosismo era compreensível.

Por mais acostumada que estivesse com ele, eu não me dava mais conta de como ele era visto pelos outros. Mas mesmo cansado e ferido, Jamie era formidável. Costas retas e ombros largos, com olhos puxados que refletiam o fogo em um brilho tão azul quanto o centro da chama.

Ele se sentou tranquilo, relaxado, as mãos grandes soltas entre as coxas. Mas era a imobilidade de um felino, olhos sempre atentos por trás da calma. Além do tamanho e da rapidez, ele inegavelmente tinha um ar de selvageria. Sentia-se tão à vontade nessas matas quanto o urso se sentira.

Os ingleses sempre consideraram os escoceses das Terras Altas bárbaros. Eu nunca havia pensado na possibilidade de que os outros podiam pensar de modo parecido. Mas aqueles homens viram um selvagem feroz e se aproximaram dele com o devido cuidado, as armas prontas. E Jamie, aterrorizado de antemão ao pensar nos peles-vermelhas selvagens, viu os rituais deles – parecidos com os seus próprios – e os reconheceu como caçadores iguais a ele, homens civilizados.

Mesmo agora, Jamie falava com eles naturalmente, explicando com gestos amplos como o urso tinha nos atacado e como ele matara o animal. Eles o seguiam com total atenção, exclamando em aprovação em todos os lugares certos. Quando ele pegou os restos do peixe e demonstrou meu papel no processo, todos eles olharam para mim e riram histericamente.

Olhei fixamente para todos eles.

– O jantar – falei em voz alta – está servido.

Dividimos uma refeição de carne meio cozida, bolinhos de milho e uísque, observados o tempo todo pela cabeça do urso, que estava apoiada cerimoniosamente na plataforma, olhos mortos vidrados e embaçados.

Sentindo-me um pouco estupefata, eu me recostei no tronco caído, ouvindo a conversa sem prestar muita atenção. Não que eu entendesse muito do que estava sendo dito. Um dos filhos, hábil nas mímicas, estava fazendo uma imitação bem-humorada das Grandes Caçadas do Passado, interpretando o caçador e a caça ao mesmo tempo, e se saiu tão bem que nem eu tive dificuldade para diferenciar um veado de uma pantera.

Nós já havíamos dito nossos nomes. Na língua deles, meu nome saiu como

"Klah", que eles pareceram achar muito engraçado. "Klah", eles diziam, apontando para mim. "Klah-Klah-Klah-Klah-Klah!" Então, eles riam alto, ainda mais bem-humorados por causa do uísque. Eu poderia ter respondido da mesma maneira, mas não tinha certeza de que seria capaz de pronunciar "Nacognaweto" uma vez, muito menos várias.

Eles eram tuscaroras, pelo menos foi o que Jamie me disse. Com seu talento para línguas, ele já estava apontando objetos e dizendo os nomes indígenas para eles. Sem dúvida, até o amanhecer, Jamie estaria trocando histórias impróprias com os índios, pensei, sonolenta. Eles já estavam contando piadas para Jamie.

– Jamie – falei, puxando a ponta de seu tecido xadrez. – Você está bem? Porque não posso mais ficar acordada para cuidar de você. Vai desmaiar e cair de cabeça na fogueira?

Ele me deu um tapinha na cabeça, distraído.

– Ficarei bem, Sassenach – afirmou. Animado com a comida e com o uísque, Jamie não parecia estar sofrendo os efeitos colaterais de sua briga com o urso. Mas como ele se sentiria pela manhã já era outra questão, pensei.

Mas eu não me preocupava com isso nem com nada. Minha cabeça girava devido aos efeitos da adrenalina, do uísque e do tabaco, e eu me rastejei para pegar meu cobertor. Enrolada aos pés de Jamie, adormeci, cercada pelo cheiro do fumo e da bebida, e observada pelos olhos paralisados do urso.

– Sei bem como você se sente – eu disse a ele, e então dormi.

16

A PRIMEIRA LEI DA TERMODINÂMICA

Fui despertada um pouco depois da alvorada por uma sensação pinicante no topo de minha cabeça. Pisquei e estiquei a mão para investigar. O movimento assustou um gaio cinza grande que estava puxando meus cabelos, e ele voou para um pinheiro próximo, grasnando histericamente.

– Bem feito, amigo – murmurei, esfregando o topo da cabeça, mas não contive um sorriso. Já tinham me dito várias vezes que, ao acordar, meus cabelos pareciam um ninho de pássaros. Afinal, talvez houvesse uma certa verdade nisso.

Os índios tinham partido. Por sorte, a cabeça do urso partira com eles. Levei os dedos ágeis à minha cabeça, mas além das leves bicadas que eu havia recebido, ela parecia intacta. Ou o uísque era de ótima qualidade ou minha sensação de embriaguez se devia mais aos efeitos da adrenalina e do tabaco do que ao efeito do álcool.

Meu pente estava dentro do saco de pele de veado onde eu guardava itens pessoais e os poucos remédios que considerava úteis em uma trilha. Eu me sentei com cuidado para não acordar Jamie. Ele estava a uma curta distância de mim, deitado de costas, com as mãos cruzadas, pacífico como a efígie entalhada em um sarcófago. Porém, muito mais colorido. Estava deitado na sombra, raios de sol sorrateiros sobre ele, mal tocando as pontas dos cabelos. À luz fresca e fria, ele se parecia com Adão, recém-tocado pela mão de seu Criador.

Mas um Adão bem abatido. Analisando com mais atenção, era uma imagem feita bem depois da Queda. Não a perfeição frágil de um filho nascido da argila nem ainda a beleza imaculada do jovem que Deus amou. Não, aquele era um homem totalmente formado e poderoso. Cada traço do rosto e do corpo marcado com força e luta, feito para assumir o mundo no qual acordaria e dominá-lo.

Eu me mexi muito discretamente, levando a mão ao saco. Não queria despertá-lo. A oportunidade de vê-lo dormir era rara. Ele dormia como um gato, pronto para atacar diante de qualquer indício de ameaça, e normalmente levantava da cama com a primeira luz, enquanto eu ainda flutuava na superfície dos meus sonhos. Ou ele tinha bebido mais do que imaginei na noite passada ou estava em sono profundo de cura, deixando o corpo se recuperar enquanto ele permanecia imóvel.

O pente de chifre deslizou facilmente por meus cabelos. Eu não estava com pressa. Não havia bebê para alimentar, filho para acordar e arrumar para a escola nem trabalho esperando. Nenhum paciente para atender nem papelada para preencher.

Nada podia ser mais diferente do espaço estéril de um hospital do que esse lugar, pensei. Os pássaros, logo cedo, procuravam minhocas e faziam uma algazarra na floresta, e uma brisa fria e suave soprava pela clareira. Senti um cheiro fraco de sangue seco e das cinzas da fogueira de ontem à noite.

Talvez tenha sido o cheiro de sangue que me fez lembrar do hospital. Desde que entrei em um deles, soube que era o meu domínio, o meu lugar. Mas ainda assim, eu não me sentia deslocada na mata selvagem. Considerei esse fato estranho.

As pontas dos meus cabelos resvalaram minhas omoplatas com uma sensação agradável e que causava cócegas, e o ar estava frio o bastante para fazer minha pele se arrepiar e meus mamilos se enrijecerem. Então, eu não tinha imaginado, pensei, sorrindo por dentro. Certamente não havia tirado minhas roupas antes de me recolher.

Afastei o cobertor grosso de linho e vi o sangue seco espirrado, manchas em minhas coxas e na barriga. Senti a umidade escorrer entre minhas pernas e levei um dedo ao local. Leitoso, com um odor almiscarado que não era meu.

Isso foi o suficiente para trazer de volta a sombra do sonho – ou o que pensei ser um sonho. O peso do urso sobre mim, mais escuro do que a noite e fedendo a sangue, uma onda de terror que impediu meus membros entorpecidos pelo sono de se mexerem. O fato de eu ter permanecido deitada, fingindo estar morta, enquanto ele se remexia, com o hálito quente em minha pele, os pelos macios em meus seios, uma incrível delicadeza para uma fera.

E então, o forte momento de consciência; de frio, depois calor, quando a pele nua, não o pelo de urso, tocou a minha, e então a volta sonolenta ao sonho confuso, a união lenta e forçada, o clímax se transformando em sonho... com um leve rosnar escocês em meu ouvido.

Olhei para baixo e vi uma marca de mordida em meu ombro.

– Não é à toa que você ainda está dormindo – disse em acusação.

O sol havia tocado a curva de seu rosto, iluminando a sobrancelha naquele lado como um fósforo riscado. Ele não abriu os olhos, mas um sorriso lento e doce apareceu em seu rosto em resposta.

Os índios tinham deixado para nós uma parte da carne de urso, bem envolta em pele untada e pendurada nos galhos de uma árvore próxima para afastar gambás e texugos. Depois do café da manhã e de um banho apressado no riacho, Jamie se localizou com o sol e a montanha.

– Por ali – indicou ele, acenando na direção de um pico azul distante. – Está vendo onde faz um corte com o pico mais baixo? Do outro lado, é a terra dos índios. A nova Linha do Tratado segue aquele espinhaço.

– Alguém realmente fez um *mapeamento* ali?

Espiei incrédula a vista das cadeias montanhosas irregulares que surgiam dos vales tomadas pela névoa da manhã. As montanhas se estendiam à nossa frente como uma série sem fim de miragens flutuantes, passando do verde-escuro ao azul e ao roxo, os picos mais distantes escuros e extremamente finos contra um céu de cristal.

– Ah, sim. – Ele montou, virando a cabeça do cavalo de modo que o sol iluminasse seu ombro. – Tiveram que mapear, para saber ao certo qual terra poderia ser usada para assentamento. Eu cheguei a fronteira antes de sairmos de Wilmington, e Myers disse a mesma coisa desse lado da cordilheira mais alta. Pensei em perguntar aos companheiros que jantaram conosco ontem à noite, só para ter certeza de que *eles* também achavam isso. – Jamie sorriu para mim. – Está pronta, Sassenach?

– Como nunca – garanti a ele e virei meu cavalo para segui-lo.

Ele lavara a camisa – ou o que restara dela – no rio. Um trapo de linho manchado estava estendido para secar atrás de sua sela, deixando-o seminu com a calça de couro, já que o tecido xadrez estava cuidadosamente enrolado em sua cintura. Os arranhões compridos deixados pelo ataque do urso estavam escuros em sua pele clara, mas não havia inflamação visível, e pela facilidade com que ele se movimentava na sela, as feridas pareciam não incomodá-lo.

Nada mais o incomodava, pelo que pude ver. O modo alerta que Jamie sempre apresentava ainda estava ali. Fazia parte dele desde a infância – mas algum peso fora retirado na noite. Pensei que pudesse ser nosso encontro com os três caçadores. Esse primeiro encontro com selvagens tinha sido muito tranquilizador para nós dois, e parecia ter diminuído a ocorrência de visões que Jamie tinha de canibais segurando tacapes atrás de cada árvore.

Poderiam ser as árvores em si ou as montanhas. Seu espírito se tornara mais leve a cada metro de distância da costa. Eu acabei compartilhando sua aparente alegria mas, ao mesmo tempo, senti um temor cada vez maior em relação a que aquela alegria podia levar.

No meio da manhã, a vegetação da ladeira já havia se tornado densa demais para continuarmos. Ao olhar para uma rocha quase vertical diante de uma confusão de galhos escuros de causar tontura, com tons dourados, verdes e marrons, comecei a pensar que os cavalos tinham sorte de ficar parados ali embaixo. Nós apeamos perto de um rio, tomado por grama ao longo da margem, e continuamos a pé, para a frente e para cima, cada vez mais embrenhados na maldita mata virgem.

Pinheiros altos e cicutas, certo? Eu pensei, passando pelos galhos de uma árvore caída. Os troncos monstruosos se estendiam tão alto que os galhos mais baixos começavam a 6 metros da minha cabeça. Longfellow não sabia de nada.

O ar estava úmido, frio, mas fecundo, e meus mocassins se afundavam sem fazer barulho no mofo de folhas pretas de séculos de existência. Meus passos na lama macia da ribanceira de um riacho pareciam estranhos e inesperados como pegadas de um dinossauro.

Chegamos ao topo de um espinhaço, apenas para encontrar mais um a nossa frente, e depois outro adiante. Eu não sabia o que podíamos estar procurando ou como saberíamos se encontrássemos. Jamie percorreu quilômetros com seu passo de montanhista, observando tudo. Eu seguia atrás, aproveitando a paisagem, parando de vez em quando para pegar alguma planta ou raiz fascinante, guardando meus tesouros no saco preso a meu cinto.

Passamos por trás de um espinhaço, mas nosso caminho estava bloqueado por um grande urzal: uma extensão de loureiros da montanha que, a distância, parecia uma extensão limpa e reluzente entre as coníferas escuras, porém, mais perto mostrava-se um matagal impenetrável, os galhos entrelaçados como um cesto.

Nós voltamos e descemos, saindo debaixo dos enormes pinheiros fragrantes, atravessando ladeiras de grama que havia se tornado amarela ao sol e, finalmente, de volta ao verde calmante de carvalho e nogueira, em uma ribanceira que dava para um pequeno rio sem nome.

Estava frio à sombra inesperada das árvores, e eu suspirei aliviada, afastando os cabelos do pescoço para sentir uma lufada de ar. Jamie me ouviu e virou-se, sorrindo, afastando um galho comprido para que eu pudesse segui-lo.

Não conversamos muito. Além do fôlego necessário para a subida, a montanha em si parecia inibir a fala. Repleta de locais verdes secretos, era um rebento vívido das antigas montanhas escocesas, cheias de florestas, e duas vezes mais alta do que aqueles rochedos pretos. Ainda assim, o ar mantinha a mesma imposição ao silêncio, a mesma promessa de encanto.

O chão aqui era coberto por uma camada de 30 centímetros de folhas caídas, mata rasteira e macia, e os espaços entre as árvores pareciam ilusórios, como se passar entre aqueles troncos enormes e cheios de líquen pudesse repentinamente levar alguém a outra dimensão da realidade.

Os cabelos de Jamie brilhavam com a incidência ocasional da luz do sol, uma tocha a acompanhar em meio às sombras da mata. Eles haviam escurecido um pouco com o passar dos anos, para um castanho-avermelhado profundo, mas os longos dias de cavalgada e caminhada ao sol tinham dado um tom acobreado ao topo da cabeça. Ele perdera o elástico que prendia seus cabelos; parou e afastou os cachos úmidos do rosto, e vi a cicatriz branca acima de uma das têmporas. Normalmente escondida entre os fios avermelhados mais escuros, era raro ela aparecer – um legado do ferimento à bala recebido na caverna de Abandawe.

Apesar do calor de dia, eu estremeci ao lembrar. Teria preferido esquecer o Haiti e seus mistérios selvagens, mas havia pouca esperança disso. Às vezes, quase dormindo, eu ouvia a voz do vento da caverna e o eco irritante do pensamento que vinha junto: *Aonde mais?*

Subimos uma rocha de granito, coberta de mofo e liquens, úmida com o onipresente fluxo da água, e então seguimos a trilha de um córrego, empurrando a grama comprida que envolvia nossas pernas, passando por cima dos galhos caídos de loureiro e dos rododendros cheios de folhas.

Maravilhas subiam por meus pés, pequenas orquídeas e fungos brilhantes, tremendo e brilhando como gelatinas, reluzindo vermelhos e pretos em troncos de árvore caídos. Havia libélulas acima da água, joias imóveis no ar, desaparecendo na névoa.

Eu me senti encantada com a abundância, tomada pela beleza. O rosto de Jamie mostrava a expressão de encantamento de um homem que sabe que está dormindo e sonhando, mas não quer acordar. Num paradoxo, quanto melhor eu me sentia, ao mesmo tempo, pior eu me sentia. Desesperadamente feliz e desesperadamente temerosa. Esse era o lugar dele, e certamente Jamie o sentia tão bem quanto eu.

No início da tarde, paramos para descansar e beber água de uma pequena fonte à beira de uma clareira natural. O chão sob os bordos era um carpete denso de folhas verdes, no qual vi um leve brilho vermelho.

– Morangos silvestres! – exclamei, encantada.

As frutas eram vermelho-escuras e minúsculas, do tamanho da ponta do meu polegar. Segundo os padrões da horticultura moderna, elas seriam muito ácidas, quase azedas, mas numa refeição formada por carne de urso malpassada e fria e bolinhos de milho duros como pedra, eram deliciosas – explosões frescas de sabor em minha boca, toques de doçura em minha língua.

Reuni alguns punhados em minha capa, sem me preocupar com as manchas – o que era um pouco de suco de morango entre as manchas de resina de pinheiro, cinzas, seiva de folhas e terra? Quando terminei, meus dedos estavam grudentos e cheirando a suco, meu estômago confortavelmente cheio, e a parte de dentro da minha boca parecia ter sido lixada, devido ao gosto ácido das frutas. Ainda assim, não resisti e comi só mais um.

Jamie se recostou num sicômoro, pálpebras semicerradas contra a luz do sol da tarde. A pequena clareira continha a luz como um copo, imóvel e límpida.

– O que acha deste lugar, Sassenach? – perguntou ele.

– Acho que é lindo. Você não acha?

Ele assentiu, olhando entre as árvores, onde uma ladeira discreta cheia de feno selvagem e grama descia e subia de novo em uma linha de salgueiros que emolduravam o rio distante.

– Estou pensando – disse Jamie, um pouco sem jeito. – Há uma fonte aqui na mata. O prado abaixo... – Ele balançou uma mão na direção da cortina de amieiros que cobria a cordilheira na ladeira tomada pela grama. – Serviria para alguns animais no começo, e então a terra mais próxima ao rio poderia ser limpa para abrigar plantações. A subida da terra aqui é boa para drenagem. E aqui, veja... – Tomado por visões, ele ficou de pé, apontando.

Observei com atenção. Para mim, o lugar parecia pouco diferente de qualquer uma das ladeiras cheias de árvores e enseadas cheias de grama pelas quais havíamos passado nos últimos dias. Mas, para Jamie, com seu olho de agricultor, casas, cercados de animais e campos surgiam como cogumelos encantados às sombras das árvores.

A felicidade surgia ao redor dele, como espinhos de um porco-espinho. Senti meu coração pesado como aço em meu peito.

– Então, você acha que podemos nos estabelecer aqui e aceitar a oferta do governador?

Ele olhou para mim, interrompendo abruptamente suas especulações.

– Podemos – disse ele. – Se...

Jamie parou e olhou para mim de soslaio. Seu rosto estava muito vermelho, e eu não sabia se ele estava corado pelo sol ou por causa da timidez.

– Você acredita em sinais, Sassenach?

– Que tipo de sinais? – perguntei sem hesitar.

Em resposta, ele se abaixou, puxou o broto do chão e o largou em minha mão – as folhas verde-escuras como pequenos leques chineses redondos, uma flor pura e branca em um caule fino e, no outro, uma fruta meio madura, com a parte de cima pálida e a de baixo, rubra.

– Isto. É nosso, está vendo? – perguntou ele.

– Nosso?

– Dos Fraser, quero dizer – explicou. Apertou o fruto com um dedo grande. – Morangos sempre foram o emblema do clã. Para começar, é o que o nome significava, quando um monsieur Fréselière veio da França com o rei William e tomou algumas terras nas montanhas escocesas.

Era o rei William, o Conquistador. Eles podiam não ser o clã mais antigo das Terras Altas, mas os Fraser ainda tinham uma herança distinta.

– Vocês eram guerreiros desde o início, hein?

– E agricultores também. – A dúvida nos olhos dele se transformava em um sorriso.

Eu não disse o que estava pensando, mas sabia que Jamie devia estar pensando a mesma coisa. Não havia mais nada do clã Fraser além de fragmentos espalhados, aqueles que tinham sobrevivido fugindo, por estratagema ou sorte. Os clãs tinham sido destruídos na Batalha de Culloden e seus líderes, assassinados em batalhas ou pela lei.

Mas, ainda assim, ali estava ele, ereto com seu tecido xadrez, o aço escuro de um punhal das Terras Altas ao seu lado. Guerreiro e agricultor. E se a terra sob os pés dele não era da Escócia, então o que Jamie respirava era ar livre – e um ar de montanha que remexia seus cabelos, erguendo mechas ruivas ao sol do verão.

Sorri para ele, controlando o desânimo cada vez maior.

– Fréselière, não? Sr. Morango? Ele os cultivava ou só gostava de comê-los?

– Uma dessas coisas ou as duas – respondeu Jamie de modo seco. – Ou pode ser que ele fosse apenas ruivo, não?

Eu ri, e ele se abaixou ao meu lado, soltando o tecido.

– É uma planta rara – disse ele, tocando o rebento em minha mão aberta. – Flores, frutas e folhas juntas de uma vez. As flores brancas representam a honra, as frutas vermelhas coragem... e as folhas verdes, a constância.

Senti um aperto na garganta quando olhei para ele.

– Eles fizeram isso certo – falei.

Ele segurou minha mão e apertou meus dedos ao redor do caule pequeno.

– E a fruta tem forma de coração – disse ele suavemente, e se inclinou para me beijar.

As lágrimas estavam vindo à tona. Pelo menos, eu tinha uma boa desculpa para a que rolou pelo meu rosto. Ele a secou, e então ficou de pé e soltou o cinto, deixando o tecido xadrez cair aos seus pés. Então, tirou a camisa e a calça e sorriu para mim, nu.

– Não tem ninguém aqui – disse ele. – Ninguém além de nós.

Eu teria falado que isso não parecia motivo, mas senti o que Jamie queria dizer. Há dias nos encontrávamos cercados pela vastidão e pela ameaça, a mata próxima como o círculo pálido de nossa fogueira. Mas aqui estávamos juntos e sozinhos, unidos ao lugar, sem precisar, sob a luz do dia, manter a floresta afastada.

– No passado, os homens faziam isso, para dar fertilidade aos campos – disse ele, estendendo uma mão para eu me levantar.

– Não vejo campo algum.

E não sabia se devia torcer para nunca ver. De qualquer modo, passei a mão na blusa de pele de gamo e soltei o nó do meu sutiã improvisado. Ele olhou para mim com apreciação.

– Bem, sem dúvida eu terei que cortar algumas árvores primeiro, mas isso pode esperar, certo?

Fizemos uma cama de tecido xadrez e capas, e nos deitamos sobre ela nus, pele contra pele entre as gramas amarelas e o cheiro de bálsamo e de morangos silvestres.

Nós nos tocamos pelo que pareceu muito tempo ou tempo algum, juntos no jardim dos prazeres terrenos. Afastei os pensamentos que tinham me perturbado na subida da montanha, determinada a compartilhar da alegria de Jamie enquanto ela durasse. Eu o apertei e ele respirou fundo e se pressionou em minha mão.

– E como o Éden seria sem uma serpente? – perguntei, mexendo os dedos.

Os olhos dele se enrugaram em triângulos azuis, tão próximos que consegui ver a parte preta de suas pupilas.

– E você vai comer comigo, então, *mo chridle*? A fruta da Árvore do Conhecimento do Bem e do Mal?

Coloquei a ponta da língua para fora e a arrastei pelo lábio inferior dele em resposta. Jamie estremeceu embaixo dos meus dedos, apesar do ar quente e doce.

– *Je suis prête* – falei –, *monsieur Fréselière*.

Ele abaixou a cabeça e levou a boca ao meu mamilo que estava inchado como um dos pequenos frutos maduros.

– *Madame Fréselière* – sussurrou ele –, *je suis à votre service*.

E então, compartilhamos a fruta e as flores, as folhas verdes cobriam tudo.

Permanecemos deitados entorpecidos, mexendo-nos apenas para afastar insetos intrometidos, até as primeiras sombras tocarem nossos pés. Jamie se levantou em silêncio e me cobriu com uma capa, achando que eu estava dormindo. Ouvi o farfalhar de roupas enquanto ele se vestia, e o leve movimento de seu corpo pela grama.

Rolei para o lado e o vi perto dali, de pé na beira da mata, observando a terra descer em direção ao rio.

Ele não usava nada além do tartã, amassado e com manchas de sangue, amarrado ao redor da cintura. Com os cabelos soltos e embaraçados ao redor dos ombros, Jamie parecia o homem das Terras Altas que era. O que pensei que fosse uma armadilha para ele – sua família, seu clã –, era sua força. E o que pensei ser minha força – minha solidão, a falta de laços – era minha fraqueza.

Por conhecer a proximidade, o lado bom e o ruim, ele teve a força para deixá-la, se afastar de toda a noção de segurança e partir sozinho. E eu – tão orgulhosa da autossuficiência pelo menos uma vez – não conseguia tolerar a ideia de ficar sozinha de novo.

Decidira não dizer nada, viver o momento, aceitar o que viesse. Mas o momento estava aqui, e eu não podia aceitá-lo. Vi quando Jamie ergueu a cabeça decidido e, no mesmo momento, vislumbrei seu nome entalhado na pedra fria. O terror e o desespero tomaram conta de mim.

Como se tivesse ouvido o eco do meu grito sem palavras, ele virou a cabeça na minha direção. O que viu em meu rosto o trouxe depressa para o meu lado.

– O que foi, Sassenach?

Não havia motivos para mentir. Não quando ele podia me ver.

– Estou com medo – disse.

Ele olhou depressa ao redor em busca de perigo, levando uma das mãos ao punhal, mas eu o impedi com uma mão em seu braço.

– Não é isso. Jamie... me abrace. Por favor.

Ele me puxou para perto dele, envolvendo-me com a capa. Eu estava tremendo, embora o ar continuasse quente.

– Está tudo bem, *a nighean donn* – murmurou ele. – Estou aqui. O que assustou você?

– Você – falei, e o apertei. Seu coração batia contra minha orelha, forte e constante. – Tenho medo de pensar em você aqui, de nós estarmos aqui...

– Medo? – perguntou ele. – Do quê, Sassenach? – Ele me abraçou com mais força. – Eu disse, quando nos casamos, que sempre cuidaria de você, não? – Jamie me puxou para mais perto, apoiando minha cabeça na curva de seu ombro. – Eu dei três coisas a você aquele dia – disse ele baixinho. – Meu nome, minha família e a proteção do meu corpo. Você sempre terá essas coisas, Sassenach, enquanto nós dois vivermos. Não importa onde estejamos. Não permitirei que você passe fome nem frio. Nunca, em tempo algum, permitirei que algo machuque você.

– Não tenho medo de nada disso – falei. – Receio que você morra e não conseguirei viver se você morrer, Jamie, não mesmo!

Ele se sobressaltou, surpreso, e olhou para o meu rosto.

– Bem, farei o que puder para evitar, Sassenach – respondeu ele –, mas você sabe que não posso controlar isso totalmente. – Seu rosto estava sério, mas um canto de seus lábios se entortava num sorriso.

Essa expressão me irritou completamente.

– Não ria! – eu disse furiosa. – Não *ouse* rir!

– Ah, não estou rindo – disse ele, tentando ficar sério.

– Está, sim!

Eu dei um soco leve em seu peito. Agora, ele *estava* rindo. Dei outro soco, mais forte, e quando percebi, batia livremente, meus punhos batendo com força em seu tartã. Jamie pegou minha mão, mas abaixei a cabeça e mordi seu polegar. Ele gritou e afastou a mão.

Examinou as marcas de mordida por um momento, e então olhou para mim com uma sobrancelha erguida. Jamie mantinha uma expressão bem-humorada, mas, pelo menos, ele havia parado de rir, o maldito.

– Sassenach, você já me viu perto da morte dezenas de vezes e nunca se abalou. Por que está falando disso agora sendo que eu nem estou doente?

– Nunca me abalei?! – Olhei para ele boquiaberta e furiosa. – Você acha que eu não fiquei *abalada*?

Ele passou um nó do dedo no lábio superior, olhando para mim com uma expressão divertida.

– Ah. Bem, acho que você se importou, claro. Mas nunca pensei nisso, admito.

– Claro que não! E se tivesse pensado, não faria nenhuma diferença. Seu... seu... escocês! – Foi a pior coisa que pensei para chamá-lo. Sem encontrar outras palavras, eu me virei e me afastei, batendo os pés.

Infelizmente, bater os pés tem relativamente pouco efeito quando se está descalça em um campo gramado. Pisei em algo pontiagudo, gritei e manquei alguns passos até ter que parar.

Eu havia pisado em um tipo de abrolho. Meia dúzia de espinhos estavam presos na sola do meu pé, gotas de sangue saíam dos pequenos furos. Mal me equilibrando em um pé, tentei tirá-los, xingando baixinho.

Eu me desequilibrei e quase caí. Uma mão forte me segurou pelo cotovelo e me estabilizou. Rangi os dentes e terminei de arrancar os pequenos espinhos. Puxei o cotovelo da mão dele e me virei para andar – com muito mais cuidado – de volta aonde eu havia deixado minhas roupas.

Jogando a capa no chão, comecei a me vestir, com a maior dignidade possível. Jamie se levantou, de braços cruzados, e me observou sem dizer nada.

– Quando Deus expulsou Adão do paraíso, pelo menos Eva foi com ele – falei, conversando com meus dedos enquanto amarrava os cordões da minha calça.

– Sim, é verdade – concordou ele, depois de uma pausa cuidadosa. Olhou para mim de soslaio, para ver onde eu o acertaria de novo. – Ahn... você não comeu nenhuma das plantas que colheu hoje cedo, não é, Sassenach? Não, acho que não – acrescentou depressa ao ver minha expressão. – Só perguntei por perguntar. Myers disse que algumas coisas aqui causam pesadelos.

– Não estou tendo pesadelos – falei, com mais intensidade do que o necessário se estivesse falando a verdade. Eu *estava* tendo pesadelos, porém, a ingestão de substâncias alucinógenas não tinha nada a ver com isso.

Ele suspirou.

– Você quer me explicar de uma vez sobre o que está falando, Sassenach, ou pretende me fazer sofrer um pouco antes?

Olhei para ele, presa, como sempre, entre a vontade de rir e a vontade de atacá-lo com um objeto pontiagudo. E então, uma onda de desespero tomou conta do riso e da raiva. Soltei os ombros desistindo.

– Estou falando sobre você – falei.

– Sobre mim? Por quê?

– Porque você é das Terras Altas, e tem honra, coragem e constância, e sei que não consegue controlar, e eu não desejaria que você controlasse, só que... só que, inferno, isso vai levar você à Escócia e matá-lo, e não tem nada que eu possa fazer a respeito!

Jamie olhou para mim com incredulidade.

– Escócia? – perguntou, como se eu tivesse falado algo completamente insano.

– Escócia! Onde seu maldito túmulo está!

Ele passou a mão lentamente pelos cabelos, olhando para mim com a cabeça baixa.

– Ah – disse Jamie finalmente. – Compreendo, então. Você acha que se eu for para a Escócia, devo morrer lá, já que é onde serei enterrado. É isso?

Assenti, chateada demais para falar.

– Hummm, e por que você acha que vou à Escócia? – perguntou ele com cuidado.

Olhei para Jamie exasperada, e mexi o braço indicando a mata ao nosso redor.

– Onde mais você vai conseguir colonizadores para esta terra? É claro que você vai para a Escócia!

Ele olhou para mim, também exasperado.

– Como, pelo amor de Deus, você acha que eu faria isso, Sassenach? Talvez acontecesse, quando eu tinha as pedras preciosas, mas agora? Devo ter 10 libras, e esse dinheiro ainda é emprestado. Então, devo ir voando para a Escócia como um pássaro? E devo levar pessoas comigo, caminhando sobre a água?

– Você vai pensar em alguma coisa – falei com tristeza. – Sempre pensa.

Jamie olhou para mim de um jeito estranho, e então desviou o olhar e ficou quieto por alguns minutos antes de responder.

– Eu ainda não tinha me dado conta de que você me considera Deus todo-poderoso, Sassenach – disse ele finalmente.

– Não considero – respondi. – Moisés, talvez. – As palavras foram espirituosas, mas nenhum de nós estava brincando.

Ele se afastou um pouco, com as mãos presas atrás das costas.

– Cuidado com os espinhos – disse a ele, ao ver que Jamie seguia na direção onde me feri. Em resposta, ele alterou o trajeto, mas não disse nada. Andou de um lado para outro na clareira, com a cabeça abaixada, pensativo. Por fim, Jamie voltou, ficando à minha frente.

– Não vou conseguir sozinho – disse ele baixinho. – Você tem razão em relação a isso. Mas não acho que preciso ir à Escócia para obter meus colonizadores.

– E para que mais seria?

– Meus homens... os homens que estavam comigo em Ardsmuir – disse ele. – Eles já estão aqui.

– Mas você não faz ideia de onde eles estejam – protestei. – Além disso, eles foram deportados anos atrás! Estarão estabelecidos. Não vão querer erguer estacas e vir para os confins do maldito mundo com você!

Ele sorriu com um pouco de sarcasmo.

– Você quis, Sassenach.

Respirei fundo. O medo irritante que havia pesado em meu coração nas últimas semanas diminuíra. Sem essa preocupação, no entanto, havia agora espaço em minha mente para contemplar a grande dificuldade da tarefa à qual ele estava se propondo.

Localizar homens espalhados em três colônias, convencê-los a vir com ele e conseguir, simultaneamente, capital para financiar a limpeza da terra e o plantio das plantações. Sem falar da enormidade de trabalho envolvido para conseguir um terreno limpo nessa mata virgem.

– Vou pensar em alguma coisa – disse ele, sorrindo levemente enquanto observava as dúvidas e incertezas passarem pelo meu rosto. – Sempre penso, não é?

Suspirei longamente todo o ar de meus pulmões.

– Sim. Jamie... você tem certeza? Sua tia Jocasta...

Ele afastou essa possibilidade balançando a mão.

– Não – disse ele. – Nunca.

Ainda assim hesitei, sentindo-me culpada.

– Você não... não é só por minha causa? O que eu disse sobre manter escravos?

– Não – respondeu ele. Parou, e eu vi os dedos torcidos de sua mão direita se remexerem. Ele também viu, e parou o movimento abruptamente. – Eu vivi como um escravo, Claire – disse Jamie baixinho, com a cabeça abaixada. – E não poderia viver sabendo que há um homem na Terra que se sente em relação a mim como eu me senti em relação àqueles que acreditavam me possuir.

Estendi a mão para cobrir a dele. Lágrimas escorreram por meu rosto, quentes e calmas como a chuva de verão.

– Você não vai me deixar? – perguntei por fim. – Não vai morrer?

Ele balançou a cabeça e apertou minha mão com força.

– Você é minha coragem, assim como eu sou sua consciência – sussurrou ele. – Você é meu coração, e eu, sua compaixão. Sozinhos, não somos inteiros. Você não sabe disso, Sassenach?

– Sei disso, sim – falei, e minha voz ficou embargada. – É por isso que sinto tanto medo. Não quero ser meia pessoa de novo. Eu não vou aguentar.

Jamie passou o polegar para afastar uma mecha de cabelos da minha face úmida, e me puxou para os seus braços, tão perto que eu conseguia ouvir sua respiração. Ele estava tão sólido, tão vivo, os pelos ruivos se tornando dourados sobre a pele nua. E, no entanto, eu já o abraçara assim antes – e o perdera.

Sua mão tocou o meu rosto, quente apesar da umidade da minha pele.

– Mas você não vê como é pequena a ideia da morte entre nós dois, Claire? – sussurrou ele.

Minhas mãos se cerraram contra o peito dele. Não, não achava que era pequena.

– Todo o tempo depois que me deixou, depois da Batalha de Culloden... eu estava morto naquela época, não estava?

– Acreditei que sim. É por isso que eu... ah. – Respirei fundo tremendo, e ele assentiu.

– Daqui a duzentos anos, certamente *estarei* morto, Sassenach – disse ele. Abriu um sorriso torto. – Sejam os índios, animais selvagens, uma praga, a corda da forca ou apenas a bênção da idade avançada... estarei morto.

– Sim.

– E na sua época, eu *estava* morto, não?

Assenti, sem palavras. Até mesmo agora, eu olhava para trás e via o abismo de desespero no qual aquela separação havia me lançado, e do qual eu saíra, um passo doloroso por vez.

Agora, eu estava com ele de novo no ápice da vida, e não conseguia pensar na descida. Jamie esticou a mão e puxou uma folha de grama, espalhando as pontinhas verdes entre os dedos.

– "O homem é como a grama do campo" – citou ele suavemente, passando o caule fino sobre os meus dedos, que estavam sobre seu peito. – "Hoje, ele floresce. Amanhã, ele murcha e é lançado no fogo."

Ele levou o ramo verde macio aos lábios e o beijou, e então o encostou delicadamente em minha boca.

– Eu estava morto, minha Sassenach... mas durante todo o tempo, amei você.

Fechei os olhos, sentindo o pinicar da grama em meus lábios, leve como o toque do sol e do ar.

– Eu amei você também – sussurrei. – E sempre vou amar.

A grama caiu. Com os olhos ainda fechados, eu o senti se inclinar na minha direção, com os lábios nos meus, quentes como o sol, leves como o ar.

– Enquanto meu corpo viver, e o seu... seremos um só – sussurrou.

Seus dedos me tocaram, cabelos, queixo, pescoço e seios, e eu ouvi sua respiração e o senti sólido sob as minhas mãos. Então, deitei a cabeça em seu ombro, a força dele me sustentando, as palavras profundas e suaves em seu peito.

– E quando meu corpo deixar de viver, minha alma ainda será sua. Claire, eu juro pela minha fé no céu, não serei afastado de você.

O vento farfalhou as folhas das nogueiras próximas, e os odores do fim do verão subiram fortes ao nosso redor; pinheiro, grama e morangos, pedra quente pelo sol e água fria, e o cheiro forte e almiscarado do corpo dele próximo ao meu.

– Nada se perde, Sassenach, apenas se transforma.

– Essa é a primeira lei da termodinâmica – falei, secando o nariz.

– Não – rebateu ele. – Isso é fé.

PARTE VI

Je t'aime

17
EM CASA PARA AS FESTAS
Inverness, Escócia, 23 de dezembro de 1969

Ele checou o itinerário do trem uma dezena de vezes, e então caminhou pela sala de estar da residência paroquial, inquieto demais para se sentar. Ainda havia uma hora de espera.

A sala estava meio desmontada, com caixas de papelão em todos os cantos. Ele prometera desocupar o local para o ano-novo, com exceção das peças que Fiona quisesse guardar.

Atravessou o corredor e entrou na cozinha, onde parou, ficou olhando dentro da geladeira antiga por um momento, decidiu que não estava com fome e fechou a porta.

Ele queria que a sra. Graham e o reverendo tivessem conhecido Brianna, e vice-versa. Sorriu para a mesa vazia da cozinha, lembrando de uma conversa adolescente com os dois idosos, quando ele, tomado por uma paixão avassaladora – e não correspondida – pela filha do tabaqueiro, havia perguntado como era possível saber quando uma pessoa estava realmente apaixonada.

– Se você tiver que perguntar a si mesmo se está apaixonado, rapaz, então não está – garantira a sra. Graham, batendo a colher na beirada da tigela para dar ênfase. – E tire suas patas de Mavis MacDowell, ou o pai dela vai matar você.

– Quando você estiver apaixonado, Rog, você vai saber sem precisar pensar – dissera o reverendo, enfiando um dedo na massa do bolo. Ele se abaixou fingindo medo quando a sra. Graham ergueu uma colher em tom de ameaça, e riu. – E cuidado com a jovem Mavis, rapaz. Ainda não tenho idade para ser avô.

Bem, eles estavam certos. Ele sabia, sem pensar – sabia desde a primeira vez que viu Brianna Randall. O que ele não sabia ao certo era se Brianna sentia a mesma coisa.

Não podia mais esperar. Levou a mão ao bolso para ter certeza de que as chaves estavam ali, desceu as escadas correndo e saiu na chuva de inverno que começara a cair depois do café da manhã. Diziam que um banho frio resolvia. Mas não resolvera com Mavis.

24 de dezembro de 1969

– Pronto, o pudim de ameixa está no forno aquecido, e o creme, na panelinha no fundo – instruiu Fiona, puxando sua touca de lã vermelha. Fiona era baixa e, com a touca, ela mais parecia um duende de jardim.

– Não deixe o fogo alto demais, cuidado. E não o apague de uma vez, caso contrário não conseguirá acendê-lo de novo. E aqui estão as orientações que escrevi para o preparo das aves amanhã, estão na panela, e já deixei os legumes picados para serem misturados na tigela grande e amarela na geladeira, e... – Ela procurou no bolso da calça jeans e pegou um pedaço de papel escrito à mão, que enfiou na mão dele.

Ele deu um tapinha na cabeça dela.

– Não se preocupe, Fiona – disse ele. – Não vamos incendiar o lugar. Nem morrer de fome.

Ela franziu o cenho desconfiada, hesitando na porta. Seu noivo, dentro do carro do lado de fora, acelerou de modo impaciente.

– Sim, bem. Tem certeza de que vocês dois não querem ir conosco? A mãe de Ernie não se importaria nem um pouco, e tenho certeza de que ela não acharia certo deixar vocês dois sozinhos no Natal...

– Não se preocupe, Fiona – disse ele, levando-a com delicadeza porta afora. – Vamos nos virar bem. Divirta-se com Ernie, e não se preocupe conosco.

Ela suspirou, desistindo com relutância.

– Sim, acho que vão. – Um breve e irritante barulho de buzina vindo de fora fez com que ela se virasse e olhasse para o carro.

– Estou *indo*! – disse ela. Virando-se, ela sorriu repentinamente para Roger, estendeu os braços para abraçá-lo e ficou na ponta dos pés para dar um beijo nos lábios dele.

Ela se afastou e piscou de modo conspiratório, fazendo uma careta com o rosto pequeno e redondo.

– *Isso* vai dar um jeito no nosso Ernie – sussurrou. – Feliz Natal, Rog! – gritou e, com um aceno alegre, saiu da varanda e correu animada em direção ao carro, rebolando um pouquinho.

Com o motor acelerado, o carro partiu cantando pneus antes de a porta se fechar. Roger permaneceu acenando da varanda, feliz por Ernie não ser um cara grande.

A porta se abriu e Brianna espiou.

– O que você está fazendo aqui fora sem casaco? – perguntou ela. – Está congelando!

Ele hesitou, com vontade de contar a ela. Afinal, era evidente que tinha funcionado com Ernie. Mas era noite de Natal, ele disse a si mesmo. Apesar das nuvens baixas e da temperatura em queda, ele se sentia quente e formigando. Sorriu para ela.

– Estava só me despedindo de Fiona – respondeu ele, puxando a porta. – Vamos ver se podemos fazer o almoço sem explodir a cozinha?

Eles fizeram sanduíches sem incidentes e voltaram à sala de estudos depois do almoço. O cômodo já estava quase vazio. Só restavam algumas estantes com livros que precisavam ser organizados e guardados.

Por um lado, Roger sentiu imenso alívio porque o trabalho estava quase chegando ao fim. Por outro, era triste ver o escritório antes lotado reduzido a uma sombra do que já havia sido.

A mesa grande do reverendo fora esvaziada e levada à garagem para ser guardada, as estantes do teto ao chão estavam sem os livros pesados, e as camadas de papéis pregados nas cortiças da parede tinham sido removidas. O processo fez Roger se lembrar de uma galinha depenada, e o resultado era um vazio patético que dava vontade de desviar o olhar.

Ainda havia um quadrado de papel preso à cortiça. Ele tiraria esse por último.

– E estes? – Brianna passou um espanador sobre uma pequena pilha de livros que estava sobre a mesa à sua frente. Havia várias caixas abertas no chão, cheias pela metade de livros com muitos destinos: bibliotecas, antiquários, sociedades, amigos do reverendo, uso pessoal de Roger.

– Eles estão autografados, mas não são endereçados a ninguém – disse ela, entregando a ele o primeiro da pilha. – Você tem o conjunto que ele endereçou ao seu pai, mas quer estes também? São primeiras edições.

Roger virou o livro nas mãos. Era de Frank Randall, um livro adorável, lindamente editado e encapado para combinar com a elegância do seu conteúdo de estudo.

– Você deveria ficar com eles, não acha? – perguntou ele. Sem esperar resposta, ele colocou o livro com delicadeza dentro de uma pequena caixa no assento de uma poltrona. – Afinal, é o trabalho do seu pai.

– Já tenho alguns – protestou ela. – Um monte. Caixas e mais caixas.

– Mas estão autografados?

– Bem, não. – Ela pegou outro livro e o abriu na folha de rosto, onde estava escrito *Tempora mutantur nos et mutamur in illis – F. W. Randall* com uma letra forte e meio deitada. Ela passou um dedo delicadamente sobre a assinatura, com os lábios relaxados.

– *Os tempos mudam, e nós com eles.* Tem certeza de que não os quer, Roger?

– Tenho – respondeu ele, e sorriu. Acenou ao redor, no espaço tomado pelos volumes. – Não se preocupe, você não vai me deixar em falta.

Ela riu e colocou os livros em sua caixa, e então voltou ao trabalho, tirando o pó e passando o pano nos livros empilhados e separados antes de guardá-los. A maioria não era limpo havia quarenta anos, e ela já estava bem suja, os dedos compridos cheios de pó e as mangas da blusa branca quase pretas de sujeira.

– Não vai sentir falta deste lugar? – perguntou ela. Afastou uma mecha de cabelos dos olhos e fez um gesto para a sala espaçosa. – Você cresceu aqui, não?

– Sim e sim – respondeu ele, colocando mais uma caixa cheia na pilha que seria enviada à biblioteca da universidade. – Mas não tenho escolha.

– Acho que você não poderia viver aqui – concordou ela com pesar. – Já que precisa estar em Oxford na maior parte do tempo. Mas precisa vendê-la?

– Não *posso* vendê-la. Não é minha. – Ele se abaixou para pegar uma caixa maior do que as outras e ficou de pé lentamente, gemendo pelo esforço. Caminhou pela sala e a colocou na pilha com um baque que fez subir nuvens de poeira das caixas de baixo.

– Ufa! – Ele suspirou, sorrindo para ela. – Boa sorte aos antiquários que pegarem essa caixa.

– Como assim, não é sua?

– O que eu disse – respondeu ele de modo casual. – Não é minha. A casa e a terra pertencem à igreja. Meu pai morou aqui por quase cinquenta anos, mas o local não era dele. Pertence ao conselho da paróquia. O novo pastor não a quer; ele tem dinheiro e uma esposa que gosta de coisas modernas, por isso o conselho vai deixá-la para locação. Fiona e Ernie ficarão com ela, se tudo der certo.

– Só os dois?

– É barata. Por um bom motivo – acrescentou ele. – Mas ela quer um monte de filhos. Tem espaço para um exército deles, posso garantir.

Construída na era vitoriana para pastores com famílias grandes, a casa dispunha de doze cômodos – sem falar de um banheiro antiquado e muito inconveniente.

– O casamento é em fevereiro, por isso preciso terminar a desocupação no Natal, para que o pessoal da limpeza e os pintores tenham tempo de vir. Mas sinto muito por fazer você trabalhar nas festas. Talvez possamos ir a Fort William na segunda.

Brianna pegou outro livro, mas não o guardou na caixa na hora.

– Então, sua casa não será mais sua – disse ela, lentamente. – Não parece certo... embora eu esteja feliz por saber que Fiona ficará com ela.

Roger deu de ombros.

– Não pretendo me estabelecer em Inverness – afirmou ele. – E não é como se a casa fosse dos meus antepassados nem nada. – Ele fez um gesto para o linóleo rachado, a pintura desgastada e o lustre antigo de vidro cobrindo as lâmpadas no teto. – Não posso transformá-la em patrimônio nacional e cobrar duas libras de cada visitante que entrar aqui.

Ela sorriu ao ouvir isso, e voltou a fazer a separação. Mas parecia pensativa, franzindo o cenho levemente entre as sobrancelhas ruivas e grossas. Por fim, ela colocou o último livro na caixa, espreguiçou-se e suspirou.

– O reverendo tinha quase a mesma quantidade de livros que meus pais – disse ela. – Entre os livros de medicina de mamãe e os de história de papai, eles deixaram o suficiente para encher uma biblioteca. Provavelmente vou precisar de seis meses para separar todos quando voltar para ca... quando voltar. – Ela mordeu o lábio delicadamente e virou-se para pegar um rolo de fita-crepe, cutucando a ponta com a unha. – Eu disse à corretora de imóveis que ela podia colocar a casa à venda no verão.

– É isso o que tem perturbado você? – perguntou ele devagar, compreendendo a situação ao olhar o rosto dela. – Está pensando em se desfazer da casa na qual cresceu... em ficar sem ela para sempre?

Ela ergueu um dos ombros levemente, os olhos ainda fixos na fita adesiva.

– Se você conseguiu passar por isso, acho que também consigo. Além disso, não é tão ruim. Minha mãe cuidou de quase tudo. Encontrou um inquilino e alugou a casa por um ano, para eu poder ter tempo de decidir o que fazer sem me preocupar com o fato de ela permanecer vazia. Mas é besteira ficar com ela. É grande demais para eu morar sozinha.

– Pode ser que você se case – disse ele sem pensar.

– Talvez – respondeu ela. Olhou para ele de soslaio e o canto de sua boca tremeu no que podia ser uma demonstração de divertimento. – Um dia. Mas e se meu marido não quiser morar em Boston?

Ocorreu a Roger de repente que a preocupação dela por ele perder a casa podia ser – quem sabe? – que Brianna se imaginava morando nela.

– Você quer ter filhos? – perguntou ele abruptamente. Não pensara em perguntar, mas torcia para que ela quisesse.

Ela pareceu assustada por um momento, e então riu.

– Filhos únicos costumam querer famílias grandes, não?

– Não sei – respondeu ele. – Mas eu quero. – Inclinou-se em cima das caixas e a beijou subitamente.

– Eu também – disse ela.

Seus olhos se estreitaram quando ela riu. Não desviou o olhar, mas corou levemente e sua pele ficou parecida com a de um pêssego maduro.

Ele queria filhos, mas, naquele momento, queria ainda mais fazer o que causava filhos.

– Talvez devêssemos acabar de limpar primeiro.

– O quê? – O sentido das palavras dela foi assimilado vagamente. – Ah, sim, acho que sim.

Ele abaixou a cabeça e a beijou de novo, mais lentamente dessa vez. Ela tinha a boca mais maravilhosa; ampla e de lábios carnudos, quase grande demais para seu rosto, mas não exatamente.

Ele a abraçou pela cintura com uma mão e levou a outra aos seus cabelos sedosos. Sua nuca estava lisa e quente ao toque. Roger a segurou e ela estremeceu, abrindo a boca num pequeno sinal de submissão que fez com que ele quisesse inclina-la para trás em seu braço, levando-a para se deitar no tapete e...

Uma batida rápida fez com que ele erguesse a cabeça, afastando-se dela.

– *Quem é*? – exclamou Brianna, com a mão no peito.

Em uma parede do quarto, havia janelas do chão ao teto – o reverendo tinha sido pintor –, e um rosto quadrado e com bigode estava pressionado contra uma delas, quase amassado com interesse.

– Esse – disse Roger entre dentes – é o carteiro, MacBeth. O que o velho está fazendo aqui?

Como se ouvisse a pergunta, o sr. MacBeth deu um passo para trás, pegou uma carta da bolsa e a balançou jovialmente em direção aos ocupantes da sala.

– Uma carta – disse ele com esforço, olhando para Brianna. Olhou para Roger e franziu o cenho em repreensão.

Quando Roger chegou à porta da frente, o sr. MacBeth estava de pé na varanda, segurando a carta.

– Por que não colocou a carta na caixa de correspondências. Pelo amor de Deus! – exclamou Roger. – Deixe-me vê-la.

O sr. MacBeth segurou a carta longe do alcance de Roger e fez cara de indignado, o que não deu muito certo devido à tentativa de ver Brianna por cima do ombro de Roger.

– Pensei que pudesse ser importante. Dos Estados Unidos, não? E é para a jovem, não para você, rapaz. – Enrugando o rosto numa careta indelicada, ele passou por Roger, o braço estendido para Brianna.

– Senhora – disse ele, por baixo do bigode. – Com os cumprimentos do correio de Sua Majestade.

– Obrigada. – Brianna ainda estava corada, mas já havia alisado os cabelos, e sorriu para MacBeth com toda a evidência de autocontrole. Ela pegou e olhou para a carta, mas não fez sinal de que a abriria. O envelope tinha sido escrito à mão, Roger viu, com carimbos vermelhos dos correios, mas a distância era grande demais para entender o endereço do remetente.

– Está em visita, senhora? – perguntou MacBeth com interesse. – Só vocês dois aqui, sozinhos? – Ele olhava para Brianna rolando os olhos, observando-a de cima a baixo com interesse.

– Ah, não – disse Brianna, séria. Dobrou a carta no meio e a enfiou no bolso de trás da calça jeans. – O tio Angus está conosco, dormindo no andar de cima.

Roger mordeu a bochecha por dentro da boca. O tio Angus era um scottish terrier de pelúcia, um remanescente de sua própria juventude, desenterrado durante a limpeza da casa. Brianna, interessada nele, havia tirado a poeira de sua boina xadrez e o colocara em cima da cama no quarto de hóspedes.

O carteiro ergueu as duas sobrancelhas.

– Ah – disse ele de modo inexpressivo. – Certo, entendo. Ele também é americano, seu tio Angus?

– Não, ele é de Aberdeen. – Além de um tom mais corado na ponta do nariz, o rosto de Brianna não demonstrou nenhuma emoção.

O sr. MacBeth ficou encantado.

– Ah, você tem escoceses em sua família, então! Bem, eu deveria ter percebido ao ver seus cabelos. Uma bela moça, com certeza. – Ele balançou a cabeça admirado, e a lascívia foi substituída por um ar de velho babão que Roger considerou apenas um pouco menos questionável.

– Sim, bem. – Roger pigarreou com ênfase. – Certamente não queremos atrapalhar seu trabalho, MacBeth.

– Ah, sem problemas – garantiu o carteiro, entortando o pescoço para olhar Brianna pela última vez antes de partir. – Não há descanso para os velhos, certo, meu caro?

– É "não há descanso para os *perversos*" – disse Roger, com certa ênfase, abrindo a porta. – Bom dia para o senhor, MacBeth.

MacBeth olhou para ele, a sombra da malícia de volta ao seu rosto.

– Bom dia ao senhor, sr. Wakefield. – Inclinou-se, cutucou Roger nas costelas com um cotovelo, e sussurrou com a voz rouca: – E uma noite melhor ainda, se o tio dela tiver sono pesado!

– Vai ler sua carta? – Ele a pegou da mesa onde Brianna a havia deixado e a estendeu para ela.

Brianna corou um pouco e a pegou da mão dele.

– Não é importante. Vou ler depois.

– Vou para a cozinha, se for particular.

Ela corou ainda mais.

– Não é. Não é nada.

Roger ergueu uma sobrancelha. Ela deu de ombros impacientemente e rasgou a borda, puxando uma única folha de papel.

– Veja você, então. Eu disse que não é importante.

Ah, não é?, ele pensou, mas não disse nada em voz alta. Pegou a folha e olhou para ela.

Na verdade, não era nada de mais; uma notificação enviada pela biblioteca da universidade de Brianna, dizendo que uma referência específica que ela pedira infelizmente não poderia ser obtida pela biblioteca, mas podia ser vista na coleção particular da Stuart Papers, no Anexo Real da Universidade de Edimburgo.

Ela o observava quando ele olhou para a frente, com os braços cruzados, os olhos brilhantes e os lábios contraídos, desafiando-o a dizer alguma coisa.

– Você deveria ter me dito que procurava por ele – disse Roger baixinho. – Eu poderia ter ajudado.

Brianna deu de ombros, e ele viu que ela engoliu em seco.

– Sei fazer pesquisa histórica. Eu ajudava meu p... – Ela parou de falar, prendendo o lábio inferior com os dentes.

– Sim, eu sei – respondeu ele.

Roger a segurou pelo braço e a levou pelo corredor até a cozinha, onde a colocou em uma cadeira da velha mesa desgastada.

– Vou colocar a chaleira no fogo.

– Não gosto de chá – protestou ela.

– Você *precisa* de chá – afirmou Roger, e ligou o gás, determinado. Virou-se para o armário, pegou xícaras e pires, e, pensando melhor, a garrafa de uísque do armário de cima.

– E eu não gosto *nada* de uísque – resmungou Brianna, olhando para ele. Ela começou a se afastar da mesa, mas Roger a impediu com uma mão em seu braço.

– Eu gosto de uísque – disse ele. – Mas odeio beber sozinho. Você vai me fazer companhia, não vai? – Ele sorriu para Brianna, esperando que ela retribuísse. E ela finalmente sorriu, meio a contragosto, e relaxou na cadeira.

Roger se sentou à frente dela e encheu metade da xícara com o líquido âmbar pungente. Respirou com prazer diante do vapor e bebericou devagar, deixando a bebida forte descer por sua garganta.

– Ah – suspirou. – Glen Morangie. Tem certeza de que não quer beber comigo? Um pouquinho em seu chá, talvez?

Brianna negou balançando a cabeça em silêncio, mas quando a chaleira começou a apitar, ela se levantou para tirá-la do fogo e despejar a água quente na chaleira de cerâmica. Roger se levantou e se colocou atrás dela, passando os braços ao redor de sua cintura.

– Não tem do que se envergonhar – disse ele delicadamente. – Você tem direito de saber, se puder. Jamie Fraser era seu pai, afinal.

– Mas ele não era... não de verdade.

Brianna abaixou a cabeça. Ele viu o redemoinho no topo, uma repetição daquele que ela tinha no meio da testa, que levantava seus cabelos em uma leve onda.

– Eu *tive* um pai – disse ela, parecendo meio engasgada. – Papai, Frank Randall, *era* meu pai, e eu o amo, amava. Não parece certo... procurar outra coisa, como se ele não bastasse, como...

– Não é isso, e você sabe. – Ele a virou e levantou seu queixo com um dedo. – Não tem nada a ver com Frank Randall nem como você se sente em relação a ele. Sim, ele *era* seu pai, e não há nada que mude isso. Mas é natural ficar curiosa, querer saber.

– Você já quis saber? – Ela levantou a mão e afastou a dele, mas segurou seus dedos. Ele respirou fundo, encontrando conforto no uísque.

– Sim, já quis. Acho que é preciso. – Ele entrelaçou seus dedos com os dela, levando-a em direção à mesa. – Venha se sentar, vou contar.

Ele sabia como era não ter um pai, principalmente um pai desconhecido. Durante um tempo, logo depois de ter começado a estudar, ele começou a analisar as medalhas do pai com obsessão, levava o saco de veludo no bolso e se gabava com os amigos a respeito do heroísmo do pai.

– Eu contava histórias sobre ele. Era tudo inventado – disse ele, olhando para as profundezas aromáticas de sua xícara de chá. – Levei uma surra por perturbar, apanhei na escola por mentir. – Roger olhou para ela e sorriu um pouco incomodado. – Eu tinha que torná-lo real, sabe?

Ela assentiu, com os olhos intensos e tomados de compreensão.

Ele tomou mais um gole de uísque, sem se preocupar em saboreá-lo.

– Felizmente meu pai, o reverendo, parecia saber o que se passava. Ele começou a me contar histórias a respeito do meu pai, histórias de verdade. Nada especial, nada heroico. Ele era um herói, sim, Jerry MacKenzie, levou tiro e tudo, mas as histórias que meu pai contava eram todas a respeito de como ele era na infância, como fez uma casa para um martim, mas o buraco ficou grande demais e um cuco entrou; do que gostava de comer quando vinha para cá nas férias e eles iam à cidade; que enchia os bolsos com caramujos que arrancava das rochas e se esquecia deles, estragando a calça com o fedor...

Roger parou e sorriu para ela, a garganta um pouco apertada com a lembrança.

– Ele tornava meu pai real para mim. E eu sentia falta dele mais do que nunca, porque sabia um pouco o que estava perdendo... mas tinha que saber.

– Algumas pessoas dizem que não podemos sentir saudade do que nunca tivemos, que é melhor não saber de nada – disse Brianna, erguendo a xícara, os olhos azuis firmes sobre a borda.

– Algumas pessoas são tolas. Ou covardes – respondeu Roger.

Ele despejou mais uísque em sua xícara e virou a garrafa na direção de Brianna erguendo a sobrancelha. Ela levantou a xícara sem fazer comentários, e ele despejou o uísque ali. Brianna bebeu e pousou a xícara.

– E sua mãe? – perguntou ela.

– Eu tinha algumas lembranças dela; tinha quase 5 anos quando ela morreu. E havia caixas na garagem... – Ele inclinou a cabeça em direção à janela. – Todas as coisas dela, suas cartas. É como o meu pai dizia: "Todo mundo precisa de uma história." A minha estava ali. Eu sabia que, se precisasse, poderia descobrir mais.

Ele a observou por bastante tempo.

– Você sente muita falta dela? – perguntou ele. – Da Claire?

Brianna olhou para Roger, assentiu brevemente, bebeu e estendeu a xícara vazia para ele.

– Eu estou, estava, com medo de procurar – disse ela, os olhos fixos no uísque. – Não é só ele... é ela também. Quero dizer, conheço as histórias dele, de Jamie Fraser. Minha mãe me contou muito sobre ele. Muito mais do que encontrarei em registros históricos – acrescentou ela numa tentativa malsucedida de abrir um sorriso. Respirou fundo. – Mas minha mãe, primeiro eu tentei fingir que ela tinha partido, como numa viagem. E então, quando não conseguia mais fazer isso, tentei acreditar que ela havia morrido.

Seu nariz escorria, fosse pela emoção, pelo uísque ou pelo calor do chá. Roger pegou o pano de prato pendurado no fogão e o jogou em cima da mesa para ela.

– Mas ela *não está*. – Brianna pegou o pano e secou o nariz com raiva. – Esse é o problema! Tenho que sentir saudade dela o tempo todo, e sei que nunca mais vou vê-la, mas ela *não morreu*! Como posso sentir sua falta, se acho, se espero, que ela esteja feliz onde está, se eu a fiz ir embora?

Ela bebeu o resto do líquido, engasgou um pouco e recuperou o fôlego. Olhou para Roger fixamente com os olhos azuis, como se ele fosse o culpado pela situação.

– Então eu quero descobrir, entende? Quero encontrá-la, encontrar os dois. Para saber se ela está bem. Mas fico pensando que talvez eu *não* queira descobrir, porque e se eu descobrir que ela não está bem. E se eu descobrir algo horrível? E se descobrir que ela está morta, ou que ele está... bem, isso não importaria tanto, talvez, porque ele já está morto mesmo, ou estava, ou... mas eu *tenho*, eu sei que *tenho*!

Ela bateu a xícara na mesa na frente dele.

– Mais.

Roger abriu a boca para dizer que Brianna já tinha bebido mais do que deveria, mas ao olhar para o rosto dela, mudou de ideia. Calou-se e a serviu.

Ela não esperou que ele acrescentasse chá. Levou a xícara à boca, tomou um grande gole e depois mais um. Tossiu, engasgou e colocou a xícara na mesa, com os olhos marejados.

– Então, estou procurando. Ou estava. Mas quando vi os livros do papai e sua caligrafia... tudo pareceu errado. Você acha que estou errada? – perguntou ela, olhando para ele com os olhos cheios de lágrimas.

– Não, querida – disse ele com delicadeza. – Não está errada. Você está certa, tem que saber. Vou ajudá-la... – Ele ficou de pé e, segurando-a, fez com que Brianna se levantasse. – Mas no momento, eu acho que talvez você devesse se deitar um pouco, sim?

Ele a levou escada acima até o meio do corredor, quando ela de repente se afastou e entrou no banheiro. Ele se recostou na parede do lado de fora, esperando pacientemente até ela sair, seu rosto da cor do gesso envelhecido.

– Isso é um desperdício de Glen Morangie – disse ele, segurando-a pelos ombros e levando-a para dentro do quarto. – Se eu soubesse que estava lidando com uma bebum, teria servido a bebida barata.

Brianna caiu na cama e deixou que Roger tirasse seus sapatos e suas meias. Ela se deitou de bruços, tio Angus na dobra de seu braço.

– Eu *disse* que não gostava de chá – rebateu ela, e adormeceu em segundos.

Roger trabalhou durante uma ou duas horas sozinho, separando livros e fechando caixas. Era uma tarde silenciosa e escura, sem som além do bater suave da chuva e o barulho causado pelo pneus de um carro na rua. Quando a luz do dia começou a diminuir, ele acendeu as lâmpadas e atravessou o corredor até a cozinha, para lavar a sujeira dos livros das mãos.

Uma panela enorme de sopa cremosa de frango e alho-poró borbulhava no fogão. O que Fiona dissera para fazer em relação a ela? Aumentar o fogo? Desligar? Jogar coisas dentro dela? Roger lançou um olhar duvidoso para a panela e resolveu deixar como estava.

Limpou os restos do chá – lavou as xícaras e as secou, e então as pendurou cuidadosamente nos ganchos do armário. Eram peças restantes do velho conjunto com estampa de salgueiro que o reverendo tinha desde que Roger conseguia se lembrar – as árvores chinesas azuis e brancas e os pagodes completados por peças variadas de cerâmica adquirida em promoções.

Fiona teria tudo novo, claro. Ela os forçara a ver fotos de revista de porcelana, cristal e cerâmica. Brianna emitira sons de admiração. Roger tinha morrido de tédio. Ele imaginava que todas as coisas antigas acabariam na venda de usados – pelo menos, ainda podiam servir para alguém.

Num impulso, ele pegou as duas xícaras que tinha lavado, envolveu-as num pano de prato limpo e as levou para o escritório, onde as colocou em uma caixa que reservara para si. Sentiu-se totalmente tolo mas, ao mesmo tempo, um pouco melhor.

Olhou ao redor do escritório vazio exceto pela única folha de papel na parede com cortiça.

Então, seu lar se foi para sempre. Bem, ele havia deixado seu lar havia algum tempo, não?

Sim, isso o incomodava. Muito mais do que ele demonstrara a Brianna, na verdade. Por isso havia demorado tanto para acabar de esvaziar a casa, se fosse honesto a esse respeito. Sim, era uma tarefa hercúlea, ele tinha seu trabalho a fazer em Oxford, e sim, os milhares de livros tiveram que ser separados com cuidado – mas ele poderia ter trabalhado mais depressa se quisesse.

Com a casa vazia, talvez ele nunca terminasse o trabalho. Mas com o ímpeto de Fiona atrás e a atração por Brianna em sua frente... Roger sorriu ao pensar nas duas: a morena baixa de cabelos cacheados e a viking alta de cabelos ruivos. Provavelmente eram mulheres que conseguiam o que queriam dos homens.

Mas era hora de terminar.

Com seriedade, ele soltou as pontas da folha amarelada e a tirou da cortiça. Era sua árvore familiar, um quadro genealógico criado com a letra arredondada do reverendo.

MacKenzies e mais MacKenzies, gerações deles. Ele vinha pensando em usar o nome de novo permanentemente, não só para cantar. Afinal, com a partida do pai, ele não queria mais voltar a Inverness, onde as pessoas o conheceriam como Wakefield. No fim das contas, era para isto que servia a genealogia: para que Roger não se esquecesse de quem era.

O pai conhecera algumas poucas histórias, mas não mais do que os nomes da maioria das pessoas da lista. E não soubera nem isso, pois a mais importante, a mulher cujos olhos verdes Roger via todas as manhãs no espelho, *ela* não estava na lista, por um bom motivo.

O dedo de Roger parou perto do topo do quadro. Ali estava ele, a criança adotada – William Buccleigh MacKenzie. Entregue a pais adotivos, o filho bastardo do líder de guerra do clã Mackenzie e de uma bruxa condenada à fogueira. Dougal MacKenzie e a bruxa Geillis Duncan.

Não era uma bruxa, claro, mas era um ser igualmente perigoso. Ele tinha os olhos dela – ou assim dissera Claire. Será que ele havia herdado algo mais dela? Será que a habilidade assustadora de passar pelas pedras era transmitida através de gerações de barqueiros e pastores respeitáveis sem que eles soubessem?

Roger pensava nisso sempre que via o quadro agora – e, por esse motivo, tentava não olhar. Gostava da ambivalência de Brianna. Compreendia muito bem o limite entre o medo e a curiosidade, a necessidade de saber e o medo de descobrir.

Bem, ele podia ajudar Brianna a descobrir. E quanto a ele...

Roger colocou o quadro em uma pasta e a guardou na caixa. Fechou a tampa e fez um "X" com fita adesiva na aba para garantir.

– É isso, então – disse ele em voz alta, e saiu da sala vazia.

Parou no topo da escada, surpreso.

Brianna havia tomado banho, encarando o aquecedor antigo com o esmalte rachado e a chama fraca. Agora, estava no corredor só de toalha.

Virou-se sem vê-lo. Roger permaneceu imóvel, ouvindo as batidas de seu coração, sentindo a palma da mão grudar no corrimão polido.

Ela estava coberta de modo modesto. Roger já vira mais de seu corpo com os shorts e as regatas que ela havia usado no verão. Foi a fragilidade da peça que o excitou, saber que poderia despi-la com um rápido puxão. E também saber que eles estavam sozinhos na casa.

Dinamite.

Ele deu um passo atrás dela e parou. Brianna o ouviu e parou também, mas demorou bastante para se virar. Estava descalça, pés arqueados e de dedos compridos. As curvas esguias de suas pegadas molhadas estavam escuras na passadeira puída que cobria o chão do corredor.

Brianna não disse nada. Só olhou para ele diretamente, os olhos intensos e semicerrados. Recostou-se numa janela alta no fim do corredor, o corpo formando uma sombra escura contra a luz cinza-clara do dia chuvoso lá fora.

Se ele a tocasse, já sabia como ela seria. Sua pele ainda estaria quente do banho, úmida nas dobras dos joelhos, das coxas e dos cotovelos. Conseguia sentir seu cheiro, os resquícios de xampu, sabão e talco, o cheiro do seu corpo mascarado pelas notas florais.

Os rastros que ela deixara na passadeira se estendiam diante dele, uma série frágil de pegadas conectando-os. Roger tirou as sandálias e pousou um dos pés descalços na marca deixada por ela; estava fria contra sua pele.

Havia gotas de água nos ombros de Brianna, combinando com as gotas na janela atrás dela, como se ela tivesse entrado depois de tomar um banho de chuva. Brianna ergueu a cabeça enquanto Roger se aproximava e, chacoalhando-se, deixou a toalha que envolvia sua cabeça cair.

As serpentes cor de bronze de seus cabelos desceram brilhando, resvalando seu rosto com a água. Não era uma beleza como a de Górgona, mas a de um espírito da água trocando de forma, de cavalo com crina de serpente para mulher mágica.

– Kelpie – sussurrou ele na curva do rosto dela. – Você parece ter saído de um incêndio nas Terras Altas.

Brianna envolveu o pescoço dele com as mãos e soltou a toalha. Só a pressão dos corpos a mantinha entre eles. As costas dela estavam nuas. O ar frio da janela eriçava os pelos de seu braço, apesar de sua pele esquentar a palma da mão dele. Roger quis envolver a toalha no corpo dela, protegê-la e cobri-la do frio. Ao mesmo tempo, queria que os dois se despissem, queria tomar o calor dela para si e dar-lhe o seu próprio calor, bem ali no corredor úmido.

– Quente – sussurrou ele. – Meu Deus, como você está quente.

Os lábios de Brianna moldaram os dele.

– Somos dois, e você não tomou banho, Roger... – Sua mão estava pousada na nuca dele, os dedos frios. Ela abriu a boca para dizer alguma outra coisa, mas ele a beijou, sentindo o calor úmido passar pelo tecido de sua camisa.

Os seios dela se eriçaram contra ele e Brianna abriu a boca. O tecido marrom da toalha escondia o contorno dos seios das mãos dele, mas não de sua imaginação. Ele conseguia vê-los em sua mente, redondos e macios, com aquele balançar leve e encantador.

Roger abaixou a mão, levando-a às nádegas nuas de Brianna. Ela se remexeu, perdeu o equilíbrio e os dois caíram de modo estranho, agarrando-se um ao outro em um esforço para permanecerem de pé.

Os joelhos de Roger tocaram o chão, e ele a arrastou para baixo consigo. Brianna se inclinou e se espalhou, caindo de costas, rindo.

– Ei! – Ela pegou a toalha e então a deixou quando ele partiu para cima dela, beijando-a de novo.

Ele estava certo a respeito dos seios dela. O que ele segurava estava nu agora, cheio e macio, o mamilo duro no meio da palma de sua mão.

Dinamite, e o pavio fora aceso.

A outra mão estava em cima da coxa dela por baixo da toalha, perto o suficiente para ele conseguir sentir os pelos úmidos resvalarem seu dedo. Meu Deus, de que cor seriam? Ruivos, como ele imaginara? Cor de bronze ou acobreados, como os cabelos?

Sua mão foi além, louca para tocar a pele macia, lisa e farta que conseguia sentir tão perto. Com um esforço que o deixou zonzo, ele parou.

A mão dela estava no braço dele, puxando-o para baixo.

– Por favor – sussurrou ela. – Por favor, eu quero que você continue.

Roger se sentiu oco como um sino. As batidas do coração ecoavam na cabeça e no peito e dolorosamente entre suas pernas. Ele fechou os olhos, respirando, pressionando as mãos contra a fibra grossa do tapete, tentando apagar a sensação da pele dela, até que a segurasse de novo.

– Não – disse ele, e sua voz pareceu bem fraca e rouca para ele próprio. – Não. Não aqui, não desse jeito.

Brianna estava sentada, com a toalha azul-escura envolvendo seu quadril, como uma sereia nas ondas. Ela havia esfriado. A pele estava pálida como mármore sob a luz cinza, mas o arrepio eriçava os pelos de seus braços, seios e ombros macios.

Ele a tocou, pele firme e macia, e passou os dedos sobre os lábios dela, sobre a boca larga. Ainda sentia o gosto dela, de pele limpa e pasta de dentes... e uma língua macia e doce.

– Melhor – sussurrou ele. – Quero que seja melhor... a primeira vez.

Eles permaneceram ajoelhados olhando um para o outro, o ar entre eles tomado pelas palavras não ditas. O pavio ainda estava aceso, mas a chama era menor agora. Roger sentiu-se enraizado onde estava. Talvez fosse a Górgona, afinal.

Então, sentiu o cheiro de leite quente subir a escada, e os dois se sobressaltaram.

– Tem alguma coisa queimando! – exclamou Brianna, e tentou correr em direção à escada, colocando a toalha no lugar de modo desajeitado.

Roger a segurou pelo braço quando ela passou por ele. Estava fria ao toque, fria no corredor vazio.

– Eu cuido disso – respondeu ele. – Vá se vestir.

Ela lhe lançou um olhar rápido e se virou, entrando no quarto de hóspedes. Fechou a porta e ele disparou pelo corredor, descendo a escada depressa em direção ao cheiro de desastre, sentindo a palma da mão arder onde ele a tocara.

No andar de baixo, Roger limpou a sopa derramada, repreendendo a si mesmo. Onde estava com a cabeça ao atacá-la como um salmão ensandecido na rota da desova? Arrancando a toalha e deitando-a no chão.... Minha nossa, Brianna devia pensar que ele era um estuprador!

Ao mesmo tempo, o calor que tomava seu peito não se devia à vergonha nem à temperatura do fogão. Era o calor latente da pele dela, que ainda o aquecia. *Eu quero que você continue*, ela dissera, com sinceridade.

Ele já era bastante familiarizado com a linguagem corporal para reconhecer o desejo e a entrega quando os via. Mas o que sentira naquele breve momento quando o corpo dela despertou para o dele foi muito além. O universo havia mudado com um clique leve e decisivo. Roger ainda era capaz de ouvir o eco nos ossos.

Roger a desejava. Ele a desejava por completo. Não só na cama, não só seu corpo. Tudo, sempre. De repente, a determinação bíblica "*uma só carne*" parecia algo imediato e muito real. Eles tinham acabado de fazer isso acontecer no chão do corredor, e parar daquela forma fez com que ele se sentisse repentina e peculiarmente vulnerável. Roger não era mais uma pessoa completa, apenas metade de algo ainda não formado.

Ele despejou os restos arruinados da sopa na pia. Não importava. Eles jantariam no pub. Era melhor sair da casa e se afastar da tentação.

Jantar, uma conversa casual e talvez um passeio perto do rio. Ela queria ir à missa da noite de Natal. Depois disso...

Depois disso, ele perguntaria, tornaria a situação formal. Ela diria sim, ele sabia. E então...

Então, eles viriam para casa, uma casa escura e privada. Sozinhos, em uma noite de sacramento e segredo, com o amor recém-chegado ao mundo. E ele a abraçaria e a levaria para cima, em uma noite na qual o sacrifício da virgindade não seria a perda da pureza, mas o nascimento da alegria sem fim.

Roger apagou a luz e saiu da cozinha. Atrás dele, esquecida, a chama do gás queimava azul e amarela no escuro, ardente e constante como as chamas do amor.

18

DESEJO INADEQUADO

O reverendo Wakefield tinha sido um homem gentil e ecumênico, tolerante em relação a todas as diferenças nas religiões e disposto a abranger doutrinas que seus fiéis considerariam absurdas ou puras blasfêmias.

Ainda assim, uma vida inteira exposto à face séria do presbiterianismo escocês e sua suspeita irrestrita em relação a qualquer coisa do catolicismo tinham deixado Roger com uma certa intranquilidade ao entrar em uma igreja católica – como se pudesse ser preso na porta e batizado à força por servos com roupas esquisitas da Cruz Verdadeira.

Não houve esse tipo de violência quando ele seguiu Brianna para dentro de uma pequena construção de pedra. Havia um garoto com uma longa veste branca visível no fim da nave, mas ele estava tranquilamente distraído acendendo dois pares de velas brancas altas que decoravam o altar. Um cheiro fraco e não familiar se espalhava pelo ar. Roger respirou, tentando não se fechar. Incenso?

Ao lado dele, Brianna parou, mexendo na bolsa. Pegou um pequeno círculo de renda preta e o prendeu no topo da cabeça.

– O que é isso? – perguntou ele?

– Não sei como se chama – respondeu ela. – É o que se usa na igreja quando não queremos usar um chapéu ou um véu. Não é mais *necessário* mas eu cresci fazendo isso... as mulheres não podiam entrar numa igreja católica com a cabeça descoberta, sabe?

– Não sabia – disse ele, interessado. – Por que não?

– São Paulo, provavelmente – falou ela, passando o pente que pegou de dentro da bolsa para acertar as pontas dos cabelos. – Ele achava que as mulheres deveriam manter os cabelos cobertos o tempo todo, para não serem alvo de desejo inadequado. Velho mal-humorado – acrescentou Brianna, enfiando de novo o pente na bolsa. – Minha mãe sempre dizia que ele tinha medo das mulheres. Que achava que elas eram perigosas – disse ela, abrindo um sorriso.

– Elas são. – De modo impulsivo, Roger se inclinou para a frente e a beijou, ignorando os olhares das pessoas ao redor.

Brianna pareceu surpresa, mas inclinou-se apoiada nos dedos dos pés e retribuiu o beijo, suave e rápido. Roger ouviu um baixo "Humm" de desaprovação em algum ponto perto dali, mas não deu atenção.

– Na *igreja* e na noite de Natal também! – Eles ouviram um sussurro rouco atrás.

– Bem, não é a igreja exatamente, Annie. É só a saleta, certo?

– E ele é o filho do pastor!

– Bem, você conhece o ditado, Annie: o filho do sapateiro anda descalço. Ouso dizer que é a mesma coisa com o filho do pastor; que vai para o inferno. Vamos!

As vozes se retiraram para dentro da igreja, com o bater de saltos e um farfalhar mais leve de um homem que acompanhava. Brianna se afastou um pouco e olhou para ele, a boca tremendo enquanto ela ria.

– Você vai para o inferno?

Roger sorriu para ela e tocou seu rosto corado. Brianna usava o colar de sua mãe, em respeito ao Natal, e sua pele refletia o brilho das pérolas.

– Se o diabo me quiser.

Antes que ela pudesse responder, eles foram interrompidos por uma rajada de ar quando a porta da igreja se abriu.

– Sr. Wakefield?

Ele se virou e viu dois pares de olhos claros e questionadores brilhando para ele. Duas senhoras, cada uma com cerca de 1,35m, estavam de braços dados e com casacos de frio, os cabelos grisalhos escondidos embaixo de chapéus de feltro, como dois apoios de porta.

– Sra. McMurdo, sra. Hayes! Feliz Natal!

Roger assentiu para elas, sorrindo. A sra. McMurdo vivia duas casas depois da dele, e ia à igreja todos os domingos com a amiga sra. Hayes. Roger as conhecia a vida toda.

– Vai a Roma, não é, sr. Wakefield? – perguntou Chrissie McMurdo.

Jessie Hayes riu com a ousadia da amiga e as cerejas balançaram no chapéu.

– Talvez eu não vá por um tempo – disse Roger, ainda sorrindo. – Só estou acompanhando uma amiga. Conheçam a srta. Randall.

Ele apresentou Brianna às duas, sorrindo timidamente enquanto elas a olhavam com ávida curiosidade.

Para a sra. McMurdo e para a sra. Hayes, a presença dele ali era uma declaração clara de suas intenções, como se Roger tivesse feito um anúncio de uma página inteira no jornal. Pena que Brianna não sabia disso.

Ou sabia? Ela olhou para ele com um sorriso meio escondido, e Roger sentiu a pressão dos dedos dela em seu braço por um momento.

– Ah, lá vem o rapazinho com o incensário! – gritou a sra. Hayes, vendo outro menino de vestes brancas surgindo do santuário. – Melhor entrarmos logo, Chrissie, ou não conseguiremos um lugar!

– Foi um prazer conhecer você, minha cara – disse a sra. McMurdo a Brianna, inclinando tanto a cabeça para trás que seu chapéu corria o risco de cair. – Minha nossa, que moça alta bonita! – Ela olhou para Roger, piscando. – Sortuda por ter encontrado um rapaz que combina tanto com você, não é?

– Chrissie!

– Estou indo, Jessie, estou indo. Não se apresse, temos tempo. – Endireitando o chapéu com uma faixa com penas de tetraz, a sra. McMurdo virou-se tranquilamente para se unir à amiga.

O sino começou a bater de novo, e Roger segurou o braço de Brianna. Na frente deles, ele viu Jessie Hayes olhar para trás com os olhos curiosos, o sorriso meio malicioso, dando-se conta do que estava acontecendo.

Brianna enfiou os dedos em uma pequena pia de pedra presa à parede perto da porta e se benzeu. Roger considerou o gesto repentina e estranhamente familiar, apesar de sua criação.

Anos atrás, caminhando com o reverendo, eles tinham encontrado uma fonte de santo escondida em um pequeno bosque. Havia uma pedra lisa na ponta ao lado da pequena fonte, e os restos dos entalhes feitos nela desgastados quase a ponto de deixá-la lisa, somente a sombra de uma figura humana.

Um senso de mistério pairava sobre a fonte pequena e escura. Ele e o reverendo permaneceram ali por um tempo sem falar nada. Então, o reverendo havia se abaixado, pegado a água com a mão e a derramado ao pé da pedra em silenciosa cerimônia; pegou mais um punhado e espalhou no próprio rosto. Só depois disso, eles se ajoelharam ao lado da fonte para beber a água fresca.

Acima das costas curvadas do reverendo, Roger vira os nós de tecido amarrados aos galhos das árvores acima da fonte. Promessas, restos de orações, deixados por quem ainda visitava o antigo altar.

Por quantos milhares de anos os homens tinham se benzido com água antes de fazerem seus pedidos? Roger enfiou os dedos na água e, sem jeito, tocou a cabeça e o coração, com algo que poderia ser uma oração.

Eles encontraram assentos na galeria leste, lado a lado com uma família que murmurava, ocupada em ajeitar seus pertences e os filhos adormecidos, passando casacos, bolsas e mamadeiras de um lado para outro, enquanto um órgão pequeno tocava "Oh, Pequena Cidade de Belém" em algum lugar fora de vista.

Então, a música parou. Fez-se um silêncio de expectativa, e ela começou de novo, com o som mais alto de "Oh, Vinde Fiéis".

Roger se levantou com a congregação quando a procissão tomou o corredor central. Havia vários dos acólitos de vestes brancas, um deles balançava um incensário que espalhava fumaça perfumada na multidão. Outro levava um livro e um terceiro, um crucifixo alto, a figura assustadora nele exposta, coberta por tinta vermelha cujos tons bruxuleavam na vestimenta do padre em tons dourados e rubros.

Roger ficou assustado com o mau gosto. A mistura de ostentação bárbara e os tons do latim cantado eram bem diferentes do que seu subconsciente considerava adequado na igreja.

Ainda assim, conforme a missa prosseguia, as coisas foram parecendo mais normais. Houve leitura de trechos da Bíblia muito familiares e então o tédio vagamente agradável do sermão, no qual as anunciações inevitáveis de Natal de "paz", "boa vontade" e "amor" lhe ocorriam, tranquilas como os lírios brancos que flutuavam em um lago de palavras.

Quando a congregação se levantou de novo, Roger já não achava mais nada estranho. Cercado pelo ambiente familiar e acolhedor da igreja, com chão polido, as roupas de lã úmidas, o cheiro de naftalina e um leve toque de uísque com os quais alguns fiéis tinham se preparado para a longa missa, ele mal notou o cheiro doce e almiscarado de olíbano. Respirando profundamente, ele pensou ter sentido o cheiro de grama fresca nos cabelos de Brianna.

Eles brilhavam à luz fraca da galeria, densos e macios contra o violeta-escuro de sua blusa. As mechas acobreadas estavam mais ofuscadas pela sombra, na cor profunda da pele de um veado vermelho, e davam a mesma sensação de desejo impotente que sentia quando surpreendido por um veado numa trilha das Terras Altas – a vontade forte de tocá-lo, acariciar a fera e mantê-lo consigo de alguma forma, unida à consciência de que o animal fugiria se ele mexesse um dedo que fosse.

Independentemente do que achassem de São Paulo, pensou ele, o homem soubera o que dizia a respeito dos cabelos das mulheres. Desejo inadequado, não? Ele teve uma lembrança repentina do corredor vazio e do calor que emanava do corpo de Brianna, das mechas molhadas do cabelo dela em sua pele. Desviou o olhar, tentando se concentrar no que acontecia no altar, onde o padre erguia um disco chato e grande de pão, enquanto um garotinho balançava um sino sem parar.

Roger a observou quando Brianna foi comungar, e se surpreendeu ao perceber que estava rezando sem dizer nenhuma palavra.

Relaxou um pouco quando percebeu o conteúdo de sua oração. Não era o indecoroso "Que eu possa tê-la", que ele esperaria. Era mais modesto – e aceitável, ele esperava – "Permita que eu seja digno dela, permita que eu a ame do modo correto, que eu tome conta dela." Ele assentiu em direção ao altar, então viu o olhar curioso do homem ao seu lado e se endireitou, pigarreando envergonhado, como se tivesse sido flagrado numa conversa particular.

Brianna voltou, olhos arregalados e fixos em algo dentro de si, com um pequeno sorriso sonhador na boca de lábios amplos. Ela se ajoelhou e ele fez a mesma coisa ao seu lado.

Seu olhar era tranquilo, mas a expressão, não. De nariz reto e severo, com sobrancelhas grossas aliviadas do peso pela graça de seu formato arqueado. A clareza do queixo e das faces dava a impressão de que ela tinha sido talhada em mármore branco. Era a boca que podia mudar em um momento, passando da delicada generosidade para a boca de uma madre superiora medieval, lábios contraídos em celibato frio como pedra.

A voz com forte sotaque escocês que passou ao seu lado entoando "Os Três Reis Magos" o trouxe à realidade a tempo de ver o padre atravessar o corredor, cercado por seus acólitos em nuvens de fumaça triunfante.

– "Nós, os três reis magos do Oriente..." – cantava Brianna baixinho enquanto eles andavam pela River Walk – "íamos fumar um cigarro de borracha... estava cheio e explodi-u-u." Você desligou o gás, não?

– Sim – Roger garantiu a ela. – Não se preocupe. Entre o fogão e o aquecedor do banheiro, se a casa não explodiu ainda, deve ser prova da proteção divina.

Brianna riu.

– Os presbiterianos acreditam em anjos da guarda?

– Com certeza não. Superstição moderna, não é?

– Bem, espero não ter colocado você no caminho da perdição por tê-lo levado à missa comigo. Os presbiterianos acreditam no inferno?

– Ah, sim – disse ele. – Assim como no céu, se não mais.

A neblina estava ainda mais forte perto do rio. Roger estava feliz por eles não terem ido de carro. Não dava para ver mais do que 1 metro à frente na névoa branca.

Eles andaram de braços dados à margem do rio Ness, com os passos abafados. Escondida pela névoa, era como se a cidade invisível não existisse. Eles tinham deixado os outros fiéis para trás. Estavam sozinhos.

Roger se sentia estranhamente exposto, frio e vulnerável, sem o calor e a calma que sentira na igreja. É só o nervosismo, pensou ele, e segurou o braço de Brianna com mais força. Estava na hora. Ele respirou fundo e a névoa fria encheu o seu peito.

– Brianna. – Ele a segurou pelo braço e virou-a para olhar para ele antes de parar de andar. Os cabelos dela balançaram sob o brilho fraco do poste da rua.

Gotas de água brilhavam em uma névoa fina sobre sua pele, reluziam como pérolas e diamantes em seus cabelos, e pelo tecido de sua jaqueta, ele se lembrou da sensação da pele nua dela, fria como a neblina em seus dedos, a carne quente em suas mãos.

Os olhos de Brianna estavam escuros e grandes como um lago, com segredos em movimento, meio vistos, meio sentidos, dentro da água. Uma kelpie, certamente. *Each urisge*, um cavalo-marinho, crina flutuando, pele brilhando. E o homem que toca uma criatura dessas está perdido, preso a ela para sempre, submerso e afogado no lago onde vive.

Ele se sentiu temeroso de repente, não por si, mas por ela, como se algo pudesse se materializar daquele mundo aquático para pegá-la de volta, para longe dele. Roger a segurou pela mão, como se quisesse impedi-la. Os dedos dela estavam frios e úmidos, um choque contra o calor da palma de sua mão.

– Quero você, Brianna – disse ele suavemente. – Não poderia dizer isso de modo mais claro. Eu amo você. Quer se casar comigo?

Brianna não disse nada, mas seu rosto mudou como a água quando uma pedra é lançada nela. Ele percebeu claramente, como se visse seu próprio reflexo na escuridão do lago.

– Você não queria que eu dissesse isso. – A névoa havia se alojado em seu peito. Ele respirava gelo, agulhas de cristal espetando seu coração e os pulmões. – Você não queria ouvir isso, certo?

Brianna balançou a cabeça negando, mas sem dizer nada.

– Certo. Bem. – Com um esforço, ele soltou a mão dela. – Tudo bem – disse Roger, surpreso com a calma em sua voz. – Não se preocupe com isso, está bem?

Ele estava se virando para continuar andando quando ela o impediu, levando a mão à manga de sua blusa.

– Roger.

Foi um grande esforço para ele se virar e olhar para ela. Não queria um consolo vazio, não queria ouvir uma sugestão para que fossem amigos. Ele achava que nem sequer conseguiria olhar para ela, de tão grande que era a sensação de perda. Mas Roger se virou mesmo assim, e então, ela estava contra ele, as mãos frias nas suas orelhas enquanto Brianna segurava a cabeça dele e o beijava com força, não tanto um beijo, mas uma loucura desenfreada, estranha e desesperada.

Ele segurou as mãos dela e as puxou para baixo, para afastá-la dele.

– Que tipo de brincadeira é essa? – A raiva era melhor do que o vazio, e Roger gritou com ela na rua vazia.

– Não estou brincando! Você disse que me desejava. – Ela puxou o ar. – Também desejo você, não sabe disso? Eu não disse isso no corredor essa tarde?

– Achei que sim. – Ele olhou para Brianna. – O que diabos você quer dizer?

– Quero dizer... quero dizer que quero ir para a cama com você – disse ela de uma vez.

– Mas não quer se casar comigo?

Ela balançou a cabeça, pálida como um fantasma. Algo entre nojo e fúria fervia dentro dele, e então, entrou em erupção.

– Então, não quer se casar, mas quer trepar comigo? Como pode dizer isso?

– Não use esse palavreado comigo!

– Palavreado? Você pode sugerir uma coisa dessas, mas não posso dizer a palavra? Nunca fui tão ofendido. Nunca!

Brianna estava tremendo, mechas de cabelo se grudavam ao seu rosto devido à umidade.

– Não quis ofendê-lo. Pensei que você quisesse...

Roger agarrou os braços dela e a puxou para si.

– Se eu só quisesse foder você, eu teria feito isso uma dezena de vezes no verão passado!

– Até parece! – Ela puxou um dos braços e deu um tapa forte no rosto de Roger, deixando-o surpreso.

Ele agarrou sua mão, puxou-a na direção dele e a beijou, com muito mais força e por muito mais tempo do que qualquer outro beijo que haviam dado antes. Ela era alta, forte e estava furiosa... mas ele era mais alto, mais forte e estava muito mais furioso. Brianna se debateu, e ele a beijou até se sentir pronto para parar.

– Até parece – disse ele, puxando o ar quando a soltou.

Passou a mão na boca e deu um passo para trás, tremendo. Havia sangue em sua mão. Ela o mordera sem que ele sentisse nada.

Brianna também estava tremendo. O rosto estava pálido, os lábios contraídos tão fortemente que nenhuma expressão ficava visível em seu rosto, apenas os olhos escuros ardendo.

– Mas eu não fiz isso – continuou ele, respirando mais lentamente. – Não era o que eu queria. Não é o que quero. – Passou a mão sangrando na camisa. – Mas se você não se importa o bastante para se casar comigo, então não me importa tê-la em minha cama!

– Eu me importo!

– Até parece.

– Eu me importo demais para me casar com você, seu idiota.

– Você *o quê?*

– Se eu me casar com você, se eu me casar com qualquer pessoa, é para sempre, entendeu? Se eu fizer um juramento desses, manterei minha palavra, custe o que custar!

Lágrimas escorriam do rosto de Brianna. Roger pegou um lenço no bolso e o entregou a ela.

– Assoe seu nariz, seque o rosto e então me diga o que diabos pensa que está dizendo, sim?

Ela fez o que ele pediu, fungando e afastando os cabelos úmidos com uma mão. O véu pequeno e tolo caíra. Ele estava pendurado por um grampo frouxo. Roger o puxou, amassando-o em sua mão.

– Seu sotaque escocês aparece quando você está bravo – comentou ela, com uma tentativa malsucedida de sorrir quando devolveu o lenço.

– Não me surpreende – rebateu Roger exasperado. – Agora, diga o que você quis dizer, e diga com clareza, antes que eu comece a falar gaélico.

– Você sabe falar gaélico? – Ela estava se recompondo aos poucos.

– Sei – respondeu ele. – E se não quiser aprender algumas expressões bastante grosseiras... desembuche. O que quer dizer ao fazer uma sugestão dessas... e você, uma moça católica, recém-saída da missa! Pensei que fosse virgem.

– Eu sou! O que isso tem a ver?

Antes que ele pudesse responder a essa ousadia, ela disse mais uma.

– Não me diga que nunca dormiu com outras garotas... eu sei que sim!

– Sim, dormi! Eu não queria me casar com elas e elas não queriam se casar comigo. Eu não as amava e elas não me amavam. Mas eu amo você, droga!

Ela se recostou no poste, com as mãos atrás do corpo, e olhou diretamente nos olhos dele.

– Acho que eu também amo você.

Roger não percebeu que estava prendendo a respiração até soltá-la.

– Ah, você acha. – A água havia se condensado nos cabelos dele, e gotinhas de gelo desciam por seu pescoço. – Hummm, sei, e a palavra mais forte aqui é "acho" ou "amo"?

Ela relaxou um pouco e engoliu em seco.

– As duas.

Brianna levantou a mão quando ele começou a falar.

– Eu acho... mesmo. Mas não paro de pensar no que aconteceu com a minha mãe. Não quero que isso aconteça comigo.

– Sua mãe? – A surpresa foi logo seguida pela raiva. – O quê? Está pensando no maldito Jamie Fraser? Você acha que não pode se satisfazer com um historiador tedioso... que é preciso ter uma... uma grande paixão, como ela teve por ele, e você acha que eu não estarei à altura?

– Não, não estou pensando em Jamie Fraser! Estou pensando no meu pai! – Ela enfiou as mãos nos bolsos da jaqueta e engoliu em seco. Tinha parado de chorar, mas havia lágrimas em seus cílios, cobrindo-os. – Ela estava sendo sincera quando se casou com ele. Eu vi nas fotos que você me deu. Ela disse "na riqueza e na pobreza, na alegria e na tristeza"... e foi sincera. E então... ela conheceu Jamie Fraser, e não quis mais meu pai.

Brianna mexeu os lábios em silêncio por um momento, à procura de palavras.

– Eu... eu não a culpo, não mesmo. Não depois de pensar sobre isso. Ela não pôde evitar, e eu... quando ela falava sobre ele, eu via o quanto ela o amava... mas você não entende, Roger? Ela amava o meu pai também... mas algo aconteceu. Ela não esperava por isso, e não foi culpa dela... mas fez com que ela não cumprisse sua palavra. Eu nunca farei isso.

Brianna passou a mão embaixo do nariz, e Roger entregou-lhe o lenço de novo, sem dizer nada. Ela controlou as lágrimas e olhou diretamente para ele.

– Falta mais de um ano antes de podermos ficar juntos. Você não pode sair de Oxford e eu não posso sair de Boston, não enquanto não me formar.

Roger queria dizer que desistiria, que ela deveria largar os estudos, mas se calou. Brianna tinha razão. Nenhum dos dois ficaria feliz com essa solução.

– Mas e se eu disser sim agora e alguma coisa acontecer? E se... eu ou você conhecermos alguém? – As lágrimas se acumularam de novo, e uma delas escorreu pelo seu rosto. – Não vou correr o risco de magoá-lo. Não vou.

– Mas você me ama agora? – Roger encostou um dedo com delicadeza em seu rosto. – Bree, você me ama?

Ela deu um passo à frente e, sem dizer uma palavra, levou as mãos para abrir os botões de seu casaco.

– O que diabos está fazendo? – O susto foi acrescentado à mistura de outras emoções, sucedido por outra coisa quando os dedos longos e pálidos dela seguraram o zíper da jaqueta dele e o puxou para baixo.

O sopro frio repentino foi tomado pelo calor do corpo dela, pressionado contra o dele do pescoço aos joelhos.

Ele levou as mãos às nádegas dela num reflexo. Ela o segurava com força, os braços apertados ao redor dele por baixo da jaqueta. Seus cabelos estavam frios e cheirosos, com os últimos vestígios de incenso presos nas mechas pesadas, misturando-se com a fragrância da grama e dos jasmins. Ele viu o brilho de um grampo de cabelo, o metal bronze nas mechas acobreadas.

Os dois ficaram em silêncio. Roger sentia o corpo dela pelas finas camadas de tecido entre eles, e sentiu uma onda de desejo subir por trás de suas pernas, como se estivesse sobre uma grelha elétrica. Ele levantou a cabeça dela pelo queixo e a beijou.

– ... está vendo aquela Jackie Martin, com uma gola nova de pele no casaco?

– Nossa, onde ela conseguiu dinheiro para isso com o marido desempregado nos últimos seis meses? Eu estou lhe dizendo, Jessie... aquela mulher... ah!

O clique dos sapatos de salto na calçada parou, seguido pelo som de um pigarreio alto o suficiente para acordar os mortos.

Roger abraçou Brianna ainda mais, e não se mexeu. Ela o abraçou mais forte em resposta e ele sentiu a curva de seus lábios sob os dele.

– HUMMM!

– Ora, Chrissie. – Eles ouviram um sussurro. – Deixe os dois em paz. Não está vendo que eles ficaram noivos?

– Hummm. – Ouviram a reação de novo, mas num tom mais baixo. – Humpf. Eles estão fazendo outra coisa e vão continuar assim. Mas... – Um longo suspiro, tomado pela nostalgia. – Bom, é ótimo ser jovem, não é?

As duas batidas de saltos voltaram, muito mais lentas, passaram por eles e desapareceram inaudíveis na neblina.

Roger ficou ali por um minuto, tentando se afastar dela. Mas quando um homem toca a crina de um cavalo-marinho, não é tão fácil soltá-la. E uma canção antiga lhe ocorreu:

E monte, Janetie
Cavalgue, Davie.
E sua primeira parada será
O fundo do Lago Cavie.

– Vou esperar – disse ele, e a soltou. Segurou os braços dela e olhou dentro de seus olhos, agora suaves e claros como poças de chuva. – Mas ouça. Ou eu vou tê-la por inteiro ou não a terei.

Permita que eu a ame do modo certo, dissera ele em uma oração sem palavras. E a sra. Graham não dizia com frequência: "Cuidado com o que deseja, rapaz, pois pode ser que seja atendido?"

Ele levou a mão ao seio dela, com delicadeza por cima da blusa.

– Não quero só o seu corpo... apesar de Deus saber o quanto o desejo. Mas a terei como minha esposa... ou não a terei. Você escolhe.

Brianna estendeu a mão e o tocou, afastou os cabelos de sua testa com dedos muito frios que queimavam como gelo seco.

– Compreendo – sussurrou ela.

O vento que vinha do rio estava frio, e Roger levou a mão ao zíper da jaqueta dela, para fechá-lo. Ao fazer isso, passou a mão pelo próprio bolso e sentiu o pequeno pacote ali. Pretendera entregá-lo a ela durante o jantar.

– Aqui está – disse ele, entregando-o a ela. – Feliz Natal. Eu o comprei no verão passado – acrescentou, observando os dedos frios dela mexerem no papel impresso. – Parece até um pressentimento agora, não?

Brianna pegou um círculo prateado, uma pulseira de prata achatada com palavras gravadas. Ele a pegou dela e a colocou em seu pulso. Ela a virou lentamente, lendo as palavras.

– *Je t'aime... un peu... beaucoup... passionnement... pas du tout*. Eu amo você... um pouco... muito... apaixonadamente... nem um pouco.

Ele virou a pulseira mais um pouco, completando o círculo.

– *Je t'aime* – disse ele, e então, mexendo os dedos, fez a pulseira girar no braço dela.

Brianna pousou uma mão sobre ela para que parasse.

– *Moi aussi* – disse ela delicadamente, sem olhar para a pulseira, mas olhando para ele. – *Joyeux Noel*.

PARTE VII

Na montanha

19

LAR ABENÇOADO

Setembro de 1767

Dormir à luz do luar e das estrelas nos braços do seu amante nu, os dois aninhados por pelos e folhas macias, ninados pelo murmúrio baixo das nogueiras e pelo ronco distante de uma queda d'água, é incrivelmente romântico. Dormir embaixo de um tronco, presa como uma massa entre um marido grande e molhado e um sobrinho igualmente grande e molhado, ouvindo a chuva bater nos galhos acima enquanto luta contra os avanços de um cão enorme e irritado, não é tanto assim.

– Argh – eu disse, tentando me sentar e afastando a cauda de Rollo do meu rosto pela centésima vez. – Não consigo respirar. – O cheiro dos animais confinados era forte. Um tipo de odor almiscarado e rançoso, misturado ao cheiro de lã molhada e peixes.

Eu me apoiei nas mãos e nos joelhos e saí, tentando não pisar em ninguém. Jamie resmungou enquanto dormia, compensando a perda do calor do meu corpo encolhendo-se no tecido xadrez. Ian e Rollo estavam envolvidos em uma massa de pelos e tecidos, as respirações formando uma névoa fraca ao redor deles no frio que antecedia o amanhecer.

Estava frio do lado de fora, mas o ar estava fresco. Tão fresco que eu quase tossi quando enchi os pulmões. A chuva havia parado, mas as árvores ainda pingavam, e o ar era composto por partes iguais de vapor de água e oxigênio puro, temperado com os cheiros penetrantes de todas as plantas na encosta da montanha.

Eu estava dormindo com a camisa extra de Jamie; deixara meu casaco de pele de gamo guardado para evitar que se encharcasse. Fiquei arrepiada e tremi quando o vesti, mas o couro rígido me esquentou em poucos minutos.

Descalça e com os dedos frios, desci com cuidado em direção ao rio para me lavar, com a chaleira embaixo do braço. Ainda não tinha amanhecido, e a floresta estava tomada pela névoa e pela luz azul-acinzentada – o crepúsculo, a misteriosa meia-luz que vem nas duas pontas do dia, quando os pequenos insetos saem para se alimentar.

Ouvia-se um piado fraco de vez em quando na copa das árvores, mas nada como o coro forte de sempre. Os pássaros estavam atrasados na cantoria hoje por causa da chuva. O céu ainda estava baixo, com nuvens que variavam do negro no oeste ao azul-claro no leste. Senti uma leve onda de prazer ao perceber que já sabia o horário em que as aves costumavam cantar, e notara a diferença.

Jamie estava certo quando sugeriu que ficássemos na montanha em vez de voltar a Cross Creek, pensei. Era o início de setembro. Pelos cálculos de Myers, teríamos dois meses de clima bom – ou relativamente bom, acrescentei, olhando para as nuvens – antes que o frio tornasse o abrigo um lugar essencial. Tempo suficiente talvez para construir uma cabana, caçar carne e nos prepararmos para o inverno que se aproximava.

– Vai dar um trabalhão – dissera Jamie. Eu estava entre seus joelhos enquanto ele se sentava em uma rocha grande, olhando para o vale abaixo. – E vai ser perigoso. Podemos fracassar se a neve chegar cedo, ou talvez a gente não consiga caçar o suficiente. Não farei isso se você disser não, Sassenach. Você teria medo?

Medo era pouco. Pensar nisso fazia meu estômago se embrulhar de medo. Quando concordei que ficássemos na cordilheira, pensei que voltaríamos para Cross Creek para passar o inverno.

Poderíamos reunir os suprimentos e os homens tranquilamente, e voltar na primavera em caravana para limpar a terra e construir as casas de modo comunitário. Mas ficaríamos muito solitários, a vários dias de viagem do assentamento de europeus mais próximo. Sozinhos na mata, sozinhos por todo o inverno.

Não tínhamos praticamente nada no que dizia respeito a ferramentas ou equipamentos, apenas um machado, algumas facas, uma chaleira, uma cinta e minha caixa menor de remédios. E se alguma coisa acontecesse? E se Ian ou Jamie adoecessem ou se ferissem em um acidente? E se morrêssemos de fome ou frio? E apesar de Jamie ter certeza de que os índios, nossos conhecidos, não se opunham à nossa intenção, eu não tinha tanta certeza em relação aos outros que pudessem aparecer.

Sim, eu certamente teria medo. Por outro lado, eu já vivera tempo suficiente para perceber que o medo não costumava ser fatal – pelo menos não sozinho. E que fique claro que eu não estava falando do urso nem dos selvagens.

Pela primeira vez, pensei em River Run com certa saudade, na água quente, nas camas aquecidas e nas refeições regulares, na ordem, na limpeza... e na segurança.

Percebia muito bem por que Jamie não queria voltar. Morar com Jocasta por muitos outros meses tornaria sua obrigação ainda maior, seria muito mais difícil rejeitar sua persuasão.

Ele também sabia, melhor do que eu, que Jocasta Cameron era uma MacKenzie. Eu já vira o suficiente dos irmãos dela, Dougal e Colum, para ter ideia daquela herança. Os MacKenzie de Leoch não desistiam facilmente de uma ideia, e também não tinham problemas em arquitetar e manipular para conseguir o que queriam. E uma aranha cega conseguia tecer suas teias de modo muito mais certeiro, já que dependia apenas do tato.

Também havia excelentes motivos para se manter distante do sargento Murchison, que parecia ser o tipo de pessoa que guardava mágoas. E também havia Farquard Campbell e toda a rede de observadores e reguladores, escravos e políticos... Não, eu entendia muito bem por que Jamie não queria voltar a tamanha confusão e complicação, sem falar da guerra iminente. Ao mesmo tempo, eu tinha certeza de que nenhum desses motivos justificava a decisão dele.

– Não é só o fato de você não querer voltar a River Run, não é?

Eu me recostei nele, sentindo seu calor como um contraste ao frio da brisa da noite. A estação ainda não tinha mudado. Era fim do verão, e o ar estava tomado pelos cheiros causados pelo sol, de folhas e frutas, mas tão alto nas montanhas, que as noites ficavam frias.

Senti que ele começava a rir, e um hálito quente passou por minha orelha.

– É tão óbvio assim?

– Bem óbvio.

Eu me virei nos seus braços e encostei a testa na dele, de modo que nossos olhos ficaram a poucos centímetros de distância. Os dele eram de um azul profundo, a mesma cor do céu noturno no topo das montanhas.

– Coruja – falei.

Jamie riu, surpreso, e piscou ao se afastar com os longos cílios ruivos se entrelaçando brevemente.

– O que foi?

– Você perdeu – expliquei. – É um jogo chamado "Coruja". A primeira pessoa a piscar perde.

– Ah. – Ele segurou minhas orelhas pelos lóbulos e me puxou para trás delicadamente, testa contra testa. – Coruja, então. Você tem olhos de coruja, já percebeu?

– Não – respondi. – Não sei se tenho.

– Claros e dourados... e muito sábios.

Não pisquei.

– Então, me diga... por que vamos ficar.

Jamie também não piscou, mas senti seu peito se encher sob minha mão quando ele respirou fundo.

– De que forma posso explicar como é sentir a necessidade de ter um lugar? – perguntou ele delicadamente. – Sentir a neve em meus pés. O vento das montanhas, respirar esse vento pelas minhas narinas, assim como Deus soprou a vida em Adão. Sentir a rocha com as mãos, escalá-la e sentir os liquens nela, sobrevivendo ao sol e ao vento.

Ele soltou o ar e inspirou de novo, sem pressa. As mãos estavam unidas atrás da minha cabeça, abraçando-me, cara a cara.

– Se eu quiser viver como um homem, devo ter uma montanha – disse ele simplesmente. Seus olhos estavam arregalados, procurando compreensão nos meus. – Você confia em mim, Sassenach? – Pressionou o nariz contra o meu, mas não piscou. Nem eu.

– Entrego a minha vida a você – falei.

Senti que Jamie sorria, seus lábios a 2 centímetros dos meus.

– E o coração?

– Sempre – sussurrei. Então fechei os olhos e o beijei.

E assim ficou decidido. Myers voltaria a Cross Creek, daria as orientações de Jamie a Duncan, tranquilizaria Jocasta a respeito de nosso bem-estar e reuniria os suprimentos que o resto do nosso dinheiro poderia comprar. Se houvesse tempo antes da primeira nevasca, ele voltaria com os mantimentos. Se não houvesse, ele voltaria na primavera. Ian ficaria; precisaríamos da ajuda dele para construir a cabana e na caça.

O pão nosso de cada dia nos dai hoje, pensei, passando entre os galhos molhados à beira do riacho, *e não nos deixeis cair em tentação.*

Estávamos razoavelmente protegidos da tentação, no entanto. De qualquer modo, não voltaríamos a River Run por pelo menos um ano. Quanto ao pão de cada dia, até então ele nos era dado de modo tão certo quanto o maná. Nessa época do ano, havia uma abundância de frutas maduras e castanhas, que eu reunia cuidadosamente como um esquilo. Mas em dois meses, quando as árvores secassem e os rios congelassem, eu rezava para que Deus nos ouvisse acima do uivo do vento do inverno.

O rio estava cheio por causa da chuva, e a água alcançava cerca de 30 centímetros a mais do que no dia anterior. Eu me ajoelhei, resmungando ao ajeitar as costas. Dormir no chão nos deixava ainda mais retesados do que o normal. Joguei água fria no rosto, peguei um pouco com a boca, bebi com as mãos em conchas e joguei mais água, o sangue formigando no rosto e nos dedos.

Quando olhei para a frente, com o rosto pingando, vi dois veados bebericando de uma poça do outro lado, um pouco mais acima de onde eu estava. Fiquei imóvel para não perturbá-los, mas eles não pareceram se importar com a minha presença. À sombra das árvores, eles tinham o mesmo tom azulado das rochas e das árvores, e não passavam de sombras, mas cada contorno de seus corpos tinha uma delicadeza perfeita, como um quadro japonês feito à tinta.

E então, de repente, eles sumiram. Pisquei uma, duas vezes. Eu não os vira se virar nem correr – e apesar da beleza etérea, eu tinha certeza de que não os imaginara. Conseguia ver a marca escura das patas na lama da margem distante. Mas eles não estavam ali.

Não vi nem ouvi nada, mas meus pelos se arrepiaram repentinamente, e o instinto arrepiou os braços e o pescoço como uma corrente elétrica. Congelei, e nada se mexia além dos meus olhos. Onde estava? O que era?

O sol estava alto. Os topos das árvores eram visivelmente verdes, e as rochas começaram a brilhar à medida que as cores ganhavam vida. Mas as aves estavam em silêncio. Nada se movia além da água.

Estava a menos de 2 metros de mim, meio visível atrás de um arbusto. O som das lambidas se perdia no barulho do rio. E então, a cabeça grande se ergueu e uma orelha peluda se mexeu na minha direção, apesar de eu não ter feito barulho nenhum. Será que ouvia minha respiração?

O sol havia chegado a ela, iluminando o pelo moreno, brilhando nos olhos dourados que encaravam os meus com uma calma fora do comum. A brisa havia mudado. Eu sentia seu cheiro, um odor forte de gato, e o cheiro mais intenso de sangue. Ela me ignorou, ergueu uma pata preta e a lambeu tranquilamente, os olhos semicerrados preocupados com a higiene.

Ela passou a pata várias vezes sobre a orelha e então se alongou na área iluminada pelo sol – meu Deus, devia ter 2 metros de comprimento! – e se afastou, a barriga cheia balançando.

Eu não senti medo conscientemente. Foi o instinto que me fez parar onde estava, e o puro encantamento – pela beleza do felino e também por sua proximidade – me manteve assim. Mas quando o animal se afastou, meu sistema nervoso central entrou em ação de uma vez e desmoronou. Eu não gritei, mas tremi consideravelmente e precisei de muitos minutos para conseguir me levantar.

Minhas mãos tremiam tanto que eu derrubei a chaleira três vezes enquanto a enchia. Confiar nele, Jamie dissera. Eu confiava nele? Sim, confiava. Mas isso não faria muita diferença, a menos que ele estivesse ao meu lado na próxima vez.

Mas por enquanto... eu estava viva. Fiquei parada, de olhos fechados, respirando o ar puro da manhã. Conseguia sentir todos os átomos do meu corpo, o sangue correndo para carregá-lo a todas as células e fibras musculares. O sol tocou meu rosto e esquentou a pele fria, que ganhou cor.

Abri os olhos e vi uma linda mistura de verde, amarelo e azul. O dia nascera. Todos os pássaros cantavam agora.

Subi pelo caminho em direção à clareira, resistindo ao impulso de olhar para trás.

Jamie e Ian tinham cortado pinheiros altos e esguios no dia anterior, separando-os em pedaços de 3,5 metros, e rolaram com esforço os troncos morro abaixo. Agora, eles estavam empilhados à beira da pequena clareira, e a casca grossa brilhava molhada.

Jamie caminhava, batendo os pés na grama umedecida, quando voltei com a chaleira cheia de água. Ian acendera uma fogueira em cima de uma pedra grande e plana – aprendera com Jamie o truque de manter vários gravetos secos na bolsa de couro, com pederneira e aço.

– Será um espaço pequeno – dizia Jamie, franzindo o cenho para o chão, concentrado. – Vamos construir primeiro um lugar onde possamos dormir, para o caso de chover de novo, mas não precisa ser tão bem construído quanto a cabana, e assim teremos algo para praticar, não, Ian?

– Para que serve... além da prática? – perguntei.

Jamie olhou para a frente e sorriu para mim.

– Bom dia, Sassenach. Você dormiu bem?

– Claro que não – respondi. – Para que serve esse barracão?

– Para colocar a carne – disse ele. – Vamos cavar uma cova rasa nos fundos e enchê-la com tições, para defumarmos o que conseguirmos para estocagem. E faremos uma grelha para secar. Ian viu os índios fazerem isso, para preparar o que eles chamam de carne seca. Precisamos ter um lugar seguro onde os animais não consigam pegar nossa comida.

Parecia uma boa ideia, especialmente sabendo da presença dos animais na região. Minha única dúvida era a respeito da defumação. Eu já tinha visto isso na Escócia, e sabia que para defumar carne era preciso bastante atenção. Alguém precisava estar perto para não deixar o fogo aumentar de mais ou se apagar por completo, era preciso virar a carne regularmente e envolvê-la com gordura para evitar que ressecasse.

Eu não tive dificuldade para ver quem seria indicada para a tarefa. O único problema era que, se eu não conseguisse fazer direito, todos nós morreríamos por ingestão de carne estragada.

– Certo – falei sem entusiasmo.

Jamie percebeu meu tom de voz e sorriu para mim.

– É o primeiro barracão, Sassenach – disse ele. – O segundo é seu.

– Meu? – Eu me alterei um pouco com aquilo.

– Para suas ervas e plantas. Lembro que elas ocupam um pouco de espaço. – Ele apontou para o outro lado da clareira, com um brilho de construtor nos olhos. – E ali... ali vai ser onde a cabana ficará, onde passaremos o inverno.

Para minha surpresa, eles ergueram as paredes do primeiro barracão até o fim do segundo dia, com cobertura de galhos cortados até que tivessem tempo para conseguir seixos para um teto adequado. As paredes eram feitas de troncos esguios, ainda com a casca, e com frestas e espaços entre eles. Mas era grande o bastante para que nós três e Rollo dormíssemos ali com conforto, e com uma fogueira acesa em uma cova de pedras de um lado, o interior era bem confortável.

Alguns galhos tinham sido retirados do teto a fim de fazer uma abertura para que a fumaça passasse. Eu vi as estrelas da noite ao me deitar aconchegada a Jamie e ouvi-lo criticar seu trabalho.

– Veja aquilo – disse ele contrariado, erguendo o queixo em direção ao canto mais afastado. – Eu coloquei um poste torto, e ele entortou todo o resto.

– Acho que as carcaças de veados não se importarão – murmurei. – Vamos ver como está a sua mão.

– E o teto está cerca de 15 centímetros mais baixo de um lado do que do outro – continuou ele, me ignorando, mas deixando que eu segurasse sua mão esquerda.

As duas mãos tinham calos, mas eu sentia a nova área áspera de cortes e arranhões, e tantas lascas de madeira que sua mão se tornava pinicante ao toque.

– Você está parecendo um porco-espinho – falei, passando a mão em cima de seus dedos. – Venha, aproxime-se da fogueira para que eu consiga arrancar essas lascas.

Ele fez o que pedi, engatinhando ao redor de Ian, que, recém-despinhado, adormecera com a cabeça encostada no corpo peludo de Rollo. Infelizmente, a mudança de posição expôs novas falhas de construção aos olhos críticos de Jamie.

– Você nunca construiu um barracão com troncos antes, não é? – interrompi a crítica que ele fazia à porta, arrancando com a pinça uma farpa grande do seu polegar.

– Ai! Não, mas...

– E vocês o construíram em dois dias, com nada além de um machado e um facão. Pelo amor de Deus! Não tem nem um prego nela! Por que você queria que ficasse como o Palácio de Buckingham?

– Nunca vi o Palácio de Buckingham – respondeu ele. E parou. – Mas compreendo o que quer dizer, Sassenach.

– Ótimo. – Eu me inclinei sobre a palma da mão dele, semicerrando os olhos para ver os pontos escurecidos das farpas presas embaixo da sua pele.

– Acho que pelo menos não vai cair – disse Jamie depois de uma pausa mais longa.

– Também acho que não. – Embebi um pano com conhaque, passei na mão dele e comecei a dar atenção à mão direita.

Ele passou um tempo em silêncio. O fogo crepitou baixinho, aumentando de vez em quando, nas horas em que o vento passava entre as lenhas.

– A casa ficará na cordilheira alta – disse ele de repente. – Onde os morangos crescem.

– É mesmo? – murmurei. – A cabana, você quer dizer? Pensei que ela ficaria ao lado da clareira. – Eu havia retirado o máximo de farpas que consegui. As restantes estavam tão enfiadas na pele que eu teria que esperar que se aproximassem da superfície.

– Não, não a cabana. Uma bela casa – disse ele. Recostou-se nos troncos, olhando do outro lado da fogueira para a escuridão que se estendia. – Com uma escada e janelas de vidro.

– Será maravilhosa. – Coloquei a pinça no seu espaço dentro da caixa e a fechei.

– Com tetos altos e uma porta alta o suficiente para que eu nunca bata a cabeça ao passar.

– Será ótima. – Eu me recostei ao lado dele e encostei a cabeça em seu ombro.

Em algum ponto distante, um lobo uivou. Rollo levantou a cabeça, ouviu por um momento e voltou a se deitar, suspirando.

– Com uma sala para você e um escritório para mim, com estantes para os meus livros.

– Hummm. – Naquele momento, Jamie tinha apenas um livro, *A história natural da Carolina do Norte*, publicado em 1733, levado como guia e referência.

O fogo estava baixo de novo, mas nós não nos mexemos para acrescentar mais lenha. As chamas nos esquentariam à noite, e a fogueira teria que ser alimentada ao amanhecer.

Jamie passou um braço ao redor dos meus ombros e, inclinando-se, me levou com ele para que nos deitássemos na camada grossa de folhas caídas que eram o nosso sofá.

– E uma cama – completei. – Espero que possa construir uma cama.

– Uma cama tão boa como qualquer outra no Palácio de Buckingham – disse ele.

...

Myers, com seu coração gentil e a natureza fiel, voltou dentro de um mês – trazendo não apenas três burros de carga carregados de ferramentas, pequenos utensílios e provisões, como sal, mas também Duncan Innes.

– Aqui? – Innes olhou com interesse para o pequeno espaço que havia começado a tomar forma de lar na cordilheira coberta por morangos. Tínhamos dois barracões fortes agora, além de um espaço dividido com grades nos quais manteríamos os cavalos ou qualquer outro animal que pudéssemos adquirir.

No momento, nossos animais se resumiam a um pequeno porco branco, que Jamie adquirira de um estabelecimento moraviano a uns 50 quilômetros dali, trocando-o por um saco de batata-doce que peguei e um monte de vassouras de ramas de chorão que eu fizera. Apesar de pequeno demais para o chiqueiro, ele estava morando no barracão conosco por enquanto, e tinha feito amizade com Rollo. Eu mesma não era muito chegada a ele.

– Sim. É uma terra boa, com bastante água. Há fontes na mata, e um riacho.

Jamie guiou Duncan a um ponto no qual as ladeiras a oeste abaixo da cordilheira eram visíveis. Havia espaços naturais, ou "enseadas" na floresta, agora tomadas pelo mato, mas adequadas para o cultivo.

– Está vendo? – Ele fez um gesto em direção à ladeira, que descia da cordilheira em direção a uma pequena ribanceira, onde uma fila de sicômoros marcava a beira do rio distante. – Há lugar para pelo menos trinta casas, para começar. Precisamos limpar uma boa parte da floresta, mas há espaço suficiente para começar. Qualquer pequeno agricultor decente poderia alimentar a família com a plantação. O solo é muito rico.

Duncan fora pescador, não um agricultor, mas assentiu com obediência, os olhos fixos na vista enquanto Jamie descrevia as casas futuras.

– Andei por aqui – disse Jamie –, porém, a terra terá que ser inspecionada de modo adequado assim que pudermos. Mas tenho a descrição na minha cabeça. Por acaso vocês trouxeram tinta e papel?

– Sim, trouxemos. E mais algumas coisas também. – Duncan sorriu para mim, o rosto comprido e meio melancólico transformado pela expressão. – A srta. Jo mandou uma cama de penas que ela pensou que não poderia faltar.

– Uma cama de penas? É mesmo? Que maravilha! – Imediatamente deixei de lado os pensamentos ruins que alimentei a respeito de Jocasta Cameron. Apesar de Jamie ter construído uma cama excelente e resistente com estrutura de carvalho, com a parte de baixo feita de corda trançada, eu não tinha nada para colocar em cima além de galhos de cedro, que eram fragrantes, mas desagradavelmente grumosos.

Eu estava pensando no luxo, mas meus pensamentos foram interrompidos quando Ian e Myers surgiram da mata, este último com um suporte cheio de esquilos pendurados no cinto. Ian me mostrou um enorme objeto preto, que, ao observar mais de perto, vi que era um peru, gordo por ter se refastelado com os grãos do outono.

– O rapaz tem olhos de águia, sra. Claire – disse Myers, assentindo com aprovação. – Esses pássaros são danados, os perus. Nem mesmo os indígenas conseguem pegá-los.

Era cedo para o Dia de Ação de Graças, mas eu estava encantada com a ave, que seria o primeiro item importante em nossa despensa. Jamie também, apesar de ele gostar mais das plumas da cauda da ave, que lhe daria uma boa quantidade de penas para escrever.

– Devo escrever ao governador – explicou ele durante o jantar –, para dizer que vou aceitar sua oferta e para dar a descrição da terra. – Jamie pegou um pedaço de bolo e o mordeu distraidamente.

– Cuidado com as cascas – falei, com certo nervosismo. – Você não vai querer quebrar um dente.

O jantar foi truta grelhada no fogo, batatas assadas, cerejas silvestres e um bolo muito rústico feito de farinha de nozes, amassadas em um pilão. Estávamos sobrevivendo principalmente de peixe e dos poucos vegetais que eu conseguia colher, pois Ian e Jamie estavam ocupados demais construindo o barracão. Eu torcia para que Myers achasse adequado permanecer por um tempo – o suficiente para caçar um veado ou alguma outra grande fonte de proteína. Um inverno de peixe defumado parecia meio ruim.

– Não se preocupe, Sassenach – Jamie murmurou comendo bolo, e sorriu para mim. – Está bom. – Ele voltou a atenção para Duncan.

– Duncan, quando terminarmos de comer, você pode caminhar comigo até o rio para escolher seu lugar?

O rosto de Innes ficou inexpressivo, e então foi tomado por uma mistura de prazer e surpresa.

– Meu lugar? Está dizendo terra, *Mac Dubh*? – Involuntariamente, ele mexeu o ombro do lado sem o braço.

– Sim, terra. – Jamie espetou uma batata quente com um graveto afiado e começou a descascá-la cuidadosamente com os dedos, sem olhar para Innes. – Talvez precise que você seja o meu agente, Duncan, se quiser. O certo é que você seja pago. Agora, o que estou pensando, se você achar justo, claro, é que posso fazer o pedido de uma casa em seu nome, mas como não estará aqui para trabalhar nela, Ian e eu usaremos parte de sua terra para plantar e construiremos uma pequena plantação ali. E então, no momento certo, você terá um lugar para se assentar, se quiser, e plantações feitas. Acha que isso é adequado?

O rosto de Duncan passava por uma série de emoções enquanto Jamie falava, de susto a surpresa a um tipo de animação cuidadosa. A última coisa que poderia lhe ocorrer é que ele pudesse ter uma terra. Sem dinheiro e sem poder trabalhar com as mãos, se estivesse na Escócia ele teria vivido como mendigo... se sobrevivesse.

– Nossa... – começou ele, e então parou e engoliu em seco, e seu pomo de adão subiu e desceu. – Sim, *Mac Dubh*. Seria adequado.

Um sorriso discreto e incrédulo havia aparecido no rosto dele enquanto Jamie falava, e permaneceu ali, como se Duncan não o percebesse.

– Agente. – Ele engoliu de novo, e pegou uma das garrafas de cerveja que trouxera. – O que deseja que eu faça, *Mac Dubh*?

– Duas coisas, Duncan, e você fará. A primeira é encontrar construtores.

Jamie balançou a mão para mostrar o início da nossa nova cabana, que até aquele momento era formada por uma fundação de pedra, a estrutura do chão e uma pedra ampla escura para a casa, recostada na fundação por enquanto.

– Não posso sair daqui no momento. O que quero é que você encontre o máximo de homens que foram deportados de Ardsmuir. Eles estão espalhados, mas vieram por Wilmington. Muitos deles estarão na Carolina do Norte ou do Sul. Encontre o máximo que puder, conte o que estou fazendo aqui e traga quantos quiserem vir na primavera.

Duncan assentia lentamente, os lábios contraídos por baixo do bigode. Poucos homens usavam tal adorno facial, mas combinava com ele, fazia com que se parecesse com um leão-marinho do bem.

– Muito bem – disse ele. – E a segunda?

Jamie olhou para mim, e então para Duncan.

– Minha tia – disse ele. – Pode ajudá-la, Duncan? Ela precisa muito de um homem honesto, que saiba lidar com os canalhas da Marinha e que a represente nos negócios.

Duncan não demonstrara hesitação quando concordou em percorrer várias centenas de quilômetros da colônia à procura dos construtores para nossa empreitada, mas a ideia de lidar com os homens da Marinha o deixou muito nervoso.

– Negócios. Mas eu não sei...

– Não se preocupe – disse Jamie, sorrindo para o amigo.

A insistência funcionou em Duncan tão bem quanto comigo. Vi o nervosismo crescente nos olhos dele começar a diminuir. Pela milésima vez, eu me perguntei como Jamie conseguia.

– Será fácil para você – disse Jamie com calma. – Minha tia sabe bem o que deve ser feito. Ela pode falar o que você deve dizer e fazer... mas ela precisa de um homem que diga e faça. Escreverei uma carta a ela, para você levar, explicando que se dispõe a agir em seu nome.

Durante a última parte da conversa, Ian estava abrindo os pacotes que tinham sido descarregados das mulas. Agora, tirava um pedaço chato de metal da bagagem, e olhou para ele com curiosidade.

– O que é isso? – perguntou ele, a ninguém em particular.

Ian o levantou para que todos víssemos. Um pedaço de metal escuro, com um lado pontudo como uma faca, com traves rudimentares. Parecia um pequeno punhal que fora amassado por uma máquina a vapor.

– Ferro para a sua casa. – Duncan pegou a peça e a entregou a Jamie. – Foi a srta. Jo quem mandou.

– Foi? Que gentil. – O rosto de Jamie estava bronzeado depois de muitos dias ao ar livre, mas vi o tom rosado na lateral de seu pescoço quando ele corou. Ele passou o dedo pela superfície lisa do ferro e o entregou a mim.

– Mantenha-o seguro, Sassenach – disse ele. – Vamos abençoar nosso lar antes que Duncan se vá.

Vi que ele estava profundamente tocado pelo presente, mas não entendi muito bem por que, até Ian me explicar que as pessoas enterram ferro embaixo de uma casa nova para garantir bênçãos e prosperidade ao lar.

Era a bênção de Jocasta ao nosso empreendimento. Sua aceitação à decisão de Jamie – e perdão pelo que poderia ter sido visto como abandono. Era mais do que generosidade, e eu envolvi o pequeno pedaço de ferro em meu lenço e o coloquei no bolso para protegê-lo.

Abençoamos o lar dois dias depois, dentro da cabana sem paredes. Myers tirara o chapéu em respeito, e Ian lavara o rosto. Rollo também estava presente, assim como o pequeno porco branco, que teve que participar representando nossos "rebanhos", apesar de suas objeções. O porco não viu motivo para ser afastado de sua refeição de nozes para participar de um ritual sem alimentos.

Ignorando os gritos de irritação do porco, Jamie segurou a pequena faca de ferro pela ponta, de modo a formar uma cruz, e disse baixinho:

>   *Deus, abençoe o mundo e tudo o que há nele.*
>   *Deus, abençoe minha esposa e meus filhos,*
>   *Deus, abençoe o olho que está na minha cabeça,*
>   *E abençoe, Deus, o que minha mão fizer,*
>   *O horário em que eu me levantar de manhã,*
>   *O horário em que eu me deitar à noite,*
>   *Abençoe meu levantar na alvorada,*
>   *E meu deitar tarde da noite.*

Ele estendeu o braço e me tocou, e então tocou Ian – e com um sorriso, tocou Rollo e o porco – com o ferro, antes de continuar:

>   *Deus, proteja a casa e o lar,*
>   *Deus, abençoe os filhos da maternidade,*
>   *Deus, envolva os rebanhos e os filhotes.*
>   *Cuide deles e os guie,*
>   *Quando os rebanhos subirem montes e descampados,*
>   *Quando eu me deitar para dormir.*
>   *Quando os rebanhos subirem montes e descampados,*
>   *Quando eu me deitar em paz para dormir.*
>   *Permita que o fogo da bênção queime para sempre sobre nós, ó Deus.*

Então, ele se ajoelhou e colocou o ferro dentro do pequeno buraco aberto para isso, e então o cobriu e bateu na terra para nivelá-la. Então, ele e eu pegamos as pontas da grande pedra e a colocamos cuidadosamente por cima.

Eu deveria ter me sentido muito ridícula, numa casa sem paredes, com um lobo e um porco, cercada pelo mato e ouvindo os pássaros, envolvida em um ritual mais do que pagão. Mas não me senti ridícula.

Jamie parou na frente da pedra, estendeu uma mão para mim e me puxou para que eu ficasse de pé na pedra ao seu lado. Olhando para a pedra à nossa frente, de repente pensei na casa abandonada que havíamos encontrado indo para o norte. As madeiras caídas do telhado, e a pedra rachada, pela qual um galho havia entrado. Será que os desconhecidos construtores daquela casa pensaram em abençoar o lar – e fracassaram? Jamie apertou a minha mão, reconfortando-me inconscientemente.

Numa rocha plana do lado de fora, Duncan acendia uma fogueira pequena, Myers segurando o aço para ele acender. Quando foi acendida, a fogueira se iluminou e um ferro foi retirado dela. Duncan o segurou com a única mão e caminhou seguindo o trajeto do sol ao redor da fundação da cabana, cantando em gaélico alto. Jamie foi traduzindo para mim enquanto ele cantava:

> *Que a proteção de Fionn mac Cumhall seja sua,*
> *Que a proteção de Cormac seja sua,*
> *Que a proteção de Conn e Cumhall seja sua,*
> *Do lobo e dos pássaros*
> *Do lobo e dos pássaros.*

Ele fez uma pausa na canção quando se aproximou de cada ponta da bússola e, fazendo uma reverência para "cada uma das quatro pontas", passou o ferro em brasa num círculo à sua frente. Rollo, desaprovando a atitude piromaníaca, rosnava bravo, mas foi firmemente acalmado por Ian.

> *Que o escudo do rei de Fiann seja seu,*
> *Que o escudo do rei do sol seja seu,*
> *Que o escudo do rei das estrelas seja seu,*
> *No mal e no desespero*
> *No mal e no desespero.*

Havia muitos versos. Duncan circulou a casa três vezes. Só quando chegou ao ponto final, ao lado da pedra recém-disposta, é que eu percebi que Jamie dispusera a cabana de modo que a pedra ficasse ao norte. O sol da manhã esquentava meu ombro esquerdo e lançava nossas sombras ao oeste.

Que o abrigo do rei dos reis seja seu,
Que o abrigo de Jesus Cristo seja seu,
Que o abrigo do espírito da Cura seja seu,
Proteja do mal e do conflito,
Do cão maldoso e do cão vermelho.

Olhando para Rollo, Duncan parou diante da pedra, e deu o ferro a Jamie, que se abaixou e acendeu a pilha de gravetos. Ian gritou em gaélico quando a chama surgiu, e todos aplaudiram.

Mais tarde, nós nos despedimos de Duncan e de Myers. Os dois não estavam indo a Cross Creek, e sim para o monte Hélicon, onde os escoceses da região faziam uma reunião anual no outono, para agradecer pelas colheitas bem-sucedidas, trocar informações e fechar negócios, comemorar casamentos e batizados, manter pessoas do clã e da família em contato.

Jocasta e seus empregados estariam lá, assim como Farquard Campbell e Andrew MacNeill. Era o melhor lugar para Duncan começar a tarefa de encontrar os homens espalhados de Ardsmuir. A maior das reuniões acontecia no monte Hélicon. Os escoceses se reuniam ali vindos de lugares distantes, como a Carolina do Sul e a Virgínia.

— Devo estar aqui na primavera, *Mac Dubh* — prometeu Duncan enquanto montava no cavalo. — Com o máximo de homens que eu conseguir reunir. E entregarei as cartas sem falta. — Ele deu um tapa no saco ao lado da sela e puxou o chapéu para baixo a fim de proteger os olhos do forte sol de setembro. — Quer mandar algum recado para a sua tia?

Jamie parou por um momento, pensando. Ele já tinha escrito para Jocasta. Não havia nada a acrescentar?

— Diga a minha tia que não a verei na reunião este ano, e talvez nem no próximo. Mas na próxima depois dessas duas, eu a verei sem falta, com meu povo me acompanhando. Vá com Deus, Duncan!

Ele deu um tapa na anca do cavalo de Duncan e ficou ao meu lado acenando enquanto os dois cavalos desciam pela beira da cordilheira e sumiam. A partida me dava uma sensação estranha de desolação. Duncan era nosso último e único elo com a civilização. Agora, estávamos realmente sozinhos.

Bem, nem tanto, pensei. Tínhamos Ian. Sem falar de Rollo, do porco, dos três cavalos e das duas mulas que Duncan deixara conosco, para cuidar do arado na primavera. Um grupo pequeno, na verdade. Eu me animei pensando que, dentro de um mês, a cabana estaria pronta e teríamos um teto sobre as nossas cabeças. E então...

— *Más notícias, tia* — disse Ian em meu ouvido. — O porco comeu o resto da sua aveia.

20

O CORVO BRANCO

Outubro de 1767

– "Corpo, alma e mente" – disse Jamie, traduzindo quando se abaixou para pegar a ponta de outro tronco cortado. – "O corpo pela sensação, a alma para a fonte de ação, a mente para os princípios. Mas a capacidade de sensação pertence também ao touro preso. Não existe animal selvagem ou degenerado que não obedeça ao impulso. E mesmo os homens que negam os deuses ou traem seus países ou..." Cuidado, homem!

Ian, alertado, passou por cima do cabo do machado e virou-se para a esquerda, equilibrando a ponta do tronco cuidadosamente em volta da parede de troncos erguida pela metade.

– "...ou perpetram todos os tipos de maldades por trás de portas fechadas, têm mentes para guiá-los pelo caminho da obrigação." – Jamie retomou *Meditações*, de Marco Aurélio. – "Ao ver que..." Suba. Isso, muito bem. "Ao ver que todo o resto é herança comum de tais tipos, a única singularidade do homem bom está em sua receptividade a toda experiência que o destino pode criar para ele, sua recusa em sujar a divindade de seu seio ou perturbá-la com impressões inadequadas..." Certo, um, dois e... *argh*!

Seu rosto estava vermelho pelo esforço quando eles alcançaram a posição adequada e, juntos, ergueram o tronco quadrado à altura do ombro. Ocupado demais para continuar com as meditações de Marco Aurélio, Jamie direcionou os movimentos de seu sobrinho balançando a cabeça e com comandos de uma única palavra, enquanto levavam o pedaço de madeira para dentro dos espaços formados pelos troncos cruzados embaixo.

– Ah, os impulsos, não é? – Ian afastou do rosto suado uma mecha de cabelos. – Sinto um leve impulso na minha barriga. Isso é degenerado, então?

– Acredito que essa seja uma sensação corporal aceitável nesse momento do dia – disse Jamie, rosnando baixinho enquanto eles encaixavam o último tronco. – Um pouco para a esquerda, Ian.

O tronco se encaixou no espaço, e os dois homens deram um passo para trás com um suspiro de alívio por terem completado a tarefa. Ian sorriu para o tio.

– Quer dizer que você está com fome, certo?

Jamie sorriu de volta mas, antes de responder, Rollo levantou a cabeça, a orelha de pé, e ouviu-se um ronco baixo. Ao ver isso, Ian virou a cabeça para olhar e parou enquanto secava o rosto com a barra da camisa.

– Lá vem gente, tio – disse ele, acenando na direção da floresta.

Jamie ficou tenso. Antes que pudesse se virar e pegar a arma, eu identifiquei o que Rollo e Ian tinham visto entre as folhas.

– Não se preocupem – falei, animada. – É sua velha companhia para beber, vestida para visita. Acho que o destino preparou umas coisinhas para sua recepção.

Nacognaweto esperou educadamente à sombra das nogueiras até ter certeza de que nós o tínhamos visto. Então, avançou lentamente para fora da floresta, acompanhado, dessa vez, não por seus filhos, mas por três mulheres, duas delas levando trouxas grandes nas costas.

Uma delas era uma jovem, não tinha mais do que 13 anos, e a segunda, na casa dos 30, era claramente a mãe da garota. A terceira mulher que os acompanhava era muito mais velha – não a avó, pensei, ao ver seu corpo agachado e os cabelos brancos –, talvez a bisavó.

Eles tinham se arrumado para a visita. Nacognaweto estava com as pernas de fora, com borzeguins de couro, mas usava um tecido de musselina ao redor do corpo, solto no joelho, e uma camisa de linho cor-de-rosa tingida por cima, tudo envolto por um cinto com espinhos de porco-espinho e pedaços de conchas brancas e cor de lavanda. Por cima de tudo, ele usava um colete de couro com borda de contas, e um tipo de turbante frouxo de calicó azul por cima dos cabelos soltos, com duas penas de corvo ao lado de uma orelha. Joias de concha e prata – um brinco, vários colares, uma fivela de cinto e pequenos ornamentos presos aos cabelos – completavam a figura.

As mulheres estavam menos arrumadas, mas claramente vestiam as melhores roupas que tinham, com vestidos soltos e compridos até os joelhos que deixavam à mostra as botas leves e as calças de couro. Estavam envoltas em aventais de couro de veado com estampas pintadas, e as duas mais jovens usavam coletes decorados também. Eles avançaram em fila indiana até metade da clareira e então pararam.

– Meu Deus – murmurou Jamie. – É uma comissão. – Ele passou a manga pelo rosto e cutucou Ian nas costelas. – Faça sala, Ian. Eu já volto.

Ian, um tanto assustado, avançou em direção aos índios, balançando uma mão grande em um gesto cerimonial de boas-vindas. Jamie me pegou pelo braço e me levou para um canto da casa meio construída.

– O que... – comecei, assustada.

– Vista-se – interrompeu ele, jogando a caixa de roupas em minha direção. – Vista o que tiver de mais bonito, sim? Seria desrespeitoso não fazer isso.

"Bonito" era um pouco exagerado para descrever qualquer item do meu guarda-roupa atual, mas fiz o melhor que pude, amarrando uma saia amarela de linho ao redor da cintura e substituindo o lenço branco e liso por aquele que Jocasta mandara para mim, bordado com cerejas. Pensei que bastaria – afinal, estava claro que os homens é quem estavam sendo expostos aqui.

Jamie, depois de tirar a calça e vestir o tartã vermelho em tempo recorde, o prendeu com um pequeno broche de bronze, pegou uma garrafa de baixo da cama e saiu pelo lado aberto da casa antes que eu terminasse de arrumar os cabelos. Percebendo que era uma causa perdida, desisti e saí correndo atrás dele.

As mulheres me observaram com a mesma fascinação que eu tinha por elas, mas permaneceram afastadas enquanto Jamie e Nacognaweto realizavam os cumprimentos necessários envolvendo o despejar e compartilhar do conhaque, e Ian participou do ritual. Só então a segunda mulher se aproximou quando Nacognaweto fez um gesto, abaixando a cabeça num cumprimento tímido.

– *Bonjour, messieurs, madame* – disse ela baixinho, olhando para todos nós.

Seus olhos pousaram em mim com clara curiosidade, notando todos os detalhes da minha aparência, então não senti pudor e olhei para ela da mesma maneira. Mestiça, pensei. Talvez francesa?

– *Je suis sa femme* – disse ela inclinando a cabeça graciosamente em direção a Nacognaweto, e suas palavras confirmavam o que eu imaginara. – *Je m'apelle Gabrielle.*

– Hum... *je m'appelle Claire* – falei, com um gesto um pouco menos gracioso. – *S'il vous plaît...* – Fiz um gesto para a pilha de troncos que esperavam, convidando-os a se sentarem, e me perguntava se havia ensopado de esquilo para todos.

Jamie, enquanto isso, olhava para Nacognaweto com um misto de diversão e irritação.

– Ah, "sem francês", não é? – disse ele. – Acho que nem uma palavra!

O índio olhou para ele de modo inexpressivo, e assentiu para que a esposa prosseguisse com as apresentações.

A mulher mais velha era Nayawenne, não a avó de Gabrielle, como eu pensara, mas de Nacognaweto. A mulher era pequena, magra e curvada devido ao reumatismo, mas tinha os olhos vivos como os de um pardal, animal com o qual ela se parecia bastante. Usava um saco pequeno de couro amarrado no pescoço, decorado com uma pedra verde como fecho e com penas compridas de pica-pau. Carregava um saco maior, de tecido, amarrado na cintura. Ela me viu observando as manchas verdes no tecido e sorriu, mostrando dois dentes grandes e amarelos na frente.

A menina era, como eu pensara, filha de Gabrielle – mas não de Nacognaweto, imaginei. Ela não se parecia com ele, e se comportava de modo tímido perto dele. Seu nome bastante incongruente era Berthe, e os efeitos do sangue misturado eram ainda mais aparentes nela do que na mãe. Seus cabelos eram escuros e sedosos, mas de um castanho-escuro em vez de negros, e o rosto redondo era corado, com a pele clara de uma europeia, apesar de os olhos terem a dobra epicântica dos indígenas.

Quando as apresentações oficiais foram feitas, Nacognaweto fez um gesto a Berthe, que obedientemente abriu a trouxa grande que trazia, aos meus pés, expondo um cesto grande de laranja e abóbora de listras verdes, um cordão de peixe seco, um cesto menor de inhames e uma pilha enorme de milho indígena, seco na espiga.

– Meu Deus! – murmurei. – O retorno de Squanto!

Todo mundo olhou para mim sem entender, e eu me apressei a sorrir e a fazer exclamações, totalmente emocionadas, de alegria e prazer com os presentes. Talvez não durassem o inverno todo, mas eram o suficiente para fortalecer nossa dieta por cerca de dois meses.

Nacognaweto explicou por meio de Gabrielle que aquilo era uma pequena e insignificante retribuição pelo presente de Jamie, o urso, que fora recebido com alegria por seu vilarejo, onde a exploração corajosa de Jamie (nesse momento, as mulheres olharam para mim e deram risadinhas, certamente tendo tomado conhecimento do episódio do peixe) fora um assunto muito comentado e admirado.

Jamie, muito acostumado a esse tipo de troca diplomática, modestamente abriu mão de qualquer pretensão a parecer forte, dizendo que tinha sido um mero acidente.

Enquanto Gabrielle traduzia, a senhora ignorou os cumprimentos, e se aproximou de mim como um caranguejo. Sem qualquer pudor, ela tocou meu corpo todo, passando os dedos pelas minhas roupas e levantando a barra do meu vestido para examinar meus sapatos, fazendo comentários para si mesma num murmúrio rouco e suave.

O murmúrio ficou mais alto e ganhou um tom de surpresa quando ela chegou aos meus cabelos. Eu tirei os grampos e os soltei sobre os ombros. Ela puxou uma mecha, esticou-a, deixou que ela voltasse a subir e riu.

Os homens olharam em nossa direção, mas dessa vez Jamie estava mostrando a Nacognaweto a construção da casa. A chaminé estava completa, construída com uma pedra como a fundação, e o chão tinha sido feito, mas as paredes, construídas com troncos quadrados, tinham cerca de 20 centímetros de diâmetro cada, e chegavam apenas à altura do ombro. Jamie pediu a Ian uma demonstração da separação dos troncos, e ele foi rachando a lenha com constância enquanto percorria a extensão da madeira, quase acertando os dedos dos pés a cada golpe.

Como aquela conversa entre homens não exigia tradução, Gabrielle pôde se aproximar e conversar comigo. Apesar do seu francês ter sotaque e várias expressões estranhas, não tivemos problemas para nos entender.

Em pouco tempo, descobri que Gabrielle era filha de um comerciante de peles francês e de uma mulher da tribo dos huronianos – e a segunda esposa de Nacognaweto, que por sua vez, também era seu segundo marido. O primeiro, o pai de Berthe, fora um francês morto na guerra francesa e indígena dez anos antes.

Eles viviam em um vilarejo chamado Anna Ooka (precisei me controlar para manter a seriedade. Sem dúvida, "New Bern" seria peculiar para eles), a cerca de dois dias de viagem ao nordeste – Gabrielle indicou a direção com um gracioso inclinar da cabeça.

Enquanto eu conversava com Gabrielle e Berthe, complementando a conversa com gestos de mão, aos poucos percebi que outro tipo de comunicação estava ocorrendo com a senhora.

Ela não dizia nada a mim diretamente – apesar de murmurar de vez em quando a Berthe, claramente exigindo saber o que eu dissera –, mas seus olhos brilhantes permaneciam fixos em mim, e eu percebia. Eu tinha a estranha sensação de que ela estava conversando comigo – e eu com ela –, sem trocarmos uma única palavra.

Vi Jamie do outro lado da clareira oferecendo a Nacognaweto o resto da garrafa de conhaque. Claramente era o momento de oferecer presentes em retribuição. Dei a

Gabrielle o lenço bordado, e a Berthe, um grampo de cabelo decorado com pecinhas brilhantes, e com esses presentes elas exclamaram felizes. Para Nayawenne, no entanto, eu tinha algo diferente.

Eu tivera a sorte de encontrar quatro raízes grandes de ginseng na semana anterior. Peguei as quatro da caixa de remédios e as coloquei na mão dela, sorrindo. Ela olhou para mim, e então retribuiu o sorriso, soltou o saco de tecido do cinto e o jogou para mim. Eu não precisei abri-lo. Conseguia sentir as quatro formas compridas e grumosas pelo tecido.

Sim, com certeza falávamos a mesma língua!

Tomada pela curiosidade, e num impulso que não consegui descrever, perguntei a Gabrielle a respeito do amuleto da senhora, torcendo para que não fosse um gesto mal-educado.

– *Granmère est...* – Ela hesitou, procurando a palavra certa em francês, mas eu já sabia.

– *Pas docteur* – falei –, *et pas sorcière, magicienne. Elle est...* – hesitei também. Não havia uma palavra adequada para aquilo em francês, afinal.

– Dizemos que ela é uma cantora – disse Berthe com timidez, em francês. – Nós a chamamos de xamã. O nome dela quer dizer "Pode ser. Vai acontecer".

A senhora disse algo assentindo para mim, e as duas mais jovens pareceram assustadas. Nayawenne abaixou a cabeça, tirou o elástico do pescoço e colocou a bolsinha em minha mão.

Estava tão pesada que quase a derrubei. Assustada, fechei a mão sobre ela. O couro desgastado estava quente pelo contato com o corpo dela, os contornos arredondados se encaixavam bem na minha palma. Por um momento, tive a clara impressão de que algo no saco estava vivo.

Meu rosto deve ter mostrado o susto que levei, porque a senhora começou a rir. Estendeu a mão e eu devolvi o amuleto com pressa. Gabrielle disse, educadamente, que a avó de seu marido ficaria feliz em me mostrar as plantas úteis que cresciam ali perto, se eu quisesse caminhar com ela.

Aceitei o convite com espontaneidade, e a senhora seguiu pelo caminho com passos firmes que não condiziam com sua idade. Observei seus pés minúsculos em botas de couro macias, e pensei que, quando tivesse a idade dela, gostaria de conseguir andar por dois dias na mata e sentir vontade de sair explorando.

Caminhamos à beira do rio por algum tempo, seguidas a uma distância respeitosa por Gabrielle e Berthe, que só se aproximavam de nós quando chamadas para fazer a interpretação.

– Cada planta tem a cura para uma doença – explicou a senhora por intermédio de Gabrielle. Puxou o raminho de um arbusto no caminho e o entregou a mim com seriedade. – Se ao menos soubéssemos para o que todas servem!

Na maior parte do tempo, nós nos entendíamos com gestos, mas quando chegamos ao grande lago onde Jamie e Ian pescavam trutas, Nayawenne parou e acenou, pedindo a Gabrielle que se aproximasse de novo. Disse algo à mulher, que se virou para mim com uma expressão de surpresa no rosto.

– A avó do meu marido diz que sonhou com você na noite da lua cheia, duas luas atrás.

– Comigo?

Gabrielle assentiu. Nayawenne pousou uma mão em meu braço e olhou com atenção em meu rosto, como se quisesse conferir o impacto das palavras de Gabrielle.

– Ela nos contou sobre o sonho, que ela vira uma mulher com... – Seus lábios tremeram e rapidamente se endireitaram, e ela tocou as pontas dos cabelos longos e lisos com delicadeza. – Três dias depois, meu marido e os filhos dele chegaram, contando que encontraram você e o Matador de Urso na floresta.

Berthe também me observava com claro interesse, enrolando uma mecha dos seus cabelos castanho-escuros na ponta do indicador.

– Ela que cura disse que precisava ver você, e então, quando soubemos que estava aqui...

Isso me assustou um pouco. Eu não tive a sensação de ser observada mas ainda assim, alguém havia notado nossa presença na montanha e passado as notícias a Nacognaweto.

Impaciente com essas irrelevâncias, Nayawenne cutucou a nora e disse algo, e então apontou com determinação para a água a nossos pés.

– A avó do meu marido diz que quando sonhou com você, foi aqui. – Gabrielle fez um gesto para a água e olhou para mim com muita seriedade.

– Ela encontrou você aqui, à noite. A lua estava refletida na água. Você se tornou um corvo branco, voou sobre a água e engoliu a lua.

– Ah! – Torci para não haver nada de sinistro nesse ato.

– O corvo branco voltou e botou um ovo na palma da mão dela. O ovo se abriu e havia uma pedra brilhante dentro. A avó do meu marido sabia que isso era uma grande mágica, que a pedra poderia curar doenças.

Nayawenne assentiu a cabeça diversas vezes, pegou o saco de amuleto do pescoço e enfiou a mão nele.

– No dia seguinte ao sonho, a avó do meu marido foi arrancar a raiz *kinnea*, e no caminho viu algo azul aparecendo na terra à beira do rio.

Nayawenne pegou um objeto pequeno e grumoso e o colocou na minha mão. Era uma pedra áspera, mas, sem dúvida, preciosa. Pedaços da matriz rochosa estavam grudados, mas o coração da pedra era de um azul profundo e suave.

– Minha nossa... é uma safira, não é?

– Safira? – Gabrielle disse a palavra, pensativa. – Nós a chamamos de... – Ela hesitou, procurando a tradução certa em francês. – ... *pierre sans peur*.

– *Pierre sans peur*? Uma pedra sem medo?

Nayawenne assentiu, falando de novo. Berthe deu a tradução antes que sua mãe pudesse falar.

– A avó do meu pai está dizendo que uma pedra como esta impede as pessoas de sentirem medo, por isso deixa o espírito mais forte, de modo que elas se curam mais depressa. Essa pedra já curou duas pessoas de febre e uma dor nos olhos que meu irmão mais novo teve.

– A avó do meu marido quer agradecer por esse presente. – Gabrielle retomou a conversa.

– Ah... diga que não tem de quê. – Assenti cordialmente para a senhora, e lhe devolvi a pedra azul. Ela a colocou dentro do saco e prendeu o cordão com força no pescoço. Então, olhou para mim de perto e, estendendo o braço, puxou uma mecha dos meus cabelos, falando enquanto esfregava os fios entre os dedos.

– A avó do meu marido diz que você tem remédio agora, mas terá mais. Quando seus cabelos forem brancos como os dela, é quando você encontrará seu poder total.

A senhora soltou a mecha e me encarou por um momento. Pensei ter visto uma expressão de grande tristeza nas profundezas de seus olhos, e estendi a mão para tocá-la.

Ela deu um passo para trás e disse algo mais. Gabrielle olhou para mim com timidez.

– Ela diz que você não deve se preocupar. A doença é enviada pelos deuses. Não será culpa sua.

Olhei para Nayawenne, assustada, mas ela já tinha se virado.

– O que não será culpa minha? – perguntei, mas a senhora se recusou a falar mais alguma coisa.

21

NOITE EM UMA MONTANHA NEVADA
Dezembro de 1767

O inverno demorou um pouco, mas a neve começou a cair na noite de 28 de novembro e, quando acordamos, encontramos o mundo transformado. Todas as folhas do grande abeto atrás da cabana estavam congeladas, e gotas compridas de gelo estavam penduradas nas folhas da framboeseira silvestre.

A neve não estava forte, mas sua vinda mudou a rotina. Eu não passeava mais durante o dia, exceto algumas idas rápidas ao rio para buscar água e as plantas que arrancava no meio da neve da ribanceira. Jamie e Ian pararam de rachar lenha e limpar a área, e passaram a se preocupar em fazer o teto. O inverno se aproximou, e nós, em resposta, nos protegíamos do frio, nos retraíamos.

Não tínhamos velas. Só lâmpadas de óleo e a luz do fogo que ardia constantemente na casa, escurecendo as vigas do telhado. Assim, acordávamos logo cedo e nos deitávamos depois do jantar, no mesmo ritmo que as criaturas da floresta ao nosso redor.

Não tínhamos carneiros ainda, logo, nada de lã para guardar nem tecer, nenhum tecido para costurar nem tingir. Não tínhamos colmeias ainda, logo, não havia cera para ferver nem vela para acender. Não havia animais dos quais cuidar, exceto os cavalos, as mulas e o porco, que crescera consideravelmente no tamanho e na irascibilidade, levando-o a ser preso em um compartimento no canto do estábulo que Jamie havia construído, que não passava de um abrigo de frente aberta com um telhado coberto com galhos.

Myers comprara uma seleção pequena mas útil de ferramentas, e as partes de ferro tilintavam em um saco, esperando ganhar cabos de madeira da floresta mais próxima. Havia um machado e um porrete, um arado para o plantio na primavera, verrumões, bases e cinzel, um pequeno facão de mato, dois martelos e um serrote, uma ferramenta peculiar parecida com uma enxada (que, segundo Jamie, servia para cortar ripas), um facão de lâmina curva com cabos dos dois lados, usado para alisar e cortar madeira. E também duas facas pequenas afiadas, uma machadinha, algo que se parecia com um equipamento medieval de tortura (que era, na verdade, um puxa-pregos) e uma espécie de machado pequeno para cortar madeira fina.

Com elas, Jamie e Ian conseguiram fazer um teto na cabana antes que a neve caísse, mas os barracões eram menos importantes. Um bloco de madeira permanecia constantemente ao lado da fogueira, a machadinha fincada nele, pronta para qualquer um que quisesse partir mais lenha. Aquele canto da casa era, na verdade, dedicado à madeira. Ian tinha um banco útil, mas rústico, que ficava embaixo de uma das janelas, onde a luz entrava, e a lenha podia ser jogada na fogueira, que permanecia acesa dia e noite.

Myers trouxera algumas ferramentas de mulher para mim também: um cesto enorme de costura, muito bem equipado com agulhas, alfinetes, tesouras e um novelo de lã, e fios de linho, musselina e lã. Apesar de a costura não ser minha atividade preferida, fiquei feliz ao receber as ferramentas mesmo assim, já que, devido ao fato de Jamie e Ian estarem sempre no telhado, suas roupas precisavam constantemente de reparos.

– Mais um! – Jamie se sentou na cama ao meu lado.

– Mais um o quê? – perguntei sonolenta, abrindo um dos olhos. Estava muito escuro na cabana e o fogo queimava baixo na lareira.

– Mais um maldito vazamento! Entrou água na minha orelha, inferno!

Jamie saiu da cama, foi até a fogueira e enfiou nela uma ripa de madeira. Quando pegou fogo, ele a trouxe de volta e ficou de pé em cima da cama, erguendo a tocha enquanto olhava para o teto à procura do vazamento.

– Hum? – Ian rolou para o lado e gemeu de modo questionador. Rollo, que insistia em dividir a cama com ele, emitiu um breve rosnado, remexeu o corpo de pelos cinza e voltou a roncar alto.

– Um vazamento – expliquei a Ian, prestando atenção na tocha de Jamie. Não queria que meu precioso colchão de penas pegasse fogo com faíscas inoportunas.

– Ah. – Ian permaneceu deitado com um braço sobre o rosto. – Nevou de novo?

– Deve ter nevado.

As janelas estavam cobertas com quadrados de pele de veado untada, e não entrava som do lado de fora, mas o ar tinha o peso característico da neve.

A neve veio silenciosamente e se acumulou no telhado. Então começou a derreter com o calor da fogueira no interior da cabana, escorrendo pelas partes inclinadas do telhado e deixando um caminho de gotinhas de gelo. Mas, de vez em quando, a água conseguia passar por uma fresta em uma madeira ou numa junção onde as partes tinham sido mal unidas, e gotas entravam geladas por ali.

Jamie considerava essas intrusões como uma afronta pessoal, e não demorava para lidar com elas.

– Vejam! – exclamou ele. – Ali está! Estão vendo?

Desviei o olhar paralisado dos tornozelos peludos à frente do meu nariz e olhei para o telhado. Com certeza, a tocha de luz revelava a linha escura de uma fresta em uma madeira, com uma mancha escura de umidade que se espalhava por baixo. Enquanto eu observava, uma gota clara se formou, brilhando vermelha à luz da tocha, e caiu com um baque no travesseiro ao meu lado.

– Poderíamos mudar um pouco a posição da cama – sugeri sem grande esperança.

Eu já passara por isso antes. Todas as sugestões de que o trabalho de reparo podia esperar até o dia clarear eram respondidas com recusas revoltadas. Nenhum homem, e isso eu tive que entender, concordaria com algo assim.

Jamie saiu da cama e, com o pé, cutucou Ian nas costelas.

– Levante-se e bata no ponto onde o vazamento está, Ian. Vou cuidar dele do lado de fora. – Pegando um cinzel novo, um martelo e uma machadinha, além de um saco de pregos, ele foi para a porta.

– Não suba no telhado assim! – exclamei, sentando abruptamente na cama. – Essa é a sua blusa de lã boa!

Ele parou perto da porta, olhou rapidamente para mim e então, com uma expressão de mártir, deixou as ferramentas no chão, tirou a blusa, jogou-a no chão, pegou as ferramentas e saiu imponente para lidar com o vazamento, as nádegas contraídas em determinação.

Passei a mão pelo rosto inchado e gemi baixinho.

– Ele vai voltar bem, tia – garantiu Ian.

Ele bocejou, sem se preocupar em cobrir a boca, e saiu relutante da cama quente.

Batidas no telhado que definitivamente não foram delicadas anunciavam que Jamie estava posicionado. Saí do caminho e me levantei, resignada, quando Ian subiu na cama e bateu uma ripa de madeira no ponto úmido, remexendo-a o suficiente para Jamie localizar o vazamento por fora.

Em seguida, vieram as batidas, quando a madeira com defeito se soltou e foi substituída, e o vazamento desapareceu, deixando não mais do que um simples vestígio de sua existência, o pequeno monte de neve que havia passado pelo buraco.

De volta à cama, Jamie envolveu o corpo gelado no meu, puxou-me para seu peito frio e logo voltou a dormir, tomado pela satisfação de um homem que defendeu seu lar de todas as ameaças.

Era um refúgio frágil e tênue na montanha – mas era um refúgio, mesmo assim. Não tínhamos muita carne – tivemos pouco tempo para caçar outra coisa além de esquilos e coelhos, e aqueles roedores úteis tinham ido hibernar –, mas havia uma boa quantidade de legumes secos, desde inhame e abóbora, passando por cebola e alho, além de um ou dois sacos de castanhas, e as poucas ervas que eu conseguira pegar e secar. Era uma dieta restrita mas, com cuidado, poderíamos sobreviver até a primavera.

Com poucas tarefas para fazer do lado de fora, havia tempo para conversar, contar histórias e sonhar. Entre os objetos úteis, como colheres e tigelas, Jamie se dedicou a entalhar as peças de um tabuleiro de xadrez de madeira, e passou muito tempo tentando convencer Ian ou a mim a jogar com ele.

Ian e Rollo, que não aguentavam ficar presos, visitavam Anna Ooka com frequência, às vezes partindo em caçadas longas com jovens do vilarejo, que gostavam da companhia dele e da de Rollo.

– O rapaz fala a língua dos índios muito melhor do que grego ou latim – observou Jamie com certa repreensão, vendo Ian trocar cordialidades com um índio enquanto partiam para uma dessas excursões.

– Bem, se Marco Aurélio tivesse escrito sobre como localizar porcos-espinhos, acho que ele teria encontrado um público muito mais interessado – respondi com delicadeza.

Por mais que eu adorasse Ian, não me sentia insatisfeita com sua ausência frequente. Em certos momentos, três era demais.

Não existe nada mais agradável na vida do que uma cama de penas e uma fogueira – exceto uma cama de penas com um amante quente e carinhoso nela. Quando Ian não estava, não nos preocupávamos com lamparinas. Íamos para a cama no escuro e nos deitávamos compartilhando o calor, conversando até tarde, rindo e contando histórias, dividindo nossos passados, planejando o futuro e, em algum momento no meio da conversa, parando para aproveitar os prazeres sem palavras do presente.

– Conte sobre Brianna. – Estas eram as histórias preferidas de Jamie: a infância de Brianna. O que ela tinha dito, usado e feito; como ela era, todas as suas conquistas e seus gostos.

– Eu contei quando fui convidada a comparecer à escola dela para falar sobre a profissão de médico?

– Não. – Ele se remexeu para ficar mais confortável, rolando de lado e se encaixando atrás de mim. – Por que fez isso?

– Era o que eles chamavam de Dia da Profissão. Os professores convidavam muitas pessoas com empregos diferentes para explicar o que faziam, de modo que as crianças pudessem ter ideia do trabalho de um advogado, por exemplo, ou de um bombeiro...

– Eu acharia essa profissão bem óbvia.

– Quieto. Ou um veterinário, que é um médico que cuida de animais, ou um dentista, que é um médico especial que cuida só dos dentes...

– Dos *dentes*? O que se pode fazer com um dente além de arrancá-lo?

– Você se surpreenderia. – Afastei os cabelos do rosto e do pescoço. – Bem, eles sempre me chamavam porque não era muito comum que uma mulher fosse médica naquela época.

– Você acha que é comum *agora*? – Jamie riu, e eu dei um chute fraco em sua canela.

– Bem, ficou mais comum depois daquele tempo. Mas na época não era. E quando terminei de falar e perguntei se alguém tinha alguma pergunta, um menininho se eriçou e falou que a mãe dele dissera que as mulheres que trabalhavam eram como prostitutas, e que deveriam estar em casa cuidando da família em vez de roubar os empregos dos homens.

– Acho que essa mãe não conheceu muitas prostitutas na vida.

– Acho que não mesmo. Nem mulheres que trabalham. Mas quando ele disse isso, Brianna ficou de pé e disse com a voz bem alta: "Bem, é melhor você ficar feliz por minha mãe ser médica, porque vai precisar de uma!" E bateu na cabeça dele com o livro de aritmética. Quando ele se desequilibrou e caiu, ela pulou na barriga dele e deu um soco em sua boca.

Senti o peito e o estômago de Jamie se chacoalhando contra as minhas costas.

– Que corajosa! Mas a professora não a castigou?

– Eles não batem nas crianças na escola. Ela teve que escrever uma carta se desculpando com o pestinha, mas ele teve que escrever uma para mim, o que Brianna achou uma troca justa. A parte mais embaraçosa foi que o pai dele também era médico; um dos meus colegas no hospital.

– Imagino que você tenha conseguido um emprego que ele queria.

– Como adivinhou?

– Hum. – Sua respiração estava quente e fazia cócegas em minha nuca.

Levei a mão para trás e acariciei uma de suas coxas compridas e peludas, sentindo o músculo em contração.

– Você disse que ela estava na faculdade, estudando História, como Frank Randall. Será que ela nunca quis ser médica como você? – Com uma das mãos grandes, ele ficou apertando minhas nádegas delicadamente.

– Ela queria quando era pequena. Eu a levava ao hospital de vez em quando, e Brianna ficava fascinada com todos os equipamentos. Amava brincar com meu estetoscópio e otoscópio, uma ferramenta para examinar ouvidos, mas então mudou de ideia. O que aconteceu pelo menos umas dez vezes, como a maioria das crianças.

– Elas mudam de ideia?

Era uma ideia nova para Jamie. A maioria dos filhos da época dele seguiam a profissão dos pais – ou talvez aprendiam outra escolhida por eles.

– Ah, sim. Vamos ver... Ela quis ser bailarina por um tempo, como a maioria das meninas. É uma dançarina que dança na ponta dos pés – expliquei, e ele riu surpreso. – Depois, ela quis ser gari, isso depois de um gari dar carona para ela em seu caminhão; e então, uma mergulhadora, carteira e...

– O que diabos é mergulhadora? E gari?

Quando terminei de descrever algumas profissões do século XX, estávamos frente a frente, nossas pernas confortavelmente enroladas, e eu admirava o modo com que seu mamilo se enrijecia ao toque do meu polegar.

– Nunca soube ao certo se ela queria estudar História ou se fazia isso principalmente para agradar Frank. Ela o amava demais, e ele sentia muito orgulho dela. – Fiz uma pausa, pensando, enquanto a mão dele descia pelas minhas costas.

– Ela começou a ter aulas de História na universidade quando ainda estava no ensino médio. Eu contei como funciona o sistema escolar? E então, quando Frank morreu... Acho que ela prosseguiu com História porque acreditava que era o que ele gostaria.

– Isso é lealdade.

– Sim. – Passei a mão pelos cabelos dele, sentindo os ossos firmes e arredondados do seu crânio, e seu couro cabeludo sob meus dedos. – Não sei de onde veio essa característica dela.

Ele roncou brevemente e me abraçou mais.

– Não sabe? – Sem esperar resposta, ele continuou: – Se ela prosseguir com História... você acha que ela nos encontrará? Escritos em algum lugar, quero dizer.

A ideia já havia me ocorrido, e por um momento fiquei muito quieta. Então eu me alonguei um pouco e apoiei a cabeça no ombro dele rindo baixinho, mas sem achar muita graça.

– Acho que não. A menos que fizéssemos algo notável. – Fiz um gesto vago em direção à parede da cabana e à mata do lado de fora. – Imagino que não teríamos muita chance aqui. E, de qualquer modo, ela teria que estar procurando.

– E ela procuraria?

Permaneci em silêncio por um momento, sentindo o cheiro almiscarado e forte de Jamie.

– Espero que não – falei baixinho, por fim. – Ela deve ter a própria vida, e não passar o tempo olhando para trás.

Ele não respondeu diretamente ao que eu falei, mas pegou a minha mão e a colocou entre nós, suspirando quando o segurei.

– Você é uma mulher muito inteligente, Sassenach, mas tem uma visão limitada. Embora talvez seja só humildade.

– E por que você está dizendo isso? – perguntei um pouco alterada.

– A moça é leal, você disse. Ela deve ter amado o pai o suficiente para moldar sua vida de acordo com o que ele gostaria, mesmo depois de sua morte. Você acha que ela ama menos você?

Virei a cabeça e deixei os cabelos caírem em meu rosto.

– Não – respondi por fim, com a voz abafada no travesseiro.

– Então.

Jamie me segurou pelo quadril e me virou, rolando lentamente para cima de mim. Não falamos mais nada depois que os limites dos nossos corpos desapareceram.

Foi lento, calmo, como num sonho. Seu corpo era meu e o meu corpo era dele, e quando passei meu pé por sua perna, a sola lisa do pé e a panturrilha peluda, senti a palma da sua mão com calos e a carne macia, era um encaixe, o ritmo do nosso movimento como as batidas de um só coração.

O fogo crepitava suavemente, lançando uma luz amarela e vermelha nas paredes de madeira de nosso refúgio, e permanecemos deitados em paz, sem nos preocuparmos em separar braços e pernas. Quase dormindo, senti o hálito quente de Jamie em meu pescoço.

– Ela vai procurar – assegurou ele.

Houve um breve degelo dois dias depois, e Jamie – sofrendo por ficar dentro da cabana por tanto tempo – decidiu aproveitar e saiu para caçar. Ainda havia neve no chão, mas era fina e esparsa. Ele acreditava que caminhar nas ladeiras seria fácil.

Eu não tinha a mesma certeza quando peguei um punhado de neve e coloquei dentro de um cesto para derreter mais tarde naquela manhã. A neve embaixo dos arbustos ainda era densa, apesar de já ter derretido no chão exposto. Torci para que ele estivesse certo, já que estávamos com poucos alimentos e não comíamos carne havia mais de uma semana até mesmo as armadilhas que Jamie montara tinham sido encobertas pela neve.

Levei a neve para dentro, despejei-a em um grande caldeirão e me senti, como sempre, meio como uma bruxa.

– "Dobrem, dobrem, problema e confusão" – murmurei, observando as pedras brancas se derreterem no líquido quente.

Eu tinha um caldeirão grande, cheio de água, que borbulhava constantemente no fogo. Aquele era o meio básico não só de lavar as roupas, mas de cozinhar tudo que não podia ser grelhado, frito ou assado. Ensopados e coisas a serem fervidas eram colocadas em cuias ou tigelas de pedra, tampadas e submersas, com barbantes, dentro da água fervente, e eram retiradas com regularidade para serem conferidas. Assim, eu podia cozinhar uma refeição toda na mesma panela e ter água quente para o banho depois.

Virei o segundo cesto de neve em uma tigela de madeira e deixei que ela derretesse mais lentamente. Era a água que beberíamos naquele dia. E então, sem nada urgente para fazer, eu me sentei para ler o caderno de Daniel Rawling e para costurar meias, com os dedos dos pés confortavelmente aquecidos pelo fogo.

Primeiro, não me preocupei quando Jamie não voltou. Ou melhor, eu me preocupei – sempre me preocupava quando ele passava muito tempo longe, mas de modo simples e secreto, que eu conseguia esconder de mim mesma. No entanto, quando as sombras da neve se tornaram violeta com o sol que se punha, comecei a prestar atenção aos sons com mais intensidade.

Fiz meu trabalho na constante expectativa de ouvir os passos dele ou um grito, pronta para correr e ajudar se Jamie tivesse trazido um peru para depenar ou algo mais ou menos comestível que precisasse ser limpo. Alimentei e dei água às mulas e aos cavalos, sempre olhando para a montanha. Quando a luz da tarde foi desaparecendo, a expectativa se tornou esperança.

Ficava cada vez mais frio na cabana, e saí em busca de mais madeira. Não devia ser muito mais do que quatro da tarde, pensei, mas as sombras embaixo dos arbustos de mirtilo já estavam azuis. Dentro de uma hora, já estaria escuro; em duas, o breu viria.

O monte de lenha estava coberto com um pouco de neve, e as lenhas de cima estavam úmidas. Mas ao puxar um galho de nogueira para o lado, consegui enfiar a mão por dentro e tirar madeiras secas – sempre atenta a cobras, gambás e qualquer outra coisa que poderia ter se abrigado no vão da madeira.

Cheguei mais perto para cheirar, e então me curvei e espiei com cuidado ali dentro. Como precaução final, enfiei um graveto longo dentro e o remexi brevemente. Não ouvi movimentação nem qualquer som que levantasse suspeitas, então enfiei a mão com confiança, e procurei até meus dedos encontrarem a casca grossa de um pedaço de pinheiro. Eu queria uma fogueira quente e que acendesse fácil hoje. Depois de um dia caçando na neve, Jamie estaria gelado.

Pinheiro para o centro da lareira, então, e três pedaços pequenos de nogueira com combustão mais lenta da camada molhada de fora. Eu poderia colocar aquelas lenhas dentro da lareira para que secassem, enquanto terminava de fazer o jantar. Assim, quando fôssemos dormir, eu colocaria a madeira úmida, que queimaria mais lentamente, durando até a manhã.

As sombras se tornaram azul-escuras e se misturaram à penumbra cinza do inverno. O céu estava cor de lavanda com nuvens densas, nuvens de neve. Era possível sentir a umidade fria no ar. Quando a temperatura diminuísse depois do escurecer, a neve cairia.

– Maldito homem – disse em voz alta. – O que você fez, matou um alce? – Minha voz saiu baixa no ar abafado, mas o pensamento fez com que eu me sentisse melhor. Se ele realmente tivesse acertado um animal grande no fim do dia, talvez pudesse ter decidido acampar ao lado do corpo. Desmembrar um animal grande era um trabalho exaustivo e demorado, e era muito difícil encontrar carne para deixá-la à mercê de predadores.

Meu ensopado de legumes borbulhava, e a cabana estava tomada pelo cheiro gostoso de cebolas e alho, mas eu estava sem fome. Empurrei a chaleira para o fundo. Seria fácil esquentá-la de novo quando ele chegasse. Algo verde apareceu de relance, e eu me abaixei para olhar. Uma pequena salamandra, assustada, saiu de seu refúgio e se enfiou em uma fresta da madeira.

Era verde e preta, vívida como uma pequena joia. Eu a peguei antes que ela entrasse em pânico e corresse para dentro do fogo, e levei o bichinho molhado para fora. Ela se remexia como louco na palma da minha mão. Eu a coloquei em segurança na pilha de lenha, perto da base.

– Cuidado – disse a ela –, você pode não ter tanta sorte da próxima vez!

Parei antes de entrar de novo. Já havia escurecido, mas eu ainda conseguia ver os troncos das árvores na clareira, brancos e cinza contra o volume escuro da montanha mais à frente. Nada se mexia entre as árvores, mas alguns flocos grossos de neve começaram a cair do céu cor-de-rosa suave, derretendo de uma vez no chão perto da entrada do nosso abrigo.

Fechei a porta, comi um pouco do jantar sem sentir o gosto, alimentei a fogueira com a nogueira úmida e me deitei para dormir. Jamie provavelmente havia encontrado alguns homens de Anna Ooka e decidido acampar com eles.

O cheiro da fumaça da nogueira tomou o ar, os vapores brancos subindo sobre a lareira. As vigas do telhado já estavam pretas por causa das cinzas, apesar de estarmos ali havia apenas dois meses. A resina fresca ainda escorria da madeira ao lado da minha cabeça, em gotinhas douradas que brilhavam como mel e tinham um cheiro forte de terebintina. As marcas do machado na madeira apareciam à luz da lareira, e tive uma lembrança repentina e vívida das costas largas de Jamie brilhando de suor enquanto segurava o machado, várias vezes em golpes como o tique-taque de um relógio, e a lâmina do machado acertava a madeira a poucos centímetros do seu pé enquanto ele trabalhava.

Era muito fácil errar a batida de um machado ou de uma machadinha. Ele podia estar rachando lenha para a fogueira e errar, acertando um braço ou uma perna. Minha imaginação, sempre disposta a ajudar, logo me mostrou uma visão clara como a água de sangue arterial jorrando na neve branca em um esguicho rubro.

Eu me deitei de lado. Jamie sabia viver na mata. Passara sete anos em uma caverna, pelo amor de Deus!

Na Escócia, disse minha imaginação com sarcasmo. Onde o maior carnívoro é um gato selvagem do tamanho de um gato doméstico. Onde a maior ameaça humana eram os soldados ingleses.

– Caramba! – exclamei e me deitei de costas. – Ele é um homem feito e está armado até os dentes, e certamente sabe o que fazer se estiver nevando!

O que ele faria?, eu me perguntei. Encontrar ou fazer um abrigo, imaginei. Eu me lembrei do abrigo rústico que ele construíra para nós quando acampamos pela primeira vez na cordilheira, e me senti um pouco reconfortada. Se Jamie não tivesse se machucado, provavelmente não morreria congelado.

Se não tivesse se machucado. Se algo não o tivesse ferido. Os ursos estavam, presumidamente, bem alimentados e hibernando, mas os lobos caçavam no inverno, e as panteras também. Eu me lembrei daquela que encontrara perto do rio e estremeci apesar de estar aquecida na cama de penas.

Eu me deitei de bruços, sentindo a pele arrepiada ao redor dos ombros. Estava quente dentro da cabana, mais quente ainda na cama, mas minhas mãos e meus pés ainda estavam congelados. Eu queria Jamie, de um modo visceral que não tinha nenhuma relação com a lógica ou a razão. Estar sozinha com Jamie era uma alegria, uma aventura, uma maravilha. Sozinha sem ele era... solidão.

Eu ouvia o sussurro da neve contra a pele untada que cobria a janela perto da minha cabeça. Se continuasse nevando, as pegadas dele estariam cobertas pela manhã. E se alguma coisa tivesse acontecido com Jamie...

Afastei os cobertores e me levantei. Vesti a roupa depressa sem pensar muito no que estava fazendo. Já tinha pensado demais. Vesti a roupa de lã para me esquentar por baixo da de pele de gamo, além de dois pares de meia. Agradeci aos céus porque as botas tinham sido untadas recentemente com banha de lontra – estavam com cheiro de peixe, mas manteriam a umidade longe por um tempo.

Ele levara a machadinha. Tive que rachar outro pedaço de pinheiro com um malho e uma cunha, amaldiçoando minha lentidão. Depois que decidi agir, qualquer demora se tornava uma irritação insuportável. Mas a madeira rachou com facilidade. Eu tinha cinco feixes de bom tamanho, quatro dos quais prendi com uma tira de couro. Enfiei a ponta do quinto nas chamas da fogueira e esperei até que ela pegasse fogo.

Então, amarrei o saco de remédios na cintura, conferi para ter certeza de que estava com o saco de pederneira, vesti a capa, peguei minha trouxa e minha tocha e parti sob a neve que caía.

Não estava tão frio quanto eu temia. Quando comecei a me movimentar, eu me senti bastante aquecida com minhas roupas. Estava muito silencioso; não havia vento, e o sussurro da neve caindo abafava todos os barulhos comuns da noite.

Ele pretendia passar pelas armadilhas, isso eu sabia. Mas se encontrasse o sinal de alguma coisa promissora no caminho, ele a teria seguido. A neve que caíra mais cedo estava fina e esparsa no chão, mas a terra estava ensopada, e Jamie era um homem grande. Eu tinha certeza de que podia seguir suas pegadas se as encontrasse. E se eu o encontrasse, encolhido para dormir perto de sua caça, melhor ainda. Dois dormiam melhor no frio do que um.

Depois de passar pelas nogueiras nuas que cercavam a clareira a oeste, eu subi. Não tinha grande senso de direção, mas sabia diferenciar uma subida de uma descida. Jamie também havia me ensinado a caminhar com cuidado usando pontos grandes e imutáveis para localização. Olhei em direção à queda-d'água, mas sua cascata branca não passava de um borrão a distância. Não conseguia ouvir nada. Se havia vento, ele estava longe de mim.

– Quando estamos caçando, é bom que o vento esteja contra nós – explicara Jamie. – Para que o veado ou o coelho não sinta seu cheiro.

Com desconforto, fiquei tentando imaginar o que poderia haver no escuro, sentindo o meu cheiro no ar. Não levava armas além da minha tocha. A luz brilhava vermelha sobre a neve, e reluzia no gelo que cobria todos os galhos. Se eu chegasse a 400 metros dele, Jamie me veria.

A primeira armadilha tinha sido montada em um pequeno vale com menos de 200 metros montanha acima a partir da cabana, em meio a uma área de abeto e cicuta. Eu estava junto quando ele a montara, mas era dia. Mesmo com a tocha, tudo parecia estranho e nada familiar à noite.

Iluminei de um lado a outro e me inclinei para aproximar a luz do chão. Precisei caminhar bastante no vale para poder encontrar o que eu procurava: uma marca escura de bota em um monte de neve entre dois abetos. Mais um pouco e encontrei a armadilha, ainda armada. Ou ela não tinha prendido nada ou ele havia retirado a presa e voltado a armá-la.

As marcas de pés saíam da clareira e subiam de novo, e então desapareceram em uma área descampada de folhas mortas. Senti um pouco de pânico ao passar por ali, procurando um ponto onde pudesse haver uma pegada. Não vi nada. As folhas deviam ter cerca de 30 centímetros de profundidade ali, esponjosas e resilientes. Mas achei! Sim, havia um tronco virado! Vi o ponto úmido e escuro onde Jamie estivera, e o musgo na lateral. Ian havia me dito que os esquilos e tâmias às vezes hibernavam nos buracos embaixo dos troncos.

Muito lentamente, perdendo a trilha com frequência e tendo que dar a volta para encontrá-la de novo, eu o segui de uma armadilha a outra. A neve caía mais pesada e mais rápida, e eu senti certo nervosismo. Se ela cobrisse as marcas dele antes que eu o encontrasse, como eu voltaria para a cabana?

Olhei para trás, mas não consegui ver nada, apenas uma ladeira traiçoeira coberta de neve que descia até a linha escura de um riacho desconhecido, suas rochas protuberantes como dentes. Nenhum sinal de fumaça nem o brilho da nossa chaminé. Eu me virei lentamente, mas também não conseguia mais ver a queda-d'água.

– Ótimo – murmurei a mim mesma. – Você está perdida. E agora?

Contive um ataque de pânico e parei para pensar. Não estava totalmente perdida. Não sabia onde estava, mas não era a mesma coisa. Eu ainda tinha a trilha de Jamie para me guiar – ou teria, até que a neve a cobrisse. E se eu pudesse encontrá-lo, ele provavelmente conseguiria encontrar a cabana.

Minha tocha queimava perigosamente baixa. Eu sentia seu calor esquentando minha mão. Tirei outro feixe seco de dentro da capa e passei o fogo para ele, largando o primeiro um pouco antes de queimar meus dedos.

Eu estava me distanciando ainda mais da cabana? Ou caminhava paralelamente a ela? Tentei imaginar. Eu sabia que as armadilhas formavam um círculo, mas não fazia a menor ideia de quantas tinham sido montadas. Eu encontrara três até então, todas vazias e armadas.

A quarta não estava vazia. Minha tocha iluminou os cristais de gelo que cobriam o pelo de uma lebre grande, estendida embaixo de um arbusto congelado. Eu a toquei, peguei e soltei a corda de seu pescoço. Ela estava rígida, pelo frio ou pelo *rigor mortis*. Já estava morta havia algum tempo, então... e o que isso me indicava a respeito do paradeiro de Jamie?

Tentei pensar de modo lógico, ignorando o frio cada vez maior que passava pelas minhas botas e a dormência crescente no meu rosto e em meus dedos. A lebre ficou na neve. Eu vi as marcas de suas patinhas e da sua luta contra a morte. Mas não vi nenhuma pegada de Jamie. Certo, então ele não tinha visitado essa armadilha.

Fiquei parada, minha respiração provocando pequenas nuvens brancas ao redor da minha cabeça. Sentia o gelo se formando dentro das minhas narinas; estava esfriando. Em algum ponto entre a última armadilha e esta, ele saíra do caminho. Onde? E aonde tinha ido?

Com urgência, eu voltei, procurando a última pegada da qual tinha certeza. Demorei muito para encontrá-la. A neve quase havia encoberto o chão todo com uma camada fina de brilho. Minha segunda tocha estava queimada pela metade quando a encontrei de novo. Ali estava ela, uma mancha sem forma na lama à beira de um riacho. Eu encontrara a armadilha com o coelho seguindo na direção em que pensei que sua pegada levava –, mas evidentemente não levava. Ele havia saído da lama e partido... para onde?

– Jamie! – gritei.

Chamei por ele várias vezes, mas a neve parecia engolir minha voz. Ouvi com atenção, mas não detectei nada além do gorgolejo da água com gelo sob meus pés.

Ele não estava atrás de mim, não estava à minha frente. Então, à direita ou à esquerda?

– Uni-duni-tê... – murmurei e virei para descer porque a caminhada seria mais fácil, gritando de vez em quando.

Parei para ouvir. Ouvi um grito em resposta? Chamei de novo, mas não identifiquei uma resposta. O vento aumentava, balançando os galhos da árvore acima de mim.

Dei mais um passo, parei em uma rocha coberta de gelo, e meu pé escorregou. Eu deslizei descendo uma ladeira curta e enlameada, bati em um arbusto e me segurei nos galhos cobertos de gelo, com o coração aos pulos.

Sob os meus pés estava a ponta de uma rocha que acabava no nada. Segurando-me no arbusto para não escorregar, eu me aproximei da beirada e olhei para baixo.

Não era um penhasco, como pensei. A queda não tinha mais do que 1,50m. Não foi isso que fez meu coração saltar para a boca, mas o que vi na área mais profunda e cheia de folhas.

Havia folhas espalhadas, o que remetia à desagradável lembrança das marcas de morte deixadas pela lebre pendurada em meu cinto. Algo grande lutara nesse chão – e então, fora arrastado. Uma marca ampla abrira caminho entre as folhas, desaparecendo na escuridão mais à frente.

Sem tomar cuidado por onde pisava, desci pela lateral da rocha e corri em direção à marca, seguindo-a por baixo dos galhos baixos de cicuta e álamo. Sob a luz inconstante da minha tocha, segui o caminho ao redor de uma pilha de rochas, por um monte de plantas, e...

Jamie estava deitado perto da base de um enorme penedo partido, meio coberto por folhas, como se algo tivesse tentado enterrá-lo. Não estava encolhido para se aquecer, apenas caído de rosto na neve, como se estivesse morto. A neve se acumulara em grande quantidade nas dobras da sua capa e cobrira os calcanhares de suas botas lamacentas.

Larguei a tocha e me joguei sobre seu corpo com um grito de horror.

Ele deu um grito de arrepiar e se remexeu embaixo de mim. Eu me afastei, dividida entre o alívio e o terror. Jamie não estava morto, mas estava ferido. Onde e qual era a gravidade?

– Onde? – perguntei, puxando sua capa, que estava enrolada no corpo. – Onde você está ferido? Está sangrando? Quebrou alguma coisa?

Não conseguia ver marcas de sangue, mas eu havia largado minha tocha, que no mesmo instante se apagou nas folhas molhadas que o cobriam. O céu cor-de-rosa e a neve que caía lançavam um brilho luminoso sobre tudo, mas a luz não era suficiente para que eu conseguisse ver detalhes.

Jamie estava assustadoramente frio. Sua carne estava gelada até mesmo para as minhas mãos dormentes pela neve, e ele se remexeu um pouco, gemendo e resmungando baixo. Mas pensei tê-lo ouvido dizer "costas" e, quando consegui tirar sua capa, rasguei sua camisa e a puxei de qualquer jeito para fora da calça.

Isso fez com que ele gemesse alto, e eu passei as mãos por baixo do tecido em pânico, procurando a marca da bala. Ele devia ter sido atingido nas costas. O ferimento de entrada não sangrava muito, mas onde o tiro havia saído? Será que a bala havia saído? Uma parte da minha mente se ocupou em pensar em quem poderia tê-lo atingido e se ainda estava por perto.

Nada. Não encontrei nada. Minhas mãos desesperadas não encontraram nada além da carne nua e limpa; fria como uma peça de mármore e coberta por cicatrizes antigas, mas sem perfurações. Tentei de novo, me forçando a diminuir a velocidade, sentindo com a mente e também com os dedos, passando as palmas das mãos lentamente nas costas dele, da nuca à lombar. Nada.

Mais baixo? Havia marcas escuras na parte de trás de sua calça. Pensei que fossem de lama. Passei a mão por baixo dele e segurei seu cinto, que abri para poder descer sua calça.

Era lama. As nádegas dele brilharam à minha frente; brancas, firmes e perfeitamente redondas, sem qualquer marca. Apertei sua carne, sem acreditar.

– É você, Sassenach? – perguntou ele, meio grogue.

– Sim, sou eu! O que aconteceu com você? – indaguei, e o desespero dava lugar à indignação. – Você disse que tinha levado um tiro nas costas!

– Não disse, não. Não poderia ter dito, porque não levei um tiro – disse ele de modo lógico. Parecia calmo e ainda sonolento, a voz meio arrastada. – Tem um vento muito frio soprando no meu traseiro, Sassenach. Você acha que pode me cobrir?

Eu levantei a calça dele, fazendo-o gemer de novo.

– O que diabos aconteceu com você? – perguntei.

Ele estava acordando um pouco. Virou a cabeça para olhar para mim, movendo-se com esforço.

– Sim, bem. Não importa. Só não consigo me mexer muito.

Olhei para ele.

– Por que não? Você torceu o pé? Quebrou a perna?

– Ah... não. – Jamie parecia um pouco acanhado. – Eu... bem, eu torci a coluna.

– Você *o quê*?

– Já aconteceu antes – garantiu ele. – Não dura mais do que um ou dois dias.

– Acho que não lhe ocorreu que você não duraria mais do que um ou dois dias deitado aqui no chão coberto de neve.

– Ocorreu – respondeu ele, ainda grogue. – Mas não parecia haver muito que eu pudesse fazer a respeito.

Eu logo percebi que não havia muito o que eu pudesse fazer a respeito, tampouco. Jamie tinha cerca de 60 quilos a mais do que eu. Eu não poderia carregá-lo. Nem sequer conseguiria arrastá-lo com as ladeiras, rochas e regos. Era íngreme demais para um cavalo. Eu poderia trazer uma das mulas até ali – se primeiro conseguisse encontrar o caminho até a cabana no escuro, e então encontrar o caminho de volta montanha acima, também no escuro – e no meio do que parecia estar se tornando uma nevasca. Ou talvez eu pudesse construir um trenó de galhos de árvores, pensei, deixando a imaginação voar, sobre o qual pudesse colocar o corpo dele.

– Ah, acorde para a realidade, Beauchamp – disse Jamie em voz alta.

Sequei meu nariz que escorria com um pedaço da capa, e tentei pensar no que fazer em seguida.

Era um ponto coberto, percebi. Olhei para cima e vi flocos de neve passando pelo topo da rocha grande à base da qual estávamos agachados, mas não havia vento onde estávamos, e só alguns flocos pesados caíam em meu rosto.

Os cabelos e ombros de Jamie tinham respingos de neve, e os flocos se assentavam na parte de trás de suas pernas. Puxei a barra da capa para baixo e limpei a neve de seu rosto. Suas faces estavam quase da mesma cor dos grandes flocos de neve, e a carne parecia rígida quando a toquei.

O susto tomou conta de mim quando percebi que ele podia estar muito mais perto do congelamento do que eu pensara. Seus olhos estavam semicerrados e, apesar do frio, ele não parecia tremer muito. Isso era *muito* perigoso. Sem movimento, seus músculos não geravam calor, e o pouco de calor que ele tinha estava escapando lentamente do seu corpo. A capa já estava pesada por causa da umidade. Se eu permitisse que suas roupas se encharcassem por completo, ele poderia muito bem morrer de hipotermia na minha frente.

– Acorde! – falei, chacoalhando-o pelos ombros.

Ele abriu os olhos e sorriu meio grogue para mim.

– Mexa-se! Jamie, você precisa se mexer!

– Não consigo – disse ele com calma. – Já falei isso. – E fechou os olhos de novo.

Eu o agarrei pela orelha e enfiei as unhas no lóbulo macio. Ele gemeu e afastou a cabeça.

– Acorde! Está me ouvindo? Acorde agora mesmo! Mexa-se, droga! Me dê a sua mão.

Não esperei que ele obedecesse, mas enfiei a mão dentro da capa e peguei a mão dele, apertando como louca. Ele abriu os olhos de novo e franziu o cenho para mim.

– Estou bem – disse Jamie. – Mas muito cansado, está bem?

– Mexa os braços – mandei, balançando a mão para ele. – Mexa os braços para cima e para baixo. Consegue mexer as pernas?

Ele suspirou cansado, como se estivesse se arrastando para fora da areia movediça, e murmurou algo em gaélico, mas aos poucos começou a mexer os braços. Com mais insistência, ele flexionou os tornozelos... apesar de qualquer outro movimento causar espasmos em suas costas no mesmo momento... e, com grande relutância, começou a mexer os pés.

Jamie parecia um sapo tentando voar, mas eu não estava de bom humor para rir. Não sabia se havia perigo de ele congelar ou não, mas não podia correr riscos. Com insistência, auxiliada por cutucões fortes, fiz com que Jamie continuasse se exercitando até acordar totalmente e começar a tremer. Muito mal-humorado também, mas não me importei com isso.

– Continue se mexendo – eu disse a ele. Eu me levantei com alguma dificuldade, dolorida por ter permanecido agachada por tanto tempo. – Eu disse para se mexer! – acrescentei com firmeza, quando ele demonstrou sinais de cansaço. – Se parar, vou pisar em suas costas. Juro!

Olhei ao redor um pouco desesperada. A neve ainda caía, e era difícil ver mais do que alguns metros à frente. Precisávamos de abrigo – mais do que apenas a rocha podia nos fornecer.

– Cicuta – disse ele entre dentes. Olhei para Jamie e ele mexeu a cabeça em direção às árvores próximas. – Pegue a machadinha. Grandes... galhos. Um metro e oitenta. Corte quatro.

Ele respirava com dificuldade, e seu rosto estava muito corado, apesar da luz fraca. Jamie havia parado de se mexer, apesar das minhas ameaças, mas os seus dentes estavam rangendo, um sinal que gostei de ver.

Eu me abaixei e o revistei embaixo da capa de novo, dessa vez procurando a machadinha presa em sua cintura. Não resisti e escorreguei uma mão por baixo dele, dentro da gola de sua blusa de lã. Quente! Graças a Deus, ele ainda estava quente. Seu peito estava superficialmente frio pelo contato com o chão úmido, mas ainda estava mais quente do que os meus dedos.

– Certo – falei, afastando minha mão e me levantando com a machadinha. – Cicuta. Galhos de 1,80m, é isso?

Jamie assentiu com a cabeça, tremendo muito, e eu parti de uma vez em direção às árvores que ele indicava.

Dentro do vale silencioso, o cheiro da cicuta e do cedro me envolveram de uma vez em uma mistura de resinas e terebintina, o odor claro e agudo, revigorante. Muitas das árvores eram enormes, e os galhos mais baixos ficavam bem acima da minha cabeça, mas havia algumas menores espalhadas aqui e ali. Vi de uma vez as qualidades dessas árvores em especial – não caía neve embaixo delas. Os galhos parecidos com leques retinham a neve que caía como sombrinhas.

Cortei os galhos mais baixos, dividida entre a necessidade de me apressar e o medo de cortar alguns dedos por acidente. Minhas mãos estavam dormentes e estranhas com o frio.

A madeira era verde e elástica e demorei muito para cortar as fibras grossas. Mas, por fim, consegui quatro galhos de bom tamanho, exibindo vários leques de agulhas densas. Pareciam macios e pretos contra a neve nova, como grandes leques de penas. Foi quase uma surpresa tocá-los e sentir o pinicar forte e frio das agulhas.

Eu os arrastei de volta à rocha e descobri que Jamie conseguira reunir mais folhas. Ele estava quase invisível, submerso em uma mistura de preto e cinza contra a base da rocha.

Sob sua orientação, encostei os galhos de cicuta com os leques contra a face da rocha, as pontas cortadas enfiadas na terra de maneira inclinada, de modo a formar um pequeno refúgio triangular por baixo. Então, peguei a machadinha de novo e cortei pequenos galhos de pinheiro e abeto, puxei ramos fartos de grama seca e empilhei tudo por cima do amontoado de cicuta. Então, finalmente, ofegante de cansaço, entrei no abrigo ao lado dele.

Eu me acomodei nas folhas entre seu corpo e a rocha, joguei minha capa ao redor de nós dois, abracei o corpo de Jamie e o segurei com força. Então, estremeci um pouco. Não de frio – ainda não –, mas de uma mistura de alívio e medo.

Ele sentiu que eu tremia, e estendeu a mão de modo desengonçado para me dar um tapinha de conforto.

– Vai ficar tudo bem, Sassenach – disse ele. – Com nós dois, vai ficar tudo bem.

– Eu sei – falei, e encostei a testa em seu ombro.

Mas demorei muito para parar de tremer.

– Há quanto tempo você está aqui? – perguntei por fim. – Quero dizer, no chão?

Ele começou a dar de ombros, e então parou abruptamente e gemeu.

– Há bastante tempo. Passava do meio-dia quando pulei um amontoado de pedras. Tinha pouca altura, mas quando caí apoiado em um dos pés, minhas costas fizeram um "clique" e, quando percebi, estava de cara na terra, com a impressão de que alguém havia me apunhalado pelas costas.

Não havia calor em nosso abraço, de modo algum. A umidade das folhas entrava, e a rocha em minhas costas parecia irradiar frio, como um tipo de fornalha reversa. Ainda assim, estava bem menos frio do que do lado de fora. Comecei a tremer de novo, por motivos puramente físicos.

Jamie tocou meu corpo e então levou a mão à garganta.

– Pode soltar minha capa, Sassenach? Coloque-a sobre você.

Foi preciso fazer umas manobras e ouvi alguns palavrões ditos por Jamie enquanto ele tentava levantar seu peso, mas consegui soltar a capa, e, por fim, a estendi sobre nós dois. Eu me abaixei e apoiei uma mão cautelosa nas costas dele, cuidadosamente subindo sua camisa para colocar minha mão na carne fria e nua.

– Diga onde dói – pedi.

Torci muito para que ele não tivesse deslocado um disco. Pensamentos horrorosos com ele permanentemente incapacitado tomaram minha mente, junto com as considerações pragmáticas de como eu o tiraria da montanha, ainda que ele não corresse o risco de paralisia. Será que eu teria que deixá-lo aqui e buscar comida todos os dias até que se recuperasse?

– Bem aqui – disse ele puxando o ar com dificuldade. – Sim, isso. Uma apunhalada bem aí, e se eu me mexer, ela desce pela parte de trás da minha perna, como uma ponta de lança quente.

Eu tateei com muito cuidado, com as duas mãos agora, tocando e apertando, pedindo para ele tentar erguer uma perna, certo, agora o outro joelho... não?

– Não – garantiu ele. – Mas não se preocupe, Sassenach. É a mesma coisa de antes. Vai melhorar.

– Sim, você disse que aconteceu antes. Quando?

Ele se remexeu brevemente e parou, pressionando as costas contra as palmas das minhas mãos com um gemido baixo.

– Ai! Caramba, isso dói. Na prisão.

– A dor é no mesmo lugar?

– Sim.

Senti um nó no músculo do seu lado direito, logo abaixo do rim, e uma elevação no *erector spinae*, o músculo comprido perto da espinha. Pela descrição dele a respeito da ocorrência anterior, eu tinha certeza de que era apenas um espasmo muscular forte. Para isso, o remédio certo era calor, descanso e medicamento anti-inflamatório.

Não poderia estar mais longe dessas condições, pensei com certo mau humor.

– Acho que poderia tentar a acupuntura – falei, pensando alto. – Tenho as agulhas do sr. Willoughby em meu saco e...

– Sassenach – disse ele, com o tom calculado. – Consigo enfrentar ferimentos, frio e fome. Não aguentarei ser apunhalado pelas costas pela minha própria esposa. Não pode oferecer um pouco de solidariedade e conforto?

Ri e o abracei, pressionando suas costas. Deixei minha mão escorregar e descansar em delicada sugestão, logo abaixo do seu umbigo.

– Hum... em que tipo de conforto você está pensando?

Ele logo segurou minha mão para evitar mais intrusões.

– Não esse – disse ele.

– Para afastar sua mente da dor. – Mexi os dedos de modo convidativo, e ele os apertou.

– Seria bom – disse ele de modo seco. – Bem, olha só, Sassenach, quando chegarmos em casa e eu tiver uma cama quente na qual me deitar e um jantar quente na barriga, pode ser que essa ideia volte a ser interessante. Mas nesta situação, pensar nisso... pelo amor de Deus, mulher, não faz ideia de como suas mãos estão geladas?

Encostei o rosto em suas costas e ri. Senti que ele também ria, apesar de não poder rir muito para não sentir dor nas costas.

Por fim, ficamos em silêncio, ouvindo o sussurrar da neve que caía. Estava escuro embaixo dos ramos de cicuta, mas meus olhos estavam adaptados o suficiente para ver as partes com neve estranhamente brilhantes pela tela de agulhas acima. Flocos minúsculos passavam pelas aberturas. Eu os via em alguns pontos, como uma nuvem fina de névoa branca, e sentia o toque frio quando a neve tocava o meu rosto.

Jamie não passava de uma forma escura e corcunda à minha frente, embora, à medida que meus olhos se acostumavam com a escuridão, eu visse a pele mais clara onde seu pescoço surgia entre a camisa e os cabelos repartidos. A divisão estava bem contra o meu rosto. Virando a cabeça levemente, conseguia tocá-la com os lábios.

– Que horas você acha que são? – perguntei. Eu mesma não tinha ideia. Eu saíra da casa bem depois do escurecer, e passei o que me pareceu uma eternidade procurando por ele na montanha.

– Tarde – disse ele. – Falta muito para o amanhecer – acrescentou, respondendo à minha verdadeira pergunta. – O solstício acabou de passar, certo? É uma das noites mais longas do ano.

– Ah, que lindo – falei, desanimada.

Eu não estava aquecida, ainda não conseguia sentir meus dedos, mas já tinha parado de tremer. Uma letargia assustadora tomava conta de mim, meus músculos pesados de fadiga e frio. Tive visões de nós dois congelados juntos e em paz, enrolados como ouriços nas folhas. Diziam que uma morte assim era confortável, mas isso não tornava a ideia mais interessante.

A respiração de Jamie se tornava mais lenta e profunda.

– Não durma! – falei com urgência, cutucando-o na axila.

– Argh! – Ele pressionou o braço na lateral do corpo, retraindo-se. – Por que não?

– Não devemos dormir. Vamos morrer congelados.

– Não vamos, não – disse ele contrariado. – Está nevando do lado de fora. Estaremos cobertos em breve.

– Eu sei disso – falei, meio grossa. – O que isso tem a ver?

Jamie tentou virar a cabeça para olhar para mim, mas não conseguiu.

– A neve é fria ao toque – explicou ele, buscando paciência –, mas mantém o frio longe, certo? Como um cobertor. É muito mais quente dentro de uma casa coberta com neve do que de uma em meio ao vento. Como você acha que os ursos se viram? Eles dormem no inverno e não congelam.

– Eles têm camadas de gordura – protestei. – Pensei que elas os mantivessem aquecidos.

– Ha ha – disse ele, e ao levar a mão às costas com certo esforço, apertou minhas nádegas. – Bem, então você não precisa se preocupar nem um pouco, certo?

Deliberadamente, abaixei a gola de sua blusa, estiquei a cabeça e lambi a parte de trás de seu pescoço, em um movimento demorado, da nuca à linha dos cabelos.

– Aaah! – Ele estremeceu com violência, fazendo a neve cair dos galhos acima de nós. Soltou minhas nádegas para esfregar a nuca.

– Que coisa mais horrível de se fazer! – disse ele, em repreensão. – E eu deitado aqui, indefeso como um tronco de árvore!

– Ah, que pena. – Eu me aninhei mais perto, sentindo-me mais calma. – Você tem certeza de que não vamos morrer congelados?

– Não tenho, mas prefiro pensar que não.

– Hum – disse, e me senti menos calma. – Bem, talvez devêssemos permanecer acordados por um tempo, só para garantir.

– Não vou mais balançar os braços – falou ele com determinação. – Não tem espaço. E se você enfiar suas patinhas geladas nas minhas calças, juro que vou atacar você, com as costas doloridas ou não.

– Certo, certo – falei. – O que acha de eu contar uma história?

Os escoceses das Terras Altas adoravam histórias, e Jamie não era diferente.

– Ah, sim – disse ele, parecendo bem mais feliz. – Que tipo de história é?

– Uma história de Natal – falei, me aconchegando na curva do seu corpo. – Sobre um homem avarento chamado Ebenezer Scrooge.

– Um inglês, acredito?

– Sim – falei. – Fique calado e escute.

Eu via minha própria respiração enquanto falava, branca no ar claro e frio. A neve caía pesada do lado de fora do nosso abrigo. Quando fiz uma pausa, ouvi o sussurro de flocos contra os galhos de cicuta e o gemido distante do vento nas árvores.

Eu conhecia a história muito bem. Ela fizera parte do nosso ritual de Natal; de Frank, Brianna e meu. Desde que Bree tinha 5 ou 6 anos, líamos *Um conto de natal* todos os anos, começando uma ou duas semanas antes do Natal, e Frank e eu nos revezávamos para ler para ela todas as noites antes de dormir.

– E o espectro disse: "Sou o Fantasma do Natal Passado..."

Eu podia não estar congelando, mas o frio tinha um efeito estranho e hipnótico mesmo assim. Já tinha passado da fase do desconforto forte e me sentia levemente fora do corpo. Sabia que as mãos e os pés estavam gelados, e meu corpo meio gelado, mas não parecia importar mais. Flutuava em uma névoa branca de paz, vendo as palavras dançarem em minha cabeça como flocos de neve enquanto eu as falava.

– ... e havia o velho Fezziwig, entre as luzes e a música...

Não sabia se descongelava aos poucos ou se me tornava mais gelada. Tinha consciência de uma sensação geral de relaxamento, e de uma sensação peculiar de déjà-vu, como se eu já tivesse ficado em uma tumba, isolada na neve, confortável apesar da desolação do lado de fora.

Quando Bob Cratchit comprou seu pássaro, eu me lembrei. Continuei falando automaticamente, o fluxo da história vindo de algum ponto bem abaixo do nível da consciência, mas minha lembrança estava no banco da frente de um Oldsmobile de 1956 afogado, o para-brisa sujo de neve.

Estávamos indo visitar um parente idoso de Frank em algum lugar ao norte de Nova York. Nevou forte até metade do caminho, e o vento com neve uivava pelas estradas gélidas. Quando nos demos conta, tínhamos deslizado para fora da estrada no meio de uma vala, com os limpadores do para-brisa acionados, mas incapazes de limpar a neve.

Não havia nada a fazer a não ser esperar pela manhã e pelo resgate. Tínhamos um cesto de piquenique e alguns cobertores velhos. Colocamos Brianna no assento da frente entre nós e nos amontoamos com casacos e cobertores, bebendo chocolate morno da nossa garrafa térmica e fazendo piadas para que ela não sentisse medo.

À medida que escurecia e ficava mais frio, nós nos aproximamos ainda mais e, para distrair Brianna, Frank começou a contar para ela a história de Dickens de cabeça, confiando em mim para dar os detalhes que faltavam. Nenhum de nós dois teria conseguido contar sozinho, mas juntos, fomos bem. Quando o sinistro Fantasma do Natal Futuro apareceu, Brianna estava dormindo embaixo dos casacos, um peso quente contra a lateral do meu corpo.

Não precisávamos terminar a história, mas terminamos, falando baixinho, de mãos dadas embaixo das camadas de cobertores. Eu me lembrei das mãos de Frank, quentes e fortes nas minhas, o polegar acariciando a palma, percorrendo meus dedos. Frank sempre adorou minhas mãos.

O carro estava embaçado por causa da nossa respiração, e gotas de água desciam pelas janelas. A cabeça de Frank era uma massa escura contra o branco. Ele havia se inclinado na minha direção, nariz e rosto frios, lábios quentes nos meus enquanto sussurrava as últimas palavras da história.

– "Que Deus abençoe a todos" – concluí, e fiquei em silêncio, uma pontada de pesar como uma pedra de gelo no meu coração. Dentro do abrigo estava silencioso, e parecia mais escuro. A neve cobrira todas as aberturas.

Jamie levou a mão para trás e tocou minha perna.

– Coloque as mãos dentro da minha camisa, Sassenach – disse ele delicadamente.

Escorreguei uma mão por baixo da sua camisa na frente, para descansar contra seu peito, e a outra em suas costas. As marcas mais leves do açoitamento pareciam fios sob a pele de Jamie.

Ele colocou a mão sobre a minha, apertando-a contra o peito. Estava muito quente, e o coração batia lento e forte sob os meus dedos.

– Durma, *a nighean donn* – disse ele. – Não permitirei que você congele.

Acordei abruptamente de um cochilo frio, com a mão de Jamie apertando minha coxa.

– Escute – disse ele com delicadeza.

Nosso pequeno abrigo ainda estava escuro, mas o tom da luz havia mudado. Era manhã. Estávamos cobertos por uma capa grossa de neve que bloqueava a luz do dia, mas o tom sobrenatural da escuridão da noite desaparecera.

O silêncio também havia desaparecido. Os sons vindos de fora eram abafados, mas audíveis. Escutei o que Jamie ouvira – um eco distante de vozes –, e me endireitei animada.

– Escute! – repetiu ele, com um sussurro forte, e apertou ainda mais a minha perna.

As vozes estavam se aproximando, e já era quase possível entender as palavras. *Quase*. Por mais que tentasse, não conseguia entender o que estava sendo dito. Então, percebi que era por eles estarem falando uma língua que eu não conhecia.

Índios. Era um idioma indígena. Mas pensei que não devia ser a língua dos tuscaroras, apesar de não conseguir identificar as palavras. A entonação era parecida, mas o ritmo era um pouco diferente. Afastei os cabelos dos olhos, sentindo-me dividida.

Ali estava a ajuda de que tanto precisávamos. Pelo som, havia vários homens no grupo, o suficiente para carregarem Jamie em segurança. Por outro lado, queríamos mesmo atrair a atenção de um grupo de indígenas desconhecidos que podiam ser saqueadores?

Claro que não, a julgar pela atitude de Jamie. Ele conseguira se erguer em um dos cotovelos, e empunhava a faca com a mão direita. Esfregou o queixo barbado com a ponta da faca de modo distraído enquanto inclinava a cabeça para ouvir com mais atenção as vozes que se aproximavam.

Um pouco de neve caiu da estrutura da nossa jaula, pousando em cima da minha cabeça com um pequeno baque e me assustando. O movimento soltou mais neve, que caiu ali dentro em uma cascata brilhante, cobrindo a cabeça e os ombros de Jamie com pontinhos brancos.

Os dedos dele apertavam minha perna com força suficiente para deixar hematomas, mas eu não me mexi nem emiti som algum. Um pouco de neve havia caído dos galhos de cicuta, deixando vários espaços pelos quais eu conseguia ver entre as agulhas quando espiava por cima do ombro de Jamie.

O chão descia um pouco mais à frente, caindo 1 metro do nível do vale onde eu cortara os galhos na noite passada. Tudo estava coberto de neve. Cerca de 10 centímetros de neve deviam ter caído durante a noite. Havia acabado de amanhecer, e o sol que nascia pintava as árvores pretas com pontos vermelhos e dourados, com um reflexo branco da ladeira de neve abaixo. O vento chegara com a tempestade. A neve que se soltava dos galhos formava nuvens, como fumaça.

Os indígenas estavam do outro lado do vale. Eu conseguia ouvir as vozes claramente agora. Estavam resmungando a respeito de alguma coisa, pelo barulho. Um pensamento repentino arrepiou os pelos dos meus braços; se eles passassem pelo vale, poderiam ver os galhos desengonçados de onde eu cortara a cicuta. Eu não tinha sido cuidadosa; haveria agulhas e pedaços de casca espalhados por todo o chão. Será que a neve caíra em quantidade suficiente para cobrir a bagunça?

Vi um movimento nas árvores, depois outro, e de repente, eles estavam ali, materializando-se do vale como dentes de dragão aparecendo na neve.

Estavam usando roupas de inverno, de pele e couro, alguns com capas ou casacos por cima de calças e botas leves. Todos levavam cobertores e provisões, tinham toucas feitas com pele e a maioria levava sapatos de neve pendurados nos ombros. Era evidente que a neve aqui não era tão funda para que fosse preciso calçá-los.

Eles estavam armados. Vi alguns mosquetes, tacapes ou porretes de guerra pendurados em todos os cintos. Seis, sete, oito... contei silenciosamente enquanto eles saíam das árvores em fila indiana, cada homem pisando nas pegadas do homem à sua frente. Um no fim da fila gritou algo, meio rindo, e um outro na frente respondeu olhando para trás, suas palavras perdidas no véu de neve e vento.

Respirei fundo. Consegui sentir o cheiro de Jamie, um odor de suor mais forte do que o odor almiscarado de sempre. Eu também estava suando, apesar do frio. Eles tinham cães? Podiam sentir nosso cheiro, escondidos como estávamos por baixo do odor pungente de abeto e cicuta?

Então, percebi que o vento deveria estar soprando contra nós, trazendo o som das vozes deles. Não, nem mesmo cachorros sentiriam nosso cheiro. Mas será que eles veriam os galhos que emolduravam nosso esconderijo? Enquanto tentava imaginar, um pedaço grande de neve escorregou fazendo barulho, caindo com um baque do lado de fora.

Jamie respirou fundo, e eu me recostei em seu ombro, observando. O último homem saíra da abertura nas árvores, com um braço sobre o rosto para protegê-lo da neve que soprava.

Era um jesuíta. Usava uma capa curta de pele de urso sobre o hábito, calças de couro e mocassins por baixo – mas tinha saias pretas, no comprimento certo para andar na neve, e um chapéu preto de padre de abas largas, que ele levava em uma das mãos contra o vento. Seu rosto, quando ele o mostrava, tinha barba loira, e a pele era tão clara que eu conseguia ver seu rosto e nariz corados mesmo a distância.

– Chame-os! – sussurrei, aproximando-me da orelha de Jamie. – Eles são cristãos, devem ser, para ter um padre com eles. Não vão nos ferir.

Ele balançou a cabeça devagar, sem desviar os olhos dos homens que agora sumiam de vista atrás de árvores cobertas de neve.

– Não – disse ele, bem baixo. – Não. Eles podem ser cristãos, mas... – Balançou a cabeça de novo, de modo mais decidido. – Não.

Não adiantaria nada discutir com ele. Revirei os olhos frustrada e resignada.

– Como estão as suas costas?

Ele se alongou, animado, e parou repentinamente no meio do movimento, com um grito abafado como se tivesse sido apunhalado.

– Não muito boas, não é? – perguntei, a solidariedade misturada com o sarcasmo. Ele olhou para mim de cara feia, recostou-se muito devagar na cama de folhas amassadas e fechou os olhos com um suspiro. – É claro que você já pensou em um modo engenhoso de descer a montanha, certo? – perguntei educadamente.

Ele abriu um dos olhos.

– Não – respondeu e o fechou de novo.

Jamie respirou baixo, com o peito subindo e descendo sob a camisa, dando uma ótima impressão de um homem com nada na cabeça além de cabelos.

O dia estava frio, mas claro, e o sol lançava raios brilhantes de luz em nosso abrigo, fazendo pedacinhos de neve caírem como balinhas ao nosso redor. Peguei uma delas e delicadamente a enfiei pela gola da blusa dele.

Jamie respirou com os dentes semicerrados, abriu os olhos e me observou com frieza.

– Eu estava pensando – informou ele.

– Ah, me desculpe por ter interrompido.

Abaixei-me ao lado dele, puxando as capas sobre nós. O vento começava a entrar pelas frestas do nosso abrigo, e me ocorreu que ele estava certo a respeito dos efeitos protetores da neve. Mas não nevaria hoje à noite, pelo menos eu achava que não.

E também havia a questão sem importância da comida a ser considerada. Meu estômago vinha protestando havia algum tempo, e o de Jamie reclamava com muito mais veemência. Ele olhou de modo reprovador para sua barriga.

– Silêncio – disse ele em gaélico, contrariado, e olhou para cima. Por fim, suspirou e olhou para mim. – Bem – disse ele. – É melhor você esperar um pouco, para ter certeza de que os selvagens se foram. Depois, você descerá para a cabana...

– Não sei onde fica.

Ele emitiu um som discreto de exasperação.

– Como você me encontrou?

– Segui suas pegadas – respondi com um certo orgulho. Olhei pelas agulhas para a mata selvagem mais à frente. – Mas acho que não posso repetir isso no caminho inverso.

– Ah. – Jamie parecia levemente impressionado. – Bem, isso foi inteligente da sua parte, Sassenach. Mas não se preocupe, posso lhe dizer o caminho de volta.

– Certo. E depois?

Ele ergueu um ombro. O pedaço de neve derretera, escorrendo pelo seu peito, umedecendo sua camisa e deixando uma poça de água transparente na parte mais funda de seu pescoço.

– Traga um pouco de comida e um cobertor. Vou conseguir me mexer daqui a alguns dias.

– Deixar você *aqui*? – Arregalei os olhos para ele, era a minha vez de me mostrar exasperada.

– Vou ficar bem – assegurou ele.

– Você será comido por lobos!

– Ah, acho que não – disse Jamie casualmente. – Eles devem estar ocupados com o alce.

– Que alce?

Ele fez um meneio de cabeça em direção ao vale de cicuta.

– O que eu matei ontem. Eu o acertei no pescoço, mas o tiro não o matou na hora. Ele correu por ali. Eu o seguia quando me machuquei. – Passou a mão pelos fios acobreados e prateados do queixo. – Acho que ele não foi para longe. Acredito que a neve deve ter encoberto seu corpo, caso contrário nossos amiguinhos o teriam visto vindos daquela direção.

– Então você matou um alce, que vai atrair lobos como moscas, e pretende ficar deitado aqui num frio de congelar esperando por eles? Por acaso você está pensando que, quando eles vierem para o segundo prato, estará tão dormente pelo frio que não vai perceber quando eles começarem a roer seus pés?

– Não grite – falou Jamie. – Os selvagens podem não estar muito longe ainda.

Eu estava puxando o ar para fazer mais comentários sobre o assunto quando ele me parou, levantando a mão para acariciar meu rosto.

– Claire – disse ele com delicadeza –, você não pode me tirar daqui. Não tem mais nada que possa fazer.

– Tem, sim – falei, contendo minha voz embargada. – Ficarei com você. Trarei cobertores e alimentos, mas não vou deixá-lo aqui sozinho. Trago lenha para fazermos uma fogueira.

– Não precisa. Eu me viro – insistiu ele.

– Mas *eu* não – respondi entre dentes.

Eu me lembrava muito bem de como tinha sido na cabana, durante aquelas horas vazias e sufocantes de espera. Congelar o traseiro na neve por vários dias não era uma ideia atraente, mas era a melhor opção.

Jamie percebeu que eu estava falando sério e sorriu.

– Tudo bem. Você também pode trazer um pouco de uísque, se tiver sobrado.

– Tem meia garrafa – disse, sentindo-me mais feliz. – Vou trazê-la.

Ele me abraçou e me puxou para a curva de seu ombro. Apesar do vento uivante do lado de fora, estava razoavelmente confortável embaixo das capas, aconchegada contra ele. Sua pele estava quente e tinha um odor levemente salgado, e eu não consegui resistir. Levantei a cabeça e encostei os lábios na base úmida do seu pescoço.

– Ah! – exclamou ele, tremendo. – Não faça isso!

– Não gosta?

– Não, eu não gosto. E como poderia gostar? Faz minha pele se arrepiar!

– Bom, *eu* gosto – protestei.

Ele olhou para mim surpreso.

– Gosta?

– Ah, sim – garanti a ele. – Adoro quando você mordisca meu pescoço.

Ele estreitou um dos olhos e olhou com suspeita para mim. Então, levantou a mão, segurou minha orelha e abaixou a minha cabeça, virando meu rosto para o lado. Passou a língua delicadamente na base da minha garganta levantou a cabeça e posicionou os dentes muito suavemente na carne macia da lateral do meu pescoço.

– Uuuui – falei, e estremeci descontroladamente.

Jamie me soltou, olhando para mim surpreso.

– Não acredito – disse ele. – Você *gosta* disso. Ficou toda arrepiada e seus mamilos estão duros como cerejas na primavera. – Ele passou uma mão delicadamente pelo meu seio.

Eu não me preocupara em vestir o sutiã improvisado quando me preparei para a expedição decidida de repente.

– Eu disse – respondi, corando levemente. – Acho que uma das minhas ancestrais foi mordida por um vampiro ou coisa assim.

– Um o quê? – Ele não entendeu.

Nós tínhamos tempo, então contei-lhe um pouco sobre a vida e as aventuras do Conde Drácula. Jamie pareceu perplexo e horrorizado, mas continuou a explorar meu corpo com a mão, que agora estava dentro da minha blusa, descendo pela calça também. Seus dedos estavam gelados, mas não me importei.

– Algumas pessoas acham essa ideia muito erótica – concluí.

– Essa é a coisa mais nojenta que já ouvi!

– Não me importo – eu disse, espreguiçando-me totalmente ao lado dele e jogando a cabeça para trás, deixando o pescoço exposto de modo convidativo. – Faça um pouco mais.

Ele murmurou algo bem baixinho em gaélico, mas conseguiu se apoiar em um cotovelo e rolar em minha direção.

Seus lábios estavam quentes e suaves, e, independentemente de gostar ou não do que fazia, Jamie era extremamente bom.

– Aaahh – falei, e estremeci em êxtase quando os dentes dele prenderam delicadamente o lóbulo da minha orelha.

– Bom, já que é *assim* – disse ele resignado, pegando minha mão e pressionando-a entre suas coxas.

– Que incrível! E eu pensando que o frio...

– Vai esquentar o suficiente – disse ele. – Tire isso, sim?

Foi meio esquisito, devido ao local apertado, a dificuldade de nos mantermos cobertos para não sofrermos queimaduras de frio nas partes expostas e o fato de Jamie só ter conseguido oferecer a ajuda mais básica, mas conseguimos nos satisfazer mesmo assim.

Apesar de toda a atividade, eu estava bastante preocupada, e foi só durante um intervalo que tive uma sensação ruim, como se estivesse sendo observada. Eu me apoiei nas mãos e olhei entre os galhos de cicuta, mas não vi nada além do vale e da ladeira coberta de neve mais à frente.

Jamie gemeu baixo.

– Não pare – murmurou ele, os olhos semicerrados. – O que foi?

– Pensei ter ouvido algo – disse, abaixando-me em seu peito de novo.

Nesse momento, *ouvi* algo, de fato. Uma risada, baixa, mas clara, logo acima da minha cabeça.

Saí de cima dele enrolada nas capas e com as roupas de pele de gamo descartadas, e Jamie soltou um palavrão e pegou sua pistola.

Afastou os galhos de repente, apontando a pistola para cima.

Do topo da rocha acima de nós, várias cabeças nos espiavam, todas sorrindo. Ian e quatro companheiros de Anna Ooka. Os índios murmuravam e riam entre eles, parecendo achar aquilo incrivelmente engraçado.

Jamie abaixou a pistola, franzindo o cenho para o sobrinho.

– O que diabos está fazendo aqui, Ian?

– Ora, eu estava voltando para passar o Natal com você, tio – disse Ian, sorrindo abertamente.

Jamie olhou para o sobrinho com desaprovação.

– Natal – disse ele. – Que bobagem!

O corpo do alce havia congelado à noite. Ver cristais de gelo cobrindo seus olhos inexpressivos me assustou – não por ver a morte. Isso era muito bonito, o corpo grande e escuro imóvel, coberto de neve –, mas por pensar que se eu não tivesse cedido à sensação de nervosismo e saído pela noite à procura de Jamie, a natureza morta diante dos meus olhos poderia ter sido intitulada "Escocês morto na neve" em vez de "Alce congelado com indígenas discutindo".

Depois de discutirem, Ian me disse que eles tinham decidido voltar para Anna Ooka, mas nos levariam em segurança para casa, em retribuição por termos dividido a carne do alce.

A carcaça não estava sólida. Eles tiraram as vísceras, deixando as entranhas em um monte de tripas cinza-azuladas, manchadas com sangue escuro. Depois de cortarem a cabeça para diminuírem o peso, dois dos homens penduraram o corpo de cabeça para baixo em uma árvore, com as patas unidas. Jamie olhava para eles com seriedade, obviamente desconfiado de que os indígenas pretendiam fazer a mesma coisa com ele, mas Ian disse que eles podiam fazer uma maca. Os homens estavam a pé, mas tinham trazido um burro de carga para levar as peles que conseguissem.

O clima havia melhorado. A neve derretera totalmente do chão exposto, e embora o ar ainda estivesse frio, o céu estava muito azul, e a floresta com o cheiro penetrante de abeto e álamo.

Quando passamos por um vale, foi o cheiro da cicuta que fez com que eu me lembrasse do começo dessa fuga, e do grupo misterioso de índios que tínhamos visto.

– Ian – falei, aproximando-me dele. – Antes de você e seus amigos nos encontrarem na encosta da montanha, vimos um grupo de índios com um padre jesuíta. Acho que não eram de Anna Ooka. Você tem ideia de quem eles podem ser?

– Ah, sim, tia. Sei tudo sobre eles. – Ele passou a mão protegida por uma luva embaixo do nariz com a ponta vermelha. – Nós os estávamos seguindo, quando encontramos vocês.

Os índios desconhecidos, segundo ele, eram moicanos, vindos do norte. Os tuscaroras tinham sido adotados por iroqueses cerca de cinquenta anos antes, e havia uma relação próxima com os moicanos, com visitas frequentes entre eles, formais e informais.

A visita atual tinha elementos de ambos – era um grupo de jovens moicanos à procura de esposas. Como o vilarejo deles tinha poucas jovens com quem pudessem se casar, eles tinham decidido vir para o sul, para ver se conseguiam encontrar parceiras adequadas entre os tuscaroras.

– Uma mulher deve pertencer ao clã adequado – explicou Ian. – Se ela for do clã errado, eles não podem se casar.

– Como os MacDonald e os Campbell, certo? – perguntou Jamie, interessado.

– Sim, um pouco – disse Ian, sorrindo. – Mas é por isso que eles trouxeram o padre com eles, pois se encontrassem mulheres, poderiam se casar de uma vez, sem precisar dormir em uma cama fria até chegarem em casa.

– Então, eles são cristãos?

Ian deu de ombros.

– Alguns deles, sim. Os jesuítas estão entre eles há algum tempo, e muitos dos huronianos são convertidos. Mas não há muitos convertidos entre os moicanos.

– Então eles estiveram em Anna Ooka? – perguntei, curiosa. – Por que você e seus amigos os seguiam?

Ian riu e apertou o cachecol de pele de esquilo ao redor do pescoço.

– Eles podem ser aliados, tia, mas não quer dizer que Nacognaweto e seus homens confiem neles. Até mesmo as outras Nações da Liga de Iroqueses têm medo dos moicanos, sejam eles cristãos ou não.

• • •

O pôr do sol já se aproximava quando avistamos a cabana. Eu estava com frio e cansada, mas senti o coração feliz de um modo impossível de expressar ao ver o nosso pequeno refúgio. Uma das mulas no estábulo, um animal cinza-claro chamado Clarence, nos viu e relinchou animada para nos receber, fazendo o resto dos cavalos se reunirem perto das grades, ansiosos por comida.

– Os cavalos parecem bem.

Jamie, com olhar de criador, observou primeiro o bem-estar dos animais. Eu estava mais preocupada com o nosso. Queria entrar, me aquecer e me alimentar o mais rápido possível.

Convidamos os amigos de Ian para ficar, mas eles recusaram, deixando Jamie na entrada, e logo desapareceram para voltar a vigiar os moicanos que partiam.

– Eles não gostam de ficar na casa de brancos, tia – explicou Ian. – Eles acham que cheiramos mal.

– Nossa, é mesmo? – perguntei surpresa, pensando em um senhor que eu conhecera em Anna Ooka, que parecia ter se lambuzado com banha de urso e costurado as roupas por cima do corpo para o inverno. O sujo falando do mal lavado, na minha opinião.

Muito mais tarde, após comemorarmos o Natal com uma dose – ou duas – de uísque, nós nos deitamos em nossa cama, finalmente, observando as chamas da lareira recém-acesa, e ouvimos os roncos calmos de Ian.

– É bom estar em casa de novo – eu disse suavemente.

– É mesmo. – Jamie suspirou e me puxou para mais perto, com minha cabeça aconchegada na curva de seu ombro. – Tive uns sonhos bem estranhos, quando dormia no frio.

– É mesmo? – Eu me espreguicei, aproveitando o conforto do colchão cheio de penas. – Com o que você sonhou?

– Coisas de todos os tipos. – Ele parecia um pouco tímido. – Sonhei várias vezes com Brianna.

– É mesmo?

Isso era um pouco surpreendente. Eu também havia sonhado com Brianna em nosso abrigo de gelo – algo que raramente acontecia.

– Eu estava pensando... – Jamie hesitou por um momento. – Ela tem uma marca de nascença, Sassenach? E se tem, você me contou sobre ela?

– Tem – eu disse lentamente, pensando. – Acho que nunca lhe falei. Não fica visível a maior parte do tempo, então faz anos que não a vejo. É uma...

Sua mão apertou meu ombro para me impedir de continuar.

– É uma marquinha marrom, com formato de diamante – disse ele. – Logo atrás da orelha esquerda. Não é?

– Sim, é. – A cama estava quente e confortável, mas um leve frio na nuca fez com que eu estremecesse levemente. – Você viu isso em seu sonho?

– Eu beijei essa marquinha– disse ele com delicadeza.

22
BRILHO DE UMA ANTIGA CHAMA
Oxford, setembro de 1970

– Ah, Jesus. – Roger olhou para a página na frente dele até as letras perderem o sentido e se tornarem borrões.

Nenhum truque desse tipo faria as palavras perderem o sentido, pois elas já estavam entalhadas em sua mente.

– Ah, Deus, não! – disse ele em voz alta. A garota da baia ao lado se remexeu irritada com o barulho, arrastando as pernas da cadeira contra o chão.

Ele se inclinou sobre o livro, cobrindo-o com os braços, os olhos fechados. Sentiu-se mal, e as palmas das suas mãos estavam frias e suadas.

Permaneceu naquela posição por vários minutos, lutando contra a verdade. Mas ela não sumia. Meu Deus, já tinha acontecido, não? Há muito tempo. E não havia como mudar o passado.

Por fim, ele engoliu a bile que subia pela garganta e olhou de novo. Ainda estava ali. Uma pequena nota de jornal, impressa em 13 de fevereiro de 1776, na colônia americana da Carolina do Norte, na cidade de Wilmington.

> *É com pesar que damos a notícia das mortes, em um incêndio, de James MacKenzie Fraser e sua esposa, Claire Fraser, em um acidente que destruiu a casa onde eles moravam, no assentamento da Cordilheira dos Frasers, na noite do dia 21 de janeiro. O sr. Fraser, sobrinho do falecido Hector Cameron, de River Run, nasceu em Broch Tuarach, na Escócia. Ele era muito conhecido na colônia e profundamente respeitado. Não deixou filhos.*

Mas deixou, sim.

Roger parou por um momento com a leve esperança de que não fossem eles. Afinal, havia muitos James Frasers, era um nome bem comum. Mas não James *MacKenzie* Fraser, não com uma esposa chamada Claire. Não nascido em Broch Tuarach, na Escócia.

Não, eram eles. A forte certeza tomou seu peito e contraiu sua garganta com pesar. Seus olhos arderam tanto que a fonte decorada do século XVIII voltou a se tornar um borrão.

Então, Claire encontrara seu galante escocês das Terras Altas e aproveitara os últimos anos com ele. Esperava que tivessem sido bons anos. Roger gostava muito de Claire Randall – não, isso era pouco. Para ser sincero, ele a amava, e tanto por ela quanto pela filha dela.

Mais do que isso. Ele quisera muito que Claire encontrasse Jamie Fraser, que vivesse feliz para sempre com ele. Saber – ou mais corretamente, esperar – que ela o tivesse feito fora um pequeno talismã para ele. Uma testemunha de que o amor duradouro era possível, um amor forte o bastante para suportar a separação e as dificuldades, forte o suficiente para vencer o tempo. Mas, ainda assim, toda carne era mortal. Nenhum amor conseguiria sobreviver a esse fato.

Roger segurou a beira da mesa, tentando se controlar. Tolice, ele disse a si mesmo. Grande tolice. Mesmo assim, ele se sentia tão pesaroso quanto se sentiu quando o reverendo morreu; como se tivesse acabado de ficar órfão.

A percepção veio forte. Ele não podia mostrar isso a Bree, simplesmente não podia. Ela sabia do risco, claro, mas... não. Ela não teria imaginado nada desse tipo.

Por puro acaso ele havia encontrado aquilo. Estava procurando letras de músicas antigas para acrescentar ao seu repertório, folheando um livro de músicas country. Uma ilustração havia mostrado a página original do jornal na qual uma música fora publicada, e Roger, procurando aleatoriamente, vira as notícias antigas publicadas na mesma página do jornal, e seus olhos foram atraídos pelo nome "Fraser".

O choque começava a diminuir um pouco, apesar da tristeza no fundo do seu estômago, irritante como a dor de uma úlcera. Ele era um estudioso e filho de um estudioso. Crescera cercado por livros, envolvido desde a infância com a santidade da palavra impressa. Ele se sentiu como um assassino ao pegar o canivete e abri-lo depressa, olhando ao redor para ter certeza de que não estava sendo observado.

Foi o instinto mais do que a razão. O instinto que leva um homem a querer limpar os indícios de um acidente, cobrir os corpos e esconder os traços visíveis do desastre, apesar de a tragédia em si permanecer.

Com a página dobrada escondida em seu bolso como uma prova cabal, ele saiu da biblioteca e caminhou pelas ruas chuvosas de Oxford.

Caminhar o acalmava, fazia com que ele conseguisse pensar de forma racional, forçando os sentimentos a ficarem em um canto por tempo suficiente para poder planejar o que fazer, como proteger Brianna de uma dor que seria mais profunda e duradoura que a dele.

Ele conferira a informação bibliográfica na frente do livro – publicado em 1906 por uma pequena editora britânica. Não seria amplamente divulgado, mas, ainda assim, era algo que Brianna poderia encontrar em suas pesquisas.

Não era um lugar lógico para pesquisar as informações que ela procurava, mas o título do livro era *Canções e Baladas do Século XVIII*. Ele conhecia muito bem a curiosidade de historiador que fazia as pessoas pesquisarem impulsivamente em locais improváveis. Ela também a conhecia e faria a mesma coisa. Ainda mais, Roger conhecia bem a fome de conhecimento – qualquer conhecimento –, que poderia fazer com que Brianna procurasse qualquer coisa relacionada à época, em um esforço para imaginar o ambiente dos pais, construir uma visão das vidas que ela não podia ver nem compartilhar.

Difícil, mas não impossível. Alguém resvalou nele ao passar, e Roger percebeu que estava encostado na grade da ponte havia vários minutos, observando as gotas de chuva baterem na superfície do rio sem de fato vê-las. Lentamente, ele desceu a rua, alheio às lojas e à grande quantidade de guarda-chuvas.

Não havia como garantir que ela nunca visse um exemplar daquele livro. Aquela podia ser a única cópia ou poderia haver centenas delas, como bombas-relógio, nas bibliotecas de todos os Estados Unidos.

A dor em seu peito aumentava. Ele estava encharcado por causa da neve, e também congelando. Por dentro, Roger sentia um frio mais profundo se espalhando a partir de um novo pensamento: o que Brianna faria se descobrisse?

Ficaria arrasada, tomada pelo pesar. Mas e depois? Ele tinha certeza de que o passado não podia ser alterado. As coisas que Claire lhe contara fizeram com que ele se convencesse disso. Ela e Jamie Fraser tinham tentado evitar a matança em Culloden, sem sucesso. Ela tentara salvar o futuro marido, Frank, salvando o ancestral dele, Jack Randall – e fracassara. Só então descobriu que Jack nunca fora ancestral de Frank, afinal, mas havia se casado com a namorada grávida do seu irmão mais novo para registrar a criança quando o irmão morreu.

Não, o passado podia dar voltas e se enrolar como uma serpente, mas não podia ser alterado. Mas Roger não tinha certeza de que Brianna tinha a mesma convicção.

Como sofrer por uma viajante do tempo?, ela lhe perguntara. Se ele mostrasse a notícia, ela poderia sofrer de verdade. Descobriria como. Esse fato iria feri-la terrivelmente, mas ela se curaria, e poderia deixar o passado para trás.

Se.

Se não fossem as pedras em Craigh na Dun. O círculo de pedras e sua assustadora promessa.

Claire passara pelas pedras de Craigh na Dun no antigo festival do fogo de Samhain, no primeiro dia de novembro, quase dois anos antes.

Roger estremeceu e não foi de frio. Os pelos de sua nuca se eriçavam sempre que ele pensava nisso. Tinha sido uma manhã clara de outono, aquela aurora do Festival de Todos os Santos, com nada que perturbasse a paz do monte onde o círculo de pedras estava. Nada até Claire tocar a grande pedra partida e desaparecer no passado.

Então, a terra parecera se abrir sob os pés dele, e o ar desaparecera com um rosnado que ecoou dentro da sua cabeça como um tiro de canhão. Uma explosão de luz e escuridão o cegou. Só as lembranças da última vez o impediram de entrar em pânico.

Ele segurara a mão de Brianna. Por reflexo, fechou a mão, e todos os sentidos desapareceram. Foi como ser derrubado de uma altura de milhares de metros dentro da água gelada; uma vertigem horrível e um choque tão intenso que ele não sentia nada além disso. Cego e surdo, sem razão nem sentidos, ele teve consciência de dois pensamentos finais, o resto da sua consciência brilhando como uma chama de vela num furacão. *Estou morrendo,* pensou com muita calma. E então: *Não solte.*

O sol que se punha havia descido em um caminho iluminado pela pedra partida. Claire caminhara por ele. Quando Roger se mexeu e ergueu a cabeça, o sol do fim da tarde brilhava dourado e em tons de lavanda atrás da grande pedra, deixando-a escura contra o céu.

Ele estava deitado sobre Brianna, protegendo-a com seu corpo. Ela estava inconsciente, mas respirava, o rosto desesperadamente pálido contra os cabelos ruivos. Apesar de estar fraco, não houve dúvida quanto à sua capacidade de descer com ela pelo monte íngreme até o carro lá embaixo. Por ter puxado ao pai, ela tinha quase 1,80m, era um pouco mais baixa que Roger.

Ele a havia aconchegado, segurando a cabeça dela em seu colo, acariciando seu rosto e tremendo, até um pouco antes do pôr do sol. Ela havia aberto os olhos naquele momento, um azul tão escuro quanto o céu que anoitecia, e sussurrara:

– Ela se foi?

– Está tudo bem – sussurrara Roger em resposta. Ele se inclinou e beijou a testa fria dela. – Está tudo bem. Vou cuidar de você.

Ele estava sendo sincero. Mas como faria isso?

Estava escurecendo quando Roger voltou para o quarto. Ouviu um barulho na sala de jantar quando passou e sentiu o cheiro de presunto cozido e feijão, mas a última coisa que queria era comer.

Subiu ao quarto e deixou as coisas molhadas amontoadas no chão. Secou-se e então se sentou nu na cama, com a toalha esquecida na mão, olhando para a mesa e para a caixa de madeira onde estavam as cartas de Brianna.

Ele faria qualquer coisa para tirá-la de seu pesar. Faria muito mais para salvá-la da ameaça das pedras.

Claire havia voltado – assim ele esperava – de 1968 a 1766. E então, morrera em 1776. No momento, eles estavam em 1970. Uma pessoa que voltasse agora acabaria – poderia acabar – em 1768. Haveria tempo. Era esse o problema; haveria tempo.

Mesmo que Brianna pensasse como ele – ou se pudesse convencê-la de que não é possível alterar o passado –, será que ela conseguiria viver pelos próximos sete anos sabendo que a janela de oportunidade estava se fechando, que sua única chance de conhecer o pai, de ver a mãe de novo, desaparecia dia após dia? Uma coisa era deixar que vivessem, não sabendo onde estavam nem o que havia acontecido com eles; outra era saber claramente e não fazer nada.

Ele conhecia Brianna havia mais de dois anos, mas passara poucos meses desse tempo com ela. Mesmo assim, eles se conheciam muito bem em alguns aspectos. Como poderia ter sido diferente, depois de compartilharem uma experiência como aquela? E havia as cartas – dezenas, duas, três ou quatro por semana – e os raros feriados, passados entre o encantamento e a frustração, que o deixavam louco de desejo por ela.

Sim, Roger a conhecia. Brianna era calma, mas tinha uma determinação tão forte que ele acreditava que ela não se submeteria ao pesar sem lutar. E embora fosse cuidadosa, quando decidia alguma coisa, ela agia com uma resolução assustadora. Se decidisse arriscar a passagem pelas pedras, ele não poderia impedi-la.

Roger segurou a toalha com força, sentindo o estômago revirado, lembrando-se do abismo do círculo e do vazio que quase os engolira. A única coisa mais assustadora era pensar em perder Brianna antes de tê-la de verdade.

Ele nunca mentira para ela. Mas o impacto do choque e do pesar lentamente desaparecia à medida que um plano se formava em sua mente. Então ficou de pé e enrolou a toalha na cintura.

Uma carta não bastaria. Teria que ser um processo lento de sugestão, de desestímulo discreto. Roger acreditava que não seria difícil. Não havia encontrado quase nada depois de um ano procurando na Escócia, além da notícia da loja incendiada de Fraser em Edimburgo. Ele sentiu um arrepio ao pensar nas chamas. Agora sabia por que, claro. Os dois deviam ter emigrado logo depois, apesar de Roger não ter encontrado nenhum sinal deles nas listas dos navios nos quais havia procurado.

Hora de desistir, ele diria. Deixar o passado para trás e enterrar os mortos. Continuar procurando, sem evidências, seria beirar a obsessão. Ele sugeriria, muito sutilmente, que essa busca ao passado não era saudável, que agora era hora de olhar para o futuro, para não passar a vida numa busca fútil. Os pais dela não desejariam que Brianna fizesse isso.

O quarto estava frio, mas ele mal notou.

Vou cuidar de você, dissera ele, e estava sendo sincero. Esconder uma verdade perigosa era a mesma coisa que mentir? Bem, se fosse, então ele mentiria. Consentir em fazer algo errado era um pecado, ele ouvira isso no passado. Tudo bem, Roger arriscaria sua alma por ela, e por vontade própria.

Ele procurou uma caneta na gaveta. E então parou, inclinou-se e enfiou dois dedos no bolso da calça jeans molhada. O papel estava amassado e úmido, já meio desintegrado. Com dedos ágeis, rasgou-o em pequenos pedaços, ignorando o suor gelado que escorria de seu rosto.

23

A CAVEIRA POR BAIXO DA PELE

Eu dissera a Jamie que não me importava de estar longe da civilização. Onde houvesse pessoas, haveria trabalho para uma curadora.

Duncan havia cumprido sua palavra e voltou na primavera de 1768 com oito homens que eram de Ardsmuir, juntamente com suas famílias, prontos para fixar residência na Cordilheira dos Frasers, como o lugar era conhecido agora. Com cerca de trinta almas para cuidar, houve uma demanda imediata dos meus serviços meio enferrujados para dar pontos em ferimentos e tratar febres, furúnculos e gengivas inflamadas. Duas das mulheres estavam grávidas, e foi uma alegria para mim trazer ao mundo crianças saudáveis, um menino e uma menina, os dois nascidos no início da primavera.

Minha fama – se esta é a palavra – de curadora logo se espalhou em nosso pequeno vilarejo, e eu passei a ser chamada cada vez mais para cuidar das doenças de pessoas em fazendas isoladas espalhadas por 50 quilômetros de terreno montanhoso de mata selvagem. Fazia visitas raras com Ian a Anna Ooka para ver Nayawenne, voltando com cestos e jarros de ervas úteis.

A princípio, Jamie insistira que ele ou Ian fossem comigo para lugares mais distantes, mas logo ficou claro que nenhum dos dois poderia sair dali. Estávamos na época do primeiro plantio, com solo para limpar e preparar, milho e cevada para plantar, sem falar das tarefas comuns necessárias para manter uma chácara em funcionamento. Além dos cavalos e das mulas, nós havíamos adquirido algumas galinhas, um porco selvagem com cara de bravo para satisfazer as necessidades sociais do nosso porco e – luxo dos luxos – uma cabra leiteira. Tínhamos que dar alimentos e água a todos, e geralmente não se matavam nem eram comidos por ursos ou panteras.

Então, cada vez mais, eu saía sozinha quando algum desconhecido aparecia na porta pedindo a ajuda de uma curadora ou parteira. O caderno de registros de Daniel Rawlings começou a ganhar novas anotações, e a despensa ia sendo enriquecida com presuntos e carne de veado, sacos de grãos e de maçãs, com os quais meus pacientes retribuíam minha atenção. Eu nunca pedia pagamento, mas algo era sempre oferecido – e como éramos pobres, qualquer coisa era bem-vinda.

Meus pacientes vinham de muitos lugares, e muitos não falavam nem inglês nem francês. Havia luteranos alemães, quacres, escoceses e irlandeses-escoceses, e um grande grupo de moravianos de Salem, que falava um dialeto peculiar que eu pensava ser checoslovaco. Normalmente, eu me virava para me comunicar. Na maioria dos casos, alguém podia interpretar para mim e, na pior das hipóteses eu recorria a gestos e à linguagem corporal – "Onde dói?" é fácil de entender em qualquer língua.

Agosto de 1768

Eu estava congelando. Apesar dos meus esforços para manter a capa enrolada em volta de mim, o vento a levantava do meu corpo e fazia com que ela esvoaçasse como a vela de um barco. Bateu na cabeça do garoto que caminhava ao meu lado e fazia com que eu pendesse para um lado sobre o cavalo. A chuva entrava por baixo do pano como agulhas congeladas, e eu estava ensopada quando chegamos a Mueller's Creek.

O riacho em si estava caudaloso, arrancava plantas, levava pedras e afundava galhos borbulhando brevemente na superfície.

Tommy Mueller espiou a corrente, os ombros encolhidos quase encostando nas abas do chapéu grande que ele puxou por cima das orelhas. Eu vi a dúvida em todos os contornos do seu corpo e me inclinei para gritar em seu ouvido.

– Fique aqui! – berrei, mas minha voz saiu mais baixa que o vento.

Ele balançou a cabeça, dizendo algo para mim, mas não ouvi. Balancei a cabeça de modo vigoroso e apontei para a margem. O solo lamacento era repleto de pedras. Eu via pedras de terra preta desfazendo-se.

– Volte! – gritei.

Ele apontou enfaticamente na direção da casa na chácara e pegou minhas rédeas. Estava claro que ele achava perigoso demais. Tommy Mueller queria que eu voltasse para a casa, que esperasse a tempestade passar.

Ele estava certo. Por outro lado, eu via o riacho se abrindo, a água tomando a ribanceira aos pedaços. Se esperássemos muito, ninguém poderia atravessar – tampouco seria seguro durante dias. Inundações assim mantinham o nível de água alto por uma semana, conforme as chuvas do alto da montanha desciam para alimentar as correntes.

Pensar em ficar presa em uma casa de quatro cômodos durante uma semana com os dez Mueller foi o suficiente para me levar à imprudência. Pegando as rédeas das mãos de Tommy, eu virei o cavalo, que abaixou a cabeça em meio à chuva, pisando com cuidado na lama escorregadia.

Chegamos à parte mais alta da ribanceira, onde havia uma camada grossa de folhas mortas que dava melhor apoio. Virei o cavalo outra vez, fiz um gesto para que Tommy saísse do caminho e me inclinei para a frente como se fosse saltar um obstáculo, com os cotovelos afundados no saco de cevada à minha frente – meu pagamento pelos serviços prestados.

A mudança de posição bastou. O cavalo não queria mais ficar ali, assim como eu. Senti o puxão repentino quando as patas de trás se abaixaram para pegar impulso e então começamos a descer pela ladeira como se ela fosse um tobogã. Houve um impulso e um momento de queda livre, e senti a água congelante na altura das minhas coxas.

Minhas mãos estavam muito frias, era como se tivessem sido soldadas às rédeas, mas eu não tinha nada útil a oferecer em termos de orientação. Deixei meus braços relaxarem, dando alívio ao cavalo. Conseguia sentir músculos enormes movendo-se de modo rítmico embaixo das minhas pernas enquanto ele nadava, e a água passando por nós com força. Ela prendia minha saia, ameaçando me puxar para dentro.

Então, percebi os cascos se movendo no fundo do riacho e saímos, escorrendo água como se fôssemos uma peneira. Eu me virei na sela e vi Tommy Mueller do outro lado, boquiaberto com seu chapéu. Não pude soltar as rédeas para acenar, mas meneei a cabeça a ele de modo cerimonioso e então bati os calcanhares no cavalo para virá-lo em direção à casa.

O capuz da minha capa caíra para trás quando pulamos, mas não fez muita diferença. Eu não conseguiria me molhar mais. Afastei uma mecha de cabelo dos olhos com o nó do dedo e virei a cabeça do cavalo na direção da trilha da subida, aliviada por estar indo para casa, com ou sem chuva.

Eu permanecera na cabana dos Mueller por três dias, ajudando Petronella, de 18 anos, a passar pelo primeiro parto. Também seria seu último, de acordo com ela. Seu marido de 17 anos, espiando dentro do quarto no meio do segundo dia, recebera ofensas em alemão ditas por Petronella que fizeram com que ele corresse para o refúgio dos homens no celeiro com as orelhas vermelhas pela humilhação.

Ainda assim, algumas horas depois, eu vi Freddy – parecendo bem mais novo do que um rapaz de 17 – ajoelhar-se com receio ao lado da cama da esposa, o rosto mais pálido do que a camisola dela, e levantar um dedo hesitante para afastar o cobertor que cobria a filha.

Olhou para a cabecinha redonda, coberta pela penugem escura, e então olhou para a esposa, como se precisasse de orientação.

– *Ist sie nicht wunderschön*? – disse Petronella com delicadeza.

Ele assentiu lentamente, apoiou a cabeça no colo dela e começou a chorar. Todas as mulheres sorriram docemente e voltaram a cuidar do jantar.

O jantar também fora bom. A comida era um dos benefícios de ser chamada pelos Mueller. Até agora, meu estômago estava cheio de bolinhos e *Blutwurst* frito, e o gosto de ovos com manteiga em minha boca oferecia um pouco de distração do desconforto geral da minha atual situação.

Eu esperava que Jamie e Ian tivessem conseguido algo adequado para comer em minha ausência. Por ser o fim do verão, mas não ainda a época da colheita, as estantes da despensa não chegavam nem perto do que eu esperava que teríamos no outono mas, ainda assim, havia queijos, uma tigela enorme de peixe salgado no chão e sacos de farinha, milho, arroz, feijão, cevada e aveia.

Jamie sabia cozinhar – pelo menos conseguia temperar a caça e assá-la no fogo –, e eu fizera o melhor que podia para iniciar Ian nos mistérios do mingau de aveia, mas por serem homens, eu acreditava que eles não tinham se dado ao trabalho, decidindo sobreviver com cebolas cruas e carne seca.

Não sabia ao certo se, depois de um dia derrubando árvores, arando campos e carregando corpos de veados pelas montanhas, eles simplesmente ficavam exaustos demais para pensar em preparar uma refeição adequada ou se faziam isso de propósito, para que eu me sentisse necessária.

O vento diminuíra agora que eu estava no abrigo da cordilheira, mas a chuva ainda caía forte. Era difícil caminhar, já que a lama da trilha havia amolecido, deixando uma camada de folhas por cima, enganadoras como areia movediça. Percebi o desconforto do cavalo conforme suas patas deslizavam a cada passo.

– Bom garoto – falei com delicadeza. – Continue, bom companheiro. – O cavalo mexeu as orelhas levemente, mas manteve a cabeça baixa, pisando com cuidado. – Pantanoso? – perguntei. – Que tal?

O cavalo não tinha nome no momento – ou tinha, mas eu não sabia qual era. O homem de quem Jamie o comprara o chamava com uma palavra alemã que Jamie dizia não ser nada adequada para o cavalo de uma mulher. Quando pedi que traduzisse a palavra, ele simplesmente contraiu os lábios e fez cara de escocês. Com isso, deduzi que o nome devia ser bem ruim. Pensei em perguntar qual era o significado para a sra. Mueller, mas, na pressa de ir embora, me esqueci.

De qualquer modo, a teoria de Jamie era de que o cavalo revelaria seu verdadeiro nome – ou pelo menos o que fosse adequado para se falar – com o tempo. Então, todos observávamos o animal na esperança de discernir seu temperamento. Com base em uma cavalgada de teste, Ian sugerira Coney, mas Jamie simplesmente negou com a cabeça e disse que não seria aquele.

– Casco Brilhante? – sugeri. – Passo Leve? Droga!

O cavalo havia parado totalmente por motivos óbvios. A água descia pelo monte, batendo nas rochas livremente. Era bonito ver a água, clara como cristal sobre a rocha escura e as folhas verdes. Infelizmente, ela também cobria os restos da trilha, que, diferentemente da força dos eventos, escorrera pela base do monte para dentro do vale abaixo.

Permaneci parada, pingando. Não havia como darmos a volta. O monte se erguia quase perpendicularmente à minha direita, os arbustos e as plantas aparecendo de uma rachadura na face da rocha, e descia de forma tão precipitada à esquerda que passar por ali teria sido suicídio. Xingando baixinho, voltei com o cavalo sem nome.

Se não fosse o riacho inundado, eu teria retornado para a casa dos Mueller e deixado Jamie e Ian se virarem por mais tempo. Mas naquela situação, eu não tinha escolha. Teria que encontrar o caminho para casa ou ficar ali e morrer afogada.

Cansados, demos a volta. A menos de 400 metros da água, no entanto, vi um ponto onde a lateral do monte se transformava em um pequeno vale, uma depressão entre dois "chifres" de granito. Tais formações eram comuns. Havia uma bem grande em uma montanha próxima, motivo pelo qual se intitulava Pico do Diabo. Se eu pudesse atravessar o vale para o outro lado da montanha e seguisse por ali, em pouco tempo voltaria para a trilha que atravessava a cordilheira ao sul.

Sentada na sela, era possível ter uma visão clara dos contrafortes e do vão azul do vale mais à frente. Mas, do outro lado, as nuvens escondiam os topos das montanhas, carregadas de chuva, guardando raios que às vezes apareciam.

Agora que o pior da tempestade havia passado, o vento diminuíra. A chuva caía com mais força, se é que isso era possível, e eu parei por tempo suficiente para tirar os dedos gelados das rédeas e vestir o capuz da minha capa.

A base desse lado do monte era clara, e o chão era tomado de pedras, mas não muito íngreme. Passamos por pequenas áreas de plantas vermelhas e carvalhos. Observei a localização de um arbusto enorme de amora para referência futura, mas não parei. Naquela situação, eu teria sorte se chegasse em casa ao anoitecer.

Para me distrair das gotas geladas que desciam pelo meu pescoço, comecei a fazer uma lista mental da despensa. O que eu poderia fazer para o jantar quando chegasse?

Algo rápido, pensei, estremecendo, e algo quente. Um ensopado demoraria demais, assim como uma sopa. Se houvesse esquilo ou coelho, poderíamos fritá-los passados no ovo e na massa de milho. Ou então, talvez mingau com um pouco de bacon para dar gosto e alguns ovos mexidos com cebolinha.

Eu me abaixei, fazendo uma careta. Apesar do capuz e dos meus cabelos grossos, as gotas de chuva batiam no meu couro cabeludo como granizo.

Então percebi que *era* granizo. Bolinhas brancas batiam nas costas do cavalo, passando pelas folhas de carvalho. Em poucos segundos, as bolinhas se tornaram maiores, do tamanho de bolas de gude, e o granizo tornara-se pesado o bastante para cair como tiros de uma metralhadora no chão molhado com as folhas nas clareiras.

O cavalo levantou a cabeça, balançando a crina de modo vigoroso em um esforço para escapar do granizo. Rapidamente, puxei as rédeas e o levei para baixo de uma enorme nogueira. Ali, fazia barulho, mas o granizo escorregava pelas folhas da liteira, deixando-nos protegidos.

– Certo – falei. Com alguma dificuldade, tirei uma mão das rédeas e dei um tapinha no cavalo para confortá-lo. – Calma. Nós ficaremos bem, desde que não sejamos atingidos por um raio.

Evidentemente, essa frase despertara a lembrança de alguém. Um raio silencioso de luz forte cortou o céu escuro além da montanha Roan. Alguns momentos depois, o barulho do trovão ressoou, encobrindo o barulho das pedras de granizo nas folhas acima.

Mais clarões apareceram a distância, do outro lado das montanhas. E então, mais raios cortando o céu, cada um deles sucedido por um rufar mais alto. A chuva de granizo passou, e a chuva normal voltou, caindo com mais força do que antes. O vale à nossa frente desapareceu em nuvens e névoa, mas o raio iluminou os espinhaços das montanhas como ossos em um raio X.

– Um hipopótamo, dois hipopótamos, três hipopótamos, quatro hipopóta...
BRUUMMM!

O cavalo levantou a cabeça e bateu a pata com nervosismo.

– Sei como se sente – disse a ele, espiando o vale. – Mas fique calmo. – Lá estava ele de novo, um clarão que iluminava a cordilheira escura e deixava a silhueta das orelhas erguidas do cavalo gravada em minhas retinas.

– Um hipopótamo, dois hipo...

Poderia jurar que o chão tremeu. O cavalo soltou um relincho estridente e se ergueu quando puxei as rédeas, com os cascos batendo nas folhas. O ar cheirava a ozônio.

Clarão.

– Um – disse entre dentes. – Droga, opa! Um hipo...

Clarão.

– Um...

Clarão.

– Opa! OPA!

Não percebi a queda nem a batida no chão. Em um momento, eu estava segurando as rédeas, com um cavalo de 500 quilos em pânico e descontrolado, empacado em todas as direções. No momento seguinte, eu estava deitada de costas, olhando para o céu preto que girava, tentando fazer meu diafragma funcionar.

Ecos do choque do impacto tomaram minha carne e eu tentei de todas as maneiras retomar o controle do meu corpo. Então, respirei fundo, uma respiração dolorosa, e me peguei tremendo, chocada com a possibilidade de lesões.

Permaneci deitada, com os olhos fechados, concentrada na respiração, fazendo um inventário. A chuva ainda caía em meu rosto, acumulando-se em meus olhos e escorrendo para dentro das minhas orelhas. Meu rosto e minhas mãos estavam dormentes. Meus braços se moviam. Eu conseguia respirar com um pouco mais de facilidade.

Minhas pernas. A esquerda doía, mas não de modo assustador. Era só o joelho machucado. Rolei para o lado com dificuldade, obstruída pelas minhas roupas molhadas e pesadas. Ainda assim, foi a roupa grossa que me livrou de lesões graves.

Acima de onde eu estava, ouvi um relinchar inquieto e audível em meio ao trovão ribombante. Olhei para cima, zonza, e vi a cabeça do cavalo aparecendo em meio a uma vegetação densa cerca de 9 metros acima. Atrás da mata, era possível ver uma ladeira íngreme e cheia de rochas. Uma marca longa de deslizamento em direção à parte de baixo mostrava onde eu havia parado e rolado até acabar na posição em que estava.

Estávamos praticamente à beira desse pequeno precipício sem que eu tivesse reparado, encoberto pelos arbustos volumosos. Em pânico, o cavalo havia chegado à beira, mas evidentemente percebera o perigo e se segurou antes de cair – mas não sem antes me fazer voar longe.

– Seu maldito! – falei. E tentei imaginar se a palavra em alemão era parecida com aquela. – Eu poderia ter quebrado o pescoço! – Limpei a lama do rosto com uma mão que ainda tremia e olhei ao redor à procura de um caminho.

Não encontrei nenhum. Atrás de mim, a face rochosa continuava, dando em um dos chifres de granito. À minha frente, ela terminava abruptamente, em uma queda reta para dentro de um pequeno vale. A ladeira na qual eu estava dava nesse vale também, passando por montes de árvores de madeira amarela e sumagres até as barrancas de um pequeno riacho cerca de 20 metros à frente.

Fiquei imóvel, tentando pensar. Ninguém sabia onde eu estava. Nem eu sabia muito bem onde estava, se pensasse bem. Pior, ninguém me procuraria em breve. Jamie ainda pensaria que eu estava na casa dos Mueller por causa da chuva. Os Mueller, claro, não teriam motivo para pensar que eu não chegara em casa em segurança. Mesmo se duvidassem, não poderiam ir atrás de mim devido à cheia do riacho. E quando alguém encontrasse a trilha, qualquer sinal da minha passagem já teria se apagado pela chuva.

Pelo menos, eu não estava machucada. Isso já era alguma coisa. Também estava sozinha, sem comida, perdida e encharcada. A única certeza era que eu não morreria de sede.

Os raios ainda apareciam como tridentes em combate no céu, mas o trovão se tornara um ronco a distância. Eu não tinha medo de ser atingida por um raio – não com tantos candidatos melhores por perto, na forma de árvores gigantescas, mas encontrar abrigo parecia uma ideia muito boa, de qualquer modo.

Ainda chovia. Gotas rolavam pela ponta do meu nariz com regularidade monótona. Mancando com o joelho machucado e xingando bastante, desci a ladeira escorregadia até a beira do riacho.

Esse riacho também fora engolido pela chuva. Eu via os topos dos arbustos aparecendo na água, folhas soltas na corrente. Não havia ribanceira. Passei pelos azevinhos e cedros-vermelhos em direção à face do penhasco ao sul. Talvez houvesse uma caverna ou abertura ali na qual eu pudesse me abrigar.

Não encontrei nada além de rochas viradas, escuras por estarem molhadas e difíceis de ultrapassar. A alguma distância dali, vi algo que oferecia uma possibilidade de abrigo.

Um enorme cedro-vermelho caíra no riacho, as raízes viradas para cima enquanto a água tomava o solo no qual ele estivera. Ele havia caído do lado oposto ao meu para o penhasco, de modo que a copa densa se espalhou na água e por cima das pedras, e o tronco atravessava o riacho num ângulo raso. Do meu lado, eu via o tapete enorme de suas raízes expostas, um baluarte de terra rachada e pequenos arbustos sobre elas. O buraco por baixo podia não ser um abrigo completo, mas parecia melhor do que ficar de pé ao ar livre ou agachada na mata.

Eu nem sequer parei para pensar que o abrigo poderia ter atraído ursos, panteras ou outras espécies perigosas da fauna. Felizmente, isso não acontecera.

Era um espaço de cerca de 1,50 m de comprimento e 2,50 m de largura, úmido, escuro e abafado. O teto era formado pelas raízes retorcidas da árvore, com terra, como o telhado de um buraco de fuinha. Mas era um teto firme. O chão de terra revirada estava úmido, mas não enlameado, e pela primeira vez em horas, a chuva não batia na minha cabeça.

Exausta, eu engatinhei para o canto mais distante, coloquei os sapatos molhados do meu lado e fui dormir. O frio das minhas roupas molhadas me fez ter sonhos vívidos, visões confusas de sangue e parto, árvores, rochas e chuva, e eu acordava com frequência, naquele modo meio consciente de profundo cansaço, adormecendo de novo segundos depois.

Sonhei que estava dando à luz. Não sentia dor, mas vi a cabeça aparecendo como se eu estivesse trabalhando no parto, parteira e mãe juntas. Peguei uma menininha nua em meus braços, ainda suja de sangue de nós duas, e a entreguei ao pai. Eu a entreguei a Frank, mas foi Jamie quem tirou a membrana do rosto dela e disse: "Ela é linda."

Então, eu acordei e dormi, passando por rochedos e quedas-d'água, procurando algo que havia perdido. Acordei e dormi, perseguida nas matas por algo assustador e desconhecido. Acordei e dormi, com uma faca na mão, vermelha de sangue – mas não sabia de quem era o sangue.

Acordei com o cheiro de queimado e me sentei na hora. A chuva havia passado. Foi o silêncio que me acordou, pensei. O cheiro de fumaça ainda estava forte em minhas narinas – não fazia parte do sonho.

Coloquei a cabeça para fora do buraco como um caracol que cuidadosamente sai da concha. O céu tinha uma suave cor cinza-arroxeada, com manchas alaranjadas acima das montanhas. A mata ao meu redor estava calma, gotejando. O sol já estava quase se pondo, e a escuridão se acumulava nos vales.

Saí do abrigo e olhei ao redor. O riacho atrás de mim estava caudaloso, e só ouvi o som da água. O solo à minha frente se elevava levemente. No topo, havia um grande álamo, de onde vinha a fumaça. A árvore fora atingida por um raio. Metade dela ainda apresentava folhas verdes, a copa densa contra o céu claro. A outra metade estava escura e queimada no tronco, de cima a baixo. Uma leve fumaça branca subia como fantasmas que escapavam como num encanto, e as linhas vermelhas de fogo brilhavam sorrateiramente por baixo da casca preta.

Olhei ao redor à procura dos meus sapatos, mas não os encontrei na penumbra. Sem me importar, subi o monte em direção à árvore atingida, ofegante. Todos os meus músculos estavam rígidos por eu ter dormido e sentido muito frio. Eu parecia uma árvore ganhando vida, subindo um monte e esticando as raízes retorcidas.

Estava quente perto da árvore. Deliciosa e maravilhosamente quente. O ar tinha cheiro de cinzas, mas estava quente. Fiquei o mais perto que consegui, estendendo minha capa, e permaneci parada.

Durante um tempo, nem sequer tentei pensar. Simplesmente fiquei ali, sentindo a carne fria esquentar e se acomodar de novo em algo que lembrava a condição humana. Mas quando meu sangue voltou a correr, meus hematomas começaram a doer, e eu senti a dor mais profunda da fome também. Muito tempo se passara desde o café da manhã.

Provavelmente demoraria muito mais até o jantar, pensei com seriedade. A escuridão vinha do vale, e eu ainda estava perdida. Olhei para o outro lado do monte. Não havia nem sinal do maldito cavalo.

– Traidor – murmurei. – Provavelmente se uniu a um bando de alces ou coisa assim.

Uni as mãos. Minhas roupas já estavam meio secas, mas a temperatura caía. A noite seria fria. Era melhor passar a noite aqui, ao ar livre, perto da árvore atingida ou voltar para o meu abrigo enquanto ainda conseguia vê-lo?

Um estalo na moita atrás de mim me ajudou a tomar a decisão. A árvore havia esfriado agora. Apesar de a madeira ainda estar quente ao toque, o fogo se apagara. Não manteria os animais notívagos distantes. Sem fogo nem armas, minha única defesa era a das presas: permanecer escondida durante as horas de escuridão, como os ratos e os coelhos. Bem, e eu precisava voltar para pegar meus sapatos.

Deixando os últimos vestígios de calor para trás, voltei. Entrei engatinhando e vi um borrão claro contra a terra mais escura no canto. Levei a mão a ele e não encontrei a pele de gamo de meus mocassins, mas algo duro e liso.

Meu instinto me levou de volta à realidade antes que meu cérebro pudesse formar a palavra, e eu afastei a mão. Permaneci sentada por um momento, com o coração aos pulos. Então, a curiosidade venceu o medo e eu comecei a afastar a terra ao redor do objeto.

Era, de fato, uma caveira com a mandíbula, apesar de ela estar presa apenas pelos restos de ligamento seco. Um fragmento de vértebra quebrada balançava no *foramen magnum*.

– Quanto tempo um homem precisa ficar na terra até virar osso? – murmurei, virando o crânio nas mãos.

O osso estava frio e úmido, levemente áspero pela exposição à umidade. A luz estava muito fraca para que eu visse os detalhes, mas senti as partes grossas sobre as sobrancelhas e a superfície lisa dos caninos. Provavelmente era um homem novo. A maioria dos dentes estava presente, e não muito desgastados. Pelo menos, pelo que eu podia constatar pelo toque.

Quanto tempo? Oito ou nove anos, o coveiro dissera a Hamlet. Eu não sabia se Shakespeare sabia alguma coisa sobre medicina forense, mas me pareceu uma estimativa razoável. Então, mais de nove anos.

Como ele havia chegado aqui? Por violência, meus instintos responderam, apesar de meu cérebro não estar muito atrasado na conclusão. Um explorador podia morrer de doença, fome ou exposição. Reprimi esse pensamento, tentando ignorar meu estômago roncando e as roupas ensopadas. Mas não acabaria enterrado embaixo de uma árvore.

Os índios cherokees e os tuscaroras enterravam seus mortos, mas não desse modo, sozinho em uma cova. Tampouco em fragmentos. Foi aquele pedaço de vértebra quebrada que me contou a história toda. As pontas estavam encaixadas, a face estava raspada, não quebrada.

– Alguém não ia com a sua cara, não é? Não parou no escalpo. Tirou sua cabeça toda.

E isso me fez pensar... será que o resto dele também estava ali? Passei a mão no rosto, pensando, mas, afinal, eu não tinha nada melhor para fazer. Não iria a lugar algum antes do amanhecer, e a possibilidade de dormir havia se tornado remota com a descoberta do meu companheiro. Coloquei o crânio cuidadosamente de lado e comecei a cavar.

Já estava muito escuro, mas nem mesmo a noite mais escura ao ar livre deixava de ter um pouco de luz. O céu ainda estava coberto com nuvens, o que refletia luz consideravelmente, mesmo no buraco raso em que eu me encontrava.

A terra arenosa era macia e fácil de cavar, mas depois de alguns minutos arranhando, os nós e as pontas dos meus dedos ficaram vermelhos, e eu rastejei dali por tempo suficiente para encontrar um graveto que poderia usar para cavar. Procurando um pouco mais, encontrei algo rígido. Não era osso, pensei, nem era metal. Pedra, concluí, tocando a forma oval. Só uma pedra do rio? Achava que não. A superfície era muito lisa, mas com algo marcado nela; uma tipografia qualquer, apesar do meu toque não ser sensível o bastante para eu determinar o que era.

Cavei mais e não encontrei nada. Ou o resto de Yorick não estava aqui ou estava enterrado tão fundo que eu não tinha como achar. Coloquei a pedra no bolso, me agachei e esfreguei as mãos cheias de terra na roupa. Pelo menos, o exercício havia me esquentado de novo.

Eu me sentei outra vez e peguei o crânio, segurando-o no colo. Por mais assustador que fosse, era uma companhia, uma distração do meu desespero. E eu sabia muito bem que todas as minhas atitudes da última hora tinham sido distrações; ações para me tirar do pânico que eu sentia submerso na minha mente, esperando para aparecer como a ponta afiada de um galho de árvore na água. Seria uma longa noite.

– Certo – disse em voz alta para o crânio. – Tem lido algum livro ultimamente? Não, acho que você não anda mais por aí. Poesia, talvez? – Pigarreei e comecei a recitar Keats, esquentando com "Escrito em rejeição à superstição vulgar" e passando a "Ode a um vaso grego".

– *Sempre amarás, e será ela sempre bela!* – declamei. – Tem mais, mas me esqueci. Mas não foi tão ruim, certo? Quer um pouco de Shelley? "Ode ao vento do oeste" é boa, você ia gostar, eu acho.

Pensei por que eu achava aquilo. Não havia motivos para achar que aquele homem era um indígena e não um europeu, mas percebi que era o que eu pensava... talvez fosse a pedra que eu encontrara junto com ele. Dando de ombros, eu me concentrei de novo, acreditando que o efeito repelente da ótima poesia inglesa seria equivalente a uma fogueira no que dizia respeito aos ursos e às panteras.

Faça de mim sua lira, assim como a floresta:
e se minhas folhas estiverem caindo sozinhas!
O tumulto de suas harmonias poderosas

Partirão de um tom profundo e outonal,
Doce, mas triste. Sejas tu, forte espírito,
Meu espírito! Sejas meu, impetuoso!

Conduza meus pensamentos mortos pelo universo
Como folhas murchas para acelerar um novo nascimento;
E, pelo encantamento deste verso,

Espalhe, como do fogo não extinto
cinzas e faíscas, minhas palavras entre os homens!
Que pelos meus lábios a terra não desperta

O som de uma profecia! Ó Vento...

A frase final morreu em meus lábios. Havia luz na cordilheira. Uma leve faísca transformando-se em chama. Primeiro, pensei que fosse uma árvore atingida por um raio, uma madeira escaldante ganhando vida, mas então, ela se mexeu. Desceu o monte lentamente na minha direção, flutuando acima dos arbustos.

Eu me levantei, percebendo que estava descalça. Rapidamente, procurei no chão, cobrindo o espaço pequeno diversas vezes. Mas não adiantou. Meus sapatos tinham sumido.

Segurei o crânio e fiquei de pé descalça, virando-me para a luz.

Observei-a se aproximar, descendo o monte como folhas enroladas de oficial-de-sala. Um pensamento passou pela minha mente paralisada, uma frase aleatória de Shelley: *Demônio, eu o desafio! Com a mente calma e concentrada.* Em algum canto escuro da minha consciência, algo percebeu que Shelley tivera muito mais coragem do que eu. Segurei o crânio mais perto. Não era uma arma mas, de certo modo, eu acreditava que o que estava vindo também não se deixaria deter por facas nem pistolas.

Não era só porque o ambiente molhado dava a impressão de que seria improvável que alguém atravessasse a mata com uma tocha acesa. A luz não ardia como uma tocha de pinheiro nem como uma lamparina a óleo. Não se movia, mas cintilava com um brilho leve e constante.

Ela flutuava alguns metros acima do solo, onde alguém manteria uma tocha que estivesse carregando. Ela se aproximou lentamente, no passo do caminhar de um homem. Vi que ela estremeceu um pouco, movendo-se no ritmo de um andar constante.

Eu me encolhi dentro do abrigo, meio escondida pela terra e pelas raízes. Estava congelando de frio, mas o suor escorria pelo meu rosto e eu sentia o cheiro do meu próprio medo. Os dedos dos meus pés se encolheram na terra, querendo correr.

Eu já tinha visto o fogo de São Elmo no mar. Por mais assustador que fosse, seu tom azul não lembrava em nada a luz clara que se aproximava. Ela não tinha faísca nem cor, só um brilho espectral. Gás da terra, era o que as pessoas de Cross Creek diziam quando as luzes da montanha eram mencionadas.

Rá, eu disse para mim mesma, mas sem palavras. Gás da terra, uma ova!

A luz passou por alguns galhos pequenos e entrou na clareira à minha frente. Não era gás da terra.

Ele era alto e estava nu. Além de um tapa-sexo, não usava mais nada além de tinta. Longas faixas vermelhas desciam por seus braços e pelo peito, e o rosto era bem preto, do queixo à testa. Os cabelos estavam oleosos e arrepiados, com duas penas de peru apontando para cima.

Eu estava invisível, totalmente escondida na escuridão do meu abrigo, e a tocha que ele segurava o banhava com uma luz suave, reluzindo em seu peito e nos ombros sem pelos, encobrindo as órbitas dos seus olhos. Mas ele sabia que eu estava ali.

Não me movi. Ouvia minha respiração forte. Ele simplesmente ficou ali, talvez a alguns metros, e olhava bem para a escuridão onde eu me encontrava, como se estivéssemos expostos à luz do dia. E a luz de sua tocha brilhava constante e sem som, pálida como uma vela, e a madeira não era consumida.

Não sei quanto tempo permaneci ali até perceber que não sentia mais medo. Ainda sentia frio, mas meu coração estava mais lento, e os dedos dos meus pés estavam normais, não se contraíam mais.

– O que você quer? – perguntei, e só então percebi que estávamos estabelecendo algum tipo de comunicação havia algum tempo. O que quer que fosse, não tinha palavras. Nada coerente era dito, mas algo era transmitido mesmo assim.

As nuvens haviam desaparecido, afastadas por um vento leve, e faixas escuras do céu iluminado por estrelas começavam a aparecer. A mata estava silenciosa, como costumava ficar à noite; os estalos e o farfalhar do movimento das árvores altas; o balançar dos arbustos perturbados pelo vento e, no fundo, o correr constante da água que não era vista, ecoando a turbulência do ar.

Respirei profundamente, sentindo-me muito viva de repente. O ar estava carregado e tinha um cheiro adocicado de plantas verdes, a acidez das ervas e o almiscarado das folhas mortas, dispostos e entremeados com os odores da tempestade: rocha molhada, terra úmida, umidade crescente e um toque forte de ozônio, repentinos como o raio que acertara a árvore.

Terra e ar, pensei de repente, e fogo e água também. E ali estava eu com todos os elementos: no meio deles e à sua mercê.

– O que você quer? – perguntei de novo, sentindo-me impotente. – Não posso fazer nada por você. Sei que está aí. Consigo vê-lo. Mas só isso.

Nada se mexeu, nenhuma palavra foi dita. Mas, com clareza, o pensamento se formou em minha mente, com uma voz que não era a minha.

Já basta, disse ela.

Sem pressa, ele se virou e se afastou. Depois de dar vinte passos, a luz de sua tocha desapareceu na não existência como o brilho final do crepúsculo na noite.

– Ah – falei, um pouco inexpressiva. – Minha nossa. – Minhas pernas tremiam, e eu me sentei, com o crânio, de que eu quase me esquecera, aninhado no colo.

Fiquei ali por muito tempo, observando e ouvindo, porém nada mais aconteceu. As montanhas me cercavam, escuras e impenetráveis. Talvez eu conseguisse encontrar o caminho de volta à trilha pela manhã, mas por enquanto, andar na escuridão só poderia levar a um desastre.

Eu não tinha mais medo. Ele me deixara durante o encontro com o que quer que fosse aquilo. Mas eu ainda sentia frio e muita, muita fome. Coloquei o crânio no chão e me encolhi ao lado dele, puxando a capa úmida sobre o corpo. Demorei muito para dormir, e me deitei no buraco frio observando as estrelas da noite girarem acima da minha cabeça em meio às nuvens.

Tentei entender a última meia hora, mas não havia nada para entender; nada, de fato, havia acontecido. Mas, ao mesmo tempo, acontecera. Ele estivera ali. A impressão dele continuava comigo, de certa forma um pouco reconfortante, e eu finalmente dormi com o rosto encostado em um monte de folhas mortas.

Tive sonhos inquietantes, por causa do frio e da fome; uma procissão de imagens desconexas. Árvores atingidas por raios, ardendo como tochas. Árvores arrancadas da terra caminhando sobre as raízes com um passo assustador.

Eu, deitada na chuva com a garganta cortada, o sangue quente escorrendo em meu peito, um conforto estranho na minha pele fria. Os dedos dormentes, sem conseguirem se mexer. A chuva atingindo minha pele como granizo, cada gota fria uma batida de martelo, e então, a chuva em si parecia quente e suave em meu rosto. Enterrada viva, a terra preta caindo nos olhos abertos.

Acordei com o coração aos pulos. Permaneci em silêncio. Era noite alta. O céu se estendia claro e infinito acima, e eu estava deitava na mais completa escuridão. Depois de um tempo, dormi de novo, perseguida pelos sonhos.

Lobos uivando a distância. Correndo em pânico por uma floresta de álamos brancos tomada pela neve, a seiva vermelha das árvores reluzindo como joias rubras em troncos brancos como papel. Um homem de pé entre as árvores com a cabeça careca, exceto por uma faixa de cabelos oleosos e pretos. Ele tinha olhos profundos e um sorriso torto, e o sangue em seu peito era mais brilhante do que a seiva da árvore.

Lobos, muito mais próximos. Uivando e latindo, e o cheiro de sangue quente no meu nariz, e eu correndo com a matilha e correndo da matilha. Correndo. Patas no chão, dentes brancos, o gosto fraco de sangue na minha boca e um pouco no meu nariz. Fome, perseguição, caça, morte e sangue. Coração acelerado, sangue escorrendo, pânico dos perseguidos.

Senti o braço estalar com um barulho como um galho seco se quebrando, e o tutano quente e salgado, escorregadio na minha língua.

Algo resvalou meu rosto e eu abri os olhos. Grandes olhos amarelos olhavam dentro dos meus, do pelo escuro de um lobo de dentes brancos. Gritei e corri em direção a ele, e a fera deu um salto para trás latindo assustada.

Caí de joelhos e me encolhi ali, dizendo coisas confusas. O dia havia acabado de raiar. A luz da manhã era leve e nova, e me mostrava claramente o contorno escuro de... Rollo.

– Ah, meu Deus, o que diabos você está fazendo aqui, sua... fera imunda! – Eu devo ter me equilibrado em algum momento, mas Jamie me apoiou antes.

Mãos grandes me puxaram para cima e me tiraram do esconderijo, me abraçaram com força e tocaram meu corpo ansiosas, à procura de ferimentos. A lã de seu tartã resvalou macia contra meu rosto. Tinha cheiro de sabão de lixívia e de homem, e eu o respirei como se fosse oxigênio.

– Você está bem? Pelo amor de Deus, Sassenach, você está bem?

– Não – disse. – Sim. – E comecei a chorar.

Não durou muito. Foi mais por causa do alívio. Tentei dizer isso, mas Jamie não estava ouvindo. Ele me pegou nos braços, imunda como eu estava, e começou a me levar em direção ao pequeno riacho.

– Calma, então – disse ele, e me abraçou com força. – Calma, *mo chridhe*. Está tudo bem agora. Você está em segurança.

Eu ainda estava sendo perturbada pelo frio e pelos sonhos. Permaneci sozinha por tanto tempo sem nenhuma voz além da minha, que a dele parecia estranha, surreal e difícil de entender. No entanto, o toque quente da mão de Jamie era real.

– Espere – falei, puxando sua camisa sem força. – Espere, eu me esqueci. Tenho que...

– Jesus, tio Jamie, veja isso!

Jamie se virou, ainda me abraçando. O jovem Ian estava de pé na frente do meu abrigo, emoldurado com raízes penduradas, segurando o crânio.

Senti os músculos de Jamie se enrijecerem quando ele o viu.

– Santo Deus, Sassenach. O que é isso?

– Quem, você quer dizer. Não sei. Mas é um cara legal. Não deixe Rollo se aproximar dele, ele não gostaria.

Rollo cheirava o crânio com grande concentração, narinas molhadas e pretas se abrindo com interesse.

Jamie espiou meu rosto, franzindo o cenho discretamente.

– Tem certeza de que está bem, Sassenach?

– Não – respondi, apesar dos meus sentidos estarem voltando enquanto eu despertava totalmente. – Estou com frio e fome. Você não trouxe café da manhã, por acaso? – perguntei de modo desejoso. – Eu seria capaz de comer um prato cheio de ovos.

– Não – disse ele. Então me soltou e pegou sua bolsa de couro. – Não tive tempo de pensar em comida, mas trouxe conhaque. Aqui está, Sassenach. Vai lhe fazer bem. E depois – acrescentou ele, erguendo uma sobrancelha –, pode me dizer como conseguiu parar no meio do nada?

Eu me sentei em uma rocha e beberiquei o conhaque com alívio. O cantil tremia em minhas mãos, mas o tremor começou a diminuir conforme o líquido escuro descia pelas paredes do meu estômago vazio para dentro da minha corrente sanguínea.

Jamie ficou atrás de mim com a mão em meu ombro.

– Há quanto tempo está aqui, Sassenach? – perguntou ele, com a voz tranquila.

– A noite toda – eu disse, tremendo de novo. – Um pouco antes do meio-dia de ontem, quando o maldito cavalo... acho que o nome dele é Judas, me derrubou daquela ladeira ali.

Eu indiquei a ladeira. Meio do nada era uma boa descrição do local, pensei. Poderia ter sido qualquer um dos milhares de buracos anônimos nesses montes. Um pensamento me tomou, que deveria ter me ocorrido muito tempo antes, se eu não estivesse tão gelada e grogue.

– Como você me encontrou? – perguntei. – Um dos Mueller me seguiu ou... Não me diga que o maldito cavalo trouxe você aqui, como a Lassie.

– É um cavalo macho, tia – disse Ian de modo reprovador. – Não é uma égua. Mas não vimos seu cavalo. Rollo nos trouxe a você. – Ele sorriu orgulhosamente para o cachorro, que parecia muito contente, como se fizesse esse tipo de coisa o tempo todo.

– Mas se vocês não viram o cavalo – comecei, assustada –, como souberam que eu tinha saído dos Mueller? E como Rollo... – Parei de falar ao ver os dois homens trocando um olhar.

Ian deu de ombros e assentiu, chamando Jamie. Jamie se abaixou no chão ao meu lado, levantou a barra do meu vestido e pegou meus pés descalços com as mãos grandes e quentes.

– Seus pés estão congelados, Sassenach – disse ele baixinho. – Onde você perdeu seus sapatos?

– Ali atrás – falei, assentindo em direção à árvore arrancada. – Pode ser que ainda estejam ali. Eu os tirei para atravessar um riacho, coloquei-os no chão e não consegui encontrá-los no escuro.

– Eles não estão ali, tia – disse Ian.

Ele parecia tão assustado que olhei para ele de novo, surpresa. Ainda estava segurando o crânio, virando-o sem parar nas mãos.

– Não, não estão. – A cabeça de Jamie estava abaixada quando ele pegou meus pés, e eu conseguia ver a luz reluzir vermelha em seus cabelos, que estavam soltos sobre os ombros, despenteados como se ele tivesse acabado de sair da cama. – Eu estava na cama, dormindo – disse ele, ecoando meu pensamento. – Quando esse animal ficou louco de repente. – Ele fez um meneio de cabeça para Rollo sem olhar para a frente. – Começou a latir, uivar e balançar o corpo para a porta, como se o diabo estivesse do lado de fora.

– Gritei com ele e tentei segurá-lo para que ficasse quieto – disse Ian –, mas ele não queria parar, não importa o que eu fizesse.

– Rollo continuou até a saliva escorrer e eu tive certeza de que ele enlouquecera. Pensei que fosse nos ferir, então mandei Ian abrir a porta e deixá-lo sair. – Jamie se agachou, franziu o cenho e então pegou uma folha caída de cima do meu pé.

– Bem, e o diabo estava do lado de fora? – perguntei petulante.

Jamie balançou a cabeça.

– Procuramos na clareira, do chiqueiro até o riacho, e não encontramos nada, só isso. – Ele enfiou a mão na bolsa e pegou meus sapatos. Jamie olhou para mim, inexpressivo. – Eles estavam na porta, lado a lado.

Todos os pelos do meu corpo se arrepiaram. Levantei o cantil e bebi o resto do conhaque.

– Rollo partiu como um maluco – disse Ian, continuando a história muito animado. – Mas então, ele voltou um pouco depois e começou a cheirar seus sapatos, resmungar e chorar.

– Eu também senti vontade de fazer isso. – Jamie esboçou um sorriso tímido, mas eu vi o medo ainda pesando em seus olhos.

Engoli, mas minha boca estava seca demais para falar, apesar do conhaque.

Jamie colocou os sapatos nos meus pés, primeiro um e depois o outro. Eles estavam úmidos, mas um pouco quentes pelo contato com o corpo dele.

– Pensei que você pudesse estar morta, Cinderela – disse ele baixinho, com a cabeça abaixada para esconder o rosto.

Ian não notou, envolvido no entusiasmo da história.

– Meu cachorrinho esperto saiu correndo como quando sentia o cheiro de coelho, então pegamos nossos tartãs e corremos atrás dele. Só paramos para pegar um atiçador para diminuir a fogueira. Ele saiu correndo à nossa frente. Não é, amigo? – Ian esfregou as orelhas de Rollo com orgulho e carinho. – E aqui estamos!

O conhaque estava esquentando minhas orelhas, envolvendo meus sentidos em um cobertor quente e doce, mas eu tinha sentidos de sobra para perceber que se Rollo havia seguido uma trilha até onde eu estava... alguém percorrera aquele caminho com os meus sapatos.

Eu tinha recuperado um pouco da voz e consegui falar, mas estava rouca.

– Você viu alguma coisa no caminho? – perguntei.

– Não, tia – disse Ian, repentinamente sóbrio. – Você viu?

Jamie levantou a cabeça e eu vi a preocupação e a exaustão em seu rosto, deixando as faces bem definidas. Eu não era a única que tivera uma noite longa e difícil.

– Sim – falei –, mas vou contar mais tarde. No momento, eu acredito que me transformei em uma abóbora. Vamos para casa.

...

Jamie trouxera cavalos, mas não havia como levá-los para o vale. Fomos forçados a descer pelas ribanceiras inundadas do riacho, espirrando água, para subir com dificuldade uma ladeira rochosa até a saliência, onde os animais estavam amarrados. Com as pernas cansadas e agitada depois de todo o sofrimento, não consegui ajudar muito na travessia, mas Jamie e Ian agiram tranquilamente e me levaram como se eu fosse um pacote qualquer.

– Não se deve dar álcool a alguém sofrendo de hipotermia – falei com fraqueza quando Jamie levou o cantil aos meus lábios de novo durante uma pausa para descansar.

– Mas independentemente do problema, a pessoa vai se sentir melhor se tiver bebido – disse ele. Ainda estava frio depois da chuva, mas o rosto de Jamie estava corado por causa da subida. – Além disso – acrescentou, secando a sobrancelha com a ponta do tartã –, se você desmaiar, vai ficar mais fácil carregá-la. Nossa, é como puxar um bezerro de um pântano.

– Desculpe – falei.

Eu me deitei no chão e fechei os olhos, torcendo para não vomitar. O céu girava em uma direção e meu estômago em outra.

– Saia, cachorro! – disse Ian.

Abri um dos olhos para ver o que estava acontecendo, e vi Ian afastando Rollo do crânio, que eu insistira para que ele levasse conosco.

À luz do dia, o objeto não assustava. Manchado e descolorido pela terra na qual ficara enterrado, ele parecia uma pedra lisa a distância, desgastada pelo vento e pelo clima. Vários dentes tinham sido lascados ou quebrados, apesar de o crânio não apresentar nenhuma outra marca.

– O que pretende fazer com o príncipe encantado? – perguntou Jamie, olhando para a minha aquisição de modo crítico.

Ele não estava mais vermelho, e já havia recuperado o fôlego. Olhou para mim, estendeu o braço e afastou os meus cabelos dos olhos, sorrindo.

– Tudo bem, Sassenach?

– Estou melhor – disse-lhe, e me sentei.

A mata ainda não tinha parado de girar, mas o conhaque que corria pelas minhas veias tornava meus movimentos um pouco mais agradáveis, como o farfalhar de árvores passando pela janela de um trem.

– Acho que devemos levá-lo para casa e fazer um enterro cristão, pelo menos. – Ian olhou para o crânio com dúvida.

– Não sei se ele gostaria. Acho que não era cristão. – Tentei afastar uma lembrança clara do homem que eu tinha visto no vale. Apesar de ser verdade que alguns índios tinham se tornado missionários, aquele senhor nu em especial, com o rosto pintado e os cabelos com penas, me passara a impressão de ser pagão.

Procurei no bolso da minha saia, os dedos dormentes e duros.

– Isto foi enterrado com ele.

Peguei a pedra lisa que havia desenterrado. Tinha cor marrom, uma forma oval irregular da metade do tamanho da palma de minha mão. Era chata de um lado, arredondada do outro e lisa como se tivesse saído do leito do rio. Eu a virei na palma da mão e me surpreendi.

O lado chato tinha mesmo um entalhe, como eu pensei. Era uma marca na forma de uma espiral encolhida. Mas não foi o entalhe que fez Jamie e Ian observarem minha mão, com as cabeças quase se tocando.

Onde a superfície lisa fora lascada, a rocha de dentro brilhava muito forte, pequenas chamas verdes, laranja e vermelhas lutando pela luz.

– Meu Deus, o que é isso? – perguntou Ian, parecendo surpreso.

– É uma opala, e bem grande, veja – disse Jamie.

Ele cutucou a pedra com o polegar grande, como se conferisse para ver se era de verdade. E era.

Passou uma mão pelos cabelos, pensando, e então olhou para mim.

– Dizem que opalas são pedras que dão azar, Sassenach.

Pensei que Jamie estivesse brincando, mas parecia inquieto. Era um homem muito viajado e educado mas, ainda assim, era das Terras Altas, e eu sabia que ele tinha um lado muito supersticioso, apesar de não demonstrar com frequência.

Ah, pensei. Você passou a noite com um fantasma e acha que *ele* é supersticioso?

– Bobagem – falei, com mais convicção do que sentia. – É só uma pedra.

– Não dão azar, não, tio Jamie – disse Ian. – Minha mãe tem um anel de opala que sua mãe deixou para ela, apesar de não ser nada parecido com isso! – Ian tocou a pedra com admiração. – Mas ela disse que a opala assume algo do seu dono, então se você tiver uma opala que antes pertencia a uma boa pessoa, então tudo estaria bem, e você teria boa sorte. Caso contrário... – Ele deu de ombros.

– Sim, bem – disse Jamie com seriedade. Ele meneou a cabeça em direção ao crânio, indicando-o com o queixo. – Se isso pertencia a esse homem, acho que não deu muita sorte.

– Pelo menos, sabemos que ninguém o matou por causa dela – falei.

– Talvez eles não a quiseram por saber que traria azar – sugeriu Ian. Ele estava franzindo o cenho para a pedra, formando uma linha de preocupação entre os olhos. – Talvez devêssemos devolvê-la, tia.

Esfreguei o nariz e olhei para Jamie.

– Provavelmente é muito valiosa – falei.

– Ah. – Os dois a observaram por um momento, divididos entre a superstição e o pragmatismo.

– Sim, bem – disse Jamie por mim. – Acho que não haverá problema mantê-la por um tempo. Ele esboçou um sorriso torto. – Vou levá-la, Sassenach. Se eu for atingido por um raio no caminho de volta para casa, você pode devolvê-la.

Eu me levantei de modo desajeitado, segurando o braço de Jamie para manter o equilíbrio. Pisquei e me balancei, mas permaneci de pé. Jamie pegou a pedra da minha mão e a colocou dentro da bolsa de couro.

– Vou mostrá-la a Nayawenne – disse. – Pode ser que ela saiba o que o entalhe signifique, pelo menos.

– Boa ideia, Sassenach – aprovou Jamie. – E se o príncipe encantado for parente dela, ela pode ficar com ele, com a minha bênção. – Ele fez um meneio de cabeça em direção a alguns bordos pequenos a centenas de metros dali, as folhas verdes marcadas de amarelo. – Os cavalos estão amarrados logo ali. Consegue caminhar, Sassenach?

Olhei para os meus pés, pensando. Eles pareciam muito mais distantes do que eu estava acostumada.

– Não tenho certeza – respondi. – Acho que estou bastante embriagada.

– Ah, não, tia – disse Ian com delicadeza. – Meu pai diz que não estamos bêbados se conseguimos ficar de pé.

Jamie riu com a afirmação, e jogou a ponta do tartã sobre o ombro.

– O *meu* pai dizia que uma pessoa não estava bêbada se conseguia encontrar o traseiro com as duas mãos. – Ele olhou para o meu traseiro erguendo a sobrancelha, mas pensou melhor e não disse o que pretendia.

Ian engasgou com a risada e tossiu, recompondo-se.

– Sim, bem. Não falta muito, tia. Tem certeza de que não consegue caminhar?

– Bem, não vou pegá-la no colo de novo, estou dizendo – disse Jamie, sem esperar uma resposta. – Não quero machucar sua coluna. – Ele pegou o crânio de Ian, segurando-o entre as pontas dos dedos, e o colocou delicadamente em meu colo. – Espere aqui com seu amiguinho, Sassenach. Ian e eu vamos pegar os cavalos.

Quando chegamos à Cordilheira dos Frasers já era início da tarde. Eu estava com frio, molhada e sem comer havia quase dois dias, e me sentia bastante zonza; uma sensação exagerada causada pelo conhaque e pela minha tentativa de explicar os acontecimentos da noite anterior a Ian e a Jamie. À luz do dia, a noite toda parecia surreal.

Mas, na verdade, quase tudo parecia irreal se visto pela perspectiva da exaustão, da fome e da leve embriaguez. Consequentemente, quando entramos na clareira, pensei primeiro que a fumaça da chaminé fosse uma alucinação – até o cheiro da cicuta queimada chegar às minhas narinas.

– Pensei que vocês tivessem dito que tinham abaixado o fogo – disse a Jamie. – Por sorte, não incendiaram a casa. – Tais acidentes eram comuns. Eu ouvira falar de mais de uma cabana de madeira incendiada por causa de uma lareira mal monitorada.

– Eu abaixei – disse ele brevemente, apeando. – Tem alguém aqui. Você conhece o cavalo, Ian?

Ian apoiou-se nos estribos para olhar no cercado dos animais.

– Puxa, é o seu cavalo, tia! – disse ele com surpresa. – Com o pelo todo sarapintado!

E o recém-batizado Judas estava ali, sem sela, abanando o rabo grande para afastar as moscas.

– Você sabe quem é o dono dele? – perguntei.

Eu ainda não tinha apeado. Pequenas ondas de tonteira tomavam conta de mim de poucos em poucos minutos e me forçavam a me segurar na sela. O chão embaixo do cavalo parecia subir e descer como ondas no mar.

– Não, mas é um amigo – disse Jamie. – Ele alimentou meus animais e ordenhou a cabra. – Ele acenou do comedouro cheio de feno dos cavalos à porta, onde havia um balde de leite sobre o banco, cuidadosamente coberto com um pedaço de pano para impedir que as moscas caíssem.

– Venha, Sassenach. – Jamie estendeu a mão e me puxou pela cintura. – Vou levá-la para a cama e preparar algo para você comer.

Nossa chegada havia sido notada. A porta da cabana se abriu e Duncan Innes olhou para fora.

– Ah, você está aqui, *Mac Dubh* – disse ele. – O que está faltando, então? Sua cabra estava prestes a acordar os mortos com as tetas a ponto de explodir quando passei por aqui hoje cedo. – E então, ele me viu, e o rosto triste e pesaroso foi tomado pela surpresa.

– Sra. Claire! – disse ele, vendo que eu estava toda suja de lama. – Aconteceu um acidente? Fiquei um pouco preocupado ao encontrar o cavalo solto na montanha quando estava vindo para cá, além de sua caixinha na sela. Procurei e chamei por você, mas não consegui ver nenhum sinal da sua presença, por isso trouxe o animal para cá.

– Sim, sofri um acidente – disse, tentando ficar de pé, com pouco sucesso. – Mas estou bem. – Eu não tinha muita certeza disso. Minha cabeça parecia estar três vezes maior.

– Cama – disse Jamie com firmeza, segurando meus braços antes que eu pudesse cair. – Agora.

– Banho. Primeiro – falei.

Ele olhou na direção do riacho.

– Você vai congelar ou se afogar. Ou as duas coisas. Pelo amor de Deus, Sassenach, coma e vá para a cama. Você pode se lavar amanhã.

– Agora. Água quente. Chaleira. – Eu não tinha energia para gastar numa discussão prolongada, mas estava determinada. Não iria suja para a cama nem lavaria lençóis imundos mais tarde.

Jamie olhou para mim irritado e revirou os olhos, desistindo.

– Água quente, chaleira, agora, então – disse ele. – Ian, pegue algumas lenhas, e então leve Duncan e cuide dos porcos. Vou esfregar sua tia.

– Eu posso me esfregar!

– Até parece.

Ele tinha razão. Meus dedos estavam tão rígidos que eu não conseguia abrir os fechos do meu corpete. Ele me despiu como se eu fosse uma criancinha, jogando a saia rasgada e as peças cheias de lama de qualquer modo no canto, tirou meu vestido e as roupas íntimas, usadas por tanto tempo que as sobras das barras já tinham deixado marcas vermelhas e profundas em minha carne. Resmunguei com uma mistura voluptuosa de dor e prazer, esfregando as marcas vermelhas enquanto o sangue voltava a correr em meu torso comprimido.

– Sente-se – disse ele, empurrando um banquinho embaixo do meu corpo quando me abaixei.

Jamie jogou uma colcha sobre meus ombros, um prato com um pão de aveia e meio à minha frente e foi procurar sabão, pano e toalhas de linho no armário.

– Encontre a garrafa verde, por favor – falei, mordiscando o pão de aveia seco. – Preciso lavar meu cabelo.

– Hum. – Mais barulho, e Jamie finalmente voltou com as mãos cheias de coisas, incluindo uma toalha e um frasco cheio de xampu que eu fizera, por não querer lavar os cabelos com sabão de lixívia, além de bucha, óleo de tremoço, folhas de noz e calêndula. Ele colocou tudo isso sobre a mesa, junto com uma tigela grande para misturar tudo e a encheu com água quente do caldeirão.

Deixando esfriar um pouco, Jamie enfiou um pano na água e se abaixou para lavar meus pés.

A sensação quente em meus pés doloridos e meio congelados chegou tão perto do êxtase quanto eu esperava alcançar nesse lado do céu. Cansada e meio embriagada como estava, senti que me derretia dos pés para cima, enquanto Jamie me limpava dos pés à cabeça.

– Onde conseguiu isso, Sassenach?

Saindo de um estado próximo do sono, olhei para o joelho esquerdo. Estava inchado, e o lado de dentro estava do tom azul-arroxeado da genciana.

– Ah... isso aconteceu quando caí do cavalo.

– Isso foi um grande descuido – disse ele. – Eu já não disse várias vezes para você tomar cuidado, principalmente com um cavalo novo? Não pode confiar num cavalo enquanto não conhecê-lo bem. E você não é forte o bastante para lidar com um cavalo indomado ou ansioso.

– Não foi questão de confiar nele – falei. Observei os ombros largos de Jamie flexionando-se embaixo de uma camisa de linho enquanto passava a esponja em meu joelho ferido. – O raio o assustou e eu caí de uma ladeira de 6 metros.

– Você podia ter quebrado o pescoço!

– Pensei que tivesse quebrado, por um minuto. – Fechei os olhos, balançando levemente.

– Você deveria ter pensado melhor, Sassenach. Para começar, você nem deveria estar daquele lado da cordilheira, muito menos...

– Não consegui evitar – disse, abrindo os olhos. – A trilha estava tomada de água. Tive que dar a volta.

Ele estava me encarando com os olhos azuis semicerrados.

– Você não deveria ter deixado os Mueller, para começar, ainda mais com aquela chuva! Não sabia que o chão estaria daquele jeito?

Eu me endireitei com certo esforço, segurando a colcha contra os seios. Percebi com leve surpresa que Jamie estava bem irritado.

– Bem... não – falei, tentando reunir a força que eu tinha. – Como eu poderia saber algo assim? Além disso...

Ele me interrompeu enfiando o pano na bacia, espalhando água pela mesa toda.

– Fique quieta! – disse ele. – Eu não queria brigar com você.

Olhei para Jamie.

– O que diabos *você* quer fazer? E por que está gritando comigo? Não fiz nada de errado!

Ele respirou fundo. Então, ficou de pé, pegou o pano da bacia e cuidadosamente o torceu. Soltou o ar, ajoelhou-se na minha frente e limpou meu rosto.

– Não. Não fez – concordou. Esboçou um meio sorriso. – Mas você me assustou muito, Sassenach, e por isso sinto muita vontade de repreendê-la, quer você mereça ou não.

– Ah! – disse.

Senti vontade de rir, mas o remorso tomou conta de mim quando vi seu rosto sério. A manga da sua camisa estava suja de lama e havia carrapichos e rabo-de-raposa em suas meias, sinais de uma noite de buscas pelas montanhas escuras, sem saber onde eu estava; nem se estava viva ou morta. Eu *havia* assustado Jamie, querendo ou não.

Procurei uma maneira de me desculpar, mas minha língua parecia grossa. Por fim, estendi o braço e tirei uma folhinha amarela dos seus cabelos.

– Por que não me repreende em gaélico? – perguntei. – Vai apaziguar sua raiva da mesma maneira e só vou entender metade do que você disser.

Jamie disse uma expressão de irritação em escocês e enfiou minha cabeça dentro da bacia com a mão firme em meu pescoço. Quando voltei, pingando, ele enrolou uma toalha na minha cabeça e começou a esfregar meus cabelos com as mãos firmes e grandes, falando com o tom formalmente ameaçador de um ministro repreendendo o pecado num sermão.

– Tola – disse ele em gaélico. – Você tem o cérebro de uma mosca! – Entendi as palavras "tola" e "sem jeito" nos comentários que vieram depois, mas rapidamente parei de ouvir. Fechei os olhos e me distraí no prazer de ter meus cabelos lavados e penteados.

Seu toque era firme e delicado, provavelmente adquirido por muito tempo cuidando da crina de cavalos. Eu o vira falando com os cavalos enquanto os penteava como estava falando comigo agora, o gaélico como uma maneira de aliviar o atrito da escova. Mas imaginei que ele fosse mais bonzinho com os cavalos.

Jamie tocou meu pescoço, minhas costas nuas e os ombros enquanto massageava; toques rápidos que faziam minha carne retomar a vida. Estremeci, mas deixei a colcha cair no colo. O fogo ainda estava alto, as chamas dançando nas laterais da chaleira, e o quarto havia ficado bem quente.

Ele agora descrevia, com um tom tranquilo e agradável, várias coisas que gostaria de fazer comigo, começando com me bater com um pedaço de pau e seguindo daí. O gaélico é uma língua rica, e Jamie era bastante criativo nos assuntos de violência ou sexo. Se estava falando sério ou não, pensei que provavelmente era uma coisa boa eu não entender tudo o que ele dizia.

Senti o calor da fogueira nos seios. O calor de Jamie em minhas costas. O tecido frouxo da sua camisa resvalando minha pele quando ele se inclinou para pegar um frasco na prateleira, e estremeci de novo. Ele percebeu e interrompeu a bronca por um momento.

– Está com frio?

– Não.

– Ótimo.

O cheiro forte de cânfora fez meu nariz arder, e antes que eu pudesse me mexer, uma mão grande havia pousado em meu ombro e me segurava ali, enquanto a outra esfregava o óleo em meu peito.

– Pare! Está fazendo cócegas! Eu mandei parar!

Jamie não parou. Eu me remexi sem parar, tentando escapar, mas ele era muito maior do que eu.

– Fique parada – disse ele, com dedos inexoráveis esfregando entre minhas costelas com força, embaixo das omoplatas, ao redor e por baixo dos meus seios macios, passando o óleo em mim como alguém que besunta um porco para ser assado.

– Seu *safado*! – eu disse quando ele me soltou, sem fôlego depois de tanto rir e lutar. Eu cheirava a menta e cânfora, e minha pele brilhava do queixo à barriga.

Jamie sorriu para mim, vingado e nem um pouco arrependido.

– Você faz isso comigo quando tenho febre – disse ele, passando as mãos na toalha.

– Pimenta nos olhos dos outros é refresco, não?

– Não estou com febre! Nem com resfriado!

– Mas acho que terá, pois passou a noite toda fora e dormiu com roupas molhadas. – Ele estalou a língua de modo reprovador, como uma dona de casa escocesa.

– E você nunca fez isso, não é? Quantas vezes pegou resfriado por ter dormido sem roupa? – perguntei. – Pelo amor de Deus, você morou numa *caverna* por sete anos!

– E passei três deles espirrando. Além disso, sou um homem – disse ele, sem a menor lógica. – Não é melhor vestir a camisola, Sassenach? Está nua.

– Percebi. Roupas molhadas e sentir frio não causam doença – disse a ele, procurando a colcha embaixo da mesa.

Ele ergueu as duas sobrancelhas.

– Ah, não?

– Não. – Eu me levantei, pegando a colcha. – Já disse isso antes. São germes que causam doenças. Se eu não fui exposta a nenhum germe, não vou ficar doente.

– Ah, germesssss! – disse ele, enrolando as sílabas na língua. – Meu Deus, que bunda bonita você tem! Então por que as pessoas adoecem mais no inverno do que na primavera? Os germes se reproduzem no frio, é isso?

– Não exatamente.

Sentindo-me absurdamente tímida, eu abri a colcha com a intenção de jogá-la por cima dos meus ombros de novo. Mas antes que conseguisse me cobrir, Jamie me pegou pelo braço e me puxou para ele.

– Venha aqui – falou, de modo desnecessário.

Antes que eu pudesse dizer qualquer coisa, ele já tinha dado um tapa em minhas nádegas, me virado e me beijado com força.

Jamie me soltou e eu quase caí. Eu o abracei, e ele segurou minha cintura para me estabilizar.

– Não me importa se foram os germes, o ar da noite ou o que quer que seja – disse ele, sério. – Não quero que você fique doente e pronto. Agora, vista sua camisola e vá direto para a cama!

Era muito bom senti-lo em meus braços. O tecido macio da sua camisa estava frio contra a pele aquecida dos meus seios untados, e embora a lã do seu kilt fosse muito mais áspera contra minhas coxas e barriga nuas, a sensação nem de longe era desagradável. Eu me esfreguei lentamente contra ele, como um gato num poste.

– Cama – ordenou de novo, bem menos sério.

– Hum – disse, deixando bem claro que eu não queria ir para a cama sozinha.

– Não – rebateu Jamie, remexendo-se.

Pensei que ele quisesse se afastar, mas como não o soltei, o movimento apenas intensificou a situação entre nós.

– Uhum – insisti, segurando com força.

Por mais embriagada que estivesse, eu sabia que Duncan sem dúvida passaria a noite no tapete da lareira, com Ian perto. E apesar de eu estar me sentindo meio desinibida no momento, a sensação não chegava *tão* longe.

– Meu pai dizia que eu não deveria me aproveitar de uma mulher embriagada – disse ele.

Havia parado de se remexer, mas começou de novo, mais lentamente, como se não conseguisse parar.

– Não estou mal, estou melhor – respondi. – Além disso... – Eu me mexi de modo mais insinuante. – Pensei que ele tivesse dito que uma pessoa não está muito embriagada se consegue segurar o traseiro com as duas mãos.

Ele olhou para mim me admirando.

– Detesto dizer isso, Sassenach, mas você não está segurando o seu traseiro, e sim o *meu*.

– Tudo bem – garanti a ele. – Somos casados. Dividimos tudo. Uma só carne; foi o padre quem disse.

– Talvez tenha sido um erro passar aquele óleo em você – disse ele, meio para si mesmo. – Ele nunca faz isso *comigo*!

– Bom, você é homem.

Ele tentou mais uma vez.

– Não deveria comer um pouco mais, moça? Deve estar com fome.

– Uhum – disse. Enterrei o rosto em sua camisa e o mordi levemente. – Faminta.

Há uma história sobre o conde de Montrose – de que, depois de uma batalha, ele foi encontrado deitado no campo, meio morto de frio e fome, por uma jovem. A jovem pegou seu sapato, fez uma mistura de cevada e água fria dentro dele e alimentou o conde com ela, salvando a vida dele.

A xícara que estava à minha frente parecia conter uma porção da mesma substância salvadora, com a pequena diferença de que a minha estava quente.

– O que é isso? – perguntei, olhando para os grãos esbranquiçados flutuando na superfície de um líquido ralo. Parecia uma xícara cheia de larvas afogadas.

– Papa de cevada – disse Ian, olhando com orgulho para a xícara como se fosse seu primogênito. – Eu mesmo a preparei, com o conteúdo do saco que você trouxe dos Mueller.

– Obrigada – falei, e tomei um gole com cuidado. Não achava que ele fizera a mistura no sapato, apesar do cheiro de mofo. – Muito bom. Que gentil da sua parte, Ian.

Ele ficou corado de satisfação.

– Ah, não foi nada – disse ele. – Tem muito mais, tia. Ou devo servir um pouco de queijo? Poderia tirar as partes verdes para você.

– Não, não... isto está ótimo – respondi depressa. – Ah... por que não sai com sua arma, Ian, para tentar matar um esquilo ou um coelho? Tenho certeza de que já estou bem para cozinhar.

Ele sorriu e o sorriso transformou seu rosto comprido e magro.

– Fico feliz por saber, tia – disse ele. – Você precisa ver o que o tio Jamie e eu temos comido na sua ausência!

Ele me deixou deitada nos travesseiros, pensando no que fazer com a papa de cevada. Não queria bebê-la, mas eu me sentia péssima – lerda, quase derretendo –, e pensar em me levantar parecia muito difícil.

Jamie, sem protestar, tinha me levado para a cama, onde terminara a tarefa de cuidar de mim. Pensei que era bom ele não sair para caçar com Ian. Jamie fedia a cânfora tanto quanto eu, e os animais sentiriam seu cheiro a quilômetros.

Aconchegando-me embaixo das cobertas, ele tinha me deixado dormir enquanto saía para conversar com Duncan e oferecia-lhe a hospitalidade da casa. Ouvi o murmúrio profundo de vozes do lado de fora. Eles estavam sentados no banco ao lado da porta, aproveitando o resto da luz do sol da tarde – raios compridos e claros que passavam pela janela, iluminando o peltre e a madeira do lado de dentro.

O sol iluminou o crânio também. Ele estava sobre a escrivaninha do outro lado do quarto, compondo uma imagem muito doméstica de natureza-morta com um jarro de barro cheio de flores e meu caderno.

Ver o caderno me tirou do torpor. O parto que eu fizera na casa dos Mueller agora parecia vago e distante em minha mente. Pensei que seria melhor registrar os detalhes enquanto ainda me lembrava deles.

Assim, motivada pela minha obrigação, eu me espreguicei, gemi e me sentei. Ainda me sentia meio zonza e meus ouvidos zuniam com os efeitos do conhaque. Também sentia um pouco de dor em quase todas as partes do corpo – mais em algumas que em outras –, mas, de modo geral, eu estava em boas condições para trabalhar. Mas começava a sentir fome.

Queria que Ian voltasse com carne para a panela. Sabia que não deveria me encher de queijo e peixe salgados, mas seria bom comer um prato de ensopado de esquilo temperado com cebolas e cogumelos.

Por falar em ensopado... Saí da cama de modo relutante e atravessei o quarto até a lareira, onde despejei a sopa de cevada dentro da panela. Ian havia preparado o suficiente para um batalhão, se o batalhão fosse formado por escoceses. Por viverem em um país com poucos alimentos, eles eram capazes de comer muitos cereais sem qualquer sabor nem tempero. Por ser de uma raça mais fraca, eu não conseguia fazer a mesma coisa.

Abri o saco de cevada que estava ao lado da lareira, o pano visivelmente úmido. Teria que espalhar os grãos para secar, caso contrário, eles apodreceriam. Com o joelho ferido protestando um pouco, peguei uma bandeja feita de junco trançado e me ajoelhei para espalhar os grãos úmidos em uma camada fina sobre ela.

– Então, ele é calmo, Duncan? – Ouvi a voz de Jamie entrando claramente pela janela. A pele que a cobria estava enrolada para deixar o ar entrar, e eu senti o cheiro fraco de tabaco do cachimbo de Duncan. – Ele é um bruto grande e forte, mas tem bom coração.

– Ah, ele é um bom rapaz – disse Duncan, o orgulho claro em sua voz. – E calmo, sim. A srta. Jo fez seu empregado buscá-lo no mercado em Wilmington. Disse que ele deveria encontrar um cavalo que pudesse ser guiado com apenas uma mão.

– Hummm. Sim, bem, ele é uma criatura adorável. – O banco de madeira rangeu quando um dos homens se ajeitou nele. Compreendi o real sentido por trás do elogio de Jamie, e me perguntei se Duncan também o percebera.

Em parte, era condescendência. Jamie fora criado em cima de cavalos, e por ter nascido cavaleiro, ria da ideia de mãos serem necessárias. Eu já o vira guiar um cavalo mudando a pressão dos joelhos e das coxas, ou colocando-o para galopar por um campo cheio, com as rédeas amarradas no pescoço do animal para ficar com as mãos livres para a espada e a pistola.

Mas Duncan não era cavaleiro nem soldado. Vivera como pescador perto de Ardrossan, até a Revolta tê-lo tirado, como a muitos outros, de suas redes e seu barco, e o mandado à Batalha de Culloden e ao desastre.

Jamie não seria tão frio a ponto de apontar uma inexperiência da qual Duncan estava mais do que ciente, mas apontaria outra coisa. Será que Duncan havia percebido?

– É você quem ela quer ajudar, *Mac Dubh,* e sabe disso também. – O tom de voz de Duncan era seco. Ele entendera Jamie muito bem.

– Eu não disse o contrário, Duncan. – A voz de Jamie estava séria.

– Hummm.

Sorri, apesar da tensão entre eles. Duncan era tão bom quanto Jamie na arte da eloquência inarticulada. Esse som significava uma leve ofensa com a indireta de Jamie de que era inadequado para Duncan aceitar um cavalo de presente de Jocasta, e uma disposição para aceitar a desculpa subentendida pelo insulto.

– Você já pensou? – O banco rangeu quando Duncan mudou de assunto de repente. – Será Sinclair ou Geordie Chisholm?

Sem dar a Jamie tempo para responder, ele continuou, mas de um modo a deixar claro que dissera tudo isso antes. Fiquei tentando imaginar se ele estava tentando convencer Jamie ou a si próprio – ou só querendo ajudar os dois a chegar a uma conclusão repetindo os fatos da questão.

– De fato, Sinclair é tanoeiro, mas Geordie é um bom rapaz, um trabalhador consciente, e ele também tem dois filhos pequenos. Sinclair não é casado, então não precisaria de muito para se estabelecer, mas...

– Ele precisaria de sarrafos e ferramentas, e ferro e madeira – interrompeu Jamie. – Poderia dormir em sua oficina, sim, mas vai precisar de uma oficina para dormir. E acho que vai custar muito comprar todo o necessário para a tanoaria. Geordie precisaria de um pouco de comida para sua família, mas podemos oferecer isso daqui. Além disso, ele não vai precisar de mais nada para começar além de algumas ferramentas... ele tem um machado, certo?

– Sim, ele tem isso de seu contrato, mas estamos na época de plantar agora, *Mac Dubh*. Com a limpeza...

– Sei bem disso – disse Jamie, um pouco inquieto. – Eu investi 2 hectares de milho há um mês. *E* os limpei primeiro.

Enquanto Duncan estava tranquilo em River Run, conversando em tavernas e contando sobre o novo cavalo. Eu ouvi, e Duncan também. Fez-se um silêncio distinto que falava mais alto do que palavras.

Ouvi o som do ranger do banco, e então Duncan falou de novo, tranquilamente.

– Sua tia Jo enviou um presentinho para você.

– É mesmo?

O tom sarcástico de Jamie ficou ainda mais perceptível. Eu esperava que Duncan tivesse a decência de levá-lo em consideração.

– Uma garrafa de uísque. – A voz de Duncan estava descontraída, e teve como resposta uma risada relutante de Jamie.

– É mesmo? – perguntou ele de novo, em um tom muito diferente. – Que gentil.

– É a intenção dela. – Mais um rangido quando Duncan se levantou. – Venha comigo pegá-la, então, *Mac Dubh*. Uma bebidinha não faria mal a ninguém.

– Não, não faria. – Jamie parecia sentido. – Não dormi à noite e estou mal-humorado como um porco selvagem. Perdoe meus modos, Duncan.

– Ah, não fale isso. – Houve um som suave, como o de uma mão se apoiando em um ombro, e ouvi os dois atravessarem o quintal juntos. Fui até a janela para observá-los, o cabelo de Jamie brilhando num tom bronze escuro ao sol que se punha, enquanto inclinava a cabeça para ouvir algo que Duncan lhe dizia, e o homem mais baixo fazia gestos para se explicar. O movimento do único braço de Duncan mudava o ritmo de seu caminhar, então ele andava com movimentos abruptos, como uma grande marionete.

O que teria sido de Duncan, pensei, se Jamie não o tivesse encontrado e achado um lugar para ele? Não havia lugar na Escócia para um pescador de um braço só. Não restaria nada para ele além de se tornar um mendigo, certamente. A fome, talvez. Ou o roubo. E a morte na forca, como Gavin Hayes.

Mas estavam no Novo Mundo, e se a vida era imprevisível ali, significava uma chance de viver, pelo menos. Não era à toa que Jamie estava preocupado analisando quem deveria ter a melhor oportunidade, Sinclair, o tanoeiro, ou Chisholm, o fazendeiro?

Seria útil ter um tanoeiro por perto. Pouparia os homens da cordilheira da longa viagem a Cross Creek ou Averasboro para buscar barris necessários para a produção de piche e terebintina, para a carne seca e para a sidra. Mas seria caro abrir uma oficina de tanoaria, mesmo com as poucas ferramentas necessárias. E também havia a esposa e os filhos pequenos de Chisholm a serem levados em consideração. Como eles estavam vivendo agora e o que aconteceria com eles sem ajuda?

Duncan havia localizado trinta homens de Ardsmuir até então. Gavin Hayes foi o primeiro, e tínhamos feito por ele tudo o que poderia ser feito. Nós o havíamos enterrado em terreno consagrado. Dois outros tinham morrido, um de febre e outro afogado. Três tinham cumprido os termos do contrato e – apenas com o machado e com as roupas que eram o pagamento final de um empregado – tinham conseguido se estabelecer, adquirindo terras e construindo casebres nelas.

Dos restantes, nós havíamos trazido vinte até então para que se estabelecessem na terra boa perto do rio, com o patrocínio de Jamie. Outro era um pouco fraco da cabeça, mas trabalhava para um dos homens como contratado e, assim, conseguia se manter. Todos os nossos recursos tinham sido usados nessa empreitada. Empregamos nossa pouca quantia de dinheiro para pagar as plantações que ainda não existiam – além de uma viagem horripilante para Cross Creek.

Jamie chamara todos os seus conhecidos ali, pegando emprestadas pequenas quantias de cada um, e então, levara o dinheiro às tavernas na beira do rio onde, em três noites de jogo, ele havia conseguido quadruplicar sua quantia – e foi quase esfaqueado nesse meio-tempo, como soube bem mais tarde.

Fiquei sem palavras, olhando para o corte comprido na parte inferior do seu casaco.

– O quê? – reagi por fim.

Ele deu de ombros, parecendo muito cansado repentinamente.

– Não importa – disse ele. – Acabou.

Então, ele havia se barbeado, se lavado e conversado com todos os donos de terra de novo, devolvendo o dinheiro de cada homem com agradecimentos e juros, e ficamos com o suficiente para cuidar das sementes de milho para plantio, uma mula extra para o arado, uma cabra e alguns porcos.

Não perguntei mais nada. Só costurei o casaco e o coloquei na cama quando ele voltou depois de devolver o dinheiro emprestado. Mas fiquei sentada perto dele por muito tempo, observando as linhas de expressão de cansaço em seu rosto mais suavizadas enquanto Jamie dormia.

Só um pouco. Eu erguera sua mão, pesada pelo sono, e tracei as linhas profundas de sua palma lisa várias vezes. As linhas da cabeça, do coração e da vida eram longas e profundas. Quantas vidas existiam naqueles vincos agora?

A minha. A dos fazendeiros. A de Fergus e Marsali, que haviam acabado de chegar da Jamaica, sob os cuidados de Germaine, um charmoso gorducho loiro que tinha o pai na palma de sua mãozinha gorda.

Olhei involuntariamente pela janela ao pensar nisso. Ian e Jamie haviam ajudado a construir para eles uma cabana a menos de 2 quilômetros da nossa e, às vezes, Marsali vinha à noite nos visitar, trazendo o bebê. Eu gostava de vê-lo. Como eu sentia saudade de Bree, o pequeno Germaine era um substituto do neto que eu nunca seguraria nos braços.

Suspirei e afastei o pensamento.

Jamie e Duncan tinham voltado com o uísque. Eu os ouvia conversando perto do descampado, as vozes relaxadas, toda a tensão afastada – por enquanto.

Terminei de espalhar uma camada fina de cevada molhada e a coloquei no canto perto da fogueira para secar. Então fui à escrivaninha, abri o tinteiro e meu caderno. Não demorei muito para registrar os detalhes da chegada do mais novo Mueller ao mundo. O parto fora muito longo, mas tirando isso, muito normal. O parto em si não teve complicações. A única coisa incomum tinha sido a membrana fetal...

Parei de escrever e balancei a cabeça. Ainda distraída pensando em Jamie, deixei minha atenção vagar. O filho de Petronella não tinha nascido com uma membrana. Eu tinha uma lembrança clara do topo do crânio, um círculo vermelho brilhante ao redor de um pequeno tufo de cabelos pretos. Eu o havia tocado, senti a leve pulsação ali, logo embaixo da pele. Lembrei-me vividamente da sensação de umidade nos dedos, como a pele úmida de um pintinho recém-nascido.

Foi o sonho, pensei. Eu havia sonhado em meu esconderijo, misturando os acontecimentos dos dois nascimentos: esse e o de Brianna. Brianna tinha nascido com uma membrana.

Uma "capa tola", como diziam os escoceses. Uma capa da sorte. Por ser um portento de boa sorte, uma membrana oferecia – segundo diziam – proteção contra afogamentos mais adiante na vida. E algumas crianças que nasciam com uma membrana tinham uma segunda visão – mas, apesar de ter conhecido uma ou duas pessoas que viam com o terceiro olho, eu tinha minhas dúvidas a respeito do lado bom desse fato.

Sorte ou não, Brianna nunca demonstrara nenhum sinal daquele estranho "conhecimento" celta, e eu achava isso bom. Eu conhecia o suficiente a respeito da minha forma peculiar da segunda visão – saber o que aconteceria – para não desejar isso a ninguém.

Olhei para a página à minha frente. Meio consciente, eu fizera um rascunho da cabeça de uma criança. Uma linha grossa de cabelos, a simples sugestão de um nariz longo e afilado. Tirando isso, ela não tinha rosto.

Eu não era artista. Tinha aprendido a fazer desenhos clínicos claros, imagens corretas de membros e corpos, mas não tinha o dom de Brianna de dar vida às linhas. O desenho não passava de algo que minha memória gravava. Eu podia olhar para ele e pintar seu rosto na minha mente. Tentar fazer mais do que isso, colocar a pessoa no papel, seria estragar isso e correr o risco de perder a imagem que eu mantinha dela em meu coração.

E eu a traria para cá se pudesse? Não. De jeito nenhum. Preferiria mil vezes pensar nela na segurança e no conforto de sua época, sem desejar que estivesse aqui no meio das dificuldades e dos perigos. Mas não significava que eu não sentia saudade.

Pela primeira vez, senti certa solidariedade por Jocasta Cameron e seu desejo de ter um herdeiro. Alguém que ficasse, que tomasse seu lugar. Uma prova de que sua vida não fora em vão.

O anoitecer aparecia pela janela, no campo, na mata e no rio. As pessoas diziam que a noite caía, mas não era assim. A escuridão subia, tomando primeiro os vales, depois sombreando as ladeiras, subindo de modo imperceptível por troncos de árvores e postes de cerca enquanto a noite engolia o chão e subia para se unir à escuridão maior do céu apinhado de estrelas.

Eu olhava pela janela, observando a luz mudar nos cavalos do descampado. Ela não sumia, mas se alterava, de modo que tudo – pescoços, ancas, até a grama – permanecia claro e limpo, a realidade solta por um breve momento das ilusões de sol e sombra do dia.

Sem ver, tracei a linha do desenho com o dedo várias vezes enquanto a escuridão me cercava e a realidade do meu coração permanecia clara à luz do entardecer. Não, não queria que Brianna estivesse aqui. Mas não significava que eu não sentia sua falta.

• • •

Terminei de fazer minhas anotações e me sentei por um momento. Sabia que deveria começar a fazer o jantar, mas o cansaço causado pelo meu suplício ainda pesava em mim e tirava minha vontade de me mexer. Todos os meus músculos doíam, e o ferimento do meu joelho latejava. Eu só queria voltar para a cama.

Em vez disso, peguei o crânio, que eu deixara ao lado do meu caderno sobre a mesa. Passei o dedo delicadamente pelo crânio arredondado. Era um enfeite de mesa bem macabro, eu admitia, mas me sentia muito ligada a ele, de qualquer modo. Sempre achei ossos bonitos, de homens ou de animais. Eram restos claros e graciosos da vida reduzida à sua base.

De repente, pensei em algo de que não me lembrava havia anos: um pequeno armário escuro de uma sala em Paris, escondido atrás de uma oficina de boticário. As paredes tomadas por estantes em forma de colmeias, cada nicho com um crânio polido. Animais de muitos tipos, de musaranhos a lobos, de ratos a ursos.

E com a mão na cabeça do meu amigo desconhecido, ouvi a voz do mestre Raymond, clara na memória como se ele estivesse ao meu lado.

– Compaixão? – dissera ele enquanto eu tocava a curva de um crânio polido de alce. – É uma emoção incomum a se sentir por um osso, madona.

Mas ele sabia a que eu me referia. Sabia que Mestre Raymond sabia, porque quando perguntei por que guardava aqueles crânios, ele sorriu e disse:

– São para me fazer companhia, até certo ponto.

Eu sabia o que ele queria dizer. Certamente, o senhor cujo crânio eu mantinha tinha sido minha companhia em um lugar muito escuro e solitário. Não pela primeira vez, eu me perguntei se ele realmente tinha algo em comum com a aparição que eu havia visto na montanha, o índio com o rosto pintado de preto.

O fantasma – se era isso que ele era – não havia sorrido nem dito nada em voz alta. Eu não tinha visto seus dentes, que seria meu único ponto de comparação com o crânio que segurava, passando o polegar pela borda de um incisivo rachado. Levantei o crânio à luz, examinando-o de perto com o brilho suave do pôr do sol.

Os dentes de um dos lados estavam rachados e quebrados como se tivessem sido acertados com violência na boca, talvez por uma pedra ou um porrete – ou o cabo de uma arma? Do outro lado, eles estavam inteiros. Na verdade, em condição muito boa. Eu não era especialista, mas acreditava que o crânio era de um homem maduro, com 39 ou 40 e poucos anos. Um homem dessa idade teria certo desgaste nos dentes, devido à dieta de milho dos índios, que, de acordo com o método de preparo, por ser amassado entre pedras lisas, tinha muitas pedras no meio.

Os incisivos e o canino do lado bom quase não estavam desgastados. Eu virei o crânio para observar o desgaste dos molares e parei.

Senti muito frio, apesar do fogo da lareira às minhas costas. Frio como o que sentira no escuro, quando estava perdida e sozinha na montanha com a cabeça de um morto. O sol do fim da tarde agora lançava luz em minhas mãos; na aliança de prata no meu dedo e nas partes prateadas da boca da minha companhia falecida.

Permaneci olhando por um momento, então virei o crânio e o coloquei delicadamente sobre a mesa, tomando cuidado como se ele fosse feito de vidro.

– Meu Deus – disse, e me esqueci de todo o cansaço. – Meu Deus – repeti para os olhos vazios e para o sorriso torto. – Quem *era* você?

– Quem você acha que ele pode ter sido? – indagou Jamie, tocando o crânio com descontração.

Tínhamos poucos instantes. Duncan havia ido ao banheiro e Ian saíra para alimentar o porco. Mas eu não podia esperar, precisava contar a alguém de uma vez.

– Não faço a menor ideia. Só acho que ele deve ter sido alguém... como eu. – Senti um arrepio forte. Jamie olhou para mim e franziu o cenho.

– Você não pegou uma gripe, não é, Sassenach?

– Não – sorri levemente para ele. – Só estou um pouco assustada.

Ele pegou o xale do gancho perto da porta e me cobriu com ele. As mãos permaneceram em meus ombros, quentes e reconfortantes.

– Quer dizer outra coisa também, não? – perguntou ele. – Quer dizer que existe outro... lugar. Talvez próximo.

Outro círculo de pedras ou algo assim. Eu também tinha pensado nisso, e a ideia me fez estremecer de novo. Jamie olhou para o crânio de modo pensativo, então pegou o lenço da manga e o passou com delicadeza pelos olhos vazios.

– Vou enterrá-lo depois do jantar – disse ele.

– Ah, o jantar. – Prendi os cabelos atrás da orelha, tentando concentrar meus pensamentos desordenados na comida. – Verei se encontro alguns ovos. É rápido.

– Não se preocupe, Sassenach. – Jamie espiou dentro da panela na fogueira. – Podemos comer isto.

Dessa vez, estremeci enojada.

– Ugh – disse.

Jamie sorriu para mim.

– Não tem nada de errado com papa de cevada, tem?

– Se é que isso existe – respondi, olhando para a panela com certo nojo. – Isso tem cheiro de sobra da produção de destilado. – Feita com grãos, malcozida e parada, a sopa fria já começava a ganhar um cheiro de fermentação. – Por falar nisso – comecei, empurrando o saco de cevada úmida com o pé –, essa papa precisa ser espalhada para secar antes que comece a mofar, se é que ainda não começou.

Jamie olhava para a sopa nojenta com o cenho cerrado, pensativo.

– Sim? – perguntou Jamie distraidamente, retomando a consciência. – Ah, sim. – Fechou a boca do saco e o jogou sobre o ombro. Antes de sair, ele parou e olhou para o crânio. – Você disse não acreditar que ele tenha sido cristão – disse ele, e olhou para mim com curiosidade. – Por que, Sassenach?

Hesitei, mas não havia tempo para contar a Jamie sobre o meu sonho, se é que tinha sido um sonho. Já ouvia Duncan e Ian conversando, caminhando em direção à casa.

– Por nada – disse, dando de ombros.

– Bem, vamos dar a ele o benefício da dúvida.

24

ESCREVER CARTAS: A GRANDE ARTE DO AMOR
Oxford, março de 1971

Roger acreditava que choveria tanto em Inverness quanto chovera em Oxford, mas, de certo modo, ele nunca havia se importado com a chuva no norte. O vento frio escocês que soprava no Moray Firth era animador e a chuva forte era um estímulo e um alívio para o espírito.

Mas aquela era a Escócia quando Brianna estava com ele. Agora, ela estava nos Estados Unidos, e ele na Inglaterra, e Oxford era fria e chata, todas as ruas e os prédios cinza como a sombra das fogueiras apagadas. A chuva batia nos seus ombros enquanto ele corria, protegendo muitos papéis dentro da roupa. Quando chegou à proteção da guarita de entrada, ele parou para se chacoalhar, como um cachorro, espirrando gotas pela passagem de pedra.

– Alguma carta? – perguntou ele.

– Acho que sim, sr. Wakefield. Só um segundo.

Martin entrou na sala, deixando Roger lendo os nomes dos mortos na guerra da faculdade, entalhados na tabuleta de pedra logo depois da entrada.

George Vanlandingham, Sr. O Respeitável Phillip Menzies. Joseph William Roscoe. Não foi a primeira vez que Roger se pegou pensando a respeito desses heróis mortos e como eles tinham sido. Desde que conhecera Brianna e a mãe, ele percebeu que o passado frequentemente tinha uma face humana perturbadora.

– Aqui está, sr. Wakefield. – Martin se recostou sorrindo sobre o balcão, estendendo-lhe algumas cartas. – Uma dos Estados Unidos que chegou hoje – acrescentou, piscando.

Roger sorriu em resposta e sentiu um calor confortável se espalhar do peito para os membros, afastando o frio do dia chuvoso.

– Vai encontrar sua namorada logo, sr. Wakefield?

Martin inclinou a cabeça, espiando a carta com os selos americanos. O porteiro conhecera Brianna quando ela tinha ido ali com Roger um pouco antes do Natal, e caíra no feitiço dela.

– Espero que sim, talvez no verão. Obrigado!

Ele se virou em direção à escada, enfiando as cartas cuidadosamente nas mangas da blusa enquanto procurava a chave. Sentiu uma sensação de alegria e tristeza ao pensar no verão. Ela dissera que viria em julho – mas ainda faltavam quatro meses. Às vezes, ele achava que não aguentaria nem mais quatro dias.

Roger dobrou a carta de novo e a guardou no bolso de dentro, perto do coração. Ela escrevia de poucos em poucos dias, de bilhetes curtos a cartas compridas, e cada uma das cartas o deixava feliz, uma sensação que se mantinha até a chegada da carta seguinte.

Ao mesmo tempo, as cartas dela andavam pouco satisfatórias ultimamente. Ela ainda era muito carinhosa e as cartas sempre terminavam em "Com amor", dizendo que sentia muita falta dele e queria que ele estivesse com ela. Mas não traziam mais textos intensos.

Talvez fosse natural. Um progresso normal à medida que eles se conheciam melhor. Ninguém conseguia escrever cartas apaixonadas todos os dias – não com sinceridade, pelo menos.

Sem dúvida era só imaginação dele que Brianna se continha nas cartas. Ele dispensava os excessos da namorada de um amigo, que chegava a enviar os próprios pelos pubianos numa carta – apesar de admirar o sentimento por trás do gesto.

Ele mordeu o sanduíche e mastigou distraidamente, pensando na última matéria que Fiona havia mostrado a ele. Agora casada, ela se considerava uma especialista em assuntos matrimoniais, e tinha um interesse fraternal no namoro complicado de Roger.

Sempre recortava dicas úteis de revistas femininas e as enviava para ele. A última tinha sido uma matéria da *My Weekly*, intitulada "Como confundir um homem". *Fique por dentro*, Fiona escrevera na margem.

"Tenha os mesmos interesses que ele", era uma das dicas. "Se você acha que futebol é perda de tempo, mas ele ama o esporte, sente-se com ele e pergunte quais são as chances do Arsenal esta semana. Se futebol é chato, *ele* não é."

Roger sorriu meio desanimado. Ele tinha os mesmos interesses que Brianna, se localizar os pais dela na história louca deles pudesse ser considerado um passatempo. Mas havia muito pouco a esse respeito que ele podia contar a ela.

"Seja contida", era outra dica da revista. "Nada desperta mais o interesse de um homem do que um ar reservado. Não permita que ele chegue perto demais cedo demais."

Roger começou a imaginar se Brianna podia estar lendo conselhos parecidos em revistas norte-americanas, mas afastou esse pensamento. Sim, Brianna Randall podia ler revistas de moda – como ele já tinha visto algumas vezes –, mas era tão incapaz desses joguinhos tolos quanto ele.

Não, ela não o ignoraria só para que Roger se interessasse mais por ela. Então de que serviria isso? Certamente, Brianna sabia quanto ele se importava com ela.

Mas será que ela sabia mesmo? Com certa inquietação, Roger se lembrou de outra dica da *My Weekly*.

"Não espere que ele leia sua mente. Dê sinais de como se sente."

Roger mordeu o sanduíche e mastigou, sem saboreá-lo. Bem, ele dera sinais, sim. Expusera a porcaria da alma. E ela logo entrara em um avião e partira para Boston.

"Não seja tão agressiva", ele leu a dica 14 e riu. A mulher sentada ao lado dele se afastou um pouco.

Roger suspirou e colocou o sanduíche mordido na bandeja de plástico. Pegou uma xícara do que o refeitório gostava de chamar de café, mas não bebeu, apenas permaneceu sentado com ela entre as mãos, absorvendo o leve calor.

O problema era que, enquanto acreditava ter conseguido tirar a atenção de Brianna do passado, ele próprio não conseguia ignorá-lo. Claire e o maldito escocês dela o deixavam obcecado. Roger estava tão fissurado por eles que era como se fossem sua própria família.

"Seja sempre sincera", dica 3. Se ele tivesse sido sincero, se tivesse ajudado Brianna a descobrir tudo, talvez o fantasma de Jamie Fraser estivesse enterrado agora – e Roger estaria com ele.

– Ah, droga! – disse a si mesmo.

A mulher ao lado dele bateu a xícara de café na bandeja e se levantou abruptamente.

– Vá se danar! – disse ela, e se afastou.

Roger olhou para ela por um momento.

– Não se preocupe, acho que já fiz isso – respondeu ele.

25

QUE VENHA A COBRA

Outubro de 1768

Em princípio, eu não tinha nada contra cobras. Elas comiam ratos, o que era louvável, algumas eram ornamentais, e a maioria era esperta o bastante para ficar longe. Viva e deixe viver era minha filosofia básica.

Por outro lado, isso era teoria. Na prática, eu tinha várias coisas contra a enorme serpente enrolada no assento do banheiro. Além de me incomodar muito no momento, ela não estava comendo ratos nem era esteticamente agradável, de um tom cinza com manchas mais escuras.

Mas minha maior objeção a ela era o fato de ser uma cascavel. Imaginava que, por um lado, isso era algo bom. Foi somente o chacoalhar dos seus guizos que me impediu de me sentar em cima dela logo ao amanhecer.

O primeiro som me deixou paralisada dentro do pequeno banheiro. Estiquei uma perna para trás, procurando a porta. A cobra não gostou disso. Fiquei paralisada de novo quando o chacoalhar de alerta ficou mais alto. Conseguia ver a ponta do rabo aparecendo como um dedo grosso amarelo em meio às voltas do seu corpo.

Minha boca estava seca como papel. Eu a mordi por dentro, tentando reunir um pouco de saliva.

Qual era seu comprimento? Eu me lembrei de quando Brianna me disse – ao ler seu manual de Escoteiras Mirins – que a cascavel conseguia atacar a uma distância de até um terço do comprimento do seu corpo. Menos de 60 centímetros separavam minhas coxas cobertas pela camisola da cabeça achatada com olhos sem pálpebras.

Teria 1,80 m? Era impossível saber, mas as voltas do corpo redondo com músculos sob escamas davam a impressão ruim de que ela era enorme. Era uma cobra muito grande, e o medo de ser picada nas partes íntimas se me mexesse foi o suficiente para fazer com que eu ficasse parada.

Mas não podia ficar ali para sempre. Deixando outras considerações de lado, o choque de ver a cobra não diminuíra nem um pouco a urgência de minhas funções corporais.

Eu tinha uma leve noção de que as cobras eram surdas. Talvez eu pudesse gritar pedindo ajuda. Mas e se não fossem? Havia aquela história de Sherlock Holmes a respeito da cobra que reagia a um assovio. Talvez a cobra considerasse o assovio inofensivo, pelo menos. Cuidadosamente, contraí os lábios e assoprei. Nenhum som saiu.

– Claire? – disse alguém atrás de mim. – O que diabos está fazendo?

Eu me sobressaltei com o som, assim como a cobra – ou, pelo menos, ela se moveu repentinamente, flexionando o corpo no que pareceu um ataque iminente.

Fiquei paralisada na porta e a cobra parou de se mexer, exceto pelo balançar crônico do seu guizo, como o toque irritante de um alarme que não parava.

– Tem uma maldita cobra aqui dentro – respondi entre dentes, tentando nem mexer os lábios.

– Bem, por que está aí? Dê um passo para o lado e eu vou tirá-la. – Ouvi os passos de Jamie se aproximando.

A cobra também o ouviu – obviamente ela *não era* surda – e retomou o som.

– Ah – disse Jamie, com um tom de voz diferente. Ouvi um farfalhar quando ele parou atrás de mim. – Fique parada, Sassenach.

Não tive tempo para responder a esse conselho, pois uma pedra pesada logo passou pelo meu quadril e acertou o meio do corpo da cobra. Ela se enrolou de um jeito a parecer um nó górdio, remexeu-se, revirou-se e caiu dentro da caixa com um baque forte.

Não esperei para parabenizar o guerreiro vitorioso, mas me virei e corri para a primeira moita que vi, com a barra molhada de sereno enrolando-se nos meus tornozelos.

Voltei alguns minutos depois mais recomposta e encontrei Jamie e Ian juntos dentro do banheiro – disputando um espaço muito limitado, devido ao tamanho dos dois –, e Ian estava agachado em cima do banco com uma tocha de pinheiro enquanto Jamie se inclinava sobre o buraco, espiando em suas profundezas.

– Elas sabem nadar? – perguntou Ian, tentando ver além da cabeça de Jamie sem pôr fogo nos cabelos do tio.

– Não sei – respondeu Jamie desconfiado. – Talvez sim. O que quero saber é se podem pular.

Ian se afastou e então riu com certo nervosismo, sem saber ao certo se Jamie estava brincando.

– Consigo ver uma coisa. Me dê a tocha. – Jamie pegou a ripa de pinheiro de Ian e a abaixou em direção ao buraco. – Se o fedor não apagar a chama, podemos acabar incendiando o espaço – disse ele, abaixando-se. – Mas agora onde está o demônio...

– Ali! Estou vendo! – gritou Ian.

Os dois se aproximaram e bateram as cabeças com força. Jamie largou a tocha, que caiu dentro do buraco e logo foi apagada. Uma leve fumaça subiu lá de dentro, como incenso.

Jamie saiu do banheiro com as mãos na testa, os olhos fechados de dor. Ian se recostou na parede do lado de dentro com as mãos no topo da cabeça, fazendo comentários nervosos em gaélico.

– Ela ainda está viva? – perguntei ansiosamente, olhando na direção do banheiro.

Jamie abriu um dos olhos e me encarou entre os dedos.

– Ah, minha cabeça está bem, obrigado – disse ele. – Espero que meus ouvidos parem de zumbir na próxima semana.

– Pronto, pronto – falei com calma. – Seria preciso um malho para machucar seu crânio. Deixe-me ver.

Afastei os dedos dele e abaixei sua cabeça, tocando com cuidado os cabelos grossos. Havia um pequeno ponto sensível logo acima da linha dos cabelos, mas não sangrava.

Beijei o lugar e dei um tapinha em sua cabeça.

– Você não vai morrer. Não disso, pelo menos.

– Ah, que bom – disse Jamie de modo seco. – Preferiria morrer com uma picada de cobra na próxima vez que me sentar para cuidar de minhas necessidades.

– É uma cobra venenosa, não? – perguntou Ian, tirando as mãos da cabeça. Inspirou profundamente, enchendo o peito de ar fresco.

– Peçonhenta – corrigiu Jamie. – Se algo morder você e deixá-lo mal, é peçonhento. Se você morder algo e se sentir mal, é venenoso.

– Ah, sim – disse Ian, ignorando o pedantismo. – É uma cobra maléfica, então?

– Muito maléfica – respondi, estremecendo. – O que você vai fazer a respeito? – perguntei, virando-me para Jamie.

Ele ergueu uma sobrancelha.

– Eu? E por que eu deveria fazer alguma coisa?

– Não pode simplesmente deixá-la ali!

– Por que não? – perguntou ele, erguendo a outra sobrancelha.

Ian coçou a cabeça distraidamente, fez uma careta ao encontrar o galo resultante do choque com a cabeça de Jamie e parou.

– Bem, não sei, tio Jamie – disse ele desconfiado. – Se quiser que uma cobra peçonhenta fique grudada nas suas bolas é problema seu, mas só de pensar nisso fico com medo. Ela é muito grande?

– Tem um tamanho considerável. – Jamie flexionou o punho, mostrando o braço para comparar.

– Credo! – disse Ian.

– Você *não sabe* se elas não pulam – interrompi para ajudar.

– Sim, eu sei. – Jamie olhou para mim com sarcasmo. – Mas tudo bem, a ideia me deixa um pouco desconfortável. Como pretende tirá-la?

– Poderia dar um tiro nela – disse Ian, animando-se com a ideia de pegar as tão estimadas pistolas de Jamie. – Não precisaremos tirá-la se pudermos matá-la.

– Ela está... visível? – perguntei com delicadeza.

Jamie coçou o queixo de modo desconfiado. Ele ainda não tinha se barbeado, e os fios vermelhos e curtos pinicaram seu polegar.

– Não muito. Não há muitos dejetos no buraco, mas acho que não dá para vê-la bem para mirar, e detesto errar tiros.

– Poderíamos convidar todos os Hansen para jantar, servir cerveja e afogá-la – sugeri, dizendo o nome de uma família quacre muito numerosa.

Ian começou a rir. Jamie olhou para mim com seriedade e se virou em direção à mata.

– Vou pensar em alguma coisa – disse ele. – Depois do café da manhã.

Felizmente, o café da manhã não foi problemático, pois as galinhas tinham botado nove ovos e o pão crescera satisfatoriamente. A manteiga continuava presa no fundo da despensa, sob a proteção da porca que tinha parido recentemente, mas Ian havia conseguido se enfiar ali e pegar um pote de geleia da prateleira durante o tempo em que permaneci com a vassoura enfiada na boca aberta da porca enquanto ela tentava morder as pernas do rapaz.

– Vou precisar de uma vassoura nova – comentei, olhando para os restos enquanto quebrava os ovos no prato. – Talvez eu vá até os salgueiros perto do riacho hoje.

– Hummm.

Jamie estendeu o braço e procurou na mesa o prato de pão. Estava totalmente concentrado no livro que lia: *A história natural da Carolina do Norte*, de Bricknell.

– Aqui está – disse ele. – Eu sabia que tinha visto algo sobre cascavéis.

Localizando o pão pelo toque, Jamie pegou um pedaço e o usou para enfiar um pedaço grande de ovo na boca. Depois de comer, ele leu em voz alta segurando o livro com uma das mãos enquanto mantinha a outra sobre a mesa.

– "Os índios frequentemente tiram os dentes das cobras, para que, a partir de então, elas nunca mais possam picar. Isso pode ser feito facilmente amarrando um pedaço de pano de lã vermelha na ponta superior de um longo cajado, provocando a cascavel a picá-lo e repentinamente puxando o cajado dela. As presas estarão presas no pano e serão vistas com facilidade por quem estiver presente."

– Você tem algum pano vermelho, tia? – perguntou Ian, engolindo os ovos mexidos com café de raiz de chicória.

Neguei com a cabeça e espetei as últimas linguiças antes de Jamie alcançá-las.

– Tenho das cores azul, verde, amarelo, verde-oliva, branco e marrom. Mas não vermelho.

– Que belo livro, tio Jamie – disse Ian, com aprovação. – Diz mais alguma coisa sobre cobras?

Ele olhou faminto para a mesa, à procura de mais comida. Sem dizer nada, eu estendi o braço e peguei um prato de suflê, que coloquei à frente dele. Ele suspirou feliz e começou a comer enquanto Jamie virava a página.

– Bem, tem uma parte dizendo que as cascavéis atraem esquilos e coelhos.

Jamie tocou o prato, mas não encontrou nada ali. Empurrei os bolinhos em sua direção.

– "É surpreendente observar como essas cobras conseguem atrair esquilos, perdizes e muitos outros animais pequenos e aves, que rapidamente devora. A atração é tamanha entre eles que é possível ver o esquilo ou a perdiz (que viram a cascavel) saltar ou voar de galho em galho até correrem ou pularem diretamente para dentro da boca da serpente, sem força para evitar o inimigo, que nunca sai da posição nem se desenrola enquanto não consegue a presa."

Sua mão, à procura de alimentos, encontrou os bolinhos. Pegou um deles e olhou para mim.

– Nunca vi uma coisa dessas. Você acha possível?

– Não – respondi, afastando as mechas da testa. – Esse livro tem alguma sugestão útil para lidar com porcos selvagens?

Ele acenou distraidamente na minha direção com os restos do bolinho.

– Não se preocupe. Vou cuidar da porca. – Jamie desviou os olhos do livro por tempo suficiente para olhar para os pratos vazios. – Não tem mais ovos?

– Tem, mas vou levá-los para o nosso convidado no celeiro.

Coloquei duas fatias de pão na pequena cesta que estava preparando e peguei a garrafa de infusão que tinha deixado macerando de uma noite para a outra. A mistura de vara-de-ouro, monarda e bergamota selvagem era verde-escura e tinha cheiro de campos queimados, mas podia ajudar. Não faria mal. Num impulso, peguei o amuleto com pena que a velha Nayawenne me dera; talvez ajudasse o adoentado. Assim como o remédio, não poderia fazer mal.

Nosso convidado era desconhecido, um índio tuscarora de um vilarejo ao norte.

Ele chegara à fazenda muitos dias antes como parte do grupo de caça vindo de Anna Ooka, na trilha dos ursos.

Oferecemos comida e bebida – muitos dos caçadores eram amigos de Ian –, mas ao longo da refeição, percebi que esse homem tinha os olhos vidrados dentro da xícara. Ao analisar de perto, vi que ele sofria de algo que eu tinha certeza se tratar de sarampo, uma doença assustadora naquela época.

Ele insistira em sair com seus companheiros, mas dois deles o trouxeram de volta algumas horas depois, cambaleante e delirando.

Ele estava clara e assustadoramente contagioso. Eu havia preparado para ele uma cama no celeiro recém-construído, e até então vazio, e forcei seus companheiros a irem embora e se lavarem no riacho, um procedimento que eles acharam sem sentido, mas que seguiram antes de partir, deixando o companheiro em minhas mãos.

O índio estava deitado de lado, enrolado embaixo do cobertor. Ele não olhou para mim, mas deve ter ouvido meus passos no caminho. Eu conseguia ouvi-lo bem. Não precisava do meu estetoscópio improvisado, os roncos dos seus pulmões eram claramente audíveis a seis passos.

– *Comment ça va?* – perguntei e me ajoelhei ao seu lado.

Ele não respondeu. Não era preciso, de qualquer modo. Não precisei ouvir mais nada além da respiração assoviante para diagnosticar a pneumonia, e a aparência dele confirmava a situação – olhos fundos e paralisados, a pele do rosto flácida, tomada pela febre.

Tentei convencê-lo a comer – ele precisava de nutrientes desesperadamente –, mas ele nem virava o rosto. A garrafa de água ao lado estava vazia. Eu trouxera mais, porém não lhe dei logo de cara, pensando que ele poderia beber a infusão por desespero com a sede que sentia.

O índio deu alguns goles, mas parou de engolir, deixando apenas que o líquido verde escorresse pelos cantos da boca. Tentei incentivá-lo em francês, mas ele não aceitou. Nem sequer olhava para mim, apenas além de meu ombro, para o céu da manhã.

Seu corpo magro tremia de desespero. Estava claro que ele se sentia abandonado, deixado para trás para morrer nas mãos de desconhecidos. Senti uma forte ansiedade pensando que ele poderia estar certo – certamente *morreria* se não comesse nada.

Ao menos ele bebia água. Bebia com vontade, secou a garrafa e eu fui ao riacho para enchê-la de novo. Quando voltei, peguei o amuleto do meu cesto e o segurei diante do seu rosto. Pensei ter visto um brilho de surpresa atrás das pálpebras semicerradas – nada tão forte para ser chamado de esperança, mas pelo menos ele olhou para mim pela primeira vez.

Tomada pela inspiração, eu me ajoelhei devagar. Não fazia ideia de como realizar a cerimônia, mas já era médica havia bastante tempo para saber que, embora o poder da sugestão não substituísse os antibióticos, certamente era melhor que nada.

Ergui o amuleto de pena de corvo, virei meu rosto para o céu e solenemente entoei a coisa mais sonora de que me lembrei, que, por acaso, era a receita do tratamento do dr. Rawlings para um caso de sífilis, escrita em latim.

Despejei um pouco de óleo de lavanda na mão, mergulhei a pena ali e untei as têmporas e a garganta dele enquanto cantava "Blow the Man Down" com uma voz baixa e sinistra. Poderia ajudar na dor de cabeça. Os olhos dele seguiam os movimentos da pena. Eu me sentia como uma cascavel atraindo criaturas, esperando que um esquilo corresse para dentro da minha boca.

Peguei sua mão, coloquei o amuleto untado em óleo na palma e fechei seus dedos ao redor dele. Então, peguei um frasco de banha de urso mentolada e pintei formas místicas em seu peito, tomando o cuidado de esfregar bem com as pontas dos polegares. O cheiro desobstruiu meus seios nasais. Torcia para que ajudasse a congestão do paciente.

Terminei o ritual abençoando solenemente o frasco de infusão com *In nomine Patri, et Filii, et Spiritu Sancti, Amen* e a levei aos lábios do meu paciente. Parecendo meio hipnotizado, ele abriu a boca e obedientemente bebeu o resto.

Puxei o cobertor para cobrir os ombros dele, coloquei a comida que trouxera ao seu lado e o deixei ali, com uma mistura de esperança e sensação de charlatanismo.

Caminhei lentamente à margem do riacho, olhos em alerta como sempre para qualquer coisa incomum. Ainda era muito cedo naquele ano para a maioria das ervas. Na medicina, quanto mais velha e forte fosse a planta, melhor. Várias estações sobrevivendo aos insetos garantia uma concentração mais alta dos princípios ativos de suas raízes e caules.

Além disso, no caso de muitas plantas, eram a flor, o fruto ou a semente que ofereciam uma substância útil, e apesar de eu ter visto *chelone obliqua* e lobélia em meio à lama do caminho, elas já tinham secado havia muito tempo. Gravei a localização com cuidado na mente para referência futura e continuei.

O agrião era abundante; tufos dele flutuavam entre as rochas de toda a margem do rio, e um tapete grande de folhas de pimenta-verde podia ser visto logo à frente. Uma boa área de cavalinha também. Eu viera descalça sabendo que entraria na água em pouco tempo. Ergui a saia e entrei com cuidado no riacho, com a faca na mão e o cesto no braço, prendendo a respiração ao sentir o frio.

Meus pés perderam toda a sensibilidade em pouco tempo, mas não me importei. Eu me esqueci da cobra no banheiro, da porca na despensa e do índio no galpão, envolvida com a água passando pelas minhas pernas, o toque frio e úmido dos caules e o cheiro das folhas aromáticas.

Libélulas sobrevoavam a mata coberta pelo sol, e peixinhos passavam, pegando mosquitos pequenos demais para eu ver. Um martim-pescador piou alto em algum ponto rio acima, mas estava atrás de uma caça maior. Os peixinhos se espalharam com a minha intrusão, mas voltaram a se unir, cinza e prateados, verdes e dourados, pretos com marcas brancas, tão rápidos quanto as sombras das folhas do ano passado que flutuavam na água. Movimento browniano, pensei, ao ver o lodo se reunir e subir ao redor dos meus tornozelos, escondendo os peixes.

Tudo se movia o tempo todo, desde a menor molécula – mas em seu movimento, dando a impressão paradoxal de letargia, um pequeno caos concentrado abrindo caminho para a ilusão de uma ordem maior geral.

Eu me movi também, participando da dança alegre no rio, sentindo a luz e a sombra mudarem sobre meus ombros, os dedos procurando apoio entre as pedras escorregadias e meio escondidas. As mãos e os pés estavam dormentes pela água. Eu tinha a impressão de ser meio feita de madeira, mas me sentia intensamente viva, como a bétula prateada que brilhava acima de mim ou os salgueiros que espalhavam folhas molhadas na água.

Talvez as lendas dos homens verdes e das ninfas transformadas tenham começado desse modo, pensei: não com as árvores despertando e andando nem com mulheres que se transformaram em madeira –, mas com a submersão da carne quente humana nas sensações mais frias das plantas, esfriadas lentamente até a consciência.

Conseguia sentir meu coração batendo devagar, e o correr meio dolorido do sangue nos dedos. A seiva subindo. Eu me movimentei com os ritmos da água e do vento, sem pressa nem pensamento consciente, parte da lenta e perfeita ordem do universo.

Eu me esquecera do caos local.

Quando me aproximei dos salgueiros, ouvi um grito além das árvores. Já ouvira sons parecidos feitos por vários animais, de panteras a águias, mas reconhecia uma voz humana quando a ouvia.

Saindo do riacho, subi em meio aos galhos entremeados e cheguei ao espaço aberto mais adiante. Um garoto se remexia na ribanceira acima de onde eu estava, batendo como louco nas pernas e gritando enquanto saltava de um lado para outro.

– O quê...? – comecei, e ele olhou para mim, olhos azuis arregalados com o susto ao me ver.

Ele não estava tão assustado quanto eu. Tinha 11 ou 12 anos. Era alto e magro como uma muda de pinheiro, com cabelos densos castanho-avermelhados despenteados. Olhos puxados e azuis olhavam para mim com um nariz afilado no meio, olhos tão familiares para mim como a palma da minha mão, apesar de saber que nunca tinha visto essa criança antes.

Meu coração já estava na boca e o frio dos meus pés subira para a boca do estômago. Treinada para reagir mesmo chocada, observei sua aparência – camisa e calça de boa qualidade, mas molhadas, e tornozelos compridos e claros com pontos pretos como manchas de lama.

– Sanguessugas – falei, a calma profissional tomando conta de mim em meio ao conflito interno. *Não pode ser*, eu dizia a mim mesma, ao mesmo tempo que sabia muito bem que era, sim. – São só sanguessugas, elas não vão machucar você.

– Sei o que são! – disse ele. – Tire-as de mim! – Ele deu um tapa no tornozelo, estremecendo de nojo. – São nojentas!

– Ah, não são tão horríveis assim – comecei, passando a me controlar. – São úteis em alguns momentos.

– Não me importa se são úteis! – gritou ele, batendo os pés em frustração. – Eu as odeio, tire-as de mim!

– Bem, pare de dar tapas – falei. – Sente-se e eu cuidarei disso.

Ele hesitou, olhando para mim de modo suspeito, mas relutantemente se sentou em uma pedra, estendendo as pernas cheias de sanguessugas à frente do corpo.

– Tire-as *agora*! – disse ele.

– Já, já – respondi. – De onde você veio?

Ele olhou para mim inexpressivo.

– Você não mora perto daqui – continuei com certeza absoluta. – De onde você veio?

Ele fez um esforço claro para se controlar.

– Ah... dormimos em um lugar chamado Salem há três noites. Foi a última cidade que vi. – Ele estremecia as pernas com força. – Tire-as, estou pedindo!

Havia vários métodos de tirar sanguessugas, e a maioria deles era mais ou menos mais prejudicial do que as sanguessugas em si. Dei uma olhada. Havia quatro em uma perna e três na outra. Uma das ferinhas gordas estava quase estourando, rechonchuda e brilhante. Apoiei o polegar embaixo da cabeça dela e a puxei para a minha mão, redonda como uma pedra e pesada por estar cheia de sangue.

O garoto olhou para ela, pálido apesar da pele bronzeada, e estremeceu.

– Não quero desperdiçá-la – falei de modo casual, e fui pegar o cesto que eu deixara embaixo dos galhos ao passar pelas árvores.

Ali perto, vi o casaco dele no chão, sapatos e meias largados com ele. Fivelas simples nos sapatos, mas de prata, não peltre. Bom tecido, não ostensivo, mas com um corte de muito mais estilo do que eu já tinha visto em qualquer lugar ao norte de Charleston. Eu não precisava de confirmação, mas ali estava.

Peguei um punhado de lama, pressionei a sanguessuga delicadamente nela e envolvi a criatura com folhas molhadas. Só então notei que minhas mãos tremiam. O idiota! O traidor, perverso, calculista... o que *diabos* fizera com que ele viesse aqui? E meu Deus, o que Jamie faria?

Voltei até onde o garoto estava, inclinado para a frente, olhando para as sanguessugas restantes com cara de nojo. Mais uma estava quase caindo. Quando me ajoelhei na frente dele, ela caiu, quicando levemente no chão molhado.

– Eca! – disse ele.

– Onde está seu padrasto? – perguntei abruptamente.

Poucas coisas poderiam ter tirado a atenção dele de suas pernas, mas isso tirou. Ele levantou a cabeça e olhou para mim assustado.

Era um dia frio, mas uma camada fina de suor cobria seu rosto. Era mais estreito nas bochechas e têmporas, pensei, e a boca era bem diferente. Talvez a semelhança não fosse tão forte quanto eu pensava.

– Como você me conhece? – perguntou ele, levantando-se com um ar de presunção que seria extremamente engraçado em outras circunstâncias.

– Tudo o que sei a seu respeito é que seu nome é William. Estou certa?

Cerrei os punhos ao lado do corpo e esperava estar errada. Se ele *fosse* William, isso não era tudo o que eu sabia sobre ele.

Ele corou e me encarou com olhos intensos, a atenção temporariamente distraída das sanguessugas por ter sido abordado de modo tão familiar por uma pessoa que – e de repente me dei conta – mais parecia uma velha desleixada com as saias erguidas. Ou ele tinha bons modos ou a disparidade entre minha voz e minha aparência o deixou atento, porque engoliu a resposta imediata que lhe ocorreu.

– Sim, é – disse ele de modo breve. – William, visconde Ashness, nono conde de Ellesmere.

– Tudo isso? – perguntei educadamente. – Bonito.

Peguei uma sanguessuga com o polegar e o indicador e a puxei delicadamente. A criatura se esticou como um elástico grosso, mas se recusou a se soltar. A pele clara do menino foi puxada, e ele emitiu um grunhido.

– Solte! – disse ele. – Ela vai estourar!

– Verdade. – Eu me levantei e abaixei a saia, me ajeitando. – Venha – falei, estendendo a mão. – Levarei você para a casa. Se eu espirrar um pouco de sal nelas, elas se soltarão de uma vez.

Ele recusou a mão, mas ficou de pé, um pouco trêmulo. Olhou ao redor, como se procurasse alguém.

– Papai – explicou ao ver minha expressão. – Erramos o caminho e ele mandou que eu esperasse perto do rio enquanto se certificava a respeito de nossa direção. Não quero que ele se assuste por não me encontrar aqui quando voltar.

– Não tem problema – disse. – Imagino que ele terá encontrado a casa sozinho até lá. Não fica longe. – Eu tinha quase certeza, pois aquela era a única casa a alguma distância, e no fim de uma trilha bem marcada. Lorde John deixara o garoto enquanto seguia em frente, para encontrar Jamie – e alertá-lo. Muito cuidadoso. Meus lábios se contraíram involuntariamente.

– Seria a casa dos Fraser? – perguntou o menino. Deu um passo desajeitado para não encostar uma perna na outra. – Viemos à procura de um tal de James Fraser.

– Sou a sra. Fraser – falei e sorri para ele. *Sua madrasta*, eu poderia ter acrescentado, mas não acrescentei. – Venha.

Ele me seguiu em meio às árvores em direção à casa, quase pisando em meus calcanhares com a pressa. Eu fui tropeçando em raízes de árvores e pedras meio enterradas, sem olhar por onde andava, lutando contra a vontade de me virar e olhar para ele. Se William, visconde Ashness, nono conde de Ellesmere, não fosse a última pessoa que eu esperava ver na mata da Carolina do Norte, seria a penúltima, com certeza – o rei George tinha um pouco menos de chance de aparecer à nossa porta, eu acho.

O que dera naquele... naquele... Eu pensei, tentando escolher entre muitos adjetivos ruins para aplicar a lorde John Grey e desisti para tentar pensar no que deveria fazer. Desisti disso também. Não havia nada que eu *pudesse* fazer.

William, visconde Ashness, nono conde de Ellesmere. Ou pensava ser. *E o que você pretende fazer*, pensei em silêncio e com raiva imaginando lorde John Grey, *quando ele descobrir que é, na verdade, o filho bastardo de um criminoso escocês? E mais importante – o que o criminoso escocês vai fazer? Ou sentir?*

Parei, fazendo o menino trombar em mim, apesar de ter tentado evitar o choque.

– Desculpe – falei. – Pensei ter visto uma cobra.

Então segui, com a ideia que me fizera parar ainda apertando meu peito. Será que lorde John havia trazido o garoto de propósito para revelar a verdade? Pretendia deixá-lo aqui com Jamie... conosco?

Por mais assustadora que eu considerasse a ideia, não conseguia relacioná-la com o homem que eu conhecera na Jamaica. Eu podia ter muitos motivos para não gostar de John Grey – afinal, era muito difícil sentir simpatia por um homem que admitira sentir desejo homossexual pelo meu marido –, mas tinha que admitir que não vira nenhum traço de descuido nem crueldade em seu caráter. Pelo contrário, ele havia passado a imagem de um homem sensível, gentil e honrado – ou pelo menos até eu descobrir suas predileções em relação a Jamie.

Alguma coisa havia acontecido? Alguma ameaça ao garoto que fizera lorde John temer pela sua segurança? Certamente ninguém poderia ter descoberto a verdade sobre William. Ninguém sabia, além de lorde John e Jamie. E eu, claro, acrescentei quando pensei melhor. Sem a evidência da semelhança – mais uma vez controlei a vontade de me virar e olhar para ele –, não havia motivos para alguém suspeitar.

Mas vê-los lado a lado – bem eu os veria lado a lado em breve. A ideia me fez sentir um aperto no peito, uma mistura de medo e ansiedade. Será que essa semelhança era mesmo tão forte quanto eu pensava?

Fiz um rápido desvio pelo corniso baixo, uma desculpa para me virar e esperar por ele. O menino veio atrás de mim, abaixando-se desengonçadamente para pegar o sapato de fivela prateada que derrubara.

Não, pensei ao vê-lo se endireitar, o rosto corado por ter se abaixado. Não era tão grande quanto pensei no começo. Ele tinha a mesma estrutura óssea de Jamie, mas ainda não estava totalmente revelada – tinha os contornos, mas não o recheio. Seria muito alto – isso era claro –, mas agora tinha aproximadamente a minha altura, era desajeitado e esguio, os membros muito compridos e finos o bastante para parecerem quase delicados.

Também era muito mais moreno do que Jamie. Apesar de seus cabelos ficarem vermelhos sob a luz do sol que passava pelos galhos, eram de um tom castanho-avermelhado profundo, bem diferente dos cabelos ruivos de Jamie, e sua pele tinha adquirido um tom marrom dourado pelo sol, muito diferente da pele vermelha de Jamie.

Mas tinha os olhos puxados de gato dos Fraser, e havia algo no formato da sua cabeça, a posição dos ombros magros, que me fazia pensar em...

Bree. Levei um choque, como uma corrente de eletricidade. Ele se parecia um pouco com Jamie, mas foram as minhas lembranças de Brianna que me causaram aquele susto de reconhecimento instantâneo assim que o vi. Apenas dez anos mais jovem do que ela, os contornos infantis do seu rosto eram muito mais parecidos com os dela do que com os de Jamie.

Ele havia parado para desembaraçar uma mecha de cabelo de um galho de corniso. Agora, estava perto de mim, com uma sobrancelha erguida.

– Está longe? – perguntou ele.

A cor retornara ao seu rosto com o cansaço da caminhada, mas ainda parecia um pouco enjoado e não olhava para as pernas.

– Não – disse. Fiz um gesto em direção ao vale das nogueiras. – É logo ali. Veja. Dá para ver a fumaça da chaminé.

Ele não esperou ser guiado, mas começou a apertar o passo, ansioso para se livrar das sanguessugas.

Eu o segui depressa, não queria que ele chegasse à cabana na minha frente. Fui tomada por um misto de sensações inquietantes: primeiro, a ansiedade por Jamie; um pouco depois, a raiva por John Grey. Abaixo disso, uma curiosidade intensa. E, nesse ponto, tão baixo que eu quase podia fingir que não existia, havia uma pontada de saudade da minha filha, cujo rosto nunca pensei que veria de novo.

Jamie e lorde John estavam sentados no banco perto da porta. Quando ouviram nossos passos, Jamie se levantou e olhou na direção da mata. Ele tivera tempo para se preparar. Olhou casualmente para o menino e então para mim.

– Ah, Claire. Encontrou nosso outro visitante, então. Eu mandei Ian procurar vocês. Claire, se lembra de lorde John, certo?

– Como me esqueceria? – eu disse, sorrindo para o homem.

Seus lábios tremeram levemente, mas ele manteve o rosto sério quando se abaixou em minha direção. Como um homem conseguia ficar tão impecavelmente bem-arrumado depois de vários dias em cima de um cavalo, dormindo na mata?

– Ao seu dispor, sra. Fraser. – Ele olhou para o menino, franzindo o cenho levemente ao ver seu estado. – Permita-me apresentar meu enteado, lorde Ellesmere. E William, já vi que você conheceu nossa bondosa anfitriã, então cumprimente nosso anfitrião, o capitão Fraser.

O garoto se remexia sem parar, quase dançando na ponta dos pés. Mas, diante do pedido, inclinou a cabeça na direção de Jamie.

– Ao seu dispor, capitão – disse ele, e então lançou um olhar agoniado para mim, totalmente ciente de nada além do fato de o seu sangue estar sendo chupado sem parar.

– Podem nos dar licença? – eu disse educadamente e levei o garoto pelo braço para dentro da cabana e fechei a porta com firmeza diante da cara surpresa dos dois. William logo se sentou no banquinho que indiquei e estendeu as pernas, tremendo.

– Depressa! – disse ele. – Por favor, depressa!

Não havia sal moído. Peguei a faca e cortei um pedaço do bloco com pressa, joguei-o dentro do pilão e o amassei em grãos com movimentos apressados do almofariz. Amassando os grãos entre os dedos, eu espalhei o sal em cima de cada sanguessuga.

– Bastante cruel para as pobres sanguessugas – falei, ao ver a primeira delas lentamente se encolher formando uma bola. – Mas resolve.

A sanguessuga se soltou e rolou para longe da perna de William, seguida de modo parecido pelas outras, que se remexeram agonizando no chão.

Peguei os corpinhos e os joguei no fogo, então me ajoelhei na frente dele, mantendo a cabeça baixa enquanto William retomava a compostura.

– Deixe-me cuidar das picadas – falei.

Pequenas linhas de sangue desciam pelas pernas dele. Eu as sequei com um pano limpo e então lavei as pequenas feridas com vinagre e erva-de-são-joão para parar o sangramento.

Ele suspirou profundamente quando sequei suas pernas.

– Não que eu tenha medo de... de sangue – disse ele com um tom de coragem que deixava claro que ele tinha medo, sim. – É que elas são criaturas asquerosas.

– Coisinhas chatas – concordei.

Eu me levantei, peguei um pano limpo, molhei-o na água e casualmente limpei seu rosto manchado. E então, sem perguntar, peguei minha escova e comecei a escovar seus cabelos.

Ele parecia muito assustado com essa familiaridade, mas além da tensão inicial da coluna, não protestou, e quando comecei a ajeitar seus cabelos, ele suspirou de novo, e deixou os ombros relaxarem um pouco.

A pele dele era quente, e meus dedos, ainda frios da água do rio, se esquentaram enquanto eu ajeitava as mechas macias dos cabelos sedosos de William. Eram fios grossos e levemente ondulados. Havia um redemoinho no topo da sua cabeça, uma volta delicada que me deu leve vertigem ao olhar. Jamie tinha o mesmo redemoinho, no mesmo lugar.

– Perdi minha fita – disse ele, olhando ao redor vagamente, como se uma fita fosse aparecer da estante ou do tinteiro.

– Tudo bem. Vou emprestar uma para você.

Terminei de trançar os cabelos dele e os prendi com um pedaço de fita amarela, tomada, enquanto fazia isso, por uma estranha vontade de protegê-lo.

Eu tomara conhecimento de sua existência alguns anos antes, e se havia pensado nele desde então, não sentira mais do que uma pontada de curiosidade misturada a ressentimento. Mas agora algo – talvez a semelhança que ele tinha com a minha filha, sua semelhança com Jamie ou simplesmente o fato de eu ter cuidado dele brevemente – me dera uma sensação esquisita de preocupação por ele, quase posse.

Ouvi o barulho das vozes do lado de fora. Uma risada repentina, e minha irritação em relação a John Grey voltou com força. Como ousava arriscar Jamie e William... e para quê? Por que o maldito estava *aqui*, em uma mata inadequada para alguém como ele...

A porta se abriu e Jamie espiou lá dentro.

– Vocês estão bem? – perguntou ele.

Olhou para o menino com uma expressão de preocupação no rosto, mas vi sua mão segurando a porta com força e a linha de tensão em sua expressão. Jamie estava muito tenso.

– Muito bem – respondi de modo agradável. – Você acha que lorde John quer beber alguma coisa?

Coloquei a chaleira com água para ferver e – suspirando discretamente –, peguei o último pão, que eu pretendia usar no próximo experimento de penicilina. Sentindo que era um caso de emergência, peguei também a última garrafa de conhaque. Então, coloquei o vidro de geleia sobre a mesa, explicando que a manteiga infelizmente estava sob a custódia da porca no momento.

– Porca? – perguntou William, parecendo confuso.

– Na despensa – respondi, indicando a porta fechada.

– Por que vocês mantêm... – começou ele, e então se endireitou e fechou a boca, obviamente depois de receber um chute embaixo da mesa de seu padrasto, que sorria simpaticamente segurando a xícara.

– É muita gentileza nos receberem, sra. Fraser – disse lorde John, lançando um olhar de repreensão ao enteado. – Peço desculpas por termos chegado inesperadamente. Espero que não estejamos incomodando muito.

– Nem um pouco – disse, pensando onde nós os colocaríamos para dormir.

William podia ficar no barracão com Ian. Não era pior do que dormir no chão, como ele vinha fazendo. Mas pensar em dormir na cama com Jamie, com lorde John na cama de rodízios quase ao lado...

Ian, com o forte instinto para refeições, apareceu nesse momento delicado da conversa, e foi apresentado, em meio à confusão de explicações e cumprimentos no espaço restrito, e acabou derrubando a chaleira.

Usando esse pequeno desastre como desculpa, mandei Ian mostrar a William as atrações da mata e do riacho, com sanduíches com geleia e uma garrafa de sidra para que dividissem. E então, livre da presença que me inibia, enchi os copos com conhaque, sentei-me de novo e olhei para John Grey com os olhos semicerrados.

– O que está fazendo aqui? – perguntei sem preâmbulos.

Ele arregalou os olhos azuis e então abaixou os cílios longos para piscar para mim.

– Não vim com a intenção de seduzir seu marido, isso eu garanto – disse ele.

– John! – Jamie bateu o punho na mesa com uma força que fez as xícaras tremerem. Suas faces estavam muito vermelhas, e ele franzia o cenho furioso.

– Desculpe – Grey, por outro lado, empalidecera, apesar de continuar visivelmente controlado. Pensei, pela primeira vez, que ele estava tão nervoso quanto Jamie com esse encontro. – Peço desculpas, senhora – disse ele com um leve meneio em minha direção. – Isso foi imperdoável. Mas posso dizer, no entanto, que desde que nos encontramos a senhora tem olhado para mim como se tivesse me encontrado jogado na sarjeta do lado de fora de uma casa de perdição. – Agora, ele também corava levemente.

– Desculpe – eu disse. – Avise da próxima vez e cuidarei da minha expressão.

Ele se levantou de repente e foi até a janela, onde permaneceu de costas para nós, as mãos apoiadas no parapeito. Fez-se um silêncio muito desconfortável. Eu não queria olhar para Jamie. Então comecei a prestar muita atenção à garrafa de sementes de erva-doce que estava sobre a mesa.

– Minha esposa morreu – disse ele abruptamente. – No navio entre a Inglaterra e a Jamaica. Ela estava vindo para ficar comigo.

– Sinto muito – disse Jamie baixinho. – O garoto estava com ela?

– Sim. – Lorde John voltou a se virar, recostando-se no parapeito, de modo que o sol da primavera emoldurou sua cabeça, dando-lhe uma auréola brilhante. – Willie era... muito ligado a Isobel. Ela foi a única mãe que ele teve desde que nasceu.

A mãe verdadeira de Willie, Geneva Dunsany, havia morrido no parto. Seu suposto pai, o conde de Ellesmere, morrera no mesmo dia, em um acidente. Jamie já havia me contado essa história. Assim, a irmã de Geneva, Isobel, cuidara do menino órfão, e John Grey havia se casado com Isobel quando Willie tinha 6 anos mais ou menos – na época, Jamie deixara o emprego nos Dunsany.

– Sinto muito – falei, com sinceridade, e não me referia apenas à morte da esposa dele.

Grey olhou para mim e meneou a cabeça em agradecimento.

– Meu mandato de governador estava quase no fim. Eu pretendia me fixar na ilha, se o clima agradasse à minha família. Mas... – Ele deu de ombros. – Willie ficou arrasado com a perda da mãe. Parecia adequado distrair sua mente de qualquer modo que eu conseguisse. Uma oportunidade apareceu quase de imediato. Entre as terras de minha esposa, há uma grande propriedade na Virgínia, que ela reservara a William. Com sua morte, o caseiro me pediu orientações sobre a plantação.

Ele se afastou da janela, aproximando-se lentamente da mesa onde estávamos.

– Não podia decidir o que fazer com a propriedade sem vê-la e avaliar as condições. Então, decidi que deveríamos ir a Charleston, e a partir de lá, viajar à Virgínia por terra. Acreditava que a novidade da experiência tiraria William de seu pesar – e fico feliz por ver que parece ter dado certo. Ele tem se mostrado muito mais feliz essas últimas semanas.

Abri a boca para dizer que a Cordilheira dos Frasers não pareceria ser o lugar adequado, mas pensei melhor.

Ele pareceu adivinhar o que eu estava pensando, pois sorriu para mim brevemente. Eu teria que cuidar melhor da minha expressão. Jamie ler meus pensamentos era uma coisa, e nada desagradável, de modo geral. Mas permitir que desconhecidos percebessem o que eu estava pensando era algo totalmente diferente.

– Onde fica a terra? – perguntou Jamie, com um pouco mais de tato, mas com a mesma intenção.

– A cidade mais próxima se chama Lynchburg, no rio James. – Lorde John olhou para mim, ainda irônico, mas com o bom humor aparente restaurado. – São só alguns dias de desvio em nossa viagem para chegar aqui, apesar do isolamento do seu ninho.

Ele olhou para Jamie, franzindo o cenho levemente.

– Disse a Willie que você é um velho conhecido meu, de quando eu era soldado. Acredito que não se importe com a mentira.

Jamie balançou a cabeça, esboçando um sorriso.

– Mentira, não é? Eu não me importo com o que disser nessas circunstâncias. E, até onde sei, é bastante verdade.

– Acha que ele não vai se lembrar de você? – perguntei a Jamie.

Ele já tinha sido cuidador dos cavalos na propriedade de Willie; um prisioneiro de guerra depois da Revolução Jacobita.

Jamie hesitou, mas então balançou a cabeça.

– Acho que não. Ele só tinha 6 anos quando saí de Helwater. Já faz muito tempo, e para um garoto, mais tempo ainda. E não haveria motivo para ele se lembrar de um cuidador chamado MacKenzie, muito menos relacionar o nome a mim.

Willie não reconhecera Jamie ao vê-lo, certamente, mas estava muito preocupado com as sanguessugas para prestar atenção a qualquer pessoa que fosse. Um pensamento me ocorreu, e eu me virei para lorde John, que estava mexendo na caixa de rapé que havia tirado do bolso.

– Diga – eu disse, tomada por um impulso repentino. – Não quero perturbá-lo, mas... você sabe como sua mulher morreu?

– Como? – Ele pareceu assustado com a pergunta, mas se recompôs depressa. – Ela morreu de disenteria, ou assim disse sua aia. – Ele entortou um pouco a boca. – Não foi... uma morte tranquila, creio eu.

Disenteria, não é? Era um sintoma comum a diversas doenças, como amebíase e cólera.

– Foi tratada por um médico? Algum profissional tomou conta dela?

– Sim – disse ele, com certo exagero. – O que quer dizer com isso, senhora?

– Nada – respondi. – É só que me perguntei se foi onde Willie viu as sanguessugas serem usadas.

Ele demonstrou compreender.

– Ah, entendo. Não tinha pensado...

Nesse momento, vi Ian, que estava parado na porta, obviamente relutante em interromper, mas com um olhar de urgência.

– Quer alguma coisa, Ian? – perguntei, interrompendo lorde John.

Ele balançou a cabeça, os cabelos castanhos em movimento.

– Não, eu agradeço, tia. É só que... – Ele lançou um olhar impotente a Jamie. – Bem, sinto muito, tio, eu sei que não deveria tê-lo deixado fazer isso, mas...

– O quê? – Assustado com o tom de voz de Ian, Jamie já estava de pé. – O que você fez?

O rapaz torceu as mãos juntas, estalando os nós dos dedos de vergonha.

– Bem, sabe, o lorde pediu para ir ao banheiro, então contei a ele sobre a cobra, e que seria melhor que ele fosse no mato. Então, ele foi, mas aí, quis ver a cobra, e... e...

– Ele foi picado? – perguntou Jamie com ansiedade.

Lorde John, que estava prestes a perguntar a mesma coisa, olhou para ele.

– Ah, não! – Ian parecia surpreso. – Não conseguimos vê-la no começo, porque estava escuro lá dentro. Então, tiramos a tampa para ver com mais luz. Vimos a cobra com clareza, e então a cutucamos com um galho comprido, e ela começou a se mexer, como estava escrito naquele livro, mas não parecia muito interessada em morder. E... e... – Ele lançou um olhar a lorde John e engoliu em seco fazendo barulho. – Foi culpa minha – disse ele, endireitando os ombros da melhor maneira para aceitar a culpa. – Eu disse que tinha pensado em dar um tiro nela antes, mas não queríamos gastar bala. E então, o lorde disse que pegaria a pistola de seu pai da bolsa na sela para acabar logo com o bicho. E assim...

– Ian – disse Jamie entre dentes. – Pare de enrolar agora mesmo e me diga o que fez com o rapaz. Você não atirou nele por engano, não é?

Ian pareceu ofendido com o questionamento da qualidade de sua mira.

– Claro que não! – disse ele.

Lorde John tossiu educadamente, evitando mais recriminações.

– Teria a bondade de me dizer onde está meu filho neste momento?

Ian respirou fundo e visivelmente se preparou para o pior.

– Ele está dentro do buraco – disse ele. – Tem alguma corda, tio Jamie?

Com uma economia admirável de palavras e atitudes, Jamie chegou à porta em dois passos e desapareceu, seguido de perto por lorde John.

– Ele está lá dentro *com* a serpente? – perguntei, procurando depressa dentro do cesto de roupas por algo que pudesse usar como torniquete, se fosse o caso.

– Ah, não, tia – garantiu Ian. – Você não pode achar que eu o deixaria ali com a serpente. Melhor eu ir ajudar – disse e também desapareceu.

Corri atrás dele e encontrei Jamie e lorde John lado a lado na porta do banheiro, conversando com suas profundezas. Na ponta dos pés para espiar por cima do ombro de lorde John, vi a ponta de um comprido galho de chicória saindo pela beira do buraco. Prendi a respiração. Os movimentos de lorde Ellesmere tinham remexido o conteúdo da caixa, e o fedor foi suficiente para irritar minhas membranas nasais.

– Ele disse que não está machucado – falou Jamie, afastando-se do buraco e desenrolando a corda do ombro.

– Muito bem – eu disse. – Mas onde está a cobra? – Olhei nervosa para a casinha, mas não vi nada além das pranchas de cedro e os cantos escuros do poço.

– Ela foi por ali – apontou Ian, fazendo um gesto vago para o caminho pelo qual eu tinha vindo. – O menino não conseguiu atirar direito, então mexi na criatura com o galho e a infeliz se virou e foi para cima de mim, bem no galho! Ela me assustou, então eu gritei e a soltei, e empurrei o garoto, e... bem, foi assim que aconteceu – concluiu ele.

Tentando evitar os olhos de Jamie, ele foi até o buraco e, inclinando-se, gritou:

– Ei! Que bom que você não quebrou o pescoço!

Jamie lançou-lhe um olhar que deixava claro que se algum pescoço fosse quebrado... mas evitou fazer mais comentários concentrando-se em tirar William logo de dentro do buraco. Esse procedimento foi realizado sem mais incidentes, e o candidato a atirador de elite foi retirado, segurando-se à corda como uma lagarta em uma folha.

Por sorte, havia dejetos em quantidade suficiente no fundo do buraco para amortecer sua queda. Aparentemente, o nono conde de Ellesmere tinha caído de cara. Lorde John ficou de pé por um momento no caminho, secando as mãos na calça e examinando o ser incrustado de sujeira à sua frente. Ele passou as costas da mão na boca, tentando esconder um sorriso ou tapar o nariz.

E então, seus ombros começaram a chacoalhar.

– Quais são as notícias do Submundo, Perséfone? – perguntou ele, sem conseguir falar totalmente sério.

Os dois olhos azuis puxados estavam em fúria na máscara de sujeira que escondia os traços do lorde. Era uma expressão totalmente Fraser, e eu senti náusea ao ver aquilo. Ao meu lado, Ian tossiu de repente. Ele olhou depressa para o conde e para Jamie e de novo para os dois, então me viu olhando para ele e controlou a expressão para ficar totalmente sério, mas não parecia natural.

Jamie estava dizendo algo em grego e lorde John respondeu na mesma língua, com isso, os dois começaram a rir muito. Tentando ignorar Ian, eu olhei na direção de Jamie. Ainda chacoalhando os ombros controlando o riso, ele achou adequado me explicar.

– Epicarpo – explicou ele. – No Oráculo de Delfos, os seguidores depois da Iluminação jogavam uma píton morta dentro da cova e então ficavam ali, respirando a fumaça enquanto ela era queimada.

Lorde John declamou fazendo um gesto expansivo.

– "O espírito em direção aos céus, o corpo à terra."

William soltou o ar com força pelo nariz, exatamente como Jamie fazia quando provocado. Ian se remexeu ao meu lado. Minha nossa, pensei, nervosa. O garoto não tem nada em comum com a mãe?

– E você atingiu algum conhecimento espiritual resultante da sua recente experiência m-mística, William? – perguntou lorde John, tentando se controlar, sem sucesso.

Ele e Jamie estavam corados, querendo rir, um riso que eu acreditava ser resultado tanto do alívio da tensão nervosa quanto do conhaque ou da hilaridade.

O lorde, irritado, arrancou o lenço do pescoço e o jogou no caminho, espirrando sujeira no chão. Agora, Ian ria com nervosismo também, incapaz de se conter. Os músculos da minha barriga estavam se contraindo por causa do esforço, mas vi que as partes de carne expostas acima da gola de William eram da cor dos tomates maduros perto do banheiro. Sabendo muito bem o que costumava acontecer com um Fraser quando este alcançava aquele nível de ira, pensei que chegara o momento de separar o grupo.

— Aham — falei, pigarreando. — Permitam-me, senhores? Apesar de ser ignorante acerca da filosofia grega, tem um epigrama que conheço muito bem.

Entreguei a William o jarro de sabão de lixívia que eu trouxera no lugar do torniquete.

— Píndaro — falei. — "Água é melhor."

Em meio à sujeira, vi uma leve expressão do que poderia ser gratidão. O lorde fez uma reverência a mim, com muita educação, e então se virou, olhou para Ian com raiva e atravessou a grama em direção ao riacho, pingando. Parecia ter perdido os sapatos.

— Pobre coitado — disse Ian, balançando a cabeça com tristeza. — Vai precisar de dias até se livrar do fedor.

— Sem dúvida. — Os lábios de lorde John estavam tremendo, mas a vontade de declamar poesia grega parecia ter desaparecido, substituída por preocupações menores. — Você sabe o que aconteceu com minha pistola, a propósito? Aquela que William estava usando antes do infeliz acidente?

— Ah. — Ian parecia desconfortável. Ergueu o queixo na direção do buraco. — Eu... ah... bem, temo que...

— Compreendo. — Lorde John esfregou seu queixo imaculadamente barbeado.

Jamie olhou para Ian longamente.

— Ah... — disse Ian, afastando-se um ou dois passos.

— Pegue-a — disse Jamie, num tom que não admitia objeção.

— Mas... — disse Ian.

— Agora — disse o tio, e largou a corda suja aos pés dele.

O pomo de adão de Ian desceu e subiu. Ele olhou para mim, com os olhos arregalados como os de um coelho.

— Tire suas roupas primeiro — falei para ajudar. — Não queremos ter que queimá-las, certo?

26

PRAGA E PESTILÊNCIA

Saí da casa um pouco antes do pôr do sol para ver meu paciente no celeiro. Ela não estava melhor nem pior, visivelmente. A mesma respiração difícil e febre alta. Mas dessa vez, os olhos fundos encontraram os meus quando entrei no espaço e se mantiveram fixos em mim enquanto eu o examinava.

Ele ainda estava com o amuleto de penas de corvo na mão. Eu o toquei e sorri para ele, e então lhe dei mais líquido. Ainda não queria comer, mas tomou um pouco de leite e engoliu mais uma dose do meu antitérmico sem protestar. Ele permaneceu sem se mexer durante o exame e enquanto bebia, mas quando comecei a torcer um pano quente para passar em seu peito, de repente, ele esticou uma mão e segurou meu braço.

Ele bateu no peito com a outra mão e emitiu um murmúrio estranho. Isso me deixou um pouco confusa, até perceber o que ele estava murmurando.

– É mesmo? – perguntei. Peguei o saco de ervas e o coloquei em cima do pano quente. – Bem, tudo bem. Vou pensar.

Escolhi "Onward, Christian Soldiers", que ele pareceu gostar. Fui obrigada a cantá-la três vezes até ele parecer satisfeito e se deitar com uma tosse baixa, envolvido nas fumaças da cânfora.

Parei fora da casa, limpando as mãos com cuidado com o frasco de álcool que eu levava. Tinha certeza de que estava protegida do contágio – eu tivera sarampo na infância –, mas não queria correr o risco de infectar ninguém.

– Falaram sobre um surto de sarampo em Cross Creek – disse lorde John, quando contei a Jamie sobre a situação de nosso hóspede. – É verdade, sra. Fraser, que o selvagem é menos capaz de lidar com a infecção do que os europeus, enquanto os escravos africanos são mais resistentes do que seus senhores?

– Depende da infecção – falei, espiando dentro do caldeirão e mexendo o ensopado. – Os índios são muito mais resistentes às doenças parasitárias – malária, por exemplo – causadas por organismos daqui, e os africanos lidam melhor com coisas como dengue – que veio com eles da África, afinal. Mas os índios não têm resistido muito bem às pragas europeias, como varíola e sífilis.

Lorde John pareceu um pouco assustado, o que me deu uma certa sensação de satisfação. Evidentemente, ele só tinha perguntado por gentileza, não esperava que eu soubesse alguma coisa.

– Que fascinante – disse ele, parecendo realmente interessado. – Refere-se a organismos? Então, concorda com a teoria do sr. Evan Hunter sobre as criaturas miasmáticas?

Agora, foi a minha vez de ficar surpresa.

– Hum... não exatamente, não – eu disse, e mudei de assunto.

Tivemos uma noite bem agradável, com Jamie e lorde John contando histórias de caça e pesca, com comentários a respeito da incrível abundância do interior, enquanto eu costurava meias.

Willie e Ian jogaram xadrez, e Ian venceu, para sua evidente satisfação. O pequeno lorde bocejou e, ao ver o olhar rígido do pai, tentou cobrir a boca, mas já era tarde.

Ele relaxou e abriu um sorriso sonolento de satisfação, trazido pela completude. Ele e Ian haviam comido um bolo inteiro de uva-passa, depois do enorme jantar.

Jamie viu e ergueu uma sobrancelha a Ian, que levou Willie para dormir. Eles dividiriam a cama de Ian no barracão das ervas. Dois a menos, pensei, sem olhar para a cama. Mas faltam três.

No momento, o problema delicado da hora de dormir foi resolvido quando me retirei, vestida modestamente – ou pelo menos com minha camisola –, enquanto Jamie e lorde John foram jogar xadrez, bebendo o resto do conhaque à luz da lareira.

Lorde John sabia jogar xadrez muito melhor do que eu – ou assim deduzi pelo fato de o jogo ter demorado uma hora inteira. Jamie normalmente conseguia me derrotar em vinte minutos. O jogo foi feito em silêncio na maior parte do tempo, mas eles conversavam de vez em quando.

Por fim, lorde John fez uma jogada, recostou-se e se espreguiçou, como se estivesse concluindo algo.

– Imagino que você não terá grande perturbação no lado político, aqui em seu refúgio na montanha – observou ele casualmente.

Lorde John olhou para o tabuleiro, pensando.

– Invejo você, Jamie. Livre das dificuldades tolas que afligem os mercadores e o povo das Terras Baixas. Se sua vida tem dificuldades, como sempre é o caso, você tem o consolo de saber que suas lutas são significativas e heroicas.

Jamie grunhiu brevemente.

– Ah, sim. Muito heroicas, com certeza. No momento, minha luta mais heroica tem chances de ser com a porca na despensa. – Ele acenou em direção ao armário, com uma sobrancelha erguida. – Vai mesmo fazer essa jogada?

Grey semicerrou os olhos para Jamie e então olhou para baixo, observando o tabuleiro com lábios contraídos.

– Sim, vou – respondeu ele com firmeza.

– Droga – disse Jamie, e com um sorriso, esticou a mão e virou o rei, resignado.

Grey riu e pegou a garrafa de conhaque.

– Droga! – exclamou ele por sua vez ao encontrá-la vazia.

Jamie riu, levantou-se e caminhou até o armário.

– Experimente um pouco disto – disse ele, e eu ouvi o gorgolejo musical do líquido sendo derramado no copo.

Grey levou o copo ao nariz, inspirou e espirrou no mesmo instante, respingando gotículas sobre a mesa.

– Não é vinho, John – observou Jamie com calma. – Você precisa beber, está bem? Não cheirar.

– Percebi. Meu Deus, o que é isso? – Grey sentiu o cheiro de novo, mais cuidadosamente, e bebericou com cuidado. Engasgou, mas engoliu. – Minha nossa – disse ele de novo.

Sua voz estava rouca. Ele riu, pigarreou e colocou o copo sobre a mesa, olhando para ele como se pudesse explodir.

– Não me diga – falou ele. – Deixe-me adivinhar. É uísque escocês?

– Em dez anos, mais ou menos, pode ser que seja – respondeu Jamie, servindo-se de um copo. Tomou um gole pequeno, passou o líquido dentro da boca e engoliu, balançando a cabeça. – No momento, é álcool, mas é só o que digo.

– Sim, é – concordou Grey, bebendo mais um gole pequeno. – Onde você conseguiu isso?

– Eu fiz – disse Jamie, com o orgulho modesto de um mestre. – Tenho doze barris dessa coisa.

Grey ergueu as sobrancelhas ao ouvir isso.

– Imaginando que não pretenda limpar suas botas com ele, posso saber o que pretende fazer com doze barris *disso*?

Jamie riu.

– Comercializar – disse ele. – Vender, quando der. Já que os impostos e a licença para produzir bebidas são algumas das preocupações políticas tolas que não me afetam, devido ao nosso isolamento – acrescentou com ironia.

Lorde John grunhiu, tentou beber de novo e colocou o copo na mesa.

– Bem, pode ser que escape dos impostos, garanto a você, já que o agente mais próximo está em Cross Creek. Mas não posso dizer que acredito ser uma prática segura. Posso saber a quem está vendendo essa mistura formidável? Não aos selvagens, certo?

Jamie deu de ombros.

– Só quantidades muito pequenas, um cantil ou dois por vez, como presente ou em permuta. Nada além do que deixaria um homem bêbado.

– Muito inteligente. Já ouviu as histórias, acredito. Conversei com um homem que sobreviveu ao massacre em Michilimackinac durante a guerra com os franceses. Ela foi causada – em parte, pelo menos – por uma grande quantidade de bebida que caiu nas mãos de um grande grupo de índios no forte.

– Também soube disso – disse Jamie com seriedade. – Mas temos boas relações com os índios próximos e não são tantos assim. E sou cuidadoso.

– Hum. – Ele tomou mais um gole e fez uma careta. – Acredito que o risco é maior se envenenar um deles do que se embriagar uma multidão. – Lorde John pousou o copo na mesa e mudou de assunto. – Soube de boatos em Wilmington de um grupo descontrolado de homens chamado Reguladores, que aterrorizam o interior e causam problemas com conflitos. Já viu algo desse tipo aqui?

Jamie riu.

– Aterrorizam o quê? Esquilos? Há o interior, John, e há a mata. Certamente você notou a falta de habitações em sua viagem para cá.

– Notei algo do tipo – concordou lorde John. – E, mesmo assim, também ouvi boatos a respeito da presença de vocês aqui, de que era em parte uma influência para reprimir o crescimento da ilegalidade.

Jamie riu.

– Acho que ainda vai demorar até haver alguma ilegalidade para eu reprimir. Apesar de ter chegado a derrubar um velho agricultor alemão que estava abusando de uma jovem em um moinho no rio. Ele acreditava que ela havia dado chance – o que não tinha acontecido –, e eu não consegui convencê-lo do contrário. Mas essa é minha única tentativa até agora de manter a ordem pública.

Grey riu e pegou o rei caído.

– Estou aliviado por saber disso. Quer redimir sua honra com outra partida? Não posso esperar que o mesmo truque funcione duas vezes, afinal.

Eu rolei para o lado, de frente para a parede, e olhei para a lenha sem conseguir dormir. A luz da lareira iluminou as marcas em forma de asa do machado, estendendo-se por cada lenha, regulares como marolas na praia.

Tentei ignorar a conversa que acontecia atrás de mim, me distrair com a lembrança de Jamie acertando os troncos e cortando a lenha, de dormir em seus braços sob o abrigo de uma parede meio queimada, sentindo a casa subir ao meu redor, envolvendo-me no calor e na segurança, a personificação permanente de seu abraço. Sempre me sentia segura e calma com essa visão, mesmo quando estava sozinha na montanha, sabendo que estava protegida pela casa que ele construíra para mim. Mas esta noite não estava funcionando.

Permaneci deitada, tentando pensar no que havia de errado comigo. Ou melhor, não o que, mas o *porquê*. Eu sabia agora o que era: ciúme.

Estava sentindo ciúme, de fato. Uma emoção que não sentia havia anos, e me assustei ao senti-la agora. Eu me deitei de costas e fechei os olhos, tentando afastar o murmúrio da conversa.

Lorde John estava sendo muito cortês comigo. Mais do que isso, tinha sido inteligente, cuidadoso – totalmente charmoso, na verdade. E ouvi-lo conversando de modo inteligente, cuidadoso e charmoso com Jamie causava um nó no meu estômago e me fazia cerrar os punhos por baixo da colcha.

Você é uma idiota, eu disse a mim mesma. *Qual é o seu problema?* Tentei relaxar, respirando pelo nariz, os olhos fechados.

Em parte, era Willie, claro. Jamie era muito cuidadoso, mas eu tinha visto sua expressão quando olhava para o menino em momentos distraídos. O corpo todo era tomado por uma alegria tímida, orgulho misturado com reserva; e meu coração doía quando eu via aquilo.

Ele nunca olharia para Brianna, sua primogênita, da mesma maneira. Nunca a veria. Não era culpa sua, mas, ainda assim, parecia muito injusto. Ao mesmo tempo, eu não podia me ressentir com a alegria que ele sentia com seu filho – e não me ressentiria, disse a mim mesma com firmeza. O fato de eu sentir saudade ao olhar para o menino, com aquele rosto forte e bonito parecido com o da irmã, era problema meu.

Não tinha nada a ver com Jamie nem com Willie. Nem com John Grey, que trouxera o garoto aqui.

Para quê? Era o que eu vinha pensando desde que havia me recuperado do primeiro choque, assim que eles apareceram, e ainda era o que estava em minha mente. O que *diabos* o homem queria?

A história a respeito da propriedade na Virgínia podia ser verdade – ou apenas uma desculpa. Ainda que fosse verdade, era um desvio considerável ir para a Cordilheira dos Frasers. Por que ele se dera ao trabalho de trazer o menino aqui? E correra muitos riscos. Willie claramente não tinha notado a semelhança que até mesmo Ian percebera, mas e se tivesse? Seria tão importante para Grey mostrar que estava cuidando de uma obrigação de Jamie?

Virei para o outro lado e abri um olho, observando os dois diante do tabuleiro, o ruivo e o loiro, concentrados. Grey moveu um peão e se recostou, passando a mão na nuca, sorrindo para si mesmo com o efeito do movimento da peça. Ele era um homem bonito. Fino e magro, mas com um rosto forte e bem delineado e uma boca bonita e sensível que muitas mulheres sem dúvida invejariam.

Grey era melhor ainda em disfarçar a expressão do que Jamie. Eu ainda não vira nenhum olhar incriminador seu. Já vira antes, uma vez, na Jamaica, e não tinha dúvidas a respeito dos seus sentimentos por Jamie.

Por outro lado, eu também não tinha qualquer dúvida a respeito dos sentimentos de Jamie em relação a isso. O peso em meu peito diminuíra um pouco, e eu respirei mais fundo. Por mais que eles ficassem ali, bebendo e conversando, seria para a *minha* cama que Jamie viria.

Abri as mãos, e foi naquele momento, quando passei as palmas contra minhas coxas, que percebi chocada por que lorde John me afetava tão fortemente.

As palmas das minhas mãos tinham sido marcadas pelas unhas, uma linha fina de meias-luas pulsantes. Durante anos, sentira a mesma coisa depois de cada jantar, de cada noite em que Frank passava "trabalhando no escritório". Durante anos, passara noites deitada sozinha numa cama de casal, desperta no escuro, as unhas se afundando nas palmas, esperando que ele voltasse.

E ele voltava. Em defesa de Frank, ele sempre voltava antes do amanhecer. Às vezes, encontrava minhas costas numa reprovação fria; outras, um corpo exigente, desafiando-o a recusá-lo, para que provasse sua inocência com o corpo – julgamento por combate. Na maioria das vezes, ele aceitava o desafio. Mas não resolvia.

Ainda assim, nenhum de nós falava sobre isso à luz do dia. Eu não podia, não tinha esse direito. Frank não podia. Ele se vingava.

Às vezes, meses se passavam – até um ano ou mais – entre os episódios, e ficávamos em paz juntos. Mas então, acontecia de novo. Os telefonemas disfarçados, as ausências muito justificadas, a volta para casa tarde da noite. Nunca nada explícito como o perfume de outra mulher ou batom na gola – ele era discreto. Mas sempre senti o fantasma da outra mulher, independentemente de quem fosse. Uma mulher sem rosto e sem forma.

Eu sabia que não importava quem fosse – havia muitas delas. A única coisa importante era que ela não era eu. E eu permanecia deitada com os punhos cerrados, as marcas das minhas unhas como uma pequena crucificação.

O murmúrio da conversa perto da lareira quase desaparecera. O único som era o arrastar das peças de xadrez em movimento.

– Está satisfeito? – perguntou lorde John de repente.

Jamie parou por um momento.

– Tenho tudo o que um homem pode querer – disse ele baixinho. – Uma casa, um trabalho honroso. Minha esposa ao meu lado. Saber que meu filho está seguro e é bem cuidado. – Então, ele olhou para Grey. – E um bom amigo. – Ele esticou o braço, segurou a mão de lorde John e a soltou. – Não quero mais nada.

Fechei os olhos de modo decidido e comecei a contar carneirinhos.

Fui acordada um pouco antes do amanhecer por Ian, agachado ao lado da cama.

– Tia – disse ele delicadamente, com uma mão em meu ombro. – É melhor você vir comigo. O homem no celeiro está muito mal.

Eu me levantei por reflexo, enrolei-me em minha capa e andei atrás de Ian, descalça, até minha mente começar a funcionar de modo consciente. Não que a habilidade de diagnosticar se fizesse necessária. Eu conseguia ouvir a respiração laboriosa a 3 metros.

O conde estava na porta, o rosto magro e assustado à luz cinza.

– Vá embora – disse a ele rispidamente. – Não deve ficar perto dele. Nem você, Ian. Vão para casa, peguem água quente do caldeirão, minha caixa e panos limpos.

Willie logo se mexeu, disposto a se afastar dos sons assustadores que vinham do celeiro. Ian permaneceu ali com o rosto tomado de preocupação.

– Acho que não pode ajudá-lo, tia – disse ele baixinho.

Olhou diretamente em meus olhos, com uma compreensão muito madura.

– Provavelmente não – eu disse, respondendo-lhe da mesma maneira. – Mas não posso não fazer nada.

Ele respirou fundo e assentiu.

– Sim. Mas eu acho... – Ele hesitou, e então continuou quando eu assenti. – Acho que não deve dar remédio a ele. Ele vai morrer, tia. Ouvimos uma coruja à noite – e ele ouviu também. É sinal de morte para eles.

Olhei para a forma alongada e escura da porta, mordendo o lábio. A respiração estava rasa e ruidosa, com pausas assustadoramente longas entre elas. Olhei para Ian.

– O que os índios fazem quando alguém está morrendo? Você sabe?

– Cantam – disse ele depressa. – O xamã passa tinta no rosto e canta para que a alma da pessoa encontre segurança, para que os demônios não a levem.

Hesitei, meu instinto de fazer *alguma coisa* em conflito com minha convicção de que agir seria fútil. Eu tinha o direito de tirar desse homem a paz em sua morte? Pior, deixá-lo com medo de que sua alma seria perdida pela minha interferência?

Ian não esperou o resultado da minha reflexão. Abaixou-se e pegou um pouco de terra, que misturou com saliva para fazer lama. Sem falar nada, enfiou o dedo na mistura e traçou uma linha da minha testa até a ponte do meu nariz.

– Ian!

– Shh – sussurrou, franzindo o cenho para se concentrar. – Acho que é assim. – Ele traçou duas linhas em cada face e uma em zigue-zague descendo pelo lado esquerdo da minha mandíbula. – É o que me lembro da maneira correta. Só vi uma vez, e de longe.

– Ian, isso não é...

– Shh – repetiu ele, pousando a mão em meu braço para que eu parasse de protestar. – Aproxime-se dele, tia. Não vai assustá-lo. Ele está acostumado com você, não?

Passei a mão numa gota na ponta do nariz, sentindo-me muito tola. Mas não havia tempo para discussão. Ian me empurrou de leve e eu me virei para a porta. Entrei na escuridão do celeiro, me abaixei e pousei a mão no homem. Sua pele estava quente e seca, a mão flácida como couro desgastado.

– Ian, pode falar com ele? Diga seu nome, diga que está tudo bem.

– Não deve dizer o nome dele, tia. Isso chama os demônios.

Ian pigarreou e disse algumas palavras com sons guturais. A mão que eu segurava se mexeu um pouco. Meus olhos já tinham se acostumado, eu vi o rosto do homem marcado por um leve olhar de surpresa ao ver a pintura de lama.

– Cante, tia – pediu Ian com a voz baixa. – *Tantum ergo*, talvez. Era mais ou menos isso.

Não havia mais nada que eu pudesse fazer, afinal. Impotente, comecei.

– *Tantum ergo, sacramentum...*

Poucos segundos depois, minha voz se estabilizou e eu me agachei, cantando lentamente, segurando a mão dele. O cenho franzido relaxou, e um olhar do que pensei ser calma surgiu em seus olhos fundos.

Eu já testemunhara muitas mortes, causadas por acidentes, guerra, doença ou causas naturais, e já tinha visto homens morrerem de muitas maneiras, desde a aceitação filosófica ao protesto violento. Mas nunca vira ninguém morrer desse jeito.

Ele simplesmente esperou, olhando em meus olhos, até eu terminar a música. Então, virou o rosto em direção à porta, e quando o sol que nascia o iluminou, ele deixou seu corpo, sem contrair um músculo nem dar o suspiro final.

Permaneci parada, segurando a mão flácida até perceber que também estava prendendo minha respiração.

O ar ao meu redor parecia estagnado, como se o tempo tivesse parado por um momento. Mas é claro que tinha parado, pensei, e me forcei a respirar. Havia parado para o homem para sempre.

...

– O que faremos com ele?

Não havia mais nada que pudesse ser feito pelo nosso hóspede. A única pergunta no momento era como poderíamos lidar com seus restos mortais.

Eu conversara com lorde John, e ele tinha levado Willie para colher morangos na cordilheira. Apesar de a morte do índio não ter sido nada horrível, gostaria que Willie não a tivesse visto. Não era uma cena para uma criança que vira a mãe morrer poucos meses antes. Lorde John parecia abatido – talvez um pouco de sol e ar fresco ajudasse os dois.

Jamie franziu o cenho e passou a mão pelo rosto. Ainda não tinha se barbeado, e a barba por fazer fazia um som áspero.

– Devemos dar a ele um enterro decente, claro.

– Bom, acho que não podemos deixá-lo aqui no galpão, mas será que o povo dele se importaria se nós o enterrássemos aqui? Você sabe como eles tratam seus mortos, Ian?

Ian ainda estava um pouco pálido, mas surpreendentemente controlado. Balançou a cabeça e tomou um gole de leite.

– Não sei muito bem, tia. Mas já vi um homem morrer, como disse. Eles o envolveram em uma pele de veado e fizeram uma procissão pelo vilarejo, cantando, e então levaram o corpo para dentro da mata e o colocaram em uma plataforma acima do chão e o deixaram ali secando.

Jamie parecia pouco animado com a ideia de ter corpos mumificados dispostos nas árvores perto da chácara.

– Acho que talvez fosse melhor envolver o corpo decentemente e levá-lo ao vilarejo, para que seu povo possa cuidar dele da forma adequada.

– Não, não podemos fazer isso – falei.

Tirei a fôrma de muffins recém-assados do forno holandês e enfiei um palito em um bolinho marrom. O palito saiu limpo, então coloquei a panela sobre a mesa e me sentei. Franzi o cenho para o jarro de mel que brilhava sob o sol do fim da manhã.

– O problema é que o corpo certamente ainda pode infectar pessoas. Você não o tocou, não é, Ian? – Olhei para Ian, que balançou a cabeça, parecendo calmo.

– Não, tia. Não depois de ele adoecer. Antes disso, não me lembro. Estávamos todos juntos, caçando.

– E você nunca teve sarampo. Droga. – Passei a mão pelos cabelos. – Já teve? – perguntei a Jamie.

Para meu alívio, ele balançou a cabeça em sinal de afirmação.

– Sim, quando tinha 5 anos mais ou menos. E você diz que a pessoa não pega a mesma doença duas vezes. Então, não haverá problema se eu tocar o corpo dele?

– Não, nem eu. Também já tive essa doença. A questão é que não podemos levá-lo ao vilarejo. Não sei por quanto tempo o vírus do sarampo – é um tipo de germe – consegue resistir nas roupas e num corpo, mas como podemos explicar ao povo dele que eles não devem tocá-lo nem se aproximar dele? E não podemos correr o risco de eles serem infectados.

– O que me preocupa – disse Ian inesperadamente –, é que ele não é de Anna Ooka, é de um vilarejo do norte. Se nós o enterrarmos aqui do modo comum, seu povo pode ficar sabendo e pensar que o matamos de algum modo e então o enterramos para esconder o fato.

Era uma possibilidade sinistra que não me ocorrera, e eu tinha a sensação de que uma mão fria estava pousada na minha nuca.

– Mas você não acha que eles fariam isso, certo?

Ian deu de ombros, abriu um muffin quente e despejou mel dentro dele.

– O povo de Nacognaweto confia em nós, mas Myers disse que muitos não confiariam. Eles têm motivos para desconfiar, não é?

Considerando que a maioria dos tuscaroras tinha sido exterminada numa guerra horrorosa com os colonizadores da Carolina do Norte menos de cinquenta anos antes, eu acreditava que eles tinham razão. Mas isso não ajudava em nada na situação atual.

Jamie engoliu o resto do muffin e se recostou com um suspiro.

– Bem, acho que o melhor a fazer é envolver o pobre homem numa espécie de mortalha e colocá-lo na pequena caverna no monte, acima da casa. Já dispus as madeiras para o estábulo na abertura. Isso manterá os animais afastados. Então, Ian ou eu podemos ir a Anna Ooka e explicar a questão a Nacognaweto. Talvez ele mande alguém para ver o corpo e garantir ao povo do homem que ele não viu sinais de violência... e então poderemos enterrá-lo.

Antes que eu pudesse responder à sugestão, ouvi passos de alguém correndo em nossa direção. Eu tinha deixado a porta entreaberta, para que a luz e o ar entrassem. Quando me virei para ela, o rosto de Willie apareceu na abertura, pálido e consternado.

– Sra. Fraser! Por favor, pode vir comigo? Meu pai está doente.

– Ele pegou isso do índio? – Jamie franziu o cenho para lorde John, a quem havíamos despido e colocado na cama. Seu rosto estava, ao mesmo tempo, corado e pálido. Os sintomas que eu havia relacionado ao estresse emocional.

– Não, não pode ser. O período de incubação é de uma a duas semanas. Onde vocês estavam... – Eu me virei para Willie, e então dei de ombros, ignorando a pergunta.

Eles tinham viajado. Não havia como saber onde nem quando Grey tinha entrado em contato com o vírus. Os viajantes costumavam dormir juntos em camas nas hospedarias, e os lençóis raramente eram trocados. Seria fácil deitar-se numa cama e acordar no dia seguinte com os germes de qualquer doença, de sarampo a hepatite.

– Você disse que houve uma epidemia de sarampo em Cross Creek, certo? – Apoiei a mão na testa de Grey. Acostumada como estava a medir febres só com o toque, eu diria que ele estava com uma febre bem alta, de quase 39 graus.

– Sim – disse ele com rouquidão e tossiu. – Estou com sarampo? Willie precisa ficar longe.

– Ian... leve Willie para fora, por favor – pedi.

Torci um pano molhado com água de flor de sabugueiro e o passei no rosto e no pescoço de Grey. Ainda não havia manchas vermelhas em seu rosto, mas quando pedi para que ele abrisse a boca, os pequenos pontos brancos dos sinais de Koplik na gengiva puderam ser vistos com clareza.

– Sim, você está com sarampo – falei. – Há quanto tempo está se sentindo mal?

– Eu estava me sentindo meio zonzo quando me deitei ontem à noite – disse ele, e tossiu de novo. – Acordei com dor de cabeça no meio da noite, mas pensei ter sido por causa do tal uísque de Jamie. – Ele deu um breve sorriso a Jamie. – E então, hoje cedo... – Espirrou, e eu logo peguei um lenço limpo.

– Sim, entendo. Bem, tente descansar um pouco. Coloquei um pouco de casca de salgueiro para ferver. Vai ajudar com a dor de cabeça. – Eu me levantei e ergui uma sobrancelha para Jamie, que saiu comigo. – Não podemos deixar Willie perto dele – falei com a voz baixa para não ser ouvida. Willie e Ian estavam perto do estábulo, colocando feno no comedouro dos cavalos. – Nem Ian. Ele pode infectá-los.

Jamie franziu o cenho.

– Sim. O que você disse, no entanto, sobre a incubação...

– Sim. Ian pode ter sido exposto por ter ficado perto do homem que morreu, Willie pode ter sido exposto à mesma fonte de lorde John. Pode ser que um deles já esteja doente, mas sem apresentar os sintomas ainda. – Eu me virei para olhar para os dois garotos, aparentemente tão saudáveis quanto os cavalos que estavam alimentando. Hesitei enquanto arquitetava um plano vago. – Acho que talvez seria melhor você acampar fora da cabana com os meninos esta noite. Podem dormir no barracão de ervas ou no arvoredo. Espere um dia ou dois. Se Willie estiver infectado, se foi exposto à mesma fonte de lorde John, ele provavelmente vai ter sintomas até lá. Caso contrário, então é provável que esteja bem. Se ele estiver bem, você e ele poderiam ir a Anna Ooka para contar a Nacognaweto sobre o morto. Assim, Willie ficaria fora de perigo.

– E Ian poderia ficar aqui para cuidar de você? – Ele franziu o cenho, pensando, e então assentiu. – Sim, acho que pode ser.

Jamie se virou para olhar para Willie. Por mais inescrutável que conseguia ser quando queria, eu o conhecia muito bem e detectei um brilho de emoção em seu rosto.

Ele parecia preocupado quando ergueu as sobrancelhas. Preocupado com John Grey e talvez comigo ou com Ian. Mas, além disso, havia algo muito diferente, interesse misturado à apreensão, pensei, com a ideia de passar vários dias sozinho com o garoto.

– Se ele ainda não percebeu, não vai perceber – falei com delicadeza, apoiando a mão em seu braço.

– Não – respondeu ele, ficando de costas para o menino. – Acho que é bem seguro.

– Dizem que há males que vêm para o bem – observei. – Você poderá conversar com ele sem se sentir estranho. – Fiz uma pausa. – Só uma coisa antes de você ir.

Ele colocou a mão sobre a minha, que estava apoiada em seu braço, e sorriu.

– Sim. O que é?

– Tire aquela porca da despensa, por favor.

27
PESCA DE TRUTAS NA AMÉRICA

A viagem começou desanimada. Primeiro, porque estava chovendo. Em segundo lugar, Jamie não gostava de deixar Claire em circunstâncias tão difíceis. Em terceiro lugar, ele estava muito preocupado com John. Não gostou nada da cara do homem quando o deixou, meio inconsciente e ofegando como uma baleia, seus traços tão vermelhos a ponto de estar irreconhecível.

E em quarto lugar, o nono conde de Ellesmere tinha acabado de lhe dar um soco no rosto. Ele pegou o garoto pelo cangote e o chacoalhou, forte o bastante para fazer seus dentes rangerem.

– Pronto – disse ele, soltando-o.

O menino se desequilibrou e se sentou de repente. Olhou para o rapaz sentado na lama perto do espaço dos animais. Eles estiveram discutindo sem parar nas últimas 24 horas, e Jamie já estava cansado.

– Sei bem o que você disse. Mas o que *eu* disse é que você vai comigo. Já falei o motivo, e isso é tudo.

O rosto do garoto se fechou em uma careta feroz. Não era fácil intimidá-lo, mas então Jamie pensou que condes não estavam acostumados a ser enfrentados.

– Não vou embora! – repetiu o menino. – Você não pode me obrigar! – Ele ficou de pé, com os dentes cerrados, e se virou em direção à cabana.

Jamie esticou um braço, pegou o garoto pela gola da blusa e o puxou de volta. Ao ver que William se preparava para chutá-lo, Jamie franziu o cenho e deu um soco na boca do estômago do garoto. William arregalou os olhos e se inclinou para a frente, levando a mão à barriga.

– Não chute – disse Jamie. – É falta de educação. E posso obrigá-lo, sim.

O rosto do conde estava muito vermelho e sua boca se abria e fechava como a de um peixe assustado. O chapéu caíra, e a chuva agora molhava as mechas de fios escuros.

– É muito leal da sua parte querer ficar com seu padrasto – prosseguiu Jamie, secando a água do rosto –, mas não conseguirá ajudá-lo, e pode acabar se prejudicando se ficar. Então, não vai ficar.

Pelo canto do olho, ele viu de relance um movimento quando a pele untada da janela da cabana foi afastada e abaixada. Era Claire, sem dúvida querendo entender por que eles ainda não tinham partido.

Jamie segurou o conde por um dos braços que não ofereceram resistência e o levou a um dos cavalos com sela.

– Suba – disse ele, e teve a satisfação de ver o garoto apoiar um pé relutante no estribo e montar. Jamie jogou o chapéu do garoto para ele, pegou o seu e também montou. Como precaução, no entanto, segurou as duas rédeas enquanto eles partiam.

– Você, senhor – disse uma voz enfurecida atrás dele –, é um brutamontes!

Jamie estava dividido entre a irritação e a vontade de rir, mas não cedeu a nenhuma das duas. Lançou um olhar por cima do ombro, para ver William também virado, inclinado, meio fora da sela.

– Não tente fazer isso – avisou ao garoto, que se endireitou abruptamente e olhou para ele. – Não gostaria de amarrar seus pés nos estribos, mas farei isso se precisar, não pense que não.

O garoto semicerrou os olhos em triângulos azul-claros, mas evidentemente levou Jamie a sério. Manteve a mandíbula contraída, mas os ombros relaxaram um pouco em sinal de derrota temporária.

Eles cavalgaram em silêncio pela maior parte da manhã, com a chuva escorrendo pelo pescoço e pesando nos ombros de suas capas. Willie podia ter aceitado a derrota, mas não o fez de bom grado. Ainda estava emburrado quando eles apearam para comer, mas pelo menos buscou água sem reclamar, e guardou os restos da refeição enquanto Jamie dava água aos cavalos.

Jamie olhou para ele disfarçadamente, mas não havia sinal de sarampo. O rosto do conde estava fechado e sem marcas, e apesar de estar com o nariz escorrendo, isso parecia ser apenas devido aos efeitos do clima.

– Quanto falta? – perguntou o menino.

Era meio da tarde quando a curiosidade de William superou sua teimosia. Jamie já tinha devolvido as rédeas ao garoto há algum tempo, porque não havia mais perigo de ele tentar voltar sozinho.

– Dois dias, talvez – respondeu Jamie.

Em um terreno montanhoso como aquele entre a Cordilheira e Anna Ooka, eles avançariam mais depressa a pé do que a cavalo. Mas por estarem a cavalo, puderam levar algumas pequenas conveniências, como uma chaleira, mais alimentos e duas varas de pescar. E vários pequenos presentes aos índios, incluindo um jarro de uísque feito em casa para ajudar a aliviar as más notícias que levavam.

Não havia motivos para correrem, mas havia alguns para demorarem. Claire dissera a ele com firmeza para não levar Willie de volta nos próximos seis dias, pelo menos. Até lá, John não poderia mais infectá-los. Já estaria se recuperando – ou teria morrido.

Claire parecera muito confiante, garantindo a Willie que seu padrasto ficaria bem, mas ele vira a preocupação em seus olhos. Jamie sentiu um vazio logo abaixo das costelas. Talvez fosse bom que estivesse partindo. Não poderia ajudar, e a doença sempre trazia uma sensação de impotência que o deixava temeroso e irritado.

– Esses índios... são *amigáveis*? – Ele ouvia o tom de dúvida na voz de Willie.

– Sim – afirmou.

Sentiu que Willie esperava que ele completasse com "meu senhor" e sentiu certa satisfação perversa em não corresponder à expectativa. Virou a cabeça do cavalo para o lado e diminuiu o ritmo, um convite para que Willie se aproximasse dele. Jamie sorriu quando o garoto fez isso.

– Nós os conhecemos há mais de um ano, e já nos hospedamos na casa deles. Sim, o povo de Anna Ooka é mais cortês e hospitaleiro do que as pessoas que conheci na Inglaterra.

– Você viveu na Inglaterra? – O menino olhou para ele surpreso, e Jamie se arrependeu da falta de cuidado, mas, felizmente, o garoto estava mais interessado nos peles-vermelhas do que na história pessoal de James Fraser, e a pergunta passou com uma resposta vaga.

Ele ficou feliz ao ver o garoto abandonar a preocupação e começar a se interessar pelo ambiente ao redor. Fez o melhor que pôde para incentivá-lo, contando histórias dos índios e apontando sinais de animais conforme avançavam, e ficou feliz ao ver que William conseguia ser civilizado, pelo menos.

Ele próprio gostou de poder conversar. Estava com a cabeça cheia e o silêncio não seria confortável. Se o pior acontecesse – se John morresse –, o que aconteceria com Willie? Ele sem dúvida voltaria à Inglaterra e iria morar com a avó, e Jamie não teria mais notícias dele.

John era a única pessoa, além de Claire, que sabia a verdade sobre a paternidade de Willie. Era possível que a avó de Willie pelo menos suspeitasse da verdade, mas nunca, em nenhuma circunstância, admitiria que o neto pudesse ser o filho bastardo de um traidor jacobita e não o filho legítimo do falecido conde.

Ele rezou rapidamente a Santa Brígida pela saúde de John Grey e tentou afastar a preocupação da sua mente. Apesar de suas apreensões, estava começando a aproveitar a viagem. A chuva diminuíra e agora só garoava, e a floresta estava tomada pelo cheiro das folhas molhadas e frescas e do musgo escuro.

– Está vendo os arranhões no tronco daquela árvore? – Ele indicou com o queixo uma nogueira grande cujo casco estava retalhado, mostrando vários cortes brancos paralelos, a cerca de 1,80m do chão.

– Sim. – Willie tirou o chapéu, bateu-o contra a perna para derrubar a água e então se inclinou para a frente a fim de analisar mais de perto. – Um animal fez isso?

– Um urso – disse Jamie. – E foi há pouco... a seiva ainda não secou nos cortes.

– Está perto? – Willie olhou ao redor, parecendo mais curioso do que assustado.

– Não está perto – disse Jamie –, caso contrário, os cavalos estariam nervosos. Mas próximo o suficiente, sim. Fique de olho. Provavelmente veremos suas fezes ou pegadas.

Não, se John morresse, esse elo tênue com William seria rompido. Ele já se resignara à situação havia muito tempo, e aceitara a necessidade sem reclamar, mas se sentiria muito mal se o sarampo roubasse não apenas seu amigo mais próximo, mas toda a ligação que tinha com o filho.

Parara de chover. Quando eles circundaram o flanco de uma montanha e chegaram acima de um vale, Willie fez uma leve exclamação de encantamento e se endireitou na sela. Contra um fundo de nuvens carregadas, havia um arco-íris em uma montanha distante, formando um arco tomado por uma luz perfeita até o chão do vale lá embaixo.

– Ah, é glorioso! – disse Willie. Ele abriu um sorriso para Jamie e as diferenças entre eles foram esquecidas. – Você já viu algo assim antes, senhor?

– Nunca – disse Jamie, sorrindo de volta.

Ocorreu-lhe, com um leve choque, que aqueles poucos dias na mata podiam ser os últimos em que veria ou teria notícias de William. Esperava não ter que bater no menino de novo.

Na mata, seu sono era sempre leve, e o som o fez acordar de uma vez. Permaneceu parado por um momento, sem saber o que era. Então, ouviu o barulho baixo e reconheceu o som do choro abafado.

Conteve a vontade de se virar e pousar a mão no garoto para consolá-lo. O rapazinho estava se esforçando para não ser ouvido. Ele merecia proteger seu orgulho. Permaneceu deitado, olhando para o céu amplo da noite, ouvindo.

Não era medo. William não demonstrara receio em dormir na mata escura, e se houvesse um animal grande por perto, ele não ficaria calado. Será que se sentia mal? Os sons não passavam de uma respiração mais laboriosa, presa na garganta – talvez ele estivesse sentindo dor e o orgulho não permitisse que se expressasse. Foi esse medo que o levou a falar. Se o sarampo estivesse entre eles, não havia tempo a perder. Jamie teria que levar o garoto de volta a Claire de uma vez.

– Meu lorde? – disse ele com delicadeza.

Os soluços cessaram de repente. Ele ouviu o menino engolindo em seco e o raspar de tecido na pele quando ele passou uma manga no rosto.

– Sim? – respondeu o conde, tentando parecer calmo, e o único indício contrário foi a voz mais grossa.

– Está se sentindo mal, meu lorde? – Ele já sabia que o problema não era esse, mas seria um pretexto. – Está com cólica? Às vezes, as maçãs secas podem fazer isso.

Uma respiração profunda foi ouvida do outro lado da fogueira, e William fungou para desobstruir o nariz. O fogo da fogueira estava muito baixo. Ainda assim, Jamie conseguia ver a forma escura que se remexia sentado, abaixado do lado mais distante da fogueira.

– Eu... ah, sim, acho que talvez tenha... algo do tipo.

Jamie se sentou com o tartã caindo dos ombros.

– Não é nada de mais – disse ele. – Tenho uma poção que vai curar todos os tipos de problemas de estômago. Fique tranquilo por um momento, meu lorde. Vou buscar água.

Ele ficou de pé e se afastou, tomando o cuidado de não olhar para o menino. Quando voltou do riacho com a chaleira cheia, Willie já tinha assoado o nariz e secado o rosto, e então se sentou com os joelhos flexionados, a cabeça apoiada neles.

Jamie não conseguiu evitar e tocou a cabeça do garoto ao passar. Que a intimidade se danasse. Os cabelos escuros eram suaves ao toque, quentes e levemente molhados de suor.

– É um aperto na barriga, não é? – perguntou ele de modo simpático, ajoelhando-se para colocar a chaleira no fogo.

– Uhum. – A voz de Willie foi abafada pelo cobertor sobre os joelhos.

– Isso vai passar logo – disse ele.

Pegou sua bolsa de couro, procurou entre os itens pequenos dentro dela e pegou um pequeno saco de tecido dentro do qual havia uma mistura de folhas e flores secas que Claire dera a ele. Não sabia como ela sabia que ele precisaria daquilo, mas Jamie já não questionava mais nada que Claire fizesse em relação às curas – fossem do coração ou do corpo.

Ele sentiu um momento de gratidão apaixonada por ela. Vira como ela olhava para o garoto e sabia como deveria se sentir. Sabia sobre o garoto, claro, mas ver a prova em carne e osso de que seu marido dormira com outra não era algo que uma mulher tivesse que suportar. Não era à toa que ela sentira vontade de espetar suas agulhas em John, afinal, ele havia trazido o garoto.

– Não vai demorar muito até ferver – explicou Jamie ao garoto, esfregando a fragrante mistura entre as mãos dentro do copo de madeira, como vira Claire fazer.

Ela não o repreendera. Não por *aquilo*, pelo menos, ele pensou, lembrando-se repentinamente de como ela tinha agido quando descobriu sobre Laoghaire. Ela o atacara como um demônio, mas, ainda assim, quando soube sobre Geneva Dunsany... talvez fosse só porque a mãe do garoto estava morta.

A percepção chegou como uma apunhalada. A mãe do garoto estava morta. Não só a mãe verdadeira dele, que morrera no dia em que ele nasceu, mas a mulher a quem ele chamara de mãe desde então. E agora, seu pai, ou o homem a quem ele chamava de pai, pensou Jamie entortando a boca, estava doente, acometido por uma enfermidade que matara outro homem diante dos olhos do garoto apenas alguns dias antes.

Não, não era o medo que o fazia chorar no escuro. Era o pesar, e Jamie Fraser, que perdera a mãe na infância, deveria ter entendido isso desde o começo.

Não fora teimosia, nem mesmo lealdade, o que fizera Willie insistir em permanecer na Cordilheira. Fora o amor por John Grey e o medo de perdê-lo. E era o mesmo amor que fazia o garoto chorar à noite, desesperado de preocupação com o pai.

O coração de Jamie foi tomado por uma pontada de ciúme nada familiar, furando-o como uma agulha. Ele a reprimiu com firmeza. Tinha muita sorte de saber que o filho mantinha uma relação de amor com o padrasto. Pronto, a erva daninha fora arrancada. Mas a ação parecia ter deixado um ferimento em seu coração, que ele sentia quando respirava.

A água estava começando a ferver na chaleira. Ele a despejou cuidadosamente sobre a mistura de ervas, e uma fragrância doce subiu. Valeriana, ela dissera, e gatária. A raiz de uma flor de maracujá, embebida em mel e finamente moída. E o cheiro doce e meio almiscarado da lavanda, que vinha posteriormente.

– Não beba isso – dissera ela, de modo casual quando entregou a ele. – Tem lavanda aí.

Na verdade, ele não era tão prejudicado por ela. É que de vez em quando, o cheiro da lavanda lhe causava enjoo. Claire já tinha visto os efeitos nele com frequência, por isso avisava.

– Aqui – ofereceu Jamie.

Ele se inclinou para a frente e entregou a xícara ao garoto, tentando imaginar se, depois daquele momento, o rapaz também se sentiria mal com o cheiro ou se ele teria nele uma lembrança de conforto. Isso dependeria se John Grey vivesse ou morresse.

Nesse meio-tempo, Willie tinha recuperado a compostura, mas o rosto ainda estava tomado pelo pesar. Jamie sorriu para o garoto, escondendo a própria preocupação. Conhecendo John e Claire como conhecia, estava menos temeroso do que o garoto, mas o medo continuava ali, persistente como um espinho na sola de seu pé.

– Isso vai acalmá-lo – disse ele, acenando para a xícara. – Minha esposa fez. Ela é uma curadora muito boa.

– Ela é? – O garoto respirou fundo e de modo trêmulo o vapor, e encostou a língua no líquido quente com cuidado. – Eu a vi... fazendo coisas. Com o índio que morreu. – A acusação estava clara em sua voz. Ela fizera e, mesmo assim, o homem havia morrido.

Nem Claire nem Ian tinham falado muito a respeito, e ele também não tivera a chance de perguntar o que acontecera. Claire tinha erguido a sobrancelha para ele e lançado um olhar firme, para indicar que ele não deveria falar disso na frente de Willie, que voltara com ela do celeiro, pálido e suado.

– É? – perguntou ele com curiosidade. – Que coisas?

O que diabos ela fizera?, Jamie se perguntou. Nada que causaria a morte do homem, certamente. Se fosse o caso, ele teria percebido. Ela também não havia se sentido culpada nem impotente. Ele já a abraçara mais de uma vez, consolando-a enquanto chorava por aqueles a quem não podia salvar. Dessa vez, ela ficou calada, conformada – assim como Ian –, mas não profundamente triste. Parecera um pouco confusa.

– Seu rosto estava sujo de lama. E ela cantou para ele. Acho que ela cantava uma canção papista. Era em latim e tinha algo a ver com sacramentos.

– É mesmo? – Jamie escondeu a surpresa diante da descrição. – Sim, bem. Talvez ela só quisesse dar ao homem um pouco de conforto, se viu que não conseguiria salvá-lo. Os índios são muito mais sensíveis aos efeitos do sarampo, você sabe. Uma infecção que mataria um deles não causaria nada de mal a um homem branco. Eu já peguei sarampo quando era criança e não fui nem um pouco prejudicado. – Ele sorriu e se espreguiçou, demonstrando sua saúde evidente.

A expressão tensa no rosto do garoto diminuiu um pouco e ele bebericou o chá quente.

– Foi o que a sra. Fraser disse. Ela falou que o papai vai ficar bem. Ela... ela me deu sua palavra.

– Então pode ter certeza de que ele vai ficar bem – afirmou Jamie. – A sra. Fraser é uma mulher que cumpre o que promete. – Ele tossiu e cobriu os ombros com o tartã. Não estava frio, mas um vento descia o monte. – A bebida está ajudando um pouco?

Willie ficou inexpressivo e então olhou para a xícara em sua mão.

– Ah! Sim. Sim, obrigado. É muito bom. Eu me sinto bem melhor. Talvez não tenham sido as maçãs secas, afinal.

– Talvez não – concordou Jamie, abaixando a cabeça para esconder um sorriso. – Ainda assim, acho que vamos fazer algo melhor para o jantar amanhã. Se tivermos sorte, comeremos truta.

A tentativa de distração foi bem-sucedida. A cabeça de Willie apareceu atrás da xícara, com uma expressão de profundo interesse.

– Truta? Podemos pescar?

– Você pescou muito na Inglaterra? Acho que os rios de trutas de lá não se comparam com os daqui, mas sei que dá para pescar bastante em Lake District... pelo menos, foi o que seu pai me disse.

Jamie prendeu a respiração. O que, pelo amor de Deus, o levara a fazer essa pergunta? Ele tinha carregado William, na época com 5 anos, para pescar truta no lago perto de Ellesmere, quando trabalhara lá. Será que ele *queria* que o menino se lembrasse?

– Ah... sim. É agradável ficar nos lagos, com certeza, mas nada *assim*. – Willie fez um gesto na direção do riacho. As linhas do rosto do menino tinham se suavizado, e um leve brilho de vida voltou aos seus olhos. – Nunca vi um lugar desse jeito. Não é assim na Inglaterra!

– Não é, mesmo – concordou Jamie, se divertindo. – Você não vai sentir saudade da Inglaterra?

Willie pensou nisso por um momento, enquanto bebia o resto do chá.

– Acho que não – respondeu ele, balançando a cabeça de modo decidido. – Sinto saudade da vovó de vez em quando, e dos meus cavalos, mas é só. Eu tinha muitos tutores, aulas de dança, de latim, grego... eca! – Ele enrugou o nariz, e Jamie riu.

– Então você não gostava de dançar?

– Não. Dança é coisa para meninas. – Ele lançou um olhar para Jamie com o cenho franzido. – Gosta de música, sr. Fraser?

– Não – disse Jamie, sorrindo. – Mas gosto das meninas.

As meninas também gostariam daquele rapazinho, pensou, observando os ombros largos e as pernas compridas, e os cílios longos e escuros que escondiam seus olhos azuis.

– Sim. Bem, a sra. Fraser é muito bonita – disse o conde com educação. De repente, ele esboçou um sorriso. – Mas ela ficou engraçada com a lama no rosto.

– Imagino. Vai beber mais uma xícara, meu lorde?

Claire dissera que a mistura era calmante. Parecia estar funcionando. Enquanto eles conversavam tranquilamente sobre os índios e suas estranhas crenças, os olhos de William começaram a se semicerrar, e ele bocejou mais de uma vez. Por fim, Jamie esticou a mão e pegou a xícara vazia da mão do menino.

– A noite está fria, meu lorde – disse ele. – Quer se deitar ao meu lado para dividirmos as cobertas?

A noite estava fresca, embora nem um pouco fria. Mas ele acertou. Willie aproveitou a desculpa de bom grado. Não podia abraçar um lorde para confortá-lo, nem um jovem conde admitiria querer tal conforto. No entanto, dois homens podiam se deitar juntos sem vergonha se o motivo fosse o calor.

Willie adormeceu logo, deitado de lado. Jamie permaneceu acordado por muito tempo, com um dos braços esticado em cima do corpo do filho adormecido.

– Agora, aquela manchada. Só em cima, e segure-o com o dedo, sim? – Jamie enrolou o fio no rolinho de lã branca, quase envolvendo o dedo de Willie, mas pegando a ponta da pena de pica-pau, de modo que as bordas se eriçassem, tremendo no ar leve.

– Está vendo? Parece um pequeno inseto voando.

Willie assentiu, atento à mosca. Duas penas amarelas pequenas da cauda estavam embaixo da outra pena, simulando o abrir de asas de um besouro.

– Compreendo. É a cor que importa ou a forma?

– As duas coisas, porém mais a forma, eu acho. – Jamie sorriu para o garoto. – O que mais importa é o tamanho da fome dos peixes. Escolha bem o momento e eles vão morder qualquer coisa, até um anzol vazio. Escolha mal e seria como pescar sem isca. Mas não diga isso a um pescador que pesca com mosca. Ele vai levar todo o crédito e não vai sobrar nada para o peixe.

Willie não riu – o garoto não ria muito –, mas sorriu e pegou a vara de salgueiro com a mosca recém-amarrada.

– Acha que agora é o momento certo, sr. Fraser?

Willie protegeu os olhos e olhou para a água. Eles ficaram na sombra fria de um arvoredo de salgueiros escuros, mas o sol ainda estava acima do horizonte, e a água do riacho brilhava como metal.

– Sim, as trutas se alimentam no pôr do sol. Está vendo os movimentos na água? Elas estão acordando.

A superfície da água estava agitada. O riacho estava calmo, mas dezenas de pequenas ondas se espalhavam e se sobrepunham, círculos de luz e sombra se espalhando e se rompendo em uma profusão sem fim.

– Os círculos? Sim. São peixes?

– Ainda não. É a incubação. Mosquitos-pólvora e maruins saem dos ovos e sobem à superfície à procura de ar, e as trutas os veem e vêm se alimentar.

De repente, algo prateado subiu e caiu na água de novo, fazendo barulho. Willie se assustou.

– Isso é um peixe – disse Jamie, desnecessariamente. Logo passou a linha pelas guias entalhadas, amarrou uma mosca à sua linha e deu um passo à frente. – Observe.

Ele pegou impulso com o braço e dobrou o punho de um lado a outro, soltando mais linha a cada volta do seu braço, até que, com um estalo do pulso, mandou a linha em um grande arco vagaroso, e a mosca desceu como um maruim. Ele percebeu que o menino o observava e ficou feliz porque o lançamento tinha dado certo.

Jamie deixou a mosca flutuar por um momento, observando – era difícil ver sob a claridade –, e então começou a abaixar a linha lentamente. Rápido como o pensamento, a mosca desceu. O círculo de seu desaparecimento ainda não começara a se espalhar quando ele puxou a linha com força e sentiu a puxada forte em resposta.

– Você pegou um! Pegou um! – Jamie ouviu Willie, dançando na ribanceira atrás dele todo animado, mas só deu atenção ao peixe.

Ele não tinha molinete. Só o galho que segurava a linha extra. Puxou a ponta da vara para trás e pegou a linha quando o objeto se aproximou. Puxou de novo, mas um movimento desesperado na água levou toda a linha recuperada e mais.

Jamie não conseguia ver nada em meio às faíscas de luz, mas seu esforço puxando a linha foi uma cena e tanto. Um tremor tão vívido quanto a truta, como se ele segurasse o peixe com as mãos, revirando-se, lutando...

Livre. A linha ficou flácida, e ele permaneceu parado por um momento, as vibrações do esforço desaparecendo pelos músculos dos seus braços, e Jamie puxou o ar que tinha esquecido de respirar no calor da batalha.

– Ela escapou! Que azar, senhor! – Willie desceu pela ribanceira, segurando a vara, o rosto aberto num sorriso.

– Boa sorte para o peixe. – Ainda ofegante por causa do esforço, Jamie sorriu e passou a mão molhada pelo rosto. – Quer tentar, rapaz? – Tarde demais, ele se lembrou de que deveria chamar o menino de "lorde", mas Willie estava animado demais para perceber a omissão.

Com o rosto determinado, o menino pegou impulso com o braço, semicerrou os olhos para a água e fez um movimento com o pulso. A vara escapou de seus dedos e voou graciosamente para dentro do lago.

O garoto ficou olhando, e então virou-se com uma expressão de desânimo para Jamie, que não se esforçou para conter o riso. O jovem lorde parecia surpreso, e não muito feliz, mas depois de um momento, ele esboçou um sorriso, reconhecendo a situação. Fez um gesto para a vara que flutuava a cerca de 3 metros da ribanceira.

– Vou assustar os peixes se entrar para pegá-la?

– Sim. Pegue a minha. Eu pegarei a outra depois.

Willie lambeu os lábios e se concentrou, segurando a nova vara com firmeza, testando-a com os movimentos. Virando-se para a água, ele impulsionou o braço e dobrou o pulso. Parou, e a ponta da vara se estendeu em uma linha perfeita com o braço. A linha flácida se enrolou na vara e passou por cima da cabeça de Willie.

– Um lançamento muito bom, meu lorde – disse Jamie, passando os nós dos dedos pela boca. – Mas acho que devemos colocar uma mosca nova primeiro, não?

– Ah. – Lentamente, Willie relaxou a postura rígida e olhou para Jamie com timidez. – Não pensei nisso.

Um pouco humilhado pelo erro, o conde permitiu que Jamie prendesse uma mosca no lugar certo, e então deixou que ele demonstrasse a maneira correta de lançar.

Jamie ficou atrás do garoto e pegou o punho direito dele, surpreso com a maciez da pele e com os ossos fortes que prometiam crescimento e força. A pele do menino estava fria por causa do suor, e a textura do seu braço se parecia mais com a da truta na linha, viva e cheia de músculos, forte ao toque. Então, Willie se soltou, e Jamie se sentiu confuso por um instante, e se ressentiu com a perda do breve contato.

– Não está certo – disse Willie, virando-se para olhar para ele. – Você lançou com a mão esquerda. Eu vi.

– Sim, mas eu sou canhoto, meu lorde. A maioria dos homens lança com a direita.

– Canhoto? – Willie esboçou um sorriso de novo.

– Acho minha mão esquerda mais conveniente para a maioria dos propósitos do que a direita, meu lorde.

– Foi o que pensei. Sou assim também. – Willie pareceu feliz e meio envergonhado com sua revelação. – Minha... minha mãe dizia que não era adequado e que eu deveria aprender a usar a outra, como um cavalheiro. Mas o papai disse que não, e fazia com que eles me deixassem escrever com a esquerda. Ele disse que não importava tanto o fato de a escrita com a pena ficar estranha. Quando chegasse a hora de lutar com uma espada, eu teria vantagem.

– Seu pai é um homem sábio. – Jamie sentiu o coração apertar numa mistura de ciúme e gratidão, porém muito mais gratidão.

– Meu pai foi soldado. – Willie se empertigou um pouco, endireitando os ombros com um orgulho não consciente. – Ele lutou na Escócia, na Revo... ah.

Ele tossiu e seu rosto ficou corado quando viu o kilt de Jamie. Então percebeu que possivelmente estava conversando com um guerreiro derrotado naquela luta em especial. Mexeu na vara, sem saber para onde olhar.

– Sim, eu sei. Foi onde eu o conheci.

Jamie teve o cuidado de não deixar explícita nenhuma emoção em sua voz. Sentiu vontade de contar ao garoto as circunstâncias daquele primeiro encontro, mas isso seria ingratidão com John pelo presente inestimável, aqueles dias valiosos com o filho.

– Ele era um soldado muito corajoso, de fato – concordou Jamie, mantendo a seriedade. – E tem razão sobre o que disse em relação às mãos. Então, você aprendeu a usar a espada?

– Só um pouco. – Willie estava esquecendo a timidez pelo entusiasmo que sentia com o novo assunto. – Aprendi um pouco desde os 8 anos, defesa e ataque. O papai disse que eu terei uma espada adequada quando chegarmos à Virgínia, agora que tenho altura.

– Ah, bem, então, se você segura uma espada com a mão esquerda, acho que não terá grandes problemas para dominar a vara dessa forma. Vamos tentar de novo, ou não jantaremos.

Na terceira tentativa, a mosca foi posicionada e lançada, e flutuou só um segundo até uma truta pequena, mas faminta, subir à superfície para pegá-la. Willie gritou animado e puxou a vara com tanta força que a truta surpreendida voou pelo ar e passou pela cabeça dele, pousando com barulho na ribanceira.

– Consegui! Consegui! Peguei um peixe! – Willie balançou a vara e correu em pequenos círculos gritando, esquecendo-se da compostura de sua idade e de seu título.

– Conseguiu mesmo. – Jamie pegou a truta, que media cerca de 15 centímetros da boca até o rabo, e deu um tapa nas costas do conde como forma de parabenizá-lo. – Muito bem, rapaz! Parece que elas estão mordendo. Vamos tentar mais algumas vezes, sim?

As trutas estavam mordendo, sim. Quando o sol se pôs além das montanhas escuras e a água prateada se tornou mais cinza, cada um deles já tinha pescado um número razoável de peixes. Os dois também estavam molhados até a testa, exaustos e meio cegos por causa da luz do sol, mas totalmente felizes.

– Nunca comi algo tão delicioso – disse Willie encantado. – Nunca. – Ele estava nu, enrolado em um cobertor, pois sua camisa, a calça e as meias estavam penduradas em um galho de árvore para que secassem. Ele se deitou, suspirando satisfeito, e soltou um pequeno arroto.

Jamie estendeu o tartã em um arbusto e colocou mais um pedaço de madeira no fogo. O clima estava ótimo, graças a Deus, mas estava frio sem o sol, com o vento da noite se intensificando e as roupas molhadas no corpo. Ele parou perto do fogo e deixou o ar quente subir por dentro da camisa. O calor subiu pelas coxas e tocou seu peito e sua barriga, reconfortante como as mãos de Claire na carne gelada entre suas pernas.

Permaneceu parado por um tempo, observando o garoto sem olhar para ele. Deixando a vaidade de lado para analisar a situação com frieza, ele achava William uma criança bonita. Era mais magro do que deveria ser, todas as suas costelas estavam aparecendo, mas tinha um conjunto muscular bom e os membros bem formados.

O garoto tinha virado a cabeça, olhando para o fogo, e Jamie conseguiu examiná-lo com mais atenção. A seiva no pinheiro escorria, e, por um momento, o rosto de Willie foi tomado por uma luz dourada.

Jamie ficou parado, sentindo o coração bater, observando. Era um daqueles momentos esquisitos que aconteciam com ele raramente, mas que nunca desapareciam de vez. Um momento que se gravava no coração e no cérebro, e que era logo relembrado em todos os detalhes, durante toda a vida.

Não havia como saber o que tornava esses momentos diferentes dos outros, apesar de Jamie reconhecê-los quando aconteciam. Ele já vira coisas muito mais horrorosas ou mais bonitas e ficara apenas com uma lembrança fugaz. Mas esses momentos, os momentos parados, como ele os chamava, vinham sem aviso, para marcar uma imagem aleatória das coisas mais comuns dentro de seu cérebro, indelével. Eram como as fotos que Claire levara para ele, exceto que os momentos carregavam com eles mais do que a visão.

Ele tinha um de seu pai, sujo e enlameado, sentado no muro de um espaço para vacas, e o vento frio escocês levantava seus cabelos escuros. Jamie se lembrava daquele momento e sentia o cheiro do feno seco e do esterco, os dedos frios pelo vento, o coração aquecido pela luz nos olhos do pai.

Ele tinha visões assim de Claire, de sua irmã, de Ian... momentos pequenos retirados do tempo e perfeitamente preservados por uma estranha alquimia da memória, fixos em sua mente como um inseto em âmbar. E agora, tinha mais um.

Pelo tempo que vivesse, ele se lembraria daquele momento. Sentia o vento frio no rosto e a sensação dos pelos de suas coxas, meio aquecidas pelo fogo. Sentia o cheiro forte de truta frita com milho, e a sensação de uma pequena espinha da espessura de um fio de cabelo em sua garganta.

Jamie ouvia o silêncio pesado da floresta atrás de si e o correr suave do riacho próximo. E agora ele se lembraria para sempre da luz dourada no rosto corajoso e meigo do filho.

– *Deo gratias* – murmurou, e percebeu que tinha falado em voz alta apenas quando o garoto se virou na direção dele, assustado.

– O quê?

– Nada.

Para disfarçar, Jamie se virou e pegou o tartã meio seco do arbusto. Mesmo molhada, a lã das Terras Altas mantinha o calor de um homem e o abrigava do frio.

– Você deveria dormir, meu lorde – disse ele, sentando-se e ajeitando o pano úmido do tartã ao redor do corpo. – Amanhã teremos um dia longo.

– Não estou com sono. – Como se quisesse provar, Willie se sentou e passou as mãos vigorosamente pelos cabelos, fazendo a massa densa se eriçar como uma juba ao redor da cabeça.

Jamie sentiu uma pontada de susto. Reconheceu o gesto muito bem como um dos que fazia. Na verdade, ele estava prestes a fazer exatamente a mesma coisa, e precisou se controlar para manter as mãos paradas.

Tentou acalmar os batimentos cardíacos fortes e pegou sua bolsa de couro. Não. Certamente o menino nunca pensaria – um menino daquela idade não prestava muita atenção a nada que os mais velhos diziam ou faziam, muito menos se dava ao trabalho de analisá-los de perto. Ainda assim, o risco fora muito grande para todos. O olhar de Claire tinha bastado para indicar a ele como a semelhança era forte.

Jamie respirou fundo e começou a pegar saquinhos de tecido dentro dos quais estavam seus materiais de pesca com moscas. Eles tinham usado todas as moscas, e se quisesse pescar para o café da manhã, algumas outras precisavam estar preparadas.

– Posso ajudar?

Willie não esperou permissão, mas deu a volta na fogueira para se sentar ao lado dele. Sem dizer nada, ele empurrou a caixinha de madeira de penas de aves em direção ao menino e pegou um gancho de um pedaço de rolha onde eles estavam espetados.

Os dois trabalharam em silêncio por um tempo, parando apenas para admirar as iscas finalizadas, ou para Jamie dar um conselho ou ajudá-lo a amarrar. Willie logo se cansou do trabalho e deixou sua isca de lado, fazendo várias perguntas sobre pesca, caça e a floresta, e também a respeito dos índios que eles veriam.

– Não – respondeu Jamie a uma das perguntas. – Nunca vi um escalpo no vilarejo. Eles são índios muito gentis, na maior parte do tempo. Mas se machucar um deles, eles não demorarão a se vingar. – Jamie sorriu com seriedade. – Eles me lembram um pouco os moradores das Terras Altas nesse aspecto.

– Minha avó diz que os escoceses se reproduzem... – A frase casualmente dita foi interrompida de repente. Jamie olhou para a frente e viu Willie se concentrando na isca finalizada entre os dedos, o rosto vermelho demais para ser apenas o reflexo da fogueira.

– Como coelhos? – Jamie deixou a ironia e a descontração claras em sua voz. Willie lançou um olhar cuidadoso na direção dele. – As famílias escocesas são grandes, sim. – Jamie puxou uma pena de cambaxirra da caixa pequena e a pousou delicadamente sobre o gancho. – Nós consideramos as crianças uma bênção.

Willie estava menos corado agora. E endireitou-se.

– Entendo. Tem muitos filhos, sr. Fraser?

Jamie derrubou a pena.

– Não, não muitos – disse ele, os olhos fixos nas folhas molhadas.

– Me desculpe... não pensei... ou melhor...

Jamie olhou para a frente e viu Willie corado de novo, uma mão amassando a mosca meio amarrada.

– Pensou o quê? – perguntou ele, confuso.

Willie respirou fundo.

– Bem, o... a... doença. O sarampo. Não vi nenhuma criança, mas não pensei quando disse que... quero dizer, que talvez o senhor tenha tido, mas eles...

– Ah, não. – Jamie sorriu para confortá-lo. – Minha filha é grande. Ela vive em Boston há muito tempo.

– Ah. – Willie suspirou tremendamente aliviado. – Só isso?

A pena caída se mexeu com uma rajada de vento, indicando sua localização nas sombras. Jamie a pegou entre o polegar e o indicador e a levantou delicadamente do chão.

– Não, eu tenho um filho também – disse ele, os olhos no gancho que havia, de algum modo, furado seu polegar. Uma gota grande de sangue se acumulou ao redor do metal brilhante. – Um garoto lindo, e eu o amo, mas ele está longe de casa agora.

28

DISCUSSÃO ACALORADA

À noite, Ian estava com os olhos vidrados e quente ao toque. Sentou-se na cama para me receber, mas tombou e me assustou, com os olhos desfocados. Eu não tinha a menor dúvida, mas olhei sua boca para confirmar. Como esperava, os pequenos pontos de Koplik apareceram, brancos contra a membrana mucosa cor-de-rosa. Apesar de a pele do pescoço embaixo dos cabelos ainda estar clara e parecida com a de uma criança, mostrava uma série de pontos pequenos e cor-de-rosa aparentemente inofensivos.

– Certo – falei, resignada. – Você pegou. É melhor ir para a casa para eu poder cuidar de você com mais facilidade.

– Tenho sarampo? Então vou morrer? – perguntou ele.

Ian parecia apenas levemente interessado, a atenção concentrada em seus pensamentos.

– Não – respondi de forma casual, acreditando estar certa. – Mas está se sentindo muito mal, não?

– Minha cabeça dói um pouco – disse ele.

Percebi que era verdade. Ian franzia o cenho e até semicerrava os olhos sob uma luz fraca, como a da vela.

Mas ele ainda conseguia caminhar, o que era bom, pensei, enquanto o observei descer com dificuldade a escada do celeiro. Apesar de ser muito magro e esguio, ele era cerca de 20 centímetros mais alto do que eu, e pesava pelo menos 15 quilos a mais.

A distância até a cabana não passava de 20 metros, mas Ian tremia de exaustão quando entrou. Lorde John se sentou quando Ian adentrou o espaço e se mexeu para sair da cama, mas eu acenei para que ele ficasse.

– Fique aqui – falei, sentando Ian em um banquinho. – Eu me viro.

Eu estava dormindo na cama de rodízio. Já estava pronta com lençóis, cobertores e travesseiro. Tirei a calça e as meias de Ian e o deitei. Ele estava corado e suado, e parecia muito mais doente do que antes, na penumbra de seu aposento.

A infusão de casca de salgueiro que eu tinha deixado macerando estava escura e aromática, pronta para ser bebida. Eu a despejei cuidadosamente em uma xícara, olhando para lorde John enquanto fazia isso.

– Eu tinha feito isto para você. Mas se puder esperar...

– Por favor, dê a infusão ao rapaz – disse ele, balançando a mão. – Posso esperar tranquilamente. Mas não posso ajudá-la?

Pensei em sugerir que se ele realmente quisesse ajudar, poderia caminhar até o banheiro em vez de usar o penico – que eu teria que esvaziar –, mas percebi que lorde John ainda não estava em condições de andar sozinho à noite. Não queria ter que explicar ao pequeno William que eu havia deixado seu único pai – ou quem ele pensava ser seu único pai – ser devorado por ursos ou pegar pneumonia.

Então simplesmente balancei a cabeça de forma educada e me ajoelhei diante da cama para dar a infusão a Ian. Ele estava bem o bastante para fazer caretas e reclamar do gosto, o que me acalmou. Mas estava claro que a dor de cabeça era muito forte. Ian continuava franzindo o cenho como se fosse sua expressão natural.

Eu me sentei na cama e coloquei a cabeça dele em meu colo, esfregando suas têmporas delicadamente. Então, pousei os polegares nas órbitas dos seus olhos, pressionando com firmeza para cima, em direção às sobrancelhas. Ele emitiu um som de desconforto, mas então relaxou, a cabeça pesada em minha coxa.

– Apenas respire – falei. – Não se preocupe se sentir dor no começo, quer dizer que peguei o ponto certo.

– Tudo bem – murmurou ele, as palavras um pouco arrastadas. Ele segurou meu pulso com a mão grande e muito quente. – Isso é coisa do chinês, não?

– Isso mesmo. Ele se refere a Yi Tien Cho, o sr. Willoughby – expliquei a lorde John, que observava o procedimento com uma expressão confusa. – É um modo de aliviar a dor aplicando pressão em alguns pontos do corpo. Este movimento é bom para a dor de cabeça. O chinês me ensinou a fazer.

Eu senti uma leve relutância ao mencionar o pequeno chinês a lorde John, já que, na última vez que nos encontramos, na Jamaica, lorde John mandara quatrocentos soldados e marinheiros varrerem a ilha à procura do sr. Willoughby; na época, suspeito de um assassinato particularmente atroz.

– Ele não fez aquilo, sabe? – Eu senti vontade de completar.

Lorde John ergueu uma sobrancelha para mim.

– Tudo bem – respondeu ele de forma seca –, já que não o pegamos.

– Ah, que bom.

Olhei para Ian e movi os polegares meio centímetro para cima, pressionando de novo. O rosto dele continuava contraído de dor, mas acreditei que a palidez nos cantos de sua boca diminuía um pouco.

– Eu... ahn... imagino que não saiba quem matou a sra. Alcott?

A voz de lorde John era descontraída. Olhei para ele, mas seu rosto não entregou nada além de curiosidade simples e várias manchas.

– Sei, sim – respondi com hesitação –, mas...

– Sabe? Um assassinato? Quem foi? O que aconteceu, tia? Aaai! – Ian abriu os olhos sob meus dedos, arregalados com interesse, mas logo os fechou com uma careta de dor quando a claridade os atingiu.

– Fique parado – falei, e pressionei os polegares nos músculos em frente às suas orelhas. – Você está doente.

– Ai! – gritou ele, mas se deitou obedientemente, e ouvimos o farfalhar do colchão sob seu corpo magro. – Certo, tia, mas quem? Não pode ficar soltando informações desse modo e esperar que eu durma sem saber o resto. Pode falar? – Ele abriu um dos olhos em direção a lorde John, que sorriu em resposta.

– Não tenho mais responsabilidade nesse assunto – garantiu lorde John. – No entanto – e passou a falar com mais firmeza com Ian –, você poderia parar para pensar que talvez a história incrimine alguém que sua tia quer proteger. Seria descortês insistir em obter os detalhes.

– Ah, não, não é isso – disse Ian a ele, os olhos bem fechados. – O tio Jamie nunca mataria ninguém, a não ser que tivesse um bom motivo para isso.

Pelo canto do olho, vi lorde John se remexer, levemente assustado. Estava claro que ele nunca tinha pensando que *poderia* ter sido Jamie.

– Não – garanti a ele, vendo as sobrancelhas claras unidas. – Não foi ele.

– Bom, não fui eu, tampouco – disse Ian. – E quem mais a tia poderia estar protegendo?

– Você se gaba, Ian – falei de modo seco. – Mas já que insiste...

Minha hesitação era, na verdade, para proteger o jovem Ian. Ninguém mais poderia ser prejudicado com a história – o assassino estava morto e, até onde eu sabia, o sr. Willougby também tinha morrido nas matas escondidas dos montes jamaicanos, apesar de sinceramente torcer para que não fosse verdade.

Mas a história envolvia outra pessoa também. A mulher que conheci como Geillis Duncan, e, mais tarde, como Geillis Abernathy, que deu ordem para que Ian fosse sequestrado da Escócia e preso na Jamaica. Por causa dela, ele passara por coisas horríveis que só começara a nos contar recentemente.

Mas não parecia haver uma saída disso agora. Ian estava sendo teimoso como uma criança que insiste para que lhe contem uma história antes de dormir, e lorde John estava sentado na cama como um gorila esperando a banana, os olhos brilhando de interesse.

E assim, com a vontade macabra de começar com "Era uma vez...", eu me recostei na parede, e, com a cabeça de Ian ainda em meu colo, comecei a contar a história de Rose Hall e sua senhora, a bruxa Geillis Duncan. Do reverendo Archibald Campbell e de sua irmã estranha, Margaret, do demônio de Edimburgo e da profecia Fraser. E de uma noite de incêndio e de sangue de crocodilo, quando os escravos de seis propriedades ao longo do rio Yallahs haviam se revoltado e matado seus mestres, incentivados pelo *houngan* Ishmael.

Não disse nada a respeito dos eventos na caverna de Abandawe no Haiti. Afinal, Ian estivera lá. E aqueles acontecimentos não tiveram nada a ver com o assassinato de Mina Alcott.

– Um crocodilo – murmurou Ian. Seus olhos estavam fechados e o rosto estava mais relaxado sob meus dedos, apesar da história assustadora que eu contava. – Você viu mesmo, tia?

– Não só vi, como pisei nele – respondi. – Ou melhor, pisei nele e *só depois* o vi. Se eu o tivesse visto antes, teria corrido para o outro lado.

Ouvi uma risada baixa vinda da cama. Lorde John coçou o braço, sorrindo.

– A senhora deve achar a vida aqui bem sem graça, sra. Fraser, depois de suas aventuras nas Índias.

– Eu não me importo com uma certa monotonia de vez em quando – falei.

Involuntariamente, olhei para a porta fechada, onde encostei o mosquete de Ian, trazido do celeiro quando o busquei. Jamie levara a própria arma, mas suas pistolas estavam no aparador, carregadas e prontas como ele as deixara para mim, com o estojo de balas e a caixinha de pólvora muito bem localizada ao lado delas.

Estava confortável dentro da cabana, com o fogo brilhando dourado e vermelho nas paredes ásperas, e o ar estava tomado pelo cheiro que tinha ficado do ensopado de esquilo e do pão de abóbora, com o gosto azedo do chá de salgueiro. Passei os dedos pelo rosto de Ian. Ainda não havia marcas vermelhas, mas a pele estava firme e quente, muito quente ainda, apesar da casca de salgueiro.

Falar sobre a Jamaica havia, pelo menos, me distraído um pouco da minha preocupação com Ian. A dor de cabeça não era um sintoma incomum para alguém com sarampo. A dor de cabeça forte e prolongada, sim. Meningite e encefalite eram complicações perigosas – e possíveis – da doença.

– Como está a cabeça? – perguntei.

– Um pouco melhor – disse ele. Tossiu, os olhos semicerrados quando os espasmos tomaram sua cabeça. Ele parou e os abriu levemente, riscos escuros brilhantes devido à febre. – Estou muito quente, tia.

Saí da cama e fui torcer um pano que estava dentro da água fria. Ian se remexeu um pouco enquanto eu passava o pano em seu rosto, e fechou os olhos de novo.

– A sra. Abernathy me deu ametistas para beber em casos de dor de cabeça – murmurou ele meio grogue.

– Ametistas? – Eu me assustei, mas mantive a voz baixa e calma. – Você bebeu ametistas?

– Moída em vinagre – disse ele. – E pérolas com vinho doce, mas ela dissera que isso era para forrar o estômago. – O rosto dele estava vermelho e inchado, e ele o virou contra o travesseiro frio, procurando alívio. – Ela era ótima com pedras. Queimava esmeraldas em pó na chama de uma vela preta e esfregou meu pênis com um diamante... para mantê-lo duro, ela dissera.

Ouvi um som baixo vindo da cama e olhei para cima. Vi lorde John apoiado em um cotovelo, os olhos arregalados.

– E as ametistas funcionaram? – Passei o pano delicadamente no rosto de Ian.

– O diamante funcionou. – Ele tentou dar uma gargalhada típica de um adolescente, que se transformou em uma tosse forte.

– Não temos ametistas aqui, infelizmente – disse. – Mas tem vinho, se quiser.

Ian quis e eu o ajudei a beber, bem diluído em água, e então o recostei de novo no travesseiro, corado e com os olhos pesados.

Lorde John também tinha se deitado e ficou observando, os cabelos loiros despenteados espalhados no travesseiro.

– Era o que ela queria com os rapazes, sabe? – disse Ian.

Os olhos estavam bem fechados contra a luz, mas estava claro que ele conseguia ver *alguma coisa*, ainda que fosse apenas nas névoas da lembrança. Lambeu os lábios. Eles começavam a secar e a rachar, e o nariz começava a escorrer.

– Ela dizia que a pedra crescia dentro de um rapaz, aquele a quem ela queria. Dizia que tinha que ser um rapaz que nunca tivesse dormido com uma moça, isso era importante. Se ele já tivesse, a pedra não serviria. Se ele ti-ti-tivesse... – Ian parou para tossir e terminou sem fôlego, com o nariz escorrendo. Entreguei um lenço para que ele o assoasse.

– Para que ela queria a pedra? – Lorde John parecia solidário, sabia muito bem como Ian se sentia no momento, mas a curiosidade fez com que ele perguntasse. Eu não me opus. Também queria saber.

Ian começou a balançar a cabeça, e então parou gemendo.

– Ah! Ai, meu Deus, minha cabeça vai rachar, com certeza! Não sei, homem. Ela não disse. Só disse que era necessário. Precisava disso para ter certeza. – Ele mal conseguiu terminar o que dizia para logo ter outro acesso de tosse pior do que o primeiro; mais parecia um cachorro latindo.

– Você deve parar de falar... – comecei, mas fui interrompida por uma leve batida à porta.

Congelei no mesmo instante, com o pano molhado ainda na mão. Lorde John se inclinou rapidamente para fora da cama e pegou uma pistola de dentro de uma de suas botas, no chão. Levando um dedo aos lábios para pedir silêncio, ele fez um meneio de cabeça em direção às pistolas de Jamie. Eu caminhei em silêncio até o aparador e peguei uma. Então me acalmei ao sentir o peso na mão.

– Quem é? – perguntou lorde John com uma voz surpreendentemente forte.

Não houve resposta, apenas um tipo de arranhão e um gemido baixo. Suspirei e abaixei a pistola, dividida entre a irritação, o alívio e a diversão.

– É seu cachorro, Ian.

– Tem certeza? – Lorde John falava com a voz baixa, a pistola ainda voltada para a porta. – Deve ser um truque indígena.

Ian rolou com esforço e olhou para a porta.

– Rollo! – gritou, a voz rouca e falha.

Rouco ou não, Rollo conhecia a voz do dono. Ouviu-se um profundo e feliz "AU!" do lado de fora, seguido de arranhões fortes, a cerca de 1,20 metro do chão.

– Cachorro maldito – falei, correndo para abrir a porta. – Pare com isso ou vou transformá-lo num tapete ou casaco ou algo assim!

Dando à ameaça a devida atenção, Rollo passou por mim e entrou no quarto. Muito feliz, ele impulsionou o corpo de 80 quilos do chão e pousou diretamente na cama, fazendo com que ela balançasse perigosamente, com as dobradiças rangendo em protesto. Ignorando um grito contido do ocupante da cama, ele começou a lamber Ian sem parar no rosto e nos braços, que foram levantados numa tentativa de defesa contra o ataque.

– Cachorro mau – disse Ian, fazendo um esforço para afastar Rollo do seu peito, rindo, apesar do desconforto. – Cachorro mau, eu disse... desça!

– Desça! – repetiu lorde John com seriedade.

Rollo, interrompendo as demonstrações de afeto, rodeou lorde John com as orelhas baixas. Fez uma careta e mostrou os dentes. Lorde John se assustou e levantou a pistola.

– Desça, *a dhiobhuil*! – disse Ian, cutucando Rollo na pata de trás. – Tire seu traseiro peludo da minha cara, sua fera do mal!

Rollo logo ignorou lorde John e subiu na cama, virando-se três vezes e amassando os lençóis com a pata até se deitar ao lado do dono. Lambeu a orelha de Ian e, respirando fundo, posicionou o focinho entre as patas grandes cheias de lama no travesseiro.

– Gostaria que eu o tirasse daqui, Ian? – ofereci, olhando para as patas.

Não sabia bem como conseguiria mover um cachorro do tamanho e temperamento de Rollo além de atirar com a pistola de Jamie e arrancá-lo da cama, então fiquei bastante aliviada quando Ian não aceitou.

– Não, deixe-o ficar, tia – disse ele. – Rollo é um bom companheiro. Não é, *a charaid*? – Pousou a mão no pescoço do cachorro e virou a cabeça de modo que seu rosto ficasse encostado no pelo grosso do animal.

– Certo – respondi.

Movendo-me lentamente, com um olhar atento aos olhos amarelos e que não piscavam, eu me aproximei da cama e acariciei os cabelos de Ian. Sua testa permanecia quente, mas achei que a febre estava um pouco mais baixa. Se aumentasse à noite, como poderia acontecer, provavelmente seria sucedida por um acesso de tremores fortes, e Ian encontraria conforto nos pelos quentes de Rollo.

– Durmam bem.

– *Oidhche mhath*. – Ian estava meio adormecido, embarcando nos sonhos vívidos da febre, e seu "boa-noite" não passou de um murmúrio.

Caminhei em silêncio pelo quarto, arrumando o que havia usado naquele dia: um cesto de amendoins recém-colhidos para lavar, secar e guardar; uma panela de juncos secos espalhados e cobertos com uma camada de banha de bacon para fazer velas. Fui à despensa, mexi a cerveja que fermentava na bacia, espremi a coalhada do queijo macio e amassei a massa do pão de sal para ser assado de manhã, quando o pequeno forno holandês construído ao lado da lareira estaria aquecido devido ao fogo baixo da noite.

Ian estava adormecido quando voltei para o quarto. Os olhos de Rollo também estavam fechados, apesar de ele ter aberto um deles assim que entrei. Olhei para lorde John. Ele estava acordado, mas não olhou para mim.

Eu me sentei à frente da lareira e peguei o grande cesto de lã com os padrões indígenas em verde e preto – o devorador do sol, como Gabrielle chamara a estampa.

Dois dias desde que Jamie e Willie tinham partido. Dois dias até o vilarejo tuscarora. Dois dias para voltar. Se nada acontecesse para detê-los.

– Bobagem – murmurei baixinho.

Nada os deteria. Eles chegariam logo em casa.

O cesto estava repleto de novelos tingidos de fios de lã e linho. Alguns, eu tinha recebido de Jocasta; outros, eu mesma havia tecido. A diferença era clara, mas até mesmo os fios estranhos e cheios de nós que eu produzira podiam servir para alguma coisa. Não para meias nem camisas de malha. Talvez eu pudesse tricotar uma capa para a chaleira – que não tivesse uma forma muito definida para poder disfarçar todos os meus erros.

Jamie ficara chocado e também divertido ao descobrir que eu não sabia tricotar. A questão nunca surgira em Lallybroch, onde Jenny e suas servas mantinham todos com roupas tricotadas. Eu assumira as tarefas da cozinha e do jardim, e nunca tive que fazer nada além do básico com agulhas.

– Você não sabe tricotar? – perguntou ele sem acreditar. – E como fazia com suas meias no inverno, em Boston?

– Eu as comprava – falei.

Ele tinha espiado ao redor na clareira onde estava sentado, admirando a cabana em fase de conclusão.

– Como não vejo nenhuma loja por perto, acredito que é melhor você aprender, certo?

– Acho que sim.

Olhei com suspeita para a cesta de tricô que Jocasta me dera. Era bem equipada, com três agulhas longas e circulares de tamanhos diferentes e um conjunto de quatro agulhas de marfim de ponta dupla, finas como estiletes, que eu sabia serem usadas de um modo misterioso para virar os calcanhares das meias.

– Vou pedir a Jocasta que me ensine na próxima vez que formos a River Run. Ano que vem, talvez.

Jamie riu e pegou uma agulha e um novelo de lã.

– Não é muito difícil, Sassenach. Veja... é assim que se faz a carreira. – Passando o fio dentro do punho fechado, ele deu uma volta no polegar, enfiou-o na agulha e, com um movimento contido, fez uma longa fileira de pontos em uma questão de segundos. Então, ele me deu a outra agulha e outro novelo de lã. – Assim... tente fazer.

Olhei para ele totalmente surpresa.

– *Você* sabe tricotar?

– Claro que sei – respondeu ele, olhando para mim confuso. – Sei mexer com agulhas desde os 7 anos de idade. Não ensinam *nada* para as crianças na sua época?

– Bem – disse, sentindo-me meio tola –, às vezes, ensinam as meninas a tricotar, mas os meninos não aprendem

– Não lhe ensinaram, certo? Além disso, não é um tricô fino, Sassenach, é bem simples. Veja, passe seu polegar por aqui, assim...

Então, ele e Ian – que também sabia tricotar e ficou abismado por eu não saber – me ensinaram o básico do tricô, explicando, entre risinhos ao ver meus esforços, que, nas Terras Altas, todos os meninos aprendiam a tricotar, pois essa é uma ocupação útil e bastante adequada para as várias horas de ócio pastoreando carneiros e gado nos campos.

– Quando um homem passa a ter uma esposa para cuidar dele e um filho para cuidar dos seus animais, talvez ele não faça mais suas meias – dissera Ian, virando o calcanhar antes de me devolver a meia –, mas até mesmo os meninos sabem tricotar, tia.

Olhei para o meu projeto atual, cerca de 25 centímetros de um xale de lã, que estava em um pequeno monte amassado no fundo do cesto. Eu aprendera o básico, mas tricotar para mim ainda era uma briga com fios cheios de nós e agulhas escorregadias, não o exercício tranquilo e lindo que Jamie e Ian faziam parecer, remexendo as agulhas à frente da lareira, tão tranquilizador como o som de grilos na terra.

Não hoje, pensei. Não estava interessada. Algo em que eu não tivesse que pensar, como enrolar os novelos de lã. Eu poderia fazer isso. Deixei de lado um par inacabado de meias que Jamie estava fazendo para usar – listrado, o exibido –, e peguei um bolo de lã azul recém-tingida, ainda com o cheiro forte.

Normalmente, eu gostava do cheiro de lã fresca, o perfume leve de carneiro, o aroma forte de anileira e o odor forte do vinagre usado para firmar a tinta. A noite parecia muito quente, ainda mais por causa da fumaça e da cera das velas e também por causa dos odores fortes de corpos masculinos e do fedor da doença – um cheiro misturado de lençóis suados e penicos usados – tudo junto no ar parado do ambiente.

Deixei o novelo em meu colo e fechei os olhos por um momento. Só queria me despir e tomar um banho de esponja com água fria, e então me deitar nua entre os lençóis de linho limpos da minha cama e ficar ali, deixando o ar frio adentrar pela janela aberta soprando meu rosto enquanto eu adormecia.

Mas havia um inglês suado em uma das minhas camas e um cão imundo na outra, sem falar de um adolescente que claramente teria uma noite de sono pesado. Os lençóis não eram lavados havia dias, e quando fossem finalmente lavados, teriam que ser fervidos, torcidos e estendidos. Minha cama naquela noite – se é que eu conseguiria dormir – seria feita de uma colcha dobrada e um saco de lã como travesseiro. Sentiria cheiro de carneiro a noite toda.

Cuidar de pessoas é um trabalho árduo e, de repente, eu me senti esgotada. Por um momento de desejo intenso, eu só queria que eles fossem embora. Abri os olhos e olhei para lorde John com ressentimento. Mas meu leve acesso de pena de mim mesma desapareceu quando olhei para ele, que estava deitado de barriga para cima, um dos braços atrás da cabeça, olhando seriamente para o teto. Talvez fosse apenas um efeito ilusório do fogo, mas seu rosto parecia marcado pela ansiedade e pelo pesar, os olhos tomados pela perda.

De repente, eu me senti envergonhada pela minha impaciência. Tudo bem, eu não o queria aqui. Fiquei irritada com a intrusão dele em minha vida e a obrigação que sua doença colocara em minhas costas. Sua presença me deixava nervosa – sem falar da presença de William. Mas eles partiriam em breve. Jamie chegaria, Ian se recuperaria e eu teria de volta minha paz, felicidade e os lençóis limpos. O que acontecera com ele era permanente.

John Grey perdera uma esposa – independentemente de como ele a considerasse. Fora necessária muita coragem para trazer William aqui e mandá-lo para o vilarejo com Jamie. E eu achava que o maldito homem não tinha como ter evitado pegar sarampo.

Deixei a lã de lado por um momento e me levantei para colocar a chaleira no fogo. Uma boa xícara de chá parecia ser o melhor no momento. Quando me levantei, vi lorde John virar a cabeça, pois meu movimento tinha chamado sua atenção, tirando-o de seus pensamentos.

– Chá – falei, com vergonha de olhar nos olhos dele depois dos meus pensamentos ruins. Fiz um gesto simples e estranho de interrogação em direção à chaleira.

Ele sorriu levemente e assentiu.

– Obrigado, sra. Fraser.

Peguei a caixa de chá do armário, dispus duas xícaras e colheres e, depois de pensar um pouco, peguei o açucareiro. Nada de melado hoje.

Após preparar o chá, eu me sentei perto da cama para bebê-lo. Bebericamos em silêncio por alguns momentos, com um ar estranho de timidez entre nós.

Finalmente, pousei a xícara e pigarreei.

– Sinto muito. Pretendia dar meus pêsames pela perda de sua esposa – eu disse, meio formalmente.

Ele pareceu surpreso por um momento e então abaixou a cabeça em reconhecimento, combinando com minha formalidade.

– É uma coincidência a senhora dizer isso agora – falou ele. – Eu estava pensando nela.

Acostumada a ver as pessoas olharem para mim e perceberem de imediato o que eu estava pensando, foi estranhamente gratificante poder fazer isso com alguém.

– Sente muita saudade dela... de sua esposa?

Eu me senti um pouco hesitante em perguntar, mas ele não parecia ter achado a pergunta intrusiva. Quase pensei que ele se perguntava exatamente isso, pois respondeu depressa, mas de modo cauteloso.

– Não sei bem – disse ele. Olhou para mim com uma sobrancelha erguida. – Parece insensível?

– Não sei – respondi, um tanto séria. – Certamente, o senhor sabe melhor do que eu se tinha sentimentos por ela ou não.

– Eu tinha, sim. – Lorde John deitou a cabeça no travesseiro de novo, os cabelos claros soltos ao redor dos ombros. – Ou tenho, talvez. Foi por isso que vim, entende?

– Não. Não posso dizer que entendo.

Ouvi Ian tossir e me levantei para olhar, mas ele tinha apenas se virado enquanto dormia. Estava deitado de bruços, com um braço comprido pendendo para fora da cama. Peguei a mão dele – ainda estava quente, mas sem perigo –, e a coloquei no travesseiro perto de seu rosto. Os cabelos tinham caído sobre os olhos. Eu os afastei delicadamente.

– A senhora é muito boa com ele. Tem filhos?

Assustada, olhei para a frente e vi lorde John olhando para mim, o queixo apoiado no punho.

– Eu... nós... temos uma filha – disse.

Ele arregalou os olhos.

– Nós? – perguntou ele de uma vez. – A menina é de Jamie?

– Não a chame de "menina" – falei, irracionalmente irritada. – O nome dela é Brianna, e sim, ela é de Jamie.

– Peço desculpas – disse ele, um tanto tenso. – Não quis ofender – acrescentou um pouco depois, em um tom mais suave. – Me surpreendi.

Olhei diretamente para ele. Estava cansada demais para ser diplomática.

– E ficou com um pouco de ciúme, talvez?

Seu rosto estava impassível. Quase qualquer coisa poderia estar acontecendo atrás daquela fachada de amabilidade. No entanto, continuei olhando para lorde John, e ele deixou a máscara cair, com uma expressão de reconhecimento nos olhos azuis, tomados por um bom humor relutante.

– Mais uma coisa que temos em comum – rebateu ele.

Eu me surpreendi com sua perspicácia, embora não devesse. É sempre desconfortável descobrir que os sentimentos que você pensou que estavam seguramente escondidos estão, na verdade, bem evidentes.

– Não me diga que não pensou nisso quando decidiu vir aqui.

O chá havia acabado. Deixei a xícara de lado e peguei o novelo de lã de novo.

Ele me observou por um momento, os olhos semicerrados.

– Pensei nisso, sim – falou por fim. Recostou a cabeça no travesseiro, os olhos fixos no teto baixo. – Ainda assim, se eu fosse humano ou mesquinho o bastante para pensar que poderia ofendê-la ao trazer William aqui, pediria que acreditasse que tal ofensa não foi meu motivo para vir.

Coloquei o novelo terminado de lã dentro do cesto e peguei outro rolo, esticando-o no encosto de uma cadeira de salgueiro.

– Acredito no senhor – respondi, os olhos fixos na lã. – Ainda que seja apenas porque é muito trabalhoso vir até aqui. Mas *qual* foi seu motivo?

Percebi quando ele deu de ombros, remexendo os lençóis.

– O óbvio: para que Jamie visse o garoto.

– E o outro óbvio: para o senhor ver Jamie.

Fez-se um pesado silêncio. Mantive os olhos na lã, virando a bola enquanto envolvia o fio, sem parar, de um lado, um cruzamento completo que no fim criaria uma esfera perfeita.

– A senhora é uma mulher notável – concluiu ele, num tom sério.

– É mesmo? – perguntei, sem olhar para a frente. – De que modo?

Lorde John se recostou. Ouvi seu movimento contra os lençóis.

– Não é circunspecta nem circundante. Na verdade, acho que nunca conheci ninguém mais arrasadoramente direta – homem ou mulher.

– Bem, não é de propósito – respondi. Cheguei ao fim do fio e o enfiei no novelo. – Nasci assim.

– Eu também – disse ele muito delicadamente.

Não respondi. Não achava que ele tinha falado para ser ouvido.

Eu me levantei e fui até o armário. Peguei três jarros: gatária, valeriana e gengibre selvagem. Peguei o pilão de mármore e despejei as folhas e a raiz ali dentro. Uma gota de água caiu da chaleira, assoviando ao virar vapor.

– O que está fazendo? – perguntou lorde John.

– Preparando uma infusão para Ian – falei, meneando a cabeça para a cama. – A mesma que fiz para o senhor há quatro dias.

– Ah. Ouvimos falar sobre a senhora enquanto vínhamos de Wilmington – disse Grey. A voz dele estava casual agora, num tom de conversa. – É muito conhecida por suas habilidades, ao que parece.

– Hum. – Bati e bati e amassei, e o cheiro forte e almiscarado do gengibre selvagem tomou o ambiente.

– Dizem que é uma mulher de recursos. O que é isso?

– Qualquer coisa entre curandeira e médica, feiticeira ou vidente – falei. – Depende de quem estiver falando.

Ele fez um som que poderia ter sido uma risada, e então ficou em silêncio por um tempo.

– Acha que eles estão seguros. – Foi uma afirmação, mas ele estava perguntando.

– Sim. Jamie não teria levado o menino se pensasse que haveria algum perigo. Certamente sabe disso, se o conhece bem – acrescentei, olhando para ele.

– Eu o conheço – disse ele.

– Conhece – falei.

Ele permaneceu quieto por um momento, e só ouvi o som de quando se coçou.

– Eu o conheço bem o suficiente, ou acho que conheço, para mandar William viajar com ele, sozinho. E sei que ele não contará a verdade ao garoto.

Despejei o pó verde e amarelo em um pequeno quadrado de gaze de algodão e o amarrei com cuidado, formando uma trouxinha.

– Não, não contará. O senhor está certo sobre isso.

– A senhora contará?

Olhei para ele, surpresa.

– Acha que eu faria isso? – Ele observou meu rosto com atenção por um momento, e então sorriu.

– Não. Obrigado.

Resmunguei e coloquei o saquinho de remédios dentro da chaleira. Guardei os jarros de ervas e me sentei para arrumar a lã de novo.

– Foi generoso de sua parte deixar Willie partir com Jamie. Muito corajoso – acrescentei, meio irritada. Olhei para a frente. Ele olhava para a janela coberta pela pele, como se conseguisse olhar além para ver os dois, lado a lado, na floresta.

– Jamie tem minha vida em suas mãos há uns bons anos – respondeu ele baixinho. – Confio nele com William.

– E se Willie se lembrar de um cuidador chamado MacKenzie mais do que o senhor pensa? Ou se comparar seu próprio rosto com o de Jamie?

– Garotos de 12 anos não costumam ter a percepção aguçada – disse Grey de modo seco. – E acredito que se um garoto passou a vida acreditando ser o nono conde de Ellesmere, a ideia de poder ser o filho ilegítimo de um cuidador escocês não é algo que vá lhe ocorrer... nem em que ele se fixaria muito tempo, se lhe ocorresse.

Arrumei o novelo em silêncio, ouvindo o crepitar do fogo. Ian estava tossindo de novo, mas não acordou. O cachorro se afastara, e agora estava enrolado nas pernas dele, um monte escuro de pelos.

Terminei o segundo novelo de lã e comecei mais um. Mais outro, e a infusão estaria pronta. Se Ian ainda não precisasse de mim, eu me deitaria.

Grey passou tanto tempo em silêncio que fiquei surpresa quando ele voltou a falar.

Quando olhei para lorde John, ele não estava olhando para mim, e sim para cima, procurando visões de novo entre as vigas manchadas pela fumaça.

– Eu disse que tinha sentimentos por minha esposa – disse ele com delicadeza. – Tinha. Afeição. Familiaridade. Lealdade. Nós nos conhecíamos desde sempre. Nossos pais eram amigos. Eu conhecia o irmão dela. Era como se ela fosse minha irmã.

– E ela se satisfazia com isso... ser sua irmã?

Ele olhou para mim com uma mistura de raiva e interesse.

– A senhora não é uma mulher de fácil convívio. – Ele fechou a boca, mas não a manteve fechada. Deu de ombros impacientemente. – Sim, acredito que ela se satisfazia com a vida que tinha. Nunca disse que não.

Não respondi ao ouvir aquilo, mas soltei o ar com força pelo nariz. Ele deu de ombros de modo desconfortável e coçou o pescoço.

– Fui um marido inadequado para ela – disse ele de modo defensivo. – O fato de não termos filhos... não foi minha...

– Não quero ouvir isso!

– Ah, não quer? – Sua voz continuava baixa para não acordar Ian, mas já tinha perdido a gentileza da diplomacia. A raiva se fazia perceber. – A senhora perguntou por que vim. Questionou meus motivos, acusou-me de ciúmes. Talvez *não* queira saber, porque, se soubesse, não poderia continuar pensando o que quer a meu respeito.

– E como diabos o senhor sabe o que quero pensar a seu respeito?

Em um rosto menos bonito, a expressão dele pareceria uma careta de desdém.

– Não sei?

Olhei diretamente para ele por um minuto, sem me dar ao trabalho de esconder qualquer coisa que fosse.

– A senhora falou em ciúme – disse ele baixinho, depois de um momento.

– Sim. E o senhor também.

Ele virou a cabeça, mas continuou depois de um momento.

– Quando soube que Isobel morrera... não significou nada para mim. Nós tínhamos passado anos juntos, apesar de não nos vermos por quase dois anos. Dormíamos juntos. Vivíamos juntos, pensei. Eu deveria me importar. Mas não me importei.

Ele respirou fundo. Vi os lençóis se amassarem quando ele se ajeitou.

– A senhora falou em generosidade. Não foi isso. Eu vim para ver... se ainda consigo sentir alguma coisa – disse ele. Ainda mantinha a cabeça virada, olhando para a janela coberta com a pele, mais escurecida pela noite. – Se meus sentimentos morreram ou se foi só Isobel.

– *Só* Isobel? – repeti.

Ele se calou por um momento, olhando para o outro lado.

– Pelo menos ainda consigo sentir vergonha – disse ele muito baixinho.

Eu percebi, observando a escuridão, que era muito tarde. O fogo estava baixo, e a dor em meus músculos indicava que já passava em muito da hora de dormir.

Ian estava ficando inquieto. Remexia-se dormindo, gemendo, e Rollo se levantou e encostou o focinho nele, choramingando baixinho. Fui até ele e sequei seu rosto de novo, afofando o travesseiro e ajeitando os lençóis, murmurando para confortá-lo. Ele estava apenas meio acordado. Segurei sua cabeça e fiz com que bebesse a infusão morna, gole a gole.

– Vai se sentir melhor de manhã. – Havia manchas visíveis na região do pescoço, só algumas, mas a febre estava mais baixa, e a marca de expressão entre as sobrancelhas tinha se suavizado.

Sequei seu rosto de novo e o deitei no travesseiro, onde ele virou para a parte fria do tecido e voltou a dormir.

Ainda tinha muito da infusão. Enchi mais uma xícara e a ofereci a lorde John. Surpreso, ele se sentou e a pegou da minha mão.

– E agora que veio e o viu... ainda nutre sentimentos por ele? – perguntei.

Ele olhou para mim por um momento, sem piscar sob a luz da vela.

– Nutro, sim. – Com a mão firme como uma rocha, lorde John pegou a xícara e bebeu. – Que Deus me ajude – acrescentou de modo muito casual.

Ian passou uma noite ruim, mas dormiu mais tranquilamente perto do amanhecer. Aproveitei a chance para descansar um pouco, e consegui algumas horas de sono no chão até ser acordada pelo relincho alto da mula Clarence.

Clarence, um animal sociável, ficava completamente encantada com a aproximação de qualquer coisa que considerasse amigável – e nessa categoria se encaixava quase tudo que tinha quatro patas. Ela dava vazão à alegria com berros que eram ouvidos na encosta da montanha. Rollo, ofendido por ter sido ofuscado no departamento de guarda, pulou da cama de Ian, passou por mim e correu pela janela aberta, uivando como um lobisomem.

Desperta, eu me levantei. Lorde John, que estava sentado à mesa de camisa, pareceu assustado também, mas não sei se com o barulho ou com minha aparência. Saí, passando os dedos depressa pelos cachos despenteados, o coração batendo mais forte na esperança de que pudesse ser Jamie voltando.

Senti um certo desânimo ao ver que não eram Jamie e Willie, mas minha decepção logo foi substituída por surpresa ao perceber que o visitante era o pastor Gottfried, líder da igreja luterana em Salem. Eu já tinha encontrado o pastor algumas vezes, nas casas de paroquianos onde eu atendera, mas fiquei muito surpresa ao vê-lo tão longe de lá.

A viagem de Salem à Cordilheira levava quase dois dias, e a chácara luterana alemã mais próxima ficava a pelo menos 40 quilômetros, em mata densa. O pastor não era um cavaleiro nato – eu vi a lama e a poeira de repetidas quedas em sua roupa preta –, e pensei que só uma grande emergência o levaria até nós.

– Afaste-se, cachorro! – disse a Rollo, que mostrava os dentes e rosnava ao recém-chegado, para grande desagrado ao cavalo do pastor. – Mandei ficar quieto!

Rollo olhou para mim com os olhos amarelos e recuou com ar de dignidade ferida, como se sugerisse que, se eu quisesse receber malfeitores, *ele* não se responsabilizaria pelas consequências.

O pastor era um homem baixo e atarracado com uma barba grisalha enorme e encaracolada que emoldurava seu rosto como uma nuvem de tempestade, em meio à qual sua expressão normalmente sorridente aparecia como o sol. Mas não estava sorrindo naquele dia. As faces redondas estavam amareladas, os lábios inchados estavam pálidos e os olhos, vermelhos de cansaço.

– *Meine Dame* – cumprimentou ele, tirando o chapéu de aba larga e fazendo uma reverência. – *Ist Euer Mann hier*?

Não sabia muito de alemão, mas consegui entender perfeitamente que ele estava procurando Jamie. Balancei a cabeça, fazendo um gesto vago em direção à mata, indicando sua ausência.

O pastor pareceu ainda mais desanimado do que antes, quase retorcendo as mãos de irritação. Disse várias coisas urgentes em alemão, e então, ao ver que eu não o compreendia, repetiu o que disse, dessa vez mais devagar e mais alto, e o corpo pequeno se remexeu para se expressar, tentando, com a simples força de vontade, fazer com que eu o entendesse.

Eu ainda balançava a cabeça impotente quando ouvi uma voz atrás de mim.

– *Was ist los*? – perguntou lorde John, aparecendo na porta. – *Was habt Ihr gesagt*?

Fiquei contente ao constatar que ele vestira a calça, apesar de ainda estar descalço, com os cabelos claros soltos sobre os ombros.

O pastor lançou a mim um olhar escandalizado, claramente pensando o pior, mas sua expressão logo desapareceu com as explicações rápidas em alemão dadas por lorde John. O pastor se desculpou comigo e então se virou para o inglês, balançando os braços e gaguejando em sua pressa para contar a história.

– O que foi? – perguntei, pois só entendera uma ou outra palavra dita. – O que ele está falando?

Grey olhou para mim com seriedade.

– A senhora conhece uma família chamada Mueller?

– Sim – eu disse, e imediatamente me assustei. – Fiz o parto de Petronella Mueller há três semanas.

– Ah. – Grey lambeu os lábios e olhou para o chão. Ele não queria me contar. – O... o bebê está morto, infelizmente. E a mãe também.

– Ah, não. – Eu me sentei no banco ao lado da porta, tomada por um sentimento de total negação. – Não. Não pode ser.

Grey passou uma mão sobre a boca, assentindo conforme o pastor continuava, gesticulando com as mãos pequenas e gorduchas, agitado.

– Ele diz que foi de *Masern*. Acho que isso seria o que chamamos de sarampo. *Flecken, so ähnlich wie diese*? – perguntou ele ao pastor, apontando para as marcas ainda visíveis em seu rosto.

O pastor assentiu enfaticamente, repetindo "*Flecken, Masern, ja!*", tocando as próprias faces.

– Mas por que ele quer encontrar Jamie? – perguntei, a confusão misturada ao susto.

– Parece que ele acredita que Jamie possa conversar com o homem, com Herr Mueller. Eles são amigos?

– Não exatamente. Jamie deu um soco na boca de Gerhard Mueller e o derrubou na frente do moinho na primavera passada.

Um músculo se contraiu no rosto de lorde John.

– Compreendo. Então acredito que ele esteja usando o termo "conversar" de modo muito amplo.

– Mueller não sabe conversar. O jeito mais sofisticado de convencê-lo é à força – falei. – Mas qual é o motivo da conversa?

Grey franziu o cenho. Pelo que percebi, não entendeu o meu sentido de "sofisticado", mas compreendeu o que quis dizer. Hesitou, então se voltou ao pequeno ministro e perguntou alguma outra coisa, e ouviu atentamente a resposta.

Pouco a pouco, com interrupções constantes e muita gesticulação, a história foi traduzida.

Lorde John tinha nos contado antes que estava ocorrendo uma epidemia de sarampo em Cross Creek. Evidentemente, ela se espalhara por outras regiões. Várias casas em Salem foram afligidas, mas os Mueller, isolados, não tinham sido infectados até recentemente.

No entanto, um dia antes de o primeiro sinal de sarampo aparecer, um pequeno grupo de índios havia passado na chácara dos Mueller pedindo comida e bebida. Mueller, cujas opiniões sobre os índios eu conhecia muito bem, decidiu afastá-los dali com ofensas. Os índios, melindrados, fizeram, segundo Mueller, sinais misteriosos em direção à casa antes de partirem.

Quando a família foi infectada pelo sarampo no dia seguinte, Mueller tinha certeza de que a doença fora trazida por meio de um feitiço, posto na casa pelos índios que ele expulsara. Por isso, ele pintou símbolos antifeitiços nas paredes e chamou o pastor de Salem para realizar um exorcismo...

– Acho que foi isso o que fizeram – acrescentou lorde John meio desconfiado. – Mas não tenho certeza do que ele quis dizer com...

– Não importa – falei impacientemente. – Continue!

Nenhuma dessas precauções resolveu, e quando Petronella e o bebê adoeceram, o velho perdeu o pouco de bom senso que lhe restava. Jurando vingança contra os selvagens que tinham trazido a destruição ao seu lar, ele forçou os filhos e genros a acompanhá-lo mata adentro.

Eles tinham voltado dessa viagem três dias atrás, os filhos pálidos e calados, e o velho feliz e satisfeito.

– *Ich war dort. Ich habe ihn geschen* – disse Herr Gottfried, com o suor escorrendo pelo rosto enquanto se lembrava. "Eu estava lá. Eu vi."

Depois de receber uma mensagem histérica das mulheres, o pastor correu para o estábulo e encontrou dois pedaços de fios pretos pendurados na porta do celeiro, balançando-se suavemente ao vento, acima da palavra *Rache*, pintada de qualquer modo.

– Isso quer dizer "vingança" – lorde John a traduziu para mim.

– Eu sei – respondi, com a boca tão seca que eu mal conseguia falar. – Já li Sherlock Holmes. Você está dizendo que ele...

– Evidentemente.

O pastor ainda estava falando. Ele segurou meu braço e o chacoalhou, tentando comunicar sua urgência. Os olhos de Grey se concentraram no que o ministro dizia, e o interrompeu com uma pergunta repentina, respondida de modo afirmativo, com o pastor balançando a cabeça.

– Ele está vindo aqui. Mueller. – Grey se virou para mim, assustado.

Terrivelmente perturbado com os escalpos, o pastor partiu em busca de Herr Mueller e descobriu que o patriarca havia prendido seus troféus macabros no celeiro e partido, em direção, segundo ele, à Cordilheira dos Frasers, para me encontrar.

Se já não estivesse sentada, talvez caísse ao ouvir isso. Conseguia sentir o sangue desaparecendo do meu rosto, e tinha certeza de que estava tão pálida quanto o pastor Gottfried.

– Por quê? – perguntei. – Ele... não pode fazer isso! Não pode estar pensando que eu fiz algo a Petronella ou ao bebê... pode? – Eu me virei assustada para o pastor, que passou uma mão inchada e trêmula pelos cabelos grisalhos, desordenando as mechas cuidadosamente penteadas.

– O clérigo não sabe o que Mueller acha nem o que pretende vindo aqui – disse lorde John. Lançou um olhar de interesse além do corpo pequeno do pastor. – Felizmente, ele partiu sozinho, atrás de Mueller, e o encontrou duas horas depois, desmaiado no canto da estrada.

O velho fazendeiro evidentemente passara dias sem comida em sua busca por vingança. A intemperança não era uma falha comum entre os luteranos, mas, com a fadiga e a emoção, Mueller havia bebido muito quando voltou, e a grande quantidade de cerveja consumida fora demais para ele. Alterado, tentou montar em sua mula, mas se atrapalhou com o casaco e caiu inconsciente entre os arbustos da estrada.

O pastor não tentara acordar Mueller, por conhecer muito bem o temperamento do homem e sentir que as coisas certamente estariam piores em seu estado de embriaguez. Então, Gottfried montou em seu cavalo e partiu o mais rápido que conseguiu, pedindo à Providência que chegasse aqui a tempo de nos alertar.

Ele não tinha dúvidas de que meu *Mann* conseguiria lidar com Mueller, independentemente de seu estado ou de suas intenções, mas como Jamie não estava...

O pastor Gottfried olhou para mim e para lorde John, impotente.

– *Vielleicht solten Sie gehen?* – sugeriu ele, deixando claro o que queria dizer ao inclinar a cabeça em direção ao pasto.

– Não posso partir – eu disse, e fiz um gesto em direção à casa. – *Mein*... Meu Deus, como se diz sobrinho? – *Mein junger Mann ist nicht gut.*

– *Ihr Neffe ist krank.* – Lorde John me corrigiu depressa. – *Haben Sie jemals Masern gehabt?*

O pastor balançou a cabeça, e a tensão se transformou em medo.

– Ele nunca pegou sarampo – disse lorde John, virando-se para mim. – Não deve ficar aqui, então, caso contrário, corre o risco de contrair a doença, não?

– Sim. – O choque estava diminuindo um pouco, e eu começava a me recompor. – Sim, ele precisa ir logo. Ele pode ficar perto de você, que já passou da fase de contágio. Mas não é o caso de Ian.

Eu tentei, em vão, alisar meu cabelo, que estava arrepiado, e pensei que não era à toa. Então, imaginei os cabelos na porta do celeiro dos Mueller e meu cabelo *de fato* se arrepiou, meu couro cabeludo formigando de medo.

Lorde John estava falando de modo autoritário com o pequeno pastor, puxando-o em direção ao cavalo pela manga da camisa. Gottfried protestava, mas cada vez menos. Olhou para mim com o rosto rechonchudo tomado pela preocupação.

Tentei sorrir para ele de modo consolador, apesar de me sentir tão assustada quanto o pastor.

– *Danke* – falei. – Diga a ele que tudo vai ficar bem, sim? – pedi a lorde John. – Caso contrário, ele não irá embora.

Grey assentiu brevemente.

– Eu falei. Disse-lhe que sou um soldado, que não permitirei que nada de mal aconteça.

O pastor permaneceu parado por um momento, com a mão na crina do cavalo, conversando com lorde John. Então, soltou a crina, virou-se determinado e atravessou a porta em minha direção. Estendendo o braço, ele pousou a mão delicadamente em meus cabelos despenteados.

– *Seid gesegnet* – disse ele. – *Benedicite.*

– Ele disse... – começou lorde John.

– Compreendi.

Ficamos em silêncio ali, observando Gottfried voltar para perto das nogueiras. Parecia muito pacífico ali, de um modo incongruente, com o sol suave do outono em meus ombros, e pássaros voando acima de nós. Ouvi o distante bicar de um pica-pau e o dueto fluido dos pássaros-das-cem-línguas que viviam no grande abeto azul. Sem corujas, mas naturalmente não haveria corujas a essa hora. Ainda era manhã.

Quem?, pensei, quando outro aspecto da tragédia me ocorreu, tarde demais. Quem tinha sido o alvo da vingança cega de Mueller? A chácara dos Mueller ficava a vários dias de cavalgada da linha da montanha que separava o território indígena dos vilarejos, mas ele poderia ter chegado a várias vilas dos tuscaroras ou cherokees, dependendo de sua direção.

Ele entrara em um vilarejo? Em caso afirmativo, que carnificina ele e os filhos tinham causado? Pior, que carnificina poderiam causar?

Estremeci com frio apesar do sol. Mueller não era o único homem que acreditava em vingança. A família, o clã, o vilarejo de quem quer que ele tivesse matado – todos buscariam vingança pela matança também. E talvez não parassem com os Mueller, mesmo se soubessem a identidade dos assassinos.

E se não soubessem, mas só soubessem que os assassinos eram brancos... estremeci de novo. Eu já tinha ouvido várias histórias de massacre para saber que as vítimas raramente faziam alguma coisa para provocar o seu destino. Só tinham o azar de estar no lugar errado no momento errado. A Cordilheira dos Frasers ficava entre a chácara dos Mueller e os vilarejos indígenas, o que, no momento, parecia o lugar errado para se estar.

– Ai, meu Deus, queria que Jamie estivesse aqui. – Só percebi que tinha falado em voz alta quando lorde John respondeu.

– Eu também – disse ele. – Apesar de achar que William estará muito mais seguro com ele do que estaria aqui, e não só por causa da doença.

Olhei para lorde John, e percebi repentinamente que ele ainda estava muito fraco. Em uma semana, era a primeira vez que saía da cama. Estava pálido e ainda com manchas vermelhas, e agora se segurava na estrutura da porta para se apoiar e não cair.

– O senhor nem deveria estar de pé! – exclamei, e o segurei pelo braço. – Entre e deite-se logo.

– Estou bem – disse ele com irritação, mas não se afastou nem protestou quando insisti que voltasse para a cama.

Eu me ajoelhei para ver Ian, que se remexia sem parar, ardendo em febre. Os olhos estavam fechados, os traços inchados e desfigurados devido às manchas, as glândulas no pescoço dilatadas e duras como ovos.

Rollo enfiou o focinho embaixo do meu cotovelo, cutucou seu dono com delicadeza e gemeu.

– Ele vai ficar bem – falei com firmeza. – Por que não sai e fica de olho nos visitantes, hein?

Rollo ignorou o conselho e, em vez disso, sentou-se pacientemente e observou enquanto eu torcia um pano na água fria e o passava em Ian. Eu o cutuquei para que acordasse, escovei seus cabelos, dei-lhe o penico e fiz com que bebesse xarope de monarda, ouvindo o som de cascos e o relinchar feliz de Clarence indicando que tínhamos companhia.

...

Foi um longo dia. Depois de passar muitas horas me assustando com todos os sons e olhando para trás a cada passo, finalmente me envolvi em meus afazeres. Cuidei de Ian, que estava febril e se sentia mal, alimentei as aves, aparei as plantas, colhi pepinos para fazer em conserva e coloquei lorde John, que queria ajudar, para debulhar feijões.

Olhava para a mata de modo desejoso quando ia do banheiro ao local das cabras. Eu daria muita coisa para simplesmente me embrenhar naquelas profundezas verdejantes. Não seria a primeira vez que teria tal impulso. Mas o sol do outono iluminava a Cordilheira, e as horas foram passando num ritmo tranquilo, sem sinal de Gerhard Mueller.

– Conte sobre esse Mueller – pediu lorde John.

Seu apetite estava voltando. Ele havia terminado sua porção de mingau, mas deixou de lado a salada de folhas de dente-de-leão e uvas-de-rato.

Peguei um ramo de uvas-de-rato da tigela e a mordisquei, aproveitando o sabor forte.

– Ele é o patriarca de uma grande família. Luteranos alemães, como o senhor notou, sem dúvida. Eles moram a cerca de 40 quilômetros daqui, no vale do rio.

– Sim?

– Gerhard é grande e é teimoso, como o senhor certamente percebeu. Fala um pouco do idioma desta terra, mas não muito. É velho, mas, minha nossa, como é forte!

Ainda conseguia ver o velho, os ombros com músculos fortes, jogando sacos de 25 quilos de farinha na carroça como se fossem sacos de pena.

– Essa briga que ele teve com Jamie... ele parece ser o tipo de pessoa que guarda rancor.

– Ele certamente é o tipo de pessoa que guarda rancor, mas não por causa disso. Não foi uma briga, de fato. Foi... – Balancei a cabeça, procurando um modo de descrever. – Sabe alguma coisa sobre mulas?

Ele ergueu as sobrancelhas e sorriu.

– Sim, um pouco.

– Bem, Gerhard Muller é uma mula. Não é exatamente mau nem precisamente burro, mas não dá muita atenção a nada que não esteja em sua cabeça, e é preciso muita força para fazer com que preste atenção em outras coisas.

Eu não estava presente durante a discussão no moinho, mas Ian havia me contado tudo. O velho tinha enfiado na cabeça que Felicia Woolam, uma das três filhas do dono do moinho, errara a pesagem e lhe devia mais um saco de farinha.

Em vão, Felicia protestou que ele trouxera cinco sacos de trigo. Ela o havia moído e então enchera quatro sacos com o restante da farinha. A diferença, disse, se devia à palha e à casca removidas dos grãos. Cinco sacos de trigo eram equivalentes a quatro sacos de farinha.

– *Fünf!* – dissera Mueller, balançando a mão aberta na frente do rosto dela. – *Et gibt fünf!*

Ele não se convenceu do contrário e começou a xingar em alemão, com os olhos arregalados, encostando a garota em um canto.

Ian, depois de tentar, sem sucesso, distrair o velho, foi para fora a fim de tirar Jamie de sua conversa com o sr. Woolam. Os dois homens tinham vindo depressa, mas não foram mais bem-sucedidos que Ian tentando mudar a ideia de Mueller de que tinha sido enganado.

Ignorando as explicações, Mueller partira para cima de Felicia, claramente decidido a pegar à força mais um saco de farinha da pilha atrás dela.

– Nesse momento, Jamie desistiu de tentar conversar e bateu nele – falei.

A princípio, ele tinha relutado muito em fazer isso, pois Mueller tinha quase 70 anos, mas logo mudou de ideia quando o soco acertado no rosto de Mueller fez sua mão doer, como se a mandíbula do homem fosse feita de carvalho velho.

O velho partiu para cima dele como um porco selvagem enfurecido, e Jamie o acertou primeiro no estômago e depois na boca com o máximo de força que conseguiu, derrubando Mueller e machucando os nós dos dedos nos dentes do velho.

Com uma palavra a Woolan – que era um quacre e, por isso, contrário à violência –, ele pegou Mueller pelas pernas e arrastou o agricultor assustado para fora, onde um dos filhos de Mueller esperava pacientemente na carroça. Pegando o velho pela gola da blusa, Jamie o prendeu contra a carroça e o manteve ali, falando em alemão, até o sr. Woolam – depois de encher de novo os sacos de farinha com muita pressa – sair e colocar *cinco* sacos na carroça, sob o olhar irado do homem.

Mueller havia contado os sacos duas vezes, com cuidado, e então se virou para Jamie e disse com dignidade "*Danke, mein Herr*". Então, ele subiu na carroça ao lado do filho assustado e partiu.

Grey coçou as marcas vermelhas, sorrindo.

– Compreendo. Então, pareceu que ele não guardou mágoa?

Balancei a cabeça, mastigando, e então engoli.

– Nem um pouco. Para mim, ele foi a gentileza em pessoa quando fui ajudar com o bebê de Petronella.

Minha garganta se fechou quando pensei de novo que os dois tinham morrido, e tossi o gosto amargo das folhas de dente-de-leão, com a bile subindo pela minha garganta.

– Aqui. – Grey empurrou a caneca de cerveja sobre a mesa para mim.

Bebi bastante, e o gosto amargo e frio diminuiu por um momento o amargor mais forte do espírito. Coloquei a caneca na mesa e permaneci parada por um momento, com os olhos fechados. Uma brisa suave vinha da janela, mas o sol estava quente sobre o tampo da mesa, sob minhas mãos. Todo o prazer da existência física continuava comigo, e eu estava bem consciente disso, pensando que ele fora abruptamente retirado de outras pessoas – que mal o sentiram.

– Obrigada – falei, abrindo os olhos.

Grey me observava com uma expressão de profunda solidariedade.

– Seria de se imaginar que o choque não seria tão grande – falei, com a necessidade repentina de tentar explicar. – As pessoas morrem com muita facilidade aqui. Principalmente os jovens. Não que eu nunca tenha visto isso. E quase nunca posso fazer alguma coisa a respeito.

Senti algo quente no rosto e fiquei surpresa ao perceber que era uma lágrima. Ele enfiou a mão na manga, pegou um lenço e me entregou. Não estava muito limpo, mas não me importei.

– Às vezes, eu me perguntava o que ele viu na senhora – disse ele, com a voz muito suave. – Jamie.

– Ah, é mesmo? Que ótimo – eu disse, então funguei e assoei o nariz.

– Quando Jamie começou a falar sobre a senhora, nós dois pensávamos que a senhora tinha morrido. E, apesar de ser uma mulher bonita, ele nunca falava sobre a sua aparência.

Para minha surpresa, ele pegou minha mão e a segurou com delicadeza.

– A senhora tem a coragem dele – disse lorde John.

Isso me fez rir, ainda que de modo pouco convincente.

– Se o senhor soubesse... – falei.

Ele não respondeu, mas sorriu levemente. Passou o polegar com delicadeza pelos nós da minha mão, com o toque leve e quente.

– O medo de se machucar não o detém – observou ele. – Nem a senhora, acredito.

– Não posso. – Respirei fundo e sequei o nariz. As lágrimas tinham parado. – Sou médica.

– Sim, é – concordou ele, e parou. – Não lhe agradeci por ter salvado minha vida.

– Não fui eu. Não posso fazer muita coisa diante de algo como uma doença. O que posso fazer é... estar presente.

– Um pouco mais do que isso – disse ele de modo seco, e soltou minha mão. – Quer mais cerveja?

Eu começava a ver com clareza o que Jamie via em John Grey.

A tarde passou tranquila. Ian se remexia e gemia, mas no fim da tarde, as manchas já apareciam totalmente e a febre pareceu diminuir um pouco. Ele não iria querer comer, mas talvez eu pudesse convencê-lo a aceitar um pouco de mingau de leite. Pensar nisso me fez lembrar de que estava quase na hora da ordenha, e me levantei, murmurando algo para lorde John, e deixando de lado o pano que costurava.

Abri a porta da cabana e saí, dando de cara com Gerhard Mueller, que estava de pé na frente da porta.

Os olhos dele eram de um castanho-avermelhado, e pareciam estar sempre ardendo de intensidade. Ardiam mais agora, com o hematoma na pele. Os olhos fundos estavam fixos em mim, e ele assentiu uma vez, e então assentiu de novo.

Mueller diminuíra desde a última vez que eu o vira. Estava flácido. Continuava sendo um homem enorme, mas agora era mais osso do que músculos, cadavérico e velho. Os olhos estavam fixos nos meus, a única faísca de vida em um rosto que parecia ser de papel amassado.

– Herr Mueller – falei. Até eu achei minha voz calma. Torci para que ele tivesse a mesma impressão. – *Wie geht es Euch*?

O velho permaneceu na minha frente, como se a brisa da noite pudesse derrubá-lo. Eu não sabia se ele havia perdido a montaria ou se a deixara mais abaixo na cordilheira, mas não vi sinal de cavalo nem de mula.

Ele deu um passo na minha direção e eu dei um passo para trás, involuntariamente.

– Frau Klara – disse ele, e havia um toque de súplica em sua voz.

Parei, querendo chamar lorde John, mas hesitei. Ele não me chamaria pelo primeiro nome se tivesse a intenção de fazer algo ruim.

– Eles morreram – disse ele. – *Mein Mädchen. Mein Kind.*

Lágrimas encheram de repente seus olhos vermelhos e correram devagar pelos sulcos do rosto. A tristeza em seus olhos era tão grande que eu estendi o braço e segurei sua mão enorme e com marcas de trabalho.

– Eu sei – falei. – Sinto muito.

Ele assentiu de novo, mexendo a boca. Permitiu que eu o levasse para o banco perto da porta, onde se sentou abruptamente, como se tivesse perdido toda a força das pernas.

A porta se abriu e John Grey saiu. Segurava a pistola, mas quando balancei a cabeça, ele a enfiou dentro da blusa. O velho não soltou minha mão. Ele me puxou, forçando-me a sentar ao lado dele.

– *Gnädige Frau* – disse ele, e de repente se virou e me abraçou com força contra seu casaco imundo. Tremia chorando sem emitir som, e mesmo sabendo o que ele tinha feito, eu o abracei.

Seu cheiro era péssimo, azedo e recendendo a velhice e pesar, com cerveja, suor e sujeira e, em algum ponto embaixo de todos aqueles outros odores, estava o fedor de sangue seco. Eu estremeci, presa em uma rede de pena, horror e revolta, mas não consegui me afastar.

Por fim, ele me soltou, e, nessa hora, pareceu ver John Grey, que estava ali perto, sem saber se deveria intervir ou não. O velho se assustou ao vê-lo.

– *Mein Gott*! – exclamou, em tom horrorizado. – *Er hat Masern!*

O sol se punha depressa, iluminando a entrada da cabana com uma luz vermelha. Iluminou o rosto de Grey, destacando os pontos escurecidos na face, marcando a pele de vermelho.

Mueller se virou para mim e pegou meu rosto com as mãos enormes e ásperas. Os polegares se esfregaram em minhas faces, e uma expressão de alívio tomou seus olhos fundos quando viu que minha pele ainda estava clara.

– *Gott sei dank* – disse ele e, soltando meu rosto, começou a procurar dentro do casaco, dizendo algo em alemão tão urgente e tão murmurado que eu não consegui entender.

– Ele está dizendo que temia chegar tarde demais e que fica feliz em saber que não foi o que aconteceu – disse Grey ao ver minha surpresa. Ele olhou para o homem com desconfiança. – Está dizendo que trouxe algo para a senhora. Um talismã de algum tipo. Vai afastar a maldição e mantê-la livre da doença.

O velho pegou um objeto enrolado num tecido de dentro do casaco e o colocou em meu colo, ainda falando em alemão.

– Ele agradece por toda a ajuda à família dele. Considera a senhora uma boa mulher, de quem ele gosta como gosta das noras. Ele diz que...

Mueller desdobrou o tecido com as mãos trêmulas e Grey parou de falar.

Abri a boca, mas não emiti nenhum som. Porém devo ter feito algum movimento involuntário, pois o tecido escorregou de repente para o chão, espalhando os fios de cabelos grisalhos aos quais um ornamento pequeno e prateado ainda estava preso. Com eles, estava o saco de couro, as penas de pica-pau sujas de sangue.

Mueller ainda falava e Grey tentava falar, mas eu quase não ouvia nada do que diziam. Dentro dos meus ouvidos, ecoavam as palavras que eu ouvira um ano antes, perto do riacho, na voz suave de Gabrielle, traduzindo para Nayawenne.

Seu nome quer dizer "Pode ser. Vai acontecer". Agora que tinha acontecido, só as palavras dela me serviam de consolo: "Ela diz que você não deve se preocupar. A doença é enviada pelos deuses. Não será culpa sua."

29
CASAS INCENDIADAS

Jamie sentiu o cheiro da fumaça muito tempo antes de o vilarejo aparecer. Willie percebeu que ele ficou tenso e também sentiu certo nervosismo, olhando ao redor.

– O que foi? – sussurrou o menino.

– Não sei.

Jamie manteve a voz baixa, apesar de não haver evidência de que alguém estivesse perto o bastante para ouvi-los. Ele desceu do cavalo e entregou as rédeas a Willie, meneando a cabeça em direção a uma face do penhasco coberta por vinhas cuja base estava tomada pela vegetação.

– Leve os cavalos para trás do monte, rapaz. Há uma trilha de veados ali, que leva a um vale de abetos. Embrenhe-se nas árvores e espere lá por mim. – Ele hesitou, sem querer assustar o garoto, mas não havia como evitar. – Se eu não voltar até o escurecer, vá embora. Não espere a manhã. Volte para o pequeno riacho que acabamos de cruzar, vire à esquerda e siga até um lugar onde há uma queda-d'água – você vai ouvi-la, mesmo no escuro. Atrás da queda-d'água há uma pequena caverna. Os índios usam esse local quando estão caçando.

Jamie viu a esclera ao redor das íris azuis do menino. Ele segurou a perna do garoto com força, logo acima do joelho, para que ele compreendesse as instruções, e sentiu um tremor correr pelo músculo comprido de sua coxa.

– Fique lá até de manhã – disse ele –, e se eu não voltar até amanhã cedo, vá para casa. Mantenha o sol à sua esquerda de manhã, à sua direita depois do meio-dia, e, em dois dias, deixe o cavalo assumir a direção. Acredito que estará perto o bastante para que ele encontre o caminho.

Jamie respirou fundo, pensando no que mais podia dizer, mas não havia nada.

– Que Deus o acompanhe, rapaz. – Ele sorriu para Willie do modo mais tranquilizador possível, deu um tapa na anca do cavalo e se virou na direção do cheiro de queimado.

Não era o cheiro normal do fogo nos vilarejos nem mesmo das grandes fogueiras cerimoniais sobre as quais Ian havia falado, quando as pessoas incendiavam árvores inteiras no fogo no centro do vilarejo. Aquelas eram do tamanho das fogueiras do Beltane, segundo Ian, e ele conhecia o crepitar e o tamanho de uma fogueira. O que ouvia agora era muito maior.

Com muito cuidado, Jamie circulou o local, chegando, por fim, a um monte do qual sabia que teria visão do vilarejo. Mas assim que saiu da floresta, ele viu. Fumaças densas e de cor cinza subiam dos restos em chama de todas as casas do vilarejo.

Uma nuvem densa e marrom de fumaça pairava sobre a floresta até onde a vista alcançava. Ele puxou o ar depressa, tossiu e rapidamente cobriu a boca e o nariz com o tartã, benzendo-se com a mão livre. Ele já tinha sentido o cheiro de carne queimando antes, e começou a suar frio ao se lembrar das piras funerárias em Culloden.

Sua alma o iludiu com a vista da destruição abaixo, mas ele observou com cuidado, estreitando os olhos em meio à fumaça à procura de qualquer sinal de vida entre as ruínas. Nada se movia, exceto a fumaça, suas voltas silenciosas, levadas pelo vento entre as casas enegrecidas. Teriam sido os cherokees ou os creeks, vindos do sul? Uma das tribos algonquianas restantes ao norte, os Nanticokes ou os Tuteloes?

Uma rajada de vento trouxe até Jamie o fedor de carne queimada. Ele se inclinou para a frente e vomitou, tentando se livrar da percepção profunda das plantações queimadas e das famílias assassinadas. Quando se endireitou, limpando a boca com a manga, ouviu um cachorro latindo ao longe.

Ele se virou e desceu o monte depressa em direção ao som, o coração batendo mais forte. Os invasores não traziam cães. Se havia sobreviventes do massacre, os cães estariam com eles.

Ainda assim, ele permaneceu em silêncio, sem se atrever a chamar. Aquele incêndio estava ocorrendo havia menos de um dia. Metade das paredes ainda estava de pé. Quem provocara o incêndio ainda estava por perto, sem dúvida.

Foi um cachorro quem o encontrou. Um vira-lata grande e bege, que Jamie reconheceu como sendo do amigo de Ian, Onakara. Fora de seu território normal, o cão não latiu nem correu até ele, mas permaneceu na sombra de um pinheiro, de orelhas abaixadas e rosnando baixinho. Ele caminhou em direção ao animal lentamente, estendendo o punho cerrado.

– *Balach math* – murmurou ele. – Fique. Onde está seu povo?

O cão esticou o focinho, ainda rosnando, e cheirou a mão de Jamie. Suas narinas se abriram, e o animal relaxou um pouco, aproximando-se para farejar melhor.

Jamie sentiu, mas não viu, uma presença humana, e olhou para a frente, para o rosto do dono do cachorro. O rosto de Onakara estava pintado com listras brancas que iam dos cabelos até o queixo, e por trás das listras claras de tinta, seus olhos estavam parados.

– Qual inimigo fez isso? – perguntou Jamie na língua tuscarora. – Seu tio ainda está vivo?

Onakara não respondeu, mas se virou e voltou para a floresta, seguido de seu cão. Jamie foi atrás deles e, depois de meia hora de caminhada, chegou a uma pequena clareira onde os sobreviventes tinham montado um acampamento temporário.

Quando passou pelo acampamento, viu rostos conhecidos. Alguns demonstraram reconhecer sua presença; outros olhavam distraidamente para uma distância que ele conhecia muito bem, a perspectiva infinita do pesar e do desespero. Muitos não estavam ali.

Jamie já tinha visto isso antes, e os fantasmas da guerra e do assassinato se arrastaram aos seus pés conforme ele foi passando. Já tinha visto uma jovem nas Terras Altas, sentada na porta da casa em chamas com o corpo do marido aos seus pés. Ela tinha o mesmo olhar assustado da jovem índia perto do plátano.

Mas, lentamente, ele percebeu que algo estava diferente ali. Abrigos pontuavam a clareira. Montes de coisas estavam empilhadas perto das margens, e cavalos e pôneis podiam ser vistos entre as árvores. Aquilo não fora uma fuga apressada de um povo saqueado que fugira para salvar suas vidas, e sim um recuo organizado, com a maioria dos bens materiais empacotados e trazidos. O que, em nome de Deus, acontecera em Anna Ooka naquele dia?

Nacognaweto estava em uma tenda no lado mais distante da clareira. Onakara levantou o tecido da porta e fez um gesto para que Jamie entrasse.

Um brilho repentino apareceu nos olhos do homem quando ele entrou, mas desapareceu assim que Nacognaweto viu seu rosto, com a sombra do pesar refletida nele. O líder fechou os olhos por um momento e voltou a abri-los, recomposto.

– Você não encontrou aquela que cura nem a mulher em cuja casa morei?

Acostumado com a ideia indígena de que era grosseiro falar o nome de uma pessoa em voz alta a não ser estivessem numa cerimônia, Jamie sabia que ele deveria estar se referindo a Gabrielle e à velha Nayawenne. Jamie balançou a cabeça, sabendo que o gesto destruiria o resto de esperança que o outro tinha. Não era consolo, mas ele pegou o cantil de conhaque do cinto e o ofereceu como uma desculpa por não ter conseguido trazer boas notícias.

Nacognaweto aceitou, e, inclinando a cabeça, chamou uma mulher, que procurou em uma das pilhas perto da parede e pegou uma cuia. O índio serviu uma quantidade de bebida que agradaria a um escocês e bebeu bastante antes de entregar a cuia a Jamie.

Jamie tomou um pequeno gole por educação e devolveu a cuia. Não era educado chegar ao ápice de uma visita tão cedo, mas ele não tinha muito tempo e viu que o homem também não queria esperar.

– O que aconteceu? – perguntou ele de uma vez.

– Doença – respondeu Nacognaweto baixinho. Seus olhos estavam marejados devido ao conhaque. – Estamos amaldiçoados.

Aos poucos, a história foi se revelando entre goles de conhaque. O sarampo havia surgido no vilarejo e o tomou como um incêndio. Na primeira semana, um quarto do povo morrera. Agora, no fim, não havia restado mais de um quarto vivo.

Quando a doença começou, Nayawenne havia cantado sobre as vítimas. Quando mais adoeceram, ela saiu para a floresta à procura de... o conhecimento que Jamie tinha do idioma não bastou para que ele interpretasse as palavras. Um feitiço, ele pensou que fosse... uma planta? Ou talvez ela procurasse uma visão que lhe indicasse o que fazer, como corrigir o mal que havia causado a doença ou o nome do inimigo que os havia amaldiçoado. Gabrielle e Berthe tinham ido com ela, porque ela era velha e não deveria ir sozinha – e nenhuma das três voltara.

Nacognaweto estava se remexendo enquanto permanecia ali, segurando a cuia. A mulher se inclinou sobre ele, tentando pegá-la, mas ele a afastou e ela o deixou em paz.

Eles tinham procurado as mulheres, mas não havia sinal delas. Talvez tivessem sido levadas por saqueadores, talvez também tivessem adoecido e morrido na floresta. Mas o vilarejo não tinha mais o seu xamã, e os deuses não tinham ouvido.

– Estamos amaldiçoados.

As palavras de Nacognaweto saíram arrastadas, e a cuia estava quase virada em sua mão. A mulher se ajoelhou atrás dele e pousou as mãos em seus ombros, para firmá-lo.

– Deixamos os mortos nas casas e ateamos fogo a elas – disse ela a Jamie. Seus olhos também estavam tomados de tristeza, mas um pouco de vida ainda brilhava neles. – Agora, iremos para o norte, para Oglanethaka. – Ela apertou os ombros de Nacognaweto e assentiu a Jamie. – Você deve ir agora.

Ele partiu, o pesar do local sufocando-o como a fumaça que permeava as roupas e o ar. E dentro do seu coração marcado, enquanto saía do acampamento, surgiu uma pequena raiz de egoísmo, alívio, porque, pela primeira vez, o pesar não era dele. Sua mulher ainda estava viva. Seus filhos estavam protegidos.

Ele olhou para o céu e viu o brilho do sol que se punha refletido na fumaça. Apressou a passada para percorrer os quilômetros. Não havia muito tempo. A noite estava se aproximando depressa.

PARTE VIII

Beaucoup

30
DESAPARECIDA
Oxford, abril de 1971

– Não – afirmou ele. Segurando o telefone junto à orelha, Roger se virou para espiar pela janela e encontrou um céu cheio de nuvens. – Sem chance. Vou para a Escócia semana que vem, já disse isso.

– Ora, Rog – disse a reitora. – É o tipo de coisa de que você gosta. E não atrapalharia muito sua programação. Você poderia estar nas Terras Altas caçando veados daqui a um mês... e você mesmo me disse que sua *garrota* só vem em julho.

Roger trincou os dentes ao ouvir o sotaque forçado da reitora e abriu a boca para dizer não de novo, mas não foi rápido o bastante.

– São americanos também, Rog – disse ela. – Você é muito bom com americanos. Por falar em *garrotas*... – acrescentou, rindo baixinho.

– Olhe só, Edwina – disse ele, reunindo paciência. – Tenho coisas para fazer nesse feriado. E, entre elas, não está ciceronear turistas americanos por museus em Londres.

– Não, não – disse ela. – Pagamos pessoas para fazer a parte turística. Você só teria que se preocupar com a conferência em si.

– Sim, mas...

– Dinheiro, Rog – argumentou ela ao telefone, lançando mão de sua arma secreta. – São americanos, como disse. Você sabe o que *isso* significa.

Edwina fez uma pausa longa para permitir que ele pensasse no valor que receberia organizando uma semana de conferência para um grupo de acadêmicos americanos em visita, cujo responsável oficial adoecera. Em comparação com seu salário normal, era uma quantia enorme.

– Ah... – Ele percebeu que estava fraquejando.

– Sei que você está pensando em se casar em breve, Rog. Seria um dinheiro a mais para a festa, não?

– Alguém já disse que você é muito sutil, Edwina?

– Nunca. – Ela riu de novo e então voltou ao modo executivo: – Bem, vejo você na segunda para a reunião de planejamento. – E desligou.

Ele resistiu ao impulso fútil de bater o telefone e desligou normalmente. Talvez não fosse tão ruim, afinal, pensou com desânimo. Não se preocupava com o dinheiro, para dizer a verdade, mas, tendo uma semana de conferências para cuidar, talvez conseguisse ocupar a mente. Pegou a carta muito amassada que estava ao lado do telefone e a alisou, passando os olhos pelos parágrafos sem de fato ler tudo.

Sinto muito, escrevera ela. Convite especial para uma conferência de engenharia no Sri Lanka (Nossa, será que todos os norte-americanos participam de conferências no verão?), contatos valiosos, entrevistas de emprego (Entrevistas de *emprego*? Meu Deus, eu sabia, ela nunca mais vai voltar!) – não tinha como negar. Sinto muitíssimo. Nós nos vemos em setembro. Escreverei. Com amor.

– Sei, sei – disse ele. – Com amor.

Amassou a carta de novo e a jogou na penteadeira. Ela bateu na borda do porta-retratos prateado e caiu no carpete.

– Você poderia ter me dito de uma vez – vociferou. – Então você encontrou outra pessoa. Você tinha razão, não é? Você foi sábia. Eu, tolo. Mas não podia ser sincera, sua mentirosa?

Ele estava tentando ficar com raiva; sentir qualquer coisa que preenchesse o vazio de seu estômago. Não estava dando certo.

Pegou o porta-retratos prateado com a foto, querendo rasgá-la, querendo apertá-la contra o coração. No fim, só ficou olhando para ele, por muito tempo, e então o pousou com delicadeza, virado para baixo.

– Sente muito – disse ele. – Pois é, eu também.

Maio de 1971

As caixas estavam à sua espera na portaria quando ele voltou à faculdade no último dia da conferência, com calor, cansado e totalmente irritado com os americanos. Havia cinco caixas grandes de madeira com adesivos coloridos de remessa internacional.

– O que é isto? – perguntou Roger, balançando a prancheta que o homem da entrega lhe dera e procurando uma gorjeta no bolso com a outra mão.

– Não sei. – O homem, truculento e suando por causa do trajeto feito pela área dos fundos até a portaria, deixou a última caixa em cima das outras com um baque. – Tudo seu, amigo.

Roger tentou sacudir a caixa de cima, para descobrir seu conteúdo. Se não eram livros, era chumbo. No movimento, viu a borda de um envelope grudado na caixa de baixo. Com certa dificuldade, ele o soltou e abriu.

Certa vez, você me contou que seu pai dizia que todo mundo precisa de uma história. Esta é a minha. Pode mantê-la com a sua? Não havia "oi" nem "tchau"; só uma única letra B escrita com uma caligrafia forte e angular.

Ele olhou para ela por um momento, então dobrou o bilhete e o colocou dentro do bolso da camisa. Agachando-se com cuidado, pegou a caixa de cima e a levantou. Meu Deus, devia pesar 30 quilos, pelo menos!

Colocou a caixa no chão da sala e entrou no quarto pequeno, onde procurou algo dentro de uma gaveta. Armado com uma chave de fenda e uma garrafa de cerveja, voltou para mexer na caixa. Tentou controlar a ansiedade, mas não conseguiu. *Pode mantê-la com a sua?* A garota enviara seus pertences a um cara com quem ela pretendia terminar?

– História, não é? – murmurou ele. – Qualidade de museu, pelo modo com que foi empacotada. – O conteúdo havia sido colocado em caixas duplas, com uma camada de palha no meio, e a caixa de dentro, quando aberta, revelou caixas menores e uma série de objetos envolvidos em jornal.

Ele pegou uma caixa de sapatos e espiou dentro dela. Fotografias; velhas, com bordas arredondadas, e mais novas, brilhantes e coloridas. Ele viu parte de um retrato grande feito por um profissional e o puxou.

Era Claire Randall, como da última vez que ele a vira; olhos cor de mel calorosos e vivos emoldurados por cachos castanhos sedosos, um leve sorriso, boca delicada. Enfiou-o de novo na caixa, sentindo-se um assassino.

O que surgiu das camadas de jornal foi uma boneca de pano com o nome bem conveniente de Ann Trapo, o rosto tão desbotado que só os olhos de botão restavam, presos num olhar inexpressivo e desafiador. O vestido se rasgara, mas tinha sido cuidadosamente costurado, e o corpo de tecido macio estava manchado, mas limpo.

Logo embaixo, havia um velho chapéu de Minnie Mouse, com um laço de espuma cor-de-rosa ainda preso entre as grandes orelhas. Uma caixinha de música barata que tocava "Over the Rainbow" quando aberta. Um cachorro de pelúcia sem pelo em algumas partes. Uma blusa de moletom vermelha desbotada, tamanho médio masculino. Poderia servir em Brianna, mas, de alguma forma, Roger sabia que tinha sido de Frank. Um vestido rasgado de seda marrom. Num impulso, ele o aproximou do nariz. Claire. Seu cheiro fez com que ela ganhasse vida instantaneamente, um odor fraco de almíscar e plantas, e ele largou a peça, abalado.

Sob mais uma camada havia um tesouro importante. O peso da caixa se devia, em grande parte, aos três grandes baús achatados no fundo, cada um deles com um aparelho de jantar de prata, cuidadosamente embrulhado em tecido cinza. Cada baú tinha um bilhete datilografado do lado de dentro, indicando a origem e a história da prata.

Um conjunto de prata francês, as bordas com desenhos de cordas com nós, com a sigla DG do fabricante, adquirido por William S. Randall, 1842. Um com o padrão inglês antigo George III, adquirido em 1776 por Edward K. Randall. O terceiro, no padrão Husk Shell, de Charles Boyton, adquirido em 1903 por Quentin Lambert Beauchamp, dado como presente de casamento a Franklin Randall e Claire Beauchamp. A prata da família.

Cada vez mais confuso, Roger continuou dispondo os itens cuidadosamente no chão ao lado dele, os objetos de valor sentimental e de uso prático que formavam a história de Brianna Randall. História. Deus, por que ela havia usado essa palavra?

O susto aumentou a confusão quando outro pensamento lhe ocorreu, e ele pegou a tampa da caixa, conferindo a etiqueta do endereço. Oxford. Sim, ela *tinha* enviado tudo para lá. Por que para lá, se ela sabia – ou pensava – que ele estaria na Escócia durante o verão? E estaria mesmo, não fosse a conferência de última hora... e ele não havia contado a ela.

Enfiada no canto estava uma caixinha de joias, uma caixa pequena, mas perceptível. Dentro dela havia vários anéis, broches e conjuntos de brincos. O broche que ele tinha dado a ela de aniversário estava ali. Colares e correntes. Duas coisas não estavam.

A pulseira de prata que ele lhe dera e as pérolas da avó.

– Meu Deus! – Ele olhou de novo, só para ter certeza, tirando as joias brilhantes e espalhando-as sobre a cômoda. Nenhuma pérola. Muito menos pérolas barrocas escocesas, espaçadas com arruelas antigas de ouro.

Ela não podia usá-las, não em uma conferência de engenharia no Sri Lanka. As pérolas eram herança, não um enfeite. Ela raramente as usava. Eram o elo dela com...

– Você não fez isso – disse ele em voz alta. – Deus, diga que você não fez isso!

Ele colocou a caixinha de joias na cama e desceu a escada correndo até o telefone. Demorou muito tempo para conseguir contato com o operador internacional e ainda mais tempo de sons eletrônicos vagos e zunidos, até ouvir o clique da conexão, seguido por um toque fraco. Um toque, dois, e então um clique, e seu coração se acelerou. Ela estava em casa!

"Desculpe", ele ouviu a voz agradável e impessoal de uma mulher, "este número foi desconectado ou não existe mais".

Deus, *não podia* ser! Poderia? Sim, ela poderia ter feito aquilo, a maluca! Onde *diabos* ela estava?

Ele tamborilou os dedos de modo inquieto na coxa, irado, enquanto a linha telefônica clicava e zunia, as conexões eram feitas mais uma vez e ele lidava com as demoras sem fim e as bobagens das recepções e secretarias dos hospitais. Mas, por fim, ouviu uma voz familiar, grave e ressonante:

– Joseph Abernathy.

– Dr. Abernathy? Aqui é Roger Wakefield. O senhor sabe onde Brianna está? – perguntou sem preâmbulos.

A voz grave ficou mais alta, surpresa:

– Com você, não?

Um arrepio tomou conta de Roger, e ele apertou mais ainda o telefone, como se pudesse forçar o aparelho a produzir a resposta que queria.

– Não está. – Ele se obrigou a explicar do modo mais calmo que conseguiu: – Ela viria no outono, depois de se formar e participar de uma conferência.

– Não. Não, não é isso. Ela terminou o curso no final de abril, eu a levei para jantar para comemorar e ela disse que iria diretamente para a Escócia, sem esperar a cerimônia de formatura. Espere, deixe-me pensar... sim, isso mesmo; meu filho Lenny a levou ao aeroporto... Quando? Sim, terça-feira... dia 27. Está dizendo que ela não chegou aí? – o dr. Abernathy falou mais alto, agitado.

– Não sei se ela chegou aqui ou não. – A mão livre de Roger estava cerrada. – Ela não me disse que estava vindo. – Ele respirou fundo. – Para onde ela foi, o senhor sabe? Londres? Edimburgo?

Talvez ela tenha tido a intenção de surpreendê-lo com uma chegada repentina e inesperada. Ele estava surpreso, sim, mas duvidava de que houvesse sido essa a intenção dela.

Visões de sequestro, ataques, bombardeios do IRA apareceram em sua mente. Quase qualquer coisa poderia ter acontecido com uma garota viajando sozinha em uma cidade grande – e quase tudo que poderia ter acontecido seria preferível ao que sua intuição lhe dizia sobre o que *havia* acontecido. Maldição!

– Inverness – disse o dr. Abernathy. – De Boston a Edimburgo, e então de trem para Inverness.

– Jesus!

Era uma súplica e também uma expressão de desespero. Se ela tivesse saído de Boston na terça-feira, provavelmente chegaria a Inverness na quinta. E na sexta era 13 de abril, a noite de Beltane, o antigo festival do fogo, quando os montes da antiga Escócia eram tomados por chamas de purificação e fertilidade. Quando – talvez – a porta do monte das fadas de Craigh na Dun se abria totalmente.

Roger não conseguia absorver as palavras de Abernathy. Mas ele queria respostas, então tentou se concentrar.

– Não – disse ele, com certa dificuldade. – Não, ela não chegou. Ainda estou em Oxford. Eu não fazia ideia.

O ar vazio entre eles vibrou, o silêncio tomado pelo medo. Ele tinha que perguntar. Respirou de novo, devagar, cada inspiração um esforço consciente, e mudou o telefone de mão, secando a palma suada na perna da calça.

– Dr. Abernathy – disse cuidadosamente. – Pode ser que ela tenha ido atrás da mãe dela, de Claire. Diga. O senhor sabe onde ela está?

O silêncio dessa vez estava carregado de cautela.

– Ah... não. – A voz de Abernathy saiu devagar, relutante e cuidadosa. – Não, receio não saber. Não exatamente.

Não exatamente. Ótima maneira de dizer isso. Roger passou a mão pelo rosto, a barba arranhando.

– Vou fazer uma pergunta – disse Roger com tato. – Já ouviu o nome Jamie Fraser?

A linha ficou em completo silêncio. E então ele ouviu um suspiro alto.

– Ah, pelo amor de Deus! – disse o dr. Abernathy. – Ela fez isso.

• • •

Você não faria?

Fora isso o que Joe Abernathy dissera a ele, no fim da longa conversa, e a pergunta permanecia em sua mente enquanto Roger dirigia para o norte, quase sem notar as placas da estrada pelas quais passava, borradas pela chuva.

Você não faria?

– Eu faria – dissera Abernathy. – Se você não conhecesse seu pai, se *nunca* o tivesse visto, e de repente descobrisse quem ele era? Você não desejaria conhecê-lo, descobrir como ele era? Eu ficaria curioso.

– O senhor não entende – dissera Roger, passando a mão pela testa com frustração. – Não é como alguém adotado que está querendo descobrir o nome do pai de verdade e que de repente aparece na porta da casa dele.

– Para mim, é a mesma coisa. – A voz grave estava calma. – Bree *foi* adotada, não? Acredito que ela teria ido antes se não sentisse que seria deslealdade com Frank.

Roger balançou a cabeça, ignorando o fato de que Abernathy não podia vê-lo.

– Não é isso... é a parte de aparecer de repente na porta da casa do pai. Isso, o modo como ela atravessou, como ela foi... olhe... a Claire contou ao senhor?

– Sim, contou – interrompera Abernathy. Seu tom era descontraído. – Sim, ela disse que não era bem como passar por uma porta giratória.

– Para dizer o mínimo.

Só de pensar no círculo de pedras de Craigh na Dun, Roger sentia um arrepio.

– Para dizer o mínimo... *você* sabe como é? – A voz distante fora tomada pelo interesse.

– Sim, maldição, eu sei! – Roger respirara fundo. – Desculpe. Olhe, não é... não posso explicar, acho que ninguém pode. Aquelas pedras... nem todo mundo as ouve, claro. Mas Claire ouviu. Bree ouve e... e eu ouço. E para nós...

Claire havia passado pelas pedras de Craigh na Dun no antigo festival do fogo de Samhain, no primeiro dia de novembro, dois anos e meio antes. Roger estremecera, e não de frio. Os pelos de sua nuca se arrepiavam sempre que ele pensava nisso.

– Então nem todo mundo pode passar... mas você pode. – A voz de Abernathy estava tomada pela curiosidade. E denotava um pouco de inveja.

– Não sei. – Roger passara a mão pelo cabelo. Seus olhos estavam ardendo, como se ele tivesse permanecido a noite toda acordado. – Pode ser que sim.

Após uma pausa, prosseguira:

– A questão é que... – Ele falara lentamente, tentando controlar a voz, e com ela, seu medo. – A questão é que... ainda que ela *tenha* atravessado, não temos como saber se ou onde ela apareceu.

– Compreendo. – A voz do outro lado da linha havia perdido sua descontração. – E você também não sabe sobre Claire... Se ela conseguiu.

Ele balançara a cabeça, sua visão de Joe Abernathy era tão clara que se esquecera de novo de que o homem não podia vê-lo. O dr. Abernathy tinha estatura mediana, um homem negro atarracado com óculos de armação dourada, com ar de autoridade a ponto de sua mera presença transmitir confiança e calma. Roger ficara surpreso ao descobrir que essa presença era transmitida pela linha telefônica, mas sentia-se mais do que grato por isso.

– Não – dissera ele em voz alta. Melhor deixar assim por enquanto. Ele não falaria sobre tudo agora, ao telefone com um quase desconhecido. – Ela é uma mulher; não havia muita preocupação pública com o que as mulheres faziam na época... a menos que fizessem algo espetacular, como ser queimadas por praticar bruxaria ou enforcadas por ter cometido um assassinato. Ou *ser* assassinadas.

– Ha ha – dissera Abernathy, mas não estava rindo. – Ela conseguiu, no entanto, pelo menos uma vez. Ela foi e voltou.

– Sim, ela foi. – Roger vinha tentando se consolar com esse fato, mas havia muitas outras possibilidades surgindo em sua mente. – Porém não sabemos se Brianna foi tão longe ou mais longe. E ainda que tenha sobrevivido às pedras e chegado à época certa... tem ideia de como o século XVIII era *perigoso*?

– Não – dissera Abernathy de modo seco. – Imagino que você saiba. Mas Claire pareceu ter se virado bem lá.

– Ela sobreviveu – concordara Roger. – Mas não é um destino de férias... "Se tiver sorte, voltará vivo?"

Uma vez, pelo menos.

Abernathy rira disso, mas com um toque de nervosismo. Tossira e pigarreara.

– Sim. Bem. A questão é que... Bree foi *para algum lugar*. E acho que você está certo a respeito de onde. Quer dizer, se fosse comigo, eu teria ido. Você não?

Você não? Ele puxou para a esquerda, ultrapassou um caminhão com as lanternas acesas e atravessou a névoa que se acumulava.

Eu teria ido. A voz confiante de Abernathy soou em seu ouvido.

INVERNESS 30 KM era o que estava escrito na placa, e ele entrou com o minúsculo Morris repentinamente à direita, escorregando no asfalto molhado. A chuva batia com força no capô, forte o bastante para que subisse uma névoa da grama.

Você não? Ele tocou o bolso da frente da camisa, onde a foto de Brianna permanecia sobre seu coração. Depois tocou a borda arredondada do medalhão de sua mãe, pego no último momento para dar sorte.

– Sim, talvez sim – murmurou, semicerrando os olhos para a chuva que batia no para-brisas. – Mas eu teria contado a minha intenção a você. Em nome de Deus, mulher... por que não me contou?

31
RETORNO A INVERNESS

O cheiro de móveis polidos, tinta fresca e odorizador de ar pairava em nuvens sufocantes no corredor. Nem mesmo essas evidências olfativas do zelo doméstico de Fiona conseguiram competir com os aromas deleitáveis que vinham da cozinha.

– Morra de inveja, Tom Wolfe – murmurou Roger, respirando fundo enquanto colocava a mala no corredor. A velha casa definitivamente estava sob nova direção, mas nem sua transformação de casa paroquial em pousada tinha conseguido alterar sua característica básica.

Recebido com entusiasmo por Fiona – e um pouco menos por Ernie –, ele ficou no seu antigo quarto frio no alto da escada e se dedicou totalmente ao trabalho de busca. Não foi tão difícil encontrar seus rastros: além da desconfiança normal dos moradores das Terras Altas em relação a desconhecidos, uma mulher de 1,80 metro com cabelos ruivos até a cintura costumava chamar atenção.

Ela viera a Inverness por Edimburgo. Ele tinha certeza disso: ela fora vista na estação. Além disso, sabia que uma mulher alta e ruiva havia contratado um motorista para levá-la ao interior. O motorista não tinha noção real do local aonde eles tinham ido; só sabia que, de repente, a mulher dissera: "Aqui, este é o local, pode parar aqui."

– Disse que pretendia encontrar os amigos para caminhar pelos campos – contara o motorista, dando de ombros. – Levava uma mochila e estava vestida para caminhar, com certeza. O dia estava úmido demais para uma caminhada nos campos, mas você sabe como esses turistas americanos são malucos.

Bem, ele sabia como *ela* era maluca, pelo menos. Devido a sua teimosia e insistência, se ela acreditava que tinha que fazer isso, por que *diabos* não disse a ele? Porque não queria que você soubesse, pensou com desânimo. E ele não queria pensar sobre por que ela não queria.

Até agora, ele havia conseguido. E só havia uma maneira de continuar seguindo-a.

Claire especulara que, fosse lá o que fosse aquele portal em Craigh na Dun, ele ficava mais aberto nos festivais antigos do sol e do fogo. Parecia dar certo – ela havia passado pela primeira vez no Beltane, em 1º de maio, e, na segunda vez, no Samhain, em 1º de novembro. E agora Brianna evidentemente seguira os passos da mãe, indo ao Beltane.

Bem, ele não esperaria até novembro – só Deus sabia o que poderia acontecer com ela em cinco meses! Mas Beltane e Samhain eram festivais do fogo; havia um festival do sol entre eles.

O do solstício de verão seria o próximo. Em 20 de junho, dali a quatro semanas. Ele rilhou os dentes ao pensar em esperar, pois seu impulso era ir *agora* sem pensar em nada, mas não conseguiria ajudar Brianna se seu impulso de partir corajosamente atrás dela o levasse à morte. Ele não tinha ilusão nenhuma acerca da natureza do círculo de pedras, não depois do que havia visto e ouvido até então.

Muito discretamente, começou a preparar o que podia. E à noite, quando a névoa vinha do rio, ele buscava se distrair de seus pensamentos jogando damas com Fiona, indo ao pub com Ernie e – em último caso – abrindo de novo as dezenas de caixas que ainda entupiam a velha garagem.

A garagem tinha um ar sinistro; as caixas pareciam se multiplicar como pães e peixes – sempre que ele abria a porta, via mais delas. Provavelmente terminaria a tarefa de separar as coisas de seu falecido pai um pouco antes de morrer, pensou. Apesar disso, por enquanto, o trabalho maçante era uma bênção divina, pois ocupava sua mente o suficiente para impedir que enlouquecesse durante a espera. Em algumas noites, ele até conseguia dormir.

– Você tem uma fotografia na mesa. – Fiona não olhou para ele, mas manteve a atenção voltada para os pratos que estava lavando.

– Muitas fotografias. – Roger tomou um gole de chá com cuidado; ao mesmo tempo quente e fresco. Como ela conseguia fazer isso? – Você quer alguma? Sei que há muitas fotos da sua avó. Fique à vontade, mas gostaria de guardar uma.

Ela olhou para ele, meio surpresa.

– Ah. Da vovó? Sim, nosso pai vai gostar de vê-las. Mas eu me referia à maior.

– Maior? – Roger tentou pensar em qual seria a foto a que ela podia estar se referindo; a maioria delas eram fotos em preto e branco feitas com a antiga Brownie do reverendo, mas havia algumas maiores: uma dos pais dele, outra da avó do reverendo, parecendo um pterodátilo em veludo cotelê, feita na ocasião do centésimo aniversário da senhora. Fiona não podia estar se referindo àquelas.

– A daquela mulher que matou o marido e fugiu. – Fiona contraiu os lábios.

– Daquela... ah. – Roger tomou um grande gole de chá. – Você se refere a Gillian Edgars.

– Ela mesma – repetiu Fiona com teimosia. – Por que tem uma foto dela?

Roger pousou a xícara e pegou o jornal da manhã, de um modo casual forçado, enquanto pensava no que dizer.

– Ah... alguém me deu aquela foto.

– Quem?

Fiona era persistente, mas raramente tão direta. O que a incomodava?

– A sra. Randall... a dra. Randall, quero dizer. Por quê?

Fiona não respondeu, mas comprimiu os lábios.

Roger, nesse momento, já não se interessava pelo jornal. E o pousou com cuidado sobre a mesa.

– Você a conhecia? – perguntou ele. – Gillian Edgars?

Fiona não respondeu diretamente, mas se virou de lado, mexendo o chá.

– Você foi às pedras em Craigh na Dun; Joycie disse que Albert viu você descendo quando ele passou dirigindo rumo a Drumnadrochit, na quinta.

– Sim, fui. Não é crime, é? – Ele tentou fazer piada, mas Fiona não caiu.

– Você sabe que é um lugar assustador, todos aqueles círculos. E não me diga que foi até lá para admirar a vista.

– Eu não diria isso.

Ele se recostou na cadeira, olhando para ela. Seu cabelo preto encaracolado estava arrepiado; ela passava as mãos nele quando estava agitada, e naquele momento certamente estava muito agitada.

– Você a conhece. Isso mesmo; Claire disse que você a havia conhecido. – A leve faísca de curiosidade que ele havia sentido ao ouvir o nome de Gillian Edgars crescia e se tornava uma chama clara de ansiedade.

– Não posso conhecê-la, certo? Ela morreu. – Fiona pegou a tigela de ovos vazia, os olhos fixos nos fragmentos descartados das cascas. – Não morreu?

Roger estendeu a mão para tocar o braço dela.

– Morreu?

– É o que todos acham. A polícia não encontrou vestígios dela. – A palavra polícia saiu como "polis" em seu sotaque de habitante das Terras Altas.

– Talvez eles não estejam procurando no lugar certo.

Seu rosto corado ficou totalmente pálido. Roger apertou o braço dela, mas ela não tentou se livrar. Ela sabia, maldição, ela sabia! Mas *o quê?*

– Conte, Fiona – disse ele. – Por favor, conte. O que sabe sobre Gillian Edgars e as pedras?

Ela se afastou nesse momento, mas não foi embora. Só ficou ali, virando a tigela de ovos nas mãos. Roger se levantou e ela se afastou ainda mais, olhando para ele com receio.

– Um acordo, então – disse ele, tentando manter a voz calma, para não assustá-la. – Conte para mim o que sabe e eu lhe conto por que a dra. Randall me deu aquela foto... e por que eu estava em Craigh na Dun.

– Preciso pensar. – Rapidamente, ela se abaixou, pegou a bandeja de louça suja e saiu antes que ele pudesse dizer qualquer coisa para impedi-la.

Lentamente, ele sentou-se de novo. O café da manhã estava bom – todas as refeições de Fiona eram deliciosas –, mas caiu no estômago dele como pedras, pesado e indigesto.

Não deveria ser tão incisivo, disse a si mesmo. Era o segredo para se decepcionar. Afinal, o que Fiona poderia saber? Ainda assim, qualquer menção à mulher que dizia se chamar Gillian – e, mais tarde, Geillis – era suficiente para chamar sua atenção.

Ele pegou a xícara de chá e bebeu sem sentir o gosto. E se ele cumprisse o acordo e contasse tudo a ela? Não só sobre Claire Randall e Gillian, mas sobre si mesmo – e sobre Brianna.

Pensar em Bree foi como sentir uma pedra no peito, e o medo se espalhou em todas as direções. *Ela está morta.* Fiona havia dito sobre Gillian. *Não está?*

Está?, respondera ele, a imagem vívida da mulher em sua mente, os olhos verdes arregalados e os cabelos claros soltos ao ar quente vindo de uma fogueira, pronta para correr pelas portas do tempo. Não, ela não havia morrido.

Não antes, pelo menos, porque Claire a havia conhecido... será que a conhecera? Antes? Depois? Ela não havia morrido, mas estava morta? Deveria estar agora, não é? E ainda assim... maldita confusão! Como pensar nisso de modo coerente?

Inquieto demais para permanecer ali, ele se levantou e atravessou o corredor. Parou na porta da cozinha. Fiona estava de pé junto à pia, olhando pela janela. Ela o ouviu e se virou, com um pano de prato não usado na mão.

O rosto estava vermelho, mas determinado.

– Não devo dizer, mas direi, preciso dizer. – Ela respirou fundo e ergueu o queixo, parecendo um pequinês diante de um leão. – A mãe de Bree, aquela dra. Randall, simpática, perguntou sobre minha avó. Ela sabia que a vovó tinha sido uma... dançarina.

– Dançarina? Como assim? Nas pedras?

Roger ficou levemente assustado. Claire havia dito aquilo a ele, quando a conheceu, mas ele nunca tinha acreditado que a sra. Graham, tão séria, realizara cerimônias arcanas nos montes verdejantes nas manhãs de maio.

Fiona soltou a respiração.

– Então, você sabe. Foi o que pensei.

– Não, não sei. Só sei o que Claire... a dra. Randall... me disse. Ela e o marido viram mulheres dançando no círculo de pedras numa manhã do Beltane, e sua avó era uma delas.

Fiona balançou a cabeça.

– Não era só uma delas, não. A vovó era a invocadora.

Roger entrou na cozinha e pegou o pano de prato da mão dela.

– Venha e sente-se – disse ele, levando-a para a mesa. – E me diga o que é uma invocadora.

– Aquela que invoca o sol.

Ela se sentou. Já tinha decidido, sabia; ia contar a ele.

– É uma das antigas línguas, a canção do sol; algumas das palavras parecem um pouco o gaélico, mas não todas. Primeiro, nós dançamos no círculo, e em seguida a invocadora para e se posta em frente à pedra rachada, e... não é cantoria, mas não é bem fala; é mais como o sacerdote na igreja. Você precisa começar no momento certo, quando a luz do amanhecer aparece no horizonte, para que, quando terminar, o sol entre pela pedra.

– Você se lembra de alguma das palavras? – O lado estudioso de Roger se inquietou e a curiosidade se fez notar em meio à confusão.

Fiona não se parecia muito com a mãe, mas olhou para ele de um jeito que fez com que ele se lembrasse da sra. Graham e de sua sinceridade.

– Conheço todas elas – disse Fiona. – Sou a invocadora agora.

Ele percebeu que estava boquiaberto e fechou a boca. Ela pegou a lata de biscoitos e a colocou diante dele.

– Mas não é o que você precisa saber – disse ela de modo casual –, então não vou contar a você. Quer saber sobre a sra. Edgars.

Fiona havia conhecido Gillian Edgars, sim; Gillian tinha sido uma das dançarinas, mas era nova. Gillian havia feito perguntas para as mulheres mais velhas, disposta a aprender tudo o que pudesse. Também queria aprender a canção do sol, mas isso era segredo; só a invocadora e sua sucessora a conheciam. Algumas das mulheres mais velhas sabiam parte dela – aquelas que tinham ouvido o cântico todos os anos por muito tempo –, mas não tudo, e não os segredos de quando começar e como medir a canção para que coincidisse com o nascimento do sol.

Fiona parou, olhando para as mãos cruzadas.

– São as mulheres; só as mulheres. Os homens não fazem parte disso, e não contamos a eles. Nunca.

Ele pousou a mão sobre a dela.

– Você está certa em me contar, Fiona – disse com muita delicadeza. – Conte-me o resto, por favor. Preciso saber.

Ela respirou fundo, uma respiração trêmula, e tirou a mão de baixo da dele. Olhou diretamente para ele.

– Você sabe para onde ela foi? Brianna?

– Acho que sim. Ela foi para o mesmo lugar que Gillian, não foi?

Fiona não respondeu, mas continuou olhando para ele. A irrealidade da situação tomou conta dele de repente. Ele não podia estar sentado ali, na cozinha confortável e velha que conhecia desde a infância, bebericando chá de uma xícara com o rosto da rainha pintado nela, falando sobre pedras sagradas e viagens no tempo com Fiona. Não com *Fiona*, pelo amor de Deus, cujos interesses se resumiam a Ernie e à economia doméstica!

Ou pelo menos era o que ele pensava. Pegou a caneca, bebeu todo o líquido e a pousou com um leve baque.

– Preciso ir atrás dela, Fiona, se puder. Posso?

Ela balançou a cabeça, claramente temerosa.

– Não sei. Só sei sobre as mulheres; talvez sejam apenas as mulheres que possam.

Era isso que ele temia – ou uma das coisas que temia.

– Só temos uma maneira de descobrir, certo? – perguntou ele, de modo casual. No fundo de sua mente, uma rocha alta aparecia escura como uma ameaça contra o céu suave da manhã.

– Tenho o caderno dela – disse Fiona.

– O que... de quem? De Gillian? Ela escreveu alguma coisa?

– Sim, escreveu. Tem um lugar... – Ela olhou para ele e lambeu os lábios. – Mantemos nossas coisas ali, prontas, com antecedência. Ela havia deixado o caderno ali e eu o peguei, depois. – Depois de o marido de Gillian ter sido encontrado assassinado no círculo, Roger acreditou que era o que ela queria dizer. – Sei que a polícia provavelmente deveria ficar com ele – continuou Fiona –, mas... bem, eu não quis entregá-lo a eles, e estava pensando... e se tiver a ver com a morte? E eu não podia guardá-lo se ele fosse importante e ainda... – Ela olhou para Roger pedindo compreensão. – Era o caderno dela, sabe, em que ela escrevia. E se ela o tinha deixado naquele lugar...

– Era secreto. – Roger assentiu.

Fiona concordou e respirou fundo.

– Então eu o li.

– E é assim que sabe para onde ela foi – disse Roger com delicadeza.

Fiona suspirou e abriu um leve sorriso.

– Bem, o caderno não vai ajudar a polícia, com certeza.

– Poderia me ajudar?

– Espero que sim – disse ela simplesmente e, virando-se para o aparador, abriu uma gaveta e retirou dela um caderno pequeno, com capa de tecido verde.

32

GRIMÓRIO

Este é o grimório da bruxa Geillis. É um nome de bruxa, e eu o assumo; aquilo que era ao nascer não importa, só o que eu farei de mim mesma, só no que me transformarei.

E no que é? Ainda não posso dizer, pois só no processo descobrirei em que me transformei. O meu caminho é o do poder.

O poder absoluto corrompe, sim – e como? Bem, por pensarmos que o poder pode ser absoluto, quando nunca pode. Pois somos mortais, você e eu. Observe a carne encolher e envelhecer em seus ossos, sinta as linhas do seu crânio empurrando a pele, seus dentes atrás de lábios suaves em um sorriso de reconhecimento.

E ainda assim, dentro da carne, muitas coisas são possíveis. Se tais coisas são possíveis além desses limites – é o âmbito de outros, não meu. E essa é a diferença entre mim e eles, aqueles outros que partiram antes para explorar o Reino Negro, aqueles que procuram poder na magia e na invocação de demônios.

Vou no corpo, não na alma. E, ao negar minha alma, não dou poder a nenhuma força, apenas àquelas que controlo. Não procuro favores do mal e do bem; eu os nego. Porque se não existe alma, se não existe morte a contemplar, então nem deus nem o diabo mandam – a batalha deles não tem consequência para quem vive apenas na carne.

> *Dominamos por um momento, e, ainda assim, para sempre. Uma rede frágil tecida para envolver terra e espaço. Só recebemos uma vida – e, ainda assim, podemos passar seus anos em muitas épocas. Quantas?*
>
> *Se quiser controlar o poder, deve escolher sua época e seu lugar, pois só quando a sombra da pedra cai a seus pés a porta do destino se abre de fato.*

– Uma maluca, com certeza – murmurou Roger. – Também tem um péssimo estilo de prosa. – A cozinha estava vazia; ele estava falando para se acalmar. Não estava dando certo.

Virou as páginas cuidadosamente, analisando as linhas de letras claras e redondas. Depois da primeira parte, havia outra chamada "Festivais do Sol e Festivais do Fogo", contendo uma relação – Imbolc, Alban Eilir, Beltane, Litha, Lughnassadh, Alban Elfed, Samhain, Alban Arthuan –, cada nome seguido por um parágrafo de anotações e uma série de pequenas cruzes ao lado. Para que diabo aquilo servia?

Samhain chamou sua atenção, com seis cruzes.

> *Esta é a primeira das festas dos mortos. Muito antes de Cristo e de sua Ressurreição, na noite do Samhain, as almas dos heróis saíram de seus túmulos. São raros, esses heróis. Quem nasce quando as estrelas estão certas? Nem todos que nascem têm a coragem de assumir o poder que é seu por direito.*

Mesmo em meio à evidente loucura, havia disciplina e organização – uma mistura estranha de observação fria e fuga poética. A parte central do livro tinha o título de "Estudos de Casos" e, se a primeira seção havia arrepiado os pelos do pescoço de Roger, a segunda foi suficiente para congelar o sangue em suas veias.

Era uma relação cuidadosa, por data e local, de corpos encontrados na vizinhança dos círculos de pedras. O surgimento de cada um era anotado e, embaixo de cada descrição, estavam algumas palavras de análise.

> *14 de agosto de 1931. Sur-le-Meine, Bretanha. Corpo de um homem não identificado. Idade, 40 e poucos anos. Encontrado perto do lado norte do círculo de pedras. Não há causa evidente de morte, mas ele tem queimaduras profundas nos braços e pernas. Roupas descritas apenas como "trapos". Nenhuma fotografia.*
>
> *Possível causa do fracasso: (1) homem, (2) data errada – 23 dias desde o mais próximo festival do sol.*
>
> *2 de abril de 1650. Castlerigg, Escócia. Corpo de uma mulher não identificada. Idade, cerca de 15 anos. Encontrado fora do círculo. Grande mutilação notada, pode ter sido arrastada do círculo por lobos. Roupas não descritas.*

Possível causa do fracasso: (1) data errada – 28 dias antes do festival do fogo, (2) falta de preparo.

5 de fevereiro de 1953. Callanish. Ilha de Lewis. Corpo de um homem identificado como John MacLeod, pescador de lagostas, 26 anos. Causa da morte diagnosticada como grande hemorragia cerebral, descrição do legista devido à aparência do corpo – queimaduras de segundo grau na pele da face e das extremidades – e à aparência chamuscada das roupas. Veredito do legista: morte por raio – possível, mas não definitivo. Possível causa do fracasso: (1) homem, (2) data muito próxima ao Imbolc, mas talvez não próxima o bastante? (3) preparação inadequada – foto do jornal mostra a vítima, camisa aberta; há uma queimadura no peito que parece ter o formato da Cruz de Bridhe, mas sem forma distinta para se ter certeza.

1º de maio de 1963. Tomnahurich, Escócia. Corpo de uma mulher, identificada como Mary Walker Willis. Pela descrição do legista, queimaduras no corpo e nas roupas, morte devido a parada cardíaca – ruptura da aorta. A descrição explica que a srta. Walker estava vestida com roupas "estranhas", sem detalhes específicos.
Fracasso – essa sabia o que estava fazendo, mas não conseguiu. O fracasso se deveu provavelmente à omissão do sacrifício adequado.

A lista continuou assustando Roger ainda mais a cada nome. Ela havia encontrado 22 ao todo, registrados ao longo de um período desde meados do século XV até meados do século XX, de locais espalhados pela Escócia, o norte da Inglaterra e Bretanha, todos mostrando alguma evidência de construção pré-histórica. Alguns casos tinham sido acidentes claros, ele pensou – pessoas que tinham entrado em um círculo sem saber e que não tinham ideia do que as atingira.

Poucas pessoas – e *bem* poucas – pareciam saber; elas tinham feito uma preparação de roupas. Talvez tivessem atravessado antes e tentado de novo –, mas dessa vez não havia dado certo. O estômago dele se contraiu. Claire estava certa: não era como passar por uma porta giratória.

E então, os desaparecimentos... Estavam em uma seção à parte, muito bem marcados por data, sexo e idade, com o máximo de circunstâncias registradas. Ah... era esse o significado das cruzes; quantas pessoas tinham desaparecido perto de cada festival. Havia mais desaparecidos do que mortos, mas havia menos informações. A maioria tinha pontos de interrogação – e Roger acreditava que era por não ser possível saber se o desaparecimento perto de um círculo estava necessariamente ligado a ele.

Ele virou uma página e parou, sentindo como se tivesse levado um soco no estômago.

> 1º de maio de 1945. Craigh na Dun, Inverness-shire, Escócia. Claire Randall, 27 anos, dona de casa. Foi vista pela última vez no início da manhã, depois de ter declarado intenção de visitar o círculo em busca de amostras incomuns de plantas, e não voltou quando escureceu. Carro encontrado estacionado no sopé do monte. Nenhum vestígio no círculo, nenhum sinal de luta.

Ele virou a página depressa, como se esperasse que o caderno fosse explodir em sua mão. Então, Claire havia dado, sem querer, a Gillian Edgars parte da prova que havia levado a seu próprio experimento. Será que Geillis havia encontrado os registros do retorno de Claire, três anos depois?

Não, evidentemente não, ele concluiu, depois de virar as páginas – ou, se ela tivesse encontrado, não havia feito o registro ali.

Fiona lhe havia levado mais chá e um prato de biscoitos de gengibre frescos, que permaneceram intocados desde que ele começara a ler. Uma sensação de obrigação, e não a fome, fez com que pegasse um biscoito e desse uma mordida, mas as migalhas de sabor forte ficaram em sua garganta e ele tossiu.

Na última parte do livro, o título era "Técnicas e Preparos". Começava assim:

> Algo está aqui, mais velho do que o homem, e as pedras mantêm seu poder. Os feitiços antigos falam "das linhas da terra" e do poder que flui por elas. O propósito das pedras tem a ver com essas linhas, tenho certeza. Mas as pedras atrapalham as linhas de poder ou são apenas marcadores?

O pedaço de biscoito parecia preso na garganta dele, por mais chá que bebesse. Ele se viu lendo mais depressa, pulando páginas, e por fim se sentou e fechou o caderno. Leria o resto depois – e mais de uma vez. Mas, por enquanto, tinha que sair, tomar ar fresco. Não era à toa que o caderno havia perturbado Fiona.

Ele desceu a rua depressa, seguindo para o rio, alheio à garoa. Estava tarde; havia um sino tocando constante e o trânsito de pessoas à noite, em direção aos bares, estava aumentando nas pontes. Mas acima do sino, das vozes e dos passos ele ouviu as últimas palavras que havia lido, soando em seu ouvido como se falassem diretamente para ele:

> Devo beijá-lo, menino? Devo beijá-lo, homem? Sinta os dentes atrás de meus lábios quando o beijo. Eu poderia matá-lo com a mesma facilidade com que o abraço. O gosto do poder é o gosto do sangue – ferro em minha boca, ferro em minha mão.
>
> O sacrifício é exigido.

33

SOLSTÍCIO DE VERÃO

20 de junho de 1971

Na noite do solstício de verão na Escócia, o Sol divide o céu com a Lua. Solstício de verão, festival de Litha, Alban Eilir. Quase meia-noite, e a luz estava fraca e branca leitosa, mas ainda assim era luz.

Ele sentiu as pedras muito antes de vê-las. Claire e Geillis estavam certas, ele pensou: a data importava. Elas tinham sido misteriosas nas primeiras visitas, mas silenciosas. Agora ele conseguia ouvi-las, não com os ouvidos, mas com a pele – um murmurar baixo como o toque de gaitas de foles.

Eles se aproximaram do topo do monte e pararam, a 10 metros do círculo. Abaixo, havia um vale profundo, um mistério sob a lua que subia. Ele ouviu uma leve respiração a seu lado, e ocorreu-lhe que Fiona estava com muito medo.

– Olhe, você não precisa ficar aqui – disse ele. – Se está com medo, deveria descer. Eu vou ficar bem.

– Não temo por mim, seu tolo – disse ela, enfiando as mãos cerradas mais para dentro dos bolsos. E se virou, abaixando a cabeça como um touro ao olhar para o caminho. – Então, vamos.

Os galhos de amieiro resvalaram perto do ombro dele, que estremeceu de repente, sentindo um arrepio tomar conta de si, apesar de estar muito bem agasalhado. Sua roupa lhe pareceu ridícula, de repente: o casaco comprido e o colete de lã grossa, a calça e as meias combinando. Uma peça na faculdade, ele havia dito ao alfaiate que fizera a fantasia.

– Sou tolo, mesmo – disse ele a si mesmo.

Fiona entrou primeiro no círculo; não permitiu que ele a acompanhasse nem que observasse. Obediente, ele se virou, deixando que ela fizesse o que pretendia. Ela segurava uma sacola de compras de plástico, presumivelmente contendo itens para seu cerimonial. Ele havia perguntado o que havia ali, e ela dissera que não era da sua conta. Ela estava quase tão nervosa quanto ele, pensou Roger.

O murmúrio o perturbou. Não estava em seus ouvidos, mas em seu corpo – sob sua pele, nos ossos. Fazia os ossos compridos de seus braços e de suas pernas tremerem como cordas dedilhadas e pinicava em seu sangue, provocando nele uma vontade constante de se coçar. Fiona não conseguia ouvir; ele havia perguntado, para ter certeza de que ela estaria segura antes de permitir que o ajudasse.

Ele esperava muito estar certo em pensar que só quem ouvia as pedras podia passar por elas. Ele nunca se perdoaria se alguma coisa acontecesse com Fiona – apesar de ela ter dito que já tinha entrado naquele círculo muitas vezes nos festivais do fogo, sem problema nenhum. Ele espiou atrás de si, viu uma pequena chama queimando na base da enorme rocha fissurada e se virou de novo.

Ela estava cantando com uma voz suave e alta. Ele não conseguia entender as palavras. Todas as outras viajantes de que tinha conhecimento eram mulheres; será que funcionaria com ele?

Talvez, pensou. Se a habilidade de passar pelas pedras fosse genética – algo como a habilidade de enrolar a língua ou o daltonismo – então, por que não? Claire havia viajado, assim como Brianna. Brianna era filha de Claire. E ele era descendente da única outra viajante do tempo que ele conhecia: a bruxa Geillis.

Ele bateu os dois pés e se remexeu como um cavalo espantando moscas, tentando se livrar do murmúrio. Meu Deus, era como ser comido por formigas! Será que o canto de Fiona deixava aquilo pior, ou seria apenas sua imaginação?

Ele esfregou o peito com violência, tentando diminuir a irritação, e sentiu o pequeno peso redondo do medalhão de sua mãe, levado para dar sorte e pelas granadas. Ele tinha dúvidas a respeito das especulações de Geillis – ele não estava interessado em fazer nenhum sacrifício, apesar de Fiona estar providenciando o fogo –, mas, afinal, as pedras preciosas não podiam fazer mal, e se ajudassem... Deus do Céu, será que Fiona não se apressaria? Ele se retorcia dentro das roupas, tentando se livrar não só delas, mas também de sua pele.

Procurando uma distração, deu um tapinha no bolso da frente de novo, sentindo o medalhão. Se desse certo... se ele pudesse... era uma ideia que havia lhe ocorrido recentemente, quando a possibilidade apresentada pelas pedras amadureceu e se tornou um plano. Mas se *fosse* possível... ele tocou o objeto pequeno e redondo, vendo o rosto de Jerry MacKenzie na superfície escura de sua mente.

Brianna havia partido para encontrar o pai. Ele poderia fazer a mesma coisa? Meu Deus, Fiona! Ela *estava* piorando as coisas; as raízes de seus dentes doíam e sua pele ardia. Ele balançou a cabeça violentamente e então parou, sentindo-se zonzo; seu crânio parecia se abrir.

E então ela apareceu, uma figura pequena segurando a mão dele, dizendo algo, ansiosa, enquanto o levava para dentro do círculo. Ele não conseguia ouvi-la – o barulho estava muito pior do lado de dentro; agora estava em seus ouvidos, em sua cabeça, escurecendo sua visão, causando dor nos espaços de sua coluna.

Rangendo os dentes, afastou a escuridão por tempo suficiente para fixar os olhos no rosto redondo e assustado de Fiona.

Rapidamente, curvou-se e a beijou na boca.

– Não conte ao Ernie – disse ele. Virou-se e passou pela pedra.

Um cheiro fraco chegou a ele com a brisa do verão: um cheiro de queimado. Ele virou a cabeça, com as narinas se alargando para senti-lo. Pronto. Uma chama se atiçou e apareceu no topo de um monte próximo, uma rosa de fogo do meio do verão.

Havia estrelas de brilho fraco no céu, meio encobertas por uma nuvem passageira. Ele não sentiu vontade de se mexer, nem de pensar. Sentia-se sem corpo, envolvido pelo céu, a mente livre, refletindo imagens iluminadas por estrelas como a bolha da boia de um pescador à superfície. Ouviu um murmúrio suave e musical ao redor – a canção distante das estrelas – e sentiu o cheiro de café.

Uma sensação vaga de inadequação sobrepôs-se ao clima de paz. A sensação estava em sua mente, erguendo faíscas minúsculas e dolorosas de confusão. Ele lutou contra a sensação, querendo apenas manter-se firme na luz da estrela, mas o ato de resistência o acordou. De repente, ele voltou a ter corpo, e doeu.

– ROGER! – A voz da estrela soou em seu ouvido, e ele se mexeu. Uma dor lancinante tomou seu peito, e ele levou a mão à ferida. Algo prendeu seu punho e o puxou, mas não antes que ele sentisse a umidade e a leve aspereza da cinza em seu peito. Estaria sangrando?

– Ah, você está acordando, graças a Deus! Pronto, bom garoto. Fácil, não? – Era a nuvem falando, não a estrela. Ele piscou, confuso, e a nuvem se revirou na silhueta encaracolada da cabeça de Fiona, escura contra o céu. Ele se endireitou, mais uma convulsão do que um movimento consciente.

Seu corpo havia reagido com intensidade. Sentia-se desesperadamente mal, e havia um cheiro horroroso de café e carne queimada em suas narinas. Ele rolou apoiado nas mãos e nos joelhos, sentindo ânsia de vômito, e então caiu na grama. Estava molhada, e foi bom sentir o frio no rosto quente.

Fiona o segurava, acalmando-o, secando seu rosto e sua boca.

– Você está bem? – perguntou ela pela centésima vez, ele percebeu. Dessa vez, ele reuniu força suficiente para responder.

– Sim – sussurrou. – Tudo bem. Por quê...?

Ela moveu a cabeça para cima e para baixo, encobrindo metade do céu de estrelas.

– Não sei. Você foi, você se foi, e então houve uma explosão, e vi você deitado no círculo, com o casaco em chamas. Tive que apagar o fogo com a garrafa térmica.

Isso explicava a presença do café, então, e a sensação quente em seu peito. Ele levantou a mão, apalpando, e dessa vez ela deixou. Havia uma parte queimada no tecido molhado do casaco dele, talvez de uns 7 centímetros. A carne do seu peito estava ferida; ele conseguia sentir o entorpecimento estranho das bolhas pelo furo no tecido, e a dor irritante de uma queimadura se espalhava pelo peito. O medalhão de sua mãe havia desaparecido totalmente.

– O que aconteceu, Rog? – Fiona estava agachada ao lado dele, o rosto escuro, mas visível; ele conseguia ver os caminhos das lágrimas em seu rosto. O que ele pensara ser o fogo do solstício de verão era a chama de sua vela, bem diminuída agora, com 1 centímetro. Deus, por quanto tempo estivera desmaiado?

– Eu... – Ele começara a dizer que não sabia, mas parou. – Deixe-me pensar um pouco, sim? – Apoiou a cabeça nos joelhos, sentindo o cheiro da grama molhada e do tecido queimado.

Concentrou-se na respiração, deixou que ela voltasse. Ele não tinha necessidade de pensar – estava tudo ali, claro em sua mente. Mas como uma pessoa descreveria coisas assim? Não havia uma cena, mas, ainda assim, ele tinha a imagem de seu pai. Nenhum som, nenhum toque... e, mesmo assim, ele havia ouvido e sentido. O corpo parecia perceber as coisas a seu jeito, traduzindo os fenômenos místicos do tempo em materialização.

Ele levantou a cabeça e respirou fundo, voltando lentamente a seu corpo.

– Eu estava pensando no meu pai – disse. – Quando passei pela pedra, eu havia acabado de pensar: se der certo, será que poderia voltar para encontrá-lo? E... encontrei.

– Encontrou? Seu pai? Você quer dizer que ele era um fantasma? – Ele sentiu, mais do que viu, o gesto da mão dela fazendo os chifres contra o mal.

– Não. Não foi bem assim. Eu... não consigo explicar, Fiona. Mas eu o encontrei; eu o conheci. – A sensação de paz não o havia deixado; ficou ali, pairando delicadamente no fundo de sua mente. – E então aconteceu um tipo de explosão, é só como consigo descrevê-la. Algo me acertou aqui. – Com os dedos, ele tocou o ponto queimado em seu peito. – Sua força me empurrou... para fora, e só soube disso até acordar. – Ele tocou o rosto dela com suavidade. – Obrigado, Fee. Você me impediu de pegar fogo.

– Ah, pare com isso. – Ela fez um gesto de impaciência, para que ele parasse. Voltou a se sentar sobre as pernas, coçando o queixo enquanto refletia.

– Estou pensando, Rog... o que estava escrito no caderno dela, a respeito de que podia haver uma proteção, se a pessoa levasse pedras preciosas. Havia pedrinhas no medalhão da sua mãe, não? – Ele ouviu quando ela engoliu em seco. – Talvez... se você não o tivesse... não teria sobrevivido. Ela falou sobre as pessoas que não conseguiram viver. Elas foram queimadas, e sua queimadura é onde o medalhão estava.

– Sim, pode ser. – Roger começava a se sentir melhor. Olhou com curiosidade para Fiona.

– Você sempre diz "ela". Por que não diz seu nome?

Os cachos de Fiona se ergueram com o vento quando ela se virou para olhar para ele. Estava bem claro para ver com nitidez seu rosto, com sua expressão de sinceridade desconcertante.

– Não se deve chamar algo, a menos que se queira sua presença – disse ela. – Certamente você sabe disso, já que seu pai é sacerdote.

Os pelos dos seus braços se eriçaram, apesar de ele estar vestindo camisa e casaco.

– Agora que está dizendo isso – disse ele, tentando, sem sucesso, fazer parecer uma piada. – Eu não estava chamando o nome do meu pai, mas talvez... a dra. Randall disse que pensou no marido quando voltou.

Fiona assentiu, franzindo o cenho. Ele conseguia ver seu rosto claramente, e percebeu, assustado, que a luz se intensificava. Já era quase manhã; o céu a leste mostrava a cor de escamas de salmão.

– Deus, já é quase manhã! Preciso ir!

– Ir? – Os olhos de Fiona estavam arregalados de terror. – Você vai tentar *de novo*?

– Vou. Preciso. – A pele de sua boca estava seca, e era uma pena Fiona ter usado todo o café para apagar o fogo. Ele lutou contra o frio na barriga e se levantou. Os joelhos estavam trêmulos, mas conseguia caminhar.

– Está maluco, Rog? Vai morrer, com certeza!

Ele balançou a cabeça, os olhos fixos na rocha alta.

– Não – disse ele, torcendo muito para estar certo. – Não, eu sei o que deu errado. Não vai acontecer de novo.

– Você não tem como ter certeza!

– Tenho, sim. – Ele tirou a mão dela de sua manga e a segurou; era pequena e fria. Sorriu para ela, apesar de seu rosto estar estranhamente amortecido. – Espero que Ernie não tenha chegado em casa; se chegou, já deve ter colocado a polícia atrás de você. É melhor você voltar depressa.

Ela deu de ombros, impaciente.

– Ah, ele está pescando com seu primo Neil; só volta na terça. O que você quis dizer com "não vai acontecer de novo"? Por que não?

Essa parte era mais difícil de explicar do que o resto. Ele devia uma tentativa a ela, no entanto.

– Quando eu disse que estava pensando no meu pai, estava pensando nele com base em como eu o conhecia – as fotos dele com o kit de aviador, ou com minha mãe. A questão é que... eu já tinha nascido nessa época. Entende? – Ele procurou no rosto pequeno e redondo dela, e viu quando ela piscou lentamente, compreendendo. A respiração saiu num leve suspiro de medo e confusão misturados.

– Então você não encontrou só seu pai, certo? – perguntou ela baixinho.

Ele balançou a cabeça, sem nada dizer. Nenhuma visão, nenhum som, cheiro ou toque. Não havia imagens que pudessem explicar como tinha sido encontrar a si mesmo.

– Preciso ir – repetiu ele com delicadeza. Apertou a mão dela. – Fiona, não posso agradecer o suficiente.

Ela olhou para ele por um momento, o lábio inferior projetado, os olhos brilhando. Então ela se afastou e, girando a aliança de noivado, colocou-a nas mãos dele.

– É uma pedrinha, mas é diamante de verdade – disse ela. – Talvez ajude.

– Não posso pegar isto! – Ele estendeu a mão para devolvê-la, mas ela deu um passo para trás e colocou as mãos nas costas.

– Não se preocupe, tenho seguro – disse ela. – Ernie é ótimo com seguros. – Ela tentou sorrir para ele, mas as lágrimas escorriam pelo seu rosto. – E eu também.

Não havia mais nada a ser dito. Ele colocou a aliança no bolso lateral de seu casaco e olhou para a grande rocha partida, com as laterais pretas começando a brilhar com pedacinhos de mica e quartzo reluzindo sob a luz da manhã. Ouviu o murmúrio, constante, mas agora mais parecia o pulsar do seu sangue: algo dentro dele.

Nenhuma palavra, e não havia necessidade. Ele tocou o rosto dela uma vez com delicadeza para se despedir e caminhou em direção à pedra, mancando um pouco. E atravessou a fissura.

Fiona não ouviu nada, só o vento constante e claro do solstício de verão soprar com um nome ecoado.

Ela esperou por um longo tempo, até o sol parar no topo da pedra.

– *Slan leat, a charaid chòir* – disse ela delicadamente. – Sorte para você, querido amigo. – Desceu o monte lentamente e não olhou para trás.

34

LALLYBROCH
Escócia, junho de 1769

O nome do cavalo alazão era Brutus, mas felizmente não parecia indicativo de sua personalidade até então. Mais trabalhador do que conspirador, ele era forte e fiel – ou, se não fosse fiel, pelo menos era resignado. Ele a havia levado sem pestanejar pelos campos verdejantes de verão e pelos vales com rochas, seguindo cada vez mais alto pelas boas estradas feitas pelo general inglês Wade cinquenta anos antes e pelas estradas ruins além do alcance do general, passando pela mata e subindo aos locais onde as estradas davam em nada além de uma trilha de pastagem de veados.

Brianna soltou as rédeas no pescoço de Brutus, deixando que ele descansasse depois da última subida, e ficou parada, observando o pequeno vale abaixo. A casa branca e grande ficava serena no meio dos campos verdes de aveia e cevada, com janelas e chaminés de pedra cinza, a horta cercada e as diversas construções ao seu redor como pintinhos em volta de uma galinha branca.

Ela nunca tinha visto a casa, mas tinha certeza. Ouvira as descrições da mãe a respeito de Lallybroch muitas vezes. E, além disso, era a única casa grande em quilômetros; ela não vira nada parecido nos últimos três dias, apenas as casas de parede de pedra, muitas abandonadas e tombadas, algumas não passando de ruínas enegrecidas pelo fogo.

A fumaça subia de uma chaminé mais à frente; havia alguém em casa. Já era quase meio-dia; talvez todos estivessem lá dentro, almoçando.

Ela engoliu, a boca seca de ansiedade e apreensão. Quem seria? Quem ela veria primeiro? Ian? Jenny? E como eles receberiam sua aparência e sua declaração?

Ela havia decidido simplesmente dizer a verdade, quem era e o que estava fazendo ali. Sua mãe já havia comentado que ela se parecia muito com o pai; ela teria que contar com essa semelhança para convencê-los. Os habitantes das Terras Altas que ela havia conhecido até então comentavam sobre sua aparência e seu modo estranho de falar; talvez os Murray não acreditassem nela. Então ela se lembrou e tocou o bolso do casaco; não, eles acreditariam: ela tinha a prova, afinal.

Um pensamento repentino a assaltou. Eles poderiam estar aqui agora? Jamie Fraser e sua mãe? A ideia não havia lhe ocorrido antes. Estava tão convencida de que eles estavam nos Estados Unidos – mas não era necessariamente o caso. Ela só sabia que eles *estariam* nos Estados Unidos em 1776; não havia como saber onde eles estavam no momento.

Brutus ergueu a cabeça e relinchou alto. Um relincho em resposta foi ouvido atrás deles, e Brianna pegou as rédeas quando o cavalo se virou. Ele levantou a cabeça e relinchou mais baixo, as narinas se abrindo com interesse quando um belo cavalo escuro fez a curva na estrada, carregando um homem alto e vestido com roupas marrons.

O homem parou o cavalo por um momento quando os viu e então bateu um pé na lateral do corpo do animal e se aproximou lentamente. Ela viu que ele era jovem e muito bronzeado, apesar do chapéu que usava; devia passar muito tempo ao ar livre. A barra de seu casaco estava amassada e suas meias estavam cobertas de poeira e capim.

Ele se aproximou dela com curiosidade, cumprimentando-a quando chegou perto o bastante para conversar. Então ela o viu ficar tenso e surpreso, e sorriu para si mesma.

Ele havia acabado de notar que ela era uma mulher. As roupas masculinas que ela usava não enganavam ninguém de perto; "masculinizada" era a última palavra que alguém poderia usar para descrever sua figura. Mas as roupas serviam bem ao propósito: eram confortáveis para montaria e, devido a sua altura, faziam com que, a distância, se parecesse com um homem sobre um cavalo.

O homem tirou o chapéu e fez uma reverência, o semblante tomado pela surpresa. Não era exatamente bonito, mas tinha um rosto forte e agradável, com sobrancelhas fartas – que no momento estavam erguidas – e olhos castanhos calmos sob os cabelos encaracolados, negros e sedosos.

– Madame – disse ele. – Posso ajudá-la?

Ela tirou seu chapéu e sorriu para ele.

– Espero que sim – disse ela. – Este lugar é Lallybroch?

Ele assentiu, cauteloso e surpreso agora que ouvira seu sotaque estranho.

– É, sim. Tem negócios por aqui?

– Sim – disse ela com firmeza. – Tenho. – Endireitou-se na sela e respirou fundo. – Sou Brianna... Fraser. – Era estranho dizer isso em voz alta; nunca usara esse nome antes. Mas parecia estranhamente certo.

A cautela no rosto dele diminuiu, mas a confusão, não. Ele assentiu com cuidado.

– A seu dispor, senhora. Jamie Fraser Murray – acrescentou ele formalmente, em reverência –, de Broch Tuarach.

– O jovem Jamie! – exclamou ela, assustando-o com sua empolgação. – Você é o jovem Jamie!

– É como minha família me chama – disse ele com seriedade, conseguindo passar a ela a impressão de que não gostava de ver o nome sendo usado por mulheres desconhecidas com roupas inadequadas.

– Prazer em conhecê-lo – disse ela sem se deixar abalar. Estendeu-lhe a mão, inclinando-se sobre a sela. – Sou sua prima.

As sobrancelhas, que tinham se franzido durante as apresentações, voltaram a se erguer. Ele olhou para a mão estendida e então, sem acreditar, para o rosto dela.

– Jamie Fraser é meu pai – disse ela.

Ele ficou boquiaberto e simplesmente olhou para ela por um momento, com cuidado, dos pés à cabeça, espiando seu rosto com atenção, e então um sorriso amplo e lento se abriu.

– Não acredito! – disse ele. Segurou a mão dela e a apertou o suficiente para pressionar os ossos. – Meu Deus, você é igual a ele!

Ele riu e o humor transformou seu rosto.

– Jesus! Minha mãe vai ter um ataque!

A grande roseira-brava acima da porta estava quase florindo, com centenas de botõezinhos verdes se formando. Brianna olhou para ela enquanto acompanhava o jovem Jamie e viu o dintel acima da porta.

Fraser, 1716 estava entalhado na madeira envelhecida. Ela sentiu uma leve emoção ao ver aquilo e ficou olhando para o nome por um momento, a madeira aquecida pelo sol rígida sob sua mão.

– Tudo bem, prima? – O jovem Jamie havia se virado para olhar para ela de modo inquisitivo.

– Tudo bem. – Ela correu para dentro da casa atrás dele, abaixando a cabeça automaticamente, mesmo não havendo necessidade.

– A maioria de nós é alta, à exceção da minha mãe e da pequena Kitty – disse o jovem Jamie com um sorriso quando a viu se abaixar. – Meu avô, também seu avô, construiu esta casa para a esposa dele, que era uma mulher muito alta. Acho que é a única casa nas Terras Altas dentro da qual você pode entrar sem ter que abaixar a cabeça ou dar uma testada.

...*Também seu avô*. As palavras casuais fizeram com que ela se sentisse aquecida de repente, apesar do frio do corredor.

Frank Randall tinha sido filho único, assim como a mãe dela; os parentes que ela tinha não eram próximos... apenas algumas tias-avós idosas na Inglaterra e alguns primos distantes de segundo grau na Austrália. Ela havia partido pensando apenas em encontrar seu pai; não pensou que pudesse descobrir uma família inteira em sua busca.

Muitos familiares. Quando entrou no corredor, com a madeira toda marcada, uma porta se abriu e quatro crianças pequenas saíram correndo, perseguidas por uma mulher jovem e alta com cabelos castanhos encaracolados.

– Ah, corram, corram, peixinhos! – gritou ela, correndo com as mãos abertas em formato de pinças. – O caranguejo maldoso vai comer vocês, clic, clic!

As crianças correram pelo corredor rindo e gritando, olhando para trás, aterrorizadas, mas muito felizes. Uma delas, um menininho de cerca de 4 anos, viu Brianna e o jovem Jamie na entrada e instantaneamente mudou de direção, correndo pelo corredor como uma locomotiva desgovernada, gritando: "Papai! Papai! Papai!"

O menino se lançou sem o menor cuidado contra a barriga do jovem Jamie. Este o pegou no momento certo e levantou o garotinho sorridente.

– Pronto, Matthew – disse ele com seriedade. – Que modos a sua tia Janet anda ensinando para você? O que sua nova prima vai pensar ao ver você correndo assim como um maluco?

O menininho riu ainda mais, nem um pouco envergonhado com a bronca. Olhou para Brianna, viu que ela também olhava para ele e logo escondeu o rosto no ombro do pai. Lentamente, levantou a cabeça e espiou de novo, com os olhos azuis arregalados.

– Papai! – disse ele. – É uma moça?

– Claro que sim, eu já disse, ela é sua prima.

– Mas ela está usando calça de homem! – Matthew olhou para ela chocado. – Moças não usam calça de homem!

A jovem parecia ter a mesma opinião, mas interrompeu-o com firmeza, movendo-se para pegar o menino do colo do pai.

– Bem, e com certeza ela tem um bom motivo para isso, mas não é adequado fazer comentários na frente das pessoas. Vá se lavar, sim? – Ela o colocou no chão e o virou em direção à porta no fim do corredor, empurrando-o levemente. Ele não se mexeu, e ainda se virou para olhar para Brianna.

– Onde está a vovó, Matt? – perguntou seu pai.

– Na sala dos fundos, com o vovô, uma moça e um homem – respondeu Matthew. – Eles tomaram dois bules de café, comeram uma bandeja de biscoitos e um bolo de frutas inteiro, mas a mamãe disse que também esperam jantar, e boa sorte para eles, porque só temos caldo e um pouco de ossobuco hoje, e nem ferrando... opa! – Ele pressionou a mão nos lábios, olhando com culpa para o pai. E de jeito nenhum ela vai dar a torta de groselha, por mais tempo que eles fiquem.

O jovem Jamie olhou para o filho com os olhos semicerrados, e então de modo desconfiado para a irmã.

– Uma moça e um homem?

Janet fez uma careta de desgosto.

– A Rabugenta e seu irmão – disse ela.

O jovem Jamie resmungou olhando para Brianna.

– Imagino que a mamãe vá ficar feliz por ter uma desculpa para se livrar deles. – Ele olhou para Matthew. – Vá chamar sua avó. Diga que trouxe uma visitante que ela gostará de ver. E cuidado com o que diz, sim? – Ele virou Matthew em direção aos fundos da casa e deu um tapinha em seu traseiro para que ele corresse.

O menininho partiu, mas lentamente, olhando com fascínio para trás, para Brianna, enquanto corria.

O jovem Jamie virou-se para Brianna, sorrindo.

– Ele é meu filho mais velho – disse. – E esta – fazendo um gesto para a jovem – é minha irmã Janet Murray. Janet, esta é a srta. Brianna Fraser.

Brianna não sabia se deveria estender a mão ou não, e então se contentou em menear a cabeça e sorrir.

– Estou muito feliz em conhecer você – disse de modo caloroso.

Janet arregalou os olhos de surpresa; Brianna só não sabia se foi para o que ela havia dito ou para o sotaque com que havia falado.

O jovem Jamie sorriu ao ver a surpresa no rosto da irmã.

– Você nunca vai imaginar quem ela é, Jen – disse ele. – Nunca, nem em mil anos!

Janet ergueu uma sobrancelha e então estreitou os olhos para Brianna.

– Prima – murmurou, olhando para a convidada de cima a baixo. – Ela tem o jeito dos MacKenzie, com certeza. Mas você disse que ela é uma Fraser... – Seus olhos se arregalaram de repente. – Ah, não pode ser – disse ela a Brianna. Um largo sorriso começou a se abrir, indicando a semelhança familiar com seu irmão. – *Não pode ser!*

A risada do irmão foi interrompida pelo abrir de uma porta de vaivém e pelo som de passos leves nas tábuas do corredor.

– Sim, Jamie? Mattie disse que temos uma convidada... – A voz suave desapareceu de repente, e Brianna olhou para a frente, com o coração aos pulos.

Jenny Murray era muito pequena – não passava de 1,50 metro – e tinha ossos delicados como os de um pardal. Estava olhando para Brianna, com a boca levemente aberta. Os olhos eram de um azul profundo, ainda mais destacados no rosto branco como papel.

– Minha nossa – disse ela baixinho. – Minha nossa. – Brianna sorriu, assentindo para sua tia, a amiga de sua mãe, a única irmã de seu pai. *Oh, por favor!*, ela pensou, tomada por uma ansiedade intensa e inesperada. *Por favor, goste de mim, por favor, fique feliz por eu estar aqui!*

O jovem Jamie fez uma reverência elaborada para a mãe, radiante.

– Mãe, me dê a honra de apresentar a você...

– Jamie Fraser! Eu sabia que ele tinha voltado... Eu disse a você, Jenny Murray!

A voz veio do fundo do corredor com um tom estridente de acusação. Olhando para a frente, assustada, Brianna viu uma mulher surgindo das sombras, indignada.

– Amyas Kettrick *me disse* que viu seu irmão cavalgando perto de Balriggan! Mas não, você não acreditou, não é, Jenny? Disse que sou uma tola, que Amyas está cego e que Jamie está na América! Mentirosos, vocês dois, você e Ian, tentando proteger o maldito covarde. Hobart! – gritou ela, virando-se para os fundos da casa. – Hobart! Venha aqui agora mesmo!

– Fique quieta! – disse Jenny sem paciência. – Você é uma tola, Laoghaire! – Ela segurou a manga da mulher, virando-a. – E, quanto a quem está cego, olhe para ela! Está tão mal assim para não saber mais a diferença entre um homem adulto e uma moça de calça, pelo amor de Deus? – Os olhos dela ficaram fixos em Brianna, brilhando de dúvida.

– Uma *moça*?

A outra mulher se virou, franzindo o cenho ao analisar Brianna de perto. Então piscou uma vez, menos irada, com o rosto tomado pela surpresa. Começou a se benzer.

– Minha nossa! Quem, em nome de Deus, é você?

Brianna respirou fundo, olhando de uma mulher para outra ao responder, tentando controlar a voz para que não tremesse.

– Meu nome é Brianna. Sou a filha de Jamie Fraser.

Os olhos das duas se arregalaram. A mulher chamada Laoghaire corou e pareceu inchar, abrindo e fechando a boca numa busca inútil por palavras.

Jenny, entretanto, deu um passo à frente e segurou as mãos de Brianna, olhando para seu rosto. Corou levemente, ficando com a aparência repentinamente jovem.

– De Jamie? Você é mesmo a menina de Jamie? – Ela apertou as mãos de Brianna.

– Minha mãe diz que sou.

Brianna percebeu a descontração na voz. As mãos de Jenny estavam frias, mas Brianna sentiu mesmo assim uma onda de calor, que se espalhou por suas mãos e subiu para o peito. Sentiu o cheiro suave e apimentado de massa nas roupas de Jenny, e de mais alguma coisa, mais terroso e pungente, e pensou que poderia ser o cheiro de lã de carneiro.

– Ela diz? – Laoghaire havia recuperado a voz e o autocontrole. Deu um passo à frente com os olhos semicerrados. – Então, Jamie Fraser é seu pai? E quem é sua mãe?

Brianna ficou tensa.

– A esposa dele – disse ela. – Quem mais?

Laoghaire jogou a cabeça para trás e riu. Não foi uma risada agradável.

– Quem mais? – perguntou ela, imitando. – Quem mais realmente, mocinha! E qual esposa seria?

Brianna sentiu o sangue sumir do seu rosto e as mãos ficaram tensas nas mãos de Jenny quando se deu conta. Sua idiota, ela pensou. Sua grande idiota. Faz vinte anos! É claro que ele teria se casado de novo. Claro. Por mais que amasse a mamãe.

Depois desse pensamento, veio outro, mais terrível. *Será que ela o encontrou? Ai, Deus, será que ela o encontrou com uma nova esposa e ele a mandou embora? Ai, meu Deus, onde ela está?*

Ela se virou sem olhar para nada, querendo correr, sem saber aonde ir, o que fazer, apenas sentindo que precisava sair dali de uma vez e encontrar a mãe.

– Você deve estar querendo se sentar, creio eu, prima. Vamos à sala, sim? – A voz do jovem Jamie soou firme em seu ouvido e ele a abraçou, levando-a pelo corredor por uma das portas que estavam abertas.

Ela mal ouvia as vozes ao seu redor, a confusão de explicações e acusações que apareceram como fogos de artifício. Viu um homem baixo com o rosto parecido com o do Coelho Branco, demonstrando-se muito surpreso, e outro homem, muito mais alto, que se levantou quando ela entrou na sala, caminhando na direção dela, com o rosto simples e envelhecido tomado pela preocupação.

Foi o homem alto quem acalmou a confusão e colocou todos em ordem, conseguindo, em meio ao tumulto, uma explicação acerca da presença dela.

– A filha de Jamie? – Ele olhou para ela com interesse, mas parecia muito menos surpreso do que qualquer um até então. – Qual é seu nome, *a leannan*?

– Brianna. – Estava chateada demais para sorrir para ele, mas ele não pareceu se importar.

– Brianna. – Ele se sentou em um banco estofado, fazendo um gesto para que ela se sentasse à sua frente, e ela viu que ele tinha uma perna de madeira que se estendia em um dos lados. Ele segurou a mão dela e sorriu, a luz afetuosa em seus olhos castanhos suaves fazendo com que ela se sentisse momentaneamente mais segura.

– Sou seu tio Ian, moça. Bem-vinda.

Ela apertou a mão dele sem querer, agarrando-se ao refúgio que ele parecia oferecer. Ele não titubeou nem puxou a mão, apenas olhou para ela com atenção, parecendo achar graça em suas roupas.

– Tem dormido ao relento, não? – perguntou ele ao ver as manchas de terra e plantas em suas roupas. – Deve ter percorrido uma boa distância para nos encontrar, sobrinha.

– Ela *diz* ser sua sobrinha – disse Laoghaire. Recuperada do choque, olhou por cima do ombro de Ian, o rosto tomado pela insatisfação. – Pode ser que ela só tenha vindo para ver o que pode conseguir.

– Você não deveria julgar as pessoas, Laoghaire – disse Ian com calma e se virou para olhar para ela. – Ou não eram você e Hobart que, há meia hora, tentavam arrancar 500 libras libras de mim?

Ela contraiu os lábios com força, aprofundando as linhas de expressão ao redor da boca.

– Aquele dinheiro é meu – disse ela –, e você sabe bem disso! Foi acordado; você viu o documento.

Ian suspirou; era evidente que não era a primeira vez que ele ouvia aquilo naquele dia.

– Vi – disse ele pacientemente. – E você terá seu dinheiro, assim que Jamie puder enviá-lo. Ele prometeu e é um homem honrado. Mas...

– Honrado, não é? – Laoghaire rosnou de modo nada feminino. – É honrado cometer bigamia, então? Abandonar sua esposa e seus filhos? Roubar minha filha e acabar com ela? Honrado! – Olhou para Brianna com os olhos brilhantes e frios como aço.

– Vou perguntar de novo, moça. Qual é o nome de sua mãe?

Brianna simplesmente olhou para ela, assustada. O tecido ao redor do seu pescoço a enforcava, e suas mãos estavam frias, apesar de Ian segurá-las.

– Sua mãe – repetiu Laoghaire, impaciente. – Quem era?

– Não importa quem... – começou Jenny, mas Laoghaire a interrompeu, com o rosto vermelho de raiva:

– Ah, importa, sim! Se ele a conheceu em um prostíbulo, ou se foi com alguma empregada quando ele estava na Inglaterra... é uma coisa. Mas se ela...

– Laoghaire!

– Irmã!

– Sua peste de língua frouxa!

Brianna interrompeu a situação apenas se levantando. Era alta como qualquer um dos homens, e mais alta do que as mulheres. Laoghaire depressa deu um passo para trás. Todo mundo na sala estava virado para ela, hostis, solidários ou simplesmente curiosos.

Com uma frieza que não sentia, Brianna levou a mão ao bolso de dentro do casaco, o bolso secreto que ela havia costurado na semana anterior. Parecia um século.

– O nome da minha mãe é Claire – disse ela, e colocou o colar na mesa.

Fez-se um forte silêncio na sala, exceto pelo silvo suave do fogo que queimava baixo. O colar de pérolas brilhava, o sol da primavera que entrava pela janela iluminando as arruelas de ouro decoradas, fazendo com que parecessem faíscas.

Foi Jenny quem falou primeiro. Movendo-se como uma sonâmbula, ela esticou um dedo magro e tocou uma das pérolas. Pérolas de água doce, daquelas chamadas barrocas devido às formas singulares, irregulares e inconfundíveis.

– Minha nossa – disse Jenny baixinho. Levantou a cabeça e olhou no rosto de Brianna, com os olhos azuis puxados brilhando com o que pareciam lágrimas. – Estou tão feliz em vê-la... sobrinha.

– Onde está minha mãe? Vocês sabem? – Brianna olhou em cada rosto, o coração batendo com força, ressoando em seus ouvidos. Laoghaire não estava olhando para ela; seu olhar estava fixo nas pérolas, o rosto frio e paralisado.

Jenny e Ian se entreolharam depressa e então Ian se levantou, movendo-se de modo desajeitado para dobrar a perna embaixo do corpo.

– Ela está com seu pai – disse ele baixinho, tocando o braço de Brianna. – Não se preocupe, moça. Os dois estão seguros.

Brianna resistiu à vontade de cair de alívio. Em vez disso, soltou o ar com muito cuidado, sentindo o nó de ansiedade se desfazer lentamente em sua barriga.

– Obrigada – disse. Tentou sorrir para Ian, mas seu rosto parecia flácido. *Seguros. E juntos. Ah, obrigada!*, pensou, em silenciosa gratidão.

– Elas são minhas, por direito. – Laoghaire meneou a cabeça em direção às pérolas. Não estava irritada, mas friamente controlada. Sem a distorção da fúria, Brianna podia ver que ela já tinha sido bela, e ainda continuava sendo uma mulher bonita – alta para uma escocesa e graciosa nos movimentos. Tinha a pele clara e delicada, e estava mais rechonchuda na região da barriga, mas o corpo ainda era esguio e firme, e o rosto ainda ostentava o orgulho de uma mulher que sabe que é bonita.

– Não são! – disse Jenny, com uma reação de raiva. – Eram as joias da minha mãe, que meu pai deu a Jamie para a sua esposa e...

– E eu sou a esposa dele – interrompeu Laoghaire. Olhou para Brianna naquele momento, um olhar frio e crítico. – Sou a esposa dele – repetiu.– Eu me casei com ele em boa-fé, e ele me prometeu pagamento pelas coisas erradas que fez comigo. – Ela virou o olhar frio para Jenny. – Já faz mais de um ano que não vejo um centavo. Devo vender meus sapatos para alimentar minha filha, a que ele me deixou?

Ela ergueu o queixo e olhou para Brianna.

– Se você é filha dele, então as dívidas dele também são suas. Diga a ela, Hobart!

Hobart pareceu meio envergonhado.

– Ah, irmã – disse ele, pousando a mão em seu braço numa tentativa de acalmá-la. – Não acho...

– Não, não acha, e não acha desde que nasceu! – Ela o afastou, irritada, e estendeu a mão em direção às pérolas. – Elas são minhas!

Foi puro reflexo; Brianna pegou as pérolas com força antes mesmo de perceber. As arruelas douradas estavam frias contra sua pele, mas as pérolas eram quentes – o sinal de uma pérola verdadeira, sua mãe havia lhe dito.

– Espere só um minuto aqui. – A força e a frieza de sua voz a surpreenderam. – Não sei quem você é, e não sei o que aconteceu entre você e meu pai, mas...

– Sou Laoghaire MacKenzie, e seu maldito pai se casou comigo há quatro anos, com intenções falsas, devo acrescentar. – A raiva de Laoghaire não havia desaparecido; parecia ter subido à superfície: seu rosto mostrava uma expressão séria, tensa, mas ela não estava gritando, e o tom vermelho deixara seu rosto macio e redondo.

Brianna respirou fundo, buscando se acalmar.

– É mesmo? Mas se minha mãe está com meu pai agora...

– Ele me deixou.

As palavras foram ditas sem intensidade, mas caíram com o peso de pedras em água parada, espalhando ondas sem fim de dor e traição. O jovem Jamie estava abrindo a boca para falar, mas a fechou de novo, observando Laoghaire.

– Ele disse que não aguentava mais... morar na mesma casa comigo, dividir a cama comigo. – Ela falava com calma, como se recitasse uma parte que havia decorado, os olhos ainda fixos no ponto vazio onde as pérolas tinham estado. – Então ele foi embora. E depois voltou... com a bruxa. E a esfregou na minha cara; dormiu com ela embaixo do meu nariz. – Lentamente, ela olhou para Brianna, observando-a com intensidade, analisando os mistérios de seu rosto. Devagar, assentiu. – Foi ela – disse, com uma certeza que era levemente assustadora devido à calma. – Ela lançou seus feitiços nele desde o dia em que chegou a Leoch... e em mim. Ela me tornou invisível. Desde o dia em que chegou, ele não conseguia mais me ver.

Brianna sentiu um leve arrepio na espinha, apesar do silvo do fogo na lareira.

– E então ela se foi. Morreu, disseram. Morta na Revolta. E ele voltou para casa de novo, vindo da Inglaterra, livre, finalmente. – Ela balançou a cabeça muito lentamente; ainda estava olhando para o rosto de Brianna, mas ela sabia que Laoghaire não a via mais. – Mas não estava morta, de fato. E ele não estava livre. Eu sabia disso; sempre soube. Não se mata uma bruxa com aço... elas devem ser queimadas. – Os olhos claros de Laoghaire se viraram para Jenny. – Você a viu... no meu casamento. Sua presença ali, entre mim e ele. Você a viu, mas não me disse. Só soube depois, quando você contou a Maisri, a vidente. Você deveria ter me dito. – Não era tanto uma acusação, mas mais uma afirmação.

O rosto de Jenny havia empalidecido de novo, os olhos azuis puxados tomados por algo... talvez medo. Ela lambeu os lábios e começou a responder, mas a atenção de Laoghaire havia passado a Ian.

– É melhor ficar atento, Ian Murray – disse ela, o tom sério. Ela fez um meneio de cabeça em direção a Brianna. – Olhe para ela. Uma mulher direita é assim? Mais alta do que a maioria dos homens, vestida como homem, com as mãos grandes como pratos, prontas para tirar a vida de alguém, se quiser.

Ian não respondeu, apesar de parecer preocupado. O jovem Jamie cerrou os punhos e contraiu a mandíbula. Laoghaire viu e esboçou um leve sorriso.

– Ela é a filha de uma bruxa – disse. – E vocês sabem, todos vocês! Ela olhou ao redor, desafiando cada rosto desconfortável. – Eles deveriam ter queimado sua mãe em Cranesmuir, pelo feitiço que colocou em Jamie Fraser. Sim, digo que você deve ficar atento ao que entra em sua casa!

Brianna bateu a mão na mesa com força, assustando todo mundo.

– Mentira – disse em voz alta. Conseguia sentir o sangue subindo a seu rosto, e não se importou. Todos estavam boquiabertos, mas ela não tinha atenção a dar a ninguém além de Laoghaire MacKenzie. – Mentira – disse de novo, e apontou um dedo para a mulher. – Se eles têm que ter cuidado com alguém, é com você, sua assassina maldita!

A boca de Laoghaire estava mais aberta do que a de todos, mas nenhum som foi emitido.

– Você não contou a eles *tudo* sobre Cranesmuir, não é? Minha mãe deveria ter dito, mas não disse. Ela achava que você era jovem demais para saber o que estava fazendo. Mas não era, certo?

– O quê...? – perguntou Jenny em voz baixa.

O jovem Jamie olhou para o pai com desespero, e o homem parecia paralisado, olhando para Brianna.

– Ela tentou matar minha mãe. – Brianna estava tendo dificuldade para controlar a voz embargada e trêmula, mas conseguiu falar: – Tentou, não tentou? Disse a minha mãe que Geillis Duncan estava doente e chamando por ela. Você sabia que ela iria, ela sempre socorria os doentes, ela é médica! Você sabia que eles prenderiam Geillis Duncan por bruxaria, e, se minha mãe estivesse lá, eles também a levariam! Você pensou que eles a queimariam, e então poderia tê-lo... Jamie Fraser.

Os lábios de Laoghaire estavam brancos, e seu rosto, sério. Nem mesmo seus olhos tinham vida; estavam inexpressivos e paralisados, como bolinhas de gude.

– Podia sentir a mão dela nele – sussurrou ela. – Em nossa cama. Deitada ali entre nós, com a mão nele, de modo que ele se enrijecia e a chamava durante o sono. Ela *era* uma bruxa. Eu sempre soube.

A sala estava em silêncio, à exceção do silvo do fogo e do leve cantar de um pássaro pequeno do lado de fora da janela. Hobart MacKenzie se mexeu por fim, dando um passo à frente para segurar a irmã pelo braço.

– Venha, *a leannan* – disse baixinho. – Levarei você para casa agora. – Ele assentiu com a cabeça para Ian, que assentiu de volta, com um gesto leve que passava solidariedade e arrependimento.

Laoghaire deixou o irmão levá-la, sem resistir, mas na porta parou e se virou. Brianna estava parada; acreditava que não conseguiria se mexer se tentasse.

– Se você é a filha de Jamie Fraser – disse Laoghaire, a voz fria e clara –, e pode ser que seja, devido a sua aparência, saiba disso: seu pai é um mentiroso e um mulherengo, traiçoeiro e aproveitador. Espero que se entendam. – Ela cedeu à pressão de Hobart, que a puxava pela manga, e a porta se fechou em seguida.

A ira que havia tomado conta de Brianna desapareceu de repente e ela se inclinou para a frente, apoiando o peso nas palmas das mãos, o colar duro sob sua mão. Seus cabelos tinham se soltado, e uma mecha grossa caiu sobre seu rosto.

Seus olhos estavam fechados devido à tontura que ameaçava tomar conta dela; sentiu, mas não viu, a mão que a tocava e delicadamente afastava as mechas de seu rosto.

– Ele continuou a amá-la – sussurrou ela, mais para si do que para os outros. – Ele não a esqueceu.

– É claro que ele não a esqueceu. – Ela abriu os olhos e viu o rosto triste de Ian, os olhos castanhos e gentis a 15 centímetros de seu rosto. Sua mão larga, ainda maior que a dela, e com marcas de trabalho estava sobre a de Brianna, quente e firme. – Nem nós.

– Quer mais um pouco, prima Brianna? – Joan, a esposa do jovem Jamie, sorriu do outro lado da mesa, com a colher parada de modo convidativo acima dos restos de uma torta enorme de groselha.

– Obrigada, não. Não conseguiria comer mais nada – disse Brianna, sorrindo. – Estou estufada!

Isso fez Matthew e seu irmãozinho Henry rirem alto, mas um olhar sério da avó fez com que eles se calassem na hora. Olhando ao redor, Brianna viu que todos seguravam o riso; desde os adultos às crianças, todos pareciam considerar seu comentário incrivelmente engraçado.

Não era devido a suas roupas nada ortodoxas nem à novidade de estarem vendo uma estranha, ela pensou, ainda que fosse uma estranha mais estranha do que se esperava. Havia algo mais: uma corrente de alegria que corria entre os membros da família, invisível, mas viva como a eletricidade.

Ela percebeu o que era lentamente; um comentário de Ian deixou claro:

– Nós pensávamos que Jamie nunca teria um filho. – O sorriso de Ian do outro lado da mesa foi caloroso o bastante para derreter gelo. – Mas você nunca o viu?

Ela balançou a cabeça, engolindo os restos da comida, sorrindo de volta apesar de estar com a boca cheia. Era isso, ela pensou; eles estavam felizes com ela nem tanto por ela, mas por Jamie. Eles o amavam e estavam felizes não só por eles mesmos, mas também por ele.

Perceber isso fez com que ela se emocionasse. As acusações de Laoghaire a haviam abalado, por serem fortes, e era um grande consolo perceber que, para todas aquelas pessoas que o conheciam bem, Jamie não era mentiroso nem mau; era, na verdade, o homem que sua mãe pensava que ele era.

Pensando que a emoção era um engasgo, o jovem Jamie deu um tapa em suas costas para ajudar, fazendo com que então engasgasse de vez.

– Você escreveu ao tio Jamie, então, para dizer que viria para cá? – perguntou ele, ignorando sua tosse e o rosto vermelho.

– Não – disse ela, rouca. – Não sei onde ele está.

Jenny ergueu as sobrancelhas.

– Sim, você disse isso. Eu tinha esquecido.

– Você sabe onde ele está agora? Ele e minha mãe? – perguntou Brianna com ansiedade, afastando as migalhas do jabô.

Jenny sorriu e se levantou da mesa.

– Sim, eu sei, mais ou menos. Se já comeu, pode vir comigo. Vou pegar a última carta que ele enviou.

Brianna se levantou para seguir Jenny, mas parou abruptamente à porta. Vagamente, notara alguns quadros na parede da sala mais cedo, mas não os havia observado com calma, na pressa da emoção e dos acontecimentos. Mas parou para olhar aquele.

Dois menininhos com cabelos vermelhos, em postura ereta, com kilts e jaquetas, camisas brancas com babados aparecendo contra o pelo escuro de um cachorro que estava ao lado deles, com a língua de fora, entediado, porém paciente.

O menino mais velho era alto e tinha traços finos; estava sentado com a coluna reta e ar de orgulho, o queixo erguido, uma das mãos na cabeça do cachorro e a outra de forma protetora no ombro do irmão caçula, que estava entre seus joelhos.

Brianna olhou para o menino mais jovem. Seu rosto era redondo e tinha o nariz empinado, as faces claras e coradas como maçãs. Olhos azuis grandes, levemente puxados, olhavam por baixo de cabelos claros e penteados de um modo asseado nada natural. A pose era formal, o estilo clássico do século XVIII, mas havia algo na figura atarracada e robusta que fez Brianna sorrir e estender o braço para tocar seu rosto.

– Você é lindo – disse delicadamente.

– Jamie foi um garotinho lindo, mas teimoso. – A voz de Jenny a seu lado a assustou. – Castigo ou surra, não fazia diferença; quando decidia fazer alguma coisa, estava decidido. Venha comigo; tem outra foto que você vai gostar de ver, acredito.

O segundo porta-retratos estava no intervalo entre os lances da escada, parecendo totalmente fora de lugar. Por baixo, ela conseguia ver a moldura dourada e decorada, os entalhes em conflito com o conforto rústico proporcionado pelas outras decorações da casa. Fez com que ela se lembrasse dos quadros de museus; aquele ambiente simples parecia incongruente.

Enquanto seguia Jenny, a luz que vinha da janela desapareceu, deixando a superfície do quadro simples e clara à sua frente.

Ela se assustou e sentiu os pelos dos seus braços se arrepiarem por baixo do linho da camisa.

– É formidável, não? – Jenny olhou para o quadro, depois para Brianna e para o quadro de novo, seus traços marcados por algo entre orgulho e admiração.

– Formidável! – concordou Brianna, engolindo em seco.

– Veja por que logo reconhecemos você – continuou a tia, pousando uma mão carinhosa na moldura entalhada.

– Sim. Sim, consigo perceber.

– Esta é minha mãe. Sua avó, Ellen MacKenzie.

– Sim – disse Brianna. – Eu sei. – A poeira sob seus pés subia preguiçosamente em direção à luz da tarde que vinha da janela. Brianna teve a impressão de que girava com ela, não mais ligada à realidade.

Duzentos anos à frente, ela tinha – *Eu vou?*, pensou – parado à frente daquele quadro na Galeria Nacional, furiosamente negando a verdade que ele mostrava.

Ellen MacKenzie olhava para ela agora como fizera antes: majestosa, o pescoço comprido, os olhos puxados mostrando um senso de humor que não era expressado pela boca suave. Não era uma imagem como um reflexo; a testa de Ellen era alta, mais estreita que a de Brianna, e o queixo era redondo, não pontudo, o rosto todo mais suave e com traços menos pronunciados.

Mas a semelhança existia, e forte o bastante para assustar; as maçãs grandes e os cabelos ruivos eram os mesmos. Ao redor de seu pescoço, havia pérolas, arruelas douradas brilhando sob o sol suave da primavera.

– Quem o pintou? – perguntou Brianna finalmente, mas não precisava ouvir a resposta. A etiqueta ao lado do quadro no museu havia indicado o artista como "Desconhecido". Mas, depois de ver o quadro dos dois meninos, Brianna soube. Aquele quadro indicava menos habilidade, um esforço mais antigo... mas a mesma mão havia pintado os cabelos e a pele.

– Minha mãe – Jenny estava dizendo, a voz tomada pelo orgulho. – Ela tinha a mão ótima para desenhar e pintar. Muitas vezes, desejei ter esse talento.

Brianna sentiu os dedos se arquearem inconscientemente, a ilusão de um pincel entre eles momentaneamente, tão vívida que ela podia jurar ter sentido a madeira lisa.

Foi daí, ela pensou, sentindo um leve arrepio, e ouviu um clique baixo de reconhecimento quando um pedaço do seu passado se encaixou. *Foi daí que veio minha habilidade.*

Frank Randall dissera, de modo brincalhão, ser incapaz de traçar uma linha reta; Claire dizia que não desenhava nada. Mas Brianna tinha o talento da linha e da curva, da luz e da sombra – e, agora, tinha a fonte do talento também.

O que mais?, pensou de repente. O que mais ela tinha que já havia sido da mulher no quadro, do menino com a cabeça inclinada, em teimosia?

– Ned Gowan trouxe isto para mim de Leoch – disse Jenny, tocando a moldura com reverência. – Ele o salvou quando os ingleses invadiram o castelo, depois da Revolta. – Ela sorriu discretamente. – Ned é muito bom com famílias. Ele é de Edimburgo, sem parentes, mas assumiu os MacKenzie como seu clã, mesmo agora que o clã não existe mais.

– Não mais? – perguntou Brianna. – Todos morreram? – O horror em sua voz fez Jenny olhar para ela, surpresa.

– Ah, não, não quis dizer isso, moça. Mas Leoch se foi – acrescentou ela em tom mais suave. – E os últimos líderes se foram, Colum e seu irmão Dougal... eles morreram pelos Stuarts.

Ela sabia disso, claro; Claire havia contado. O surpreendente foi o surgimento de uma sensação de pesar inesperada; compaixão pelos desconhecidos de sua família recém-descoberta. Com esforço, ela engoliu o nó na garganta e se virou para acompanhar Jenny escada acima.

– Leoch era um grande castelo? – perguntou ela. A tia fez uma pausa, com a mão na balaustrada.

– Não sei – disse ela. Jenny olhou para o quadro de Ellen com algo parecido com arrependimento nos olhos. – Nunca o vi. E agora não existe mais.

Entrar no quarto do segundo andar era como entrar em uma caverna subaquática. O cômodo era pequeno, assim como todos os outros, com vigas baixas enegrecidas por anos de fogueiras, mas as paredes eram claras e brancas, e a sala em si era tomada por plantas e pela luz que entrava por duas janelas grandes, filtrada pelas folhas da roseira-brava, que balançava ao vento.

Em alguns pontos, algo claro piscava e brilhava como um coral de peixes na escuridão. Uma boneca pintada sobre um tapete, abandonada por uma criança, um cesto chinês com uma moeda presa à tampa para decorá-lo, um candelabro de latão sobre a mesa, um pequeno quadro na parede, cores intensas contra a parede clara.

Jenny se dirigiu a um grande armário que ficava no canto do quarto e ficou na ponta dos pés para pegar uma grande caixa encapada de marroquim, os cantos desgastados pelo tempo. Ao reposicionar a tampa, Brianna viu o brilho do metal e outro leve brilho, como o da luz do sol em joias.

– Aqui está. – Jenny pegou um pedaço de papel grosso, dobrado e sujo, que aparentava ter viajado muito e sido muito lido, e o colocou na mão de Brianna. Tinha sido selado; uma mancha de cera ainda estava na ponta de uma das folhas. – Eles estão na colônia da Carolina do Norte, mas não vivem perto de nenhuma cidade. Jamie escreve um pouco à noite, quando pode, e guarda tudo consigo até ele ou Fergus poderem ir a Cross Creek, ou até um viajante passar, alguém que possa levar a carta. Isso é bom para ele, pois não tem facilidade para escrever, principalmente desde que quebrou a mão, há algum tempo.

Brianna se sobressaltou ao saber da referência casual, mas o rosto calmo da tia não dava sinais de preocupação.

– Sente-se, moça. – Ela balançou a mão, dando a Brianna a opção de se sentar no banquinho ou na cama.

– Obrigada – murmurou Brianna, escolhendo o banquinho. Então talvez Jenny não soubesse tudo a respeito de Jamie e de Black Jack Randall? A ideia de que ela pudesse saber coisas a respeito desse homem que nem mesmo sua querida irmã conhecia era meio desconcertante, de certo modo. Para afastar o pensamento, ela abriu a carta depressa.

As palavras rabiscadas apareceram para ela, pretas e vívidas. Ela já tinha visto aquela caligrafia, as letras difíceis e amontoadas, com as caudas compridas, mas que estavam em um documento de duzentos anos, com a tinta marrom e apagada, a letra contida por cuidado e formalidade. Aqui, ele havia se sentido à vontade – as letras se estendiam pela página de modo interrompido, as linhas meio inclinadas nas pontas. Era confuso, mas compreensível, apesar de tudo.

Cordilheira dos Frasers, segunda-feira, 19 de setembro

Minha querida Jenny,
Tudo aqui está bem, estamos bem de saúde e de ânimo, e espero que esta carta seja lida num momento em que todos de sua casa estejam igualmente bem.
Seu filho envia lembranças carinhosas, e pede para não ser esquecido por seu pai, seus irmãos e irmãs. Pede a você que entregue a Matthew e a Henry o objeto

que envio aqui, que é um crânio preservado de um animal chamado porco-espinho devido a seus espinhos (mas não é nada parecido com o animal rasteiro que vocês conhecem por esse nome; é muito maior no tamanho e vive no topo das árvores, onde se alimenta de frutas macias). Diga a Matthew e a Henry que não sei por que os dentes estão alaranjados. Sem dúvida, o animal os decorou.

Também envio um pequeno presente para você; a estampa é resultado do uso dos espinhos desse mesmo porco-espinho, que os índios tingem com os sumos de várias plantas antes de tecê-los do modo engenhoso que está vendo.

Claire ultimamente tem se interessado muito na conversa – se é que o termo pode ser usado no sentido de comunicação, já que se limita principalmente a gestos e caretas (ela insistiu para que eu acrescente aqui que não faz caretas, e eu respondi que estou numa situação melhor para julgar o caso, porque consigo ver as caretas em questão, e ela não) –, na conversa com uma senhora índia, muito estimada nesta região como curandeira, que tem dado a ela muitas das plantas que mencionei. Por isso, os dedos dela estavam roxos no momento, o que eu acho muito decorativo.

Terça-feira, 20 de setembro

Andei muito ocupado hoje consertando e fortalecendo o cercado onde mantemos nossas poucas vacas, porcos etc. à noite, para protegê-los dos ataques dos ursos, que são numerosos aqui. Ao caminhar para o banheiro hoje cedo, vi uma pegada grande na lama, que tinha o tamanho do meu pé. Os animais ficaram nervosos e alterados, e compreendo o porquê.

Mas peço que não se assuste nem se preocupe conosco. Os ursos-negros desta região têm medo dos humanos e detestam se aproximar de um único homem que seja. Além disso, nossa casa foi construída com reforços, e eu já proibi Ian de sair quando escurece, exceto se estiver bem armado.

Em relação às armas, nossa situação está bem melhor. Fergus trouxe um belo rifle do novo tipo e várias facas excelentes.

Também temos um caldeirão grande, cuja aquisição comemoramos com uma grande quantidade de ensopado delicioso, feito com carne de veado, cebolas selvagens da mata, feijões secos e também com alguns tomates secos pelo verão. Nenhum de nós morreu nem sofreu consequências ruins depois de comermos esse ensopado, então Claire provavelmente tem razão, os tomates não são venenosos.

Quarta-feira, 21 de setembro

O urso veio de novo. Encontrei pegadas e grandes marcas de arranhões no chão recém-rastelado do jardim de Claire hoje. A fera deve estar faminta, se preparando para a hibernação no inverno, e sem dúvida procura comida na terra.

Coloquei a porca dentro da nossa despensa, já que ela está prestes a dar à luz. Nem Claire nem a porca gostaram muito dessa solução, mas o animal é valioso, paguei três libras ao sr. Quillan.

Quatro índios vieram hoje. Eles são da tribo dos tuscaroras. Encontrei esses homens em várias ocasiões, e os considerei bastante amigáveis.

Os selvagens expressaram vontade de caçar nosso urso, e dei a eles de presente um pouco de tabaco e também uma faca, com os quais eles pareceram satisfeitos.

Eles se sentaram sob o beiral da casa durante a maior parte da manhã, fumando e conversando, mas então, perto do meio-dia, partiram para caçar. Perguntei se, já que o urso gostava de nossa companhia, não seria melhor que os caçadores ficassem escondidos ali perto, na esperança de que o animal voltasse.

Fui informado – com a condescendência mais gentil possível por meio de palavras e sinais – de que a aparência das fezes do animal indicava, sem dúvida, que ele havia partido dali, vagando em direção ao oeste.

Sem pretender participar da ação com esses praticantes experientes, desejei-lhes boa sorte e me despedi com cordialidade. Não pude acompanhá-los, pois tinha assuntos urgentes para tratar aqui, mas Ian e Rollo foram com eles, como já fizeram antes.

Carreguei meu novo rifle e o deixei pronto para ser usado, para o caso de meus amigos estarem errados em relação às intenções do urso.

Quinta-feira, 22 de setembro

Acordei a noite passada com um som horroroso. Era um grande arranhão, que reverberou pelas madeiras da parede, acompanhado por batidas e gritos, e me levantei da cama convencido de que a casa ruiria sobre nossas cabeças.

A porca, observando a proximidade de um inimigo, correu pela porta da despensa (que eu digo que foi feita sem muito reforço) e se abrigou embaixo de nossa cama, guinchando de um modo que quase nos ensurdeceu. Percebendo que o urso estava próximo, peguei meu rifle e corri para fora.

Era uma noite de lua cheia, mas estava nublado, e eu vi com clareza meu adversário, uma figura grande e preta que, de pé, parecia tão alta quanto eu e (para meus olhos ansiosos) cerca de três vezes tão largo, não muito longe de mim.

Atirei nele e ele se abaixou e saiu correndo à toda em direção ao abrigo da mata mais próxima, desaparecendo antes que eu pudesse atirar mais.

Quando amanheceu, procurei por sinais de sangue e não achei nada, então não sei se meu tiro encontrou seu alvo. A lateral da casa está decorada com vários arranhões compridos, como se tivessem sido feitos com canivetes, mostrando o branco da madeira.

Desde então, tivemos dificuldades em convencer a porca (ela é uma Branca de Neve, de bom tamanho, teimosa e tem muitos dentes) a sair de nossa cama e voltar a seu santuário na despensa. Ela relutou, mas foi convencida pela combinação de uma trilha de milho à sua frente e eu atrás dela, armado com uma vassoura.

Segunda-feira, 26 de setembro

Ian e seus Companheiros Vermelhos voltaram, já que a presa escapou deles na mata. Eu lhes mostrei os arranhões na lateral da casa e eles ficaram animados e começaram a conversar entre si numa velocidade que não consegui acompanhar.

Então um dos homens tirou um dente grande de seu colar e o deu a mim com grande cerimônia, dizendo que serviria para me identificar com o espírito do urso e assim, me proteger do mal. Aceitei a oferta com solenidade e fui obrigado a dar a ele um pedaço de favo de mel em troca, como era adequado.

Claire foi chamada para trazer o favo de mel e, com o olhar que tem para assuntos desse tipo, percebeu que um de nossos convidados não estava bem, tinha os olhos pesados, tossia e estava com uma aparência péssima. Claire disse que ele também estava com febre, mas não era perceptível quando olhávamos para ele. Ele estava mal demais para continuar com seus Companheiros, então o deitamos em uma cama improvisada no galpão de grãos.

A porca deu à luz sem parar na despensa. Há uma dúzia de porquinhos, todos saudáveis e com um apetite muito voraz, que Deus abençoe. Mas nosso apetite tem sofrido no momento, pois a porca ataca todo mundo que abre a porta da despensa, rosnando e mostrando os dentes com raiva. Recebi um ovo no jantar e fui informado de que posso não comer mais nada enquanto não encontrar uma solução para essa dificuldade.

Sábado, 1º de outubro

Uma grande surpresa hoje. Dois convidados chegaram...

– É um lugar selvagem.

Brianna olhou para a frente, assustada. Jenny indicava a carta com a cabeça, os olhos fixos na moça.

– Selvagens, ursos, porcos-espinho e coisas assim. É em uma cabana pequena que eles vivem, Jamie me contou. E sozinhos, no alto das montanhas. Muito selvagem, com certeza. – Ela olhou para Brianna com certa ansiedade. – Mas você ainda quer ir?

De repente, Brianna percebeu que Jenny temia que ela não quisesse mais, que ficasse com medo de pensar na longa viagem e no local selvagem que encontraria. Um local selvagem que se tornava real nas palavras escuras na folha que segurava, mas não tão real quanto o homem que as havia escrito.

– Eu vou – garantiu à tia. – Assim que puder.

Jenny ficou mais tranquila.

– Ah, que bom – disse ela. Estendeu a mão, mostrando a Brianna um pequeno saco de couro decorado com uma peça feita com espinhos de porco-espinho, manchada em tons de vermelho e preto, com alguns espinhos aqui e ali com a cor natural acinzentada em contraste.

– Este é o presente que ele enviou para mim.

Brianna o pegou, admirando a complexidade do objeto e a maciez da pele clara de veado.

– Que bonito.

– Sim, bem bonito. – Jenny se virou, ocupando-se com organizar desnecessariamente os pequenos ornamentos que estavam na estante. Brianna havia acabado de olhar novamente para a carta quando Jenny começou a falar de repente:

– Vai ficar um pouco?

Brianna olhou para a mulher, surpresa.

– Ficar?

– Um dia ou dois. – Jenny se virou, a luz vinda da janela formando uma auréola clara atrás dela e escurecendo seu rosto. – Sei que você vai querer partir. Mas gostaria muito de conversar com você um pouco.

Brianna a observou, confusa, mas não conseguiu distinguir nada nos traços simples e pálidos e nos olhos puxados, parecidos com os seus.

– Sim – disse ela lentamente. – Claro que posso ficar.

Jenny esboçou um sorriso. Seus cabelos eram de um preto profundo, manchados de branco como uma pega-rabuda.

– Que bom – disse ela com delicadeza. O sorriso se abriu lentamente quando olhou para a sobrinha. – Minha nossa, você é igual ao meu irmão!

Sozinha, Brianna voltou à carta, relendo o começo devagar, deixando o quarto silencioso ao seu redor desaparecer à medida que Jamie Fraser ganhava vida em suas mãos, sua voz vívida em sua mente a ponto de ser como se ele estivesse diante dela, com o sol da janela fazendo seus cabelos ruivos brilharem.

Sábado, 1º de outubro

Uma grande surpresa hoje. Dois convidados chegaram de Cross Creek. Você deve se lembrar, creio eu, de quando lhe contei sobre lorde John Grey, que conheci em Ardsmuir. Não contei que eu o tinha visto desde então, na Jamaica, onde ele era governador da Coroa.

Talvez ele seja a última pessoa que alguém poderia esperar encontrar neste lugar remoto, tão afastado de todos os vestígios de civilização, muito menos com aqueles escritórios luxuosos e armadilhas pomposas com as quais ele está acostumado. Certamente ficamos muito espantados quando ele apareceu à nossa porta, mas o recebemos muito bem.

Infelizmente, um acontecimento triste o trouxe até aqui. A esposa dele, que havia partido da Inglaterra com o filho, contraiu uma febre na viagem e morreu ainda no mar. Temendo que os miasmas dos trópicos fossem tão fatais para o garoto quanto para sua mãe, lorde John decidiu que o filho fosse para a Virgínia, onde a família de lorde John tem muitas propriedades, determinado a acompanhá-lo até lá, uma vez que o rapazinho estava muito arrasado com a perda da mãe.

Eu expressei surpresa e também gratidão por eles terem feito tamanho desvio na rota, necessário para que chegassem a este ponto distante, mas o lorde disse que não é nada, que queria que o garoto visse algo das colônias diferentes, para apreciar a riqueza e variedade desta terra. O rapaz quer muito encontrar os índios, o que me faz lembrar de Ian, não muito tempo atrás.

Ele é um rapazinho gracioso, alto e bem formado para sua idade, que eu acredito ser de 12 anos. Ainda está um pouco tomado de melancolia pela morte da mãe, mas sabe conversar e se comporta bem, afinal ele é um conde (lorde John é o padrasto dele, creio; seu pai é o conde de Ellesmere). Ele se chama William.

Brianna virou a página, esperando ver a continuação, mas o trecho se interrompia abruptamente. Houve um intervalo de vários dias até a carta ser retomada, no dia 4 de outubro.

Terça-feira, 4 de outubro

O índio do galpão de grãos morreu hoje cedo, apesar dos grandes esforços de Claire para salvá-lo. O rosto, o tronco e os membros estavam toma-

dos por manchas vermelhas assustadoras, que lhe davam uma aparência aterrorizante.

Claire acredita que ele tenha sido acometido pelo sarampo, e está muito preocupada, pois é uma doença forte, contagiosa e fácil de se espalhar. Ela não permitiu que ninguém se aproximasse do corpo além dela mesma – diz que está a salvo do sarampo em decorrência de algum feitiço –, mas todos nós nos reunimos perto do meio-dia e eu li uma passagem adequada da Escritura, e fizemos uma oração de repouso pela alma dele – e eu acredito que até mesmo selvagens não batizados podem encontrar descanso na misericórdia de Deus.

Estamos em dúvida a respeito de como proceder com os restos mortais dessa pobre alma. Normalmente, eu mandaria Ian chamar seus amigos, para que eles dessem ao homem um enterro que fosse adequado entre os índios.

Mas Claire diz que não devemos fazer isso, pois o cadáver pode espalhar a doença entre o povo indígena, um desastre que ele não gostaria que ocorresse a seus amigos. Ela acha que nós mesmos devemos enterrar ou incinerar o corpo, mas estou relutante em tomar essa atitude, pois ela pode ser mal interpretada pelos companheiros do homem – receio que eles pensem, com isso, que procuramos um modo de esconder algo de sua morte.

Não disse nada a esse respeito aos nossos hóspedes. Se o perigo parecer iminente, vou mandá-los embora, mas detestaria abrir mão da companhia deles, pois nossa situação é de grande isolamento. Por enquanto, deixamos o corpo em uma pequena caverna protegida num monte, onde pensava construir um estábulo ou depósito.

Peço perdão por fazer este desabafo à custa de sua paz. Acredito que tudo ficará bem no fim, mas, por enquanto, confesso que me preocupo. Se o perigo – dos índios ou da doença – parecer nos ameaçar, enviarei esta carta por nossos hóspedes, e assim ela certamente chegará a você.

Se tudo ficar bem, escreverei em breve para contar.

Seu amado irmão,

Jamie Fraser

Brianna sentiu a boca seca ao engolir, forçando a saliva. Ainda havia duas folhas de carta; ficaram unidas por um momento, teimosamente resistindo aos esforços dela para separá-las, mas cederam.

Post-scriptum, 20 de outubro

Estamos todos seguros, apesar de muito melancólicos; contarei depois, pois não me sinto disposto agora.

>Ian pegou sarampo, assim como lorde John, mas os dois se recuperaram, e Claire me pede para dizer que Ian está muito bem, não precisam temer por ele. Ele mesmo escreve, para que vocês saibam que é verdade.
>- J.

Na última página, havia uma caligrafia diferente, constante e muito arredondada, apesar de haver alguns borrões aqui e ali, talvez o resultado da doença de quem escrevia ou de uma caneta com problema.

>Querida mãe,
>Estive doente, mas estou bem de novo. Tive febre e sonhos estranhos. Havia um grande lobo que vinha até mim e falava com voz de homem, mas tia Claire diz que devia ser Rollo, que ficou ao meu lado o tempo todo em que estive doente. Ele é um ótimo cachorro e não morde com frequência.
>O sarampo apareceu em pequenas manchas na minha pele, e coçava demais. Era como se eu tivesse me sentado em um formigueiro ou me enfiado em um enxame de vespas. Minha cabeça parecia duas vezes maior e eu espirrava sem parar.
>Comi três ovos no café da manhã hoje, e mingau, e fui sozinho ao banheiro duas vezes, então estou bem, mas pensei que a doença havia me deixado cego, pois eu não conseguia ver nada além de uma confusão de luz quando fui lá fora, mas a tia disse que isso melhoraria, e melhorou.
>Vou escrever mais depois – Fergus está esperando para levar a carta.
>Seu filho obediente e dedicado,
>Ian Murray
>
>P.S.: O crânio de porco-espinho é para Henry e Mattie, espero que eles gostem.

Brianna se sentou no banco por algum tempo, a parede branca e fria em suas costas, alisando as páginas da carta e olhando distraidamente para a estante, com a fileira de livros com capa de tecido e couro. *Robinson Crusoé* foi o que ela pegou, e o título se destacava com letras douradas na lombada.

Um local selvagem, Jenn dissera. Um lugar perigoso também, onde a vida podia mudar num segundo, passando de uma dificuldade divertida de se ter uma porca na despensa para a ameaça instantânea de morte por violência.

– E eu achava que *isso* era primitivo – murmurou ela, olhando para o fogo.

...

Não tão primitivo, afinal, ela pensou enquanto seguia Ian pelo quintal e pelas construções. Tudo era bem arrumado e organizado; as paredes e as construções de pedra estavam em boas condições, ainda que meio surradas. As galinhas estavam protegidas em seu espaço, e uma nuvem de moscas atrás do celeiro anunciava a presença de um fosso discreto de esterco, bem longe da casa.

A única diferença real entre essa fazenda e as modernas que ela tinha visto era a ausência de equipamentos enferrujados; havia uma pá encostada no celeiro e dois ou três arados em um casebre pelo qual passaram, mas não havia trator nem fios de metal ou peças espalhadas.

Os animais também eram saudáveis, ainda que um pouco menores do que seus semelhantes modernos. Um "Baáá!" alto anunciava a presença, em um pasto na encosta do monte, de um pequeno rebanho de carneiros, que trotou animado em direção à cerca quando eles passaram, com as costas lanosas sacudindo e os olhos amarelos brilhando de ansiedade.

– Canalhas mimados – disse Ian, mas com um sorriso. – Acham que quem vem aqui é para alimentar vocês, não? São da minha esposa – disse ele, virando-se para Brianna. – Ela dá a eles tudo o que tem na horta, até quase explodirem.

O carneiro, uma majestosa criatura com grandes chifres enrolados, esticou a cabeça por cima da cerca e emitiu um imperioso "Bééé!" que foi imediatamente repetido por seu rebanho fiel.

– Saia, Hughie – disse Ian, com um desdém divertido. – Você ainda não virou ensopado, mas um dia será, certo? – Ele fez um gesto para o animal e se virou para o monte, com o kilt balançando.

Brianna estava um passo atrás, observando o avanço dele, fascinada. Ian usava o kilt com um ar diferente de tudo o que ela já tinha visto; não era uma fantasia, nem um uniforme – era algo consciente, mas mais como se fizesse parte do corpo dele, e não uma peça de roupa.

Apesar disso, ela sabia que ele não usava o kilt com frequência; Jenny arregalara os olhos quando ele descera para o café da manhã; em seguida, abaixara a cabeça, escondendo um sorriso atrás da xícara. O jovem Jamie erguera uma sobrancelha escura para o pai, recebera um olhar de censura e sentara-se para comer a linguiça com um leve encolher de ombros e um daqueles sons comuns emitidos pelos homens escoceses.

O tartã era antigo – ela percebeu que estava mais desbotado nas dobras e barras –, mas bem cuidado. Tinha sido guardado depois da Batalha de Culloden, juntamente com as pistolas e as espadas, as gaitas e as músicas – todos os símbolos conquistados com orgulho.

Não, não exatamente conquistados, ela pensou, com uma leve pontada no coração. Ela se lembrou de Roger Wakefield, agachado ao lado dela sob o céu nublado no campo de batalha em Culloden, o rosto magro e escuro, os olhos conscientes dos mortos próximos dali.

– Os escoceses têm boa memória – dissera ele –, e não são o tipo de pessoas que sabem perdoar. Há uma rocha de clã por aí com o nome dos MacKenzie entalhado, e muitos dos meus parentes debaixo dela. – Ele sorrira, mas não com descontração. – Não me sinto tão ligado a isso como algumas pessoas, mas também não esqueci.

Não, não conquistados. Não em mil anos de luta e traição, e não agora. Derrotados, espalhados, mas ainda sobrevivendo. Como Ian, mutilados, mas de pé. Como seu pai, exilado, mas ainda um habitante das Terras Altas.

Com esforço, ela tirou Roger da mente e correu para acompanhar os passos rápidos de Ian.

Seu rosto magro havia se iluminado de prazer quando ela pediu a ele que mostrasse Lallybroch. O combinado era que o jovem Jamie a levaria a Inverness em uma semana, para que embarcasse com segurança em um navio para as colônias, e ela pretendia usar seu tempo ali da melhor maneira.

Caminharam num bom ritmo, apesar da perna de Ian, pelos campos em direção aos pequenos montes que cercavam o vale ao norte, subindo em direção ao desfiladeiro pelos penhascos escuros. Era um lugar bonito, ela pensou. Os campos de um verde pálido de aveia e cevada eram tomados pela luz que se alterava, sombras causadas pelas nuvens movimentando-se sob o sol da primavera, levadas pela brisa que dobrava os fios da grama nova.

Um campo se estendia por serranias escuras, a terra sem vegetação. Na lateral do campo, havia um monte grande de pedras, muito bem empilhadas.

– É um dólmen? – perguntou ela a Ian, com a voz mais baixa em sinal de respeito. Dolmens eram memoriais aos mortos, sua mãe havia lhe dito – às vezes, aos mortos há longa data –, com novas rochas acrescentadas ao monte a cada novo visitante.

Ele olhou para ela com surpresa, virando-se para a direção para onde ela olhava, e sorriu.

– Ah, não, moça. São as pedras que viramos com o arado na primavera. Todos os anos, nós as tiramos, e todos os anos novas aparecem. Não faço ideia de onde elas vêm – acrescentou ele, balançando a cabeça em resignação. – Fadas das rochas vêm e as espalham à noite, acredito.

Ela não entendeu se aquilo era uma piada ou não. Sem saber se deveria rir, decidiu fazer uma pergunta:

– O que você vai plantar aqui?

– Ah, já está plantado. – Ian protegeu os olhos, semicerrando-os ao longo do campo comprido com orgulho. – Este é o campo de batatas. As novas vinhas aparecerão até o fim do mês.

– Ah... batatas! – Ela olhou para o campo com interesse renovado. – Minha mãe me contou sobre elas.

– Sim, foi ideia de Claire, e muito boa. Mais de uma vez, as batatas impediram que passássemos fome. – Ele sorriu brevemente, mas não disse mais nada e seguiu adiante em direção aos montes além dos campos.

Foi uma caminhada longa. O dia estava arejado, mas quente, e Brianna suava quando finalmente pararam no meio de uma trilha acidentada entre as urzes. A passagem estreita parecia estar perigosamente entre uma encosta íngreme e uma descida ainda mais íngreme por uma face rochosa para dentro de um pequeno riacho.

Ian parou, secando a testa com a manga da blusa, e fez um gesto para que ela se sentasse em meio às rochas de granito. Dali, o vale se estendia abaixo deles, a casa parecia pequena e incongruente, os campos, uma leve intrusão da civilização na mata selvagem ao redor.

Ele pegou uma garrafa de pedra de dentro do saco que carregava e tirou a rosca com os dentes.

– Isto foi obra da sua mãe também – disse ele com um sorriso, entregando a garrafa a ela. – E eu consegui manter os dentes. – Passou a ponta da língua nos dentes da frente, balançando a cabeça. – Sua mãe era boa para comer ervas, mas quem reclama, não é? Metade dos homens da minha idade não come nada além de mingau agora.

– Ela sempre me dizia para comer legumes, quando eu era pequena. E para escovar os dentes depois de cada refeição. – Brianna pegou a garrafa dele e a inclinou em direção à boca; a cerveja era forte e amarga, mas deliciosamente fria depois da longa caminhada.

– Quando você era pequena, é? – Divertindo-se, Ian olhou para ela. – Poucas vezes vi uma moça tão grande. Diria que sua mãe sabe o que faz, certo?

Ela sorriu e devolveu a garrafa.

– Ela sabia o bastante para se casar com um homem alto, pelo menos – disse ela com sarcasmo.

Ian riu e passou as costas da mão na boca. Olhou para ela com carinho, os olhos castanhos calorosos.

– Ah, é bom ver você, mocinha. É muito parecida com ele, sim. Deus, eu daria qualquer coisa para ver a cara de Jamie quando encontrar você!

Mordendo o lábio, ela olhou para o chão, que estava tomado pela vegetação, e o caminho monte acima mostrava bem onde a mata tinha sido amassada e esmigalhada.

– Não sei se ele sabe ou não. Sobre mim – disse ela. Olhou para ele. – Ele não contou a você.

Ian se inclinou para trás, franzindo o cenho.

– Não mesmo, verdade – disse ele lentamente. – Mas acho que talvez ele não tenha tido tempo de dizer, mesmo que soubesse. Ele não ficou muito tempo aqui, na última vez que veio com Claire. E naquela vez a coisa foi meio confusa, com tudo o que havia acontecido... – Ele parou, contraindo os lábios, e olhou para ela. – Sua tia está preocupada com isso – disse ele. – Pensando que você pode culpá-la.

– Culpá-la de quê? – Ela olhou para ele, confusa.

– Por Laoghaire. – Ele manteve o olhar fixo no dela.

Brianna sentiu um leve arrepio ao se lembrar daqueles olhos claros, frios como bolas de gude, e das palavras de ódio da mulher. Concluíra que não passavam de maldade, mas os ecos de "mulherengo" e "traiçoeiro" permaneciam em seu ouvido de modo desagradável.

– O que a tia Jenny teve a ver com Laoghaire?

Ian suspirou, afastando uma mecha grossa de cabelos castanhos caída em seu rosto.

– Foi por causa dela que Jamie se casou com a mulher. Mas ela tinha boas intenções – disse ele. – Achávamos mesmo que Claire estava morta depois de todos aqueles anos.

Seu tom era questionador, mas Brianna apenas assentiu, olhando para baixo e alisando o tecido sobre o joelho. Aquele terreno era perigoso; melhor não dizer nada, se pudesse evitar. Após um momento, Ian continuou:

– Foi depois que ele voltou da Inglaterra... ele foi prisioneiro lá por alguns anos depois da Revolta...

– Eu sei.

Ian ergueu as sobrancelhas, surpreso, mas não disse nada; só balançou a cabeça.

– Sim. Bem, quando ele voltou, estava... diferente. Não teria como não estar, certo? – Sorriu brevemente e então olhou para baixo, dobrando o tecido do kilt entre os dedos. – Era como conversar com um fantasma – disse baixinho. – Ele olhava para mim, sorria, respondia... mas não estava ali de fato. – Respirou fundo, e ela viu a linha de expressão entre suas sobrancelhas, profunda, pois ele estava se concentrando. – Antes... depois da Batalha de Culloden..., era diferente. Ele foi ferido, e havia perdido Claire...

Ele olhou para ela brevemente, mas ela continuou imóvel, e ele prosseguiu:

– Mas foi uma época de desespero. Muitas pessoas morreram; na batalha, doentes ou de fome. Havia soldados ingleses nos campos, queimando, matando. Quando as coisas estão assim, não se pode nem pensar em morrer, só porque a luta para viver e manter sua família viva toma todo o seu tempo.

Ian esboçou um sorriso, a lembrança levemente aguçada por uma descontração particular.

– Jamie se escondeu – disse ele, com um gesto abrupto na direção da encosta acima de onde estavam. – Ali. Há uma caverna pequena atrás daquele grande arbusto, no meio da subida. Foi o que vim mostrar a você.

Ela olhou para onde ele apontava, para a ladeira de rocha e terra, a encosta tomada por pequenas flores. Não havia sinal de uma caverna, mas o arbusto se destacava em meio a flores amarelas, brilhantes como uma tocha.

– Subi para trazer comida para ele uma vez, quando estava doente, com febre. Disse que ele deveria ir para casa comigo, que Jenny temia por ele ali em cima, sozinho. Ele abriu um dos olhos, brilhante por causa da febre, e a voz saiu rouca, quase não consegui ouvi-lo. Disse que Jenny não precisava se preocupar; apesar de o mundo todo estar parecendo pronto para matá-lo, ele não pretendia se entregar com facilidade. Então fechou o olho e dormiu.

Ian lançou a ela um olhar irônico.

– Eu não conseguia dizer ao certo se ele morreria ou não, então fiquei com ele a noite toda. Mas ele tinha razão, afinal. É muito teimoso, sabe? – Em sua voz, ela notou um tom suave de desculpas.

Brianna assentiu, mas sua garganta parecia apertada demais para falar. Então ficou em pé de repente e seguiu em direção ao monte. Ian não protestou, mas permaneceu em sua rocha, observando-a.

Era uma subida íngreme, e plantas pequenas e espinhosas se prendiam em suas meias. Perto da caverna, ela teve que engatinhar para manter o equilíbrio na subida inclinada de granito.

A boca da caverna era praticamente uma fissura na rocha, e a abertura se alargava em formato de triângulo embaixo. Ela se ajoelhou e enfiou a cabeça e os ombros.

O arrepio foi imediato; ela sentiu a umidade condensar-se em seu rosto. Demorou um pouco para seus olhos se adaptarem ao escuro, mas luz suficiente entrava na caverna por cima dos seus ombros para que conseguisse enxergar.

Devia ter cerca de 2,50 metros de comprimento por 1,80 metro de largura, uma cavidade escura e com terra no chão, com um teto tão baixo que permitia que uma pessoa ficasse quase de pé só na entrada. Ficar ali dentro por qualquer período que fosse seria como estar num túmulo.

Ela tirou a cabeça depressa, puxando o ar frio da primavera. O coração batia com força.

Sete anos! Sete anos vivendo ali, no frio e com fome. *Eu não aguentaria sete dias*, pensou.

Será que não?, perguntou outra parte de sua mente. E então aconteceu de novo aquele clique de reconhecimento que ela havia sentido ao olhar para o porta-retratos de Ellen e perceber os dedos se fecharem ao redor de um pincel invisível.

Virou-se lentamente e se sentou, a caverna atrás dela. Era muito silencioso ali na encosta, mas só até onde permitiam os montes e as florestas, um silêncio que não era silencioso de verdade, mas composto por sons baixos e constantes.

Havia leves zunidos no arbusto de tojo próximo dali, de abelhas nas flores amarelas, cheias de pólen. Mais adiante, ouvia-se o correr da água do riacho, uma nota baixa ecoando o sopro do vento acima, balançando folhas e galhos, passando pelos pedregulhos.

Permaneceu parada e ouviu, e pensou que sabia o que Jamie Fraser havia visto ali.

Não solidão, mas recolhimento. Não sofrimento, mas resistência, a descoberta da afinidade com as rochas e com o céu. E descobriu ali uma paz sincera que transcenderia o desconforto do corpo, uma cura para as feridas da alma.

Talvez ele tivesse encontrado na caverna não uma tumba, mas um refúgio; talvez tivesse arrancado força de suas rochas, como Anteu lançado à terra. Porque aquele lugar era parte dele, que tinha nascido ali, assim como era parte dela, que nunca estivera ali antes.

Ian ainda esperava pacientemente lá embaixo, as mãos unidas diante dos joelhos, observando o vale. Ela esticou o braço e cuidadosamente quebrou um ramo de tojo, tomando cuidado com os espinhos. Colocou-o na entrada da caverna, seguro por uma pequena pedra, e então se levantou e desceu o monte.

Ian deve ter ouvido sua aproximação, mas não se virou. Ela sentou-se ao lado dele.

– É seguro para você usar isso agora? – perguntou ela abruptamente, meneando a cabeça para o kilt dele.

– Ah, sim – disse ele e olhou para baixo, esfregando os dedos na lã suave e gasta. – Faz alguns anos desde que os soldados vieram pela última vez. Afinal, o que restou? – Fez um gesto para o vale mais abaixo. – Eles levaram tudo o que conseguiram encontrar de valor. Estragaram o que não conseguiram levar. Não restou muita coisa, com exceção da terra, certo? E eu acho que eles não tinham muito interesse nela. – Ela viu que ele estava perturbado de alguma maneira; o rosto não escondendo seus sentimentos.

Ela o observou por um momento e então disse baixinho:

– Você continua aqui. Você e Jenny.

Ele pousou a mão no tartã. Os olhos estavam fechados, o rosto desgastado voltado para o sol.

– Sim, é verdade – disse ele finalmente. Abriu os olhos de novo e virou-se para olhá-la. – E você também. Conversamos um pouco ontem à noite, sua tia e eu. Quando você vir Jamie e tudo ficar bem entre vocês, então pergunte a ele, se puder, o que ele quer que façamos.

– Fazer? Em relação a quê?

– A Lallybroch. – Ele acenou, mostrando o vale e a casa abaixo. Então se virou para ela, os olhos confusos. – Talvez você saiba, talvez não, que seu pai fez um testamento antes da Batalha de Culloden, para passar o lugar ao jovem Jamie, se ele fosse atacado, morto ou condenado como traidor. Mas isso foi antes de você nascer, antes de ele saber que teria uma filha.

– Sim, eu sabia disso. – Ela teve uma repentina percepção do que ele pretendia e pousou a mão em seu braço, assustando-o com seu toque.

– Não vim por isso, tio – disse ela baixinho. – Lallybroch não é minha, e não quero o lugar. Só quero ver meu pai... e minha mãe.

O rosto triste de Ian relaxou e ele pousou a mão sobre a dela em seu braço. Não disse nada por um momento, então apertou a mão dela delicadamente e a soltou.

– Sim. Bem, você dirá a ele mesmo assim; se ele quiser...

– Não vai querer – interrompeu ela com firmeza.

Ian olhou para ela, um leve sorriso nos olhos.

– Você sabe muito sobre o que ele vai fazer, para uma moça que nunca o viu.

Ela sorriu para ele, o sol da primavera aquecendo seus ombros.

– Talvez sim.

Ian abriu um sorriso.

– Bem, sua mãe deve ter dito a você, acho. E ela o conhecia, apesar de ser uma *sassenach*. Mas ela sempre foi... especial, a sua mãe.

– Sim. – Ela hesitou por um momento, querendo ouvir mais sobre o assunto que envolvia Laoghaire, mas não soube perguntar. Antes que pudesse pensar em alguma coisa, ele ficou de pé, bateu as mãos no kilt e começou a descer pelo caminho, forçando-a a se levantar e segui-lo.

– O que é uma presença, tio Ian? – perguntou ela atrás dele. Preocupado com as dificuldades da descida, ele não se virou, mas ela viu que mudou o passo levemente, com a perna de madeira afundando na terra macia. No sopé do monte, ele esperou por ela, inclinando-se sobre o cajado.

– Está pensando no que Laoghaire disse? – perguntou. Sem esperar pela resposta dela, ele se virou e começou a caminhar pela base do monte, em direção ao pequeno riacho que descia pelas pedras. – Uma presença é a visão de uma pessoa quando a pessoa em si está longe – disse ele. – Às vezes, a pessoa já morreu, longe de casa. É sinal de azar ver um morto, mas pior ainda ver a própria presença, pois, se vir, você vai morrer.

Foi a sinceridade em seu tom de voz que fez com que ela sentisse um arrepio na espinha.

– Espero não ver – disse ela. – Mas ela disse... Laoghaire... – Ela engasgou no nome.

– Sim. Bem, foi no casamento dela com Jamie que Jenny viu a presença de sua mãe, é verdade. Ela soube ali que a união dos dois não era adequada, mas era tarde demais para voltar atrás.

Ele se ajoelhou sem jeito, apoiado no joelho são, e espirrou água do riacho no rosto. Brianna fez o mesmo e tomou muitos goles da água fria com gosto de turfa. Como não tinha toalha, puxou a camisa da calça e secou o rosto. Viu o olhar escandalizado de Ian ao ver a barriga dela e logo abaixou a ponta da camisa, corando.

– Você pretendia me contar por que meu pai se casou com ela – disse Brianna, para esconder o embaraço.

Ian havia corado muito e virou-se depressa, falando para esconder a confusão:

– Sim. Foi como eu disse a você. Quando Jamie veio da Inglaterra foi como se um fogo tivesse se apagado dentro dele, e não havia nada que o reacendesse. Eu não sei o que aconteceu na Inglaterra, mas algo aconteceu, isso é certo.

Ele deu de ombros, com a nuca voltando à cor normal.

– Depois da Batalha de Culloden, ele estava gravemente ferido, mas ainda havia lutas a enfrentar, e isso o manteve vivo. Quando ele voltou para casa vindo da Inglaterra, não havia nada para ele aqui, na verdade.

Ian falou baixinho, olhando para baixo, observando os pés no chão de rochas.

– Então Jenny encontrou uma companheira para ele, Laoghaire. – Ele olhou para ela com os olhos brilhando. – Talvez você já tenha idade suficiente para saber, mesmo que ainda não tenha se casado. As coisas que uma mulher faz por um homem... ou ele por ela, acho. Curá-lo, quero dizer. Preencher seu vazio. – Ele tocou a perna de pau, distraído. – Jamie se casou com Laoghaire por pena, acho, e se ela realmente precisava dele... não sei. – Deu de ombros de novo e sorriu para ela. – Não é preciso dizer o que poderia ou deveria ter acontecido, certo? Mas ele havia saído da casa de Laoghaire algum tempo antes de sua mãe voltar, você precisa saber disso.

Brianna sentiu uma leve onda de alívio.

– Ah, fico feliz por saber disso. E minha mãe... quando voltou...

– Ele ficou muito feliz ao vê-la – disse Ian. Dessa vez, o sorriso iluminou seu rosto todo, como a luz do sol. – E eu também.

35

BON VOYAGE

Ela se recordou, com desagrado, do canil municipal de Boston. Um lugar grande e meio escuro cujas grades retumbavam com os latidos, e uma atmosfera tomada pelos odores dos animais. A grande construção na praça do mercado em Inverness abrigava muitos estabelecimentos – carrinhos de vendedores de alimentos, negociantes de gado e porcos, corretores vendendo seguros, comerciantes de barcos e recrutas da Marinha –, mas era o grupo de homens, mulheres e crianças amontoados num canto que dava mais força à ilusão.

Aqui e ali, havia um homem ou uma mulher em meio a um grupo, com o queixo empinado e os ombros eretos numa demonstração de boa saúde e bom ânimo, avançando. Mas, na maior parte do tempo, as pessoas que se ofereciam à venda observavam quem passava com atenção, com olhares e expressões fixas numa mistura de esperança e medo – bem parecidos com os cães do canil, onde seu pai a levava de vez em quando para adotar um animal de estimação.

Havia várias famílias também, com crianças penduradas na roupa das mães ou de pé, inexpressivas, ao lado dos pais. Ela tentava não olhar para eles; os cachorrinhos sempre arrasavam seu coração.

O jovem Jamie andava lentamente em meio ao grupo, segurando o chapéu contra o peito para que não fosse esmagado pela multidão, olhos semicerrados enquanto analisava as possibilidades. Seu tio Ian havia ido ao escritório de despacho para comprar sua passagem para a América, deixando o primo dela, Jamie, escolher um criado que a acompanharia na viagem. Em vão, ela havia protestado dizendo não precisar de um criado; afinal, ela havia – até onde eles pensavam – viajado da França até a Escócia sozinha, perfeitamente segura.

O homem havia assentido, sorrido e ouvido com toda a educação, mas, ainda assim, ali estava ela, obedientemente seguindo o jovem Jamie por entre a multidão como um dos carneiros de sua tia Jenny. Ela começava a entender exatamente o que a mãe queria dizer quando descreveu os Fraser como "teimosos como portas".

Apesar da comoção ao seu redor e da irritação com os parentes do sexo masculino, ela sentiu o coração acelerar ao pensar na mãe. Somente agora, com a certeza de que Claire estava bem, ela podia admitir para si mesma quanto sentia sua falta. E de seu pai – aquele habitante desconhecido das Terras Altas que repentina e vividamente ganhara vida enquanto ela lia suas cartas. O simples detalhe de um oceano entre eles parecia não passar de uma leve inconveniência.

O primo Jamie interrompeu seus pensamentos pegando-a pelo braço e inclinando-se para gritar em seu ouvido.

– O senhor com um tapa-olho – disse ele mais baixo, indicando o homem em questão com o queixo. – O que me diz sobre ele, Brianna?

– Diria que ele se parece com o Estrangulador de Boston – murmurou ela, e então mais alto, gritando no ouvido do primo: – Ele se parece com um touro! Não!

– Ele é forte e parece honesto!

Brianna achava que o senhor em questão parecia ser estúpido demais para ser desonesto, mas evitou dizer isso e só balançou a cabeça de modo enfático.

O jovem Jamie deu de ombros filosoficamente e voltou a analisar os candidatos, caminhando ao redor daqueles que chamavam sua atenção e observando-os com cuidado, de um modo que ela teria considerado muito grosseiro se outros empregadores em potencial não estivessem fazendo a mesma coisa.

– Pastéis! Pastéis quentes! – Um grito alto podia ser ouvido acima da confusão no corredor, e, quando Brianna se virou, viu uma senhora passando pelas pessoas distribuindo cotoveladas, com uma bandeja fumegante pendurada no pescoço e uma espátula de madeira na mão.

O cheiro delicioso de massa quente e fresca e carne apimentada venceu os cheiros pungentes no corredor, tão forte quanto o grito da mulher. Muito tempo havia se passado desde o café da manhã, e Brianna enfiou a mão no bolso, sentindo a saliva encher sua boca.

Ian havia pegado a bolsa dela para pagar a passagem, mas ela tinha duas ou três moedas soltas; segurou uma e a balançou de um lado a outro. A vendedora de pastéis viu um brilho prateado e alterou o caminho de uma vez, passando pela multidão falante. Parou na frente de Brianna e estendeu a mão para pegar a moeda.

– Minha nossa, uma giganta! – disse ela, mostrando os fortes dentes amarelos em um sorriso e inclinando a cabeça para trás para olhar para Brianna. – É melhor levar dois, minha querida. Um só não vai bastar para uma moça alta como você!

As pessoas se viraram e sorriram para ela. Brianna era pelo menos meia cabeça mais alta do que a maioria dos homens próximos. Um pouco envergonhada com a atenção, Brianna lançou um olhar frio à pessoa mais próxima. Isso pareceu divertir o jovem; ele se recostou no amigo, levando a mão ao peito e fingindo estar arrebatado.

– Meu Deus! – disse ele. – Ela olhou para mim! Estou apaixonado!

– Ora, pare com isso – disse o amigo, empurrando-o. – Ela estava olhando para mim; quem olharia para você?

– Nada disso – protestou o amigo com firmeza. – Foi para mim... não foi, querida? – perguntou, lançando um olhar tímido a Brianna, tão ridículo que ela riu, juntamente com a multidão ao redor.

– E o que você faria com ela se a tivesse, hein? Ela tem o dobro do seu tamanho. Saia daqui, girino – disse a vendedora de pastéis, batendo casualmente no traseiro do homem com a espátula de madeira. – Tenho trabalho a fazer, se você não tem. E a jovem vai morrer de fome se vocês não pararem de bobagens e a deixarem comprar o almoço, certo?

– Ela me parece muito bem, vovó – disse sem pudor o admirador de Brianna, ignorando o ataque e a repreensão. – E, quanto ao resto, só preciso de uma escada, Bobby. Não tenho medo de altura!

Em meio a risadas, o jovem foi arrastado pelos amigos, fazendo barulhos altos de beijos enquanto olhava para trás e se afastava com relutância. Brianna pegou o troco em cobres e foi para um canto para comer seus dois pastéis, o rosto ainda quente depois de rir e se envergonhar.

Desde a sétima série, quando era uma menina desengonçada, maior do que os amigos da sala, ela não se preocupava com sua altura. Entre seus primos altos, ela se sentira à vontade, mas era verdade: ali ela se destacava, apesar de ter cedido à insistência de Jenny e tirado as roupas de homem para vestir as roupas de sua prima Janet, rapidamente ajustadas, com a barra sendo solta para ficarem mais compridas.

Sua timidez era agravada pelo fato de não estar usando roupas de baixo com o vestido, só uma combinação. Ninguém parecia perceber essa situação, mas ela não parava de se lembrar, devido à sensação incomum de ventilação nas partes íntimas e por sentir as pernas nuas em contato uma com a outra enquanto ela caminhava, com as meias de seda na altura dos joelhos.

A vergonha e as pessoas foram esquecidas quando ela deu a primeira mordida no pastel quente. Um pastel escocês, ou *bridie*, como chamavam, era uma massa de torta em forma de meia-lua, recheada com carne moída apimentada com cebola. Um caldo quente e saboroso encheu sua boca e ela fechou os olhos deliciando-se.

– A comida era muito ruim ou muito boa – dissera Claire ao descrever suas aventuras no passado. – Porque não tem como guardar as coisas; qualquer coisa que comíamos tinha sido salgada ou conservada em banha, o que acabava tendo um gosto meio azedo, ou era fresco, recém-matado ou colhido da horta, e nesse caso pode ser delicioso.

O pastel era delicioso, Brianna decidiu, apesar de migalhas não pararem de cair em sua roupa. Ela passou a mão pelo colo, tentando não chamar atenção, mas todos já tinham se virado e ninguém olhava para ela.

Ou quase ninguém. Um homem claro e magro com um casaco grande havia aparecido ao seu lado e fazia pequenos movimentos nervosos como se quisesse puxar a manga dela mas não tivesse coragem. Sem saber se ele era um mendigo ou outro admirador, ela olhou para ele com desconfiança.

– Sim?

– A senhora... precisa de um criado?

Ela passou a lhe dar atenção, percebendo que ele podia ser um dos empregados.

– Bem, eu não diria que preciso de um, mas parece que terei um criado mesmo assim. – Ela olhou para o jovem Jamie, que agora estava fazendo perguntas a um homem moreno com ombros fortes. A ideia do jovem Jamie em relação a um criado ideal parecia se limitar a músculos. Ela olhou para o homem pequeno à sua frente: ele não combinava muito bem com os padrões do jovem Jamie, mas com os dela...

– Está interessado? – perguntou.

A expressão de nervosismo não desapareceu do rosto dele, mas um brilho de esperança apareceu em seus olhos.

– É... eu... quer dizer... não eu, não. Mas acredita que... pode considerar... levar minha filha? – perguntou ele abruptamente. – Por favor!

– Sua filha? – Brianna olhou para ele assustada, esquecendo-se do pastel pela metade.

– Eu imploro, senhora! – Para sua surpresa, os olhos do homem estavam marejados. – A senhora não imagina meu desespero, nem a gratidão que sentirei!

– Mas... ah... – Brianna tirou as migalhas do canto da boca, sentindo-se muito estranha.

– Ela é uma garota forte, apesar da aparência, e muito esforçada! Ficará feliz em fazer qualquer coisa pela senhora, se contratá-la!

– Contratar... olhe, qual é o problema? – perguntou ela, vencendo a situação desconfortável e sentindo curiosidade e pena do claro desespero do homem. Ela o segurou pelo braço e o levou a um canto, onde o barulho estava menor. – Por que está tão ansioso para que eu contrate sua filha?

Ela viu os músculos do pescoço dele se moverem quando ele engoliu em seco.

– Há um homem. Ele... a deseja. Não como criada. Como... como... concubina. – As palavras foram ditas num sussurro rouco, e ele corou na hora.

– Hummm – fez Brianna, descobrindo de uma vez a utilidade daquela expressão ambígua. – Compreendo. Mas não precisa deixar sua filha acompanhar esse homem, certo?

– Não tenho escolha. – A agonia dele estava clara. – O contrato dela foi comprado pelo sr. Ransom... o negociante. – Ele jogou a cabeça para trás, indicando um homem com cara brava e cabelos presos com uma fita, que conversava com o jovem Jamie. –

Ele pode passá-lo a quem quiser, ou pode vendê-la sem hesitar a esse... esse... – Ele engasgou, tomado pelo desespero.

– Tome isto. – Ela rapidamente tirou o lenço de seu corpete do pescoço, e o entregou a ele. Seu corpo ficou mais desprotegido, mas parecia se tratar de uma emergência.

Claramente era uma emergência para ele. Ele passou o pano pelo rosto e então o deixou cair e pegou a mão livre dela entre as suas.

– Ele é um boiadeiro; foi ao mercado de gado para vender seus animais. Quando voltar, virá com dinheiro para comprá-la, e vai levá-la para sua casa em Aberdeen. Quando eu ouvi a conversa dele com Ransom, senti o maior desespero. Orei com urgência ao Senhor para libertá-la. E então... – Ele engoliu em seco. – Eu a vi... tão elegante, nobre e de aparência gentil, e senti que minhas preces tinham sido ouvidas. Ah, senhora, imploro, não ignore o apelo de um pai. Leve-a!

– Mas eu vou para a América! O senhor nunca... – Ela mordeu o lábio. – Quero dizer, não a veria... por muito tempo.

O pai desesperado empalideceu ao ouvir isso. Fechou os olhos e pareceu perder um pouco o equilíbrio, os joelhos fraquejando.

– Para as colônias? – sussurrou ele. Então abriu os olhos e contraiu a mandíbula.– Melhor que ela seja levada de mim para sempre para um lugar selvagem do que ser desonrada diante dos meus olhos.

Brianna não tinha ideia do que retrucar a isso. Olhou por cima da cabeça do homem, de modo impotente, observando a multidão.

– Ahn... sua filha... qual é...?

O brilho de esperança nos olhos dele se transformou em chama, chocante em sua intensidade.

– Que Deus a abençoe! Vou trazê-la diretamente à senhora!

Ele apertou a mão dela com fervor, e então se embrenhou na multidão, deixando-a sem ação. Depois de um momento, ela deu de ombros, sem ter o que fazer, e então se abaixou para pegar o lenço caído. Como *isso* havia acontecido? E o que seu tio e seu primo diriam se ela...

– Esta é Elizabeth – anunciou uma voz sem fôlego. – Cumpra suas obrigações com a senhora, Lizzie.

Brianna olhou para baixo e percebeu que não tinha o que decidir.

– Minha nossa – murmurou ao ver os cabelos repartidos no meio da pequena cabeça abaixada numa pronunciada reverência. – Uma criança.

A cabeça se ergueu e ela viu um rostinho magro e aparentando fome, no qual olhos acinzentados e assustados tomavam a maior parte do espaço disponível.

– Sua criada, senhora – disse a boquinha de lábios pálidos.

Ou, pelo menos, foi o que pareceu ser dito; a menina falava tão baixo que não foi ouvida em meio à confusão.

– Ela prestará um bom serviço, senhora, saiba disso! – ouviu-se a voz ansiosa do pai.

Brianna olhou para ele; havia uma forte semelhança entre pai e filha, os dois com os mesmos cabelos claros e finos, os mesmos rostos magros e ansiosos. Tinham quase a mesma altura, embora a menina fosse tão frágil que parecia a sombra do pai.

– Hum... olá. – Ela sorriu para a menina, tentando parecer encorajadora. A menininha inclinou a cabeça para trás com medo, olhando para cima. Engoliu em seco, e lambeu os lábios.

– Ah... qual é a sua idade, Lizzie? Posso chamá-la de Lizzie?

A cabecinha balançou sobre um pescoço que parecia o caule de um cogumelo selvagem: comprido, sem cor e infinitamente frágil. A menina sussurrou algo que Brianna não entendeu; olhou para o pai, que respondeu rapidamente:

– Catorze, senhora. Mas é muito boa cozinhando e bordando, tem boa higiene e a senhora não encontrará alguém mais disposta e obediente.

Ele parou atrás da filha, com as mãos nos ombros dela, apertando o bastante para que os nós dos dedos ficassem brancos. Olhou para Brianna. Seus olhos eram azuis, muito claros, implorantes. Movia os lábios – sem som, mas ela o ouviu com clareza.

– Por favor – disse ele.

Atrás dele, Brianna viu seu tio, que havia entrado no saguão. Falava com o jovem Jamie, as duas cabeças, uma de cabelos lisos e outra de cabelos encaracolados, unidas em uma conversa. Em um momento, eles a procurariam.

Ela respirou fundo e se endireitou. Pensando bem, ela era uma Fraser tanto quanto seu primo. Eles veriam como ela sabia ser teimosa como uma porta.

Sorriu para a menina e estendeu a mão, oferecendo-lhe o segundo pastel, que não tinha sido comido.

– Negócio fechado, Lizzie. Pode comer este pastel para selá-lo?

– Ela comeu minha comida – disse Brianna, com o máximo de firmeza que conseguiu transmitir. – Ela é minha.

Para sua surpresa, essa frase pôs fim à discussão. O primo parecia querer desfazer a situação, mas o tio pousou a mão no braço do jovem Jamie para silenciá-lo. A cara de surpresa de Ian se transformou em respeito e descontração.

– Ela comeu, é? – Ele olhou para Lizzie, acuada atrás de Brianna, os lábios trêmulos. – Hummm. Bem, não tem muito a ser dito então, certo?

O jovem Jamie evidentemente não tinha a mesma opinião que seu pai; conseguia pensar em muito mais coisas a dizer.

– Mas uma mocinha assim... é inútil! – Ele balançou a mão na direção de Lizzie, franzindo o cenho. – Ela não tem nem tamanho para carregar as malas, muito menos...

– Sou grande o bastante para carregar minhas malas, obrigada – disse Brianna. Fechou a cara e olhou brava para o primo, endireitando-se para enfatizar sua altura.

Ele ergueu uma sobrancelha em reconhecimento, mas não desistiu.

– Uma mulher não deve viajar sozinha...

– Não estarei sozinha, terei Lizzie.

–... e muito menos em um lugar como a América! É...

– Quem ouve você dizer isso pensa que é o fim do mundo, e você nunca esteve lá! – disse Brianna com irritação. – Eu *nasci* na América, pelo amor de Deus!

O tio e o primo olharam para ela boquiabertos, com expressões idênticas de choque. Ela aproveitou a oportunidade para ganhar mais vantagem:

– É meu dinheiro, minha criada e minha viagem. Já prometi e vou cumprir!

Ian passou um nó do dedo no lábio superior, controlando um sorriso, e balançou a cabeça.

– Dizem que se conhece o pai pelo filho, mas acho que não resta muita dúvida a respeito de quem é o seu, moça. Pode ter puxado o nariz afilado e os cabelos vermelhos de qualquer pessoa, mas essa teimosia não foi de mais ninguém além de Jamie Fraser!

Ela percebeu que corou na hora, mas a sensação era estranha e prazerosa.

Abalado pela discussão, o jovem Jamie tentou mais uma vez.

– É muito incomum uma mulher dar suas opiniões livremente com parentes homens para cuidarem dela – disse, tenso.

– Você acha que as mulheres não podem ter opinião? – perguntou Brianna com delicadeza.

– Acho que não!

Ian lançou ao filho um olhar de soslaio.

– E você está casado há quanto tempo? Oito anos? – Balançou a cabeça. – Sim, bem, sua Joan é uma mulher educada. – Ignorando o olhar desgostoso do jovem Jamie, virou-se para Lizzie.

– Muito bem. Vá se despedir do seu pai, mocinha. Cuidarei dos documentos. – Observou Lizzie se afastar, os ombros magros encolhidos ao passar em meio às pessoas. Balançou a cabeça um pouco, em dúvida, e virou-se para Brianna. – Bem, talvez ela seja melhor companhia do que um criado homem, moça, mas seu primo tem razão em relação a uma coisa: ela não oferece proteção. Você é quem cuidará dela, provavelmente.

Brianna endireitou os ombros e empinou o queixo, reunindo o máximo de autoconfiança que conseguiu, apesar da sensação sombria que tomou conta dela.

– Vou me virar bem – disse.

Manteve a mão fechada, segurando com força a pedra ali dentro. Era algo em que se segurar, enquanto o Moray Firth se abria para o mar e a costa movimentada da Escócia ficava para trás.

Como podia sentir algo tão forte por um lugar que mal conhecia? Lizzie, nascida e criada na Escócia, não lançou nem um olhar para a terra da qual se afastava e logo foi para baixo, para ocupar o espaço delas e ajeitar alguns pertences que elas tinham levado a bordo.

Brianna nunca se considerou escocesa – só soube que era escocesa pouco tempo atrás –, mas não se sentiu tão triste com a partida da mãe ou com a morte do pai quanto se sentiu ao se despedir das pessoas e dos lugares que conheceu por tão pouco tempo.

Talvez fosse apenas a emoção contagiante dos outros passageiros. Muitos deles estavam de pé junto à amurada como ela, chorando abertamente. Ou talvez medo da viagem longa que a aguardava. Mas ela sabia muito bem que não era nada disso.

– Tudo pronto, acho. – Era Lizzie, aparecendo a seu lado, finalmente, para ver a terra pela última vez. Seu rostinho pálido estava inexpressivo, mas Brianna não confundiu a falta de expressão com falta de sentimento.

– Sim, estamos indo. – Tomada pelo impulso, Brianna estendeu a mão e pegou a menina para que esta ficasse à sua frente na grade da amurada, protegida do vento e da movimentação de passageiros e homens da tripulação. Lizzie era menor do que Brianna cerca de 30 centímetros, com ossos finos como as cordas delicadas que envolviam os mastros e rangiam acima delas.

O sol não se punha nessa época do ano, mas descia e permanecia entre os montes escuros, e o vento estava bem frio no Firth. A garota vestia peças finas; tremia de frio e se encostou em Brianna, sem perceber, para se esquentar. Brianna tinha um *arisaid* de lã, uma espécie de kilt feminino dado por Jenny; envolveu os braços e as pontas do xale ao redor da menina, conseguindo tanto conforto no abraço quanto o que ela oferecia.

– Vai ficar tudo bem – disse, para si mesma e também para Lizzie.

A cabeça loura se remexeu brevemente embaixo do seu queixo; ela não soube determinar se tinha sido uma confirmação ou só a tentativa de Lizzie de afastar dos olhos as mechas de cabelo que o vento soprava. Mechas que escapavam do tartã grosso e balançavam ao sabor da brisa salgada, imitando o movimento das velas enormes. Apesar da ansiedade, começou a sentir o ânimo melhorar com o vento. Já havia sobrevivido a muitas despedidas até então; poderia sobreviver àquela. Era o que deixava essa partida tão difícil, ela pensou. Já tinha perdido o pai, a mãe, o namorado, a casa e os amigos. Estava sozinha por necessidade e também por escolha. Mas encontrar sua casa e sua família de novo, inesperadamente, em Lallybroch, havia sido uma surpresa. Ela teria dado qualquer coisa para ficar... só mais um pouco.

Mas havia promessas a cumprir, perdas a recuperar. Depois disso, poderia voltar. Para a Escócia. E para Roger.

Mexeu o braço, sentindo a pulseira fina de prata no braço embaixo do xale, o metal aquecido em sua pele. *Un peu... beaucoup...* Com a outra mão, segurou o tecido, exposto ao vento e úmido pelos respingos do mar. Se não estivesse tão frio, talvez não notasse o calor repentino de uma gota que caiu nas costas de sua mão.

Lizzie estava tensa como um cajado, abraçando a si mesma com força. Suas orelhas eram grandes e transparentes; os cabelos, finos e leves, grudados à cabeça. Suas orelhas eram um pouco pontudas, como as de um rato, macias e frágeis sob a luz intensa do sol baixo do início de noite.

Brianna levou a mão ao rosto da menina e secou suas lágrimas. Seus olhos estavam secos, e os lábios, contraídos, enquanto ela olhava para a terra por cima da cabeça de Lizzie, mas o rosto frio e os lábios trêmulos contra sua mão estavam como os dela.

Elas permaneceram em silêncio por um tempo, até a terra desaparecer por completo.

36

VOCÊ NÃO PODE VOLTAR PARA CASA
Inverness, julho de 1769

Roger caminhou devagar pela cidade, olhando ao redor com uma mistura de fascínio e prazer. Inverness havia mudado um pouco em duzentos e poucos anos, sem dúvida, mas ainda era, reconhecidamente, a mesma cidade; bem menor, com certeza, com metade das ruas de terra pavimentadas, e, ainda assim, ele *conhecia* a rua por onde estava andando, pois já havia andado ali centenas de vezes.

Era a Huntly Street, e, apesar de a maioria das lojas e das construções serem desconhecidas, do outro lado do rio ficava a Old High Church – não tão antiga, agora –, com a torre baixa destacada como sempre. Com certeza, se ele entrasse, a sra. Dunvegan, a esposa do sacerdote, estaria colocando flores na capela principal, pronta para a missa de domingo. Mas não estaria, porque a sra. Dunvegan ainda não tinha nascido, com a blusa de lã grossa e as tortas ruins com que atormentava os doentes da paróquia do marido. Mas a pequena igreja de pedra estava ali, sólida e familiar, sob a responsabilidade de um desconhecido.

A igreja de seu pai não estava ali; tinha sido construída – ou seria? – em 1837. Assim como a casa paroquial que sempre parecera tão velha e decrépita, mas que só tinha sido construída no início dos anos 1900. Ele havia passado pelo local; não havia nada ali agora, exceto uma mistura de potentila e giesta, e uma única muda de sorveira-brava que surgia da vegetação rasteira, com as folhas tremendo sob a brisa suave.

Havia a mesma umidade no ar, com frescor –, mas o fedor forte de fumaça de motor não estava mais presente, substituído pelo fedor distante de esgoto. A ausência mais notada era a de igrejas; onde os dois lados do rio um dia exibiriam uma enorme quantidade de torres e pináculos, agora não havia nada além de muitas construções pequenas.

Havia apenas uma ponte de pedra, mas o rio Ness em si estava naturalmente igual. A correnteza estava baixa e as mesmas gaivotas sobrevoavam as ondas, guinchando umas para as outras enquanto pegavam peixes pequenos entre as pedras sob a superfície da água.

– Boa sorte, amiga – disse ele à gaivota gorda que estava sobre a ponte, e atravessou o rio para entrar na cidade.

Aqui e ali, uma casa graciosa aparecia confortavelmente isolada pelos terrenos espaçosos, uma senhora espalhando a saia, ignorando a presença das pessoas próximas. Havia a Mountgerald a distância, a casa grande do mesmo modo de sempre, exceto que as faias grandes que no futuro cercariam a casa ainda não tinham sido plantadas; no lugar delas, uma fileira de ciprestes italianos se apoiava na parede da horta, parecendo sentir falta do local de nascimento ensolarado.

Apesar de toda a elegância, diziam que Mountgerald tinha sido construída do modo mais antigo de todos – com a fundação sobre o corpo de um sacrifício humano. Diziam que um operário tinha sido atraído para dentro do buraco da adega e uma grande pedra foi jogada sobre ele de cima da parede recém-construída, fazendo com que morresse esmagado. Segundo a lenda local, ele havia sido enterrado ali na adega, e seu sangue foi uma oferenda aos espíritos famintos da terra, que, satisfeitos, permitiram que a construção continuasse próspera e intocada ao longo dos anos.

A casa não devia ter mais do que vinte ou trinta anos agora, Roger pensou. Certamente havia pessoas na cidade que tinham trabalhado na construção, que sabiam exatamente o que havia acontecido naquela adega, a quem e por quê.

Mas ele tinha outras coisas a fazer. Mountgerald e seu fantasma teriam que guardar seus segredos. Com uma leve pontada de arrependimento, deixou o casarão para trás e voltou sua curiosidade de estudioso para a estrada que levava às docas rio abaixo.

Com uma sensação que só podia ser *déjà vu*, abriu a porta de um pub. A entrada com metade da porta de madeira, as peças de pedra, estava como ele a vira uma semana antes – e duzentos anos à frente – e o cheiro familiar de fermentação e levedura no ar era um conforto para o seu espírito. O nome havia mudado, mas não o cheiro de cerveja.

Roger tomou um gole grande do copo de madeira e quase engasgou.

– Tudo bem, homem? – O atendente parou com um balde de areia na mão e olhou para Roger.

– Tudo bem – disse Roger com a voz rouca. – Muito bem.

O atendente assentiu e voltou a espalhar areia, mas ficou de olho em Roger para o caso de ele parecer querer vomitar no chão recém-varrido e coberto com areia.

Roger tossiu e pigarreou e então tomou mais um gole. O sabor era bom; muito bom, na verdade. O conteúdo alcoólico era inesperado; aquela bebida tinha muito mais álcool do que qualquer cerveja moderna que Roger conhecia. Claire dissera que o alcoolismo era comum à época, e Roger conseguia entender o porquê. Mas, se a embriaguez fosse o maior problema a ser enfrentado, tudo bem, ele lidaria com ela.

Sentou-se em silêncio perto do fogo e bebeu, sentindo o sabor intenso e amargo da cerveja enquanto observava e ouvia.

Era um pub de porto, muito movimentado. Tão perto das docas no Moray Firth, havia capitães e mercadores, além de marinheiros dos navios no porto, e também estivadores e operários dos armazéns próximos. Muitos negócios, de um tipo ou outro, eram realizados sobre as superfícies manchadas de cerveja de suas muitas mesas pequenas.

Sem prestar muita atenção, Roger percebeu que estava sendo fechado um contrato para o envio de trezentos ferrolhos de Aberdeen para as colônias, em troca de uma carga de arroz e índigo vinda das Carolinas. Cem cabeças de gado de Galloway, 600 quilos de cobre em rolos, barris de enxofre, melaço e vinho. Quantidades e preços, datas de entrega e condições eram trocadas em meio ao cheiro de cerveja e às conversas no pub, sob as nuvens pesadas de fumaça de tabaco que pairavam perto das vigas dos tetos baixos.

Não eram só produtos comercializados. Em um canto, havia o capitão de um navio, identificável pelo corte de seu sobretudo e o tricórnio preto sobre a mesa ao lado de seu cotovelo. Ele estava sendo atendido por um funcionário do pub, com um livro-razão e uma caixa de dinheiro sobre a mesa à frente dele, entrevistando várias pessoas, emigrantes tentando ir para as colônias sozinhos e com suas famílias.

Roger observou as negociações. O navio estava indo para a Virgínia, e, depois de ouvir por um tempo, ele deduziu que o custo da passagem para um passageiro do sexo masculino – ou seja, para um cavalheiro – era de 10 libras e 8 xelins. Aqueles que estavam dispostos a viajar nas entrepontes, apertados com barris e gado nos compartimentos mais baixos, podiam embarcar por 4 libras e 2 xelins cada, levando seus alimentos para uma viagem de seis semanas. Água potável era oferecida, pelo que ele entendeu.

Para quem desejasse viajar, mas sem dinheiro, havia outros meios possíveis.

– Um contrato de trabalho para o senhor, sua esposa e seus dois filhos maiores? – O capitão inclinou a cabeça pensativo, analisando a família que estava à sua frente. Um homem pequeno e magro, que devia ter 30 e poucos anos mas parecia muito mais velho, fraco e encurvado pelo esforço do trabalho. A esposa, talvez um pouco mais jovem, atrás do marido, os olhos grudados no chão, segurando as mãos de duas menininhas. Uma das meninas segurava o irmão pequeno, de 3 ou 4 anos. Os meninos mais velhos estavam ao lado do pai, tentando parecer adultos. Roger imaginou que eles tivessem 10 ou 12 anos, supondo que a estatura baixa se devesse à subnutrição. – O senhor e os meninos, sim – disse o capitão. Ele franziu o cenho para a mulher, que não olhou para a frente. – Ninguém comprará uma mulher com tantos filhos. Talvez ela possa ficar com um deles. Mas o senhor terá que vender as meninas.

O homem olhou para sua família. A esposa manteve a cabeça baixa, sem se mexer nem olhar para nada. Uma das meninas se remexeu, reclamando, baixinho, que sua mão estava sendo esmagada. O homem se virou de novo.

– Tudo bem – disse ele em voz baixa. – Elas podem.. talvez... ficar juntas?

O capitão passou a mão pela boca e assentiu de modo indiferente.

– Provavelmente.

Roger não gostou de testemunhar os detalhes da transação. Levantou-se abruptamente e saiu do pub; a cerveja preta havia perdido o gosto.

Parou na rua, tocando as moedas no bolso. Aquilo era só o que ele tinha conseguido reunir de dinheiro no pouco tempo que teve. Mas pensou que seria suficiente; era grande e tinha grande confiança em suas habilidades. Ainda assim, a cena que havia testemunhado no pub mexera com ele.

Havia crescido com a história dos habitantes das Terras Altas. Sabia o suficiente sobre o tipo de coisas que levava as famílias a tamanho desespero, a ponto de aceitarem a separação permanente e a semiescravidão pelo preço da sobrevivência.

Sabia tudo sobre a venda de terras que forçava os pequenos agricultores a saírem de propriedades das quais suas famílias tinham cuidado por centenas de anos, sabia tudo sobre as condições horríveis de penúria e fome nas cidades, a condição simplesmente insuportável da vida na Escócia naquela época. E nem todos os anos de leitura e estudo o prepararam para o rosto daquela mulher, os olhos fixos no chão coberto de areia, segurando com força as mãos das filhas.

Eram 10 libras e 8 xelins. Ou 4 libras e 2 xelins. Além disso, tudo o que gastaria com comida. Ele tinha exatamente 14 xelins e 3 pence no bolso, com um punhado de moedas pequenas de cobre e alguns quartos de penny.

Desceu lentamente a rua que levava à beira-mar, olhando para a frota de navios ancorados nas docas de madeira. Barcos pesqueiros, na maioria, pequenas embarcações e brigues que realizavam suas negociações no Firth ou, no máximo, percorriam o canal, levando cargas e passageiros para a França. Apenas três grandes navios estavam ancorados, de tamanho suficiente para desbravar os ventos na travessia do Atlântico.

Ele poderia atravessar para a França, claro, e pegar um barco dali. Ou viajar pelo continente até Edimburgo, um porto muito maior do que Inverness. Mas seria tarde no ano para navegar. Brianna já estava seis semanas à sua frente; ele não podia perder tempo para encontrá-la – só Deus sabia o que podia acontecer a uma mulher sozinha ali.

Eram 4 libras e 2 xelins. Bem, certamente ele poderia trabalhar. Sem filhos nem esposa para sustentar, poderia guardar a maior parte do que receberia. Mas como um atendente médio recebia algo perto de 12 libras por ano e ele tinha muito mais probabilidade de encontrar trabalho limpando estábulos do que mantendo contas, as chances de ele guardar dinheiro dentro de um período razoável eram bem pequenas.

– O mais importante primeiro – murmurou.– Primeiro, descubra para onde ela foi antes de se preocupar em chegar lá.

Tirou a mão do bolso e virou à direita entre dois galpões, avançando por uma travessa. Seu ânimo da manhã havia desaparecido, mas ele ficou mais feliz, de qualquer modo, quando viu que havia adivinhado certo: o escritório do capitão do porto ficava onde ele sabia que deveria ser – na mesma construção de pedras onde ainda estaria duzentos anos depois. Roger sorriu de modo irônico; os escoceses não costumavam fazer mudanças à toa.

Estava cheio e movimentado do lado de dentro, com quatro atendentes ocupados atrás de um balcão desgastado de madeira, rabiscando e carimbando, carregando pilhas de papel de um lado para outro, levando dinheiro para dentro de um escritório, de onde surgiam momentos depois trazendo recibos em bandejas de latão.

Um grupo de homens impacientes estava no canto, cada um deles sinalizando, com a voz e a postura, que seus negócios eram mais urgentes do que os do colega ao lado. Assim que conseguiu chamar a atenção de um dos atendentes, no entanto, não houve grande dificuldade em ver os registros dos navios que tinham partido de Inverness nos últimos meses.

– Ei, espere – disse ele ao jovem que empurrou um caderno grande de capa de couro por cima do balcão para ele.

– Sim? – O atendente estava corado por causa da pressa e tinha uma mancha de tinta no nariz, mas parou educadamente.

– Quanto vocês recebem para trabalhar aqui? – perguntou Roger.

As sobrancelhas do atendente se ergueram, mas ele estava com muito pressa para fazer perguntas ou para que se ofender com a abordagem.

– Seis xelins por semana – respondeu depressa, e logo desapareceu ao ouvir alguém gritando "Munro!" no escritório além do balcão.

– Hummm. – Roger passou pelas pessoas e levou o livro de registros para uma pequena mesa perto da janela, longe do fluxo intenso.

Por ter visto as condições nas quais os atendentes trabalhavam, Roger ficou impressionado com a legibilidade dos registros feitos à mão. Estava muito acostumado com a caligrafia arcaica e a pontuação excêntrica, mas as páginas que ele estava acostumado a ver eram sempre amareladas e frágeis, a ponto de se desintegrarem. Sentiu uma leve emoção de historiador ao ver a página diante dele nova e vazia e, mais à frente, o atendente que ficava numa mesa alta copiando o mais rápido que a pena permitia, com os ombros curvados em meio à confusão na sala.

Você está sendo medroso, disse uma vozinha fria no meio do seu cérebro. *Ela está aqui ou não está; sentir medo de olhar não vai mudar isso. Vamos!*

Roger respirou fundo e abriu o grande livro-razão. Os nomes dos navios estavam muito bem escritos no topo das páginas, seguidos pelos nomes de seus donos e sócios, com as cargas e datas de despacho. *Arianna. Polyphemus. Merry Widow. Tiburon.* Apesar de sua apreensão, admirou os nomes dos navios enquanto folheava o livro.

Meia hora depois, ele havia parado de pensar na poesia e na criatividade; mal notava o nome de cada navio enquanto corria o dedo pelas páginas num desespero cada vez maior. Não, ela não estava ali!

Mas tinha que estar, disse a si mesmo. Ela *tinha* que ter embarcado em um navio em direção às colônias; onde mais poderia estar, diabos? A menos que ela não tivesse encontrado a nota no jornal... mas a sensação de enjoo abaixo de suas costelas lhe garantia que ela havia encontrado; nada mais teria feito com que ela arriscasse as pedras.

Respirou fundo e fechou os olhos, que estavam começando a se cansar com as páginas cheias de caligrafia. Então abriu os olhos, voltou ao primeiro registro relevante e começou a ler de novo, murmurando cada nome, para ter certeza de que não pularia nenhum.

Sr. Phineas Forbes, cavalheiro.
Sra. Whilhelmina Forbes.
Sr. Joshua Forbes.
Sra. Josephine Forbes.
Sra. Eglantine Forbes.
Sra. Charlotte Forbes...

Sorriu ao pensar no sr. Phineas Forbes, cercado por suas mulheres. Mesmo sabendo que "Sra." ali podia ser usado tanto por mulheres casadas quanto solteiras – e não para "senhoritas" –, ele imaginou Phineas entrando todo orgulhoso na embarcação com quatro esposas, com o sr. Joshua na retaguarda.

Sr. William Talbot, mercador.
Sr. Peter Talbot, mercador.
Sr. Jonathan Bicknell, médico.
Sr. Robert MacLeod, agricultor.
Sr. Gordon MacLeod, agricultor.
Sr. Martin MacLeod...

Mas nenhum Randall dessa vez. Não no *Persephone*, nem no *Queen's Revenge*, nem no *Phoebe*. Ele coçou os olhos que doíam e começou a ler o registro do *Philip Alonzo*. Um nome espanhol, mas estava relacionado nos registros escoceses. Partindo de Inverness, sob o comando do capitão Patrick O'Brian.

Ele não havia desistido, mas já começava a pensar no que fazer a seguir se não encontrasse o nome dela nas listas. Lallybroch, claro. Ele já tinha estado ali, em sua própria época, nos restos abandonados da propriedade. Conseguiria encontrá-la agora, sem a ajuda de placas e estradas?

Seus pensamentos foram interrompidos quando o dedo parou perto do pé de uma página. Não Brianna Randall, o nome que ele procurava, mas um nome que sua mente reconheceu. *Fraser* estava escrito com uma letra inclinada e fina. *Sr. Brian Fraser*. Não, não Brian. E não "Sr.", tampouco. Ele se inclinou mais, observando a caligrafia preta.

Fechou os olhos, sentindo o coração bater forte no peito, e o alívio tomou conta dele, intoxicante como a cerveja escura especial do pub. *Sra.*, não *Sr*. E o que a princípio parecia apenas uma cauda exuberante no "n" de Brian, era, numa análise mais atenta, quase certamente um "a" descuidado.

Era ela, tinha que ser! Era um nome incomum – ele não tinha visto outras Briannas ou Brianas em nenhum ponto do enorme registro. E até Fraser fazia sentido, mais ou menos: numa busca quixotesca ao pai, ela havia passado a usar o nome dele, o nome a que tinha direito.

Ele fechou o livro, como se quisesse impedi-la de escapar das páginas, e sentou-se por um momento, respirando fundo. Ele a encontrara! Viu o atendente de cabelos claros olhando para ele do balcão e, corado, abriu o livro-razão de novo.

Phillip Alonzo. Partiu de Inverness no dia 4 de julho, Anno Domini 1769. Para Charleston, Carolina do Sul.

Franziu o cenho ao ver o nome, repentinamente incerto. Carolina do Sul. Aquele era o destino real dela ou apenas o mais perto que ela conseguia chegar? Ao analisar rapidamente os outros registros, não viu navios em julho partindo para a Carolina do Norte. Talvez ela tivesse simplesmente pegado o primeiro navio para as colônias do sul, pretendendo viajar por terra.

Ou talvez ele estivesse errado. Sentiu um arrepio frio que nada tinha a ver com o vento que vinha do rio e adentrava as frestas da janela a seu lado. Olhou para a página de novo e teve certeza. Não, a profissão não era especificada, como tinha acontecido com todos os homens. Era certamente uma "Sra.". E, assim, deveria ser "Briana" também. E, se era "Briana", também era "Brianna", ele sabia.

Levantou-se e entregou o livro a seu conhecido de cabelos claros.

– Obrigado, rapaz – disse, relaxando e usando o próprio sotaque. – Pode me dizer se tem um navio no porto indo para as colônias americanas em breve?

– Ah, sim – disse o atendente, guardando o registro com uma mão e aceitando a passagem de um cliente com a outra. – Será o *Gloriana*; ele parte depois de amanhã para as Carolinas. – Olhou para Roger de cima a baixo. – Emigrante ou marinheiro? – perguntou.

– Marinheiro – disse Roger de imediato. Ignorando a sobrancelha erguida do outro, gesticulou em direção à floresta de mastros visíveis pelas janelas. – Onde devo me registrar?

Com as duas sobrancelhas erguidas, o atendente meneou a cabeça na direção da porta.

– O dono dele trabalha no Friars quando está no porto. É provável que esteja lá agora: capitão Bonnet.

Conteve-se para não acrescentar o que era óbvio em sua expressão desconfiada: se Roger era um marinheiro, ele, o atendente, era um papagaio africano.

– Certo, *mo ghille*. Obrigado. – Esboçando um cumprimento, Roger se virou, mas voltou-se à porta e viu o atendente ainda olhando para ele, ignorando a pressão dos clientes impacientes.

– Deseje-me sorte! – disse Roger, com um sorriso.

O sorriso de resposta do atendente foi tomado por algo que podia ter sido admiração ou melancolia.

– Boa sorte, homem! – disse ele, e acenou em despedida. Quando a porta se fechou, ele conversava com o cliente seguinte, a pena posicionada para o registro.

Encontrou o capitão Bonnet no pub, como havia sido dito, em um canto sob uma nuvem densa e azul de fumaça que o próprio charuto do capitão espessava.

– Seu nome?

– MacKenzie – disse Roger num impulso repentino. Se Brianna podia fazer aquilo, ele também podia.

– MacKenzie. Alguma experiência, sr. MacKenzie?

A luz do sol incidiu sobre o rosto do capitão, fazendo com que ele semicerrasse os olhos. Bonnet voltou à sombra, e as marcas de expressão ao redor de seus olhos relaxaram, deixando Roger exposto a um olhar desconfortavelmente insistente.

– Já pesquei arenque algumas vezes, no Minch.

Não era mentira: ele já tinha passado muitos verões na adolescência em um barco de pesca de arenque capitaneado por um conhecido do reverendo. A experiência havia lhe rendido uma boa camada de músculos, ouvido para um cantarolar cadenciado das Ilhas e nojo de arenque. Mas ele sabia como era segurar uma corda, pelo menos.

– Ah, você é um cara de bom tamanho. Mas um pescador não é a mesma coisa que um marinheiro. – O sotaque levemente irlandês do homem não deixou claro se aquilo se tratava de uma pergunta, uma afirmação... ou uma provocação.

– Não pensei que fosse uma ocupação que exigisse grande habilidade. – Sem qualquer motivo aparente, o capitão Bonnet lhe causou um arrepio na nuca.

Os olhos verdes se firmaram.

– Talvez mais do que pensa... mas certamente não é nada que um homem disposto não consiga aprender. Mas o que, neste momento, faria com que um homem do seu tipo se interessasse pelo mar de repente?

Ele olhou de relance para as sombras da taverna, observando-o. *Do seu tipo*. Qual seria?, Roger se perguntou. Não sua fala – ele tomara o cuidado de esconder qualquer vestígio de Oxford, adotando o modo de falar dos habitantes das Ilhas. Estaria muito bem-vestido para um candidato a marinheiro? Ou seria a gola rasgada ou a marca de queimadura na frente de seu casaco?

– Imagino que isso não seja da sua conta – respondeu de modo neutro. Com um pouco de esforço, manteve as mãos relaxadas ao lado do corpo.

Os olhos verdes o analisaram com frieza, sem piscar. Como um leopardo observando uma fera que passava, Roger pensou, calculando se o esforço valeria a pena.

As pálpebras pesadas se fecharam mais; não valia a pena... por enquanto.

– Você estará embarcado ao pôr do sol – disse Bonnet. – Cinco xelins por mês, carne três vezes na semana, pudim de cereja aos domingos. Terá uma rede, mas consiga suas roupas. Estará livre para sair do barco assim que a carga for retirada, mas não antes. Estamos de acordo, senhor?

– Estamos – disse Roger, sentindo a boca seca de repente. Teria feito qualquer coisa por uma caneca de cerveja, mas não agora, não ali, sob aqueles olhos verde-claros.

– Pergunte pelo sr. Dixon quando embarcar. Ele é o pagador. – Bonnet se inclinou para trás, pegou um caderno pequeno de capa de couro do bolso e o abriu. A entrevista terminara.

Roger se virou e saiu, sem olhar para trás. Sentiu um arrepio na base do crânio. Se olhasse para trás, sabia que veria aquele olhar claro fixo nele por cima da margem de um livro não lido, observando todos os seus pontos fracos.

O local do arrepio, pensou, era onde seus dentes se cravariam.

37

GLORIANA

Antes de partir com o *Gloriana*, Roger pensou estar em razoável boa forma. Na verdade, em comparação com a maioria das espécies de humanos malnutridos e envelhecidos que formavam o resto da tripulação, ele se considerava muito bem. Precisou de exatamente catorze horas – a duração de um dia de trabalho – para que mudasse de ideia.

Ele sabia que ganharia bolhas nas mãos, além de músculos doloridos; carregar caixas, levantar barrotins e puxar corda era um trabalho familiar, apesar de que fazia algum tempo que ele não o executava.

O que havia esquecido era o cansaço profundo que vinha tanto do frio constante das roupas molhadas quanto do trabalho. Ele gostava do trabalho árduo, porque o aquecia temporariamente, embora soubesse que o calor seria sucedido por um tremor leve e constante assim que subisse ao convés, onde o vento sopraria suas roupas finas empapadas de suor.

As mãos com calosidades e arranhões causados pelo cânhamo doíam, mas isso era esperado; no fim de seu primeiro dia, as palmas das mãos estavam enegrecidas por causa do alcatrão e a pele dos dedos rachava e sangrava nas articulações em carne viva. Mas a dor causada pela fome tinha sido uma surpresa. Não pensou que pudesse sentir tanta fome.

Um homem curvado que trabalhava ao lado dele – um tal de Duff – estava igualmente molhado, mas não parecia abalado pela situação. O nariz pontudo e comprido que farejava como um furão tinha a ponta azulada e pingava sem parar, mas os olhos claros eram atentos e a boca logo abaixo sorria de modo amplo, mostrando os dentes da cor da água no Firth.

– Coragem, homem. Seja forte. – Duff cutucou as costelas dele com o cotovelo e desapareceu por uma escotilha, de dentro da qual, num espaço cavernoso, ouviam-se gritos de blasfêmia e batidas altas.

Roger voltou a descarregar as mercadorias, animado ao pensar no jantar.

Metade do porão fora ocupada pela carga. Os barris de água estavam cheios: fileiras e mais fileiras de tambores de madeira, no escuro, cada barril de 100 galões pesando mais de 350 quilos. O espaço na outra extremidade da embarcação ainda estava aberto, vazio, e uma procissão constante de carregadores atravessava a doca como formigas, empilhando caixas e barris, rolos e pacotes, e parecia inconcebível que aquela massa coubesse no navio.

Demoraram dois dias para carregar tudo: barris de sal, rolos de tecido, enormes caixas de peças de metal que tinham que ser baixadas com cordas devido ao peso. Foi aí que o tamanho de Roger se tornou um benefício. Na ponta de uma corda havia um cabrestante; ele se apoiou em uma caixa suspensa do outro lado e, com os músculos contraídos pelo esforço, desceu-a o suficiente para que os dois homens embaixo pudessem pegá-la e colocá-la no espaço cada vez mais cheio.

Os passageiros entraram no fim da tarde, uma fila de emigrantes carregando sacolas, pacotes, galinhas em gaiolas e crianças. Eram a carga das entrepontes – um espaço criado pela construção de uma antepara na área da proa e tão lucrativo quanto os produtos maiores à popa.

– Servos e livres – dissera Duff a ele, olhando para quem entrava com olhar aguçado. – Cada um vale 15 libras, e os novos, 3 ou 4. As crianças de colo são libertadas com as mães.

O marinheiro tossiu, com um barulho profundo, como um motor antigo sendo acionado, e cuspiu catarro, que passou raspando pela barra da grade da amurada. Balançou a cabeça ao olhar para a fila mais adiante.

– Alguns conseguem pagar para entrar, mas não muitos aqui. Precisam de um emprego para conseguir comida para a família na viagem.

– Então, o capitão não os alimenta?

– Ah, sim. – Duff pigarreou de novo, tossiu e cuspiu. – Cobra um valor. – Sorriu para Roger, secou os lábios e fez um meneio de cabeça em direção à prancha. – Vá ajudar, rapaz. Não queremos que os lucros do capitão caiam na água, certo?

Surpreso ao sentir o corpo macio de uma menininha ao embarcá-la, Roger observou com mais atenção e viu que o corpo avantajado de muitas das mulheres era uma ilusão ocasionada pelas muitas camadas de roupas; tudo o que elas tinham no mundo, aparentemente, além de pequenas trouxas de pertences, caixas de alimentos preparadas para a viagem – e as crianças magras por quem tomavam atitudes desesperadas.

Roger se agachou, sorrindo para o menino pequeno e relutante que se segurava à saia da mãe. Ele não tinha mais que 2 anos, ainda usava babador, com vários cachos louros e macios, a boquinha carnuda de lábios curvados para baixo, numa reprovação temerosa de tudo ao seu redor.

– Vamos, homem – disse Roger suavemente, estendendo a mão num convite. Não era mais um esforço para controlar seu sotaque. Sua fala mais acentuada de Oxbridge havia passado ao modo de falar mais calmo das Terras Altas com o qual ele havia crescido, e o usava agora inconscientemente. – Sua mãe não pode pegá-lo agora; venha comigo.

Muito desconfiado, o garoto fungou e arregalou os olhos para ele, mas deu trabalho para que Roger conseguisse tirar seus dedinhos sujos da saia da mãe. Roger carregou o garotinho pelo convés, a mulher atrás dele, silenciosa. Ela o olhou quando ele entregou a criança, os olhos fixos nos dele; seu rosto desapareceu no escuro como uma pedra branca caída dentro de um poço, e ele se virou com uma sensação de intranquilidade, como se tivesse abandonado alguém que se afogava.

Quando se virou para voltar a trabalhar, viu uma jovem descendo pelo desembarcadouro. Ela era o tipo de garota que chamavam de "formosa" – não bonita, mas vívida e de bons traços, com algo que chamava a atenção.

Talvez fosse apenas sua postura; ereta como um caule de margarida entre as costas curvadas e corcundas ao seu redor. Ou seu rosto, que demonstrava apreensão e incerteza, mas que ainda tinha o brilho da curiosidade. Corajosa, ele pensou, e seu coração – oprimido por tantos rostos tristes de emigrantes – iluminou-se ao vê-la.

Ela hesitou ao ver o navio e a multidão ao redor dele. Um jovem alto de cabelos claros estava com ela, com um bebê nos braços. Ele tocou o ombro dela para confortá-la, e ela olhou para ele, um sorriso em resposta iluminando seu rosto como um fósforo sendo aceso. Ao observá-los, Roger sentiu uma pontada de algo que podia ser inveja.

– Você, MacKenzie! – O grito do contramestre o tirou de seus pensamentos. O contramestre meneou a cabeça indicando a proa. – Tem carga esperando... ela não vai entrar no navio sozinha!

Depois do embarque e do desfraldar das velas, a viagem transcorreu tranquila por semanas. O clima tempestuoso que acompanhara o êxodo deles da Escócia rapidamente diminuiu e passou a bons ventos e mares com ondas, e, embora o efeito disso na maioria dos passageiros fosse o enjoo, tal incômodo desapareceu com o tempo. O cheiro de vômito das entrepontes diminuiu, tornando-se muito suave na sinfonia de fedores a bordo do *Gloriana*.

Roger nascera com um forte olfato, um atributo que ele andava considerando muito ruim na embarcação. Mas até mesmo o nariz mais sensível se acostumava com o tempo, e depois de um dia ou dois ele havia deixado de notar a maioria dos odores, exceto os novos.

Felizmente, não sentia enjoo, apesar de suas experiências com os pescadores de arenque terem bastado para fazê-lo prever o clima, com o conhecimento dos marinheiros de que sua vida podia depender do brilho do sol em determinado dia.

Seus novos colegas de embarcação não eram simpáticos, tampouco eram hostis. Independentemente do seu sotaque "caipira" das Ilhas – já que a maioria dos homens do *Gloriana* era de falantes de inglês de Dingwall ou Peterhead –, das coisas estranhas que ele dizia às vezes ou simplesmente do seu tamanho, eles o tratavam com uma certa distância. Não era uma antipatia clara – seu tamanho impedia que fosse –, mas era um tratamento frio, mesmo assim.

Roger não se incomodou com a frieza. Gostava bastante de ficar sozinho com seus pensamentos, a mente voando livre enquanto o corpo lidava com as tarefas diárias no navio. Havia muito em que pensar.

Ele não havia se informado sobre a fama do *Gloriana* nem do seu capitão antes de embarcar; teria viajado com o pior capitão do mundo, desde que esse cavalheiro estivesse seguindo para a Carolina do Norte. Ainda assim, pelas conversas que ouvia entre os tripulantes, entendeu que Stephen Bonnet era conhecido como um bom capitão: duro mas justo, e um homem cujas viagens sempre traziam lucros. Para os marinheiros, muitos dos quais trabalhavam por comissão, e não por salário, essa última qualidade claramente mais do que compensava qualquer desvio de conduta que ele pudesse ter.

Não que Roger tivesse visto evidências claras de tais desvios. Mas ele percebia que Bonnet se posicionava sempre como se um círculo invisível o envolvesse, um círculo no qual poucos tinham coragem suficiente de entrar. Só o primeiro imediato e o contramestre falavam diretamente com o capitão; os marinheiros mantinham a cabeça baixa quando ele passava. Roger se lembrou dos olhos frios e verdes como os de um leopardo que o observaram; não surpreendia que ninguém quisesse chamar atenção.

Mas ele estava mais interessado nos passageiros do que na tripulação ou no capitão. Eles eram pouco vistos, mas tinham permissão de subir ao convés brevemente duas vezes por dia, para tomar um pouco de ar, esvaziar os penicos na lateral do navio – pois seria muito inadequado fazê-lo nas pontas da embarcação – e descer de novo com as pequenas quantidades de água cuidadosamente racionada para cada família. Roger ansiava por tais visões breves e tentava se manter nesses momentos o mais próximo possível da ponta do convés, onde eles faziam seus rápidos exercícios.

Seu interesse era profissional e pessoal; seus instintos de historiador eram aguçados com a presença deles, e sua solidão, suavizada pela familiaridade de suas conversas. Ali estavam as sementes do novo país, o legado do antigo. O que aqueles pobres emigrantes sabiam e estimavam era o que seria passado adiante.

Se alguém fosse escolher a dedo o depósito de cultura escocesa, pensou, talvez não escolhesse coisas como a receita contra verrugas sobre a qual uma senhora reclamava sem parar para a nora que havia tempos sofria com elas ("Eu disse a você, Katie Mac, e por que você decidiu deixar meu sapo seco para trás, sendo que encontrou espaço para trazer todas as suas tranqueiras com as quais temos dificuldades todos os dias..."), mas isso é o que ficaria também, juntamente com as canções e orações, com os tartãs e as estampas celtas de sua arte.

Olhou para a própria mão; lembrava-se muito bem da sra. Graham esfregando uma grande verruga em seu terceiro dedo com o que ela *disse* ser um sapo seco. Sorriu, passando o polegar sobre o local. Devia ter dado certo; ele nunca mais teve outra.

– Senhor – disse alguém a seu lado. – Senhor, podemos tocar o ferro?

Ele olhou para baixo e sorriu para a menininha, segurando os dois irmãos menores pelas mãos.

– Sim, *a leannan* – disse ele. – Pode ir, mas cuidado com os homens.

Ela assentiu e os três se afastaram, olhando ansiosos de um lado para outro para ter certeza de que eles não estavam no caminho, e então foram tocar a ferradura presa num prego no mastro para dar boa sorte. O ferro era proteção e cura; as mães costumavam mandar os filhos doentes fazerem isso.

O ferro teria feito mais efeito se ingerido como nutriente, Roger pensou, ao ver as manchas vermelhas nos rostos claros, e depois de ouvir as reclamações de coceiras, dentes moles e febre. Ele retomou o trabalho, despejando medidas de água nos baldes e pratos que os emigrantes lhe estendiam. Eles estavam sobrevivendo de aveia – aveia, ervilhas secas de vez em quando e um pouco de biscoito era o total das "provisões" fornecidas na viagem.

Quanto a isso, ele não ouvira reclamações; a água era limpa, o biscoito não era mofado e, se a medida de "milho" não era generosa, também não era pouca. A tripulação era mais bem alimentada, mas ainda com carne e amido, e com cebolas de vez em quando, para aliviar. Ele passou a língua pelos dentes, prestando atenção, como fazia de poucos em poucos dias. O gosto fraco de ferro quase sempre estava em sua boca; as gengivas começavam a sangrar pela falta de vegetais frescos.

Apesar disso, seus dentes estavam fortes e não tinha sinais de articulações inchadas ou unhas quebradiças que eram tão comuns entre os tripulantes. Ele havia pesquisado durante as semanas de espera: um homem adulto normal de boa saúde poderia tolerar de três a seis meses de deficiência prolongada de vitaminas antes de apresentar algum sintoma real. Se o tempo bom continuasse, eles atravessariam em apenas dois meses.

– O tempo vai estar bom amanhã, não é? – Ao ser tirado de seus pensamentos por alguém que parecia lê-los, olhou para baixo e viu a menina formosa de cabelos castanhos a quem ele havia admirado no ancoradouro em Inverness. Morag era como seus amigos a chamavam.

– Espero que sim – disse ele, pegando o balde dela com um sorriso. – Por que diz isso?

Ela meneou a cabeça, indicando algo atrás dela com o queixo pontudo.

– Ali está a lua nova nos braços da velha; isso quer dizer bom tempo em terra, então acho que é a mesma coisa no mar, não?

Ele olhou para o céu e viu a curva clara de uma lua prateada mantendo uma órbita brilhante. Estava alta e perfeita no céu noturno infinito de um tom violeta claro, seu reflexo engolido pelo mar escuro.

– Não perca tempo conversando, moça, pergunte logo a ele! – Ele se virou de volta a tempo de ouvir essa frase sussurrada por uma mulher de meia-idade atrás de Morag, que arregalou os olhos.

– Pare com isso! – sussurrou ela em resposta. – Não farei isso, já disse que não!

– Você é uma moça teimosa, Morag – declarou a senhora, dando um passo à frente com coragem –, e, se não vai perguntar, eu farei isso por você!

A senhora pousou a mão no braço de Roger e abriu um sorriso charmoso.

– Qual é o seu nome, moço?

– MacKenzie, senhora – disse Roger com respeito, contendo um sorriso.

– Ah, MacKenzie, sim! Bem, veja, Morag, pode ser que ele seja parente do seu pai e fique feliz em lhe fazer um favor! – A mulher se virou triunfante para a garota e então voltou a se virar para que Roger visse a intensidade de sua personalidade.

– Ela está amamentando um bebê e morrendo de sede por isso. Uma mulher precisa ingerir líquidos quando está amamentando ou seu leite pode secar; qualquer pessoa sabe bem disso. Mas a tola não consegue pedir um pouco mais de água a você. Não há problema nisso, há? – perguntou de modo retórico, virando-se para olhar para as outras mulheres na fila. Não surpreendeu que todas as cabeças ali se mexessem de um lado para outro, como um brinquedo de corda.

Escurecia, mas o rosto de Morag estava claramente rosado. Com os lábios pressionados, ela aceitou o balde cheio de água balançando a cabeça brevemente.

– Obrigada, sr. MacKenzie – murmurou. Só olhou para a frente quando chegou à porta, mas então parou e olhou para trás, para ele, com um amplo sorriso de gratidão que fez com que ele se sentisse aquecido, apesar do vento forte da noite que passava por sua camisa e pela jaqueta.

Ele ficou chateado ao ver a fila da água acabar, os emigrantes descerem e a escotilha ser fechada para que fossem dormir. Ele sabia que eles contavam histórias e cantavam músicas para passar o tempo, e adoraria poder ouvi-las. Não só de curiosidade, mas também por vontade – o que o emocionava não era a pena que sentia pela pobreza deles nem o fato de pensar no futuro incerto; era a inveja que sentia do senso de ligação entre eles.

Mas o capitão, a tripulação, os passageiros, até mesmo o clima, ocupavam um espaço muito pequeno dos pensamentos de Roger. Ele pensava em Brianna dia e noite, quando chovia e quando fazia sol, quando sentia fome ou satisfação.

Desceu quando o sinal do jantar foi dado e comeu quase sem notar o conteúdo do prato. A vigília dele era a segunda; foi para a rede depois de comer, escolhendo o isolamento e o descanso em vez da possibilidade de companhia no bailéu.

O isolamento era uma ilusão, claro. Balançando-se devagar na rede, conseguia sentir cada movimento do homem ao lado dele, o calor do suor contra seu corpo através do tecido fino de algodão. Cada homem tinha 46 centímetros de espaço onde dormir, e Roger se incomodava em saber que, quando se deitava de costas, seus ombros excediam esse espaço em cerca de 5 centímetros de cada lado.

Depois de duas noites de sono interrompidas pelos baques e insultos murmurados por seus colegas de barco, ele havia trocado de lugar e acabara no espaço ao lado da antepara, onde só incomodava um companheiro. Aprendeu a se deitar de lado, com o rosto a 3 ou 5 centímetros da divisória de madeira, bloqueando os sons dos homens ao redor dele.

Um navio era algo muito musical – fios e cordas cantando ao vento, as madeiras rangendo a cada movimento, as batidas e murmúrios baixos do outro lado da antepara, no escuro do compartimento de passageiros nas entrepontes. Olhou para a madeira escura, iluminada pelas sombras da lanterna que se balançava no alto, e começou a recriá-la, os contornos do rosto, dos cabelos e do corpo todos muito vívidos no escuro. Vívidos demais.

Conseguia ver seus olhos sem nenhuma dificuldade. O que ficava por trás deles era bem mais complicado.

O descanso também era uma ilusão. Quando ela passou pelas pedras, levou consigo toda a paz de espírito dele. Ele vivia em uma mistura de medo e raiva, apimentada pela dor da traição, que se esfregava como sal nas feridas. As mesmas perguntas se repetiam em sua mente, sem respostas, uma cobra correndo atrás da cauda.

Por que ela havia partido?
O que estava fazendo?
Por que não contara a ele?

Era muito difícil conseguir uma resposta para a primeira das perguntas, que fazia com que ele pensasse e repensasse a situação, como se a resposta pudesse lhe dar a chave para todo o mistério de Brianna.

Sim, ele já se sentira solitário. Sabia muito bem como era não ter ninguém no mundo para chamar de seu, e sabia como era não ser de ninguém. Mas certamente esse era um dos motivos para eles terem se apoiado – ele e Brianna.

Claire também sabia, ele pensou de repente. Era órfã, perdera o tio – sim, era casada. Mas havia se separado do marido durante a guerra... sim, ela sabia muito bem como era ser sozinha. E por isso cuidara para que Bree não ficasse sozinha, para que se sentisse amada.

Bem, ele havia tentado amá-la direito – ainda estava tentando, pensou com seriedade, virando-se sem conforto na rede. Durante o dia, o trabalho afastava as necessidades cada vez maiores do seu corpo. Mas à noite ela se tornava real demais, a Brianna de sua lembrança.

Ele não havia hesitado; soubera, assim que descobrira, que precisava ir atrás dela. Mas às vezes ele não sabia se tinha ido para salvá-la ou para perturbá-la – qualquer coisa, desde que tudo ficasse resolvido entre eles. Ele havia dito que esperaria – mas já tinha esperado muito tempo.

O pior de tudo não era a solidão, pensou, remexendo-se de novo, mas a dúvida. Dúvida em relação aos sentimentos dela, e aos dele. Pânico de que não a conhecesse de fato.

Pela primeira vez desde sua passagem pelas pedras, ele percebeu o que ela pretendera ao recusá-lo, e sabia que sua hesitação tinha sido sábia. Mas era sabedoria ou apenas medo?

Se ela não tivesse passado pelas pedras, teria se voltado para ele de corpo e alma? Ou teria decidido recusá-lo, sempre à procura de outra coisa?

Foi um salto de fé – jogar o coração em um abismo e acreditar que o outro o pegaria. Seu coração ainda estava voando, sem certeza de onde pousaria. Mas ainda voava.

Os sons do outro lado da antepara tinham cessado, mas voltavam a ser ouvidos de modo rítmico, sons com os quais ele tinha familiaridade. Estavam fazendo de novo, fossem quem fossem.

Faziam quase todas as noites, depois que os outros iam dormir. A princípio, os sons o faziam sentir apenas seu isolamento, sua condição sem o calor de Brianna. Parecia não haver nenhuma possibilidade de calor humano real, nenhuma conexão de corações ou mentes, nada além de um consolo animal de um corpo ao qual se agarrar no escuro. Existia algo além disso?

Mas então ele começou a ouvir outra coisa nos sons, palavras de ternura, expressões furtivas de afirmação, e isso fez com que ele se tornasse não um *voyeur*, mas participante da ligação.

Mas não sabia quem eram, claro. Podia ser qualquer um dos casais ou duas pessoas quaisquer com desejo – mas, ainda assim, ele imaginava os rostos dos dois desconhecidos; em sua mente, imaginava o jovem alto de cabelos claros, a moça de cabelos castanhos com rosto simpático, imaginava os dois se entreolhando como havia acontecido no ancoradouro, e teria vendido a alma para ter certeza.

38

DAQUELES QUE CORREM PERIGO NO MAR

Uma forte ventania repentina manteve os passageiros presos nos deques por três dias e os marinheiros em seus postos com poucos minutos para descansar ou se alimentar. Quando terminou e o *Gloriana* passou pela tempestade e o céu da manhã foi tomado por nuvens finas, Roger cambaleou até sua rede, exausto demais até para torcer as roupas molhadas.

Dolorido, molhado e coberto de sal, pronto somente para um banho quente e uma semana de sono, ele respondeu ao assovio do contramestre para a vigília da tarde depois de quatro horas de descanso e partiu para suas obrigações.

Estava tão cansado ao pôr do sol que seus músculos tremiam enquanto ele ajudava a puxar um barril de água fresca do porão. Bateu na parte de cima com uma machadinha, pensando que talvez pudesse controlar as doses de água sem cair de cara no barril. Mas não poderia. Espirrou água fria no rosto, na esperança de aliviar os olhos que ardiam, e tomou um bom gole, ignorando de uma vez os limites impostos por aquela contradição constante do mar – sempre água demais, mas muito pouca.

As pessoas que traziam os jarros e os baldes para serem enchidos pareciam ainda pior do que ele: com a pele esverdeada como cogumelos, cheias de hematomas por terem sido jogadas constantemente de um lado para outro como se fossem bolas de sinuca, vomitando de novo devido ao enjoo que voltara a afetá-las, e com os penicos cheios.

Em forte contraste em relação às pessoas pálidas e de aparência ruim, uma de suas velhas conhecidas sacolejava ao redor dele, cantando num tom monótono que irritava seus ouvidos:

> *Sete arenques equivalem a um salmão.*
> *Sete salmões equivalem a uma foca,*
> *Sete focas equivalem a uma baleia,*
> *E sete baleias equivalem a um monstro do mar!*

Feliz por ter saído do porão, a menininha saltitava como uma maluca, fazendo Roger sorrir, apesar do cansaço. Ela saltitou até a amurada e então ficou na ponta dos pés e olhou por cima dela com cuidado.

– Acha que foi o monstro do mar que causou a tempestade, sr. MacKenzie? O vovô disse que foi, provavelmente. Ele bate a cauda enorme na água, sabe? – informou. – É o que faz as ondas ficarem tão grandes.

– Eu acho que não. Onde estão seus irmãos, *a leannan*?

– Com febre – respondeu ela, indiferente.

Não era nada incomum: metade dos emigrantes na fila estava tossindo e espirrando; três dias no escuro e com as roupas molhadas não tinham ajudado muito a saúde já fragilizada de todos eles.

– Então, você viu o monstro do mar? – perguntou ela, recostando-se na amurada e cobrindo os olhos com uma das mãos. – Eles são mesmo grandes o bastante para engolir o barco?

– Nunca vi um. – Roger soltou a corda e a puxou pelo cordão do avental, afastando a menina da amurada. – Cuidado, sim? Seria muito fácil você cair na água, mocinha!

– Veja! – gritou ela, inclinando-se ainda mais, apesar de ele ainda segurá-la. – Veja, ali, *ali*!

Atraído tanto pelo terror na voz dela quanto pelo que ela dizia, Roger se inclinou sobre a amurada de modo involuntário. Uma sombra escura estava logo abaixo da superfície, lisa e preta, rápida como uma bala – e do tamanho de metade do navio. Manteve-se ao lado da embarcação por alguns minutos e então passou por ela e a deixou para trás.

– Tubarão – disse Roger, abalado. Sacudiu a menina levemente, para interromper seus gritos. – É só um tubarão, entendeu? Sabe o que é um tubarão, não? Comemos um na semana passada!

Ela havia parado de gritar, mas ainda estava pálida e com os olhos arregalados, os lábios tremendo.

– Tem certeza? – perguntou ela. – Não... não era um monstro do mar?

– Não – disse Roger com firmeza, e deu a ela uma cuia de água para beber sozinha. – Só um tubarão. – O maior tubarão que ele já tinha visto, com ar de ferocidade cega que fazia os pelos de seus braços se arrepiarem só de olhar – mas só um tubarão. Eles ficavam ao lado do navio sempre que a velocidade diminuía, prontos para comer o lixo e a lavagem que eram jogados ao mar.

– Isobeàil! – Um grito irritado fez com que sua companheira partisse para ajudar nas tarefas da família. Arrastando os pés e fazendo um bico, Isobeàil se foi para ajudar a mãe com os baldes de água, deixando Roger acabar o trabalho sem ser interrompido.

Sem nenhuma outra interrupção além de seus pensamentos, pelo menos. Na maior parte do tempo, ele conseguia se esquecer de que o *Gloriana* não tinha nada embaixo do casco além de água e mais água; que o navio não era, de fato, a ilha pequena e sólida que parecia ser, mas que não passava de uma casca frágil à mercê das forças que poderiam a qualquer momento destruí-la – e a todos a bordo.

Teria o *Phillip Alonzo* chegado ao porto em segurança?, ele se perguntou. Navios afundavam, e com frequência; ele já tinha lido muitos relatos a respeito. Depois dos últimos três dias, era de surpreender que mais navios não afundassem. Bem, e não havia nada que ele pudesse fazer sobre isso, exceto rezar.

Daqueles que correm perigo no mar, Senhor, tenha piedade.

Com uma nitidez repentina, entendeu exatamente a que se referia quem disse essa frase.

Quando terminou, jogou o balde dentro do barril e pegou uma tábua para cobri-lo. Caso contrário, ratos tentavam entrar e morriam afogados. Uma das mulheres o puxou pelo braço quando ele se virou. Fez um gesto para o menininho em seu colo, que se remexia com o rosto em seu pescoço.

– Sr. MacKenzie, será que o capitão poderia usar seu anel em nosso Gibbie? Ele está com os olhos irritados por ter ficado no escuro por muito tempo.

Roger hesitou, mas então riu de si mesmo. Ele, assim como o resto da tripulação, costumava ficar longe de Bonnet, mas não havia motivos para recusar o pedido da mulher; o capitão já tinha usado seu anel de ouro antes, pois era uma solução popular para olhos irritados e inflamações.

– Sim, claro – disse ele, esquecendo-se de si mesmo por um momento. – Venha. – A mulher piscou surpresa, mas o seguiu, obediente. O capitão estava no tombadilho conversando com seu imediato; Roger fez um gesto para que a mulher esperasse um pouco e ela assentiu, encolhendo-se com vergonha atrás dele.

O capitão parecia tão cansado quanto qualquer um deles, as linhas de expressão profundas em seu rosto. Lúcifer depois de uma semana gerenciando o Inferno, sem folga, Roger pensou, divertindo-se ironicamente.

–... prejuízo aos baús de chá? – dizia Bonnet a seu imediato.

– Apenas dois, e não totalmente encharcados – respondeu Dixon. – Podemos salvar um pouco; talvez nos livremos dele subindo o rio em Cross Creek.

– Sim, eles são mais rígidos em Edenton e New Bern. Mas têm os melhores preços lá; vamos nos livrar do que pudermos antes de ir a Wilmington.

Bonnet se virou levemente e viu Roger. Sua expressão ficou mais séria, mas voltou a relaxar quando ouviu o pedido. Sem comentar nada, ele abaixou a mão e esfregou cuidadosamente o anel de ouro que usava no dedo mínimo sobre os olhos fechados do pequeno Gilbert. Uma aliança larga, Roger viu; quase parecia uma aliança de casamento, mas menor – uma aliança de mulher, talvez. O temido Bonnet com um símbolo de amor? Poderia ser, Roger pensou. Talvez alguma mulher gostasse do ar de violência contida do capitão.

– O bebê está adoecendo – comentou Dixon. Ele apontou pontos vermelhos atrás da orelha do menino, cujas faces estavam vermelhas de febre.

– Não, é febre comum – disse a mulher, puxando o filho de modo defensivo contra o peito. – Deve ser um dente novo nascendo.

O capitão assentiu com indiferença e se virou. Roger levou a mulher à galé para pedir um pedaço de biscoito para o menino roer e então a mandou de volta ao compartimento para ficar com os outros.

Mas não pensou nas gengivas de Gilbert; enquanto subia a escada para o convés, sua mente foi tomada pela conversa que ouvira.

Paradas em New Bern e em Edenton, antes de Wilmington. E estava claro que Bonnet não tinha pressa; pensaria nos preços bons para sua carga e ganharia tempo tirando dinheiro de seus passageiros. Cristo, seriam semanas até chegarem a Wilmington!

Não poderia ser, pensou Roger. Só Deus sabia onde Brianna poderia estar – ou o que poderia acontecer com ela. O *Gloriana* havia se saído bem, apesar da tempestade. Com a permissão de Deus, eles chegariam à Carolina do Norte em apenas oito semanas, se continuasse ventando. Não queria sacrificar o tempo valioso com demoras nos portos do norte, enquanto seguiam para o sul.

Ele sairia do *Gloriana* no primeiro porto, decidiu, para ir ao sul da melhor maneira que pudesse. Sim, ele havia prometido ficar no barco até a carga ser vendida, mas não receberia pagamento nenhum, então a troca parecia bem justa.

O ar fresco no convés não o ajudou muito a despertar. Sua cabeça ainda estava pesada, e a garganta, tomada pelo sal. Mais três horas de vigília; buscou mais uma cuia de água esperando que ela o ajudasse a ficar de pé.

Dixon havia deixado o capitão e passava por entre os passageiros, assentindo para os homens, parando para dizer algo a uma mulher com filhos. Estranho, Roger pensou. O homem não era muito sociável com a tripulação, menos ainda com os passageiros, a quem tratava como se não passassem de um tipo inconveniente de carga.

Algo em sua mente despertou quando ele pensou em carga: algo desconfortável, mas que não soube identificar. Estava nas sombras da exaustão, fora de vista, quase perto do olfato. Sim, era isso, tinha a ver com cheiro. Mas o que...

– MacKenzie! – Um dos marinheiros chamava da proa, acenando para ele ir ajudar com as velas rasgadas pelo vento que precisavam de remendos; havia pilhas enormes de lona espalhadas como montes de neve suja sobre a madeira, e as camadas de cima esvoaçavam com o vento.

Roger resmungou e alongou os músculos doloridos. Independentemente do que acontecesse na Carolina do Norte, ele ficaria muito feliz ao sair do navio.

Duas noites depois, Roger estava sonhando quando a gritaria o acordou. Levantou-se e correu em direção ao tumulto, com o coração aos pulos, antes mesmo de sua mente entender que ele estava acordado. Correu para a escada, mas foi derrubado por um golpe no peito.

– Fique onde está, tolo! – A voz de Dixon surgiu dos níveis acima. Ele viu a cabeça do homem, um contorno contra o quadrado cheio de estrelas da portinhola.

– O que foi? O que está acontecendo? – Ele tentou afastar a confusão do sonho, mas, desperto, se viu mais confuso.

Havia outros homens no escuro perto dele, ele sentia corpos caindo sobre ele enquanto tentava se manter de pé. Todo o barulho acontecia lá em cima; o bater de pés no convés, gritos e berros diferentes de tudo o que ele já tinha ouvido.

– Assassinos! – A voz de uma mulher foi ouvida na confusão, um grito agudo. – Maldito *assa...* – A voz foi interrompida abruptamente e se ouviu um baque pesado no convés acima.

– O que foi? – Novamente de pé, Roger passou pelos homens que estavam na escada e gritou para Dixon: – O que foi? Fomos atacados?

Suas palavras foram encobertas pelos gritos que vinham de cima: gritos de mulheres e crianças mais altos do que os berros e palavrões dos homens.

Uma luz vermelha brilhava em algum ponto ali em cima. O navio estava em chamas? Ele passou pelos homens e pegou a escada, subiu e segurou o pé de Dixon.

– Saia! – Dixon balançou o pé para se livrar, acertando um chute na cabeça de Roger. – Fique aí embaixo! Cristo, você quer pegar varíola?

– Varíola? Que *diabos* está acontecendo aí em cima? – Com os olhos acostumados ao escuro agora, Roger pegou o pé e o puxou com força para baixo. Despreparado para o ataque, Dixon soltou a escada e caiu, passando pela cabeça de Roger, no meio dos homens lá embaixo.

Roger ignorou os gritos de raiva e de surpresa atrás dele e subiu ao convés. Havia um grupo de homens reunidos ao redor da escotilha. E lanternas penduradas nas cordas, lançando feixes vermelhos, brancos e amarelos que reluziam nas peças e metais.

Procurou depressa outro navio, mas o mar estava escuro e vazio de todos os lados. Nenhum invasor, nenhum pirata; toda a confusão ocorria perto da escotilha, onde metade da tripulação estava reunida num círculo, armada com facas e porretes.

Motim?, pensou ele, e ignorou a ideia enquanto avançava; a cabeça de Bonnet apareceu acima da multidão, os cabelos claros brilhando à luz das lanternas. Roger passou pela multidão, empurrando com os ombros os marinheiros mais franzinos.

Gritos ecoavam do compartimento e havia um feixe de luz vindo de baixo. Um monte de trapos foi sendo passado rapidamente de mão em mão e desapareceu atrás do grupo de pessoas que seguravam porretes. Ouviu-se um barulho alto de algo caindo na água, e mais outro.

– O que é isso, o que está acontecendo? – Ele gritou no ouvido do contramestre, que estava perto da escotilha, segurando uma lanterna. O homem se virou e arregalou os olhos para ele.

– Você não teve varíola, teve? Desça! – A atenção de Hutchinson já tinha voltado para a escotilha aberta.

– Sim, tive! O que isso tem a ver...

O contramestre se virou, surpreso.

– Teve varíola? Não ficou marcado. Ah, deixe... desça, precisamos de toda a ajuda!

– Para quê? – Roger se inclinou para a frente, para conseguir ser ouvido acima do barulho que vinha de baixo.

– Varíola! – gritou o contramestre.

Fez um gesto para a escotilha aberta, enquanto um dos marinheiros aparecia no alto da escada, segurando uma criança que se debatia um pouco. Mantinha os dedos das mãos em garras segurando-se às costas curvas do homem, e a voz de uma mulher foi ouvida acima dos outros sons, tomada pelo terror.

Ela puxou a blusa do marinheiro e, enquanto Roger observava, começou a escalar o corpo do homem, puxando-o para trás ao tentar alcançar a criança, gritando e arranhando as costas do marinheiro, cortando o tecido e a carne.

O homem rosnou e bateu nela, tentando afastar a mulher. A escada era fixa, mas o marinheiro, com apenas uma mão para se segurar e perdendo o equilíbrio, balançou, e a cara de ódio se transformou em susto quando seus pés escorregaram do degrau.

Só o reflexo fez Roger partir para a frente, segurando a criança como se fosse uma bola, enquanto o marinheiro erguia os braços num último esforço para se salvar. Envolvidos como amantes, o homem e a mulher caíram de costas na abertura da escotilha. Foram ouvidos um baque e mais gritos de baixo, e então, o silêncio repentino e momentâneo do choque. Em seguida, os gritos começaram de novo, junto com um burburinho ao seu redor.

Roger endireitou a criança, tentando conter seus choramingos com batidinhas da mão. Ela parecia curiosamente solta em seus braços, e ele sentiu o calor de seu corpo mesmo com as camadas de roupa. A luz passou por Roger quando o contramestre ergueu a lanterna, olhando para a criança com desgosto.

– Espero que você *já tenha* tido varíola, MacKenzie – disse ele.

Era o pequeno Gilbert, o garotinho de olhos irritados – mas dois dias tinham causado uma mudança tão grande que Roger quase não o reconheceu. O menino estava muito magro, o rosto antes redondo agora estava tão fino que os ossos da face apareciam. A pele clara e com manchas de sujeira também não mais podia ser vista, pois estava tomada por uma massa de pústulas supuradas, tornando os olhos pequenas aberturas na cabeça que não se sustentava sozinha.

Ele mal teve tempo de assimilar a cena, pois em seguida mãos pegaram o corpo pequeno e ardente. Antes que pudesse se dar conta do repentino vazio em seus braços, ouviu mais um barulho de algo sendo lançado ao mar.

Ele se virou em direção à amurada num reflexo inútil, os punhos cerrados, chocado, mas logo se virou ao ouvir mais comoção.

Os passageiros tinham se recuperado da surpresa do ataque. Um grupo de homens subia pela escada, armados com qualquer coisa que encontraram, e caíram em cima dos primeiros marinheiros, prendendo-os ao chão em desespero.

Alguém acertou Roger e ele caiu, rolando para o lado exatamente quando a perna de um banco bateu no convés perto de sua cabeça. Ele se apoiou nas mãos e nos joelhos, levou chutes nas costelas, foi arrastado e jogado e, numa oportunidade de momento, jogou-se na direção de um par de pernas, sem ter ideia se estava lutando contra os marinheiros ou os passageiros, esforçando-se apenas por um espaço para se levantar e respirar.

Cheiro de vômito vinha do compartimento, um cheiro adocicado e de podridão que encobria o fedor comum de corpos e esgoto. As lanternas giravam ao vento e a luz e a sombra cortavam a cena, de modo a mostrar um rosto de um lado, de olhos arregalados e aos gritos, e então um braço erguido, um pé descalço, que logo desapareciam no escuro e eram substituídos por cotovelos, facas e joelhos, de forma que o convés parecia tomado por corpos desmembrados.

A confusão era tão grande que até Roger se sentiu desmembrado; olhou para baixo, sentindo o braço esquerdo adormecido, meio esperando encontrar o membro arrancado. Mas estava ali, e ele o ergueu num reflexo, impedindo um golpe.

Alguém agarrou seus cabelos; ele se livrou e se virou, deu uma cotovelada forte nas costelas de alguém e se virou de novo, acertando o ar. Viu-se momentaneamente livre da briga, sugando o ar. Havia duas pessoas abaixadas à frente dele, à sombra da amurada. Ao balançar a cabeça para clarear a mente, a pessoa mais alta se levantou e o atacou.

Ele caiu para trás com o impacto, agarrando o agressor. Eles se chocaram contra o mastro e caíram juntos, rolando várias vezes, batendo um no outro. Preso na rede de barulhos e golpes, ele não prestou atenção às palavras desconexas que tomavam seus ouvidos.

Então uma bota o chutou uma vez, e mais outra, e quando ele soltou o oponente dois marinheiros os separaram. Alguém segurou o outro homem e o levantou, e Roger viu a luz da lanterna do contramestre no alto, revelando o rosto do passageiro alto de cabelos claros – o marido de Morag MacKenzie, os olhos verdes flamejando, tomados pela fúria.

MacKenzie estava em péssimas condições – assim como Roger, como ele descobriu ao passar a mão pelo rosto e sentir o lábio rasgado –, mas sua pele não tinha pústulas.

– Bom – disse Hutchinson brevemente, e o homem foi jogado sem nenhuma cerimônia na direção da abertura.

Seus companheiros ajudaram Roger a se levantar e então o deixaram se balançando, confuso e ignorado, enquanto terminavam seu trabalho. A resistência tinha sido breve; apesar de armados com a fúria do desespero, os passageiros estavam enfraquecidos pelas seis semanas dentro do compartimento, pela doença e pela pouca comida. O mais forte tinha apanhado até se submeter, os mais fracos foram forçados a voltar para dentro, e os que tinham varíola...

Roger olhou para a amurada e para a lua refletida na água. Segurou-se e vomitou até a bile sair, queimando o fundo do nariz e da garganta. A água estava escura e vazia.

Exausto e tremendo pelo esforço feito, atravessou o convés lentamente. Os marinheiros pelos quais ele passou estavam em silêncio, mas pela abertura mais à frente um único grito era ouvido, cada vez mais alto, sem pausa para respirar.

Ele quase caiu do convés para dentro do compartimento da tripulação, foi para a sua rede, ignorando todas as perguntas, e enrolou o cobertor na cabeça, tentando abafar o som do choro – tentando apagar tudo ao redor.

Mas não conseguiu consolo em meio às dobras de lã e afastou o cobertor, o coração acelerado, a sensação de afogamento tão forte no peito que ele puxou o ar várias vezes até se sentir tonto, e ainda assim continuou respirando fundo, como se devesse respirar por quem não mais podia.

– Foi o melhor, rapaz – disse-lhe Hutchinson com uma solidariedade fria, passando enquanto ele vomitava sem parar. – A varíola se espalha como o fogo; ninguém naquele compartimento chegaria vivo se não tirássemos os doentes.

E aquilo era melhor do que a morte mais lenta devido às feridas e à febre? Não para quem havia ficado; o grito continuava, cortando o silêncio, capaz de atravessar a madeira e também os corações.

Imagens confusas tomaram sua mente, cenas truncadas aparecendo como flashes: o rosto contorcido do marinheiro quando caiu dentro do compartimento; a boca entreaberta do menininho, com a parte de dentro tomada por pústulas. Bonnet de pé na parte elevada do convés, o rosto de um anjo caído, observando. A água escura, vazia sob a luz da lua.

Algo bateu levemente no casco e ele se encolheu tremendo, alheio ao calor sufocante no compartimento e à reclamação do homem ao seu lado. Não, não vazia. Ele ouvira os marinheiros dizerem que os tubarões nunca dormiam.

– Ah, Deus – disse em voz alta. – Ah, Deus! – Ele deveria estar rezando pelos mortos, mas não conseguia.

Rolou de novo, remexendo-se, tentando escapar, e no eco da oração inútil ele se lembrou – ouviu aquelas palavras ditas com desespero, ofegantes em seu ouvido durante aqueles momentos de fúria, sem raciocinar.

Pelo amor de Deus, homem, dissera o homem de cabelos claros. *Pelo amor de Deus, solte-a!*

Ele se endireitou e permaneceu rígido, banhado em suor frio.

Duas pessoas nas sombras. E a escotilha aberta para o compartimento a cerca de 6 metros.

– Ah, Deus – disse de novo, mas dessa vez *era* uma oração.

Roger estava fazendo a vigília no dia seguinte quando encontrou uma oportunidade de descer ao compartimento. Não se esforçou para não ser visto; ao observar seus companheiros, ele havia aprendido depressa que, perto das pessoas, nada chamava mais atenção do que tentar disfarçar.

Se alguém perguntasse, ele diria ter ouvido um baque e pensou que a carga poderia ter tombado. Bem perto da verdade.

Ficou pendurado na beira da escotilha segurando-se com as mãos; a chance de ser seguido seria menor se não descesse a escada. Pulou no escuro e pousou com força, e os ossos doeram. Qualquer pessoa que estivesse ali embaixo ouviria aquilo – e da mesma maneira, se alguém o seguisse, ele perceberia.

Precisou de um momento para se recuperar do choque do pulo e então começou a se movimentar com cuidado pelas pilhas altas de carga estocada. Tudo parecia meio borrado, sem contornos definidos. Não era só por causa da luz fraca, pensou; tudo no compartimento vibrava levemente, em resposta ao tremor do casco mais abaixo. Se prestasse atenção, ouviria a nota mais baixa da canção do navio.

Seguiu pelos corredores estreitos entre as caixas, além dos enormes barris de água. Respirou fundo; o ar estava tomado pelo cheiro de madeira molhada, misturado ao cheiro fraco de chá. Ouviu farfalhos e rangidos, muitos barulhos esquisitos – mas não havia sinal da presença humana. Ainda assim, ele tinha certeza de que havia alguém ali.

E por que você está aqui, amigo?, pensou. E se um dos passageiros das entrepontes *tivesse* se abrigado ali? Se alguém estivesse ali, era grande a chance de ter varíola; Roger não podia fazer nada por eles – por que se importaria em olhar?

Porque não podia deixar de olhar, foi a resposta. Ele não se repreendia por não ter conseguido salvar os passageiros acometidos pela varíola; nada poderia ter sido feito por eles, de qualquer modo, e talvez uma morte rápida por afogamento não fosse, de fato, mais terrível do que o lento sofrimento imposto pela doença. Ele gostaria de acreditar nisso.

Mas não tinha dormido; os acontecimentos da noite o tomaram de horror e impotência, por isso não conseguia descansar. Independentemente de conseguir fazer algo ou não, precisava fazer *alguma coisa*. Tinha que olhar.

Algo pequeno se movia nas sombras do compartimento. *Rato*, pensou e virou-se num reflexo para pisar nele. O movimento o salvou; um objeto pesado passou por sua cabeça e caiu fazendo um estardalhaço na água estagnada mais abaixo.

Ele abaixou a cabeça e partiu na direção do movimento, os ombros encolhidos à espera de um ataque. Não havia para onde correr, e nenhum lugar onde se esconder. Viu de novo, atacou e agarrou o tecido. Puxou com força e chegou ao corpo. Uma luta rápida no escuro, um grito de susto e ele se viu pressionando o corpo de alguém contra uma antepara, segurando o punho magro de Morag MacKenzie.

– Que *diabos*? – Ela o chutou e tentou mordê-lo, mas ele ignorou o ataque. Segurou-a pela gola e a tirou das sombras em direção à luz marrom do compartimento. – O que está fazendo aqui?

– Nada! Me solte! Me solte, por favor! Por favor, eu imploro, senhor... – Sem conseguir se soltar fazendo força – talvez ela tivesse metade do peso dele –, ela voltou a implorar, as palavras saindo num sussurro desesperado: – Pelo amor que tem a sua mãe, senhor! Não pode fazer isso, por favor, não pode deixar que eles o matem, *por favor*!

– Não vou matar ninguém. Pelo amor de Deus, fique calma! – disse ele, e a sacudiu.

Das sombras mais escuras atrás da corrente da âncora vinha o choro fino e estridente de um bebê.

Ela respirou fundo, assustada, e olhou para ele.

– Eles vão ouvi-lo! Deus, homem, permita que eu vá até ele! – O desespero dela era tão grande que conseguiu se livrar e correu em direção ao som, passando pela grande corrente enferrujada da âncora.

Ele a seguiu mais lentamente; ela não podia fugir – não havia para onde ir. Encontrou-os no ponto mais escuro, abaixados num dos cantos do navio, com caixas de madeira ao redor. Havia um espaço de menos de 30 centímetros entre a madeira do casco e a corrente da âncora; ela não passava de uma mancha mais escura na escuridão.

– Não vou machucar vocês – disse ele pausadamente. A sombra parecia se encolher, mas ela não respondeu.

Os olhos dele lentamente se acostumavam com o escuro; mesmo ali no fundo, uma luz leve vinha da escotilha distante. Uma parte branca – seu seio estava descoberto, porque ela amamentava o bebê. Ele ouviu os sons do bebê se alimentando.

– Que diabos está fazendo aqui? – perguntou ele, apesar de saber muito bem. Seu estômago se revirou, e não só por causa do fedor da água estagnada. Agachou-se ao lado dela, quase sem conseguir entrar no espaço restrito.

– Estou me escondendo! – disse ela decidida. – Com certeza você conseguiu perceber isso!

– O bebê está doente?

– Não! – Ela se curvou sobre ele, afastando-o o máximo que podia.

– Então...

– É só uma assadura! Todos os bebês têm assaduras, minha mãe disse! – Dava para ouvir o medo em sua voz, por baixo da feroz negação.

– Tem certeza? – perguntou ele do modo mais delicado que pôde. Levou a mão ao bebê.

Ela bateu nele, desajeitada, com uma só mão, e ele se afastou, sentindo dor.

– Jesus! Você me esfaqueou!

– Fique longe! Estou com o punhal do meu marido – disse ela. – Não permitirei que o tire de mim. Mato você primeiro, juro que mato!

Ele acreditou nela. Levando a mão à boca, sentiu o gosto do próprio sangue, doce e salgado na língua. Não passava de um arranhão, mas ele acreditou nela. Ela o mataria – ou morreria tentando, o que era muito mais provável de acontecer se um dos homens a encontrasse.

Mas não, ele pensou. Ela valia dinheiro. Bonnet não a mataria – apenas a arrastaria até o convés e a forçaria a ver seu filho sendo arrancado de seus braços e lançado ao mar. Ele se lembrou das sombras escuras que cercavam o navio e estremeceu com um arrepio que não tinha nada a ver com o ambiente úmido em que estava.

– Não vou pegá-lo. Mas se for varíola...

– Não é! Juro que não é! – Uma mão pequena saiu das sombras e o segurou pela manga. – É o que estou dizendo, apenas uma assadura, eu já vi, homem... centenas de vezes antes! Sou a filha mais velha de nove irmãos, sei muito bem quando uma criança está doente e quando só está indisposta!

Ele hesitou e então tomou uma decisão abruptamente. Se ela estivesse errada e a criança tivesse varíola, provavelmente já estava infectada; levá-la de volta ao compartimento só espalharia a doença. E, se ela estivesse certa – ele sabia tão bem quanto ela que não importava –, qualquer marca condenaria a criança.

Ele sentiu a moça tremer, à beira da histeria. Sentiu vontade de tocá-la para oferecer conforto, mas mudou de ideia. Ela não confiaria nele, e com razão.

– Não vou contar a ninguém – sussurrou ele.

A resposta foi um silêncio desconfiado.

– Você precisa de comida, não? E água fresca. Sem ela, em pouco tempo você não terá leite, e o que vai acontecer com a criança, nesse caso?

Ele ouviu a respiração dela, ofegante, o peito congestionado. Ela estava doente, mas podia não ser varíola; todos os passageiros do compartimento tossiam e espirravam – a umidade prejudicava os pulmões.

– Mostre-o para mim.

– Não! – Seus olhos brilharam no escuro, temerosos como os de um rato acuado, e ela mostrou os dentes pequenos e brancos.

– Juro que não vou tirá-lo de você. Mas preciso vê-lo.

– Jura pelo quê?

Procurou um juramento celta adequado, mas desistiu e falou o que lhe ocorreu.

– Pela vida da minha mulher – disse ele – e pelos meus filhos que ainda não nasceram.

Ele percebeu que ela continuou desconfiada, mas em seguida abrandou; o joelho pressionado contra o corpo moveu-se levemente quando ela relaxou. Ouviu um barulhinho na corrente próxima. Ratos de verdade, dessa vez.

– Não posso deixá-lo aqui sozinho enquanto roubo comida. – Ele viu que ela inclinava a cabeça levemente em direção ao barulho. – Eles o comerão vivo; esses vermes já me morderam enquanto eu dormia.

Ele esticou as mãos, prestando atenção o tempo todo aos sons do convés acima. Era improvável que alguém descesse ali, mas quanto tempo levaria até que sentissem sua falta lá em cima?

Ela hesitou, mas por fim levou um dedo ao peito e tirou a boquinha da criança com um leve estalo. O bebê protestou um pouco e se remexeu levemente enquanto ele o pegava.

Ele não havia segurado bebês muitas vezes; sentir o corpinho foi surpreendente – inerte, mas agitado; macio, mas firme.

– Cuidado com a cabeça dele!

– Pronto. – Protegendo o crânio redondo com uma mão cuidadosa, ele deu um ou dois passos para trás, levando o rosto da criança para a luz fraca.

As faces estavam tomadas de pústulas avermelhadas com pontas brancas – parecia varíola, na opinião de Roger, e ele sentiu um tremor nas palmas das mãos. Imunizado ou não, era preciso ter coragem para tocar alguém infectado e não se assustar.

Ele observou a criança, e então, cuidadosamente, afastou o cobertor, ignorando o protesto sussurrado da mãe. Escorregou a mão por baixo da roupa, sentindo os testículos entre as pernas gordinhas, e então a pele sedosa do peito e da barriga.

O bebê não parecia muito doente; os olhos estavam claros, não marejados. E, apesar de o corpinho parecer febril, não era o calor forte que ele sentira na noite anterior. O bebê resmungou e se remexeu, sim, mas suas pernas pequenas chutavam com força, não eram espasmos fracos de uma criança prestes a morrer.

Os muito jovens morrem depressa, dissera Claire. *Você não tem ideia de como a doença avança depressa quando não há recursos para contê-la*. Mas ele já tinha uma ideia, depois da noite anterior.

– Certo – disse ele finalmente. – Acho que você tem razão. – Ele sentiu, mas não viu, quando ela relaxou o braço: estava com o punhal preparado.

Ele devolveu a criança depressa, sentindo alívio e relutância... e a percepção aterrorizante da responsabilidade que havia aceitado.

Morag acalmava o menino, aconchegando-o contra o peito assim que o cobriu.

– Querido Jemmy, isso, bonzinho. Pronto, pronto. Vai ficar tudo bem. A mamãe está aqui com você.

– Quanto tempo? – sussurrou Roger, apoiando a mão no braço dela. – Quanto tempo a assadura ficará aparente, se for mesmo uma assadura?

– Quatro dias, talvez cinco – disse ela. – Mas daqui a dois já estará diferente, menor. Qualquer pessoa poderá ver que não é varíola. E então poderei sair daqui.

Dois dias. Se fosse varíola, a criança estaria morta em dois dias. Mas se não fosse... ele daria um jeito. E ela também.

– Consegue ficar acordada tanto tempo assim? Os ratos...

– Sim, consigo – disse ela. – Conseguirei fazer o que tenho que fazer. Vai me ajudar, então?

Ele respirou fundo, ignorando o fedor.

– Sim, vou. – Ele ficou de pé e deu-lhe a mão. Ela hesitou por um momento, depois pegou-a e também ficou de pé. Era pequena, mal alcançava o ombro dele, e sua mão era do tamanho da de uma criança – nas sombras, ela parecia uma menininha cuidando da boneca.

– Quantos anos você tem? – perguntou ele de repente.

Viu o brilho nos olhos dela, surpresa, e então o branco dos dentes.

– Ontem, eu tinha 22 – respondeu com secura. – Hoje, talvez eu tenha 100.

A pequena mão úmida soltou a dele e ela voltou para a escuridão.

39

O APOSTADOR

A névoa se acumulara durante a noite. Ao amanhecer, o navio atravessou uma nuvem tão densa que o mar abaixo não podia ser visto da amurada e só o sussurro do casco indicava que o *Gloriana* ainda flutuava na água, e não no ar.

Não fazia sol nem ventava; as velas estavam caídas, movendo-se levemente à brisa que passava. Oprimidos pela escuridão, os homens andavam pelo convés como fantasmas, aparecendo de repente, assustando uns aos outros.

Essa escuridão era boa para Roger; ele conseguia passar quase despercebido pelo navio e entrou sem ser visto no compartimento, com a pouca comida que havia conseguido reservar de suas refeições escondida na camisa.

A névoa havia entrado no compartimento também; vapores úmidos tocavam seu rosto, desaparecendo entre os barris de água, pairando perto de seus pés. Ali embaixo estava mais escuro do que nunca para ele, que havia deixado a claridade dourada e entrado no ambiente marrom-escuro da madeira fria e molhada.

A criança estava dormindo; Roger não via nada além do contorno do rosto dele, ainda marcado com as pústulas vermelhas. Pareciam inflamadas. Morag viu o olhar de dúvida dele e não disse nada, mas pegou sua mão e a pressionou no pescoço do bebê.

Ele sentiu o pulso com o dedo, e a pele macia com dobrinhas estava quente, mas não úmida. Tranquilizado, sorriu para Morag, e ela retribuiu com um leve esboço de sorriso.

Um mês no compartimento a havia deixado magra e encardida; os últimos dois dias tinham estampado seu rosto com as marcas permanentes do medo. Seus cabelos estavam soltos e sem viço ao redor do rosto, tomados pela sujeira e cheios de piolhos. Os olhos estavam vermelhos por causa do cansaço e ela cheirava a fezes e urina, leite azedo e suor. Seus lábios estavam contraídos e pálidos, como o resto do rosto. Roger apoiou as mãos delicadamente em seus ombros, então se inclinou e beijou seus lábios.

No topo da escada, ele olhou para trás. Ela ainda estava ali, de pé, olhando para ele, com o bebê nos braços.

O convés estava silencioso, exceto pelos murmúrios do timoneiro e do contramestre, que não estavam à vista. Roger fechou a portinhola, o coração começando a se acalmar de novo, a sensação da pele dela ainda aquecendo suas mãos. Dois dias. Talvez três. Talvez eles conseguissem sobreviver; Roger, pelo menos, estava convencido de que ela estava certa: a criança não tinha varíola.

Não haveria necessidade de ninguém descer ao compartimento em breve – um barril de água doce tinha sido levado para cima no dia anterior. Ele conseguiria alimentá-la – se ela conseguisse permanecer acordada por tempo suficiente... O ruído forte do sino do navio cortou a névoa, um lembrete do tempo que não mais parecia existir, sua passagem alheia à luz ou à escuridão.

Foi quando Roger atravessou na direção da popa que ouviu: um forte e repentino sopro na névoa sobre a amurada, muito próximo dele. No instante seguinte, o navio tremeu levemente na parte inferior, as tábuas se esfregando em algo enorme.

– Baleia! – foi o grito que se ouviu ao longe. Ele viu dois homens perto do mastro principal, formas borradas em meio à névoa. Quando ouviram o grito, eles congelaram, e ele percebeu que também estava parado, ouvindo.

Ouviu-se mais um sopro perto dali, outro mais longe. A tripulação do *Gloriana* permaneceu silenciosa, cada homem processando as exalações altas, marcando um mapa invisível sobre o qual o navio passava, montanhas de carne silenciosa e inteligente.

Qual seria o tamanho delas?, Roger tentou imaginar. Grandes o bastante para danificar o navio? Semicerrou os olhos, tentando ver algo em meio à névoa, mas em vão.

Aconteceu de novo, um baque forte o bastante para fazer tremer a amurada que ele segurava, seguido por um raspão demorado que estremeceu as tábuas. Ouviram-se gritos abafados de medo vindos do compartimento de baixo; para quem estava nas entrepontes, o baque acontecia logo ao lado, nada além de madeiras do casco entre eles e a ruptura – uma abertura repentina e a invasão assustadora do mar. Pranchas de carvalho de 8 centímetros pareciam frágeis como folhas de papel diante dos animais que nadavam ali perto, escondidos pela névoa.

– Cracas – comentou uma voz irlandesa suave que vinha da neblina atrás dele.

Roger se sobressaltou e Bonnet se materializou rindo baixo. Segurava uma cigarrilha entre os dentes, e uma chama iluminou as linhas de expressão e os traços de seu rosto, banhado em luz vermelha. O raspão foi ouvido de novo contra a madeira.

– As baleias se raspam para livrar a pele dos parasitas – disse Bonnet casualmente. – Para elas, não passamos de uma rocha que flutua. – Ele tragou com força para acender a ponta, soprou uma fumaça perfumada e jogou para fora do barco o papel em chamas, que desapareceu em meio à neblina como se fosse uma estrela cadente.

Roger soltou um suspiro um pouco menos barulhento do que os das baleias. Bonnet havia se aproximado? Será que o capitão o havia visto sair do compartimento?

– Então elas não prejudicarão o navio? – perguntou ele no mesmo tom casual do capitão.

Bonnet fumou em silêncio por um momento, concentrando-se em tragar. Sem a luz da chama, ele voltara a ser uma sombra, marcada apenas pela ponta acesa.

– Não sei – disse por fim, com um pouco de fumaça saindo de sua boca enquanto falava. – Qualquer animal pode nos afundar, se quiser e estiver determinado a isso. Certa vez, vi um navio... ou o que restou dele... arrasado por uma baleia irada. Noventa centímetros de pranchas e um barrote flutuando, afundou com toda a tripulação, duzentas almas.

– O senhor não parece preocupado com a possibilidade.

Ouviu-se um som longo de exalação, um eco baixo da respiração das baleias, enquanto Bonnet soprava a fumaça por entre os dentes.

– Seria um desperdício de energia me preocupar. Um homem sábio deixa as coisas que estão além do seu controle nas mãos dos deuses... e reza para que Danu esteja com ele. – A aba do chapéu do capitão se virou na direção de Roger. – Conhece Danu, não é, MacKenzie?

– Danu? – perguntou Roger como um tolo, e então se deu conta, quando se lembrou de uma canção antiga de sua infância, algo que a sra. Graham havia ensinado a ele. "Venha a mim, Danu, mude meu destino. Torne-me corajoso. Dê-me riqueza... e amor para viver."

Ouviu o capitão rindo.

– Ah, e você nem é irlandês. Mas eu pensei que fosse um estudioso, MacKenzie.

– Conheço Danu, a Senhora do Destino – disse Roger, torcendo para que aquela determinada deusa celta fosse boa marinheira e estivesse ao lado dele. Deu um passo à frente, querendo se afastar, mas sentiu uma mão em seu braço, segurando-o com força.

– Um homem de estudo – repetiu Bonnet lentamente, e toda a leveza havia sumido de sua voz –, mas não de sabedoria. É um homem que reza, MacKenzie?

Roger ficou tenso, mas sentiu a força da mão de Bonnet e não tentou se afastar. A força tomou seus membros, seu corpo sabendo antes mesmo dele que chegara o momento da luta.

– Eu disse que um homem sábio não se preocupa com coisas além de seu poder. Mas neste navio, MacKenzie, tudo está em meu poder. – Ele segurou seu braço com ainda mais força. – E todos.

Roger puxou o punho e se afastou. Ficou de pé sem apoio, sabendo que não havia ajuda nem escapatória. Não havia mundo além do barco, e dentro dele, Bonnet tinha razão, tudo estava sob o poder do capitão. Se ele morresse, ninguém ajudaria Morag, mas essa escolha já tinha sido feita.

– Por quê? – perguntou Bonnet, parecendo levemente interessado. – A mulher não é bonita. E um homem de tanto estudo colocaria meu navio e meus negócios em risco, então, apenas para ter um corpo quente?

– Não há risco. – As palavras saíram roucas, forçadas pela garganta apertada. *Venha me pegar*, ele pensou, e suas mãos se cerraram em punhos ao lado do corpo. *Venha me pegar, e me dê uma chance de levar você comigo.* – A criança não tem varíola. É uma assadura inofensiva.

– Perdoe-me por colocar a minha opinião ignorante acima da sua, sr. MacKenzie, mas eu sou o capitão aqui. – A voz ainda estava suave, mas a malícia era clara.

– É uma criança, pelo amor de Deus!

– Sim... sem valor.

– Sem valor para o senhor, talvez.

Fez-se um silêncio momentâneo, interrompido apenas por um sopro distante na branquidão vazia.

– E qual é o valor que tem para você? – perguntou ele, a voz implacável. – Por quê?

Para ter um corpo quente. Sim, por isso. Pelo toque de humanidade, a lembrança do carinho, pela sensação da vida teimando diante da morte.

– Por pena – disse ele. – Ela é pobre, não havia ninguém que a ajudasse.

O cheiro forte do tabaco chegou a ele, narcótico, envolvente. Roger respirou, tirando força dele.

Bonnet se movimentou, e Roger também, preparando-se. Mas não recebeu nenhum golpe; a sombra enfiou uma mão no bolso, estendeu uma mão fantasmagórica na qual ele viu um brilho sob a luz distante da lanterna – moedas e quinquilharias, que podiam ser joias. O capitão pegou um xelim de prata e enfiou o resto no bolso de novo.

– Ah, pena – disse ele. – E diria que é um apostador, MacKenzie?

Ele estendeu o xelim e o largou. Roger o pegou num reflexo.

– Então, pela vida do bebê – disse Bonnet, e o tom de diversão voltou. – Um acordo de cavalheiros, sim? Se der cara, ele vive. Coroa, ele morre.

A moeda estava quente e sólida na palma de sua mão, algo incomum naquele mundo de frio e balanços. As mãos dele estavam suadas, mas sua mente estava gelada e atenta, uma pedra de gelo.

Se der cara, ele vive. Coroa, ele morre, pensou com calma, e não estava pensando na criança do compartimento. Pensou na garganta e na virilha do outro homem; partir e atacar, um golpe e um empurrão – a amurada ficava a menos de 30 centímetros, com o vazio calmo das baleias na água.

Não havia tempo para sentir medo. Ele viu a moeda girar como se tivesse sido lançada por outra mão e então cair no convés. Seus músculos se contraíram lentamente.

– Parece que Danu está ao seu lado hoje, senhor. – A voz irlandesa suave de Bonnet pareceu alcançá-lo vinda de uma grande distância quando o capitão se abaixou e pegou a moeda.

Ele estava apenas começando a assimilar as palavras quando o capitão segurou seu ombro, virando-o para o convés.

– Vai caminhar um pouco comigo, MacKenzie.

Algo havia acontecido a seus joelhos; ele tinha a sensação de que cairia a cada passo, mas ainda assim, de algum modo, conseguiu se manter de pé, acompanhando a sombra. O navio estava em silêncio, o convés sob seus pés a 1 milha, mas o mar estava vivo, em movimento. Sentiu o ar em seus pulmões inflá-los e esvaziá-los com o movimento do convés e teve a sensação de que o seu corpo não tinha limites. Se houvesse madeira ou água sob seus pés, a sensação seria a mesma.

Demorou um tempo para entender as palavras de Bonnet, e se divertiu ao perceber que o homem parecia contar a história de sua vida de modo casual e contido.

Órfão em Sligo quando ainda era muito novo, aprendera depressa a se defender, disse ele, trabalhando como ajudante em navios mercantes. Mas, durante um inverno, com poucos navios, conseguiu um emprego em terra, em Inverness, cavando a fundação para uma casa grande que estava sendo construída perto da cidade.

– Eu tinha só 17 anos – disse ele. – O mais novo do grupo de trabalhadores. Não sei por que eles me odiavam. Talvez por causa do meu jeito, que era bem grosseiro, ou por inveja do meu tamanho e da minha força; eles eram um grupo de infelizes fracos. Ou talvez porque as meninas sorrissem para mim. Ou talvez apenas por eu ser desconhecido. Eu sabia que não era popular entre eles, mas não sabia exatamente o quanto era *impopular*, até o dia em que a escavação terminou e a fundação pôde ser feita.

Bonnet parou para tragar a cigarrilha e soltar a fumaça pelos cantos da boca, fumaça branca que envolvia sua cabeça e se misturava ao branco mais forte da névoa.

– Os fossos foram cavados – continuou ele, a cigarrilha presa entre os dentes – e as paredes foram iniciadas; havia um grande bloco de pedras já disposto. Eu havia ido jantar e estava voltando para o lugar onde dormia quando, para minha surpresa, fui parado por dois caras com quem eu trabalhava. Eles tinham uma garrafa; sentaram-se em um muro e me chamaram para beber com eles. Eu deveria saber o que me esperava, pois estavam sendo simpáticos, coisa que nunca tinham sido antes. Mas eu bebi, e bebi mais, e em pouco tempo estava caindo de bêbado, porque não tinha resistência para a bebida, já que nunca tive dinheiro para comprar bebida forte. Eu já estava bem chumbado quando escureceu, e pensei em ir embora, mas eles me levaram rua abaixo pelos braços. Então me agarraram, me jogaram por cima de um muro em construção e, para minha surpresa, me vi caído na terra úmida da fundação que tinha ajudado a fazer. Todos eles estavam ali, os operários. Outro homem estava com eles também; um deles segurava uma lanterna e, quando a levantou, vi que o homem era Daft Joey, um mendigo que vivia embaixo da ponte. Ele não tinha dentes e comia peixe podre e besouros do rio, e tinha um cheiro horroroso. Eu estava tão mal por causa do uísque e da queda que fiquei ali, ouvindo o que eles diziam como se falassem de uma distância muito grande... e pareciam discutir porque o líder do grupo ficou irritado quando soube que os dois tinham me levado ali. O mendigo bastaria, disse ele; que me soltassem. Mas os que me levaram disseram não, que eu era melhor. Alguém poderia sentir falta do mendigo, explicaram. Então alguém riu e disse que sim, que eles não teriam que me pagar o salário da semana, e foi então que comecei a me dar conta de que eles pretendiam me matar. Já tinham conversado antes, enquanto trabalhávamos. Disseram que seria um sacrifício para a fundação, para que a terra não tremesse e as paredes não ruíssem. Mas eu não tinha ouvido... e, se tivesse, teria pensado que eles queriam matar um galo e enterrá-lo, como era comum.

Ele não havia olhado para Roger enquanto contava, mantendo os olhos fixos na névoa, como se os acontecimentos que descrevia estivessem ocorrendo de novo em algum lugar abaixo da cortina de fumaça.

As roupas de Roger estavam grudadas em seu corpo, umedecidas pela névoa e pelo suor frio. Sentiu o estômago se revirar, e o cheiro ruim do compartimento podia ser o fedor de Daft Joey na fundação.

– Então eles continuaram falando por um tempo – continuou Bonnet –, e o mendigo começou a fazer barulho, pois queria mais bebida. Finalmente o líder disse que de nada adiantava ficar falando, que ele lançaria a moeda para escolher. Pegou uma moeda do bolso e disse para mim, rindo: "Você quer cara ou coroa, rapaz?" Eu estava bêbado demais para dizer qualquer coisa; o céu estava escuro e rodando, e as luzes brilhavam nos cantos dos meus olhos como estrelas cadentes. Então ele disse por mim. Se desse a cara de Geordie, eu viveria, se desse coroa, eu morreria, e jogou a moeda para cima. Caiu na terra ao lado da minha cabeça, mas não tive forças para me virar e olhar. Ele se abaixou para ver e rosnou; então ficou de pé e não me deu mais atenção.

Eles tinham chegado à popa na caminhada silenciosa. Bonnet parou ali, com as mãos na amurada, fumando em silêncio. Então tirou a cigarrilha da boca.

– Eles levaram o mendigo até a parede que tinha sido erguida e o fizeram sentar no chão, perto dela. Eu me lembro da sua cara de bobo. Ele bebeu e riu com eles, e estava com a boca aberta – frouxa e úmida como a boceta de uma meretriz. No momento seguinte, a pedra caiu do topo do muro e amassou a cabeça dele.

Gotas de umidade tinham se reunido nos fios eriçados dos cabelos da nuca de Roger. Ele sentiu quando elas rolaram, uma por vez, traçando um caminho pelas costas dele.

– Eles me deitaram de bruços e me bateram – continuou Bonnet sem emoção. – Quando recobrei a consciência, estava dentro de um barco pesqueiro. O pescador me deixou na costa perto de Peterhead e me aconselhou a encontrar um novo navio. Segundo ele, conseguia perceber que eu não tinha sido feito para ficar em terra.

Ergueu a cigarrilha e bateu nela delicadamente com um dedo para soltar as cinzas.

– E eles me pagaram; quando olhei, o xelim estava em meu bolso. Ah, eles eram homens honestos, com certeza.

Roger se recostou na amurada, segurando a madeira como se fosse a única coisa sólida em um mundo inconstante e nebuloso.

– E o senhor voltou para terra? – perguntou, e ouviu a própria voz, incrivelmente calma, como se fosse de outra pessoa.

– Quer saber se eu os encontrei? – Bonnet se virou e se recostou na amurada, olhando de lado para Roger. – Ah, sim. Anos mais tarde. Um de cada vez. Mas encontrei todos. – Abriu a mão onde a moeda estava e a manteve em concha diante dele, inclinando-a de um lado para outro de modo que a prata brilhasse à luz da lanterna.

– Se der cara, você vive. Coroa, você morre. Justo, não acha, MacKenzie?

– Para eles?

– Para você. – A voz irlandesa suave estava tão desanimada como se ele estivesse falando sobre o clima.

Como em um sonho, Roger sentiu o peso do xelim cair mais uma vez em suas mãos. Ouviu o sugar e sussurrar da água no casco, a movimentação das baleias, o tragar e soprar de Bonnet enquanto fumava. *E sete baleias, a um monstro do mar.*

– Justo – disse Bonnet. – A sorte esteve do seu lado antes, MacKenzie. Vamos ver se Danu virá ajudá-lo de novo... ou será o Devorador de Almas desta vez?

A névoa havia tomado a proa. Não havia nada visível, exceto a ponta da cigarrilha de Bonnet, um ciclope aceso na neblina. O homem podia ser um demônio, de fato, um olho fechado à miséria humana, outro aberto para a escuridão. E Roger estava ali, literalmente entre o demônio e o mar azul profundo, com o destino brilhando prateado na palma de sua mão.

– É a minha vida; eu vou jogar – disse, e se surpreendeu ao ouvir a própria voz calma e firme. – Coroa... coroa é minha. – Jogou e pegou a moeda, bateu a mão com força nas costas da outra e prendeu a moeda e sua sentença desconhecida.

Fechou os olhos e pensou uma vez em Brianna. *Sinto muito*, disse silenciosamente a ela, e levantou a mão.

Um vento quente passou por sua pele, então sentiu um ponto de frieza nas costas da mão quando a moeda foi pega, mas não se mexeu, não abriu os olhos.

Demorou um pouco até perceber que estava sozinho.

PARTE IX

Passionnément

40

O SACRIFÍCIO DA VIRGEM

*Wilmington, colônia da Carolina do Norte,
1º de setembro de 1769*

Era o terceiro ataque da doença que Lizzie tinha, qualquer que fosse. Parecia que ela tinha se recuperado depois da primeira febre forte e, depois de passar um dia recuperando as forças, disse que estava bem para viajar. Mas estavam viajando apenas há um dia, ao norte de Charleston, quando a febre veio de novo.

Brianna havia amarrado os cavalos e feito um acampamento improvisado perto de um pequeno riacho, então fez várias viagens ao longo da noite, subindo e descendo pela barranca enlameada no escuro, levando água num pequeno cantil para despejar dentro da boca de Lizzie e sobre seu corpo ardente. Não tinha medo de mata escura e de animais que se embrenhavam na mata, mas pensar que Lizzie poderia morrer na floresta, a quilômetros de alguma ajuda, era assustador o suficiente para fazer com que ela quisesse voltar para Charleston assim que a menina conseguisse subir no cavalo.

Mas pela manhã a febre havia cedido e, apesar de Lizzie estar fraca e pálida, conseguiu montar. Brianna estava hesitante, mas por fim decidiu seguir em direção a Wilmington, e não voltar. O ímpeto que a levara até ali agora estava ainda mais forte; ela *tinha* que encontrar a mãe, pelo bem de Lizzie e também pelo seu.

Brianna passou boa parte da vida insatisfeita com sua altura, e sempre ficava no fundo das fotos da escola, mas começara a perceber as vantagens da altura e da força conforme amadurecia. E quanto mais tempo passava nesse lugar miserável, mais vantagens conseguia perceber.

Apoiou um dos braços na estrutura da cama enquanto tirava o penico de baixo das nádegas magras e brancas de Lizzie com a outra mão. A menina era magra, mas surpreendentemente pesada, e estava semiconsciente; resmungava e se mexia sem parar, e um tremor tomava conta de seu corpo.

O tremor começava a diminuir um pouco, mas os dentes de Lizzie ainda estavam cerrados, o suficiente para fazer com que os ossos do seu rosto se destacassem sob a pele.

Malária, Brianna pensou pela décima vez. Deveria ser, para voltar tantas vezes assim. Várias marcas pequenas e cor-de-rosa apareciam no pescoço de Lizzie, vestígios das picadas dos pernilongos que as haviam perturbado muito desde que o *Phillip Alonzo* se afastara da terra. Elas tinham descido ao sul e desperdiçaram três semanas vagando pelas águas costeiras até Charleston, perturbadas o tempo todo pelos insetos sanguinários.

– Pronto. Está se sentindo melhor?

Lizzie assentiu sem força e tentou sorrir, mas só conseguiu parecer um ratinho branco que havia mordido uma isca envenenada.

– Água, querida. Tente beber um pouco, um gole. – Brianna segurou o copo perto da boca de Lizzie, orientando-a. Foi tomada por uma estranha sensação de *déjà vu* e percebeu que sua voz era o eco da de sua mãe, tanto nas palavras quanto no tom. Perceber isso foi estranhamente tranquilizador, como se sua mãe estivesse atrás dela, falando por ela.

Mas, se fosse sua mãe, em seguida viria a aspirina St. Joseph's com gosto de laranja, uma pilulazinha para ser chupada e saboreada, um doce, mas também remédio, e as dores e a febre pareciam ceder assim que o comprimido doce se dissolvia em sua língua. Brianna lançou um olhar para as bolsas da sela, deixadas num canto. Não havia aspirina ali; Jenny havia mandado um pacotinho com algumas ervas, mas o chá de camomila e hortelã só fizera Lizzie vomitar.

Quinino era o remédio para malária; era disso que ela precisava. Mas ela não fazia ideia se o nome era quinino ali, nem como era administrado. Mas a malária era uma doença antiga, e o quinino vinha das plantas – certamente um médico teria um pouco, independentemente do nome.

Apenas a esperança de encontrar ajuda médica fez com que ela seguisse em frente após o segundo acesso de Lizzie. Com medo de terem que parar na estrada de novo, ela havia levado Lizzie na frente de seu corpo, aconchegando-a enquanto cavalgavam, guiando o cavalo da menina. Lizzie havia alternado momentos de febre e outros de tremor, e as duas tinham chegado a Wilmington fracas de cansaço.

Mas ali estavam elas, no meio de Wilmington, e mais longe do que nunca de qualquer ajuda. Bree olhou de relance para a mesa de canto, com os lábios contraídos. Havia um pano ali, manchado de sangue.

A proprietária havia olhado para Lizzie e chamado um boticário. Apesar do que sua mãe já havia dito a respeito do estado primitivo dos remédios e dos curandeiros dali, Brianna sentiu um alívio imediato ao ver o homem.

O boticário era um jovem muito bem-vestido, com ar gentil e mãos razoavelmente limpas. Independentemente do conhecimento que tinha sobre medicina, devia saber tanto sobre febres quanto ela. Mais importante, ela sentia que não estava sozinha nos cuidados com Lizzie.

A vergonha fez com que ela saísse quando o boticário desceu o lençol de linho para fazer o exame, e só quando ela ouviu um grito baixo abriu a porta de repente e encontrou o boticário segurando o bisturi e Lizzie, o rosto pálido como giz, sangue vermelho escorrendo de um corte na dobra de seu braço.

– Mas isso é para retirar os humores, senhorita! – dissera o boticário, tentando proteger a si mesmo e o corpo de sua paciente. – Não compreende? É preciso retirar os humores! Se não for feito, a bile pode intoxicar seus órgãos e tomar o corpo todo, o que será fatal.

– Será fatal para *você* se não sair daqui – informara Brianna, entre dentes. – Saia daqui agora mesmo!

Com o zelo médico desaparecendo e sendo substituído pelo instinto de sobrevivência, o jovem pegou sua maleta e saiu com o resto de dignidade que conseguiu reunir, parando no fim da escada para gritar alertas.

Os alertas não paravam de ecoar em seus ouvidos, entre as idas até a cozinha, no andar de baixo, para encher a bacia na bica. A maioria das palavras do boticário era simplesmente ignorância – falavam sobre humores e sangue ruim –, mas algumas voltavam com uma força desconfortável.

– Se não seguir um conselho sensato, senhorita, pode condenar sua criada à morte! – dissera ele, com o rosto tomado pela indignação no escuro da escada. – A senhorita não sabe cuidar dela!

Não sabia. Nem sabia ao certo qual era a doença de Lizzie. O boticário dissera "febre intermitente" e a dona do estabelecimento falara sobre "indisposição". Era muito comum que novos imigrantes adoecessem várias vezes, já que ficavam expostos a uma série de novos germes. Pelos comentários descuidados da proprietária, também parecia claro que a não sobrevivência desses imigrantes era bem comum.

A bacia tombou, molhando suas mãos com água quente. Água era a única coisa que ela tinha. Só Deus sabia se o poço atrás da hospedaria era limpo ou não; melhor usar a água fervida da cozinha e deixá-la esfriar, ainda que demorasse mais. Havia água fria no jarro; ela despejou um pouco entre os lábios secos e rachados de Lizzie e então deitou a menina na cama. Lavou o rosto e o pescoço dela, afastou o cobertor e molhou a camisola de linho de novo, e os mamilos pequenos apareceram como pontos escuros e rosados por baixo.

Lizzie conseguiu abrir um leve sorriso, com as pálpebras se fechando, e então se recostou suspirando e adormeceu, o corpo relaxando, parecendo uma boneca de pano.

Brianna tinha a sensação de que também estava vazia. Arrastou o banquinho até a janela e se sentou nele, recostando-se no parapeito em um esforço inútil de respirar ar fresco. A atmosfera as envolvera como um cobertor denso desde Charleston – não era à toa que a pobre Lizzie não havia aguentado.

Passou a unha em uma picada na própria coxa; os insetos não gostavam tanto dela quanto de Lizzie, mas também havia sido picada. A malária não era um perigo; já tinha sido imunizada contra ela, e também contra febre tifoide, cólera ou qualquer coisa em que pudesse pensar. Mas não havia vacina para coisas como dengue, nem para nenhuma das outras dezenas de doenças que assombravam como espíritos do mal. Quantas delas eram transmitidas por picadas de pernilongos?

Fechou os olhos e recostou a cabeça na estrutura de madeira, molhando a camisa com as gotas de suor que escorriam. Ela sentia o próprio cheiro. Há quanto tempo estava usando aquelas roupas? Não importava; passara a maior parte dos últimos dois dias e das últimas duas noites acordada, e estava cansada demais para se despir, muito menos para se lavar.

A febre de Lizzie parecia ter passado... mas até quando? Se continuasse voltando, certamente mataria a menina; ela já tinha perdido todo o peso ganho na viagem e a pele clara começava a ganhar um tom amarelado sob a luz do sol.

Não havia ajuda em Wilmington. Brianna se sentou e se alongou, sentindo os ossos de suas costas estalarem. Cansada ou não, só havia uma coisa a fazer. Tinha que encontrar a mãe o mais rápido possível.

Venderia os cavalos e encontraria um barco no qual elas pudessem subir o rio. Ainda que a febre voltasse, poderia cuidar de Lizzie tão bem no barco quanto nesse quarto pequeno, quente e fedorento – e elas estariam indo em direção a seu objetivo.

Levantou-se e passou um pouco de água no rosto, enrolando os cabelos molhados de suor. Abriu a calça e se despiu, fazendo planos de um modo meio desligado e sonhador.

Um barco, no rio. Certamente estaria muito mais fresco no rio. Sem cavalos; os músculos de suas coxas doíam depois de quatro dias de cavalgada. Elas seguiriam em direção a Cross Creek para encontrar Jocasta MacKenzie.

– Tia – murmurou ela, balançando-se lentamente quando pegou a lamparina a óleo. – Tia-avó Jocasta.

Imaginou uma senhora gentil de cabelos brancos que a receberia com a mesma alegria que encontrara em Lallybroch. Família. Seria muito bom ver a família de novo. Roger apareceu em seus pensamentos, como sempre acontecia. Decidida, ela o afastou de novo; teria tempo suficiente para pensar nele quando a missão fosse cumprida.

Alguns mosquitos sobrevoavam a chama, e a parede próxima estava tomada pelas formas compridas de traças e crisopídeos descansando. Ela apagou com o dedo a chama, um pouco mais quente do que o ar no quarto, e tirou a camisa na escuridão.

Jocasta saberia exatamente onde Jamie Fraser e sua mãe estariam – e a ajudaria a chegar até eles. Pela primeira vez desde que atravessara as pedras, ela pensou em Jamie Fraser sem curiosidade nem ansiedade. Nada mais importava além de encontrar a mãe. Sua mãe saberia o que fazer com Lizzie; sua mãe saberia cuidar de tudo.

Esticou um cobertor dobrado no chão e se deitou nua sobre ele. Adormeceu instantes depois, sonhando com montanhas e neve branquinha.

Na manhã seguinte, as coisas pareciam melhores. A febre *tinha* passado, como antes, deixando Lizzie cansada e fraca, mas com a mente clara, e refrescada, até onde o clima permitia. Restaurada depois de uma noite de sono, Brianna havia lavado os cabelos e tomado banho de esponja na bacia. Então pagara à proprietária para ficar de olho em Lizzie enquanto ela, vestida com calça e casaco, fazia o que tinha que fazer.

Demorara a maior parte do dia, no qual teve que sofrer com muitos olhos arregalados e bocas abertas quando os homens percebiam seu sexo, para vender os cavalos pelo que ela esperava que fosse um preço justo. Ouviu falar de um homem chamado Viorst, que levava passageiros entre Wilmington e Cross Creek em sua canoa, cobrando uma taxa. Mas não havia encontrado Viorst até anoitecer, e não pretendia ficar na doca à noite, com calça ou sem. Pela manhã, ela teria tempo suficiente.

Ainda mais animador foi ver Lizzie no andar de baixo quando voltou para a hospedaria perto do pôr do sol, sendo paparicada pela dona do local e comendo pedaços de bolo de milho e fricassê de frango.

– Você está melhor! – exclamou Brianna. Lizzie assentiu, sorrindo, e continuou a engolir a comida.

– Estou, bem melhor! Eu me sinto normal de novo, e a sra. Smoots tem sido muito gentil, pois me deixou lavar todas as nossas coisas. Ah, é tão bom me sentir limpa de novo! – disse animada, pousando a mão pálida em seu lenço, que parecia recém-passado.

– Você não deveria estar lavando e passando. – Brianna a repreendeu, sentando-se no banco ao lado dela. – Vai se esgotar e adoecer de novo.

Lizzie olhou para ela por cima do nariz afilado, esboçando um sorriso.

– Bem, eu achei que você não gostaria de encontrar seu pai com as roupas todas sujas. Mas qualquer vestido sujo seria melhor do que a roupa que está vestindo agora. – A criada passou os olhos pela calça de Brianna, reprovando-a; ela não aprovava nem um pouco o gosto de sua senhora por roupas de homens.

– Encontrar meu pai? Como assim... Lizzie, você ouviu alguma coisa? – Uma faísca de esperança surgiu dentro dela, uma chama repentina como a de um fogão a gás.

Lizzie ficou envergonhada.

– Sim. E foi tudo porque eu estava lavando roupa. Meu pai sempre diz que o esforço traz recompensas.

– Tenho certeza que sim – disse Brianna em tom seco. – O que você descobriu, e como?

– Bem, eu estava pendurando sua anágua; aquela bonita, com barra de renda...

Brianna pegou um pequeno jarro de leite e o segurou ameaçadoramente sobre a cabeça da criada. Lizzie gritou e se abaixou, rindo.

– Certo! Está bem! Vou contar!

Enquanto ela lavava as roupas, um dos clientes da taverna havia saído no quintal para fumar um cachimbo; o dia estava bonito. Admirou as habilidades domésticas de Lizzie e deu início a uma conversa agradável, durante a qual ele revelou que um senhor, um tal de Andrew MacNeill, não só já tinha ouvido falar de James Fraser como também o conhecia.

– É mesmo? O que ele disse? Esse MacNeill ainda está aqui?

Lizzie estendeu a mão e fez um movimento para que ela esperasse.

– Estou contando do jeito mais rápido que consigo. Não, ele não está aqui; tentei fazer com que ficasse, mas ele estava indo para New Bern e não podia esperar. – Ela estava quase tão animada quanto Brianna; as faces ainda estavam pálidas e magras, mas a ponta do seu nariz havia corado.

– O sr. MacNeill conhece seu pai e sua tia-avó Cameron também. Ela é uma senhora ótima, ele disse, muito rica, com uma casa enorme, muitos escravos e...

– Isso não importa agora. O que ele disse sobre meu pai? Falou sobre a minha mãe?

– Claire – disse Lizzie, triunfante. – Você disse que esse é o nome da sua mãe. Eu perguntei e ele disse que sim, que o nome da sra. Fraser era Claire. E ele disse que ela é uma curadora maravilhosa. Você não disse que sua mãe era uma ótima médica? Ele disse que já a viu realizando uma operação desesperada em um homem, que o deitou no meio da mesa de jantar, cortou as bolas dele e as costurou de volta, bem ali, com todo mundo olhando!

– Minha mãe é assim mesmo. – Havia lágrimas do que deveria ser felicidade nos cantos dos olhos dela. – Eles estão bem? Ele os viu recentemente?

– Ah, essa é a melhor parte! – Lizzie se inclinou para a frente, os olhos arregalados de animação com as notícias. – Ele está em Cross Creek, seu pai... o sr. Fraser! Um homem que ele conhece está lá sendo julgado por um ataque, e seu pai foi testemunhar a favor dele. – Ela encostou o lenço na têmpora, secando as gotículas de suor. – O sr. MacNeill disse que a corte só se reunirá no início da próxima semana porque o juiz adoeceu e outro está vindo de Edenton, e o julgamento não pode ocorrer sem que ele tenha chegado.

Brianna afastou uma mecha de cabelos e suspirou, quase sem acreditar em sua sorte.

– Uma semana até segunda que vem... e estamos no sábado. Deus, quanto tempo será preciso para subirmos o rio?

Lizzie se benzeu no mesmo instante por causa da blasfêmia de sua senhora, mas compartilhou sua animação.

– Não sei, mas a sra. Smoots disse que seu filho já fez essa viagem uma vez... Podemos perguntar a ele.

Brianna se virou no banco, olhando para a sala. Homens e meninos tinham começado a entrar conforme escurecia, parando para beber algo ou jantar antes de irem para a cama, e agora havia de quinze a vinte pessoas reunidas no pequeno salão.

– Qual deles é Júnior Smoots? – perguntou Brianna, virando a cabeça para ver entre as pessoas.

– O rapaz de bonitos olhos castanhos. Vou chamá-lo, está bem? – Encorajada pela emoção, Lizzie saiu de onde estava e se enfiou entre as pessoas.

Brianna ainda segurava o jarro de leite, mas não fez nenhum movimento para despejar o líquido na xícara. Sentia a garganta apertada de animação e não conseguia engolir a saliva. Um pouco mais de uma semana!

...

Wilmington era uma cidade pequena, Roger achou. Onde mais ela poderia estar? Se é que estava ali. Ele acreditava haver uma boa chance; ao perguntar nas tavernas em New Bern, soube que o *Phillip Alonzo* havia chegado a Charleston em segurança, e apenas dez dias antes de o *Gloriana* chegar a Edenton.

Brianna podia ter levado de dois dias a duas semanas para sair de Charleston e chegar a Wilmington, se ela realmente tivesse ido para lá.

– Ela está aqui – murmurou ele. – Caramba, eu *sei* que ela está aqui! – Independentemente de sua convicção ser o resultado de dedução, intuição, esperança ou simplesmente teimosia, ele se prendeu a ela como um marinheiro que está se afogando se agarra a um barrilete.

Conseguira viajar de Edenton a Wilmington com relativa facilidade. Por ter trabalhado na descarga do *Gloriana*, ele havia levado uma caixa de chá para dentro de um armazém, colocou-a no chão, voltou para a porta e se ocupou amarrando o lenço molhado de suor em sua cabeça. Assim que o homem seguinte passou por ele, saiu nas docas, virou para a direita em vez de para a esquerda e, em poucos segundos, seguia por um caminho estreito de pedras que levava do ancoradouro à cidade. Na manhã seguinte, encontrou um ancoradouro com um pequeno barco de carga transportando equipamentos navais de Edenton para o principal porto de Wilmington, de onde seriam transferidos para um navio maior que os transportaria para a Inglaterra.

Ele saiu do navio de novo em Wilmington sem hesitação. Não tinha tempo a perder; precisava encontrar Brianna,

Ele sabia que ela estava ali. A Cordilheira dos Frasers ficava nas montanhas; ela precisaria de um guia, e Wilmington era o porto mais provável para encontrar um. E, se ela estivesse mesmo aqui, alguém já a teria notado; ele podia apostar que sim. Só esperava que as pessoas erradas não a tivessem visto.

Ao passar rapidamente pela rua principal e pelo porto, contou 23 tavernas. Caramba, essas pessoas bebiam demais! Havia a chance de ela ter conseguido um quarto em uma casa particular, mas as tavernas eram o lugar ideal para começar.

Até a noite, ele havia passado por dez tavernas, perdendo tempo por precisar evitar seus antigos companheiros de navio. Por estar na presença de tanta bebida, e ele sem um tostão para gastar, sentia muita sede. Estava o dia todo sem comer, o que não ajudava muito.

Ao mesmo tempo, mal notou o desconforto físico. Um homem na quinta taverna a havia visto, assim como uma mulher na sétima. "Um *homem* alto, com cabelos ruivos", dissera o homem, mas "Uma moça enorme, usando calças de homem", dissera a mulher, estalando a língua, chocada. "Descendo a rua com o casaco sobre o braço e o traseiro à vista de qualquer um!"

Roger mal podia esperar até ver aquele traseiro, pensou com seriedade, e saberia o que fazer com ele. Implorou por um copo de água a uma senhora gentil e partiu com determinação renovada.

Quando estava bem escuro, ele já havia ido a mais cinco tavernas. Os bares estavam cheios agora, e ele descobriu que a ruiva alta com roupas de homem estava causando comentários entre as pessoas por quase uma semana. A qualidade de alguns comentários o deixou corado de raiva e só o medo de ser preso o impediu de ser violento.

Mas saiu da décima quinta taverna depois de discutir feio com dois bêbados, tomado pela fúria. Meu Deus, será que a mulher não tinha o mínimo de bom senso? Tinha ideia do que os homens eram capazes?

Parou na rua e passou a manga da camisa pelo rosto suado. Respirava ofegante, pensando no que fazer a seguir. Continuar, pensou, embora, se não encontrasse algo para comer logo, fosse cair de cara na estrada.

O Blue Bull, decidiu. Já tinha espiado dentro do casebre pelo qual passara mais cedo e vira um monte de feno limpo. Gastaria um pouco no jantar e talvez o dono o deixasse dormir no estábulo, por bondade cristã.

Virando-se, viu uma placa na casa do outro lado da rua.

WILMINGTON GAZETTEER, JNO. GILLETTE. PROP., estava escrito. O jornal de Wilmington; um dos poucos na colônia da Carolina do Norte. E já era demais, para o gosto de Roger. Conteve a vontade de pegar uma pedra e jogar na janela do estabelecimento. Em vez disso, tirou o lenço suado da cabeça e, fazendo um esforço para se arrumar e retomar uma aparência decente, virou-se em direção ao rio e ao Blue Bull.

Ela estava ali.

Sentada perto do fogo, os cabelos brilhando à luz, conversando com um jovem cujo sorriso Roger quis arrancar à força de seu rosto. Em vez disso, bateu a porta com força e começou a caminhar na direção dela. Ela se virou, sobressaltada, e olhou para o desconhecido barbado. O reconhecimento brotou em seus olhos, seguido pela alegria, e então ela abriu um sorriso enorme.

– Ah, é você – disse ela. Seus olhos mudaram quando se deu conta. Gritou. Foi um grito forte, e todo mundo na taverna se virou para olhar.

– Caramba! – Ele se inclinou sobre a mesa e segurou o braço dela. – Que diabos você acha que está fazendo?

O rosto dela havia empalidecido, os olhos estavam arregalados de susto. Ela se afastou, tentando se livrar.

– Me solte!

– Não solto! Você vai vir comigo agora mesmo!

Dando a volta pela mesa, ele segurou o outro braço dela e a puxou, empurrando Brianna na frente dele em direção à porta.

– MacKenzie!

Droga, era um dos marinheiros do barco cargueiro. Roger olhou para o homem com uma expressão séria para tentar mantê-lo fora daquela situação. Felizmente, o homem era menor e mais velho do que Roger; hesitou, mas então tomou coragem por estar acompanhado e ergueu o queixo.

– O que está fazendo com a moça, MacKenzie? Solte-a! – Houve uma comoção entre as pessoas, homens se virando para prestar mais atenção, atraídos pelas vozes. Ele tinha que sair dali *agora*, ou não sairia nunca.

– Diga a eles que está tudo bem, diga que me conhece! – sussurrou no ouvido de Brianna.

– Está tudo bem – disse Brianna, com a voz rouca pelo choque, mas alta o bastante para ser ouvida acima da confusão. – Está tudo bem. Eu... eu o conheço. – O marinheiro relaxou um pouco, ainda desconfiado. Uma moça magra perto do fogo se levantou; parecia muito assustada, mas corajosamente pegou uma garrafa de cerveja, pretendendo acertar Roger com ela, se preciso fosse. Sua voz estridente pôde ser ouvida acima dos murmúrios:

– Srta. Bree! Saiba que não precisa ir com esse grosseirão.

Brianna emitiu um som que poderia ter sido uma risada, engasgada pela histeria. Estendeu a mão e enfiou as unhas com força nas costas da mão dele. Assustado com a dor, ele soltou o braço dela e ela se livrou dele.

– Está tudo bem – repetiu ela, com mais firmeza, para todo mundo. – Eu o conheço. – Fez um gesto discreto para que a menina se acalmasse. – Lizzie, vá para a cama. Eu... eu volto depois. – Ela se virou e caminhou em direção à porta, depressa. Roger olhou para as pessoas do bar de modo ameaçador, para desestimular qualquer um que pretendesse interferir, e a seguiu.

Ela esperava do lado de fora; afundou os dedos no braço dele com uma força que seria gratificante se demonstrasse apenas alegria por vê-lo. Mas ele duvidava que fosse só isso.

– O que você está *fazendo* aqui? – perguntou ela.

Ele segurou os dedos dela com força.

– Aqui, não – disse ele. Segurou o braço dela e a arrastou um pouco mais pela rua, para o abrigo de uma grande nogueira. No céu, ainda havia um pouco de luz, mas os galhos baixos se aproximavam do chão e estava escuro o bastante ali para que eles se escondessem de qualquer curioso que pensasse em segui-los.

Ela se virou para ele assim que chegaram à sombra.

– O que você está fazendo aqui, pelo amor de Deus?

– Procurando você, sua tola! E que diabos *você* está fazendo aqui? E vestida *desse* jeito, meu Deus! – Ele olhou para ela por um único instante e a viu de calça e camisa, mas foi o suficiente.

Na época dela, as roupas seriam largas demais para serem unissex. Mas, depois de passar meses vendo mulheres de saias compridas e *arisaids*, a clara divisão de suas pernas, o comprimento das coxas e das panturrilhas pareciam tão ousados que ele sentiu vontade de enrolá-la em um lençol.

– Que absurdo! Seria a mesma coisa se andasse nua pelas ruas!

– Não seja idiota! O que está fazendo aqui?

– Já disse... procurando você.

Ele a segurou pelos ombros e então a beijou com força. O medo, a raiva e o alívio por encontrá-la se misturaram numa onda de desejo, e ele chegava a tremer. E ela também: se agarrava a ele, tremendo em seus braços.

– Está tudo bem – disse ele, sussurrando. Encostou os lábios nos cabelos dela. – Está tudo bem, estou aqui. Vou cuidar de você.

Ela se endireitou e se afastou.

– Tudo *bem*? – gritou ela. – Como pode dizer isso? Pelo amor de Deus, você está *aqui*!

Não havia como não perceber o horror em sua voz. Ele a segurou pelo braço.

– E onde mais eu estaria, com você se metendo no meio do nada, arriscando seu maldito pescoço e... por que diabos fez isso?!

– Estou procurando meus pais. O que *mais* estaria fazendo?

– Eu sei disso, minha nossa! Quero saber *por que* não me contou o que pretendia fazer!

Ela afastou o braço e empurrou seu peito, e ele se desequilibrou um pouco.

– Porque você não teria permitido, só isso! Teria tentado me impedir e...

– Com certeza eu faria isso! Deus, eu teria trancado você em um quarto, ou amarrado suas mãos e seus pés. De todas as ideias mais idiotas...

Ela bateu nele, um tapa com a mão aberta que acertou seu rosto.

– Cale-se!

– Sua louca! Espera que eu deixe você partir para... para o *nada*, e que eu fique em casa tamborilando os dedos enquanto você sai por aí exibindo seu útero na feira? Que tipo de homem você acha que eu sou?

Ele sentiu o movimento e segurou a mão dela antes que ela conseguisse estapeá-lo de novo.

– Não estou com paciência, garota! Se me bater de novo, juro que vou usar de violência!

Ela cerrou a outra mão e deu um soco na barriga dele, rápida e rasteira.

Ele sentiu vontade de revidar. Em vez disso, ele a agarrou e, segurando seus cabelos, a beijou com o máximo de força que pôde.

Ela se remexeu contra ele, emitindo grunhidos, mas ele não parou. Então ela começou a beijá-lo também e os dois se ajoelharam juntos. Ela envolveu o pescoço dele com os dois braços e ele a deitou sob ele no chão de folhas amassadas embaixo da árvore. Então ela começou a chorar nos braços dele, engasgando e puxando o ar, as lágrimas escorrendo por seu rosto enquanto o abraçava.

– Por quê? – perguntou ela, aos soluços. – Por que tinha que me seguir? Não percebe? Agora, o que vamos fazer?

– Fazer? Fazer em relação a quê? – Ele não sabia se ela chorava de raiva ou de medo. Talvez por causa dos dois.

Ela olhou para ele por entre as mechas de cabelo.

– A voltar! Você precisa ter alguém para quem voltar. Alguém de quem cuide. Você é a única pessoa que amo daquele lado... ou era! Como vou voltar, se você está *aqui*? E como você vai voltar, se *eu* estou aqui?

Ele parou, esquecendo o medo e a raiva, e segurou as mãos dela com força para que ela não o agredisse mais.

– É por isso? Por isso não quis me contar? Porque me *ama*? Meu Deus!

Ele soltou as mãos dela e se deitou sobre seu corpo. Segurou seu rosto com as duas mãos e tentou beijá-la de novo. Ela deu um solavanco repentino com o quadril, envolveu as laterais do corpo dele com as pernas e se posicionou como uma tesoura ao redor de seu corpo, apertando suas costelas.

Ele rolou, desfazendo a posição, e a levou com ele, acabando deitado de costas, com ela por cima. Pousou uma mão nos cabelos dela e puxou seu rosto para perto do dele.

– Pare – disse ele. – Meu Deus, o que é isso, luta livre?

– Solte meus cabelos. – Ela balançou a cabeça, tentando afastar a mão dele. – *Odeio* que puxem meus cabelos.

Ele soltou os cabelos dela e escorregou a mão pelo seu pescoço, os dedos envolvendo a nuca esguia, um polegar apoiado na pulsação de sua garganta. Estava acelerada. Como a dele.

– Certo, o que acha de ser esganada?

– Não gosto.

– Nem eu. Tire o braço do meu pescoço, sim?

Muito lentamente, ela tirou o peso. Ele ainda estava ofegante, mas não por ter sido esganado. Não queria soltar o pescoço dela. Não pelo medo de que ela fugisse, mas porque não podia se afastar dela. Ficara muito tempo longe.

Ela estendeu a mão e segurou o pulso dele, mas não afastou sua mão. Ele sentiu quando ela engoliu em seco.

– Certo – disse ele. – Diga. Quero ouvir.

– Eu... amo... você – disse ela entre dentes. – Entendeu?

– Sim, entendi. – Segurou o rosto dela muito delicadamente e a puxou para baixo. Ela acompanhou, os braços tremendo, cedendo.

– Tem certeza? – perguntou ele.

– Sim. O que nós vamos *fazer*? – perguntou ela, e começou a chorar.

– *Nós*. – Ela dissera *nós*. Dissera ter certeza.

Roger estava deitado na terra da rua, machucado, sujo e faminto, com uma mulher tremendo e chorando contra seu peito, batendo no peito dele de vez em quando com o punho pequeno. Ele nunca se sentira mais feliz na vida.

...

– Calma – disse ele, aconchegando-a. – Está tudo bem; tem outro caminho. Vamos voltar; eu sei como. Não se preocupe, vou cuidar de você.

Por fim, ela se entregou e se deitou na dobra do braço dele, fungando e soluçando. Havia uma marca grande e molhada na frente de sua camisa. Os grilos nas árvores, calados por estarem assustados com a comoção, cuidadosamente retomaram a cantoria acima deles.

Ela se libertou e se sentou, remexendo-se no escuro.

– Preciso assoar o nariz – disse. – Tem um lenço?

Ele deu a ela o pano suado que usava para prender os cabelos. Ela assoou o nariz, e ele sorriu no escuro.

– Parece o barulho do creme de barbear em lata.

– E quando foi a última vez que viu um desses? – Ela se deitou sobre ele de novo, com a cabeça encaixada na curva de seu ombro, e esticou a mão para tocar o rosto dele. Ele havia se barbeado dois dias antes; desde então, não tivera tempo nem oportunidade para isso.

Os cabelos dela ainda tinham um leve cheiro de grama, mas não mais de flores artificiais. Devia ser seu cheiro natural.

Ela suspirou, apertando o abraço.

– Me desculpe – disse ela. – Não queria que você tivesse vindo atrás de mim. Mas... Roger, estou incrivelmente feliz por você estar aqui!

Ele beijou sua testa; ela estava úmida e salgada devido ao suor.

– Eu também – disse ele, e por um momento todos os desafios e perigos dos últimos dois meses pareceram insignificantes. Todos, menos um.

– Há quanto tempo está planejando isso? – perguntou Roger. Ele acreditava saber. Desde que as cartas dela começaram a mudar.

– Ah... há cerca de seis meses – disse ela, confirmando o que ele imaginava. – Foi quando fui para a Jamaica na Páscoa.

– É mesmo? – Para a Jamaica, e não para a Escócia. Ela o havia chamado para ir, e ele disse não, magoado, como um tolo, por ela não ter planejado visitá-lo.

Ela inspirou fundo e soltou o ar, soprando a gola da camisa contra sua pele.

– Tive uns sonhos – disse ela. – Com meu pai. Com os dois.

Os sonhos não passavam de fragmentos: imagens vívidas do rosto de Frank Randall, intervalos mais compridos de vez em quando, nos quais ela via a mãe. E, de vez em quando, um homem alto e ruivo, que ela sabia ser o pai que nunca tinha visto.

– Houve um sonho em particular... – No sonho, era noite, em algum lugar tropical, com campos de vegetação alta que podia ser cana-de-açúcar e fogueiras acesas a distância. Havia batidas de tambores, e eu sabia que algo se escondia, esperando entre as canas; algo terrível. Minha mãe estava lá, bebendo chá com um crocodilo.

– Roger resmungou, e ela disse de modo incisivo: – Foi um sonho, está bem? Então ele saiu da plantação. Eu não conseguia ver seu rosto muito bem, porque estava muito escuro, mas vi que tinha cabelos ruivos; vi mechas cor de cobre quando ele virou a cabeça.

– Era ele a coisa assustadora na cana? – perguntou Roger.

– Não. – Ele conseguiu ouvir o farfalhar dos cabelos quando ela balançou a cabeça para negar. Já estava bem escuro agora, e ela não passava de um peso reconfortante no peito dele, uma voz suave a seu lado, falando nas sombras. – Ele estava entre a minha mãe e a coisa horrorosa. Eu não a via, mas sabia que a coisa estava ali, esperando. – Ela tremeu leve e involuntariamente e Roger apertou o abraço. – Então eu sabia que minha mãe se levantaria e caminharia em direção a ela. Tentei impedi-la, mas não consegui fazer com que ela me ouvisse ou visse. Então eu me virei para ele e gritei para que fosse com ela... que a salvasse do que quer que fosse. E ele me viu! – Ela apertou a mão no braço dele. – Ele me viu e me ouviu. E então acordei.

– É mesmo? – perguntou Roger, desconfiado. – E isso fez com que você fosse para a Jamaica e...

– Isso me fez pensar – disse ela. – Você tinha procurado; não conseguiu encontrá-los na Escócia depois de 1766, e não conseguiu encontrá-los em nenhuma lista de emigrantes das colônias. Foi quando você disse que nós deveríamos desistir, que não havia mais nada que pudéssemos descobrir.

Roger ficou feliz porque a escuridão escondia sua culpa. Ele beijou o topo da cabeça dela, depressa.

– Mas eu fiquei pensando. O lugar no qual os via no sonho era nos trópicos. E se estivessem nas Índias?

– Eu procurei – disse Roger. – Cheguei as listas de passageiros de todos os navios que saíram de Edimburgo ou Londres no fim dos anos 1760 e 1770, em direção a qualquer lugar. Eu contei a você – acrescentou, com a voz um pouco alterada.

– Sei disso – disse ela, da mesma maneira. – Mas e se eles não fossem passageiros? Por que as pessoas iam para as Índias naquela época... ou melhor, nesta época? – Ela se corrigiu com a voz um pouco diferente pela percepção.

– Para cuidar de negócios, principalmente.

– Certo. E se eles foram num navio de carga? Não apareceriam nas listas de passageiros.

– Sim – disse ele. – Não apareceriam. Mas como faria para procurá-los?

– Registros de depósitos, livros de contas de plantações, manifestos do porto. Passei as férias todas em bibliotecas e museus. E... eu os encontrei – disse ela.

Cristo, ela tinha visto a notícia.

– É mesmo? – perguntou ele, tentando se acalmar.

Ela riu com certo tremor.

– Um capitão James Fraser, de um navio chamado *Artemis*, vendeu 5 toneladas de esterco de morcego a um senhor de terras em Montego Bay no dia 2 de abril de 1767.

Roger não conteve a risada, mas ao mesmo tempo teve que fazer uma objeção:

– Sim, mas capitão de um navio? Depois de tudo o que sua mãe disse a respeito do enjoo que o homem sentia no mar? E sem querer desanimar, mas deve haver, literalmente, centenas de James Frasers; como você poderia saber...

– Talvez; mas no dia 1º de abril uma mulher chamada Claire Fraser comprou um escravo no mercado em Kingston.

– Ela *o quê*?

– Não sei por quê – disse Brianna com firmeza –, mas tenho certeza de que ela teve um bom motivo.

– Bem, claro, mas...

– Nos documentos, constava que o nome do escravo era "Temeraire", e a descrição era de que tinha só um braço. Faz com que ele se destaque, não? De qualquer modo, comecei a procurar em coleções de jornais antigos, não só das Índias, mas das colônias do sul, procurando esse nome... minha mãe não teria um escravo; se comprasse um, ela o libertaria de algum modo, e as notícias de alforria às vezes apareciam nos jornais da região. Pensei que talvez pudesse descobrir onde o escravo foi libertado.

– Descobriu?

– Não. – Ela fez silêncio por um momento. – Eu... encontrei outra coisa. Uma notícia da... morte deles. Dos meus pais.

Mesmo sabendo que ela deveria ter encontrado, ouvi-la dizendo isso foi um choque. Ele a apertou contra si e a envolveu com os braços.

– Onde? – perguntou ele delicadamente. – Como?

Ele deveria ter sabido. Não estava ouvindo a explicação que ela dava com a voz embargada. Estava ocupado demais xingando a si mesmo. Deveria ter sabido que ela era teimosa demais para ser convencida. Tudo o que ele conseguira com sua interferência tinha sido fazer com que ela guardasse segredos. E ele mesmo havia pagado por isso – com meses de preocupação.

– Mas estamos com tempo – disse ela. – Dizia que tinha sido em 1776; temos tempo para encontrá-los. – Ela suspirou forte. – Que bom que você está aqui. Fiquei muito preocupada pensando que você poderia descobrir antes que eu voltasse; eu não sabia o que faria.

– O que eu *fiz*... Você sabe – disse ele. – Tenho um amigo com um filho de 2 anos. Ele diz que nunca na vida concordaria com a violência contra uma criança... mas, por Deus, ele entende por que as pessoas fazem isso. Eu sinto a mesma coisa em relação à violência contra a mulher agora.

Brianna riu baixinho sobre o peito dele.

– O que quer dizer com isso?

Ele escorregou a mão pelas costas dela e segurou seu traseiro com firmeza. Ela não usava nenhuma roupa por baixo da calça larga.

– Quero dizer que se eu fosse um homem desta época, e não da minha, nada me daria mais prazer do que descer o cinto neste traseiro umas dez vezes.

Ela não pareceu considerar aquilo uma ameaça séria. Na verdade, ele achou que ela estava rindo.

– Então, já que você não é desta época, não faria isso? Ou faria, mas não gostaria?

– Ah, eu adoraria – disse ele. – Não há nada de que eu gostaria mais do que dar umas palmadas em você.

Ela *estava* rindo.

Repentinamente furioso, ele a afastou e se sentou.

– Qual é o seu problema? Pensei que tivesse conhecido outra pessoa! Suas cartas, nos últimos meses... e então aquela última. Eu tinha certeza. Por isso quero bater em você... não por mentir para mim ou por partir sem me contar... mas por me fazer pensar que eu havia perdido você!

Ela ficou em silêncio por um momento. Esticou a mão para tocar o rosto dele muito delicadamente.

– Sinto muito – disse ela. – Nunca quis que você pensasse isso. Só queria evitar que você descobrisse. – Ela virou para ele a cabeça, contornada pela luz fraca que vinha da estrada à frente. – Como você descobriu?

– Suas caixas. Chegaram à faculdade.

– O quê? Mas mandei que eles a enviassem no fim de maio, quando você estaria na Escócia!

– Eu estaria, se não tivesse sido uma conferência de última hora que me manteve em Oxford. Elas chegaram um dia antes de eu partir.

A luz e o barulho apareceram de repente quando a porta da taverna foi aberta, enxotando uma multidão de clientes para a rua. Vozes e passos passaram ao lado do esconderijo deles, assustadoramente próximos. Nenhum deles disse nada até os sons desaparecerem. E, no silêncio renovado, ele ouviu o barulho de uma castanha-da-índia caindo pelos galhos, batendo nas folhas do chão.

A voz de Brianna estava estranhamente rouca:

– Você pensou que eu havia conhecido outra pessoa... e ainda assim veio atrás de mim?

Ele suspirou, a raiva desaparecera com a mesma rapidez com que havia aparecido, e afastou os cabelos úmidos do rosto.

– Eu teria vindo ainda que você estivesse casada com o rei do Sião, sua maluca.

Ela não passava de um vulto claro na escuridão; ele viu o breve momento em que ela se inclinou para pegar a castanha do chão e se sentou brincando com ela. Por fim, inspirou muito fundo e soltou o ar devagar.

– Você disse violência contra *a mulher*.

Ele parou. Os grilos tinham parado de novo.

– Você disse ter certeza. Estava falando sério?

Fez-se um longo silêncio, longo o bastante para ser eterno.

– Sim – disse ela.

– Em Inverness, eu disse...

– Disse que me teria por inteiro... ou não. E eu disse que compreendia. Tenho certeza.

A camisa dela havia saído de dentro da calça e agora esvoaçava livremente ao redor de seu corpo, sob a brisa. Ele enfiou a mão embaixo da barra e tocou a pele nua, que logo se arrepiou com o toque. Ele a puxou para mais perto, correu as mãos por suas costas e seus ombros nus embaixo do tecido, escondeu o rosto em seus cabelos, em seu pescoço, explorando, perguntando com as mãos... ela estava falando sério?

Ela apertou os ombros dele e se inclinou para trás, encorajando-o. Sim, estava falando sério. Ele respondeu, sem palavras, abrindo a frente da camisa dela, afastando o tecido. Os seios dela eram brancos e macios.

– Por favor – disse ela. Sua mão estava na nuca dele e o puxava em direção a ela. – Por favor!

– Se eu tiver você agora, vai ser para sempre – sussurrou ele.

Ela mal respirava, mas ficou parada, deixando as mãos dele livres para irem aonde quisessem.

– Sim – disse ela.

A porta da taverna se abriu de novo e os assustou. Ele a soltou e ficou de pé, abaixando-se para ajudá-la, e então permaneceu de mãos dadas com ela, esperando as vozes se afastarem.

– Venha – disse ele, e se abaixou sob os galhos.

O galpão, a certa distância da taverna, era escuro e silencioso. Eles pararam na frente, esperando, mas não ouviram sons vindos dos fundos da hospedaria; todas as janelas no andar de cima estavam escuras.

– Espero que Lizzie tenha ido dormir.

Ele se perguntou quem era Lizzie, mas não se importou. Àquela distância, conseguia ver o rosto dela com clareza, apesar de a noite roubar toda a cor de sua pele. Ela parecia um arlequim, ele pensou: rosto pálido com sombra escura, emoldurado pelos cabelos escuros, os olhos negros em forma de triângulos acima da boca vívida.

Segurou a mão dela, palma com palma.

– Você sabe o que é *handfasting*?

– Não exatamente. Um tipo de casamento temporário?

– Mais ou menos. Nas Ilhas e nas partes mais remotas das Terras Altas, onde as pessoas viviam longe das igrejas, um homem e uma mulher faziam o *handfasting*; juravam um ao outro viverem juntos por um ano e um dia. Ao fim do período, eles encontravam um pastor e se casavam de modo mais permanente... ou se separavam.

Ela apertou a mão dele.

– Não quero nada temporário.

– Nem eu. Mas não acho que encontraremos um pastor com facilidade. Ainda não há igrejas aqui; o pastor mais próximo provavelmente fica em New Bern. – Ele ergueu as mãos dos dois, unidas. – Eu disse que queria tudo e, se você não gostasse de mim o suficiente para se casar comigo...

Ela apertou a mão dele com mais força.

– Eu gosto.

– Certo.

Ele respirou fundo e começou:

– Eu, Roger Jeremiah, aceito você, Brianna Ellen, como minha esposa. Com meu corpo, minha alma, minha devoção...

A mão dela tremeu na dele, e ele criou coragem. Quem havia criado esse juramento entendia muito bem.

–... na saúde e na doença, na riqueza e na pobreza, enquanto nós dois vivermos.

Se eu fizer um juramento desses, manterei minha palavra, não importa o que custar! Ela estava pensando nisso agora?

Ela abaixou as mãos juntas e falou com muito cuidado:

– Eu, Brianna Ellen, aceito você, Roger Jeremiah... – Sua voz estava um pouco mais alta do que as batidas do coração dele, mas ele ouviu cada palavra. Uma brisa soprou pela árvore, sacudindo as folhas, esvoaçando seus cabelos. –... enquanto nós dois vivermos.

A frase significava bem mais para cada um deles agora, ele pensou, do que teria significado alguns meses antes. A passagem pelas pedras era o suficiente para impressionar qualquer um com a fragilidade da vida.

Fez-se um momento de silêncio, interrompido apenas pelo farfalhar das folhas acima e o murmúrio distante de vozes no bar. Ele levou a mão dela aos lábios e a beijou no nó do dedo anular, onde um dia – se Deus permitisse – a aliança estaria.

Era mais um galpão grande do que um celeiro, apesar de algum animal – um cavalo ou uma mula – se remexer em sua baia em uma das pontas. Havia um cheiro forte de lúpulo no ar, forte o suficiente para se sobrepor aos cheiros mais discretos de feno e esterco; o Blue Bull fabricava a própria cerveja. Roger se sentia embriagado, mas não de álcool.

O galpão estava muito escuro, e despi-la foi frustrante e prazeroso.

– E eu pensei que as pessoas cegas precisassem de anos para desenvolver o tato – disse ele.

Roger sentiu a respiração quente da risada dela em seu pescoço, fazendo os pelos de sua nuca se eriçarem.

– Tem certeza de que não é como o poema sobre os cinco homens cegos e o elefante? – perguntou ela. Procurou com a mão a abertura da camisa dele, encontrou e a escorregou para dentro. – "Não, o animal é como um muro" – disse ela. Seus dedos

se curvaram e se esticaram, explorando curiosos a pele sensível ao redor do mamilo.
– Um muro com cabelos. Minha nossa, um muro com arrepios também.

Ela riu de novo, e ele inclinou a cabeça, encontrando os lábios dela na primeira tentativa, sem olhar, mas sem errar, como um morcego pegando uma mariposa no ar.

– Ânfora – sussurrou ele contra as curvas dos lábios dela. Escorregou as mãos pela curva ampla de seu quadril, tocando a maciez fresca e sólida, atemporal e graciosa como a superfície de louças antigas, com a promessa de abundância. – Como um vaso grego, Deus, você tem o traseiro mais lindo!

– Traseiro de jarro, hein?

Ela vibrou contra ele, o tremor de sua risada passando dos lábios dela para os dele, entrando na sua corrente sanguínea como um vírus. A mão dela desceu pelo quadril dele e subiu, dedos compridos abrindo sua calça, segurando-o com hesitação, e então com mais certeza, gradualmente levantando a camisa dele para livrá-lo das camadas de tecido.

– "Não, o animal é como uma corda"... opa...

– Pare de rir, droga.

–... como uma cobra... não... bem, talvez uma cobra... minha nossa, como chamaria *aquilo*?

– Eu tinha um amigo que o chamava de "Sr. Feliz" – disse Roger, sentindo-se zonzo –, mas isso é meio extravagante para o meu gosto. – Ele a segurou pelos braços e a beijou de novo, por tempo suficiente para impedir qualquer outra comparação.

Ela ainda tremia, mas ele não *acreditava* ser por causa da risada. Escorregou os braços ao redor do corpo dela e a puxou contra ele, surpreso como sempre por seu tamanho, e ainda mais agora, porque ela estava nua, com aqueles ossos e músculos causando uma sensação imediata em seus braços.

Ele parou para respirar. Não sabia se a sensação era mais parecida com afogamento ou com escalada de montanha, mas, independentemente do que fosse, não havia muito oxigênio entre eles.

– Nunca antes beijei uma garota sem precisar me abaixar – disse ele, conversando na esperança de retomar o fôlego.

– Ah, ótimo; não queremos que você tenha torcicolo. – O tremor voltava à voz dela, e definitivamente era uma risada, apesar de ele achar que vinha tanto do nervosismo quanto do bom humor.

– Ha ha – disse ele, e a segurou de novo. Que o oxigênio fosse às favas. Os seios dela eram altos e redondos, estavam pressionados contra seu peito com aquela mistura única de maciez e firmeza que tanto o intrigava sempre que a tocava. Uma das mãos dela escorregou com hesitação entre eles, tocando, e então se retirou.

Ele não conseguia parar de beijá-la por tempo suficiente para terminar de se despir, mas arqueou as costas para permitir que ela descesse as calças dele, que estavam soltas o suficiente para se acumularem ao redor dos pés de Roger, que saiu de dentro delas, ainda segurando Brianna, e emitiu um gemido gutural quando a mão dela voltou a se posicionar entre os corpos.

Ela havia comido cebola no jantar. A falta de visão aguçava não só o toque, mas o paladar e o olfato também. Ela tinha gosto de carne assada, cerveja e pão. E um sabor leve e adocicado que ele não conseguiu identificar, mas que fazia com que pensasse, de certo modo, em campos verdejantes cheios de grama ao vento. Será que sentia o gosto ou o cheiro nos cabelos dela? Não sabia. Parecia estar perdendo a noção de seus sentidos enquanto perdia os limites entre eles, respirando a respiração dela, sentindo o coração de Brianna bater como se estivesse dentro do peito dele.

Ela o segurava um pouco forte demais, e ele interrompeu o beijo finalmente, ofegante.

– Pode soltar um pouco? É uma boa maçaneta, mas garanto que tem utilidades melhores.

Em vez de soltá-lo, ela se ajoelhou.

Roger fez um leve movimento para trás, assustado.

– Minha nossa, tem certeza de que quer fazer isso? – Ele não sabia se queria que ela fizesse ou não. Os cabelos dela pinicavam suas coxas, e seu pênis latejava, desesperado para ser abrigado. Ao mesmo tempo, não queria assustá-la nem causar repulsa.

– Não quer que eu faça isso? – Ela subiu as mãos para a parte de trás das coxas dele, fazendo cócegas. Ele sentia todos os pelos de seu corpo se arrepiando, dos joelhos à cintura. Sentiu-se como um sátiro, com as pernas bambas e fedendo.

– Bem... sim. Mas não tomo banho há dias – disse ele, tentando se afastar, embaraçado.

Ela passou o nariz sobre a barriga dele, subindo e descendo, respirando fundo. A pele dele se arrepiou, e o arrepio nada teve a ver com a temperatura ambiente.

– Você está cheirando bem – disse ela. – Como um animal grande.

Ele segurou a cabeça de Brianna com força, os dedos se enrolando nos cabelos grossos e sedosos.

– Nisso você está certa – disse ele. A mão dela estava em seu pulso, leve e quente... Nossa, como ela era quente.

Sem pretender, ele diminuiu a pressão; sentiu os cabelos dela resvalarem por suas coxas e então parou de pensar em qualquer coisa coerente, pois todo o sangue saiu de seu cérebro, partindo para o sul com uma velocidade impressionante.

– To azen eito?

– O quê? – Ele saiu do torpor alguns minutos depois de ela se afastar, afastando os cabelos dela do rosto.

– Perguntei se estou fazendo direito.

– Ah, acho que sim.

– Você *acha* que sim? Não tem certeza? – Brianna parecia estar recuperando a compostura com a mesma rapidez com que Roger perdia a dele; ele ouviu a risada reprimida na voz dela.

– Bem... não. Sabe, eu nunca... ou melhor, ninguém.... sim, acho que sim. – Ele havia levado a mão à cabeça dela de novo e a empurrava para a frente com delicadeza.

Ele achou que ela emitia um murmúrio baixo, em algum ponto profundo da garganta. Podia ser seu próprio sangue latejando pelas veias distendidas, correndo com força como a água do mar passando pelas rochas. Mais um minuto e ele pareceria um chafariz.

Ele se afastou e, antes que ela pudesse reclamar, colocou-a de pé, e então fez com que se deitasse no monte de feno onde havia jogado as roupas dela.

Os olhos dele tinham se ajustado à escuridão, mas a luz das estrelas que entrava pela janela ainda estava muito fraca e ele não conseguia ver nada além das formas e dos contornos, brancos como mármore. Mas não frios... nem um pouco frios.

Ele encarou a própria tarefa com uma mistura de cautela e excitação; ele já havia tentado isso uma vez, mas encontrou um cheiro forte de produto de higiene feminina que tinha o odor das flores da igreja do seu pai aos domingos – uma ideia bastante desmotivadora.

Brianna não tinha esse problema. Seu cheiro era o suficiente para fazer com que ele quisesse deixar de lado qualquer preliminar e se entregar ao desejo.

Mas ele respirou fundo e a beijou acima dos pelos escuros.

– Minha nossa – disse ele.

– O que foi? – Ela parecia levemente assustada. – Estou cheirando mal?

Ele fechou os olhos e inspirou. Sua cabeça girava levemente, e ele se sentiu zonzo com a mistura de desejo e descontração.

– Não, é que há mais de um ano tento imaginar qual é a cor dos seus pelos aqui. – Passou os dedos pelos fios. – Agora aqui estou eu, cara a cara com eles, e ainda assim não sei.

Ela riu, e a vibração fez sua barriga tremer delicadamente sob a mão dele.

– Você quer que eu diga?

– Não, deixe que eu me surpreenda de manhã. – Ele abaixou a cabeça, surpreso agora pela variedade incrível de texturas numa região tão pequena: algo liso como vidro, a leve aspereza, um pouco de elasticidade e aquela parte escorregadia, almiscarada, doce e salgada ao mesmo tempo.

Passados alguns instantes, ele sentiu as mãos dela pousarem delicadamente em sua cabeça, como se fosse uma bênção. Esperava que a barba não a estivesse machucando, mas ela não parecia se importar. Um tremor interior percorreu a carne quente das coxas dela e ela gemeu de um modo que pareceu ecoar em sua barriga.

– Estou fazendo certo? – perguntou ele, meio por brincadeira, levantando a cabeça.

– Ah, sim – disse ela com delicadeza. – Com certeza está. – Segurou os cabelos dele com mais força.

Ele havia começado a baixar a cabeça de novo, mas se levantou ao ouvir aquilo, olhando por cima do corpo pálido em direção ao rosto oval e branco.

– E como diabos você pode saber? – perguntou ele. A única resposta foi uma risada forte. Então ele se deitou ao lado dela, sem saber como havia chegado ali, e a beijou, o corpo todo pressionado contra o dela, ciente apenas do seu calor, do seu corpo ardente.

Ela sentiu o gosto dele, e ele o dela, e de jeito nenhum ele conseguiria ir devagar.

Mas conseguiu. Ela estava disposta, mas tímida, tentando erguer o quadril para ele, tocando-o depressa demais, leve demais. Segurou as mãos dela, uma por vez, e as colocou contra o seu peito. As palmas das mãos dela estavam quentes, e seus mamilos endureceram.

– Sinta meu coração – disse ele. A voz estava grossa até mesmo em seus ouvidos.
– Diga se ele parar.

Não pretendera ser engraçado, e ficou um pouco surpreso quando ela riu com desconforto. A risada desapareceu quando ele a tocou. As mãos dela apertaram o peito dele; então ele sentiu quando ela relaxou e abriu as pernas para ele.

– Amo você – sussurou ele. – Ah, Bree, como amo você.

Ela não respondeu, mas sua mão surgiu na escuridão e tocou o rosto dele, bem de leve, como uma alga marinha. Ela a manteve ali enquanto a tomava, deitada e entregue, confiante, enquanto com a outra mão ela sentia o coração forte dele.

Ele se sentia mais embriagado do que antes. Não grogue nem sonolento, mas atento a tudo. Sentia o cheiro do próprio suor; sentia o dela também, sentia o leve toque de medo que se misturava ao desejo dela.

Fechou os olhos e inspirou. Apertou as mãos nos ombros dela. Pressionou lentamente. Entrou escorregando. Sentiu quando ela se abriu e mordeu o próprio lábio, forte o bastante para sangrar.

As unhas dela se enterraram no seu peito.

– Continue! – ela sussurrou.

Um movimento rápido e firme e ele a possuiu.

Permaneceu daquele modo, olhos fechados, respirando. Equilibrado em um limite de prazer forte o bastante para causar dor. Vagamente, imaginou que a dor que sentia era dela.

– Roger?
– Quê?
– Você é muito... grande, não acha? – A voz dela estava levemente trêmula.
– Ah... – Ele buscou o resto de sua coerência. – Do tamanho normal. – A preocupação expulsou a sensação de embriaguez. – Estou te machucando muito?
– Não... não exatamente. É que... pode parar de se mexer um minuto?
– Um minuto, uma hora. A vida toda, se você quiser. – Ele pensou que morreria se não se movimentasse, e teria morrido feliz.

As mãos dela desceram devagar pelas costas dele, tocando suas nádegas. Ele estremeceu e abaixou a cabeça, os olhos fechados, imaginando o rosto dela e beijando-o muitas vezes.

– Certo. – Ela sussurrou no ouvido dele, e, como um robô, ele começou a se mexer o mais lento que podia, contido pela pressão das mãos dela em suas costas.

Ela ficou levemente tensa, e então relaxada, tensa e relaxada, e ele sabia que a estava machucando, fez de novo, deveria parar, ela se ergueu contra ele, tomando-o, e um som muito alto e animalesco ecoou, e deveria ter sido por ele, agora, tinha que ser agora, ele tinha que...

Tremendo e se remexendo como um peixe fora d'água, ele se afastou do corpo dela e se deitou sobre ela, sentindo os seios contra ele enquanto se remexia e gemia.

Então ficou parado, não mais embriagado, mas envolvido numa paz culpada, e sentiu que ela o abraçava e respirava o ar quente em seu ouvido.

– Amo você – disse ela, a voz rouca no ar com cheiro de mato. – Fique comigo.

– Toda a minha vida – disse ele, e a abraçou.

Permaneceram deitados, em paz, unidos pelo suor de seus esforços, ouvindo a respiração um do outro. Roger se mexeu, erguendo o rosto dos cabelos dela, com os membros pesados e, ao mesmo tempo, amortecidos.

– Tudo bem, amor? – perguntou. – Machuquei você?

– Sim, mas não me importei. – Ela desceu a mão pelas costas dele com suavidade, fazendo-o se arrepiar, apesar do calor. – Foi tudo bem? Eu fiz certo? – Ela parecia levemente ansiosa.

– Ah, Deus! – Ele baixou a cabeça e a beijou, longa e demoradamente. Brianna ficou um pouco tensa, mas sua boca se relaxou na dele.

– Foi tudo bem, então?

– Ah, Jesus!

– Você blasfema bastante, para um filho de pastor – disse ela, em um tom claro de acusação. – Talvez as senhoras em Inverness estivessem certas; você *vai* para o inferno.

– Não é blasfêmia – disse ele. Encostou a testa no ombro dela, respirando fundo, sentindo seu cheiro, o cheiro deles. – Oração do Dia de Ação de Graças.

Ela riu.

– Ah, *foi* bom então – disse ela, num tom inconfundível de alívio.

Ele ergueu a cabeça.

– Meu Deus, sim – disse ele, fazendo-a rir de novo. – Como pôde pensar qualquer outra coisa?

– Bom, você não disse nada. Só ficou deitado como alguém que foi atropelado. Pensei que tivesse ficado desapontado.

Foi a vez de Roger rir, com o rosto meio enterrado na pele lisa do pescoço dela.

– Não – disse ele finalmente, aspirando o ar. – Agir como se sua espinha tivesse sido removida é um bom indício de satisfação masculina. Não é muito gentil, mas é honesto.

– Ah, certo. – Ela pareceu satisfeita com isso. – O livro não dizia nada sobre isso, mas não diria mesmo; não se importavam com o que acontece depois.

– Que livro é esse? – Ele se moveu com cuidado, suas peles se separando com um som de velcro se abrindo. – Sinto muito pela sujeira. – Ele pegou a camisa e a entregou a ela.

– *O homem sensual.* – Ela pegou a camisa e se secou depressa. – Havia muitas coisas sobre cubos de gelo e chantili que eu achei bem exageradas, mas era bom para saber como fazer certas coisas, como felação e...

– Você aprendeu isso num *livro*? – Roger ficou escandalizado como uma das senhoras da congregação de seu pai.

– Bem, você não deve achar que eu faço isso com todas as pessoas com quem saio! – Ela pareceu verdadeiramente chocada.

– Escrevem livros contando às jovens como... que horror!

– O que tem de horrível nisso? – perguntou ela, ressabiada.

Roger esfregou a mão no rosto, sem palavras. Se alguém perguntasse uma hora antes, ele teria dito ser a favor da igualdade sexual. Mas aparentemente, sob o verniz de modernidade, restava uma boa parte do filho de pastor presbiteriano para achar que uma mulher deveria ser ignorante na noite de núpcias.

Reprimindo essa ideia vitoriana, Roger passou a mão pelas curvas claras e macias do quadril e do flanco dela e segurou seu seio macio.

– Nada – disse, abaixando a cabeça para tocar os lábios dela –, tem um pouco mais na coisa toda do que lemos nos livros, sabe?

Ela se moveu de repente, virando-se para encostar o corpo quente e nu no dele, e ele se sobressaltou com a sensação.

– Me mostre – sussurrou ela, e mordeu o lóbulo da orelha dele.

Um galo cantou ali perto. Brianna acordou de um cochilo, e se repreendeu por ter dormido. Ela estava desorientada, cansada das emoções e do esforço, sentindo-se zonza, como se estivesse flutuando. Ao mesmo tempo, não queria perder nenhum momento.

Roger se mexeu ao lado dela, sentindo seu movimento. Ele a abraçou e se encaixou atrás dela, joelhos com joelhos, barriga com nádegas. Afastou as mechas dos cabelos dela, soprando de leve em seu pescoço, o que fez com que ela risse.

Ele havia feito amor com ela três vezes. Ela estava bem dolorida, e muito feliz. Já tinha imaginado a situação mil vezes, e errara todas. Não havia como imaginar a urgência assustadora de ser tomada daquele modo – indo além dos limites do corpo, penetrada, tomada, *invadida*. Também não havia como ela ter imaginado a sensação de poder naquilo.

Ela pensou que ficaria impotente, o objeto de desejo. Mas ela o havia agarrado, sentido seus tremores e que ele controlava a força por medo de feri-la – e ela extravasou sua força, para tocar e excitar, para comandar e controlar.

Também não podia imaginar que existisse uma ternura tão grande enquanto ele gemia e tremia em seus braços, confiando nela quando a sua força se transformava em abandono.

– Me desculpe – disse ele em seu ouvido.

– Por quê? – Ela colocou a mão na coxa dele para fazer uma carícia. Podia fazer isso. Podia tocá-lo em qualquer ponto, deliciando-se com as texturas e gostos do corpo dele. Mal podia esperar pelo dia, para vê-lo nu.

– Por isto. – Ele fez um leve movimento com a mão, englobando toda a escuridão ao redor, o feno áspero sob eles. – Eu deveria ter esperado. Queria que tivesse sido... bom para você.

– Foi muito bom para mim – disse ela afetuosamente. Havia uma depressão na lateral da coxa dele, onde o músculo se destacava.

Ele riu, um pouco forte demais.

– Queria que você tivesse uma noite de núpcias adequada. Cama macia, lençóis limpos... teria sido melhor, para a primeira vez.

– Já tive camas macias e lençóis limpos – disse ela. – Mas nunca tive isto. – Ela se virou nos seus braços, esticou a mão e segurou aquela parte fascinante e inconstante entre as pernas dele. Roger ficou tenso, surpreso, então relaxou, deixando que ela o manipulasse como queria. – Não poderia ter sido melhor – disse ela suavemente e o beijou.

Ele retribuiu o beijo, lento e preguiçoso, explorando as profundezas e vazios de sua boca, deixando que ela explorasse a dele. E gemeu um pouco, um gemido brotando da garganta, e afastou a mão dela.

– Ah, meu Deus, você vai me matar, Bree.

– Desculpe – disse ela ansiosa. – Apertei demais? Não queria machucar você.

Ele riu.

– Não é isso. Mas deixe o coitadinho descansar, sim? – Com a mão firme, ele a virou de novo, beijando seu ombro.

– Roger?

– Hum?

– Acho que nunca me senti tão feliz.

– É mesmo? Que bom. – Parecia sonolento.

– Ainda que... ainda que não voltemos, se estivermos juntos, não me importo.

– Vamos voltar. – Ele tocou o seio dela, suave como alga marinha repousando em uma rocha. – Já disse, tem outro jeito.

– Tem?

– Acho que sim.

Ele contou a ela sobre o grimório, a mistura de notas cuidadosas e de palavras desconexas... e a respeito de sua passagem através das pedras de Craigh na Dun.

– Na segunda vez, pensei em você – disse ele suavemente, e passou o dedo pelo rosto dela, no escuro. – Eu sobrevivi. E vim para a época certa. Mas o diamante que Fiona me deu não passou de uma mancha negra em meu bolso.

– Então, pode ser possível... direcionar, de algum modo? – Brianna não conseguiu disfarçar uma leve esperança na voz.

– Pode ser que sim. – Ele hesitou. – Havia um... acho que deve ter sido um poema, ou talvez um feitiço... no livro. – Ele abaixou a mão enquanto o recitava:

Ergo meu punhal ao Norte,
onde fica a fonte de meu poder,
Para o Oeste,
Onde está o abrigo de minha alma,
Ao Sul,
Onde ficam a amizade e o refúgio,
Ao Leste,
Onde nasce o sol.

Então pouso o punhal no altar que fiz.
Eu me sento entre as três chamas.

Três pontos definem um plano, e estou fixado.
Quatro pontos guardam a Terra, e a minha é plena.
Cinco é o número da proteção; que nenhum demônio me perturbe.
Minha mão esquerda está envolvida em ouro
E retém a força do sol.
Minha mão direita está tomada de prata
E a lua reina serena.

Eu começo.
Granadas se reúnem em amor em meu pescoço.
Serei fiel.

Brianna se sentou, envolvendo os joelhos com os braços. Ficou em silêncio por um momento.

– Que *maluquice* – disse por fim.

– Ser maluco, infelizmente, não é garantia de que alguém esteja errado – disse Roger em tom seco. Ele se estendeu, resmungando, e se sentou cruzando as pernas na palha. – Parte dele é ritual tradicional, eu acho, uma vez que a tradição é celta antiga. As partes sobre as direções são as "quatro pontas", que você verá que existe na lenda celta. Quanto ao punhal, ao altar e às chamas, é bruxaria.

– Ela esfaqueou o marido no coração e o incendiou. – Ela ainda se lembrava tão bem quanto ele do fedor da gasolina e da carne em chamas no círculo de Craigh na Dun, e estremeceu, apesar de estar quente dentro do galpão.

– Espero que não sejamos forçados a encontrar alguém para um sacrifício humano – disse Roger, tentando, sem sucesso, fazer piada. – Mas o metal e as pedras preciosas... você estava usando joias quando passou, Bree?

Ela balançou a cabeça, assentindo.

– Sua pulseira – disse ela. – E o colar de pérolas de minha avó no bolso. Mas as pérolas não foram prejudicadas; passaram sem problemas.

– Pérolas não são pedras preciosas – disse ele. – São orgânicas, como as pessoas. – Passou a mão no rosto; tinha sido um longo dia, e a cabeça dele começava a doer. – Mas prata e ouro; você estava com a pulseira de prata, e o colar era de ouro, e também tinha as pérolas. Ah, e sua mãe; ela usava prata e ouro, não? As alianças de casamento.

– Sim. Mas "três pontos definem um plano, quatro pontos guardam a Terra, cinco é o número da proteção..." – murmurou Brianna. – Será que ela estava falando que você precisa de pedras preciosas para... para fazer o que ela estava tentando fazer? São "pontos"?

– Poderiam ser. Ela tinha desenhos de triângulos e pentagramas, e listas de pedras preciosas diferentes, com as supostas propriedades "mágicas" relacionadas ao lado. Ela não estava explicando as teorias com muitos detalhes; não precisava, já que estava falando sozinha, mas a ideia geral parecia ser de que havia linhas de força – "linhas de ligação" – percorrendo a Terra. De vez em quando, as linhas correm próximas umas às outras, e meio que se enrolam em nós; e onde há um nó assim há um local onde o tempo essencialmente não existe.

– Então, se você pisar em uma, pode pisar fora de novo... em qualquer momento.

– Mesmo lugar, época diferente. E, se você acredita que as pedras preciosas têm força própria, o que pode entortar um pouco as linhas...

– Qualquer pedra preciosa serviria?

– Só Deus sabe – disse Roger. – Mas é a melhor possibilidade que temos, não é?

– Sim – concordou Brianna depois de uma pausa. – Mas onde encontraremos uma? – Ela balançou um braço na direção da cidade e de seu porto. – Não vi nada assim em nenhum lugar... nem em Inverness, nem aqui. Acho que teríamos que ir a uma cidade grande... Londres, ou talvez Boston ou Filadélfia. E então... quanto você tem de dinheiro, Roger? Eu consegui 20 libras, e ainda tenho a maior parte desse dinheiro, mas não seria nem de perto suficiente para...

– É isso – interrompeu ele. – Estava pensando nisso enquanto você dormia. Sei, ou acho que sei, onde posso encontrar uma pedra, pelo menos. A questão é que... – Ele hesitou. – Terei que ir agora para encontrar. O homem que a tem está em New Bern no momento, mas ele não ficará lá por muito tempo. Se eu levar um pouco do seu dinheiro, posso pegar um barco de manhã e estar em New Bern no dia seguinte. Acho que é melhor você ficar aqui. Assim...

– Não posso ficar aqui!

– Por que não? – Ele estendeu a mão para ela, mexendo em seus cabelos. – Não quero você comigo. Ou melhor, quero, mas acho que é muito mais seguro se você ficar.

– Não estou dizendo que quero ir com você. Estou dizendo que não posso ficar aqui – repetiu ela, apesar de apertar a mão dele. Ela havia quase esquecido, mas então toda a excitação da descoberta voltou. – Roger, eu o encontrei... encontrei Jamie Fraser!

– Fraser? Onde? Aqui? – Ele se virou na direção da porta, assustado.

– Não, ele está em Cross Creek, e eu sei onde estará na segunda. Tenho que ir, Roger. Você não entende? Ele está tão perto... e eu cheguei até aqui. – Sentiu uma vontade repentina e irracional de chorar ao pensar em ver a mãe de novo.

– Sim, entendo. – Roger parecia ansioso. – Mas não poderia esperar alguns dias? É só um ou dois dias no mar para New Bern, o mesmo para voltar, e acho que posso resolver o que preciso em um ou dois dias.

– Não – disse ela. – Não posso. Tem a Lizzie.

– Quem é Lizzie?

– Minha criada, você a viu. Ela ia bater em você com uma garrafa. – Brianna sorriu ao se lembrar. – Lizzie é muito corajosa.

– Diria que sim – disse ele com secura. – Seja como for...

– Mas ela está doente – interrompeu Brianna. – Não viu como está pálida? Acho que está com malária; tem febres horrorosas e tremores que duram um dia, mais ou menos, e de repente param... e então, alguns dias depois, voltam. Eu preciso encontrar minha mãe assim que puder. *Preciso*.

Ela sentiu que ele estava se controlando, sufocando argumentos. Ela esticou o braço e acariciou seu rosto.

– Eu preciso – repetiu baixinho, e sentiu que ele se rendia.

– Certo – disse ele. – Tudo bem! Vou me unir a você assim que der. Mas me faça um favor, sim? Use um vestido!

– Não gosta da minha calça? – Ela riu de repente e então parou, como se algo lhe ocorresse. – Roger. O que você vai fazer? Vai roubar essa pedra?

– Sim – disse ele simplesmente.

Ela permaneceu em silêncio por um minuto, passando o polegar comprido lentamente pela palma de sua mão.

– Não faça isso – disse ela por fim, baixinho. – Não faça isso, Roger.

– Não se preocupe com o homem que a tem. – Roger a abraçou, tentando confortá-la. – É provável que ele a tenha roubado de outra pessoa.

– Não estou preocupada com ele, mas com você!

– Ah, vou ficar bem – disse ele, bravateando.

– Roger, nesta época, eles *enforcam* as pessoas que roubam!

– Não serei pego. – Ele procurou a mão dela no escuro, encontrou e a apertou. – Estarei com você quando menos esperar.

– Mas não é...
– Vai ficar tudo bem – disse ele com firmeza. – Eu disse que cuidaria de você, não?
– Mas...

Ele se apoiou em um cotovelo e a silenciou com os lábios. Muito lentamente, pegou a mão dela e a pressionou entre suas pernas.

Ela engoliu em seco, os pelos de seu braço eriçados repentinamente com ansiedade.

– Hum? – murmurou ele contra os lábios dela, e sem esperar uma resposta, puxou-a para a palha e rolou para cima dela, afastando suas pernas com o joelho.

Ela respirou fundo e mordeu o seu ombro quando ele a penetrou, mas ele não emitiu qualquer som.

– Você sabia... – disse Roger sonolento algum tempo depois –, acho que acabei de me casar com minha tia-avó de sexto grau. Acabei de pensar nisso.

– O quê?

– Não se preocupe, não chega nem perto de ser incesto.

– Ah, que bom – disse ela, com certo sarcasmo. – Eu estava muito preocupada com isso. Como posso ser sua tia-avó, pelo amor de Deus?

– Bem, como disse, acabei de pensar; não tinha me dado conta antes. Mas o tio do seu pai era Dougal MacKenzie, e foi ele quem causou todo o problema fazendo um filho em Geilie Duncan, não?

Tinha sido o método insatisfatório de contracepção que ele havia sido forçado a adotar que fizera com que ele pensasse nisso, na verdade, mas achou mais adequado não dizer nada. Não adiantaria no momento. Levando tudo em consideração, ele achava bom que Dougal MacKenzie não houvesse tido a mesma percepção que ele, uma vez que isso teria impedido a própria existência de Roger.

– Bem, não acho que tenha sido tudo culpa *dele*. – Brianna também parecia agradavelmente sonolenta. Não devia faltar muito para o amanhecer; os pássaros já estavam fazendo barulho do lado de fora e o ar havia mudado, ficando mais fresco conforme o vento vinha do porto.

– Então, se Dougal é meu tio-avô e seu tataravô de sexto grau... não, você está errado. Sou sua prima de sexto ou sétimo grau, não sua tia.

– Não, seria assim se nós fôssemos da mesma geração de descendentes, mas não somos. Você é da quinta, pelo menos do lado do seu pai.

Brianna estava em silêncio, tentando resolver isso em sua mente. Desistindo, ela rolou resmungando baixo, acomodando as nádegas no vão das coxas dele.

– Que se dane – disse ela. – Desde que você tenha certeza de que não é incesto.

Ele a puxou para seu peito, mas o cérebro sonolento havia encucado e não o deixou em paz.

– Eu não tinha pensado nisso – disse ele. – Mas você sabe o que quer dizer? Sou parente do seu pai também. Na verdade, acho que ele é meu *único* parente vivo além de você! – Roger se sentiu totalmente desconcertado com essa descoberta, e muito emocionado. Há muito tempo ele já estava conformado em não ter familiares, nem mesmo um tio-avô de sétimo grau, mas...

– Não é, não – murmurou Brianna.

– O quê?

– Não é o único. Jenny também é. E os filhos dela. E os netos. Minha tia Jenny é sua... – bem, talvez você esteja certo. Porque, se ela for minha tia, é sua tia de algum grau, então talvez *eu* seja sua... ah! – Ela encostou a cabeça no ombro de Roger, os cabelos macios contra seu peito. – Quem você disse que era?

– Para quem?

– Para Jenny e Ian. – Ela se mexeu, alongando-se. – Quando foi a Lallybroch.

– Nunca estive lá. – Ele se moveu também, encaixando o corpo no dela. Sua mão descansou na curva de sua cintura e ela deixou a mente vagar, desistindo das complexidades abstratas dos cálculos genealógicos por sensações mais imediatas.

– Não? Mas então... – Parou de falar. Tomada pelo sono e pela exaustão do prazer, Roger não prestou atenção, só se aproximou com um gemido. Um momento depois, a voz dela surgiu em meio à névoa da intimidade, interrompendo o momento: – Como soube onde eu estava? – perguntou.

– Hum?

Ela se virou repentinamente, deixando-o com os braços vazios e um par de olhos escuros a centímetros dos dela, semicerrados com desconfiança.

– Como você soube onde eu estava? – repetiu lentamente, cada palavra uma estaca de gelo. – Como soube que eu tinha vindo para as colônias?

– Ah... eu... porque... – Tarde demais, ele percebeu o perigo que corria.

– Você não tinha como saber que eu havia saído da Escócia – disse ela –, a menos que tivesse ido a Lallybroch e eles lhe contassem aonde eu estava indo. Mas você não esteve em Lallybroch.

– Eu... – Ele buscou uma explicação desesperadamente. Qualquer uma, mas não encontrou, só via a verdade. E, pelo movimento do corpo dela, percebeu que ela tinha deduzido isso também.

– Você sabia – disse ela. A voz não passava de um sussurro, mas o efeito foi tão grande quanto seria se ela tivesse gritado em seu ouvido. – Você *sabia*, não sabia?

Começou a se sentar, para poder encará-lo.

– Você *viu* aquela notícia da morte! Já sabia, sabia o tempo todo, não é?

– Não – disse ele, tentando recuperar o controle. – Quer dizer, sim, mas...

– Há quanto tempo sabe? Por que não me *contou*? – gritou ela. Ficou de pé e foi para a pilha de roupas embaixo deles.

– Espere – pediu ele. – Bree, deixe-me explicar...

– Sim, explicar! Quero ouvir sua explicação! – Sua voz estava tomada pela fúria, mas ela parou de se mover por um momento, esperando ouvir.

– Olhe. – Ele também havia se levantado. – Eu descobri. Na primavera passada. Mas eu... – Respirou fundo, procurando desesperadamente por palavras que pudessem ajudá-la a entender. – Sabia que você ficaria magoada. Não quis lhe mostrar a notícia porque não havia nada que você pudesse fazer. Não havia motivos para partir seu coração por causa...

– Como assim, não havia nada que eu pudesse fazer? – Ela vestiu a camisa e olhou para ele, os punhos cerrados.

– Não pode mudar as coisas, Bree! Não sabe disso? Seus pais tentaram... eles sabiam sobre a Batalha de Culloden, e fizeram tudo o que poderiam fazer para impedir Charles Stuart... mas não conseguiram, não é? Fracassaram! Geillis Duncan tentou tornar Stuart um rei. Fracassou! Todos eles fracassaram! – Ele arriscou pousar a mão no braço dela. Ela estava dura como uma estátua. – Não pode ajudá-los, Bree! – disse ele mais baixo. – Faz parte da história, é parte do passado. Você não é desta época. Não pode mudar o que vai acontecer.

– Você não sabe disso. – Ela ainda estava rígida, mas ele pensou ter ouvido uma leve dúvida em sua voz.

– Sei! – Secou uma gota de suor do rosto. – Ouça, se eu achasse que havia a menor chance... mas não achei. Eu.. meu Deus, Bree, não conseguia nem sequer imaginar você magoada!

Ela ficou parada, respirando com força pelo nariz. Se pudesse escolher, ele tinha certeza de que ela escolheria soltar fogo pelas narinas, e não ar.

– Não é tarefa sua tomar decisões por mim – disse ela entre dentes. – Não importa o que você pensou. E sobre algo tão importante... Roger, como pôde fazer algo assim?

O tom de percepção da traição na voz dela foi demais para aguentar.

– Inferno, tive medo de que, se contasse a você, você faria o que fez! – disse ele. – Que me deixaria! Tentaria passar pelas pedras sozinha. E veja o que fez... estamos nós dois aqui neste maldito...

– Está tentando *me* culpar por estar aqui? Sendo que fiz tudo o que podia para impedir que você fosse idiota o bastante para me seguir?

Meses de trabalho e terror, dias de preocupação e busca infrutífera voltaram a Roger numa explosão de ira.

– Idiota? É o agradecimento que recebo por me matar para encontrar você? Por ter arriscado a porra da minha *vida* para tentar protegê-la? – Ele se afastou do feno, com a intenção de segurá-la, sem saber se queria sacudi-la ou possuí-la de novo. Não teve a chance de fazer nenhuma das duas coisas; um golpe forte no peito o desequilibrou e ele caiu na palha.

Ela estava pulando em um pé só, xingando incoerentemente enquanto tentava vestir as calças.

– Seu... filho da mãe... arrogante... maldito! Que se dane, Roger! – Ela subiu as calças e, inclinando-se para a frente, pôs as meias e calçou os sapatos. – Vá! Dane-se, vá! Vá e morra enforcado, se quiser. Eu vou encontrar meus pais! E também vou salvá-los!

Ela se virou, chegou à porta e a abriu antes que ele pudesse alcançá-la. Parou por um momento, envolvida pela luz clara da porta, cabelos escuros soltos ao vento, vivos como as mechas da Medusa.

– Estou indo. Venha ou não, não me importa. Volte para a Escócia. Volte pelas pedras sozinho, não me importo! Mas, por Deus, você não pode me deter!

E então ela se foi.

Lizzie arregalou os olhos quando a porta foi aberta e bateu na parede. Ela não estava dormindo... como conseguir dormir? Mas estava deitada com os olhos fechados. Afastou os lençóis e procurou a pederneira.

– Está bem, srta. Bree?

Não parecia; Brianna estava andando de um lado para outro, sibilando feito uma serpente, e parou apenas para chutar o armário com força. Em seguida, vieram mais dois baques; pela luz inconstante da vela recém-acesa, Lizzie viu que tinham sido causados pelos sapatos de Brianna, que tinham batido na parede e caído no chão.

– Está bem? – repetiu, com receio.

– Estou bem! – disse Brianna.

Do lado de fora da janela, um grito foi ouvido:

– Brianna! *Voltarei* para você! Ouviu? *Voltarei!*

Sua senhora não respondeu, mas caminhou até a janela, pegou as persianas e as fechou com uma batida que ecoou pelo quarto. Então ela se virou como uma pantera pronta para atacar e derrubou a vela no chão, deixando o quarto numa escuridão sufocante.

Lizzie se deitou na cama e ali ficou, paralisada, com medo de se mexer ou falar. Ouviu Brianna tirando as roupas num frenesi silencioso, ofegante enquanto se despia, batendo os pés descalços no piso de madeira. Pela persiana, ela ouviu palavrões abafados e depois, mais nada.

Ela vira o rosto de Brianna por um momento à luz; branco como papel e duro como ossos, com os olhos negros. Sua senhora gentil e delicada havia desaparecido como fumaça, tomada por uma *deamhan*, um demônio fêmea. Lizzie era uma moça da cidade, nascida muito depois da Batalha de Culloden. Nunca vira os homens dos clãs, nem um habitante das Terras Altas tomado pela fúria cega, mas já tinha ouvido histórias assustadoras, e agora sabia que elas eram verdadeiras. Uma pessoa daquele jeito poderia fazer qualquer coisa.

Tentou respirar como se estivesse dormindo, mas o ar saía de sua boca com força. Brianna parecia não notar; caminhava pelo quarto com passos rápidos e fortes, despejou água na tigela e lavou o rosto, e então se deitou entre os lençóis e ficou parada e esticada como uma tábua.

Reunindo toda a sua coragem, Lizzie virou a cabeça na direção de sua senhora.

– Está... bem, *a bann-sielbheadair*? – perguntou, com uma voz tão baixa que a senhora poderia fingir não ter ouvido, se quisesse.

Por um momento, pensou que Brianna fosse ignorá-la. E então a resposta foi dada, um "Sim" com uma voz tão baixa e sem expressão que não parecia a de Brianna.

– Vá dormir.

Ela não dormiu, claro. Um corpo não dormia se deitado ao lado de alguém que pudesse se tornar uma *ursiq* logo em seguida. Os olhos dela tinham se ajustado ao escuro de novo, mas sentiu medo de olhar, no caso de os cabelos ruivos sobre o travesseiro terem se transformado em uma juba e o nariz delicado e reto em um focinho macio e curvo, com dentes que a dilacerariam e devorariam.

Pouco depois, Lizzie percebeu que sua senhora tremia. Não chorava; não ouviu som nenhum, mas tremia o suficiente para mexer os lençóis.

Tola, ela se repreendeu. *Não é ninguém além de sua amiga e sua senhora, passando por algo horrível – e você está aqui com bobagens!*

Em um impulso, ela rolou na direção de Brianna, segurando a mão da garota.

– Bree – disse delicadamente. – Posso ajudá-la de alguma maneira?

Brianna segurou a mão dela e apertou com força, e logo soltou.

– Não – disse Brianna baixinho. – Vá dormir, Lizzie; tudo vai ficar bem.

Lizzie não acreditou, mas não disse nada: ficou deitada e respirando em silêncio. Demorou muito, mas finalmente o corpo comprido de Brianna estremeceu lentamente e relaxou, adormecido. Lizzie não conseguiu dormir; sem febre, estava alerta e inquieta. O cobertor pesava sobre seu corpo e a fazia suar, e, com a janela fechada, o ar dentro do quartinho estava muito abafado.

Por fim, sem conseguir aguentar, Lizzie levantou silenciosamente da cama. Atenta a qualquer som que viesse dali, foi até a janela e abriu as persianas.

O ar ainda estava quente e abafado do lado de fora, mas começara a soprar um pouco; a brisa da madrugada entrava, com a vinda do ar do mar para terra. Ainda estava escuro, mas o céu havia começado a clarear também; ela via a linha da estrada mais à frente, abençoadamente vazia.

Sem saber o que mais fazer, fez o que sempre fazia quando perturbada ou confusa: começou a arrumar as coisas. Andando em silêncio pelo quarto, pegou as roupas que Brianna havia descartado violentamente e as sacudiu.

Estavam imundas; cobertas com manchas de folhas e terra e com pedacinhos de feno; dava para ver até mesmo com a leve luz da janela. O que Brianna tinha feito? Rolado pelo chão? Assim que o pensamento lhe ocorreu, ela imaginou, de modo tão claro que ficou chocada: Brianna no chão, lutando com o demônio negro que a havia levado.

Sua senhora era uma moça grande e bonita, mas o MacKenzie era um grosseirão alto; ele poderia ter... ela se interrompeu abruptamente, sem querer imaginar. Não conseguiu controlar; sua mente já tinha ido muito longe.

Com muita relutância, ela levou a camisa ao nariz e a cheirou. Sim, ali estava, o cheiro de um homem, forte e azedo como o de um bode. Pensar na criatura maligna com o corpo pressionado no de Brianna, esfregando-se contra ela, deixando seu cheiro nela como um cachorro que marca seu território, a fez estremecer com nojo.

Tremendo, pegou a calça e as meias e levou todas as roupas para a bacia. Ela as lavaria, tiraria o cheiro de MacKenzie, assim como as marcas de terra e grama. E se as roupas estivessem molhadas demais para sua senhora vestir de manhã... bem, paciência.

Ela ainda tinha a tigela de sabão que a proprietária da casa havia lhe dado para lavar as roupas; bastaria. Enfiou a calça na água, acrescentou uma medida de um dedo de sabão e começou a esfregar o tecido.

O quadrado da janela clareava. Lançou um olhar atento a sua senhora, mas a respiração de Brianna estava lenta e constante; ótimo, ela ainda demoraria um pouco para acordar.

Olhou para o que estava fazendo e parou, sentindo um arrepio mais frio do que o que a febre causava. As bolhas finas que cobriam suas mãos estavam escuras e pequenas marcas escuras se espalharam pela água como manchas da tinta de uma lula.

Ela não queria olhar, mas era tarde demais para fingir não ter visto. Virou o tecido com cuidado, e ali estava: uma marca grande e escura no tecido, exatamente onde as costuras se cruzavam no fundo da calça.

O sol que nascia marcava o céu de vermelho, deixando a água da bacia, o ar no quarto, o mundo todo que girava da cor de sangue fresco.

41

FIM DA VIAGEM

Brianna pensou que seria capaz de gritar. Em vez disso, deu um tapinha nas costas de Lizzie e falou baixinho:

– Não se preocupe, vai ficar tudo bem. O sr. Viorst disse que vai nos esperar. Assim que você se sentir melhor, sairemos. Mas, por enquanto, não se preocupe com nada, só descanse.

Lizzie assentiu, mas não pôde responder; seus dentes batiam muito forte, apesar dos três cobertores sobre seu corpo e do tijolo quente nos pés.

– Vou buscar sua bebida, querida. Descanse – repetiu Brianna e, com um tapinha final, levantou-se e saiu do quarto.

Não era culpa de Lizzie, claro, Brianna pensou, mas não podia ter escolhido um momento pior para ter outro ataque de febre. Brianna havia dormido tarde, um sono inquieto depois da discussão horrorosa com Roger, e, quando acordou, encontrou as roupas lavadas e penduradas para secar, os sapatos engraxados, as meias dobradas e o quarto muito bem varrido e arrumado. E Lizzie deitada e tremendo num canto vazio.

Pela milésima vez, ela contou os dias. Oito até segunda-feira. Se o acesso de Lizzie seguisse o padrão de sempre, ela conseguiria viajar dali a dois dias. Seis dias. E, de acordo com Júnior Smoots e Hans Viorst, levaria cinco a seis dias para fazer o trajeto rio acima naquela época do ano.

Não podia deixar de encontrar Jamie Fraser, não podia! Tinha que estar em Cross Creek até segunda-feira, não importava o que acontecesse. Não havia como saber quanto tempo o julgamento demoraria, ou se ele partiria assim que terminasse. Ela daria qualquer coisa para poder partir de uma vez.

A dor que sentia para ir embora dali era tão intensa que superava todas as dores do seu corpo – até mesmo a dor no coração por causa da traição de Roger –, mas nada podia ser feito. Ela não podia ir a lugar nenhum até que Lizzie se sentisse melhor.

O salão estava cheio; dois novos navios haviam chegado ao porto durante o dia e agora, à noite, os bancos estavam cheios de marinheiros, jogando cartas e falando alto na mesa do canto. Brianna passou pelas nuvens azuis de fumaça de cigarrilhas, ignorando os assovios e comentários chulos. Roger queria que ela usasse um vestido, certo? Maldito! Sua calça normalmente mantinha os homens a uma distância segura, mas Lizzie as havia lavado, e ainda estavam úmidas demais para vestir.

Ela lançou um olhar cortante a um homem que esticou o braço em direção a suas nádegas. Ele parou no meio do movimento, assustado, e ela passou por ele e saiu pela porta para o espaço onde eram feitas as refeições.

No caminho de volta, com o jarro de chá de gatária quente enrolado em um pano para que não a queimasse, deu a volta no salão para evitar o atrevido que queria atacá-la. Se ele a tocasse, ela despejaria a água fervente em seu colo. E ainda que isso fosse o que ele merecia, e uma maneira de extravasar sua ira, seria um desperdício de chá do qual Lizzie precisava muito.

Caminhou com cuidado, passando entre os jogadores e a parede. A mesa estava cheia de moedas e outros pertences de pouco valor: objetos prateados e dourados e botões de peltre, um porta-objetos, um canivete prateado e pedaços rabiscados de papel – notas promissórias, ela imaginou, ou o equivalente do século XVIII. Então um dos homens se mexeu e, por cima do ombro dele, ela viu um brilho dourado.

Olhou para baixo, desviou o olhar e voltou a olhar, assustada. Era um anel, um anel de ouro simples, porém mais largo do que a maioria. Mas não foi o ouro em si que chamou sua atenção. O anel estava a menos de 30 centímetros e, apesar de a luz no salão ser fraca, havia uma vela sobre a mesa dos jogadores, lançando luz na curva interna do anel dourado.

Ela não conseguia ler as letras gravadas ali, mas conhecia o desenho tão bem que a legenda surgiu em sua mente na mesma hora. Pousou a mão no ombro do homem que tinha o anel, interrompendo-o. Ele se virou, com o cenho um tanto cerrado, mas logo desfez a carranca ao ver quem o havia tocado.

– Sim, querida, e você veio para me dar sorte? – Era um homem grande, com um rosto de traços fortes e bonitos, uma boca larga e um nariz torto, e dois olhos verdes que percorreram o corpo dela numa rápida avaliação.

Ela se forçou a sorrir para ele.

– Espero que sim – disse. – Posso esfregar seu anel para ter sorte? – Sem esperar permissão, ela pegou o anel da mesa e o raspou na manga da camisa. Então, erguendo-o para admirar o brilho, conseguiu ver as palavras escritas dentro dele.

De F. a C. com amor. Sempre.

Sua mão tremia quando ela o devolveu.

– É muito bonito – disse ela. – Onde o conseguiu?

Ele pareceu assustado, e logo desconfiado, e ela logo acrescentou:

– É muito pequeno para o senhor. Sua esposa não vai ficar brava se o senhor perder a aliança dela? – *Como?*, ela pensou. *Como ele conseguiu a aliança? E o que aconteceu com minha mãe?*

Os lábios carnudos se curvaram em um sorriso charmoso.

– Se eu tivesse uma esposa, querida, certamente a trocaria por você. – Ele a observou com mais atenção, e os cílios compridos esconderam seu olhar. Tocou a cintura dela num gesto casual, um convite. – Estou ocupado agora, querida, mas mais tarde... sim?

O jarro queimava sob o pano, mas os dedos dela estavam frios. Seu coração havia se paralisado com o medo.

– Amanhã – disse ela. – De dia.

Ele olhou para ela, surpreso, e então jogou a cabeça para trás e riu.

– Bem, já ouvi alguns homens dizerem que não sou o tipo de homem que eles gostariam de encontrar no escuro, boneca, mas as mulheres costumam preferir assim. – Ele passou um dedo grosso pelo braço dela com descontração e os pelos ruivos se eriçaram com o toque.

– De dia, então, se quiser. Vá ao meu navio... *Gloriana*, perto do pátio naval.

– Minha nossa, há quanto tempo não come? – A srta. Viorst olhou para o prato vazio de Brianna com incredulidade. Com quase a mesma idade de Brianna, era uma holandesa grande e calma cujos modos maternais faziam com que parecesse ser muito mais velha.

– Há dois dias, acho. – Brianna aceitou de bom grado mais uma porção de bolinhos e ensopado, e mais uma fatia grossa de pão de sal com manteiga fresca. – Ah, obrigada! – A comida ajudava a preencher o espaço vazio dentro dela, um conforto no qual se concentrar.

A febre de Lizzie havia voltado de novo, depois de dois dias de viagem. Dessa vez, o ataque foi mais longo e severo e Brianna temeu que Lizzie pudesse morrer bem ali no meio do Cape Fear.

Ela havia permanecido na canoa por um dia e uma noite; enquanto Viorst e seu parceiro remavam como loucos, ela despejava água na cabeça de Lizzie e a envolvia em todos os casacos e lençóis que encontrava, rezando o tempo todo para ver o peito da garota subir indicando que ainda respirava.

– Se eu morrer, pode contar a meu pai? – sussurrara Lizzie na escuridão.

– Fa*rr*rei isso, mas você não vai morrer, não se preocupe – dissera Brianna com firmeza. Deu resultado. O corpo frágil de Lizzie se sacudiu num riso devido à tentativa de Brianna de falar como um escocês, e uma mãozinha ossuda pegou a dela, segurando-a até que o sono a soltasse e os dedos finos escorregarem.

Viorst, assustado com o estado de Lizzie, havia levado as duas para a casa que dividia com a irmã um pouco antes de Cross Creek, carregando o corpo de Lizzie, envolvido em cobertores, pelo caminho de terra do rio até um casebre. O espírito teimoso da menina havia feito com que ela se recuperasse de novo, mas Brianna não acreditava que aquele corpo frágil suportasse uma pressão tão grande mais vezes.

Cortou um bolinho pela metade e comeu devagar, saboreando o caldo quente de frango e cebola. Estava suja, exausta por causa da viagem, morta de fome e com dor no corpo todo. Mas elas tinham conseguido. Estavam em Cross Creek, e amanhã era segunda. Em algum ponto perto dali estava Jamie Fraser e, se Deus permitisse, Claire também.

Tocou a perna de sua calça, e o bolso secreto costurado na barra. Ainda estava ali, a peça redonda, seu talismã. Sua mãe estava viva. Era só o que importava.

Depois de comer, ela foi ver Lizzie mais uma vez. Hanneke Viorst estava sentada ao lado da cama costurando meias. Cumprimentou Brianna, sorrindo.

– Ela está bem.

Olhando para o rosto exausto de Lizzie dormindo, Brianna não teria dito isso. Mas a febre havia passado; ao levar a mão à testa de Lizzie, ela a sentiu fria e úmida, e viu uma tigela pela metade sobre a mesa, indicando que ela havia se alimentado um pouco.

– Você vai descansar também? – Hanneke se levantou, fazendo um gesto em direção à cama que tinha sido montada.

Brianna lançou um olhar desejoso aos lençóis limpos e à cama macia, mas negou balançando a cabeça.

– Ainda não, obrigada. Mas gostaria de pegar sua mula emprestada, se possível.

Não havia como saber onde Jamie Fraser estava naquele momento. Viorst dissera a ela que River Run ficava a uma boa distância da cidade; ele poderia estar ali ou em Cross Creek, pela conveniência. Ela não podia deixar Lizzie por tempo suficiente para ir até River Run, mas queria ir à cidade e encontrar o tribunal onde o julgamento ocorreria no dia seguinte. Não perderia a chance de encontrá-lo por não saber aonde ir.

A mula era grande e velha, mas não empacou ao longo da estrada à beira do rio. Andava mais devagar do que Brianna teria andado se estivesse a pé, mas isso não importava; não estava com pressa por enquanto.

Apesar do cansaço, começou a se sentir melhor enquanto seguia e o corpo tenso e dolorido relaxava ao ritmo tranquilo do andar lento do animal. Era um dia quente e úmido, mas o céu estava claro e azul, e grandes olmos e nogueiras tomavam a estrada, com folhas frescas filtrando o sol.

Dividida entre a doença de Lizzie e suas lembranças dolorosas, ela não havia notado nada na segunda metade da viagem, não percebeu as mudanças no campo enquanto passavam. Era como ser magicamente transportada durante o sono, acordando em um lugar diferente. Deixou todo o resto de lado, determinada a se esquecer dos últimos dias e de tudo que ocorrera. Encontraria Jamie Fraser.

As estradas poeirentas, as florestas de pinheiros e os pântanos da costa haviam desaparecido, substituídos por arbustos verdes, árvores altas de tronco grosso e copa ampla e uma terra alaranjada que ganhava um tom escurecido de mofo onde as folhas caídas cobriam a beira da estrada. Os gritos de gaivotas e andorinhas-do-mar sumiram, substituídos pelo pio baixo de um gaio e o canto suave de um bacurau, mais ao fundo.

Como seria?, ela se perguntou. Já tinha pensado a mesma coisa cem vezes, e em todas elas imaginou cenas diferentes: o que ela diria, o que ele diria – será que ele ficaria feliz ao vê-la? Ela esperava que sim; e, no entanto, ele seria um desconhecido. Era provável que ele não tivesse semelhança nenhuma com o homem de sua imaginação. Com certa dificuldade, afastou a lembrança da voz de Laoghaire: *Mentiroso e traiçoeiro...* Sua mãe não tinha a mesma opinião.

– "Já bastam as preocupações de hoje" – murmurou para si mesma. Ela havia chegado à cidade de Cross Creek; as casas, antes esparsas, agora eram mais frequentes, e a rua de terra se abriu para uma rua de paralelepípedos, pontuada por lojas e casas maiores. Havia pessoas por ali, mas era a parte mais quente da tarde, quando o ar pairava pesado sobre a cidade. Aqueles que podiam estavam do lado de dentro, à sombra.

A estrada fazia uma curva para fora, seguindo a barranca do rio. Uma pequena serraria ficava afastada em um ponto da terra e, perto dela, uma taverna. Ela perguntaria ali, decidiu. Quente como estava, precisava parar para beber alguma coisa.

Deu um tapa no bolso do casaco para ter certeza de que tinha dinheiro. Em vez disso, sentiu o contorno protuberante de uma castanha-da-índia e afastou a mão como se tivesse se queimado.

Sentia-se vazia de novo, apesar da comida que havia ingerido. Com os lábios comprimidos, amarrou a mula e se abaixou para entrar no refúgio escuro da taverna.

O salão estava escuro, exceto pelo dono, encostado no banco, sonolento. Ele se endireitou quando ela entrou e, depois de se surpreender com sua aparência, como sempre acontecia com as pessoas, serviu a cerveja e indicou o caminho para que ela chegasse ao tribunal.

– Obrigada. – Secou o suor da testa com a manga do casaco. Até mesmo ali dentro o calor estava insuportável.

– Você veio para o julgamento, então? – perguntou o proprietário, ainda olhando para ela com curiosidade.

– Sim... bem, não exatamente. De quem é o julgamento? – perguntou ela, percebendo agora que não fazia ideia.

– Ah, é de Fergus Fraser – disse o homem, como se imaginasse que todo mundo sabia quem Fergus Fraser era. – A acusação é ataque a um oficial da Coroa. Mas ele será inocentado. Jamie Fraser veio da montanha por ele.

Brianna engasgou com a cerveja.

– O senhor *conhece* Jamie Fraser? – perguntou sem fôlego, secando a espuma derramada com a manga.

O homem ergueu as sobrancelhas.

– Espere um minuto e você também o conhecerá. – Ele fez um meneio de cabeça para uma caneca de peltre com cerveja colocada na mesa ao lado. Ela não a havia notado ao entrar. – Ele foi para os fundos quando você entrou. Ele... ei! – Ele cambaleou para trás com um grito de surpresa quando ela derrubou a própria caneca no chão e partiu para a porta dos fundos como um morcego possuído.

A luz do lado de fora estava forte em comparação com a iluminação fraca de dentro do salão. Brianna piscou, os olhos incomodados pela luz do sol que passava pelas folhas de bordo. Então um movimento abaixo das folhas chamou sua atenção.

Ele estava à sombra de um bordo, meio virado de costas para ela, a cabeça inclinada, concentrado. Um homem alto, de pernas compridas, esguio e bonito, com os ombros largos por baixo da camisa branca. Usava um kilt desbotado com tons pálidos de verde e marrom, casualmente erguido na frente enquanto urinava numa árvore.

Ele terminou e, deixando o kilt cair, virou-se em direção ao salão. Viu Brianna naquele momento, de pé ali, olhando para ele, e ficou um pouco tenso, os dedos se curvando. Então ele viu além das roupas masculinas, e o olhar de desconfiança mudou para surpresa ao perceber que ela era uma mulher.

Ela não teve a menor dúvida, assim que o viu. Ficou surpresa e não surpresa ao mesmo tempo: ele não era bem como ela tinha imaginado – parecia menor, do tamanho normal para um homem, e seu rosto tinha traços do dela: o nariz longo e reto e a mandíbula teimosa, além dos olhos puxados de gato em uma estrutura de ossos bem marcados.

Ele caminhou na direção dela, saindo da sombra do bordo, e o sol iluminou seus cabelos, criando faíscas de cobre. Quase sem perceber, ela levantou a mão e afastou uma mecha de cabelos do rosto, observando pelo canto do olho a cor vermelha dos dois, a mesma cor.

– O que quer aqui, moça? – perguntou ele. Direto, mas não descortês. A voz era mais grave do que ela imaginara; o sotaque escocês era leve, mas distinto.

– Você – disse ela. Seu coração parecia entalado na garganta; tinha dificuldade para dizer qualquer coisa.

Ele estava perto o bastante para ela poder sentir o cheiro de suor e de serragem fresca; havia serragem dourada espalhada pelas mangas enroladas da camisa de linho. Ele estreitou os olhos, divertindo-se, ao olhar para ela de cima a baixo, observando sua roupa. Ergueu uma sobrancelha vermelha e balançou a cabeça.

– Desculpe, moça – disse com um leve sorriso. – Sou um homem casado.

Ele fez menção de passar, e ela emitiu um som incoerente, estendendo a mão para impedi-lo, mas não ousou tocar a manga de sua camisa. Ele parou e olhou para ela com mais atenção.

– Estou falando sério. Tenho uma esposa em casa, e minha casa não fica longe – disse, evidentemente querendo ser cortês. – Mas... – Ele parou, perto o bastante agora para ver a sujeira das roupas dela, o furo na manga do casaco e as pontas desgastadas das meias. – Ah – disse ele em um tom diferente, e pegou o pequeno saco de couro que usava amarrado à cintura. – Está com fome, moça? Tenho dinheiro, se quiser comer.

Ela mal conseguia respirar. Os olhos dele eram de um tom azul-escuro, suavizados pela gentileza. Ela olhou para a gola aberta de sua camisa, onde os pelos enrolados apareciam, brilhando dourados sob a pele queimada pelo sol.

– Você é... você é Jamie Fraser, não?

Ele olhou para o rosto dela.

– Sou – disse ele. A atenção voltara a seu rosto; os olhos se estreitaram contra o sol. Olhou rapidamente para trás, em direção à taverna, mas não havia movimento nenhum na entrada. Deu um passo mais para perto dela.

– Quem quer saber? – perguntou ele. – Tem uma mensagem para mim, moça?

Ela sentiu um desejo absurdo de rir crescer em sua garganta. Se ela tinha uma mensagem?

– Meu nome é Brianna – disse.

Ele franziu o cenho, incerto, e algo se acendeu em seus olhos. Ele sabia! Já tinha ouvido o nome, e este significava algo para ele. Ela engoliu em seco, sentindo o rosto quente como se tivesse sido aquecido pela chama de uma vela.

– Sou sua filha – disse ela, a voz embargada. – Brianna.

Ele ficou de pé, parado, sem alterar a expressão nem um pouco. Mas ele a havia ouvido; ficou pálido, e depois de um vermelho profundo que subia pelo pescoço e chegava ao rosto, repentino como o fogo, combinando com a cor vívida dela.

Ela sentiu uma onda enorme de alegria ao ver aquilo, um arrepio na barriga que ecoava o correr do sangue, o reconhecimento da pele clara dos dois. Ele se incomodava por corar tanto?, ela tentou imaginar de repente. Será que ele havia aprendido a não expressar emoção no rosto, como ela aprendera a fazer, para esconder aquela reação?

O rosto dela ficou tenso, mas ela abriu um sorriso.

Ele piscou, e finalmente desviou os olhos do rosto dela, observando sua aparência e – com o que para ela pareceu uma consciência nova e aterrorizante – sua altura.

– Meu Deus. Você é *enorme* – disse ele.

Ela não estava mais tão corada, mas seu rosto voltou a ficar rubro.

– E de quem é a culpa, na sua opinião? – perguntou ela.

Endireitou-se e ajeitou os ombros, olhando para ele. Tão perto, e tão ereta, ela conseguia olhar diretamente nos olhos dele, e olhou.

Ele se afastou e então seu rosto mudou, e a máscara inexpressiva deu lugar à surpresa. Sem ela, ele parecia mais jovem; por baixo, havia choque, surpresa e uma expressão meio dolorosa de ansiedade.

– Ah, não, moça! – exclamou ele. – Não quis dizer isso. É que... – Parou de falar, olhando para ela com fascínio. Ergueu a mão, involuntariamente, e gesticulou no ar, contornando seu rosto, o maxilar, o pescoço e o ombro, com medo de tocá-la diretamente. – É verdade? – sussurrou. – É você, Brianna? – Ele disse o nome dela com um sotaque esquisito, *Bree*anah, e ela estremeceu ao ouvir.

– Sou eu – disse ela, um pouco apressada. Tentou sorrir de novo. – Não percebe?

Sua boca era larga e com lábios carnudos, mas não era como a dela; mais larga, um formato mais acentuado, que parecia esconder um sorriso nos cantos, mesmo repousando. Esboçava um sorriso, sem saber o que fazer.

– Sim – disse ele. – Sim, percebo.

Ele a tocou naquele momento, os dedos descendo levemente pelo seu rosto, afastando as mechas de cabelos ruivos das têmporas e da orelha, traçando a linha delicada de seu maxilar. Ela estremeceu de novo, apesar de seu toque ser claramente quente; ela sentia o calor da palma da mão dele contra seu rosto.

– Não pensei em você como adulta – disse ele, abaixando a mão de modo relutante. – Vi as fotos, mas ainda assim... de certo modo, pensava em você como uma menina, sempre, como minha bebê. Nunca esperaria... – Sua voz saiu reticente enquanto ele a encarava, os olhos como os dela, azuis e de cílios grossos, arregalados e fascinados.

– Fotos – disse ela, ofegante de felicidade. – Viu fotos minhas? Minha mãe encontrou você, não? Quando disse que tem uma esposa em casa...

– Claire – interrompeu ele. A boca ampla havia tomado sua decisão; abriu-se em um sorriso que iluminou os olhos dele como o sol nas folhas que se balançavam. Ele segurou os braços dela, com força suficiente para assustá-la. – Então não a viu ainda? Meu Deus, ela vai ficar louca de alegria!

Pensar na mãe era muito forte. Seu rosto se enrugou e as lágrimas que ela estava contendo havia dias rolaram por ele numa onda enorme de alívio, e ela engasgou enquanto ria e chorava ao mesmo tempo.

– Calma, moça, não chore! – exclamou ele assustado. Soltou o braço dela e pegou um lenço amassado e grande de sua manga. Ele tentou secar o rosto dela, parecendo preocupado. – Não chore, *a leannan*, não se entristeça. Está tudo bem, *m' annsachd*; está tudo bem.

– Eu estou bem, está tudo bem. Só estou... feliz – disse ela. Pegou o lenço, secou os olhos e assoou o nariz. – O que *a leannan* significa? E o que você disse depois?

– Então não sabe gaélico? – perguntou ele, e balançou a cabeça. – Não, claro que você não saberia – murmurou, como se falasse sozinho.

– Vou aprender – disse ela decidida, secando o nariz pela última vez. – *A leannan*? Um leve sorriso reapareceu no rosto dele quando olhou para ela.

– Quer dizer "querida". *M' annsachd*... minha bênção.

As palavras pairaram no ar entre eles, tremeluzindo como as folhas. Permaneceram parados, os dois tomados repentinamente pela timidez, incapazes de desviar o olhar um do outro, incapazes de dizer mais alguma coisa.

– Pa... – Brianna começou a falar e então parou, tomada pela dúvida repentinamente. Como ela deveria chamá-lo? Papai, não. Frank Randall tinha sido o papai sua vida toda; seria uma traição usar essa palavra com outro homem... qualquer homem que fosse. Jamie? Não, não podia; por mais assustado que ele estivesse com sua aparência, ele ainda mantinha uma postura que impedia um tratamento tão informal. "Pai" parecia distante e sério... e, independentemente do que Jamie fosse, não era essas duas coisas; não para ela.

Ele viu que ela hesitou e corou, e percebeu qual era o problema.

– Você pode... me chamar de Pa – disse ele. A voz estava rouca; ele parou e pigarreou. – Se.... se quiser, claro – acrescentou.

– Pa – disse ela, e sentiu um sorriso aparecer com facilidade dessa vez, sem lágrimas. – Pa. É gaélico?

Ele sorriu de volta, e os cantos de seus lábios tremeram levemente.

– Não. Só é... simples.

E, de repente, tudo ficou simples. Ele estendeu os braços para ela. Ela se aproximou e percebeu que estivera errada; ele *era* tão grande quanto tinha imaginado, e seus braços a envolviam com muita força.

Tudo depois disso pareceu acontecer depressa. Tomada pela emoção e pelo cansaço, Brianna teve consciência dos acontecimentos mais como uma série de imagens, vivas como fotos, e não como o fluxo constante da vida.

Lizzie, os olhos acinzentados piscando sob a luz repentina, pequena e pálida nos braços do criado negro com um sotaque escocês improvável. Uma carroça cheia de vidro e madeira perfumada. As ancas brilhosas dos cavalos, e o solavanco e rangido das rodas de madeira. A voz de seu pai, grave e intensa em seus ouvidos, descrevendo uma casa que seria construída no topo da cordilheira, explicando que as janelas eram uma surpresa para a mãe dela.

– Mas não serão uma surpresa tão grande quanto você, moça! – E deu uma risada de profunda alegria que pareceu ecoar nos ossos dela.

Uma viagem longa pelas estradas de terra, dormindo com a cabeça apoiada no ombro do pai, e ele com a mão livre ao redor dela enquanto guiava, sentindo o cheiro não familiar da sua pele, seus longos cabelos resvalando seu rosto quando ele virava a cabeça.

Então, o luxo da casa grande e arejada, tomada pelo cheiro de cera de abelha e flores. Uma mulher alta com cabelos brancos e o rosto de Brianna, e um olhar azul que olhava além dela de modo desconcertante. Mãos compridas e frias que tocavam seu rosto e acariciavam seus cabelos com curiosidade.

– Lizzie – disse ela, e uma mulher bonita se inclinou para Lizzie, murmurando: – Cinchona. – Suas mãos negras eram bonitas contra a porcelana amarela do rosto de Lizzie.

Mãos – tantas mãos. Tudo era feito como que por mágica, com murmúrios enquanto a passavam de mão a mão. Ela foi despida e lavada antes que pudesse protestar, com água cheirosa despejada sobre seu corpo, dedos firmes e gentis massageando seu couro cabeludo com sabão de lavanda. Toalhas de linho e uma menininha negra que secou seus pés e os cobriu com pó de arroz.

Um vestido limpo de algodão e os pés descalços sobre pisos polidos, para ver os olhos de seu pai se iluminarem ao vê-la. Comida – bolos, biscoitos, geleia e bolinhos – e chá doce e quente que parecia substituir o sangue em suas veias.

Uma loura bonita com o semblante sério, que parecia peculiarmente familiar. Seu pai a chamava de Marsali. Lizzie, depois do banho e enrolada em um cobertor, com as mãos frágeis segurando uma caneca de líquido amargo, parecia uma flor murcha recém-regada.

Conversas, pessoas entrando, mais conversas, com apenas algumas frases se fixando em meio à névoa crescente.

–... Farquard Campbell tem mais bom senso...

– E Fergus, Pa, você o viu? Ele está bem?

Pa?, ela pensou, meio confusa, levemente abismada que outra pessoa o chamasse assim, porque... porque...

A voz de sua tia, vindo de uma grande distância, dizendo:

– A pobre menina está dormindo sentada; consigo ouvir seu ronco. Ulysses, leve-a para a cama.

E então braços fortes que a levantaram sem dificuldade, mas não o cheiro de cera de vela do mordomo negro; o cheiro de linho e serragem de seu pai. Ela parou de lutar e dormiu, a cabeça no peito dele.

Fergus Fraser podia falar como um escocês de clã, mas parecia um nobre francês. Um nobre francês a caminho da guilhotina, Brianna concluiu sua primeira impressão em silêncio.

Moreno e bonito, de corpo médio e não muito alto, ele caminhou até o banco dos réus e se virou para olhar para o tribunal, com o nariz comprido erguido 2 centímetros a mais do que o normal. As roupas surradas, o rosto não barbeado e o grande hematoma roxo acima de um dos olhos não tiravam seu ar de desdém aristocrático. Mesmo o gancho de metal curvo que usava para substituir uma das mãos só aumentava o ar de glamour.

Marsali suspirou levemente ao vê-lo e seus lábios se contraíram. Ela se inclinou sobre Brianna para sussurrar a Jamie:

– O que os malditos fizeram com ele?

– Nada que importe. – Ele fez um leve movimento, indicando suas costas, e ela se sentou, olhando para o oficial de justiça e para o xerife.

Eles tiveram sorte de encontrar assentos; todo espaço no pequeno prédio estava tomado, as pessoas se remexiam e conversavam baixo no fundo do tribunal e a ordem era mantida apenas pela presença dos soldados de casacos vermelhos que guardavam as portas. Dois outros soldados estavam de pé na frente da sala, ao lado da tribuna do juiz, e um oficial qualquer estava no canto, atrás deles.

Brianna percebeu que o oficial avistou Jamie Fraser e um olhar de satisfação maligna surgiu nos traços fortes do homem, um olhar quase de soberba que fez os pelos de sua nuca se eriçarem, mas seu pai encarou o homem de volta e então se virou, indiferente.

O juiz chegou, sentou-se e, depois de as cerimônias serem cumpridas, o julgamento começou. Evidentemente, não seria um julgamento com júri, já que não havia jurados presentes, apenas o juiz e seus auxiliares.

Brianna havia compreendido pouco da conversa da noite anterior, contudo, no café da manhã, ela conseguiu entender a confusão de pessoas. O nome da jovem negra era Phaedre, uma das escravas de Jocasta, e o rapaz alto com sorriso charmoso era o sobrinho de Jamie, Ian – seu primo, ela pensou, com a mesma emoção que sentira ao descobrir seus parentes em Lallybroch. A linda loura Marsali era esposa de Fergus, e Fergus, claro, era o órfão francês que Jamie havia adotado informalmente em Paris, antes da Revolta dos Stuarts.

O juiz Conant, um senhor asseado de meia-idade, vestiu a peruca, ajeitou o casaco e pediu que as acusações fossem lidas. Elas davam conta de que um homem chamado Fergus Claudel Fraser, residente do condado de Rowan, havia, no dia 4 de agosto deste ano de nosso Senhor, 1769, atacado Hugh Berowne, um xerife do dito condado, e roubado dele propriedade da Coroa, que na época estava sob custódia do xerife.

O tal Hugh, chamado à frente, era um homem grande e nervoso de cerca de 30 anos. Ele se enrolou e gaguejou durante o testemunho, contando que havia encontrado o réu na Buffalo Trail Road enquanto ele, Berowne, realizava suas tarefas. Tinha sido muito ofendido pelo réu no idioma francês e, quando tentou partir, foi perseguido pelo réu, que o segurou, bateu no seu rosto e pegou a propriedade da Coroa que estava com Berowne, um cavalo com sela e cabresto.

A um pedido da corte, a testemunha puxou o lado direito da boca e fez uma careta, mostrando um dente quebrado, resultado do ataque. O juiz Conant espiou com interesse o resto do dente e se virou para o prisioneiro.

– De fato. E agora, sr. Fraser, podemos ouvir seu relato a respeito desse triste acontecimento?

Fergus abaixou um pouco a cabeça, lançando ao juiz o mesmo olhar que lançaria a uma barata.

– Este monte de lixo – começou, falando com calma – havia...

– O prisioneiro não deve insultar – disse o juiz com frieza.

– O xerife – recomeçou Fergus, sem se abalar – havia se aproximado da minha esposa quando ela voltava do engenho de farinha com meu filho bebê em sua sela. Este... o xerife... a interrompeu e sem cerimônia a arrancou da sela, informou que pegaria o cavalo e o equipamento para pagamento de impostos e deixou ela e a criança a pé, a 8 quilômetros de minha casa, sob o sol escaldante! – Ele olhou com raiva para Berowne, que semicerrou os olhos em resposta. Ao lado de Brianna, Marsali soltou o ar com força pelo nariz.

– Que imposto o xerife disse que ela devia?

Fergus estava muito corado.

– Não devo nada! Ele disse que minha terra está sujeita a um arrendamento anual de 3 xelins, mas não está! Minha terra está isenta desse imposto devido aos termos da cessão de terra feita a James Fraser pelo governador Tryon. Eu disse isso ao maldito *salaud* quando ele foi à minha casa para tentar pegar o dinheiro.

– Não ouvi nada sobre essa cessão – disse Berowne, contrariado. – Esse pessoal diz qualquer coisa para evitar pagar. Mentirosos e trapaceiros, todos eles.

– *Oreilles en feuille de chou*!

Risadas tomaram conta da sala, quase encobrindo a voz do juiz. O francês que Brianna aprendera no ensino médio era suficiente para traduzir aquilo como "Orelhas de couve-flor!", e ela sorriu junto.

O juiz levantou a cabeça e olhou para todos.

– James Fraser está presente?

Jamie se levantou e fez uma reverência respeitosa.

– Aqui, milorde.

– Faça o juramento com a testemunha, oficial.

Jamie, depois de fazer o juramento, disse que era, de fato, o proprietário de um lote de terra, que tal cessão tinha sido feita e seus termos tinham sido aceitos pelo governador Tryon, que tais termos incluíam quitação do arrendamento à Coroa por um período de dez anos, período que expiraria nove anos a partir de então, e, finalmente, que Fergus Fraser mantinha uma casa ali, além de plantações dentro dos limites da terra concedida, com licença dele próprio, James Alexander Malcolm MacKenzie Fraser.

A atenção de Brianna, em primeiro lugar, se fixou em seu pai; ela não se cansava de olhar para ele, que era o homem mais alto no tribunal e, de longe, o que mais chamava atenção, com roupas brancas de linho e um casaco azul que destacava os olhos puxados e os cabelos vermelhos.

Um movimento no canto atraiu sua atenção, e ela viu o oficial de antes. Ele não olhava mais para seu pai, mas mantinha o olhar penetrante em Hugh Berowne. Berowne assentiu para a sombra e recostou-se para esperar o fim do testemunho de Fraser.

– Parece que a afirmação de isenção do sr. Fraser é verdadeira, sr. Berowne – disse o juiz com calma. – Assim, devo estabelecer que o réu seja eximido da acusação de...

– Ele não pode provar! – gritou Berowne. Olhou para o oficial como se precisasse de apoio moral e manteve o queixo firme. – Não há prova documental; só a palavra de James Fraser.

Outra agitação tomou conta do tribunal, mais intensa que a primeira. Brianna não teve dificuldade para ouvir o choque e o ultraje da multidão devido à palavra de seu pai ter sido posta em dúvida e sentiu uma inesperada onda de orgulho.

Seu pai não demonstrou raiva; no entanto, ficou de pé de novo e fez uma reverência ao juiz.

– Se o senhor me permite. – Enfiou a mão no casaco e tirou uma folha dobrada de papiro, com um selo vermelho preso. – O senhor reconhece o selo do governador, certamente – disse, colocando-o sobre a mesa à frente do sr. Conant. O juiz ergueu uma sobrancelha, mas olhou com cuidado para o selo, e então o abriu, examinou o documento ali dentro e o expôs. – Esta é uma cópia com assinatura de testemunhas da cessão original da terra, assinada por Sua Excelência, William Tryon.

– Como conseguiu isso? – perguntou Berowne. – Não havia tempo para ir a New Bern e voltar! – Então empalideceu. Brianna olhou para o oficial; seu rosto inchado parecia ter recebido todo o sangue que desaparecera do rosto de Berowne.

O juiz lançou a ele um olhar frio, mas apenas disse:

– Devido à prova documental *ter sido* apresentada como evidência, determinamos que o réu não tem culpa alguma da acusação de roubo, uma vez que a propriedade em questão era dele próprio. Mas quanto à questão do ataque...

Nesse momento, ele notou que Jamie não havia se sentado, mas ainda permanecia de pé diante da tribuna.

– Sim, sr. Fraser? Tem mais alguma coisa a dizer? – O juiz secou uma gota de suor que escorria por baixo de sua peruca; com tantos corpos dentro da sala pequena, ela parecia agora uma sauna.

– Peço que o tribunal satisfaça minha curiosidade, Excelência. A acusação original do sr. Berowne descreve com mais detalhes o ataque sofrido?

O juiz ergueu as duas sobrancelhas, mas remexeu depressa os papéis na mesa à sua frente e entregou um ao oficial, apontando um ponto na página.

– O reclamante afirmou que Fergus Fraser bateu em seu rosto com o punho cerrado, fazendo o reclamante cair no chão, quando o réu pegou as rédeas do cavalo, subiu nele e partiu, tecendo comentários insultantes no idioma francês. O reclamante...

Uma tossida alta vinda do banco dos réus chamou a atenção de todos para Fergus, que sorriu de modo charmoso ao sr. Conant, pegou um lenço do bolso e secou o rosto, usando o gancho da ponta do seu braço esquerdo.

– Ah! – disse o juiz, e mirou os olhos frios na direção do banco de testemunhas, onde Berowne se remexia com inquietação.

– E poderia explicar, senhor, como pode ter sido agredido na face direita, sendo que foi atacado pelo punho esquerdo de um homem que não o tem?

– Sim, *crottin* – disse Fergus, animado. – Explique essa.

Talvez por sentir que as tentativas de explicação de Berowne seriam mais bem conduzidas em privacidade, o juiz Conant secou o pescoço e finalizou o julgamento, dispensando Fergus Fraser sem nenhuma mancha a sua reputação.

– Fui eu – disse Marsali com orgulho, segurando o braço do marido no banquete de celebração que aconteceu depois do julgamento.

– Você? – Jamie olhou para ela divertindo-se. – Que deu um soco na cara do homem?

– Não um soco, um chute – corrigiu ela. – Quando o maldito *salaud* tentou me arrancar de cima do cavalo, eu dei um chute na cara dele. Ele nunca teria me derrubado – disse ela, arregalando os olhos ao se lembrar – se não tivesse tirado o Germaine de mim, então é claro que tive que ir atrás dele.

Ela acariciou a cabeça do menininho louro agarrado a suas saias, com um pedaço de biscoito na mão suja.

– Não entendo muito bem – disse Brianna. – O sr. Berowne não quis admitir que uma mulher bateu nele?

– Ah, não – disse Jamie, servindo mais um copo de cerveja e entregando-o a ela. – O sargento Murchison só estava sendo inoportuno.

– Sargento Murchison? Seria o oficial do exército presente? – perguntou ela. Tomou um golinho de cerveja, por educação. – Aquele que parece um porco meio assado?

Seu pai sorriu com a caracterização.

– Sim, aquele. Ele não gosta de mim – explicou. – Não é a primeira vez, nem a última, que ele tenta um truque desses para me desestabilizar.

– Ele não poderia esperar conseguir alguma coisa com uma acusação tão ridícula – disse Jocasta, inclinando-se para a frente e estendendo a mão. Ulysses, ali perto, moveu o prato de pão até onde foi necessário. Ela pegou um e virou os desconcertantes olhos cegos para Jamie.

– Foi necessário você corromper Farquard Campbell? – perguntou ela, desaprovando.

– Sim, foi – respondeu Jamie. Ao ver a confusão de Brianna, ele explicou: – Farquard Campbell é, normalmente, o juiz da região. Se ele não tivesse adoecido tão convenientemente – e nesse momento sorriu de novo, com um olhar travesso –, o julgamento teria sido realizado semana passada. Era o plano deles, certo? De Murchison e Berowne. Eles pretendiam fazer a acusação, prender Fergus e me forçar a sair da montanha no meio da colheita, e isso conseguiram, os malditos. Mas pensaram que eu não seria capaz de obter uma cópia da cessão de New Bern antes do julgamento. E de fato não conseguiria, se tivesse sido semana passada.

Ele sorriu para Ian, e o garoto, que havia partido para New Bern como um louco para conseguir o documento, corou e escondeu o rosto atrás do copo de suco.

– Farquard Campbell é um amigo, tia – disse Jamie a Jocasta –, mas a senhora sabe tão bem quanto eu que ele é um homem da lei. Não faria a menor diferença o fato de ele conhecer os termos de minha cessão tão bem quanto eu; se eu não pudesse mostrar a prova no tribunal, ele se sentiria forçado a ir contra mim. E, se ele tivesse feito isso – continuou, olhando para Brianna –, eu seria forçado a apelar do veredicto, o que faria com que Fergus fosse levado à prisão em New Bern e um novo julgamento fosse marcado lá. O fim teria sido o mesmo, mas teria afastado Fergus e a mim da terra pela maior parte da temporada de colheita, e custaria mais em taxas do que a colheita trará.

Ele olhou para Brianna por cima da borda da xícara, com os olhos azuis repentinamente sérios.

– Você não acha que sou rico, espero.

– Eu não tinha pensado nisso – respondeu ela, surpresa, e ele sorriu.

– Que bom – disse ele –, porque, apesar de ter um bom pedaço de terra, uma parte pequena dela está em cultivo; temos o suficiente para cultivar a terra e nos sustentar, com um pouco do que resta para o gado. E, por mais habilidosa que sua mãe seja – o sorriso aumentou –, ela não consegue produzir 12 hectares de milho e cevada sozinha.

Ele pousou a xícara vazia na mesa e ficou de pé.

– Ian, pode cuidar dos mantimentos e guiar a carroça com Fergus e Marsali? A moça e eu seguiremos na frente, eu acho. – Jamie olhou para Brianna de modo questionador. – Jocasta cuidará de sua criada aqui. Não se importa de ir tão cedo?

– Não – disse ela, pousando a xícara e se levantando também. – Podemos ir hoje?

Tirei as garrafas do armário, abrindo uma ou outra de vez em quando para sentir o cheiro do conteúdo. Se não fossem totalmente secas antes de serem estocadas, as ervas de folhas densas apodreciam na garrafa e as sementes mofavam.

Pensar no mofo me fez lembrar mais uma vez do meu cultivo de penicilina. Ou o que eu esperava que um dia pudesse ser, se eu tivesse sorte e fosse cuidadosa o bastante para conseguir. O *Penicillium* era um das centenas de fungos que surgiam com facilidade no pão úmido. Quais eram as chances de um tipo precioso de fungo nascer em fatias de pão dispostas toda semana? Quais eram as chances de uma fatia de pão exposta sobreviver por tempo suficiente para que esporos surgissem ali? E, finalmente, quais eram as chances de eu reconhecê-lo se o visse?

Eu estava tentando havia mais de um ano, sem sucesso até agora.

Mesmo com os cravos-de-defunto e a erva-dos-carpinteiros espalhados para repelir, foi impossível manter os malditos afastados. Ratos e ratazanas, formigas e baratas; um dia, até cheguei a encontrar um grupo de esquilos ladrões na despensa, brigando pelo milho espalhado e os restos das batatas.

A única solução foi trancar todos os alimentos no grande armário que Jamie havia construído – isso, ou mantê-los nas caixas de madeira ou jarros com tampas, resistentes aos esforços de dentes e garras. Mas esconder a comida de ladrões de quatro patas era também escondê-la num local sem ar – e o ar era o único mensageiro que um dia poderia me dar uma arma de verdade contra a doença.

Cada planta tem a cura para uma doença... Se ao menos soubéssemos para o que todas servem! Senti uma pontada de perda ao pensar em Nayawenne; não só por ela, mas por seu conhecimento. Ela havia me ensinado apenas uma parte das coisas que sabia, e eu me arrependia amargamente disso – embora não tão amargamente quanto sentia falta da minha amiga.

Ainda assim, eu sabia uma coisa que ela não sabia – as várias qualidades daquela plantinha, o bolor do pão. Encontrá-la seria difícil; reconhecê-la e usá-la, mais ainda. Mas nunca duvidei de que a busca valia a pena.

Deixar pão exposto na casa era atrair ratos e camundongos. Tentei colocá-lo na tábua ao lado do casebre – Ian havia consumido, distraidamente, metade da minha incubadora de antibiótico, e ratos e formigas cuidaram do resto enquanto eu estava fora de casa.

Era simplesmente impossível, no verão, na primavera ou no outono, deixar pão exposto e sem proteção ou ficar dentro de casa cuidando dele. Havia muitas tarefas urgentes a serem feitas do lado de fora, muitos chamados para atender e cuidar de partos e doenças, muitas oportunidades para a invasão indesejada.

No inverno, claro, os intrusos iam embora, para botar ovos para a primavera e hibernar embaixo de um cobertor de folhas mortas, livres do frio. Mas o ar era frio também; frio demais para render esporos vivos. O pão que eu expunha se enrolava e secava, ou ficava empapado, dependendo da sua distância do fogo; de qualquer modo, não aparecia nada além da crosta alaranjanda ou cor-de-rosa: os fungos que viviam nas dobras do corpo humano.

Eu tentaria de novo na primavera, pensei, cheirando uma garrafa de manjerona seca. Era bom: almiscarado como incenso, com cheiro de sonhos. A casa nova na cordilheira já estava sendo erguida, a fundação já tinha sido estabelecida e os quartos tinham sido marcados. Conseguia ver a estrutura da porta da cabana, escura contra o céu claro de setembro da cordilheira.

Na primavera, estaria terminada. Eu já teria colocado gesso nas paredes e feito o chão de carvalho, janelas de vidro com estrutura firme que manteriam ratos e formigas afastados – e um espaço bom e ensolarado onde eu poderia praticar a medicina.

Minhas visões sonhadoras foram interrompidas por um grunhido alto do chiqueiro: Clarence anunciando uma chegada. Eu ouvia vozes a distância, em meio aos berros de Clarence, e logo comecei a arrumar a bagunça de rolhas e garrafas. Devia ser Jamie voltando com Fergus e Marsali – ou assim eu esperava.

Jamie estava confiante em relação ao resultado do julgamento, mas me preocupei mesmo assim. Mesmo tendo sido criada para acreditar que a lei britânica era uma das maiores conquistas da civilização, já tinha visto sua aplicação ser indevida em muitos casos. Por outro lado, eu tinha muita fé em Jamie.

Os berros de Clarence estavam mais suaves, reduzidos a grunhidos, mas as vozes tinham parado. Estranho. Será que as coisas tinham dado errado?

Enfiei a última das garrafas dentro do armário e fui para a porta. A passagem estava vazia. Clarence grunhiu entusiasmada ao me ver, porém não havia mais nenhuma movimentação. Mas alguém havia chegado, pois as galinhas tinham se espalhado, escondendo-se atrás dos arbustos.

Senti um arrepio subir por minha espinha e me virei, tentando olhar para a frente e para trás ao mesmo tempo. Nada. As nogueiras atrás da casa farfalhavam ao vento e a luz do sol se filtrava através das folhas amareladas.

Eu sabia, sem sombra de dúvida, que não estava sozinha. Droga, minha faca havia ficado na mesa, lá dentro!

– Sassenach. – Meu coração quase parou ao som da voz de Jamie. Virei-me na direção dela e o alívio logo foi superado pela irritação. O que ele pensava que...

Por um milésimo de segundo, pensei que estava vendo dobrado. Eles estavam sentados no banco perto da porta, lado a lado, e o sol da tarde acendia seus cabelos como se fossem cabeças de fósforo.

Meus olhos se concentraram no rosto de Jamie, tomado pela alegria, e então se voltaram para a direita.

– Mamãe. – Era a mesma expressão: animação, alegria e saudade, tudo junto. Não tive tempo nem mesmo de pensar quando ela correu para meus braços e fui erguida no ar, literal e figurativamente.

– Mamãe!

Eu não tinha fôlego; o que não tinha sido tomado pelo choque estava sendo arrancado por um abraço de amassar as costelas.

– Bree! – Consegui gritar, e ela me colocou no chão, mas não me soltou. Olhei-a sem acreditar, mas ela era real. Procurei Jamie e o encontrei de pé ao lado dela. Ele não disse nada, mas me lançou um sorriso grande, as orelhas rosadas de felicidade.

– Eu, ahn, eu não estava esperando... – disse como uma tola.

Brianna sorriu para mim, assim como o pai, os olhos brilhando como estrelas e marejados de alegria.

– Ninguém espera a Inquisição Espanhola!

– O quê? – perguntou Jamie, sem entender.

PARTE X
Relações Abaladas

42

LUAR

Setembro de 1769

Ela despertou de um sono sem sonhos com a mão no ombro. Mexeu-se e se apoiou num cotovelo, piscando. O rosto de Jamie mal podia ser visto acima do dela no escuro; o fogo havia diminuído e não passava de um brilho suave, e dentro da cabana estava quase totalmente escuro.

– Vou caçar na montanha, moça. Vai comigo? – sussurrou ele.

Ela esfregou os olhos, tentando reorganizar os pensamentos desordenados pelo sono, e assentiu.

– Ótimo. Vista sua calça. – Levantou-se em silêncio e saiu, deixando entrar uma rajada de ar adocicado ao abrir a porta.

Quando ela terminou de vestir a calça e as meias, ele voltou, movendo-se do mesmo modo silencioso, apesar de carregar muita lenha. Fez um meneio de cabeça para ela e se ajoelhou para alimentar o fogo; ela enfiou os braços nas mangas do casaco e saiu, à procura do banheiro.

O mundo do lado de fora estava escuro e parecia a paisagem de um sonho; não fosse o frio, ela pensaria que ainda dormia. As estrelas brilhavam muito, mas pareciam mais baixas, como se pudessem cair do céu a qualquer minuto e serem extintas, emitindo um chiado, nas árvores úmidas pela neblina nas cordilheiras à frente.

Que horas eram?, ela tentou imaginar, estremecendo ao sentir a madeira úmida nas coxas aquecidas. Madrugada; certamente ainda demoraria muito até o amanhecer. Tudo estava em silêncio; nenhum inseto zunia no jardim de sua mãe e não se ouvia nenhum farfalhar, nem mesmo em meio à plantação de milho.

Quando ela abriu a porta da cabana, o ar vindo de dentro parecia quase palpável: a fumaça forte, a comida seca e o cheiro de pessoas dormindo. Em contraste, o ar do lado de fora era adocicado, mas fino – ela não parava de respirar fundo para conseguir ar suficiente.

Ele estava pronto: um saco de couro amarrado a seu cinto com um machado e um chifre cheio de pólvora e outro maior de lona grande sobre os ombros. Ela não entrou, mas permaneceu na porta observando enquanto ele se inclinava depressa e beijava sua mãe na cama.

Ele sabia que ela estava ali, claro – e não passou de um beijo leve na testa –, mas ela se sentiu como uma invasora, uma *voyeur*. Ainda mais quando a mão comprida e pálida de Claire saiu de baixo dos cobertores e tocou o rosto dele com uma delicadeza que derreteu o coração de Brianna. Claire murmurou algo, mas Brianna não ouviu.

Ela se virou depressa, o rosto quente apesar do ar frio, e estava de pé à beira da clareira quando ele saiu. Ele fechou a porta, esperando pelo ruído da fechadura. Estava armado, uma arma de cano longo que parecia tão alta quanto ela.

Ele não disse nada, mas sorriu para ela e meneou a cabeça na direção da mata. Ela seguiu, acompanhando com facilidade quando ele pegou um caminho por entre arbustos de abeto e nogueiras. Com os pés, ele tirava o orvalho da grama e deixava uma marca escura pelos tufos com gotas prateadas.

O caminho tinha duas trilhas, uma subindo e outra descendo, por um bom tempo, mas então começou a só subir. Ela mais sentiu a mudança do que viu. Ainda estava muito escuro, mas de repente o silêncio desapareceu. No instante seguinte, um pássaro começou a cantar perto dali.

Então a encosta toda foi tomada pelos pássaros, cantos, gorjeios e assovios. Havia ali um senso de movimento, de bater de asas e raspar de pés em meio aos sons. Ele parou, prestando atenção.

Ela também parou, olhando para ele. A luz havia mudado tão lentamente que ela mal se deu conta; seus olhos se adaptaram ao escuro e ela conseguiu ver com facilidade sob a luz das estrelas, só percebendo a mudança da luz do dia quando desviou os olhos do chão e viu o tom vívido dos cabelos do pai.

Ele tinha alimentos na bolsa; eles se sentaram em um tronco e dividiram maçãs e pães. Então ela bebeu água que escorria de uma fonte, enchendo as mãos com o líquido frio e cristalino. Olhando para trás, não mais conseguiu ver nenhum sinal do pequeno assentamento; casas e campos tinham desaparecido, como se a montanha tivesse unido as florestas em silêncio, engolindo tudo.

Passou as mãos na barra de seu casaco, sentindo a castanha-da-índia no bolso. Não havia castanheiro-da-índia nesses montes; era uma árvore inglesa, plantada por algum expatriado na esperança de criar uma lembrança de casa: um elo vivo para outra vida. Ela envolveu a castanha com a mão por um momento, tentando imaginar se seus elos tinham se desfeito para sempre, então a soltou e se virou para seguir o pai monte acima.

A princípio, seu coração batera forte e os músculos das coxas arderam com o esforço de subir, com o qual não estavam acostumados, mas depois seu corpo encontrou o ritmo da mata. Com a claridade, ela parou de tropeçar. Quando chegaram ao topo de um monte íngreme, ela caminhava tão suavemente pelas folhas esponjosas que imaginou poder flutuar no céu, que parecia muito próximo da terra.

Por um momento, ela desejou poder fazer isso. Mas os elos ainda eram mantidos na corrente que a prendia à terra: sua mãe, seu pai, Lizzie... e Roger. O sol da manhã apareceu, uma bola grande e flamejante acima das montanhas. Ela teve que fechar os olhos por um momento para não ficar cega.

...

Ali estava: o local aonde ele queria levá-la. Na base de uma escarpa alta, parte da rocha havia se soltado e estava coberta por musgo e líquen, com mudinhas surgindo pelas frestas. Ele inclinou a cabeça, fazendo um gesto para que ela o seguisse. Havia um caminho entre as rochas enormes, difícil de ver. Jamie percebeu que ela hesitava atrás dele e olhou para ela.

Ela sorriu e acenou para a rocha. Um pedaço enorme de calcário havia caído e se dividido em dois; ele estava parado entre os pedaços.

– Está tudo bem – disse ela suavemente. – Apenas me lembrei do círculo de pedras.

Aquilo também o fizera lembrar e arrepiou os pelos de seus braços. Ele teve que parar e observar enquanto ela passava, só por garantia. Mas deu tudo certo; ela passou com cuidado e se aproximou dele. Ele sentiu a necessidade de tocá-la, só para ter certeza; estendeu a mão e se sentiu animado com a firmeza dos seus dedos nos dela.

Ele havia julgado certo: o sol aparecia acima da cordilheira mais distante quando eles chegaram ao espaço aberto no topo do monte. Abaixo de onde estavam, espinhaços e vales se espalhavam, cheios de névoa a ponto de parecer que a fumaça subia das depressões. Da montanha do outro lado, a queda-d'água se arqueava e descia por uma coluna fina e branca, caindo na névoa.

– Aqui – disse ele, parando em um lugar onde as rochas se espalhavam, cercadas pela grama densa. – Vamos descansar um pouco. – Por mais frias que fossem as manhãs, a subida o aquecera; ele se sentou numa rocha plana, com as pernas estendidas para deixar o ar subir por baixo do seu kilt, e tirou o tartã dos ombros.

– É tão diferente aqui – disse ela, afastando uma mecha dos cabelos ruivos cujas chamas o aqueciam mais do que o sol. Ela olhou para ele, sorrindo. – Sabe a que me refiro? Fui de Inverness a Lallybroch, passei por Great Glen, e foi bem selvagem – ela estremeceu levemente ao se lembrar –, mas não foi nem um pouco parecido com isto.

– Não – disse ele. Sabia exatamente a que ela se referia; os vales e lagos escoceses eram habitados, de um modo que aquele lugar de florestas e quedas-d'água não era.

– Eu acho... – começou ele, e então parou. Será que ela o consideraria estúpido? Mas ela olhava para ele, esperando que falasse. – Os espíritos que vivem lá – disse ele de um modo um pouco tímido –, eles são velhos, e têm visto os homens há milhares e milhares de anos; eles nos conhecem bem e não se inibem em se mostrar. Mas os que vivem aqui – ele pousou a mão no tronco de uma nogueira que se erguia por 3 metros acima deles, cuja circunferência era de mais de 9 metros –, eles não viram pessoas como nós antes.

Ela assentiu, nem um pouco surpresa.

– Mas têm curiosidade, não têm? Alguns deles? – perguntou ela e jogou a cabeça para trás para olhar para dentro da espiral estonteante de galhos acima de onde estava. – Não percebe que eles observam, de vez em quando?

– De vez em quando.

Ele se sentou na rocha ao lado dela e observou a luz se espalhar sobre o topo da montanha, iluminando as quedas-d'água distantes como os gravetos são iluminados pelo fogo, enchendo a névoa com um brilho perolado e desaparecendo em seguida. Juntos, eles viram a encosta da montanha aparecer à luz do dia, e ele disse algo bem baixinho ao espírito daquele lugar, em agradecimento. Se não soubesse gaélico, ainda assim entenderia o sentido.

Ela esticou as pernas compridas, sentindo o cheiro da manhã.

– Você não se importou, não é? – A voz dela estava suave e ela mantinha os olhos mirando o vale abaixo, tomando o cuidado de não olhar para ele. – De viver na caverna perto de Broch Mhorda.

– Não – disse ele. O sol esquentava seu peito e seu rosto e lhe dava uma sensação de paz. – Não, não me importei.

– Só de ouvir sobre isso, achei que deveria ter sido terrível. Frio, sujo e solitário, é o que quero dizer. – Ela olhou para ele naquele momento, e o céu da manhã apareceu em seus olhos.

– Foi – disse ele, e sorriu brevemente.

– Ian... o tio Ian me levou até lá para me mostrar.

– É mesmo? Não é tão ruim no verão, quando a luz é mais constante.

– Não. Mas mesmo quando estava... – Ela hesitou.

– Não, não me importei. – Ele fechou os olhos e deixou o sol esquentar suas pálpebras.

A princípio, pensou que a solidão o mataria, mas, assim que percebeu que isso não aconteceria, passou a valorizar a solidão na encosta da montanha. Conseguia ver o sol forte, apesar de os olhos estarem fechados: uma grande bola vermelha, flamejante nas bordas. Era daquele modo que Jocasta enxergava com os olhos cegos?

Ela permaneceu em silêncio por muito tempo, assim como ele, satisfeita em ouvir. Havia passarinhos no abeto próximo dali, pendurados nos galhos de cabeça para baixo, caçando os insetos que comiam e conversando entre eles a respeito do que encontravam.

– Roger... – disse ela de repente, e o coração dele foi tomado por uma onda de ciúme, ainda mais dolorosa por ser inesperada. Ele não podia tê-la só para si, ainda que fosse por um tempo muito curto? Abriu os olhos e fez o melhor que pôde para parecer interessado. – Tentei explicar a ele, uma vez, a respeito de ficar sozinha. Pensei que talvez não fosse algo ruim. – Ela suspirou, as sobrancelhas franzidas. – Acho que ele não compreendeu.

Ele pigarreou.

– Pensei... – Ela hesitou, olhou para ele e então desviou o olhar. – Pensei que talvez fosse o motivo pelo qual... pelo qual você e mamãe... – A pele dela era muito clara, a ponto de ele conseguir ver o sangue se acumular sob ela. Brianna respirou fundo, com as mãos apoiadas na rocha. – Ela também é assim. Não se importa de ficar sozinha.

Ele olhou para ela, querendo muito saber por que ela havia dito aquilo. Como tinha sido a vida de Claire, nos anos em que viveram separados, para ela saber disso? Era assim: Claire conhecia o sabor da solidão. Era fria como a água da fonte, e nem todos conseguiam bebê-la; para alguns, ela não refrescava, mas gelava mortalmente. Mas ela havia vivido diariamente com um marido; como ela havia bebido profundamente da solidão para saber?

Talvez Brianna pudesse lhe dizer, mas ele não perguntaria; o último nome que ele pretendia ouvir naquele lugar era o de Frank Randall.

Em vez disso, ele tossiu.

– Bem, talvez seja verdade – concordou ele com cuidado. – Já vi mulheres, e homens também, às vezes, que não suportam o som dos próprios pensamentos, e talvez não sejam companhia adequada para aqueles que suportam.

– Não – disse ela, pensando. – Talvez não sejam.

A pontada de ciúme diminuiu. Então ela tinha dúvidas a respeito do tal Wakefield, certo? Contara tudo a ele e a Claire: sobre a pesquisa, sobre a nota divulgando a morte, a viagem saindo da Escócia, a visita a Lallybroch – maldita Laoghaire! – e a respeito do tal Wakefield, que viria atrás dela. Nesse aspecto, ela não havia contado tudo, ele pensou, mas tudo bem, porque ele não queria ouvir. Importava-se menos com a ideia de uma morte distante num incêndio do que com a interrupção mais iminente do momento feliz que vivia com a filha que nunca vira.

Ele flexionou os joelhos e permaneceu sentado em silêncio. Por mais que quisesse retomar a sensação de tranquilidade, não conseguia esquecer Randall.

Ele tinha vencido. Claire era dele, assim como essa menina gloriosa – essa jovem mulher, ele se corrigiu, olhando para ela. Mas Randall as tivera por vinte anos; não havia dúvidas de que as havia marcado. Mas que marca tinha sido?

– Veja. – A mão de Brianna apertou seu braço quando ela chamou sua atenção.

Ele acompanhou seu olhar e viu: duas corças, sob a sombra das árvores, a menos de 6 metros. Ele não se mexeu, mas respirou em silêncio. Sentiu Brianna a seu lado, encantada e paralisada também.

As corças os viram: cabeças delicadas erguidas, escuras, narinas úmidas se abrindo para farejar. Mas, depois de um momento, uma corça se afastou com passos nervosos e rápidos, deixando manchas na grama molhada pelo orvalho. A outra a acompanhou, atenta, e elas mordiscaram as faixas de mato entre as rochas, virando-se de vez em quando para levantar a cabeça e lançar um olhar tranquilo para as criaturas estranhas mas inofensivas na rocha.

Ele não poderia ficar a menos de 2 quilômetros de um veado escocês que sentisse seu cheiro. Aqueles animais sabiam bem o que era um homem.

Ele observou as corças pastarem, com a inocência da fauna perfeita, e sentiu a bênção do sol em sua cabeça. Aquele era um novo lugar, e ele estava satisfeito por estar sozinho com a filha.

...

– O que está caçando, Pa? – Ele estava de pé, os olhos semicerrados observando o horizonte, mas ela tinha certeza de que ele não olhava para um animal; ela podia falar sem assustar as aves.

Eles tinham visto muitos animais ao longo do dia; as duas corças no amanhecer, uma raposa vermelha que estava observando em uma rocha, lambendo as patas pretas até eles se aproximarem demais, e então desapareceu como uma chama extinta. Esquilos – dezenas deles – silvando pelos topos das árvores, brincando de esconder nos troncos. Até mesmo um bando de perus selvagens, com dois machos brigando, peitos inchados e rabos espanados se exibindo para um harém grugulejante.

Nenhum deles era a presa escolhida, e ela ficou contente. Não se opunha a matar para comer, mas teria se entristecido se a beleza do dia fosse marcada por sangue.

– Abelhas – disse ele.

– *Abelhas*? Como se caça abelhas?

Ele pegou a arma e sorriu para ela, acenando monte abaixo em direção a uma clareira amarela brilhante.

– Procure flores.

Certamente havia abelhas nas flores, bem perto, e ela as ouvia zunindo. Havia vários tipos: abelhões pretos enormes; um tipo menor, listrada de preto e amarelo; e as formas letais e lisas de vespas, barrigas pontudas como adagas.

– O que você deve fazer – disse o pai, dando a volta no local lentamente – é observar e ver em qual direção as abelhas seguem. E não se deixar picar.

Muitas vezes, eles perderam de vista as minúsculas mensageiras que seguiam, perdidas na luz intermitente sobre um lago, desaparecendo em arbustos densos demais. Todas as vezes, Jamie andava de um lado para outro e encontrava mais um arbusto de flores.

– Ali! – gritou ela, apontando para uma luz vermelha brilhante a distância.

Ele semicerrou os olhos e sorriu, balançando a cabeça.

– Não, não as vermelhas – disse ele. – Os pequenos beija-flores gostam das vermelhas, mas as abelhas gostam das amarelas e brancas... amarelas, melhor ainda. – Ele puxou uma pequena margarida branca da grama perto dos seus pés e a entregou a ela, e as pétalas estavam manchadas de pólen, caído dos delicados estames no centro amarelo e redondo da flor. Analisando mais de perto, ela viu um besourinho do tamanho da ponta de uma agulha sair do centro, a carapuça preta e brilhante com pontinhos dourados.

– Os beija-flores bebem das flores compridas – explicou. – Mas as abelhas não conseguem entrar tão fundo. Elas gostam das flores amplas e achatadas, como esta, e daquelas que crescem em ramos fartos. Deitam e rolam nelas, até ficarem cobertas de amarelo.

Eles caçaram por toda a encosta da montanha, rindo ao escaparem dos ataques de abelhões irritados, caçando arbustos amarelos e brancos. As abelhas gostavam dos loureiros da montanha, mas muitas dessas áreas eram altas demais para que eles vissem acima delas, densas demais para serem atravessadas.

Era o fim da tarde quando encontraram o que procuravam. Os restos de uma árvore de bom tamanho, os galhos reduzidos a tocos, a casca desgastada mostrando a madeira prateada por baixo... e um corte amplo na madeira, pelo qual as abelhas passavam, penduradas como num véu ao redor dela.

– Ah. Ótimo – disse Jamie, satisfeito com o que via. – Às vezes, elas constroem a colmeia nas rochas, e então não há muito que fazer. – Ele soltou o machado do cinto, e também os sacos, e fez um gesto para que Brianna se sentasse em uma rocha próxima.

– É melhor esperar escurecer – explicou ele. – Para que todas entrem na colmeia. Enquanto isso, vamos comer alguma coisa?

Eles dividiram o resto da comida e falaram esporadicamente, observando a luz se apagar nas montanhas próximas. Ele deixou que ela atirasse com o longo mosquete quando ela pediu e mostrou como carregá-lo de novo: abrir a tampa da caçoleta, preparar a pólvora, escorregá-la do cartucho e armazená-la dentro do tambor.

– Você não atira nada mal, moça – disse ele, surpreso. Ele se inclinou para a frente e pegou um pedaço pequeno de madeira, colocando-o em cima de uma rocha grande como mira. – Tente de novo.

Ela tentou de novo, várias vezes, acostumando-se com o peso da arma, encontrando o ponto de equilíbrio do cabo e o posicionamento natural na curva do ombro. O coice era mais fraco do que ela esperava: a pólvora preta não tinha a força dos cartuchos modernos. Duas vezes, lascas voaram; na terceira vez, o pedaço de madeira desapareceu numa chuva de fragmentos.

– Muito bem – disse ele, erguendo uma sobrancelha. – E onde você aprendeu a atirar, pelo amor de Deus?

– Meu pai era um atirador. – Ela baixou a arma, o rosto corado de prazer. – Ele me ensinou a atirar com pistola ou rifle. Uma espingarda. – Então ela corou ainda mais, lembrando-se. – Hum, você não sabe o que é uma espingarda.

– Não, acho que não – foi o que ele disse, o rosto cuidadosamente inexpressivo.

– Como vai pegar a colmeia? – perguntou ela, querendo tirar o foco daquele momento estranho. Ele deu de ombros.

– Ah, quando as abelhas forem descansar, vou soprar um pouco de fumaça dentro da colmeia, para que elas fiquem sem rumo. Então vou cortar a parte do tronco onde ficam os favos, enfiar um pedaço de madeira por baixo e enrolá-la em meu tartã. Em casa, vou enfiar um pouco de madeira em cima e embaixo, para pendurá-la. – Ele sorriu para ela. – Quando amanhecer, as abelhas sairão, olharão ao redor e partirão para as flores mais próximas.

– Não perceberão que não estão no lugar de sempre?

Ele deu de ombros de novo.

– E se perceberem, o que farão? Não têm como encontrar o caminho de volta, e não terão para onde voltar. Não, elas ficarão felizes na casa nova. – Ele pegou a arma. – Vou limpá-la. A luz está ruim para atirar.

A conversa morreu e eles ficaram em silêncio por cerca de meia hora, mais ou menos, observando a escuridão tomar os vales mais à frente, uma onda invisível que subia cada vez mais, envolvendo os troncos das árvores de modo que as copas pareciam flutuar em um lago de escuridão.

Finalmente, ela pigarreou, sentindo que deveria dizer *alguma coisa*.

– A mamãe não vai ficar preocupada por voltarmos tão tarde?

Ele balançou a cabeça, mas não respondeu; só ficou sentado, uma folha de grama solta em sua mão. A lua aparecia acima das árvores, grande e dourada, assimétrica como uma lágrima.

– Sua mãe me contou, certa vez, que os homens pretendiam voar até a Lua – disse ele abruptamente. – Ainda não tinham feito isso, não que ela soubesse, mas pretendiam. Você sabe disso?

Ela assentiu, os olhos fixos na lua que aparecia.

– Eles foram. Ou melhor, vão. – Ela sorriu levemente. – Eles chamaram o foguete de *Apollo*, o que os levou.

Ela viu que ele sorriu com a resposta; a lua estava alta o bastante para iluminar a clareira. Ele ergueu o rosto, pensativo.

– É mesmo? E o que eles disseram sobre a Lua, os homens que foram?

– Eles não precisaram dizer nada, enviaram fotos. Eu contei sobre a televisão?

Ele pareceu um pouco assustado, e ela sabia que, como a maioria das coisas que ela contava para ele sobre seu tempo, ele não tinha ideia da realidade das imagens em movimento, com voz, muito menos a noção de que tais coisas pudessem ser enviadas pelo ar.

– É mesmo? – perguntou ele, um pouco incerto. – Então você viu as fotos?

– Sim. – Ela tombou levemente para trás, as mãos ao redor dos joelhos, olhando para o globo sem forma acima deles. Havia um nimbo de luz ao redor dele, e mais distante, no céu iluminado por estrelas, um círculo perfeito e claro, como se fosse uma pedra amarela e grande dentro de um lago escuro, congelada quando a primeira onda se formou.

– Vai fazer sol amanhã – disse ele, olhando para cima.

– É mesmo? – Ela conseguia ver tudo ao redor deles quase tão claramente como durante o dia, mas a cor já tinha desaparecido: tudo estava preto e cinza – como as fotos que ela descreveu.

– Demorou horas, a espera. Ninguém sabia dizer exatamente quanto tempo eles demorariam para pousar e sair com suas roupas de astronautas. Você sabia que não há ar na Lua? – Ela ergueu uma sobrancelha ao fazer a pergunta, e ele assentiu, atento como um menino na escola.

– Claire me disse – murmurou ele.

– A câmera, a coisa que fazias as fotos, ficava na lateral da nave, então víamos o pé da nave, apoiado no solo, e o pó subindo ao redor dele como quando um cavalo bate a pata no chão. Era plano onde a nave desceu; coberto com um pó leve, com pedrinhas espalhadas aqui e ali. E então a câmera se moveu... ou talvez outra tenha começado a enviar fotos... e dava para ver que havia montes rochosos a distância. É deserto... não tem plantas, nem água, nem ar... mas meio bonito, de um jeito estranho.

– Parece a Escócia – disse ele. Ela riu da piada, mas pensou ter percebido, em meio à risada, a saudade que ele sentia das montanhas estéreis.

Pretendendo distraí-lo, ela acenou para as estrelas que começavam a brilhar mais forte no céu de veludo.

– As estrelas são sóis, como o nosso. É só que elas estão tão longe que parecem minúsculas. Estão tão longe que pode levar anos e anos para a luz delas chegar a nós; na verdade, às vezes, uma estrela morre e ainda vemos sua luz.

– Claire me disse isso, há muito tempo – disse ele baixinho. Permaneceu sentado por um momento, então se levantou com um ar de decisão. – Então venha – disse ele. – Vamos pegar a colmeia e voltar para casa.

A noite estava bem quente, por isso deixamos a proteção da janela enrolada. Algumas mariposas e insetos típicos de junho entraram e se afogaram no caldeirão ou cometeram suicídio no fogo, mas o ar frio com cheiro de folhas que passou por nós valeu a pena.

Na primeira noite, Ian educadamente cedeu a cama a Brianna e foi dormir com Rollo em um canto do galpão de ervas, garantindo a ela que gostava da privacidade. Ao sair com o cobertor em um dos braços, ele deu um tapa firme nas costas de Jamie, apertou seu ombro num gesto surpreendentemente adulto de congratulação e sorriu.

Jamie também havia sorrido; na verdade, mal parara de sorrir nos últimos dias. Não estava sorrindo agora, apesar de manter um olhar tranquilo. A lua crescente podia ser vista e luz suficiente passava pela janela para eu vê-lo claramente deitado de costas ao meu lado.

Fiquei surpresa por ele ainda não estar dormindo. Ele havia acordado bem antes do amanhecer e passara o dia com Brianna na montanha, e voltou bem depois do escurecer com o tartã repleto de abelhas atordoadas pela fumaça, que provavelmente ficariam muito mais irritadas quando acordassem de manhã e descobrissem o que haviam feito com elas. Pensei que deveria evitar a parte dos fundos do jardim, onde as abelhas estariam; abelhas recém-mudadas de ambiente costumam picar antes e perguntar depois.

Jamie suspirou alto e eu me virei para ele, curvando o corpo para me encaixar no dele. A noite não estava fria, mas ele usava uma camisa para dormir, em respeito a Brianna.

– Não consegue dormir? – perguntei baixinho. – A luz da lua está atrapalhando?

– Não. – Ele estava olhando para a lua, no entanto; ela estava alta, acima da cordilheira, não totalmente cheia, mas sua luz branca e luminosa inundava o céu.

– Se não é a lua, é alguma coisa. – Passei a mão levemente em sua barriga, deixando os dedos contornarem suas costelas.

Ele suspirou de novo e apertou minha mão.

– Ah, não é nada além de uma tristeza boba, Sassenach. – Ele virou a cabeça na direção da cama, onde os cabelos escuros de Brianna se espalhavam em uma massa iluminada pela lua no travesseiro. – Lamento termos que perdê-la.

– Hum. – Deixei a mão sobre seu peito. Eu sabia que o momento de percepção e a despedida viriam, mas não quis falar sobre eles e interromper o feitiço temporário que havia nos unido tanto.

– Não se pode perder um filho – eu disse baixinho, passando um dedo pela depressão leve e suave no centro de seu peito.

– Ela precisa voltar, Sassenach, você sabe disso tão bem quanto eu. – Ele se remexeu sem paciência, mas não se afastou. – Olhe para ela. Ela é como o camelo de Luís, não?

Apesar de meus pesares, sorri ao pensar naquilo. Luís da França mantinha uma bela coleção de animais em Versalhes e, em dias de sol, os tratadores exercitavam alguns animais, levando-os pelos campos, para surpresa de quem passava.

Estávamos andando nos campos certo dia e, quando fizemos uma curva, encontramos um camelo da Bactria avançando em direção a nós pelo caminho, esplêndido e firme com seu cabresto dourado e prateado, movendo-se num desdém calmo diante de pessoas boquiabertas, pois era muito exótico e totalmente deslocado entre as estátuas brancas.

– Sim – respondi, mas com uma relutância que oprimiu meu coração. – Sim, claro que ela precisa voltar. Ela pertence àquela época.

– Eu sei bem disso. – Ele pousou a mão sobre a minha, mas manteve o rosto virado, olhando para Brianna. – Eu não deveria sofrer com isso, mas sofro.

– E eu também. – Encostei a testa no ombro dele, sentindo seu cheiro. – Mas é verdade... o que eu disse. Não há como perder um filho. Você... você se lembra de Faith?

Minha voz tremeu levemente quando perguntei; há anos não falávamos sobre nossa primeira filha, nosso bebê natimorto na França.

Ele me abraçou e me puxou contra ele.

– Claro que lembro – disse ele com delicadeza. – Você acha que eu esqueceria?

– Não. – As lágrimas escorriam pelo meu rosto, mas eu não estava chorando de fato; não era nada além da força dos sentimentos. – Foi o que quis dizer. Nunca contei a você que quando estávamos na França, quando fomos ver Jared, eu fui ao Hôpital des Anges, vi o túmulo dela lá. Eu... levei uma tulipa cor-de-rosa para ela.

Ele ficou calado por um momento.

– Eu levei violetas – disse ele, tão baixinho que quase não consegui ouvir.

Permaneci calada por um momento e me esqueci das lágrimas.

– Você não me contou.

– Nem você. – Ele passou os dedos pelos nós da minha coluna, acariciando a linha das minhas costas.

– Fiquei com receio de você se sentir... – Parei de falar. Tive medo de que ele se sentisse culpado, temendo que eu o culpasse pela perda, ele já tinha feito isso. Tínhamos nos reencontrado havia pouco tempo, naquela época; eu não pretendia estragar a ligação entre nós.

– Também fiquei.

– Sinto muito por você nunca tê-la visto – disse por fim, e senti quando ele suspirou. Ele se virou na minha direção e me abraçou, passando os lábios na minha testa.

– Não importa, certo? Sim, é verdade o que você diz, Sassenach. Ela se foi... mas sempre a teremos. E teremos Brianna. Se... quando ela se for, ainda estará conosco.

– Sim. Não importa o que aconteça, não importa aonde um filho vá, para muito longe ou por quanto tempo. Ainda que seja para sempre. Nunca perdemos os filhos. Não há como.

Ele não respondeu, mas me abraçou com força e suspirou mais uma vez. A brisa agitou o ar sobre nós com o som das asas de anjos e adormecemos juntos enquanto a luz da lua nos banhava em sua paz atemporal.

43

BEBIDA NO COPO

Eu não gostava de Ronnie Sinclair. Nunca *gostei* dele. Não gostava do seu rosto meio bonito, do sorriso lupino, nem de como ele olhava em meus olhos; eu *sentia* que ele estava escondendo alguma coisa mesmo quando não estava. Principalmente, eu não gostava do modo como ele estava olhando para a minha filha.

Pigarreei alto e ele se sobressaltou. Abriu um sorriso de dentes afiados para mim, mexendo em uma cinta de barril, distraído.

– Jamie disse que vai precisar de mais uma dúzia dos barris pequenos de uísque até o fim do mês, e vou precisar de um barril grande de nogueira para a carne defumada, assim que você conseguir arranjá-los.

Ele assentiu e fez algumas marcas em uma tábua de pinheiro pendurada na parede. De modo muito estranho para um escocês, Sinclair não sabia escrever, mas utilizava um tipo de abreviaturas que permitiam que ele mantivesse controle dos pedidos e das quantidades.

– Certo, sra. Fraser. Mais alguma coisa?

Tentei pensar em tudo de que poderíamos precisar antes da nevasca. Haveria peixe e carne para salgar, mas eles eram mais bem conservados em vasos de pedra;

barris de madeira os deixavam com gosto de terebintina. Eu tinha um barril velho para maçãs e outro para abobrinhas; as batatas ficariam em prateleiras para que não apodrecessem.

– Não – decidi. – É só.

– Sim, senhora. – Ele hesitou, virando a cinta do barril mais depressa. – Ele virá antes de os barris estarem prontos?

– Não; ele tem que cuidar da cevada e matar os animais; e também tem que fazer a destilação. Tudo está atrasado devido ao julgamento. – Ergui uma sobrancelha para ele. – Mas por quê? Tem um recado para ele?

Na base da enseada mais próxima da estrada, a oficina do tanoeiro era a primeira construção que a maioria dos visitantes via, e assim, o ponto de recepção para os mais fofoqueiros que vinham de fora da Cordilheira dos Frasers.

Sinclair inclinou a cabeça de cabelos ruivos, pensando.

– Ah, provavelmente não é nada. É que ouvi um desconhecido no distrito, e ele fazia perguntas a respeito de Jamie Fraser.

Pelo canto dos olhos, vi Brianna levantar a cabeça, distraída da inspeção que fazia das chaves, malhos, serrotes e machados na parede. Ela se virou e a saia raspou na serragem que tomava a oficina até a altura dos tornozelos.

– O senhor sabe o nome desse desconhecido? – perguntou ela ansiosa. – Ou como ele é?

Sinclair lançou a ela um olhar de surpresa. Ele era estranhamente desproporcional, com ombros magros, mas braços musculosos, e mãos tão enormes que era como se pertencessem a um homem duas vezes maior. Ele olhou para ela e passou o polegar grande sem perceber pelo metal da cinta, devagar, várias vezes.

– Bem, eu não sei dizer como ele é, senhorita – disse ele, muito educado, mas com um olhar faminto que me deu vontade de pegar a cinta de suas mãos e torcê-la ao redor do seu pescoço. – Mas disse que se chama Hodgepile.

O rosto de Brianna perdeu o brilho de esperança, mas o músculo no canto da sua boca saltou ao ouvir aquele nome.

– Acho que esse não pode ser o Roger – disse para mim.

– Provavelmente não – concordei. – Ele não teria motivos para usar um nome falso. – Eu me voltei para Sinclair. – O senhor não soube de um homem chamado Wakefield? Roger Wakefield?

Sinclair negou, balançando a cabeça com firmeza.

– Não, senhora. Ele disse que, se alguém com esse nome aparecer, deve ser levado à cordilheira depressa. Se esse tal Wakefield aparecer nas redondezas, vocês saberão tão depressa quanto eu.

Brianna suspirou, e eu percebi que ela engolia a decepção. Estávamos em meados de outubro e, apesar de ela não ter dito nada, era claro que ficava cada dia mais ansiosa. E não era a única; ela nos havia contado o que Roger estava tentando fazer, e a quantidade de desastres que poderiam abatê-lo naquela tentativa bastava para me manter acordada à noite.

– ... sobre o uísque – dizia Sinclair, fazendo com que eu voltasse a prestar atenção nele.

– O uísque? Hodgepile perguntava sobre Jamie e o uísque?

Sinclair assentiu e colocou a cinta no chão.

– Em Cross Creek. Ninguém disse nada a ele, claro. Mas quem me contou disse que quem conversou com o homem achou que ele era um soldado. – Ele deu um sorriso ligeiro. – É difícil disfarçar uma coisa assim.

– Mas certamente não estava vestido como soldado, certo? – Os soldados da infantaria usavam os cabelos presos em um rabo de cavalo firme, envolto com um laço de lã de carneiro com pó de arroz – o que, naquele clima, rapidamente se transformava em pasta, porque o pó se misturava com o suor. Ainda assim, imaginei que Sinclair se referisse à atitude do homem, e não à sua aparência.

– Ah, não; ele disse ser um comerciante de peles, mas andava todo empertigado, dava para ouvir o couro rangendo quando caminhava. Foi o que Geordie McClintock disse.

– Provavelmente um dos homens de Murchison. Vou dizer a Jamie... obrigada.

Saí da oficina do tanoeiro com Brianna, pensando no trabalho que aquele Hodgepile nos daria. Provavelmente não muito; só a distância da civilização e a falta de acesso à cordilheira eram proteção contra a maioria dos invasores, um dos motivos pelos quais Jamie escolhera o local. Os vários inconvenientes da distância seriam maiores do que os benefícios, no que dizia respeito à guerra. Eu tinha certeza de que não haveria nenhuma batalha na Cordilheira dos Frasers.

E, por mais que Murchison guardasse rancor ou por melhor que fossem seus espiões, não conseguia imaginar seus superiores permitindo que ele guiasse uma expedição armada por mais de 150 quilômetros pelas montanhas com o único propósito de destruir uma destilaria ilegal cujo lucro total era de menos de 400 litros por ano.

Lizzie e Ian esperavam por nós do lado de fora, ocupados em reunir madeira do monte de lixo de Sinclair. O trabalho de tanoeiro gerava grandes quantidades de ripas, gravetos e pedaços de madeira e de casca de árvore, e o trabalho de pegá-los valia a pena, para deixar lenha pronta para a lareira em casa.

– Você e Ian podem encher os barris, querida? – perguntei a Brianna. – Quero olhar para Lizzie sob a luz do sol.

Brianna assentiu, ainda parecendo retraída, e foi ajudar Ian a colocar a madeira do lado de fora da oficina dentro da carroça. Eram pedaços pequenos, mas pesados.

Fora a habilidade naqueles barris que tinha dado a Ronnie Sinclair sua terra e a oficina, apesar de sua personalidade antipática; nem todo tanoeiro conhecia o truque de chamuscar o interior de um barril de carvalho para dar-lhe uma bela cor amarelada e um sabor defumado forte ao uísque que envelhecia lentamente dentro dele.

– Venha aqui, querida. Quero ver seus olhos. – Lizzie obedientemente arregalou os olhos e me deixou puxar a pálpebra inferior para ver a esclera.

A menina ainda estava muito magra, mas o tom amarelado da icterícia sumia de sua pele e os olhos estavam quase brancos de novo. Passei os dedos com gentileza em seu queixo e por baixo dele; as glândulas linfáticas estavam só um pouco inchadas – isso era melhor, também.

– Está se sentindo bem? – perguntei. Ela sorriu com timidez e assentiu. Era a primeira vez que saía do casebre desde sua chegada com Ian três semanas antes; ainda estava fraca como um bezerro recém-nascido. Infusões frequentes de cinchona tinham ajudado, no entanto; na última semana, não tivera mais acessos febris, e eu tinha esperança de limpar o revestimento do fígado em breve.

– Sra. Fraser? – disse ela, e eu me sobressaltei, assustada por ouvi-la falar. Ela era tão tímida que raramente conseguia dizer alguma coisa para mim ou para Jamie diretamente; murmurava as coisas de que precisava para Brianna, que as transmitia a mim.

– Sim, querida?

– Eu... eu ouvi o que o tanoeiro disse... a respeito de que o sr. Fraser mandou perguntar sobre o namorado da senhorita Brianna. Eu queria saber... – Ela parou de falar, tomada pela timidez, e corou levemente.

– Sim?

– A senhora acha que ele poderia perguntar sobre meu pai? – As palavras foram ditas depressa e ela corou ainda mais.

– Ah, Lizzie! Desculpe! – Brianna, depois de terminar de levar os barris, aproximou-se e abraçou a criada. – Eu não tinha esquecido, mas também não pensei em perguntar. Só um minuto. Vou dizer ao sr. Sinclair. – Remexendo as saias, ela caminhou para dentro da oficina do tanoeiro.

– Seu pai? – perguntei. – Você o perdeu?

A menina assentiu, contraindo os lábios para impedi-los de tremer.

– Ele partiu como servo, mas não sei para onde; só sei que deve ter ido para as colônias do sul.

Bem, isso limitava a busca a centenas de milhares de quilômetros, pensei. Ainda assim, não haveria problema em pedir a Ronnie Sinclair para avisar as pessoas. Jornais e outros informativos impressos eram escassos no sul; a maioria das notícias ainda era passada pelo boca a boca, em oficinas e tavernas, ou por escravos e servos entre as propriedades.

Pensar em jornais me deu uma sensação ruim. Ainda assim, sete anos parecia uma distância muito confortável – e Brianna deveria estar certa: se a casa estava fadada a se incendiar no dia 21 de janeiro ou não, certamente seria possível para nós não estarmos lá nesse dia.

Brianna apareceu, um tanto corada, subiu na carroça e pegou as rédeas, esperando impaciente por nós.

Ian, ao ver seu rosto vermelho, franziu o cenho e olhou na direção da oficina do tanoeiro.

– O que foi, prima? Aquele homem disse algo descortês a você? – Ele flexionou as mãos, quase tão grandes quanto as de Sinclair.

– Não – disse ela, tensa. – Não disse nada. Estamos prontos para partir?

Ian pegou Lizzie no colo e a colocou na cama da carroça, e então estendeu a mão e me ajudou a sentar ao lado de Brianna. Olhou para as rédeas nas mãos da prima; ele lhe havia ensinado a conduzir as mulas e se orgulhou muito de sua habilidade.

– Fique atenta a esse lado – disse ele a ela. – O animal não vai puxar a carga se você não tocá-lo de vez em quando com um golpe na anca.

Ele se acomodou com Lizzie e nós partimos pela estrada. Eu ouvi as histórias que ele contava a ela, e as risadinhas que ela dava. Sendo o filho mais novo de sua família, Ian se encantou com Lizzie e a tratava como uma irmã mais nova, fazendo brincadeiras e também provocando-a.

Olhei sobre o ombro para a oficina do tanoeiro e então para Brianna.

– O que ele fez? – perguntei baixinho.

– Nada. Eu o interrompi. – Seu rosto corou ainda mais.

– Que diabos ele estava fazendo?

– Fazia desenhos em uma tábua de madeira – disse ela, e mordeu o lado interno da boca. – De mulheres nuas.

Eu ri, chocada e também por achar graça.

– Bem, ele não tem esposa, e provavelmente não terá; as mulheres são muito escassas na colônia de modo geral, e ainda mais aqui em cima. Acho que não podemos julgá-lo.

Senti uma onda repentina de empatia por Ronnie Sinclair. Ele vivia sozinho havia muito tempo, afinal. Sua esposa morrera na época terrível depois da Batalha de Culloden e ele próprio havia passado mais de dez anos na prisão até ser transportado para as colônias. Se fizera conexões aqui, não tinham durado; era um homem solitário e, de repente, vi seu interesse em fofocas e o olhar faminto – até mesmo o fato de usar Brianna para sua inspiração artística – de um modo diferente. Eu sabia como era se sentir sozinho.

O embaraço de Brianna havia desaparecido e ela assoviava baixinho, inclinada distraidamente sobre as rédeas – uma música dos Beatles, pensei, apesar de nunca saber de qual grupo popular eram as canções.

A ideia tomou minha mente: se Roger não voltasse, ela não ficaria sozinha por muito tempo, nem aqui, nem quando voltasse ao futuro. Mas essa ideia era ridícula. Ele *voltaria*. E se não voltasse...

Uma ideia que eu estava tentando manter afastada passou por minhas defesas e apareceu em minha mente com força total. *E se ele tivesse decidido não vir?* Eu sabia que eles tinham discutido, apesar de Brianna não ter contado nada. Será que ele ficara tão irado a ponto de voltar sem ela?

Eu achava que a possibilidade também havia ocorrido a Brianna; ela havia parado de falar muito sobre Roger, mas eu via o brilho de ansiedade em seus olhos sempre que Clarence berrava para anunciar a chegada de alguém, e o via desaparecer sempre que ela via que era um dos conhecidos de Jamie ou algum dos amigos tuscaroras de Ian que havia chegado.

– Depressa, sua lerda – murmurei baixinho. Brianna percebeu e bateu as rédeas depressa na anca esquerda da mula.

– Vamos! – gritou ela, e a carroça avançou depressa, em direção a casa.

– Não chega perto das bebidas de Leoch – disse Jamie, mexendo o caldeirão improvisado à beira da pequena clareira. – Mas produz uísque... de algum tipo.

Apesar de sua modéstia, Brianna viu que ele sentia orgulho da destilaria. Ficava a quase 5 quilômetros da cabana, localizada – como ele explicou – perto da casa de Fergus, de modo que Marsali pudesse subir várias vezes ao dia para supervisionar a operação. Como pagamento por esse serviço, ela e Fergus recebiam uma parte um pouco maior do uísque do que os outros agricultores na cordilheira, que forneciam a cevada e ajudavam na distribuição da bebida.

– Não, querido, você não quer comer essa coisinha nojenta – disse Marsali com firmeza.

Segurou o braço do filho e começou a abrir os dedos dele um a um, num esforço de libertar o inseto grande que o menino obviamente *queria* comer.

– Eca! – Marsali derrubou a barata no chão e pisou nela.

Germaine, um menino forte e rechonchudo, não chorou a perda, mas olhou por baixo da franja loura com raiva. A barata, sem se abalar com o tratamento hostil, ergueu-se das folhas amassadas e partiu, caminhando com pouca dificuldade.

– Ah, acho que não faria mal a ele – disse Ian, divertindo-se. – Eu já comi algumas vezes, com os índios. Mas os gafanhotos são melhores, principalmente os defumados.

Marsali e Brianna se enojaram, e Ian abriu um sorriso ainda maior. Pegou outro saco de cevada e despejou uma camada grossa dentro do cesto. Mais duas baratas, repentinamente expostas à luz do dia, subiram como loucas pela lateral do cesto, caíram no chão e se afastaram, desaparecendo por baixo dos grãos.

– Não, eu disse! – Marsali segurava a gola da camisa de Germaine com força, impedindo suas tentativas insistentes de segui-las. – Fique aqui, seu pestinha. Ou também quer ser defumado? – A fumaça transparente podia ser vista passando pelas frestas da plataforma de madeira, permeando a pequena clareira com o cheiro de grãos assados. Brianna sentiu o estômago roncar; já estava quase na hora da janta.

– Talvez você devesse deixá-las entrar – sugeriu, brincando. – Baratas defumadas podem dar um sabor bom ao uísque.

– Duvido que elas o alterassem – concordou seu pai, aproximando-se por trás. Secou o rosto com um lenço, olhou para ele e fez uma careta para as manchas que viu, mas o enfiou na manga da blusa. – Tudo bem, Ian?

– Sim, tudo. Só um saco está totalmente perdido, tio Jamie. – Ian ergueu a bandeja de cevada e deu um chute num saco deixado de lado, no qual dava para ver o bolor verde e preto indicando que a umidade havia apodrecido seu conteúdo. Mais dois sacos foram abertos, a parte de cima foi retirada e colocada num canto do chão.

– Então vamos terminar – disse Jamie. – Estou morrendo de fome. – Ele e Ian pegaram um saco de estopa cada um e espalharam a cevada fresca em uma camada grossa sobre um espaço limpo da plataforma, usando uma pá de madeira para achatar e virar os grãos.

– Quanto tempo demora? – Brianna espiou por cima da borda da bacia onde Marsali mexia os grãos fermentados da última defumação. A mistura havia começado a dar certo; só se sentia um leve cheiro de álcool no ar.

– Ah, vai depender um pouco do clima. – Marsali olhou para cima. Era fim de tarde e o céu havia começado a escurecer, ganhando um tom azul profundo, com leves nuvens brancas flutuando no horizonte. – Apesar de estar limpo, acho... Germaine! – O traseiro de Germaine era a única parte visível do seu corpo, pois o tronco havia desaparecido sob um tronco.

– Vou pegá-lo. – Brianna deu três passos rápidos atravessando a clareira e o pegou. Germaine protestou, muito bravo, diante daquela interferência indesejada, e começou a dar chutes, acertando os calcanhares contra as pernas dela.

– Ai! – Brianna o colocou no chão, esfregando a coxa com uma das mãos.

Marsali emitiu um som de incredulidade e soltou a concha.

– *Agora* o que você aprontou, sua peste? – Germaine, por ter aprendido com experiências anteriores, enfiou sua mais nova aquisição na boca e engoliu convulsivamente. Ficou roxo na mesma hora e começou a engasgar.

Gritando, Marsali caiu de joelhos e tentou abrir a boca do garoto. Germaine engasgou, gemeu e caiu para trás, balançando a cabeça. Arregalou os olhos azuis, uma linha fina de baba descendo pelo queixo.

– Pronto! – Brianna segurou o menino pelo braço, puxou as costas dele contra ela e, com as duas mãos em cima da barriga dele, fez um movimento para trás.

Germaine gemeu alto e algo pequeno e redondo saiu de sua boca. Ele engasgou, puxou o ar, respirou fundo e começou a tossir, e o rosto passou do roxo ao vermelho mais saudável em poucos segundos.

– Ele está bem? – Jamie olhou com ansiedade para o menino, que estava chorando nos braços da mãe, e então, satisfeito, olhou para Brianna. – Foi muito rápida, moça. Bom trabalho.

– Obrigada. Eu... obrigada. Que bom que deu certo.

Brianna estava um pouco trêmula. Segundos. Não passara de poucos segundos.

Da vida à morte e de volta. Jamie tocou o braço dela, apertando depressa, e ela se sentiu um pouco melhor.

– Melhor levar o menino para casa – disse ele a Marsali. – Sirva-lhe o jantar e o coloque na cama. Vamos terminar aqui.

Marsali assentiu, abalada. Afastou uma mecha de cabelos claros dos olhos e sorriu para Brianna.

– Obrigada, cunhada.

Brianna sentiu uma sensação surpreendente de prazer ao ouvir aquilo. Sorriu de volta para Marsali.

– Que bom que ele está bem.

Marsali pegou a bolsa do chão e, meneando a cabeça para Jamie, virou-se e desceu o caminho íngreme com o bebê nos braços, as mãozinhas gordinhas e cerradas de Germaine segurando seus cabelos.

– Foi um bom trabalho, prima. – Ian havia terminado de espalhar os grãos e desceu da plataforma para parabenizá-la. – Onde aprendeu a fazer isso?

– Com minha mãe.

Ian assentiu, parecendo impressionado. Jamie se inclinou, procurando no chão perto dali.

– O que foi que o rapazinho engoliu?

– Isto. – Brianna viu o objeto, meio enterrado entre as folhas caídas, e o puxou. – Parece um botão. – O objeto era um círculo torto, entalhado na madeira, mas sem dúvida um botão, com um talo comprido e furos para a linha passar.

– Deixe-me ver. – Jamie estendeu a mão e ela colocou o botão nela.

– Não perdeu nenhum botão, Ian? – perguntou Jamie, franzindo o cenho para o pequeno objeto em sua mão.

Ian olhou por cima do ombro de Jamie e balançou a cabeça.

– Talvez seja de Fergus – sugeriu.

– Talvez, mas acho que não. Nosso Fergus é janota demais para usar algo assim. Todos os botões do seu casaco são feitos de osso polido. – Balançou a cabeça devagar, ainda franzindo o cenho, e então deu de ombros.

Pegando a bolsa de couro, colocou o botão dentro dela antes de prendê-la na cintura.

– Ah, bem. Vou perguntar por aí. Pode terminar aqui, Ian? Não falta muita coisa para fazer. – Ele sorriu para Brianna e meneou a cabeça na direção do caminho. – Venha, moça, vamos perguntar na casa dos Lindsey na volta para nossa casa.

No entanto, Kenny Lindsey não estava em casa.

– Duncan Innes veio buscá-lo não faz nem uma hora – disse a sra. Lindsey, protegendo os olhos do sol na porta da casa. – Sem dúvida eles estarão em sua casa em breve. Você e sua menina querem entrar, *Mac Dubh*, e tomar alguma coisa?

– Ah, não, obrigado, sra. Lindsey. Minha esposa deve estar a nossa espera com o jantar. Mas talvez a senhora possa me dizer se este botão é do casaco de Kenny.

A sra. Lindsey olhou para o botão na mão dele e balançou a cabeça.

– Não. Acabei de costurar um conjunto novo de botões para ele, feitos de ossos de veado. As coisas mais lindas que já vi – disse ela, com orgulho do asseio do marido. – Cada um deles tem uma carinha, como um sorriso, e um é diferente do outro!

Ela olhou para Brianna com curiosidade.

– Tem o irmão de Kenny também – disse ela. – Com um bom lugar perto de Cross Creek, 10 hectares de tabaco e um bom riacho passando pela propriedade. Ele irá à reunião no monte Hélicon; talvez queira ir até lá, *Mac Dubh*?

Jamie balançou a cabeça, sorrindo para a indireta. Havia poucas mulheres disponíveis na colônia e, apesar de ele ter dito que Brianna já estava prometida, as tentativas de união não tinham parado.

– Receio que não este ano, sra. Lindsey. Talvez no próximo, mas não posso perder tempo agora.

Despediram-se com educação e se voltaram para o caminho de casa, com o sol se pondo atrás deles e lançando sombras compridas no caminho à frente.

– Você acha o botão importante? – perguntou Brianna, curiosa.

Jamie deu de ombros levemente. Uma brisa leve soprou seus cabelos no topo da cabeça, mas não venceu o pedaço de couro que os mantinha puxados para trás.

– Não sei. Pode ser que não seja nada, mas também pode ser algo. Sua mãe me contou o que Ronnie Sinclair disse a respeito do homem em Cross Creek, perguntando a respeito do uísque.

– Hodgepile? – Brianna sorriu ao dizer o nome. Jamie sorriu ligeiramente de volta, mas ficou sério de novo.

– Sim. Se o botão pertencer a alguém da Cordilheira, eles sabem bem onde o local de produção fica e podem parar para olhar sem causar problemas. Mas se for um desconhecido... – Ele olhou para ela e deu de ombros de novo. – Não é tão fácil um homem passar despercebido aqui, a menos que esteja escondendo um propósito. Um homem que viesse por qualquer motivo inocente pararia em uma casa para comer e beber, e eu saberia disso no mesmo dia. Mas não houve nada assim. Também não seria um índio. Eles não usam botões em suas roupas.

Uma rajada de vento soprou erguendo folhas marrons e amarelas, e eles se viraram para subir o monte, em direção à cabana. Caminharam quase em silêncio total, afetados pelo silêncio crescente da mata; os pássaros ainda cantavam suas canções de início de noite, mas as sombras se estendiam sob as árvores. O monte do lado norte da montanha do outro lado do vale havia escurecido e silenciado enquanto o sol descia atrás dele.

A clareira da cabana ainda estava tomada pela luz do sol, que passava filtrada pelas folhas das nogueiras. Claire estava no jardim, com uma bacia apoiada no quadril, colhendo feijões. Seu corpo esguio estava envolto pela luz do sol, os cabelos formando uma grande auréola dourada.

– Innisfree – disse Brianna involuntariamente, parando ao ver a cena.
– Innisfree? – Jamie olhou para ela, perplexo.
Ela hesitou, mas não havia como explicar.
– É um poema, ou parte de um. Meu pai sempre o dizia quando chegava em casa e via a mamãe em seu jardim... ele dizia que ela moraria no jardim, se pudesse. Costumava brincar dizendo que ela nos deixaria um dia e encontraria um lugar onde pudesse morar sozinha, com nada além de plantas.
– Ah. – O rosto de Jamie estava calmo, a expressão tranquila sob a luz fraca. – Como é o poema?
Ela sentiu um leve aperto no coração ao recitá-lo:

> *Vou me levantar e partir agora, a Innisfree,*
> *e a uma cabana construída lá, de barro e palha:*
> *terei nove carreiras de feijão lá, uma colmeia para o mel.*
> *E viverei sozinho no campo cheio de abelhas.*

As grossas sobrancelhas ruivas se uniram, brilhando ao sol.
– Um poema, certo? E onde fica Innisfree?
– Talvez na Irlanda. Ele era irlandês – explicou. – O poeta. – A colmeia de abelhas permanecia sobre as pedras à beira da mata.
– Ah.
Pontinhos dourados e pretos passavam por eles no ar tomado pelas abelhas que vinham dos campos. Seu pai não fez nenhum movimento para avançar, mas ficou parado ao lado dela, observando sua mãe pegar os feijões pretos e dourados entre as folhas.
Não sozinha, afinal, ela pensou. Mas o leve aperto permaneceu em seu peito, não exatamente uma dor.

Kenny Lindsey tomou um gole de uísque, fechou os olhos e rolou o líquido pela língua como um provador. Parou, franzindo o cenho, concentrado, então engoliu o líquido com um gole forte.
– Nossa! – Respirou fundo, tremendo. – Cristo – disse com a voz rouca. – É de arrancar as tripas!
Jamie sorriu com o elogio e serviu mais uma dose, entregando-a a Duncan.
– Sim, está melhor do que a última – concordou, cheirando com cuidado e analisando a própria bebida. – Esta não tira a pele da língua... quase.
Lindsey secou a boca com as costas da mão, assentindo.
– Bem, vai achar um bom comprador. Woolam quer um barril. Vai durar um ano, do jeito que os quacres bebem.

– Vocês negociaram um preço?

Lindsey assentiu, cheirando o prato de pão de aveia e aperitivos que Lizzie havia colocado à sua frente.

– Cinquenta quilos de cevada pelo barril; mais um, se você dividir o uísque com ele.

– Justo. – Jamie pegou um pão de aveia e mastigou distraidamente por um momento. Então ergueu uma sobrancelha para Duncan, sentado do outro lado da mesa. – Pode perguntar a MacLeod, em Naylor's Creek, se ele nos faria a mesma oferta? Vai passar por lá no caminho de casa, não é?

Duncan assentiu, mastigando, e Jamie levantou o copo para mim num brinde silencioso em comemoração. A oferta de Woolam era de um total de 400 quilos de cevada. Mais do que o total excedente de todos os campos na cordilheira: a matéria-prima para o uísque do ano seguinte.

– Um barril para cada casa na cordilheira, dois para Fergus... – Jamie levou a mão distraidamente ao lóbulo da orelha, calculando. – Dois, talvez, para Nacognaweto, um reservado para envelhecer. Sim, podemos deixar cerca de doze barris para a reunião, Duncan.

A vinda de Duncan fora oportuna. Apesar de Jamie ter conseguido manter a primeira safra de uísque do ano para os moravianos em Salem, para a compra de ferramentas, roupas e outras coisas de primeira necessidade, não havia dúvida de que os escoceses abastados de Cabo Fear seriam um mercado melhor.

Não poderíamos passar tempo suficiente longe de casa para fazer a viagem de uma semana a monte Hélicon, mas se Duncan pudesse levar o uísque e vendê-lo... Já estava fazendo listas em minha mente. Todo mundo levava coisas para vender na reunião. Lã, tecidos, ferramentas, alimentos, animais... eu precisava urgentemente de uma pequena chaleira de cobre e seis rolos de musselina para roupas, e...

– Você acha que deveria dar álcool aos índios? – A pergunta de Brianna me tirou de meus pensamentos.

– Por que não? – perguntou Lindsey, reprovando a intrusão. – Afinal, não vamos *dar* a eles, moça. Eles têm pouca prata, mas pagam em peles... e pagam bem.

Brianna olhou para mim em busca de apoio, e então para Jamie.

– Mas os índios não... quero dizer, eu soube que eles não toleram álcool.

Os três homens olharam para ela sem compreender, e Duncan olhou para o próprio copo, virando-o na mão.

– Tolerar?

Ela pareceu contrariada.

– Quero dizer que eles se embriagam depressa.

Lindsey olhou dentro do copo, e então para ela, passando a mão pela cabeça careca.

– O que você quer dizer, moça? – perguntou ele, mais ou menos educado.

Brianna contraiu os lábios e então relaxou.

– *Quero dizer* que parece errado incentivar as pessoas a beber, pessoas que não conseguem parar quando começam. – Ela olhou para mim, um pouco sem saber o que fazer. Balancei a cabeça.

– "Alcóolatra" ainda não é uma palavra conhecida – expliquei. – Não é uma doença ainda, só falha de caráter.

Jamie olhou para ela sem entender.

– Bem, digo uma coisa, moça – disse ele –, já vi muitos bêbados na vida, mas nunca vi uma garrafa saltar de uma mesa e virar seu conteúdo garganta abaixo de ninguém.

As pessoas resmungaram concordando e beberam de novo para acompanhar a mudança de assunto.

– Hodgepile? Não, não vi o homem, mas acredito que ouvi esse nome. – Duncan tomou o resto da bebida e apoiou o copo na mesa. – Quer que eu pergunte na reunião?

Jamie assentiu e pegou mais um pão de aveia.

– Sim, se puder, Duncan.

Lizzie estava curvada sobre o fogo, mexendo o ensopado para o jantar. Vi seus ombros tensos, mas ela era tímida demais para falar na frente de tantos homens. Brianna não tinha tais inibições.

– Também tenho uma pergunta sobre alguém, sr. Innes. – Ela se inclinou sobre a mesa na sua direção, os olhos fixos nos dele. – Pode perguntar se sabem de um homem chamado Roger Wakefield? Por favor?

– Sim, claro, farei isso. – Duncan ficou corado com a proximidade dos seios de Brianna e, confuso, bebeu o resto do uísque de Kenny. – Tem mais alguma coisa que eu possa fazer?

– Sim – disse eu, colocando um copo limpo na frente de Lindsey. – Já que vai perguntar sobre Hodgepile e sobre o rapaz de Bree, poderia perguntar sobre um homem chamado Joseph Wemyss? Ele é um servo. – Pelo canto dos olhos, vi os ombros magros de Lizzie relaxarem de alívio.

Duncan assentiu, recomposto quando Brianna entrou na despensa para pegar manteiga. Kenny Lindsey olhou para ela, interessado.

– Bree? É assim que a senhora chama sua filha? – perguntou ele.

– Sim. Por quê?

Lindsey sorriu brevemente. Então olhou para Jamie, tossiu e escondeu o sorriso atrás do copo.

– É uma palavra escocesa, Sassenach – disse Jamie, sorrindo também. – Uma *bree* é uma grande perturbação.

44

CONVERSA DE TRÊS LADOS

Outubro de 1769

O impacto reverberou por seus braços. Com um ritmo obtido com muito tempo de prática, Jamie soltou a ponta do machado, lançou-o para trás e o desceu de novo na casca da árvore, espalhando pedaços de madeira. Trocou o pé no tronco e bateu de novo, e a lâmina do machado parou a apenas 5 centímetros dos seus dedos.

Ele poderia ter mandado Ian cortar a lenha e sair para buscar farinha na pequena moenda, mas o rapaz merecia o prazer de visitar as três filhas solteiras de Woolam, que trabalhavam com o pai. Eram garotas quacres, que se vestiam de modo recatado, mas eram cheias de vida e tinham o rosto bonito, e gostavam muito de Ian, revezando-se na oferta de cerveja e tortas de carne quando ele chegava.

Era bem melhor que o rapaz passasse seu tempo flertando com as quacres virtuosas do que com as moças índias de olhos escuros na cordilheira, pensou, sério. Não tinha se esquecido do que Myers dissera a respeito de índias que levavam homens para a cama quando queriam.

Ele havia enviado a pequena criada com Ian também, pensando que o ar do outono pudesse dar um pouco de cor a seu rosto. A menina era clara como Claire, mas com aquele tom azulado de leite azedo, não com o brilho da pele bonita de Claire, suave como a casca do álamo.

O tronco estava quase dividido; mais um golpe e um girar do machado e dois pedaços bons de madeira apareceram, com cheiro de resina. Ele os colocou na pilha cada vez maior de lenha ao lado da despensa, rolou mais meio tronco e o posicionou embaixo do pé.

A verdade era que ele gostava de cortar madeira. Bem diferente do trabalho cansativo que o deixava suado e com os pés frios de cortar turfas, mas com a mesma sensação de satisfação profunda ao ver uma boa pilha de combustível pronta, a sensação que só conhece quem já passou invernos tremendo, apenas com roupas finas. A pilha de lenha chegava quase ao telhado da casa, com pedaços secos de pinheiro e carvalho, nogueira e bordo, e vê-la aquecia seu coração tanto quanto a lenha esquentaria seu corpo.

Por falar em esquentar, era um dia quente para o final de outubro e sua camisa já grudava nos ombros. Passou a manga pelo rosto e analisou a mancha úmida de modo crítico.

Se ela se umedecesse, Brianna insistiria em lavá-la de novo, por mais que ele protestasse dizendo que o suor não era sujo. "Pff", ela diria, com as narinas se abrindo em reprovação, enrugando o nariz comprido como uma fuinha. Ele rira alto na primeira vez que a vira fazendo isso, tanto de surpresa quanto por diversão.

Sua mãe havia morrido muito tempo antes, quando ele era criança, e apesar de se lembrar dela de vez em quando, pois ela aparecia em seus sonhos, ele havia substituído sua presença por imagens estáticas em sua mente. Mas ela dizia "Pff" para ele quando entrava suado, e enrugava o nariz comprido da mesma maneira – e ele se lembrou ao ver Brianna fazer aquilo.

Como o sangue era misterioso... como um pequeno gesto, um tom de voz, passava de gerações como algo palpável? Ele já tinha visto isso muitas vezes, observando as sobrinhas e os sobrinhos crescerem, e aceitou sem pensar os ecos de pais e avós que apareciam em momentos breves, a sombra de um rosto que voltava do passado... e desaparecia de novo no rosto do presente.

Mas agora que via aquilo em Brianna... ele podia observá-la por horas, pensou, e se lembrou da irmã, inclinada sobre cada um dos filhos recém-nascidos com fascinação. Talvez fosse por isso que os pais observavam seus filhos com tanto encanto; descobrindo todos os pequenos elos entre eles, que uniam as correntes da vida, de uma geração a outra.

Deu de ombros e tirou a camisa. Afinal, era sua casa; não havia ninguém para ver as marcas em suas costas, e ninguém se importaria se visse. O ar estava frio em sua pele molhada, mas alguns golpes de machado fizeram o sangue pulsar de novo.

Ele amava os filhos de Jenny profundamente – principalmente Ian, cuja mistura de ingenuidade e coragem atrevida fazia com que ele se lembrasse de si mesmo naquela idade. Eles eram sangue dele, afinal. Mas Brianna...

Brianna era seu sangue também, e sua carne. Uma promessa não expressada cumprida pelos próprios pais: seu presente a Claire, e o dela a ele.

Não pela primeira vez, ele se pegou pensando em Frank Randall. E no que ele pensava ao segurar a filha de outro homem – e um homem que ele não tinha motivos para amar.

Talvez Randall tivesse sido um bom homem, pensando bem – por criar uma menina pela mãe dela, e não por si; para se alegrar apenas por ver a beleza de seu rosto, mas não seus traços refletidos ali. Ele se sentiu vagamente envergonhado e bateu com mais força para exorcizar a sensação.

Sua mente se preocupava totalmente com os pensamentos, e nem um pouco com as ações. Mas, enquanto ele o usava, o machado se tornava uma parte de seu corpo, assim como os braços que o seguravam. Assim como uma mudança no movimento do pulso ou do cotovelo o teria alertado do perigo instantaneamente, uma leve vibração, uma mudança sutil no peso fez com que ele mudasse o movimento, e a cabeça solta do machado voou sem apresentar perigo pela clareira em vez de bater em seu pé vulnerável.

– *Deo gratias* – disse, com menos gratidão do que as palavras indicavam. Ele se benzeu e foi pegar o pedaço de metal. Maldito tempo seco; não chovia havia quase um mês, e o cabo encolhido do machado era menos preocupante do que as plantas murchas do jardim de Claire perto da casa.

Olhou para o poço por cavar, dando de ombros, irritado. Outra coisa que deveria ser feita, para a qual não havia tempo. Teria que esperar um pouco; eles poderiam pegar água do riacho ou derreter neve, mas, sem madeira para queimar, morreriam de fome ou de frio, ou dos dois.

A porta se abriu e Claire saiu, usando a capa para se proteger do frio do outono, o cesto em um dos braços. Brianna estava atrás dela, e, tão logo as viu, ele se esqueceu de sua irritação.

– O que você fez? – perguntou Claire ao vê-lo com a lâmina do machado na mão. Ela o observou depressa, à procura de sangue.

– Nada, estou inteiro. É só que preciso consertar o cabo. Vocês vão buscar alimentos? – perguntou ele, indicando o cesto de Claire com a cabeça.

– Pensei em subirmos o rio para procurar cogumelos.

– É? Não vão muito longe, está bem? Há índios caçando na montanha. Senti o cheiro deles na cordilheira hoje cedo.

– Você sentiu o cheiro deles? – perguntou Brianna.

Uma sobrancelha ruiva se ergueu de modo questionador. Ele viu Claire olhar de Brianna para ele e sorrir levemente para si mesma; era outro dos gestos dele. Ergueu uma sobrancelha, olhou para Claire e viu seu sorriso aumentar ainda mais.

– É outono, e eles estão secando carne de veado – explicou a Brianna. – Dá para sentir o cheiro de longe, se o vento soprar a favor.

– Não iremos longe – disse-lhe Claire. – Um pouco além do lago das trutas.

– Sim, bem, acho que é seguro. – Ele sentiu certa relutância em deixar as duas partirem, mas não podia mantê-las dentro de casa só porque havia selvagens por perto. Os índios estavam, sem dúvida, ocupados como ele, cuidando dos preparativos para o inverno.

Se ele soubesse com certeza que era o povo de Nacognaweto, não se preocuparia, mas os grupos de caça percorriam grandes distâncias, e poderiam ser os cherokees, ou a pequena tribo que dizia ser o Povo dos Cães. Havia apenas mais um vilarejo, e eles desconfiavam muito de desconhecidos brancos... não sem motivo.

Brianna olhou para o peito nu dele por um momento, para o pequeno nó da pele com cicatriz, mas não demonstrou nojo nem curiosidade, tampouco quando pousou a mão brevemente no ombro dele para lhe dar um beijo de despedida, apesar de ele saber que ela devia sentir os ferimentos cicatrizados com os dedos.

Ele acreditava que Claire havia contado a ela tudo sobre Jack Randall e os dias anteriores à Revolta. Ou talvez nem tanto. Um arrepio que nada tinha a ver com frio percorreu sua espinha e ele deu um passo para trás, longe do toque dela, apesar de ainda sorrir.

– Tem pão no armário, e um pouco de ensopado na panela para você, Ian e Lizzie. – Claire esticou a mão e tirou uma farpa de madeira dos seus cabelos. – Não coma o mingau da despensa: é para o jantar.

Ele segurou a mão dela e beijou os nós de seus dedos levemente. Ela pareceu surpresa e corou um pouco. Ficou na ponta dos pés, beijou os lábios dele e se apressou para alcançar Brianna, que já estava à beira da clareira.

– Cuidado! – disse ele. Elas acenaram e desapareceram na mata, deixando-o com beijos no rosto.

– *Deo gratias* – murmurou de novo, observando as duas, e dessa vez disse com grande gratidão. Esperou até a capa de Brianna desaparecer totalmente antes de voltar ao trabalho.

Sentou-se no tronco, com um punhado de pregos de cabeça quadrada no chão ao lado dele, e os enfiou um de cada vez na ponta do cabo do machado com um pequeno malho. A madeira seca se dividiu e abriu, mas, mantida pela cabeça de ferro do machado, não lascou.

Virou a cabeça e, ao ver que ela estava firme, ficou de pé e desceu o machado com um golpe forte no tronco, para testar. Segurou bem.

Estava com frio agora, pois havia parado, e voltou a vestir a camisa. Também sentia fome, mas esperaria um pouco pelos mais jovens. Mesmo sendo provável que eles já tivessem se empanturrado, pensou com cinismo. Conseguia sentir o cheiro das tortas de carne que Sarah Woolam fazia, o odor forte dançando em sua lembrança em meio aos cheiros de folhas mortas e terra molhada do outono.

Continuou a pensar nas tortas de carne enquanto trabalhava, e também pensou no inverno. Os índios diziam que seria duro esse inverno, não como o último. Como seria caçar na neve funda? Nevava na Escócia, claro, mas normalmente o chão ficava com uma camada pequena e os caminhos abertos pelos veados não eram cobertos nas encostas das montanhas.

O último inverno tinha sido assim. Mas a floresta era propensa a extremos. Ele já tinha ouvido histórias de nevascas com cerca de 1,80 metro de profundidade, vales nos quais um homem podia se afundar e gelo tão denso nos riachos que um urso podia atravessar. Sorriu com seriedade, pensando nos ursos. Bem, haveria comida para o inverno todo se ele conseguisse matar mais um, e a pele também seria aproveitada.

Seus pensamentos sumiram lentamente no ritmo do trabalho e uma parte de sua mente foi ocupada pela letra de "Papai foi à Caça": a outra foi tomada pela imagem bem clara da pele alva de Claire contra a pele preta de um urso.

– "Papai foi à caça de pele com a qual embrulhar seu bebê" – murmurou desafinado, baixinho.

Ele se perguntou quanto Claire *dissera* a Brianna. Era estranho, apesar de agradável, o modo com que a conversa entre os três lados acontecia; ele e a moça ainda se sentiam um pouco tímidos um com o outro – e costumavam dizer as coisas mais pessoais a Claire, com a certeza de que ela transmitiria a mensagem principal; ela era a intérprete deles nessa nova e estranha língua do coração.

Por mais grato que se sentisse pelo milagre da presença da filha, queria fazer amor com a esposa em sua cama de novo. Estava esfriando demais para continuar fazendo no galpão de ervas ou na floresta – ainda que fosse obrigado a admitir que ficar nu sobre as folhas amarelas e enormes da nogueira tinha um certo charme, embora faltasse dignidade.

– Sim, bem – murmurou, sorrindo sozinho. – E desde quando um homem se preocupa com sua dignidade nessa hora?

Olhou para a pilha de troncos compridos de pinheiro que estava ao lado da clareira e então para o sol. Se Ian voltasse logo, talvez eles cortassem mais uma dezena, aproximadamente, antes do pôr do sol.

Deixando o machado de lado por um momento, atravessou até a casa e começou a calcular com passos as dimensões do novo cômodo planejado para servir enquanto a casa grande estivesse sendo construída. Ela – Brianna –, era uma mulher adulta, que deveria ter um espaço só seu, ela e a criada. E, se isso devolvesse a ele sua privacidade com Claire, melhor ainda, certo?

Ouviu sons leves entre as folhas secas no jardim, mas não se virou. Escutou uma tosse baixa atrás dele, como um esquilo espirrando.

– Sra. Lizzie – disse, ainda olhando para chão. – A senhora gostou do passeio? Acredito que encontrou todos os Woolam muito bem. – Onde estavam Ian e a carroça?, ele se perguntou. Não a ouvira na estrada mais além.

Ela não disse nada, mas emitiu um som que fez com que ele se virasse surpreso para olhá-la.

Ela estava pálida, assustada, parecia um ratinho branco. Não era incomum; ele sabia que a assustava com seu tamanho e com a voz grave. Então falou delicadamente com ela, devagar, como faria com um cãozinho maltratado:

– Sofreram um acidente, mocinha? Aconteceu alguma coisa com a carroça ou com os cavalos?

Ela balançou a cabeça, ainda sem nada dizer. Os olhos estavam quase redondos, cinzentos como a barra de sua roupa, e a ponta do nariz estava corada.

– Ian está bem? – Ele não queria perturbá-la ainda mais, mas começava a se assustar. *Alguma coisa* acontecera, com certeza.

– Estou bem, tio. Assim como os cavalos. – Silencioso como um índio, Ian apareceu na lateral da cabana. Posicionou-se ao lado de Lizzie, oferecendo a ela o apoio de sua presença, e ela segurou o braço dele como num reflexo.

Ele olhou para um e depois para outro; Ian estava calmo por fora, mas sua agitação por dentro era clara.

– O que aconteceu? – perguntou, com mais intensidade do que pretendera. O rapaz se retraiu.

– É melhor contar a ele – disse Ian. – Pode ser que não haja muito tempo. – Tocou o ombro dela em incentivo e ela pareceu conseguir força da mão dele: endireitou-se e levantou a cabeça.

– Eu... havia... eu vi um homem. No moinho, senhor.

Ela tentou falar mais, mas seu nervosismo não permitiu; posicionou a língua entre os dentes com esforço, mas não disse nada.

– Ela o conhecia, tio – disse Ian. Ele parecia perturbado, mas não receoso; exaltado, de modo nada familiar. – Ela já o viu... com Brianna.

– Sim? – Jamie tentou falar de modo que a incentivasse, mas os pelos de sua nuca estavam eriçados, com um mau pressentimento.

– Em Wilmington – disse Lizzie. – MacKenzie era o nome dele; ouvi um marinheiro chamá-lo assim.

Jamie olhou para Ian rapidamente, e este balançou a cabeça.

– Ele não disse de onde era, mas eu não conhecia ninguém de Leoch como ele. Eu o vi e ouvi falar; talvez ele seja um morador das Terras Altas, mas educado no sul, eu diria... um homem educado.

– E esse sr. MacKenzie parecia conhecer minha filha? – perguntou Jamie. Lizzie assentiu, franzindo o cenho, concentrada.

– Ah, sim, senhor! E ela o conhecia também... sentia medo dele.

– Medo? Por quê? – perguntou ele de uma vez, e ela empalideceu, mas, agora que já tinha começado, as palavras saíam sem parar, e ainda tinha mais:

– Não sei, senhor. Mas ela ficou pálida quando o viu, senhor, e gritou. Então ela corou, empalideceu e corou de novo. Ah, ela estava muito chateada, qualquer um podia ver!

– O que ele fez?

– Bem... bem... nada. Ele se aproximou dela, segurou-a pelos braços e disse que ela tinha que ir com ele. Todo mundo no salão ficou olhando. Ela tentou se livrar, pálida, mas disse para mim que estava tudo bem, que eu deveria esperar e que ela voltaria. E... e então ela foi com ele.

Lizzie respirou depressa e secou a ponta do nariz, que começara a escorrer.

– E você a deixou ir?

A pequena criada se retraiu.

– Ah, eu sei que deveria ter ido atrás dela, senhor! – gritou ela, o rosto retorcido de tristeza. – Mas eu senti medo, senhor, que Deus me perdoe!

Com esforço, Jamie parou de franzir o rosto e falou do modo mais paciente que conseguiu:

– Bem, sim. E o que aconteceu depois?

– Ah, eu subi, como ela mandou, e me deitei na cama, rezando com todas as minhas forças!

– Nossa, isso ajudou muito, tenho certeza!

– Tio... – A voz de Ian estava suave, mas não fraca, e as sobrancelhas escuras se mantinham firmes. – Ela não passa de uma menina, tio. Fez o melhor que pôde.

Jamie passou a mão pela cabeça.

– Sim – disse ele. – Sim, sinto muito, moça; não pretendia repreendê-la. Mas pode continuar?

O rosto de Lizzie havia começado a corar.

– Ela... só voltou ao amanhecer. E... e...

Jamie não tinha mais muita paciência, e isso certamente estava claro em seu rosto.

– Senti o cheiro dele nela – sussurrou ela, em voz baixa, quase inaudível. – A... semente dele.

A onda de ira tomou conta dele inesperadamente, como um raio que atravessasse o peito e a barriga. Sentiu-se meio engasgado, mas tentou controlar tal ira.

– Ele dormiu com ela, então. Tem certeza disso?

Totalmente embaraçada com seu modo direto de falar, a pequena criada não conseguiu fazer nada além de assentir.

Lizzie torcia as mãos no tecido da roupa, deixando a saia toda amassada. Sua palidez foi substituída por um forte rubor; ela se parecia com um dos tomates de Claire. Não conseguia olhar para ele, mas abaixou a cabeça, olhando para o chão.

– Ah, senhor. Ela está grávida, não vê? Deve ter sido ele... ela era virgem antes de ele tomá-la. Ele foi atrás dela... e ela tem medo dele.

De repente, ele *conseguiu* ver, e sentiu os pelos dos braços e ombros arrepiados. A brisa do outono soprou fria por sua camisa e sua pele, e a ira se transformou em enjoo. Todas as coisas que vira e nas quais pensara, não permitindo que elas subissem à superfície de sua mente, agora unidas num padrão lógico.

O olhar dela, e o modo como ela agia: num momento, feliz; no outro, retraída, pensativa. E o brilho em seu rosto, que não era do sol. Ele conhecia bem a aparência de uma mulher grávida; se a conhecesse antes, teria visto a mudança; mas na verdade...

Claire. Claire sabia. O pensamento lhe ocorreu, frio em sua certeza. Ela conhecia a filha, e era médica. Devia saber... e não havia contado a ele.

– Tem certeza disso? – O frio congelou sua ira. Ele a sentia presa no peito – um objeto perigoso que parecia apontar em todas as direções.

Lizzie assentiu, sem nada dizer, e corou mais ainda, se fosse possível.

– Sou a criada dela, senhor – sussurrou ela, olhando para o chão.

– Ela quer dizer que Brianna não menstrua há dois meses – disse Ian de modo casual. Por ser o mais jovem de uma família cheia de irmãs mais velhas, ele não se limitou à discrição de Lizzie. – Ela tem certeza.

– Eu... eu não teria dito nada, senhor – continuou ela. – Mas quando vi o homem...

– Você acha que ele veio buscá-la, tio? – interrompeu Ian. – Devemos impedi-lo, não? – O olhar de raiva estava claro agora, e ele corava.

Jamie respirou fundo e percebeu que estava segurando a respiração até então.

– Não sei – disse, surpreso com a calma em sua voz. Mal tivera tempo de assimilar a notícia, muito menos tirar conclusões, mas o rapaz estava certo: havia um perigo com o qual lidar.

Se aquele MacKenzie quisesse, ele poderia ter Brianna como esposa de acordo com a lei. A justiça não podia necessariamente forçar uma mulher a se casar com um estuprador, mas qualquer magistrado garantiria o direito de um homem a sua esposa e seu filho – independentemente dos sentimentos da esposa em relação à questão.

Os pais dele tinham se casado assim: fugiram e se esconderam nas montanhas até a mãe dele estar prestes a dar à luz, e seus irmãos foram forçados a aceitar o casamento malquisto. Um filho era permanente, um elo inegável entre um homem e uma mulher, e ele tinha motivos para saber disso.

Olhou na direção do caminho que vinha da floresta mais abaixo.

– Será que ele não está aqui, escondido? Os Woolam devem ter mostrado o caminho.

– Nããão – disse Ian, pensativo. – Acho que não. Pegamos o cavalo dele, sabe? – Ele sorriu para Lizzie, que riu em resposta.

– É mesmo? E o que pode impedir que ele pegue a carroça ou uma das mulas?

Ian sorriu ainda mais.

– Deixei Rollo dentro da carroça – disse. – Acho que ele vai embora, tio Jamie.

Jamie foi forçado a sorrir em resposta.

– Pensou rápido, Ian.

O rapaz deu de ombros com modéstia.

– Bem, eu não queria que o maldito nos pegasse desprevenidos. E apesar de eu não ter ouvido a prima Brianna falar sobre seu rapaz ultimamente... Wakefield, não? – Fez uma pausa. – Não acho que ela gostaria de ver esse MacKenzie. Principalmente se...

– Devo dizer que o sr. Wakefield demorou muito – disse Jamie. – Principalmente se... – Não era à toa que ela havia parado de esperar a vinda de Wakefield... assim que percebeu. Afinal, como uma mulher explicaria uma barriga grande a um homem que a deixara virgem?

Ele descerrou os punhos devagar e conscientemente. Haveria tempo de sobra para tudo isso mais tarde. Por enquanto, havia só uma coisa com que lidar.

– Pegue minhas pistolas na casa – disse, virando-se para Ian. – E você, mocinha... – Lançou a Lizzie algo que pretendia que fosse um sorriso e pegou o casaco que havia pendurado na beira do monte de lenha.

– Esconda-se aqui e espere pela sua senhora. Diga a minha esposa... diga a ela que saí para ajudar Fergus com a chaminé dele. E não diga nem uma palavra sobre isso para minha esposa ou minha filha... ou servirei suas entranhas no jantar. – Sua última ameaça foi dita de modo brincalhão, mas a menina empalideceu como se ele tivesse falado a sério.

Lizzie se sentou no tronco, os joelhos tremendo. Levou a mão à pequena medalha no pescoço, buscando conforto no metal frio. Observou o sr. Fraser descer pelo caminho, ameaçador como um grande lobo vermelho. Sua sombra se estendia negra à frente dele e o sol do fim do outono o tocava como fogo.

A medalha em sua mão estava fria como gelo.

– Ah, mãe – murmurou ela muitas vezes. – Mãe abençoada, o que eu fiz?

45
MEIO A MEIO

As folhas de carvalho estavam secas e estalando sob os pés. Havia uma queda constante de folhas das nogueiras que se estendiam acima de onde elas estavam, uma chuva amarela e lenta que imitava a secura do chão.

– É verdade que os índios conseguem andar pela mata sem emitir som, ou isso é só algo que dizem para as meninas escoteiras? – Brianna chutou um pequeno monte de folhas secas de carvalho, fazendo com que voassem. Vestindo saias amplas e anáguas nas quais grudavam folhas e galhinhos, nós parecíamos uma manada de elefantes.

– Bem, eles não conseguem fazer isso em um tempo seco como este, a menos que pulem de galho em galho como chimpanzés. Com o tempo úmido, a coisa muda de figura – até mesmo *eu* consigo andar sem fazer barulho; o chão fica parecendo uma esponja.

Ergui as saias para evitar que elas resvalassem em um arbusto grande de sabugueiro e me abaixei para olhar para a fruta. Era vermelho-escura, mas ainda não tinha o tom preto que ganhava quando estava bem madura.

– Mais dois dias – eu disse. – Se fôssemos usá-la para remédio, nós a colheríamos agora. Mas quero fazer vinho, e secá-las, e para isso elas têm que ter muito açúcar, então esperamos até estarem prestes a cair dos galhos.

– Certo. Que monumento é este? – Brianna olhou ao redor e sorriu. – Não, não diga... é aquela rocha grande que parece aquelas da ilha de Páscoa.

– Muito bem – disse eu, contente. – Certo, porque não mudará com o tempo.

Ao chegarmos à beira de um pequeno riacho, nós nos separamos, andando lentamente pelos barrancos. Pedi a Brianna que colhesse agrião enquanto eu procurava orelhas-de-judas e outros cogumelos comestíveis.

Observei-a discretamente, mantendo um olho no chão e outro nela. Ela estava dentro do riacho com água até os joelhos e as saias erguidas, exibindo pernas compridas e torneadas, e caminhava devagar, os olhos atentos na água.

Havia alguma coisa errada... há dias. Primeiro, pensei que seu ar de tensão se devesse ao óbvio estresse da nova situação na qual se encontrava. Mas, nas últimas semanas, ela e Jamie haviam estabelecido um relacionamento que, apesar de ainda ser marcado pela timidez de ambas as partes, era cada vez mais caloroso. Eles estavam encantados um com o outro, e eu adorava vê-los juntos.

Ainda assim, alguma coisa a incomodava. Fazia três anos desde que eu a deixara

– quatro desde que ela me deixara, para morar sozinha, e ela havia mudado: era uma mulher formada agora. Eu não conseguia mais entendê-la tão facilmente quanto antes. Ela tinha a mania de Jamie de esconder o sentimento forte atrás de uma máscara de calma, isso eu conhecia bem nos dois.

Em parte, eu havia decidido sair em busca de alimentos para ter uma desculpa para conversar com ela a sós; com Jamie, Ian e Lizzie na casa, e o tráfego constante de empregados e visitantes que vinham chamar Jamie, ter uma conversa em particular era impossível. E, se o que eu suspeitava fosse verdade, não era o tipo de conversa que eu pretendia ter perto de outras pessoas.

Quando meu cesto já estava cheio pela metade com orelhas-de-judas cor de laranja, Brianna apareceu molhada do riacho, com o cesto repleto de ramos grandes de agrião e de cavalinha.

Ela secou os pés na barra das anáguas e se aproximou de mim, que estava embaixo das enormes nogueiras. Entreguei-lhe o cantil de sidra e esperei até que ela bebesse.

– É o Roger? – perguntei sem preâmbulos.

Ela olhou para mim com olhos assustados e então vi seus ombros relaxarem.

– Estava pensando se você ainda conseguia fazer isso – disse ela.

– Isso o quê?

– Ler minha mente. Esperava que sim. – Seus lábios grossos estremeceram, tentando sorrir.

– Acho que estou um pouco desacostumada – eu disse. – Mas me dê um momento. – Estiquei a mão e afastei seus cabelos do rosto. Ela olhou para mim, mas não fixou o olhar, devido à timidez. Um bacurau piou ao longe.

– Tudo bem, querida – disse eu baixinho. – De quanto tempo está?

O ar saiu de seus pulmões numa reação de alívio. Seu rosto relaxou.

– Dois meses.

Nesse momento, ela olhou em meus olhos e eu senti um leve choque de diferença, do tipo que vinha recebendo desde sua chegada. Antes, seu alívio era o de uma criança: um medo confidenciado, já meio apaziguado por saber que eu, de alguma forma, lidaria com ele. Mas agora era apenas o alívio de compartilhar um segredo insuportável; ela não esperava que eu remediasse as coisas. Saber que eu não poderia fazer nada, em nenhum caso, não me livrou da sensação irracional de perda.

Ela apertou minha mão, como se me reconfortasse, e então se sentou encostada em um tronco de árvore, estendendo as pernas à frente do corpo, os pés compridos e descalços.

– Você já sabia?

Eu me sentei ao lado dela com menos graciosidade.

– Acho que sim, mas eu não sabia que sabia, se é que isso faz sentido. – Olhando para ela agora, era claro: a leve palidez de sua pele e as alterações de sua cor, o olhar de retraimento. Eu havia notado, mas relacionara as mudanças à falta de familiaridade e ao cansaço, e também ao turbilhão de emoções na busca por mim, no encontro com Jamie, na preocupação com a doença de Lizzie, na preocupação com Roger.

Esta preocupação em especial ganhava nova dimensão.

– Ah, Jesus. Roger!

Ela assentiu, pálida sob a luz amarela filtrada da sombra das folhas da nogueira. Parecia ictérica, não sem motivo.

– Faz quase dois meses. Ele deveria estar aqui... a menos que algo tenha acontecido.

Minha mente estava ocupada fazendo cálculos.

– Dois meses, e agora estamos quase no início de novembro. – As folhas sob nós eram grossas e macias, amarelas e marrons, recém-caídas das árvores. Meu coração se acelerou no peito. – Bree... você tem que voltar.

– O quê? – Ela olhou para mim. – Voltar para onde?

– Para as pedras. – Balancei a mão. – Para a Escócia, e já!

Ela olhou para mim, franzindo o cenho.

– *Agora*? Para quê?

Respirei fundo, sentindo muitas emoções em conflito. Preocupação por ela, medo por Roger, um profundo pesar por Jamie, que teria de abrir mão dela de novo, tão cedo. E por mim.

– Dá para passar estando grávida. Sabemos disso porque eu passei com você. Mas querida... não pode fazer um bebê passar por aquilo... não pode. – Parei, impotente. – Você sabe como é. – Fazia três anos desde que eu atravessara as pedras, mas me lembrava muito bem da experiência.

Seus olhos ficaram escuros e seu rosto empalideceu de vez.

– Não pode atravessar com uma criança – repeti, tentando me controlar, pensar de modo lógico. – Seria como saltar das cataratas do Niágara com um bebê no colo. Você terá que voltar antes que ele nasça, ou...

Parei, fazendo cálculos.

– Já é quase novembro. Os navios não atravessam entre o fim de novembro e março. E você não pode esperar até março. Isso significaria fazer uma viagem de dois meses pelo Atlântico, com seis ou sete meses de gravidez. Se não desse à luz no navio, o que provavelmente mataria você, o bebê ou os dois, você ainda teria que percorrer 47 quilômetros até o círculo, e então fazer a passagem, e chegar ao outro lado... Brianna, não pode ser assim! Você precisa voltar agora, o mais depressa que conseguirmos.

– E se eu for agora... como terei certeza de que chegarei à época certa?

Ela falava baixinho, mas seus dedos faziam dobras no tecido da saia.

– Você... eu acho... bem, *eu* consegui – falei, meu pânico inicial começando a se tornar um pensamento racional.

– Você tinha o papai do outro lado. – Ela olhou para mim. – Independentemente de querer encontrá-lo ou não, você tinha sentimentos fortes por ele, ele a teria puxado. Ou me puxaria. Mas ele não está mais lá.

Seu rosto ficou tenso e então relaxou.

– Roger sabia... sabe... como fazer – corrigiu ela. – O livro de Geillis Duncan dizia que era possível usar pedras preciosas para atravessar, para proteção e direcionamento.

– Mas você e Roger estão só supondo! – rebati. – Assim como a maldita Geilie Duncan! Talvez vocês nem precisem de pedras preciosas, nem de um elo forte. Nos contos de fadas antigos, quando as pessoas entravam num reino de fadas e então voltavam, eram sempre duzentos anos. Se for o padrão, então...

– Você correria o risco para descobrir se não é? E não é... Geilie Duncan foi *mais longe* do que duzentos anos.

Ocorreu-me, um pouco tarde, que ela já havia pensado nisso tudo. Nada do que eu dizia era surpresa. E isso significava também que ela havia chegado à própria conclusão – que não envolvia pegar um navio de volta à Escócia.

Passei a mão entre as sobrancelhas, fazendo um esforço para me acalmar. Falar sobre Geillis havia trazido a minha mente outra lembrança, apesar de ser uma que eu tentara esquecer.

– Há outra maneira – falei, lutando para me acalmar. – Mais uma passagem, quero dizer. – Fica no Haiti, chamado Hispaniola agora. Na floresta, há pedras em um monte, mas a abertura, a passagem, fica por baixo, em uma caverna.

O ar da floresta estava frio, mas não foram as sombras que fizeram minha pele se arrepiar. Esfreguei os braços, tentando acalmar o arrepio. Eu teria apagado todas as lembranças da caverna de Abandawe, já tinha tentado, mas não era um lugar fácil de esquecer.

– Você já esteve lá? – Ela se inclinou, interessada.

– Sim, é um lugar horroroso. Mas as Índias são bem mais próximas do que a Escócia, e os navios navegam entre Charleston e a Jamaica quase o ano todo. – Respirei fundo, sentindo-me um pouco melhor. – Não seria fácil passar pela floresta, mas você ganharia um pouco de tempo, o suficiente para encontrarmos Roger. – Se ele ainda pudesse ser encontrado, pensei, mas não disse. Eu lidaria com esse medo mais tarde.

Uma das folhas de nogueira desceu girando e caiu no colo de Brianna, um amarelo vívido contra o tecido marrom, e ela a pegou, alisando a superfície cerosa distraidamente com o polegar. Ela olhou para mim, os olhos azuis atentos.

– Esse lugar funciona como o outro?

– Não sei como nenhum deles funciona! Parecia diferente, um som de sino, e não um zunido. Mas era uma passagem, sim.

– Você esteve lá – disse ela lentamente, olhando para mim com o cenho franzido. – Por quê? Você quis voltar? Depois de... tê-lo encontrado? – Ainda havia uma certa hesitação na voz dela; não conseguia se referir a Jamie como "meu pai".

– Não. Teve a ver com Geillis Duncan. Ela o encontrou.

Brianna arregalou os olhos.

– Ela está *aqui*?

– Não. Ela morreu.

Respirei fundo, sentindo o choque de uma batida de machado subir pelo meu braço. Às vezes, eu pensava em Geillis, quando estava sozinha na floresta. Às vezes, eu acreditava ouvir sua voz atrás de mim, e me virava depressa, mas não via nada além dos galhos das árvores balançando ao vento. Mas, de vez em quando, sentia os olhos dela, verdes e claros como a madeira na primavera.

— Bem morta — eu disse com firmeza, e mudei de assunto: — Como foi que isso aconteceu?

Não havia como fingir não saber sobre o que eu estava falando. Ela olhou para mim de modo direto, erguendo uma sobrancelha.

— Você é a médica. Quantos modos existem?

Devolvi o olhar, com interesse.

— Você não pensou em tomar precauções?

Ela arregalou os olhos, franzindo as sobrancelhas grossas.

— Eu não estava *planejando* fazer sexo aqui!

Levei as mãos à cabeça, enfiando os dedos no couro cabeludo, desesperada.

— Você acha que as pessoas *planejam* isso? Santo Deus, quantas vezes fui àquela sua escola falar sobre...

— Muitas vezes! Todos os anos! Minha mãe, a enciclopédia do sexo! Você tem ideia de como eu me sentia envergonhada por ver minha mãe de pé na frente de todo mundo desenhando *pênis*?

Ela corou muito, irada com a lembrança.

— Talvez não tenha feito as coisas tão bem — disse com firmeza —, já que você não soube reconhecer um pênis quando viu.

Ela olhou para mim, os olhos vermelhos, mas relaxou quando viu que eu estava brincando, ou tentando brincar.

— Certo — disse ela. — Bem, eles são diferentes em 3-D.

Sem esperar aquela resposta, eu ri. Depois de um momento de hesitação, ela riu também.

— Você sabe a que me refiro. Dei a você aquela receita de anticoncepcional antes de partir.

Ela olhou para mim por cima do nariz comprido.

— Sim, e nunca me senti tão chocada na vida! Você pensou que eu sairia por aí fazendo sexo com todo mundo assim que você partisse?

— Você está dizendo que só minha presença a impedia? — Os cantos de seus lábios tremeram.

— Bom, não *só* isso — disse ela. — Mas você tinha algo a ver com isso, você e o papai. Sabe, eu... eu não queria decepcionar vocês. — O tremor se intensificou num instante e eu a abracei com força, sentindo seus cabelos macios em meu rosto.

— Não teria como, querida — murmurei, aconchegando-a. — Nós nunca ficaríamos decepcionados com você, nunca.

Senti a tensão e a preocupação desaparecerem enquanto a abraçava. Finalmente ela respirou fundo e se afastou.

– Talvez não você nem o papai – disse ela. – Mas e...? – Ela inclinou a cabeça em direção à casa agora invisível.

– Ele não vai... – comecei, mas então parei. A verdade é que eu não sabia *o que* Jamie faria. Por um lado, ele tinha a tendência de achar Brianna incrível. Por outro, ele tinha opiniões a respeito da honra sexual que só podiam ser descritas – por motivos óbvios – como antiquadas, e não se inibia em expressá-las.

Ele era pé no chão, bem-educado, tolerante e compreensivo. Mas isso não significava, de modo algum, que compartilhasse ou compreendesse as sensibilidades modernas; eu sabia muito bem que ele não compreenderia. E não conseguia imaginar que sua atitude em relação a Roger seria tolerante, no mínimo.

– Bem – disse eu de modo dúbio. – Eu não me assustaria se ele quisesse dar um soco em Roger ou algo assim. Mas não se preocupe – acrescentei, observando seu olhar assustado. – Ele ama você – acrescentei e afastei uma mecha de seus cabelos do rosto corado. – Não vai deixar de amar.

Levantei-me, tirando as folhas amarelas da saia.

– Teremos um pouco de tempo, então, mas não para desperdiçar. Jamie pode mandar um aviso rio abaixo, para que as pessoas fiquem atentas para localizar Roger. Por falar em Roger... – Hesitei, puxando uma farpa de madeira da manga. – Acho que ele não sabe disso, certo?

Brianna respirou fundo e apertou a folha com força, amassando-a.

– Bem, veja, tem um problema nisso tudo – disse ela. Olhou para mim e de repente voltou a ser a minha menininha. – Não é do Roger.

– O quê? – perguntei como uma tola.

– Não. É. Do. Roger. O bebê – disse ela entre dentes.

Sentei-me ao lado dela mais uma vez. Sua preocupação com Roger de repente tomou novas dimensões.

– De quem é? – perguntei. – Daqui ou de lá? – Enquanto falava, já raciocinava... tinha que ser de alguém daqui, do passado. Se tivesse sido com um homem da época dela, ela estaria além dos dois meses. Não só do passado, então, mas daqui, das colônias.

Eu não estava planejando fazer sexo, dissera ela. Não, claro que não. Não havia contado a Roger, com medo de que ele a seguisse; ele era sua âncora, sua chave para o futuro. Mas nesse caso...

– Daqui – disse ela, confirmando meu raciocínio. Enfiou a mão no bolso da camisa e tirou algo dali. Estendeu a mão para mim e a abriu automaticamente.

– Jesus H. Roosevelt Cristo. – A velha aliança de casamento brilhava ao sol, e eu a peguei num reflexo. Estava quente por ter sido carregada próxima de sua pele, mas senti um frio profundo tomar meus dedos.

– Bonnet? – perguntei. – Stephen *Bonnet*?

Ela engoliu em seco, balançando a cabeça brevemente.

– Não pretendia contar a você, não conseguiria; não depois do que Ian me disse ter acontecido no rio. A princípio, eu não sabia o que o Pa faria; temi que ele me culpasse. E então, quando o conheci um pouco melhor, percebi que ele tentaria encontrar Bonnet, é o que o papai teria feito. Não podia permitir que ele fizesse isso. Você conheceu aquele homem, sabe como ele é. – Ela estava sentada ao sol, mas estremeceu e esfregou os braços como se estivesse com frio.

– Sei – falei. Meus lábios estavam trancados. Suas palavras ecoavam em meus ouvidos.

Eu não estava planejando fazer sexo. Não conseguiria... Temi que ele me culpasse.

– O que ele fez com você? – perguntei, e fiquei surpresa ao ver que minha voz estava calma. – Ele machucou você, querida?

Ela fez uma careta e puxou os joelhos contra o peito, abraçando-os.

– Não me chame assim, está bem? Não agora.

Estiquei o braço para tocá-la, mas ela se encolheu mais, e abaixei a mão.

– Quer me contar? – Eu não queria saber; queria fingir que não tinha acontecido também.

Ela olhou para mim, os lábios contraídos formando uma linha reta e branca.

– Não – disse ela. – Não quero, mas acho melhor contar.

Ela havia entrado no *Gloriana* em plena luz do dia, com cuidado, mas se sentindo segura pelo número de pessoas ao redor: estivadores, marinheiros, mercadores, servos... as docas estavam cheias de gente. Ela havia dito a um marinheiro o que queria; ele foi para dentro do navio e, um momento depois, Stephen Bonnet apareceu.

Ele vestia as mesmas roupas da noite anterior; à luz do dia, ela viu que eram de boa qualidade, mas manchadas e muito amarrotadas. Cera gordurosa de vela havia pingado na manga de seda do casaco dele e havia migalhas em seu jabô.

O próprio Bonnet tinha melhor aparência do que suas roupas: havia se barbeado recentemente e os olhos verdes eram claros e atentos. Ele a observou rapidamente e seus olhos brilharam de interesse.

– Eu a considerei muito bonita ontem à noite, à luz das velas – disse ele, segurando a mão de Brianna e levando-a aos lábios. – Mas muitas mulheres parecem assim quando estou sob o efeito da bebida. É muito mais raro descobrir que uma mulher é mais bonita ao sol do que à lua.

Brianna tentou tirar a mão, sorrindo educadamente.

– Obrigada. O senhor ainda está com a aliança? – Seu coração batia apressado.

Ele ainda poderia contar a ela sobre a aliança, sobre a mãe dela, mesmo que a tivesse perdido no jogo. Mas ela queria muito tê-la nas mãos. Suprimiu o medo que a assombrara a noite toda, medo de que a aliança pudesse ser tudo o que havia restado de sua mãe. Não podia ser, não se a notícia do jornal fosse verdadeira, mas...

– Ah, claro. A sorte de Danu estava ao meu lado ontem, e ainda está, pelo que parece. – Ele sorriu para ela, mas continuou segurando sua mão.

– Eu... ahn, eu queria saber se poderia vendê-la para mim. – Ela havia trazido quase todo o dinheiro que tinha, mas não fazia ideia de qual seria o preço de uma aliança de ouro.

– Por quê? – A pergunta direta a pegou desprevenida e ela buscou uma resposta:

– É que... ela se parece com uma que minha mãe tinha – respondeu, incapaz de inventar uma resposta melhor do que a verdade. – Onde a conseguiu?

Os olhos dele brilharam, mas ele continuava sorrindo. Fez um gesto em direção à passarela escura e prendeu a mão dela na dobra de seu braço. Ele era mais alto do que ela, um homem grande. Ela puxou a mão com cuidado, mas ele a segurou depressa.

– Então você quer a aliança? Venha à minha cabine, querida, e veremos se chegamos a um acordo.

Dentro do navio, ele serviu conhaque; ela deu um pequeno gole, mas ele bebeu muito, virando o líquido do copo e voltando a se servir.

– Onde? – perguntou ele sem cuidado, em resposta aos questionamentos persistentes. – Ah... bem, um cavalheiro não deve contar histórias sobre suas moças, certo? – Ele piscou para ela. – Uma lembrança de amor – sussurrou.

O sorriso no rosto dela ficou tenso e o gole de conhaque que ela havia tomado queimava em seu estômago.

– A moça que... que deu essa aliança ao senhor – disse ela. – Ela está bem?

Ele olhou para ela surpreso, levemente boquiaberto.

– Sorte – disse ela rapidamente. – Dá azar usar joias que pertençam a alguém que está... morto.

– É mesmo? – O sorriso voltou. – Não posso dizer que notei esse efeito.

Ele pousou o copo na mesa e arrotou levemente, satisfeito.

– Ainda assim, posso garantir que a moça que tinha essa aliança estava viva e bem quando a deixei.

A sensação de azia em seu estômago diminuiu um pouco.

– Ah, que bom saber. Pode vendê-la para mim, então?

Ele se balançou na cadeira, olhando para ela, sorrindo levemente.

– Vendê-la. E o que você me oferecerá, querida?

– Quinze libras esterlinas. – Seu coração começou a bater forte de novo quando ele se levantou. Ele concordaria! Onde ele a guardava?

Ele se aproximou, pegou a mão dela e a puxou para fora da cadeira.

– Tenho bastante dinheiro, querida. Qual é a cor dos pelos entre suas pernas?

Ela tirou a mão da dele e se afastou o mais depressa que conseguiu, batendo na parede da cabine depois de alguns passos.

– O senhor me entendeu mal – disse ela. – Eu não pretendia...

– Talvez não – disse ele, e as pontas de seus dentes apareceram em seu sorriso. – Mas eu pretendia. E acho que talvez *você* tenha me entendido mal, querida.

Ele deu um passo em direção a ela. Brianna pegou a garrafa de conhaque da mesa e bateu com ela na cabeça dele. Ele se abaixou, pegou a garrafa da mão dela e deu um tapa forte em seu rosto.

Ela cambaleou, meio cega pela dor repentina. Ele a segurou pelos ombros e a forçou a cair de joelhos. Agarrou os cabelos dela com força, perto do couro cabeludo, e puxou sua cabeça. Ele a segurou, com a cabeça inclinada num ângulo esquisito, enquanto puxava, com a outra mão, a parte da frente da calça. Rosnou com satisfação e deu um passo mais perto, movendo o quadril para a frente.

– Conheça o Leroi – disse ele.

Leroi não era circuncidado nem limpo, e emitia um cheiro forte de urina. Ela sentiu o vômito subir por sua garganta e tentou virar a cabeça para o lado. A resposta a isso foi um puxão forte nos cabelos que fez com que ela voltasse, gritando de dor.

– Coloque essa linguinha rosada para fora e nos dê um beijo, querida. – Bonnet parecia feliz e despreocupado, segurando os cabelos dela com força. Ela levou as mãos a ele num protesto não expressado; ele viu e puxou ainda mais, fazendo lágrimas escorrerem de seus olhos. Ela colocou a língua para fora.

– Nada mau, nada mau – disse ele. – Certo, abra a boca. – Ele soltou seus cabelos de repente e a cabeça dela foi jogada para trás. Antes que conseguisse se libertar, ele a segurou por uma das orelhas, virando-a levemente.

– Se me morder, querida, vou quebrar seu nariz. Entendeu? – Passou o punho fechado por baixo do nariz dela, encostando os nós dos dedos nele. Então segurou com força a outra orelha, mantendo a cabeça dela imóvel entre as mãos grandes.

Ela se concentrou no gosto do sangue no seu lábio cortado, no gosto e na dor. Com os olhos fechados, conseguia ver o gosto, salgado e metálico, como cobre, brilhando forte dentro dos seus olhos.

Se ela vomitasse, engasgaria. Acabaria se afogando e ele não perceberia. Ela se afogaria e morreria, e ele não pararia. Apoiou as mãos nas coxas dele para se preparar e enfiou os dedos no músculo forte, empurrando com o máximo de força que pôde, para resistir aos movimentos. Ele cantarolava, um som gutural. *De Ushant à Sicília são 35 léguas.* Pelos duros resvalavam nos lábios dela.

Então Leroi sumiu. Ele soltou as orelhas dela e deu um passo para trás; desequilibrada, ela caiu para a frente apoiada nas mãos e nos joelhos, tossindo e sem ar, e a saliva que escorria de sua boca estava manchada de sangue. Tossiu e cuspiu mais de uma vez, tentando tirar o fedor da boca. Seus lábios estavam inchados e latejando com seus batimentos cardíacos.

Ele a levantou sem esforço, mãos embaixo dos braços, e a beijou, enfiando a língua, a mão apoiando sua nuca para que ela não se afastasse. Ele tinha um gosto forte de conhaque, com um leve cheiro de dentes podres. A outra mão, na cintura dela, começou a descer lentamente, apertando suas nádegas.

– Hum – disse ele, suspirando de prazer. – Hora da cama, não é, querida?

Ela abaixou a cabeça e deu uma cabeçada no rosto dele. Sua testa acertou o osso e ele emitiu um grito forte de surpresa e a soltou. Ela se livrou e correu. A saia esvoaçante se prendeu na portinhola e se rasgou, e ela subiu pela passarela escura.

Os marinheiros estavam comendo; havia vinte homens a uma mesa comprida no fim do navio, vinte rostos virados para ela com expressões que variavam de surpresa a malícia. Foi um cozinheiro quem fez com que ela tropeçasse, esticando um pé quando ela passou por ele. Ela bateu o joelho com força no chão.

– Gosta de brincar, não é, querida? – Era a voz de Bonnet no ouvido dela, jovial como sempre, quando duas mãos a levantaram com uma facilidade desconcertante. Ele a virou para que olhasse para ele e sorriu. Ela o havia acertado no nariz; o sangue escorria de uma das narinas. Passou por cima do lábio superior dele, e seguiu as marcas de expressão quando ele sorriu, linhas vermelhas entre os dentes e gotas escuras pingando lentamente do queixo.

Ele segurou os braços dela com mais força, mas o brilho de satisfação apareceu com clareza em seus olhos verdes.

– Tudo bem, querida – disse ele. – Leroi gosta de brincadeiras. Não gosta, Leroi? – Ele olhou para baixo e ela acompanhou o olhar. Ele havia tirado a calça na cabine e estava seminu, Leroi resvalando nas saias dela, latejando de disposição.

Ele a segurou por um dos cotovelos e, inclinando-se para ela com reverência, fez um gesto em direção à cabine. Sem reação, ela deu um passo à frente e ele se colocou ao lado dela, de braços dados, expondo as nádegas brancas sem qualquer cerimônia para a tripulação boquiaberta.

– Depois disso... não foi tão ruim. – Ela ouvia a própria voz, calma de um jeito nada natural, como se pertencesse a outra pessoa. – Eu não... não lutei mais contra ele.

Ele não havia se dado ao trabalho de fazer com que ela se despisse; apenas tirou sua roupa íntima. Seu vestido era feito do modo comum, com um decote baixo e quadrado, e os seios estavam altos e redondos; não precisava de nada além de um olhar casual para baixo para que os visse e os tirasse por cima do corpete como se fossem duas maçãs.

Ele os manipulou com sofreguidão por um momento, apertando os mamilos com o polegar e o indicador para deixá-los rígidos, e então a empurrou em direção a sua cama.

Os lençóis estavam manchados com bebida e recendiam a perfume e vinho, e também ao cheiro forte do odor do próprio Bonnet. Ele ergueu a saia dela e arrumou suas pernas para ficar numa boa posição, murmurando baixinho *Adeus a todos, moças espanholas...*

Em sua mente, ela conseguia se imaginar afastando-o, saindo da cama e correndo até a porta, partindo a toda pela passarela escura até chegar às docas e à liberdade. Conseguia sentir as tábuas de madeira sob os pés descalços e o brilho do sol quente de verão nos olhos. Quase. Ela estava deitada na cabine escura, parada como um manequim, sentindo gosto de sangue na boca.

Sentiu um latejar insistente entre suas pernas e foi tomada pelo pânico, fechando as pernas. Ainda murmurando, ele enfiou uma perna musculosa entre as dela, brutalmente afastando-as. Nu da cintura para baixo, ele ainda usava a camisa. As barras compridas caíam ao redor da extensão pálida de Leroi quando ele se ajoelhou à frente dela.

Parou de murmurar por tempo suficiente para cuspir copiosamente na mão. Passando a mão por todo o órgão, ele facilitou o caminho e deu início à ação. Segurando um de seus seios com uma das mãos, ele se guiou com a outra em direção à entrada inescapável, fazendo um comentário simpático a respeito do local apertado, e então soltou Leroi no caminho irracional – e felizmente breve – em direção ao prazer.

Dois minutos, talvez três. E então terminou e Bonnet se deitou sobre ela, o suor molhando sua roupa, uma das mãos ainda amassando o seio dela. Seus cabelos claros e oleosos caíram suaves contra o rosto dela e a respiração estava quente e úmida em seu pescoço. Pelo menos, ele havia parado de murmurar.

Ela permaneceu parada por minutos intermináveis, olhando para o teto, onde os reflexos da água dançavam refletidos nas vigas polidas. Ele suspirou finalmente e rolou lentamente para longe do corpo dela, deitando-se de lado. Sorriu para ela, acariciando seu quadril nu e peludo.

– Nada mau, querida, apesar de eu já ter feito sexo com mais ação. Mexa-se mais da próxima vez, está bem? – Ele se sentou, bocejou e começou a endireitar a roupa. Ela se inclinou para a lateral da cama e então, certa de que ele não pretendia prendê-la, rolou e ficou de pé. Ela se sentia zonza e desesperadamente ofegante, como se o peso dele ainda estivesse sobre seu corpo.

Movendo-se tomada pelo torpor, ela foi até a porta. Estava trancada. Enquanto lutava para levantar a trava, com as mãos tremendo, ouviu-o dizer algo atrás dela e se virou surpresa.

– *O que* disse?

– Disse que a aliança está em cima da mesa – respondeu ele, endireitando-se depois de pegar as meias. Sentou-se na cama e começou a vesti-las, gesticulando casualmente para a mesa encostada na parede. – Tem dinheiro também. Pegue o que quiser.

O tampo da mesa era uma grande confusão, tomado por manchas de tinta, quinquilharias, joias, passagens, penas, pedaços de papel amassados e roupas amarrotadas, e um monte de moedas de prata e bronze, cobre e ouro, moedas de várias colônias, de diversos países.

– Está me oferecendo *dinheiro*?

Ele olhou para ela sem entender, as sobrancelhas claras arqueadas.

– Pago pelos meus prazeres – disse. – Você pensou que eu não pagaria?

Tudo na cabine parecia vívido de um modo pouco natural, detalhado e individual como os objetos em um sonho, que desapareciam quando acordávamos.

– Não pensei nada – disse ela, a voz muito clara mas distante, como alguém falando de muito longe. Sua peça íntima estava no chão onde ele a havia largado, perto da mesa. Ela caminhou até lá com cuidado, tentando não pensar na umidade quente que escorria por suas coxas.

– Sou um homem honesto... para um pirata – disse ele atrás dela, e riu.

Ele bateu o pé no deque para ajeitá-lo dentro do sapato e então passou por ela e levantou a trava com facilidade com uma das mãos.

– Fique à vontade, querida – disse ele, com mais um gesto casual em direção à mesa quando saiu. – Você valeu a pena.

Ela ouviu os passos se afastando pela passarela e ele riu e fez um comentário ao encontrar alguém, e então sua voz mudou, repentinamente clara e ríspida, gritando ordens para alguém lá em cima, e ela ouviu o som de passos correndo para obedecer. De volta ao trabalho.

A aliança estava dentro de uma tigela feita de chifre de boi, misturada com vários botões de osso, barbantes e outros lixos. Como ele, ela pensou, com clareza fria. Peças sem valor; um prazer incontido e selvagem no roubo, sem atenção ao valor do que era roubado.

A mão dela tremia, percebeu surpresa. Tentou pegar a aliança, não conseguiu, desistiu. Pegou a tigela e a esvaziou dentro de seu bolso. Atravessou a passarela escura segurando o bolso com firmeza, prendendo-o como um talismã. Havia marinheiros por todos os lados, ocupados demais em suas tarefas para olhar para ela com algo além de curiosidade fugaz. Seus sapatos estavam perto da mesa bagunçada e ela os viu com a luz da abertura no alto.

Ela os calçou e com passos firmes subiu a escada, atravessou o convés e a prancha, em direção à doca. Sentindo gosto de sangue.

– Pensei no começo que poderia simplesmente fingir que não havia acontecido. – Ela respirou fundo e olhou para mim. As mãos estavam sobre o ventre, como se quisesse escondê-lo. – Mas acho que não vai adiantar, não é?

Fiquei em silêncio por um momento, pensando. Não era o momento de ser sensível.

– Quando? – perguntei. – Quanto tempo depois... hum, depois de Roger?

– Dois dias.

Ergui as sobrancelhas ao ouvir aquilo.

– Como pode ter tanta certeza de que não é de Roger, então? Você não tomava pílula, claro, e aposto e ganho que Roger não usou o que, hoje em dia, são preservativos.

Ela esboçou um leve sorriso ao ouvir isso e corou um pouco.

– Não. Ele... hum... ele... ahn...

– Ah, coito interrompido?

Ela assentiu.

Respirei fundo e soltei o ar pelos lábios.

– Existe uma palavra para as pessoas que dependem desse método contraceptivo em especial.

– E qual é? – perguntou ela, atenta.

– Pais.

46
A CHEGADA DE UM DESCONHECIDO

Roger abaixou a cabeça e bebeu das mãos em concha. Era um sinal de sorte, aquele brilho verde, apontado por um dedo de luz do sol que passava pelas árvores. Sem isso, ele nunca teria visto a fonte tão distante da trilha.

Uma linha clara descia pela abertura na rocha, esfriando suas mãos e o rosto. A rocha era verde-escura e o chão ao redor era pantanoso, tomado por raízes de árvore e pelo bolor que brilhava como esmeraldas na faixa de sol.

Saber que veria Brianna em breve – talvez dentro de uma hora – acalmou sua irritação de modo tão efetivo quanto a água fria que descia por sua garganta seca. Apesar de seu cavalo ter sido roubado, era um certo consolo o fato de estar perto o bastante para chegar ao destino a pé.

O cavalo era velho, quase não valia o roubo. Pelo menos ele havia optado por deixar seus objetos de valor próximos ao corpo, não nas bolsas da sela. Bateu a mão na barra lateral da calça, reconfortado ao sentir aquele objeto duro contra a coxa.

Além do cavalo, ele não tinha perdido muito mais do que uma pistola – quase tão antiga quanto o cavalo e nada confiável –, um pouco de comida e um cantil de couro com água. A perda do cantil o preocupou durante os primeiros quilômetros da caminhada sob o calor e a poeira, mas agora esse leve inconveniente estava remediado.

Seus pés se afundaram no chão úmido quando se levantou, deixando marcas escuras no bolor verde. Deu um passo para trás e limpou a lama das solas dos sapatos no tapete de folhas e agulhas secas. Então bateu a poeira do casaco da melhor maneira que pôde e ajeitou o lenço sujo no pescoço. Os nós dos dedos roçaram na barba por fazer; a lâmina estava dentro da bolsa da sela.

Parecia um vilão, pensou de repente. Não era a melhor maneira de conhecer os sogros. Na verdade, não estava muito preocupado com o que Claire e Jamie Fraser pudessem pensar dele. Só conseguia pensar em Brianna.

Ela já havia encontrado os pais; ele torcia para que o encontro tivesse sido tão satisfatório a ponto de deixá-la de bom humor para perdoar sua traição. Deus, como ele tinha sido idiota!

Retomou o caminho, os pés afundando na camada macia de folhas. Idiota por ter subestimado a teimosia dela, idiota por não ter sido honesto com ela. Idiota por ter escondido as coisas dela. Por ter tentado manter Brianna em segurança no futuro – não, isso não tinha sido nada idiota, pensou, fazendo uma careta para as coisas que tinha visto e ouvido nos últimos meses.

Afastou um galho baixo de pinheiro-americano e então se abaixou com uma exclamação de susto quando algo escuro passou por sua cabeça.

Um grasnido rouco anunciou que seu agressor era um corvo. Gritos parecidos reforçavam a chegada de outros nas árvores próximas e, depois de alguns segundos, mais um míssil escuro passou, a poucos centímetros de sua orelha.

– Ei, saia daqui! – exclamou ele, abaixando-se de novo para escapar de outro ataque. Percebeu que estava perto de um ninho e os corvos não gostavam de sua presença.

O primeiro corvo voltou para tentar de novo. Dessa vez derrubou o chapéu dele na terra. O número de aves era irritante, o senso de hostilidade fora de proporção com o tamanho dos adversários. Outro se aproximou voando baixo e o acertou enquanto suas garras rasgavam a área do ombro do seu casaco. Roger pegou o chapéu e correu.

Centenas de metros trilha acima, ele diminuiu o passo, começou a caminhar e a olhar ao redor. Os pássaros não estavam mais à vista; então ele já tinha passado pelo ninho.

– E onde está Alfred Hitchcock quando se precisa dele? – murmurou para si mesmo, tentando afastar a sensação de perigo.

Sua voz foi abafada de uma vez pela vegetação densa; era como falar com a boca pressionada contra um travesseiro. Respirava ofegante e seu rosto parecia corado. De repente, a floresta pareceu muito silenciosa. Sem o grasnar dos corvos, todos os outros pássaros pareciam ter parado também. Não era à toa que os escoceses antigos acreditavam que os corvos eram aves de mau agouro; se passasse mais tempo ali, todas as velhas crenças que não passavam de curiosidades surgiriam em sua mente.

Por mais perigoso, sujo e desconfortável que fosse, ele tinha que admitir o fascínio de estar ali – de sentir, em primeira mão, as coisas sobre as quais tinha lido, ver objetos que sabia serem peças de museu em uso na vida cotidiana. Não fosse por Brianna, ele poderia não se arrepender da aventura, apesar de Stephen Bonnet e das coisas que vira a bordo do *Gloriana*.

Mais uma vez levou a mão à coxa. Tinha sido mais sortudo do que poderia imaginar; Bonnet não tinha só uma pedra preciosa, mas duas. Será que elas funcionariam?

Abaixou-se de novo, tendo que caminhar meio agachado por vários passos até os galhos se abrirem outra vez. Difícil acreditar que pessoas moravam ali, mas elas tinham aberto aquela trilha, que devia levar a algum lugar.

– Não tem como não encontrar. – A moça no moinho havia lhe garantido, e ele conseguia entender o porquê. Não havia aonde ir.

Protegeu os olhos, fitando a trilha, mas os galhos baixos de pinheiro e bordo escondiam tudo, apresentando apenas um túnel escuro e misterioso em meio às árvores. Não dava para saber a distância até o topo da cordilheira.

– Você chegará antes do pôr do sol com facilidade – dissera-lhe a moça, e já era o meio da tarde. Mas ela havia dito isso quando ele ainda tinha um cavalo. Sem querer ser pego na encosta da montanha no escuro, acelerou o passo, esforçando-se para ver a luz do sol à frente, que mostraria a ele a entrada da cordilheira no fim da trilha.

Enquanto caminhava, sua imaginação voava, numa rápida especulação.

E como tinha sido o encontro de Brianna com os pais? O que ela achara de Jamie Fraser? Ele era o homem que ela vinha imaginando no último ano, ou só um reflexo fraco da imagem que ela havia construído com base nas histórias contadas pela mãe?

Pelo menos ela tinha um pai para conhecer, ele pensou, sentindo uma leve pontada de dor ao se lembrar do solstício de verão e daquela explosão de luz na passagem pelas pedras.

Ali estava! Um claror na sombra da vegetação densa à frente: uma luz conforme os feixes de sol chegavam às folhas de outono com um brilho amarelo e laranja.

O sol o cegou por um momento quando ele saiu do túnel de vegetação. Piscou uma vez e se encontrou não na cordilheira, como esperava, mas em uma pequena clareira natural, com bordos vermelhos e carvalhos amarelados. Envolvia a luz do sol como um copo, e a floresta escura se espalhava por todos os lados.

Quando se voltou em busca da continuação da trilha, ouviu o bufar de um cavalo e se virou, encontrando seu animal velho puxando a cabeça para se livrar da rédea amarrada em uma árvore à beira da clareira.

– Minha nossa! – exclamou, surpreso. – Como diabos você veio parar aqui?

– Do mesmo modo que você – respondeu alguém. Um jovem alto apareceu da mata ao lado do cavalo e ficou de pé apontando uma pistola para Roger; a pistola dele, Roger viu, sentindo-se melindrado e também apreensivo. Respirou fundo e engoliu o medo.

– Você está com meu cavalo e com minha arma – disse Roger em tom calmo. – O que mais pode querer? Meu chapéu? – Ele estendeu o tricórnio velho. O ladrão não tinha como saber o que mais ele portava, pois não havia mostrado a ninguém.

O jovem – estava na adolescência, apesar da altura, pensou Roger – não sorriu.

– Um pouco mais que isso, espero. – Pela primeira vez, o jovem desviou os olhos de Roger e os voltou para o lado. Seguindo a direção de seu olhar, Roger sentiu uma onda parecida com um choque elétrico.

Ele não tinha visto o homem à beira da clareira, apesar de ele provavelmente estar ali desde o começo, sem se mexer. Usava um kilt de caça cujos tons marrons e verdes se misturavam à grama e aos arbustos, e seus cabelos ruivos se confundiam com as folhas brilhantes. Ele parecia ter nascido da floresta.

Além de sua chegada inesperada, a aparência deixou Roger espantado. Uma coisa era saber que Jamie Fraser era parecido com a filha. Outra era ver os traços fortes de Brianna cobertos pelo peso dos anos, com uma personalidade não apenas masculina, mas intensa, ao que parecia.

Era como tirar a mão do pelo de um gatinho malhado e se ver diante do olhar fixo de um tigre. Roger se controlou para não dar um passo involuntário para trás, pensando, nesse meio-tempo, que Claire não tinha exagerado em suas descrições de Jamie Fraser.

– É o sr. MacKenzie – disse o homem. Não era uma pergunta. A voz era grave, mas não alta, um pouco mais alta do que o som das folhas farfalhando, mas Roger não teve dificuldade para ouvi-lo.

– Sou – disse ele, dando um passo à frente. – E o senhor é... ahn... Jamie Fraser? – Estendeu a mão, mas logo a abaixou. Dois pares de olhos o observavam com frieza.

– Sou – disse o homem ruivo. – Você me conhece? – O tom da pergunta era claramente antipático.

Roger respirou fundo, amaldiçoando seu desalinho. Não sabia como Brianna poderia tê-lo descrito ao pai, mas Fraser evidentemente esperara algo muito mais impressionante.

– Bem, o senhor... se parece muito com sua filha.

O rapaz resmungou alto, mas Fraser não olhou para o lado.

– E o que você tem com a minha filha? – Fraser se mexeu pela primeira vez, saindo da sombra das árvores. Não, Claire não tinha exagerado. Fraser *era* grande, cerca de 2 a 5 centímetros mais alto do que ele próprio.

Roger sentiu uma pontada de medo, misturado com sua confusão. O que Brianna havia dito a ele? Ela não podia estar tão brava a ponto de... bem, ele descobriria quando a visse.

– Vim buscar minha esposa – disse com coragem.

Algo mudou nos olhos de Fraser. Roger não sabia o que era, mas fez com que ele tirasse o chapéu e erguesse as mãos em reflexo.

– Ah, não, não veio. – Foi o garoto quem disse, num tom estranho de satisfação.

Roger olhou para ele e ficou ainda mais assustado ao ver a mão de ossos grandes do rapaz no cabo da pistola.

– Tome cuidado! Não quer atirar por acidente – disse.

O rapaz entortou os lábios com desdém.

– Se atirar, não será por acidente.

– Ian. – A voz de Fraser soou enfática, mas Ian abaixou a pistola com relutância. O homem grande deu mais um passo à frente. Seus olhos estavam fixos nos de Roger, muito azuis e puxados, irritantemente parecidos com os de Brianna.

– Vou perguntar só uma vez, e quero ouvir a verdade – disse ele, tranquilo. – Você tirou a honra de minha filha?

Roger sentiu o rosto esquentar do pescoço à linha dos cabelos. Cristo, o que ela havia contado ao pai? E, pelo amor de Deus, *por quê*? A última coisa que ele esperava encontrar era um pai furioso, decidido a vingar a virtude da filha.

– É... ahn... bem, não é o que você pensa – disse. – Quero dizer, nós... ou seja... nós pretendemos...

– Sim ou não? – O rosto de Fraser estava a menos de 30 centímetros do dele, totalmente inexpressivo, exceto pelo que ardia por dentro, no fundo dos olhos.

– Olhe... eu... maldição, sim! Ela quis...

Fraser bateu nele logo abaixo das costelas.

Roger se inclinou para a frente e tombou para trás, assustado com o golpe. Não doera – ainda –, mas ele sentira a força até a espinha. O sentimento principal era de surpresa, com um toque de raiva.

– Pare – disse ele, tentando recuperar o fôlego para falar. – Pare! Pelo amor de Deus, eu disse que vou...

Fraser bateu nele de novo, dessa vez no rosto. Essa doeu, um golpe que arranhou a pele e deixou a bochecha latejando. Roger deu um passo para trás, o medo logo se transformando em fúria. O maldito estava tentando matá-lo!

Fraser partiu para cima dele de novo, mas errou, pois Roger se abaixou e se virou. Bem, que se danassem as boas relações familiares, então!

Deu um passo enorme para trás, tirando o casaco. Para sua surpresa, Fraser não foi atrás dele, mas ficou ali, de punhos cerrados, esperando.

O sangue latejava nas orelhas de Roger e ele não tinha olhos para nada além de Fraser. Se era briga que o imbecil queria, era o que ele teria.

Roger flexionou os joelhos, com as mãos posicionadas, pronto para a briga. Fora pego de surpresa, mas não aconteceria de novo. Não era encrenqueiro, mas já tinha se envolvido em algumas brigas de bar. Eles tinham um tamanho aproximado e ele tinha mais de quinze anos de vantagem em relação ao homem.

Viu Fraser dar um soco de direita, então se abaixou e desviou, sentiu seu punho resvalar o tecido da roupa de Fraser e então foi acertado no olho por um soco de esquerda, que não tinha visto. Estrelas brilhantes e pontos de luz explodiram na lateral de sua cabeça e as lágrimas escorreram pelo seu rosto quando partiu para cima de Fraser, rosnando.

Acertou o homem: conseguiu sentir seus punhos acertarem a carne, mas pareceu não fazer diferença. Com o olho bom, viu aquele rosto de ossos largos, calmo, como o de um viking furioso. Ele se virou e o rosto desapareceu, então surgiu de novo; voltou a se virar, acertando uma orelha. Um golpe atingiu seu ombro; ele se virou, recuperado, e se jogou com tudo.

– Ela é... minha – gritou Roger entre dentes. Agarrou o corpo de Fraser e sentiu as costelas fundas cederem quando apertou. Ele amassaria o idiota como uma noz. – Minha... ouviu?

Fraser acertou um golpe em sua nuca, um soco rápido, mas pesado o bastante para adormecer o braço e o ombro esquerdo de Roger. Ele perdeu a força, dobrou-se e acertou o ombro direito com força no peito de Fraser, tentando derrubar o homem mais velho.

Fraser deu um passo curto para trás e o segurou firme, mas o golpe acertou suas costelas, não a carne macia logo abaixo. Ainda assim, foi forte o bastante para fazer com que ele gemesse e se lançasse para trás, agachando-se para se proteger.

Fraser abaixou a cabeça e atacou diretamente; ele voou para trás e caiu com força. O sangue de seu nariz escorreu para a boca e para o queixo; com uma sensação de distanciamento, ele observou as gotas vermelhas se espalharem e se unirem numa mancha em sua camisa.

Rolou para o lado para evitar o chute que percebeu que viria, mas não foi muito longe. Enquanto rolava desesperadamente para o outro lado, pensou, de um modo meio desligado de toda a situação, que, apesar de ser quinze anos mais novo do que o oponente, Jamie Fraser possivelmente passara cada um desses quinze anos envolvido em combates.

Ele havia, momentaneamente, saído de alcance. Puxando o ar, apoiou-se nas mãos e nos joelhos. O sangue surgia da cartilagem afetada a cada respiração; ele o sentia no fundo da garganta, um gosto metálico forte.

– Chega – disse ele. – Não. Chega.

Uma mão agarrou seus cabelos e puxou sua cabeça para trás. Os olhos azuis brilhavam a 15 centímetros dele e Roger sentiu a respiração quente do homem em seu rosto.

– Não está nem perto de acabar ainda – disse Fraser, e acertou sua boca. Ele caiu e rolou uma vez e então se esforçou para se levantar. A clareira estava borrada numa mistura de amarelo e laranja; só o instinto fez com que ele se levantasse e agisse.

Estava lutando pela própria vida e sabia disso. Lançou-se sem ver em direção à figura sinuosa, segurou a camisa de Fraser e acertou um murro em sua barriga o mais forte que conseguiu. O tecido se rasgou e seu soco encontrou um osso. Fraser se remexeu como uma cobra e ergueu uma das mãos entre eles. Agarrou os testículos de Roger e apertou com toda a força.

Roger ficou chocado e então caiu como se sua coluna tivesse sido atingida. Antes de sentir a dor, houve um milésimo de segundo no qual Roger teve consciência de um último pensamento, frio e claro como uma pedra de gelo: *Meu Deus, vou morrer antes mesmo de nascer.*

47
A CANÇÃO DE UM PAI

Já tinha escurecido havia muito quando Jamie entrou, e meus nervos estavam à flor da pele com a espera; fiquei só imaginando os de Brianna. Nós tínhamos jantado – ou melhor, o jantar tinha sido servido. Nenhuma de nós estava com apetite, nem de comida nem de conversa; até mesmo a voracidade de sempre de Lizzie estava notoriamente prejudicada. Esperava que a menina não estivesse doente; pálida e calada, ela afirmou sentir dor de cabeça e foi dormir no galpão de ervas. Mas foi adequado para as circunstâncias; assim, não tive que inventar uma desculpa para me livrar dela quando Jamie chegasse.

As velas tinham sido acesas havia mais de uma hora quando finalmente ouvi os bodes balindo ao notarem os passos dele no caminho. Brianna olhou para a frente ao ouvir o barulho, o rosto pálido sob a luz amarela.

– Vai ficar tudo bem – falei. Ela notou a confiança em minha voz e assentiu, levemente reconfortada. A confiança era autêntica, mas não firme. Pensei que tudo *ficaria* bem, no fim das contas, mas só Deus sabia que não seria uma noite feliz em família. Por mais que eu conhecesse Jamie, ainda havia muitas circunstâncias nas quais eu não fazia ideia de como ele reagiria – e saber que sua filha estava grávida de um estuprador certamente não era uma delas.

Desde que Brianna confirmara minhas suspeitas, eu havia imaginado praticamente todas as possíveis reações que ele *poderia* ter, e muitas delas envolviam gritos ou socos em objetos sólidos, um comportamento que sempre considerei irritante. Bree também pensaria a mesma coisa, e eu sabia bem o que *ela* fazia quando ficava irritada.

No momento, ela estava se controlando bastante, mas eu sabia que sua aparência calma era muito frágil. Se ele dissesse uma única palavra que a magoasse, ela reagiria como uma bomba. Além dos cabelos ruivos e da estatura, ela herdara de Jamie a natureza intensa e a disposição de sempre dizer o que pensava.

Com pouca familiaridade e ansiosos para agradar um ao outro, os dois tinham agido com delicadeza até então –, mas não parecia haver modo delicado de se lidar com isso. Sem saber se deveria me preparar para ser defensora, intérprete ou juíza, foi com uma sensação de vazio que me levantei para abrir a porta para ele.

Ele havia se banhado no riacho; os cabelos estavam úmidos nas têmporas e ele havia secado o rosto na barra da camisa, a julgar pelas manchas úmidas nela.

– Você está muito atrasado; onde estava? – perguntei, ficando na ponta dos pés para beijá-lo. – E onde está o Ian?

– Fergus veio e perguntou se eu podia ajudá-lo com as pedras da chaminé, já que não estava conseguindo sozinho. Ian ficou lá para ajudá-lo a terminar o trabalho. – Deu um beijo no topo da minha cabeça e um tapa no meu traseiro. Pensei que ele havia trabalhado muito: estava quente e cheirava a suor, apesar de a pele de seu rosto estar fria e fresca por causa da água.

– Marsali serviu o jantar? – Olhei para ele. Algo parecia diferente nele, apesar de eu não conseguir determinar o quê.

– Não. Derrubei uma pedra e acho que quebrei meu dedo de novo; imaginei que seria melhor vir para casa para você cuidar dele. – Era isso, pensei; ele havia me acariciado com a mão esquerda, e não com a direita.

– Venha para onde tem luz para eu poder ver. – Levei-o até a lareira e fiz com que se sentasse em um dos bancos de carvalho. Brianna estava no outro, com os panos que costurava ao seu redor. Ela se levantou e veio olhar por cima do meu ombro.

– Coitadas das suas mãos, Pa! – disse ela ao ver os nós inchados e a pele arranhada.

– Ah, nada de mais – disse ele, olhando para elas sem dar muita atenção. – Tirando esse dedo maldito. Ai!

Passei a mão com delicadeza no quarto dedo de sua mão direita, da base à unha, ignorando seu gemido de dor. Estava vermelho e levemente inchado, mas não visivelmente deslocado.

Sempre me incomodava um pouco ao examinar sua mão. Eu já havia consertado vários ossos quebrados nela muito tempo atrás, antes de saber qualquer coisa sobre cirurgia, atuando em condições longe das ideais. E havia conseguido: salvara a mão, evitando que fosse amputada, e ele a usava bem. Mas havia certas coisas estranhas: leves torções e engrossamentos que eu percebia sempre que a analisava de perto. Ainda assim, no momento, estava feliz pela oportunidade de adiar a conversa.

Fechei os olhos, sentindo o calor da lareira sobre minhas pálpebras enquanto me concentrava. O quarto dedo era sempre rígido: a articulação do meio tinha sido quebrada e mal cicatrizada. Conseguia imaginar o osso, não a superfície seca e polida de um espécime de laboratório, mas o brilho leve de osso vivo, todos os pequenos osteoblastos dispostos pela matriz de cristal, o pulso escondido do sangue que os alimentava.

Mais uma vez passei meu dedo pela extensão e o segurei com delicadeza entre o polegar e o indicador, logo abaixo da articulação. Consegui sentir a rachadura em minha mente, uma linha escura e fina de dor.

– Aqui? – perguntei, abrindo os olhos.

Ele assentiu, sorrindo enquanto olhava para mim.

– Aí mesmo. Gosto de ver como você fica quando faz isso, Sassenach.

– Como fico? – perguntei, um tanto surpresa por saber que adotava outra postura.

– Não sei descrever exatamente – disse ele, a cabeça inclinada para um lado enquanto me observava. – Talvez seja...

– Madame Lazonga com sua bola de cristal – disse Brianna, divertindo-se.

Olhei para cima, assustada ao ver Brianna olhando para mim, a cabeça inclinada no mesmo ângulo, o mesmo olhar de admiração. Ela olhou para Jamie.

– Uma vidente, é o que quer dizer. Quem prevê o futuro.

Ele riu.

– Sim, talvez você esteja certa, *a nighean*. Mas eu pensava numa sacerdotisa; como o padre fica na missa, quando olha além do pão e vê o corpo de Cristo em seu lugar. Não que eu pretenda comparar a porcaria do meu dedo com o corpo de Nosso Senhor, que fique claro – acrescentou meneando a cabeça em direção ao dedo.

Brianna riu, e um sorriso apareceu nos lábios de Jamie enquanto ele olhava para ela, os olhos suaves apesar das linhas de cansaço ao redor. Tivera um longo dia, pensei. E provavelmente seria muito mais longo. Eu teria dado qualquer coisa para manter aquele momento passageiro de conexão entre eles, mas já havia passado.

– *Eu* acho que vocês dois são ridículos – falei. Toquei o dedo dele levemente no ponto em que segurava. – O osso está rachado logo abaixo da articulação. Não é grave, no entanto; uma fratura fina como um fio de cabelo. Vou colocar uma tala, para garantir.

Levantei-me e fui procurar na caixa de remédios uma bandagem de linho e um dos pedaços compridos e achatados de madeira que eu usava como depressores de língua. Olhei depressa por cima da tampa levantada, observando Jamie. Havia algo de estranho nele essa noite, mas eu não sabia dizer o quê.

Eu havia percebido logo de cara, apesar da minha agitação, e depois com mais intensidade quando segurei sua mão para examiná-la: um tipo de energia pulsava por ele, como se estivesse excitado ou irritado, apesar de não dar nenhum sinal aparente. Ele era muito bom em esconder as coisas quando queria; que diabos havia acontecido na casa de Fergus?

Brianna disse algo para Jamie, baixo demais para eu ouvir, e então se virou sem esperar uma resposta e se aproximou de mim ao lado da caixa aberta.

– Você tem alguma pomada para as mãos dele? – perguntou. Então, inclinando-se mais com o pretexto de procurar dentro da caixa, perguntou em voz baixa: – Devo contar a ele hoje? Está cansado e com dor. Não seria melhor deixá-lo descansar?

Olhei para Jamie. Ele estava recostado no banco, os olhos arregalados enquanto observava as chamas, as mãos pousadas nas coxas. Mas não estava relaxado; a corrente estranha que corria por ele o deixara elétrico.

– Talvez fosse melhor que ele descansasse sem saber, mas não é o melhor para você – falei, em voz igualmente baixa. – Conte a ele. Mas espere até que ele coma primeiro – acrescentei de modo prático. Eu acreditava muito que o melhor era receber notícias ruins com o estômago cheio.

Fiz a tala no dedo de Jamie enquanto Brianna se sentava ao lado dele e passava uma pomada de genciana nos nós dos dedos da outra mão. O rosto dela estava muito calmo; ninguém poderia imaginar o que acontecia por trás daquela aparência.

– Você rasgou sua camisa – eu disse, terminando a última bandagem com um nó. – Tire-a depois do jantar para eu poder costurá-la. Como ficou?

– Muito bem, madame Lazonga – disse ele, mexendo o dedo recém-consertado. – Vou acabar ficando muito mimado com tanta atenção.

– Quando eu começar a mastigar sua comida para você, pode se preocupar – falei. Ele riu e deu a mão com a tala para Bree cobrir com a pomada.

Fui até o armário pegar um prato para ele. Quando me virei para a lareira, vi que ele a observava com atenção. Ela mantinha a cabeça baixa, os olhos na mão grande e cheia de calos que segurava. Imaginei que buscava palavras com as quais começar, e senti um aperto no coração por ela. Talvez eu devesse ter contado a ele em particular, pensei, para não deixar que ele se aproximasse dela até se acalmar e poder se controlar.

– *Ciamar a tha tu, mo chridhe*? – disse ele repentinamente. Era o modo com que ele a cumprimentava, o começo da lição de gaélico que eles faziam todas as noites, mas sua voz estava diferente agora: suave e muito delicada. *Como você está, querida?* Ele virou a mão e cobriu a dela, segurando seus dedos compridos.

– *Tha minha gle mhath, athair* – respondeu ela, parecendo um pouco surpresa. *Estou bem, pai*. Normalmente, ele começava a aula depois do jantar.

Lentamente, ele esticou a outra mão e a pôs delicadamente sobre a barriga dela.

– *An e 'n fhirinn a th'agad*? – perguntou. *Você me conta a verdade?* Fechei os olhos e soltei o ar que não percebi que prendia. Não era preciso contar *tudo*, então. E agora eu sabia o motivo de sua estranheza: ele sabia, e, por mais que lhe custasse se controlar, ele se controlaria e a trataria bem.

Ela ainda não sabia gaélico o suficiente para saber o que ele havia perguntado, mas sabia bem o que ele queria dizer. Olhou para ele por um momento, paralisada, e então levou a mão sã dele ao rosto e abaixou a cabeça sobre ela, os cabelos soltos escondendo seu rosto.

– Ah, Pa – disse ela baixinho. – Sinto muito.

Ficou parada, segurando a mão dele como se fosse uma tábua de salvação.

– Pronto, *m'annsachd* – disse ele delicadamente –, vai ficar tudo bem.

– Não, não vai – disse ela, a voz baixa mas clara. – Nunca vai ficar bem. Você sabe disso.

Ele olhou para mim por hábito, mas brevemente. Eu não podia dizer a ele o que fazer agora. Ele respirou fundo, pegou-a pelo ombro e a sacudiu levemente.

– Só o que sei – disse ele – é que estou aqui com você, e sua mãe também. Não queremos você envergonhada nem magoada. Nunca. Está ouvindo?

Ela não respondeu nem olhou para cima, mas manteve os olhos voltados para o colo, o rosto escondido pelos cabelos. Cabelos de donzela, grossos e soltos. A mão dele passou pela curva brilhosa da cabeça dela e então seus dedos percorreram o maxilar comprido e ergueram seu queixo para que ela o olhasse.

– Lizzie está certa? – perguntou ele com delicadeza. – Foi um estupro?

Ela afastou o queixo e olhou para as mãos unidas, num gesto de admissão.

– Eu não sabia que ela sabia. Não contei a ela.

– Ela imaginou. Mas não é sua culpa, e nunca pense que é – disse ele firmemente. – Venha aqui, *a leannan*. – Estendeu os braços e a colocou em seu colo de um modo desajeitado.

O banco de madeira de carvalho rangeu assustadoramente sob o peso dos dois, mas Jamie o havia feito de modo resistente; aguentaria o peso de seis pessoas como ele. Apesar de Brianna ser alta, ela parecia quase pequena aconchegada nos braços dele, a cabeça aninhada na curva do seu ombro. Ele acariciava os cabelos dela devagar, e murmurou coisas em seu ouvido, parte em gaélico.

– Eu ainda verei você bem casada e seu filho com um bom pai. Juro a você, *a nighean*.
– Não posso me casar com ninguém – disse ela, parecendo engasgada. – Não seria certo. Não posso aceitar mais ninguém, pois amo Roger. E Roger não vai me querer agora. Quando ele descobrir...
– Não fará diferença para ele – disse Jamie, segurando-a com mais força, como se pudesse consertar as coisas simplesmente com sua força de vontade. – Se ele for um homem decente, não fará diferença. E se fizer... bem, então ele não a merece, e eu acabarei com ele e encontrarei um homem melhor para você.

Ela riu baixinho e o riso se transformou em um soluço, e então escondeu a cabeça no ombro dele. Ele a acariciou, balançando e murmurando como se ela fosse uma menininha com o joelho ralado, e me fitou nos olhos por cima da cabeça dela.

Eu não havia chorado quando ela me contou; as mães são fortes. Mas agora ela não podia me ver e Jamie havia tirado o peso dos meus ombros por um momento.

Ela também não havia chorado ao contar para mim. Mas agora ela o abraçava e chorava, tanto de alívio quanto de pesar, pensei. Ele só a abraçou e deixou que chorasse, acariciando seus cabelos sem parar e olhando para mim.

Sequei os olhos na manga e ele me sorriu levemente. Brianna havia passado a soluçar longamente e ele a acalmava com tapinhas nas costas.

– Estou com fome, Sassenach – disse ele. – E imagino que todos nós poderíamos beber um pouco, não?

– Sim – falei, e pigarreei. – Vou pegar um pouco de leite da despensa.

– Eu não quis dizer leite! – disse ele, fingindo estar bravo.

Ignorando a risada dos dois, abri a porta.

A noite estava fria e clara, as estrelas de outono brilhavam no céu. Eu não estava vestida para sair de casa – meu rosto e as mãos começavam a formigar –, mas fiquei parada mesmo assim, deixando o vento frio passar por mim, levando com ele a tensão dos últimos quinze minutos.

Tudo estava silencioso: os grilos e as cigarras há muito tinham morrido ou se escondido com os ratos: os gambás e as fuinhas deixaram a busca sem fim por alimentos e foram sonhar seus sonhos de inverno, com a gordura de seus esforços envolvendo seus ossos. Apenas os lobos caçavam nas noites estreladas e frias do fim do outono, e agiam em silêncio no chão congelado.

– O que nós vamos fazer? – perguntei ao céu infinito e escuro acima de mim.

Não ouvi barulho nenhum, apenas o sopro do vento nos pinheiros; nenhuma resposta, exceto a minha própria pergunta – o eco fraco do "nós" que soava em meus ouvidos. Pelo menos isso era verdade: independentemente do que acontecesse, nenhum de nós precisaria enfrentar as coisas sozinhos. E pensei que isso, por si só, era a resposta de que eu precisava por enquanto.

Eles ainda estavam juntos quando voltei para dentro, as cabeças ruivas próximas, iluminadas pelo claro do fogo ao redor delas. O cheiro de pomada de genciana se misturava ao odor pungente de pinheiro queimado e ao aroma de dar água na boca do ensopado de carne de veado – de repente, senti fome.

Deixei a porta se fechar silenciosamente atrás de mim e abaixei a tranca pesada. Fui atiçar o fogo e servir um novo jantar, pegando um pão fresco da prateleira e manteiga doce da despensa. Permaneci um momento ali, olhando para as prateleiras cheias.

"Coloque sua fé em Deus e reze por orientação. E, quando estiver em dúvida, coma." Um monge franciscano havia me dado esse conselho certa vez, e, de modo geral, eu o considerara útil. Peguei um jarro de geleia de cassis, um queijo de cabra pequeno e uma garrafa de vinho de sabugueiro, para acompanhar.

Jamie falava baixinho quando voltei. Terminei meus preparos, deixando a voz grave dele acalmar a mim e a Brianna.

– Eu pensava em você quando você era pequena. – Jamie dizia a Bree, a voz muito suave. – Quando vivi na caverna, eu imaginava que a segurava em meus braços, um bebezinho. Eu segurava você contra meu coração e cantava para você olhando as estrelas no céu.

– O que você cantava? – A voz de Brianna estava baixa, quase inaudível em meio ao crepitar do fogo. Vi a mão dela pousada no ombro dele. O dedo indicador tocava uma mecha comprida e clara dos cabelos dele, acariciando sua suavidade.

– Canções antigas. Canções de ninar das quais conseguia me lembrar, que minha mãe cantava para mim, as mesmas que minha irmã Jenny cantava para os filhos.

Ela deu um suspiro, um som comprido e lento.

– Cante para mim agora, por favor, Pa.

Ele hesitou, mas então inclinou a cabeça em direção à dela e começou a cantar baixinho uma canção estranha e sem ritmo em gaélico. Jamie era desafinado, a canção subia e descia sem qualquer sentido, sem lembrar uma música, mas o ritmo das palavras confortava o ouvido.

Entendi a maioria das palavras: uma canção de pescador, dando nomes aos peixes do lago e do mar, dizendo à criança o que ele traria para casa para ela comer. Uma canção de caçador, dizendo nomes de aves e de animais de caça, penas para decorar e pele para esquentar, carne para durar o inverno. Era a canção de um pai – uma litania suave de providência e proteção.

Movi-me em silêncio pela sala, pegando os pratos de peltre e as tigelas de madeira para o jantar, voltando para cortar o pão e passar a manteiga nele.

– Sabe de uma coisa, Pa? – perguntou Bree.

– O quê? – perguntou ele, momentaneamente interrompendo a canção.

– Você não sabe cantar.

Ele riu baixinho e ouvi o farfalhar de tecido quando mudou de posição para deixar os dois mais confortáveis.

– Sim, é verdade. Devo parar, então?

– Não. – Ela se aproximou, encostando a cabeça na curva de seu ombro.

Ele voltou a cantar sem ritmo, mas se interrompeu alguns momentos depois.

– Sabe de uma coisa, *a leannan*?

Os olhos dela estavam fechados, os cílios lançavam sombras profundas no seu rosto, mas vi seus lábios se curvarem em um sorriso.

– O que é, Pa?

– Você pesa a mesma coisa que uma corça adulta.

– Devo sair daqui, então? – perguntou ela, sem se mover.

– Claro que não.

Ela esticou o braço e tocou o rosto dele.

– *Mi gradhaich a thu, athair* – sussurrou ela. *Meu amor a você, pai.*

Ele a puxou contra si, abaixou a cabeça e beijou sua testa. O clarão do fogo aumentou e subiu repentinamente atrás deles, envolvendo seus rostos em tons dourados e escuros. Os traços dele estavam muito nítidos; os dela, um eco mais delicado dos ossos bem delineados dele. Os dois eram teimosos, os dois eram fortes. Os dois, graças a Deus, eram meus.

Brianna adormeceu depois do jantar, exausta de emoção. Eu estava me sentindo meio mole, mas ainda não queria dormir. Sentia-me, ao mesmo tempo, exausta e inquieta, com aquela sensação horrorosa de campo de batalha, de estar no meio de acontecimentos além do meu controle, mas precisando enfrentá-los.

Não queria ter que lidar com nada. O que eu queria era afastar todos os pensamentos do presente e do futuro e voltar para a paz da noite anterior.

Queria subir na cama com Jamie e me deitar aquecida contra seu corpo, nós dois protegidos embaixo dos cobertores contra o frio que aumentava dentro do quarto. Queria observar as chamas diminuírem enquanto conversávamos baixinho, trocando fofocas e piadas a respeito do dia e passando para a linguagem da noite. Queria deixar que nossa conversa passasse das palavras ao toque, dos suspiros aos pequenos movimentos dos corpos que eram, por eles próprios, pergunta e resposta; para que a conclusão da nossa conversa fosse finalmente o silêncio do sono.

Mas havia um problema na casa naquela noite, e não havia paz entre nós.

Ele caminhou pela casa como um lobo enjaulado, pegando e soltando coisas. Eu guardei as coisas usadas no jantar, observando-o pelo canto dos olhos. Só queria conversar com ele, mas, ao mesmo tempo, temia fazer isso. Eu havia prometido a Bree não contar sobre Bonnet. Mas sempre menti muito mal – e ele conhecia meu rosto muito bem.

Enchi um balde de água quente do caldeirão grande e levei os pratos de peltre para fora para serem lavados.

Voltei e encontrei Jamie de pé ao lado da pequena prateleira onde deixava sua tinta, penas e papéis. Ele não havia se despido para dormir, mas não fazia menção de pegá-los e começar o trabalho que costumava fazer à noite. Mas é claro... ele não podia escrever com a mão machucada.

– Você quer que eu escreva algo para você? – perguntei ao vê-lo pegar uma pena e soltá-la de novo.

Ele se virou de repente.

– Não. Preciso escrever para Jenny, claro, e há outras coisas que precisam ser feitas, mas não consigo me sentar e pensar agora.

– Sei como se sente – falei de modo compreensivo. Ele olhou para mim um pouco surpreso.

– Nem eu consigo dizer como me sinto, Sassenach – disse, rindo. – Se você acha que sabe, pode me dizer.

– Cansado – falei, e pousei a mão em seu braço. – Irado. Preocupado. – Olhei para Brianna dormindo. – Com o coração em frangalhos, talvez.

– Tudo isso – disse ele. – E mais um pouco. – Ele não usava lenço, mas puxou a gola da camisa como se estivesse sendo enforcado.

– Não posso ficar aqui – disse ele. Olhou para mim; eu ainda vestia as roupas do dia: saia, corpete, blusa. – Quer sair e caminhar um pouco comigo?

Fui pegar minha capa. Estava escuro lá fora; ele não conseguiria ver meu rosto.

Caminhamos lentamente juntos, passamos pela porta e pela despensa, descemos pelo chiqueiro e para o campo. Eu segurava seu braço, sentindo-o tenso sob meus dedos.

Não fazia ideia de como começar, do que dizer. Talvez devesse apenas ficar calada, pensei. Nós dois ainda estávamos tristes, apesar de termos feito o melhor que podíamos para manter a calma por Brianna.

Eu sentia a ira fervilhando sob sua pele. Muito compreensível, mas a ira é tão volátil quanto o querosene – presa sob pressão, sem alvo para acertar. Uma palavra descuidada dita por mim poderia bastar para causar uma explosão. E, se ele explodisse comigo, eu poderia chorar ou voar no pescoço dele, pois meu humor estava fora de controle.

Caminhamos por muito tempo em meio às árvores até o milharal morto e demos a volta, movendo-nos com cuidado por um campo minado de silêncio.

– Jamie – eu disse por fim quando chegamos à beira do campo –, o que você fez com suas mãos?

– O quê? – Ele se virou na minha direção, assustado.

– Suas mãos. – Segurei uma delas e a prendi entre as minhas. – Você não fez esse estrago empilhando pedras na chaminé.

– Ah. – Ele ficou parado, permitindo que eu tocasse os nós inchados de sua mão. – Brianna – disse. – Ela não contou nada a respeito do homem? Ela disse o nome dele?

Hesitei... e me senti perdida. Ele me conhecia muito bem.

– Ela contou a você, não? – Sua voz tinha um tom perigoso.

– Ela me fez prometer que não contaria a você – falei. – Eu disse a ela que você saberia que eu estava guardando um segredo, mas, Jamie, eu prometi, não me faça contar a você, por favor!

Ele riu de novo, irritado.

– Sim, eu conheço você muito bem, Sassenach; você não conseguiria guardar segredo de ninguém que a conheça um pouco que seja. Até o pequeno Ian consegue perceber o que se passa em sua mente.

Ele balançou a mão para mudar de assunto.

– Não se preocupe. Deixe que ela conte, quando quiser. Posso esperar. – Sua mão marcada segurou o kilt e senti um leve arrepio subir por minhas costas.

– Suas mãos – repeti.

Ele respirou fundo e as mostrou a mim, com as costas viradas para cima. Flexionou-as lentamente.

– Você se lembra, Sassenach, quando nos conhecemos? Dougal me provocou a ponto de eu achar que deveria bater nele, mas, ainda assim, não consegui. Você me disse: "Bata em alguma coisa, vai se sentir melhor." – Ele deu um sorriso sarcástico e torto. – E eu bati numa árvore. Doeu, mas você estava certa. Eu me senti melhor, sim, pelo menos um pouco.

– Ah. – Soltei o ar, aliviada por ele não ter me pressionado. Que ele esperasse, então; eu duvidava que ele já tivesse percebido que sua filha sabia ser teimosa como ele.

– Ela... ela contou o que aconteceu? – Não consegui ver seu rosto, mas a hesitação em sua voz foi clara. – Quero dizer... – Ele respirou fazendo barulho. – O homem a feriu?

– Não, não fisicamente.

Hesitei, imaginando que conseguia sentir o peso da aliança no bolso, apesar de não conseguir, claro. Brianna não havia pedido que eu guardasse segredo de nada além do nome de Bonnet, mas eu não contaria a Jamie nenhum dos detalhes que ela me contara, a menos que ele perguntasse. E eu não achava que ele perguntaria; era a última coisa que ele desejaria saber.

Ele não perguntou; só murmurou algo em gaélico e seguiu em frente, a cabeça baixa. Quando o silêncio foi quebrado, senti que não podia mais mantê-lo. Era melhor explodir do que me sufocar. Tirei a mão de seu braço.

– Em que está pensando?

– Estou me perguntando... se é tão horrível ser... ser estuprada... se é, se não é... quando não há... ferimentos. – Ajeitou os ombros, inquieto, sacudindo-os como se seu casaco estivesse apertado.

Eu sabia muito bem em que ele estava pensando. Prisão de Wentworth e as cicatrizes claras que tomavam suas costas, uma rede de lembranças assustadoras.

– Bem ruim, acredito – falei. – Mas acho que você está certo, seria mais fácil suportar se não houvesse uma lembrança física. Mas agora há uma lembrança física. – Eu me senti obrigada a acrescentar: – E uma lembrança bem fácil de notar, ainda por cima! – Ele cerrou o punho esquerdo involuntariamente.

– Sim, é isso – murmurou. Olhou para mim com incerteza, a luz da lua dourando seu rosto. – Mas pelo menos... ele não a machucou, é alguma coisa. Se tivesse... a morte seria muito pouco para ele – completou abruptamente.

– Existe o pequeno detalhe de que uma pessoa não se "recupera" de uma gravidez – falei em tom firme. – Se ele tivesse quebrado os ossos dela ou arrancado seu sangue, ela se curaria. Mas assim ela nunca vai se esquecer disso, você sabe.

– Eu sei!

Eu me retraí, e ele percebeu. Fez um gesto para se desculpar.

– Não queria gritar.

Meneei a cabeça levemente para ele e continuamos caminhando lado a lado, mas sem nos tocarmos.

– É... – começou ele, e então parou, olhando para mim. Fez uma careta, impaciente consigo mesmo. – Eu sei – falou mais baixo. – Vai me perdoar, Sassenach, mas eu sei muito mais sobre esse assunto do que você.

– Eu não estava discutindo. Mas você não deu à luz um filho, não tem como saber como é. É...

– Você *está* discutindo comigo, Sassenach. Não faça isso.

Apertou meu braço com força e soltou. Havia um toque divertido em sua voz, mas ele estava totalmente sério.

– Estou tentando dizer a você que *eu* sei. – Ele ficou parado por um minuto, recompondo-se. – Não tenho pensado em Jack Randall há algum tempo – disse por fim. – Não quero fazer isso agora. Mas fiz. – Deu de ombros de novo e passou a mão pelo rosto. – Existe corpo e existe alma, Sassenach – disse lentamente, ordenando as ideias com as palavras. – Você é médica, conhece um muito bem. Mas a outra é mais importante.

Abri a boca para dizer que eu sabia tão bem quanto ele, se não melhor, mas então a fechei sem nada dizer. Ele não notou; não estava vendo o milharal escuro nem a mata de bordo com as folhas prateadas à luz da lua. Seus olhos estavam fixos em um pequeno cômodo com paredes de pedra, decorado com uma mesa, banquinhos e uma luminária. E uma cama.

– Randall – disse ele, e o tom da voz era meditativo. – A maior parte do que ele fez comigo... eu poderia ter suportado. – Estendeu os dedos da mão direita; a bandagem do dedo ferido brilhou, clara.

– Teria sentido medo, teria me magoado. Eu desejaria matá-lo por isso. Mas poderia ter vivido depois, e não sentido seu toque sempre em minha pele, não teria me sentido imundo se ele tivesse se satisfeito apenas com meu corpo. Ele queria minha alma... e ele a teve.

O curativo branco desapareceu quando ele cerrou o punho.

– Sim, bem... você sabe bem disso. – Ele se virou de repente e começou a caminhar. Precisei me apressar para acompanhá-lo.

– O que estou dizendo, acredito, é que... esse homem era um desconhecido que só a usou para um momento de prazer? Se ele só queria o corpo dela... então acho que ela se curará.

Ele respirou fundo e soltou o ar de novo; vi a névoa branca cercar sua cabeça por um momento, o vapor da ira visível.

– Mas, se ele a conhecia, se era próximo o bastante para *desejá-la*, e não a qualquer mulher, então talvez ele possa ter tocado a alma dela e feito estragos de verdade...

– Você não acha que ele fez estragos de verdade? – Falei alto, apesar de tentar me controlar. – Não importa se ele a conhece ou não...

– É diferente, posso dizer!

– Não, não é. Sei o que você quer dizer...

– Não sabe!

– Sei! Mas por que...

– Porque não é o seu corpo que importa quando eu tomo você – disse ele. – E você sabe disso muito bem, Sassenach!

Virou-se e me beijou intensamente, pegando-me totalmente de surpresa. Pressionou os lábios contra meus dentes e então tomou minha boca toda com a sua, mordendo, exigindo.

Eu sabia o que ele queria de mim – a mesma coisa que eu queria desesperadamente dele: conforto. Mas nenhum de nós tinha isso para dar naquela noite.

Ele apertou meus ombros, subiu e segurou meu pescoço. Os pelos dos meus braços se arrepiaram quando me pressionou contra ele... e então parou.

– Não posso – disse ele. Apertou meu pescoço e então soltou. Estava ofegante. – Não posso.

Deu um passo para trás e se virou, segurando a cerca à sua frente como se estivesse cego. Segurou a madeira com força com as duas mãos e ficou ali, de olhos fechados.

Eu tremia, minhas pernas tinham amolecido. Envolvi meu corpo com os braços por baixo da capa e me sentei aos pés dele. E esperei, com o coração batendo dolorosamente em meus ouvidos. O vento da noite soprava pelas árvores na cordilheira, murmurando através dos pinheiros. Em algum ponto, longe dos montes escuros, uma pantera gritava como uma mulher.

– Não é que eu não a deseje – disse ele por fim, e eu senti o resvalar de seu casaco quando se virou na minha direção. Permaneceu parado por um momento, a cabeça baixa, os cabelos brilhando à luz da lua, o rosto escondido pela escuridão, com a lua por trás. Inclinou-se e segurou minha mão com sua mão ferida, colocando-me de pé. – Acho que nunca a desejei tanto. E... Deus! Preciso de você, sim, Claire. Mas não consigo nem pensar em mim como homem agora. Não posso tocá-la e pensar no que ele... não consigo.

Toquei o braço dele.

– Compreendo – eu disse, e compreendia.

Fiquei contente por ele não ter pedido detalhes; eu gostaria de não saber nenhum deles. Como seria fazer amor com ele imaginando, o tempo todo, um ato idêntico em ação, mas completamente diferente em essência?

– Compreendo, Jamie – disse de novo.

Ele abriu os olhos e me fitou.

– Sim, você entende, não é? E é o que eu quero dizer.

Pegou meu braço e me puxou para perto dele.

– Você poderia me arrasar, Claire, sem ao menos me tocar – sussurrou –, porque você me conhece.

Tocou a lateral do meu rosto com os dedos. Estavam frios e rígidos.

– E eu poderia fazer a mesma coisa com você.

– Poderia – falei, sentindo-me meio zonza. – Mas espero que não faça.

Ele sorriu ao ouvir isso, abaixou-se e me beijou com carinho. Ficamos juntos, quase sem nos tocarmos, exceto pelos lábios, respirando a respiração um do outro.

Sim, dissemos silenciosamente um ao outro. *Sim, ainda estou aqui*. Não foi uma salvação, mas pelo menos era uma ligação com a vida, estendendo-se pelo abismo que nos separava. Eu sabia o que ele queria dizer a respeito da diferença entre os danos ao corpo e à alma; o que eu não conseguia explicar a ele era o elo entre os dois que se localizava no ventre dela. Por fim, dei um passo para trás, olhando para ele.

– Bree é uma pessoa muito forte. Como você – falei.

– Como eu? – Ele resmungou. – Que Deus a ajude, então.

Suspirou e então se virou e começou a caminhar lentamente ao lado da cerca. Eu o segui, apressando-me para acompanhá-lo.

– Esse homem, esse Roger de quem ela fala... ele vai ficar do lado dela? – perguntou de súbito.

Respirei fundo e deixei o ar sair lentamente, sem saber como responder. Conheci Roger por alguns meses apenas. Gostava dele; gostava muito, na verdade. De tudo o que eu sabia sobre ele, era um jovem totalmente decente e respeitável – mas como eu poderia sequer fingir saber o que ele poderia pensar, fazer ou sentir quando descobrisse que Brianna tinha sido estuprada? Pior ainda, que ela podia estar grávida do estuprador?

Nem os melhores homens poderiam saber lidar com uma situação assim; em meus anos como médica, eu já tinha visto casamentos bem estabelecidos ruírem sob a pressão de coisas menores. E outros que não ruíam, mas eram prejudicados pela falta de confiança. Involuntariamente, apertei a mão contra a perna, sentindo a leve protuberância da aliança de ouro em meu bolso. *De F. para C. com amor. Sempre.*

– Você ficaria? – perguntei por fim. – Se fosse eu?

Ele olhou para mim e abriu a boca como se quisesse falar. Voltou a fechá-la e pôs-se a examinar meu rosto, as sobrancelhas franzidas de preocupação.

– Eu queria dizer "Sim, claro!" – disse ele lentamente por fim. – Mas prometi honestidade certa vez, não?

– Prometeu – respondi, e senti meu coração afundar com o peso da culpa. Como podia forçá-lo a ser honesto se eu não estava sendo honesta? Mas ele havia perguntado.

Ele deu um soco leve na cerca.

– *Ifrinn*! Sim, eu ficaria. Você seria minha, ainda que a criança não fosse. E se você... sim. Ficaria – repetiu, com firmeza. – Eu aceitaria você e a criança, e que se danasse o mundo todo!

– E não pensaria mais nisso? – perguntei. – Nunca deixaria esse pensamento tomar sua mente quando fosse para a cama comigo? Nunca veria o pai quando olhasse para o filho? Nunca jogaria isso na minha cara nem permitiria que se tornasse um abismo entre nós?

Ele abriu a boca para responder, mas a fechou sem falar. Então vi uma mudança em seus traços, um choque repentino de percepção.

– Ah, Cristo – disse ele. – Frank. Não eu. Você se refere a Frank.

Eu assenti, e ele segurou meus ombros.

– O que ele fez com você? – perguntou. – O quê? Diga, Claire!

– Ele ficou do meu lado – falei, parecendo engasgada até para meus ouvidos. – Tentei fazer com que ele fosse embora, mas ele não foi. E quando o bebê... quando Brianna chegou... ele a amou, Jamie. Ele não tinha certeza, não acreditava que pudesse, nem eu... mas ele a amou. Sinto muito – acrescentei.

Ele respirou fundo e soltou meus ombros.

– Não sinta muito por isso, Sassenach – disse. – Nunca.

Passou a mão pelo rosto e eu consegui sentir o leve raspar de sua barba.

– E você, Sassenach? – perguntou. – O que você dizia... quando ele ia para a cama com você? Ele achou... – Parou de falar abruptamente, deixando todas as perguntas no ar entre nós.

– Pode ter sido eu... minha culpa, quero dizer – disse por fim. – Não conseguia esquecer. Se eu... poderia ter sido diferente.

Eu deveria ter parado ali, mas não consegui; as palavras que tinham sido represadas a noite toda vazaram:

– Poderia ter sido mais fácil, melhor, para ele se *tivesse* sido um estupro. Foi o que disseram a ele... os médicos; que eu tinha sido estuprada e violentada, e estava tendo alucinações. Era no que todos acreditaram, mas eu dizia para ele que não tinha sido assim, insistia em contar a verdade. E depois de um tempo... ele acreditou em mim, pelo menos um pouco. E foi esse o problema: não que eu tivesse uma filha de outro homem, mas o fato de eu ter amado você. E eu não conseguia parar. Não conseguia – acrescentei num tom mais suave. – Frank era melhor do que eu. Ele conseguiu deixar o passado para trás, pelo menos por Bree. Mas de minha parte... – As palavras morreram em minha garganta.

Ele se virou e olhou para mim por muito tempo, o rosto inexpressivo, os olhos escondidos pelas sombras das sobrancelhas.

– E assim você viveu vinte anos com um homem que não pôde perdoá-la pelo que não foi sua culpa? Eu fiz isso com você, não? Sinto muito também, Sassenach.

Um suspiro me escapou, não exatamente um soluço.

– Você disse que poderia me arrasar sem me tocar – falei. – Você estava bem certo.

– Sinto muito – sussurrou ele, mas dessa vez me tocou e me segurou contra seu corpo com força.

– Por eu ter amado você? Não sinta por isso – falei, minha voz abafada em sua camisa. – Nunca.

Ele não respondeu, mas abaixou a cabeça e pressionou o rosto contra meus cabelos. No silêncio, eu conseguia ouvir seu coração batendo, acima do barulho do vento nas árvores. Minha pele estava fria; as lágrimas do meu rosto esfriaram na mesma hora.

Por fim, deixei os braços relaxarem e dei um passo para trás.

– É melhor voltarmos para casa – disse, tentando falar em tom normal. – Está ficando muito tarde.

– Sim, acho que sim. – Ele me ofereceu o braço e eu o aceitei. Passamos em silêncio pelo caminho até a beira do riacho. Estava frio o bastante para pequenos cristais de gelo brilharem entre as rochas onde a luz das estrelas os refletia, mas o riacho estava longe de estar congelado. Seu gorgolejar enchia o ar e nos impedia de ficar silenciosos demais.

– Sim, bem – disse ele quando passamos pelo chiqueiro. – Espero que Roger Wakefield seja um homem melhor do que nós dois, Frank e eu. – Olhou para mim. – Saiba que se ele não for, vou acabar com ele.

Apesar de tudo, eu ri.

– Isso vai ajudar *muito* na situação. Com certeza.

Ele riu e continuou andando. Na base do monte, viramos sem nos falar e fomos na direção da casa. Perto do caminho que levava à porta, eu o interrompi.

– Jamie – disse com hesitação. – Você acredita que eu amo você?

Ele virou a cabeça e olhou para mim por muito tempo antes de responder. A lua brilhava em seu rosto, destacando os traços como se tivessem sido esculpidos em mármore.

– Sim, e se não me ama, Sassenach, você escolheu um momento muito ruim para me contar.

Suspirei e ri ao mesmo tempo.

– Não, não é isso – falei. – Mas... – Minha garganta se contraiu e engoli com esforço, precisando falar. – Eu... não digo com frequência. Talvez seja porque não fui criada dizendo coisas assim; vivi com meu tio, e ele era carinhoso, mas não... bem, eu não sabia como os casais...

Ele pousou a mão delicadamente sobre meus lábios, esboçando um leve sorriso. Depois de um momento, ele a tirou.

Respirei fundo, estabilizando minha voz:

– Olhe, o que quero dizer é... se eu não digo, como você sabe que eu amo você?

Ele ficou parado, olhando para mim, e então meneou a cabeça.

– Sei por que você está aqui, Sassenach. E é o que você quer dizer, não? Que ele veio atrás dela... esse Roger. Então talvez ele a ame bastante.

– Não é algo que alguém faria só por amizade.

Ele assentiu de novo, mas eu hesitei, querendo dizer mais, para imprimir nele o sentido do que disse.

– Não contei muito sobre isso porque... não há palavras para isso. Mas uma coisa eu posso dizer, Jamie... – Estremeci involuntariamente, e não por causa do frio. – Nem todo mundo que passa pelas pedras consegue sair.

Ele ficou mais sério.

– Como sabe disso, Sassenach?

– Eu consigo... consegui ouvi-los... gritando.

Eu estava tremendo sem parar, numa mistura de frio com lembranças, e ele segurou minhas mãos e me puxou para mais perto. O vento do outono balançava os galhos dos salgueiros perto do riacho, um som de ossos secos. Ele me segurou até o tremor parar e então me soltou.

– Está frio, Sassenach. Entre. – Virou-se na direção da casa, mas eu pousei minha mão em seu ombro para detê-lo de novo.

– Jamie?

– Sim.

– Eu deveria... você... você precisa que eu diga?

Ele se virou e olhou para mim. Estava cercado pela luz da lua, mas seus traços voltaram a ficar escuros.

– Não preciso disso. – A voz dele era suave. – Mas eu não me importaria se você quisesse dizer. De vez em quando. Não com muita frequência, certo? Eu não gostaria de perder a novidade da situação. – Percebi que ele sorria e também sorri, mesmo que ele não pudesse ver.

– Mas de vez em quando não causaria mal?
– Não.
Eu me aproximei dele e coloquei as mãos em seus ombros.
– Amo você.
Ele olhou para mim por muito tempo.
– Que bom, Claire – disse baixinho, e tocou meu rosto. – Fico muito feliz. Venha para a cama agora, vou aquecer você.

48

EM UMA MANJEDOURA

O estábulo minúsculo ficava em uma caverna rasa embaixo de uma rocha que se estendia acima, cobrindo o espaço, e uma parede fora criada na frente com uma paliçada de troncos de cedro, fincada cerca de 60 centímetros na terra, forte o bastante para deter o urso mais decidido. A luz entrava pela metade de cima da porta aberta do estábulo e a fumaça iluminada e rósea subia pela face do abismo à frente, passando como água cristalina sobre a pedra.

– Por que uma porta dupla? – perguntara ela. Parecia um trabalho excessivo, um refinamento desnecessário para uma estrutura tão simples.

– É preciso dar aos animais um lugar para olharem para fora – explicara, mostrando a ela onde esticar as faixas de couro ao redor da curva da madeira. Ele pegou o martelo para prender o couro e sorriu para ela, ajoelhando-se sobre o portão meio erguido. – Para mantê-los felizes.

Ela não sabia se os animais eram felizes no estábulo, mas *ela* era; fresco e protegido pelas sombras, com cheiro forte de palha e de esterco dos animais que só comiam mato, era um refúgio pacífico durante o dia, quando seus moradores saíam para pastar. No clima ruim ou à noite, a pequena paliçada era muito confortável; certa vez, ela passara perto o bastante depois de escurecer e viu as exalações suaves e quentes dos animais no espaço entre a madeira e a rocha, como se a terra mesma respirasse por lábios contraídos, adormecidos e aquecidos no frio do outono.

Estava frio naquela noite e as estrelas eram nítidas como pontas de agulha na atmosfera clara. Saindo da casa, era uma caminhada de apenas cinco minutos, mas Brianna tremia sob a capa quando chegou ao estábulo. A luz que saía vinha não apenas de uma lanterna pendurada, ela viu, mas também de um pequeno braseiro improvisado no canto, oferecendo calor e luz para a vigília ali dentro.

Seu pai estava deitado e encolhido em uma cama de feno, com o tartã sobre o corpo, perto da pequena vaca malhada. A bezerra estava deitada de lado com as patas para baixo, grunhindo de vez em quando, com um olhar de concentração leve na ampla cara branca.

Ele levantou a cabeça abruptamente ao ouvir os passos dela no chão de pedra e levou a mão por reflexo ao cinto sob o tartã.

– Sou eu – disse ela, e viu que ele relaxou quando ela apareceu à luz. Ele virou as pernas para o lado e se sentou, esfregando o rosto enquanto ela entrava, cuidadosamente prendendo o portão de baixo.

– Sua mãe ainda não voltou? – Ela estava sozinha, era claro, mas ele olhou rapidamente sobre seu ombro como se esperasse que Claire se materializasse na escuridão.

Brianna balançou a cabeça, negando. Claire havia ido com Lizzie como acompanhante para cuidar de um parto em uma das fazendas no lado mais distante da enseada; se o bebê não chegasse até o pôr do sol, elas passariam a noite na casa dos Lachlan.

– Não. Ela disse que, se não voltasse, eu deveria trazer algo para você comer. – Ela se ajoelhou e abriu o pequeno pacote que trouxera, retirando pães pequenos com queijo e tomate em conserva, uma torta de maçã e duas garrafas de pedra – uma com ensopado de legumes quente, e a outra com sidra.

– Que gentileza, moça. – Ele sorriu para ela e pegou uma das garrafas. – Você já comeu?

– Ah, sim – disse ela. – Muito. – Ela *havia* comido, mas não resistiu e olhou com desejo para os pães frescos; a sensação de mal-estar já havia passado, substituída por um apetite surpreendente em sua intensidade.

Ele a viu olhar e, sorrindo, pegou o punhal, cortou um dos pães em duas partes e entregou a ela a maior.

Mastigaram na companhia um do outro por alguns momentos, sentados lado a lado no feno, e o silêncio era quebrado apenas pelos gemidos dos outros habitantes do estábulo. O lado mais distante do recinto era cercado para servir de chiqueiro para a enorme porca e sua nova ninhada; Brianna conseguia vê-los sob a luz: uma fileira de corpinhos rechonchudos sobre a palha, profeticamente em formato de linguiça.

O restante do pequeno espaço era dividido em três partes. Uma era da vaca vermelha Magdalen, que permanecia na palha ruminando tranquilamente, com o bezerro de um mês enrolado e adormecido em seu peito enorme. A segunda parte estava vazia, tomada pelo feno fresco, pronta para a vaca malhada e seu bezerro. A terceira era onde ficava a égua de Ian, com ancas brilhosas e pesada, pois estava gerando um potro.

– Isto está parecendo uma maternidade – disse Brianna, meneando a cabeça para Magdalen enquanto tirava as migalhas da blusa. Jamie sorriu e ergueu uma sobrancelha, como sempre fazia quando ela dizia algo que ele não entendia.

– É mesmo?

– É uma parte especial de um hospital onde ficam as mães que acabaram de dar à luz e seus bebês – explicou. – A mamãe me levava para trabalhar com ela de vez em quando e me deixava ver a maternidade enquanto fazia suas visitas.

Ela se lembrava vagamente do cheiro do corredor do hospital, um cheiro levemente pungente de desinfetante e cera para polir o chão, e dos bebês deitados, embrulhados, gorduchinhos como filhotes de porco nos bercinhos, com cobertores cor-de-rosa e azuis. Ela sempre gastava muito tempo subindo e descendo o corredor, tentando decidir qual ela levaria para casa, se pudesse pegar um.

Cor-de-rosa ou azul? Pela primeira vez, ela se perguntou o que aquele que ela *pegaria* seria. Pensar "nele" como menino ou menina era estranhamente triste, e ela afastou a ideia com palavras.

– Eles colocam os bebês todos atrás de uma parede de vidro, para que as pessoas possam vê-los sem espalhar germes sobre eles – disse, olhando para Magdalen, feliz e alheia aos fios de saliva verde que pingavam de suas mandíbulas na cabeça de seu bezerro.

– Germes – disse ele de modo pensativo. – Sim, eu soube sobre os germes. Feras pequenas e perigosas, não?

– Podem ser, sim. – Ela tinha a lembrança clara de sua mãe mexendo na caixa de remédios para ir à casa dos Lachlan, com cuidado, enchendo a garrafa grande de vidro com álcool destilado no barril da despensa. E uma lembrança mais distante, mas igualmente vívida, de sua mãe explicando o passado a Roger Wakefield.

"Dar à luz era a coisa mais perigosa que uma mulher podia fazer", dissera Claire, franzindo o cenho ao se lembrar das coisas que já tinha visto. "Infecção, ruptura da placenta, reações anormais, abortos, hemorragia, febre puerperal – na maior parte das vezes, a chance de sobrevivência no parto era de 50 por cento."

Os dedos de Brianna estavam frios, apesar dos pedaços de pinheiro no braseiro, e seu apetite voraz parecia tê-la deixado de repente. Colocou o resto do pão no feno, engolindo com dificuldade, com a sensação de que um pedaço grande havia parado em sua garganta.

A mão grande do pai tocou seu joelho, e era possível sentir seu calor até mesmo através da lã de sua saia.

– Sua mãe não vai permitir que você sofra – disse ele. – Ela já combateu germes antes; já vi. Ela não permitiu que eles tomassem conta do meu corpo, e não permitirá que tomem conta do seu. Ela é uma pessoa muito teimosa, sabe?

Ela riu, e a sensação de engasgo diminuiu.

– Ela diria que só um teimoso reconheceria outro.

– Acho que ela tem razão quanto a isso. – Ele se levantou e deu a volta pela novilha malhada, abaixando-se para observar seu rabo. Ficou de pé, balançando a cabeça, e voltou a se sentar. Recostou-se confortavelmente e pegou o pão que Brianna descartara.

– Ela está bem? – Brianna se curvou e pegou um pedaço de feno, segurando-o de modo convidativo à frente da bezerra. A vaca respirou com força sobre os nós de seus dedos, mas ignorou a atenção, olhando de um lado para outro com os olhos de cílios compridos. De vez em quando, as laterais malhadas do corpo do animal tremiam, e o pelo grosso da vaca brilhava à luz da lanterna pendurada.

Jamie franziu o cenho.

– Sim, acho que ela vai ficar bem. Mas é a primeira cria dela e ela é pequena para isso. Tem só 1 ano; não deveria ter cruzado tão cedo, mas... – Encolheu os ombros e deu mais uma mordida no pão.

Brianna secou a mão molhada na barra da saia. Sentindo-se repentinamente inquieta, levantou-se e caminhou até o chiqueiro.

A curva ampla da barriga da porca subia e descia em meio ao feno como um balão inflado, a pele rosada visível sob os pelos brancos, macios e esparsos. A porca estava deitada, calma, respirando lenta e profundamente, ignorando os remelexos e grunhidos dos filhotes perto de sua barriga. Um porquinho foi empurrado por um dos irmãos e, por um momento, perdeu a teta; ouviu-se um grito estridente de protesto e um jato de leite espirrou do mamilo recém-liberado, molhando a palha.

Brianna sentiu um leve formigar nos próprios seios; de repente, eles pareceram mais pesados do que o normal, apoiados em seus braços dobrados enquanto ela se recostava na cerca.

Não era exatamente uma imagem estética da maternidade – não era bem a Madonna e seu filho –, mas havia algo vagamente reconfortante no torpor maternal tranquilo da porca, de qualquer modo – um tipo de confiança despreocupada, a fé cega nos processos naturais.

Jamie olhou de novo para a vaca malhada e parou ao lado de Brianna perto do chiqueiro.

– Que boa mocinha – disse ele com aprovação, meneando a cabeça na direção da porca. Como se respondesse, a porca soltou um longo e retumbante peido e se remexeu, esticando-se na palha com um suspiro voluptuoso.

– Bem, parece que ela sabe o que está fazendo – concordou Brianna, mordendo o lábio.

– Sim, sabe. Tem um temperamento forte, mas é uma boa mãe. Esta é sua quarta ninhada, e nenhum morreu ou desmamou raquítico. – Meneou a cabeça aprovando e então olhou para a bezerra malhada. – Só espero que ela consiga metade do que a porca conseguiu.

Brianna respirou fundo.

– E se não conseguir?

Ele não respondeu na hora, mas permaneceu recostado na cerca, olhando para a ninhada. Então ergueu os ombros levemente.

– Se ela não conseguir dar à luz sozinha e eu não conseguir puxar o bezerro, talvez eu tenha que matá-la – disse ele sem emoção. – Se puder salvar o bezerro, talvez possa deixá-lo com Magdalen.

Ela sentiu o estômago se embrulhar com a comida ingerida. Ela tinha visto o punhal no cinto dele, claro, mas fazia parte de sua roupa de sempre, por isso ela nunca tinha pensado em questionar sua habilidade de pastor. A presença pequena e redonda em sua barriga estava parada e pesada, como uma bomba-relógio à espera.

Ele se agachou ao lado da bezerra e passou a mão pela anca inchada. Evidentemente satisfeito por enquanto, coçou a vaca entre as orelhas, murmurando em gaélico.

Como ele podia acariciá-la daquele modo, ela pensou, sabendo que dali a algumas horas podia estar fatiando sua carne? Parecia sangue-frio; um açougueiro sussurrava "doce menina" a suas vítimas? Uma leve dúvida gélida caiu em seu estômago e se uniu aos outros pesos ali presentes como uma coleção.

Ele ficou de pé e se alongou, resmungando quando sua coluna estalou. Endireitou os ombros, parou, piscou e sorriu para ela.

– Posso levá-la para casa, moça? Vai demorar um pouco para que algo aconteça aqui.

Ela olhou para ele, hesitante, mas se decidiu.

– Não, vou esperar um pouco com você. Se não se importar.

Ela se decidiu num impulso. Perguntaria agora. Estava há dias esperando pelo momento certo, mas quando podia ser o momento certo para algo assim? Pelo menos, eles estavam sozinhos agora, sem chance de serem perturbados.

– Como quiser. Vou ficar contente com sua companhia.

Não por muito tempo, ela pensou ao se virar para mexer no cesto que havia trazido. Preferiria que ali estivesse escuro. Teria sido muito mais fácil perguntar o que precisava saber na trilha escura para casa. Mas palavras não bastavam; ela tinha que ver o rosto dele.

Sua boca estava seca; ela aceitou de bom grado quando ele ofereceu um copo de sidra. Era forte e densa, e o leve torpor do álcool pareceu diminuir um pouco o peso em sua barriga.

Ela lhe entregou o copo, mas não esperou que ele bebesse, temendo que o efeito encorajador momentâneo da sidra passasse antes de conseguir falar.

– Pa...

– Sim, moça? – Ele servia mais sidra, os olhos fixos no líquido dourado.

– Preciso perguntar uma coisa.

– Sim?

Ela respirou fundo e disse de uma vez:

– Você matou Jack Randall?

Ele ficou paralisado por um momento, a jarra ainda inclinada sobre o copo. Então virou o jarro cuidadosamente e o colocou no chão.

– E onde você ouviu esse nome? – perguntou ele. Olhou diretamente para ela, a voz tão firme quanto os olhos. – De seu pai, talvez? De Frank Randall?

– A mamãe me contou sobre ele.

Um músculo se contraiu perto do canto de sua boca, o único indício exterior do choque.

– Contou...

Não foi uma pergunta, mas ela respondeu mesmo assim:

– Ela me contou o que... o que aconteceu. O que ele... fez com você. Em Wentworth.

Seu momento de coragem havia passado, mas não importava: já tinha ido longe demais. Ele simplesmente ficou sentado olhando para ela, esquecendo-se do copo que segurava. Ela queria pegá-lo e beber tudo, mas não ousou.

Ocorreu a ela, tarde demais, que ele podia considerar uma traição Claire ter contado a quem quer que fosse, ainda mais a ela. Apressou-se, confusa devido ao nervosismo.

– Não foi agora; foi antes... eu não conhecia você... ela pensou que eu nunca conheceria. Quero dizer, não acho... sei que ela não pretendia...

Ele ergueu uma sobrancelha para ela.

– Calma, sim?

Ela ficou contente por poder parar de falar. Não conseguia olhar para ele, mas ficou fitando o próprio colo, os dedos tocando o tecido avermelhado de sua saia. O silêncio se prolongou, interrompido apenas pelos movimentos e pelos grunhidos abafados dos porquinhos e um ronco do estômago de Magdalen vez ou outra.

Por que ela não havia encontrado outra maneira?, ela se perguntou, tomada pelo embaraço. *Tu não deves expor a nudez de teu pai.* Dizer o nome de Jack Randall era trazer de volta as imagens do que ele havia feito... e ela nem sequer conseguia pensar nisso. Deveria ter pedido a sua mãe, deixado Claire perguntar a ele... mas não. Não tivera escolha, de fato. Ela tinha que saber por ele...

Seus pensamentos confusos foram interrompidos pelas palavras calmas dele:

– Por que está perguntando, moça?

Ela levantou a cabeça e o viu olhando para ela por cima do copo de sidra que não bebera. Não parecia irritado, e ela se sentiu menos nervosa. Cerrou os punhos sobre os joelhos para se firmar e fitou diretamente os olhos dele.

– Preciso saber se isso resolverá. Quero... matá-lo. O homem que... – Ela fez um gesto vago para a própria barriga e engoliu em seco. – Mas se fizer isso e não ajudar... – Não conseguiu continuar.

Ele não pareceu chocado; abstraído, apenas. Levou o copo à boca e tomou um gole lentamente.

– Hummm. E você já matou alguém antes? – Ele disse isso como uma pergunta, mas ela sabia que não era. O músculo saltou perto dos lábios dele de novo... porque ele queria rir, ela pensou, não estava chocado, e ela sentiu uma onda de ira.

– Você acha que não consigo, não é? Mas consigo. É melhor acreditar, porque consigo! – Ela abriu as mãos, segurando os joelhos fortes. Acreditava que conseguiria, ainda que sua ideia de como poderia acontecer variasse. A sangue-frio, um tiro parecia o melhor modo, talvez o único certo. Mas, ao tentar imaginar a cena, percebeu a verdade no antigo ditado "Um tiro é bom demais para ele".

Podia ser bom demais para Bonnet, mas não seria bom demais para ela. À noite, quando afastava os cobertores, sem conseguir aguentar o menor peso que fosse e a lembrança do que acontecera, ela não queria vê-lo morto apenas. Queria *matá--lo*, pura e intensamente. Matá-lo com suas mãos, vingando-se do que tinha sido tirado dela.

E ainda assim... de que adiantaria matá-lo se ele ainda a assombrasse? Não havia como saber, a menos que seu pai contasse.

— Pode me dizer? — perguntou ela. — Você o matou... e isso ajudou?

Ele parecia estar pensando naquilo, observando-a com atenção, os olhos semicerrados.

— E de que resolveria você praticar um assassinato? — perguntou ele. — Não tirará o bebê de sua barriga nem devolverá sua honra.

— Eu sei disso! — Ela sentiu o rosto muito quente e se virou, irritada com ele e consigo mesma. Eles falavam de estupro e assassinato, e ela se sentia envergonhada por ele ter mencionado sua virgindade perdida? Forçou-se a olhar para ele de novo.

— A mamãe disse que você tentou matar Jack Randall em Paris, em um duelo. O que *você* pensou que conseguiria com isso?

Ele coçou o queixo com força, então respirou fundo e soltou o ar lentamente, os olhos fixos na rocha manchada no teto.

— Eu queria resgatar minha virilidade — disse. — Minha honra.

— Você acha que resgatar minha honra não vale a pena? Ou acha que é a mesma coisa que minha *virgindade*? — Ela imitou o sotaque dele com raiva.

Ele olhou para ela com seus olhos azuis.

— É a mesma coisa para *você*?

— Não, não é — disse ela entre dentes.

— Que bom — respondeu ele.

— Então responda, maldição! — Ela bateu um punho na palha, e não encontrou satisfação com o baque seco. — Matá-lo devolveu sua honra? Ajudou? Diga a verdade!

Ela parou, ofegante. Olhou para ele, e ele lhe devolveu um olhar frio. Então levou o copo abruptamente aos lábios, bebeu a sidra num só gole e colocou o copo na palha ao seu lado.

— A verdade? A verdade é que não sei se o matei ou não.

Ela estava boquiaberta.

— Você não *sabe* se o matou?

— Foi o que eu disse. — Um leve movimento dos ombros indicou sua impaciência. Ele ficou de pé de repente, como se não conseguisse permanecer sentado por mais tempo. — Ele morreu em Culloden, e eu estava lá. Acordei na charneca depois da batalha, com o corpo de Randall em cima de mim. Só sei isso... e nada muito além disso. — Parou como se estivesse pensando e então, decidido, colocou um joelho à frente, puxou o tartã e virou a cabeça para baixo. — Veja.

Era uma velha cicatriz, mas não menos impressionante pela idade. Ela percorria a parte de dentro da coxa dele por quase 30 centímetros e a ponta de baixo era repuxada como a cabeça de uma clava, o restante uma linha mais clara, apesar de grossa e retorcida.

– Uma baioneta, acredito – disse ele, olhando para a cicatriz sem emoção. Abaixou o kilt, escondendo-a mais uma vez. – Eu me lembro da sensação da lâmina acertando o osso, e nada mais. Nem o que aconteceu depois... nem antes.

Ele respirou de modo profundo e audível e, pela primeira vez, ela percebeu que aquela aparente calma estava exigindo grande esforço para ser mantida.

– Achei uma bênção não conseguir me lembrar. – Ele não olhava para ela, mas para as sombras do fundo do estábulo. – Bons homens morreram ali, homens que eu amava. Se eu não soubesse de suas mortes, se eu não me lembrasse deles nem os imaginasse, então não teria que pensar neles como mortos. Talvez isso tenha sido covardia, talvez não. Talvez eu tenha escolhido não me lembrar daquele dia, talvez eu não consiga, se quiser.

Fitou-a, os olhos mais calmos, então se virou, com o tartã balançando, sem esperar resposta.

– Depois... sim, bem. A vingança não parecia importante naquele momento. Havia milhares de homens mortos naquele campo e eu pensei que seria um deles dentro de horas. Jack Randall... – Fez um gesto frio e impaciente, afastando a lembrança de Jack Randall como teria feito com uma mosca. – Ele *foi* um deles. Pensei que poderia deixá-lo com Deus.

Ela respirou fundo, tentando manter os sentimentos sob controle. A curiosidade e a solidariedade lutavam contra uma sensação enorme de frustração.

– Você está... bem. Quero dizer... apesar do que ele fez com você?

Ele olhou para ela com exasperação, numa mistura de compreensão e sarcasmo.

– Poucos morrem disso, moça. Eu não morri. Nem você.

– *Ainda* não. – Involuntariamente, ela levou a mão à barriga. Olhou para ele. – Acho que veremos em seis meses se eu morrerei disso.

Isso o deixou abalado, e ela viu. Ele soltou o ar e fez uma cara feia para ela.

– Você vai ficar bem – disse. – Você tem mais anca do que a bezerra.

– Como a sua mãe? Todo mundo diz que sou como ela. Acredito que ela também tivesse quadril largo, mas isso não a salvou, não é?

Ele se retraiu. Rápida e rasteira como se tivesse dado um tapa em sua cara. Perversamente, viu como ela foi tomada pelo pânico, e não pela satisfação que esperara.

Ela compreendeu, naquele momento, que a promessa que ele fizera de protegê-la era, em parte, uma ilusão. Ele mataria por ela, sim. Ou morreria, ela não tinha dúvidas. Se ela deixasse, ele vingaria sua honra, destruiria seus inimigos. Mas ele não podia defendê-la de seu filho; ele era tão impotente para salvá-la daquela ameaça como se ela nunca o tivesse encontrado.

– Vou morrer – disse ela, a certeza tomando seu ventre como o mercúrio congelado. – Sei que vou.

– Não vai! – Ele a agarrou, e ela sentiu as mãos dele em seus braços. – Não permitirei!

Ela daria qualquer coisa para acreditar nele. Seus lábios estavam adormecidos e rígidos, e a raiva dava caminho ao desespero.

– Não tem como evitar. Não pode fazer nada! – disse ela.

– Sua mãe pode – respondeu ele, mas não parecia totalmente convencido. Suas mãos relaxaram e ela se livrou.

– Não, ela não pode... não sem um hospital, sem remédios e equipamentos. Se... se der errado, ela só poderá tentar salvar o bebê. – Ela olhou para o punhal dele, com a lâmina brilhando contra a palha onde ele o havia deixado.

Seus joelhos estavam fracos e ela se sentou de repente. Ele pegou a jarra e virou a sidra em um copo, colocando-o embaixo do nariz dela.

– Beba isto – disse. – Beba, moça, você está muito pálida. – Apoiou a nuca dela, incentivando-a. Ela deu um gole, mas engasgou e se afastou, fazendo um gesto de recusa. Passou a manga pelo queixo molhado, secando a sidra derramada.

– Sabe o que é pior? Você disse que não foi minha culpa, mas foi.

– Não foi!

Ela ergueu a mão, fazendo um gesto para que ele se calasse.

– Você falou sobre covardia; sabe o que é isso. Bem, eu fui covarde. Deveria ter lutado, não deveria ter permitido que ele... mas senti medo. Se eu tivesse sido corajosa, isso não teria acontecido, mas não fui, estava aterrorizada! E agora estou ainda com mais medo – disse ela, a voz embargada. Respirou fundo para se acalmar, apoiando as mãos na palha. – Você não pode evitar, nem a mamãe, e eu também não posso fazer nada. E Roger... – Sua voz falhou nesse momento, e ela mordeu o lábio com força, afastando as lágrimas.

– Brianna... *a leannan*... – Ele fez um movimento para confortá-la, mas ela se afastou, os braços cruzados em cima da barriga.

– Fico pensando... se eu matá-lo, é algo que posso fazer. É a *única* coisa que posso fazer. Se eu... se eu tenho que morrer, pelo menos posso levá-lo comigo, e se eu não morrer... então talvez eu possa esquecer, se ele estiver morto.

– Você não vai esquecer.

As palavras saíram diretas e sérias como um soco na barriga. Ele ainda segurava o copo de sidra. Jogou a cabeça para trás e bebeu de uma vez.

– Mas não importa – disse ele, pousando o copo com um ar formal. – Vamos encontrar um marido para você e, quando o bebê nascer, você não terá muito tempo para gastar se preocupando.

– O quê? – perguntou ela, indignada. – Como assim, encontrar um marido para mim?

– Você vai precisar de um, não? – perguntou ele, surpreso. – A criança deve ter um pai. E se você não me disser o nome do homem que lhe fez a barriga, para eu fazer com que ele assuma a responsabilidade...

– Você acha que eu me *casaria* com o homem que fez isso? – Sua voz falhou de novo, dessa vez irritada.

A voz dele ficou mais firme:

– Bem, estou pensando... será que você não está brincando um pouco com a verdade, moça? Talvez não tenha sido um estupro, afinal; talvez você tenha deixado de gostar do homem e tenha fugido... e inventou a história depois. Você não tinha hematomas, afinal. Difícil pensar que um homem pudesse forçar uma moça do seu tamanho, se você realmente não quisesse.

– Você acha que estou *mentindo*?

Ele ergueu uma sobrancelha com sarcasmo. Furiosa, ela levantou a mão para ele, mas ele segurou seu pulso.

– Não – disse com reprovação. – Você não é a primeira moça a cometer um deslize e tentar escondê-lo, mas... – Ele segurou o outro punho quando ela o atacou e puxou os dois para cima. – Você não precisa fazer esse escândalo todo. Ou você queria o homem e ele a deixou? Foi isso?

Ela se contorceu, usou o peso para virar de lado, levantou o joelho com força. Ele se virou levemente e o joelho dela acertou sua coxa, não a parte vulnerável entre as pernas dele, que era o alvo.

O golpe deve ter doído, mas ele não diminuiu a pressão nem um pouco. Ela se retorceu, chutando, amaldiçoando as saias. Acertou a canela dele pelo menos duas vezes, mas ele só riu, como se achasse os ataques engraçados.

– É só o que consegue fazer, moça? – Ele a soltou, mas só para segurar os dois braços com uma das mãos. Com a outra, fez cócegas nas costelas dela.

> *Houve um homem*
> *em Muir of Skene,*
> *Ele tinha punhais,*
> *E eu não tinha nada;*
> *Mas eu o ataquei*
> *Com meus polegares,*
> *E imagine,*
> *Eu o apunhalei,*
> *Apunhalei,*
> *Apunhalei.*

A cada repetição, ele afundava um polegar com força entre as costelas dela.

– *Seu maldito!* – gritou ela. Firmou os pés, posicionou-se na direção do braço dele com toda a força que tinha e começou a morder. Atacou o punho, mas, antes que pudesse fincar os dentes na carne, sentiu o corpo ser erguido do chão e virado no ar.

Ela acabou caindo de joelhos, um dos braços torcido atrás das costas, tão firme a ponto de a articulação de seu ombro estalar. A pressão em seu cotovelo doeu; ela se remexeu, tentando se virar, mas não conseguiu. Um braço parecido com uma barra de ferro prendia seus ombros, forçando sua cabeça cada vez mais para baixo.

Ela encostou o queixo no peito; não conseguia respirar. Mas ele continuava forçando a cabeça dela para baixo. Seus joelhos se separaram, as coxas também, devido à pressão.

– Pare! – grunhiu. Doía forçar o som pela garganta comprimida. – Me D'us, pare!

A pressão parou, mas não diminuiu. Ela conseguia senti-lo atrás dela, uma força inexorável e inexplicável. Levou a mão livre para trás, procurando algo a que se agarrar, algo para bater ou torcer, mas não encontrou nada.

– Eu poderia quebrar seu pescoço – disse ele baixinho.

O peso de seu braço esquerdo saiu dos ombros dela, mas o braço torcido ainda a mantinha inclinada para a frente, os cabelos soltos e despenteados, quase tocando o chão, mão pousada em seu pescoço. Ela conseguia sentir o polegar e o dedo indicador dos dois lados, pressionando levemente suas artérias. Ele apertou e manchas pretas dançaram diante dos olhos dela.

– Poderia matar você.

A mão saiu de seu pescoço e a tocou de propósito no joelho e no ombro, no rosto e no queixo, enfatizando a impotência dela. Ela livrou a cabeça, sem deixar que ele tocasse a umidade, não querendo que ele sentisse suas lágrimas de ira. Então a mão fez uma pressão repentina e brutal na parte baixa de suas costas. Ela emitiu um som de engasgo e arqueou as costas para evitar que o braço fosse quebrado, empurrando o quadril para trás, as pernas abertas para manter o equilíbrio.

– Eu poderia usá-la como quisesse – disse ele, e havia frieza em sua voz. – Poderia me impedir, Brianna?

Ela teve a sensação de que poderia se sufocar com ira e vergonha.

– Responda. – A mão a segurou pelo pescoço de novo e apertou.

– Não!

Ela estava livre. Tão repentinamente solta que caiu de cara, quase sem conseguir apoiar a mão para se proteger.

Ficou deitada na palha, ofegante e soluçando. Ouviu um bufar alto perto da cabeça – Magdalen, perturbada pelo barulho, espiando de sua baia. Lenta, dolorosamente, ela se apoiou e se sentou.

Ele estava perto dela, os braços cruzados.

– Maldito! – gritou. Bateu a mão no feno. – Deus, quero matar você!

Ele permaneceu parado, olhando para ela.

– Sim. Mas não consegue, não é?

Ela olhou para ele, sem entender. Ele olhava fixamente para ela, não irritado, nem sarcástico. Esperando.

– Não *consegue* – repetiu, com ênfase.

E então ela percebeu, e a percepção subiu de seus braços doloridos aos punhos marcados.

– Ah, meu Deus – disse ela. – Não consigo. Não conseguiria. Ainda que eu tivesse lutado... eu *não conseguiria*.

De repente, começou a chorar, e os nós dentro dela se desfizeram, os pesos foram erguidos, retirados, e um alívio bendito se espalhou por seu corpo. Não tinha sido sua culpa. Se ela tivesse lutado com toda a força... como acabara de fazer...

– Não conseguiria – disse ela, e engoliu em seco, puxando o ar. – Não poderia tê-lo impedido. Fiquei pensando que se tivesse lutado mais... mas não teria adiantado. Não o teria impedido.

Uma mão tocou seu rosto, grande e muito gentil.

– Você é uma moça boa e corajosa – sussurrou ele. – Mas uma moça, mesmo assim. Você se repreenderia e se julgaria uma covarde se não conseguisse conter um leão com as próprias mãos? É a mesma coisa. Não se repreenda.

Ela passou as costas da mão embaixo do nariz e fungou profundamente.

Ele colocou a mão embaixo de seu cotovelo e a ajudou a se erguer, e sua força não era mais nem ameaçadora nem sarcástica, mas totalmente reconfortante. Ela sentiu os joelhos arderem no ponto onde tinham sido arranhados. Suas pernas estavam moles, mas ela conseguiu chegar ao monte de feno, e ele deixou que ela se sentasse.

– Você poderia só ter *dito* que não era minha culpa, sabe? – disse ela.

Ele sorriu levemente.

– Eu disse. Você não acreditou. Então precisava ver com os próprios olhos.

– Acho que não acreditei mesmo. – Um cansaço profundo, mas calmo, tomou conta dela, cobrindo-a como um cobertor. Dessa vez, ela não tentou afastá-lo.

Observou, sentindo-se fraca demais para se mexer, enquanto ele molhava um pano no cocho e passava no rosto dela, ajeitava suas saias amarrotadas e lhe servia uma bebida.

Quando entregou a ela o copo cheio de sidra, no entanto, ela pousou a mão em seu braço. Os ossos e os músculos eram firmes, quentes sob seus dedos.

– Você poderia ter lutado. Mas não lutou.

Ele pousou a mão grande sobre a dela, apertou e soltou.

– Não, não lutei – disse ele baixinho. – Dei minha palavra... pela vida de sua mãe. – Ele olhou nos olhos dela diretamente, claros como água. – Não me arrependi.

Apoiou as mãos nos ombros dela e a acomodou no monte de feno.

– Descanse um pouco, *a leannan*.

Ela se deitou, mas esticou a mão para tocá-lo quando ele se ajoelhou ao lado dela.

– É verdade... que não esquecerei?

Ele fez uma pausa, com a mão nos cabelos dela.

– Sim, é verdade – disse. – Mas também é verdade que, depois de um tempo, não vai mais importar.

– Não? – Ela estava cansada demais até mesmo para pensar no que ele podia querer dizer com isso. Sentia-se quase sem peso, estranhamente distante, como se não mais habitasse seu corpo tomado por problemas. – Mesmo que eu não seja forte o bastante para matá-lo?

Uma rajada de vento frio entrou pela porta e atravessou a nuvem quente de fumaça, fazendo todos os animais se mexerem. A vaca malhada se remexeu irritada e soltou um *muuuu* baixo de incômodo e protesto.

Ela viu o pai olhar para a vaca e então para ela.

– Você é uma mulher muito forrrte, *a bheanachd* – disse por fim, muito delicadamente.

– Não sou forte. Você acabou de provar que não sou...

A mão dele no seu ombro a deteve.

– Não é isso que quero dizer.

Ele parou, pensando, a mão acariciando seus cabelos várias vezes.

– Ela tinha 10 anos quando nossa mãe morreu, a minha irmã Jenny. Foi um dia depois do enterro que entrei na cozinha e a vi de pé em um banquinho, para conseguir alcançar a panela sobre a mesa. Ela usava o avental de minha mãe dobrado embaixo dos braços e os cordões dando duas voltas em sua cintura. Vi que ela tinha chorado, assim como eu, pois seu rosto estava todo manchado, e os olhos, vermelhos. Mas ela continuou mexendo a panela, olhando dentro dela, e disse para mim: "Vá se lavar, Jamie. Estou fazendo o jantar para você e para o papai."

Ele fechou os olhos e engoliu em seco. Voltou a abri-los e olhou para ela de novo.

– Sim, eu sei como as mulheres são fortes – disse ele baixinho. – E você é forte o bastante para o que deve ser feito, *m'annsachd*... acredite.

Ele ficou de pé e caminhou até a vaca, que havia se levantado e andava sem parar em um pequeno círculo dentro do espaço restrito. Ele a pegou pela corda do cabresto, acalmou-a com carinhos e palavras, passou por trás dela, franzindo o cenho em concentração. Ela o viu virar a cabeça e olhar, conferir o punhal e voltar a se virar, murmurando.

Não um açougueiro, não. Um cirurgião a seu modo, como sua mãe. Naquele lugar remoto, ela conseguia ver como os pais – totalmente diferentes em temperamento e comportamento – eram parecidos neste aspecto: aquela capacidade estranha de misturar compaixão com frieza.

Mas eles eram diferentes até mesmo nisso, ela pensou. Claire conseguia segurar a vida e a morte nas mãos e ainda assim se preservar, manter-se alheia; um médico tinha que continuar vivendo, pelo bem dos seus pacientes, ainda que não por si. Jamie era frio consigo mesmo, tanto quanto – ou mais – que com as outras pessoas.

Ele havia tirado o tartã; agora desabotoava a camisa, sem pressa, mas também sem perder tempo. Puxou a peça de linho claro pela cabeça e a deixou de lado, voltando ao ponto de observação atrás da bezerra, pronto para ajudar.

Um arrepio demorado tomou o corpo arredondado da vaca, e a luz brilhava clara sobre a marca da cicatriz sobre seu coração. Expor sua nudez? Ele se despiria, se acreditasse ser preciso. E – um pensamento muito menos reconfortante –, se ele julgasse necessário, faria a mesma coisa com ela, sem hesitar.

Ele mantinha uma das mãos na base do rabo da vaca, falando com ela em gaélico, acalmando, incentivando. Ela sentia que quase conseguia entender o sentido das palavras – mas não tanto.

Tudo poderia estar bem, ou não. Mas, independentemente do que acontecesse, Jamie Fraser estaria lá, lutando. Era um conforto.

Jamie parou perto da cerca do chiqueiro, na parte alta acima da casa. Era tarde, e ele estava mais do que cansado, mas sua mente o mantinha desperto. Depois de realizar o parto, ele levara Brianna para a cabana – ela dormia calma como um bebê em seus braços – e voltara a sair, para buscar alívio na solidão da noite.

Seus tornozelos doíam onde ela o havia chutado e havia hematomas escuros nas coxas; ela era uma mulher de grande força. Nada disso o incomodou nem um pouco; na verdade, ele sentiu um orgulho estranho e inesperado ao testemunhar sua força. *Ela vai ficar bem*, pensou. Com certeza.

Havia mais esperança do que confiança por trás de seus pensamentos. Mas era por causa de si próprio que ele estava desperto, e sentiu-se preocupado e tolo por saber disso. Acreditara estar totalmente curado, acreditara que as feridas antigas já tinham ficado para trás, a ponto de ele poder esquecê-las. Enganara-se, e era esquisito perceber como as lembranças enterradas estavam tão próximas da superfície.

Para conseguir descanso essa noite, elas teriam que ser exumadas; os fantasmas se erguiam para que fossem mostradas. Bem, dissera à moça que era preciso ser forte. Ele parou, segurando a cerca.

Os sons da noite desapareceram lentamente de sua mente enquanto esperava, atento à voz. Há anos ele não a ouvia, pensou que nunca mais a ouviria – mas havia ouvido seu eco uma vez naquela noite; viu o fantasma da ira nos olhos da filha e sentiu suas chamas tomarem seu coração.

Era melhor recebê-la e enfrentá-la do que deixá-la presa. Se não conseguisse encarar os próprios demônios, não conseguiria derrubar os dela. Tocou um hematoma na coxa, sentindo um estranho conforto no incômodo.

Poucos morrem disso, ele dissera. *Eu não morri. Nem você.*

A voz não apareceu a princípio; por um momento, ele torceu para que não aparecesse – *talvez já fizesse muito tempo* –, mas então ela apareceu de novo, sussurrando em seu ouvido como se nunca tivesse saído dali, suas insinuações um carinho que ardia em sua memória como já tinha ardido em sua pele.

"Primeiro, com cuidado", ela dizia. "Suavemente, como se você fosse meu bebê.

Suavemente, mas por muito tempo a ponto de você se esquecer de que houve um tempo em que eu não possuía seu corpo."

A noite estava parada ao redor dele, pausada como o tempo havia pausado muito antes, à beira de um abismo de medo, à espera. Espera pelas próximas palavras, conhecidas com antecedência e esperadas, mas de qualquer modo...

"E então", disse a voz com carinho. "Então vou ferir você gravemente. E você vai me agradecer, vai pedir mais."

Ele permaneceu parado, o rosto virado para as estrelas. Lutou contra a fúria que murmurava em seu ouvido, o pulsar da lembrança em seu sangue. E então fez com que se entregasse, que a deixasse vir. Tremeu ao se lembrar da impotência, e rangeu os dentes de raiva – mas olhou sem piscar para a claridade do céu, invocando os nomes das estrelas como as palavras de uma oração, entregando-se à vastidão acima enquanto procurava se perdoar abaixo.

Betelgeuse. Sirius. Orion. Antares. O céu é muito grande, e você, muito pequeno. Deixou as palavras passarem por ele, a voz e as lembranças passarem por ele, arrepiando sua pele como o toque de um fantasma, sumindo na escuridão.

Plêiades. Cassiopeia. Touro. O céu é muito grande, e você, muito pequeno. Morto, mas não menos poderoso por estar morto. Abriu as mãos, apoiadas na cerca – elas também eram poderosas. O bastante para bater nele até matá-lo, o suficiente para arrancar uma vida. Mas nem mesmo a morte era suficiente para soltar as amarras da ira.

Com grande esforço, ele se soltou. Virou as palmas das mãos para cima, em um gesto de entrega. Alcançou além das estrelas, buscando. As palavras se formaram em silêncio em sua mente, por hábito, tão silenciosamente que ele só as percebeu quando as viu ecoadas em um sussurro em seus lábios.

– *"...Perdoai as nossas ofensas, assim como nós perdoamos a quem nos tem ofendido."*
Respirou lenta e profundamente. Buscou, esforçou-se, lutou para perdoar.
– *"Não nos deixeis cair em tentação, mas livrai-nos do mal."*

Esperou no vazio, na fé. E então a graça veio; a visão necessária; a lembrança do rosto de Jack Randall em Edimburgo, arruinado ao saber da morte do irmão. E ele sentiu, mais uma vez, o dom da piedade, calma em sua chegada como o pouso de uma pomba.

Fechou os olhos, sentindo as feridas sangrarem de novo enquanto o súcubo retirava as garras de seu coração.

Suspirou e virou as mãos, a madeira áspera da cerca reconfortante e sólida sob suas palmas. O demônio havia partido. Jack Randall tinha sido um homem, nada mais. E, ao reconhecer essa humanidade falha, todo o poder do medo e da dor do passado desapareceu como fumaça.

Ele curvou os ombros, aliviado do peso.

– Vá em paz – sussurrou para o homem morto e para si. – Você está perdoado.

Os sons da noite tinham voltado; ouviu o grito de um felino e folhas apodrecidas estalavam baixo sob seus passos enquanto ele caminhava de volta a casa. A pele untada que cobria a janela brilhava dourada no escuro, com a chama da vela que ele havia deixado acesa na esperança do retorno de Claire. Seu santuário.

Pensou que talvez devesse ter contado tudo isso a Brianna também... mas não. Ela não entendera o que ele *havia* dito a ela; teve que mostrar. Como explicar com palavras, então, o que ele próprio havia aprendido com dor e graça? Que ela só poderia esquecer perdoando – e que esse perdão não era um ato isolado, mas uma questão de prática constante.

Talvez ela encontrasse tal graça; talvez aquele Roger Wakefield desconhecido pudesse ser o santuário dela, como Claire tinha sido o dele. Viu o ciúme natural que sentia do rapaz dissolvido em um desejo verdadeiro de que Wakefield pudesse dar a ela o que ele próprio não podia. Que Deus permitisse sua chegada em breve; que Deus permitisse que ele se mostrasse um homem decente.

Enquanto isso, havia outras questões a tratar. Desceu o monte lentamente, alheio ao vento que soprava o kilt em seus joelhos e passava por sua camisa e pelo tartã. As coisas tinham que ser feitas aqui; o inverno estava vindo, e ele não poderia deixar suas mulheres sozinhas ali com apenas Ian para caçar para elas e defendê-las. Não podia partir em busca de Wakefield.

Mas e se Wakefield não viesse? Bem, havia outras maneiras; ele cuidaria para que Brianna e o bebê fossem protegidos, de um jeito ou de outro. E, pelo menos, sua filha estava a salvo do homem que a havia prejudicado. Permanentemente a salvo. Ele passou a mão pelo rosto, sentindo o cheiro do sangue da bezerra que continuava em sua mão.

Perdoai as nossas ofensas assim como nós perdoamos a quem nos tem ofendido. Sim, mas e quem ofende aquele a quem amamos? Ele não podia perdoar por outra pessoa – e não perdoaria, se pudesse. Mas se não... como poderia esperar perdão em troca?

Educado nas universidades de Paris, confidente de reis e amigo de filósofos, ainda assim ele era das Terras Altas, nascido para o sangue e a honra. O corpo de um guerreiro e a mente de um cavalheiro – e a alma de um bárbaro, pensou, para quem nem a lei de Deus nem a dos homens eram mais sagradas do que os laços de sangue.

Sim, havia perdão; ela precisava encontrar uma maneira de perdoar o homem por ela mesma. Mas ele era uma questão diferente.

– *"A vingança é minha, diz o Senhor."* – Ele sussurrou para si mesmo.

Então olhou para cima, para longe do brilho leve da lareira e da casa, para a luz gloriosa das estrelas acima.

– Até parece – disse ele em voz alta, envergonhado, mas desafiador.

Era ingratidão, ele sabia, e errado. Mas ali estava e não havia motivos para mentir a Deus ou a si mesmo.

– Até parece – repetiu mais alto. – E, se eu for amaldiçoado pelo que fiz, que seja! Ela é minha filha.

Ficou parado por um momento, olhando para cima, mas não recebeu notícias das estrelas. Assentiu com a cabeça uma vez, como se respondesse, e desceu o monte, com o vento frio atrás dele.

49

ESCOLHAS

Novembro de 1769

Abri a caixa de Daniel Rawlings e olhei para as fileiras de frascos de tons verdes e marrons das raízes e folhas em pó, do dourado claro das destilações. Não havia nada entre os frascos que ajudasse. Lentamente, levantei a tampa que ficava em cima do primeiro compartimento, em cima das lâminas.

Tirei o bisturi de lâmina curva, sentindo o metal frio no fundo da garganta. Era uma bela ferramenta, afiada e resistente, bem equilibrada, que se tornava parte da minha mão quando eu desejava. Equilibrei-a na ponta do dedo, deixando que ela se inclinasse de um lado para outro.

Deixei-a de lado e peguei a raiz comprida e grossa que estava em cima da mesa. Parte do caule ainda estava presa, e os restos das folhas pendiam soltos e amarelos. Só uma. Eu havia vasculhado a mata por quase duas semanas, mas era tarde demais no ano; as folhas das ervas menores tinham amarelado e caído. Era impossível reconhecer as plantas, que não passavam de gravetos marrons. Eu havia encontrado aquela em um ponto abrigado, algumas das frutas distintas ainda presas ao caule. Cohosh-azul, eu tinha certeza. Mas só um. Não bastava.

Não tinha nenhuma das ervas europeias, não tinha heléboro nem absinto. Talvez conseguisse absinto, mas com certa dificuldade; era usado para dar sabor à bebida.

— E quem produz absinto nas florestas da Carolina do Norte? — perguntei em voz alta, voltando a pegar o bisturi.

— Ninguém que eu conheça.

Sobressaltei-me, e a lâmina entrou fundo na lateral do meu polegar. O sangue espirrou em cima da mesa, e eu peguei a barra de meu avental, apertando o tecido com força contra o ferimento em reflexo.

— Meu Deus, Sassenach! Você está bem? Não queria assustá-la.

Ainda não estava doendo muito, mas o choque do ferimento repentino me fez morder o lábio inferior. Preocupado, Jamie pegou meu pulso e levantou a barra do avental. O sangue vazou do corte e desceu pela minha mão, e ele voltou a cobrir meu dedo com o tecido, apertando bastante.

— Tudo bem, é só um corte. De onde você veio? Pensei que ainda estivesse no alambique. — Eu me sentia levemente trêmula devido ao choque.

– Eu estava. A massa ainda não está pronta para ser destilada. Você está sangrando como um porco, Sassenach. Tem certeza de que está bem? – Eu estava sangrando muito, sim; além das gotas de sangue sobre a mesa, a ponta do meu avental estava encharcada de sangue escuro.

– Sim, provavelmente cortei uma veia pequena. Mas não é uma artéria; vai parar. Segure minha mão para o alto, sim? – Com uma das mãos, soltei meu avental. Jamie o tirou com um puxão rápido, envolveu o avental em minha mão e segurou tudo acima da minha cabeça.

– O que estava fazendo com sua faquinha? – perguntou ele, olhando para o bisturi caído ao lado da raiz retorcida de cohosh.

– Ah... eu ia fatiar aquela raiz – disse, apontando.

Ele olhou para mim com firmeza, olhou em cima da mesa, onde o bisturi estava à vista, e voltou a me observar com as sobrancelhas erguidas.

– É? Nunca vi você usar uma dessas. – Ele meneou a cabeça em direção aos bisturis e lâminas. – Só em pessoas.

Minha mão estremeceu levemente na dele, e ele fez pressão em meu polegar, apertando o suficiente para fazer com que eu prendesse a respiração devido à dor. Diminuiu a pressão e olhou com atenção para meu rosto, franzindo o cenho.

– Que diabos está fazendo, Sassenach? Parece que eu surpreendi você prestes a cometer um assassinato.

Meus lábios pareciam rígidos e pálidos. Puxei a mão da dele e me sentei, segurando o polegar ferido contra meu peito com a outra mão.

– Eu estava... decidindo – disse, com grande relutância. Não adiantava mentir; ele teria que saber, mais cedo ou mais tarde, se Bree...

– Decidindo o quê?

– A respeito de Bree. Qual é a melhor maneira de se fazer isso.

– Fazer isso? – Ele ergueu as sobrancelhas. Olhou para a caixa de remédios aberta e então para o bisturi, e um olhar de compreensão e choque tomou seu rosto.

– Você está dizendo que...

– Se ela quiser, sim. – Toquei a faca, sua lâmina pequena manchada com meu sangue. – Há ervas... ou isto. Há riscos enormes em usar ervas: convulsões, danos cerebrais, hemorragias... mas não importa, não tenho o suficiente da raiz certa.

– Claire... você já fez isso antes?

Olhei para a frente e o vi olhando para mim com algo que eu nunca tinha visto em seus olhos antes: horror. Apoiei as mãos na mesa para impedi-las de tremer. Mas não consegui a mesma coisa com minha voz.

– Faria diferença para você se eu já tivesse feito?

Ele olhou para mim por um momento e então se sentou no banco em frente, lentamente, como se tivesse medo de quebrar alguma coisa.

– Você não fez. Eu sei.

– Não – respondi. Olhei para a mão dele, cobrindo a minha. – Não, não fiz.

Senti a mão dele relaxar, curvando-se sobre a minha, envolvendo-a. Mas a minha mão estava mole na dele.

– Sabia que você não era capaz de matar – disse ele.

– Eu sou. Já matei. – Não olhei para ele, mas falei com os olhos voltados para a mesa. – Matei um homem, um paciente sob meus cuidados. Contei a você sobre Graham Menzies.

Ele ficou em silêncio por um momento, mas segurou minha mão, apertando-a levemente.

– Acho que não é a mesma coisa – disse ele finalmente. – Facilitar a morte de um homem fadado a ela e que a deseja... parece misericórdia para mim, não assassinato. E obrigação também, talvez.

– Obrigação? – Isso fez com que ele olhasse para mim, assustado. O olhar de choque havia desaparecido de seus olhos, apesar de ainda estar sério.

– Não se lembra de Falkirk Hill e da noite em que Rupert morreu na capela?

Assenti. Não era algo fácil de ser esquecido – o escuro frio da minúscula igreja, os sons estranhos de gaitas e a batalha ao longe. Do lado de dentro, o ar pesado com o suor de homens assustados, e Rupert morrendo lentamente no chão, aos meus pés, engasgando com seu sangue. Ele havia pedido a Dougal MacKenzie, como seu amigo e líder, para apressá-lo... e Dougal fizera isso.

– É a obrigação do médico também, eu acho – disse Jamie com delicadeza. – Se você jura curar, mas não consegue... e livrar os homens da dor... e pode?

– Sim. – Respirei fundo e segurei o bisturi. – Eu jurei... e isso é maior que um juramento de médico. Jamie, ela é minha filha. Eu preferiria fazer qualquer coisa no mundo, menos isso. – Olhei para ele e pisquei, controlando as lágrimas. – Você acha que não pensei nisso? Que não sei quais são os riscos? Jamie, eu posso matá-la!

Tirei o pano do meu polegar ferido; ainda sangrava.

– Olhe... não deveria sangrar desse jeito; foi um corte profundo, mas não grave. Mas sangra! Acertei uma veia. Poderia fazer a mesma coisa com Bree sem saber, só quando ela começasse a sangrar... e nesse caso... Jamie, eu não conseguiria deter o sangramento! Ela sangraria até morrer em minhas mãos, e não haveria nada que eu pudesse fazer, nada!

Ele olhou para mim, os olhos tomados pelo choque.

– Como pode pensar em fazer algo assim, sabendo disso? – A voz dele soou baixa, incrédula.

Respirei fundo, tremendo, e senti o desespero tomar conta de mim. Não havia nenhuma maneira de fazer com que ele entendesse.

– Porque eu sei outras coisas – disse finalmente, baixinho, sem olhar para ele. – Sei como é gerar um filho. Sei como é ter seu corpo, sua mente e sua alma tirados de você e mudados sem sua vontade. Sei como é ser arrancada do lugar que você pensou ser seu, como não ter o direito de escolha. Eu *sei como é*, entende? E não é algo que uma pessoa deveria fazer sem querer. – Olhei para ele, e meu punho se fechou com força sobre o polegar ferido. – E você... pelo amor de Deus, você sabe o que eu não sei. Você sabe como é viver com a sombra do abuso. Quer me dizer que, se pudesse ter cortado aquilo de você depois de Wentworth, que não teria me mandado cortar, independentemente dos riscos? Jamie, esse bebê pode ser o filho de um estuprador!

– Sim, eu sei – começou ele, e teve que parar, engasgado demais para terminar. – Eu *sei* – começou de novo, e os músculos de seu maxilar incharam enquanto ele forçava as palavras. – Mas sei outra coisa: se eu não conheci o pai dele, conheço seu avô muito bem. Claire, esse bebê tem meu sangue!

– *Seu* sangue? – repeti. Olhei para ele e percebi a verdade. – Você quer tanto um neto a ponto de sacrificar sua filha?

– *Sacrificar?* Não sou eu quem quer cometer assassinato a sangue-frio!

– Você não se importava com as pessoas no Hôpital des Anges; você disse sentir pena das mulheres que elas ajudavam.

– Aquelas mulheres não tinham escolha! – Agitado demais para continuar sentado, ele se levantou e caminhou inquieto de um lado para outro na minha frente. – Elas não tinham ninguém que as protegesse, não tinham como alimentar um filho. O que mais podiam fazer, as pobres criaturas? Mas não é assim com Brianna! Nunca permitirei que ela passe fome ou frio, nunca permitirei que ela ou o bebê sofram, nunca!

– Não é só isso!

Ele olhou para mim, o cenho franzido numa incompreensão teimosa.

– Se ela tiver um filho aqui, não irá embora – falei. – Não pode... não conseguirá fazer isso sem se arrasar.

– Então *você* pretende arrasá-la?

Eu me retraí, como se ele tivesse me batido.

– Você quer que ela fique – falei, rebatendo. – Não se importa que ela tenha uma vida em outro lugar, que *ela* queira voltar. Se ela ficar, e, melhor ainda, se ela der um neto a você, então você não se importa com o que acontecer com ela, não é?

Foi a vez dele se retrair, mas logo respondeu:

– Sim, eu me importo! Isso não quer dizer que eu considere certo você forçá-la a...

– Como assim, forçá-la? – O sangue esquentava minhas faces. – Pelo amor de Deus, você acha que eu quero fazer isso? Não! Mas, por Deus, ela terá escolha, se quiser!

Tive que unir as mãos com força para parar de tremer. O avental tinha caído no chão, manchado de sangue, e me lembrou com clareza das salas de operação e dos campos de batalha, e dos terríveis limites de minha própria habilidade.

Conseguia sentir os olhos dele em mim, semicerrados e intensos. Sabia que ele estava tão arrasado quanto eu. Ele se importava desesperadamente com Bree – mas, agora que eu havia dito a verdade, nós dois reconhecemos: longe dos próprios filhos, vivendo como num exílio por tanto tempo, não havia nada que ele quisesse mais na vida do que um neto do próprio sangue.

Mas ele não podia me deter, e sabia disso. Não estava acostumado a se sentir impotente, e não gostava disso. Virou-se abruptamente e foi até a mesa, onde ficou, com os punhos cerrados sobre ela.

Eu nunca havia me sentido tão desolada, tão carente de sua compreensão. Ele não percebia como a ideia era péssima para mim, assim como para ele? Pior, porque era a minha mão que causaria o dano.

Apareci atrás dele e pousei a mão em suas costas. Ele permaneceu parado, e eu o acariciei com gentileza, tirando um pouco de conforto do simples fato de sua presença, da força dele.

– Jamie. – Meu polegar deixou uma mancha vermelha no tecido da camisa dele. – Vai ficar tudo bem. Tenho certeza disso. – Eu estava falando para me convencer e para convencê-lo. Ele não se moveu, e eu passei meu braço ao redor de sua cintura, encostando o rosto na curva de suas costas. Queria que ele se virasse e me abraçasse, garantisse que tudo, de algum modo, tudo ficaria bem – ou, pelo menos, que não me culpasse pelo que acontecesse.

Ele se moveu abruptamente, afastando minha mão.

– Você valoriza demais seu poder, não? – falou com frieza, virando-se para mim.

– O que quer dizer com isso?

Segurou meu punho com uma das mãos, prendendo-o à parede acima da minha cabeça. Senti o sangue descer pelo meu braço, escorrendo do polegar machucado. Seus dedos envolveram minha mão, apertando.

– Você acha que é você quem decide? Que a vida e a morte são suas? – Senti os pequenos ossos da minha mão apertados, e fiquei tensa, tentando me afastar.

– Não sou eu quem decide! Mas se *ela* quiser, então, sim, eu posso fazer. E, sim, vou usar esse poder. Assim como você usaria... como *usou*, quando teve que usar. – Fechei os olhos, lutando contra o medo. Ele não me machucaria... não é? Pensei, um pouco chocada, que ele podia me deter. Se ele quebrasse minha mão...

Muito lentamente, ele abaixou a cabeça e encostou a testa na minha.

– Olhe para mim, Claire – disse ele baixinho.

Lentamente, abri os olhos e olhei. Os olhos dele estavam a 2 centímetros dos meus. Conseguia ver as manchinhas douradas perto do centro de sua íris, o anel preto ao redor. Meus dedos na mão dele estavam escorregadios com o sangue.

Ele soltou minha mão e tocou meu peito levemente, envolvendo-o por um momento.

– Por favor – sussurrou, e então se foi.

Permaneci parada, encostada na parede, e lentamente escorreguei até o chão em meio às saias, o corte no polegar latejando no ritmo das batidas do meu coração.

...

Fiquei tão abalada com a briga com Jamie que não consegui me acalmar. Por fim, vesti a capa e saí, subindo a cordilheira. Evitei o caminho que atravessava a cabana de Fergus e desci em direção à estrada. Não queria correr o risco de encontrar ninguém.

Estava frio e nublado, com uma chuva leve batendo sem parar entre os galhos sem folhas. O ar estava pesado com a umidade; quando a temperatura caísse mais alguns graus, nevaria. Se não essa noite, amanhã... ou na próxima semana. Dentro de um mês, no máximo, a cordilheira ficaria separada das áreas mais baixas.

Devo levar Brianna a Cross Creek? Independentemente de ela decidir ter o bebê ou não, será que ela ficaria mais segura lá?

Procurei em meio às camadas de folhas molhadas e amarelas. Não. Meu impulso era pensar que a civilização poderia oferecer alguma vantagem, mas não nesse caso. Não havia nada que Cross Creek pudesse oferecer que de fato ajudaria no caso de uma emergência obstetrícia; na verdade, ela poderia correr mais perigo na mão dos médicos da época.

Não, fosse o que fosse que ela decidisse, ficaria melhor aqui, comigo. Envolvi meu corpo com os braços por baixo da capa, flexionei os dedos, tentando esquentá-los, para sentir firmeza no toque.

Por favor, dissera ele. Por favor o quê? Por favor, não pergunte a ela, por favor, não faça isso se ela pedir? Mas eu tinha que fazer. *Juro por Apolo, o médico... não fazer aborto...* Bem, e Hipócrates não era nem cirurgião, nem mulher... nem mãe. Como havia dito a Jamie, eu havia jurado por algo muito mais velho do que Apolo... e aquele juramento era de sangue.

Eu nunca havia feito um aborto, apesar de ter tido certa experiência como residente em cuidados pós-aborto natural. Nas raras ocasiões em que uma paciente me pedia isso, eu a indicava a outro colega. Eu não fazia objeções; já vira muitas mulheres mortas em corpo ou espírito por filhos indesejados. Se era matar – e era –, então eu não considerava um assassinato, mas um homicídio justificável, realizado em autodefesa desesperada.

Ao mesmo tempo, não conseguia fazer. O senso de cirurgiã que me dava o conhecimento do corpo em minhas mãos também me dava uma consciência forte do ser vivente no ventre. Eu conseguia tocar a barriga de uma mulher grávida e sentir, na ponta dos dedos, o segundo batimento cardíaco; conseguia traçar, sem ver, a curva dos membros e da cabeça, e o cordão serpenteado do umbigo com o fluxo de sangue, todo vermelho e azul.

Não podia destruí-lo. Não até aquele momento, quando era uma questão de matar meu próprio sangue.

Como? Teria que ser cirúrgico. O dr. Rawlings evidentemente não havia feito tal procedimento; não tinha uma "colher" uterina para raspar o ventre, nem aparato para a dilatação do colo do útero. Mas eu conseguiria. Uma das agulhas de tricô de marfim, sem ponta; o bisturi curvado, a lâmina mortal preparada para o delicado – mas não menos mortal – trabalho de raspagem.

Quando? Agora. Ela já estava de três meses; se fosse feito, precisava ser o mais rápido possível. Eu não poderia ficar no mesmo ambiente de Jamie enquanto o assunto não fosse resolvido, sentindo sua angústia acrescentada à minha.

Brianna havia levado Lizzie à casa de Fergus. Lizzie ficaria para ajudar Marsali, que estava ocupada na destilaria, com o pequeno Germaine e o trabalho na fazenda que Fergus não conseguia realizar sozinho. Era uma carga muito pesada para uma garota de 18 anos, mas ela conseguia, com tenacidade e estilo. Lizzie podia, pelo menos, ajudar com as tarefas de casa, e cuidar do pequeno por tempo suficiente para que a mãe dele descansasse de vez em quando.

Brianna voltaria antes do jantar. Ian estava fora, caçando com Rollo. Jamie... sem que ninguém tivesse me dito nada, eu sabia que Jamie demoraria a voltar. Teríamos algum tempo sozinhas.

Mas seria um momento adequado para fazer uma pergunta assim a ela, logo depois de ver o rostinho angelical de Germaine? Pensando bem, ser exposta a um menino de 2 anos provavelmente era a lição mais objetiva possível a respeito dos perigos da maternidade, pensei.

Vagamente mais leve com aquela ideia descontraída, voltei, envolvendo a capa em meu corpo contra o vento que aumentava. Ao descer o monte, vi o cavalo de Brianna no estábulo; ela estava em casa. Meu estômago se revirou de medo... e fui expor a opção a ela.

– Pensei nisso – disse ela respirando fundo. – Assim que descobri. Fiquei pensando se você conseguiria... fazer algo do tipo aqui.

– Não seria fácil. Seria perigoso... e doeria. Não tenho nem láudano, só uísque. Mas sim, posso fazer isso, se você quiser. – Eu me forcei a me sentar e ficar parada, observando-a caminhar lentamente diante da lareira, as mãos unidas nas costas, pensando. – Teria que ser cirúrgico – disse, sem conseguir me calar. – Não tenho as ervas certas, e nem sempre elas são confiáveis, de qualquer modo. Pelo menos, a cirurgia é... certa. – Coloquei o bisturi sobre a mesa; ela não se iludiria a respeito da minha sugestão. Assentiu enquanto me ouvia falar, mas não parou de andar. Como Jamie, ela sempre pensava melhor enquanto se movimentava.

Uma gota de suor desceu pelas minhas costas e eu estremeci. O fogo estava quente, mas meus dedos ainda estavam frios como gelo. Deus, se ela quisesse, eu seria capaz de fazer? Minhas mãos tinham começado a tremer, com a tensão da espera.

Ela finalmente se virou para me fitar, os olhos claros e observadores sob as sobrancelhas grossas.

– Você teria feito? Se pudesse?

– Se eu pudesse...?

– Você disse, certa vez, que me odiou quando estava grávida. Se pudesse não ter...

– Meu Deus, não você! – gritei, tomada de horror. – Você, nunca. É... – Uni as mãos para parar o tremor. – Não – disse do modo mais positivo que pude. – Nunca.

– Você disse – respondeu ela, olhando para mim com intensidade. – Quando me contou sobre Pa.

Passei a mão pelo rosto, tentando concentrar meus pensamentos. Sim, eu *havia* dito isso a ela.

– Foi uma época terrível. Terrível. Estávamos passando fome, era guerra... o mundo estava ruindo. – O dela não estava igual? – Na época, parecia não haver esperança; tive que deixar Jamie, e só isso quase me enlouqueceu. Mas havia outra coisa.

– O quê?

– Não foi um estupro – disse com delicadeza, fixando seus olhos. – Eu amava seu pai.

Ela assentiu, o rosto um pouco pálido.

– Sim, mas *pode* ser de Roger. Você disse isso, não?

– Sim, pode ser. A possibilidade basta para você?

Ela pousou a mão na barriga, os dedos compridos levemente curvados.

– Sim. Bem... não é algo sem valor para mim. Não sei de quem é, mas... – Parou de repente e olhou para mim, repentinamente tímida. – Não sei se isso parece... certo... – Deu de ombros abruptamente, afastando a dúvida. – Acordei com uma dor forte no meio da noite, alguns dias... depois. Rápida, como se alguém tivesse me acertado com um alfinete, mas profunda. – Cerrou o punho, pressionando-o logo acima do osso púbico, do lado direito.

– Implantação – eu disse suavemente. – Quando o zigoto forma raiz no ventre. – Quando aquele primeiro e eterno elo é formado entre a mãe e o filho. Quando a pequena entidade cega, única em sua mistura de óvulo e espermatozoide, se assenta após a perigosa viagem do começo, alojado depois da breve existência no corpo, e inicia o trabalho de divisão, obtendo sustento da carne na qual está aconchegado, em uma ligação que não pertence a nenhum lado, mas aos dois... esse elo que não pode ser rompido, nem pelo nascimento, nem pela morte.

Ela assentiu.

– Foi uma sensação muito estranha. Eu ainda estava meio adormecida, mas... bem, percebi, de repente, que não estava sozinha. – Ela esboçou um leve sorriso, lembrando do momento. – E eu disse a... ele... – Ela fitou-me nos olhos, e eles ainda brilhavam por causa do sorriso. – Eu disse: "Ah, é você!" E então voltei a dormir.

A outra mão pousou na primeira, uma proteção sobre a barriga.

– Pensei que tivesse sido um sonho. Foi muito tempo antes de eu saber. Mas eu lembro. *Não foi* um sonho. Eu lembro.

Eu também lembrava.

Olhei para baixo e vi além de minhas mãos, não a mesa de madeira nem a lâmina brilhante, mas o corpo arredondado e o rostinho perfeito da minha primeira filha, Faith, com olhinhos puxados que nunca se abriram na Terra.

Olhei os mesmos olhos, agora abertos e cheios de conhecimento. Vi aquele bebê também, minha segunda filha, cheia de vida, rosada e enrugada, vermelha de raiva pelo sofrimento do parto, tão diferente da calma da primeira – e igualmente maravilhosa em sua perfeição.

Dois milagres que eu havia recebido, carregados no coração, nascidos do meu corpo, protegidos em meus braços, separados de mim e parte de mim para sempre. Eu sabia muito bem que nem a morte, nem o tempo, nem a distância alteravam tal elo, porque eu tinha sido alterada por ele, mudada de uma vez por todas por aquela conexão misteriosa.

– Sim, eu compreendo – eu disse. Então continuei: – Mas, Bree! – Eu havia percebido o que sua decisão significaria para ela.

Ela me observava, o cenho franzido, linhas de preocupação no rosto, e me ocorreu tardiamente que ela poderia entender minhas exortações como a expressão de meu arrependimento.

Assustada ao pensar que ela poderia acreditar que eu não a quisera, ou que desejara que ela não tivesse existido, deixei a lâmina e estendi a mão sobre a mesa para ela.

– Bree – falei, tomada pelo pânico. – Brianna. Eu amo você. Você acredita que amo você?

Ela assentiu sem nada dizer e estendeu a mão para mim. Eu a peguei como se fosse uma tábua de salvação, como o cordão que já havia nos unido.

Ela fechou os olhos e, pela primeira vez, vi o brilho das lágrimas que se prendiam aos cílios delicados, grossos e curvos.

– Sempre soube disso, mamãe – sussurrou. Seus dedos apertaram os meus; vi sua outra mão pressionar a barriga. – Desde o começo.

50

EM QUE TUDO SE REVELA

No fim de novembro, os dias e também as noites eram frios e as nuvens de chuva começavam a ficar mais baixas sobre nós. O clima, infelizmente, não teve efeito refrescante sobre os ânimos das pessoas; todos estavam cada vez mais tensos, e por um motivo óbvio: ainda não tínhamos notícia de Roger Wakefield.

Brianna ainda não havia contado a causa da discussão entre eles; na verdade, ela quase não mais se referia a Roger. Tomara sua decisão e não havia mais nada a fazer além de esperar, e deixar Roger tomar a decisão dele, se é que ainda não a havia tomado. Ainda assim, eu via a raiva se misturando ao estresse em seu rosto quando ela se distraía – e a dúvida pairava sobre todos como as nuvens sobre as montanhas.

Onde estava ele? E o que aconteceria quando – ou se – finalmente aparecesse?

Tive um descanso do clima forte de ansiedade cuidando da despensa. O inverno estava próximo; as caças tinham sido preparadas, a horta tinha sido colhida e os alimentos tinham sido preservados. As prateleiras da despensa estavam cheias de sacos de grãos, montes de abobrinhas, batatas, jarros de tomates secos, pêssegos e damascos, potes com cogumelos secos, queijos e cestos de maçã. Havia ramas de cebola, alho e peixes secos pendurados no teto; sacos de farinha e feijões, barris de carne e peixe salgados e jarros de pedra com chucrute no chão.

Contei os itens como um esquilo contando castanhas e me senti tranquilizada pela nossa abundância. Independentemente do que acontecesse, não morreríamos de fome.

Saindo da despensa com um pedaço de queijo em uma das mãos e uma tigela de feijões secos na outra, ouvi uma batida na porta. Antes que pudesse perguntar quem era, ela se abriu e Ian espiou ali dentro, cuidadosamente.

– Brianna não está aqui? – perguntou. Como viu que ela não estava, não esperou pela resposta, mas entrou, tentando alisar os cabelos para trás.

– Tem um espelho, tia? E um pente, talvez?

– Sim, claro – falei. Deixei os alimentos de lado, peguei meu espelho pequeno e o pente de casco de tartaruga da gaveta e os entreguei a ele, olhando para seu corpo grande.

Seu rosto parecia brilhante de um modo anormal, o rosto magro tomado por um tom vermelho, como se ele não tivesse apenas se barbeado, mas esfregado o rosto a ponto de irritar a pele. Seus cabelos, normalmente castanho-claros, densos e desgrenhados, estavam agora penteados para trás nas laterais da cabeça com algum tipo de banha. Com a substância, a parte da frente formava um topete sem forma, deixando-o parecido com um porco-espinho.

– O que passou nos cabelos, Ian? – perguntei. Funguei para sentir seu cheiro e me retraí em seguida.

– Banha de urso – disse ele. – Mas estava meio fedida, então misturei um pouco de sabão para deixá-la com um cheiro melhor. – Ele se analisou de modo crítico no espelho e deu batidinhas no penteado com o pente, que parecia bem inadequado para a tarefa.

Vestia seu casaco bom, com uma camisa limpa e – inadequado para um dia de trabalho – um lenço limpo e engomado amarrado no pescoço, parecendo apertado o bastante para sufocá-lo.

– Você está muito bonito, Ian – falei, mordendo a boca por dentro. – Hum... está indo a algum lugar especial?

– Sim, bem – disse ele, sem jeito. – É que, se devo namorar, pensei que deveria tentar parecer decente.

Namorar? Eu me surpreendi. Apesar de certamente ter interesse em garotas – e algumas garotas da região não escondiam o interesse mútuo –, ele tinha acabado de completar 17 anos. Claro que os homens se casavam jovens assim, e Ian tinha terra própria e uma parte na fabricação do uísque, mas não pensei que ele estivesse tão interessado ainda.

– Compreendo. Ah... a moça é alguém que eu conheço? – Ele passou a mão no rosto, corando.

– Sim, bem. É... é Brianna. – Ele não fitou nos olhos, mas corou ainda mais.

– O quê? – perguntei sem acreditar. Deixei o pedaço de pão de lado e olhei para ele. – Você disse *Brianna*?

Ele olhava fixamente para o chão, mas a mandíbula estava firme.

– Brianna – repetiu. – Vim pedi-la em casamento.

– Ian, você não pode estar falando sério.

– Estou – disse ele, erguendo o rosto comprido e quadrado de modo determinado. Olhou na direção da janela e se remexeu. – Ela... virá logo?

Senti o cheiro do suor de nervosismo, misturado com o sabão e a banha de urso, e vi que suas mãos estavam cerradas em punhos, fechadas o bastante para fazer os nós brancos se destacarem na pele bronzeada.

– Ian – disse, dividida entre o susto e o carinho –, você está fazendo isso por causa do bebê de Brianna?

As escleras brilharam quando ele olhou para mim, assustado. Ele assentiu, ajeitando os ombros de modo desconfortável dentro do casaco justo.

– Sim, claro – disse ele, como se estivesse surpreso com minha pergunta.

– Então, você não a ama? – Eu sabia a resposta muito bem, mas achei melhor ouvir.

– Bem... não – disse ele, e corou novamente. – Mas não estou prometido a ninguém, então tudo bem.

– Não está tudo bem – respondi com firmeza. – Ian, essa ideia é muito, muito gentil de sua parte, mas...

– Ah, não foi minha – ele me interrompeu, parecendo surpreso. – O tio Jamie pensou nisso.

– Ele *o quê*? – Uma voz alta e incrédula falou atrás de mim, e, quando me virei, vi Brianna na porta, olhando para Ian. Entrou lentamente na sala, as mãos cerradas ao lado do corpo. No mesmo ritmo lento, Ian se afastou, batendo contra a mesa.

– Prima – disse ele, inclinando a cabeça e fazendo cair uma mecha dos cabelos. Ele a alisou para trás, mas ela caiu de novo, pendendo sobre seu olho. – Eu... ahn... eu... – Ele viu o olhar de Brianna e logo fechou os olhos. – Vim-expressar-meu-desejo-de-tomar-sua-mão-no-sacramento-sagrado-do-matrimônio – disse ele de uma vez só. Respirou fundo, audivelmente. – Eu...

– Cale a boca!

Ian, com a boca aberta para continuar, imediatamente a fechou. Abriu um dos olhos de modo cauteloso, como se esperasse que uma bomba explodisse a qualquer momento.

Bree olhou de Ian para mim. Mesmo na sala escura, vi seus lábios contraídos e seu rosto corando. A ponta do nariz estava vermelha, devido ao ar frio de fora ou à irritação, eu não soube dizer.

– Você sabia disso? – ela me perguntou.

– Claro que não! Pelo amor de Deus, Bree... – Antes que pudesse terminar, ela já havia se virado e saído pela porta. Vi suas saias de relance enquanto ela subia o monte que levava ao estábulo.

Tirei o avental e o joguei depressa sobre a cadeira.

– É melhor eu ir atrás dela.

– Também vou – ofereceu Ian, e eu não o detive. Talvez fossem necessários reforços.

– O que você acha que ela vai fazer? – perguntou ele, ofegante, tentando me alcançar enquanto eu corria.

– Só Deus sabe – falei. – Mas acho que vamos descobrir. – Eu conhecia bem o olhar de um Fraser irado. Nem Bree nem Jamie perdiam a paciência com facilidade, mas, quando perdiam, perdiam de vez.

– Que bom que ela não me bateu – disse Ian, contente. – Por um momento, pensei que seria agredido. – Ele me alcançou e suas pernas compridas ultrapassaram as minhas, apesar de eu estar correndo. Conseguia ouvir vozes altas vindas do estábulo.

– Por que diabos você obrigou o coitado do Ian a fazer uma coisa dessas? – perguntou Brianna, a voz alterada pela indignação. – Nunca vi um homem mais arrogante, prepotente...

– Coitado do Ian? – perguntou Ian, muito ofendido. – O que ela...

– Ah, prepotente, eu? – A voz de Jamie a interrompeu. Ele parecia impaciente e irritado, mas não bravo. Talvez eu tivesse tempo de acalmar as hostilidades. Espiei pela porta do estábulo e os vi cara a cara, encarando-se com olhos arregalados por cima de um monte grande de esterco meio seco. – E que opção melhor eu teria, pode me dizer? – perguntou ele. – Vou dizer uma coisa, moça, eu pensei em todos os solteirões dentro de um raio de 200 quilômetros antes de escolher Ian. Eu não permitiria que você se casasse com um homem cruel ou um bêbado, nem um pobre... ou com idade para ser seu avô.

Ele passou a mão pelos cabelos, um sinal claro de agitação mental, mas fez um esforço grande para se acalmar. Diminuiu um pouco o tom de voz, tentando ser conciliador:

– Até dispensei Tammas MacDonald, pois, apesar de ele ter boas terras e bom temperamento, é velho para você, já está meio passado, e pensei que você não gostaria de ficar lado a lado com ele diante de um padre. Acredite, Brianna, fiz o melhor que pude para vê-la bem casada.

Bree não queria saber de nada daquilo; seus cabelos tinham se soltado enquanto subia o monte e as mechas flutuavam ao redor do seu rosto como as chamas de um arcanjo vingativo.

– E o que o faz pensar que eu quero me casar com alguém?

Ele ficou boquiaberto.

– O quê? – perguntou, incrédulo. – E o que o *querer* tem a ver com isso?

– Tudo! – Ela bateu o pé.

– É aí que você se engana, moça – disse ele, virando-se para pegar o rastelo. Olhou para a barriga dela, assentindo. – Você tem um filho a caminho, que precisa de um nome. Sua hora de escolher já passou há muito tempo, não?

Enfiou o rastelo no monte de esterco, colocou a carga dentro do carrinho de mão e pegou mais, com uma economia de movimentos aprendida em anos de trabalho.

– Ian é um rapaz doce e trabalhador – disse ele, os olhos na tarefa que executava. – Tem sua terra; terá a minha também, com o tempo, e isso vai...

– Não vou me casar com ninguém! – Brianna se levantara, os punhos cerrados ao lado do corpo, e falara com uma voz alta o bastante para perturbar os morcegos nos cantos do teto. Uma forma pequena e escura saiu das sombras e partiu noite afora, ignorada por quem brigava ali embaixo.

– Bem, então faça sua escolha – disse Jamie rapidamente. – E espero que tenha sucesso com ela.

– Você... não... está.. me... ouvindo! – disse Brianna, soltando cada palavra entre dentes. – Já escolhi. Eu disse que não vou me casar... com *ninguém*! – Ela enfatizou batendo o pé.

Jamie enfiou o rastelo na pilha com um baque. Endireitou-se e olhou para Brianna, passando o punho cerrado pelo rosto.

– Sim, bem. Eu me lembro de ter ouvido uma opinião muito parecida expressada por sua mãe, na noite antes de nosso casamento. Não perguntei ultimamente se ela se arrepende por ter sido forçada a se casar comigo ou não, mas eu fico feliz por ela não estar totalmente arrasada. Talvez você devesse conversar com ela.

– Não é a mesma coisa! – rebateu Brianna.

– Não, não é – concordou Jamie, controlando sua impaciência.

O sol descia atrás dos montes, enchendo o estábulo com uma luz dourada na qual o tom vermelho de sua pele podia ser visto. Ainda assim, ele se esforçava muito para ser razoável.

– Sua mãe se casou comigo para salvar a vida dela... e a minha. Foi algo corajoso o que ela fez, e generoso também. Posso concordar que não é uma questão de vida ou morte, mas... você tem ideia do que é viver como um bastardo – ou como um desgraçado sem pai?

Ao ver a expressão dela se alterar levemente ao ouvir isso, ele aproveitou a vantagem, estendendo a mão para ela e falando com gentileza:

– Vamos, moça. Não consegue se imaginar fazendo isso pelo bem da criança?

O rosto dela ficou tenso de novo e ela deu um passo para trás.

– Não – retrucou, parecendo engasgada. – Não, não consigo.

Ele abaixou a mão. Eu via os dois, apesar da luz fraca, e percebi os sinais de perigo com clareza nos olhos semicerrados dele e na posição de seus ombros, prontos para a batalha. – Foi assim que Frank Randall criou você, moça, sem ideia de certo e errado?

Brianna tremia toda, como um cavalo que correu muito.

– Meu pai sempre fez o certo para mim! E ele nunca tentaria me colocar numa situação dessas – disse ela. – Nunca! *Ele* se importava comigo!

Com isso, Jamie finalmente perdeu a paciência, de modo explosivo.

– E eu não? – perguntou. – Não estou me esforçando ao máximo para fazer o que é certo para você? Apesar de você ser...

– Jamie... – Eu me virei para ele, vi seus olhos intensos de raiva e me voltei para ela. – Bree, sei que ele não... você tem que entender...

– Uma moça de comportamento descuidado e egoísta!

– Seu maldito insensível e prepotente!

– Maldito! Pode me chamar de maldito, e sua barriga está crescendo como uma abóbora com uma criança a quem você quer sujeitar a calúnias e a pessoas apontando o dedo para ela durante toda a vida, e...

– Vou quebrar o dedo e enfiá-lo goela abaixo de quem apontá-lo a meu filho!

– Sua maluca insensível! Não faz a menor ideia de como as coisas são? Você será um escândalo e motivo de fofocas. As pessoas chamarão você de prostituta na sua cara!

– Que tentem fazer isso!

– Ah, que tentem? E quer que eu fique do lado ouvindo, por acaso?

– Não é sua obrigação me defender!

Ele estava tão furioso que seu rosto ficou pálido.

– Não é minha obrigação defender você? Pelo amor de Deus, mulher, *quem mais* deveria fazer isso?

Ian pegou meu braço com delicadeza, puxando-me para trás.

– Você só tem duas escolhas agora, tia – murmurou ele em meu ouvido. – Despejar um balde de água fria nos dois ou partir comigo e deixá-los resolvendo isso. Já vi o tio Jamie e minha mãe brigando antes. Pode acreditar, não dá para interromper uma briga de dois Fraser. Meu pai diz que já tentou uma ou duas vezes, e tem cicatrizes como prova.

Olhei para a situação pela última vez e desisti. Ele tinha razão; eles estavam cara a cara, com os cabelos vermelhos e os olhos semicerrados como dois pumas, andando em círculos, cuspindo e rosnando. Eu poderia ter incendiado todo o feno do local e eles mal notariam.

Do lado de fora estava bem silencioso e tranquilo. Um bacurau cantava numa árvore e o vento soprava do leste trazendo os sons da queda d'água até nós. Quando chegamos à porta, não conseguíamos mais ouvir os gritos.

– Não se preocupe, tia – disse Ian para me consolar. – Mais cedo ou mais tarde eles sentirão fome.

...

No caso, não foi necessário matar os dois de fome; Jamie desceu o monte alguns minutos depois pisando duro e sem dizer nada, pegou o cavalo, colocou o cabresto, montou e saiu cavalgando sem sela em direção ao caminho que levava à cabana de Fergus. Enquanto eu o observava partir, Brianna saiu do estábulo, bufando como uma locomotiva a vapor, e foi para a casa.

— O que *nighean na galladh* quer dizer? — perguntou ao me ver na porta.

— Não sei — disse. Sabia, mas achei mais prudente não dizer. — Tenho certeza de que ele não quis dizer... hum... o que quer que seja.

— Ah — disse ela, e, com um ronco irado, entrou na casa, reaparecendo momentos depois com um cesto de ovos no braço. Sem nada dizer, desapareceu em meio aos arbustos, emitindo um som como o de um furacão.

Respirei fundo várias vezes e entrei para começar o jantar, amaldiçoando Roger Wakefield.

O cansaço físico parecia ter dissipado pelo menos um pouco da energia negativa da casa. Brianna passou uma hora na mata e voltou com dezesseis ovos e o rosto mais calmo. Havia folhas e farpas em seus cabelos e, pela aparência de seus sapatos, ela havia chutado árvores.

Eu não sabia o que Jamie estava fazendo, entretanto ele voltou na hora do jantar, suado e ofegante, mas aparentemente calmo. Eles ignoraram um ao outro, algo bem difícil para duas pessoas grandes presas em uma cabana de 6 metros quadrados. Olhei para Ian, que rolou os olhos e veio me ajudar a carregar a tigela grande para a mesa.

A conversa durante o jantar se limitou aos pedidos para passar o sal e, depois, Brianna limpou os pratos: então foi se sentar ao tear, usando o pedal com ênfase desnecessária.

Jamie olhou para ela com cara feia, olhou para mim e saiu. Ele estava esperando no caminho do banheiro quando eu o segui um momento depois.

— O que devo fazer? — perguntou ele sem preâmbulos.

— Pedir desculpa — respondi.

— Pedir desculpa? — Os cabelos dele pareciam estar arrepiados, mas podiam ter ficado assim apenas devido aos efeitos do vento. — Mas não fiz nada de errado!

— Bem, que diferença isso faz? — perguntei, exasperada. — Você me perguntou o que deveria fazer e eu disse.

Ele expirou com força pelo nariz, hesitou um pouco e então se virou e voltou para casa, os ombros em posição de martírio ou batalha.

— Peço desculpas — disse ele, aparecendo à frente dela.

Surpresa, ela quase derrubou o barbante, mas o segurou.

— Oh — disse ela, e corou. Tirou o pé do pedal, e a grande roda rangeu e diminuiu a velocidade.

– Eu errei – disse ele, olhando depressa para mim. Assenti de modo incentivador, e ele pigarreou. – Eu não deveria...

– Tudo bem – ela falou depressa, disposta a conversar. – Você não teve... intenção, você só estava tentando ajudar. – Olhou para o barbante, diminuindo a velocidade enquanto ele passava por seus dedos. – Também sinto muito, eu não deveria ter ficado brava com você.

Ele fechou os olhos brevemente e sussurrou, voltou a abri-los e ergueu uma sobrancelha para mim. Sorri levemente e voltei a trabalhar, amassando sementes de erva-doce no pilão.

Ele puxou um banquinho e se sentou ao lado dela, e ela se virou para ele, colocando uma mão na roda para pará-la.

– Sei que sua intenção foi boa – disse ela. – A sua e a de Ian. Mas você não percebe, Pa? Preciso esperar o Roger.

– Mas e se algo aconteceu com ele... se ele sofreu algum acidente...

– Ele não está morto. *Sei* que não está. – Ela falou com a intensidade de alguém que quer transformar a realidade de acordo com seu desejo. – Ele vai voltar. E como seria se ele voltasse e me encontrasse casada com Ian?

Ian olhou para a frente ao ouvir seu nome. Estava sentado no chão ao lado da lareira, com a cabeça grande de Rollo pousada em seu joelho, os olhos amarelos do lobo semicerrados de prazer enquanto Ian metodicamente penteava seu pelo grosso, tirando carrapatos e insetos que encontrava.

Jamie passou as mãos pelos cabelos num gesto de frustração.

– Espalhei o nome dele por aí desde que você me falou dele, *a nighean*. Mandei Ian a Cross Creek para espalhar o nome dele em River Run, e falei com o capitão Freeman e ele falou com os outros ribeirinhos. Mandei Duncan espalhar o nome por todo o Cabo Fear e ao norte, em Edenton e New Bern, e pelos barqueiros que vão de Virgínia a Charleston.

Ele olhou para mim, implorando compreensão.

– O que mais posso fazer? O homem não está em lugar nenhum. Se eu acreditasse haver a menor chance... – Parou, mordendo o lábio.

Brianna olhou para o barbante que segurava e, com um gesto rápido, o partiu. Deixando a ponta solta para a roda, levantou-se e atravessou o espaço, sentando-se à mesa de costas para nós.

– Sinto muito, moça – disse Jamie mais baixo. Esticou o braço e pousou a mão no ombro dela, com hesitação, como se ela fosse capaz de mordê-lo. Ela ficou levemente tensa, mas não se afastou. Depois de um momento, esticou o braço e pegou a mão dele, apertou-a levemente e a soltou.

– Compreendo – disse ela. – Obrigada, Pa. – Sentou-se, os olhos fixos nas chamas, o rosto e o corpo totalmente parados, mas conseguindo transmitir uma desolação total. Apoiei as mãos em seus ombros, esfregando delicadamente, mas ela mais parecia uma boneca de cera sob meus dedos – não resistiu, mas não retribuiu o toque.

Jamie a analisou por um momento, franzindo o cenho, e olhou para mim. Então, com ar decidido, levantou-se, foi à estante, pegou tinta e papel e colocou-os em cima da mesa com um batida.

– Tive uma ideia. Vamos fazer um cartaz e eu o levarei para Gillette, em Wilmington. Ele poderá imprimi-lo, e Ian e os rapazes da família Lindsey distribuirão as cópias por toda a costa, de Charleston a Jamestown. Pode ser que alguém não conheça Wakefield, não tenha ouvido seu nome, mas talvez o reconheça pela aparência.

Ele balançou pó de tinta feita de ferro e carvalho na cuia cheia pela metade e despejou um pouco de água do cantil, usando a ponta de uma pena para mexer a tinta. Sorriu para Brianna e tirou uma folha de papel da gaveta.

– E então, moça, como é esse homem?

A sugestão havia feito Brianna se animar, e seu rosto deixou transparecer a disposição. Endireitou-se e uma corrente de energia subiu por sua espinha até meus dedos.

– Alto – disse ela. – Quase tão alto quanto você, Pa. As pessoas o *notariam*; elas sempre olham para você. Ele tem cabelos pretos e olhos verdes – claros; é uma das primeiras coisas que se nota nele, não é, mamãe?

Ian se remexeu e olhou para nós.

– Sim – falei, sentando-me no banco ao lado de Brianna. – Mas talvez possamos fazer melhor do que dar apenas a descrição. Bree leva jeito com desenhos. Pode desenhar Roger só de memória, Bree?

– Sim! – Ela pegou a pena, disposta a tentar. – Sim, com certeza posso. Já o desenhei antes.

Jamie soltou a pena e o papel, e as linhas de expressão em sua testa indicavam que ele franzia o cenho.

– Será que a impressora consegue copiar um desenho a tinta? – perguntei, olhando.

– Ah, sim, espero que sim. Não é problema fazer um bloco de madeira se as linhas forem claras – falou Jamie distraído, os olhos fixos no papel diante de Brianna.

Ian tirou a cabeça de Rollo do seu joelho e parou ao lado da mesa, olhando por cima do ombro de Bree no que pareceu uma curiosidade exagerada.

Mordendo o lábio inferior, ela desenhou de modo rápido e claro. Testa alta, cabelos negros e densos que subiam de um redemoinho invisível e desciam quase até as sobrancelhas grossas e escuras. Ela o desenhou de perfil: um nariz grande, mas não aquilino, uma boca de traços claros e delicados e uma mandíbula ampla. Olhos de cílios fartos, fundos nas órbitas, com linhas de bom humor marcando um rosto forte e chamativo. Acrescentou uma orelha bonita e dedicou atenção à curva do crânio, desenhando cabelos grossos e ondulados puxados para trás em um rabo de cavalo curto.

Ian resmungou baixo.

– Você está bem, Ian? – Olhei para ele, mas ele não estava olhando para o desenho. Olhava para o outro lado da mesa, para Jamie, e mantinha o olhar vidrado, como um porco em um gancho.

Eu me virei e vi exatamente a mesma expressão no rosto de Jamie.

– Que diabos está acontecendo? – perguntei.

– Ah... nada. – Os músculos de sua garganta se movimentaram quando ele engoliu em seco. Os cantos de sua boca tremeram duas vezes, como se ele não conseguisse controlá-los.

– Até parece! – Assustada, inclinei-me sobre a mesa, segurando seu braço e sentindo sua pulsação. – Jamie, o que foi? Está com dor no peito? Está se sentindo mal?

– *Estou*. – Ian estava inclinado sobre a mesa, parecendo prestes a vomitar a qualquer minuto. – Porque... você está me dizendo com seriedade que... *este*... – ele fez um gesto curto para o desenho – é Roger Wakefield?

– Sim – disse Brianna, olhando para ele, confusa. – Ian, você está bem? Comeu alguma coisa que fez mal?

Ele não respondeu, mas jogou o peso do corpo no banco ao lado dela, levou as mãos à cabeça e gemeu.

Jamie tirou a mão da minha. Mesmo à luz do fogo, vi que ele estava pálido e assustado. A mão sobre a mesa envolveu o tinteiro, como se buscasse apoio.

– Sr. Wakefield – disse ele a Brianna, com cuidado. – Por acaso ele tem... outro nome?

– Sim – Brianna e eu respondemos em uníssono. Parei e deixei que ela explicasse enquanto eu me levantava e corria para pegar uma garrafa de conhaque da despensa. Não sabia o que estava acontecendo, mas tinha a terrível sensação de que a bebida seria necessária. –... adotado. MacKenzie era o nome de sua família – dizia ela quando apareci com a garrafa na mão. Ela olhou do pai para o primo, franzindo o cenho. – Por quê? Vocês não têm notícias de Roger MacKenzie, não é?

Jamie e Ian trocaram um olhar assustado e Ian pigarreou. Jamie também.

– O que foi? – Brianna exigiu saber, inclinando-se para a frente, olhando ansiosamente para um e depois para outro. – O que foi? Vocês o viram? Onde?

Vi a mandíbula de Jamie ficar tensa enquanto ele reunia as palavras.

– Sim – disse ele com cautela. – Vimos. Na montanha.

– O quê? Aqui? *Nesta* montanha? – Ela ficou de pé, afastando o banco. O susto e a ansiedade brincavam em seu rosto como chamas. – Onde ele está? O que aconteceu?

– Bem – disse Ian de modo defensivo –, ele *disse* que tinha tirado sua virgindade, afinal.

– Ele O QUÊ? – Os olhos de Brianna se arregalaram tanto que a esclera aparecia ao redor de toda a íris.

– Bem, seu Pa perguntou a ele, só para ter certeza, e ele admitiu que tinha...

– Você *o quê*? – Brianna virou-se para Jamie com os punhos cerrados na mesa.

– Sim, bem... foi um erro – disse Jamie. Parecia completamente arrasado.

– Pode apostar que foi! O que, em nome de... o que você fez? – O rosto dela havia empalidecido e faíscas azuis apareciam em seus olhos, como as que apareciam em chamas.

Jamie respirou fundo. Olhou para a frente, diretamente no rosto dela, e contraiu a mandíbula.

– A mocinha... Lizzie. Ela me disse que você estava grávida e que o homem que havia feito isso com você era um bruto malvado chamado MacKenzie.

A boca de Brianna se abriu e se fechou, mas nenhuma palavra saiu. Jamie olhou para ela com firmeza.

– Você me disse que tinha sido violentada, certo?

Ela assentiu, mole como uma marionete sem comando.

– Pois então. Ian e a mocinha estavam na moenda quando MacKenzie chegou perguntando sobre você. Eles correram para me avisar e Ian e eu o abordamos na clareira acima da fonte.

Brianna conseguiu reunir forças para falar.

– O que vocês fizeram com ele? – perguntou, rouca. – O quê?

– Foi uma briga justa – disse Ian, ainda na defensiva. – Eu queria atirar nele de cara, mas o tio Jamie disse não, ele queria pegar o... cara.

– Você *bateu* nele?

– Sim! Bati! – disse Jamie, irado, finalmente. – Pelo amor de Deus, mulher, o que gostaria que eu tivesse feito com o homem que usou você desse modo? Você o queria matar, não?

– Além disso, ele bateu no tio Jamie também – disse Ian para ajudar. – Como eu disse, foi uma briga justa.

– Fique quieto, Ian, seja bonzinho – falei. Servi dois dedos e empurrei o copo para Jamie.

– Mas foi... ele *não*... – Brianna estava gaguejando sem parar. Então se revoltou e bateu um punho na mesa, explodindo. – O QUE VOCÊ FEZ COM ELE? – gritou.

Jamie piscou e Ian se retraiu. Trocaram olhares assombrados.

Pousei a mão no braço de Jamie, apertando forte. Não consegui esconder o nervosismo quando fiz a pergunta necessária:

– Jamie... você o matou?

Ele olhou para mim e a tensão em seu rosto relaxou um pouco.

– Ah... não. Eu o entreguei aos iroqueses.

– Ah, prima, poderia ter sido pior. – Ian deu um tapinha nas costas de Brianna. – Nós não o matamos, afinal.

Brianna emitiu um som de engasgo e levantou a cabeça dos joelhos. O rosto estava pálido e úmido como o interior de uma concha de ostra, os cabelos despenteados ao redor. Ela não havia vomitado nem desmaiado, mas parecia prestes a fazer as duas coisas.

– Nós pretendíamos – continuou Ian, olhando para ela com um pouco de nervosismo. – Minha pistola estava pressionando a parte de trás da orelha dele, mas pensei que era direito do tio Jamie estourar os miolos dele, então...

Brianna engasgou de novo, e eu rapidamente coloquei uma bacia à sua frente, para garantir.

– Ian, acho que ela não precisa ouvir nada disso neste momento – disse, estreitando os olhos para ele.

– Sim, preciso.

Brianna se levantou, apoiando as mãos na borda da mesa.

– Preciso ouvir tudo, tenho que ouvir. – Virou a cabeça lentamente, como se seu pescoço estivesse rígido, em direção a Jamie. – Por quê? – perguntou ela. – POR QUÊ?

Ele estava tão pálido e assustado quanto ela. Havia se afastado da mesa e ido para o canto, como se quisesse se afastar o máximo possível do desenho com a aparência clara de Roger MacKenzie Wakefield.

Parecia que preferia fazer qualquer coisa que não fosse responder, mas respondeu com os olhos fixos nos dela:

– Eu queria matá-lo. Interrompi Ian porque atirar no maldito parecia uma morte muito fácil, rápida demais para o que ele havia feito.

Respirou fundo, e eu vi que a mão na estante com os utensílios de escrita estava fazendo tanta pressão que os nós dos dedos estavam brancos.

– Parei para pensar como deveria ser, o que eu deveria fazer. Deixei Ian com ele e me afastei.

Engoliu em seco. Vi os músculos se mexerem em sua garganta, mas ele não afastou o olhar.

– Entrei na floresta e recostei-me numa árvore para deixar meu coração se acalmar. Parecia melhor que ele estivesse acordado para saber, mas pensei que não conseguiria mais tolerar sua voz. Ele já havia dito coisas demais. Mas então comecei a ouvir, sem parar, o que ele havia dito.

– O quê? O que ele disse? – Até mesmo os lábios dela estavam brancos.

Os de Jamie também.

– Ele disse... que você o havia chamado para dormir com ele. Que você... – Ele parou e mordeu o lábio. – Disse que você o desejava, que você havia lhe pedido para tirar sua virgindade – disse Ian. Ele falava de modo frio, com os olhos em Brianna.

Ela respirou fundo, fazendo barulho, como papel sendo rasgado.

– Pedi.

Olhei involuntariamente para Jamie. Os olhos dele estavam fechados, os dentes apertavam o lábio.

Ian emitiu um som de choque e Brianna afastou a mão como um raio e bateu em seu rosto.

Ele se virou para trás, perdeu o equilíbrio e quase caiu do banco. Segurou a borda da mesa e ficou de pé.

– Como? – gritou ele, o rosto contorcido de ira. – Como pôde fazer uma coisa dessas? Eu disse ao tio Jamie que você nunca agiria como uma meretriz, nunca! Mas é verdade, não é?

Ela se levantou como um leopardo, com o rosto vermelho depois da palidez em um segundo.

– Maldito seja você por achar que pode me julgar, Ian! Quem deu a você o direito de me chamar de meretriz?

– Direito? – Ele gaguejou por um momento, sem saber o que dizer. – Eu... você... ele...

Antes que eu pudesse intervir, ela fechou a mão e deu um soco forte na boca do estômago dele. Com um olhar de surpresa, ele caiu no chão, a boca aberta como um porco.

Eu me movi, mas Jamie foi mais rápido. Em menos de um segundo, ele estava ao lado dela, segurando seu braço. Ela se virou, tentando bater nele também, mas parou. Sua boca se mexia sem emitir som, lágrimas de choque e fúria desciam por seu rosto.

– Fique parada – disse ele, e sua voz estava muito fria.

Vi-o segurá-la com força e emiti um som baixo de protesto. Ele não deu atenção, pois estava focado demais em Brianna.

– Eu não quis acreditar – disse ele, com uma voz fria como gelo. – Disse a mim mesmo que ele só estava dizendo aquilo para se salvar, que não era verdade. Mas se fosse... – Ele pareceu perceber, finalmente, que a estava machucando. E soltou seu braço. – Eu não podia matar o homem sem ter certeza – disse ele, e fez uma pausa, observando o rosto dela. Por arrependimento?, tentei imaginar. Ou remorso? Independentemente do que ele procurava, só encontrou ira. O rosto dela era o reflexo do dele, os olhos azuis intensos como os dele.

A expressão dele mudou e ele afastou o olhar.

– Eu me arrependi – disse. – Quando cheguei aquela noite e vi você, me arrependi por não tê-lo matado. Segurei você no colo e senti meu coração apertado de vergonha por ter duvidado da virtude da minha filha. – Ele olhou para baixo, e eu vi a marca nos lábios, onde ele os havia mordido. – Agora meu coração está apertado de novo. Não só por você ter sido impura, mas por também ter mentido para mim.

– Mentido para você? – A voz dela não passava de um suspiro. – *Mentido* para você?

– Sim, mentido para mim! – Com violência repentina, ele se virou para ela. – Por você ter ido para a cama com um homem por desejo e dizer ter sido estuprada depois de engravidar! Você não percebe que por pouco não virei um assassino e você causou tudo isso?

Ela estava furiosa demais para falar; vi sua garganta inchar com as palavras e soube que tinha que fazer alguma coisa logo, antes que um dos dois conseguisse dizer mais alguma coisa.

Mas eu também não conseguia falar. Sem esperar, procurei no bolso do meu vestido e achei a aliança. Peguei-a e a coloquei em cima da mesa. Ela tilintou na madeira, girou e rodou até parar; o ouro brilhou vermelho à luz do fogo.

De F. a C. com amor. Sempre.

Jamie olhou para ela, o rosto totalmente inexpressivo. Brianna suspirou, soluçando.

– É a sua aliança, tia – disse Ian. Ele parecia confuso e se inclinou para olhar, como se não conseguisse acreditar no que via. – Sua antiga aliança. Aquela que Bonnet roubou, no rio.

– Sim – falei. Meus joelhos estavam fracos. Sentei-me à mesa e pousei a mão sobre a aliança como se quisesse tirá-la dali, negar sua presença.

Jamie pegou meu punho e o ergueu. Como um homem lidando com um inseto perigoso, ele pegou a aliança entre o polegar e o indicador.

– Onde conseguiu isso? – perguntou ele, a voz quase casual. Olhou para mim, e senti uma onda de terror diante dos olhos dele.

– Eu a trouxe para ela. – As lágrimas de Brianna tinham secado, evaporadas com o calor de sua fúria. Ela ficou atrás de mim e pousou as mãos em meus ombros. – Não olhe para ela desse jeito, não ouse!

Ele olhou para ela, mas Brianna não se mexeu; apenas me segurou com mais força, os dedos afundando em meus ombros.

– Onde conseguiu isso? – perguntou ele de novo num sussurro. – Onde?

– Com ele. De Stephen Bonnet. – A voz dela tremia, mas de ira, não de medo. – Quando... ele... me... estuprou.

O rosto de Jamie se contorceu de repente, como se uma explosão tivesse ocorrido dentro dele. Emiti um som incoerente de indignação e me aproximei, mas ele se virou e ficou rígido, de costas para nós, no meio da sala.

Senti Brianna se endireitar, ouvi Ian dizer, como um tolo: "Bonnet?", ouvi o tique-taque do relógio no armário, senti o vento vindo da porta. Percebi todas essas coisas distraída, mas não tinha olhos para nada além de Jamie.

Afastei o banco e fiquei de pé. Ele permaneceu de pé como se estivesse enraizado no chão, os punhos cerrados à frente da barriga, como um homem que levou um tiro, tentando evitar o derramamento inevitável de suas entranhas.

Eu deveria ter conseguido fazer alguma coisa, dizer alguma coisa, Deveria ter conseguido ajudá-los, cuidar deles. Mas não consegui fazer nada. Não podia ajudar um sem trair o outro; já havia traído os dois. Eu havia vendido a honra de Jamie para mantê-lo protegido e, ao fazer isso, Roger tinha sido levado e a felicidade de Brianna sido destruída.

Não podia correr para nenhum dos dois naquele momento. Só podia ficar ali, sentindo meu coração se despedaçar.

Bree me deixou, deu a volta pela mesa lentamente, atravessou o cômodo e deu a volta por Jamie. Ficou na frente dele, olhando em seu rosto, e seu próprio rosto permanecia firme como o mármore, frio como o de uma santa.

– Maldito seja – disse ela, quase de modo inaudível. – Maldito, muito maldito. Eu me arrependo de tê-lo conhecido.

PARTE XI

Pas du Tout

51

TRAIÇÃO

Outubro de 1769

Roger abriu os olhos e vomitou. A ardência da bile que subiu por seu nariz e o vômito que escorria pelos seus cabelos, pois ele estava de cabeça para baixo, não eram nada em comparação com a dor que sentia na cabeça e na genitália.

Uma mudança no movimento enviou uma onda de cores caleidoscópicas da virilha ao cérebro. Sentiu o cheiro úmido de lona. Então alguém disse algo perto dali, e o pânico sem forma passou a ter contornos borrados entre as cores.

Gloriana! Eles o haviam capturado! Ele se moveu por reflexo, impedido por uma dor forte nas têmporas, mas foi contido um milésimo de segundo antes por algo redondo em seus pulsos. Amarrado, ele estava amarrado.

A forma do pânico apareceu negra em sua mente. Bonnet. Eles o haviam capturado e pegado as pedras. E agora eles o matariam.

Remexeu-se convulsivamente, puxando os punhos, os dentes cerrados de dor. O convés desceu debaixo dele com um resmungo repentino e ele caiu com força.

Vomitou de novo, mas seu estômago estava vazio. Sentiu ânsia, as costelas tremendo a cada espasmo contra os sacos de lona sobre os quais estava. Não eram velas, não era um porão. Não era o *Gloriana*, não era um navio. Um cavalo. Ele estava amarrado pelas mãos e pelos pés e de barriga para baixo em cima de um maldito cavalo!

O cavalo avançou mais alguns passos e parou. Vozes murmuraram, mãos o pegaram e então ele foi puxado de qualquer modo e colocado de pé. Caiu de uma vez, incapaz de se manter de pé ou de impedir a queda.

Permaneceu encolhido no chão, concentrando-se na respiração. Sem os solavancos, era mais fácil. Ninguém o incomodou, e aos poucos começou a ter noção do que o cercava.

Ter noção não ajudava muito. Havia folhas úmidas embaixo de seu rosto, frias, cheirando a podre. Abriu um olho com cuidado. No céu acima, uma cor muito intensa, entre azul e roxo. O som das árvores, de água correndo ali perto.

Tudo parecia girar lentamente ao redor dele, dolorosamente vívido. Fechou os olhos e pressionou as mãos no chão.

Jesus, onde estou? As vozes conversavam de modo casual e as palavras se perdiam em meio aos passos e aos relinchos dos cavalos próximos dali. Prestou atenção, mas não conseguiu entender as palavras. Sentiu um momento de pânico com a incapacidade; não conseguia nem mesmo determinar a língua.

Sentiu um galo atrás de uma orelha e outro na nuca, e uma dor que fez suas têmporas latejarem; ele havia sido atingido com força... mas quando? Será que as pancadas tinham rompido os nervos de seu cérebro e acabado com sua capacidade de entender línguas? Abriu os olhos e – com extremo cuidado – deitou-se de costas.

Um rosto quadrado e marrom olhou para ele, sem uma expressão clara de interesse, e então de volta para o cavalo de que cuidava.

Índios. O choque foi tão forte que se esqueceu momentaneamente da dor e se sentou abruptamente. Assustou-se e apoiou o rosto nos joelhos, fechou os olhos para tentar não desmaiar de novo, o sangue latejando em sua cabeça.

Onde estava? Mordeu o joelho, apertando o pano entre os dentes, esforçando-se para se lembrar. Fragmentos de imagens voltaram à mente, em partes que se recusavam a se unir para fazer sentido.

O ranger das tábuas e o cheiro de água estagnada. O sol cegante pelo vidro. O rosto de Bonnet, e a respiração das baleias na névoa... e um menininho chamado... chamado...

Mãos unidas no escuro. *Com meu corpo, minha alma, minha devoção...*

Bree. Brianna. O suor frio rolou pelo seu rosto e os músculos de sua mandíbula doeram com o movimento. As imagens pulavam em sua mente como pulgas. Seu rosto, o rosto dela, ele não podia esquecer!

Não era um rosto gentil. Um nariz afilado e olhos azuis e frios... não, não frios...

A mão em seu ombro o tirou da tortuosa busca pela memória e de volta para o presente imediato. Era um índio segurando uma faca. Paralisado pela confusão, Roger simplesmente olhou para o homem.

O índio, um homem de meia-idade com um osso nos cabelos arrepiados e um ar sério, pegou Roger pelos cabelos e jogou sua cabeça para trás e para a frente com ar crítico. A confusão desapareceu quando Roger se deu conta de que estava prestes a ser escalpelado ali.

Jogou-se para trás e atacou com os dois pés, acertando o índio nos joelhos. O homem caiu com um grito de surpresa e Roger rolou, levantando-se, e saiu correndo para se salvar.

Correu como uma aranha embriagada, com as pernas abertas, mancando em direção às árvores. Sombra, refúgio. Gritavam atrás dele, e ele ouviu o som de pés espalhando folhas. Então algo fez com que tropeçasse e ele caiu de cara, num baque de estremecer os ossos.

Eles o colocaram de pé de novo antes que pudesse recuperar o fôlego. Não adiantava lutar; havia quatro homens, incluindo aquele que Roger havia derrubado. Este vinha na direção deles, mancando, ainda segurando a faca.

– Não machucar você! – disse ele. Deu um tapa no rosto de Roger e então se inclinou e cortou as faixas de couro que prendiam os punhos de Roger. Com um ronco alto, ele se virou e foi até onde estavam os cavalos.

Os dois homens que seguravam Roger logo o soltaram e se afastaram também, deixando-o se balançando ali como uma plantinha ao vento forte.

Ótimo, pensou. *Não estou morto. Que diabos está acontecendo?*

Sem resposta a essa pergunta, passou a mão depressa pelo rosto, descobrindo vários hematomas que não percebera antes, e olhou ao redor.

Estava em uma pequena clareira, cercado por enormes carvalhos e nogueiras em crescimento; o chão estava tomado por folhas marrons e amarelas, e os esquilos tinham deixado montes de cascas de bolotas e de nozes espalhadas pelo chão. Ele estava sobre uma montanha; a elevação lhe mostrava isso, assim como o ar frio e o céu azul indicavam que era quase o momento do pôr do sol.

Os índios – havia quatro deles, todos homens – o ignoraram totalmente, cuidando de suas coisas no acampamento sem olhar na direção de Roger. Ele lambeu os lábios secos e deu um passo cuidadoso em direção ao pequeno riacho que passava por cima de rochas cobertas de algas a alguns metros dali.

Bebeu água, mas, por estar fria, sentiu os dentes doerem; quase todos os dentes estavam moles de um lado da boca e a parte de dentro da bochecha tinha um corte feio. Lavou o rosto depressa, com uma sensação de *déjà vu*. Algum tempo antes, ele havia se lavado e bebido daquele modo, a água fria correndo sobre rochas cor de esmeralda.

A Cordilheira dos Frasers. Agachou-se, e a memória voltou em pedaços grandes e feios.

Brianna, Claire... e Jamie Fraser. De repente, a imagem confusa que procurara tão desesperadamente voltou: o rosto de Brianna, com os ossos largos e bem delineados, os olhos azuis puxados acima de um nariz comprido e reto. Mas o rosto de Brianna estava mais velho, com a pele desgastada num tom bronzeado, endurecida pela masculinidade e pela experiência, os olhos azuis intensos e cheios de ira. Jamie Fraser.

– Seu maldito – disse Roger lentamente. – Seu cretino, maldito, desgraçado. Você tentou me matar.

A sensação inicial foi de surpresa – mas a raiva não ficava muito atrás.

Ele se lembrava de tudo agora: o encontro na clareira, as folhas de outono como fogo e mel, e o homem entre elas; o jovem de cabelos castanhos – e quem diabos era *ele*? A luta – tocou um ponto dolorido embaixo das costelas fazendo uma careta – e o fim de tudo, quando acabou deitado nas folhas, certo de que estava prestes a ser morto.

Bem, não morreu. Lembrava-se vagamente de ter ouvido o homem e o garoto discutindo em algum ponto acima dele – um deles queria matá-lo no ato, o outro disse não –, mas não tinha como saber quem tinha dito o quê. Então um deles voltou a agredi-lo, e não se lembrava de mais nada.

E agora – olhou ao redor. Os índios tinham acendido uma fogueira e havia um caldeirão de barro ao lado. Nenhum deles dava a menor atenção a ele, apesar de Roger saber que estavam bem cientes de sua presença.

Talvez eles o tivessem tirado de Fraser e do garoto – mas por quê? O mais provável era que Fraser o tivesse entregado aos índios. O homem com a faca dissera que eles não pretendiam machucá-lo. *O que* eles pretendiam fazer com ele?

Olhou ao redor. Logo escureceria; as sombras sob os carvalhos já tinham crescido.

E daí, espertalhão? Se você partir no escuro, para onde vai? A única direção que você conhece é para baixo. Os índios aparentemente o ignoravam porque tinham certeza de que ele não iria a lugar nenhum.

Descartando a verdade desconfortável dessa observação, ele se levantou. Primeiro, as prioridades. Era a última coisa que queria fazer no momento, mas sua bexiga estava prestes a estourar. Seus dedos estavam lentos e atrapalhados, grudados de sangue, mas ele conseguiu soltar o cordão da calça.

A primeira sensação foi de alívio; não era tão ruim quanto parecia. Doía muito, mas tudo parecia indicar que ele estava basicamente intacto e inteiro.

Só quando se virou de volta para o fogo o alívio simples foi sucedido por uma explosão de raiva tão pura e cegante que fez fazer desaparecer a dor e o medo. Em seu punho direito havia uma mancha oval preta, uma marca de polegar bem marcada, como uma assinatura.

– Cristo – disse, muito levemente.

A fúria ardeu em seu estômago. Ele sentiu o seu gosto amargo na boca. Olhou para a encosta da montanha atrás dele, sem saber se olhava para a Cordilheira dos Frasers ou não.

– Espere por mim, maldito – disse baixinho. – *Vocês dois...* esperem por mim, vou voltar.

Mas não naquele momento. Os índios permitiram que ele comesse – um tipo de ensopado, que eles pegavam com as mãos, apesar de estar quase fervendo –, mas durante o resto do tempo pareciam indiferentes. Ele tentou falar inglês, francês e até o pouco de alemão que sabia, mas ninguém respondeu.

Eles o amarraram quando se deitaram para dormir: os tornozelos foram atados e uma coleira foi colocada ao redor do seu pescoço, presa ao pulso de um de seus captores. Por indiferença ou porque não havia nenhum, eles não deram a ele um cobertor, e ele passou a noite tremendo, encolhido o máximo que podia perto da fogueira.

Pensou que não conseguiria dormir, mas dormiu, exausto de dor. No entanto, foi um sono intranquilo, tomado por sonhos violentos e fragmentados, interrompido pela constante impressão de estar sendo estrangulado.

Pela manhã, partiram de novo. Não usaram cavalos; ele caminhou o mais rápido possível. A coleira estava frouxa ao redor do pescoço, mas uma corda curta unia seus pulsos às rédeas de couro de um dos cavalos. Tropeçou e caiu várias vezes, mas conseguiu se levantar, apesar dos ferimentos e dos músculos doloridos. Teve a clara impressão de que eles permitiriam que ele fosse arrastado sem o menor problema se não se levantasse.

Estavam indo para o norte; ele sabia por causa do sol. Não que isso ajudasse muito, já que ele não fazia ideia do ponto de onde eles tinham partido. Ainda assim, deviam estar perto da Cordilheira dos Frasers; ele não podia ter ficado inconsciente por mais de algumas horas. Olhou para os cascos do cavalo ao lado dele, tentando estimar a velocidade. Não mais do que 5 ou 6 quilômetros por hora; ele estava conseguindo continuar sem grande esforço.

Pontos importantes. Não havia como saber aonde eles pretendiam levá-lo – nem por quê –, mas, se ele fosse voltar, tinha que memorizar as condições do terreno pelo qual passavam.

Um penhasco, com cerca de 12 metros e cheio de vegetação, um pé retorcido de caqui saindo de uma rachadura na rocha como uma mola, coberto com frutas alaranjadas.

Eles alcançaram a ponta de um espinhaço e chegaram a uma vista incrível de montanhas distantes: três picos altos, unidos contra um céu avermelhado, o da esquerda mais alto que os outros dois. Ele conseguia se lembrar disso. Um riacho – um rio? – que caía por um pequeno desfiladeiro; guiaram os cavalos por um vau raso, molhando Roger até a cintura na água gelada.

A rotina da viagem durou dias, sempre seguindo em direção ao norte. Seus captores não falavam com ele e, no quarto dia, percebeu que começava a perder a noção do tempo, entrando em um transe como um sonho, tomado pela fadiga e pelo silêncio das montanhas. Puxou um fio comprido da barra do casaco e começou a fazer um nó para cada dia, tanto para manter um pequeno controle da realidade como para ter um método de estimar a distância percorrida.

Ele iria voltar. Não importava o que custasse, iria voltar para a Cordilheira dos Frasers.

Foi no oitavo dia que vislumbrou a chance. Estavam na montanha. Já tinham passado por um desfiladeiro um dia antes e desceram um monte íngreme, e os cavalos nitriam, andando mais devagar para firmar cada passo cuidadoso, enquanto as cargas nas selas rangiam e se remexiam.

Agora estavam subindo de novo e os cavalos passaram a andar mais devagar à medida que o solo se tornava bem mais íngreme. Roger conseguiu avançar, manter-se ao lado do cavalo e se agarrar à rédea de couro, deixando o animal puxá-lo.

Os índios tinham apeado, estavam caminhando e guiando os cavalos. Ele manteve os olhos semicerrados no rabo de cavalo preto que descia pelas costas do bravo que levava o animal ao qual ele estava amarrado. Segurou-se com uma das mãos; a outra estava ocupada por baixo de uma aba pendurada de lona, mexendo no nó que o prendia às rédeas.

Fio por fio, a amarra foi desfeita, até não sobrar nada além de um único fio de corda o prendendo ao cavalo. Esperou, e o suor escorria pelas suas costelas devido ao medo e ao esforço da subida, rejeitando várias oportunidades, pensando a cada minuto que já era tarde demais, que eles parariam para acampar, que o índio que levava seu cavalo viraria e o veria, pensaria em verificar.

Mas eles não pararam, e o índio não se virou. *Pronto*, pensou, e seu coração bateu depressa ao ver o primeiro cavalo da fileira sair de uma trilha estreita na encosta da montanha. O caminho descia e então se nivelava cerca de 2 metros abaixo. Mais adiante havia uma descida cheia de árvores, ideal para que ele se escondesse.

Um cavalo e depois outro desceram a trilha estreita, firmando as patas com cuidado. Um terceiro, e então foi a vez de Roger. Ele se aproximou do lado do cavalo, sentindo o cheiro da espuma doce e pungente do seu suor. Um passo, depois outro, e eles estavam na trilha estreita.

Soltou a corda e pulou. Atingiu o chão semiagachado, levantou-se e desceu correndo. Seus sapatos saíram e ele os deixou onde ficaram. Atravessou um pequeno riacho, escalou a barranca com as mãos e os joelhos e ficou de pé, correndo antes mesmo de se erguer.

Ouviu gritos atrás dele e então silêncio, mas sabia que estava sendo perseguido. Não tinha tempo a perder; nem eles.

A paisagem se escondia atrás de um borrão de folhas e rochas quando ele virou a cabeça de um lado para outro, procurando um caminho, um local para se esconder. Escolheu um vale de bétulas, atravessou-o e entrou em um campo inclinado, desceu pela grama escorregadia, os pés descalços pisando em raízes e pedras. Do outro lado, reservou um segundo para olhar para trás. Dois deles: ele viu as cabeças escuras e redondas entre as folhas.

Chegou a outro bosque ao sair ziguezagueando como louco por um campo de rochas espalhadas, a respiração dolorida na garganta. O passado havia feito uma coisa por ele, pensou com seriedade: melhorara sua capacidade respiratória. E então não sobrou espaço para nenhum pensamento – nada além dos instintos cegos da fuga.

E desceu de novo, uma queda pela face molhada e rachada de um penhasco de 6 metros, agarrando as plantas enquanto passava por elas, arrancando raízes, enfiando as mãos na lama, cortando os dedos em pedras que não vira. Caiu com força no fundo e se inclinou, puxando o ar.

Um dos índios estava bem atrás dele, descendo pelo outro lado do penhasco. Soltou a corda ao redor do pescoço e bateu com ela com força nas mãos do índio. As mãos do homem escorregaram: ele deslizou e desceu, aterrissando de qualquer jeito. Roger passou a corda pela cabeça do homem, puxou com força e fugiu, deixando o índio de joelhos, engasgando e puxando a corda ao redor do pescoço.

Árvores. Ele precisava de um esconderijo. Pulou um tronco caído, tropeçou, levantou-se e saiu correndo. Continuou subindo entre os abetos. Com o coração aos pulos, bateu os pés com força no chão, subindo a ladeira.

Jogou-se entre os abetos, passando em meio a milhões de agulhas, sem ver, os olhos fechados contra os galhos. Então o chão se abriu e ele caiu em um borrão de céu e galhos.

Pousou, meio curvado, sem fôlego; mal teve a noção de se curvar mais e continuar rolando, afastando rochas e plantas, arrancando terra e agulhas caídas, pulando e chegando ao fundo.

Pulou fazendo barulho, em meio a troncos, esperou um momento e escorregou, pousando com um baque. Confuso e sangrando, permaneceu deitado por um momento e então rolou, sentindo dor do lado, limpando a terra e o sangue do rosto.

Olhou para cima, procurando. Ali estavam eles. Os dois, no topo da ladeira, descendo cuidadosamente pela lateral da saliência de onde ele tinha caído.

Apoiado nas mãos e nos joelhos, mergulhou entre os caules das árvores e rastejou para se salvar. Galhos curvos e pontas afiadas o acertavam, montes de poeira, folhas mortas e insetos caíam dos galhos mais altos enquanto ele subia, forçando uma passagem pelos troncos próximos uns dos outros, girando e se virando, seguindo essas aberturas conforme eram encontradas.

Inferno foi seu primeiro pensamento coerente. Então notou que era uma descrição e também um xingamento. Estava no inferno dos rododendros. Percebendo isso tarde demais, diminuiu a velocidade da fuga – se é que rastejar 3 metros por hora pudesse ser chamado de "fuga".

A abertura parecida com um túnel na qual ele se viu era estreita demais para permitir que se virasse, mas ele conseguiu olhar para trás voltando a cabeça. Não havia nada ali: apenas uma escuridão úmida e bolorenta, iluminada por um feixe fino de luz girando com a poeira. Não dava para ver nada além dos caules e dos galhos dos arbustos de rododendros.

Seus membros trêmulos cederam e ele caiu. Ficou deitado por um momento, enrolado entre os caules, sentindo o cheiro das folhas podres e da terra úmida.

– Você queria um esconderijo, amigo – disse a si mesmo. Estava começando a sentir dor. Estava cortado e sangrava em muitos pontos do corpo. Mesmo sob a luz fraca, as pontas de seus dedos pareciam carne crua.

Fez uma análise lenta dos danos, tentando ouvir os sons baixos da perseguição. Não surpreendia não haver nenhum. Ele havia ouvido rumores a respeito dos rododendros nas tavernas em Cross Creek: histórias meio fantasiosas de cães que tinham perseguido um esquilo para dentro de uma das confusões de folhas, acabaram se perdendo e nunca mais foram vistos.

Roger esperava que essas histórias fossem exageradas, mas, ao olhar ao redor, não se tranquilizou. A pouca luz não indicava direção. Para onde olhava, tudo parecia igual. Montes de folhas frias e lisas, caules grossos e galhos finos que se uniam em um nó quase impenetrável.

Com uma leve sensação de pânico, percebeu que não fazia ideia de onde estava.

Encostou a cabeça nos joelhos e respirou fundo, tentando pensar. Certo, primeiro as prioridades. O pé direito sangrava devido a um corte profundo no canto da sola. Tirou os lenços sujos e usou um para amarrar no pé. Nada mais parecia ruim o suficiente para precisar de uma bandagem, exceto o corte raso em seu escalpo; ainda sangrava e estava úmido e grudento ao toque.

Suas mãos tremiam; era difícil amarrar o lenço ao redor da cabeça. Ainda assim, o leve movimento fez com que se sentisse melhor. Pronto. Ele havia escalado várias montanhas na Escócia, aqueles picos rugosos sem fim, e mais de uma vez ajudara a encontrar viajantes perdidos entre as rochas e a mata.

Quando perdido na mata, a ação normal era permanecer parado, esperando alguém encontrá-lo. Isso parecia não valer, pensou, se as únicas pessoas à sua procura fossem aquelas das quais você fugia.

Olhou para cima, em meio à confusão de galhos. Viu os pequenos pedaços de céu, mas os rododendros se estendiam por quase 4 metros acima de sua cabeça. Não havia como ficar de pé. Ele mal conseguia se sentar embaixo dos galhos retorcidos.

Não havia como saber o tamanho daquela confusão; na viagem deles pelas montanhas, ele vira montes inteiros cobertos de mata, vales cheios do verde-escuro dos rododendros, apenas algumas árvores ambiciosas aparecendo acima do mar de folhas. Mas eles também tinham dado a volta por montes menores da vegetação, com menos de 30 metros quadrados. Ele sabia que estava bem perto da beira da coisa, mas saber isso era inútil, pois não tinha ideia de em qual direção estava a borda.

Percebeu que sentia muito frio, as mãos ainda tremiam. *Choque*, pensou. O que fazer em caso de choque? Líquidos quentes, cobertores. Conhaque. Ah, sim, claro. Levantar as pernas. Isso ele podia fazer.

Cavou uma depressão rasa e meio estranha e se acomodou dentro dela, raspando as folhas meio apodrecidas do peito e dos ombros. Apoiou os calcanhares na forquilha de um galho e fechou os olhos, tremendo.

Eles não iriam atrás dele. Por que fariam isso? Seria muito melhor esperar, se não tivessem pressa. Ele teria que sair, por fim... se ainda conseguisse.

Qualquer movimento ali embaixo sacudiria as folhas acima e denunciaria sua presença a quem observasse. Então teve um pensamento frio: sem dúvida eles sabiam onde ele estava agora e simplesmente esperavam sua próxima ação. Os espaços no céu eram de um azul profundo, cor de safira; ainda era tarde. Esperaria até a noite para se movimentar.

Com as mãos unidas sobre o peito, tentou descansar, pensar em algo além de sua situação atual. Brianna. Pensaria nela. Sem ira ou revolta; não havia tempo para isso. Fingiria que tudo ainda existia entre eles como tinha sido naquela noite, a noite deles. O corpo quente dela contra o dele no escuro. As mãos dela, tão francas e curiosas, dispostas em seu corpo. A generosidade de sua nudez, oferecida livremente. E a momentânea convicção errônea dele de que tudo estava certo com o mundo, para sempre. Aos poucos, o tremor diminuiu e ele dormiu.

Acordou algum tempo depois de a lua aparecer no céu; conseguia ver a claridade tomando o espaço, mas não a lua. Estava rígido e frio, e muito dolorido. Faminto, também, e desesperadamente sedento. Bem, se conseguisse sair dessa maldita vegetação, pelo menos poderia encontrar água; havia riachos em toda parte nessas montanhas. Sentindo-se esquisito como uma tartaruga de barriga para cima, virou-se lentamente.

As direções eram todas iguais. Apoiado nas mãos e nos joelhos, começou a se mover, passando pelas fissuras, quebrando galhos, fazendo o melhor que podia para seguir em linha reta. Um medo o assombrava mais do que pensar nos índios: conseguiria facilmente perder a noção de onde estava, movendo-se pelo labirinto. Poderia acabar andando em círculos sem fim, preso para sempre. As histórias dos cães de caça tinham perdido qualquer elemento de exagero.

Um animal rasteiro passou pela mão dele e ele se retraiu, batendo a cabeça nos galhos acima. Rangeu os dentes e continuou, alguns centímetros por vez. Grilos cricrilavam ao redor dele, e os inúmeros movimentos lhe mostravam que os habitantes daquele local não gostavam de sua intrusão. Ele não conseguia ver nada; estava quase totalmente escuro ali embaixo. Mas havia uma coisa boa: o esforço constante o aquecia; o suor fazia arder o corte na cabeça e pingava do seu queixo.

Sempre que tinha que parar para respirar, prestava atenção para ouvir e se localizar – ou localizar quem o perseguia –, mas não ouviu nada além dos pios dos pássaros e o farfalhar de folhas ao redor. Secou o rosto suado com a manga da blusa e continuou.

Ele não sabia há quanto tempo já andava quando encontrou a rocha. Ou melhor, quando trombou com ela. Afastou-se, com a mão na cabeça e os dentes travados para não gritar.

Piscando por causa da dor, esticou a mão e descobriu o que o havia acertado. Não era um penedo; era uma rocha lisa. Alta também: a superfície dura se estendia até onde ele conseguia alcançar.

Deu a volta na rocha. Havia um caule grosso crescendo perto dela; seus ombros se prenderam no espaço estreito entre eles. Remexeu-se e lutou, e finalmente partiu para a frente, perdendo o equilíbrio e caindo de cara.

Rapidamente ele se apoiou nas mãos de novo – e percebeu que conseguia *enxergar* suas mãos. Olhou para cima e ao redor, totalmente surpreso.

A cabeça e os ombros estavam em um espaço livre. Não apenas livre, mas *vazio*. Contente, seguiu em frente, saindo do sufoco claustrofóbico dos rododendros.

Ele estava de pé em um espaço aberto, de frente para uma parede que se estendia no lado distante de uma clareira pequena. Era uma clareira, mesmo: nada crescia na terra macia sob seus pés. Surpreso, virou-se lentamente, enchendo os pulmões de ar frio.

– Meu Deus do céu – disse em voz alta. A clareira tinha um formato meio oval, circundada por pedras erguidas, com uma ponta fechada pela face do penhasco. As pedras eram espaçadas na mesma distância uma da outra ao redor do círculo, algumas delas caídas, duas mais deslocadas da posição pela pressão das raízes e dos caules sob elas. Ele viu a massa preta densa dos rododendros aparecendo entre e acima das pedras, mas nenhuma planta crescia dentro do perímetro do círculo.

Sentindo o corpo todo arrepiado, caminhou tranquilamente em direção ao centro do círculo. Não podia ser... mas era. E por que não, afinal? Se Geillis Duncan estivesse certa... ele se virou e viu, sob a luz da lua, os arranhões na face da rocha.

Aproximou-se para ver de perto. Havia vários petróglifos, alguns do tamanho de sua mão, outros quase de sua altura: formas espiraladas, e o que podia ser um homem curvado, dançando... ou morrendo. Um círculo quase fechado, que parecia uma cobra perseguindo o rabo. Sinais de alerta.

Estremeceu de novo e levou a mão à barra da calça. Ainda estavam ali: as duas pedras preciosas pelas quais ele havia arriscado a própria vida para pegar, pequenos passaportes para a segurança – como esperava – dele e de Brianna.

Não conseguia ouvir nada; nenhum murmúrio, nenhum zunido. O ar do outono era frio, um vento leve balançava as folhas dos rododendros. Droga, qual era a data? Ele não sabia, perdera a noção muito tempo antes. Achava que era o início de setembro quando deixou Brianna em Wilmington. Havia demorado muito mais do que pensara para encontrar Bonnet e ter uma oportunidade de roubar as pedras. Devia ser quase o fim de outubro agora – o festival de Samhain, a Noite de Todos os Santos, estava prestes a acontecer, ou havia acabado de acontecer.

Mas aquele círculo seguiria as mesmas datas? Ele acreditava que sim; se as linhas de força da Terra mudassem com sua volta ao redor do Sol, então todas as passagens deveriam permanecer abertas ou fechadas com a mudança.

Aproximou-se do penhasco e viu: uma abertura perto da base, uma rachadura na rocha, talvez uma caverna. Sentiu um arrepio que nada tinha a ver com o vento da noite fria. Seus dedos envolveram com força a superfície arredondada das pedras preciosas. Ouviu algo; estava aberta? Se estivesse...

Escapar. Seria o fim. Mas escapar para onde? E como? As palavras do feitiço de Geilie ecoaram em sua mente. *Granadas se reúnem em amor em meu pescoço. Serei fiel.*

Fiel. Tentar aquela rota de fuga seria abandonar Brianna. *E ela não abandonou você?*

– Não, de jeito nenhum! – sussurrou para si mesmo. Havia um motivo para o que ela havia feito, ele sabia.

Ela encontrou os pais; estará segura. "E, por esse motivo, uma mulher deve deixar os pais e seguir o marido." A segurança não era o que importava; o amor, sim. Se ele se importasse com a segurança, não teria atravessado aquele espaço desesperado, para início de conversa.

Suas mãos suavam; ele sentia a umidade do tecido sob os dedos, e as pontas machucadas deles ardiam e latejavam. Deu mais um passo em direção à abertura da face da rocha, os olhos fixos na escuridão ali dentro. Se não entrasse... só havia duas coisas a fazer. Voltar para a clausura sufocante dos rododendros ou tentar escalar a rocha à sua frente.

Jogou a cabeça para trás para observar a altura. Um rosto olhava para ele, sem traços devido à escuridão, contra o céu iluminado pela lua. Ele não teve tempo para se mexer nem para pensar, pois o laço da corda escorregou por sua cabeça e apertou, prendendo seus braços junto ao corpo.

52

DESERÇÃO

River Run, dezembro de 1769

Havia chovido, e logo choveria de novo. Gotas de água tremiam penduradas embaixo das pétalas de rosas jacobitas de mármore sobre o túmulo de Hector Cameron, e o muro estava escuro por estar molhado.

Semper Fidelis, estava escrito embaixo do seu nome e das datas. Semper Fi. Ela havia namorado um cadete da Marinha, certa vez; ele havia escrito isso na aliança que tentara dar a ela. Sempre fiel. E a quem Hector Cameron tinha sido fiel? A sua esposa? A seu príncipe?

Ela não falava com Jamie Fraser desde aquela noite. Nem ele com ela. Não desde o momento final, quando, em uma fúria de medo e indignação, ela havia gritado a ele: "Meu pai nunca teria dito isso!"

Ela ainda conseguia se lembrar do rosto dele quando disse suas últimas palavras a ele; gostaria de poder esquecer. Ele havia se virado sem dizer nada e saído da cabana. Ian havia se levantado e ido atrás dele em silêncio; nenhum dos dois voltou naquela noite.

Sua mãe ficara dividida entre a ira e o choro. Mas, mesmo enquanto a mãe segurava a cabeça de Brianna em seu colo e passava panos frios em seu rosto, Bree sentiu uma parte dela desejando aquele homem, querendo segui-lo, querendo confortá-lo. E ela o culpou por isso também.

Sua cabeça latejava devido ao esforço de manter o rosto sério. Não ousava relaxar os músculos dos olhos e da mandíbula até ter certeza de que eles tinham partido; seria fácil demais acabar chorando.

Não chorara desde aquela noite. Assim que se recompôs, garantiu à mãe que estava bem, insistiu que Claire fosse dormir. Permaneceu sentada até o amanhecer, os olhos ardendo de raiva e por causa da fumaça da madeira, com o desenho de Roger à sua frente sobre a mesa.

Ele havia voltado ao amanhecer, chamara a mãe dela e não olhara para Brianna. Murmurara algo na porta e a mandara de volta para dentro, com os olhos fundos de preocupação, para que pegasse suas coisas.

Ele a havia levado ali, descido a montanha até River Run. Ela quisera ir com eles, quisera partir de uma vez para encontrar Roger sem demora. Mas ele foi teimoso, assim como sua mãe.

Era fim de dezembro, e a neve de dezembro cobria as faces das montanhas com camadas grossas. Ela já estava grávida de quase quatro meses; a barriga lisa estava bem arredondada agora. Não havia como saber quanto tempo a viagem duraria, e ela teve que admitir, a contragosto, que não queria dar à luz na montanha. Poderia ter passado por cima da opinião da mãe, mas não depois de ser barrada pela teimosia *dele*.

Encostou a testa no mármore frio do mausoléu; o dia estava frio, chovia, mas seu rosto estava quente e inchado, como se ela estivesse febril.

Não conseguia parar de ouvi-lo, vê-lo. Seu rosto, tomado pela ira, de contornos pronunciados como a máscara de um demônio. Sua voz grave, devido à fúria e ao desdém, reprovando-a – justamente a *ela*! – pela perda da maldita honra dele!

– A *sua* honra? – perguntara ela, sem acreditar. – A sua *honra*? A porra da sua ideia de honra foi o que causou todo o problema, para começo de conversa!

– Não vai falar comigo desse jeito! Ainda que estejamos falando sobre porra...

– Falo o que eu bem entender, porra! – gritou ela, e bateu o punho na mesa, fazendo os pratos tremerem.

E falou. E ele também. Sua mãe tentara impedi-los uma ou duas vezes – Brianna se retraiu ao lembrar da irritação nos olhos profundamente dourados de Claire –, mas nenhum dos dois prestou atenção a ela, focados demais na raiva da traição mútua.

Sua mãe dissera que ela tinha um temperamento escocês – de pavio curto, mas de longa duração. Agora ela sabia de onde isso vinha, mas saber não ajudava em nada.

Ela apoiou os braços cruzados sobre o túmulo e encostou o rosto nele, respirando o cheiro de carneiro da lã. Lembrou-se das blusas de lã tricotadas à mão que seu pai – seu pai *verdadeiro*, pensou, com uma nova onda de tristeza – gostava de usar.

– Por que você teve que morrer? – sussurrou olhando para a lã úmida. – Ah, por quê? – Se Frank Randall não tivesse morrido, nada disso teria acontecido. Ele e Claire ainda estariam lá, na casa em Boston, e sua família e sua vida estariam intactas.

Mas seu pai partira, substituído por um estranho violento; um homem que tinha o rosto dela, mas que não conseguia entender seu coração, um homem que havia arrancado sua família e seu lar e, não satisfeito com isso, arrancara-lhe também o amor e a segurança, deixando-a sozinha nessa terra estranha e selvagem.

Envolveu os ombros com o xale, tremendo sob o vento que passava pelos furos. Ela deveria ter trazido uma capa. Beijara os lábios pálidos da mãe para se despedir e partira, correndo pelo jardim morto, sem olhar para ele. Esperaria até ter certeza de que eles tinham partido, sem importar se congelasse.

Ouviu um passo no caminho de pedras à frente e ficou tensa, mas não se virou. Talvez fosse um servo, ou Jocasta se aproximando para convencê-la a entrar.

Mas era uma passada longa e um passo forte demais para ser de outra pessoa que não fosse um homem. Ela piscou com força e rilhou os dentes. Não se viraria, de jeito nenhum.

– Brianna – disse ele baixinho atrás dela. Ela não respondeu nem se mexeu.

Ele emitiu um som parecido com um ronco: raiva, impaciência?

– Tenho algo a lhe dizer.

– Então diga – redarguiu ela, e as palavras fizeram sua garganta doer, como se tivesse engolido um objeto áspero.

Começava a chover de novo; gotas novas molhavam o mármore à sua frente, e ela sentia as gotas geladas que se espalhavam pelos seus cabelos.

– Vou trazê-lo de volta para você – disse Jamie Fraser, ainda em tom baixo –, ou eu mesmo não voltarei.

Ela não conseguiu se virar. Ouviu um leve som, um clique no piso atrás dela, e então o som dos passos dele afastando-se. Diante de seus olhos marejados, as gotas nas rosas de mármore ganharam peso e começaram a cair.

Quando finalmente se virou, o caminho estava vazio. A seus pés, havia um papel dobrado, molhado pela chuva, preso com uma pedra. Ela o pegou e o manteve amassado na mão, com medo de abri-lo.

Fevereiro de 1770

Apesar da preocupação e da raiva, ela se viu tranquilamente absorvida pelo fluxo do dia a dia em River Run. Sua tia-avó, feliz com sua companhia, a incentivava a encontrar distração; ao descobrir que ela tinha talento para o desenho, Jocasta comprou equipamento de pintura, incentivando Brianna a usá-lo.

Em comparação com a cabana na cordilheira, a vida em River Run era tão luxuosa a ponto de ser quase decadente. Ainda assim, Brianna acordou de madrugada, por hábito. Espreguiçou-se sem ânimo, aproveitando o prazer de estar em uma cama de penas que envolvia todos os seus movimentos – um forte contraste com os cobertores pesados espalhados sobre uma camada fria de palha.

O fogo estava aceso e havia uma grande lata de cobre no lavatório, com os lados queimados brilhando. Água quente para se lavar; ela viu as pequenas ondas de calor tremulando acima do metal. O local ainda estava gelado e a luz do lado de fora estava azulada por causa do frio. A serva que chegara e partira em silêncio deveria ter acordado antes do amanhecer e derretido gelo para conseguir água.

Ela deveria se sentir culpada por ser servida por escravos, pensou sonolenta. Deveria se lembrar de sentir culpa, mais tarde. Havia muitas coisas em que ela não queria pensar agora; uma a mais não faria mal.

Por enquanto, estava aquecida. Longe, conseguia ouvir barulhinhos na casa: movimentos reconfortantes de um lar. O próprio quarto estava envolvido pelo silêncio, com o crepitar ocasional do fogo.

Deitou-se de costas e, com a mente ainda enevoada devido ao sono, começou a voltar a se familiarizar com seu corpo. Era um ritual da manhã; algo que ela havia começado a fazer meio conscientemente na adolescência e achava necessário fazer de propósito agora – encontrar a paz e ficar em paz com as pequenas mudanças da noite, para que não olhasse de repente durante o dia e se sentisse uma estranha dentro do próprio corpo.

Um estranho dentro de seu corpo bastava, pensou. Empurrou as cobertas e passou a mão lentamente pelo ventre inchado. Um leve arrepio tomou seu corpo quando o habitante se esticou, virando-se lentamente como ela havia se virado na cama alguns minutos antes, envolvida e protegida.

– Olá – disse ela baixinho. O monte se esticou levemente em sua mão e então parou, e o ocupante voltou a seus sonhos misteriosos.

Lentamente, ela levantou a camisola – era de Jocasta, de flanela suave e quente –, sentindo o músculo comprido e liso em cima de cada coxa, a leve depressão da curva no topo. Voltou a subir e descer a mão, pele nua com pele nua, palmas nas pernas, barriga e seios. Lisos e suaves, redondos e duros; músculos e ossos... mas agora não mais só *seus* músculos e ossos.

Sua pele ficava diferente pela manhã, como a pele de uma cobra, recém-trocada, macia e reluzente. Mais tarde, quando se levantasse, quando a pele recebesse o ar, ficaria mais dura, um invólucro menos sensível, porém mais útil.

Recostou-se no travesseiro, observando a luz encher o quarto. A casa já estava desperta. Conseguia ouvir os vários sons baixos das pessoas trabalhando e se sentiu tranquilizada. Quando era pequena, acordava nas manhãs de verão e ouvia o barulho do cortador de grama de seu pai embaixo de sua janela, a voz dele cumprimentando um vizinho. Sentia-se segura, protegida por saber que ele estava lá.

Mais recentemente, acordava de madrugada e ouvia a voz de Jamie Fraser falando em gaélico com os cavalos do lado de fora e sentia aquela mesma sensação voltar depressa. Mas não mais.

Era verdade o que sua mãe dissera. Ela tinha sido retirada, mudada, alterada sem consentimento nem consciência, e só soube depois do fato. Afastou os cobertores e se levantou. Não podia ficar deitada na cama sofrendo pelo que havia perdido; não era mais tarefa de ninguém protegê-la. A tarefa de protetora era dela agora.

O bebê era uma presença constante – e, de modo estranho, um conforto constante. Pela primeira vez, ela sentia a bênção de estar grávida e uma sensação desconhecida de aceitação; o corpo soubera bem antes da mente. Então isso também era verdade – sua mãe dizia com frequência –: "Ouça seu corpo."

Encostou-se na janela, olhando para fora, para a neve que cobria o jardim. Um escravo, vestindo capa e cachecol, estava ajoelhado no caminho, escavando cenouras de um dos canteiros. Olmos altos cercavam o jardim murado; em algum ponto além daqueles galhos nus estavam as montanhas.

Permaneceu parada, ouvindo os ritmos do corpo. O invasor em seu corpo se remexeu um pouco, e as ondas de seus movimentos se misturaram com a pulsação do sangue dela – o sangue deles. Nas batidas de seu coração, ela pensou ter ouvido o eco daquele outro coração menor, e, no som, finalmente encontrou a coragem de pensar com clareza, com a certeza de que se o pior acontecesse – ela pressionou o corpo com força contra a janela e sentiu-a ranger sob sua força –, se o pior acontecesse, ainda assim ela não estaria totalmente sozinha.

53
CULPA

Jamie mal falou com as pessoas desde nossa partida da Cordilheira dos Frasers até nossa chegada ao vilarejo tuscarora de Tennago. Eu viajei num estado de tristeza, dividida entre a culpa por deixar Brianna, o temor por Roger e a dor com o silêncio de Jamie. Ele era sucinto com Ian, e dissera apenas o estritamente necessário para Jocasta em Cross Creek. Comigo, não conversou.

Claramente ele me culpava por não ter contado de uma vez sobre Stephen Bonnet. Pensando bem, eu me culpava amargamente, por ver o que tinha acontecido. Ele havia guardado a aliança de ouro que eu jogara nele; eu não fazia ideia do que ele havia feito com ela.

O clima estava ruim, com as nuvens tão baixas e próximas das montanhas que nos espinhaços mais altos percorríamos dias a fio em meio à névoa densa e fria, com gotas de água condensando no pelo dos cavalos, de modo que uma chuva constante pingava de suas crinas e a umidade deixava suas ancas reluzentes. Dormíamos à noite em qualquer abrigo que encontrávamos, cada um de nós envolvido em uma concha úmida de cobertores, separados, ao redor de uma fogueira.

Alguns dos índios que nos conheciam em Anna Ooka nos receberam quando chegamos a Tennago. Vi muitos homens olharem os barris de uísque enquanto descarregávamos nossas mulas, mas ninguém tentou mexer neles. Havia duas mulas com cargas de uísque: uma dúzia de barris pequenos, toda a parte de Fraser na destilação do ano – a maioria da nossa renda do ano. O resgate de um rei, levando em conta o valor. Eu esperava que fosse o suficiente para resgatar um jovem escocês.

Era a melhor – e única – coisa que tínhamos para negociar, mas também era perigosa. Jamie mostrou um barril ao *sachem*, o chefe das negociações do vilarejo, e ele e Ian entraram em uma das construções de sapê para conversar. Ian havia entregado Roger a alguns de seus amigos entre os índios tuscaroras, mas não sabia aonde eles o tinham levado. Eu esperava que tivesse sido Tennago. Se fosse o caso, poderíamos voltar a River Run dentro de um mês.

Mas era uma esperança fraca. No meio da briga com Brianna, Jamie havia admitido ter pedido a Ian para cuidar para que Roger não voltasse mais. Tennago ficava a cerca de dez dias de viagem da Cordilheira; perto demais para os propósitos de um pai irado.

Eu queria perguntar às mulheres que me receberam sobre Roger, mas ninguém na casa sabia francês ou inglês e eu só sabia poucas palavras no idioma tuscarora para demonstrar o mínimo de educação. Era melhor deixar Ian e Jamie lidarem com as negociações diplomáticas. Jamie, com seu talento para idiomas, era competente em tuscarora; Ian, que passava metade de seu tempo caçando com os índios, era totalmente fluente.

Uma das mulheres me ofereceu uma bandeja cheia de bolinhos fumegantes de grãos assados com peixe. Inclinei-me para pegar um pouco com um pedaço achatado de madeira oferecido para essa finalidade e senti o amuleto embaixo de minha camisa, seu peso ao mesmo tempo uma lembrança do pesar e um conforto.

Eu havia trazido o amuleto de Nayawenne e uma opala entalhada que havia encontrado embaixo do cedro-vermelho. Havia trazido o amuleto pretendendo devolvê-lo, só não fazia ideia a quem. A opala poderia ajudar o uísque se maior poder de barganha se fizesse necessário. Pelo mesmo motivo, Jamie havia trazido todos os itens valiosos que possuía – não eram muitos –, à exceção do anel de rubi de seu pai, que Brianna havia trazido para ele da Escócia.

Nós tínhamos deixado o anel de rubi com Brianna, para o caso de não voltarmos – a possibilidade tinha que ser encarada. Não havia como saber se Geillis Duncan estava certa ou errada em suas teorias a respeito do uso das pedras preciosas, mas, pelo menos, Brianna teria uma.

Ela havia me abraçado com força e me beijado quando a deixamos em River Run. Eu não queria ir. Nem queria ficar. Estava dividida entre eles mais uma vez: entre a necessidade de ficar e cuidar de Brianna e a necessidade igualmente urgente de ir com Jamie.

– Você tem que ir – dissera Brianna com firmeza. – Vou ficar bem; você mesma disse que sou forte como um cavalo. Vai voltar muito tempo antes de eu precisar de você.

Ela olhou para as costas de seu pai; ele estava de pé no estábulo, supervisionando os cavalos e as mulas. Voltou-se para mim, sem expressão.

– Você precisa ir, mamãe. Confio em você para encontrar o Roger. – Houve uma ênfase desconfortável no *você*, e eu esperava que Jamie não a tivesse ouvido.

– Certamente você não acha que Jamie iria...

– Não sei – interrompera ela. – Não sei o que ele faria. – Seu rosto estava de um jeito que eu reconhecia muito bem. Argumentar era fútil, mas tentei mesmo assim.

– Bem, *eu* sei – disse com firmeza. – Ele faria qualquer coisa por você, Brianna. Qualquer coisa. E, ainda que não fosse você, ele faria qualquer coisa que pudesse para trazer Roger de volta. Seu senso de honra... – Seu rosto se trancou na hora e eu percebi meu erro.

– A honra dele – disse ela com seriedade. – É o que importa. Mas acho que está tudo bem, desde que Roger volte. – Ela se virou e abaixou a cabeça contra o vento.

– Brianna! – chamei, mas ela apenas encolheu os ombros, puxando o xale ao redor deles.

– Tia Claire? Estamos prontos agora. – Ian aparecera próximo dali, olhando de mim para Brianna, o rosto preocupado. Olhei para ele e para Brianna, hesitando, sem querer deixá-la daquele jeito.

– Bree? – chamei de novo.

Então ela se virou, enrolada na lã, e me abraçou, com o rosto gelado no meu.

– Volte! – sussurrou. – Ah, mamãe, volte sã e salva!

– Não posso deixar você, Bree, não posso! – Eu a abracei com força, sentindo os ossos fortes e a carne macia, a filha que eu havia deixado, a filha que eu havia recuperado – e a mulher que agora afastava os meus braços e permanecia ereta, sozinha.

– Você tem que ir – sussurrou ela. A máscara de indiferença havia caído e o rosto dela estava molhado. Ela olhou por cima do meu ombro para a entrada arqueada do estábulo. – Traga-o de volta. Você é a única que pode trazê-lo de volta.

Ela me beijou depressa, virou-se e correu, e o som de seus passos ecoou no caminho de pedras.

Jamie saiu à entrada do estábulo e a viu, correndo como uma louca. Ele permaneceu parado, olhando para ela, o rosto inexpressivo.

– Não pode deixá-la assim – falei. Sequei meu rosto molhado com a ponta do xale. – Jamie, vá atrás dela. Por favor, vá e diga adeus, pelo menos.

Ele ficou parado por um momento, e eu pensei que ele fingiria não ter me ouvido. Mas então se virou e desceu o caminho lentamente. As primeiras gotas de chuva começavam a cair, espalhando-se nas pedras cobertas de terra, e o vento balançou sua capa enquanto ele caminhava.

– Tia? – A mão de Ian apareceu embaixo do meu braço, me chamando com delicadeza. Fui com ele e deixei que me ajudasse a montar com a mão debaixo do meu pé. Em poucos minutos, Jamie voltou. Ele montou sem olhar para mim e, fazendo um sinal a Ian, saiu do estábulo sem olhar para trás. *Eu* havia olhado para trás, mas não havia sinal de Brianna.

A noite já tinha caído havia muito e Jamie ainda estava na casa de sapê com Nacognaweto e o *sachem* do vilarejo. Eu olhava para a frente sempre que alguém entrava na casa, mas nunca era ele. Até que, passado um tempo, a aba de pele da porta foi erguida e Ian apareceu com uma pessoa pequena e rechonchuda atrás dele.

– Tenho uma surpresa para você, tia – disse, e deu um passo para o lado para me mostrar o rosto redondo da escrava Pollyanne.

Ou melhor, a ex-escrava. Porque ali, claro, ela era livre. Ela se sentou ao meu lado, sorrindo, e abriu uma ponta do manto de pele de veado que usava para me mostrar o menininho em seus braços, com o rosto tão redondo e sorridente quanto o dela.

Com Ian como intérprete e o pouco que ela falava de inglês e gaélico, e mais um pouco de língua de sinais de mulheres, logo estávamos conversando. Ela havia sido recebida, como Myers dissera, pelos tuscaroras e fora adotada pela tribo, onde suas habilidades de curandeira eram valorizadas. Ela havia aceitado como marido um homem que ficara viúvo no surto de sarampo e havia dado a ele esse novo membro da família alguns meses antes.

Fiquei feliz por saber que ela havia encontrado liberdade e felicidade, e a parabenizei efusivamente. Também me senti confortada: se os tuscaroras a haviam tratado tão bem, talvez Roger não tivesse sido tão mal recebido quanto eu temia.

Um pensamento me ocorreu e puxei o amuleto de Nayawenne do pescoço sob minha camisa de pele de veado.

– Ian... pode perguntar se ela sabe a quem devo entregar isto?

Ele falou com ela em tuscarora e ela se inclinou para a frente, tocando o amuleto com curiosidade enquanto ele falava. Por fim, ela balançou a cabeça e se recostou, respondendo com voz grave.

– Ela diz que eles não o aceitarão, tia – traduziu Ian. – É o pacote de remédios de um xamã, e é perigoso. Deve ser enterrado com a pessoa a quem pertencia; ninguém aqui vai tocá-lo, com medo de atrair o fantasma do xamã.

Hesitei, segurando o saquinho de couro. A sensação estranha de segurar algo vivo não havia me ocorrido desde a morte de Nayawenne. Certamente não passava de imaginação o fato de parecer que ele se remexia na palma de minha mão.

– Pergunte a ela: e se o xamã não foi enterrado? Se o corpo não pôde ser encontrado?

O rosto redondo de Pollyanne estava sério enquanto ela ouvia. Balançou a cabeça quando Ian terminou e respondeu.

– Ela disse que, nesse caso, o fantasma caminha com você. Diz que você não deveria mostrá-lo a mais ninguém aqui, pois eles ficarão assustados.

– Ela não está com medo, está? – Pollyanne entendeu isso sozinha; balançou a cabeça negando e tocou seu seio enorme.

– Índia agora – disse ela apenas. – Não sempre. – Voltou-se para Ian e explicou por intermédio dele que seu povo reverenciava os espíritos dos mortos; na verdade, não era incomum que um homem mantivesse por perto a cabeça ou outra parte de seu avô ou outro ancestral, para proteção ou aconselhamento. Não, pensar em um fantasma caminhando comigo não a deixava incomodada.

Nem a mim. Na verdade, eu considerava a ideia de Nayawenne andando comigo bem reconfortante, naquelas circunstâncias. Coloquei o amuleto dentro da camisa de novo. Ele passou suave e quente contra minha pele, como o toque de um amigo.

Conversamos por um tempo, até muito depois de os outros na casa terem se recolhido a seus cubículos individuais, até o som dos roncos tomar o ar enevoado. Fomos surpreendidos pela chegada de Jamie, que deixou entrar uma corrente de ar frio.

Foi no momento de se despedir que Pollyanne hesitou, tentando decidir se deveria me dizer algo. Olhou para Jamie, então deu de ombros e decidiu. Inclinou-se para Ian, murmurou algo de modo delicado e levou as duas mãos ao próprio rosto, as pontas dos dedos contra a pele. Então ela me abraçou depressa e saiu.

Ian a ficou olhando, surpreso.

– O que ela disse, Ian?

Ele se virou para mim, as sobrancelhas franzidas de preocupação.

– Ela disse que eu devo dizer ao tio Jamie que, na noite em que a mulher morreu na moenda, ela viu um homem.

– Que homem?

Ele balançou a cabeça, ainda franzindo o cenho.

– Ela não o conhecia. Mas era um homem branco, pesado e quadrado, não tão alto quanto o tio ou eu. Ela o viu sair da moenda e caminhar depressa até entrar na floresta. Ela estava sentada à porta de sua cabana, no escuro, então acha que ele não a viu... mas ele passou perto o suficiente do fogo para ela ver o seu rosto. Diz que tinha marcas no rosto de porco. – Nesse momento, ele levou as mãos ao rosto, como ela fizera.

– Murchison? – Meu coração se acelerou.

– O homem estava usando uniforme? – perguntou Jamie, franzindo a testa.

– Não. Mas ela ficou curiosa para saber o que ele estava fazendo ali. Não era um dos donos da terra, nem servo nem supervisor. Então ela foi à moenda para ver, mas, quando espiou, soube que algo ruim havia acontecido. Disse que sentiu o cheiro de sangue e ouviu vozes, e não entrou.

Então tinha sido assassinato, e Jamie e eu não o impedimos por uma questão de minutos. Estava quente dentro da construção de sapê, mas senti frio ao me lembrar do ar pesado com cheiro de sangue no moinho e do peso de um espeto de cozinha na mão.

Jamie pousou a mão em meu ombro. Sem pensar, estendi a mão e a peguei. Era muito bom sentir sua mão na minha, e percebi que havia quase um mês não nos tocávamos.

– A moça morta trabalhava na lavanderia do exército – disse ele baixinho. – Murchison tem esposa na Inglaterra; acredito que ele pensasse que ter uma amante grávida fosse um problema.

– Não era à toa que ele estava exagerando tanto na busca pelo responsável... e então colocou a culpa na pobre mulher, que não podia se defender. – O rosto de Ian estava vermelho de indignação. – Se ele a tivesse enforcado por isso, pensaria estar seguro, o desgraçado.

– Talvez eu converse com o sargento quando voltarmos – disse Jamie. – Em particular.

Pensar naquilo deixou meu sangue gelado. A voz dele estava suave e calma, assim como seu rosto quando me virei para olhar, mas foi como se eu visse a superfície de um lago escocês escuro refletida nos olhos dele, a água perturbada como se algo pesado tivesse caído nela.

– Você não acha que já tem vingança demais em andamento para se ocupar no momento?

Falei de maneira mais ríspida do que pretendia e ele tirou a mão da minha abruptamente.

– Acho que sim – disse ele, rosto e voz sem expressão. Virou-se para Ian.

– Wakefield, ou MacKenzie, independentemente de qual seja o nome do homem, está bem ao norte. Eles o venderam aos moicanos: um vilarejo pequeno rio abaixo. Seu amigo Onakara concordou em nos guiar; partiremos assim que clarear.

Levantou-se e caminhou em direção ao lado mais afastado da casa. Todo mundo já tinha se recolhido para dormir. Cinco fogueiras estavam acesas pela extensão da casa, cada uma delas com sua própria abertura no teto para a passagem da fumaça, e a parede mais afastada era dividida em cubículos, um para cada casal ou família, com uma estante baixa e ampla para dormir e um espaço embaixo para guardar coisas.

Jamie parou no cubículo que seria usado por nós, onde eu havia deixado nossas capas e cargas. Tirou as botas, o tartã que usava por cima da calça e da camisa e desapareceu na escuridão do espaço sem olhar para trás.

Levantei-me, pretendendo segui-lo, mas Ian me deteve com a mão no meu braço.

– Tia – disse ele com hesitação. – Não vai perdoá-lo?

– *Perdoá-lo*? – Fiquei olhando para ele. – Pelo quê? Pelo Roger?

Ele fez uma careta.

– Não. Foi um grande erro, mas faríamos a mesma coisa de novo, pensando o que pensávamos. Não... por Bonnet.

– Por Stephen Bonnet? Como ele pode achar que eu o culpo por isso? Eu nunca disse algo assim para ele! – E estava ocupada demais imaginando que ele me culpava para sequer pensar nisso.

Ian passou a mão pelos cabelos.

– Bem... não está vendo, tia? Ele se culpa por isso. Desde que o homem nos roubou no rio, e agora com o que ele fez com minha prima... – Deu de ombros, parecendo um tanto embaraçado. – Ele está se remoendo com isso, e sabe que você está com raiva dele.

– Mas não estou com raiva dele! Pensei que ele estivesse bravo comigo porque não falei o nome de Bonnet logo no início.

– Ai. – Ian fez uma cara como se não soubesse se deveria rir ou se preocupar. – Bem, me atrevo a dizer que teríamos evitado muita confusão se tivesse dito o nome, mas não, tenho certeza de que não é isso, tia. Afinal, quando a prima Brianna lhe contou, nós já tínhamos encontrado MacKenzie na encosta da montanha e feito a coisa toda.

Respirei fundo e soltei o ar de novo.

– Mas você acha que ele pensa que estou com raiva dele?

– Ah, qualquer pessoa poderia ver que você está, tia – disse ele com sinceridade. – Não olhou para ele nem falou com ele além do estritamente necessário e... – disse ele, pigarreando delicadamente. – Não vi você ir para a cama dele em nenhum momento desse último mês.

– Bem, ele também não foi para a minha! – falei com intensidade antes de decidir que aquela conversa não era adequada para se ter com um rapaz de 17 anos.

Ian deu de ombros e olhou para mim com atenção.

– Bem, ele tem o orgulho dele, certo?

– Deus sabe que sim – falei, passando a mão no rosto. – Eu... olhe, Ian, obrigada por me contar isso.

Ele abriu um de seus sorrisos raros e doces que transformavam o rosto triste.

– Bem, odeio vê-lo sofrer. Gosto muito do tio Jamie, sabe?

– Eu também – falei, e engoli o nó em minha garganta. – Boa noite, Ian.

Caminhei calmamente pela extensão da casa, passando pelos cubículos nos quais as famílias dormiam juntas, e o som da respiração calma deles era muito diferente das batidas ansiosas do meu coração. Chovia lá fora; a água escorria das aberturas no teto, apagando as brasas.

Por que eu não tinha percebido o que Ian percebera? Fácil de responder: não fora raiva, mas minha própria sensação de culpa que havia me cegado. Eu havia mantido em segredo o fato de saber do envolvimento de Bonnet tanto por causa da aliança de ouro de casamento quanto porque Brianna havia pedido; eu poderia tê-la convencido a contar a Jamie, se tivesse tentado.

Ela tinha razão: sem dúvida ele iria atrás de Stephen Bonnet mais cedo ou mais tarde. Eu tinha, de certo modo, mais confiança no sucesso de Jamie do que ela, no entanto. Não, a aliança me calara.

E por que eu me sentiria culpada por isso? Não havia resposta sensata; tinha sido instinto, não pensamento consciente, esconder a aliança. Não quis mostrá-la a Jamie, colocá-la de novo em meu dedo na frente dele. E, ainda assim, eu quisera – precisara – ficar com ela.

Meu coração ficou pequeno pensando nas últimas semanas, em Jamie, em sua solidão e culpa pela necessidade de reparação. Era por isso que eu tinha vindo com ele, afinal: porque temia que, se ele fosse sozinho, poderia não voltar. Tomado pela culpa e pela coragem, ele poderia ir a extremos; comigo para considerar, eu sabia que ele seria cuidadoso. E, durante todo o tempo, ele se viu sozinho e amargamente repreendido pela única pessoa que poderia – e deveria – tê-lo consolado.

"Está se remoendo com isso", mesmo.

Parei perto do cubículo. A cama tinha cerca de 2,5 metros de comprimento e ele estava deitado bem no fundo; consegui ver pouco dele além da forma encolhida embaixo de um cobertor feito de pele de coelho. Estava parado, mas eu sabia que não dormia.

Subi na plataforma e, nas sombras do cubículo, tirei minhas roupas. Estava razoavelmente quente dentro da casa, mas minha pele nua se arrepiou e meus mamilos endureceram. Meus olhos tinham se acostumado com a escuridão; vi que ele estava deitado de lado, olhando para mim. Vi o brilho em seus olhos no escuro, abertos e me observando.

Ajoelhei-me e escorreguei para baixo do cobertor, sentindo a pele dele contra a minha. Sem parar para pensar muito, virei-me para ele, pressionando o corpo nu contra o seu, o rosto em seu ombro.

– Jamie – sussurrei. – Estou com frio. Venha me aquecer, por favor.

Ele se virou para mim sem dizer nada, com uma ferocidade silenciosa que eu deveria ter pensado ser o forte desejo havia muito retraído – mas sabia ser simples desespero. Eu não queria prazer para mim. Queria apenas confortá-lo. Mas, ao me abrir para ele, uma fonte profunda se abriu também e eu me agarrei a ele numa necessidade repentina tão cega e desesperada quanto a dele.

Nós nos agarramos, tremendo, cabeças enterradas nos cabelos um do outro, incapazes de olhar nos olhos um do outro, incapazes de nos separarmos. Lentamente, conforme os espasmos diminuíram, eu me dei conta de coisas fora de nosso envolvimento e percebi que estávamos no meio de desconhecidos, nus e frágeis, protegidos apenas pela escuridão.

E, ainda assim, estávamos sozinhos, totalmente. Tínhamos a privacidade da Babel; uma conversa acontecia na ponta mais distante da casa de sapê, mas as palavras não tinham sentido. Era como se fossem o zunido das abelhas.

A fumaça da fogueira subia do lado de fora do santuário de nossa cama, fragrante e insubstancial como incenso. Estava escuro como um confessionário dentro do cubículo; de Jamie, eu só via o que a luz mostrava: a curva fraca de seu ombro, um brilho transiente nos cachos de seus cabelos.

– Jamie, sinto muito – falei baixinho. – Não foi sua culpa.

– E de quem mais é? – perguntou ele, com certa seriedade.

– De todo mundo. De ninguém. De Stephen Bonnet. Mas não sua.

– Bonnet? – Sua voz parecia surpresa. – O que ele tem a ver com isso?

– Bem... tudo – disse eu, abalada. – Ahn.... não tem?

Ele me encarou, afastando seus cabelos do rosto.

– Stephen Bonnet é uma criatura do mal – disse ele enfaticamente –, e devo matá-lo na primeira oportunidade que tiver. Mas não sei como posso culpá-lo pelas minhas falhas como homem.

– De que diabos você está falando? Que falhas?

Ele não respondeu na hora, mas abaixou a cabeça, uma sombra encolhida no escuro. Suas pernas ainda estavam enroladas nas minhas; senti a tensão do seu corpo, presa em suas articulações, rígida nas depressões de suas coxas.

– Nunca pensei que poderia sentir tanto ciúme de um homem morto – sussurrou por fim. – Não pensei que fosse possível.

– De um homem morto? – falei mais alto, abalada, quando finalmente percebi. – De *Frank*?

Ele permaneceu deitado perto de mim. Tocou os ossos de meu rosto, hesitante.

– Quem mais? Tenho remoído isso em todos esses dias de viagem. Imagino o rosto dele ao acordar e ao dormir. Você disse que ele se parecia com Jack Randall, não?

Abracei-o com força, pressionando sua cabeça para baixo de modo que seu ouvido ficasse perto da minha boca. Graças a Deus eu não havia falado sobre a aliança para ele – mas será que meu rosto, meu rosto traidor e transparente, havia dado sinais de que pensava nisso?

– Como? – sussurrei, apertando-o com força. – Como pôde pensar algo assim?

Ele se afastou, apoiando-se em um cotovelo, os cabelos caindo sobre meu rosto em uma massa de sombras iluminadas, pois a luz da fogueira brilhava dourada e vermelha neles.

– Como poderia não pensar? – perguntou. – Você ouviu o que ela disse, Claire. Você sabe bem o que ela disse para mim!

– Brianna?

– Ela disse que gostaria de me ver no inferno e que venderia a própria alma para ter o pai de volta, seu pai verdadeiro. – Ele engoliu em seco; ouvi o que ele disse, acima do murmúrio de vozes distantes. – Fico pensando que ele não teria cometido tal erro. Ele teria confiado nela, teria sabido que ela... fico pensando que Frank Randall era um homem melhor do que eu. Ela acha isso. – Sua mão vagou e então pousou em meu ombro, apertando. – Pensei que talvez... você sentisse a mesma coisa, Sassenach.

– Idiota – sussurrei, e não me referia a ele. Desci as mãos por suas costas, afundando os dedos na firmeza de suas nádegas. – Idiota. Venha aqui.

Ele abaixou a cabeça e produziu um som leve contra meu pescoço, que podia ter sido uma risada.

– Sim, eu sou. Mas você não se incomoda com isso.

– Não. – Seus cabelos tinham cheiro de fumaça e seiva de pinheiro. Ainda havia pedacinhos de agulhas nos fios; um deles pinicou meus lábios.

– Ela não quis dizer aquilo – falei.

– Quis, sim – disse ele, e eu senti que ele engoliu em seco. – Eu ouvi.

– Eu ouvi vocês dois. – Passei a mão lentamente entre as omoplatas, sentindo os vestígios das velhas cicatrizes e os vergões mais recentes feitos pelas garras do urso. – Ela é igual a você: diz coisas quando está nervosa que nunca diria quando calma. Você não quis dizer todas as coisas que disse a ela, quis?

– Não. – Senti a rigidez dele diminuindo, suas articulações mais soltas, relaxando relutantes à persuasão dos meus dedos. – Não, não quis dizer. Não tudo.

– Nem ela.

Esperei um momento, acariciando-o como acariciava Brianna quando ela era pequena e sentia medo.

– Pode acreditar em mim – sussurrei. – Amo vocês dois.

Ele suspirou profundamente e ficou em silêncio por um momento.

– Se eu conseguir encontrar o homem e levá-lo de volta para ela. Se eu conseguir... você acha que ela vai me perdoar um dia?

– Sim – disse. – Eu sei que sim.

Do outro lado do espaço, ouvi os sons baixos de pessoas começando a fazer amor: os movimentos e os suspiros, as palavras sussurradas que não têm idioma.

– *Você tem que ir* – Brianna me dissera. – *Você é a única que pode trazê-lo de volta.*

Pela primeira vez, me ocorreu que talvez ela não estivesse falando de Roger.

Foi um percurso comprido pelas montanhas, que se tornou ainda maior devido ao inverno. Havia dias em que era impossível viajar: ficávamos agachados o dia todo embaixo de proteções rochosas ou ao abrigo das árvores, encolhidos contra o vento.

Quando ultrapassamos as montanhas, a viagem se tornou um pouco mais fácil, apesar de as temperaturas ficarem mais frias conforme seguíamos para o norte. Em algumas noites, comíamos comida fria, pois não conseguíamos acender uma fogueira na neve e no frio. Mas toda noite eu me deitava com Jamie e nos uníamos embaixo de uma capa de peles e cobertores, dividindo nosso calor.

Contava os dias com cuidado e os marcava em uma gavinha retorcida. Havíamos saído de River Run no começo de janeiro; era meado de fevereiro quando Onakara nos mostrou a fumaça subindo a distância, indicando o vilarejo moicano aonde ele e seus companheiros tinham levado Roger Wakefield. Ele o havia chamado de "cidade da serpente".

Seis semanas e Brianna já completava quase seis meses de gestação. Se conseguíssemos levar Roger de volta depressa – e se ele pudesse viajar, pensei –, deveríamos chegar bem antes do nascimento. Mas se Roger não estivesse lá – se os moicanos o tivessem vendido... ou se estivesse morto, como disse uma voz fria em minha mente, voltaríamos sem demora.

Onakara se recusou a nos acompanhar ao vilarejo, o que não ajudou em nada a aumentar minha confiança em nosso sucesso. Jamie agradeceu e se despediu, com um dos cavalos, uma boa faca e um cantil de uísque em pagamento por seus serviços.

Enterramos o restante do uísque, escondendo-o cuidadosamente a alguma distância do vilarejo.

– Eles entenderão o que queremos? – perguntei quando voltamos aos cavalos. – O idioma dos tuscaroras é parecido com o dos moicanos o suficiente para falarmos com eles?

– Não é bem a mesma coisa, tia, mas quase – disse Ian.

Estava nevando levemente, e os flocos se prendiam a seus cílios e derretiam.

– Como as diferenças entre o italiano e o espanhol, talvez. Mas Onakara diz que o *sachem* e alguns outros falam um pouco de inglês, apesar de a maioria decidir não fazê-lo. Mas os moicanos lutaram com os ingleses contra os franceses; alguns sabem falar.

– Bem. – Jamie sorriu para nós e dispôs seu mosquete em cima da sela à frente dele. – Vamos tentar a sorte.

54

CATIVEIRO I

Fevereiro de 1770

Ele já estava no vilarejo moicano havia quase três meses, pelo que viu no barbante com nós. A princípio, não soubera quem eram; só que eram um tipo de índio diferente de seus captores – a quem seus captores temiam.

Permanecera paralisado pela exaustão enquanto os homens que o haviam trazido conversavam e apontavam. Os novos índios eram diferentes: estavam vestidos para o frio, com peles e couro, e muitos dos rostos dos homens eram tatuados.

Um deles o cutucou com a ponta da faca e fez com que se despisse. Foi forçado a ficar nu no meio de uma casa comprida de madeira enquanto vários homens – e mulheres – o cutucavam e riam dele. Seu pé direito estava muito inchado: o corte profundo havia infeccionado. Ainda conseguia andar, mas cada passo causava pontadas de dor em sua perna, e ele ardia de febre.

Eles o afastaram, empurrando-o para a porta da casa. Havia muito barulho do lado de fora. Ele reconheceu o corredor: a fileira dupla de selvagens aos gritos, todos armados com lanças e porretes. Alguém atrás dele o cutucou nas nádegas com a ponta de uma faca e ele sentiu uma gota quente de sangue descer por sua perna.

– *Cours!* – disseram. – Corra.

O chão estava coberto de gelo pisado. Sentiu seus pés queimarem e, logo em seguida, um empurrão pelas costas fez com que caísse.

Ficou de pé a maior parte do caminho, cambaleando de um lado para outro, enquanto os porretes o acertavam dos dois lados e as varas, nas pernas e costas. Não havia como evitar os golpes. Só podia continuar o mais rápido possível.

Perto do fim, um porrete o acertou com força na barriga; ele se dobrou para a frente e outro o golpeou atrás da orelha. Rolou sem proteção na neve, quase sem sentir o frio na pele ferida.

Levou um golpe nas pernas e então outro logo abaixo dos testículos. Ergueu a perna em reflexo, rolou de novo e acabou de quatro, ainda avançando como podia, o sangue do nariz e da boca se misturando à lama congelada.

Chegou ao fim e, com os últimos golpes ainda ardendo em suas costas, agarrou-se aos postes de uma casa de sapê e se ergueu lentamente. Virou-se para olhá-los, apoiando-se na construção para não cair. Eles gostaram disso: estavam rindo, com gritos estridentes que os faziam parecer uma matilha de cães. Abaixou-se e se levantou, a cabeça rodando. Eles riram ainda mais. Ele sempre tinha conseguido entreter plateias.

Então eles o levaram para dentro, deram água para que ele pudesse se lavar e um pouco de comida. Devolveram a camisa e a calça imundas, mas não seu casaco nem os sapatos. Estava quente dentro da casa; havia várias fogueiras acesas a intervalos ao longo da estrutura comprida, cada uma com sua abertura para a passagem da fumaça no teto. Ele se arrastou para um canto e adormeceu, com a mão na dobra da calça.

Depois da recepção, os moicanos o trataram com indiferença, mas não grande crueldade. Ele era o escravo da casa, a serviço de todos que ali viviam. Quando não entendia uma ordem, eles demonstravam para ele, mas apenas uma vez. Se ele se recusasse ou fingisse não entender, apanhava e não mais se recusava. Apesar disso, comia com eles e recebeu um lugar decente para dormir, no fundo da casa.

Como era inverno, o trabalho principal era cortar lenha e buscar água, mas de vez em quando um grupo de caçadores o levava para ajudar a cortar e carregar a carne. Os índios não fizeram esforço para se comunicar com ele, mas, ouvindo com atenção, passou a entender um pouco do idioma.

Começou, com muito cuidado, a tentar falar algumas palavras. Escolheu uma menininha para começar, sentindo que ela representava menos perigo. Ela ficou olhando para ele e então riu, divertindo-se como se tivesse ouvido um corvo falar. Ela chamou uma amiga para ouvir, e depois outra, e as três se agacharam à frente dele, rindo baixinho com a mão em frente à boca e olhando-o de soslaio. Roger disse todas as palavras que conhecia, apontando objetos – fogo, panela, cobertor, milho –, e então apontou o peixe seco amarrado por um barbante acima de sua cabeça e ergueu as sobrancelhas.

– *Yona'kensyonk* – disse sua nova amiga, e riu quando ele repetiu. Nos dias e semanas seguintes, as meninas lhe ensinaram muitas coisas; com elas, ele finalmente soube onde estava. Não onde, exatamente, mas nas mãos de quem.

Eles eram *Kahnyen'kehaka*, elas disseram a ele com orgulho, com olhar de surpresa por ele não saber disso. Moicanos. Guardiões do Portão Leste da Liga Iroquesa. Ele, por outro lado, era *Kakonhoaerhas*. Demorou bastante para determinar o sentido exato desse termo; ele acabou descobrindo quando uma das meninas trouxe um vira-lata para ilustrar, que o termo significava "cara de cachorro".

– Obrigado – disse ele, alisando a barba comprida. Então mostrou os dentes e rosnou, e elas gargalharam.

A mãe de uma das meninas se interessou; ao ver que o pé dele ainda estava inchado, ela trouxe pomada e passou nele, envolvendo-o com uma bandagem feita de líquen e palha de milho. As mulheres começaram a falar com ele quando ele levava lenha ou água para elas.

Ele não tentou fugir; não ainda. O inverno isolava o vilarejo com a neve frequente e o vento forte. Não chegaria longe sem armas, mancando e sem proteção para o inverno. Esperaria. E, à noite, sonhava com mundos perdidos, acordando com frequência durante a madrugada com o cheiro de grama fresca, sentindo o resultado do seu desejo espalhado e quente sobre sua barriga.

A margem do rio ainda estava congelada quando o jesuíta chegou.

Roger cuidava do vilarejo; estava do lado de fora quando os cães começaram a latir e as sentinelas gritaram anunciando a chegada de visitantes. As pessoas começaram a se reunir e a se aproximar deles, curiosas.

Os visitantes eram um grupo grande de moicanos, homens e mulheres, todos de pé, carregando as cargas comuns de viagens. Eram esquisitos; visitantes que já tinham ido ao vilarejo antes chegavam em pequenos grupos de caçadores. O mais estranho era que os visitantes traziam consigo um homem branco – o sol fraco do inverno reluzia nos cabelos claros do homem.

Roger se aproximou, disposto a ver, mas foi afastado por alguns dos moradores. No entanto, não sem antes ver que o homem era um padre: os restos puídos de uma batina comprida e preta apareciam por baixo de uma capa de pele de urso, sobre calças de couro e mocassins.

O padre não agia como um prisioneiro, tampouco estava amarrado. E, ainda assim, Roger tinha a impressão de que ele viajava obrigado; à exceção de algumas rugas de extenuação, o rosto do homem era jovem. O padre e muitos de seus companheiros entraram na casa onde o *sachem* fazia reuniões; Roger nunca estivera lá dentro, mas já ouvira as mulheres conversando.

Uma das mulheres mais velhas da casa de sapê o viu na multidão e mandou que ele buscasse mais lenha. Ele foi e não viu o padre de novo, apesar de ver os rostos dos visitantes pelo vilarejo, espalhados entre as casas de sapê para compartilhar a hospitalidade de suas fogueiras.

Alguma coisa estava acontecendo no vilarejo; ele sentia as correntes de algo estranho tomarem conta dele, mas não sabia determinar o que acontecia. Os homens se sentavam perto das fogueiras à noite, conversando, e as mulheres murmuravam entre elas enquanto trabalhavam, mas a discussão estava muito além da compreensão de Roger. Perguntou a uma das menininhas a respeito dos novos visitantes; ela só pôde contar que eles vinham de um vilarejo no norte – mas não sabia por que eles tinham vindo, apenas que tinha a ver com o Batina Preta, o *Kahontsi'yatawi*.

Mais de uma semana depois, Roger partiu com o grupo de caçadores. O tempo estava frio, mas claro, e eles viajaram bastante, até encontrar e matar um alce. Roger ficou surpreso, não apenas com o tamanho do animal, mas com sua estupidez. Ele compreendia a atitude dos caçadores: não havia honra em matar algo assim; era só carne.

Era *muita* carne. Ele estava carregado como um burro de carga e o peso extra prejudicava seu pé machucado; quando voltaram ao vilarejo, mancava tanto que não conseguia manter o ritmo do grupo, ficando bem para trás, desesperadamente tentando mantê-los à vista para não se perder na floresta.

Para sua surpresa, muitos homens esperavam quando ele finalmente apareceu mancando nas paliçadas do vilarejo. Eles o pegaram, tiraram o peso da carne e o levaram para dentro do vilarejo. Não o levaram para a casa onde ele ficava, mas para uma pequena tapera no canto mais afastado da clareira central.

Ele não sabia a língua dos moicanos o suficiente para fazer perguntas e acreditava que, mesmo que soubesse, eles não responderiam. Enfiaram-no dentro da tapera e o deixaram.

Havia uma pequena fogueira acesa, mas o lado de dentro estava tão escuro em comparação com a luz do dia do lado de fora que ele ficou cego por alguns momentos.

– Quem é você? – perguntou uma voz assustada em francês.

Roger piscou muitas vezes e viu uma figura esguia se levantar do assento ao lado da fogueira. O padre.

– Roger MacKenzie – disse ele. – *Et vous?* – Sentiu uma onda repentina e inesperada de felicidade por simplesmente dizer seu nome. Os índios não queriam saber qual era seu nome; eles o chamavam de cara de cachorro quando precisavam dele.

– Alexandre. – O padre deu um passo à frente, parecendo satisfeito e incrédulo ao mesmo tempo. – Père Alexandre Ferigault. *Vous êtes anglais?*

– Escocês – disse Roger, e se sentou de repente, pois sua perna não aguentou.

– Um escocês? Como chegou aqui? É um soldado?

– Um prisioneiro.

O padre se agachou ao lado dele, observando-o com curiosidade. Ele era bem jovem – quase 30 ou 30 e poucos anos –, mas sua pele clara estava prejudicada devido ao frio.

– Quer comer comigo? – Ele fez um gesto para uma pequena coleção de panelas de barro e cestos dentro dos quais havia comida e água.

Falar a própria língua parecia ser um alívio para o padre, assim como falar livremente era para Roger. Quando terminaram a refeição, já tinham feito um resumo do passado de ambos – ainda que não tivessem explicado a situação atual.

– Por que eles me colocaram aqui com o senhor? – perguntou Roger, limpando a gordura da boca. Não acreditava que fosse para fazer companhia ao padre. Consideração não era uma característica forte dos moicanos, até onde ele havia notado.

– Não sei. Na verdade, fiquei surpreso ao ver outro homem branco.

Roger olhou para a porta da casa. Ela tinha se mexido; havia alguém do lado de fora.

– O senhor é prisioneiro? – perguntou Roger com certa surpresa. O padre hesitou e então deu de ombros, com um sorriso breve.

– Também não sei. Para os moicanos, uma pessoa é *Kahnyen'kehaka* ou é... outra. E, se for outra, o limite entre convidado e prisioneiro pode se alterar num momento. Digo isso porque vivi entre eles por muitos anos – mas não fui adotado pela tribo. Ainda sou "outros". – Ele tossiu e mudou de assunto: – Como você se tornou prisioneiro?

Roger hesitou, sem saber como responder.

– Fui traído – disse ele por fim. – Vendido.

O padre assentiu de modo solidário.

– Tem alguém que possa resgatá-lo? Eles cuidarão de mantê-lo vivo se tiverem um tipo de resgate.

Roger balançou a cabeça, sentindo-se vazio por dentro.

– Não tem ninguém.

A conversa terminou quando a luz do buraco para a passagem da fumaça diminuiu com a chegada da noite, deixando-os no escuro. Havia uma fogueira, mas não havia lenha; o fogo havia se apagado. A tapera parecia ter sido abandonada: havia uma estrutura de postes para a cama, mas nada além, exceto algumas peles de veado e um monte pequeno de lixo doméstico num canto.

– O senhor está aqui... nesta cabana... há muito tempo? – perguntou Roger por fim, quebrando o silêncio. Mal conseguia ver o outro homem, mas o resto da luz da tarde ainda aparecia pelo buraco por onde saía a fumaça.

– Não. Eles me trouxeram para cá hoje, um pouco antes de você vir. – O padre tossiu, remexendo-se com inquietação no chão de terra.

Aquilo parecia sinistro, mas Roger acreditou ser mais adequado – e menos assustador – não comentar. Sem dúvida, estava claro tanto para o padre quanto para ele que o limite entre "convidado" e "prisioneiro" havia desaparecido. O que o homem havia feito?

– Você é cristão? – Alexandre rompeu o silêncio abruptamente.

– Sim. Meu pai era sacerdote.

– Ah. Posso pedir... se eles me levarem, pode rezar por mim?

Roger sentiu um arrepio repentino que nada tinha a ver com o ambiente frio.

– Sim – afirmou. – Claro que sim, se o senhor quiser.

O padre se levantou e começou a caminhar sem parar dentro da tapera, incapaz de permanecer imóvel.

– Pode ser que esteja tudo bem – disse ele, mas era a voz de um homem tentando se convencer. – Eles ainda estão decidindo.

– Decidindo o quê?

Ele percebeu que o padre deu de ombros.

– Se devo viver.

Não parecia haver boa resposta para aquilo e eles voltaram a se calar. Roger se sentou encolhido à frente da fogueira, descansando o pé machucado, enquanto o padre andava de um lado para outro, até finalmente se sentar a seu lado. Sem comentar, os dois se uniram, reunindo o calor; a noite seria fria.

Roger estava cochilando com uma das peles de veado sobre seu corpo quando ouviu um barulho repentino na porta. Sentou-se piscando diante da fogueira.

Havia quatro guerreiros moicanos na tapera; um deles largou uma carga de lenha na fogueira e enfiou o atiçador que segurava dentro dela. Ignorando Roger, os outros levantaram Père Ferigault e o despiram.

Roger se mexeu por instinto, tentou se levantar, mas foi derrubado. O padre lançou-lhe um olhar rápido, de olhos abertos, implorando que ele não interferisse.

Um dos guerreiros mantinha um ferro quente perto do rosto de Père Ferigault. Ele disse algo que pareceu uma pergunta e então, sem resposta, desceu o ferro, passando-o tão perto do corpo do padre que a pele alva ficou vermelha.

O suor brilhava na face de Alexandre quando o ferro passou perto de sua genitália, mas seu rosto permaneceu cuidadosamente inexpressivo. O guerreiro que segurava o ferro cutucou o padre de repente e ele não conseguiu deixar de se encolher. Os índios riram e fizeram de novo. Dessa vez, ele estava preparado. Roger sentiu o cheiro de pelos queimados, mas o padre não se mexeu.

Cansados dessa brincadeira, dois dos guerreiros pegaram o padre pelos braços e o arrastaram para fora da cabana.

Se eles me levarem... pode rezar por mim? Roger se sentou lentamente, os pelos do corpo arrepiados de medo. Ouviu as vozes dos índios, conversando, afastando-se; não ouviu o padre.

As roupas descartadas de Alexandre estavam espalhadas pela cabana. Roger as pegou, batendo a poeira delas antes de dobrá-las. Suas mãos tremiam.

Tentou rezar, mas teve dificuldade para se concentrar. Em meio às palavras de sua oração, ouvia uma voz leve e fria dizendo: *E, quando eles vierem me levar, quem vai rezar por mim?*

...

Eles haviam deixado uma fogueira para ele; tentou acreditar que, por isso, não pretendiam matá-lo logo. Dar conforto a um prisioneiro condenado não era o que os moicanos faziam. Depois de um tempo, deitou-se de lado, coberto com as peles de veado, e observou as chamas até adormecer, exausto de terror.

Foi despertado de um sono intranquilo por passos arrastados e muitas vozes. Acordou, afastou-se da fogueira e se agachou, procurando um meio de defesa.

A aba da porta foi erguida e o corpo nu do padre caiu ali dentro. Os barulhos do lado de fora desapareceram.

Alexandre se remexeu e gemeu. Roger se aproximou depressa e ajoelhou ao lado dele. Sentiu o cheiro de sangue, um cheiro de cobre que reconheceu de quando tinha matado o alce.

– Está ferido? O que eles fizeram?

A resposta veio depressa. Ele virou o padre meio inconsciente e viu sangue escorrer do seu rosto e do pescoço num vermelho brilhante. Pegou a batina descartada para estancar o ferimento, afastou os cabelos louros suados e descobriu que a orelha direita do padre havia sido arrancada. Algo afiado havia extraído um pedaço de pele de cerca de 8 centímetros quadrados atrás da mandíbula, retirando a orelha e uma parte do couro cabeludo.

Roger controlou os músculos do estômago e pressionou o tecido com força contra a ferida. Manteve a pressão, arrastou o corpo mole até a fogueira e empilhou os restos de roupas e as peles de veado sobre Père Ferigault.

O homem gemia. Roger lavou seu rosto, fez com que bebesse um pouco de água.

– Está tudo bem – disse várias vezes, apesar de não saber se o outro conseguia ouvi-lo. – Está tudo bem, eles não mataram o senhor. – Não parava de pensar que talvez fosse melhor se o tivessem matado; pretendiam que aquilo fosse apenas um aviso ao padre ou era apenas o início de torturas maiores?

O fogo da fogueira já estava muito baixo; sob a luz avermelhada, o sangue que escorria estava preto.

O padre Alexandre se remexia constantemente em leves contrações, e a inquietação do corpo era causada e contida, ao mesmo tempo, pelas dores. Ele não conseguiu dormir e, consequentemente, nem Roger, quase tão ciente quanto o padre de cada minuto que passava.

Roger se amaldiçoou por não poder ajudar; daria qualquer coisa para diminuir a dor do homem, ainda que por um momento. Não era apenas solidariedade, e ele sabia disso; os sons baixos e sem fôlego do padre Alexandre mantinham na mente de Roger a lembrança da mutilação e o terror vivo em seu sangue. Se o padre pudesse dormir, os sons desapareceriam e talvez, na escuridão, o horror diminuísse um pouco.

Pela primeira vez, acreditou compreender o que incentivava Claire Randall, o que fazia com que ela entrasse em campos de batalha, cuidando de homens feridos. Diminuir a dor e a morte do outro era afastar o medo da própria morte – e, para diminuir o medo que sentia, ele faria quase qualquer coisa.

Por fim, sem conseguir aguentar as orações sussurradas e os gemidos contidos, deitou-se ao lado do padre e o abraçou.

– Calma – disse, os lábios próximos da cabeça de Père Alexandre. Esperava estar do lado com orelha. – Fique calmo. *Reposez-vous.*

O corpo esguio do padre tremeu contra o dele, os músculos tensos de frio e dor. Roger esfregou as costas do homem depressa, passou as palmas pelos membros frios e puxou as peles sobre eles.

– Vai ficar tudo bem – disse em inglês, ciente de que não importava o que dissesse, desde que dissesse alguma coisa. – Calma, está tudo bem. Sim, calma. – Falava tanto para distrair a si mesmo quanto para distrair o outro; sentir o corpo nu de Alexandre chocava um pouco, tanto por ser algo natural quanto também por não ser.

O padre se agarrou a ele, com a cabeça pressionada em seu ombro. Não disse nada, mas Roger sentia a umidade das lágrimas na sua pele. Obrigou-se a abraçar o padre com mais força, esfregando a mão em suas costas, sobre os ossos com pequenos nós da espinha, forçando-se a pensar apenas em parar com aquele tremor horrível.

– Você poderia ser um cachorro – disse Roger. – Um cachorro de rua maltratado qualquer. Eu faria isso se você fosse um cachorro, claro. Não, eu não faria, acho que chamaria a carrocinha.

Acariciou a cabeça de Alexandre, tomando cuidado com a parte molhada de sangue, arrepiando-se ao pensar na possibilidade de tocar aquela região sangrenta sem querer. Os cabelos da nuca do padre estavam molhados de suor, apesar de a pele do seu pescoço e dos ombros parecer gelo. A parte de baixo do corpo estava mais quente, mas não muito.

– Ninguém trataria um cachorro desta forma – murmurou. – Malditos selvagens. A polícia deveria pegá-los. Deveria colocá-los nas malditas páginas do *Times*. Fazer uma denúncia ao ministério público.

Sentiu algo muito assustador para ser chamado de riso percorrer seu corpo. Segurou o padre com força e o aconchegou no escuro.

– *Reposez-vous, mon ami. C'est bien, là, c'est bien.*

55
CATIVEIRO II
River Run, março de 1770

Brianna passou o pincel úmido pela beira da paleta, tirando os excessos para formar uma boa ponta. Encostou a ponta na mistura verde-cobalto e acrescentou uma linha fina de sombra à beira do rio.

Ouviu passos vindos da casa no caminho atrás dela. Reconheceu o passo duplo arrítmico: era a Dupla Mortal. Ficou um pouco tensa, controlando-se para não pegar a tela molhada e colocá-la atrás do mausoléu de Hector Cameron. Não se importava com Jocasta, que frequentemente vinha se sentar com ela enquanto ela pintava de manhã, para discutir técnicas de pintura, como fazer pigmentos e coisas assim. Na verdade, ela gostava da companhia da tia-avó e adorava as histórias que a senhora contava de sua época de menina na Escócia, da avó de Brianna e dos outros MacKenzie de Leoch. Mas, quando Jocasta trazia consigo o Cão-Guia, a coisa era diferente.

– Bom dia, sobrinha! A manhã não está fria demais?

Jocasta se aproximou, a capa envolvendo seu corpo, e sorriu para Brianna. Se já não soubesse, não teria notado a cegueira da tia.

– Não, está bom aqui; os... túmulos bloqueiam o vento. Mas já acabei. – Ainda não tinha acabado, mas enfiou o pincel dentro do vidro de terebintina e começou a raspar a paleta. De jeito nenhum ela pintaria com Ulysses descrevendo todas as pinceladas.

– É mesmo? Bem, deixe suas coisas. Ulysses pode levá-las.

Abandonando a tela relutantemente, Brianna pegou seu bloco de pintura e o colocou embaixo do braço, dando o outro a Jocasta. Não deixaria o seu bloco com o Sr. Que Tudo Vê e Tudo Relata para que ele o espiasse.

– Temos companhia hoje – disse Jocasta, voltando-se para a casa de novo. – O juiz Alderdyce, de Cross Creek, e sua mãe. Imaginei que você gostaria de ter tempo de trocar de roupa antes do almoço. – Brianna mordeu a boca por dentro para se controlar e não expressar nada contra essa indireta. Mais visitas.

Naquelas circunstâncias, ela não podia se recusar a receber os convidados da tia, nem mesmo a trocar de roupa para recebê-los, mas podia desejar que Jocasta fosse bem menos sociável. O fluxo de visitas era constante: para o almoço, o chá, o jantar, o café da manhã, para comprar cavalos, vender vacas, negociar madeira, emprestar livros, trazer presentes, tocar música. Vinham de terras vizinhas, de Cross Creek, e de longe, como Edenton e New Bern.

A quantidade de pessoas que Jocasta conhecia era impressionante. Ainda assim, Brianna havia notado um aumento na tendência de os visitantes serem homens. Solteiros.

Phaedre confirmou as suspeitas de Brianna, expressadas enquanto a serva procurava um vestido limpo.

– Não há muitas mulheres solteiras na colônia – observou Phaedre quando Brianna mencionou a coincidência peculiar de a maioria dos visitantes recentes serem solteirões. Phaedre lançou um olhar para a barriga de Brianna, que crescia visivelmente embaixo da blusa larga de musselina. – Muito menos jovens. Sem falar de mulheres donas de River Run.

– *O quê?* – perguntou Brianna. Parou, com os cabelos meio presos, e olhou para a criada.

Phaedre levou uma mão aos lábios de modo gracioso, arregalando os olhos.

– Sua tia não contou? Pensei que você soubesse, caso contrário não teria dito nada.

– Bem, agora que começou, continue. O que quer dizer? – Phaedre, fofoqueira nata, não precisava de muita insistência.

– Seu pai e os outros tinham partido há menos de uma semana quando a srta. Jo chamou o advogado Forbes e mudou seu testamento. Quando ela morrer, um pouco de dinheiro vai para seu pai, alguns pertences para o sr. Farquard e outros amigos dela, mas todo o resto é seu. A terra, a madeira, a moenda...

– Mas eu não quero!

A sobrancelha elegantemente erguida de Phaedre expressava profunda dúvida, mas logo foi abaixada e ela ignorou a reação.

– Bem, não é o que você quer, imagino. Mas a srta. Jo costuma fazer o que *ela* quer.

Brianna soltou a escova de cabelos.

– E o que *ela* quer? – perguntou. – Você sabe isso também, por acaso?

– Não é um grande segredo. Ela quer que River Run dure mais do que ela, e que pertença a alguém de seu sangue. Faz sentido para mim; ela não tem filhos nem netos. Quem mais poderá cuidar das coisas dela?

– Bem... tem meu pai.

Phaedre estendeu o vestido sobre a cama e franziu o cenho olhando para ele e para a barriga de Brianna.

– Este vai servir só mais algumas semanas, pelo modo como essa barriga está crescendo. Ah, sim, tem seu pai. Ela tentou transformá-lo no herdeiro, mas, pelo que soube, ele não quis. – Contraiu os lábios, divertindo-se. – Aquele é um homem teimoso. Foi para as montanhas e viveu como um índio, só para não fazer o que a srta. Jo queria que ele fizesse. Mas o sr. Ulysses acha que seu pai tinha direito aos bens. Ele e a srta. Jo brigariam dia e noite se ele tivesse ficado.

Brianna enrolou o outro lado dos cabelos, mas o grampo escorregou de novo e caiu.

– Deixe-me fazer isso, srta. Bree. – Phaedre se posicionou atrás dela, tirou o grampo e começou a trançar o outro lado dos cabelos.

– E todos esses visitantes... esses homens...

– A srta. Jo deve escolher um bom – disse Phaedre. – Você não pode cuidar do lugar sozinha, assim como a srta. Jo também não pode. Aquele sr. Duncan foi um presente de Deus; não sei o que ela faria sem ele.

A surpresa deu espaço à indignação.

– Ela está tentando encontrar um marido para mim? Está me expondo assim... como um troféu?

– Ahã. – Phaedre parecia não ver nada de errado nisso. Franziu o cenho, prendendo uma mecha na trança.

– Mas ela sabe sobre Roger... a respeito do sr. Wakefield! Como pode...

Phaedre suspirou, não sem solidariedade.

– Acho que ela acredita que eles não encontrarão o homem, para ser sincera. A srta. Jo sabe como são os índios; ouvimos o sr. Myers contar sobre os iroqueses.

Estava frio no quarto, mas o suor surgiu na testa e nas bochechas de Brianna.

– Além disso – continuou Phaedre, amarrando um laço azul na trança –, a srta. Jo não conhece esse Wakefield. Talvez ele acabasse não sendo um bom administrador. Ela deve achar melhor casar você com um homem que ela sabe que cuidará bem do lugar; juntamente com as posses dele, talvez você tenha uma ótima propriedade.

– *Não quero* uma ótima propriedade. Não quero *este* lugar! – A indignação estava dando lugar ao pânico.

Phaedre amarrou a ponta da fita com um leve floreio.

– Bem, como eu disse, não é tanto o que você quer. É o que a srta. Jo quer. Agora vamos experimentar esse vestido.

Ao ouvir um som no corredor, Brianna logo virou a página do seu caderno para um desenho ainda em andamento, feito com carvão, de um rio e suas árvores. Mas os passos seguiram direto e ela relaxou, voltando a página.

Ela não estava desenhando; o desenho estava completo. Só queria olhá-lo. Ela o havia desenhado de perfil, a cabeça inclinada para ouvir enquanto ele afinava as cordas do seu violão. Era apenas um rascunho, mas captava a linha da cabeça e do corpo da maneira exata de que ela se lembrava. Apenas de olhar para o desenho, conseguia senti-lo ao seu lado.

Havia mais: uns bem ruins, outros que se aproximavam da realidade. Alguns eram bons desenhos por conta própria, mas que falhavam em apreender a essência do homem. Um ou dois, como esse, ela olhava para se confortar durante as tardes cinzentas, quando a luz começava a diminuir e o fogo queimava baixinho.

A luz diminuía sobre o rio agora, a água prateada passando para um brilho mais suave de estanho.

Havia outros: rascunhos de Jamie Fraser, de sua mãe, de Ian. Havia começado a desenhá-los por solidão e olhava para eles agora com medo, torcendo para que esses fragmentos de papel não fossem os únicos restos da família que conhecera tão brevemente.

Acho que ela acredita que eles não encontrarão o homem, para ser sincera... A srta. Jo sabe como são os índios.

Suas mãos estavam úmidas; o carvão manchava o canto de uma página. Um passo leve soou do lado de fora e ela fechou o caderno de uma vez.

Ulysses entrou com um círio aceso na mão e começou a acender as velas do grande candelabro.

– Não precisa acender todas elas para mim. – Brianna falou tanto por não querer perturbar a silenciosa melancolia da sala quanto por humildade. – Não me incomodo com o escuro.

O mordomo sorriu delicadamente e continuou com seu trabalho. Tocou cada vela precisamente e as chamas pequenas subiram de uma vez, como um gênio que aparecia ao toque da varinha do mágico.

– A srta. Jo descerá em breve – disse ele. – Ela consegue ver as luzes e o fogo, de modo a saber onde está na sala.

Ele terminou, soprou o círio e caminhou pelo cômodo com os passos leves de sempre, organizando a pequena desordem deixada pelos convidados vindos à tarde, então pôs lenha na fogueira e soprou para que as chamas crescessem.

Ela o observava: os movimentos curtos e precisos das mãos bem cuidadas, sua completa atenção ao posicionamento correto do jarro de uísque e dos copos. Quantas vezes ele já tinha organizado aquela sala? Quantas vezes havia devolvido cada móvel a seu lugar, cada item de decoração, de modo que a mão de sua patroa não derrubasse nada?

Uma vida inteira dedicada às necessidades de outra pessoa. Ulysses sabia ler e escrever em inglês e em francês, sabia lidar com números, sabia cantar e tocar a espineta. Toda essa habilidade e o aprendizado usados apenas para a diversão de uma senhora autocrática.

Que dizia "Venha" e ele vinha, que dizia "Vá" e ele ia. Sim, esse era o modo de ser de Jocasta.

E se Jocasta fazia as coisas a seu modo... *ela* seria a dona desse homem.

Esse pensamento foi irracional. Pior, tinha sido ridículo! Brianna se remexeu impaciente na cadeira, tentando afastá-lo. Ele percebeu o leve movimento e se virou para ver se ela precisava de alguma coisa.

– Ulysses – disse ela. – Você quer ser livre?

Assim que as palavras foram ditas, ela mordeu a língua, sentindo o rosto corar de arrependimento.

– Sinto muito – disse ela logo em seguida, e olhou para as mãos retorcidas no colo. – Foi uma pergunta terrivelmente grosseira. Por favor, perdoe-me.

O mordomo alto não disse nada, mas olhou para ela por um momento, confuso.

Então tocou levemente a peruca para ajeitá-la no lugar e se virou para continuar a tarefa, pegando os desenhos espalhados sobre a mesa e organizando-os em uma pilha.

– Eu nasci livre – disse ele finalmente, tão baixinho que ela não teve certeza de que o havia escutado. Sua cabeça estava abaixada, os olhos nos dedos negros e compridos que pegavam as peças de marfim do tabuleiro e as colocavam organizadamente em sua caixa.

– Meu pai tinha uma pequena chácara, não muito longe daqui. Mas ele morreu devido à picada de uma cobra quando eu tinha 6 anos, mais ou menos. Minha mãe não podia nos manter, não era forte o bastante para a lavoura, então ela vendeu a si mesma, deixando o dinheiro com um carpinteiro para que me aceitasse como aprendiz quando eu tivesse idade, para que eu aprendesse um ofício útil.

Ele colocou a caixa de marfim em sua posição na mesa de jogo e limpou as migalhas de bolo que tinham caído sobre o tabuleiro.

– Mas então ela morreu – continuou ele. – E o carpinteiro, em vez de me aceitar como aprendiz, disse que eu era o filho de uma escrava e que, pela lei, eu era um escravo. Assim, ele me vendeu.

– Mas isso não é certo!

Ele olhou para ela com paciência, divertindo-se, mas não disse nada. E o que o que era certo tinha a ver com aquilo?, seus olhos escuros disseram.

– Eu tive sorte – disse ele. – Fui vendido, barato, porque era pequeno e fraco, a um professor, a quem muitos donos de terras em Cabo Fear tinham contratado para lecionar a seus filhos. Ele ia de casa em casa, ficava em cada uma durante uma semana ou um mês, e eu ia com ele, atrás dele em cima do cavalo, cuidava do animal quando parávamos e realizava pequenas tarefas que ele solicitava. E, como as viagens eram compridas e tediosas, ele falava comigo enquanto viajávamos. Cantava... ele adorava cantar e tinha uma voz maravilhosa...

Para surpresa de Brianna, Ulysses pareceu levemente nostálgico, mas então ele balançou a cabeça e pegou um lenço do bolso, com o qual limpou o tabuleiro.

– Foi o professor quem me deu o nome Ulysses – disse ele, de costas para ela. – Ele sabia um pouco de grego e também de latim, e, para sua diversão, me ensinou a ler nas noites em que a escuridão nos envolvia e éramos forçados a acampar na estrada.

Os ombros esguios e eretos se ergueram levemente.

– Quando o professor morreu, eu era um jovem de 20 e poucos anos. Hector Cameron me comprou e descobriu meus talentos. Nem todos os senhores valorizavam tais características em um escravo, mas o sr. Cameron não era um homem comum.

Ulysses sorriu levemente.

– Ele me ensinou a jogar xadrez e apostava em minhas vitórias jogando contra os amigos dele. Havia me ensinado a cantar e a tocar a espineta, para que eu pudesse entreter seus convidados. E, quando a srta. Jocasta começou a perder a visão, ele me deu a ela, para que fosse seus olhos.

– Qual era seu nome? Seu nome real.

Ele parou, pensando, e então abriu um sorriso forçado.

– Não sei se lembro – disse educadamente e saiu da sala.

56
CONFISSÕES DA CARNE

Ele acordou um pouco antes do amanhecer. Ainda estava muito escuro, mas o ar havia mudado; as chamas tinham se apagado e a brisa da floresta passava por seu rosto.

Alexandre não estava mais ali. Roger estava sozinho sob a pele de veado, com muito frio.

– Alexandre? – sussurrou com a voz rouca. – Père Ferigault?

– Estou aqui. – A voz do jovem padre era tranquila, um tanto distante, apesar de ele estar a menos de 1 metro dele.

Roger se apoiou em um cotovelo, semicerrando os olhos. Quando o sono deixou seus olhos, passou a ver um pouco. Alexandre estava sentado de pernas cruzadas, as costas muito retas, o rosto voltado para o quadrado da saída de fumaça acima.

– Está bem? – Um dos lados do pescoço do padre estava manchado de sangue escuro, mas seu rosto – a parte que Roger conseguia ver – parecia sereno.

– Eles me matarão em breve. Talvez hoje.

Roger se sentou, puxando a pele de veado contra o peito. Se já estava com frio, o tom calmo do padre o congelou.

– Não – disse ele, e teve que tossir para limpar a garganta das cinzas. – Não farão isso.

Alexandre não se deu ao trabalho de contradizê-lo. Não se mexeu. Estava nu, alheio ao ar frio da manhã, olhando para cima. Por fim, abaixou o olhar e virou a cabeça para Roger.

– Pode ouvir minha confissão?

– Não sou um sacerdote. – Roger se colocou de joelhos e engatinhou pelo chão, segurando a pele de um modo desajeitado à sua frente. – O senhor vai congelar. Use isto.

– Não importa.

Roger não sabia se ele queria dizer que não importava o fato de estar frio ou se não importava Roger não ser padre. Pousou a mão no ombro nu de Alexandre. Independentemente de ter importância ou não, o homem estava frio como o gelo.

Roger se sentou ao lado de Alexandre o mais perto que pôde e envolveu o corpo dos dois com a pele. Roger sentiu sua pele se arrepiar no ponto onde a pele gelada do homem o tocava, mas não se incomodou; inclinou-se mais para perto, querendo urgentemente oferecer a Alexandre um pouco do seu calor.

– Seu pai – disse Alexandre. Ele havia virado a cabeça; sua respiração soprava o rosto de Roger e seus olhos eram buracos negros no rosto. – Você me disse que ele era padre.

– Sacerdote, sim, mas eu, não.

Ele percebeu o outro homem fazer um gesto para indicar que não havia problema.

– Em momentos de necessidade, qualquer homem pode fazer o papel de padre – disse Alexandre. Dedos frios tocaram a coxa de Roger brevemente. – Pode ouvir minha confissão?

– Se é... se é o que o senhor quer, sim. – Sentiu-se estranho, mas não faria mal, e se isso ajudasse o outro de alguma maneira... A cabana e o vilarejo ao redor estavam em silêncio. Não se ouvia nada além do vento contra os pinheiros.

Ele pigarreou. Alexandre pretendia começar ou ele próprio tinha que dizer algo antes?

Como se o som tivesse sido um sinal, o francês se virou para ele, abaixando a cabeça de tal modo que a luz iluminou os cabelos dourados do topo de sua cabeça.

– Abençoe-me, irmão, porque eu pequei – disse Alexandre em voz baixa. Em seguida, abaixou a cabeça, entrelaçou as mãos no colo e iniciou sua confissão.

Enviado de Detroit com um comboio de huronianos, ele havia seguido rio abaixo até o assentamento de Ste. Berthe de Ronvalle para substituir o padre idoso responsável pela missão, cuja saúde estava abalada.

– Eu era feliz lá – disse Alexandre, com uma voz meio saudosista que os homens usam para narrar fatos que aconteceram há décadas. – Era um lugar selvagem, mas eu era muito jovem e fervoroso em minha fé. Gostava de dificuldades.

Jovem? O padre não podia ser muito mais velho do que Roger.

Alexandre deu de ombros, ignorando o passado.

– Passei dois anos com os huronianos e converti muitos. Então fui com um grupo deles a Fort Stanwix, onde havia uma grande reunião das tribos da região. Lá, conheci Kennyanisi-t'ago, um líder de guerra dos moicanos. Ele me ouviu pregar e, movido pelo Espírito Santo, convidou-me a voltar com ele para seu vilarejo.

Os moicanos eram notoriamente cautelosos sobre a conversão; parecia uma oportunidade enviada pelos céus. Então Père Ferigault desceu o rio de canoa na companhia de Kennyanisi-t'ago e seus guerreiros.

– Esse foi meu primeiro pecado – disse baixinho. – O orgulho. – Ergueu um dedo para Roger, como se sugerisse a ele que fosse contando. – Ainda assim, Deus estava comigo. – Os moicanos tinham ficado ao lado dos ingleses durante a recente guerra entre franceses e índios, e mais do que desconfiavam do jovem padre francês. Ele havia perseverado, aprendido a língua dos moicanos, para poder pregar a eles na língua deles.

Conseguira converter vários do vilarejo, mas não todos. No entanto, entre os convertidos estava o líder, então ele foi protegido de interferências. Infelizmente, o *sa-*

chem se opunha a sua influência e havia uma intranquilidade constante entre cristãos e não cristãos no vilarejo.

O padre passou a língua pelos lábios e então pegou a jarra de água e bebeu.

– E então – disse ele, respirando fundo – cometi meu segundo pecado.

Apaixonara-se por uma das convertidas.

– O senhor teve mulheres antes...? – Roger teve dificuldade para perguntar, mas Alexandre respondeu com tranquilidade, sem hesitar.

– Não, nunca. – Soltou o ar nesse momento; não foi uma risada, mas uma expressão de sarcasmo. – Pensei que fosse imune a *essa* tentação. Mas o homem é frágil diante dos desejos da carne do demônio.

Ele havia morado na casa da moça durante alguns meses. Então, certa manhã, ele havia acordado cedo e ido ao riacho se lavar e viu o próprio reflexo na água.

– Houve uma perturbação repentina na água e a superfície tremeu. Uma boca enorme aberta apareceu na superfície, desfazendo o reflexo do meu rosto.

Tinha sido uma truta saltando para pegar uma libélula, mas o padre, abalado pela experiência, viu aquilo como um sinal de Deus de que sua alma corria o risco de ser engolida pela boca do inferno. Ele se dirigiu à casa de sapê, pegou suas coisas e foi morar sozinho em um pequeno abrigo fora do vilarejo. No entanto, deixara sua amante grávida.

– Foi isso que causou o problema que o trouxe aqui? – perguntou Roger.

– Não, não exatamente. Eles não veem as questões do casamento e da moralidade como nós – explicou Alexandre. – As mulheres se deitam com os homens que querem e o casamento é um acordo que dura enquanto os parceiros se derem bem; se não se entendem mais, a mulher pode expulsar o homem de sua casa... ou ele pode ir embora. As crianças, se existirem, ficam com a mãe.

– Mas então...

– A dificuldade foi que eu sempre, como padre, me recusei a batizar bebês a menos que os dois pais fossem cristãos e em estado de graça. Entenda, isso é necessário para que a criança seja criada na fé, já que os índios costumam ver o sacramento do batismo como algo que não passa de mais um dos seus rituais pagãos.

Alexandre respirou fundo.

– E é claro que eu não podia batizar aquela criança. Isso ofendeu e deixou horrorizado Kennyanisi-t'ago, que insistiu para que eu o fizesse. Quando me recusei, ele mandou que eu fosse torturado. Minha... a garota... intercedeu por mim, e foi incentivada nisso por sua mãe e várias outras pessoas influentes.

Consequentemente, o vilarejo foi tomado pela controvérsia e pela divisão de opiniões, e por fim o *sachem* decretou que eles deveriam levar Père Alexandre a Onyarekenata, onde um conselho imparcial poderia julgar o que deveria ser feito para restaurar a harmonia entre eles.

Roger coçou a barba; talvez a antipatia dos índios aos europeus cabeludos fosse devido à associação com os piolhos.

– Receio não entender muito bem – disse ele, com cuidado. – O senhor se recusou a batizar seu próprio filho porque a mãe não era uma boa cristã?

Alexandre pareceu surpreso.

– Ah, *non*! Ela mantém sua fé, apesar de que teria todas as desculpas se não mantivesse – acrescentou e suspirou. – Não, não posso batizar a criança, não por causa de sua mãe, mas porque o pai dela não está em estado de graça.

Roger passou a mão na testa, torcendo para que seu rosto não mostrasse sua indignação.

– Ah. É por isso que o senhor queria se confessar a mim? Para poder retornar a um estado de graça e assim ser capaz de...

O padre o interrompeu com um gesto simples. Permaneceu em silêncio por um momento, os ombros magros encolhidos. Deve ter passado a mão em sua ferida por acidente; a massa de sangue voltara a escorrer lentamente por seu pescoço.

– Perdoe-me – disse Alexandre. – Não deveria ter pedido a você; é que eu fiquei muito feliz por poder falar a minha língua. Não resisti à tentação de acalmar minha alma contando tudo para você. Mas não adianta: não existe absolvição para mim.

O desespero do homem era tão claro que Roger pousou a mão no braço do padre, desejando acalmá-lo.

– Tem certeza? O senhor disse que em momentos de necessidade...

– Não é isso. – Ele colocou a mão em cima da de Roger, apertando-a, como se pudesse conseguir força daquele toque.

Roger não disse nada. Depois de um momento, levantou a cabeça e o padre o encarou. A luz do lado de fora havia mudado: havia um brilho leve, uma claridade no ar, quase luz. Sua respiração saiu branca da boca, como fumaça subindo em direção à abertura acima.

– Apesar de eu confessar, não serei perdoado. Deve ocorrer arrependimento real para que a absolvição seja obtida, devo rejeitar meu pecado. E não consigo fazer isso.

Ele se calou. Roger não sabia se devia falar nem o que dizer. Pensou que um padre diria algo como "Sim, meu filho?", mas ele não conseguia. Em vez disso, pegou a outra mão de Alexandre e a segurou com força.

– Meu pecado foi amá-la – disse o padre, muito suavemente –, e isso eu não consigo controlar.

57

UM SORRISO DESFEITO

– Duas Lanças concorda. O assunto deverá ser discutido em um conselho e aprovado, mas acredito que será feito. – Jamie se recostou em um pinheiro, abaixando-se um pouco devido ao cansaço. Estávamos no vilarejo havia uma semana; ele havia se reunido com o *sachem* na maior parte dos últimos três dias. Eu mal o vira, ou a Ian, mas tinha sido acompanhada pelas mulheres: eram educadas, mas distantes. Mantive meu amuleto cuidadosamente fora da vista das pessoas.

– Então eles estão? – perguntei, e senti o nó de ansiedade que havia permanecido comigo por tanto tempo começando a se dissolver. – Roger está aqui mesmo? – Por enquanto, os moicanos não queriam revelar se Roger ainda existia... ou não.

– Bem, quanto a isso, o velho não diz nada, por medo de que eu tente resgatá-lo, acredito, mas ou ele está aqui, ou não está muito longe. Se o conselho aprovar a minha proposta, vamos trocar o uísque pelo homem em três dias e partiremos. – Ele olhou para as nuvens carregadas que escondiam as montanhas distantes. – Deus, espero que seja chuva vindo, e não a neve.

– Você acha que existe a possibilidade de o conselho não concordar?

Ele suspirou profundamente e passou a mão pelos cabelos desgrenhados e soltos sobre os ombros; evidentemente, as negociações tinham sido difíceis.

– Sim, existe uma possibilidade. Eles querem o uísque, mas estão cautelosos. Alguns dos homens mais velhos serão contra a troca, por medo do dano que a bebida pode causar ao povo; os mais jovens serão muito a favor. Alguns entre eles podem dizer sim, vamos aceitar; podem usar a bebida em negociações, se tiverem medo de consumi-la.

– Wakatihsnore contou tudo isso a você? – Fiquei surpresa. O *sachem*, Age Rápido, parecia tranquilo e velhaco demais para tal abertura.

– Não ele, o jovem Ian. – Jamie sorriu rapidamente. – O rapaz promete como espião, posso dizer. Já comeu em todas as casas do vilarejo, e conheceu uma moça que gostou muito dele. Ela conta a Ian o que o Conselho de Mães está pensando.

Encolhi os ombros e os envolvi com a capa; nosso abrigo nas rochas fora do vilarejo nos protegia de interrupções, mas o preço da invisibilidade era a exposição ao vento frio.

– E o que o Conselho de Mães diz?

Uma semana passada em uma casa de sapê havia me dado uma ideia da importância das opiniões das mulheres nas situações, de modo geral; apesar de elas não tomarem decisões diretas a respeito dos assuntos, muito pouco era feito sem a aprovação delas.

– Elas poderiam querer que eu oferecesse um resgate que não fosse uísque, e não têm certeza a respeito de devolverem o homem; mais de uma moça gosta dele. Elas não se importariam se a tribo o adotasse. – Jamie entortou os lábios ao dizer isso, e eu ri, apesar da minha preocupação.

– Roger é um rapaz bonito – falei.

– Eu o vi – disse Jamie rapidamente. – A maioria dos homens o acha feio, um maldito cabeludo. Claro, eles acham a mesma coisa de mim. – Ele passou a mão sobre a face; sabendo que os índios não gostam de pelos faciais, tomava o cuidado de se barbear toda manhã. – Mas isso pode fazer a diferença.

– O quê? A aparência de Roger ou a sua?

– O fato de mais de uma moça desejar o malandro. Ian me contou que a moça dele diz que sua tia acha que será um problema mantê-lo; ela acha melhor devolvê-lo a nós do que deixar as mulheres brigarem por causa dele.

Passei os nós dos dedos avermelhados pelo frio sobre os lábios, tentando conter o riso.

– Os homens do conselho sabem que algumas mulheres estão interessadas em Roger?

– Não sei. Por quê?

– Porque, se soubessem, eles o entregariam a nós de graça.

Jamie riu disso, mas ergueu a sobrancelha relutante.

– Sim, talvez. Pedirei a Ian que mencione isso aos outros homens. Mal não fará.

– Você disse que as mulheres queriam que você oferecesse algo em vez de uísque. Você mencionou a opala a Age Rápido?

Ele endireitou as costas, interessado.

– Sim, mencionei. Eles não ficariam mais abismados nem se eu tivesse tirado uma cobra de minha bolsa de couro. Ficaram muito excitados... bravos e temerosos... e eu acho que eles teriam sido capazes de me ferir, mas não o fizeram porque eu já tinha mencionado o uísque.

Ele enfiou a mão no bolso da frente do casaco e pegou uma opala, deixando-a em minha mão.

– Melhor você ficar com ela, Sassenach. Mas eu acho que não deve mostrá-la a ninguém.

– Que estranho. – Olhei para a pedra, para o petróglifo brilhando. – Então ela significa alguma coisa para eles.

– Ah, sim – disse ele. – Não sei o quê, mas, independentemente do que seja, eles não gostaram nem um pouco dela. O líder de guerra exigiu saber onde eu a havia conseguido e eu disse que você a havia encontrado. Isso fez com que eles relaxassem um pouco, mas se alteraram por causa dela.

– Por que quer que eu fique com ela? – A pedra estava quente pelo contato com o corpo dele e eu a senti lisa e confortável na minha mão. Por instinto, passei o polegar várias vezes ao redor do entalhe espiralado.

– Eles ficaram chocados quando a viram, como eu disse... e depois ficaram bravos. Um ou dois fizeram menção de me agredir, mas se controlaram. Observei por um tempo, com a pedra na mão, e percebi que eles sentiam medo dela: não me tocaram enquanto eu a segurava.

Ele fechou a minha mão ao redor da pedra.

– Fique com ela. Se houver perigo, pegue-a.

– Você corre mais riscos do que eu – protestei, tentando devolvê-la.

Ele balançou a cabeça, e as pontas de seus cabelos subiram ao vento.

– Não, não agora que eles sabem sobre o uísque. Não me atacariam antes de saber onde está.

– Mas por que posso estar em perigo? – A ideia era perturbadora; as mulheres tinham sido cuidadosas, mas não hostis, e os homens tinham me ignorado.

Ele franziu o cenho e olhou para baixo na direção do vilarejo. Dali, pouco era visível, exceto as paliçadas exteriores, com fumaça sobre elas, vinda das construções fora de nossa vista que ficavam mais à frente.

– Não sei, Sassenach. Só sei que já fui caçador e já fui caçado. Sabe quando algo estranho se aproxima, as aves param de cantar e a mata fica em silêncio?

Meneou a cabeça em direção ao vilarejo, com os olhos fixos na fumaça como se uma força pudesse aparecer dela.

– Há um silêncio ali. Algo está acontecendo e não consigo perceber. Não acho que tenha a ver conosco... mas, mesmo assim, não estou tranquilo – disse abruptamente.
– E eu já vivi tempo suficiente para ignorar tal sensação.

Ian, que se uniu a nós logo depois, concordava com o tio.

– Sim, é como segurar a ponta de uma rede de pesca que está embaixo da água – disse ele, franzindo o cenho. – Dá para sentir as vibrações nas mãos, e você sabe quando há peixe na rede, mas não consegue ver onde.

O vento mexeu seus cabelos densos e castanhos; como sempre, estavam presos em uma meia trança, com mechas se soltando. Ele prendeu uma delas atrás da orelha, distraído.

– Tem alguma coisa acontecendo entre as pessoas; um desacordo, acho. E *alguma coisa* aconteceu ontem à noite no conselho. Emily não responde quando pergunto; só desvia o olhar e diz que não tem nada a ver conosco. Mas acho que tem, sim.

– Emily? – Jamie ergueu uma sobrancelha, e Ian sorriu.

– É como eu a chamo, para facilitar – disse ele. – Seu nome é Wakyo'teyehsnonhsa; significa Trabalha com as Mãos. Ela é uma excelente entalhadora, a Emily. Vejam o que ela fez para mim. – Enfiou a mão na bolsa e orgulhosamente mostrou uma pequena lontra entalhada em pedra-sabão branca. O animal estava alerta, com a cabeça erguida e pronto para atacar; só de vê-lo, senti vontade de sorrir.

– Muito bom. – Jamie analisou o entalhe com aprovação, passando o dedo na curva sinuosa do corpo. – A moça deve gostar de você, Ian.

– Sim, bem, eu também gosto dela, tio.

Ian estava agindo de modo descontraído, mas seu rosto magro estava um pouco mais corado do que o vento frio poderia deixá-lo. Ele tossiu e mudou de assunto:

– Ela disse que acredita que o conselho pode pender um pouco a nosso favor, se dermos a eles um pouco do uísque, tio Jamie. Se você concordar, posso buscar um barril e faremos um pequeno *ceilidh* esta noite. Emily vai cuidar das coisas.

Jamie ergueu uma sobrancelha, mas assentiu depois de um instante.

– Confio em seu bom senso, Ian – disse ele. – Na casa do conselho?

Ian negou balançando a cabeça.

– Não. Emily disse que é melhor se for feito na casa de sua tia: a velha Tewaktenyonh é a Mulher Bonita.

– É o quê? – perguntei, assustada.

– A Mulher Bonita – explicou ele, secando, com a manga, o nariz que escorria. – Uma mulher de influência no vilarejo tem o poder de decidir o que é feito com os cativos; eles a chamam de Mulher Bonita, independentemente de sua aparência. Então saibam que será bom para nós se Tewaktenyonh puder ser convencida de que a barganha que oferecemos é boa.

– Acredito que, para um cativo que foi libertado, a mulher seria bonita de qualquer modo – disse Jamie com seriedade. – Sim, compreendo. Vá em frente. Consegue pegar o uísque sozinho?

Ian balançou a cabeça para confirmar e se virou para partir.

– Espere um minuto, Ian – falei, e mostrei a opala quando ele se virou para mim. – Pode perguntar a Emily se ela sabe alguma coisa sobre isto?

– Sim, tia Claire. Vou mencionar isso. Rollo! – Ele assoviou soprando o ar entre os dentes e Rollo, que estava investigando uma rocha, partiu atrás do dono. Jamie observou os dois, franzindo o cenho levemente.

– Você sabe onde Ian está passando as noites, Sassenach?

– Se me pergunta em qual tapera, sim. Se me pergunta na cama de quem, não. Mas posso imaginar.

– Hummm. – Ele se alongou e jogou os cabelos para trás. – Vamos, Sassenach, vou levá-la de volta ao vilarejo.

O *ceilidh* de Ian começou logo depois do anoitecer; ele convidou as pessoas, incluindo os membros mais proeminentes do conselho, que chegaram um de cada vez à casa de Tewaktenyonh, fazendo reverências ao *sachem* Duas Lanças, que estava sentado à fogueira principal com Jamie e Ian a seu lado. Uma moça pequena e bonita, que imaginei ser a Emily de Ian, permanecia em silêncio atrás dele, junto ao barril de uísque.

À exceção de Emily, as mulheres não se envolviam na degustação do uísque. Mas eu estava ali para observar, e me sentei perto de uma das fogueiras menores, de olho nos acontecimentos enquanto ajudava duas mulheres a trançar cebolas, trocando amenidades ocasionalmente em uma mistura das línguas tuscarora, inglesa e francesa.

A mulher à fogueira na qual eu estava me ofereceu um pouco de cerveja de abeto e um tipo de papa de mingau. Fiz o melhor que pude para aceitar com cordialidade, mas meu estômago estava revirado demais e só consegui tentar comer.

Muito dependeria desse grupo improvisado. Roger estava ali, em algum lugar do vilarejo, eu sabia. Estava vivo; só torcia para que estivesse bem – bem o suficiente para viajar, pelo menos. Olhei para o lado mais distante da casa, para a fogueira maior. Vi um pouco de Tewaktenyonh e a curva de sua cabeça de cabelos brancos; senti um arrepio percorrer meu corpo e toquei a pequena protuberância do amuleto de Nayawenne debaixo de minha camisa.

Quando os convidados estavam organizados, um círculo se formou ao redor da fogueira e o barril aberto de uísque foi levado ao centro. Para minha surpresa, a menina também foi para dentro do círculo e se sentou ao lado do barril, segurando uma cuia.

Depois de algumas palavras de Duas Lanças, as festividades começaram; a garota servia as doses de uísque. Ela fazia isso bebendo goles grandes da cuia e cuidadosamente cuspindo três goladas em cada copo antes de passá-lo a um dos homens no círculo. Olhei para Jamie, que pareceu momentaneamente assustado, mas educadamente aceitou seu copo e bebeu sem hesitar.

Tentei imaginar quanto uísque a menina estava absorvendo pelo revestimento da boca. Não tanto quanto os homens, e eu achava que demoraria um pouco para lubrificar Duas Lanças, que era um velho taciturno com rosto de uva-passa. Mas, antes de o grupo continuar, eu me distraí com a chegada de um rapaz, filho de uma de minhas companheiras. Ele entrou em silêncio e se sentou ao lado da mãe, recostando-se nela. Ela olhou para ele com firmeza e então deixou as cebolas e se levantou com uma exclamação de preocupação.

A luz da fogueira iluminava o menino, e logo vi a posição peculiarmente curvada dele. Ajoelhei-me depressa, puxando o cesto de cebolas para o lado. Inclinei-me e o segurei pelo outro braço, virando-o para mim. Seu ombro esquerdo tinha sido levemente deslocado; ele suava, os lábios contraídos de dor.

Fiz um gesto para a mãe dele, que hesitou, franzindo o cenho para mim. O menino emitiu um som baixo e gemeu, e ela o puxou, abraçando-o com força. Com uma inspiração repentina, tirei o amuleto de Nayawenne de minha camisa; ela não saberia de quem era, mas podia reconhecer *o que* era. Reconheceu. Arregalou os olhos ao ver o pequeno saco de couro.

O menino não fez mais barulho, mas vi o suor escorrer em seu peito sem pelos, transparente à luz da fogueira. Mexi no fio que mantinha o saquinho fechado e procurei a pedra azul. *Pierre sans peur*, Gabrielle a chamara. A pedra destemida. Peguei a mão sã do menino e coloquei a pedra com firmeza na sua palma, dobrando seus dedos sobre ela.

– *Je suis une sorcière* – falei baixinho. – *C'est médicine, la*. – Confie em mim, pensei. Não tema. Sorri para ele.

O garoto olhou para mim com os olhos arregalados. As duas mulheres à fogueira se entreolharam e então, ao mesmo tempo, olharam na direção da fogueira distante onde a velha senhora estava.

No *ceilidh*, eles conversavam; alguém estava contando uma velha história – reconheci o subir e descer dos ritmos formais. Eu havia escutado os habitantes das Terras Altas contarem histórias e lendas em gaélico daquele modo; parecia a mesma coisa.

A mãe assentiu; sua irmã atravessou a casa. Eu não me virei, mas senti o interesse das pessoas enquanto ela passava pelas outras fogueiras: elas se viravam para olhar em nossa direção. Fiquei fitando o rosto do menino, sorrindo, segurando sua mão com força.

Os passos da irmã surgiram suaves atrás de mim. A mãe do garoto relutantemente o soltou e o deixou comigo. Eu havia recebido permissão.

Era simples colocar o ombro no lugar; ele era pequeno e a lesão era leve. Seus ossos eram leves sob minha mão. Sorri para ele e senti a articulação, avaliando o dano. Então curvei o braço depressa, fiz a rotação do cotovelo, empurrando o braço para cima – e pronto.

O menino pareceu muito surpreso. Era um procedimento muito satisfatório, porque a dor era aliviada quase instantaneamente. Ele sentiu o ombro e então sorriu timidamente para mim. Lentamente, abriu a mão e me entregou a pedra.

A sensação leve criada com isso tomou minha atenção por um tempo, com as mulheres se aproximando, tocando o menino e olhando para ele, reunindo as amigas para verem a safira. Quando voltei a prestar atenção ao grupo do uísque na fogueira mais distante, as festividades estavam bem avançadas. Ian cantava em gaélico, muito desafinado, acompanhado por um ou dois dos outros homens, que entoavam um *Haihai!* estridente e esquisito que eu ouvia de vez em quando entre o povo de Nayawenne.

Como se meu pensamento a tivesse evocado, senti que alguém me observava e me virei. Vi Tewaktenyonh me fitando de sua própria fogueira na ponta da casa. Olhei nos olhos dela e fiz um meneio de cabeça. Ela se inclinou para dizer algo a uma das jovens na fogueira, que se levantou e caminhou na minha direção, dando a volta cuidadosamente por algumas crianças pequenas que brincavam no cubículo de sua família.

– Minha avó está perguntando se pode vê-la. – A jovem se agachara ao meu lado, falando baixinho em inglês. Fiquei surpresa, mas não muito, ao ouvir aquilo. Onakara estava certo, alguns moicanos falavam um pouco de inglês. Mas não usavam o idioma, exceto quando preciso, pois preferiam a própria língua.

Levantei-me e a acompanhei até a fogueira de Tewaktenyonh, tentando imaginar do que a Mulher Bonita precisava. Eu tinha minhas prioridades: Roger e Brianna.

A senhora assentiu para mim, convidando-me a sentar, e falou com a garota, sem tirar os olhos de mim.

– Minha avó pergunta se pode ver seu remédio.

– Claro. – Percebi que a senhora olhava para meu amuleto, observando com curiosidade quando peguei a safira. À pena de pica-pau de Nayawenne, eu havia acrescentado duas minhas; penas pretas da asa de um corvo.

– Você é a esposa do Matador do Urso?

– Sim. Os tuscaroras me chamam de Corvo Branco – falei, e a menina se sobressaltou. Traduziu depressa para sua avó. Os olhos da senhora se arregalaram e ela olhou para mim consternada. Evidentemente, aquele não era o nome mais oportuno que ela já tinha ouvido. Sorri para ela, mantendo a boca fechada; os índios costumavam mostrar os dentes apenas quando riam.

A senhora me devolveu a pedra. Observou-me com atenção e então falou algo a sua neta, sem tirar os olhos de mim.

– Minha avó soube que seu homem tem uma pedra brilhante também – disse a menina, interpretando. – Ela quer saber mais sobre ela: como é e como vocês a conseguiram.

– Ela pode vê-la. – A menina arregalou os olhos, surpresa, quando enfiei a mão dentro da bolsa na altura de minha cintura e tirei a pedra. Mostrei a opala à senhora e ela se curvou e a observou com atenção, mas não fez menção de tirá-la de mim.

Os braços de Tewaktenyonh eram marrons e não tinham pelos, enrugados e macios como a madeira, aparentemente. Mas, enquanto eu observava, vi o arrepio surgir, erguendo pelos não mais existentes numa defesa inútil. *Ela viu*, pensei. *Ou, pelo menos, sabe o que é.*

Não precisei das palavras da intérprete; ela me fitou diretamente nos olhos e eu ouvi a pergunta com clareza, apesar das palavras desconhecidas.

– Como conseguiu isso? – perguntou, e a menina repetiu obedientemente.

Deixei a mão aberta; a opala se encaixava bem na palma da mão, seu peso disfarçado pelas cores, brilhando como uma bolha de sabão.

– A pedra apareceu para mim em um sonho – disse eu finalmente, sem saber como explicar de outro modo.

A senhora suspirou. O medo não abandonou seus olhos, mas foi sobreposto por outra coisa – curiosidade, talvez? Ela disse algo e uma das mulheres perto da fogueira se levantou, procurando dentro de um cesto embaixo da cama atrás dela. Voltou e se abaixou ao lado da senhora, entregando-lhe algo.

A senhora começou a cantar baixinho, com uma voz afetada pela idade, mas ainda forte. Esfregou as mãos acima do fogo, e muitas partículas marrons pequenas caíram, mas voltaram a subir como fumaça, densa com o cheiro de tabaco.

Era uma noite silenciosa; eu conseguia ouvir as vozes e as risadas altas vindas da fogueira mais distante, onde os homens bebiam. Percebi palavras desconhecidas na voz de Jamie – ele estava falando francês. Será que Roger estava perto o suficiente para ouvir também?

Respirei fundo. A fumaça subia diretamente da fogueira em uma coluna fina e branca, e o cheiro forte e adocicado do tabaco se misturava com o cheiro do ar frio, acionando lembranças incongruentes dos jogos de futebol de Brianna no ensino médio: odores agradáveis de cobertores de lã e garrafas térmicas de chocolate quente, fumaça de cigarro subindo entre a multidão. Mais ao fundo havia outras lembranças mais duras, de jovens de uniforme à luz fraca de campos de pouso, amassando bitucas de cigarro e correndo para a batalha, deixando para trás apenas o cheiro da fumaça no ar do inverno.

Tewaktenyonh falou, os olhos ainda nos meus, e a voz suave da garota foi ouvida:
– Conte-me esse sonho.

Era mesmo um sonho que eu contaria a ela ou uma lembrança como aquelas, trazida à vida nas asas da fumaça de uma árvore em chamas? Não importava; aqui, todas as lembranças eram sonhos.

Contei a ela o que pude. A lembrança – da tempestade e do meu refúgio entre as raízes do cedro, o crânio enterrado com a pedra – e o sonho; a luz na montanha e o homem com o rosto pintado de preto – sem distinção entre eles.

A senhora se inclinou para a frente, o rosto surpreso espelhando o de sua neta.
– Você viu o Portador do Fogo? – perguntou a menina. – Você viu o *rosto* dele? – Ela se afastou de mim como se eu pudesse ser perigosa.

A senhora disse algo decisivo; sua surpresa havia desaparecido em um olhar forte de interesse. Cutucou a menina e repetiu a pergunta, impaciente.
– Minha avó está perguntando se você pode dizer como ele era e o que vestia.
– Nada. Só um pano na frente do corpo, nas partes íntimas. E estava pintado.
– Pintado. Como? – perguntou a menina traduzindo a pergunta da avó.

Descrevi a pintura do corpo do homem que eu tinha visto do modo mais cuidadoso que consegui. Não foi difícil; se eu fechasse os olhos, conseguia vê-lo tão claramente quanto ele havia aparecido para mim na encosta da montanha.
– E o rosto dele era preto da testa ao queixo – concluí, abrindo os olhos.

Quando descrevi o homem, a intérprete ficou claramente incomodada; seus lábios tremiam e ela olhava temerosa para mim e para a avó. A senhora ouvia com atenção, observando, esforçando-se para extrair sentido do meu rosto antes que as palavras mais lentas chegassem a seus ouvidos.

Quando terminei, ela permaneceu em silêncio, com os olhos negros ainda fixos nos meus. Por fim, assentiu, estendeu a mão enrugada e segurou as faixas roxas de contas em seu ombro. Myers havia me contado o suficiente para eu reconhecer o gesto. As contas eram seu registro de família; o que era dito enquanto alguém segurava as contas era como um juramento feito sobre a Bíblia.
– No Festival do Milho Verde, muitos anos atrás – a intérprete mostrou os dedos das mãos quatro vezes –, um homem chegou do norte. Sua fala era estranha, mas nós conseguíamos entendê-lo. Falava como canienga, ou talvez onondaga, mas não nos contou qual era sua tribo ou seu vilarejo – apenas disse o clã, que era o Tartaruga. Ele era um selvagem, mas corajoso. Era bom caçador e guerreiro. Ah, um homem bonito; todas as mulheres gostavam de olhar para ele, mas nós tínhamos medo de nos aproximar demais.

Tewaktenyonh parou um momento, com um olhar distante que me levou a fazer a conta; ela já devia ser uma mulher adulta na época, mas talvez ainda jovem o bastante para se impressionar com aquele estranho assustador e misterioso.

– Os homens não tinham o mesmo cuidado; os homens não são tão cuidadosos. – Ela lançou um olhar breve e sarcástico ao *ceilidh,* que se tornava cada vez mais barulhento. – Então eles se sentavam e fumavam com ele, bebiam cerveja de abeto e ouviam o que ele dizia. Ele falava do meio-dia até o escurecer e então de novo à noite, perto do fogo. Seu rosto estava sempre sério, porque ele falava de guerra.

Ela suspirou, os dedos segurando as contas roxas.

– Sempre sobre guerra. Não contra os comedores de rãs do vilarejo vizinho nem contra os que comiam esterco de alce. Não, devemos erguer nossos tacapes contra os *O'seronni*. Devemos matar todos, ele dizia, desde o mais velho ao mais jovem, dos inferiores aos mais importantes. Vamos aos cayugas, mandemos mensageiros aos senecas, deixemos a Liga dos Iroqueses seguir unida. Devemos ir antes que seja tarde demais, ele dizia.

A idosa ergueu um ombro e logo o abaixou.

– "Tarde demais para quê?", perguntavam os homens. "E por que devemos criar uma guerra sem causa? Não precisamos de nada neste momento; não há tratado de guerra." Isso foi antes da época dos franceses, saiba disso. "É nossa última chance", ele lhes dizia. "Talvez já seja tarde demais. Eles nos seduzem com seus metais, nos aproximam deles com promessas de facas e armas e nos destroem por suas panelas. Voltem, irmãos! Vocês deixaram os anos passarem. Voltem, eu digo, ou deixarão de existir. Suas histórias serão esquecidas. Matem todos eles agora, ou eles comerão vocês." E meu irmão, que era *sachem* na época, e meu outro irmão, que era chefe de guerra, disseram que aquilo era besteira. Eles vão nos destruir com armas? Vão nos comer? Os brancos não comem o coração de seus inimigos, nem mesmo em batalha. Os mais jovens ouviram; eles ouvem qualquer um que grite. Mas os mais velhos olhavam para o estranho com desconfiança e nada diziam.

Ela ficou em silêncio por um instante.

– Ele sabia – disse, e meneou a cabeça para enfatizar, falando quase mais rápido do que sua neta conseguia traduzir. – Ele sabia o que aconteceria, sabia que os ingleses e os franceses lutariam entre eles e procurariam nossa ajuda uns contra os outros. Ele disse que essa seria a hora; quando lutassem uns contra os outros, nós deveríamos nos revoltar contra ambos e expulsá-los. Tawineonawira – Dente de Lontra – era o nome dele, e ele disse para mim: "Você vive no momento. Conhece o passado, mas não olha para o futuro. Seus homens dizem 'Não precisamos de nada por enquanto', e por isso não se mexerão. Suas mulheres acham mais fácil cozinhar em uma chaleira de ferro do que fazer panelas de barro. Vocês não veem o que acontecerá por causa de sua preguiça, de sua ganância." "Não é verdade", eu disse a ele. "Não somos preguiçosos. Raspamos pele, secamos a carne e o milho, retiramos o óleo dos girassóis e o colocamos em jarros; nós nos preparamos para a próxima estação... sempre. Se não fizéssemos isso, morreríamos. E o que panelas e chaleiras têm a ver com isso?"

Seus olhos estavam semicerrados, como se revisse a cena.

– Ele sorriu ao ouvir isso, mas seus olhos estavam tristes. Nem sempre ele era sério comigo. – Os olhos da idosa se voltaram para a neta nesse momento, mas então ela desviou o olhar, voltando-o para baixo. – "Coisas de mulher", disse ele, e balançou a cabeça. "Vocês pensam nas coisas de comer, de vestir. Nada disso importa. Os homens não pensam nessas coisas." "Você pode ser *Hodeenosaunee* e pensar isso?", perguntei. "De onde você vem para não se importar com o que as mulheres pensam?" Ele balançou a cabeça de novo e disse: "Você não vê muito longe." Perguntei a ele até onde *ele* via, mas ele não me respondeu.

Eu sabia a resposta para isso, e minha pele se arrepiou, apesar do calor da fogueira. Eu sabia muito bem até onde ele via e como era perigoso o que ele via daquele precipício em particular.

– Mas nada do que eu disse ajudou – continuou a senhora –, nem o que meus irmãos disseram. Dente de Lontra ficou mais irado. Um dia, ele fez a dança da guerra. Estava pintado, os braços e pernas cobertos de vermelho, e cantava e gritava pelo vilarejo. Todo mundo saiu para assistir, para ver quem o seguiria, e, quando ele acertou o tacape na árvore de guerra e gritou que ia pegar cavalos e saquear os shawnees, vários jovens o acompanharam. Eles ficaram fora um dia e uma noite, e voltaram com cavalos e escalpos. Escalpos brancos, e meus irmãos ficaram irados. Aquilo traria soldados do forte, segundo eles, ou grupos vingativos dos assentamentos da Linha do Tratado, onde eles tinham pegado os escalpos. Dente de Lontra respondeu corajosamente que esperava que isso acontecesse, assim nós seríamos forçados a lutar. E ele disse claramente que lideraria tais ataques de novo, muitas vezes, até toda a terra estar envolvida e nós vermos que as coisas eram como ele dizia: que deveríamos matar os *O'seronni* ou morreríamos.

Ela interrompeu a narrativa por um momento e depois a retomou:

– Ninguém conseguia detê-lo para que não fizesse o que dizia, e alguns dos jovens tinham o sangue quente; eles o seguiam, não importava o que dizíamos. Meu irmão, o *sachem*, abriu sua tenda e chamou o Grande Tartaruga para aconselhá-lo. Permaneceu na tenda um dia e uma noite. A tenda sacudia e tremia e vozes saíam dela, e as pessoas sentiram medo. Quando meu irmão saiu da tenda, ele disse que Dente de Lontra tinha que sair do vilarejo. Ele faria o que queria, mas não permitiríamos que ele trouxesse a destruição até nós. Ele causava desarmonia entre as pessoas, tinha que ir embora. Dente de Lontra ficou mais irado ainda do que antes. Pôs-se de pé no centro do vilarejo e gritou até as veias do pescoço ficarem aparentes e os olhos, vermelhos de raiva.

A menina falou mais baixo:

– Ele gritava coisas horríveis. Então ficou calado, e sentimos medo. Disse coisas que nos aterrorizaram. Até quem o seguia passou a temê-lo. Ele não dormia nem comia. Durante um dia e uma noite inteiros, e todo o dia seguinte, ficou falando, andando pelo vilarejo, parando nas portas das casas e falando, até as pessoas o afastarem. E ele partiu. Mas voltou várias vezes. Ele partia, escondia-se na floresta e voltava à noite, magro e faminto, com os olhos brilhando como os de uma raposa, sempre falando. Sua voz tomava o vilarejo à noite e ninguém conseguia dormir. Começamos a perceber que ele tinha um espírito do mal dentro dele; talvez fosse Atatarho, cuja cabeça Hiawatha usava para alisar as cobras; talvez as cobras tivessem atingido aquele homem, procurando abrigo. Por fim, meu irmão, o chefe de guerra, disse que aquilo tinha que acabar. Que ou ele partiria, ou nós o mataríamos.

Tewaktenyonh fez uma pausa. Seus dedos, que tocavam as contas sem parar, como se ela tirasse força delas para contar sua história, estavam quietos.

– Ele era um homem de fora – disse ela suavemente. – Mas não sabia disso. Acho que nunca entendeu.

Do outro lado da construção, o grupo de beberrões fazia barulho; todos os homens estavam rindo, balançando de um lado para outro com animação. Eu ouvia a voz de Emily, mais alta, rindo com eles. Tewaktenyonh olhou para eles, franzindo o cenho.

O arrepio subia e descia pela minha espinha. Um homem de fora. Um índio, pelo rosto, pelo modo de falar, a fala levemente estranha. Um índio – com dentes prateados. Não, ele não havia entendido. Pensou que eles eram seu povo, afinal. Sabendo o que o futuro reservava, havia chegado para tentar salvá-los. Como podia acreditar que eles pretendiam machucá-lo?

Mas eles *pretendiam*. Eles o despiram, disse Tewaktenyonh, com a expressão distante. Eles o amarraram a um poste no centro do vilarejo, pintaram seu rosto com uma tinta feita de cinza e carvalho.

– O preto é para a morte; os prisioneiros que estão esperando para ser mortos são sempre pintados de preto – disse a garota. Ergueu uma sobrancelha de leve. – Você sabia disso quando encontrou o homem nas montanhas?

Neguei balançando a cabeça, calada. A opala estava quente na palma de minha mão, molhada de suor.

Eles o haviam torturado por um tempo; cutucaram seu corpo nu com lanças afiadas e então com brasas, de modo que as bolhas se formassem e estourassem e a pele dele ficasse em carne viva. Ele aguentou bem isso, não gritava, e isso os satisfazia. Ele ainda parecia forte, então eles o deixaram de um dia para o outro, ainda amarrado ao poste.

– De manhã, ele não estava mais ali. – O rosto da idosa se fez misterioso. Se ela se sentia satisfeita ou aliviada, ou abalada com a fuga, ninguém jamais saberia. – Falei que eles não deveriam ir atrás dele, mas meu irmão disse que de nada adiantaria não ir; ele voltaria se eles não finalizassem a questão.

Então o grupo de guerreiros deixou o vilarejo atrás de Dente de Lontra. Como ele estava sangrando muito, não deveria ser difícil encontrá-lo.

– Eles o perseguiram ao sul. Acreditaram que o pegariam, em muitas ocasiões, mas ele era forte. Corria. Durante quatro dias, eles o seguiram, e finalmente o pegaram em um vale de álamos desfolhados na neve, com os galhos brancos como ossos.

Ela interpretou a pergunta em meus olhos e assentiu.

– Meu irmão, o chefe de guerra, estava lá, ele me disse depois. O fugitivo estava sozinho e desarmado. Não tinha chance e sabia disso. Mas ele os encarou mesmo assim, e falou. Mesmo depois de um dos homens acertá-lo na boca com um porrete, ele continuou falando com a boca sangrando, cuspindo as palavras com os dentes quebrados.

Após uma pausa, ela prossseguiu, pensativa:

– Ele era um homem corajoso. Não implorou. Disse a eles as mesmas coisas que já tinha dito antes, mas meu irmão contou que dessa vez foi diferente. Antes, ele se mostrava intenso; morrendo, estava frio como a neve, e, por serem tão frias, suas palavras aterrorizaram os guerreiros. Mesmo quando ele já estava morto na neve, suas palavras pareciam continuar soando nos ouvidos dos guerreiros. Eles se deitavam para dormir, mas a voz dele aparecia em seus sonhos e os impedia de dormir. *Vocês serão esquecidos*, dizia ele. *As nações de iroqueses não mais existirão. Ninguém contará suas histórias. Tudo o que vocês são e já foram será perdido.*

Com tristeza na voz, continuou a narrar a história:

– Eles se viraram na direção de casa, mas a voz dele os seguia. À noite, não conseguiam dormir por causa das palavras do mal em seus ouvidos. Durante o dia, ouviam gritos e sussurros vindos das árvores pelo caminho. Alguns diziam que eram apenas corvos chamando, mas outros diziam que não, que eles ouviam o desconhecido com clareza. Por fim, meu irmão disse que estava claro que aquele homem era um feiticeiro.

A idosa olhou para mim. *Je suis une sorcière*, eu dissera. Engoli em seco e levei a mão ao amuleto em meu pescoço.

– Meu irmão disse que deveríamos cortar a cabeça dele e então ele não mais falaria. Por isso, eles voltaram e cortaram a cabeça dele, e a amarraram aos galhos de um abeto. Mas, quando dormiam à noite, ainda ouviam a voz dele e acordavam com o coração em pânico. Os corvos tinham arrancado seus olhos, mas a cabeça ainda falava. Um homem muito corajoso disse que pegaria a cabeça e a enterraria muito longe.

– Ela sorriu brevemente. – Esse homem corajoso era meu marido. Ele envolveu a cabeça em um pedaço de pele de veado e partiu com ela para o sul, e a cabeça ainda falava embaixo de seu braço o tempo todo, então ele precisou colocar protetores de cera de abelha nos ouvidos. Por fim, ele viu um grande cedro-vermelho e soube que ali era o lugar, porque o cedro-vermelho tem um espírito forte de cura. Então ele enterrou a cabeça embaixo das raízes da árvore e tirou a cera dos ouvidos, e não ouviu mais nada além do vento e da água. Voltou para casa e ninguém mais disse o nome de Dente de Lontra neste vilarejo, desde aquele dia até hoje.

A menina terminou de traduzir, olhando para a avó. Evidentemente, era verdade; ela nunca tinha ouvido essa história.

Engoli em seco e tentei respirar. A fumaça havia parado de subir enquanto ela falava; acumulava-se em uma nuvem baixa, e o ar estava tomado por um perfume narcótico.

As risadas do grupo tinham diminuído. Um dos homens se levantou e, cambaleando, foi para fora. Dois outros estavam deitados ao lado do fogo, meio adormecidos.

– E isso? – perguntei, segurando a opala. – A senhora viu? Era dele?

Tewaktenyonh esticou o braço como se fosse tocar a pedra, mas recuou.

– Há uma lenda – disse a menina, sem tirar os olhos da opala – de que serpentes mágicas carregam pedras na cabeça. Se você matar uma serpente dessas e pegar a pedra, ela lhe dará grande poder. – Ela se remexeu e eu não tive dificuldade em imaginar o tamanho da serpente que conseguiria carregar uma pedra como aquela.

A senhora falou de repente, fazendo um gesto de cabeça para a pedra. A menina se sobressaltou, mas repetiu as palavras obedientemente.

– Era dele – disse. – Ele a chamava de sua *tika-ba*.

Olhei para a intérprete, mas ela balançou a cabeça.

– *Tika-ba* – disse ela, pronunciando com clareza. – Não é uma palavra em inglês?

Balancei a cabeça, negando.

A história terminou, a senhora se recostou nas peles e me observou com atenção. Olhava para o amuleto em meu pescoço.

– Por que ele falou com você? Por que ele lhe deu isso? – Com a cabeça ela indicou minha mão, e meus dedos se fecharam sobre a opala num reflexo.

– Não sei – falei, mas ela havia me pegado desprevenida. Não tive tempo de preparar meu rosto.

Ela me lançou um olhar forte. Sabia que eu estava mentindo, mas como eu poderia dizer a verdade? Dizer a ela o que Dente de Lontra – fosse qual fosse seu nome verdadeiro – tinha sido? Muito menos que suas profecias eram verdadeiras?

– Acho que talvez ele tenha sido parte da minha... família – falei por fim, pensando no que Pollyanne havia me dito a respeito dos fantasmas dos ancestrais de uma pessoa. Não havia como saber de onde, ou quando, ele havia vindo; eu acreditava que ele devia ser um ancestral ou um descendente. Se não meu, de alguém como eu.

Tewaktenyonh se endireitou ao ouvir isso e olhou para mim, surpresa. Lentamente, o olhar desapareceu, e ela assentiu.

– Ele mandou você a mim para ouvir isso. Ele estava errado – disse ela, confiante. – Meu irmão disse que não devemos falar dele; devemos permitir que ele seja esquecido. Mas um homem não é esquecido enquanto houver duas pessoas na Terra. Uma para contar a história; a outra, para ouvir. Então...

Estendeu o braço e tocou minha mão, tomando o cuidado de não tocar a pedra. O brilho em seus olhos escuros e úmidos podia ser devido à fumaça do tabaco.

– Sou uma. Você, a outra. Ele não foi esquecido.

Fez um gesto para a menina, que se levantou silenciosamente e nos trouxe comida e bebida.

Quando afinal me levantei para voltar à casa onde estávamos abrigados, olhei para o grupo que bebia. O chão estava forrado de corpos roncando e o barril, vazio, tombado para o lado. Duas Lanças estava deitado de costas, com um sorriso tranquilo marcando as rugas de seu rosto. A menina, Ian e Jamie não estavam mais ali.

Jamie estava do lado de fora, esperando por mim. Sua respiração aparecia branca no ar da noite e os cheiros de uísque e tabaco exalavam de seu tartã.

– Você parecia estar se divertindo – falei, pegando seu braço. – Algum progresso?

– Acho que sim. – Caminhamos lado a lado pela grande clareira central até a casa onde estávamos acomodados. – Foi tudo bem. Ian estava certo, ainda bem; agora que eles viram que esse pequeno *ceilidh* não causou problema nenhum, acho que talvez se disponham a negociar.

Olhei para a fileira de casas com nuvens de fumaça e o brilho do fogo vindo das saídas de fumaça e das portas. Será que Roger estava dentro de uma delas agora? Contei automaticamente, como fazia todos os dias – sete meses. O chão estava descongelando; se fizéssemos parte da viagem pelo rio, talvez pudéssemos completá-la em um mês – seis semanas, no máximo. Se partíssemos logo, teríamos tempo.

– E você, Sassenach? Parecia estar conversando muito com a senhora. Ela sabia alguma coisa sobre aquela pedra?

– Sim. Vamos entrar e eu contarei tudo.

Ele ergueu a pele na porta e eu entrei com a opala na mão. Eles não sabiam como ele a chamava, mas eu, sim. O homem chamado Dente de Lontra, que tinha vindo criar guerra, salvar uma nação, com dentes prateados. Sim, eu sabia o que era a *tika-ba*.

Sua passagem de volta não usada. Meu legado.

58

LORDE JOHN RETORNA

River Run, março de 1770

Phaedre havia trazido um vestido de Jocasta, de seda amarela, com saias grandes.

– Temos melhor companhia esta noite do que o velho sr. Cooper ou o advogado Forbes – disse Phaedre com satisfação. – Teremos conosco um *lorde* de verdade, que tal?

Ela colocou uma carga grande de tecido na cama e começou a pegar objetos, dando ordens como um sargento.

– Aqui está, tire a roupa e vista esta cinta. Você precisa de algo forte para manter a barriga contida. Ninguém além dos pobres deixa de usar espartilhos. Sua tia, se não fosse cega, faria você se vestir adequadamente há muito tempo. Muito tempo. Depois, vista as meias e as ligas; não são lindas? Sempre gostei desse par com as folhinhas. Depois disso, vamos amarrar as anáguas e então...

– Que lorde? – Brianna pegou a cinta e franziu o cenho. – Meu Deus, do que isso é feito? Ossos?

– Ahã. A srta. Jo não gosta de latão ou ferro baratos, com certeza. – Phaedre procurava algo, franzindo o cenho e murmurando para si mesma. – Onde estão as ligas?

– Não preciso delas. E quem é o lorde que está vindo?

Phaedre se ajeitou, olhando para Brianna por cima da seda amarela.

– Não precisa delas? – disse de modo reprovador. – Com uma barriga de seis meses? O que está pensando, menina? Quer jantar com um barrigão, com um lorde sentado ao lado olhando para você com seus óculos?

Brianna sorriu com aquela descrição, mas respondeu com considerável seriedade:

– Que diferença isso faria? O condado todo já sabe que estou grávida. Eu não me surpreenderia se aquele missionário... o sr. Urmstone, não é?... fizesse um sermão a respeito disso.

Phaedre riu.

– Ele fez, há dois domingos. Mickey e Drusus estavam lá, e eles acharam bem engraçado, mas sua tia, não. Ela pediu ao advogado Forbes que o processasse pela calúnia, mas o velho reverendo Urmstone disse que não era calúnia se fosse a verdade.

Brianna olhou para a criada.

– E o que ele disse sobre mim?

Phaedre balançou a cabeça e voltou a mexer nas coisas.

– Você não quer saber – disse ela, séria. – Mas de qualquer modo, independentemente de o país saber, não é a mesma coisa que você ostentar a barriga na sala de jantar e deixar o lorde sem dúvida nenhuma, então use o espartilho.

Seu tom autoritário não deixava espaço para argumentos. Brianna vestiu a roupa rígida e Phaedre a amarrou com força. Sua cintura ainda era fina, e o volume restante na frente seria facilmente disfarçado pela saia e pelas anáguas volumosas.

Olhou para seu reflexo no espelho, com a cabeça e os cabelos pretos de Phaedre perto de suas coxas enquanto a criada ajustava as meias de seda verde como achava melhor. Brianna não conseguia respirar, e ser apertada daquele modo *não seria bom* para o bebê. As faixas passavam pela frente; assim que Phaedre saísse, ela as soltaria. Que se danasse o lorde, fosse quem fosse.

– E quem é esse lorde com quem jantaremos? – perguntou pela terceira vez, entrando obedientemente nos tecidos brancos que a criada segurava para ela.

– É o lorde John William Grey, da plantação de Mount Josiah, na Virgínia. – Phaedre disse as palavras com grande cerimônia, mas parecia meio decepcionada com o nome breve e simples do lorde. Ela preferiria, e Brianna sabia bem, um lorde FitzGerald Vanlandingham Walthamstead, se pudesse escolher. – Ele é amigo do seu pai, segundo a srta. Jo – acrescentou de modo mais prosaico. – Pronto, assim está bom. A sorte é que você tem bons seios, pois este vestido é feito para eles.

Brianna esperava que isso não significasse que o vestido não cobriria seus seios; as faixas terminavam logo abaixo deles, empurrando-os para cima de modo a ficarem muito altos, como algo transbordando de uma panela. Seus mamilos a encaravam no espelho e tinham ganhado uma cor escura, como vinho de framboesa.

Mas não foi a preocupação com o que mostraria que fez com que ela não ouvisse o resto das ordens de Phaedre, e sim o casual "Ele é amigo do seu pai".

Não era uma multidão; Jocasta raramente reunia muitas pessoas. Por depender de seus ouvidos para perceber as nuances das interações sociais, ela não arriscava causar comoção. Ainda assim, havia mais pessoas ali na sala de espera do que o normal: o advogado Forbes, claro, com sua irmã solteirona, o sr. MacNeill e seu filho, o juiz Alderdyce e sua mãe, dois filhos solteiros de Farquard Campbell. Mas ninguém se parecia com o lorde de Phaedre.

Brianna sorriu com sarcasmo.

– Vamos deixar que eles vejam então – murmurou, endireitando as costas para que sua barriga ficasse protuberante à sua frente, brilhando sob a seda. Ela deu um tapinha encorajador nela. – Vamos, Osbert, sejamos sociáveis.

Sua chegada foi recebida por uma reação geral de cordialidade que a deixou levemente envergonhada do sarcasmo. Eram homens e mulheres gentis, incluindo Jocasta, e a situação, afinal, não era da conta *deles*.

Ainda assim, ela se divertiu com a expressão de choque que o juiz tentou esconder e o sorriso meigo demais de sua mãe, quando seus olhinhos marejados de papagaio perceberam a presença inquestionável de Osbert. Jocasta poderia dizer, mas a mãe do juiz disfarçaria, sem dúvida. Brianna olhou para a sra. Alderdyce sorrindo.

O rosto envelhecido do sr. MacNeill se contraiu levemente, com bom humor, mas ele fez uma reverência e perguntou sobre sua saúde sem qualquer sinal de embaraço. Quanto ao advogado Forbes, se ele havia notado algo de estranho na aparência dela, disfarçou com o véu da discrição profissional e a cumprimentou com a delicadeza de sempre.

– Ah, srta. Fraser! – disse ele. – Exatamente quem queríamos ver. A sra. Alderdyce e eu estávamos discutindo amigavelmente uma questão de estética. Você, com sua delicadeza, daria uma opinião muito importante, se permitir que eu exponha o caso. – Pegando o braço dela, levou-a tranquilamente a seu lado, para longe de MacNeill, que ergueu uma sobrancelha grossa para ela, mas não interferiu.

Ele a levou até perto da lareira, onde havia quatro caixas de madeira sobre a mesa. Tirando as tampas de modo cerimonioso, o advogado exibiu quatro joias, todas do tamanho de uma ervilha, cada uma sobre uma almofadinha de veludo azul-escuro, para destacar seu brilho.

– Penso em comprar uma dessas pedras – explicou Forbes. – Para fazer um anel. Eu as trouxe de Boston. – Sorriu para Brianna, claramente pensando que tinha vantagem na competição... e, a julgar pela cara de satisfação de MacNeill, ele tinha. – Diga, minha cara, qual você prefere? A safira, a esmeralda, o topázio ou o diamante? – Ele se virou, com o colete inflado por sua esperteza.

Pela primeira vez em sua gravidez, Brianna sentiu uma forte náusea. Ficou tonta e sem apoio, e as pontas dos dedos formigavam.

Safira, esmeralda, topázio, diamante. E o anel do pai tinha um rubi. Cinco pedras de poder, as pontas do pentagrama de um viajante, as garantias de uma passagem segura. Para quantos? Sem pensar, ela levou a mão de modo protetor à barriga.

Percebeu a armadilha para a qual Forbes acreditava que a atraía. Que ela tomasse uma decisão e ele lhe daria uma pedra ali mesmo, um pedido público que – ele pensou – faria com que ela fosse forçada a aceitá-lo de uma vez ou causaria uma cena desagradável ao rejeitá-lo totalmente. Gerald Forbes realmente não sabia nada sobre mulheres, ela pensou.

– Eu... ahn, não gostaria de dar minha opinião sem ouvir primeiro a escolha da sra. Alderdyce – disse ela, forçando um sorriso cordial e assentindo em direção à mãe do juiz, que pareceu surpresa e agradecida com tamanho respeito.

Brianna sentiu o estômago revirar e sorrateiramente passou as mãos suadas pela saia. Ali estavam, todas juntas e em um só lugar, as quatro pedras que ela pensou que demoraria uma vida inteira para encontrar.

A sra. Alderdyce batia um dedo entortado pela artrite na esmeralda, explicando sua escolha, e Brianna não prestou atenção ao que a mulher dizia. Olhou para o advogado Forbes, e seu rosto redondo ainda refletia a esperteza. Ela foi tomada por um impulso selvagem.

Se dissesse sim agora, naquela noite, enquanto ele ainda tinha todas as quatro pedras... conseguiria fazer isso? Induzi-lo, beijá-lo, enganá-lo... e então roubar as pedras?

Sim, conseguiria... e depois, o quê? Fugir para as montanhas com elas? Deixar Jocasta arrasada e a propriedade em polvorosa, fugir e se esconder como um ladrão qualquer? E como chegaria às Índias antes de o bebê nascer? Fez um cálculo, sabendo que era loucura, mas ainda assim... poderia ser feito.

As pedras brilhavam e piscavam, tentação e salvação. Todos tinham ido olhar, as cabeças abaixadas sobre a mesa, murmurando com admiração, ignorando-a temporariamente.

Ela poderia se esconder, pensou, e os passos do plano se desdobraram inevitavelmente em sua mente, mesmo que ela não quisesse. Roubar um cavalo, seguir para o vale Yadkin. Apesar da proximidade do fogo, ela estremeceu, sentindo frio ao pensar em fugir na neve do inverno. Mas sua mente não parou.

Poderia se esconder nas montanhas, na cabana dos pais, e esperar que eles voltassem com Roger. Se voltassem. Se Roger estivesse com eles. Sim, e se o bebê viesse primeiro e ela estivesse na montanha, totalmente sozinha e sem ninguém para ajudar, com nada além de um punhado de preciosidades?

Ou deveria ir de uma vez a Wilmington pegar um navio rumo às Índias? Se Jocasta estivesse certa, Roger não voltaria. Estaria ela sacrificando sua única chance de voltar esperando por um homem que estava morto – ou que, se não estivesse morto, poderia rejeitar a ela e a seu filho?

– Srta. Fraser?

O advogado Forbes esperava, tomado pela expectativa.

Ela respirou fundo, sentindo uma gota de suor escorrer entre os seios, por baixo das ligas soltas.

– São lindas, todas – disse ela, surpresa com seu modo calmo de falar. – Não poderia escolher uma delas, pois não gosto de nenhuma pedra em especial. Tenho gostos muito simples, receio.

Ela percebeu o brilho de um sorriso na expressão do sr. MacNeill e o rosto muito corado de Forbes, mas então deu as costas para as pedras com educação.

– Acho que não esperaremos o jantar – murmurou Jocasta em seu ouvido. – Se o lorde se atrasar...

Nesse momento, Ulysses apareceu à porta, elegante com sua roupa asseada, para anunciar o jantar. Com uma voz adocicada acima do burburinho, ele disse:

– Lorde John Grey, senhora. – E deu um passo para o lado.

Jocasta respirou satisfeita e tocou Brianna para que ela caminhasse em direção à figura esguia à porta.

– Ótimo. Seja a parceira dele no jantar, minha cara.

Brianna olhou para a mesa perto da lareira, mas as pedras não estavam mais lá.

Lorde John Grey foi uma surpresa. Ela já tinha ouvido a mãe falar de John Grey – soldado, diplomata, nobre – e esperava encontrar alguém alto e imponente. Mas ele era 15 centímetros mais baixo do que ela, de ossos delicados e magro, com olhos grandes e bonitos, pele clara e uma beleza quase feminina, exceto pelo queixo e a boca bem contornados.

Ele pareceu assustado ao vê-la – muitas pessoas tinham a mesma reação, intimidadas com o tamanho dela –, mas então passou a exercitar seu charme considerável, contando histórias engraçadas de suas viagens, admirando os dois quadros que Jocasta tinha pendurados na parede e espalhando a todos da mesa as notícias da situação política na Virgínia.

Ele não falou sobre o pai dela, o que a deixou contente.

Brianna ouvia as descrições que a srta. Forbes fazia da importância de seu irmão com um sorriso amarelo. Cada vez mais, ela tinha a impressão de estar se afundando em um mar de intenções gentis. Eles não podiam deixá-la em paz? Jocasta não podia esperar alguns meses?

– ... e a pequena moenda que ele acabou de adquirir, em Averasboro. Minha nossa, o homem sabe negociar, posso dizer!

Não, não podiam, ela pensou, meio desesperada. Eles não podiam deixá-la em paz. Eram escoceses, gentis mas práticos, e com convicção de sua perfeição – a mesma convicção que matara ou exilara metade deles depois da Batalha de Culloden.

Jocasta gostava dela, mas claramente havia decidido que seria tolice esperar. Por que sacrificar a chance de um casamento bom, sólido e respeitável pela esperança boba de um amor romântico?

O pior era que ela sabia que esperar era tolice. De todas as coisas nas quais vinha tentando não pensar havia semanas, essa era a pior, e ali estava, entrando em sua mente como a sombra de uma árvore morta, seca contra a neve.

Se. Se eles voltassem... se, se, SE. Se seus pais voltassem, Roger não estaria com eles. Ela sabia disso. Eles não encontrariam os índios que o haviam levado. Como poderiam, em uma mata sem trilhas, com neve e lama? Ou encontrariam os índios e descobririam que Roger estava morto... devido a ferimentos, doenças, tortura.

Ou ele seria encontrado vivo e se recusaria a voltar, não desejaria vê-la de novo. Ou voltaria com aquela ideia maluca de honra escocesa, determinado a tê-la, mas odiando-a por isso. Ou voltaria, veria o bebê e...

Ou nenhum deles voltaria. *Vou trazê-lo de volta para você ou eu mesmo não voltarei.* E ela viveria ali sozinha para sempre, afogada nas ondas da própria culpa, o corpo inchado pelas boas intenções, ancorado por um cordão umbilical ao filho cujo peso morto a havia puxado para baixo.

– Srta. Fraser! Srta. Fraser, está bem?

– Não muito, não – disse ela. – Acho que vou desmaiar. – E desmaiou, sacudindo a mesa com um baque quando caiu para a frente em um mar revolto de porcelana e linho branco.

A maré havia mudado de novo, ela pensou. Foi tomada por uma inundação de gentileza enquanto as pessoas andavam de um lado para outro, trazendo bebidas quentes e um apoio para os seus pés, e a sentaram aquecida no sofá da pequena sala, com um travesseiro na cabeça e sais no nariz, e um xale grosso sobre as pernas.

Finalmente eles se foram. Ela queria ficar sozinha. E, agora que sabia a verdade em sua mente, poderia chorar por todas as perdas, pelo pai e pelo namorado, pela família e pela mãe, pela perda do tempo e do lugar e por tudo que ela poderia ter sido e nunca seria.

Mas não conseguiu.

Tentou. Tentou retomar a sensação de terror que sentira na sala de estar, sozinha no meio da multidão. Mas agora que de fato estava sozinha, paradoxalmente, ela não sentia mais medo. Uma das escravas da casa deu uma espiada, mas ela balançou a mão, mandando a garota embora.

Bem, ela também era escocesa...

– Bem, meio – murmurou, levando a mão à barriga, e tinha direito de ser teimosa. Eles *voltariam*. Todos eles: a mãe, o pai, Roger. Parecia que aquela convicção era feita de penas, e não de ferro... mas era dela. E ela se prendia a ela como se fosse uma tábua de salvação, até que fosse arrancada dela e se afogasse.

A porta da sala se abriu, mostrando a figura alta e esguia de Jocasta contra o corredor iluminado.

– Brianna? – O rosto ovalado e pálido se virou para o sofá; será que ela adivinhara onde eles a haviam colocado ou conseguia ouvir a respiração de Brianna?

– Estou aqui, tia.

Jocasta entrou na sala, seguida por lorde John, com Ulysses trazendo uma bandeja de chá logo atrás.

– Como você está, menina? Acha melhor eu chamar o dr. Fentiman? – Ela franziu o cenho, pousando a mão sobre a testa da sobrinha.

– Não! – Brianna havia conhecido o dr. Fentiman, um homem baixinho e de mão suada que acreditava piamente em soda cáustica e sanguessugas; só de vê-lo, ela estremecia. – Ahn... não. Obrigada, mas estou bem; só me senti mal por um momento.

– Ah, que bom. – Jocasta virou os olhos cegos para lorde John. – O lorde vai para Wilmington de manhã; ele gostaria de se despedir, se você estiver bem.

– Sim, claro. – Ela se sentou, apoiando os pés no chão. Então o lorde não ficaria por muito tempo; isso seria uma decepção para Jocasta, não para Brianna. Mas, ainda assim, ela poderia ser educada por um momento.

Ulysses pousou a bandeja e saiu com passos suaves atrás de sua tia, deixando os dois sozinhos.

Ele puxou um banquinho bordado e se sentou, sem esperar convite.

– Está bem mesmo, srta. Fraser? – Não quero vê-la prostrada entre as xícaras de chá. – Ele esboçou um sorriso, e ela corou.

– Estou bem – disse ela rapidamente. – O senhor tinha alguma coisa para me dizer?

Ele não se surpreendeu com sua brusquidão.

– Sim, mas pensei que preferiria que eu não comentasse na frente das pessoas. Sei que está interessada em saber do paradeiro de um homem chamado Roger Wakefield.

Ela estava se sentindo bem; quando ele disse aquilo, a onda de tontura ameaçou voltar.

– Sim. Como sabe... sabe onde ele está?

– Não. – Ele viu o rosto dela mudar e segurou sua mão. – Não, sinto muito. Seu pai havia escrito para mim, há cerca de três meses, pedindo ajuda para encontrar esse homem. Ele pensou que, se o sr. Wakefield estivesse nos portos, poderia ter sido levado por uma gangue, e assim, agora estaria no mar em um dos navios de Sua Majestade. Perguntou se eu podia conversar com meus conhecidos nos círculos navais para saber se o sr. Wakefield havia passado por isso.

Ela voltou a se sentir tonta, dessa vez também tomada pelo remorso, quando percebeu até onde seu pai tinha ido para tentar encontrar Roger para ela.

– Ele não está em um navio.

Ele pareceu surpreso com o tom de certeza dela.

– Não encontrei evidências da passagem dele entre Jamestown e Charleston. Ainda assim, existe a possibilidade de ele ter sido levado à noite, e, nesse caso, sua presença na tripulação só seria registrada quando o navio chegasse ao porto. É por isso que viajarei amanhã para Wilmington, para fazer perguntas...

– Não precisa. Sei onde ele está. – Com o mínimo de palavras, ela repassou para ele os fatos básicos.

– Jamie... seu pai, ou melhor, seus pais... foram resgatar o homem dos iroqueses? – Aparentemente abalado, ele se virou e serviu duas xícaras de chá, entregando uma a ela sem perguntar se ela queria.

Ela a segurou entre as mãos, encontrando conforto no calor, e um conforto maior em poder falar francamente com lorde John.

– Sim, eu queria ir com eles, mas...

– Sim, compreendo. – Ele olhou para a barriga dela e tossiu. – Percebo que há certa urgência em encontrar o sr. Wakefield.

Ela riu, apesar da tristeza.

– Posso esperar. Posso dizer uma coisa, lorde John? Já ouviu falar sobre *handfasting*?

Ele franziu as sobrancelhas claras momentaneamente.

– Sim – disse ele lentamente. – Um costume escocês de casamento temporário, não é?

– Sim. O que queria saber é se é legal aqui.

Ele passou a mão no rosto, pensando. Ou ele havia se barbeado recentemente, ou tinha pouca barba; estava tarde, mas a barba não aparecia em seu rosto.

– Não sei – disse ele por fim. – Nunca vi essa questão de acordo com a lei. Mas qualquer casal que viva junto como homem e mulher é considerado casado, pela lei. Acredito que o *handfasting* entre nessa categoria, não?

– Pode ser que sim, mas não estamos vivendo juntos – disse Brianna. Suspirou. – *Eu* acho que estou casada, mas minha tia, não. Continua dizendo que Roger não voltará, ou que, se voltar, ainda não estou juridicamente unida a ele. Até mesmo pelos costumes escoceses, não estou casada. Ela quer escolher um marido para mim... e nossa! Como está tentando! Pensei que o senhor fosse o mais novo candidato quando apareceu.

Lorde John pareceu se divertir com a ideia.

– Ah, isso explicaria o arranjo feito no jantar. Percebi aquele cavalheiro esforçado... Alderdyce? Um juiz? Ele parecia interessado em lhe dar mais atenção do que seria normal.

– Como se isso fosse bom para ele. – Brianna riu um pouco. – O senhor deveria ter visto os olhares que a sra. Alderdyce lançava a mim durante todo o jantar. Ela não vai permitir que seu cordeirinho... meu Deus, ele deve ter 40 anos... se case com a prostituta da Babilônia. Ficaria surpresa se ela permitisse que ele voltasse a pisar aqui. – Levou a mão à barriga. – Acho que cuidei para que isso não aconteça.

Com uma sobrancelha erguida, Grey sorriu com sarcasmo. Pousou a xícara de chá na bandeja e pegou o decantador de xerez e um copo.

– Ahn? Bem, apesar de admirar a coragem de sua estratégia, srta. Fraser... posso chamá-la de "minha cara?", sinto informar que suas táticas não são adequadas ao terreno no qual decidiu aplicá-las.

– O que quer dizer com isso?

Ele se recostou na cadeira, o copo na mão, observando-a com gentileza.

– A sra. Alderdyce. Por não ser cego, apesar de não ser nem de perto tão astuto quanto sua tia, eu vi que ela a observava. Mas você não entendeu a natureza de sua observação. – Ele balançou a cabeça, olhando para ela por cima da borda do copo enquanto bebericava. – Não era o olhar do respeito desfeito, de jeito nenhum. Era cobiça de avó.

Brianna se endireitou.

– O quê?

– Cobiça de avó – repetiu ele. Sentou-se e virou o copo, despejando o líquido dourado cuidadosamente. – Você sabe como é, o desejo urgente de uma senhora de ter netos em seu colo, de mimá-los com doces, deseducá-los, geralmente.

Levou o copo ao nariz e, com reverência, sentiu o aroma.

– Ah, ambrosia. Há dois anos, pelo menos, não bebo um xerez decente.

– O que... o senhor acha que a sra. Alderdyce acha que eu... eu quero dizer, porque mostrei que estou... que posso ter filhos, que ela tem certeza de que poderá conseguir netos por mim mais tarde? Que ridículo! O juiz poderia escolher qualquer moça mais saudável... de bom caráter – acrescentou, com amargura –, e certamente teria filhos com ela.

Ele tomou um gole, deixou a bebida atravessar sua língua e engoliu, aproveitando o resto do gosto antes de responder.

– Bem, não. Acho que ela sabe que ele não poderia. Ou não teria. Não faz diferença. – Ele olhou para ela diretamente, sem piscar os olhos azul-claros. – Você mesma disse, ele tem 40 anos e não se casou.

– Quer dizer que ele... mas ele é um juiz! – Assim que disse aquilo, percebeu como o comentário era idiota e tapou a boca com a mão, corando muito. Lorde John riu, ainda que com um pouco de sarcasmo.

– Mas você está certa; ele poderia escolher qualquer moça da região. Se ele decidiu não escolher... – Fez uma pausa delicada e então ergueu o copo a ela num brinde irônico. – Acredito que a sra. Alderdyce percebeu que o casamento de seu filho com você é o melhor que pode esperar, se não a *única* coisa a esperar, para ter um neto que deseja com tanto fervor.

– Inferno! – Ela não conseguia acertar, pensou com desespero. – Não importa o que faço. Estou fadada. Eles me casarão com *alguém*, não importa o que eu faça!

– Perdoe-me, mas duvido – disse ele. Sorriu de lado, com certa dificuldade. – Pelo que observei, você tem a força da sua mãe e o senso de honra do seu pai. De qualquer modo, você conseguiria se livrar de tal armadilha.

– Não fale comigo a respeito da honra do meu pai. Foi ele quem me colocou nesta confusão!

Ele olhou para a cintura dela com ironia.

– Você me deixa chocado – disse ele educadamente, sem aparentar choque.

Ela sentiu o sangue subir para seu rosto mais uma vez, mais quente do que antes.

– Sabe perfeitamente bem que não é o que quero dizer!

Ele escondeu um sorriso atrás do copo de xerez, estreitando os olhos.

– Peço desculpas, srta. Fraser. O que quis dizer, então?

Ela tomou um gole de chá para disfarçar sua confusão e sentiu o calor reconfortante descer pela garganta e pelo peito.

– Quero dizer – disse ela entre dentes – *nesta* confusão: ser colocada à mostra como se fosse uma peça de traços duvidosos. Ser erguida pelo pescoço como se fosse um gatinho órfão, na esperança de que alguém me aceite! Ser... ser deixada sozinha aqui, para começo de conversa – terminou, com a voz inesperadamente trêmula.

– Por que está sozinha aqui? – perguntou lorde John, delicadamente. – Pensei que sua mãe poderia...

– Ela queria ficar. Eu não deixei. Porque ela tinha que... ou melhor, ele... ah, é uma *confusão* maldita! – Ela abaixou a cabeça nas mãos e olhou para a mesa; não chorou, mas não faltava muito.

– Entendo. – Lorde John se inclinou para a frente e colocou o copo vazio de volta na bandeja. – É muito tarde, minha cara, e, se me perdoa dizer, você precisa descansar.

Ele se levantou e pousou a mão em seu ombro com delicadeza; estranhamente, pareceu um gesto apenas amigável, e não condescendente, como poderia ter sido o de outro homem.

– Parece que minha viagem a Wilmington se faz desnecessária. Acho que aceitarei o convite gentil de sua tia para permanecer aqui por um tempo. Conversaremos de novo e veremos se há pelo menos um paliativo para sua situação.

59

CHANTAGEM

O vaso sanitário era lindo, uma bela peça de imbuia lisa e entalhada que misturava beleza e conveniência. Especialmente conveniente em uma noite fria e chuvosa como aquela. Ela se atrapalhou com a tampa no escuro, iluminada pelas luzes que vinham da janela, e então se sentou, suspirando de alívio conforme a pressão em sua bexiga diminuía.

Evidentemente feliz com o espaço interno adicional oferecido, Osbert realizou uma série de cambalhotas preguiçosas, fazendo a barriga dela ondular em vagas fantasmagóricas por baixo da camisa de flanela branca. Levantou-se lentamente – fazia quase tudo lentamente nos últimos tempos –, sentindo-se agradavelmente dopada de sono.

Parou perto da cama desarrumada, olhando para a beleza dos montes e para as árvores molhadas pela chuva. O vidro da janela estava gelado ao toque, as nuvens rolavam pelas montanhas, carregadas, e os trovões rosnavam. Não estava nevando, mas era uma noite muito fria.

E como estaria nas montanhas nesse momento? Será que eles tinham chegado ao vilarejo onde seriam abrigados? Teriam encontrado Roger? Ela estremeceu sem querer, embora as brasas ainda ardessem na lareira e o quarto estivesse aquecido. Sentiu uma vontade irresistível de voltar para a cama com sua promessa de calor e, ainda mais, de sonhos nos quais ela pudesse escapar da perturbação crônica do medo e da culpa.

Mas se virou para a porta e pegou a capa pendurada no gancho atrás dela. A urgência da gravidez podia fazer com que ela precisasse usar o vaso em seu quarto, mas estava decidida a não permitir que nenhum escravo carregasse um penico para ela – não enquanto pudesse caminhar. Envolveu-se com a capa, pegou o receptáculo de peltre com tampa do armário e foi em silêncio para o corredor.

Era muito tarde; todas as velas tinham sido apagadas e o cheiro das lareiras apagadas se espalhava pela escada, mas ela conseguia ver com clareza graças à luz dos raios enquanto descia os degraus. A porta da cozinha estava destrancada, um ato de descuido pelo qual agradeceu ao cozinheiro; não teria que fazer barulho esforçando-se para abrir a trava pesada com apenas uma das mãos.

A chuva congelante molhou seu rosto e passou por baixo da barra de sua camisola, fazendo-a puxar o ar, assustada. Quando o choque inicial do frio passou, ela começou a aproveitar; sua violência era deliciosa, o vento estava forte o bastante para erguer sua capa de tal modo que ela se sentiu leve pela primeira vez em meses.

Andou depressa para o lavatório, enxaguou o penico na água da chuva que escorria das calhas e então ficou de pé no quintal cimentado, deixando o ar fresco soprar em seu rosto e molhar as faces com a chuva. Não sabia se isso era expiação ou exultação – uma necessidade de dividir o desconforto que seus pais podiam estar sentindo ou um ritual mais pagão, uma necessidade de se entregar à ferocidade dos elementos. Fosse uma coisa ou as duas, ela se colocou embaixo da água que escorria da calha e deixou-a bater em seu couro cabeludo e molhar os cabelos e ombros.

Puxando o ar e sacudindo a água dos cabelos como um cão, deu um passo para trás – e parou ao ver um flash de luz repentino. Não era um raio, mas um feixe constante que brilhou por um momento e então desapareceu.

Uma porta do quarto dos escravos se abriu por um momento e logo se fechou. Alguém estava vindo? Sim, ela conseguiu ouvir os passos no chão de pedras e deu mais um passo de volta às sombras, porque a última coisa que queria era explicar o que estava fazendo ali fora.

A luz de um raio mostrou com clareza quando ele passou, e ela sentiu que o conhecia. Lorde John Grey, correndo em mangas de camisa e com a cabeça desprotegida, os cabelos claros soltos e soprando ao vento, evidentemente alheio ao frio e à chuva. Passou sem vê-la e desapareceu embaixo do toldo da cozinha.

Ao perceber que corria o risco de ser trancada do lado de fora, ela correu atrás dele, desajeitada, mas ainda depressa. Ele estava fechando a porta quando ela bateu nela com o ombro. Entrou com tudo na cozinha e parou ali, pingando, e lorde John arregalou os olhos para ela, incrédulo.

– Bela noite para um passeio – disse ele, meio sem fôlego. – Não acha? – Ela afastou os cabelos molhados do rosto e, com um meneio de cabeça cordial, passou por ele e subiu a escada, seus pés descalços deixando pegadas em meia-lua na madeira escura e polida. Ela ficou atenta, mas não ouviu passos atrás dela ao chegar a seu quarto.

Deixou a capa e o vestido espalhados diante da lareira para secar e, depois de passar a toalha pelos cabelos e pelo rosto, subiu na cama, nua. Tremia, mas sentir os lençóis de algodão na pele nua foi ótimo. Espreguiçou-se, mexendo os dedos, e então rolou para o lado, encolhendo-se em seu centro de gravidade, deixando o calor constante de dentro sair e gradualmente chegar à pele, formando um pequeno casulo de calor ao redor dela.

Repassou a cena mais uma vez na lembrança e, aos poucos, os pensamentos sombrios que estavam tomando sua mente havia dias se reuniram de modo racional.

Lorde John sempre a tratava com atenção e respeito – normalmente, com diversão ou admiração –, mas alguma coisa estava faltando. Ela não havia conseguido identificar – durante um tempo, nem sequer teve consciência disso –, mas agora sabia o que era, sem dúvida.

Estava acostumada, assim como a maioria das mulheres bonitas, à admiração descarada dos homens, e isso ela também recebia de lorde John. Mas, por baixo de tal admiração, costumava haver uma consciência mais profunda, mais sutil do que um olhar ou gesto, uma vibração como o toque distante de um sino, a consciência visceral de sua condição de mulher. Ela pensou ter sentido isso vindo de lorde John quando se conheceram, mas havia sumido em encontros subsequentes e ela havia concluído que devia ter se enganado a princípio.

Deveria ter percebido antes, pensou; ela já tinha visto essa indiferença antes, uma vez, no colega de quarto de um namorado. Mas lorde John disfarçava muito bem; talvez nunca tivesse percebido, não fosse por aquele encontro casual no jardim. Não, ele não se interessava por ela. Mas, quando saiu dos aposentos dos servos, estava em chamas.

Ela se perguntou brevemente se o pai sabia, mas afastou a possibilidade. Depois de suas experiências na prisão de Wentworth, ele não poderia manter como amigo pessoal um homem com tal preferência, como ela sabia ser o caso com lorde John.

Deitou-se de costas. O algodão liso dos lençóis roçou a pele nua dos seios e das coxas. Ela percebeu a sensação e, quando seus mamilos endureceram, ergueu a mão para envolver um seio num reflexo, sentindo a mão quente e grande de Roger na lembrança e uma onda repentina de desejo. Então, na lembrança, ela também sentiu o toque repentino de mãos mais ásperas, apertando e pressionando, e o desejo se transformou em fúria, em nojo. Virou-se de bruços, os braços cruzados à frente dos seios e o rosto enterrado no travesseiro, pernas trancadas e dentes rilhando numa defesa inútil.

O bebê era um volume grande e desconfortável; impossível se deitar daquele modo agora. Xingando baixinho, rolou, saiu da cama e ficou de pé de novo perto da janela, olhando para a chuva que caía. Os cabelos estavam úmidos nas costas e o frio entrava pelo vidro, atingindo a pele clara dos braços, coxas e barriga. Não tentou se cobrir nem voltar para a cama, mas ficou ali, a mão na barriga com delicadeza, olhando para fora.

Em pouco tempo, seria tarde demais. Ela já sabia, quando eles partiram, que era tarde demais – sua mãe também soubera. Mas nenhuma quis admitir isso à outra; as duas tinham fingido que Roger voltaria a tempo, que ele e ela navegariam até Hispaniola e encontrariam o caminho de volta pelas pedras... juntos.

Pousou a outra mão no vidro; rapidamente uma névoa de condensação subiu, contornando seus dedos. Era início de março; talvez tivesse mais três meses, talvez menos. Demoraria uma semana, talvez duas, para viajar até a costa. Mas nenhum navio arriscaria a perigosa travessia em março. Seria início de abril, na melhor das hipóteses, quando a viagem pudesse ser feita. Quanto tempo até as Índias? Duas semanas, três?

Final de abril, então. E alguns dias para percorrer a ilha, encontrar a caverna; seria demorado passar pela floresta com mais de oito meses de gravidez. E perigoso, ainda que não importasse muito, pensando bem.

Assim seria se Roger chegasse agora. Mas ele não estava ali. Talvez nunca chegasse, apesar de essa ser uma possibilidade na qual ela relutava em pensar. Se não pensasse em todos os modos pelos quais ele poderia morrer, não morreria; era assim que sua teimosa fé funcionava. E, para ela, ele ainda não estava morto e sua mãe voltaria antes do nascimento do bebê. Quanto a seu pai... A ira ferveu de novo, como sempre acontecia quando ela pensava nele, nele ou em Bonnet, então ela tentava pensar nos dois o mínimo possível.

Ela rezava, claro, com fervor, mas não tinha sido feita para rezar nem para esperar; tinha sido feita para agir. Se ao menos pudesse ter ido com eles para encontrar Roger!

Mas não tivera escolha nisso. Cerrou a mandíbula e estendeu a mão sobre a barriga. Não tivera escolha em muitas questões. Mas fizera uma: ter seu filho, e agora teria que enfrentar as consequências disso.

Começou a tremer. Abruptamente, deu as costas para a tempestade e se aproximou do fogo. Uma pequena labareda brincava na parte de trás de uma acha de lenha escurecida e o centro das brasas brilhava dourado e branco.

Sentou-se no tapete em frente à lareira, fechando os olhos enquanto o calor enviava ondas de conforto sobre sua pele fria, acariciando-a como o toque de uma mão. Dessa vez manteve afastadas as lembranças de Bonnet, recusando que ele entrasse em sua mente, concentrando-se nas poucas lembranças boas que tinha de Roger.

...sinta meu coração. Diga se ele parar... Ela conseguia ouvi-lo, meio sem fôlego, meio engasgado entre o riso e a paixão.

E como diabos você pode saber? Os pelos encaracolados sob as palmas de suas mãos, as curvas rígidas e macias dos ombros dele, o pulsar na lateral do pescoço quando ela o havia colocado na boca, querendo, com seu desejo, mordê-lo, sentir seu gosto, respirar o sal e a poeira da sua pele.

Os pontos escuros e secretos dele, que ela conhecia apenas pelo toque, relembrados como um peso suave, livre e vulnerável em sua mão, uma complexidade de curva e profundidade que se rendeu com relutância às pontas de seus dedos exploradores (*Ah, meu Deus, não pare, mas tome cuidado, sim? Oh!*), a seda enrugada que se tornava rígida e lisa, tomando sua mão, silenciosa e incrível como o caule de uma flor que se abre à noite enquanto você observa.

A delicadeza dele ao tocá-la (*Nossa, eu gostaria de poder ver seu rosto, saber como está sendo para você, se estou fazendo direito. Está bom aqui? Diga, Bree, fale comigo...*) enquanto ela o explorava, e então o momento quando ela o excitou demais, com a boca em seu mamilo. Sentiu de novo o poder repentino dele, quando perdeu todo o controle e a segurou, erguendo-a como se ela não pesasse nada, deitou-a de costas na palha e olhou para ela, meio hesitante enquanto se lembrava de sua pele, e então respondendo à demanda de suas unhas nas costas dele para que viesse a ela, forçando-a além do medo, para a aceitação, e finalmente sendo tomada por uma sensação que se igualava à dele, rompendo a última membrana de reticência entre os dois, unindo-os para sempre em uma mistura de suor, sangue e sêmen.

Ela gemeu alto, estremeceu e permaneceu parada, fraca demais até para afastar a mão. Seu coração batia com força, mas lentamente. A barriga estava dura como um tambor, e os últimos espasmos aos poucos relaxaram o ventre inchado. Metade de seu corpo estava tomada pelo fogo e a outra metade estava fria e escura.

Depois de um momento, rolou, apoiou-se nas mãos e nos joelhos e se afastou do fogo. Jogou-se na cama como um animal ferido e ficou ali meio chocada, ignorando as correntes de calor e de frio que passavam por ela.

Por fim se mexeu, puxou um cobertor sobre o corpo e ficou deitada olhando para a parede, as mãos cruzadas em proteção sobre o bebê. Sim, era tarde demais. A sensação e o desejo tinham que ser deixados de lado, assim como o amor e a raiva. Deveria resistir à força irracional do corpo e da emoção. Havia decisões a serem tomadas.

Foram necessários três dias para que se convencesse de seu plano, para superar os próprios escrúpulos e, finalmente, conseguir um horário e um lugar adequados para pegá-lo sozinho. Mas ela era detalhista e paciente; tinha todo o tempo do mundo – quase três meses.

Na terça-feira, sua oportunidade chegou, finalmente. Jocasta estava fechada no escritório com Duncan Innes e os livros de contabilidade, Ulysses – com um olhar breve e indecifrável para a porta fechada do escritório – tinha ido à cozinha supervisionar a preparação de mais um jantar em homenagem ao lorde, e ela havia se livrado de Phaedre mandando-a de cavalo a Barra Meadows buscar um livro que Jenny Campbell lhe havia prometido.

Com um vestido azul que combinava com seus olhos, e um coração que batia em seu peito como um martelo, partiu para atacar sua vítima. Encontrou-o na biblioteca, lendo *Meditações*, de Marco Aurélio, perto das janelas francesas, e o sol da manhã iluminava seus ombros, fazendo os cabelos claros brilharem como caramelo.

Ele levantou o olhar do livro quando ela entrou – um hipopótamo teria entrado de modo mais gracioso, ela pensou contrariada, pois sua saia se prendeu na ponta de uma mesa de canto, afinal, ela estava nervosa – e o deixou de lado, levantando-se para cumprimentá-la com uma reverência.

– Não, não quero me sentar, obrigada. – Ela balançou a cabeça para a cadeira que ele lhe oferecia. – Estava pensando... ou melhor, pensei em sair para caminhar. Gostaria de ir comigo?

Havia gelo na madeira mais baixa da porta francesa e uma brisa fria soprava pela casa, pelas cadeiras, pelos móveis e pela lareira ali dentro. Mas lorde John era um cavalheiro.

– Não há nada de que eu gostaria mais – disse ele, com cavalheirismo, e deixou a leitura sem hesitação.

O dia estava claro, mas muito frio. Agasalhados com capas grossas, eles entraram no jardim da cozinha, onde as paredes altas os protegiam do vento, de certo modo. Trocaram comentários simples a respeito da luz do dia, disseram um ao outro que não sentiam frio e passaram por um pequeno arco que dava para o herbário de paredes grossas. Brianna olhou ao redor; estavam sozinhos, e ela conseguiria ver qualquer um que se aproximasse. Então era melhor não perder tempo.

– Tenho uma proposta a fazer – disse ela.

– Tenho certeza de que qualquer ideia sua deve ser incrível, minha cara – disse ele, sorrindo levemente.

– Bem, não sei – redarguiu ela, e respirou fundo. – Mas aqui vai. Quero que você se case comigo.

Ele continuou sorrindo, evidentemente esperando a risada.

– Estou falando sério – disse ela.

O sorriso não foi embora totalmente, mas se alterou. Ela não sabia ao certo se ele estava abismado com a ousadia ou só tentando não rir, mas suspeitava ser o segundo caso.

– Não quero nada do seu dinheiro – disse ela. – Assinarei um papel dizendo isso. E você também não precisa viver comigo, ainda que provavelmente seja uma boa ideia eu ir à Virgínia com você, pelo menos por um tempo. Quanto ao que eu posso fazer por você... – Ela hesitou, sabendo ser o lado fraco da negociação. – Sou forte, mas isso não quer dizer muito para você, já que tem servos. Mas sou uma boa administradora. Posso cuidar da contabilidade, e acho que sei como administrar uma fazenda. E sei construir coisas. Poderia administrar sua propriedade na Virgínia enquanto você estivesse na Inglaterra. E... você tem um filho pequeno, não tem? Cuidarei dele, serei uma boa mãe para ele.

Lorde John havia parado no caminho enquanto ela falava. Agora se inclinava lentamente contra a parede de tijolos, olhando para cima em uma oração silenciosa pedindo compreensão.

– Meu Deus do céu – disse ele. – Vivi para ouvir uma oferta assim! – Então abaixou a cabeça e lançou a ela um olhar direto e penetrante. – Está maluca?

– Não – disse ela, tentando manter a compostura. – É uma sugestão perfeitamente razoável.

– Eu soube – disse ele com cuidado, olhando para a barriga dela – que as gestantes são um pouco... sensíveis, devido a seu estado. Confesso, no entanto, que minha experiência é incrivelmente limitada no que diz respeito a... ou melhor, talvez eu devesse chamar o dr. Fentiman?

Ela endireitou a postura, apoiou a mão na parede e se inclinou para ele, olhando-o de cima, ameaçando-o com seu tamanho.

– Não, não deveria – disse ela, controlando as palavras. – Ouça bem, lorde John. Não estou maluca, não sou frívola e não pretendo ser inconveniente, porém estou falando extremamente sério.

O frio havia avermelhado a pele clara dele e uma gota de suor brilhava na ponta de seu nariz. Ele a afastou com a dobra da capa, olhando-a com uma mistura de interesse e horror. Pelo menos, ele havia parado de rir.

Brianna se sentiu um pouco enjoada, mas teria que fazer isso. Esperava que pudesse ser evitado, mas parecia não haver outra maneira.

– Se não concordar em se casar comigo, vou expô-lo – disse.

– Vai fazer o quê? – Sua expressão normalmente tranquila desapareceu, deixando a confusão e a indignação em seu lugar.

Ela usava luvas de lã, mas seus dedos pareciam congelados. Assim como todo o corpo, exceto o volume quente de seu filho.

– Sei o que você estava fazendo na noite passada, no aposento dos escravos. Contarei a todo mundo: a minha tia, ao sr. Campbell, ao xerife. Escreverei cartas – disse ela, os lábios parecendo adormecidos enquanto fazia a ameaça absurda. – Ao governador, e ao governador da Virgínia. Eles expõem pederastas aqui; o sr. Campbell me contou.

Ele franziu o cenho; as sobrancelhas eram tão claras que mal apareciam em sua pele quando ficou de pé sob a luz clara. Pareciam as sobrancelhas de Lizzie.

– Afaste-se de mim, por favor.

Segurou o braço dela e o puxou para baixo com uma força que a surpreendeu. Ele era pequeno, mas muito mais forte do que ela pensara, e, pela primeira vez, ela sentiu medo do que estava fazendo.

Ele a segurou com firmeza pelo cotovelo e fez com que caminhasse para longe da casa. Ela pensou que talvez ele quisesse levá-la ao rio, fora da vista, para tentar afogá-la. Pensou que seria improvável, mas resistiu à direção em que ele a levava e se virou para o caminho de ladrilhos quadrados do jardim da cozinha.

Lorde John não hesitou e foi com ela, ainda que isso significasse andar contra o vento. Só falou quando eles se viraram de novo e chegaram a um canto protegido perto da plantação de cebolas.

– Estou um pouco tentado a aceitar sua proposta indecente – disse ele finalmente, com os cantos dos lábios tremendo, e ela não sabia se aquilo se devia à fúria ou à diversão. – Certamente isso agradaria a sua tia. Irritaria sua mãe. E ensinaria *você* a não brincar com fogo, eu garanto.

Ela viu um brilho nos olhos dele que lhe deixou dúvidas a respeito de suas conclusões em relação às preferências dele. Ela se afastou um pouco.

– Ah, eu não tinha pensado nisso, que você poderia... homens e mulheres, quero dizer.

– Eu *fui* casado – disse ele com certo sarcasmo.

– Sim, mas eu pensei que provavelmente fosse o mesmo tipo de coisa que estou sugerindo agora, apenas um acordo formal, quero dizer. Foi o que me fez pensar no casamento, para começo de conversa, quando percebi que você... – Ela parou de falar com um gesto impaciente. – Está me dizendo que gosta de ir para a cama com mulheres?

Ele ergueu uma sobrancelha.

– Isso faria grande diferença em seus planos?

– Bem... – disse ela com incerteza. – Sim, sim, faria. Se eu soubesse disso, não teria sugerido.

– "Sugerido", ela diz – murmurou ele. – Denúncia pública? Exposição? *Sugerido*?

O sangue subiu e corou o rosto dela, e ela ficou surpresa ao ver que o ar não se transformava em vapor ao redor das faces.

– Sinto muito – disse ela. – Eu não teria feito isso. Tem que acreditar em mim, eu não teria dito nada a ninguém. É que, quando você riu, pensei... bem, não importa. Se quisesse dormir comigo, eu não poderia me casar com você... não seria certo.

Ele fechou os olhos com força e os manteve assim por um minuto. Então abriu um dos olhos azuis e a fitou.

– Por que não? – perguntou.

– Por causa de Roger – disse ela, e ficou furiosa por ouvir a voz se embargar ao dizer o nome dele. Ainda mais furiosa quando sentiu uma lágrima escorrer por seu rosto. – Droga! – disse ela. – Que inferno! Eu nem queria *pensar* nele!

Secou a lágrima com raiva e cerrou a mandíbula.

– Talvez esteja certo – disse ela. – Talvez seja o fato de estar grávida. Choro o tempo todo, por nada.

– Duvido que seja por nada – disse ele em tom sério.

Ela respirou fundo, o ar frio entrando em seu peito. Havia mais uma carta na mesa, então.

– Se você gosta de mulheres... eu não poderia... quero dizer, não quero dormir com você regularmente. E eu não me importaria se você dormisse com outra pessoa, homem ou mulher...

– Agradeço por isso – disse ele, mas ela o ignorou, tomada apenas pela necessidade de dizer tudo.

– Mas entendo que você possa querer um filho de seu sangue. Não seria certo que eu o privasse disso. Posso lhe dar isso, acho. – Ela olhou para a própria barriga, os braços cruzados sobre ela. – Todo mundo diz que nasci para ter filhos – continuou com firmeza, olhando para o chão. – Eu... conseguiria até engravidar de novo. Você teria que incluir isso no contrato também... o sr. Campbell poderia redigi-lo.

Lorde John massageou a testa, evidentemente sofrendo o ataque de uma dor de cabeça muito forte. Então abaixou a mão e segurou o braço dela.

– Venha e sente-se, menina – disse baixinho. – É melhor me contar que diabo está armando.

Ela respirou fundo para firmar a voz.

– Não sou uma menina – disse.

Ele a fitou e pareceu mudar de ideia a respeito de algo.

– Não, não é... que Deus nos ajude. Mas, antes de causar uma apoplexia em Farquard Campbell com sua ideia de um contrato de casamento adequado, imploro que se sente comigo por um momento e compartilhe as ideias do seu incrível cérebro.

Passou com ela pelo arco em direção ao jardim decorado, onde ficariam fora da vista das pessoas da casa. O jardim estava sombrio, mas organizado. Todas as plantas mortas do ano anterior tinham sido arrancadas e caules secos cortados se espalhavam pelos canteiros. Apenas no canteiro circular ao redor da fonte seca havia sinais de vida: crocos verdes apareciam como pequenas agulhas, vívidos e intransigentes.

Sentaram-se, mas ela não conseguiu permanecer sentada. Não conseguiu encará-lo. Ele se levantou com ela e caminhou ao seu lado, sem tocá-la, mas mantendo o ritmo, o vento soprando os fios de cabelos louros em seu rosto, e se manteve calado, apenas ouvindo enquanto ela contava quase tudo.

– Então tenho pensado, e pensado – terminou ela. – E não chego a lugar nenhum. Consegue entender? Minha mãe e... meu Pa, eles estão por aí, em algum lugar... – Balançou a mão em direção às montanhas distantes. – Qualquer coisa poderia acontecer com eles... qualquer coisa pode ter acontecido com Roger. E aqui estou eu, sentada, cada vez maior, sem poder fazer nada!

Olhou para ele e passou as costas da mão enluvada embaixo do nariz que escorria.

– Não estou chorando – disse ela, mas estava, sim.

– Claro que não – disse ele. Pegou sua mão e a pousou em seu braço. – Ao redor, ao redor. – Ele olhava para o chão de piso maluco enquanto davam a volta na fonte.

– Sim, ao redor e ao redor da roseira – concordou ela. – E vai fazer *pop* em cerca de três meses. Eu tenho que fazer *alguma coisa* – concluiu, com tristeza.

– Acredite ou não, no seu caso, esperar *é* fazer alguma coisa, mas concordo que pode não parecer – respondeu com seriedade. – Por que você não espera para ver se a busca de seu pai será bem-sucedida? É porque seu senso de honra não permite que você tenha um filho sem pai? Ou...?

– Não tem a ver com a minha honra – disse ela. – Mas com a dele. De Roger. Ele... ele me seguiu. Desistiu de tudo... e veio atrás de mim, quando vim para cá encontrar meu pai. Eu sabia que ele viria, e ele veio. Quando descobrir isso... – fez uma careta, levando a mão à barriga protuberante. –... ele vai se casar comigo, vai sentir que é seu dever. E não posso permitir isso.

– Por que não?

– Porque eu o amo. Não quero que se case comigo por obrigação. E eu... – Ela contraiu os lábios. – Não farei isso. Já decidi e não farei.

Lorde John puxou a capa para cobrir mais o corpo quando uma rajada forte de vento soprou do rio. Cheirava a chá e folhas mortas, mas havia um toque de frescor; a primavera estava vindo.

– Compreendo – disse ele. – Bem, concordo com sua tia quando ela diz que você precisa de um marido. Mas por que eu? – Ergueu uma sobrancelha clara. – É pelo meu título ou pela minha riqueza?

– Por nenhum dos dois. Era porque eu tinha certeza de que você não gostava de mulheres – disse ela, lançando-lhe um de seus olhares sinceros.

– Eu gosto de mulheres – disse ele, exaltado. – Admiro e respeito as mulheres, e por muitas eu sinto afeição, entre elas a sua mãe, mas duvido que seja recíproco. Mas não busco prazer na cama delas. Estou sendo claro?

– Sim – disse ela, as linhas claras entre seus olhos desaparecendo como mágica. – Foi o que pensei. Viu, não seria certo que eu me casasse com o sr. MacNeill, com Barton MacLachlan nem com nenhum desses homens, porque eu estaria prometendo algo que não poderia dar a eles. Mas você não quer isso, então não há motivos para eu não me casar com você.

Ele controlou uma vontade forte de bater a cabeça na parede.

– Com certeza há.

– Qual?

– Para dizer o mais óbvio, seu pai sem dúvida nenhuma quebraria meu pescoço!

– Por quê? – perguntou ela, franzindo o cenho. – Ele gosta de você; disse que você é um dos melhores amigos dele.

– Eu me sinto honrado por ter a estima dele – disse o lorde de modo breve. – No entanto, essa estima duraria muito pouco assim que Jamie Fraser descobrisse que a filha estava servindo de acompanhante e égua parideira para um sodomita degenerado.

– E como ele descobriria isso? – perguntou ela. – *Eu* não contaria a ele. – Então corou e, olhando para ele, repentinamente começou a rir, e ele a acompanhou.

– Bem, sinto muito, mas *você* disse isso – disse ela por fim, endireitando-se e secando os olhos com a barra da capa.

– Ah, meu Deus, eu disse. – Distraído, ele tirou uma mecha de cabelos da boca e secou o nariz com a manga de novo. – Inferno, por que não trouxe um lenço? Eu disse isso porque é verdade. Quanto a seu pai descobrir, ele já sabe muito bem desse fato.

– Sabe? – Ela parecia muito surpresa. – Mas pensei que ele nunca...

Ela viu de relance um avental amarelo; uma das empregadas da cozinha estava no jardim ao lado. Sem nada dizer, lorde John se levantou e lhe ofereceu a mão; ela se levantou e eles partiram pelo gramado seco, as capas esvoaçando como velas de barco atrás deles.

O banco de pedra embaixo do salgueiro não tinha o charme de sempre nessa época do ano, mas era, pelo menos, um local que os protegeria das rajadas de vento vindas do rio. Lorde John a viu sentada, sentou-se e espirrou com força. Ela abriu a capa e enfiou a mão no decote do vestido, tirando dali um lenço amassado que entregou a ele sem delongas.

O lenço estava quente e tinha o cheiro dela – um odor desconcertante de pele de moça, temperado com toques de lavanda e trevos.

– O que disse sobre me ensinar a não brincar com fogo? O que quis dizer com aquilo?

– Nada – disse o lorde, mas dessa vez foi ele quem corou.

– Nada, não é? – perguntou Brianna, e sorriu com ironia. – Foi uma ameaça, a meu modo de ver.

Ele suspirou e secou o rosto mais uma vez com o lenço.

– Você tem sido franca comigo – disse ele. – A ponto de me embaraçar, e mais do que isso. Então, sim, eu acho que... não, *foi* uma ameaça. – Fez um gesto simples de desistência. – Você se parece com seu pai, sabe?

Ela franziu o cenho para ele, e ficou claro que as palavras dele não tinham qualquer sentido. Então ela se deu conta. Endireitou-se e o encarou.

– Não você... não o Pa! Ele não poderia!

– Não – disse lorde John, muito sério. – Ele não poderia. Apesar de seu choque não ser um elogio. E, já que estamos falando disso, sob nenhuma circunstância eu tiraria vantagem de sua semelhança com ele... aquilo foi uma ameaça qualquer, assim como a sua ao dizer que me exporia.

– Onde você... conheceu meu pai? – perguntou ela com cuidado, esquecendo-se dos seus problemas devido à curiosidade.

– Na prisão. Você sabia que ele foi preso depois da Revolta?

Ela balançou a cabeça assentindo, mas franzia o cenho levemente.

– Sim. Bem. Digamos que eu cultivo sentimentos de afeto por Jamie Fraser, e isso já tem alguns anos. – Ele balançou a cabeça, suspirando. – E você vem oferecer seu corpo inocente, com ecos da carne dele... e ainda faz a promessa de me dar um filho que misturaria meu sangue ao dele. E tudo isso porque sua honra não permite que você se case com um homem que você ama ou que ame um homem com quem se case. – Parou de falar e escondeu a cabeça nas mãos. – Menina, você faria um anjo chorar, e Deus bem sabe que não sou nenhum anjo!

– Minha mãe acha que você é.

Ele olhou para a frente ao ouvir isso, surpreso.

– Ela acha *o quê*?

– Talvez ela não fosse *tão* longe – disse ela, ainda franzindo o cenho. – Mas diz que você é um bom homem. Acho que ela gosta de você, mas não quer gostar. Claro, compreendo o porquê agora; acho que ela deve saber... como você... hum... se sente em relação.... – Ela tossiu, escondendo o rosto corado com a capa.

– Inferno – murmurou ele. – Ah, inferno e maldição. Nunca deveria ter contado a você. Sim, ela sabe, mas, para ser sincero, não sei bem por que ela desconfia de mim. Não pode ser ciúme, certamente.

Brianna balançou a cabeça, mordendo o lábio inferior enquanto pensava.

– Talvez seja porque ela tema que você possa machucá-lo de alguma forma. Ela teme por ele, sabe?

Ele pareceu surpreso ao olhar para ela.

– Machucá-lo? Como? Será que ela pensa que vou vencê-lo à força e cometer indignidades depravadas com ele?

Ele falava baixinho, mas, ao ver um brilho nos olhos dela, parou. Segurou seu braço com mais força. Ela mordeu o lábio e então, delicadamente, tirou a mão dele, pousando-a no joelho.

– Você já viu meu pai sem camisa?

– Você se refere às cicatrizes nas costas dele?

Ela confirmou balançando a cabeça.

Ele tamborilou os dedos nos joelhos, sem emitir som.

– Sim, já vi. Eu causei aquilo.

Ela jogou a cabeça para trás, os olhos arregalados. A ponta de seu nariz estava muito vermelha, mas o resto de sua pele estava tão pálido que seus cabelos e sobrancelhas pareciam ter arrancado toda a vida dela.

– Não todas – disse ele, olhando para um canteiro de malvas-rosa secas. – Ele já tinha sido açoitado antes, o que tornou tudo pior... por ele saber o que estava fazendo quando fez.

– Fez... o quê? – perguntou ela. Lentamente, ela se ajeitou no banco e não se virou muito para ele, mas arrumou as roupas, como uma nuvem mudando de forma ao vento.

– Eu era o comandante da prisão de Ardsmuir; ele contou isso a você? Não, imaginei que não. – Fez um gesto impaciente, afastando as mechas de cabelos claros que cobriam seu rosto. – Ele era um oficial, um cavalheiro. O único oficial lá. Falava pelos prisioneiros jacobitas. Jantávamos juntos em meus aposentos. Jogávamos xadrez, conversávamos sobre livros. Tínhamos interesses em comum. Nós... nos tornamos amigos. E então... não mais.

Ele parou de falar.

Ela se afastou um pouco, com desgosto nos olhos.

– Quer dizer... que você o açoitou porque ele não...

– Minha nossa! Não! – Ele pegou o lenço e o passou com raiva no nariz. Jogou-o no assento entre eles e arregalou os olhos para ela. – Como ousa sugerir uma coisa dessas?!

– Porque você disse que fez aquilo!

– *Ele* fez.

– Não é possível açoitar a si próprio!

Ele começou a responder e então resmungou. Ergueu uma sobrancelha para ela, ainda bravo, mas retomando o controle dos sentimentos.

– Claro que é possível. Você tem feito isso há meses, de acordo com o que me disse.

– Não estamos falando sobre mim.

– Claro que estamos!

– Não, não estamos. – Ela se inclinou para ele, franzindo as sobrancelhas. – Que diabos você quer dizer ao falar que ele fez aquilo?

O vento soprava por trás dela no rosto dele. Fez seus olhos arderem e marejarem e ele desviou o olhar.

– O que estou fazendo aqui? – murmurou para si mesmo. – Devo estar louco para estar falando com você desse jeito!

– Não me importa se você está louco ou não – disse ela, e o segurou pela manga. – Conte-me o que aconteceu!

Ele contraiu os lábios, e por um momento ela pensou que ele não contaria. Mas ele já tinha dito demais para parar, e sabia disso. E ergueu os ombros sob a capa e os abaixou de novo, desistindo.

– Éramos amigos. Então... ele descobriu meus sentimentos por ele. Deixamos de ser amigos, por escolha dele. Mas aquilo não era o bastante para ele: ele queria uma separação completa. Então resolveu criar uma situação tão drástica que alterasse nossa relação de modo irreparável e impedisse qualquer chance de amizade entre nós. Desse modo, ele mentiu. Durante uma busca nas celas dos prisioneiros, disse que um pedaço de tartã era dele. Apropriação era crime na época. Ainda é, na Escócia.

Ele respirou fundo e soltou o ar. Não conseguia olhar para ela, mas mantinha os olhos focados nas árvores sem folhas do outro lado do rio, nuas contra o céu claro da primavera.

– Eu era o comandante, tinha que executar a lei. Fui obrigado a açoitá-lo. E ele sabia muito bem que eu faria isso.

Inclinou a cabeça para trás, encostando-a na pedra entalhada no encosto do banco. Seus olhos estavam fechados contra o vento.

– Eu podia perdoá-lo por não me querer – disse com amargura. – Mas não pude perdoá-lo por me fazer usá-lo daquela maneira. A me forçar não só a feri-lo, mas também a degradá-lo. Ele não podia apenas se recusar a receber meus sentimentos; tinha que destruí-los. Foi demais para mim.

Destroços eram levados pela ventania; galhos e gravetos partidos pela tempestade, uma tábua quebrada do casco de um navio, atingido em algum ponto rio acima. Ela pousou a mão sobre a dele, sobre o joelho dele. Sua mão era levemente maior que a dele e estava quente por ter se abrigado na capa.

– Houve um motivo. Não foi por sua causa. Mas é ele quem deve contar, se quiser. No entanto, você o perdoou – disse ela baixinho. – Por quê?

Ele se endireitou e deu de ombros, mas não afastou a mão dela.

– Tive que perdoar. – Lançou a ela um olhar direto e calmo. – Eu o odiei pelo tempo que consegui. Mas então percebi que amá-lo... fazia parte de mim, e uma das melhores partes. Não importava se ele não pudesse me amar, isso não tinha nada a ver com o sentimento. Mas, se eu não pudesse perdoá-lo, então não poderia amá-lo e essa parte de mim desapareceria. E descobri, por fim, que queria tudo de volta. – Sorriu levemente. – Então, veja, foi totalmente egoísta.

Ele apertou a mão dela naquele momento, levantou-se e puxou-a para que ficasse de pé.

– Venha, minha cara. Vamos acabar congelados se continuarmos sentados aqui.

Caminharam de volta em direção à casa, sem falar, mas juntos, de braços dados. Enquanto atravessavam os jardins, ele falou subitamente:

– Acho que você está certa. Viver com alguém que amamos sabendo que a pessoa só tolera a relação pela obrigação... não, eu também não faria isso. Se fosse apenas uma questão de conveniência e respeito dos dois lados, então sim; tal casamento é de honra. Desde que os dois lados sejam honestos... – Franziu os lábios brevemente ao olhar na direção dos aposentos dos empregados. – Não há necessidade de nenhum dos dois sentir vergonha.

Ela olhou para ele, afastando da frente dos olhos com a mão livre uma mecha de cabelos ruivos soprada pelo vento.

– Então, você aceita minha proposta? – A sensação de vazio em seu peito não parecia o alívio que ela esperara sentir.

– Não – disse ele abruptamente. – Posso ter perdoado Jamie Fraser pelo que fez no passado, mas ele nunca me perdoaria por me casar com você. – Sorriu para ela e deu um tapinha na mão pousada na curva de seu braço.

– Mas posso aliviá-la de seus pretendentes e de sua tia. – Ele olhou para a casa e viu as cortinas se mexerem atrás do vidro. – Você acha que tem alguém olhando?

– Pode apostar que sim.

– Ótimo.

Tirando o anel de safira que usava, lorde John se virou para ela e pegou sua mão. Tirou a luva dela e de modo cerimonioso escorregou o anel no seu dedo mínimo, o único em que o anel servia. Então ficou na ponta dos pés e beijou os lábios dela.

Sem dar tempo para que ela se recuperasse do susto, pousou a mão sobre a dela e virou-se mais uma vez em direção à casa, com a expressão tranquila.

– Venha, minha cara – disse. – Vamos anunciar nosso noivado.

60

JULGAMENTO POR FOGO

Eles foram deixados sozinhos o dia todo. A fogueira havia se apagado e não havia mais alimentos. Mas não importava, já que nenhum dos homens conseguiria comer e nenhum fogo teria esquentado o frio da alma de Roger.

Os índios voltaram no fim da tarde. Vários guerreiros, acompanhando um ancião vestido com uma camisa de renda e um manto de lã, o rosto pintado de vermelho e ocre – o *sachem*, que levava na mão um pequeno jarro de barro cheio de um líquido preto.

Alexandre havia vestido as roupas; ficou de pé quando o *sachem* se aproximou dele, mas nenhum deles falou nem se mexeu. O *sachem* começou a cantar com uma voz desafinada e velha e, enquanto cantava, enfiou um pé de coelho no jarro e pintou o rosto do padre de preto da testa ao queixo.

Os índios saíram e o padre se sentou no chão com os olhos fechados. Roger tentou falar com ele, oferecer água ou pelo menos mostrar que estava ao seu lado, mas Alexandre não teve reação e ficou parado como se fosse de pedra.

No fim do entardecer, finalmente ele falou.

– Não resta muito tempo – disse baixinho. – Pedi a você para rezar por mim. Não sabia pelo que queria que você rezasse: pela preservação da minha vida ou da minha alma. Agora, sei que nenhuma das duas coisas é possível.

Roger começou a falar, mas o padre ergueu a mão para detê-lo.

– Só há uma coisa que posso pedir. Reze por mim, irmão, para que eu morra bem. Reze para que eu morra em silêncio. – Olhou para Roger pela primeira vez, os olhos marejados, brilhando. – Não gostaria de envergonhá-la gritando.

Foi algum tempo depois de escurecer que os tambores começaram. Roger não os havia ouvido durante o tempo passado no vilarejo. Era impossível dizer quantos eram: o som parecia vir de todos os lados. Ele o sentia nos ossos e nas solas dos pés.

Os moicanos voltaram. Quando entraram, o padre se levantou rapidamente. Despiu-se e saiu, nu, sem olhar para trás.

Roger ficou sentado fitando a porta coberta com pele, rezando e ouvindo. Sabia o que um tambor podia fazer; ele mesmo já tinha feito – evocava surpresa e fúria com a batida em uma pele esticada, chamando os instintos profundos e escondidos de quem o ouvia. Mas saber o que estava acontecendo não tornava a coisa toda menos assustadora.

Não saberia dizer quanto tempo permaneceu ali ouvindo os tambores, ouvindo outros sons – vozes, passos e os barulhos de uma grande reunião –, tentando não ouvir a voz de Alexandre.

De repente, o batuque parou. Começou de novo, apenas alguns baques, e então parou de vez. Houve gritos e então uma cacofonia repentina de gritos. Roger se assustou e caminhou em direção à porta. O guarda ainda estava ali, no entanto, e espiou pela aba e fez gestos ameaçadores, com a mão em seu porrete.

Roger estacou, mas não conseguiu voltar à fogueira. Ficou parado no escuro, o suor escorrendo pelas costelas, ouvindo os sons vindos de fora.

Parecia que todos os demônios do inferno tinham sido soltos. O que, em nóme de Deus, estava acontecendo lá fora? Uma luta horrorosa, obviamente. Mas contra quem e por quê?

Depois da primeira salva de gritos, a parte vocal havia diminuído, mas ainda se ouviam berros estridentes e ululações de todas as partes da clareira central. Havia baques também; gemidos e outros barulhos que indicavam combate violento. Algo bateu na parede da casa de sapê; a parede tremeu e uma tábua de casca de madeira se rachou ao meio.

Roger olhou para a aba da porta; não, o guarda não estava ouvindo. Partiu para cima da tábua e a quebrou com os dedos. Não foi bom; as fibras da madeira se enfiaram embaixo de suas unhas e a tábua não cedeu. Desesperado, olhou pelo buraco que tinha feito, tentando ver o que acontecia do lado de fora.

Apenas uma faixa estreita da clareira central podia ser vista. Ele avistou a casa da frente, uma estreita faixa de terra e a luz tremulante de uma enorme fogueira. Sombras vermelhas e amarelas lutavam com as pretas, enchendo o ar de demônios furiosos.

Alguns dos demônios eram de verdade: duas figuras escuras apareciam e sumiam, presas em um abraço violento. Mais pessoas apareciam, correndo em direção à fogueira.

Então ele ficou tenso, pressionando o rosto contra a madeira. Entre os gritos incompreensíveis dos moicanos, podia jurar ter ouvido alguém gritar em *gaélico*.

Ouvira, sim.

– *Caisteal Dhuni*! – Soou o grito de alguém ali perto, seguido por um berro de arrepiar. Escoceses... homens brancos! Ele tinha que encontrá-los! Roger bateu os punhos na madeira rachada desesperadamente, tentando passar pela madeira à força. A voz em gaélico apareceu de novo.

– *Caisteal Dhuni*! – Não, espere... meu Deus. Era *outra voz*! E a primeira respondeu "*Do mi! Do mi!*" Para mim, para mim! Então uma nova onda de gritos moicanos cresceu e afogou as vozes – mulheres, eram mulheres gritando agora, as vozes ainda mais altas que as dos homens.

Roger se jogou de ombro contra a madeira; ela rachou e se abriu ainda mais, mas não cedeu. Tentou de novo, e uma terceira vez, sem sucesso. Não havia nada dentro da construção que pudesse ser usado como arma, nada. Em desespero, atacou a cama de um dos cubículos e a destruiu toda com as mãos e os dentes, rasgando-a até soltar parte da estrutura.

Pegou a madeira e puxou, balançou-a e puxou de novo até ela se soltar com um rangido, deixando-o ofegante e segurando um pedaço de madeira de 1,80 metro com uma ponta afiada. Encaixou essa ponta embaixo do braço e seguiu em direção à porta, mirando-a como uma lança na aba de pele.

Lançou-se no escuro e às chamas, ao ar frio e à fumaça, ao barulho que gelou seu sangue. Viu uma figura à sua frente e atacou. O homem se esquivou e levantou o porrete. Roger não podia parar, não podia se virar, mas se abaixou, e o porrete bateu no chão a centímetros de sua cabeça.

Rolou para o lado e balançou a madeira sem cuidado. Ela acertou a cabeça do índio e o homem cambaleou e caiu em cima de Roger.

Uísque. O homem recendia a uísque. Sem parar para pensar, Roger se livrou do corpo que se remexia e ficou de pé, ainda com o porrete na mão.

Um grito soou às suas costas e ele se virou, batendo com toda a força enquanto se apoiava nos calcanhares. O choque do impacto reverberou por seus braços e pelo peito. O homem que ele havia acertado tentava pegar a madeira; ela foi afastada de seu alcance quando o homem caiu.

Levantou-se, estabilizou-se e caminhou em direção à fogueira. Era uma pira imensa. Labaredas formavam uma parede vermelha e escaldante, vívida contra a escuridão da noite. Por sobre as cabeças em movimento de quem observava, ele viu a figura escura no centro das chamas, braços abertos em um gesto de bênção, presos ao poste ao qual estava pendurado. Cabelos compridos esvoaçantes, mechas iluminadas pelas chamas, cercando a cabeça em uma auréola dourada, como a de Cristo em um missal. Então algo bateu na cabeça de Roger e ele desabou como uma pedra.

Não perdeu a consciência. Não conseguia enxergar nem se mexer, mas ainda conseguia ouvir. Havia vozes atrás dele. O grito ainda estava ali, porém mais fraco, quase um som de fundo, como o ronco do oceano.

Sentiu-se a subir no ar, e o estalo das chamas aumentou, combinado com o rugido em seus ouvidos... Cristo, eles o jogariam no fogo! Virou a cabeça com esforço e a luz ardeu sobre suas pálpebras fechadas, mas seu corpo teimoso não se movia.

O rugido diminuiu, mas, paradoxalmente, ele sentiu o ar quente soprar em seu rosto. Caiu no chão, meio quicando, e rolou, parando com o rosto no chão, os braços tortos. Sentiu a terra fria sob seus dedos.

Respirou. Mecanicamente, uma respiração por vez. Muito lentamente, a sensação de tontura começou a diminuir.

Havia barulho muito longe dali, mas ele não conseguia ouvir nada ali perto, exceto sua respiração alta. Muito devagar, abriu um dos olhos. A luz da fogueira reluzia nos postes e nas tábuas, um eco fraco da claridade de fora. A casa. Ele estava dentro dela de novo.

Sua respiração estava alta e diferente em seus ouvidos. Tentou prendê-la, mas não conseguiu. Então percebeu que *já* estava prendendo a respiração; quem respirava com dificuldade era outra pessoa.

E essa pessoa estava atrás dele. Com imenso esforço, apoiou-se nas mãos e se ergueu também com a ajuda dos joelhos, balançando, semicerrando os olhos devido à dor na cabeça.

– Jesus Cristo! – disse a si mesmo. Passou a mão com força pelo rosto e piscou, mas o homem ainda estava ali, a 2 metros dele.

Jamie Fraser. Deitado de lado de qualquer modo, um tartã vermelho enrolado no corpo. Metade de seu rosto estava escurecida pelo sangue, mas não havia como não o reconhecer.

Por um momento, Roger só olhou para ele, sem expressão. Durante meses, a maior parte de seu tempo acordado tinha sido dedicada a imaginar um encontro com aquele homem. Agora estava acontecendo, e parecia simplesmente impossível. Não havia espaço para nenhum sentimento que não fosse surpresa.

Passou a mão no rosto de novo, afastando a névoa do medo e da adrenalina. O que... *o que* Fraser estava fazendo ali?

Quando o pensamento e o sentimento se uniram de novo, seu primeiro sentimento reconhecível não foi fúria nem susto, mas uma explosão absurda de alívio e alegria.

– Não foi ela – murmurou, e as palavras soaram fracas e roucas em seus ouvidos, depois de tanto tempo sem falar inglês. – Ah, Deus, não foi ela!

Jamie Fraser só podia estar ali por um motivo: resgatá-lo. E, nesse caso, era porque Brianna havia feito com que ele fosse. Tivesse sido um mal-entendido ou a maldade a causa do seu sofrimento dos últimos meses, não tinha sido culpa dela.

– Não foi ela – repetiu. – Não foi ela. – Estremeceu, tanto pela náusea quanto pelo baque e pelo alívio.

Pensara que viveria vazio para sempre, mas, de repente, havia algo ali: algo pequeno, mas muito sólido. Algo que ele podia manter no coração. *Brianna*. Ele a tinha de novo.

Ouviu-se mais uma série de berros estridentes vinda de fora; um ulular que não terminava, atingindo sua carne como mil pregos. Moveu-se e sentiu um novo arrepio, e todos os outros sentimentos diminuíram diante da percepção renovada.

Morrer sabendo que Brianna o amava era melhor do que morrer sem saber, mas ele não queria morrer. Lembrou-se do que tinha visto do lado de fora; sentiu um nó na garganta, mas tentou ignorá-lo.

Com a mão trêmula, começou a fazer o sinal da cruz, já pouco familiar.

– Em nome do Pai – sussurrou, e então parou. – Por favor, por favor, não permita que ele estivesse certo.

Arrastou-se com dificuldade até o corpo de Fraser, torcendo para que o homem ainda estivesse vivo. Estava. O sangue escorria do ferimento na têmpora de Fraser e, quando ele encostou os dedos no pescoço do homem, sentiu uma pulsação constante.

Havia água em uma das panelas embaixo da estrutura estragada da cama; felizmente, não tinha sido derramada. Ele mergulhou a ponta do tartã na água e o usou para limpar o rosto de Fraser. Depois de alguns minutos nisso, as pálpebras do homem começaram a tremer.

Fraser tossiu, teve ânsia de vômito, virou a cabeça para o lado e vomitou. Então abriu os olhos e, antes que Roger pudesse falar ou se mexer, ele apoiou um joelho no chão, a mão na *sgian dhu* em sua cintura.

Olhos azuis se arregalaram para ele, e Roger ergueu um braço para se defender. Então Fraser piscou, balançou a cabeça, gemeu e se sentou no chão de terra.

– Ah, é você – disse. Fechou os olhos e gemeu de novo. Em seguida, levantou a cabeça, os olhos azuis atentos, mas dessa vez tomados de susto, e não de fúria. – Claire! – exclamou. – Minha esposa, onde ela está?

Roger ficou boquiaberto.

– Claire? Você a trouxe *aqui*? Trouxe uma mulher para *isto*?

Fraser lhe lançou um olhar de extremo desgosto, mas não desperdiçou palavras. Levando a mão à faca presa à cintura, olhou para a porta. A aba de pele estava abaixada; não dava para ver ninguém. O barulho do lado de fora havia cessado, mas o burburinho ainda era percebido. De vez em quando, alguém se destacava, gritando ou levantando a voz em exortação.

– Há um guarda – disse Roger.

Fraser olhou para ele e ficou de pé rápido como uma pantera. O sangue ainda escorria pela lateral do seu rosto, mas isso não pareceu incomodá-lo. Em silêncio, encostou-se na parede, arrastou-se até a beira da aba e a empurrou para o lado com a ponta da pequena faca.

Fraser fez uma careta ante o que viu, deixou a aba voltar ao lugar, virou e se sentou, guardando a faca na cintura.

– Há uma dúzia deles do lado de fora. Isso é água? – Estendeu a mão e Roger silenciosamente pegou água numa cuia e entregou a ele. Jamie bebeu bastante, espirrou água no rosto e despejou o resto na cabeça.

Fraser passou a mão sobre o rosto abatido e então abriu os olhos vermelhos e olhou para Roger.

– Wakefield, não é?

– Uso meu sobrenome agora. MacKenzie.

Fraser resmungou brevemente, sem achar graça.

– Fiquei sabendo. – Ele tinha uma boca grande e expressiva, como a de Bree. Os lábios se contraíram um pouco e então relaxaram. – Errei com você, MacKenzie, como sabe. Vim consertar as coisas, por mais que seja tarde, mas parece que não terei a oportunidade.

Fez um gesto breve em direção à porta.

– Por enquanto, você tem as minhas desculpas. O que quiser fazer comigo depois, eu aceitarei. Mas pediria a você para esperar até sairmos daqui em segurança.

Roger o encarou por um momento. A insatisfação pelos últimos meses de tormento e incerteza parecia algo tão distante quanto a ideia de segurança. Balançou a cabeça, concordando.

– Certo – disse.

Permaneceram em silêncio por um bom tempo. O fogo na cabana estava baixo, mas a madeira para alimentá-lo estava do lado de fora; os guardas tomavam conta de tudo que pudesse ser usado como arma.

– O que aconteceu? – perguntou Roger por fim. Meneou a cabeça em direção à porta. – Lá fora?

Fraser respirou fundo e soltou o ar num suspiro. Pela primeira vez, Roger percebeu que ele mantinha o cotovelo do braço direito aninhado na palma da mão esquerda, e o braço, junto ao corpo.

– Não faço a menor ideia – disse ele.

– Eles queimaram o padre? Ele morreu? – Não poderia haver dúvidas a esse respeito depois do que ele tinha visto, mas, ainda assim, Roger quis perguntar.

– Ele era um padre? – Fraser ergueu as sobrancelhas ruivas com surpresa e voltou a abaixá-las. – Sim, ele morreu. E não só ele. – Um arrepio involuntário tomou conta do corpo grande do escocês.

Fraser não sabia o que eles pretendiam fazer quando os tambores começaram a soar e todo mundo se reuniu perto da grande fogueira. Todo mundo falava, mas, por saber muito pouco da língua moicana, ele não conseguiu entender o que estava acontecendo, e seu sobrinho, que falava a língua, não estava por perto.

Os brancos não tinham sido convidados, mas ninguém tentou afastá-los. E então ele e Claire ficaram no meio da multidão, curiosos, quando o *sachem* e o conselho saíram e o chefe começou a falar. Outro homem também tinha falado, com muita raiva.

– Então eles trouxeram o homem, totalmente nu, o amarraram a uma estaca e começaram a agredi-lo.

Fez uma pausa, os olhos sérios, e olhou para Roger.

– Posso dizer, rapaz, que já vi executores franceses manterem vivo um homem que queria morrer. Não foi pior do que aquilo... mas não foi melhor. – Fraser bebeu de novo, com vontade, e abaixou a cuia. – Tentei tirar Claire dali, pois eu não sabia se eles pretendiam nos atacar em seguida. – A multidão estava tão próxima deles, no entanto, que o movimento era impossível; não havia escolha a não ser continuar observando.

Roger sentiu a boca seca e pegou a cuia. Não queria perguntar, mas sentiu uma necessidade perversa de saber – por Alexandre ou por ele mesmo.

– Ele... gritou?

Fraser lhe lançou mais um olhar de surpresa e então a compreensão tomou sua face.

– Não – disse lentamente. – Ele morreu muito bem. Você conhecia o homem?

Roger assentiu, sem nada dizer. Era difícil acreditar que Alexandre tinha morrido, até mesmo ao ouvir aquilo. E *para onde* ele havia ido? Com certeza, ele não podia estar certo. *Não serei perdoado*. Com certeza, não. Nenhum Deus justo...

Roger balançou a cabeça com força, afastando o pensamento. Estava claro que Fraser não estava pensando na história dele, por mais terrível que fosse. Ficava olhando para a porta, com uma expressão de ansiedade. Estaria esperando resgate?

– Quantos homens trouxe com você?

Os olhos azuis brilharam surpresos.

– Meu sobrinho Ian.

– Só? – Roger tentou manter a incredulidade longe da voz, mas não conseguiu.

– Estava esperando o 78º Regimento da Guarda Negra? – perguntou Fraser com sarcasmo. Ficou de pé, remexendo-se, o braço unido ao corpo. – Eu trouxe uísque.

– Uísque? Isso teve algo a ver com a briga? – Ao se lembrar do fedor do homem que havia caído sobre ele, Roger meneou a cabeça em direção à parede da casa de sapê.

– Pode ser que sim.

Fraser foi até a parede com a tábua quebrada e espiou pela abertura para a clareira durante algum tempo, mas logo se voltou para a fogueira. As coisas estavam silenciosas do lado de fora.

O grande habitante das Terras Altas parecia mais do que indisposto. Seu rosto estava pálido e suado, com marcas escorridas de sangue seco. Roger silenciosamente serviu mais água, que foi aceita com o mesmo silêncio. Ele sabia muito bem qual era o problema de Fraser, e não eram os efeitos do ferimento.

– Quando a viu pela última...

– Quando a luta começou.

Sem conseguir permanecer sentado, Fraser pousou a cuia e se levantou de novo, caminhando dentro da casa como um urso irritado. Parou e olhou para Roger.

– Tem como saber um pouco do que aconteceu aqui?

– Posso imaginar. – Ele contou a Fraser a história do padre, sentindo-se um pouco aliviado da preocupação enquanto fazia o relato. – Eles não a feririam – disse Roger, tentando acalmar a si mesmo e também Fraser. – Ela não teve nada a ver com isso.

Fraser resmungou com sarcasmo.

– Sim, ela teve. – De repente, ele bateu o punho no chão, num baque abafado de fúria. – Maldição!

– Ela está bem – repetiu Roger com teimosia. Não conseguia pensar o contrário, mas sabia o que Fraser também sabia muito bem: se Claire Fraser estivesse viva, sem ferimentos e livre, nada a teria impedido de procurar o marido. Quanto ao sobrinho desconhecido...

– Ouvi seu sobrinho... brigando. Ouvi quando ele chamou você. Parecia estar bem. – Ao dizer isso, sentiu que esse consolo era insuficiente. Fraser assentiu mesmo assim, com a cabeça apoiada nos joelhos.

– Ian é um bom rapaz – murmurou. – E tem amigos entre os moicanos. Deus permitirá que eles o protejam.

A curiosidade de Roger estava voltando, à medida que o susto da noite começava a diminuir.

– Sua esposa – disse ele. – O que ela fez? Como poderia estar envolvida nisso?

Fraser suspirou. Passou a mão sã no rosto e nos cabelos, esfregando até as mechas ruivas se arrepiarem e se despentearem.

– Eu não deveria ter dito isso – falou. – Não foi culpa dela nem um pouco. É só que... ela não vai ser morta, mas, meu Deus, se eles a machucarem...

– Não vão machucá-la – disse Roger com firmeza. – O que aconteceu?

Fraser deu de ombros e fechou os olhos. Jogou a cabeça para trás e descreveu a cena como se ainda a pudesse ver, gravada por dentro de suas pálpebras. Talvez pudesse.

– Não vi a garota no meio da multidão. Nem poderia descrever sua aparência. Só no fim eu a vi.

Claire permanecera ao lado dele, pálida e rígida em meio às pessoas gritando e empurrando. Quando os índios já tinham quase terminado o que faziam com o padre, eles o desamarraram do poste e prenderam suas mãos a uma tábua comprida, presa acima de sua cabeça, na qual o suspenderiam nas chamas.

Fraser olhou para ele, passando as costas da mão nos lábios.

– Já vi o coração de um homem ser arrancado de seu peito ainda batendo. Mas não tinha visto ninguém comer um coração antes. – Falou quase com timidez, como se pedisse desculpas pela situação. Chocado, ele tinha olhado para Claire. Foi então que viu a moça índia ao lado de Claire, com uma tábua de carregar bebês nos braços.

Com muita calma, a jovem entregou a tábua a Claire e então se virou e se meteu na multidão.

– Ela não olhou para a esquerda nem para a direita, só foi direto para a fogueira.

– O quê? – A garganta de Roger se fechou devido ao choque, a exclamação emergindo num gemido contido.

As labaredas envolveram a moça em instantes. Por ser mais alto do que as pessoas perto dele, Jamie tinha visto tudo com clareza.

– Suas roupas se incendiaram, e então, seus cabelos. Quando ela o alcançou, estava ardendo como uma tocha.

Ainda assim, ele tinha visto a silhueta escura de seus braços, erguidos para abraçar o corpo vazio do padre. Em poucos momentos, não era mais possível distinguir homem ou mulher; havia apenas uma figura negra em meio às labaredas.

– Foi então que tudo fugiu do controle.

Fraser encolheu um pouco os ombros largos e tocou o ferimento na têmpora.

– Só sei que uma mulher gritou, então outros berros se seguiram e, de repente, todo mundo estava fugindo ou lutando.

Ele próprio tentara fazer as duas coisas, protegendo Claire e sua carga enquanto tentava se afastar dos corpos em confronto. Mas havia pessoas demais. Sem conseguir escapar, ele havia empurrado Claire contra a parede de uma casa de sapé, pegara uma ripa de madeira com a qual os defenderia e gritara para Ian, enquanto erguia o porrete improvisado para todas as pessoas descuidadas o suficiente para se aproximar.

– Então algum maldito pulou da fumaça e me acertou com seu porrete. – Ele deu de ombros, um ombro só. – Eu me virei para espantá-lo e vi três deles em cima de mim.

Algo o atingira na têmpora, e ele não viu mais nada até acordar dentro da cabana com Roger.

– Desde então, não vi Claire. Nem Ian.

O fogo havia se apagado e, dentro da cabana, o frio aumentava. Jamie abriu o broche, puxou o tartã ao redor dos ombros da melhor maneira que conseguiu com uma das mãos e se recostou na parede.

O braço direito provavelmente estava quebrado; ele havia sido atingido com um dos porretes de guerra logo abaixo do ombro, e o ponto atingido começara a doer loucamente de repente. Mas a dor não era tão intensa quanto a preocupação que sentia com Claire e o jovem Ian.

Estava muito tarde. Se Claire não tivesse se ferido na briga, provavelmente estava bem segura, disse a si mesmo. A anciã não permitiria que nada de mal fosse feito a ela. Mas quanto a Ian... ele sentiu um momento de orgulho pelo rapaz, apesar do medo. Ian era um ótimo guerreiro, e o crédito tinha de ser dado ao tio, que o ensinara.

Mas se ele tivesse sido derrubado... havia muitos selvagens, e com a briga tão acalorada...

Inquietou-se, tentando não pensar em ter que encarar a irmã com notícias ruins a respeito de seu filho mais novo. Cristo, ele preferiria que seu coração fosse arrancado e comido diante dos seus olhos; seria a mesma coisa.

Procurando distração – qualquer uma – para esquecer seus medos, ele se remexeu, observando o interior escuro da cabana. Não havia quase nada ali. Um jarro de água, uma cama quebrada, uma ou duas peles puídas servindo de proteção jogadas no chão de terra.

MacKenzie estava encolhido diante do fogo, protegendo-se do frio que só piorava. Os braços envolviam os joelhos, a cabeça estava abaixada. Estava meio virado e não percebeu que Jamie o observava.

Era difícil admitir, mas o rapaz era bonito. Pernas compridas e costas largas; ele lidaria bem com uma espada. Era tão alto quanto os MacKenzie de Leoch – e por que não?, pensou de repente. O rapaz era descendente de Dougal, ainda que fossem algumas gerações à frente.

Achou essa ideia perturbadora e estranhamente reconfortante. Ele havia matado homens quando necessário e, na maior parte do tempo, os fantasmas deles o deixavam dormir à noite sem grandes sustos. A morte de Dougal, no entanto, tinha sido revivida por ele mais de uma vez, e acordava suando com o som das últimas palavras silenciosas de Dougal ecoando em seus ouvidos; palavras ditas com sangue.

Não houvera a menor possibilidade de escolha; era matar ou ser morto, e ele passou perto das duas coisas. Mas Dougal tinha sido seu pai adotivo, e, para ser sincero, uma parte dele havia amado o homem.

Sim, confortava um pouco saber que uma pequena parte de Dougal havia restado. A outra parte dessa herança dos MacKenzie era um pouco mais problemática. Ele tinha visto os olhos do homem assim que acordou, verdes e atentos, e por um segundo sentiu o estômago se embrulhar, pensando em Geillis Duncan.

Ele queria sua filha ligada a uma cria de bruxa? Olhou para o rapaz discretamente. Talvez fosse bom o fato de o filho de Brianna não ter o sangue dele.

– Brianna – disse MacKenzie, erguendo a cabeça repentinamente. – Onde ela está?

Jamie se mexeu e uma dor forte como uma facada tomou seu braço e o deixou suando.

– Onde? – perguntou ele. – Em River Run, com a tia. Está em segurança.

O coração batia em seus ouvidos. Cristo, será que o rapaz conseguia ler pensamentos? Ou tinha a Visão?

Os olhos verdes estavam firmes, intensos à luz baixa.

– Por que você trouxe Claire, e não Brianna? Por que ela não veio com vocês?

Jamie retribuiu o olhar frio do rapaz. Descobriria se ele sabia ler mentes ou não. Se não soubesse, a última coisa que pretendia contar a MacKenzie era a verdade; haveria tempo suficiente para isso quando – se – eles conseguissem sair dali em segurança.

– Eu deveria ter deixado Claire também, se acreditasse que poderia. Mas ela é muito teimosa. Exceto se a amarrasse pelas mãos e pelos pés, não poderia impedi-la de vir.

Algo brilhou nos olhos de MacKenzie: dúvida ou dor?

– Eu não pensaria em Brianna como o tipo de moça que dá muita atenção ao que seu pai diz – disse ele. Sua voz deixava transparecer algo. Sim, dor, e um pouco de ciúme.

Jamie relaxou levemente. Ele não lia mentes.

– Não? Bem, então talvez não a conheça tão bem assim – disse com simpatia, mas num tom sarcástico que faria alguns homens pularem em sua garganta.

MacKenzie não era esse tipo de homem. Ele se endireitou e suspirou.

– Eu a conheço bem – disse com a voz séria. – Ela é minha esposa.

Jamie se endireitou também e rilhou os dentes em um sibilo de dor.

– Não é mesmo.

As sobrancelhas escuras de MacKenzie se franziram nesse momento.

– Fizemos *handfasting*, ela e eu. Ela não contou?

Não havia contado – mas ele não lhe dera muitas chances de contar. Furioso demais com a ideia de que ela fora para a cama com um homem, atacado por pensar que ela havia feito o próprio pai de bobo, orgulhoso como Lúcifer e sofrendo as dores do demônio por desejar que ela fosse perfeita e descobrir que ela era tão humana quanto ele.

– Quando? – perguntou Jamie.

– No início de setembro, em Wilmington. Quando eu... um pouco antes de eu deixá-la.

A confissão foi dada involuntariamente e, pelo véu escuro da própria culpa, Fraser viu um reflexo dela no rosto de MacKenzie. Ele também merecia essa culpa, pensou. Se o covarde não a tivesse deixado...

– Ela não me contou.

Viu a dor e a dúvida nos olhos de MacKenzie com muita clareza. O rapaz temia que Brianna não o quisesse – pois, se quisesse, teria vindo. Ele sabia muito bem que nenhum poder da Terra ou de baixo dela impediria Claire de estar ao lado *dele* se ela acreditasse que ele corria perigo – e sentiu uma onda de medo ao pensar nisso, pois onde estava ela?

– Acho que ela pensou que você não consideraria o *handfasting* uma forma legal de casamento – disse MacKenzie em voz baixa.

– Ou talvez ela própria não o considerasse como algo legal – sugeriu Jamie com crueldade. Poderia aliviar a mente do rapaz contando uma parte da verdade – que Brianna não tinha ido porque estava grávida –, mas não se sentia muito benevolente.

Estava escurecendo depressa, mas, ainda assim, ele viu o rosto de MacKenzie corar e suas mãos apertarem a pele de veado.

– Mas eu considero – disse Roger.

Jamie fechou os olhos e não falou mais nada. As últimas brasas do fogo se apagaram lentamente, deixando-os na escuridão.

61

OFÍCIO DE PADRE

O cheiro de coisas queimadas impregnava o ar. Passamos pela pira e não consegui deixar de olhar, de soslaio, para o monte de fragmentos chamuscados, de pontas esbranquiçadas com cinzas. Esperava que fosse madeira. Fiquei com medo de olhar direito.

Tropecei no chão congelado e minha acompanhante me segurou pelo braço, me puxou sem dizer nada e me empurrou em direção à casa de sapê onde dois homens estavam de guarda, agasalhados para se protegerem de um vento gelado que tomava o lugar e soprava as cinzas.

Eu não tinha dormido nem comido, apesar de terem me oferecido alimentos. Meus dedos e meus pés estavam frios. Ouvi lamúrias vindas da casa de sapê mais afastada no vilarejo e, mais alto do que elas, o canto ritual de uma canção de morte. Eles cantavam para a moça ou por outra pessoa? Estremeci.

Os guardas olharam para mim e deram um passo para o lado. Ergui a aba de pele da porta e entrei.

Estava escuro; a fogueira ali dentro estava tão apagada quanto a de fora. A luz acinzentada que entrava pela saída de fumaça fornecia claridade suficiente para que eu visse um monte de peles e tecidos no chão. Um pedaço de tartã vermelho apareceu em meio à confusão e senti uma onda de alívio.

– Jamie!

O monte se mexeu e se levantou. Vi a cabeça de cabelos desgrenhados de Jamie, alerta, mas bem abatido. Ao lado dele, havia um homem moreno, de barba, estranhamente familiar. Então ele se posicionou onde a luz incidia e vi seus olhos verdes em meio aos pelos.

– Roger! – exclamei.

Sem nada dizer, ele deixou os cobertores e me abraçou. Apertou tanto que eu mal conseguia respirar.

Estava muito magro; eu conseguia sentir cada uma de suas costelas. Mas não estava esquelético; cheirava mal, mas os cheiros normais de poeira e suor acumulados, não o bafo levedado da inanição.

– Roger, você está bem? – Ele me soltou e eu o examinei de cima a baixo, procurando sinais de ferimentos.

– Sim – disse ele. A voz estava rouca, de sono e de emoção. – Bree? Ela está bem?

– Ela está bem – garanti a ele. – O que aconteceu com seu pé? – Ele não vestia nada além de uma camisa puída e um trapo manchado ao redor de um dos pés.

– Um corte. Nada. Onde ela está? – Ele segurou meu braço, ansioso.

– Em um lugar chamado River Run, com sua tia-avó. Jamie não lhe contou? Ela está...

Fui interrompida por Jamie segurando meu outro braço.

– Você está bem, Sassenach?

– Sim, claro que estou... meu Deus, o que aconteceu com você? – Desviei a atenção de Roger momentaneamente para olhar para Jamie. Não foram a contusão forte em sua têmpora nem o sangue seco de sua camisa que chamaram minha atenção, mas o modo pouco natural com que ele segurou meu braço.

– Pode ser que meu braço esteja quebrado – disse. – Dói demais. Pode cuidar dele?

Sem esperar resposta, ele se virou, se afastou e sentou-se jogando o peso do corpo perto da cama quebrada. Dei um tapinha nas costas de Roger e fui atrás dele, tentando entender. Jamie não admitiria estar sentindo dor na frente de Roger Wakefield nem mesmo se tivesse sofrido uma fratura exposta.

– O que está aprontando? – sussurrei ao me ajoelhar ao lado dele. Toquei seu braço rapidamente pela camisa; nenhuma fratura evidente. Rolei a manga para examinar melhor.

– Não contei a ele sobre Brianna – disse Jamie bem baixinho. – E acho melhor você não contar.

Fiquei olhando para ele.

– Não podemos fazer isso! Ele tem que saber.

– Fale baixo. Sim, talvez ele deva saber sobre o bebê, mas não sobre o outro, não sobre Bonnet.

Mordi o lábio, descendo a mão por seu bíceps. Ele tinha sofrido um dos piores hematomas que eu já tinha visto: um inchaço enorme azul-arroxeado, mas eu tinha quase certeza de que o braço não estava quebrado.

Não sabia se concordava com sua sugestão.

Ele viu a dúvida em meu rosto e apertou minha mão.

– Ainda não; aqui, não. Vamos esperar, pelo menos até estarmos em segurança.

Pensei por um momento, enquanto rasgava a manga de sua camisa e a usava para improvisar uma tipoia. Saber que Brianna estava grávida já seria um choque. Talvez Jamie estivesse certo; não havia como saber como Roger reagiria às notícias sobre o estupro, e estávamos longe de ganhar a liberdade ainda. Melhor que ele estivesse com a mente clara. Por fim assenti, com relutância.

– Certo – disse em voz alta, e me levantei. – Não acho que esteja quebrado, mas a tipoia vai ajudar.

Deixei Jamie sentado no chão e fui até Roger, me sentindo como uma bola de pingue-pongue.

– Como está o pé? – Ajoelhei-me para desenrolar o trapo sujo, mas ele me deteve pondo uma mão em meu ombro, desesperado.

– Brianna. Sei que há algo errado. Ela está...

– Ela está grávida.

De todas as possibilidades que passavam pela mente dele, essa não era uma delas. Não é possível disfarçar tamanha surpresa. Ele piscou, como se eu tivesse acertado sua cabeça com um machado.

– Tem certeza?

– Ela deve estar de sete meses agora; dá para ver. – Jamie havia se levantado tão silenciosamente que nenhum de nós havia ouvido. Falava de modo frio, e parecia ainda mais frio, mas Roger não conseguia perceber sutilezas no momento.

A animação tomou seus olhos, e seu rosto ganhou vida.

– Grávida. Meu Deus, mas como?

Jamie pigarreou de modo sugestivo. Roger olhou para ele e então afastou o olhar.

– É que... nunca pensei...

– *Como*? Pois é, você não pensou, e é a minha filha quem paga sozinha o preço do seu prazer!

Roger olhou para a frente ao ouvir aquilo, arregalando os olhos para Jamie.

– Ela não está sozinha, de jeito nenhum! Eu disse que ela é minha esposa!

– Ela é? – perguntei assustada enquanto desenrolava o pano.

– Eles fizeram o *handfasting* – disse Jamie, muito contrariado. – Mas por que ela não contou sobre isso?

Pensei que podia responder a essa pergunta – de mais de uma maneira. Mas a segunda resposta não podia ser dada na frente de Roger.

Ela não tinha dito porque estava grávida e acreditava ser de Bonnet. Por pensar isso, deve ter achado que seria melhor não revelar ter feito o *handfasting*, para dar uma chance de Roger escapar... se quisesse.

– Provavelmente porque pensou que você não consideraria isso um casamento de verdade – falei. – Eu havia contado a ela sobre nosso casamento; a respeito do contrato e de como você insistiu para se casar comigo na igreja. Ela não quis contar nada a você porque pensou que não aprovaria. Queria deixá-lo feliz.

Jamie teve a decência de parecer envergonhado, mas Roger ignorou a discussão.

– Ela está bem? – perguntou, inclinando-se para a frente e pegando meu braço.

– Sim, está – garanti, esperando que ainda fosse verdade. – Ela queria vir conosco, mas é claro que não permitimos.

– Ela queria vir? – Seu rosto se iluminou, a alegria e o alívio bem claros, apesar dos pelos e da sujeira. – Então ela não... – Parou abruptamente e olhou para Jamie e para mim. – Quando encontrei... o sr. Fraser na encosta da montanha, ele parecia estar pensando que ela... ela dissera...

– Um terrível mal-entendido – expliquei depressa. – Ela não havia contado sobre o *handfasting*, então, quando apareceu grávida, nós... hum, pensamos... – Jamie estava matutando, olhando para Roger sem nenhum interesse, mas ficou alerta quando eu o cutuquei.

– Ah, sim – disse ele, um pouco a contragosto. – Um erro. Já pedi desculpas ao sr. Wakefield e disse que farei o que puder para consertar isso. Mas temos outras coisas em que pensar agora. Você viu Ian, Sassenach?

– Não. – Percebi, pela primeira vez, que Ian não estava com eles, e senti medo dentro do peito. Jamie parecia sério.

– Onde passou a noite, Sassenach?

– Eu estava com... ah, Jesus!

Ignorei a pergunta dele por um momento, focada no pé de Roger. A carne estava inchada e vermelha em mais de metade do pé, com uma grave ulceração no canto de fora da sola. Apertei e senti as pequenas bolsas de pus embaixo da pele.

– O que aconteceu?

– Eu cortei o pé tentando fugir. Ele o amarraram e colocaram coisas em cima dele, mas tem infeccionado. Melhora, mas depois piora.

Ele deu de ombros; sua atenção não estava em seu pé, por mais assustadora que fosse sua aparência. Olhou para Jamie, decidido:

– Então Brianna não mandou vocês atrás de mim? Ela não pediu para vocês... se livrarem de mim?

– Não – disse Jamie, tomado pela surpresa. Sorriu brevemente, os traços tomados por um charme repentino. – Essa ideia foi minha.

Roger respirou fundo e fechou os olhos por um instante.

– Graças a Deus – disse, e voltou a abri-los. – Pensei que talvez ela tivesse... Nós tivemos uma briga horrorosa um pouco antes de eu deixá-la, e pensei que talvez fosse por isso que ela não havia contado sobre o *handfasting*, por ter decidido que não queria se casar comigo. – Havia suor em sua testa, devido à notícia ou por eu estar mexendo em seu pé. Ele sorriu com um pouco de dor. – Bater em mim até a morte ou me vender como escravo me pareceu um tanto extremo, até mesmo para uma mulher com o temperamento dela.

– Hummm. – Jamie corou. – Eu já pedi desculpas por isso.

– Eu sei.

Roger o fitou por um minuto. Respirou fundo e então se abaixou e afastou minha mão de seu pé com delicadeza. Endireitou-se e olhou Jamie nos olhos.

– Tenho algo para contar. Sobre por que que brigamos. Ela contou o que a trouxe aqui, para encontrar vocês?

– A notícia da morte? Sim, ela nos contou. Você acha que eu teria deixado Claire vir comigo se ela não tivesse contado?

– O quê? – Roger mostrou-se confuso.

– Não há como fazer as coisas dos dois jeitos. Se ela e eu morreremos na Cordilheira dos Frasers daqui a seis anos, não podemos ser mortos pelos iroqueses antes disso, não é?

Fiquei olhando para ele; essa conclusão me escapara. Era surpreendente: a imortalidade... por um tempo. Mas isso era pensar que...

– Isso é pensar que não se pode mudar o passado... que *nós* não podemos, quero dizer. Você acredita nisso? – Roger se inclinou um pouco para a frente, atento.

– Não faço a menor ideia. *Você* acredita?

– Sim – disse Roger depressa. – Acho que o passado não pode ser mudado. Foi por isso que fiz o que fiz.

– Fez o quê?

Ele passou a língua pelos lábios e continuou:

– Encontrei aquele anúncio da morte muito antes de Brianna. Mas pensei que seria inútil tentar mudar as coisas. Então... eu escondi dela. – Ele olhou para mim e para Jamie. – Então, agora vocês sabem, eu não queria que ela viesse; fiz tudo o que podia para mantê-la longe de vocês. Achei que seria perigoso demais. E... tive medo de perdê-la.

Para minha surpresa, Jamie estava olhando para Roger com aprovação.

– Você tentou mantê-la em segurança, então? Tentou protegê-la?

Roger assentiu, o alívio diminuindo a tensão de seus ombros, e perguntou:

– Então você compreende?

– Sim, compreendo. É a primeira coisa que ouço que faz com que eu tenha uma boa impressão de você, rapaz – respondeu Jamie.

Não era uma opinião que eu compartilhasse no momento.

– Você encontrou aquilo e não contou a ela?

Senti o sangue subindo para o meu rosto.

Roger viu meu olhar e desviou o seu.

– Não. Ela... hum... ela viu sozinha. Pensou... bem, ela disse que eu a havia traído e...

– E traiu! Você a traiu, e a nós! Dentre todas as... Roger, como pôde fazer uma coisa dessas? – reagi, irada.

– Ele fez o certo – disse Jamie. – Afinal...

Virei-me para ele com um olhar fulminante, interrompendo-o.

– *Não fez!* Ele escondeu dela de propósito, e tentou mantê-la longe... você não percebe? Se ele tivesse conseguido, você nunca a veria!

– Sim, eu sei. E o que aconteceu com ela não teria acontecido. – Seus olhos eram de um azul profundo, e estavam firmes nos meus. – Não teria sido assim.

Engoli meu pesar e a raiva até achar que poderia falar de novo sem me engasgar.

– Acho que *ela* não teria escolhido isso – disse baixinho. – E, se tivesse sabido, poderia escolher.

Roger me interrompeu antes que Jamie pudesse retrucar:

– Você disse que o que aconteceu com ela não teria acontecido... está se referindo à gravidez? – Ele não esperou a resposta; já havia se recuperado totalmente do choque da notícia para começar a pensar, e rapidamente chegou às mesmas conclusões desagradáveis às quais Brianna chegara alguns meses antes. Virou a cabeça na minha direção, os olhos arregalados de choque.

– Ela está grávida de sete meses, você disse. Jesus! Ela não pode voltar!

– Não *agora* – falei, enfática. – Poderia assim que descobrimos. Tentei fazer com que ela voltasse para a Escócia, ou pelo menos para as Índias, onde há outra... abertura. Mas ela não concordou. Não queria ir sem descobrir o que havia acontecido com você.

– O que aconteceu comigo – disse ele, e olhou para Jamie.

Os ombros de Jamie ficaram tensos e ele contraiu a mandíbula.

– Sim – disse ele. – É minha culpa, e não há como remediar isso. Ela está presa aqui. E não posso fazer nada por ela... exceto levar você de volta.

E era por isso, percebi, que ele não quisera contar nada a Roger; por medo de que, quando ele percebesse que Brianna estava presa no passado, decidisse não voltar conosco. Segui-la para o passado era uma coisa; ficar lá para sempre com ela era algo totalmente diferente. Não tinha sido a culpa em relação a Bonnet que havia consumido Jamie durante a viagem, pensei, olhando para ele com carinho.

Roger o observou, totalmente sem palavras.

Antes que conseguisse falar, ouvimos um barulho de passos arrastados perto da porta da cabana. A aba foi erguida e vários moicanos entraram, um depois do outro.

Olhamos para eles, surpresos; havia cerca de quinze deles, homens, mulheres e crianças, todos vestidos para viajar, com calças e peles. Uma das mulheres mais velhas segurava um berço e, sem hesitação, aproximou-se de Roger e o colocou em seus braços, dizendo algo em moicano.

Ele franziu o cenho para ela, sem entender. Jamie, repentinamente alerta, inclinou-se para ela e disse algumas palavras. Ela lhe repetiu o que dissera, sem paciência, e então olhou para trás e fez um gesto para um jovem.

– Você é... sacerdote – disse ele a Roger. Apontou para o berço. – Água.

– Não sou sacerdote.

Roger tentou devolver o berço à mulher, mas ela se recusou a pegá-lo.

– *Favôô* – disse ela. – Batizá. – Fez um gesto a uma das mulheres mais jovens, que se aproximou segurando uma pequena cuia feita de osso cheia de água.

– Padre Alexandre... diz que você sacerdote, filho de sacerdote – disse o jovem.

Vi o rosto de Roger empalidecer por baixo da barba.

Jamie tinha dado um passo para o lado, murmurando para um homem que ele reconheceu na multidão. Então voltou para perto de nós.

— Isto foi o que sobrou das roupas do padre — disse suavemente. — O conselho mandou que eles partissem. Eles pretendem ir para a missão de Huron em Ste. Berthe, mas querem batizar a criança para o caso de ela morrer na viagem. — Olhou para Roger. — Eles acham que você é padre?

— É o que parece — Roger disse e olhou para a criança em seus braços.

Jamie hesitou, fitando os índios que esperavam, pacientemente, os rostos calmos. Eu só conseguia imaginar o que pensavam. Fogo e morte, exílio... o que mais? Havia marcas de pesar no rosto da mulher que trouxe o bebê; ela devia ser a avó dele, pensei.

— Em caso de necessidade — disse Jamie a Roger —, qualquer homem pode exercer o ofício de um padre.

Não imaginei que seria possível que Roger ficasse ainda mais pálido, mas ele ficou. Remexeu-se brevemente e a mulher, assustada, estendeu a mão para estabilizar o berço. Ele se equilibrou e meneou a cabeça para a jovem com a água, indicando-lhe que se aproximasse.

— *Parlez-vous français?* — perguntou, e as pessoas assentiram, algumas com certeza, outras com menos. — *C'est bien* — disse e, respirando fundo, ergueu o berço, mostrando a criança à congregação.

O bebê, de rosto redondo, com cachinhos castanhos e pele dourada, piscou sonolento ante a mudança de perspectiva.

— Ouçam as palavras de Nosso Senhor Jesus Cristo — disse ele claramente em francês. — Obedecendo à palavra de Nosso Senhor Jesus, e certos de sua presença entre nós, batizamos aqueles que Ele chamou para serem seus.

Claro, pensei, observando. Ele *era* o filho de um sacerdote; já tinha visto, muitas vezes, o reverendo realizar o sacramento do batismo. Se não se lembrava de toda a cerimônia, parecia saber o principal.

Pediu que o bebê fosse passado de mão em mão entre as pessoas da congregação — como tinha sido combinado — seguindo e fazendo perguntas a cada pessoa ali presente em voz baixa.

— *Qui est votre Seigneur, votre Sauveur?* Quem é seu Senhor e Salvador? *Voulez-vous placer votre foi en Lui?* Tem fé Nele? Promete contar à criança a Boa-Nova do Evangelho e todos os mandamentos de Cristo e, com sua fé, fortalecer seus laços de família na casa de Deus?

Todos, à sua vez, assentiram em resposta.

— *Oui, certainement. Je le promets. Nous le ferons.* Sim, claro, prometemos.

Por fim, Roger se virou e entregou a criança a Jamie.

— Quem é seu Senhor e Salvador?

— Jesus Cristo — respondeu ele sem hesitação, e o bebê foi entregue a mim.

– Tem fé Nele?

Olhei para baixo para o rosto inocente e respondi por ele:

– Tenho.

Ele pegou o berço, entregou à avó e então, afundando um galho de junípero na cuia, aspergiu água na testa do bebê.

– Batizo você... – começou, e parou, com um olhar de pânico para mim, repentinamente.

– É menina – murmurei, e ele assentiu, erguendo o galho de junípero de novo.

– Batizo você, Alexandra, em nome do Pai, do Filho e do Espírito Santo, amém.

Depois que o pequeno grupo de cristãos partiu, não houve mais visitantes. Um guerreiro nos trouxe lenha para a fogueira, mas ignorou as perguntas de Jamie e saiu sem dizer nada.

– Você acha que eles nos matarão? – perguntou Roger de repente, depois de um período de silêncio. Sua boca se entortou na tentativa de sorrir. – *Me* matarão, é o que quero dizer. Vocês dois parecem estar seguros.

Ele não parecia preocupado. Olhando para as sombras e linhas profundas do seu rosto, pensei que ele estava simplesmente exausto demais para ter medo.

– Eles não nos matarão – falei, e passei a mão pelas mechas dos cabelos. Percebi que eu também estava exausta; não dormia há mais de 36 horas.

– Fiquei a noite passada na casa de Tewaktenyonh. O Conselho de Mães se reuniu lá.

Elas não tinham me contado nada; nunca contariam. Mas, ao fim das várias horas de cerimônia e discussão, a menina que falava inglês havia me dito tudo que queriam que eu soubesse antes de me mandarem a Jamie.

– Alguns dos jovens encontraram o esconderijo do uísque – falei. – Eles o trouxeram ao vilarejo ontem e começaram a beber. As mulheres acreditavam que eles não pretendiam fazer nada desonesto, que eles pensavam que a barganha já tinha sido feita. Mas então uma briga teve início entre eles, um pouco antes de acenderem a pira para... executar o padre. Uma briga começou e alguns dos homens correram para a multidão e... uma coisa levou a outra. – Passei a mão pelo rosto, tentando manter os pensamentos claros o bastante para falar. – Um homem foi morto na briga. – Olhei para Roger. – Eles acham que você o matou. Matou?

Ele balançou a cabeça, encolhendo os ombros de cansaço.

– Não sei. Eu... provavelmente. O que eles farão a respeito?

– Bem, elas demoraram muito para decidir, e ainda não foi determinado; mandaram a notícia ao conselho principal, mas o *sachem* ainda não decidiu. – Respirei fundo. – Não matarão você porque o uísque foi aceito e foi oferecido como pagamento da sua vida. Mas, como decidiram não nos matar em vingança, o que costumam fazer é adotar um inimigo na tribo em troca do homem morto.

Isso fez Roger sair de seu torpor.

– Me adotar? Eles querem me manter?

– Um de nós. Um de vocês. Não acho que eu seria uma boa substituta, já que não sou homem. – Tentei sorrir, mas não consegui. Todos os músculos do meu rosto estavam entorpecidos.

– Então eu devo ficar – disse Jamie baixinho.

Roger levantou a cabeça, assustado.

– Você mesmo disse: se o passado não pode ser mudado, então nada acontecerá comigo. Podem me deixar e, assim que eu puder, escaparei e irei para casa – disse Jamie.

Ele pousou a mão em meu braço antes que eu pudesse protestar.

– Você e Ian levarão MacKenzie de volta a Brianna. – Olhou para Roger, o rosto inexpressivo. – Afinal – disse –, ela só precisa de vocês dois.

Roger começou a argumentar, mas eu me intrometi.

– Que o Senhor me livre de escoceses teimosos! – falei. Arregalei os olhos para os dois. – Eles ainda não decidiram. Isso foi apenas o que o Conselho de Mães resolveu. Então não há motivos para brigar por isso até termos certeza. E, por falar em ter certeza – continuei, na esperança de distrair os dois –, onde está Ian?

Jamie olhou para mim.

– Não sei – disse ele, e vi que ele engoliu em seco. – Mas espero que esteja seguro na cama daquela moça.

Ninguém veio. A noite transcorreu em silêncio, mas nenhum de nós dormiu bem. Eu cochilava, devido à exaustão, mas acordava sempre que ouvia um barulho lá fora, e meus sonhos eram uma mistura maluca de sangue, fogo e água.

Era meio-dia quando ouvimos o som de vozes se aproximando. Meu coração saltou no peito quando reconheci uma delas, e Jamie se levantou antes de a aba da porta ser erguida.

– Ian? É você?

– Sim, tio. Sou eu.

Sua voz estava estranha: ofegante e incerta. Ele apareceu à luz da abertura para a saída da fumaça e eu me surpreendi, como se levasse um murro no estômago.

Os cabelos tinham sido raspados nas laterais do crânio; o que restava estava de pé numa crina grossa, e havia um rabo de cavalo comprido que descia pelas costas. Uma orelha tinha sido furada e ostentava um brinco de prata.

Seu rosto tinha sido tatuado. Duas linhas crescentes de pontos escuros e pequenos, a maioria ainda com pontinhas de sangue seco, espalhadas pelas faces, encontrando-se na ponte do nariz.

– Eu... não posso ficar muito, tio – disse Ian. Parecia pálido sob as linhas de tatuagem, mas mantinha as costas eretas. – Eu disse que eles tinham que me deixar vir me despedir.

Os lábios de Jamie estavam pálidos.

– Jesus, Ian – murmurou ele.

– A cerimônia do nome é hoje à noite – disse Ian, tentando não olhar para nós. – Disseram que depois disso eu serei um índio e não devo falar nenhuma outra língua que não seja o *Kahnyen'kehaka*. Não posso falar inglês de novo, nem gaélico. – Sorriu com tristeza. – E sei que você não sabe muito da língua moicana.

– Ian, não pode fazer isso!

– Já fiz, tio Jamie – disse Ian com delicadeza e olhou para mim.

– Tia, pode dizer a minha mãe que eu não vou esquecê-la? Meu pai saberá, eu acho.

– Ah, Ian! – Abracei-o com força e ele me abraçou com gentileza.

– Vocês podem ir embora ao amanhecer – disse ele a Jamie. – Eles não impedirão.

Deixei que se fosse, e ele cruzou a cabana até onde Roger estava, surpreso. Ian estendeu a mão a ele.

– Sinto muito pelo que fizemos com você. Vai cuidar bem da minha prima e do bebê?

Roger pegou a mão dele e a apertou. Pigarreou e conseguiu falar:

– Vou. Prometo.

Então Ian se virou para Jamie.

– Não, Ian – disse ele. – Por Deus, não. Deixe que seja eu!

Ian sorriu, apesar de os olhos estarem marejados.

– Certa vez você me disse que minha vida não poderia ser desperdiçada. E não será. – Ele estendeu os braços. – Também nunca me esquecerei de você, tio Jamie.

Eles levaram Ian à beira do rio um pouco antes do pôr do sol. Ele tirou a roupa e entrou na água congelante, acompanhado por três mulheres, que o mergulharam, rindo e esfregando-o com punhados de areia. Rollo corria de um lado para outro da barranca, latindo como louco, e então entrou no rio e participou do que claramente via como brincadeira, e quase afogou Ian fazendo isso.

Todas as pessoas que observavam da beira do rio acharam aquilo engraçado, menos os três brancos.

Assim que o sangue branco foi cerimonialmente esfregado do corpo de Ian, mais mulheres o secaram e o vestiram com roupas novas, e o levaram à casa do conselho para a cerimônia do nome.

Todo mundo se reuniu do lado de dentro; todo o vilarejo estava lá. Jamie, Roger e eu permanecemos em silêncio em um canto, observando enquanto o *sachem* cantava e falava sobre ele, os tambores retumbavam e o cachimbo era aceso e passado de mão em mão. A garota chamada Emily ficou perto dele, os olhos brilhando enquanto o admirava. Vi quando ele olhou para ela, e a luz que surgiu em seus olhos ajudou a diminuir um pouco a dor do meu coração.

Eles o chamaram de Irmão do Lobo. Seu irmão lobo estava sentado com a língua de fora aos pés de Ian, observando os procedimentos com interesse.

Ao final da cerimônia, o silêncio tomou a multidão e, naquele momento, Jamie saiu do canto. Todo mundo observou quando ele foi até Ian, e eu vi mais de um guerreiro ficar tenso, reprovando aquele momento.

Ele abriu o broche de seu tartã, desafivelou-o e deixou o tecido com marcas de sangue sobre o ombro do sobrinho.

– *Cuimhnich* – disse baixinho, e deu um passo para trás. *Lembre-se*.

Todos nós estávamos calados enquanto descíamos a trilha estreita que levava para fora do vilarejo, na manhã seguinte. Ian havia se despedido de nós com formalidade, ao lado de sua nova família. Não consegui ser tão fria e, ao ver minhas lágrimas, Ian mordeu o lábio para conter sua emoção.

Jamie o abraçou, beijou seus lábios e o deixou sem nada dizer.

Jamie realizou a tarefa de montar acampamento naquela noite com a eficiência de sempre, mas percebi que sua mente estava em outro lugar. E não era à toa. A minha estava dividida entre a preocupação com Ian deixado para trás e Brianna, que encontraríamos adiante, com pouca atenção a dar às circunstâncias atuais.

Roger jogou uma carga de lenha ao lado da fogueira e se sentou ao meu lado.

– Tenho pensado – disse Roger, baixinho – sobre Brianna.

– É mesmo? Eu também. – Estava tão cansada que pensei que poderia me jogar nas chamas antes de esperar a água ferver.

– Você disse que há outra abertura, outro círculo – comentou ele. – Nas Índias? – Sim. – Pensei brevemente em contar a ele tudo sobre Gilie Duncan e a caverna em Abandawe, mas deixei essa ideia de lado. Não tinha energia para isso. Então afastei a névoa mental e entendi o que ele estava dizendo. – Aqui, você quer dizer? – indaguei. Olhei ao redor, como se esperasse ver um menir ameaçadoramente localizado às minhas costas.

– Não *aqui* – disse ele. – Em algum lugar entre aqui e a Cordilheira dos Frasers.

– Ah. – Tentei reunir meus pensamentos. – Sim, eu sei que há, mas... – Então percebi, e agarrei o braço dele. – Está dizendo que *sabe* onde é?

– Você sabia disso? – Ele olhou para mim, surpreso.

– Sim, eu... olhe... – Procurei em minha bolsa e tirei uma opala. Ele a pegou de minha mão antes que eu pudesse explicar.

– Veja! É o mesmo; esse mesmo símbolo está entalhado na pedra no círculo. Onde conseguiu isso?

– É uma longa história – falei. – Contarei depois. Mas por enquanto... você sabe onde fica o círculo? Já o viu?

Jamie, atraído por nossa ansiedade, veio ver o que estava acontecendo.

– Um círculo?

– Um círculo do tempo, uma abertura, uma... uma...

– Já estive lá – disse Roger, interrompendo minhas explicações gaguejadas. – Eu o encontrei por acidente quando tentava escapar.

– Poderia encontrá-lo de novo? Fica longe de River Run? – Minha mente fazia cálculos sem parar. Um pouco mais de sete meses. Se demorássemos seis semanas para voltar, Brianna estaria de oito meses e meio. Poderíamos levá-la às montanhas a tempo? E se pudéssemos... qual seria o maior risco: atravessar a passagem do tempo prestes a dar à luz ou permanecer no passado para sempre?

Roger procurou na cintura da calça puída e tirou dali um barbante, sujo e cheio de nós.

– Aqui está – disse ele, segurando um nó duplo. – Foram oito dias depois do dia em que me pegaram. Oito dias depois da Cordilheira dos Frasers.

– E uma semana, pelo menos, de River Run à Cordilheira. – Respirei de novo, sem saber se sentia desapontamento ou alívio. – Nunca conseguiríamos.

– Mas o tempo está mudando – disse Jamie. Acenou na direção de um grande abeto azul, suas folhas molhadas e pingando. – Quando chegamos, aquela árvore estava coberta de gelo. – Olhou para mim. – A viagem deve ser mais fácil; pode ser que a façamos em menos tempo... ou não.

– Ou não. – Balancei a cabeça de modo relutante. – Você sabe tão bem quanto eu que a primavera significa lama. E lama é pior do que neve numa viagem. – Senti o coração começar a bater mais devagar, aceitando a situação. – Não, é tarde demais, arriscado demais. Ela terá que ficar.

Jamie olhava para Roger por cima do fogo.

– Ele não precisa – disse.

Roger olhou para Jamie, assustado.

– Eu... – começou, então contraiu a mandíbula e começou de novo: – Eu ficarei. Você acha que eu a deixaria? E meu filho?

Abri a boca e senti Jamie ficar tenso ao meu lado.

– Não – disse com firmeza. – Não. Temos que contar a ele. Brianna contará. É melhor que ele saiba agora. Se fizer diferença para ele, então é melhor que saiba antes de vê-la.

Jamie contraiu os lábios, mas assentiu.

– Sim – disse. – Conte, então.

– Contar o quê? – Os cabelos escuros de Roger estavam soltos, flutuando ao redor do seu rosto ao vento da noite. Ele parecia mais vivo agora do que desde que o encontramos, assustado e animado ao mesmo tempo. Comecei.

– Pode não ser seu filho – falei.

A expressão dele não mudou nem por um instante; então as palavras foram assimiladas. Ele me segurou pelos braços tão repentinamente que gritei de susto.

– Como assim? O que aconteceu?

Jamie se moveu como uma serpente pronta para o bote. Acertou um murro curto e certeiro embaixo do queixo de Roger, que soltou meu braço e caiu de costas no chão.

– Ela está dizendo que, quando você deixou minha filha sozinha, ela foi estuprada – disse com raiva. – Dois dias depois de você ter dormido com ela. Então talvez o filho seja seu, talvez não.

Ele arregalou os olhos para Roger.

– E então? Você pretende ficar do lado dela ou não?

Roger balançou a cabeça, tentando clarear a mente, e se levantou devagar.

– Estuprada. Quem? Onde?

– Em Wilmington. Um homem chamado Stephen Bonnet. Ele...

– *Bonnet*? – Ficou claro, pela expressão de Roger, que o nome lhe era familiar. Olhou desesperado de Jamie para mim e de volta para Jamie. – Brianna foi estuprada por Stephen Bonnet?

– Foi o que eu disse.

De repente, toda a ira que Jamie vinha controlando desde nossa saída do vilarejo foi extravasada. Agarrou Roger pelo pescoço e o jogou contra um tronco de árvore.

– E onde você estava quando isso aconteceu, seu covarde? Ela ficou brava com você, então você fugiu e a deixou! Se você achava que tinha que ir embora, por que não a deixou em segurança comigo primeiro?

Agarrei o braço de Jamie e puxei.

– Solte-o!

Ele soltou e se virou, respirando ofegante. Roger, abalado e quase tão furioso quanto Jamie, ajeitou suas roupas.

– Não fui embora porque brigamos! Fui embora para encontrar isto!

Enfiou a mão na calça larga e rasgou o tecido. Uma pedra verde brilhou na palma de sua mão.

– Arrisquei minha vida para conseguir isto, para mandá-la de volta em segurança pelas pedras! Sabe aonde eu fui para conseguir isto e de quem peguei? Stephen Bonnet! Por isso demorei tanto para chegar à Cordilheira dos Frasers; ele não estava onde eu pensei que estaria; tive que percorrer a costa atrás dele.

Jamie ficou paralisado, olhando para a pedra preciosa. Eu também.

– Naveguei com Stephen Bonnet saindo da Escócia. – Roger estava se acalmando. – Ele é um... um...

– Eu sei o que ele é – disse Jamie, saindo do seu transe. – Mas ele também pode ser o pai do filho da minha filha. – Lançou a Roger um olhar comprido e frio. – Então, estou lhe perguntando, MacKenzie: você pode voltar para ela e viver com ela sabendo que é possível que o filho que ela carrega seja de Bonnet? Pois se não puder fazer isso... diga agora, porque juro que se você voltar para ela e passar a tratá-la mal... mato você sem pensar duas vezes.

– Pelo amor de Deus! – gritei. – Dê-lhe um momento para pensar, Jamie! Você não vê que ele ainda nem teve chance de assimilar tudo?

Roger fechou a mão sobre a joia e a abriu de novo. Ouvi sua respiração, difícil, ofegante.

– Não sei – disse ele. – Não sei!

Jamie se abaixou, pegou a pedra onde Roger a havia deixado cair e a jogou entre os pés de Roger.

– Então vá! – disse. – Pegue essa maldita pedra e encontre o maldito círculo. Vá embora, porque minha filha não precisa de um covarde!

Ele ainda não havia tirado a sela dos cavalos; pegou as bolsas de sela e as jogou em cima do cavalo. Desamarrou o cavalo dele e o meu, e montou num movimento só.

– Vamos – disse para mim.

Olhei para Roger, sentindo-me impotente. Ele fitava Jamie, os olhos verdes com um brilho intenso como o fogo, claro como a esmeralda em sua mão.

– Vá – disse para mim sem desviar os olhos de Jamie. – Se eu puder... encontrarei vocês.

Minhas mãos e meus pés não pareciam meus; moviam-se tranquilos, sem meu comando. Caminhei até meu cavalo, encaixei o pé no estribo e subi.

Quando olhei para trás, até mesmo a luz da fogueira havia desaparecido. Não havia nada atrás de nós, só a escuridão.

62

TRÊS TERÇOS DE UM FANTASMA

River Run, abril de 1770

– Prenderam Stephen Bonnet.

Brianna jogou a caixa do jogo no chão. As peças de marfim se espalharam em todas as direções e rolaram para baixo do móvel. Sem nada dizer, ela ficou de pé olhando para lorde John, que pousou o copo de conhaque e se apressou a socorrê-la.

– Você está bem? Precisa se sentar? Eu peço desculpas. Não deveria...

– Sim, preciso. Não, não no sofá, porque nunca vou conseguir sair dele. – Ela não aceitou a mão que ele oferecia e caminhou lentamente em direção à cadeira simples de madeira perto da janela. Quando se sentou, lançou a ele um olhar firme.

– Onde? – perguntou. – Como?

Ele não se deu ao trabalho de perguntar se deveria buscar vinho ou uma bebida forte; ela não desfaleceria.

Puxou um banco para perto dela, mas mudou de ideia e foi até a porta da sala. Espiou o corredor escuro; conforme esperado, uma das criadas estava cochilando em um banquinho na curva da escada, disponível para o caso de eles quererem alguma coisa. A mulher levantou a cabeça ao ouvi-lo, as escleras visíveis no escuro.

– Vá dormir – disse ele. – Não pediremos mais nada esta noite.

A escrava concordou e saiu, relaxando os ombros, aliviada; ela deveria estar acordada desde a madrugada, e já era quase meia-noite. Ele estava desesperadamente cansado, depois da viagem longa saindo de Edenton, mas não eram notícias que pudessem esperar. Havia chegado no início da noite, mas aquela era a primeira oportunidade que tinha de dar uma desculpa para conversar a sós com Brianna.

Fechou as portas duplas e colocou o banco na frente, para evitar qualquer interrupção.

– Ele foi preso aqui, em Cross Creek – disse sem preâmbulos, sentando-se ao lado dela. – Como, não sei dizer. A acusação foi contrabando. Assim que eles descobriram a identidade dele, outras foram acrescentadas.

– Contrabandeando o quê?

– Chá e conhaque. Dessa vez, pelo menos. – Ele coçou a nuca, tentando aliviar a rigidez causada pelas horas na sela. – Soube disso em Edenton; evidentemente, o homem é conhecido. Sua fama vai de Charleston a Jamestown.

Fitou-a com atenção; ela estava pálida, mas não lívida.

– Ele foi condenado – disse ele baixinho. – Será enforcado na próxima semana, em Wilmington. Pensei que você gostaria de saber.

Ela respirou fundo e soltou o ar lentamente, mas não disse nada. Ele continuou a fitá-la com atenção: não queria olhar fixamente, mas estava surpreso com seu tamanho. Meu Deus, ela estava imensa! Nos dois meses desde o noivado deles, ela havia dobrado de tamanho, no mínimo.

Um lado do seu enorme abdômen cresceu repentinamente, assustando-o. Ele se questionava se deveria ter contado a ela; se o choque da notícia causasse um parto prematuro, ele não se perdoaria. Jamie também não.

Ela olhava para o nada, o cenho franzido em concentração. Ele já tinha visto éguas prenhes daquele modo: totalmente envolvidas em questões internas. Tinha sido um erro mandar a criada se recolher. Levantou-se, pretendendo buscar ajuda, mas o movimento a tirou do transe.

– Obrigada – disse ela.

O cenho continuava franzido, mas os olhos tinham perdido o olhar distante; estavam fixos nele com uma objetividade desconcertante... mais desconcertante por ser tão familiar.

– Quando ele será enforcado?

Ela se inclinou para a frente um pouco, a mão pressionando o lado do corpo. Ele viu mais um movimento na barriga em resposta aparente à pressão.

Ele se sentou, olhando para a barriga dela com intranquilidade.

– Na sexta-feira que vem.

– Ele está em Wilmington agora?

Levemente reconfortado pelo comportamento calmo dela, ele pegou o copo que havia deixado de lado. Tomou um gole e balançou a cabeça, sentindo o conforto do líquido quente se espalhar por seu peito.

– Não. Ele ainda está aqui; não houve necessidade de julgamento, pois já tinha sido condenado anteriormente.

– Então eles o levarão a Wilmington para a execução. Quando?

– Não faço ideia.

O olhar distante voltara; com forte apreensão, ele o reconheceu dessa vez: não era abstração materna, mas cálculo.

– Quero vê-lo.

Ele engoliu o resto da bebida.

– Não – disse com firmeza, pousando o copo. – Ainda que seu estado permitisse a viagem a Wilmington, o que certamente não permite – acrescentou, olhando de soslaio para a barriga enorme –, ver uma execução poderia ter um péssimo efeito em seu filho. Compreendo seus sentimentos totalmente, minha cara, mas....

– Não, você não compreende. Não sabe quais são meus sentimentos. – Ela falava sem raiva, mas com total convicção.

Ele a fitou por um momento, então se levantou e foi pegar o decantador.

Ela observou o líquido amarelo encher o copo e esperou que ele o pegasse antes de continuar.

– Não quero vê-lo morrer – disse.

– Graças a Deus – murmurou ele, e tomou um gole do conhaque.

– Quero falar com ele.

A bebida desceu por um caminho errado e ele engasgou, espirrando gotículas de conhaque sobre a camisa.

– Talvez você devesse se sentar – disse ela, semicerrando os olhos para ele. – Não parece muito bem.

– Não sei por quê.

Ele se sentou de qualquer modo e pegou um lenço para secar o rosto.

– Bem, sei o que você vai dizer – disse ela com firmeza –, então não se dê ao trabalho. Pode dar um jeito para que eu o encontre antes de eles o levarem para Wilmington? E antes que diga não, com certeza não, pergunte a si mesmo o que eu farei se você disser isso.

Depois de ter aberto a boca para dizer "Não, com certeza não", lorde John a fechou e olhou para Brianna por um momento.

– Acho que você não pretende me ameaçar de novo, não é? – perguntou de modo afável. – Porque se pretender...

– Claro que não. – Ela corou levemente ao dizer isso.

– Bem, então tenho que confessar que não entendo muito bem o que você...

– Contarei a minha tia que Stephen Bonnet é o pai do meu filho. E também a

Farquard Campbell. E a Gerald Forbes. E ao juiz Alderdyce. Então irei à sede da guarnição... deve ser onde ele está... e contarei ao sargento Murchison. Se ele não me deixar entrar, pedirei ao sr. Campbell que me dê permissão. Tenho o direito de vê-lo.

Ele a encarou estreitando os olhos, mas viu que não era uma ameaça falsa. Ela estava ali, firme e imóvel como uma estátua de mármore, impossível de persuadir.

– Não se envergonharia de criar um escândalo monstruoso?

Era uma pergunta retórica, ele só queria ganhar tempo.

– Não – disse ela calmamente. – O que tenho a perder? – Ergueu uma sobrancelha num olhar levemente bem-humorado. – Acredito que você teria que romper nosso noivado. Mas, se o condado todo souber quem é o pai do bebê, acho que isso teria o mesmo efeito que o noivado, em termos de fazer com que os homens não queiram se casar comigo.

– Sua reputação... – começou ele, sabendo que era inútil.

– Já não é muito boa, para começo de conversa. Mas, pensando bem, por que seria pior para mim estar grávida por ter sido estuprada por um pirata do que por ter sido impudica, como meu pai disse de modo tão bonito? – Havia um leve toque de amargura em sua voz que o impediu de dizer mais alguma coisa. – De qualquer modo, a tia Jocasta não deve me expulsar só porque criei um escândalo. Não vou morrer de fome, nem meu bebê. E não sei se me importo se a sra. MacNeill me repreender ou não.

Ele pegou o copo e bebeu de novo, cuidadosamente dessa vez, olhando para ela para evitar outros choques. Estava curioso para saber o que havia acontecido entre ela e o pai, mas não era louco de perguntar. Então apenas pousou o copo e perguntou:

– Por quê?

– Por quê?

– Por que acha que precisa falar com Bonnet? Você diz que não sei quais são seus sentimentos, o que é inegavelmente verdadeiro. – Ele disse isso muito sério. – Mas, sejam quais forem, devem ser muito fortes para fazê-la tomar uma decisão tão drástica.

Um sorriso foi ganhando espaço lentamente até chegar aos olhos dela.

– Gosto muito do jeito que você fala – disse ela.

– Fico mais do que lisonjeado. No entanto, se quiser responder à minha pergunta...

Ela suspirou forte o bastante para fazer a chama da vela tremer. Ficou de pé, movendo-se com cuidado, e pegou a barra do vestido. Ficou evidente que ela havia costurado um bolso ali, porque tirou um pequeno pedaço de papel, dobrado e puído por já ter sido muito manuseado

– Leia isto – disse ela, entregando-lhe o papel. Depois se virou e caminhou até o fim da sala, onde suas tintas e a tela estavam em um canto, perto da lareira.

As letras escuras eram familiares. Ele vira a caligrafia de Jamie Fraser apenas uma vez antes, mas uma vez era suficiente; era um modo de escrever distinto.

Filha,

Não sei se voltarei a vê-la. Espero fervorosamente que sim e que tudo seja consertado entre nós, mas esse fato está nas mãos de Deus. Escrevo agora para o caso de Ele desejar outra coisa.

Você me perguntou certa vez se era certo matar por vingança pelo grande erro cometido contra você. Digo que você não deve matar. Pelo bem da sua alma, pelo bem da sua vida, você deve buscar a graça do perdão. A liberdade é difícil de se conseguir, mas não é fruto do assassinato. Não tema que ele escape à vingança. Um homem como ele carrega consigo as sementes da própria destruição. Se não morrer pela minha mão, será pela mão de outra pessoa. Mas não deve ser a sua mão que o derrubará.

Guarde estas palavras, pelo amor que tenho por você.

Embaixo do texto da carta, ele havia escrito *Seu pai muito carinhoso e amoroso, James Fraser.* Mas riscara isso e escrevera simplesmente "*Pa*".

– Eu não disse adeus a ele.

Lorde John olhou para a frente, assustado. Ela estava de costas para ele; olhava para a paisagem não terminada na tela como se fosse uma janela.

Ele atravessou o tapete e ficou ao seu lado. O fogo havia diminuído na lareira e a sala estava esfriando. Ela se virou para olhá-lo, passando as mãos nos braços para se esquentar.

– Quero ser livre – disse baixinho. – Se Roger voltar ou não. Aconteça o que acontecer.

O bebê estava inquieto; ele viu que chutava e se mexia por baixo dos braços cruzados dela, como um gato dentro de um saco. Ele respirou fundo, sentindo frio e apreensão.

– Tem certeza de que precisa ver Bonnet?

Ela lhe lançou mais um olhar demorado.

– Preciso encontrar um modo de perdoá-lo, meu Pa diz. Tenho tentado, desde que eles se foram, mas não consigo. Talvez, se encontrá-lo, consiga. Tenho que tentar.

– Certo. – Ele soltou o ar num longo suspiro, curvando os ombros.

Uma luz leve – alívio? – apareceu em seus olhos, e ele tentou sorrir de volta.

– Você vai fazer isso?

– Sim. Só Deus sabe como, mas vou.

Ele apagou todas as velas, menos uma, mantendo-a acesa para iluminar o caminho deles até a cama. Ofereceu-lhe o braço e ambos caminharam em silêncio pelo corredor vazio, o silêncio os envolvendo em paz. Aos pés da escada, ele parou, permitindo que ela fosse na frente.

– Brianna.

Ela se virou na escada. Ele permanecia hesitante, sem saber como pedir o que de repente quis tanto. Estendeu a mão com delicadeza.

– Posso...?

Sem falar, ela pegou a mão dele e a pressionou contra a barriga. Estava quente e muito firme. Eles permaneceram parados por um momento, a mão dela sobre a dele. Então ele sentiu um empurrão forte contra sua mão, o que fez seu coração se acelerar.

– Meu Deus – disse, alegrando-se. – Ele é real.

Ela fitou seus olhos, divertindo-se.

– Sim – disse. – Eu sei.

Já estava bem escuro quando passaram pela sede da guarnição. Era uma pequena construção sem imponência, ainda mais reduzida em comparação com o galpão atrás do qual ficava, e Brianna olhou para lá com curiosidade.

– Ele está lá dentro? – Suas mãos estavam frias, apesar de as conservar embaixo da capa.

– Não.

Lorde John olhou ao redor enquanto se abaixava para prender os cavalos. Uma luz iluminava a janela, mas o pequeno pátio de terra estava vazio, a rua estreita em silêncio e deserta. Não havia casas nem lojas ali perto e os trabalhadores do galpão já tinham ido para casa havia muito, para jantar e dormir.

Ele estendeu as duas mãos para ajudá-la a descer; sair de uma carroça era mais fácil do que descer de uma carruagem, mas, ainda assim, não era tarefa fácil.

– Ele está numa sala abaixo do galpão – disse ele, a voz baixa. – Dei dinheiro ao soldado de guarda para nos deixar entrar.

– Não *nós* – disse ela, a voz tão baixa quanto a dele, mas não menos firme. – Eu. Vou sozinha.

Ela o viu contrair os lábios por um momento e logo relaxou quando ele concordou.

– O soldado Hodgepile me garantiu que ele está preso com correntes, ou eu não concordaria com sua ideia. Mas desse modo... – Deu de ombros, meio irritado, e segurou o braço dela para guiá-la pelo chão de pedras.

– Hodgepile?

– Soldado Arvin Hodgepile. Por quê? Vocês se conhecem?

Ela balançou a cabeça, segurando as saias com a mão livre.

– Não, já ouvi o nome, mas...

A porta da construção se abriu, iluminando o pátio.

– É você, meu senhor? – Um soldado espiou atento. Hodgepile era magro e de rosto fino, a postura rígida como uma marionete. Ele se sobressaltou ao vê-la.

– Oh! Não sabia...

– Não precisava saber. – A voz de lorde John estava calma. – Mostre-nos o caminho, por favor.

Com um olhar apreensivo para a barriga de Brianna, o soldado pegou uma lanterna e os levou a uma pequena porta lateral no galpão.

Hodgepile era pequeno e magro, mas se mantinha mais ereto do que o normal. *Ele anda como se tivesse algo enfiado no traseiro*. Sim, ela pensou, observando-o com interesse enquanto ele seguia na frente. Tinha que ser o homem que Ronnie Sinclair havia descrito para a mãe. Afinal, quantos Hodgepiles existiam? Talvez ela pudesse conversar com o soldado quando terminasse de falar com... seus pensamentos pararam abruptamente quando Hodgepile destrancou a porta do galpão.

A noite de abril estava fria e fresca, mas o ar do lado de dentro era denso e recendia a piche e terebintina. Brianna se sentiu sufocada. Quase conseguia perceber as minúsculas moléculas de resina flutuando no ar, grudando-se em sua pele. A sensação repentina de estar presa em um bloco rígido era tão forte que ela se moveu com pressa, quase arrastando lorde John consigo.

O galpão estava quase cheio, o espaço amplo tomado por formas grandes. Barris de piche deixavam a mistura grudenta e preta escorrer para as sombras mais distantes, enquanto prateleiras de madeira perto de portas duplas enormes na frente guardavam pilhas e mais pilhas de barris: conhaque e rum, prontos para serem levados ao porto, para barcaças à espera, rio abaixo.

A sombra do soldado Hodgepile se estendia e diminuía enquanto ele passava entre as fileiras enormes de barris e caixas, os passos abafados pela camada densa de serragem no chão.

–... precisa tomar cuidado com o fogo... – Sua voz fina e alta alcançou os ouvidos de Brianna e ela viu sua sombra erguer a mão. – Tenha cuidado com o local onde colocará a lanterna, sim? Ainda que não haja perigo nenhum lá embaixo...

O galpão tinha sido construído sobre o rio para facilitar a carga: a parte da frente do chão era de madeira, e a metade de trás, de pedras. Brianna ouviu o eco dos passos mudar quando atravessaram o limite. Hodgepile parou perto do alçapão feito nas pedras.

– Não vai demorar, meu senhor?

– Só o necessário – respondeu lorde John sério.

Pegou a lanterna e esperou em silêncio enquanto Hodgepile levantava a tampa e a encostava. O coração de Brianna batia forte; ela conseguia sentir cada batida como um golpe no peito.

Um lance de escada de pedra descia pela escuridão. Hodgepile pegou seu molho de chaves e as contou sob a luz da lanterna, separando a chave certa antes de descer. Olhou para Brianna, em dúvida, e afinal fez um gesto para que eles o seguissem.

– Que bom que eles fizeram os degraus largos o bastante para os barris – disse ela a lorde John, segurando-se ao braço dele enquanto descia, um passo por vez.

Ela percebeu logo por que o soldado Hodgepile não se preocupava com o fogo ali embaixo: o ar era tão úmido que ela não se surpreenderia se visse cogumelos nascerem das paredes. Ouviu o som de água pingando em algum ponto, e a luz da lanterna iluminava a pedra molhada. Baratas corriam em pânico fugindo da luz e o cheiro ali era de bolor.

Ela pensou brevemente no cultivo de penicilina da mãe, menos brevemente na mãe, e sentiu um nó na garganta. Então chegaram e ela não conseguiu mais esquecer o que estava fazendo.

Hodgepile se esforçou com a chave e o pânico que ela vinha reprimindo o dia todo tomou conta dela. Não fazia ideia do que dizer, do que fazer. O que estava fazendo ali?

Lorde John apertou o braço dela em incentivo. Ela inspirou fundo o ar úmido, abaixou a cabeça e entrou.

Ele estava sentado em um banco no lado mais distante da cela, os olhos fixos na porta. Era claro que esperava alguém – ouvira os passos do lado de fora –, mas não contava vê-la. Levantou-se sobressaltado e seus olhos brilharam verdes quando a luz os atingiu.

Ela ouviu um tilintar baixo; claro, tinham dito que ele estava acorrentado. Lembrar-se disso lhe deu um pouco de coragem. Pegou a lanterna de Hodgepile e fechou a porta.

Ela se recostou na parede de madeira, observando-o em silêncio. Ele parecia menor do que ela se lembrava. Talvez fosse apenas por ela estar muito maior agora.

– Sabe quem eu sou?

Era uma cela minúscula, de teto baixo, sem eco. Sua voz soou baixa, mas clara.

Ele inclinou a cabeça para o lado, pensando. Observou-a lentamente.

– Acho que você não me disse seu nome, querida.

– Não me chame assim!

A onda de raiva a tomou de surpresa e ela a conteve cerrando os punhos atrás de si. Se estava ali para praticar o perdão, não tinha sido um bom começo.

Ele deu de ombros, bem-humorado, calmo.

– Como quiser. Não, não sei quem você é. Conheço seu rosto... e algumas outras coisas... – seus dentes brilharam brevemente em meio à barba loura –, mas não sei seu nome. Acredito que queira me dizer.

– Você me reconhece?

Ele puxou o ar e o soltou pelos lábios contraídos, olhando-a com cuidado. Ele estava meio envelhecido, mas isso não diminuíra sua confiança.

– Ah, sim, reconheço.

Parecia estar se divertindo, e ela sentiu vontade de se aproximar para dar um tapa em seu rosto, com força. No entanto, apenas respirou fundo. Foi um erro, porque sentiu o cheiro dele.

Sem aviso, o vômito veio, repentino e violento. Ela não havia enjoado antes, mas o fedor dele trazia tudo de volta. Mal teve tempo de se virar antes da bile e da comida meio digerida subirem, espalhando-se pelo chão úmido.

Encostou a testa na parede, ondas de frio e calor tomando seu corpo. Por fim, secou a boca e se virou.

Ele ainda estava sentado, observando-a. Ela havia deixado a lanterna no chão. Lançava um feixe amarelo para cima, mostrando o rosto dele em meio às sombras: parecia uma fera acorrentada em sua caverna – seus olhos verdes estavam alertas.

– Meu nome é Brianna Fraser.

Ele assentiu e repetiu.

– Brianna Fraser. Um belo nome, com certeza. – Sorriu brevemente com os lábios unidos. – E?

– Meus pais são James e Claire Fraser. Eles salvaram sua vida e você os roubou.

– Sim.

Ele disse isso sem demonstrar qualquer reação. Ela manteve o olhar fixo nele. Ele retribuiu.

Ela sentiu uma vontade forte de rir, tão inesperada quanto a náusea tinha sido. O que esperava? Remorso? Desculpas? De um homem que roubava as coisas porque queria?

– Se você voltou na esperança de reaver as joias, receio que tenha esperado muito – disse Bonnet com bom humor. – Vendi a primeira para comprar um navio e as outras duas foram roubadas de mim. Talvez você considere isso justo; eu chamo de pouco consolo.

Ela engoliu em seco, sentindo o gosto de bile.

– Roubadas. Quando?

Não se preocupe com o homem que a tem, Roger dissera. *É possível que ele a tenha roubado de outra pessoa.*

Bonnet se remexeu no banco de madeira e deu de ombros.

– Cerca de quatro meses atrás. Por quê?

– Por nada.

Então Roger havia conseguido, havia roubado as pedras que poderiam ter garantido uma passagem segura para os dois. Pouco consolo.

– Eu me lembro de que havia outra coisa também... uma aliança, certo? Mas você a recuperou. – Ele sorriu, mostrando os dentes dessa vez.

– Paguei por ela. – Sem pensar, levou a mão à barriga, que estava redonda e rígida como uma bola de basquete por baixo da capa.

Ele continuou olhando para o rosto dela, curioso.

– Ainda temos negócios a tratar, linda?

Ela respirou fundo – pela boca dessa vez.

– Me disseram que você será enforcado.

– Disseram a mesma coisa para mim.

Ele se remexeu de novo no banco duro de madeira. Esticou a cabeça para um lado, para soltar os músculos do pescoço, e olhou para ela de soslaio.

– Você não veio por pena, não é?

– Não – disse ela, encarando-o. – Para ser sincera, me sentirei bem melhor quando você morrer.

Ele olhou para ela por um momento e então começou a rir. Riu tanto que lágrimas marejaram seus olhos; ele as secou com cuidado, abaixando a cabeça para secar o rosto de novo contra o ombro, e então se endireitou, as marcas do riso ainda no rosto.

– O que você quer de mim, então?

Ela abriu a boca para responder, e de repente, a ligação entre eles se desfez. Ela não havia se movido, mas era como se tivesse dado um passo para atravessar um abismo intransponível. Agora, estava segura do outro lado, sozinha. Sozinha, felizmente. Ele não podia mais tocá-la.

– Nada – disse ela, a voz clara em seus ouvidos. – Não quero nada de você. Vim para lhe dar algo.

Abriu a capa e passou as mãos pela barriga. O pequeno habitante se alongou e remexeu, seu toque uma carícia de mão e ventre, íntimo e abstrato.

– Seu – disse ela.

Ele olhou para a barriga e então para ela.

– Putas já vieram empurrar suas crias para mim antes – disse ele, mas sem ódio, e ela pensou ter visto algo novo atrás dos olhos cautelosos.

– Você acha que sou uma puta? – Ela não se importava com o que ele pensava, mas duvidava de que ele pensasse isso. – Não tenho motivo para mentir. Já disse, não quero nada de você.

Ela fechou a capa e se cobriu. Endireitou-se, sentindo a dor nas costas diminuir com o movimento. Pronto. Já podia partir.

– Você vai morrer – disse ela e, apesar de não ter ido ali por pena, ficou surpresa ao perceber que era um pouco o que sentia. – Se for mais fácil para você morrer sabendo que algo seu sobrou na Terra, use essa informação. Mas não tenho mais nada a tratar com você.

Ela se virou para pegar a lanterna e se surpreendeu ao ver a porta se entreabrir. Não teve tempo de sentir raiva de lorde John por ter escutado, pois a porta se abriu totalmente.

– Bem, foi um ótimo discurso, senhora – disse o sargento Murchison. Ele abriu um sorriso grande e encostou o cabo do seu mosquete na barriga dela. – Mas não posso dizer que não tenho nada a tratar com a senhora.

Ela deu um passo rápido para trás e bateu com a lanterna na cabeça dele num reflexo de defesa. Ele se abaixou gritando e uma mão forte segurou o pulso dela antes que ela pudesse bater com a lanterna nele de novo.

– Cristo, essa foi por pouco! Você é rápida, moça, mas não tão rápida quanto o bom sargento. – Bonnet pegou a lanterna da mão dela e soltou seu braço.

– Você não está acorrentado – disse ela como uma tola, olhando para ele. Então se deu conta da situação e se virou, correndo para a porta.

Murchison estendeu o mosquete diante dela, bloqueando a passagem, mas ela viu o corredor escuro pela porta – e o corpo escuro caído de cara no chão mais à frente.

– Você o matou – sussurrou ela. Seus lábios estavam formigando devido ao choque, e um medo mais profundo do que a náusea tomou conta dela. – Ai, meu Deus, você o matou.

– Matou quem? – Bonnet ergueu a lanterna, espiando os cabelos amarelos da cor de manteiga manchados de sangue espalhados no chão. – Quem diabos é aquele?

– Um ninguém – respondeu Murchison. – Depressa, homem! Não temos tempo a perder. Já cuidei de Hodgepile e acendi os estopins.

– Espere! – Bonnet olhou para o sargento e para Brianna, franzindo o cenho.

– Já disse que não temos tempo. – O sargento levantou a arma para examiná-la. – Não se preocupe. Ninguém os encontrará.

Brianna sentiu o cheiro de pólvora na arma. O sargento virou o cabo da arma na direção do seu ombro e se voltou para ela, mas o local era estreito demais; com a barriga dela na frente, não sobrava espaço para erguer o cano comprido.

O sargento resmungou, irritado, virou a arma e a ergueu alto, para acertá-la com o cabo.

Quando se deu conta, Brianna segurava o cano da arma. Tudo parecia estar se movendo lentamente, Murchison e Bonnet congelados. Ela própria se sentiu afastada, como se estivesse de lado, observando.

Tirou o mosquete da mão de Murchison como se fosse uma vassoura, levantou a arma e golpeou. A pancada reverberou por seus braços, por seu corpo, que tremeu todo como se alguém tivesse feito passar uma corrente elétrica por suas veias.

Viu com clareza o rosto do homem pendendo boquiaberto à sua frente, os olhos deixando a surpresa e ganhando o horror, passando para a inconsciência tão lentamente que ela notou a mudança. Teve tempo de ver as cores vívidas de seu rosto. Um lábio carnudo preso por um dente amarelo, meio erguido em um rosnado. Flores pequenas de um vermelho brilhante desabrochando numa curva graciosa em sua têmpora, flores aquáticas japonesas se abrindo em um campo de azul.

Ela estava absolutamente calma, não passava de um canal para a antiga condição selvagem que os homens chamam de maternidade, por confundirem sua delicadeza com fraqueza. Olhou para as próprias mãos, os nós brancos e os tendões tensos, sentiu a onda de força subindo pelas pernas e pelas costas, pelos punhos, braços e ombros, Golpeou de novo, lentamente – pareceu muito lento –, e, mesmo assim, o homem ainda caía, não havia chegado ao chão quando o cabo da arma bateu de novo.

Uma voz chamava seu nome. Ela a ouvia muito baixa.

– Pare, pelo amor de Deus! Mulher... Brianna... pare!

Sentiu mãos nos ombros, puxando, sacudindo. Livrou-se delas e se virou, a arma ainda na mão.

– Não me toque – disse ela, e ele deu um passo rápido para trás, os olhos tomados de surpresa e susto, talvez um pouco de medo. Medo dela? Por que alguém sentiria medo dela?, pensou. Ele estava falando; ela via sua boca se mexendo, mas não conseguia entender as palavras, era apenas barulho. A corrente em seu corpo desaparecia, deixando-a zonza.

E então o tempo se ajustou, voltou ao normal. Seus músculos tremeram, todas as fibras viraram gelatina. Encostou o cabo manchado da arma no chão para se equilibrar.

– O que você disse?

A impaciência tomou o rosto dele.

– Eu disse que não temos tempo a perder. Você não ouviu o homem dizer que os estopins foram acesos?

– Que estopins? Por quê?

Ela viu os olhos dele se voltarem para a porta atrás dela. Antes que ele conseguisse se mexer, ela deu um passo para trás na direção da porta, levantando o cano da arma. Ele se afastou dela por instinto, batendo a parte de trás das pernas no banco. Caiu para trás e chocou-se contra as correntes e as algemas vazias soldadas à parede.

O choque começava a tomar o corpo dela, mas a lembrança da corrente forte ainda queimava em sua espinha e a mantinha ereta.

– Você não pretende me matar, não é? – Ele tentou sorrir, mas não conseguiu; não pôde evitar o pânico que tomou seus olhos. Ela *dissera* que se sentiria melhor quando ele morresse.

A liberdade é difícil de se conseguir, mas não é fruto do assassinato. Ela tinha sua liberdade agora, e não a devolveria a ele.

– Não – disse ela, e segurou a arma com mais força, o cabo firme em seu ombro. – Mas juro por Deus que vou atirar em seus joelhos e deixarei você aqui se não me disser, neste minuto, que *diabos* está acontecendo!

Ele se reposicionou, os olhos claros nos dela, avaliando-a. Ela bloqueava a porta totalmente, seu corpo a preenchendo de lado a lado. Ela viu a dúvida na postura dele, a posição de seus ombros enquanto pensava em afastá-la, e engatilhou a arma com um único *clique*.

Ele estava a 2 metros do cano da arma; longe demais para avançar e tirá-la dela. Um movimento, um puxão no gatilho. Ela não erraria, e ele sabia disso.

Ele curvou os ombros.

– O galpão aqui em cima está cheio de pólvora e estopins – disse, falando rápido e com clareza, ansioso por terminar. – Não sei quanto tempo vai levar, mas vai explodir com muita força. Pelo amor de Deus, deixe-me sair daqui!

– Por quê?

Suas mãos suavam, mas estavam firmes na arma. O bebê se mexia, um lembrete de que ela também não tinha tempo a perder. Mas arriscaria um minuto para saber. Tinha que saber, com o corpo de John Grey atrás dela, morto.

– Você matou um bom homem e quero saber o porquê!

Ele fez um gesto de frustração.

– O contrabando! – disse. – Éramos parceiros, o sargento e eu. Eu trazia contrabando barato para ele, que carimbava tudo com a marca da Coroa. Ele roubava coisas, eu vendia por um bom preço e dividia o dinheiro com ele.

– Continue falando.

Ele se remexia, impaciente.

– Um soldado, Hodgepile, ficou de olho, fazendo perguntas. Murchison não sabia se ele havia contado a alguém, mas não era boa ideia esperar para ver, não depois de eu ter sido preso. O sargento tirou o resto da bebida do galpão, substituiu por barris de terebintina e acendeu os estopins. Se tudo explodir, ninguém pode dizer que não era conhaque... não há evidência de roubo. É isso, só isso. Agora, deixe-me sair!

– Certo. – Ela baixou o mosquete alguns centímetros, mas não o desengatilhou. – E ele? – perguntou meneando a cabeça na direção do sargento caído, que começava a resmungar.

Ele olhou para ela sem expressão.

– O que tem ele?

– Não vai levá-lo com você?

– Não. – Deu um passo para o lado, tentando passar por ela. – Pelo amor de Deus, mulher, deixe-me ir e saia! Há uma tonelada de piche e terebintina aqui em cima. Isto vai explodir como uma bomba!

– Mas ele ainda está vivo. Não podemos deixá-lo aqui.

Bonnet lançou-lhe um olhar de irritação e então cruzou a sala em dois passos, abaixou-se, tirou a faca do cinto do sargento e a passou pela garganta gorda dele, acima da camisa. Um jato de sangue ensopou a camisa de Bonnet e atingiu a parede.

– Pronto – disse ele, endireitando-se. – Ele não está vivo. Deixe-o.

Soltou a faca, empurrou Brianna para o lado e correu pelo corredor. Ela ouviu os passos dele se afastando depressa.

Tremendo toda pelo choque da ação e da reação, ficou parada por um segundo, olhando para o corpo de John Grey. Pesarosa, sentiu a barriga ficar dura. Não havia dor, mas todas as fibras se contraíam. Sua barriga estava inchada como se ela tivesse engolido uma bola de basquete. Ficou sem fôlego, incapaz de se mexer.

Não, ela pensou com clareza, com o bebê dentro de si. *Não estou em trabalho de parto, não estou, de jeito nenhum. Não terei o bebê agora. Aguente firme. Não tenho tempo agora.*

Deu dois passos pelo corredor escuro e parou. Não, ela tinha que conferir pelo menos, ter certeza. Virou-se e se ajoelhou ao lado do corpo de John Grey. Ele parecera morto quando ela o viu pela primeira vez deitado ali, e ainda parecia; não tinha se mexido desde que ela vira seu corpo.

Inclinou-se para a frente, mas não conseguiu estender o braço à frente da barriga. Então segurou o braço dele e o puxou, tentando virá-lo. Um homem pequeno, de ossos frágeis, mas pesado, mesmo assim. Seu corpo virou e rolou na direção dela, a cabeça solta, e ela sentiu o coração pesar no peito ao ver os olhos semicerrados e a boca entreaberta. Mas levou a mão ao pescoço dele, procurando desesperadamente pela pulsação.

Onde diabos estava? Ela já tinha visto a mãe fazer aquilo em emergências; mais fácil de encontrar do que no pulso, segundo ela. Mas não encontrou. Há quanto tempo aquilo tinha acontecido, quanto tempo até os estopins estourarem?

Passou a borda da capa pelo rosto suado, tentando pensar. Olhou para trás, avaliando a distância até a escada. Jesus, poderia arriscar, mesmo sozinha? Pensar em subir para o galpão no meio da explosão... Lançou um olhar para cima, então se abaixou para continuar o que fazia e tentou de novo, puxando a cabeça dele para trás. Ali! Ela estava vendo a maldita veia sob a pele dele – é onde a pulsação deveria estar, não?

Por um momento, não teve certeza de a sentir; talvez fosse apenas a batida do seu próprio coração nas pontas dos dedos. Mas não, era... uma pulsação diferente, fraca e arrítmica. Ele podia estar quase morto, mas não ainda.

– Quase – murmurou –, mas não morto.

Estava assustada demais para se sentir aliviada; ela teria que tirá-lo dali. Ficou de pé e se abaixou para segurar seus braços, para arrastá-lo. Mas então parou, lembrando-se do que tinha visto um pouco antes.

Virou-se e retornou à cela. Desviando o olhar do monte vermelho no chão, pegou a lanterna e a levou de volta ao corredor. Ergueu-a, lançando luz no teto baixo. Sim, ela tinha razão! As pedras se curvavam do chão em pilares, formando arcos ao longo dos dois lados dos corredores. Alcovas e celas. Acima dos pilares estendiam-se vigas resistentes feitas de pinheiro, com 20 centímetros de espessura. Por cima delas, placas densas, e, acima das placas, a camada de pedras que formava o piso do galpão.

Explodir como uma bomba, dissera Bonnet... mas ele estava certo? Terebintina era inflamável, assim como piche; sim, eles provavelmente explodiriam se estivessem sob pressão, mas não como uma bomba. Estopins. Estopins, no plural. Estopins compridos, claro, e provavelmente com pequenos recipientes de pólvora. Seria o único explosivo de verdade que Murchison teria; não havia altos explosivos nessa época.

Então a pólvora explodiria em vários pontos e inflamaria os barris próximos. Mas os barris queimariam devagar; ela já tinha visto Sinclair fazendo barris como aqueles: as ripas tinham 1,5 centímetro de espessura, eram impermeáveis. Lembrou-se do cheiro enquanto eles atravessavam o galpão; sim, Murchison provavelmente teria aberto alguns barris e deixado a terebintina vazar, para ajudar a espalhar o fogo.

Assim, os barris pegariam fogo, mas não explodiriam – ou, se explodissem, não seria de uma vez. Sua respiração se acalmou um pouco, ela fez cálculos. Não uma bomba, uma série de explosões pequenas, talvez.

Pronto. Respirou fundo – o mais fundo que conseguiu, com Osbert. Passou as mãos pela barriga, sentindo o coração acelerado começar a se acalmar.

Ainda que alguns dos barris explodissem, a força da explosão seria para cima, pelas paredes finas e pelo teto. Pouca força seria direcionada para baixo. E o que fosse... ela esticou a mão e empurrou uma viga, para ter certeza de sua força.

Sentou-se de repente no chão, com as saias amontoadas ao redor do corpo.

– Acho que vai ficar tudo bem – sussurrou, sem saber se falava com John, com o bebê ou consigo mesma.

Permaneceu ali por um momento, tremendo de alívio, e então se ajoelhou desajeitada de novo e começou a aplicar os primeiros socorros com os dedos.

Esforçava-se para rasgar uma faixa da barra de sua anágua quando ouviu os passos. Rápidos, quase correndo. Ela se virou para a escada, mas não... os passos vinham do outro lado, de trás dela.

Virou-se para lá e viu Stephen Bonnet no escuro.

– Corra! – gritou ele. – Pelo amor de Deus, por que você ainda não se foi?

– Porque aqui é seguro – disse ela. Havia deixado o mosquete no chão ao lado do corpo de Grey; abaixou-se, pegou-o e o apoiou no ombro. – Vá embora.

Ele olhou para ela, a boca entreaberta.

– Seguro? Mulher, você é maluca! Não ouviu...?

– Ouvi, mas você está enganado. Não vamos explodir. E, ainda que explodisse, seria seguro aqui embaixo.

– Não é! Pelo amor de Jesus! Ainda que não explode aqui, o que acontecerá quando o fogo passar pelo piso?

– Não tem como, são pedras. – Ela ergueu o queixo, sem desviar os olhos dele..

– Aqui no fundo, sim. Lá na frente, perto do rio, é madeira, como o cais. Vai se incendiar, e então, ruir. E o que acontece aqui no fundo? A fumaça vai entrar e sufocar você com esse teto baixo!

Ela sentiu uma onda de náusea tomar conta do corpo.

– É aberto? A parte de baixo não é vedada? O outro lado do corredor é aberto? – perguntou sabendo bem que era, já que ele tinha corrido para lá, em direção ao rio, não para a escada.

– Sim! Venha! – Avançou e segurou o braço dela, mas se afastou de novo quando o cano da arma foi apontado para ele.

– Não vou sem ele. – Ela passou a língua pelos lábios secos, meneando a cabeça para o chão.

– É um homem morto!

– Não é! Carregue-o!

Uma grande mistura de emoções passou pelo rosto de Bonnet; fúria e surpresa eram as mais visíveis.

– Carregue-o! – repetiu ela. Ele ficou parado, encarando-a. Então, muito lentamente, se agachou e, pegando o corpo de John Grey pelos braços, apoiou o ombro na barriga dele e o ergueu.

– Vamos, então – disse ele e, sem olhar para ela, partiu no escuro. Ela hesitou por um momento, então pegou a lanterna e o seguiu.

Depois de 15 metros, ela sentiu o cheiro de fumaça. O corredor de pedras não era reto; tinha interrupções e dobrava em alguns pontos, envolvendo todas as partes do porão. Mas, durante todo o tempo, ele se inclinava para baixo, na direção da barranca do rio. Conforme foram descendo, o cheiro de fumaça se intensificou e uma camada da névoa malcheirosa os envolveu, visível à luz da lanterna.

Brianna prendeu a respiração, tentando não respirar. Bonnet se movia depressa, apesar do peso de lorde John. Ela não conseguia acompanhar, carregando a arma e a lanterna, mas não largou nenhum dos dois. Sua barriga endureceu de novo, mais um momento sem fôlego.

– *Ainda não*, eu disse! – sussurrou, rilhando os dentes.

Teve que parar por um minuto; Bonnet havia desaparecido na fumaça à frente. Mas, evidentemente, ele havia notado a ausência da luz da lanterna... ela o ouviu gritar mais adiante, em um ponto mais alto.

– Mulher! Brianna!

– Estou indo! – gritou ela, e correu o máximo que pôde, sem se preocupar com mais nada. A fumaça engrossava, e ela conseguiu ouvir um estalo fraco em algum ponto longe dali. Em cima? À frente?

Respirava pesadamente, apesar da fumaça. Inspirou fundo e sentiu o cheiro de água. Umidade e lama, folhas mortas e ar fresco cortando a névoa esfumaçada como uma faca.

Um brilho leve surgiu em meio à fumaça e aumentou conforme eles avançavam, reduzindo a necessidade da luz da lanterna dela. Então um quadrado escuro se destacou adiante. Bonnet se virou e pegou o braço dela, arrastando-a para o ar.

E sob o cais, ela percebeu; a água escura aparecia à frente deles e a claridade dançava nela. Reflexo; a claridade vinha de cima, assim como os estalos das chamas. Bonnet não parou nem soltou o braço dela; puxou-a para um lado, para dentro da grama alta e para a lama da barranca. Soltou-a após alguns passos, mas ela o seguiu, puxando o ar, escorregando, tropeçando na barra das saias.

Finalmente, ele parou, à sombra das árvores. Inclinou-se para a frente e deixou o corpo de Grey escorregar para o chão. Permaneceu abaixado por um momento, ofegante, tentando recuperar o fôlego.

Brianna percebeu que conseguia ver os dois homens com clareza, assim como cada flor nos galhos das árvores. Voltou-se, olhou para trás e viu o galpão iluminado como uma lanterna, chamas aparecendo por entre as rachaduras das paredes de madeira. As enormes portas duplas tinham sido deixadas entreabertas; enquanto ela observava, uma rajada de ar quente abriu uma delas e pequenas chamas passaram a se espalhar pela doca.

Ela sentiu a mão no ombro e se virou. Viu o rosto de Bonnet.

– Tenho um navio à espera – disse ele. – Um pouco mais acima. Vai comigo?

Ela balançou a cabeça negando. Ainda estava com a arma, mas não precisava dela. Ele não era uma ameaça.

Mas ele não se foi, ficou ali, olhando para ela, franzindo o cenho. Seu rosto estava macilento, escurecido, pois a luz era fraca. Uma superfície do rio estava em chamas agora, labaredas faiscando na água escura enquanto um rastro de terebintina se estendia sobre ela.

– É verdade? – perguntou ele subitamente. Não pediu permissão, mas pousou as mãos na barriga dela, que se enrijeceu ao toque, com mais um daqueles puxões que não doíam, e um ar de surpresa tomou seu rosto.

Ela se afastou do toque dele, cobrindo-se com a capa, e assentiu, sem conseguir falar.

Ele segurou o queixo dela e olhou seu rosto – avaliando sua sinceridade, talvez? Então a soltou e enfiou um dedo na boca, procurando alguma coisa dentro dela.

Segurou a mão de Brianna e colocou algo molhado e duro ali.

– Para o sustento dele, então – disse e sorriu para ela. – Cuide dele, querida!

Então se foi, subindo a barranca a passos largos, envolto como um demônio pela luz piscante. A terebintina que vazava na água havia se incendiado e labaredas vermelhas subiam, pilares flutuantes de fogo que iluminavam a barranca do rio.

Ela ergueu o mosquete, o dedo no gatilho. Ele estava a menos de 20 metros, um alvo perfeito. *Não pela sua mão*. Ela abaixou a arma e deixou que ele se fosse.

O galpão estava tomado pelo fogo; o calor dele esquentava seu rosto e afastava os cabelos do rosto.

"Tenho um navio um pouco mais acima", dissera ele. Ela estreitou os olhos. O fogo havia quase coberto o rio, uma labareda flutuante que ia de barranca a barranca em um jardim de fogo com chamas crescentes. Nada poderia passar por aquela parede de fogo.

Ela ainda segurava o objeto que ele havia lhe dado. Abriu a mão e olhou para o diamante negro molhado que brilhava ali, o fogo se refletindo vermelho em suas facetas.

PARTE XII

Je t'aime

63

PERDÃO

River Run, maio de 1770

— Essa é a mulher mais teimosa que já conheci! — Brianna entrou no quarto depressa e se sentou na poltrona ao lado da cama, irritada.

Lorde John Grey abriu um olho vermelho logo abaixo do turbante de bandagens.

— Sua tia?

— Quem mais?

— Você tem um espelho em seu quarto, não tem?

Ele fez um bico e, depois de um momento de relutância, ela também.

— É o maldito testamento dela. Já *disse* que não quero River Run, não posso ter escravos, mas ela não quer alterá-lo! Ela só sorri como se eu fosse uma menininha de 6 anos fazendo birra e diz que, quando isso acontecer, vou ficar feliz. Feliz! — Brianna resmungou e se ajeitou numa posição mais confortável. — O que vou fazer?

— Nada.

— Nada? — Ela mostrou seu descontentamento. — Como posso não fazer nada?

— Para começo de conversa, eu ficaria muito surpreso se sua tia não fosse imortal, pois vários tipos de escoceses parecem ser. No entanto... — balançou a mão, rejeitando a ideia —, se não for, e se ela persistir com suas ilusões de que você seria uma boa administradora de River Run...

— O que faz você pensar que eu não seria? — perguntou ela, com o orgulho ferido.

— Não é possível controlar uma terra deste tamanho sem escravos, e você os recusa por motivos de consciência, até onde entendo. Embora nunca tenha visto uma quacre menos convincente. — Ele semicerrou o olho aberto, indicando o baldaquino imenso de musselina listrada de roxo dentro do qual ela estava. — Voltando ao assunto, ou a um deles, se você se vir com muitos escravos, podem ser feitos arranjos para libertá-los.

— Não na Carolina do Norte. A Assembleia...

— Não, não na Carolina do Norte — concordou ele com paciência. — Se for o caso, e você se vir de posse de escravos, pode simplesmente vendê-los para mim.

— Mas isso...

— E eu os levarei à Virgínia, onde a escravidão é controlada com menos rigor. Quando eles estiverem livres, você devolverá meu dinheiro. A essa altura, você estará totalmente destituída de posses e sem a propriedade, o que parece ser seu maior desejo, menor apenas do que a vontade de se impedir qualquer possibilidade de felicidade pessoal cuidando para que não se casar com o homem que ama.

Ela dobrou um pedaço de musselina entre os dedos, franzindo o cenho para a grande safira que brilhava em sua mão.

– Prometi que primeiro ouviria o que ele tem a dizer. – Lançou um olhar a lorde John. – Mas ainda acho que se trata de chantagem emocional.

– Muito mais eficiente do que qualquer outro tipo – disse ele. – Vale tudo para ter controle sobre um Fraser.

Ela ignorou isso.

– E eu só disse que ouviria. Ainda acho que, quando ele souber de tudo, não... não vai conseguir. – Levou a mão à enorme barriga. – Você não conseguiria, certo? Amar, amar de verdade, quero dizer, um filho que não é seu?

Ele se ajeitou no travesseiro, fazendo uma leve careta.

– Pela mãe da criança? Acho que conseguiria. – Olhou para ela, sorrindo. – Na verdade, eu tinha a impressão de que andava fazendo isso há algum tempo.

Ela permaneceu inexpressiva por um momento, mas logo corou, do pescoço ao colo. Ficava bonita corada.

– Está falando de mim? Sim, sim, mas, quero dizer... não sou criança, e você não está tendo que me assumir. – Encarou-o com os olhos azuis, contradizendo o rosto corado. – E eu estava esperando que não fosse só pelo meu pai.

Ele ficou em silêncio por um momento, então esticou o braço e apertou a mão dela.

– Não, não foi – disse. Soltou a mão dela e voltou a se deitar, gemendo.

– Está se sentindo pior? – perguntou ela ansiosa. – Quer alguma coisa? Um chá? Um curativo?

– Não, é só uma dor de cabeça forte – disse ele. – A luz faz minha cabeça latejar. – Fechou os olhos de novo. – Diga – falou ele sem abrir os olhos –, por que você parece tão convencida de que um homem não poderia amar uma criança a menos que fosse fruto dele? Na verdade, minha cara, não tive a intenção de me referir a você quando disse que estava fazendo isso. Meu filho, ou melhor, meu enteado, é, na verdade, filho da irmã falecida da minha esposa. Por um trágico acidente, os pais dele morreram com apenas um dia de diferença, e minha esposa Isobel e seus pais o criaram desde bebê. Casei-me com Isobel quando Willie tinha 6 anos, mais ou menos. Então, veja, não há sangue entre nós... e, ainda assim, alguém poderia questionar meu amor por ele ou dizer que ele não é meu filho? Eu repreenderia essa pessoa na mesma hora.

– Compreendo – disse ela passado um momento. – Não sabia disso.

Ele abriu um olho; ela ainda girava o anel, pensativa.

– Acho... – começou ela, e olhou para ele. – Acho que não estou tão preocupada com Roger e com o bebê. Para ser sincera...

– Deus permita que não esteja – murmurou ele.

– Para ser sincera – continuou ela, arregalando os olhos para ele –, acho que estou preocupada a respeito de como seria entre nós... entre mim e Roger. – Hesitou e então falou mais: – Não sabia que Jamie Fraser era meu pai. Durante a vida toda. Depois da Revolta, meus pais se separaram; um pensou que o outro estava morto. Então minha mãe se casou de novo. Eu achava que Frank Randall era meu pai. Só descobri que não era depois que ele morreu.

– Ah. – Ele olhou para ela com interesse crescente. – E esse Randall era cruel com você?

– Não! Ele era... maravilhoso. – Sua voz ficou um pouco embargada e ela pigarreou, envergonhada. – Não. Ele foi o melhor pai que eu poderia ter. É só que pensei que meus pais tinham um bom casamento. Eles se gostavam, eles se respeitavam, eles... bem, pensei que tudo estivesse bem.

Lorde John coçou a região em cima de seus curativos. O médico havia raspado sua cabeça e isso, além de afetar sua vaidade, coçava demais.

– Não consigo ver a dificuldade, aplicada a sua situação de hoje.

Ela suspirou.

– Então meu pai morreu e... descobrimos que Jamie Fraser ainda estava vivo. Minha mãe foi encontrá-lo e depois eu cheguei. E foi... diferente. Eu via como eles se olhavam. Nunca vi minha mãe olhando para Frank Randall daquele jeito... nem ele para ela.

– Ah, sim. – Ele estava desolado. Já tinha visto aquele olhar uma ou duas vezes; na primeira, sentira uma vontade desesperada de enfiar uma faca no coração de Claire Randall.

– Você tem ideia de como isso é raro? – perguntou ele, baixinho. – Esse tipo peculiar de paixão mútua? – A paixão unilateral era bem comum.

– Sim.

Ela havia se virado, o braço comprido estendido no encosto da poltrona, e olhava pelas portas francesas para além dos canteiros de flores da primavera no solo.

– A questão é que... eu acho que tive isso – disse ainda mais baixo. – Por um tempo. Bem pouco. – Virou a cabeça e o fitou com olhos que permitiram que ele visse através dela. – Se perdi, está perdido. Consigo conviver com isso... ou sem isso. Mas não viverei com uma imitação disso. Não toleraria.

– Parece que eu estava certa. – Brianna colocou a bandeja no colo dele e se jogou na poltrona, fazendo as articulações estalarem.

– Não seja misteriosa com um homem doente – disse ele, pegando um pedaço de torrada. – O que quer dizer?

– Drusus acabou de passar pela cozinha contando que viu dois cavaleiros descendo os campos dos Campbell. Disse ter certeza de que um deles era meu pai, que era um homem grande de cabelos ruivos. Deus sabe que não há muitos como ele.

– Não mesmo. – Ele sorriu brevemente, observando-a. – Então, dois cavaleiros?

– Devem ser meu Pa e minha mãe. Então eles não encontraram o Roger. Ou encontraram e ele... não quis voltar. – Torceu a safira grande no dedo. – Que bom que eu tenho outro plano, não?

Lorde John piscou e se apressou a engolir a torrada que estava mastigando.

– Se com essa metáfora extraordinária você está dizendo que pretende se casar comigo, eu garanto...

– Não. – Ela sorriu para ele um pouco desanimada. – Estou brincando.

– Ah, bom. – Ele tomou um gole de chá, fechando os olhos para aproveitar o vapor fragrante. – Dois cavaleiros. Seu primo não foi com eles?

– Foi – disse ela lentamente. – Deus, espero que nada tenha acontecido com Ian.

– Pode ser que muitas coisas tenham acontecido na viagem, coisas que obrigaram seu primo e sua mãe a viajarem mais atrás de seu pai e do sr. MacKenzie. Ou seu primo e MacKenzie atrás de seus pais. – Ele fez um gesto com a mão indicando inúmeras possibilidades.

– Acho que você tem razão. – Ela ainda parecia ansiosa, mas lorde John imaginava que ela tinha razão. Possibilidades reconfortantes são ótimas a curto prazo, mas as probabilidades mais frias tinham mais chance de vencer a longo prazo, e quem estava acompanhando Jamie Fraser chegaria logo, com as respostas a todas essas perguntas.

Ele afastou o café da manhã que não havia terminado de comer e se recostou nos travesseiros.

– Diga... até onde vai seu remorso por quase ter me matado?

Ela corou e pareceu desconfortável.

– Como assim?

– Se eu pedir a você para fazer algo que você não deseja, seu senso de culpa e obrigação a levará a fazê-lo, de qualquer modo?

– Ah, mais chantagem. O que é? – perguntou ela.

– Perdoe seu pai. Não importa o que tenha acontecido.

A gravidez havia deixado sua pele mais delicada; suas emoções estavam à flor da sua pele macia. Um simples toque já deixaria marcas.

Ele esticou o braço e pousou a mão com delicadeza em seu rosto.

– Por você e também por ele – disse.

– Já perdoei. – Seus cílios cobriram os olhos quando ela olhou para baixo, as mãos ainda no colo, o fogo azul de sua safira brilhando no dedo.

O som de cascos no chão de cascalho foi ouvido pelas portas francesas abertas.

– Então acho melhor você descer e contar isso a ele, minha cara.

Ela contraiu os lábios e assentiu. Sem nada dizer, levantou-se e saiu pela porta, desaparecendo como uma nuvem de tempestade no horizonte.

...

– Quando soubemos que havia dois cavaleiros vindo e um deles era Jamie, tememos que algo tivesse acontecido a seu sobrinho, ou a MacKenzie. Não nos ocorreu pensar que algo poderia ter acontecido a *você*.

– Sou imortal – disse ela fitando-o nos olhos. – Você não sabia? – A pressão de seus polegares saiu das pálpebras dele, que piscou, ainda sentindo seu toque.

– Você tem uma das pupilas levemente aumentada, mas pouco. Segure meus dedos e aperte o mais forte que conseguir. – Ela esticou os dedos indicadores e ele obedeceu, irritado por sentir sua fraqueza.

– Vocês encontraram MacKenzie? – Ele ficou ainda mais irritado por não conseguir controlar sua curiosidade.

Ela o encarou rapidamente e voltou a olhar suas mãos.

– Sim. Ele virá. Um pouco depois.

– Virá? – Ela percebeu o tom de sua pergunta e hesitou, então olhou diretamente para ele.

– Quanto você sabe?

– Tudo – disse ele, e sentiu uma satisfação momentânea ao vê-la surpresa. Então ela franziu um dos lados da boca.

– Tudo?

– O suficiente – corrigiu com sarcasmo. – O suficiente para perguntar se o retorno do sr. MacKenzie é fato ou desejo, de sua parte.

– Chame de fé. – Sem se preocupar em pedir antes, ela soltou os cordões do pijama dele e o abriu, expondo seu peito. Enrolando uma folha de papel pergaminho e enfiando-a em um tubo, ela encostou uma ponta dele no peito de lorde John e encostou a orelha do outro lado.

– Minha nossa!

– Silêncio, não consigo ouvir – disse ela, fazendo um gesto com a mão para que ele se calasse.

Passou a mover o tubo por partes diferentes do peito dele, parando de vez em quando para dar tapinhas ou tocar o fígado.

– Você já evacuou hoje? – perguntou ela, examinando sua barriga.

– Eu me recuso a dizer – disse ele, voltando a fechar o pijama com dignidade.

Ela parecia mais ultrajante do que o normal. A mulher devia ter pelo menos 40 anos, mas não havia nenhum indício de sua idade além das linhas de expressão ao redor dos olhos e de alguns fios grisalhos em sua farta cabeleira.

Estava mais magra do que antes, mas era difícil dizer, pois ela se vestia como uma bárbara, com blusa e calça de couro. Estava claro que havia passado um tempo ao sol e exposta ao tempo; seu rosto e as mãos tinham um delicado toque marrom, que deixava seus olhos grandes e dourados ainda mais chamativos quando se focavam em alguém, como era o caso naquele momento.

– Brianna disse que o dr. Fentiman realizou uma trepanação em seu crânio.

Ele se remexeu desconfortavelmente embaixo dos lençóis.

– Fiquei sabendo que aconteceu. Mas não estava consciente.

Ela esboçou um sorriso.

– Tudo bem. Posso olhar? Só por curiosidade – continuou, com uma delicadeza incomum. – Não é necessidade médica. É que nunca vi uma trepanação.

Ele fechou os olhos, desistindo.

– Além do estado do meu intestino, não tenho segredos para você, madame.

Inclinou a cabeça, indicando a localização do furo em sua cabeça. E sentiu os dedos frios escorregarem por baixo do curativo, erguendo a gaze e deixando o ar passar e aliviar sua cabeça quente.

– Brianna está com o pai dela? – perguntou ele, os olhos ainda fechados.

– Sim. – Sua voz estava mais suave. – Ela me disse... disse a nós... um pouco do que você fez por ela. Obrigada.

Os dedos se afastaram e ele abriu os olhos.

– Foi um prazer poder ajudá-la. Com a cabeça furada e tudo.

Ela sorriu.

– Jamie virá vê-lo já, já. Ele... está conversando com Brianna no jardim.

Ele sentiu uma pontada de ansiedade.

– Eles... estão se entendendo?

– Veja você mesmo.

Ela passou um braço por trás dele e, com uma força muito grande para uma mulher com ossos tão pequenos, endireitou o corpo dele. Além da balaustrada, ele viu duas pessoas no fim do jardim, as cabeças encostadas uma na outra. Enquanto observava, eles se abraçaram e então se afastaram, rindo da estranheza causada pela forma de Brianna.

– Acho que chegamos aqui a tempo – murmurou Claire, olhando para a filha com olhar atento. – Não vai demorar muito.

– Confesso que fiquei feliz com sua chegada – disse ele, permitindo que ela o aconchegasse nos travesseiros e ajeitasse a roupa de cama. – Mal sobrevivi à experiência de ser enfermeiro de sua filha; acredito que atuar como parteira acabaria comigo.

– Ah, quase me esqueci. – Claire enfiou a mão em um saco de couro feio que levava ao redor do pescoço. – Brianna me pediu para devolver isso a você, pois não vai mais precisar.

Ele estendeu a mão e uma pedrinha azul brilhante caiu na palma.

– Fui abandonado, meu Deus! – exclamou e sorriu.

64

ÚLTIMA CHANCE

– É como o beisebol – garanti a ela. – Longos períodos de tédio pontuados por momentos curtos de atividade intensa.

Ela riu e, de repente, parou, com uma careta.

– Hum. Intensa, sei. Ufa! – Abriu um sorriso meio torto. – Pelo menos, nos jogos de beisebol você bebe cerveja e come cachorro-quente nas partes chatas.

Jamie, atentando para a única parte dessa conversa que fazia sentido, inclinou-se para a frente.

– Tem um jarro pequeno de cerveja na despensa – disse, espiando Brianna com ansiedade. – Quer que eu pegue?

– Não – falei. – A menos que você queira um pouco; álcool não faria bem para o bebê.

– Ah. Mas e o cachorro-quente? – Ele ficou de pé e flexionou as mãos, obviamente se preparando para sair à caça de um.

– É um tipo de salsicha no pão – expliquei, esfregando o lábio superior numa tentativa de não rir. Olhei para Brianna. – Acho que ela não quer um. – Pequenas gotas de suor tinham aparecido repentinamente em sua testa e ela estava pálida ao redor dos olhos.

– Ai, droga – disse ela.

Interpretando esse comentário pela aparência dela, Jamie logo pressionou o pano úmido no rosto e no pescoço dela.

– Coloque a cabeça entre os joelhos, moça.

Ela olhou para ele com ar feroz.

– Não consigo colocar... a cabeça... *perto* dos joelhos! – disse, rilhando os dentes. Então o espasmo passou e ela respirou fundo, a cor voltando ao seu rosto.

Jamie olhou para ela e para mim, franzindo o cenho com preocupação. Deu um passo hesitante em direção à porta.

– Então acho melhor eu ir, se você...

– Não me deixe!

– Mas isso é... quero dizer, você tem sua mãe e...

– Não me deixe! – repetiu ela. Agitada, inclinou-se e pegou o braço dele, sacudindo-o para enfatizar. – Não pode me deixar! Você disse que eu não morreria. – Ela olhava fixamente para o rosto dele. – Se você está dizendo, vai ficar tudo bem. Não vou morrer. – Falava com tanta intensidade que senti uma onda repentina de medo me apertar por dentro, forte como a dor do parto.

Ela era grande, forte e saudável. Não deveria ter problemas no parto. Mas eu também era grande e saudável – e, 25 anos antes, tinha perdido um natimorto aos seis meses e quase morri junto. Eu poderia protegê-la dos desconfortos do parto, mas não haveria como fazer isso no caso de uma hemorragia repentina; o melhor que eu podia fazer em tais circunstâncias seria tentar salvar seu filho por meio de uma cesárea. Mas evitava olhar para a caixa na qual a lâmina esterilizada estava, só por garantia.

– Você não vai morrer, Bree – falei do modo mais tranquilo que consegui e pousei a mão no seu ombro, mas ela deve ter sentido o medo sob minha fachada profissional. Seu rosto se contorceu e ela pegou minha mão com força. Fechou os olhos e respirou pelo nariz, mas não gritou.

Abriu os olhos e me encarou, as pupilas dilatadas de tal modo que parecia olhar através de mim, para um futuro que só ela conseguia vislumbrar.

– Se eu morrer... – disse, passando a mão na barriga inchada. Mexia a boca, mas o que ela pretendia dizer não conseguia ser dito.

Levantou-se com esforço e apoiou o peso do corpo em Jamie, o rosto escondido no ombro dele, repetindo:

– Pa, não me deixe.

– Não deixarei você, *a leannan*. Não tenha medo, ficarei com você. – Ele a abraçou, olhando para mim por cima da cabeça dela, sem saber o que fazer.

– Caminhe com ela – falei para Jamie ao vê-la inquieta. – Como um cavalo com cólica – acrescentei quando ele pareceu não entender.

Isso a fez rir. Com o ar de alguém que se aproxima de uma bomba armada, ele passou a mão pela cintura dela e a levou lentamente pelo quarto. Devido ao tamanho dos dois, o som era bem parecido com o de um cavalo sendo conduzido.

– Tudo bem? – Ouvi quando ele perguntou com ansiedade, na primeira volta.

– Direi quando não estiver tudo bem – disse ela.

Estava quente para meados de maio; abri bem as janelas, e os cheiros de flox e aquilégia entraram, misturados com o ar fresco e úmido do rio.

A casa estava tomada por um ar de expectativa: ansiedade, com um toque de medo. Jocasta andava de um lado para outro na varanda lá embaixo, nervosa demais para ficar parada. Betty espiava de minuto em minuto para perguntar se precisávamos de alguma coisa. Phaedre veio da dispensa com um jarro de leite, só para garantir. Brianna, focada em manter os olhos fechados, apenas balançou a cabeça para recusar; eu beberiquei um copo, mentalmente conferindo os preparos.

A verdade é que não havia muita coisa que se precisasse fazer para um parto normal, e não havia muito que se *pudesse* fazer se não fosse. A cama estava coberta com cobertores velhos e listrados para proteger o colchão; havia uma pilha de panos limpos à mão e uma lata de água quente, renovada a cada meia hora, mais ou menos, pela copeira. Água fria para beberiçar e para molhar a testa, um pequeno vidro de óleo para massagear, meu kit de sutura por perto, para garantir – fora isso, tudo dependia de Brianna.

Depois de caminhar por quase uma hora, ela parou no meio do quarto, segurando o braço de Jamie e respirando pelo nariz como um cavalo ao fim de uma longa corrida.

– Quero me deitar – disse.

Phaedre e eu tiramos o seu vestido e a colocamos na cama com a camisola. Pousei as mãos na protuberância enorme de sua barriga, encantada com a impossibilidade do que já tinha acontecido e do que aconteceria em breve.

A rigidez da contração passou e consegui sentir as curvas do bebê por sobre a cobertura fina e de textura parecida com borracha da pele e dos músculos. Era grande, percebi, mas parecia estar deitado corretamente, com a cabeça para baixo e totalmente encaixado.

Normalmente, os bebês prestes a nascer ficam muito quietos, intimidados pela comoção ao seu redor. Esse estava se mexendo; senti um movimento leve e distinto contra minha mão ao perceber um cotovelo se destacar.

– Papai! – Brianna esticou o braço sem olhar, debatendo-se quando uma contração tomou conta do seu corpo inesperadamente. Jamie se lançou para ela e segurou sua mão, apertando com força.

– Estou aqui, *a bheanachd*, estou aqui.

Ela respirou com força, o rosto vermelho, e então relaxou, engolindo em seco.

– Quanto tempo? – perguntou. Ela estava de frente para mim, mas não me olhava: não estava olhando para nada.

– Não sei. Não muito, acho. – As contrações estavam acontecendo com 5 minutos de intervalo, mas eu sabia que elas poderiam continuar assim por muito tempo ou se acelerar de repente; não havia como saber.

Uma brisa suave entrava pela janela, mas ela suava. Sequei seu rosto e o pescoço de novo e esfreguei seus ombros.

– Você está indo muito bem, amor – sussurrei. – Muito bem. – Olhei para Jamie e sorri. – Você também.

Ele tentou retribuir o sorriso; também estava suando, o rosto pálido, não vermelho.

– Converse comigo, Pa – disse ela.

– Hein? – Ele olhou para mim, assustado. – O que devo dizer?

– Não importa – respondi. – Conte histórias para ela; qualquer coisa para distraí-la.

– Ah... Ahn... você deve ter ouvido esta... Habetrot, a fiandeira.

Brianna resmungou em resposta. Jamie parecia apreensivo, mas começou mesmo assim:

– Bem. Acontece que em uma antiga fazenda que ficava perto do rio vivia uma jovem chamada Maisie. Tinha cabelos ruivos e olhos azuis e era a moça mais linda de todo o vale. Mas ela não tinha marido, porque... – Parou, assustado. Arregalei os olhos para ele.

Ele tossiu e continuou, claramente sem saber o que mais fazer.

– Ah... porque naquela época os homens eram práticos e, em vez de procurar moças lindas para serem suas noivas, procuravam moças que sabiam cozinhar e tecer, que pudessem se tornar donas de casa exemplares. Mas Maisie...

Brianna emitiu um som sobre-humano. Jamie rilhou os dentes por um momento, mas continuou, segurando as duas mãos dela com força.

– Mas Maisie amava a luz nos campos e as aves nos vales...

A luz desapareceu gradualmente da sala e o odor das flores quentes ao sol foi substituído pelo cheiro de mato dos salgueiros perto do rio e pelo cheiro fraco de lenha da cozinha.

A camisola de Brianna estava encharcada, presa a sua pele. Pressionei os polegares em suas costas, logo acima do quadril, e ela pressionou o corpo contra mim, tentando aliviar a dor. Jamie permanecia sentado de cabeça baixa, segurando as mãos dela, ainda falando baixo, contando história de sereias e caçadores de focas, de gaitistas e elfos, dos grandes gigantes da gruta de Fingal, e do cavalo negro do Demônio que atravessa o ar mais depressa que o pensamento entre um homem e uma criada.

As dores vinham a intervalos muito curtos. Fiz um gesto para Phaedre, que saiu correndo e voltou com um círio aceso, para iluminar as velas nos candeeiros.

A luz era suave no quarto e a temperatura estava amena: nas paredes, era possível ver sombras. A voz de Jamie ficara rouca; Brianna já estava perto.

De repente, ela se soltou dele e se sentou segurando os joelhos, o rosto muito vermelho devido ao esforço, empurrando.

– Agora – falei. Ajeitei os travesseiros rapidamente embaixo dela, fiz com que se recostasse na cabeceira e chamei Phaedre para segurar a vela para mim.

Untei os dedos, enfiei a mão embaixo da camisola dela e toquei a carne que não tocava desde que ela era um bebê. Esfreguei lentamente, delicadamente, falando com ela, sabendo que não fazia muita diferença o que eu dissesse.

Senti a pressão, a mudança repentina em meus dedos. Um relaxamento, e então de novo. Um jato inesperado de líquido amniótico espirrou na cama e pingou no chão, enchendo o quarto com o cheiro de rios fecundos. Esfreguei mais, rezando para que não viesse depressa demais, para não rasgá-la.

O círculo de carne se abriu de repente e meus dedos tocaram algo molhado e duro. Relaxamento, e ele foi para trás, para longe, deixando as pontas dos meus dedos formigando com a sensação de ter tocado alguém totalmente novo. Mais uma vez a grande pressão, o empuxo, e de novo o retorno lento. Puxei para cima a barra da camisola, e com o empuxo seguinte, o círculo se esticou de forma inacreditável e uma cabeça parecida com uma gárgula chinesa apareceu, junto com um esguicho de líquido amniótico e sangue.

Vi-me frente a frente com uma cabeça branca cerosa e parecida com um punho, que fazia uma careta de fúria para mim.

– O que é? Um menino? – A pergunta de Jamie em voz rouca me tirou da surpresa que eu sentia.

– Espero que sim – disse, limpando com o polegar o muco do nariz e da boca. – É a coisa mais feia que já vi; que Deus ajude se for menina.

Brianna emitiu um som que podia ter começado como risada e se virou com muito esforço, gritando. Mal tive tempo de enfiar os dedos e virar os ombros largos um pouco para ajudar. Ouvi um *pop* alto e uma forma longa e úmida escorregou no cobertor, remexendo-se como uma truta na terra.

Peguei uma toalha de linho limpa e o envolvi – era ele, o saco escrotal aparecia redondo e roxo entre as coxas gordas –, e conferi seus sinais de Apgar: respiração, cor, atividade... tudo bem. Ele emitia sons finos e irritadiços, explosões curtas de gritos, não exatamente um choro, e dava soquinhos no ar.

Deitei-o na cama, a mão em cima dele, enquanto eu examinava Brianna. As coxas dela estavam manchadas de sangue, mas não havia sinal de hemorragia. O cordão ainda estava pulsando, uma serpente grossa e molhada de ligação entre eles.

Ela estava ofegante, deitada de costas nos travesseiros amassados, os cabelos grudados às têmporas, um sorriso enorme de alívio e triunfo no rosto. Pousei a mão na barriga dela, repentinamente flácida. Lá no fundo, senti a placenta se soltar quando seu corpo soltou o último elo físico com o filho.

– Mais uma vez, linda – falei baixinho para ela. A última contração fez sua barriga tremer, e a placenta escorregou. Cortei o cordão e coloquei o bebê nos braços dela.

– Ele é lindo – sussurrei.

Deixei-o com ela e concentrei minha atenção em assuntos imediatos, massageando a barriga dela com firmeza com minhas mãos, para incentivar o útero a se contrair e a parar de sangrar. Ouvi a animação se espalhar pela casa quando Phaedre desceu a escada para espalhar a notícia. Olhei para a frente uma vez e vi Brianna reluzente, ainda sorrindo de orelha a orelha. Jamie estava atrás dela, também sorrindo, as faces molhadas de lágrimas. Ele lhe disse algo em gaélico e, ao afastar os cabelos dela de seu pescoço, inclinou-se e a beijou com cuidado, atrás da orelha.

– Ele está com fome? – A voz de Brianna saiu profunda e falha, e ela tentou pigarrear. – Devo alimentá-lo?

– Experimente e veja. Às vezes eles ficam sonolentos logo depois, mas às vezes querem mamar.

Ela mexeu na gola da camisola e soltou o cordão, expondo um seio cheio. O bebê emitiu resmungos quando ela o virou sem jeito para ela, cujos olhos se abriram de surpresa quando ele agarrou seu mamilo com uma ferocidade repentina.

– Forte, não? – falei, e percebi que estava chorando quando senti o gosto de sal das lágrimas descendo até meu sorriso.

Algum tempo depois, mãe e filho limpos e confortáveis, comida e bebida trazidas para Brianna e uma última verificação para ver se tudo estava bem, caminhei para as sombras da galeria acima. Eu me sentia agradavelmente desligada da realidade, como se estivesse caminhando uns 30 centímetros acima do chão.

Jamie havia descido para contar a John; estava esperando por mim aos pés da escada. Ele me recebeu de braços abertos sem nada dizer e me beijou; quando me soltou, vi as marcas vermelhas das unhas de Brianna nas mãos dele, ainda não totalmente desaparecidas.

– Você foi muito bem – sussurrou para mim. Então a alegria de seus olhos se tornou um sorriso enorme. – Vovó!

– Ele é moreno ou louro? – perguntou Jamie de repente, apoiando-se num cotovelo ao meu lado na cama. – Contei os dedinhos dele, mas nem pensei em olhar.

– Não dá para saber ainda – respondi sonolenta. Eu havia contado os dedos dos pés e pensado nisso. – Ele está meio roxo-avermelhado e ainda coberto pelo verniz caseoso, a camada branca, pelo corpo todo. Provavelmente teremos que esperar um ou dois dias até a pele dele ganhar a cor natural. Tem um pouco de cabelos pretos, mas é do tipo que cai depois do nascimento. – Espreguicei-me, aproveitando a dor agradável nas pernas e nas costas; o trabalho de parto era difícil, até mesmo para a parteira. – Não provaria nada, ainda que ele fosse claro; já que Brianna também é, ele também pode ser.

– Sim... mas, se fosse moreno, saberíamos com certeza.

– Talvez não. Seu pai era moreno, o meu também. Ele poderia ter genes recessivos e nascer moreno mesmo se...

– Ele poderia ter *o quê*?

Tentei, sem sucesso, pensar se Gregor Mendel já tinha começado a mexer com suas ervilhas, mas desisti, sonolenta demais para me concentrar. De qualquer modo, Jamie evidentemente não havia ouvido falar dele.

– Ele poderia ser de qualquer cor, e não saberíamos com certeza – expliquei. Bocejei. – Não saberemos até que cresça um pouco e comece a se parecer com... alguém. E mesmo assim... – Parei de falar. Será que importava tanto quem era seu pai, se ele não teria nenhum?

Jamie rolou na minha direção e me envolveu em um abraço por trás. Dormimos nus, e os pelos do seu corpo raspavam em minha pele. Ele me beijou delicadamente na nuca e suspirou, a respiração quente e formigante em meu ouvido.

Eu estava quase dormindo, feliz demais para me entregar totalmente aos sonhos. Em algum lugar próximo dali, ouvi um grasnado abafado e o murmúrio de vozes.

– Sim, bem – a voz de Jamie me despertou, alguns momentos depois. Ele soava insolente. – Se não conheço o pai dele, pelo menos tenho certeza de quem é o avô.

Estiquei a mão e dei um tapinha em sua perna.

– Também tenho, vovô. Agora, durma. "O amanhã trará suas preocupações."

Ele rosnou, mas seus braços relaxaram ao redor do meu corpo, a mão envolvendo meu seio, e, em momentos, estava dormindo.

Fiquei de olhos abertos, observando as estrelas pela janela escancarada. Por que eu havia dito aquilo? Era a frase preferida de Frank, uma que ele sempre usava para acalmar Brianna ou a mim quando nos preocupávamos com as coisas. *O amanhã trará suas preocupações.*

O ar no quarto estava vivo: uma brisa suave soprava as cortinas e o frio tocou meu rosto.

– Você sabe? – sussurrei, sem emitir som. – Sabe que ela teve um filho?

Não houve resposta, mas a paz tomou conta de mim gradualmente no silêncio da noite e finalmente me entreguei aos sonhos.

65

RETORNO À CORDILHEIRA DOS FRASERS

Jocasta odiou se afastar do seu parente mais novo, mas o plantio da primavera já estava muito atrasado, e a casa, muito abandonada; precisávamos voltar para a Cordilheira sem demora, e Brianna não quis saber de ficar para trás. O que foi bom, já que teríamos que usar dinamite para separar Jamie do neto.

Lorde John estava bem o suficiente para viajar; ele nos acompanhou até a Great Buffalo Trail Road, onde beijou Brianna e o bebê, abraçou Jamie e a mim – fiquei chocada! – antes de seguir para o norte em direção à Virgínia para encontrar Willie.

– Vou confiar que você vai cuidar deles – disse para mim baixinho, meneando a cabeça em direção à carroça, onde duas cabeças brilhantes estavam unidas observando o bebê no colo de Brianna.

– Pode confiar – falei, e apertei a mão dele. – Confio que você também se cuidará. – Ele levou minha mão aos lábios brevemente, sorriu para mim e partiu sem olhar para trás.

Uma semana depois, chegamos à casa tomada pelo mato, na Cordilheira, onde os morangos silvestres abundavam, verde, branco e vermelho juntos, constância e coragem, doçura e amargor misturados nas sombras das árvores.

A cabana estava suja e abandonada, os galpões, cheios de folhas mortas. O jardim era uma mistura de caules velhos e secos e plantas sem cuidado, e o pasto estava vazio como uma concha. A estrutura da casa nova estava preta e esquelética. O lugar parecia inabitável, uma ruína.

Eu nunca me senti tão feliz voltando para casa.

Nome, escrevi, e parei. Como saber?, pensei. Seu sobrenome era uma dúvida; seu prenome nem sequer tinha sido decidido.

Eu o chamava de "querido" e "amor". Lizzie o chamava de "caro rapaz", Jamie se referia a ele com formalidade, em gaélico, como "neto" ou "*a Ruaidh*", O Vermelho – já que a penugem preta de recém-nascido e a pele clara tinham dado lugar a um tom vermelho que deixava claro ao observador mais distraído quem era o avô dele – fosse lá quem fosse o pai.

Brianna não tinha necessidade de chamá-lo de nada; ela o mantinha sempre perto dela e cuidava dele com uma entrega tão extremada que não se explicava com palavras. Ela não lhe daria um nome formal, disse. Ainda não.

– Quando? – perguntara Lizzie, mas Brianna não respondera. Eu sabia quando: quando Roger chegasse.

– E, se ele não vier – dissera Jamie em particular a mim –, acho que o pobrezinho vai morrer sem nome. Cristo, essa moça é teimosa!

– Ela confia em Roger – falei com calma. – Você podia tentar fazer a mesma coisa.

Ele me lançou um olhar penetrante.

– Existe uma diferença entre confiança e esperança, Sassenach, e você sabe disso tão bem quanto eu.

– Bem, tenha um pouco de esperança, está bem? – rebati e dei as costas para ele, balançando a pena com vigor. O pequeno Ponto de Interrogação estava com uma assadura no bumbum que não deixou que ele – nem ninguém na casa – dormisse. Eu estava cansada e irritada, sem paciência para aguentar qualquer demonstração de falta de fé.

Jamie circundou a mesa e se sentou à minha frente, apoiando o queixo nos braços dobrados, assim fui forçada a olhar para ele.

– Eu teria – disse ele, um tanto bem-humorado –, se conseguisse decidir se é melhor esperar que ele venha ou que não venha.

Sorri e estendi o braço para passar a pena pelo nariz dele como sinal de que o perdoava, e depois voltei a trabalhar. Ele enrugou o nariz e espirrou, e logo se endireitou, olhando para o papel.

– O que está fazendo, Sassenach?

– Escrevendo a certidão de nascimento de nosso pequeno Gizmo, o que posso, pelo menos.

– Gizmo? – perguntou ele, desconfiado. – Isso é nome de santo?

– Acho que não, mas nunca se sabe, já que vemos pessoas chamadas Pantaleão ou Onofre. Ou Ferreolo.

– Ferreolo? Não sabia desse. – Ele se recostou com as mãos sobre o joelho.

– Um dos meus preferidos – disse-lhe, tomando o cuidado de preencher a data do nascimento e a hora... ainda que fosse uma estimativa, coitadinho. Havia exatamente duas informações inequívocas em sua certidão – a data e o nome da médica que havia feito o parto. – Ferreolo – continuei, divertida. – É o santo padroeiro das galinhas doentes. Mártir cristão. Era um tribuno romano e um cristão em segredo. Depois de ser descoberto, foi acorrentado na prisão para esperar o julgamento... acho que as celas deveriam estar cheias. Parece que era muito esperto: escapou das correntes e fugiu pelo esgoto. No entanto, foi recapturado, arrastado de volta e decapitado.

Jamie não esboçou reação.

– O que isso tem a ver com galinhas?

– Não tenho a menor ideia. Pergunte ao Vaticano – disse a ele.

– Hummm. Bem, eu sempre gostei muito de São Guignole. – Vi o brilho em seus olhos, mas não resisti.

– E ele é o santo padroeiro de...?

– Ele invocou contra a impotência. – O brilho se intensificou. – Vi uma estátua dele em Brest, certa vez; disseram que estava ali há mil anos. Era uma estátua milagrosa, tinha um pau como um cano de arma e...

– Um *o quê*?

– Bom, o tamanho não era a parte milagrosa – disse ele, acenando para que eu me calasse. – Ou nem tanto. O pessoal da cidade diz que por mil anos as pessoas arrancaram pedacinhos dele para guardar como peças sagradas, mas o pau continua grande como sempre. – Sorriu para mim. – Dizem que um homem com um pouco de São Guignole no bolso consegue passar uma noite e um dia sem se cansar.

– Acho que não com a mesma mulher – redargui de modo seco. – Mas nos leva a tentar descobrir o que ele fez para merecer a santidade, não?

Ele riu.

– Qualquer homem que tenha tido uma oração atendida pode dizer isso, Sassenach. – Virou-se no banquinho e focou no que via pela porta aberta: Brianna e Lizzie estavam sentadas na grama, saias rodadas ao redor do corpo, observando o bebê, nu sobre um xale velho, de bruços, com o bumbum vermelho como o de um babuíno.

Brianna Ellen, escrevi com letra caprichada... e parei.

– Brianna Ellen Randall, o que acha? – perguntei. – Ou Fraser? Ou os dois?

Ele não se virou, mas seus ombros se ergueram levemente.

– Isso tem importância?

– Pode ser que sim. – Soprei a página, observando as letras pretas brilhantes perderem o brilho enquanto a tinta secava. – Se Roger voltar, e independentemente de ele ficar ou não, se quiser reconhecer o pequeno Anônimo, acho que o nome dele será MacKenzie. Se não quiser, então imagino que o bebê ficará com o nome da mãe.

Ele ficou em silêncio por um momento, observando as duas moças. Elas tinham lavado os cabelos no riacho naquela manhã; Lizzie penteava a juba de Brianna, e as mechas compridas brilhavam como seda vermelha ao sol do verão.

– Ela diz ser Fraser – disse ele com delicadeza. – Ou dizia.

Abaixei a pena e estiquei a mão sobre a mesa para pousá-la em seu braço.

– Ela perdoou você – falei. – Você sabe que perdoou.

Ele moveu os ombros; não deu de ombros exatamente, mas fez uma tentativa de diminuir a pressão que sentia por dentro.

— Por enquanto — disse. — Mas e se o homem não voltar?

Hesitei. Ele estava certo; Brianna havia perdoado seu primeiro erro. Ainda assim, se Roger não aparecesse logo, ela poderia culpar Jamie por isso, não sem motivo, fui forçada a admitir.

— Use os dois — disse Jamie de repente. — Deixe que ela escolha. — Acho que ele não se referiu a sobrenomes.

— Ele virá — falei com firmeza — e tudo ficará bem.

Peguei a pena e acrescentei, não muito baixo:

— Espero.

Ele se abaixou para beber, a água jorrando por cima da pedra verde-escura. Era um dia quente; primavera agora, não outono, mas o musgo ainda apresentava um tom verde-esmeralda no chão.

A lembrança de uma lâmina era algo distante: sua barba estava densa e os cabelos passavam dos ombros. Havia se banhado em um riacho na noite anterior e fez o melhor que pôde para lavar seu corpo e suas roupas, mas não tinha ilusões acerca de sua aparência. Tampouco se importava, disse a si mesmo. Sua aparência não importava.

Voltou-se, mancando, para onde havia deixado seu cavalo. O pé doía, mas isso também não tinha importância.

Atravessou lentamente a clareira onde havia encontrado Jamie Fraser pela primeira vez. As folhas estavam novas e verdes e, a distância, ouviu o grasnado dos corvos. Nada se movia entre as árvores além da vegetação selvagem. Respirou fundo e sentiu uma pontada de lembrança, um vestígio do passado, afiado como vidro.

Virou o cavalo em direção ao topo da Cordilheira e se apressou, batendo o pé são com delicadeza. Faltava pouco. Ele não fazia ideia de como poderia ser a recepção, mas não importava.

Nada mais importava agora além do fato de estar ali.

66
SANGUE DO MEU SANGUE

Algum coelho enxerido havia cavado buracos por baixo das estacas da minha horta de novo. Um coelho voraz era capaz de comer um repolho até a raiz, e, pelo que vi, ele havia trazido alguns amigos. Suspirei e me agachei para consertar o estrago, enfiando as pedras e a terra de volta no buraco. A perda de Ian era um inconveniente constante; em momentos como esse, eu sentia falta até do cachorro horroroso que ele tinha.

Eu havia trazido uma grande coleção de mudas e sementes de River Run e a maioria sobreviveu à viagem. Estávamos em meados de junho, ainda havia tempo para plantar mais cenouras. A pequena plantação de batatas estava bem, assim como a de amendoim; os coelhos não chegavam perto delas e também não ligavam para as ervas aromáticas, só para a erva-doce, que comiam sem parar.

Eu queria repolho, para fazer chucrute; quando viesse o inverno, precisaríamos de alimentos com sabor e também com vitamina C. Tinha sementes em quantidade suficiente e poderia preparar um plantio decente antes de o frio chegar, se conseguisse afastar os malditos coelhos. Tamborilei os dedos na alça do cesto, pensando. Os índios espalhavam mechas de cabelos ao redor dos limites dos campos, mas era mais proteção contra veados do que contra coelhos.

Jamie era o melhor repelente, concluí. Nayawenne havia me dito que o cheiro da urina de um carnívoro mantinha os coelhos afastados – e um homem que comia carne era quase tão bom quanto um leão da montanha, sem falar que era mais obediente. Sim, seria assim. Ele havia matado um veado apenas dois dias antes; ainda estava pendurado. Mas eu deveria preparar um jarro de cerveja de abeto para acompanhar o assado...

Enquanto caminhava em direção à horta para ver se havia maracujá para dar sabor, vi, pela visão periférica, um movimento no fim da clareira. Pensando ser Jamie, voltei-me para me aproximar e lhe dar a nova atribuição, mas parei ao ver quem realmente era.

Ele estava pior do que na última vez que eu o vira, que já fazia um tempo. Não usava chapéu, os cabelos e a barba reluziam e suas roupas estavam puídas. Estava descalço, com um dos pés envolvido em muitos panos imundos, e mancava bastante.

Ele me viu logo e parou enquanto eu me aproximava.

– Que bom que é você – disse ele. – Fiquei imaginando quem encontraria primeiro. – Sua voz soava baixa e rouca, e me perguntei se ele havia falado com uma alma viva desde que nós o deixamos nas montanhas.

– Seu pé, Roger...

– Não importa. – Segurou meu braço. – Eles estão bem? O bebê? E Brianna?

– Estão bem. Todo mundo está dentro de casa. – Ele virou a cabeça em direção à casa, e eu acrescentei: – Você tem um filho.

Olhou para mim, os olhos verdes arregalados e sobressaltados.

– Ele é meu? *Eu* tenho um filho?

– Acho que sim – disse. – Você está aqui, não está? – O olhar de surpresa, e de esperança, percebi, desapareceu lentamente. Fitou-me nos olhos e pareceu analisar como eu me sentia, pois sorriu, não com facilidade, apenas um leve erguer do canto da boca, mas sorriu.

– Estou aqui – disse, e se virou em direção à cabana e à porta aberta.

Jamie estava sentado à mesa, com as mangas da camisa enroladas, ao lado de Brianna, franzindo o cenho para os desenhos de casas para os quais ela apontava com a pena. Os dois estavam cobertos de tinta, sempre entusiasmados quando conversavam sobre arquitetura. O bebê roncava tranquilamente no berço perto deles; Brianna o balançava distraidamente com um pé. Lizzie tecia perto da janela, murmurando baixinho enquanto a roda girava.

– Uma cena muito doméstica – disse Roger, parando na entrada. – Não parece certo perturbá-los.

– Você tem escolha? – perguntei.

– Sim, tenho – respondeu. – Mas já a fiz. – Caminhou com firmeza até a porta aberta e entrou.

Jamie reagiu instantaneamente àquela sombra desconhecida à porta: empurrou Brianna para fora do banco e avançou em direção à pistola na parede. Apontou a arma para o peito de Roger antes de perceber o quê, ou quem, estava vendo e a abaixou com uma leve exclamação, contrariado.

– Ah, é você – disse.

O bebê, que havia acordado com o barulho do banco virando, estava gritando a plenos pulmões. Brianna o pegou do berço e o levou ao peito, observando de olhos arregalados a aparição na porta.

Eu havia me esquecido de que ela não tivera a chance de vê-lo havia muito mais tempo do que eu; ele mudara substancialmente, deixando de ser o jovem professor de História que a deixara em Wilmington, quase um ano antes.

Roger deu um passo em direção a ela; instintivamente, ela deu um passo para trás. Ele ficou parado, olhando para a criança. Ela se sentou no banco, mexendo no corpete, inclinando-se de modo protetor sobre o bebê. Puxou um xale sobre o ombro e ofereceu o peito a ele, escondido, e ele parou de gritar.

Vi Roger olhar para o bebê e para Jamie. Jamie estava ao lado de Brianna, paralisado, de um modo que me assustava – ereto e imóvel como uma dinamite com o pavio aceso.

Brianna moveu a cabeça de cabelos ruivos, olhando de um para outro, e vi o que ela viu: o eco da pose perigosa de Jamie em Roger. Foi inesperado e chocante; eu nunca tinha visto nenhuma semelhança entre eles – mas, naquele momento, era como se fossem dia e noite, imagens de fogo e escuridão, um espelhando o outro.

MacKenzie, pensei de repente. Feras vikings, de sangue quente e grandes. E vi o terceiro sinal daquela herança forte aparecer nos olhos de Brianna, a única coisa viva em seu rosto.

Eu deveria dizer algo, fazer alguma coisa, para quebrar aquela paralisia. Mas minha boca estava seca, e não havia nada que eu pudesse fazer.

Roger estendeu a mão para Jamie, com a palma para cima, e não havia súplica naquele gesto.

– Acho que você não gosta, assim como eu também não – disse com voz rouca –, mas você é meu parente mais próximo. Vim fazer um juramento pelo sangue que compartilhamos.

Não soube dizer se Jamie hesitou ou não; o tempo parecia ter parado, o ar na sala se cristalizou ao nosso redor. Então vi Jamie pegar o punhal e passar a lâmina pelo pulso magro e bronzeado do rapaz, que expeliu um sangue muito vermelho.

Para minha surpresa, Roger não olhou para Brianna nem segurou a mão dela. Apenas passou o polegar pelo sangue e se aproximou dela, olhando para o bebê. Ela se retraiu por instinto, mas Jamie pousou a mão em seu ombro.

Ela parou quando foi tocada, uma promessa de controle e proteção, mas segurou com mais força o bebê, aninhado em seu peito. Roger se ajoelhou diante dela e, estendendo o braço, puxou o xale para o lado e fez uma cruz vermelha e grossa na testa do bebê.

– Você é sangue do meu sangue – disse baixinho – e ossos dos meus ossos. Recebo você como meu filho diante de todos os homens, de hoje em diante. – Olhou para Jamie, desafiador. Passado um momento, Jamie assentiu brevemente e deu um passo para trás, tirando a mão do ombro de Brianna.

Roger olhou para Brianna.

– Como ele se chama?

– Ainda não tem nome. – Ela olhou para ele, confusa. Estava claro que o homem que havia voltado não era o mesmo que a havia deixado.

Os olhos de Roger permaneceram fixos nos dela quando ele se levantou. O sangue ainda escorria do seu pulso. Chocada, percebi que ela estava tão mudada para ele quanto ele para ela.

– Ele é meu filho – disse Roger baixinho meneando a cabeça para o bebê. – Você é minha esposa?

Os lábios de Brianna ficaram pálidos.

– Não sei.

– Este homem diz que vocês fizeram *handfasting*. – Jamie deu um passo mais para perto dela, observando Roger. – É verdade?

– Nós... nós fizemos.

– Ainda estamos unidos. – Roger respirou fundo e percebi, de repente, que ele estava prestes a cair, talvez por fome, exaustão, ou pelo choque de ter sido cortado.

Segurei seu braço, fiz com que ele se sentasse, mandei Lizzie buscar leite na despensa e peguei minha caixa de medicamentos para cuidar do pulso dele.

Essa atitude normal pareceu diminuir um pouco a tensão. Pretendendo ajudar dessa maneira, abri uma garrafa de conhaque de River Run, servi um copo para Jamie e coloquei uma boa dose no leite de Roger. Jamie olhou para mim com atenção, mas se sentou no banco, que já tinha sido erguido, e bebericou.

– Muito bem, então – disse ele, pondo ordem na reunião. – Se vocês fizeram o *handfasting*, Brianna, então você e esse homem são casados, ele é seu marido.

Brianna corou vivamente e olhou para Roger, não para Jamie.

– Você disse que o *handfasting* durava um ano e um dia.

– E você disse que não queria nada temporário.
Ela se retraiu ao ouvir isso, mas contraiu os lábios e se manteve firme.
– Eu não queria. Mas não sabia o que aconteceria. – Ela olhou para mim e para Jamie, e então para Roger de novo. – Eles contaram... que o bebê não é seu?
Roger ergueu as sobrancelhas.
– Ah, mas ele é meu, hum? – Ergueu a mão para ilustrar.
O rosto de Brianna perdera a palidez. A cor tinha voltado.
– Você sabe o que quero dizer.
Ele olhou fixamente para ela.
– Sei o que quer dizer – disse. – E sinto muito por isso.
– Não foi culpa sua.
– Foi, sim. Eu deveria ter ficado com você, cuidado de você.
Brianna franziu o cenho.
– Eu mandei você ir, e era o que queria. – Ela mexeu os ombros, impaciente. – Mas não importa mais. – Segurou o bebê com mais força e se ajeitou. – Só quero saber uma coisa – disse, a voz tremendo um pouco. – Quero saber por que você voltou.
Ele pousou o copo na mesa.
– Você não queria que eu voltasse?
– Não importa o que eu queria. O que quero é saber. Você voltou porque quis ou... porque achou que deveria?
Ele olhou para ela por muito tempo e depois para as mãos, ainda segurando o copo.
– Talvez pelas duas coisas. Talvez por nenhuma. Não sei – disse baixinho. – A verdade é que não sei.
– Você foi ao círculo de pedras? – perguntou ela. Ele assentiu, sem olhar para ela. Enfiou a mão no bolso e colocou a opala grande sobre a mesa.
– Fui até lá. Por isso demorei a vir; demorei muito até encontrá-lo.
Ela ficou em silêncio por um tempo e então assentiu.
– Você não voltou. Mas pode. Talvez devesse. – Encarou-o, com o mesmo olhar de seu pai. – Não quero viver com você se voltou por obrigação. – Então olhou para mim, os olhos cheios de dor. – Já vi um casamento por obrigação, e já vi um por amor. Se eu não tivesse... – Parou e engoliu em seco, então continuou, olhando para Roger: – Se não tivesse visto os dois, poderia ficar com você por obrigação. Mas eu vi os dois e não aceitarei a obrigação.
Senti que alguém havia me dado um soco no peito. Ela se referia aos *meus* casamentos. Olhei para Jamie e vi que ele olhava para mim com a mesma expressão de choque que eu sabia estar em meu rosto. Ele tossiu para romper o silêncio e pigarreou, virando-se para Roger.
– Quando vocês fizeram o *handfasting*?
– Dia 2 de setembro – respondeu ele depressa.

– E agora estamos em meados de junho. – Jamie olhou de um para outro, franzindo o cenho. – Bem, *mo nighean*, se você está ligada a este homem, então está, não há dúvida. – Voltou-se e lançou um olhar firme a Roger. – Então você vai morar aqui, como marido dela. E, no dia 3 de setembro, ela vai decidir se vai se casar, com padre e tudo, ou se você vai embora para não mais perturbá-la. Você tem esse tempo para decidir por que está aqui e convencê-la disso.

Roger e Brianna começaram a falar para protestar, mas ele os interrompeu, pegando o punhal que havia deixado sobre a mesa. Abaixou a lâmina com cuidado até que ela tocasse o peito de Roger sobre a roupa.

– Você vai viver aqui como marido dela, eu disse. Mas, se tocá-la sem que ela queira, arranco seu coração e o jogo aos porcos. Está entendendo?

Roger olhou para a lâmina por um bom tempo, sem uma expressão clara por baixo da barba densa, e então levantou a cabeça para fitar Jamie.

– Acha que eu perturbaria uma mulher que não me quisesse?

Uma pergunta bem estranha, já que Jamie o havia surrado pensando exatamente isso. Roger colocou a mão sobre a de Jamie e enfiou o punhal na mesa num só movimento. Afastou o banquinho abruptamente, levantou-se, virou-se e saiu.

No mesmo instante, Jamie se levantou, pegou o punhal da mesa e foi atrás dele.

Brianna olhou para mim sem saber o que fazer.

– O que você acha que ele...

Foi interrompida por um baque e um grunhido alto quando um corpo pesado bateu na parede do lado de fora.

– Trate-a mal e vou arrancar suas bolas pela garganta – disse Jamie em gaélico.

Olhei para Brianna e vi que seu domínio do gaélico era suficiente para entender o que fora dito. Ela abriu a boca, mas não disse nada.

Ouvimos do lado de fora o som de passos, que acabaram num baque ainda mais alto do que o outro, como o de uma cabeça se chocando com a madeira.

Roger não tinha o ar ameaçador de Jamie, mas disse de modo muito convincente:

– Encoste em mim de novo, seu desgraçado, e enfiarei sua cabeça no seu traseiro, de onde ela saiu!

Fez-se um momento de silêncio e então ouvimos passos. Um momento depois, Jamie emitiu um som grave em gaélico e também se afastou.

Os olhos de Brianna estavam arregalados quando ela me olhou.

– Muita testosterona – disse eu, dando de ombros.

– Pode fazer algo em relação a isso? – perguntou ela. Esboçou um sorriso, mas eu não soube dizer se ela ria ou se desesperava.

Passei a mão pelos cabelos, pensando.

– Bem – falei por fim –, eles só fazem duas coisas com ela, e uma delas é tentar matar um ao outro.

Brianna coçou o nariz.

– A-hã – disse ela. – E a outra... – Nossos olhos se encontraram em perfeita compreensão.

– Cuido do seu pai, mas o Roger é problema seu.

A vida na montanha passou a ser um pouco tensa, com Brianna e Roger se comportando, respectivamente, como uma lebre e um furão enjaulados, e Jamie olhando Roger com reprovação gaélica à mesa do jantar, Lizzie fazendo de tudo para se desculpar com todos e o bebê decidindo que era a hora de ter ataques noturnos de cólica, aos quais reagia berrando.

Provavelmente foi a cólica que impeliu Jamie a um ritmo frenético na casa nova. Fergus e alguns moradores tinham feito plantios para nós, assim, apesar de não termos milho extra para vender naquele ano, pelo menos podíamos comer. Sem a obrigação de cuidar de terras vastas, Jamie passava todos os momentos livres na Cordilheira martelando e serrando.

Roger estava fazendo o melhor que podia para ajudar com as outras tarefas, apesar de o pé machucado atrapalhar muito. Ele havia recusado muitas das minhas tentativas de tratá-lo, mas eu me recusava a adiar aquilo. Alguns dias depois de sua chegada, fiz os preparativos e avisei que pretendia cuidar de seu pé logo.

Na hora certa, fiz com que ele se deitasse e tirasse os trapos que envolviam seu pé. Senti o cheiro adocicado da forte infecção, mas agradeci a Deus por não ver as manchas vermelhas de inflamação nem as pretas de gangrena. Apesar disso, estava bem feio.

– Você está com abscessos crônicos no tecido – disse, apertando com firmeza.

Sentia as bolsas fofas de pus. Quando apertei mais, as feridas meio curadas se abriram e um líquido cinza-amarelado escorreu por baixo da pele, e ele agarrou a estrutura da cama, mas não emitiu nenhum som.

– Você teve sorte – falei, ainda movimentando seu pé de um lado para outro, flexionando as pequenas articulações dos metacarpos. – Você abre os abscessos e os drena em parte quando anda. Eles voltam a se formar, claro, mas o movimento impediu que a infecção fosse muito fundo, por isso seu pé continua flexível.

– Ah, que bom – disse ele.

– Bree, preciso da sua ajuda – disse eu, virando casualmente para o lado mais distante da sala, onde estavam as duas moças, alternando-se nos cuidados com o bebê e o tear.

– Posso ajudar, deixe-me ver – disse Lizzie e se levantou, disposta a ajudar. Cheia de remorso por ter ajudado a causar o sofrimento de Roger, ela vinha tentando compensar o erro de todas as maneiras possíveis e sempre levava comida para ele, oferecia-se para costurar as roupas dele e o deixava maluco com suas expressões de arrependimento.

Sorri para ela.

– Sim, você pode ajudar. Pegue o bebê para que Brianna possa vir aqui. – Por que não o leva lá fora para tomar um pouco de ar?

Com um olhar de dúvida, Lizzie fez o que mandei, pegando o pequeno Gizmo nos braços e sussurrando palavras para ele. Brianna se colocou ao meu lado, sem olhar para o rosto de Roger.

– Vou abrir isto e drenar da melhor maneira que conseguir – falei, indicando o corte com bordas pretas. – Depois, terei que desbridar o tecido morto, desinfetar e esperar que o melhor aconteça.

– E o que quer dizer exatamente "desbridar"? – perguntou Roger. Soltei seu pé e seu corpo relaxou um pouco.

– Limpar uma ferida com a remoção cirúrgica ou não do tecido morto ou do osso – falei. Toquei seu pé. – Por sorte, acho que o osso não foi afetado, apesar de poder ter havido danos à cartilagem entre os metacarpos. Não se preocupe – disse, dando um tapinha em sua perna. – O desbridamento não vai doer.

– Não vai?

– Não. A drenagem e a desinfecção é que doerão. – Olhei para Brianna. – Segure as mãos dele, por favor.

Ela hesitou um segundo e então foi até a ponta do sofá e estendeu as mãos para ele. Ele as segurou, olhando-a. Era a primeira vez que eles se tocavam em quase um ano.

– Aguente firme. Esta é a parte ruim.

Não olhei para a frente. Trabalhei depressa, abrindo as feridas meio cicatrizadas com um bisturi, pressionando o máximo de pus e tecido morto que consegui. Senti a tensão na perna dele, nos músculos, e o leve arquear de seu corpo quando a dor aumentou, mas ele não disse nada.

– Quer algo para morder, Roger? – perguntei, pegando a garrafa de álcool diluído em água para enxaguar. – Agora vai arder um pouco.

Ele não respondeu. Brianna, sim.

– Ele está bem. Pode continuar.

Ele emitiu um som abafado quando comecei a lavar os ferimentos e rolou para o lado, com a perna tremendo. Segurei seu pé e terminei o trabalho o mais rápido possível. Quando soltei e fechei o frasco, olhei para a frente. Ela estava sentada na cama, abraçando Roger na altura dos ombros. O rosto dele estava escondido no colo dela, os braços ao redor da cintura. O rosto dela estava pálido, mas ela abriu um sorriso contido.

– Acabou?

– A parte ruim, sim. Só tenho que fazer mais umas coisas. – Eu havia feito a preparação dois dias antes; nessa época do ano, não havia dificuldade. Fui até o espaço de defumar. Lá estava a carcaça do veado pendurada à sombra, tomada por nuvens de fumaça fragrante de nogueira. Mas meu objetivo era encontrar uma carne menos preservada.

Ótimo, ela havia ficado exposta por tempo suficiente. Peguei o pequeno pires de onde estava, perto da porta, e o levei para dentro da casa.

– Credo! – Brianna enrugou o nariz quando entrei. – O que é isso? Tem cheiro de carne podre.

– É isso mesmo. Os restos de um coelho morto, para ser exata, retirados da beira do jardim e reservados para as visitas.

Ela ainda segurava as mãos dele. Sorri e voltei ao meu lugar, peguei o pé ferido e meu fórceps comprido.

– Mãe! O que está *fazendo*?

– Não vai doer – falei. Apertei um pouco o pé, abrindo uma das incisões cirúrgicas. Peguei do pires um dos pedacinhos brancos do coelho e o inseri depressa na abertura.

Os olhos de Roger estavam fechados, a testa coberta de suor.

– O quê? – perguntou, erguendo a cabeça e espiando sobre o ombro num esforço para ver. – O que está fazendo?

– Colocando vermes nas feridas – disse, concentrada em meu trabalho. – Aprendi com uma velha índia que conheci.

Dois gemidos de choque e nojo foram ouvidos, mas continuei segurando o pé dele e trabalhando.

– Funciona – disse, franzindo o cenho levemente enquanto abria outra incisão e enfiava três das larvas brancas que se remexiam ali. – Muito melhor do que os meios comuns de desbridamento; para realizá-los, eu teria que abrir seu pé muito mais e raspar o máximo de tecido morto que conseguisse alcançar, o que não somente doeria muito, como provavelmente o deixaria aleijado. Nossas amiguinhas aqui, no entanto, comem tecido morto; elas conseguem alcançar lugares que eu não conseguiria e fazer o trabalho completo.

– Nossas amiguinhas, as larvas – murmurou Brianna. – Credo, mamãe!

– E o que, exatamente, as impedirá de comer a minha perna inteira? – perguntou Roger, numa tentativa malsucedida de distanciamento. – Elas... hum.. se espalham, não?

– Ah, não – garanti divertida. – Larvas são formas embrionárias; elas não se reproduzem. Também não comem tecido vivo, só o que já está morto e nojento. Se houver o suficiente para elas entrarem no estágio de pupa, se transformarão em mosquinhas e voarão para longe. Caso contrário, quando a comida acabar, elas rastejarão para fora do seu pé à procura de mais tecido morto.

Os rostos dos dois estavam meio esverdeados no momento. Terminei o trabalho, envolvi o pé em bandagens finas e dei um tapinha na perna de Roger.

– Pronto – disse. – Não se preocupe, já vi isso antes. Um índio me disse que elas fazem um pouco de cócegas, mas não machucam.

Peguei o pires e o levei para lavar. Na porta, vi Jamie, vindo da casa nova, com Ruaidh nos braços.

– Veja a vovó – disse ele ao bebê, tirando o polegar da boca de Ruaidh e secando a saliva dele com a ponta do seu kilt. – Ela não é linda?

– Gleh – disse Ruaidh, concentrando o olhar levemente vesgo no botão da camisa do avô, que começou a levar à boca.

– Não deixe que ele engula isso – disse eu na ponta dos pés, beijando Jamie primeiro e depois o bebê. – Onde está Lizzie?

– Encontrei a mocinha sentada em um tronco de árvore, triste. Então peguei o menino e disse que ela podia ficar sozinha.

– Ela estava chorando? O que houve?

Jamie ficou sério.

– Ela deve estar sentindo saudade de Ian. – Deixando isso e seu pesar de lado, segurou meu braço e me virou em direção ao caminho que subia a Cordilheira.

– Venha comigo, Sassenach, venha ver o que fiz hoje. Fiz o chão do seu consultório. Só precisamos agora de um teto temporário, e vai servir para dormirmos. – Olhou para a cabana. – Estava pensando que MacKenzie poderia ficar lá... por enquanto.

– Boa ideia. – Mesmo com o pequeno cômodo anexado à cabana que ele havia construído para Brianna e Lizzie, o espaço era muito apertado. E, se Roger passasse muitos dias na cama, não ficaria no meio da cabana.

– Como eles estão? – perguntou ele sem emoção.

– Quem? Brianna e Roger?

– Quem mais? – perguntou, sem se afetar. – Está tudo bem entre eles?

– Ah, acho que sim. Eles estão se acostumando um com o outro de novo.

– Estão?

– Sim – disse eu olhando para a cabana. – Ele acabou de vomitar no colo dela.

67
CARA OU COROA

Roger rolou para o lado e se sentou. Não havia vidro nas janelas ainda – não era preciso, enquanto o verão perdurasse –, e o consultório ficava na parte da frente da casa nova, virado para a ladeira. Se ele virasse a cabeça para o lado, conseguia observar Brianna a maior parte do caminho até a cabana, antes de as nogueiras a esconderem de vista.

Um último movimento e ela desapareceu. Viera sem o bebê hoje; ele não sabia se isso era progresso ou retrocesso. Eles tinham podido conversar sem as interrupções incessantes de fraldas a trocar, gritos, alimentação e baba; era um luxo raro.

Ela não ficou tanto quanto o usual, e ele sentia a presença do bebê puxando-a dali, como se ela fosse presa a ele por um elástico. Ele não se ressentia da criança, disse a si mesmo com seriedade. Era só que... bem, só que ele se ressentia da criança. Não significava que ele não *gostava* dela.

Ele ainda não tinha comido, não quisera desperdiçar nem um minuto do tempo raro que tinham juntos, sozinhos. Descobriu o cesto que ela havia trazido e sentiu o cheiro forte e delicioso do ensopado de esquilo e pão de sal com manteiga fresca. Torta de maçã também.

O pé ainda latejava, e precisava se esforçar muito para não pensar nas larvas, mas, apesar disso, seu apetite havia voltado com vigor. Comeu lentamente, saboreando a comida e o silencioso escurecer que aparecia atrás da encosta das montanhas lá embaixo.

Fraser sabia o que queria quando escolheu o lugar para essa casa. Tomava a descida toda, com uma vista que ia até o rio distante, mais à frente, com vales cobertos por névoa à distância e picos escuros que tocavam o céu apinhado de estrelas. Era um dos locais mais solitários, maravilhosos e românticos que ele já tinha visto.

E Brianna ficava lá embaixo, cuidando de um pequeno parasita careca, enquanto ele estava ali – sozinho e com mais alguns parasitas.

Deixou o cesto no chão, pulou até o jarro no canto e voltou para sua cama solitária na nova maca para cirurgias. Por que diabos ele lhe havia dito, quando ela perguntara, que não sabia por que tinha voltado?

Bem, porque naquele momento ele não sabia. Vagara pela maldita mata durante meses, com fome e tomado pela solidão e pela dor. Não a via fazia quase um ano – um ano em que ele fora ao inferno e voltara. Sentara-se no abismo acima daquele maldito círculo de pedras por três dias, sem comida nem fogo, pensando em tudo, tentando decidir. E no fim simplesmente se levantara e começara a andar, sabendo que era a única opção possível.

Obrigação? Amor? Como diabos era possível ter amor *sem* obrigação?

Virou-se para o lado, dando as costas para a gloriosa noite de aromas e ventos aquecidos pelo sol. O problema de ter a saúde restabelecida era que algumas partes dele estavam ficando saudáveis demais para seu gosto, uma vez que a chance de serem exercitadas era quase nula.

Ele não podia nem sequer sugerir algo assim a Brianna. Primeiro, ela pensaria que ele só tinha voltado por *isso*, e, segundo, o maldito Escocês Gigante não estava brincando quando falara dos porcos.

Ele sabia agora. Voltara porque não conseguiria viver do outro lado. Não interessava se era culpa por tê-los abandonado – ou por saber que morreria sem ela... por um deles ou os dois, não importa. Ele sabia que estava abrindo mão de tudo e nada disso interessava; ele tinha que estar ali, pronto.

Deitou-se de costas, olhando para a palidez das tábuas de pinheiro no teto do abrigo. Batidas e arranhões anunciavam a visita noturna de esquilos da nogueira próxima, que a consideravam um atalho conveniente.

Como dizer isso a ela? Ela acreditaria? Nossa, ela estava tão arredia que mal permitia que ele a tocasse. Um resvalar de lábios, um toque de mãos, e ela escapava. Menos no dia em que ela o abraçara enquanto Claire torturava seu pé. Naquele dia, ela havia ficado ao lado dele de verdade, agarrando-se com toda a força. Ele conseguiu sentir os braços dela ao redor do seu corpo, e se lembrar disso causava um aperto de satisfação na boca do estômago.

Pensando nisso, começou a matutar. Sim, o procedimento médico tinha doído muito, mas não era nada que não pudesse ter sido tolerado com um ranger de dentes, e Claire, com sua experiência em campos de batalha, certamente saberia disso.

Teria ela feito de propósito? Será que tinha dado a Bree uma chance de tocá-lo sem se sentir pressionada ou obrigada? Teria dado a ele uma chance de se lembrar de como a atração entre eles era forte? Rolou de novo, deitando-se de bruços dessa vez, e apoiou o queixo nos braços dobrados, olhando para a escuridão do lado de fora.

Ela poderia fazer a mesma coisa com o outro pé, se tudo aquilo se repetisse.

Claire o visitava uma ou duas vezes por dia, mas ele esperou até o fim da semana, quando ela foi retirar os curativos e as larvas teriam feito o trabalho sujo e já teriam – se Deus permitisse – sumido dali.

– Ah, que ótimo – disse ela, apertando o pé dele com a felicidade de uma cirurgiã. – Está granulando lindamente, quase não há inflamação.

– Ótimo – disse ele. – Elas sumiram?

– As larvas? Ah, sim – disse ela. – Elas somem em poucos dias. Fizeram um bom trabalho, não? – Passou o polegar com delicadeza pela lateral do pé, e isso causou cócegas.

– Se está dizendo, acredito. Posso caminhar normalmente, então? – Ele flexionou o pé. Doía um pouco, mas nada comparado a antes.

– Sim. Não use sapatos durante alguns dias. E, pelo amor de Deus, não pise em nada pontiagudo.

Ela começou a guardar suas coisas, murmurando. Parecia feliz, mas cansada; estava com olheiras.

– O bebê ainda grita à noite? – perguntou ele.

– Sim, coitadinho. Você consegue ouvir daqui?

– Não, mas você parece cansada.

– Não me surpreende. Ninguém dorme bem há uma semana, principalmente a coitada da Bree, já que é ela quem o alimenta. – Ela bocejou brevemente e balançou a cabeça, piscando. – Jamie colocou o piso no quarto dos fundos; quer se mudar para cá assim que estiver pronto, para dar mais espaço a Bree e ao bebê, e, não por acaso, dar-nos um pouco de paz e sossego.

– Boa ideia. Ahn... por falar em Bree...

– Hum?

Não era preciso enrolar. Melhor dizer de uma vez:

– Olhe... estou tentando tudo o que posso. Eu a amo e quero mostrar isso a ela, mas ela se afasta. Ela vem e conversamos, e é ótimo, mas, quando eu a abraço ou beijo, ela foge de repente, correndo. Tem alguma coisa errada, algo que eu deveria fazer?

Ela lhe lançou um daqueles olhares desconcertantes, direta como um falcão.

– Você foi o primeiro dela, não foi? O primeiro homem com quem ela dormiu, é o que quero dizer.

Ele sentiu o rosto corar.

– Eu... é... sim.

– Bem. Até agora, a experiência toda dela do que podemos chamar de prazeres do sexo consiste em ser deflorada, e não me importa se você foi delicado, porque costuma doer de qualquer jeito: ser estuprada dois dias depois e então dar à luz. Você acha que isso ajuda para fazer com que ela se derreta em seus braços, ansiosa para dar a você seus direitos de casamento?

Você pediu, ele pensou, *e levou. Bem na testa.* Sentiu as faces arderem como se estivesse com febre.

– Nunca pensei nisso – murmurou, olhando para a parede.

– Bem, claro que não – disse ela, dividida entre o incômodo e a descontração. – Você é um homem. É por isso que estou lhe dizendo.

Ele respirou fundo e, relutante, virou-se para ela.

– E o que está me dizendo?

– Que ela está com medo – disse ela. Inclinou a cabeça para o lado, observando-o. – Ainda que não tenha medo de você.

– Não tem?

– Não – disse ela com firmeza. – Ela pode ter se convencido de que tem que saber por que você voltou, mas não é isso... um batalhão de cegos veria. É que ela tem medo de não conseguir... hummm. – Ergueu uma sobrancelha para ele, sugerindo todo tipo de indelicadezas.

– Compreendo – disse ele, respirando fundo. – E o que sugere que eu faça?

Ela pegou o cesto e o colocou no braço.

– Não sei – disse, olhando sério para ele de novo. – Mas acho que precisa tomar cuidado.

Ele havia acabado de se recuperar daquela consulta perturbadora quando outro visitante apareceu à porta: Jamie Fraser, trazendo presentes.

– Trouxe uma lâmina para você – disse ele olhando para Roger. – E um pouco de água quente.

Claire havia aparado a barba de Roger com as tesouras cirúrgicas, mas ele se sentiu trêmulo demais depois daquele momento para tentar se barbear com o que era chamado de "corta-garganta" por um bom motivo.

– Obrigado.

Fraser havia trazido um pequeno espelho e sabão de barbear também. Muito atencioso. Ele talvez quisesse que Fraser fosse embora em vez de ficar encostado no batente da porta, olhando para ele de maneira crítica, mas, naquelas circunstâncias, Roger não podia pedir isso.

Mesmo com o observador indesejado, foi um alívio se livrar da barba; ela coçava muito e ele não via o próprio rosto havia meses.

– O trabalho está indo bem? – Tentou conversar um pouco, erguendo a lâmina entre um movimento e outro. – Ouvi você martelar nos fundos hoje cedo.

– Ah, sim. – Os olhos de Fraser acompanhavam todos os movimentos dele com interesse; avaliando, ele pensou. – Fiz o piso e um pouco do teto. Claire e eu vamos dormir aqui hoje à noite, acho.

– Ah. – Roger esticou o pescoço, virando o rosto. – Claire me disse que posso andar de novo; por favor, me dê tarefas para fazer.

Jamie assentiu com os braços cruzados.

– Você é bom com ferramentas?

– Nunca construí muita coisa – admitiu Roger. Uma gaiola feita na escola não contava, pensou.

– Não creio que você se daria bem com um arado ou uma porca prenha. – Os olhos de Fraser brilhavam com bom humor.

Roger ergueu o queixo, tirando o resto de barba do pescoço. Ele havia pensado nisso nos últimos dias. Não havia grande necessidade das habilidades de um historiador ou cantor de folk em uma fazenda do século XVIII.

– Não – disse sério, abaixando a lâmina. – Também não sei ordenhar uma vaca, construir chaminé, cortar lenha, cavalgar, atirar em ursos, limpar carne de veado ou enfiar uma espada em alguém.

– Não? – Mais descontração.

Roger jogou água no rosto, secou-a com uma toalha e se voltou para Fraser.

– Não. Só tenho força. Ajuda?

– Ah, sim. Não poderia esperar mais nada, não é? – Fraser esboçou um sorriso. – Mas sabe diferenciar os dois lados de uma pá?

– Isso eu sei.

– Então pronto. – Fraser se desencostou da porta. – A horta de Claire precisa ser escavada, tem cevada para ser plantada e há um monte de esterco esperando no estábulo. Depois disso, vou mostrar a você como ordenhar uma vaca.

– Obrigado. – Roger limpou a lâmina, guardou-a na bolsa e entregou tudo.

– Claire e eu vamos à casa de Fergus à noite – disse Fraser casualmente. – Vamos levar a mocinha para ajudar Marsali um pouco.

– É? Bem... divirtam-se.

– Ah, espero que sim. – Fraser parou na porta. – Brianna quer ficar; o bebê está mais calmo e ela não quer perturbá-lo com a caminhada.

Roger olhou para o outro homem com atenção. Dava para entender qualquer coisa – ou nada – naqueles olhos azuis puxados.

– É mesmo? Então eles ficarão sozinhos? Vou ficar de olho neles.

Uma sobrancelha ruiva se ergueu levemente.

– Tenho certeza que sim. – A mão de Fraser se ergueu e abriu sobre a bacia vazia. Ouviu-se uma batida metálica e uma faísca vermelha brilhou contra o peltre. – Lembre-se do que eu disse, MacKenzie. Minha filha não precisa de um covarde.

Antes que ele pudesse responder, a sobrancelha se abaixou, e Fraser lançou a ele um olhar sério.

– Você me custou um rapaz que amo, e não tenho vontade de gostar de você por isso. – Olhou para o pé de Roger e depois para a frente. – Mas talvez eu tenha custado a você mais do que isso. Vou considerar a situação empatada, ou não, com a sua palavra.

Surpreso, Roger assentiu com a cabeça e disse:

– Fechado.

Fraser assentiu e foi embora tão depressa quanto havia chegado, deixando Roger voltado para a porta vazia.

Ele levantou a trava e empurrou delicadamente a porta da cabana. Estava trancada. Sua ideia de acordar a Bela Adormecida com um beijo foi por água abaixo. Ergueu a mão para bater, mas parou. Heroína errada. A Bela Adormecida não tinha um duende irascível na cama com ela, pronto para gritar sem parar por qualquer incômodo.

Contornou a pequena cabana, conferindo as janelas, e nomes como Atchim e Zangado atravessaram sua mente. Como eles chamariam esse? Barulhento? Fedido?

A casa era muito bem organizada, com peles untadas pregadas diante das janelas. Ele poderia soltar uma delas, mas a última coisa que queria era assustar Brianna.

Lentamente, circundou a casa mais uma vez. O sensato a se fazer era voltar ao consultório e esperar até amanhecer. Ele poderia falar com ela no dia seguinte. Melhor do que acordá-la de um sono profundo, melhor do que acordar o bebê.

Sim, estava claro que era o mais certo a fazer. Claire ficaria com o pesti... com o bebê, se ele pedisse. Eles poderiam conversar com calma, sem medo de serem interrompidos, poderiam caminhar na mata, ajeitar as coisas entre eles. Isso. Era isso.

Dez minutos depois, havia dado a volta na casa mais duas vezes e estava de pé na grama dos fundos, olhando para o brilho fraco que vinha da janela.

– O que você acha que é? – perguntou a si mesmo. – Uma maldita mariposa?

O ranger das tábuas o impediu de responder. Olhou para a casa a tempo de ver uma figura de roupa branca, como um fantasma, descer o caminho em direção ao banheiro.

– Brianna?

A figura se virou com um gritinho de susto.

– Sou eu – disse ele, e viu a mancha escura da mão dela pressionada contra o branco do vestido, sobre o coração.

– O que deu em você, me espiando desse jeito? – perguntou ela, furiosa.

– Quero falar com você.

Ela não respondeu, mas se virou e desceu pelo caminho.

– Eu disse que quero falar com você – repetiu mais alto, seguindo-a.

– *Eu* quero ir ao banheiro. Vá embora. – Ela fechou a porta do banheiro com uma batida firme.

Ele voltou um pouco pelo caminho e esperou que ela reaparecesse. O passo dela diminuiu quando o viu, mas não havia como dar a volta por ele sem pisar na grama alta e molhada.

– Você não deveria estar andando com o pé machucado – disse ela.

– O pé está bem.

– Acho que você deveria ir para a cama.

– Tudo bem – disse ele, e se moveu pelo centro do caminho à frente dela. – Onde?

– Onde? – Ela parou, mas não fingiu não entender.

– Lá em cima? – Ele indicou a cordilheira. – Ou aqui?

– Eu... ahn.

Tome cuidado, a mãe dela dissera, e *minha filha não precisa de um covarde*, dissera seu pai. Ele poderia lançar uma moeda para decidir, mas, por enquanto, estava seguindo o conselho de Jamie Fraser, e que se danassem as broncas.

– Você disse que já viu um casamento por obrigação e um por amor. E você acha que um anula o outro? Olhe... passei três dias naquele círculo maldito, pensando. E, por Deus, como pensei. Pensei em ficar e pensei em ir. E fiquei.

– Até agora. Você não sabe do que está abrindo mão se ficar para sempre.

– Eu sei! E, mesmo que não soubesse, sei muito bem do que abriria mão se fosse. – Apoiou a mão no ombro dela, sentindo o leve tecido da camisola. Ela estava muito quente. – Eu não poderia ir e viver se tivesse deixado para trás um filho que pode ser meu, que *é* meu. – Passou a falar mais baixo: – E não poderia ir e viver sem você.

Ela hesitou, afastando-se, tentando escapar das mãos dele.

– Meu pai... meus pais...

– Olhe, não sou nenhum dos seus malditos pais! Dê crédito a meus próprios pecados, pelo menos!

– Você não cometeu pecado nenhum – disse ela, a voz parecendo embargada.

– Não, nem você.

Ela o encarou e ele viu um brilho nos olhos puxados e escuros.

– Se eu não tivesse... – começou.

– E se eu não tivesse... – interrompeu ele. – Esqueça, sim? Não importa o que você fez. Nem o que eu fiz. Eu disse que não sou seus pais, e estou falando sério. Mas eles existem, os dois, e você os conhece bem... bem melhor do que eu. Frank Randall não amou você como se fosse dele? Aceitou você como a filha de coração, *sabendo* que você era sangue de outro homem, a quem ele tinha bons motivos para odiar?

Pousou a mão no outro ombro dela e a sacudiu levemente.

– Aquele ruivo maldito não ama sua mãe mais do que tudo? E ama você o bastante para sacrificar até esse amor para salvá-la?

Ela emitiu um som baixo e engasgado e ele sentiu uma pontada no peito, mas não a soltou.

– Se você acredita neles – disse ele, a voz um pouco mais alta do que um sussurro –, então, pelo amor de Deus, você deve acreditar em mim. Porque sou um homem como eles, e, por tudo que é mais sagrado para mim, eu amo você.

Lentamente, ela levantou a cabeça, e sua respiração estava quente no rosto dele.

– Temos tempo – disse ele delicadamente, e soube de repente por que tinha sido tão importante falar com ela naquele momento, ali no escuro. Ele pegou a mão dela e a pôs sobre seu peito. – Está sentindo isso? Sente meu coração bater?

– Sim – sussurrou ela, e lentamente levou as mãos unidas ao peito dela, pressionando a mão dele contra o tecido branco.

– Esta é a nossa hora – disse ele. – Até que pare, para um de nós ou para os dois, é a nossa hora. *Agora*. Vai desperdiçá-la, Brianna, porque está com medo?

– Não – disse ela, e sua voz soou grave, mas clara. – Não vou.

Um choro fino e repentino veio da casa e ele sentiu a umidade quente contra a palma de sua mão.

– Preciso ir – disse ela, afastando-se. Deu dois passos e então se virou. – Entre – disse, e correu pelo caminho à frente dele, rápida e pálida como o fantasma de um veado.

Quando ele chegou à porta, ela já tinha pegado o bebê do berço. Estivera na cama: o cobertor estava afastado e ele viu a marca do corpo dela no colchão de penas. Atenta a seus passos, ela passou por ele e se deitou.

– Eu costumo amamentá-lo na cama à noite. Ele permanece mais tempo dormindo quando está do meu lado.

Roger murmurou assentindo e puxou a cadeira de amamentação para a frente da lareira. Estava muito quente ali dentro e o ar estava tomado pelo cheiro de comida, fraldas usadas... e Brianna. O cheiro dela estava levemente diferente, ultimamente: cheiro de mato misturado a um odor mais leve e adocicado que ele acreditava ser leite.

Ela mantinha a cabeça baixa, os cabelos ruivos e soltos caindo sobre os ombros em uma cascata de brilho e sombras. A parte da frente do vestido estava aberta até a cintura e a curva de um seio aparecia toda: apenas o mamilo estava escurecido pela cabeça do bebê. Ouviu um leve sugar.

Como se sentisse os olhos dele nela, Brianna olhou para a frente.

– Desculpe – disse ele baixinho, para não perturbar o bebê. – Não posso fingir que não estou olhando.

Ele não sabia se ela estava corada; o fogo lançava um brilho vermelho no rosto dela e também nos seios. Ela baixou o olhar, como se estivesse envergonhada.

– Vá em frente – disse ela. – Não tem nada que valha a pena olhar, mesmo.

Sem nada dizer, ele ficou de pé e começou a se despir.

– O que está fazendo? – A voz dela saiu baixa, mas chocada.

– Não é justo eu ficar aqui olhando você, certo? Vale menos ainda olhar o meu corpo, acredito, mas... – Parou, franzindo o cenho para um nó nos cordões de sua calça. – Mas, pelo menos, você vai ter a sensação de que não está sendo observada.

– Ah.

Ele não olhou para a frente, mas teve a impressão de que ela sorria. Ele havia tirado a camisa; a sensação do fogo em suas costas era boa. Sentindo-se intimidado, ficou de pé e desceu a calça até a metade do caminho, mas parou.

– É um *strip-tease*? – Brianna tremeu os lábios enquanto tentava não rir alto, acalentando o bebê.

– Não consegui decidir se deveria virar de costas ou não. – Ele parou. – Você tem preferência?

– Vire de costas – disse ela baixinho. – Por enquanto.

Ele se virou e tirou a calça sem cair no fogo.

– Fique assim um minuto – disse ela. – Gosto de olhar para você.

Ele se endireitou e ficou parado, os olhos fixos no fogo. O calor passou por ele, desconfortavelmente quente, e ele deu um passo para trás, lembrando-se claramente do padre Alexandre. Cristo, e por que pensaria nisso agora?

– Você tem marcas nas costas, Roger – disse Brianna, a voz mais suave do que nunca. – Quem machucou você?

– Os índios. Não importa. Não agora. – Ele não havia prendido nem cortado os cabelos, que caíam sobre seus ombros, fazendo cócegas na pele nua das costas. Conseguia imaginar o olhar dela, os olhos indo mais para baixo, passando por suas costas e pelas nádegas, coxas e tornozelos.

– Vou me virar agora. Tudo bem?

– Não ficarei chocada – disse ela. – Já vi fotos.

Ela usava o mesmo truque do pai, de não deixar transparecer suas emoções no rosto quando queria. Ele não conseguiu distinguir nada em sua boca larga e macia nem nos olhos puxados como os de um gato. Estaria chocada, assustada, se divertindo? Por que estaria assim? Ela já tinha tocado tudo o que olhava naquele momento; havia acariciado e tocado seu corpo com tamanha intimidade que ele perdera o controle em suas mãos, entregara-se a ela sem reservas – e ela a ele.

Mas isso tinha acontecido muito tempo antes, na liberdade e no frenesi da escuridão e do calor. Agora ele estava diante dela, nu à luz pela primeira vez, e ela ficou ali observando-o, com um bebê nos braços. Qual deles tinha mudado mais desde a noite do casamento?

Ela o observou com atenção, a cabeça inclinada, e então sorriu, olhando para cima para encontrar os olhos dele. Sentou-se, passando o bebê com cuidado para o outro seio e deixando a camisola aberta, um dos seios à mostra.

Ele não aguentava mais; o fogo queimava os pelos do seu traseiro. Foi para o lado da lareira e se sentou de novo, observando Brianna.

– Como é? – perguntou, tanto devido à necessidade de quebrar o silêncio antes que ele ficasse pesado demais quanto por curiosidade.

– É bom – respondeu ela baixinho, a cabeça abaixada olhando para a criança. – É um puxão. E formiga. Quando ele começa a se alimentar, algo acontece e sinto uma conexão, como se tudo em mim estivesse sendo passado para ele.

– Não é... você não se sente esgotada? Imagino que você tenha a impressão de que sua essência está sendo tirada, de certo modo.

– Ah, não, não é assim. Veja. – Ela colocou um dedo na boca do bebê e o desencaixou com um *pop* baixo. Abaixou o corpinho por um instante e Roger viu o mamilo subir rígido, com leite escorrendo numa corrente fina de incrível força. Antes que a criança começasse a gritar, ela o colocou de volta na posição, mas Roger já tinha sentido o jato de gotículas, quente e repentinamente frio contra a pele do seu peito.

– Meu Deus – disse, meio chocado. – Não sabia que era assim! Parece um esguicho!

– Nem eu. – Ela sorriu de novo, segurando a cabeça do bebê. Então o sorriso desapareceu. – Há muitas coisas que eu não conseguia nem imaginar antes de acontecerem comigo.

– Bree. – Ele se inclinou para a frente, esquecendo sua nudez, precisando tocá-la. – Bree, sei que você está com medo. Eu também. Não quero que você tenha medo de mim... mas, Bree, eu quero muito você.

Ele apoiava a mão no joelho dela. Depois de um momento, a mão livre dela pousou sobre a dele, leve como um passarinho.

– Quero você também – sussurrou. Permaneceram assim pelo que pareceu uma eternidade; ele não tinha ideia do que fazer em seguida, só de que não deveria ir depressa demais para não assustá-la. *Tome cuidado.*

O leve sugar havia parado e o bebê estava relaxado na curva do braço dela.

– Ele dormiu – sussurrou ela. Movendo-se com cuidado, como se carregasse um vidro de nitroglicerina, ela se apoiou na beira da cama e ficou de pé.

Ela poderia ter pensado em colocar o bebê em seu berço, mas Roger ergueu as mãos instintivamente. Ela hesitou por um segundo e então se inclinou para colocar a criança nos braços dele. Seus seios estavam pesados e cheios à sombra da camisola aberta, e ele sentiu o cheiro almiscarado do seu corpo quando ela se aproximou.

O bebê era surpreendentemente pesado para seu tamanho. E incrivelmente quente também; mais quente até do que o corpo da mãe.

Roger segurou o corpinho com cuidado, acalentando-o; o bumbum pequeno e com curvas cabia na palma da sua mão. Ele não era careca, afinal. Havia uma penugem louro-avermelhada por toda a cabeça. Orelhas pequenas, quase transparentes; a que ele conseguiu ver estava vermelha e amassada por ter ficado pressionada contra o braço da mãe.

– Não dá para saber só olhando. – A voz de Brianna o tirou de seus pensamentos. – Já tentei. – Ela estava de pé do outro lado do quarto, com uma gaveta da cômoda aberta. Ele pensou ter visto arrependimento no rosto dela, mas as sombras estavam fortes demais para ter certeza.

– Eu não estava procurando isso. – Abaixou o bebê com cuidado em seu colo. – É só que... esta é a primeira vez que estou olhando direito para o meu filho. – As palavras pareciam peculiares, duras em sua língua. Mas ela relaxou um pouco.

– Bom, ele está aí. – Ele percebeu na voz dela um tom de orgulho que tocou seu coração e então olhou com mais atenção. Os punhos estavam cerrados como conchas; pegou um deles e delicadamente o acariciou com o polegar. Lentamente, como um polvo se movendo, a mão se abriu o suficiente para ele inserir a ponta do dedo indicador. O punho se fechou de novo em reflexo, assustando-o pela força demonstrada.

Ele ouviu o rítmico *uish* do outro lado da sala e percebeu que ela estava escovando os cabelos. Ele gostaria de observar, mas estava fascinado demais para desviar o olhar do bebê.

O corpo tinha pés parecidos com patas de sapo: largos nos dedos, finos nos calcanhares. Roger tocou um com a ponta do dedo e sorriu quando os dedinhos se separaram. Pelo menos, não eram unidos por membranas.

Meu filho, pensou, e não sabia ao certo o que sentia ao pensar isso. Levaria tempo para se acostumar.

Mas se acostumaria, pensou em seguida. Não só filho de Brianna, para ser amado por causa dela, mas seu sangue também. Esse pensamento foi ainda mais estranho. Tentou afastá-lo da mente, mas ele sempre voltava. Aquela união no escuro, aquela mistura de dor e alegria... será que ele havia dado início a isso, no meio daquilo?

Não pretendera... mas torcia para que tivesse sido assim.

A criança estava vestida com uma peça comprida feita com um tecido fino e branco; ele levantou o tecido, olhando para a fralda e para a forma oval do umbigo logo acima. Tomado pela curiosidade, que o bebê não questionou, enganchou um dedo na borda do tecido e o puxou para baixo.

– Eu disse que estava tudo aí. – Brianna estava de pé ao lado dele.

– Bem, está aqui – disse Roger em tom dúbio. – Mas não é meio... pequeno?

Ela riu.

– Vai crescer – disse ela. – Ele ainda não precisa dele para muitas coisas.

Seu próprio pênis, flácido entre as coxas, inchou um pouco com essa ideia.

– Posso pegá-lo? – Ela esticou os braços, mas ele balançou a cabeça e continuou a segurar o bebê.

– Ainda não. – Ele cheirava a leite e a algo pútrido, adocicado. Outra coisa, seu cheiro inconfundível, diferente de tudo que Roger já tinha sentido.

– Colônia de bebê, é o que minha mãe diz. – Brianna se sentou na cama com um sorriso fraco. – Ela diz que é um mecanismo natural de proteção, uma das coisas que os bebês usam para impedir que seus pais os matem.

– Matar? Mas ele é um rapazinho tão bonzinho – protestou Roger.

Ela ergueu uma sobrancelha.

– Você não passou o último mês com ele. É a primeira noite, em três semanas, que ele não está tendo cólica. Se não fosse meu, eu o teria jogado ladeira abaixo.

Se não fosse meu. Essa certeza era a recompensa de uma mãe, ele pensou. Ela sempre saberia, sempre soubera. Por um breve momento, ele a invejou.

O bebê se remexeu e emitiu um som leve contra o pescoço dele. Antes que ele pudesse se mexer, ela se levantou e pegou o bebê, dando-lhe tapinhas nas costas. Ouviu-se um leve arroto e então ele relaxou de novo.

Brianna o colocou de bruços no berço, com cuidado, como se fosse uma banana de dinamite. Ele viu o contorno do seu corpo sob o tecido, destacado pelo fogo atrás dela. Quando ela se virou, ele estava pronto.

– Você poderia ter voltado assim que soube. Teria dado tempo. – Fixou seus olhos nos dela, não permitindo que ela desviasse o olhar. – Então é a minha vez de perguntar, certo? O que fez você esperar por mim? Amor ou obrigação?

– Os dois – disse ela, os olhos quase negros. – Nenhum... só não consegui ir sem você.

Ele respirou fundo, sentindo a última dúvida que restava dentro dele derreter e sumir.

– Então você sabe.

– Sim.

Ela moveu os ombros e a camisola leve desceu, deixando-a tão nua quanto ele. Era vermelho, meu Deus. Mais do que vermelho, era dourado e âmbar, marfim e cinabre, e ele a desejava de um modo que ia além da carne.

– Você disse que me ama, por tudo o que considera sagrado – sussurrou ela. – O que é sagrado para você, Roger?

Ele ficou de pé e esticou os braços para ela com cuidado. Abraçou-a contra seu coração e se lembrou do porão fedido do *Gloriana* e de uma mulher magra e maltrapilha que cheirava a leite e lixo. De fogo, tambores e sangue, e de uma órfã batizada com o nome do pai que havia se sacrificado por medo do poder do amor.

– Você – disse ele junto aos cabelos dela. – Ele. Nós. Não há mais nada, certo?

68
ALEGRIA NO LAR
Agosto de 1770

A manhã estava tranquila. O bebê havia dormido a noite toda e, por esse feito, recebeu muitos elogios. Duas galinhas tinham botado ovos no galinheiro em vez de espalhá-los pela paisagem, por isso não precisei me arrastar pelos arbustos à procura do café da manhã antes de prepará-lo.

A massa do pão, que havia crescido e formado um monte perfeitamente arredondado na tigela, foi moldada em pãezinhos por Lizzie e – com o novo forno holandês ajudando – , depois de assada, exalou uma fragrância delicada que encheu a casa. Geleia e patê de peru foram esquentados na grelha, acrescentando aromas aos odores mais suaves da manhã, de grama úmida e flores de verão, que entravam pela janela aberta.

Todas essas coisas ajudaram, mas a atmosfera geral de bem-estar devia mais à noite do que aos acontecimentos da manhã. A noite tinha sido perfeitamente banhada pelo luar. Jamie havia apagado a vela e trancado a porta, mas parou, os braços apoiados no batente, olhando para o vale.

– O que foi? – perguntei.

– Nada – disse ele baixinho. – Venha ver.

Tudo parecia estar flutuando, sem profundidade, devido à luz fraca. Ao longe, as folhas pareciam congeladas, suspensas no ar. O vento soprava na minha direção e ouvi o ruído da água caindo.

O ar da noite estava tomado pelo cheiro de grama e água, de pinheiro e de abeto, soprando do topo das montanhas. Estremeci dentro da camisola e me aproximei dele para me esquentar. Sua camisa de dormir era aberta nos lados quase até a cintura. Enfiei a mão pela abertura mais próxima e apertei uma nádega redonda e quente. Seus músculos ficaram tensos ao meu toque e então se flexionaram quando ele se virou.

Ele não se afastou, apenas deu um passo para trás para tirar a camisa. Ficou de pé na porta, nu, e estendeu a mão para mim.

A luz prateada da lua entalhava seu corpo. Eu via todos os detalhes dele, dos dedos compridos dos pés aos cabelos esvoaçantes, detalhes nítidos como os arbustos de amora na beira do campo. Mas, assim como eles, ele não podia ser dimensionado; talvez pudesse, era como se estivesse ao alcance da mão ou a 2 quilômetros de mim.

Dei de ombros e fiz a camisola escorregar pelo meu corpo, deixei a peça perto da porta e peguei sua mão. Sem nada dizer, andamos pela grama, as pernas molhadas e a pele fria, e pela floresta, ligados ao calor um do outro, e chegamos juntos ao ar vazio além da cordilheira.

Havíamos acordado no escuro quando a lua se foi, cheios de folhas, galhos, picadas de insetos e duros devido ao frio. Não trocamos nenhuma palavra, mas rimos e cambaleamos, tropeçando em galhos e pedras, ajudamos um ao outro a passar pela mata sem lua e chegamos à cama para uma hora de sono antes do amanhecer.

Inclinei-me sobre o ombro dele e coloquei uma tigela de mingau de aveia à sua frente, parando para tirar uma folha de carvalho dos seus cabelos. Eu a coloquei sobre a mesa ao lado da tigela.

Ele virou a cabeça, um sorriso escondido nos olhos, pegou minha mão e a beijou com carinho. Soltou-a e se concentrou no mingau. Toquei sua nuca e vi um sorriso surgir em seu rosto.

Olhei para a frente, sorrindo também, e vi Brianna observando. Ela esboçava um sorriso e os olhos estavam calmos de compreensão. Então vi quando ela fitou Roger, que dava uma colherada no mingau de modo distraído olhando para ela.

Essa imagem de alegria no ar foi interrompida pelos berros de Clarence anunciando que alguém chegava. Sinto falta de Rollo, pensei, que ia até a porta para ver, mas, pelo menos, Clarence não pula nas visitas, não as derruba no chão nem corre atrás delas.

O visitante era Duncan Innes, que chegara com um convite.

– Sua tia pergunta se você pode ir à reunião no monte Hélicon no outono. Disse que você deu a sua palavra há dois anos.

Jamie empurrou o prato de ovos para Duncan.

– Não tinha pensado nisso – disse ele, franzindo o cenho. – Tenho muitas coisas a fazer, e preciso fazer um teto neste lugar antes que a neve chegue. – Meneou a cabeça para cima, indicando as tábuas e galhos que temporariamente nos protegiam das mudanças do tempo.

– Um padre está vindo de Baltimore – disse Duncan, evitando olhar para Roger e Brianna. – A srta. Jo acha que vocês podem estar pensando em batizar o bebê.

– Ah. – Jamie se recostou, contraindo os lábios e pensando. – Sim, é uma ideia. Então talvez vamos, Duncan.

– Que bom; sua tia ficará feliz. – Parecia haver algo preso na garganta de Duncan; ele estava ficando vermelho enquanto eu o observava. Jamie estreitou os olhos para ele e empurrou um jarro de sidra em sua direção.

– Está engasgado, homem?

– Ah... não. – Todos haviam parado de comer, observando fascinados as mudanças na pele de Duncan. Ele já estava meio roxo quando conseguiu colocar para fora as palavras seguintes: – Eu... ahn... quero pedir sua permissão, *an fhearr Mac Dubh*, para o matrimônio entre a srta. Jocasta Cameron e... e...

– E quem? – perguntou Jamie, esboçando um sorriso. – O governador da colônia?

– E eu! – Duncan pegou o copo de sidra e afundou o rosto nele com o alívio de um homem que está se afogando e vê um barco salva-vidas chegando.

Jamie começou a rir, o que não pareceu diminuir a vergonha de Duncan.

– Minha permissão? Você não acha que minha tia já tem idade suficiente, Duncan? Ou mesmo você?

Duncan passou a respirar um pouco mais tranquilo, mas o tom arroxeado de sua pele ainda não havia se suavizado.

– Pensei que seria adequado – disse ele. – Uma vez que você é o parente mais próximo dela. – Engoliu em seco e se endireitou um pouco. – E... não parecia certo, *Mac Dubh*, que eu pegasse o que pode ser seu.

Jamie sorriu e balançou a cabeça.

– Não tenho direito a nenhuma propriedade da minha tia, Duncan... e não a aceitei quando ela ofereceu. Vocês se casarão na reunião? Diga a ela que iremos e dançaremos no casamento.

69

JEREMIAH
Outubro de 1770

Roger seguiu com Claire e Fergus, a cavalo, perto da carroça. Jamie, sem querer que Brianna conduzisse um veículo dentro do qual estava seu neto, insistiu em conduzir, com Lizzie e Marsali sob a cobertura da carroça e Brianna no assento ao seu lado.

Da sela, Roger ouvia partes da conversa que acontecia desde sua chegada.

– John, com certeza – dizia Brianna, franzindo o cenho para o filho, que se remexia com energia por baixo do xale. – Mas não sei se deveria ser seu primeiro nome. E se for... será melhor Ian? É "John" em gaélico, e eu gostaria de dar esse nome a ele, mas seria confuso demais com o tio Ian e o nosso Ian também.

– Como nenhum deles mora aqui, acho que não seria um grande problema – disse Marsali. Ela olhou por cima das costas do pai. – Você não disse que queria usar um dos nomes do Pa também?

– Sim, mas qual? – Brianna se virou para falar com Marsali. – Não James, isso *sim* seria confuso. E eu acho que não gosto muito de Malcolm. Ele já vai ter o sobrenome MacKenzie, claro, então talvez... – Ela olhou nos olhos de Roger e sorriu para ele.

– E Jeremiah?

– John Jeremiah Alexander Fraser MacKenzie? – Marsali franziu o cenho, dizendo os nomes para experimentá-los.

– Eu gosto de Jeremiah – disse Claire. – Antigo Testamento. É um dos seus nomes, não é, Roger?

Sorriu para ele e se aproximou da carroça, inclinando-se para falar com Brianna.

– Além disso, se Jeremiah parecer formal demais, você pode chamá-lo de Jemmy – disse. – Ou você acha muito parecido com Jamie?

Roger sentiu um arrepio descer por suas costas ao se lembrar de repente de outra criança cuja mãe chamava de Jemmy – uma criança cujo pai tinha cabelos claros, com olhos tão verdes quanto os de Roger.

Esperou até Brianna se virar para procurar uma fralda limpa na bolsa, entregando o bebê a Lizzie. Ele bateu o pé na anca do cavalo, fazendo com que este se aproximasse da égua de Claire.

– Você se lembra de uma coisa? – perguntou ele em voz baixa. – Quando você foi me chamar em Inverness, com Brianna, já tinha pesquisado minha genealogia.

– E? – Claire ergueu uma sobrancelha para ele.

– Já faz um tempo, e você provavelmente não tenha notado, de qualquer modo... – Ele hesitou, mas tinha que saber, se pudesse. – Você indicou o lugar na minha árvore de família onde a substituição foi feita: onde o filho de Geilie Duncan foi adotado no lugar de outra criança que havia morrido e recebeu o nome da outra.

– William Buccleigh Mackenzie – disse ela, e sorriu para a cara de surpresa dele. – Pesquisei aquela genealogia com atenção – comentou. – Acho que eu seria capaz de dizer todos os nomes dela.

Ele respirou fundo, a intranquilidade pesando em sua nuca.

– Poderia? O que quero saber é se você sabe o nome da esposa do trocado, minha bisavó de seis gerações atrás. O nome dela não constava da minha árvore de família; só William Buccleigh.

Cílios macios cobriram os olhos dourados enquanto ela pensava, com os lábios contraídos.

– Sim – disse finalmente e olhou para ele. – Morag. O nome dela era Morag Gunn. Por quê?

Ele só balançou a cabeça, abalado demais para responder. Olhou para Brianna; o bebê estava seminu no colo dela e a fralda suja tinha sido colocada a seu lado no assento, amassada, e lembrava a pele úmida, lisa e avermelhada do menininho chamado Jemmy.

– E o nome do filho deles era Jeremiah – disse por fim, tão baixinho que Claire teve que se inclinar para ouvir.

– Sim.

Ela o fitou curiosa e então virou a cabeça para olhar para a estrada, que se dividia à frente, desaparecendo entre os pinheiros escuros.

– Perguntei a Geilie – disse Claire de repente. – Perguntei o porquê. Por que podemos fazer isso?

– E ela respondeu? – Roger olhava para uma mosca em seu braço, sem dar muita atenção.

– Ela disse: "Para mudar as coisas." – Claire sorriu, a boca torta. – Não sei se isso é resposta ou não.

70

A REUNIÃO

Já fazia quase trinta anos desde a última reunião que eu tinha visto: a reunião em Leoch, com o juramento do clã MacKenzie. Colum MacKenzie estava morto agora, e seu irmão Dougal, e todos os clãs com eles. Leoch estava em ruínas, e não havia mais reuniões dos clãs na Escócia.

Mas, ainda assim, ali estavam os xadrezes e as gaitas, e o restante dos habitantes das Terras Altas, tomados de orgulho, entre as novas montanhas que eles diziam ser suas. Os MacNeill e Campbell, Buchanan e Lindsey, MacLeod e MacDonald; famílias, escravos e servos, contratados e donos de terras.

Procurei em meio à confusão de dezenas de acampamentos para ver se conseguia encontrar Jamie, e vi uma figura alta e familiar, andando tranquilamente por entre as pessoas. Fiquei de pé e acenei, chamando:

– Myers! Sr. Myers!

John Quincy Myers me viu e, sorrindo, subiu o monte até nosso acampamento.

– Sra. Claire! – exclamou, tirando o chapéu e se inclinando sobre a minha mão com a cordialidade de sempre. – Estou muito feliz em vê-la.

– O sentimento é recíproco – disse a ele, sorrindo. – Não esperava vê-lo aqui.

– Ah, eu costumo participar das reuniões... – disse ele, endireitando-se e sorrindo para mim – quando consigo chegar a tempo. É um bom lugar para vender peles ou qualquer coisa de que eu precise me livrar. Por falar nisso... – Começou a mexer de modo lento e metódico no conteúdo de sua bolsa de pele de gamo.

– Tem ido ao norte, sr. Myers?

– Ah, sim, tenho, sra. Claire. Até metade do rio Moicano, até o lugar que eles chamam de Castelo Superior.

– Moicano? – Meu coração começou a bater mais depressa.

– Hum. – Ele tirou algo da bolsa, semicerrou os olhos, voltou a guardar e continuou procurando. – Imagine minha surpresa, sra. Claire, quando parei em um vilarejo moicano ao sul e vi um rosto familiar.

– Ian! Viu Ian? Ele está bem? – Fiquei tão feliz que o segurei pelo braço.

– Ah, sim – disse ele. – Um rapaz bonito, mas devo dizer que me surpreendeu vê-lo se portar como um índio, com o rosto escuro a ponto de eu pensar que era mesmo um índio, se não tivesse me chamado.

Por fim encontrou o que procurava e me entregou um pequeno pacote enrolado em couro fino e preso com uma faixa de couro de gamo – com uma pena de pica-pau enfiada no nó.

– Ele me deu isso para que eu entregasse à senhora e a seu marido. – Sorriu gentilmente. – Deixarei que leiam logo; eu os encontrarei mais tarde, sra. Claire.

— Fez uma reverência formal e se afastou acenando para conhecidos enquanto passava.

Eu não leria a carta sem esperar Jamie; felizmente, ele apareceu poucos minutos depois. A carta fora escrita no que parecia ser uma folha desgastada de um livro, sua tinta de um tom marrom-claro do fruto do carvalho, mas legível. *Ian salutat avunculus Jacobus* era o início do bilhete, e Jamie sorriu.

> *Ave! Depois de ter exaurido todo o meu conhecimento do idioma latino, volto para o inglês comum, de que me lembro muito mais. Estou bem, tio, e feliz – quero que acredite. Eu me casei de acordo com os costumes dos moicanos e moro na casa de minha esposa. Você se lembra de Emily, que sabe entalhar. Rollo é pai de muitos filhotes; o vilarejo está lotado de pequenas réplicas do lobo. Não posso dizer que tenho o mesmo poder de procriação –, mas espero que você escreva para a minha mãe com o desejo de que ela não tenha ainda um número suficiente de netos para deixar de se alegrar com a chegada de novos. O nascimento será na primavera; enviarei notícias do resultado assim que puder. Enquanto isso, faça o favor de mandar lembranças minhas a todos em Lallybroch, em River Run e na Cordilheira dos Frasers. Eu me lembro de todos com muito carinho e sempre me lembrarei enquanto viver. Meu amor à tia Claire, à prima Brianna, e, principalmente, a você. Seu sobrinho carinhoso, Ian Murray. Vale, avunculus.*

Jamie piscou uma ou duas vezes e, dobrando o papel puído com cuidado, guardou-o em seu saco de couro.

— É *avuncule*, seu idiota — disse de modo carinhoso. — Um cumprimento leva o vocativo.

Olhando para os acampamentos apinhados naquela noite, eu diria que toda família escocesa entre a Filadélfia e Charleston estava ali – e, ainda assim, mais pessoas chegaram quando amanheceu, e não paravam de chegar.

Era o segundo dia, e Lizzie, Brianna e eu comparávamos os bebês com duas das filhas de Campbell quando Jamie passou entre as mulheres e as crianças, com um sorriso largo no rosto.

— Srta. Lizzie — disse. — Tenho uma surpresa para você. Fergus!

Fergus, também sorrindo, saiu de trás de uma carroça conduzindo um homem magro com os cabelos claros despenteados pelo vento.

— Pa! — gritou Lizzie, e se jogou nos braços dele.

Jamie levou as mãos aos ouvidos, com cara de espanto.

— Acho que nunca a ouvi fazer tanto barulho assim antes — disse. Sorriu para mim e me deu dois pedaços de papel; originalmente parte de um documento, eles tinham sido cuidadosamente rasgados de modo que a borda incerta de um se encaixasse com a do outro.

– Esse é o contrato do sr. Wemyss – explicou. – Guarde-o por enquanto, Sassenach; vamos queimá-lo na fogueira à noite.

Então voltou a se enfiar na multidão, atraído por uma comoção e um grito de *Mac Dubh!* do outro lado da clareira.

No terceiro dia da reunião, eu já tinha ouvido tantas notícias, fofocas e conversas de modo geral que meus ouvidos ecoavam o som do gaélico. Os que não conversavam cantavam. Roger estava à vontade, andando por ali e ouvindo todos. Estava rouco de cantar; passara a maior parte do tempo acordado na noite anterior, dedilhando um violão emprestado e cantando para uma multidão de pessoas encantadas que ouviam, enquanto Brianna permanecia aos pés dele, parecendo orgulhosa.

– Ele é bom? – perguntou Jamie, semicerrando os olhos para fitar seu suposto genro.

– Mais do que bom – garanti.

Ele ergueu uma sobrancelha, deu de ombros e se inclinou para a frente para pegar o bebê do meu colo.

– Sim, bem, vou acreditar no que você diz. Acho que o pequeno Ruaidh e eu vamos procurar um jogo de dados.

– Vai apostar com um bebê?

– Claro – disse ele, sorrindo para mim. – Nunca se é jovem demais para aprender um negócio honesto, para o caso de ele não poder ganhar dinheiro com música como o pai.

– Quando fizer purê, cuide para ferver as raízes com o legume. Depois guarde o caldo da panela e ofereça-o às crianças; tome um pouco também... faz bem para seu leite.

Maisri Buchanan pressionava o filho menor contra o peito e assentiu com seriedade, guardando meu conselho. Eu não podia convencer a maioria dos novos imigrantes a comer vegetais frescos nem a dá-los a suas famílias, mas de vez em quando encontrava a oportunidade de introduzir um pouco de vitamina C na dieta usual deles – que, em grande parte, consistia em aveia e veado.

Tentei fazer Jamie comer um prato de tomates fatiados em público, na esperança de que assim ele conseguisse diminuir um pouco dos medos dos novos imigrantes. Sem sucesso: a maioria deles o via com certa superstição, e passei a entender que ele poderia sobreviver naturalmente comendo coisas que matariam uma pessoa comum na hora.

Dispensei Maisri e recebi o paciente seguinte em meu consultório improvisado: uma mulher com duas meninas pequenas cheias de eczemas que eu, a princípio, pensei se tratar de deficiência nutricional, mas que, felizmente, acabou sendo apenas resultado de uma hera venenosa.

Percebi uma comoção entre as pessoas; fiz uma pausa nos atendimentos e me virei para ver quem tinha chegado. A luz do sol reluzia no metal perto da beira da clareira e Jamie não foi o único a levar a mão à arma ou à faca embainhada.

Eles apareceram ao sol com passos de marcha, apesar de os tambores estarem abafados, sem nada além de um suave *tap-tap* para acompanhá-los. Mosquetes apontados para cima, espadas largas balançando como rabos de escorpião, saíam do pequeno bosque em pequenos grupos vermelhos, de dois em dois, kilts verdes na altura dos joelhos.

Quatro, e seis, e oito, e dez... eu contava silenciosamente, como todo mundo. Quarenta homens vieram, olhando adiante por baixo das boinas de pele de urso, sem se voltarem para a direita ou para a esquerda, sem barulho além do bater dos pés e o toque do tambor.

Do outro lado da clareira, vi MacNeill de Barra se levantar de seu assento e se endireitar; houve uma leve comoção ao redor dele: alguns passos que seus homens deram para se colocarem ao seu lado. Não precisei olhar ao redor para sentir a mesma coisa acontecendo atrás de mim; percebi a movimentação de pequenos grupos na base da montanha, cada um deles com um olho nos intrusos e outro no líder, em busca de orientação.

Procurei Brianna e me surpreendi, ou me assustei, ao vê-la atrás de mim, o bebê em seus braços, olhando com atenção sobre meu ombro.

– Quem são eles? – perguntou em voz baixa, e ouvi o eco da pergunta percorrendo a reunião como ondas no mar.

– Um regimento das Terras Altas – falei.

– Estou vendo – disse ela. – Amigos ou inimigos?

Era essa a pergunta: eles estavam ali como escoceses ou como soldados? Mas eu não tinha uma resposta, nem ninguém, a julgar pela movimentação e os murmúrios entre as pessoas. Às vezes, as tropas vinham para dispersar grupos arruaceiros, claro. Mas certamente não uma reunião pacífica como aquela, que não tinha propósitos políticos, certo?

Porém houvera época em que a simples presença de um grande número de escoceses em um lugar era uma declaração política, e a maioria dos presentes se lembrava dessa época. O burburinho ficou mais alto, e o gaélico era falado com veemência, espalhando-se pela montanha como o vento antes de uma tempestade.

Havia quarenta soldados subindo a estrada com armas e espadas. Havia duzentos escoceses ali, a maioria armados, muitos com escravos e servos. Mas também com esposas e filhos.

Pensei nos dias após a Batalha de Culloden e, sem olhar ao redor, disse a Brianna:

– Se alguma coisa acontecer, qualquer coisa mesmo, leve o bebê para as rochas.

Roger apareceu subitamente à minha frente, olhando para os soldados. Não olhou para Jamie, mas se moveu silenciosamente para que ficassem lado a lado, um muro à nossa frente. Em toda a clareira, a mesma coisa estava acontecendo: as mulheres não se moviam nem 1 centímetro, mas seus homens se colocavam à frente delas. Quem entrasse na clareira pensaria que as mulheres tinham se tornado invisíveis, deixando uma falange implacável de homens olhando para o campo.

Então dois homens saíram do abrigo das árvores: um oficial a cavalo e seu ajudante ao lado, balançando a bandeira do regimento. Avançando, passaram pela coluna de soldados até a beira da multidão. Vi o ajudante se inclinar no cavalo para fazer uma pergunta e a cabeça do oficial virar em nossa direção em resposta.

O oficial gritou uma ordem e os soldados descansaram, apoiando os mosquetes na terra, as pernas com o tecido xadrez entreabertas. O oficial virou o cavalo para a multidão, passando lentamente entre as pessoas, que abriam caminho relutantes à frente dele.

Estava vindo na nossa direção; vi os olhos dele fixos em Jamie, tão proeminente com sua estatura e seus cabelos vermelhos como as folhas do bordo.

O homem parou à nossa frente e tirou o chapéu de pena. Apeou, deu dois passos em direção a Jamie e fez uma reverência, rigidamente correto. Era um homem baixo mas firme, talvez tivesse 30 anos, com olhos escuros que brilhavam tanto quanto a placa em seu pescoço. Mais perto, vi o que não tinha percebido antes: o pedaço menor de metal preso ao ombro do seu casaco vermelho – um broche dourado e embaçado.

– Meu nome é Airchie Hayes – falou ele com sotaque escocês. Seus olhos estavam fixos no rosto de Jamie, intensos, esperançosos. – Disseram que você conhece meu pai.

71
E O CÍRCULO SE FECHA

– Tenho algo a lhe dizer – falou Roger. Ele havia esperado algum tempo para pegar Jamie Fraser sozinho. Fraser estava muito ocupado; todo mundo queria falar um pouco com ele. Mas, naquele momento, estava sozinho, sentado em um tronco caído no qual recebia as pessoas. Olhou para Roger, as sobrancelhas erguidas, mas meneou a cabeça indicando um lugar onde ele podia se sentar no tronco.

Roger se sentou. Estava com o bebê. Brianna e Lizzie estavam preparando o jantar e Claire havia ido visitar os Cameron de Isle Fleur, cuja fogueira ficava ali perto. O ar da noite estava carregado com o cheiro de fumaça, e não de turfa, mas, sob muitos aspectos, era como se estivesse na Escócia, pensou.

Os olhos de Jamie brilharam ao ver a cabecinha de Jemmy coberta com a penugem cor de cobre que brilhava à luz da fogueira. Estendeu os braços e, com leve hesitação, Roger passou o bebê, que dormia, para ele.

– *Balach Boidheach* – murmurou Jamie enquanto o bebê se remexia em seu colo. – Pronto, está tudo bem. – Olhou para Roger. – Você disse que tinha algo a me dizer.

Roger assentiu.

– Tenho, mas não sobre mim. Podemos dizer que é uma mensagem a ser passada para outra pessoa.

Jamie ergueu uma sobrancelha, sem entender, em um gesto tão parecido com o de Brianna que Roger se surpreendeu. Para disfarçar, tossiu.

– Eu... ahn... quando Brianna foi às pedras em Craigh na Dun, fui forçado a esperar algumas semanas até poder ir atrás dela.

– Mesmo? – Jamie parecia atento, como sempre ficava quando alguém falava algo sobre os círculos de pedras.

– Fui a Inverness – continuou Roger, olhando para seu sogro. – Fiquei na casa onde meu pai havia vivido e passei parte do tempo lendo papéis; ele gostava de guardar cartas e coisas antigas sem valor.

Jamie assentiu, evidentemente tentando entender aonde Roger pretendia chegar, mas educado demais para interrompê-lo.

– Encontrei uma carta. – Roger respirou fundo, sentindo o coração bater forte no peito. – Eu a guardei na lembrança, pensando que, se encontrasse Claire, contaria a ela sobre a carta. Mas então, quando a encontrei – ele deu de ombros –, já não tinha mais certeza se deveria contar a ela ou não... ou a Brianna.

– E está me perguntando se deveria contar a elas? – Fraser ergueu as sobrancelhas grossas e ruivas, mostrando sua confusão.

– Talvez sim. Mas, pensando bem, me ocorreu que a carta talvez tivesse mais a ver com você do que com elas. – Agora que a oportunidade tinha aparecido, Roger sentiu um pouco de pena de Fraser. – Sabia que meu pai foi sacerdote? A carta era para ele. Acredito que tenha sido escrita como confissão, de certo modo, mas imagino que a morte lhe tenha tirado essa importância.

Roger respirou fundo e fechou os olhos, vendo as letras pretas espalhadas pela página, com aquela caligrafia cuidadosa e angular. Ele a lera mais de cem vezes; conhecia cada palavra.

> *Caro Reg,*
> *Tenho um problema em meu coração. Quero dizer, além de Claire (diz ele com ironia). O médico diz que pode demorar anos, se eu tiver cuidado, e espero que esteja certo, mas existe a possibilidade de não ser assim. As freiras na escola de Bree costumavam assustar as crianças falando sobre os pecadores que morrem sem se confessar e sem perdão; estou me danando (desculpe a expressão) para o que vem depois – se é que vem alguma coisa. Mas repito... sempre existe a possibilidade, não é?*
> *Não é algo que eu possa dizer para o padre da minha paróquia, por moti-*

vos óbvios. Duvido que ele visse pecado nisso, ainda que não escapasse para telefonar discretamente para que um psiquiatra me ajude!

Mas você é padre, Reg, e católico – e, mais importante, você é meu amigo. Não precisa responder a esta carta; não acredito que uma resposta seja possível. Mas você pode ouvir. É um dos seus maiores dons, ouvir. Já lhe disse isso antes?

Estou adiando, e não sei por quê. Melhor colocar tudo para fora.

Você se lembra do favor que lhe pedi há alguns anos – a respeito dos túmulos em St. Kilda? Por ser um amigo gentil, você nunca perguntou, mas está na hora de eu explicar o porquê.

Só Deus sabe por que Black Jack Randall foi deixado em um monte escocês, e não levado para Sussex para ser enterrado lá. Talvez ninguém tenha se importado o bastante para levá-lo para casa. Triste pensar isso, espero que não tenha sido assim.

Mas ele está lá. Se Bree um dia se interessar por sua história – pela minha história –, ela vai procurar e vai encontrá-lo lá; a localização do túmulo dele é mencionada nos documentos da família. É por isso que lhe pedi para colocar a outra pedra próxima. Ela vai se destacar – todas as outras pedras naquele lugar estão ruindo com o tempo.

Claire vai levá-la à Escócia um dia, tenho certeza disso. Se ela for a St. Kilda, vai ver... ninguém vai àquele cemitério nem tem tempo para ficar observando as pedras. Se ela se perguntar, se ela se der ao trabalho de olhar mais a fundo, se ela perguntar a Claire, bem, é só o que estou preparado para dizer. Fiz o gesto. Deixarei ao acaso o que acontecerá quando eu me for.

Você sabe todas as bobagens que Claire falava quando voltou. Fiz tudo o que pude para tirar essas coisas da cabeça dela, mas ela não permitia. Nossa! Como ela é teimosa!

Você não vai acreditar nisso, mas, quando fui visitá-lo pela última vez, aluguei um carro e fui até aquele monte maldito – a Craigh na Dun. Contei a você sobre as bruxas dançando no círculo, um pouco antes de Claire desaparecer. Com aquela imagem na mente, de pé ali com a pouca luz entre aquelas pedras, quase acreditei nela. Toquei uma. Nada aconteceu, claro.

E, ainda assim, procurei o homem, Fraser. E talvez eu o tenha encontrado. Pelo menos, encontrei um homem com esse nome, e o que consegui levantar de seus contatos combinava com o que Claire me contou a respeito dele. Não sei se ela dizia a verdade ou se havia misturado ilusões com experiência real... bem, houve um homem, tenho certeza disso!

Você não vai acreditar, mas fiquei ali com a mão naquela pedra maldita, e não queria nada além de que ela se abrisse e me colocasse cara a cara com

James Fraser. Quem quer que ele fosse, onde quer que estivesse, tudo o que eu queria na vida era vê-lo – e matá-lo.

Nunca o vi – não sei se ele existiu! –, mas, ainda assim, odeio esse homem como nunca odiei ninguém. Se o que Claire disse e o que descobri for verdade, então, eu a tirei dele e a mantive ao meu lado durante esses anos com uma mentira. Talvez tenha mentido apenas por omissão, mas foi uma mentira, de qualquer modo. Acho que poderia chamar isso de vingança.

Os padres e poetas dizem que a vingança é uma faca de dois gumes; e o outro gume disso é que eu nunca saberei: se eu tivesse lhe dado a chance, ela teria ficado comigo? Ou, se eu contasse a ela que Jamie sobrevivera à Batalha de Culloden, ela teria partido para a Escócia num piscar de olhos?

Não consigo pensar que Claire deixaria sua filha. Espero que ela também não me deixasse... mas... se eu tivesse alguma certeza disso, juro que teria contado a ela, mas não contei, e essa é a verdade.

Quanto a Fraser: devo amaldiçoá-lo por ter roubado minha esposa ou abençoá-lo por ter me dado minha filha? Penso nessas coisas e então paro, assustado por dar um momento de crédito a uma ideia tão maluca. Mas ainda assim... tenho uma sensação muito estranha em relação a Jamie Fraser, quase uma lembrança, como se eu já o tivesse visto em algum lugar. Porém isso provavelmente é fruto do meu ciúme e da minha imaginação... sei bem o suficiente como o maldito é: vejo o rosto dele em minha filha todos os dias!

O lado estranho disso é o senso de obrigação. Não apenas com Bree, apesar de achar que ela tem direito de saber... mais tarde. Eu contei que sei quem é o maldito? O engraçado é que ficou comigo. Quase consigo senti-lo, às vezes, olhando por cima do meu ombro, do outro lado da sala.

Não tinha pensado nisso antes – você acha que vou encontrá-lo numa situação corriqueira qualquer? Engraçado pensar isso. Deveríamos nos encontrar como amigos, com os pecados da carne atrás de nós? Ou devemos acabar trancados para sempre em um inferno celta, com as mãos na garganta um do outro?

Tratei Claire mal – ou bem, dependendo de como se vê a situação. Não entrarei nos detalhes sórdidos; direi apenas que me arrependo.

Então é isso, Reg. Ódio, ciúme, mentira, roubo, traição, tudo. Não há muito para equilibrar tudo isso, além do amor. Eu a amo – amo as duas. Minhas mulheres. Talvez não seja o tipo certo de amor, ou talvez não seja suficiente. Mas é o que tenho.

Mas não morrerei impune – e confio em você para que me dê absolvição condicional. Criei Brianna como católica; você acha que existe a chance de ela rezar por mim?

– Então vinha assinado "Frank", claro – disse Roger.

– Claro – repetiu Jamie suavemente. Permaneceu calado por um tempo, o rosto indecifrável.

Roger não precisava decifrar o rosto dele; sabia muito bem quais eram os pensamentos que passavam pela mente do outro. Os mesmos pensamentos com os quais ele havia lutado durante aquelas semanas entre a noite de Beltane e a do solstício de verão, durante a busca por Brianna do outro lado do oceano, durante seu cativeiro – e, finalmente, no círculo de rododendros, ouvindo a canção das rochas erguidas.

Se Frank Randall tivesse escolhido esconder o que descobriu, se nunca tivesse colocado aquela pedra em St. Kilda, Claire teria descoberto a verdade mesmo assim? Talvez sim, talvez não. Mas foi a visão daquele túmulo que fez com que ela contasse à filha a história de Jamie Fraser e também colocou Roger no caminho da descoberta que havia levado todos eles a esse lugar, a essa época.

Tinha sido a pedra que havia, de uma vez, mandado Claire de volta aos braços do seu amor escocês – e possivelmente para sua morte nesses braços. Que havia levado a filha de Frank Randall de volta ao seu outro pai e, ao mesmo tempo, a condenara a viver em uma época que não era a sua; que havia resultado no nascimento de um menino ruivo que poderia não ter nascido – a continuação do sangue de Jamie Fraser. Juros da dívida?, Roger se perguntou.

E também havia os pensamentos particulares de Roger, de outro garoto que poderia não ter existido, não fosse aquela dica críptica da pedra, deixada por Frank Randall para se redimir. Morag e William MacKenzie não estavam na reunião; Roger não sabia se deveria se sentir desapontado ou aliviado.

Jamie Fraser se mexeu finalmente, apesar de manter os olhos fixos no fogo.

– Inglês – disse ele, e soou como uma invocação. Os pelos se arrepiaram na nuca de Roger; acreditava ter visto algo se mover nas chamas.

Jamie abriu as mãos grandes, acolhendo seu neto. Seu olhar estava distante, as chamas lançavam faíscas na direção de seus cabelos e das sobrancelhas.

– Inglês – repetiu ele, falando para o que via além das chamas. – Poderia torcer para nos encontrarmos um dia. E poderia torcer para não nos encontrarmos.

Roger esperou, as mãos nos joelhos. Os olhos de Fraser estavam escuros, o rosto, oculto pelo brilho do fogo. Finalmente algo como um arrepio pareceu tomar seu corpo grande; ele balançou a cabeça como se quisesse afastá-lo e pareceu perceber, pela primeira vez, que Roger continuava ali.

– Devo dizer a ela? – perguntou Roger. – A Claire?

Os olhos de Jamie se estreitaram.

– Contou a Brianna?

– Ainda não, mas contarei. – Devolveu o olhar fixo, encarando-o. – Ela é minha esposa.

– Por enquanto.

– Para sempre... se ela quiser.

Fraser olhou na direção da fogueira dos Cameron. A figura esguia de Claire estava visível, escura contra a luz.

– Eu prometi honestidade a ela – disse ele baixinho por fim. – Sim, conte a ela.

No quarto dia, as encostas da montanha estavam tomadas por novas pessoas. Um pouco antes do entardecer, os homens começaram a trazer lenha e a empilhá-la na área queimada ao pé da montanha. Cada família tinha sua fogueira, mas ali estava a grande fogueira, ao redor da qual todo mundo se reunia todas as noites para ver quem havia chegado durante o dia.

Conforme a escuridão se fazia, as fogueiras apareciam na encosta, pontuadas aqui e ali entre as saliências e os bolsões de areia. Por um momento, tive uma visão do brasão do clã dos MacKenzie – uma "montanha incendiada" – e percebi, de repente, o que era. Não um vulcão, como pensava. Não, era a imagem de uma reunião como aquela, as fogueiras das famílias ardendo no escuro, um sinal a todos de que o clã estava presente... e unido. E, pela primeira vez, compreendi o lema que acompanhava a imagem: *Luceo non uro; Eu brilho, não queimo.*

Em pouco tempo, a encosta da montanha estava tomada por fogueiras. Aqui e ali havia chamas menores, em movimento, conforme o líder de cada família ou propriedade enfiava uma ripa no fogo e descia o monte com ela para aumentar a pira localizada na base. Do nosso ponto alto na encosta da montanha, os homens pareciam pequenos e escuros contra a enorme fogueira.

Uma dúzia de famílias havia se apresentado antes de Jamie terminar sua conversa com Gerald Forbes e se levantar. Ele me entregou o bebê, que dormia profundamente, apesar de toda a confusão ao seu redor, e se inclinou para incendiar uma ripa da nossa fogueira. Os gritos vieram de longe, fracos, mas audíveis no ar de outono.

– Os MacNeills de Barra estão aqui!

– Os Lachlan de Glen Linnhe estão aqui!

E, depois de um tempo, a voz de Jamie, alta e forte no escuro:

– Os Fraser da Cordilheira estão aqui! – Ouvimos uma breve salva de palmas de quem estava perto de nós: gritos e uivos dos arrendatários que vieram conosco, assim como havia acontecido com os acompanhantes de outros líderes de famílias.

Sentei-me em silêncio, aproveitando a sensação do corpo pesado em meus braços. Ele dormia totalmente entregue, totalmente confiante, a boquinha cor-de-rosa entreaberta, a respiração quente e úmida na curva do meu peito.

Jamie voltou cheirando a fumaça e uísque, e se sentou no tronco atrás de mim. Apoiou as mãos em meus ombros e eu me encostei nele, aproveitando a sensação da sua presença. Do outro lado da fogueira, Brianna e Roger conversavam sérios próximos um do outro. Os rostos dos dois brilhavam à luz da fogueira, um refletindo o outro.

— Você não acha que eles vão mudar o nome dele de novo, não é? – perguntou Jamie, franzindo o cenho.

— Acho que não – respondi. – Há outras coisas que os sacerdotes fazem além de batizados, sabia?

— É mesmo?

— Já passamos de 3 de setembro – falei, inclinando a cabeça para trás para olhar para ele. – Você disse que ela teria que escolher até essa data.

— Disse mesmo. – A lua minguante pairava baixa no céu, lançando uma luz fraca sobre o seu rosto. Ele se inclinou para a frente e beijou minha testa.

Então se abaixou e pegou a minha mão livre.

— E você, também vai escolher? – perguntou baixinho. Abriu a mão e vi o brilho de ouro. – Você a quer de volta?

Parei, olhando em seu rosto, procurando dúvidas. Não vi nenhuma, mas algo além: uma espera, uma grande curiosidade a respeito do que eu poderia dizer.

— Faz muito tempo – falei baixinho.

— E há muito tempo – disse ele. – Sou um homem ciumento, mas não vingativo. Eu tiraria você dele, minha Sassenach, mas não o tiraria de você.

Fez uma pausa, o fogo refletido na aliança em sua mão.

— Foi a sua vida, certo? – E perguntou de novo: – Você a quer de volta?

Levantei a mão em resposta e ele escorregou a aliança dourada em meu dedo, o metal quente por causa do seu corpo.

De F. para C. com amor. Sempre.

— O que você disse? – perguntei. Ele havia murmurado algo em gaélico, baixo demais para eu conseguir ouvir.

— Eu disse "vá em paz"– respondeu.– Mas não estava falando com você, Sassenach.

Do outro lado da fogueira, algo vermelho brilhou. Virei-me a tempo de ver Roger levantar a mão de Brianna e levá-la aos lábios; o rubi de Jamie brilhava no dedo dela, refletindo a luz da lua e do fogo.

— Pelo visto, ela escolheu – disse Jamie com delicadeza.

Brianna sorriu, os olhos no rosto de Roger, e se inclinou para beijá-lo. Então se levantou batendo a areia das saias e se abaixou para pegar uma ripa da fogueira. Virou-se e a entregou a ele, falando alto o suficiente para ouvirmos de onde estávamos.

— Desça – ordenou – e diga a eles que os MacKenzie estão aqui.

AGRADECIMENTOS

A minha editora, Jackie Cantor, que, ao ser informada de que havia outro livro nesta série, disse: "Por que não estou surpresa com isso?"

A Susan Schwartz e seus ajudantes leais – os revisores, diagramadores e designers de capa –, sem os quais este livro não existiria; espero que eles se recuperem da experiência.

A meu marido, Doug Watkins, que disse: "Não sei como você consegue ir em frente com isso; não sabe *nada* sobre os homens!"

A minha filha Laura, que generosamente permitiu que eu roubasse duas linhas de sua redação da oitava série para o Prólogo; meu filho Samuel, que disse: "Você *nunca* vai terminar este livro?" e (sem parar para respirar) "Já que você está ocupada escrevendo, podemos comprar lanches do McDonald's de novo?", e minha filha Jennifer, que disse: "Você vai trocar de roupa quando for conversar com os alunos da minha turma, *não vai*? Não se preocupe, mãe, já até escolhi sua roupa."

Ao aluno anônimo da sexta série que me devolveu um capítulo de amostra que foi exposto durante uma palestra em sua escola e disse: "Isso foi meio nojento, mas muito interessante. As pessoas não *fazem* isso, né?"

A Iain MacKinnon Taylor e a seu irmão, Hanish, pelas traduções do gaélico, expressões e piadinhas criativas. A Nancy Bushey, pelas fitas de gaélico. A Karl Hagen, pelos conselhos sobre a gramática do latim. A Susan Martin e Reid Snider, pelos epigramas gregos e pelas pítons. A Sylvia Petter, Elise Skidmore, Janet Kieffer Kelly e Karen Pershing, pela ajuda com as partes em francês.

A Janet MacConnaughey e Keith Sheppard, pela poesia de amor em latim, pelo latim macarrônico e pela letra original de "To Anacreon in Heaven".

A Mary Campbell Toerner e Ruby Vincent, por terem emprestado um manuscrito histórico ainda não publicado a respeito dos moradores das Terras Altas de Cabo Fear. A Claire Nelson, por ter me emprestado a Enciclopédia Britânica (edição de 1771). A Esther e Bill Schindler, por terem me emprestado os livros sobre as florestas ocidentais.

A Ron Wodaski, Karl Hagen, Bruce Woods, Rich Hamper, Eldon Garlock, Dean Quarrel e vários outros membros do CompuServe Writers Forum, pelas opiniões especializadas no que se refere a receber chutes nos testículos.

A Marte Brengle, por descrições detalhadas de cerimônias de purificação e pelas sugestões de carros esporte. A Merrill Cornish, por seu incrível relato das *cercis canadenses* se abrindo. A Arlene e Joe McCrea, pelos nomes de santos e descrições de aragem com uma mula. A Ken Brown, pela explicação do rito batismal presbiteriano – muito resumido no texto. A David Stanley, o próximo grande escritor da Escócia, pela lição acerca da diferença entre anoraques e jaquetas.

A Barbara Schnell, pelas traduções alemãs, verificação de erros e leitura dedicada.

À dra. Ellen Mandell, pelas opiniões médicas, leitura atenta e sugestões úteis sobre como lidar com hérnias inguinais, abortos e outras formas de traumas corporais.

À dra. Rosina Lippi-Green, pelos detalhes acerca da vida e dos costumes dos moicanos, além de comentários sobre a linguística escocesa e a gramática alemã.

A Mac Beckett, por sua ideia de espíritos novos e antigos.

A Jack Whyte, por suas lembranças de quando era cantor escocês, incluindo a resposta certa a piadas sobre kilts.

A Susan Davis, pela amizade, entusiasmo sem limites, dezenas de livros, descrições de como arrancar carrapatos de crianças e pelos morangos.

A Walt Hawn e Gordon Fenwick, por me dizerem qual é o comprimento de um estádio. A John Ravenscroft e vários membros do UKForum, por uma discussão interessante a respeito da roupa íntima da Marinha Real na época da Segunda Guerra Mundial. A Eve Ackerman e membros solícitos do CompuServe SFLIT Forum, pelas datas de publicação de *Conan, o Bárbaro*.

A Barbara Raisbeck e Mary M. Robbins, pelas referências úteis a respeito de ervas e farmacologia básica.

A minha amiga anônima da biblioteca, pelas toneladas de referências úteis.

A Arnold Wagner e Steven Lopata, pelas discussões sobre explosivos e os conselhos sobre como explodir coisas.

A Margaret Campbell e outros residentes da Carolina do Norte, pelas várias descrições do estado.

A John L. Myers, por me contar sobre seus fantasmas e por permitir, generosamente, que eu incorporasse certos elementos de sua aparência e de sua personalidade no formidável John Quincy Myers, o homem da montanha. A hérnia é fictícia.

Como sempre, obrigada também aos muitos membros do CompuServe Literary Forum e Writers Forum, cujos nomes não me recordo, pelas sugestões úteis e conversas agradáveis, e ao pessoal do AOL pelas discussões interessantes.

Um agradecimento especial a Rosana Madrid Gatti, pelo amor em construir e manter a página oficial de Diana Gabaldon na internet (http://www.dianagabaldon.com).

E obrigada a Lori Musser, Dawn Van Winkle, Kaera Hallahan, Virginia Clough, Elaine Faxon, Ellen Stanton, Elaine Smith, Cathy Kravitz, Hanneke (cujo último nome está ilegível, infelizmente), Judith MacDonald, Susan Hunt e sua irmã Holly, a trupe Boise, e muitos outros, pelos presentes que me mandaram, como vinho, desenhos, rosários, chocolate, música celta, sabonete, estátuas, urze seca de Culloden, lenços com porcos-espinhos, canetas Maori, chás ingleses, espátulas de jardinagem e outros objetos para me animar e me manter escrevendo apesar da exaustão. Deu certo!

E finalmente, à minha mãe, que me inspira.

CONHEÇA A COLEÇÃO OUTLANDER

LIVRO 1
A viajante do tempo

LIVRO 2
A libélula no âmbar

LIVRO 3
O resgate no mar

LIVRO 4
Os tambores do outono

LIVRO 5
A cruz de fogo

LIVRO 6
Um sopro de neve e cinzas

LIVRO 7
Ecos do futuro

LIVRO 8
Escrito com o sangue do meu coração

LIVRO 9
Diga às abelhas que não estou mais aqui

COLETÂNEA
O círculo das sete pedras

Para saber mais sobre os títulos e autores da Editora Arqueiro,
visite o nosso site e siga as nossas redes sociais.
Além de informações sobre os próximos lançamentos,
você terá acesso a conteúdos exclusivos
e poderá participar de promoções e sorteios.

editoraarqueiro.com.br